U0926004

为了人与书的相遇

DIE SEITEN DER WELT 1

KAI MEYER

隐页书城

SEELENBUCH 心灵之书

[德] 凯·迈尔————著　赖雅静————译

广西师范大学出版社

·桂林·

我们该何其珍视书籍的神奇魔力，因为经由书，我们不但能探勘地理与时间的边界，还能观照一切存在与不存在的事物，一如在永恒之镜里。

——理查德·德·伯利*《书之爱》，1344 年

* Richard de Bury（1287—1345），藏书家，英国达拉谟主教。普遍认为，他的著作《书之爱》是第一本深度谈论书籍知识与图书馆概念的书。

目 录

第一部分　书与夜

Die Bücher und die Nacht

1

沿着台阶往下走，在前往书窖的途中，芙莉亚就已经嗅到了故事的气味，那是全世界最棒的味道。

新书飘出油墨、装订胶水和渴盼的气味；旧书散发出自身及其故事里所蕴含的奇险历程的气味；至于好书，不只吐露出蕴含这一切的香氛，还夹带着一缕魔法的幽香。

费尔菲克斯家族书窖拥有海量的好书，其中古籍更是多到难以胜数。有些古籍纸质已经严重脆裂，用手一摸，书页边缘就如枯叶般碎掉了。这里绝大多数的书都有人读过，但有些却迟迟未曾获人青睐，那是因为它们隐身在侧道上，这里按例是不准偏离主要通道的。“永远不要偏离主要通道”是书窖不成文的规定。

书窖位于费尔菲克斯家族历史悠久的地下墓穴里，这里的拱顶和地道源自古罗马人征服大不列颠岛的时代。当年古罗马人在科茨沃尔德众多的青翠河谷上陆续建造了数十栋宏伟的宅邸，费尔菲克斯家族庄园就矗立在其中一处宅邸的废墟上，他们向来用“费园”来称呼自家庄园。

芙莉亚一下台阶就立刻奔向书窖前厅，费尔菲克斯家的管家韦克福正忙着擦亮书窖铁门。铁门反射着镜面般的银光，芙莉亚映照在门上的影像扭曲变形，这是因为铁门略微隆起，仿佛曾有辆推土机试图从里面撞开铁门，只不过，就算真有推土机，也无法在铁门内的书架间行动。

芙莉亚一路冲到韦克福面前，这才停下脚步，劈头就问："他来过吗？爸爸今天来过这里了吗？"塞缪尔·韦克福大约六十出头，外表看起来也丝毫没有更年轻，但结实的肌肉都快把蓝色连体工作服绷爆了。早在芙莉亚还没出生时，他就已经在这个家族生活好久了：这里的梁柱上哪根钉子歪了，哪里出现裂缝了，他都一清二楚，但最重要的是，书窖的秘密他都了如指掌。韦克福家从他的父亲甚至祖父那一代起，就已经开始为费尔菲克斯家族做事了。

韦克福留着灰色短发，脸上的皮肤就像被人揉得皱巴巴的纸一般，左脸颊上还有一道疤痕。他的腰带上挂着一支沉重的手电筒和一根警棍，自从三十六年前这道门被毁坏之后，他就随身携带着这两件物品。

"你父亲来过，"芙莉亚紧张地咬着下唇，韦克福却依然慢条斯理地说，"大概一个小时前。"这个世界上韦克福能做得快的事没几件，而说话并不在此列。他勤奋刻苦，体魄壮得就像年轻的船坞工人，可惜速度之于他，不过是个外来词：就如图书卷首插画之于珍贵真迹的复制品，两者存在天差地别。

"然后呢？"

"然后什么？"他问。

"他找到了吗？那本书？"

"他拿走了几本书——四本吧，如果我没看错的话。"

"那七芒星的书呢？"

“可能也在内。”

“惨了！”她懊恼地揪着自己的金发，说，“皮普跟我说，爸爸是从这里上楼的。”

“小姐，不是这里还能是哪里？”

“里面有那本书吗？”

“我又没问他书名。”

她突然起疑：“你没跟他说吧？没有泄露我藏书的位置吧？”

“要是我告诉他，我是在主要通道以外的地方逮到你的，他一定会问我，为什么一个十五岁女孩会在书窖里游荡？那我就得跟他说说，你其实经常自己一个人下到这里来，”他的眼神里透着责备的意味，“让我陪你一起去吧。在里面的时候，总该有人照应你才好。”

“我自己会小心的。”

“万一出了什么事，那……”

芙莉亚踮起脚尖，在他的脸颊上轻轻啄了一下。“我不会有事的，我保证，”接着她后退一步，问，“你怎么会来这里？我还以为你在帮桑德兰处理家具呢。”

韦克福鄙夷地撇了撇嘴角，说：“如果是去帮忙卖掉费园的家具，那我是不干的。我喜欢这里现在的模样，连一把椅子、一个花瓶都不要改变。”

“爸爸说，我们需要钱，而且迫切需要。”爸爸的说法其实是：*要是再不快点有钱进来，我们就不得不把韦克福、宝琳和桑德兰解雇了。*

费尔菲克斯家族的这位管家搔了搔耳后，说：“可是就这么把这些物品摆放到坡道上，贴上价格，看着陌生人将它们带走，这实在……不好受。”韦克福的一边耳朵里长出了一根长长的白毛，他用拇指和食指捻着那根耳毛，念叨着，“真的很不好受。”

“的确不好受，”芙莉亚没空自怨自艾，尤其是事关那本书的时候，“现在可以让我进去了吗？”

他指了指脸上的疤痕，说：“这可不是割草机弄出来的。”

“我会小心的，真的。”

他有点迟疑，却又机械地点了点头，随即来到门边，手在铁门上按了有半分钟，同时默默合起双眼，接着再次点头——这一次态度较为坚决。

“好吧，”他说，“看来似乎相当平静，去吧！”那模样仿佛一只树懒在高呼着“快一点”。

韦克福掏出口袋里的钥匙串，将其中最长、最古老的那把钥匙插进锁孔。紧接着铁门里的机械装置开始发出黄蜂窝般的嗡嗡声，接着传来咔嚓一声，锁便弹了开来。

浓烈的书香扑面而来，芙莉亚立刻感到了饥饿——对新故事的强烈渴求。但这并不是她前来的目的，此刻她只在意一则故事，一则几乎拥有两百年历史的故事，而故事的内容她几乎已经可以倒背如流了。

门开了，韦克福走进去，朝后方狭窄的通道瞥了一眼，那里就像寂静无声的太空：或许这座书窖就是个等待人们去探索的浩瀚宇宙。

通道高将近四码，宽度却窄多了。墙面上满是成千上万册的书籍，一条条通道深入岩壁好几英里，并且岔分出无数的狭窄过道。十九世纪时，芙莉亚的一位先辈曾想过为这座地底设施绘制地图，但这无异于为一头狂怒的大猩猩计算它有多少毛发。这座地下迷宫如树根般盘根错节，而且仿佛在不断地试图在更狭小的缝隙和地层里钻出新通道。按照韦克福的说法，他祖父到过许多通道的尽头，但就连那里的书籍也同样堆积如山。毫无疑问的是，书巫力已经在这里自主发展起来，而这也是芙莉亚频频造访的一个原因：她迫不及待地想成为一名能力完备的书巫，迫不及待地想拥有自己的心灵书，练习分离书页之心。

韦克福指了指岩壁顶端，在短短的电线上晃动的光裸灯泡。这里的电力系统装设于二十世纪四十年代，只用来照亮主要通道和几条前方的支线。“目前电力还算稳定，可能偶尔会闪一下，不过并没有发生过什么严重的断电事故。可是，”他把手电筒递给芙莉亚，说，“还是带上这个比较保险。”

芙莉亚牛仔裤后口袋里本来已经插了一支自己的手电筒，但和书窖这座庞然巨物相比，她手电筒的光线未免太过微弱了。她犹豫了一下，还是接过了第二支手电筒。

“我自己还有，”韦克福说，“别担心。”

芙莉亚像伐木工扛着斧头般，把那支手电筒扛在肩膀上，就这么进入了书窖。才走了几步，她就听到韦克福纯粹只为尽人事的大声叮嘱：“别偏离主要通道！”数以百万计的书页将他的叮嘱减弱成了耳语。

门在芙莉亚背后关上。

现在，她是唯一置身于这些书籍之间的人了。她喜欢这样，甚至也喜欢这里的阴影和寂静。这世上或许只有少数几处像这样的地方，甚至很可能只有这里了。

她再次深深地吸了一口气，把书香吸进肺里，甚至更猛烈地吸入心底。接着，她便潜入书窖深处，准备迎接所有生活在这里的生灵。

2

芙莉亚沿着主要通道一路走来，几乎听不到自己踩在铺石地上的脚步声，书籍把大多数声音都吞噬掉了。她心跳加速，心情忐忑。只要踏进书窖就会这样，但她极力克制，要自己别害怕，通常这么做总能成功。

有东西从她旁边的书架上跳了过去，定睛看时，那东西又跑掉了。

芙莉亚继续向前，沿着主要通道向左转，眼前又是一个由书籍堆成的峡谷。虽然这里的路线绕来绕去，但要留在韦克福反复强调的主要通道上并不难，只要沿着灯泡串走就行了。每隔几码就有灯泡照亮这里的幽暗通道和狭小空间。

书架后方肉眼看不到的地方有着一些古老的壁龛，据说里面的骸骨已经被移走了。只是不知当费尔菲克斯家族在此兴建书窖时，这些死者对自己的墓穴遭人亵渎一事究竟作何感想？还有，有谁知道，在主要通道两侧没有灯光的过道里，在这些层层叠叠的书籍后面，到底是怎样的一番景象？

小时候，芙莉亚曾随爸爸去过书架深处，经过由昏暗的书页构成的拱顶空间与由书脊组成的洞穴，直到爸爸在某个角落失去了踪影。等到她好不容易赶上他，转过身来的那个人却不是爸爸，而是爸爸的一个噩梦。整整过了一个小时，她才再度见到爸爸的本尊。也许直到今天，那些幻影依然在书架间流连。

这些过道非常狭窄，就连在主要通道上，芙莉亚往往也得侧身行走，以免肩膀卡在被书籍挤爆的书架之间。干燥的空气中弥漫着书香，偶尔一阵风起，吹过通道，飘送来大部头书籍的气味，间或传来或许只存在于芙莉亚想象中的遥远声音。

在更多转角与分岔口，偶尔会出现一个人工挖掘的拱洞。到处都是书架，到处都是纸张，大多数零散纸张都包覆着皮革或亚麻布。这里拥有来自世界各地的，几十亿、几百亿的文字。

吸引芙莉亚进入书窖的书，名字相当长，叫作《凡塔思帝寇 · 凡他思提切灵：朦胧秋光之王》。在这本书出版的 1820 年，这么长的书名并不少见。作者是芙莉亚的一位祖先，他以“七芒星”这个笔名闻名于世。他总共写了数十部作品，包括好几本在当时广受欢迎的盗匪小说。这本《凡塔思帝寇》是他的处女作。时至今日，这本书或许已经被人遗忘，但在当时，这位姓名华丽的意大利强盗首领，可是能让众多读者一口气就看完其冒险故事的存在。

这部小说是芙莉亚的妈妈生前最喜爱的书，她小的时候，妈妈经常念书中的故事给她听。卡桑德拉 · 费尔菲克斯在生下皮普后就过世了，芙莉亚每天都在努力不让自己忘记妈妈的笑靥。每当她读《凡塔思帝寇》时，母亲似乎就出现在眼前，她和自己同样拥有一头金色长发，鼻子小巧，额头高阔，两人都有着碧绿眼珠和优雅翻阅着这本小说的修长手指。芙莉亚仿佛看到妈妈坐在一个小女孩的床畔，用她那安详的声音带领女孩进入意大利滨海的阿尔卑斯山脉峡谷，遇见强盗凡他思提切灵和他那帮欢乐却脑残的手下。

有一段时间，芙莉亚努力想找出些类似的作品，新旧都好，可惜没一本比得上《凡塔思帝寇》。七芒星的其他作品往往只是相同故事的翻版：如果是个好翻版，故事就千变万化、惊险刺激，并且能带领读者进入陌生的时代；如果是个拙劣的翻版，故事就显露出感伤与绝望。但芙莉亚认为，真正杰出的只有这本《凡塔思帝寇》。

爸爸因为哀伤过度，把许多会令他忆起亡妻的物品都烧掉了，所以芙莉亚特地藏起这本书以免被爸爸发现。爸爸的脑袋里很可能充满了各种日夜纠缠他的回忆，这些年来，寻找《凡塔思帝寇》已经成了他的执念。他隐约知道是芙莉亚藏起了这本书，而芙莉亚也知道，爸爸私底下依然在不断地寻找这本书，仿佛这是让妻子离去的最后一步。

爸爸已经销毁了妈妈的衣服和妈妈眷恋的物品，芙莉亚绝对不会再让他毁掉这本书。因为这件事，芙莉亚生了爸爸好久的气，但后来她总算能比较理解他的心情了。即使卡桑德拉已经过世了十年，提贝流斯·费尔菲克斯依然无法对这场悲剧释怀。他不是情感外露的男人，他也几乎从来没有谈过妻子的事。就连在永夜庇护所经历过的战事，他也始终绝口不提。

书架上又有动静了，这一次是在左侧，她停下脚步，缓缓转过头去。

两只迷你的折纸鸟蹲踞在上方的书架上，是两只极为精巧的折纸杰作，只是如今已有些泛黄褪色了。其中一只鸟在啄食一册诗集上的灰尘，另一只似乎在回应芙莉亚的目光，但和其他折纸鸟一样，它们并没有眼睛，除了长长的鸟喙，连脸都没有。

“嗨，两位。”芙莉亚向它们打招呼。

其中一只继续享用它的大餐，另一只踩着僵硬的步伐来到书脊边角，棱角分明的翅膀扇动了一下，脑袋一偏，似乎在打量着芙莉亚，仿佛它真能看得见，但比较可能的情况是，它只是闻到了芙莉亚的气味。

“我不打扰你们了！”说着，芙莉亚继续向前走去。

不久，她就遇到了一群至少二十只的折纸鸟，它们正忙着用纸喙啄食书上的灰色尘絮。折纸鸟是一种寄生物，会失控地持续繁殖。当年芙莉亚的祖先为了防止书籍累积尘埃，特别培育出了这种生物，它们的劳动成果也令人激赏。折纸鸟就像古怪的昆虫般在书架间蹦跳、爬动，平常很少能看到有好几只同时现身，因此这群正在贪婪地吃着某位葡萄牙小说家作品集上尘屑的折纸鸟，就形成了一幅罕见的景象。不过，芙莉亚只是耸了耸肩，并不在意，依旧向前走。只要折纸鸟还没开始觊觎纸页的美味，就不是问题，幸运的是，同类相残并非它们的本性。

在抵达分岔口之前，芙莉亚还见到了更多、多得不寻常的折纸鸟。芙莉亚在这里必须向左转，说得准确一点，就是偏离主要通道，因为她把《凡塔思帝寇》藏在了某一条没有拉电线的阴暗岔道上，摆在一本介绍工业时代早期齿轮冲压机的瑞典书籍旁。她相信爸爸暂时不会对波的尼亚湾港口一带的机械工程产生兴趣。

走了几步，芙莉亚打开韦克福给的手电筒，立刻有几只折纸鸟扑簌簌地从光束前掠过。芙莉亚皱起眉头用灯光照向它们，心想，藏身在书窖深处的折纸鸟难道暴增了？多到活动范围拓展至书窖前方了吗？她必须转两个弯才能来到存放《凡塔思帝寇》的书架，见到书还在原位，她才松了口气。她把亮着的手电筒放到层架上，取出那本书来。坚固的封皮变成了褐色，装订也松散了，封面上没有图案，只剩已经褪色的书名，而书名底下则印着：英勇的凡塔思帝寇船长的惊险旅程，出自《利古里亚编年史》。每次见到这个副标题，芙莉亚的脑海里都会响起妈妈的声音，体内也会涌起一股暖洋洋的悸动。

芙莉亚的名字与中间名都源自这本书。书中的芙莉亚是个诡计多端的女贼，曾有好几次把凡他思提切灵的猎物骗到了手。至于萨拉曼德拉，则是个脸上长着肉瘤的森林女巫。

芙莉亚的弟弟皮普，名字同样出自文学作品，他和查尔斯·狄更斯《远大前程》里的主角同名。狄更斯是她爸爸最钟爱的作家，芙莉亚几乎可以看见当年爸爸是如何激烈争辩，坚持至少要让他的长子以狄更斯笔下的主角命名，因为自己的女儿居然采用了一个老态龙钟、长着瘤子的女人的名字。

芙莉亚翻开书，从头开始读起，并再一次涌起一见钟情般的感觉。故事的开场是某个暴风雨夜，有营火，还有故事中的故事。而一个不留神，芙莉亚就停不下来了，接连翻到第二页，第三页……

同时听到了噼里啪啦的声音。

她吓得把书放下，想拿起手电筒，却不小心将手电筒从书架上推了下去。手电筒撞上地板的瞬间，溅起了上百个黑点，就像跳蚤般簇拥、攒动着。

是字母。

这些字母迅速组成了一长串的字句，从一个书架延伸到另一个，并且同时朝两端前进，直到没入暗影。这些元音和辅音，中间还有加了两个小点的变元音，就像是在细如发丝的触角上晃动着的蜗牛眼。

芙莉亚松了一大口气，把书放回书架，拿起手电筒。“又是你们。”她哀叹着把手电筒的光束移到这群爬动的字母上。

噼里啪啦声再次传来，这些微小的字母突然从四面八方蜂拥而至，在芙莉亚面前聚成一个点，你推我挤地向上堆垒，看起来简直跟一个庞大的蚁堆没什么两样。

这个点的前端就像快进的影片，树干渐渐伸展，直达芙莉亚眼睛的高度，先是轻轻款摆，接着朝一旁放有《凡塔思帝寇》的层架侧弯，有几十个字母跳了过去，其中一些迅速组成字句：

你好芙莉亚

这些字母都是从毁坏的书里掉出来的，它们的群体智慧里并没有标点符号这玩意儿。芙莉亚询问过它们其中的缘由，却立刻激起一阵愤慨，认为逗号、句号，尤其是分号本就是一无是处的垃圾，在文字兵团里，并没有留给标点符号的位置。

芙莉亚问候："哈啰，YZ，"而这群字母也开始在书架上重组，几年前芙莉亚认为，这个字母小集群需要一个名字，而她首先想到的便是YZ，"你吓坏我了。"

字母写出这句话：你得离开这里

有几个没用上的字母在书架上紧张地跳动，仿佛在强调这个警告有多急迫。

芙莉亚感到喉咙干涩。"发生什么事了？"

又是一阵混乱，接着出现了两个字：

霉鰩

芙莉亚咒骂了一声，问："在附近？"

正在朝这里移动

她挥动手电筒，朝通道两端照去，一头什么都看不到，另一头则是字母小集群投射出的颤动阴影，再后面空荡荡的。

"还有多远？"

当她再把手电筒照回书架时，那里出现了：拐几个弯

一百五十多年来，费尔菲克斯家族的书巫们一直努力不懈，不让湿气侵入这处地下墓穴，但他们也有力不从心的时候，于是在较外围的地区，某个书架背后开始聚集湿气，并且长出霉鰩来，而霉鰩和YZ、折纸鸟一样，都拥有生命。

霉鳐在这个时刻出现，也许纯粹是巧合，但芙莉亚心痛地想起，近来爸爸非常忙碌，而且变得不太谨慎。

YZ 警告她：离开这里

“它在哪里？”

右边

她把声音压低到几近耳语，问：“它知道我在这里吗？”

你太吵了

接着是：

你这个慢郎中

芙莉亚把“慢”字朝着书脊弹过去，它撞上去又弹回来，接着翻了个跟斗，但马上又回到原来的位置。其他字母也迅速重组，不一会儿，那里就出现了：

慢郎中慢郎中慢郎中慢郎中

YZ 说的没错，她过于自信，把韦克福的警告当成了耳边风。万一被霉鳐逮到，YZ 就会穿过地表缝隙，爬上她的墓碑，在花岗石上拼出四个词：

芙莉亚·费尔菲克斯

一九九九——二零一四

自寻死路

向右跑就能回到主要通道上，可是要避开霉鳐，她就不得不选择另一个方向，并祈祷接下来能够绕回主要通道。

YZ 拼出：快跑 马上

她想把那本《凡塔思帝寇》放回书架，放到一半却临时改变了想法。天知道她什么时候才能有机会再回到这里——如果几分钟后这件事还重要的话。芙莉亚匆匆地将书插在牛仔裤后腰处，用T恤遮住，接着拔腿狂奔，手电筒光线在她前方的书籍和地面上闪跳，一小集群字母发出的噼里啪啦声紧随在后。接着YZ再次塌陷，有如两列蚂蚁般，分据她前方左右两侧，迅速沿着书架底部爬行。

芙莉亚背后传来了一声咆哮，她边跑边回头，只见到一片黑幕。想将那里照亮，她就不得不停下脚步。

咆哮声转成了嗞嗞声，接着有另一种气味掩盖了书香——是一股来自潮湿地窖的味道。

芙莉亚在一处分岔口向左转，这里书架紧紧对排着，她必须侧着身体才能通过 。

她在过去之前，先举起手电筒朝来的方向照了照。这个动作还没做完，她就知道自己铸下了大错，接下来一瞬间，眼前的景象将她整个人都震慑住了。

这只霉鳐比她上回遇到的要大得多。当时她九岁大，而且有爸爸的陪同，六年后的今日，却没有人可以让她躲到背后。

这个由霉菌孢子组成的家伙浑身毛茸茸的，宽扁的身体比枕头还大，还发着一种类似漂浮在水面的油污那样的荧光。它正沿着通道向前平移，边缘扇动着，就像是水生植物的叶片。接着前端边缘裂开了一条缝，缝隙越来越宽，到最后，这只霉鳐就像是要分成两层一般。迎面而来的风将这个大开口吹得更大，霉鳐像个敞开的袋子似的朝芙莉亚滑行过来，仿佛下一秒就会当头罩下，将她生吞活剥。

芙莉亚发出一声怒吼，她猛然转身，开始在狭窄的过道里奔逃。至少，她不是这里唯一一个得和狭小空间奋战的，除非——

飞行到半途，霉鳐突然来了个九十度翻转，竖直了身体前进，像比目鱼般在书架丛林间追着她。眼下芙莉亚还领先它五码，但这段距离正在急速缩短。正当霉腐味变得冲天时，芙莉亚突然停下脚步，猛然回转，同时从某个层架上抽出一本书来。有几只折纸鸟从陡然出现的缺口扑飞出来，纸折的腿发出簌簌的响声，跳过芙莉亚的手臂和肩膀，跳跃到对面的书架上，接着脱离光圈，遁逃进黑暗中。

芙莉亚想也不想就将手上的书往霉鳐的喉咙里扔去，那条裂缝立即合起，霉鳐也停止动作，大概以为自己已经把这个女孩的部分身躯吞下肚了。芙莉亚继续向前飞奔，看到折纸鸟全在朝着同一个方向逃命，她终于明白为什么会突然冒出来这么多折纸鸟，因为它们都急着想逃离霉鳐的魔爪，逃往更深的区域，却也把它们的追杀者引到了这里。

芙莉亚的脑袋里同时响起了上百个警钟，也许她可以继续往它身上扔书，转移它的注意力，但她相当怀疑这么做能有效。就在这一刻，有东西狠狠撞在了她的肩膀上，一瞬间她以为霉鳐会一口吞下她的头颅，幸好只是霉鳐以惊人的力道将那本书吐了出来。

即使是在这种危急的情况下，不得不将那本损毁的书弃置在地，依然让芙莉亚心痛万分。凡是没有对书籍抱持敬意的书巫，最终都会失去他们的能力；而他们对文学的热情一旦消减，力量也会随之减弱。芙莉亚距离成为能力发展完全的女书巫还有一大段路，目前她从书籍中取得的些许力量，微弱得根本不值一提。

趁着霉鳐迟疑，芙莉亚又领先了几步，但霉鳐随即再度展开追杀，并且不再为惊慌逃窜、在层架和书上狂飞乱舞的折纸鸟而分心：这一次，它锁定了芙莉亚。

书架都被螺丝稳稳地固定在了墙上，想推倒它们当路障也太重了，芙莉亚唯一能做的就是奋力跑得更快，更敏捷地在书册峡谷之间狂奔，同时思考如何运用她那点微弱的能力。她得聚精会神才能想出主意，偏偏在此刻专注又是绝对不可能的任务。

过道在她前方变得稍微宽敞了一点，有三级阶梯延伸向下，但芙莉亚觉察时已经太迟，来到第一个阶梯时她一脚踩空，咒骂着掉进了一片空地，一只膝盖撞到了地面。她尖叫着滚向一旁，手电筒也滑脱出去，滚动了几下，朝一片书墙投射出椭圆形的光束，隐约照出她经过的通道。

这时霉鳐正从那里滑翔过来，抵达较宽敞的过道，接着它再度平移前进，背后留下了一股令人难以忍受的恶臭。芙莉亚看见它从自己头顶上掠过，似乎暂时失去了她的气味踪迹。几十只折纸鸟狂飞乱舞，影子像棱角分明的黑猫在书架间跳跃。

霉鳐后方有一群字母从过道里飞舞而出，沿着阶梯向下流淌，随即在芙莉亚和霉鳐之间聚拢，想要保护她。这堆簇集在一起的字母堆成一座塔，朝拍动着胸鳍的霉鳐底部冲撞过去，撞得它偏离了原来的路线。但这一招只能暂时阻挡它，这次的攻击使它留意起下方地板上的物体，同时发现了 YZ 和芙莉亚，于是它鼓胀起身体，张开大口转向他们所在的位置。

“快走！”芙莉亚朝它呼喊，但这句话其实是说给 YZ 听的，因为霉鳐已经把第一群字母吞进咽喉里了。这时有更多的元音和辅音也噼里啪啦地滚下阶梯，只是数量过少，没办法弥补损失，看来这群字母早晚会被霉鳐全都吞进嘴里。

芙莉亚摇摇晃晃地站起身，好些折纸鸟惊慌失措地从书架上跳开，却正好被霉鳐吸进了咽喉里。YZ 在霉鳐嘴里膨胀成一颗由字母组成的气球，使霉鳐瞬间失控翻滚并且奋力抵抗。但这团字母气球似乎只能推迟自己的末路，因为霉鳐闪烁着荧光的嘴正在咂吧咂吧地开合，想把绵延流窜进来的字母群咬断。

芙莉亚双手握拳对着霉鳐冲过去，死命地挥拳打下，直到手臂都没入了霉鳐软绵绵的霉菌躯体里。她趁机撑开手指，试图扯下一大块霉鳐的身体。软绵绵的孢子云朝她的脸爆开来，可惜这点小伤只能暂时阻遏霉鳐，没能将它吓跑。它那团由霉菌构成的身躯既结实又富有弹性，芙莉亚这一击，顶多只能让它有几处地方凹陷下去。

霉鳐的嘴依然紧闭着，一些零星字母悬挂在霉菌孢子的毛絮边上，另一些则掉落到深处，和其他字母会合。芙莉亚踉踉跄跄地倒退，两个脚后跟撞到最底下的一级阶梯，费了好大一番工夫才又站稳。

现在，霉鳐刚好滑到她面前，它似乎已经把体内的字母消化完毕，扁平的身躯阵阵起伏，接着发出非常恐怖的咆哮声，身体分成两半，芙莉亚恰好看到了它露出的咽喉。被压碎的折纸鸟就黏在上颚，中间还夹杂着一动也不动的字母，仿佛巧克力豆的残渣。那股臭气熏得她几乎无法呼吸，都快昏倒了。

如果能像古典小说中敏感纤细的年轻小姐那样就此晕厥，不必理会这股腐烂味，只需以沉睡终结人生，或许会是最理想的情况。但她可是芙莉亚·萨拉曼德拉·费尔菲克斯，是书巫力量的继承人，不久便会拥有自己的心灵书，所以她绝不会像个轻轻一碰就吓得发抖的女生，放弃反抗，失去意识，倒卧在地。

3

芙莉亚·萨拉曼德拉·费尔菲克斯是个“睡读姝”，她会在睡梦中饥渴地阅读。有个拉丁文词语 Somnevolismus 就是用来形容这种能力的，由于世上除了她以外，再没有谁有这种毛病，所以她自创了这个词。

“Somnus 的意思是睡眠，Evolutio 的意思是阅读，”她如此向小她五岁的弟弟皮普解释，“所以，Somnevolismus 就是在睡梦中阅读的意思。”

皮普跟其他人一样，都是在醒着的时候看书，但他太了解芙莉亚了，所以没有反驳她，否则她恐怕会把他的小丑妆擦掉。皮普总是要化好小丑妆才走出房间，因为他怕死小丑了，但他认为只要化了妆，小丑就会以为他也是自己人。

“小丑不会来我们费园的，”芙莉亚曾经这么告诉过他，“所以根本没必要一天到晚顶着小丑妆，除非你有易装癖。”

皮普迟疑地笑了笑，也许是因为他不懂易装癖是什么意思，不过，他根本不相信她说的话。

“不过，”芙莉亚狡猾地补充，“我在我们的公园里见过几个小丑，有时候他们会把脸靠在食品贮藏室的窗户上，留下骷髅头状的白色印痕。”

从此以后，皮普总是会避开食品贮藏室，芙莉亚就可以独享所有的姜饼了。费尔菲克斯家的厨娘宝琳堪称姜饼女王，她连在夏天也会烘烤姜饼，并且把甜得像蜂蜜的糖浆抹得特别厚，这种糖浆是芙莉亚的爸爸偶尔从拙劣的言情小说中蒸馏出来的。

提贝流斯·费尔菲克斯会做的事可多着呢，但由于芙莉亚遗传了他的才能，将来也会成为威力强大的女书巫，所以看到爸爸通过汲取书籍的力量创造出的奇迹，她一点也不感到讶异。

不过她爸爸很少这么做，因为他担心敌人会循此发现他和两个孩子的踪迹。书巫术是一种静默的艺术，但这种力量，这种运用书籍——任何书籍——的魔幻力量会产生振动，可以远远地传送到地平线。有心寻觅的人，处处都能发现其踪迹，而亚当学院的人早就在等着芙莉亚的爸爸一个闪失，暴露出自己的居住地点了。

“到时他们就会想办法杀了我们。”说这些话时，他显得非常严肃认真，然而不管说什么，他的态度总是这样。他告诫两名子女：“我们必须随时谨言慎行，你们跟我都一样。”

芙莉亚把弟弟拉到自己身边，说：“你吓到皮普了。”

“这样才好，”提贝流斯·费尔菲克斯说，“对亚当学院的恐惧才能让我们大家保命，因为这种恐惧能防止我们犯错。”

这种说法芙莉亚和皮普都听过好几遍了，差别在于，皮普不是书巫，而且很可能永远都不会是。但只要想到自己有一天将拥有爸爸所有的能力，芙莉亚就激动得发晕。在爸爸十四岁的时候，他的心灵书找到了他，如今芙莉亚已经十五岁了，却还在等待这一刻降临到自己身上。要是没有自己的心灵书，她就无法成为真正的书巫，只能勉强施展一点雕虫小技。

她深信，有了心灵书，一切都会变得更好，而且她也隐隐觉得，爸爸已经快等不及了。当爸爸用眼角余光观察自己时，她可以从爸爸闪烁的目光里看出这种焦虑；当爸爸讲述久远的年代，讲述绯红厅的阴谋和那些隐秘的庇护所时，她总能从他的语调里听出这种焦虑；甚至当他摸着她的头，探索她体内的书巫之火时，她也总是能感受到这种焦虑。

尽管她自己已经极度不耐烦，却还是改变不了必须是心灵书找到她而非她找到心灵书的这个定理。外面的广大世界如此宽阔、熙攘、热闹、骚动，但费尔菲克斯家族却在科茨沃尔德离群索居，活在书本的寂静中，躲避亚当学院的密探。

偶尔芙莉亚会觉得，山谷这里唯一的变化是季节的更迭。春天，草地花开；夏天，蟋蟀鸣叫；秋日，成排的矮树篱转为金黄；冬季，则是白雪覆盖丘陵。其他一切都维持不变：爸爸沉湎在他的研究里，皮普忙着躲避小丑，而芙莉亚则继续等待，日复一日，无尽地等待。

4

书窖事故过后一个小时，芙莉亚已经洗好澡，坐在古老的阅读椅上，靠一盏灯罩可以转动的落地灯照明，读着膝头上的《凡塔思帝寇》，沉浸在第四章的故事里：强盗首领和他的对手，也就是他后来的情人——美丽动人但又臭名远播的芙莉亚·井葛蕾莉邂逅的场景。她是米兰大公的私生女，要不是她同父异母的弟弟派了一拨又一拨的佣兵在利古里亚一带的峡谷与海湾中追捕她，她就会成为大公的女继承人。

芙莉亚读书时，一些模糊影像在房间墙面上不断掠过，这是书巫壁纸在将她的心灵之眼所见到的景象显示出来：胆大妄为的人物穿着补丁衣服，敌兵则穿着一身闪亮的甲胄，另外当然少不了长着一头浓密的金色鬈发，迷倒了强盗头子，也令许多男子神魂颠倒的美丽女盗匪。这一切都发生在从陡峭山岭延伸到地中海岸的那片雾气氤氲的森林里。

芙莉亚的母亲第一次读这本书给芙莉亚听时，早已在她的脑海里唤起相同的影像。这本书叫作《凡塔思帝寇》，正是卡桑德拉所坚持的。卡桑德拉谈起七芒星写的小说时，简直像是在谈论一个人，她觉得自己和这本书就是如此亲近。芙莉亚的父亲曾说，这本书是妈妈的秘密情人。这说法也许不那么认真，但隐约透露出些许妒意，因为每个夜晚，他的妻子都会带着这本泛黄的书上床。

芙莉亚房间里的壁纸和电影不同，并不会展示持续不断的故事，反而是乱七八糟地拼凑出的各种脸庞和场景。但我们脑海里的影像不正是如此吗？不正是只有读者自己才能理解吗？当这些影像在墙面上闪烁，显示之前她所读到、看到以及感受到的事物时，芙莉亚会突然停下来环顾四周。

“你看起来很哀伤。”阅读灯说，同时用灯光在芙莉亚的脸上一晃，随即又回到书本上。阅读灯的声音有如古老留声机般泛着金属音色，这盏灯移动时，关节发出的刺耳咯吱声几乎可以让石头酸软。几个月前芙莉亚就想过，是时候亲手或是请韦克福帮它上油了。

“她膝盖痛。”阅读椅用低沉的声音说。它的声音从皮椅套缝隙里传出来，听起来有点窒闷、不耐烦。芙莉亚确实一反常态，跷起一只脚坐在椅子上，另一只脚却直挺挺地伸出去。之前从阶梯上摔下，到现在这条腿还是痛得不得了。

她唉声叹气地在皱巴巴的坐垫上调整好姿势，这个动作使得阅读椅惬意地低哼一声，它喜欢有人在自己身上舒舒服服地坐着。

“没什么事，”她说，“不过一点瘀青而已。”从书窖回来后，她冲洗了好久才把身上的霉鳐孢子洗干净，现在她已经穿好了睡衣裤，外面套着紫色毛巾布浴袍。

落地灯发出悲惨的咔咔声后，再次照向她的脸庞：“当我哀伤地看往，我就能看到哀伤。”

十五年了，芙莉亚还是搞不清楚这盏灯到底看到了什么、要说些什么。阅读灯和阅读椅都没有眼睛也没有嘴巴，它们的声音是从内部发出的。就算帮阅读灯换了新灯泡，它的视力也丝毫没有改善。这两件家具是好久以前芙莉亚的祖父卡西乌斯·费尔菲克斯挖空心思创造出来的书巫神器。对于无缘见祖父一面，芙莉亚深感遗憾。

她发出一声喟叹，朝壁纸上和人同高的模糊影像点了点头。强盗头子凡塔思帝寇和金发女贼正相对而立，两人站在悬崖边，前方是一座绿林密布、绵延不尽的峡谷。

“那都是……因为她，”芙莉亚说，“每次见到她，我就……”

“就怎样？”阅读椅以它那椅子特有的“细腻”心思追问。

“嗯，”阅读灯说，“在我看来，她长得还不赖。”

芙莉亚心里琢磨着，自己是否真想对它俩解释清楚，最后她还是决定说出心事。从好多年前开始，她就在脑海里把女贼的容貌想象成妈妈的样子，她并非有意这么做，都是自然而然就发生的。只是距离妈妈过世的时间越久，她脑海里妈妈的容貌便越模糊，取而代之的只是些空泛的回忆，一幅轮廓隐约不明、几乎与卡桑德拉无关的影像。这种转变是随着时间推移慢慢形成的。这段日子，芙莉亚越来越清楚地觉察到自己逐渐淡忘了妈妈。比起膝盖瘀青这种小事，这一点要令她痛心多了。

“你干吗不看看她的相片，”阅读椅问，“好唤起回忆？”

阅读灯激动地上下弹动，还没等芙莉亚回答，它就开口了：“因为老头子把她妈妈所有的相片都烧啦！这种事你居然忘记了，你这个厚皮公！”

阅读椅低沉地咕哝了些什么，接着气得不吭声了。

芙莉亚把书合上，墙面上的影像也随之消逝，壁纸又恢复成淡绿松树的图案。芙莉亚让那只受伤的脚小心翼翼地着地，一跛一跛地走向书桌。她的书桌位于朝向费园前院的一扇长窗前，在蜿蜒的汽车斜坡和几棵树所在的那一侧，半圆月亮的照耀下，科茨沃尔德的丘陵绵延起伏。白天时，牛津和格洛斯特之间的风景美得无可比拟，一片由山坡与洼地构成的绿海，其间横亘着成排的矮树篱、溪流与令人心醉的小树林。一入夜，沉暗的峡谷和迷宫般的路径，就成了狼群的狩猎场——其实只是偏僻农场饲养的狗，在暗夜中对着月亮狂吠。

芙莉亚把《凡塔思帝寇》塞到书桌旁的地板木条底下，擦了根火柴点亮银烛台的蜡烛。

“关灯！”她指示阅读灯。

她那舒适的阅读角落顿时陷入了黑暗，阅读椅和阅读灯看起来和其他家具一样了无生意。

床畔电子钟显示已经是夜间十一点多了，芙莉亚拉开书桌抽屉，取出一个夹心巧克力盒子，在铺着巧克力球的薄层下藏着她的另一本书。她把书放到桌上，翻开暗褐色的封皮。约有一个指节宽的厚厚封皮内，有一个长长的凹槽，里面藏着一支玻璃蘸水笔，笔身制作得极精美，像是个拉长的蜗牛壳，笔身中间的白芯被螺旋表面折射成了螺旋形。笔尖也是玻璃所制，这是芙莉亚见过的最美的笔了。

她在温奇科姆的文具店买了一罐墨水，最近快用完了。这段时间，她几乎每天都在用。

她的藏书最前面四五十页写得密密麻麻的，上面有两种字迹。其中一种是芙莉亚的，笔法讲究，相当秀丽；第二种字迹有点老派，倾斜的字母排列得极紧密，需要花点时间熟悉才能辨识。直到现在，遇到某些字词时芙莉亚阅读起来还是有困难，偶尔有几个字母她甚至得费心猜想才看得懂。

这个字迹的主人塞弗林·罗森克罗兹使用的是黑色浓墨水，芙莉亚使用的蓝墨水较为细腻，写起来也比较优美。自从她熟悉玻璃蘸水笔的用法之后，就再也不会边写边滴墨水，弄得到处脏兮兮的了。

芙莉亚和塞弗林轮流在这本书上写信：她在当代，他则在1804年。起初她并不相信他说的话，但现在她已经习惯了。自从她发现可以用这本书和某个陌生男孩笔谈之后，其他事实也没那么难接受了。比如说，塞弗林是她某一代的先祖，当时他们家族还住在德国，冠着罗森克罗兹这个姓氏。

1836年，他们家族被亚当学院击溃，侥幸存活的人展开逃亡，移民到了英国，而昔日的罗森克罗兹也摇身一变成了费尔菲克斯，从此隐身在科茨沃尔德，躲避着亚当学院密探的耳目。

昨天——准确说来是两百多年前——塞弗林回复了她最后一封信，但内容直到今晚才在书里出现。他和她用的是同一本书，就是她手上的这一本，只是他是在另一个时代和另一个地点拿着这本书，而她则是在此时此地。他们就像一般人使用智能手机那样使用这本书，互相通讯，诉说生活中的大小事，并在对方沮丧或生气时提供建议。

和霉鳐打过照面后，芙莉亚的肾上腺素大量分泌，必须先平复心情，而每逢这种时刻，《凡塔思帝寇》就是相当好的工具，只要一翻开这本小说，闻闻它的味道，安全感就油然而生。读了几页以后，她就能暂时忘却所有的不快，包括费园生活的孤寂和爸爸对她过于殷切的期盼。

看完一章《凡塔思帝寇》，她的心情就平静下来，可以和塞弗林交谈了。他们把这件事称作“交谈”，虽然事实上根本不是谈话，而芙莉亚也不知道他们的交流方式是否更加坦诚、深入，在某种程度上更“书巫”。

她用蘸水笔和墨水告诉他这里发生的事，并且相信，他能理解这些事。他和她都是书巫，光凭这一点，他就比温奇科姆或斯坦威的小伙子们更有潜质当个好的聆听者。他和芙莉亚很像，就连他的想法也似乎和她的一样。他十七岁了，比她大两岁。

芙莉亚当然知道，他的时代和自己的天差地远，所以她几乎从来没谈论过现代的物品或器具，恰好费园里也鲜有这类物品。这里没网络，只有一部几乎从来不用的超级老爷电视机，所以她又该如何向他解释这些东西呢？她宁可和他谈论书，谈论爸爸的事，谈论住在一个鸟不生蛋的地方、一个破败庄园里的生活。

塞弗林则谈论他们位于莱茵河畔，和家人共同居住的大宅；他也谈论自家那座藏书室，其规模堪比他那个时代里最大的图书馆；他还会谈自己如何努力接受几年前才被唤醒的能力。这种能力就是书巫力，这一点毋庸置疑，不过他似乎从没听过这个概念——直到芙莉亚向他提起这个名词，他才开始使用这种说法。

当然啦，在他的时代，世上还没出现监管书巫界的亚当学院，而绯红厅五大家族之间也还没有发生战争。这几个星期以来，芙莉亚稍微向他谈起这些事，但她也很清楚自己的责任，而有时这些责任会比她所愿意承认的更加令她惧怕：万一她的话改变了他的未来该怎么办？比如万一他决定离开家人或者不生小孩该怎么办？这样几个世代以后，芙莉亚和皮普会不会就无法来到人世？

她不知道他是不是自己的直系祖先，也没有办法查明这一点，所有关于罗森克罗兹家族的文献在他们逃离德国之前就被销毁了。所有可能据此追查到费尔菲克斯家族的线索都遭到了清除，唯一的例外是藏书室。他们用船把藏书运到英国，成为今天费园地下墓穴里书籍迷宫的基础。就当时而言，那座藏书室绝对相当庞大，但和后来发展出来的相比，可就是小巫见大巫了。

芙莉亚很喜欢像古典小说的女主角那样，和塞弗林交换跨越两百年的书信，而那些故事不时会写到骑马的信使或邮车越过高原荒地传递的信件。她没有向爸爸谈起两人通信的事，而这更为整件事平添了刺激感。不过，即使她不愿意承认，这件事也早就不只是场游戏了。清晨她做的第一件事，就是赶快翻开这本书，看看自己的讯息底下有没有塞弗林的回复，在刷牙前就把每个字都仔细看过了，有时甚至会看上两三遍。

就算她哪一天突然发现，这位古代的神秘友人不过是她幻想的产物，就像有些人会突然听到一些声音一样，那她也愿意接受，因为这也表示，他是自己的一部分，是别人无法夺走的。

当天夜里，她把书窖里发生的事，还有促使她离开主要通道的原因，都一一记录了下来。她已经好几次谈起，《凡塔思帝寇》对她妈妈的意义有多重大，也因此，这本书对她来说更是万分宝贵。她必须确保不让爸爸发现这本书，因为世上现存的数量屈指可数。一想到可能会因为爸爸走不出妻子过世的阴影而失去《凡塔思帝寇》，这对她的折磨更甚于霉鳐的攻击。

写好后，她把书合上，正想将它放回夹心巧克力盒，却又忍不住在最后一秒翻开，因为她太渴望知道塞弗林是不是已经回复了。有时塞弗林的回信只需等上几秒，有时需要几分钟，但无论如何都不会超过一天。

她的愿望成真了，塞弗林的字迹已经出现在了她的讯息底下，不只写满了那一页剩下来的空间，还跨到下一页上去了。墨色历经两百年，好些地方已经泛着褐色，而且有些褪色了。

亲爱的芙莉亚：

我不知道你长什么样，我只知道你向我描述过的：不怎么高、相当瘦，有着金色长发和碧绿眼珠。这些勉强够让我想象你的模样。老实说，我在想象时还自行添加了一些细节：鼻头上点缀着雀斑，有一绺不肯听话的头发，即使没有风吹也会散落在额头上，还有洁白的牙齿（我知道很少有人的牙齿是洁白的，不过我相信，你的牙齿同肖像画里的贵族的一样美丽）。至于我确切知道的是，你是个女孩，而且不是那种肩宽体胖的大块头。不过，万一未来你还会碰上你告诉过我的那些危险，可能你长成那种模样才好。

他那生硬的语气和用词让芙莉亚忍不住笑了出来。过去四个月以来，他已经适应了她的语言，改掉了许多别扭的说法，原因之一也是虽然她的德文还算通畅，但要看懂一些十九世纪早期的说法，有时还是挺困难的。

我大可说，我认为你的行为过于轻率了，不过我知道，这么说只会让你觉得好玩，而且也无法阻拦你以后再做类似的事，所以在此我只想说，我很了解你这么做的理由。不过，下次请依然多加小心。昨晚睡前我想起了一件事：彼此喜欢意味着，发现彼此说着相同的语言；而彼此相爱则意味着，用相同的语言赋诗。

芙莉亚胸间涌起一股暖流，不禁用手摩挲着页面。四个月前，她在书窖中七芒星的盗匪小说之间发现了这本书，那阵子她常在那里寻找可与《凡塔思帝寇》媲美的书。这本书的书脊上没有印任何字，却用手写字迹写着她的名字。芙莉亚。起先她以为是爸爸开的玩笑，但爸爸绝不会拿七芒星来开玩笑。接着她想可能是本和《凡塔思帝寇》里那名女贼有关的不知名小说，然而等她把书从书架上抽出来后，却发现里面根本没有印上任何文字。正当她打算把书放回去时，却发现，第一页上有几行手写的字迹。

亲爱的芙莉亚：

如果此刻看到这封信的人是你，请用附上的玻璃蘸水笔在底下回信给我。我叫塞弗林·罗森克罗兹，这封信是我在 1804 年的 2 月写给你的。

祝安好

你的祖先

费园里的人，比如韦克福、爸爸，甚至家里的司机桑德兰，都有可能是写这封信的人。对桑德兰这个人，芙莉亚是一点也不信任。

于是她随手把这本书塞在了书桌里，放了一个星期才将它取出，割破一支墨水管，用里面的墨水写了回信。

真没想到我居然会在这本书里写信，看来大家都会认为我疯了。晚安。

之后她就把这本书搁置起来，一连三天都不予理会。虽然她觉得这件事有点可笑，但后来还是偷瞄了一下，结果在她写的最后一行字底下出现了回信。

亲爱的芙莉亚：

非常感谢你的回信，也许现在你会以为是有人在捉弄你，但我可以保证，绝对不是。为了让你相信我，我有个提议：你可以在藏书室里任选一本你确定在 1804 年已经属于我们家族的书，如果罗森克罗兹家的人谨慎保管书本的态度后来也没有改变的话，这提议对你来说应该不难。接着请你告诉我书名以及任何一个页数，并且随身携带那本书一天，别给其他人偷看的机会，最后请你再翻开那一页看看，我会在1804年在你挑选的那一页给你留下讯息。

光是认真考虑他的提议就太荒唐了，但芙莉亚当然还是接受了这个办法。结果一切果真都如他所言，芙莉亚在一本《大盗阿贝立诺》的第六十七页上找到了他留下的讯息：

芙莉亚：

但愿这能消除你的疑虑。

在两百年前梦见你的塞弗林·罗森克罗兹

芙莉亚走回自己的房间，拿出原来的那本书，写下：

我不知道你是怎么办到的，不过我还挺佩服的，是一丢丢佩服，还不到五体投地，不过还是有那么点佩服啦。

写完，她把书放着，才过了一会儿，回复就出现了：

我靠的不过是蘸水笔和墨水，这一点也不难。

芙莉亚打开另一支墨水管，把蘸水笔放进去蘸了蘸，在书上写下回复：

你说梦见我，这是什么意思？

这一次芙莉亚等了几个小时，她焦躁地在房间里来回踱步，又到食品贮藏室吃了太多宝琳做的姜饼后才发现，她必须先把书合上，他的回复才会出现：

我是在梦里见到你的，那个梦境让我知道该如何取得这本书，以及这本书是为谁而存在的。你一定觉得很荒谬吧？相信我，我自己也觉得很荒谬。

你诚挚的友人

你的塞弗林

事情就是这么开始的，到现在他们互通讯息已经有四个多月，有时甚至一天数回，而今天他居然还写下了这段话：我不知道我们是否已经彼此赋诗，但至少我们在共同写着一本书。

她正想下笔，门却被人推开了，她火速将塞弗林的书塞回抽屉里，还差点打翻了墨水。

阴暗长方形门框里露出弟弟晶亮的小丑脸庞，他看起来就像衬在黑天鹅绒盒上的瓷偶。皮普顶着一头乱翘的金发，脸上的妆应该画得很仓促，有些部位没涂上白色，嘴巴边缘歪歪斜斜的，两眼周围的红色椭圆形也画得一大一小。

“桑德兰！”他呼喊。“在外面！”他那细而高亢的声音仿佛发自小鸟窝。“你一定要看！”

5

“他又开始表演了！”

芙莉亚才匆匆将墨水瓶摆到一边，皮普已经从她身旁飞奔而过，爬上书桌，凝视着窗外的夜色。他的双手压在窗玻璃上，用力顶得鼻子都压扁了。

“你的妆！”芙莉亚一把拉住他的睡衣，但他脸上油腻腻的红白浓妆已经印到玻璃上了。“哎呦，皮普……”

“快看呀！”

“我对桑德兰的无聊把戏没兴趣。”

“那才不是把戏呢！”他着迷地盯着窗外。“这是真的，真的！”

“才不是。”但为了避免他再闹，她还是跟着爬上桌，在他身边跪坐在窗台上。只不过，她必须把身体重量放在左侧膝盖，免得瘀青的地方太痛。

费园前院只有一盏灯，灯光照在一辆停在屋前砾石地上的黑色劳斯莱斯上。车子的后车厢大大敞开，但由于汽车正对着屋子，所以芙莉亚和皮普看不到里面的情形。

尽管已近午夜，桑德兰依然穿着一身深色司机制服，戴着鸭舌帽。他身材魁梧，就像是周末会在酒馆斗殴闹事的那种人。每当芙莉亚坐在劳斯莱斯后座时，总觉得桑德兰的肩膀似乎比驾驶座椅背还宽。芙莉亚向来避免直视他，因为她总觉得他长得跟费园小教堂坟场上的石头脑袋太像了，简直令人难以分辨。他的颧骨突出，下巴棱角分明，脸上少有表情。虽然不过四十多岁，头发却已泛着铝灰色。白天他老戴着一副墨镜，偶尔取下才会露出有如冰雹颗粒的蓝白色小眼睛。

“他看到我们了。”皮普说。

“当然看到了，不然他怎么会开始这场表演呢？”

桑德兰果然正从鸭舌帽帽檐阴影下仰望着他们这边，接着他动作略微僵硬地鞠了个躬，随即消失在高高掀起的后车厢盖后方。

五年前，芙莉亚的爸爸在《牛津邮报》上刊登广告招聘司机。在那之前，大多是由韦克福帮他们开车并打理大小事的，但某天晚上，韦克福在温奇科姆的雄狮酒馆喝了酒，在查德威克农庄附近碰上了警察拦检，驾照惨遭没收，警察还表示，他休想取回驾照了。广告刊出后有三名男子来应征，桑德兰是唯一自备汽车，而且还是劳斯莱斯的。有一段时间附近商家和农民对这件事印象深刻，因为这些人提交给提贝流斯的账单已经堆积成山了。不过他们认为，乘坐这款车的人迟早会把欠款还清。

桑德兰表示，只要费园供他吃住，就算薪水低一点也无妨，而且他愿意自己维修汽车。在确认过桑德兰不是亚当学院的密探之后（可以确定他并不是书巫），芙莉亚的爸爸还对桑德兰进行了背景调查，结论是他这个人可以信赖。于是，桑德兰就搬到了斜坡旁的警卫室居住，连原本他不必做的工作也不拒绝。今天他一直在忙着和韦克福把费园的老旧家具搬到警卫室屋檐下，准备隔天清晨搬到马路上出售——不过前提是，有人偶然间路过这条蜿蜒的道路来到峡谷。

“那里！”皮普高喊，“又开始了！”

这辆高级汽车后车厢里的光线投射到砾石地上，司机桑德兰的身影如鬼魅般从前院一路延伸到灌木丛。

在为费尔菲克斯家族工作前，桑德兰提出了一项很古怪的条件：除了他自己，任何人都不准打开这辆车的后车厢。日常购物和较大型的物品都放在后座上，就算要开后车厢盖，动手的也只能是桑德兰本人。他宣称，厢盖底下自成一个世界、一个宇宙，神奇又危险。

芙莉亚认为他是在故弄玄虚，但她爸爸忍着笑答应了他的要求。如果提贝流斯·费尔菲克斯愿意毫无异议地接受这项条件，这个后车厢又能有多大的危险呢？但桑德兰对自己的条件非常坚持。偶尔他会让两个孩子体验一下这个迷你宇宙，但往往是他主动的，而且总是在出人意料的时刻。

芙莉亚压抑着，不让自己的语气泄露出她的好奇。她问：“他开始多久了？”

“几分钟。”皮普答。

桑德兰往旁边横跨几步，双手在背后交握着。后车厢内部的灯光中升起了一个穿着宇航员服装的白色身影。宇航员手上牵着一条绳子，另一头系在大象的项圈上。芙莉亚真想瞧瞧那头大象是如何从后车厢里硬挤出来的。宇航员和大象踩着平静的步伐离开车子，在空中留下一条闪闪发亮的银尘痕迹。

皮普忘情地鼓着掌，芙莉亚却叹着气离开了窗口。

“哇！”皮普赞叹。“太棒了！”

“这只是一种无聊的幻象，”她跟皮普讲过十几遍了，但说给皮普听还不如说给壁纸听，“这种戏法就跟魔术师从帽子里变出兔子一样，只不过别人用的是帽子，桑德兰用的是后车厢。”

皮普瞥了她一眼，眼神清楚显示出他对她的说法作何感想。整个宇宙！他瞅了她一眼，接着注视着屋外的宇航员带领他的大象走进灌木丛里。而这一次也会和之前一样，他们再也找不到这些影像留下的任何痕迹。

芙莉亚猜测，桑德兰用了某种类似投影机的东西，而这个东西就藏在后车厢内部。这种把戏绝对和书无关，要是有，爸爸，甚至她自己一定感受得到。桑德兰没有任何书巫天赋，却非常擅长使用幻术。这是种奇怪的癖好，仅此而已，却总是能在皮普身上生效。桑德兰这个人脾气不好，鲜少露出笑容，更不可能兴奋热情，但他却知道怎么逗别人开心，真是一种奇特的反差。基于某种原因，他特别疼爱皮普；对芙莉亚，他顶多只是以礼相待。

芙莉亚发现自己也正在目送着车后银尘的尾巴如水雾般缓缓飘落地面。

桑德兰再次朝窗口所在位置鞠躬，接着关上后车厢，坐回驾驶座，开着劳斯莱斯绕过主建筑，前往费园后侧的停车位。每次都是这么结束，仿佛没有任何不寻常的事发生。

"上床啦！"芙莉亚倒退着离开书桌，双脚落地时，疼痛如针锥般刺进了她的膝盖。

皮普依然望着黑暗的窗外，地平线一带有闪电亮起。

"上次是一个骑着马带着长矛的骑士，"芙莉亚轻轻将他从窗边拉开时，他说，"还有一只超大的蝙蝠。"

"你怕小丑，却不怕超大的蝙蝠？"芙莉亚看着皮普，摇摇头说。"皮普·费尔菲克斯，你真是个怪人。"

他顶着红白双色浓妆的脸调皮地笑了笑，认真点点头说："我知道。"

"来，睡觉了，明天一早还要上课呢。七点钟，蒂奥菲就到了。"

他们的家庭教师会一周四次地从乔汀翰来到他们居住的峡谷，

每当桑德兰看到他停放在前院的福特老爷车，都会不屑地皱皱鼻头。

“别人都跟我们不一样，”皮普仍然站在书桌前，他瞧了瞧芙莉亚的阅读角落，又看了看她堆放在床边的一叠书，最后目光才又回到姐姐身上，说，“就连小说里的人都跟我们不一样。”

“我们是罗森克罗兹家族，”芙莉亚说，“应该说是罗森克罗兹家族的幸存成员。再怎么努力，也会和世上其他人不一样。”

“我真希望自己能跟斯坦威或者温奇科姆的孩子一样。”

“那你就得跟他们一样上学、上教堂、做运动，周末还得帮草坪割草。”

“他们有朋友。”

“我们有书。”

皮普闷闷不乐的眼神撕扯着她的心，但她并没有泄露自己的感受。从爸爸身上，她学到了对抗皮普情绪的办法：否认他有自己的情绪。

但这几个月来，她越来越担心小丑的事。爸爸本该采取措施化解这状况的，偏偏大部分时间他都把自己关在书房，仿佛事不关己，仿佛皮普靠自己就能走出恐惧。但芙莉亚并不这么想，她认为皮普需要帮助，而且在内心深处，她隐约知道，偏偏就是家里的司机，偏偏是这个桑德兰跟她有相同的想法，因此经常想办法逗这个小男孩开心。

“睡个好觉！”说着，皮普走向门口。

她也跟上前去，从背后拥抱他，说：“明天我们一起去找那个宇航员，好吗？”

皮普一脸开心地转过身，问：“下课后吗？”

芙莉亚对他报以微笑，点点头说：“现在走吧，我带你上床。”

6

一只喜鹊尖声叫着飞上树梢，吓跑了两只鸽子。费园另一侧响起了引擎声，逐渐远离，蒂奥菲正在嘎嘎地发动汽车，准备沿着斜坡道驶离大门。

芙莉亚合上《凡塔思帝寇》，从塌陷的墙上一跃而下，今天上午她都舒舒服服地待在这里。昨晚她在睡梦中把一整本书都读完了，这是她第一百次看史蒂文森的《金银岛》。芙莉亚在灰白晨光中筋疲力尽地醒来，这种事情发生的频率，还有她会阅读多久等等，都不是她可以控制的，但每个细节她都记得一清二楚。到了早上，这些书的情节就像是她身临其境的梦。

所幸她的膝盖好多了，不需要再一蹦一跳地走，只在上楼时还隐隐作痛，但她还是决定翘掉蒂奥菲的课，带着《凡塔思帝寇》躲到费园后方的罗马废墟上。这么做是会惹来麻烦的，每次都惹来麻烦，不过她还可以应付。在这本七芒星的书里，芙莉亚总能击败觊觎王位的弟弟和雇佣兵，而他们的家庭教师最厉害的武器不过是代数的课后辅导。

她绕着覆盖着常春藤的残柱返回费园。她的头顶上有只松鼠在山毛榉枝叶间猎食，蕨类植物和荨麻后方则有野兔和鸟类在簌簌移动。离家还有几码时，她才肯把书塞进背包里。

费园中央建筑尖尖的山形墙上有群乌鸦飞起，一支支粗大的烟囱耸立在夏日奶白色的天空下。天气晴朗时，芙莉偶尔亚会从一扇顶楼小窗爬到屋顶斜面上，在暖烘烘的瓦顶上和身旁的盲蛛一同伸展四肢躺着，望着西边的云朵往内陆飘移。屋顶上常吹着一股强劲的风，所有的壁炉烟囱都高声呼啸，唯独中央山形墙上生锈的风向标在这么猛烈的风中依然不动如山。

芙莉亚行经费园脏污的侧窗下，此刻她脑海里已经在盘算着，待会儿还要再上去看一会儿书，不过她并没有忘记对皮普的诺言。

前院里，韦克福不忍桑德兰一人忙碌，正在帮他搬运家具。他们两人一个穿着司机制服，一个穿着管家的连体工作服，正忙着把一张梳妆台搬到下方大门一带。芙莉亚根本想不起那张梳妆台原本究竟摆在六十四个房间里的哪一间里，或者是阁楼上。眼看着家具被陆续搬到马路边变卖，才能应付部分日常开销，实在令人痛心，而且这些有点年代感的老旧物品想要找到买家也越来越难了。芙莉亚的父亲不肯请专业交易商来家里处理，结果下面警卫室那里就成了路边摊，出售着一件又一件的物品，而且往往是无人问津。绝大多数买家都是被科茨沃尔德左拐右弯的道路搞晕了，在高如房屋的灌木丛之间迷了路，最后来到费园大门的人。如果他们肯购买桑德兰摆在那里的物品，他就摆着臭脸指点他们重返文明世界的道路；万一他们对那些遭过虫蛀的旧货兴致缺缺，他就任由他们开错路。

费园大门前有几级阶梯，右侧有个基座上矗立着一尊穿着长衫的女子雕像。她一手拿着一本翻开来的书，另一只手拿着一把剑。守护藏书家的女圣徒维波拉妲在十世纪遭到匈牙利人攻击时，因为不肯放弃修道院的图书馆而牺牲了性命。从前她的雕像便守护着罗森克罗兹家族位于莱茵河畔的宅邸，家族幸存者乘船逃往北方时，也将圣维波拉妲一并带走了。

石像垂下石剑挡住芙莉亚的去路，质问："阅读对你有何意义？"它毫无表情的脸上传来低沉的声音。皮普每次都答："可以帮我对抗恐惧。"宝琳答："浪费时间！"韦克福则咕哝着一些没人听得懂的话。至于桑德兰，他向来都更爱走费园后侧古老的用人通道。

同样的答案芙莉亚也已经讲过千百遍了，而且每一次都怀着坚定的信念："每本书都是我们可以一再重回它怀抱的地方。"

圣维波拉妲立刻收回石剑，恢复原来的姿势，嘴唇一动也不动地说："你父亲有事找你。"

芙莉亚心想自己逃课，恐怕会被叨念一顿了。她问："现在吗？"

"对，要你带点墨冰给他。"

芙莉亚马上竖起耳朵。如果爸爸需要墨冰，就表示他忙得没时间理会蒂奥菲的抱怨。想到这里，她的肚子里立刻涌起了一阵麻痒的兴奋感。

她推开大门，匆匆穿过装有护墙板的门厅。门厅某个角落摆放着一只沉重的双耳陶罐，这只陶罐比落地钟还高。小时候她坚信陶罐里死过一个强盗，他为了袭击费园躲在那里，结果饿死了。这种念头到底是怎么兴起的，她已经忘了，不过绝对跟她背包里的这本书脱不了关系。直到今日她还是会抬头瞧瞧那个陶罐，决定有朝一日要用梯子爬上去瞧个究竟。

宝琳似乎没发现芙莉亚进入厨房，她背对着门，两手撑在餐具橱上，凝视着窗外。她这么安静地站着不动，实在极不寻常。

平常这时她总是在锅碗瓢盆间忙着准备午餐，不是在自言自语，就是在跟韦克福聊天。韦克福经常会过来关心一下宝琳，而宝琳这个聪明的女人，也早就知道这位管家有多喜欢自己了。

一只放在煤气炉上的锅子正沸腾着，高高的锅子边缘跳动着泡沫，但宝琳却魂不守舍地望着庭院。她穿着格子围裙，头上戴着发网，衬衫袖子高高卷到肘关节处。

芙莉亚边走向冰窖边轻声咳了咳，宝琳没有任何反应，芙莉亚诧异地蹙起眉头。她从旧玻璃门柜里取出一只碗，正想压下金属门的门把，宝琳却在这时开口了。

"又要拿墨冰了吗？"她没转身，芙莉亚觉得她像是在专注盯着自己映在窗玻璃上的影像。

"爸爸说他需要一点。"

"他近来很常用。"

"大概吧。"

"别在那儿装傻了，"宝琳语气里没有责备，只有担忧，"他用墨冰的时候，你不是都跟着吗？"

芙莉亚松开握着门把的手，走到宝琳身边，问："怎么了？"

"怎么了？没，没怎么。"

"真的没有？"

宝琳叹了一口气转过身来，她矮壮的身躯仍然倚着餐具橱，仿佛生怕少了倚靠就会失去平衡。接着她说："我只是在思考一些事。"

"是韦克福……"芙莉亚咬着下唇。

宝琳笑了笑："如果没有人用棒子逼他，他是一个字都不会说的。"

"那你干吗不去做？我的意思是……我不是指用棒子打他。"

"那是我要的吗？"

芙莉亚耸耸肩，说："告诉我吧。"

"啊，这件事太复杂了，我喜欢他，可是……"

“不够喜欢？”

宝琳摇摇头说：“不是这样的，只是我喜欢现在的生活，喜欢这里的一切，我不希望有任何改变，一丝一毫都不要。”

芙莉亚轻轻笑了笑，说：“昨天韦克福也讲了一模一样的话，他恨死改变了。”

“可不是嘛。所以说我们最好还是维持现状。”

芙莉亚认为这是大人的逻辑，自己不懂也罢。不过现在她总算知道，是什么让宝琳这么魂不守舍了：“是因为家具吗？嗯，不是因为家具本身，而是因为……它们摆在那里？”

宝琳从唇间发出一声喟叹：“这不过是其中一部分，是为了……所有的事吧。别担心，也许只是我对这些无谓的事过于敏感了。”

芙莉亚打量着她，直到宝琳巧妙地避开她的目光。芙莉亚说：“相信我，爸爸会尽力避免解雇你们的。你和韦克福属于这个家，就连桑德兰……”

好吧，事实并非如此。在芙莉亚眼中，桑德兰向来是个外人，就算他待了五年也依然如此。他是个永远的外来者，尽管他非常关心皮普，芙莉亚依然觉得他这个人隐隐让人畏惧：不过这种感觉她只和阅读灯和阅读椅谈起过。

“你知道的，我愿意免费为你们做饭，”宝琳轻轻摇着头说，“这一点你父亲也知道。我只需要有个房间供我睡觉，还有时间让我可以去丘陵上散散步。我担心的反而是……芙莉亚，很快你就会变得跟你父亲一样，你会越来越像他。”

“我永远不会的。”

“你遗传了他的能力，每当他使用墨冰的时候，你也总是在场。他把这些事都教给了你，总有一天，你也会继续做他现在正在做的事。”

“他还没那么老啦。再说，皮普是我们家的男孩，有一天他会……”

宝琳拉起她的手摩挲着说：“啊，芙莉亚，偶尔你也该去看看外面的世界，而不只是活在你那些古老的书里。时代变了，跟一百年前不一样了，就连费园也变了。这一点你父亲清楚得很，他要你继承他的志业，而不是皮普。”

“果真这样，那我就要让这里维持原状。你和韦克福……”

芙莉亚不知道该怎么说下去了，因为她了解，宝琳担心的并不是这份工作。空气中飘散着某种东西，是一种对变化的感受。每当夏去秋来，我们不只是从天气和树叶的颜色，而是从出现变化的空气甚至阳光里觉察到这种改变的。他们家也类似，就像是灯泡全都换过，廊道变得暗了一些，影子变得深了一点。

“万物都必须改变，”宝琳说，“时间就是这么运行的，你会长大，几年后皮普也会。”

两人都忍不住笑了起来，仿佛这种念头令人难以想象。

“到时他会忘了那毫无意义的小丑妆，而你则会长成一个女人。这些都是好事，而且本该如此，只是我相信，事情不会只是这样，这一点我感觉得到，”她停顿了一下，踌躇着是否也要说出其他想法，最后她毅然决然地开口，“之前有一次我也感觉到了，就在十年前，在……”

“在妈妈过世的时候？”

“对。”

芙莉亚腹部麻痒的感觉瞬间转成刺痛，但她还是勉强挤出笑容，放下手上的碗，抱住了宝琳。

宝琳也回抱着她，说：“对不起，我不该提起这种事的。别管我说的，都是胡扯，也许我太常独自待在丘陵上了。”

“让韦克福陪你去吧，”芙莉亚提议，“问问他嘛，下次就问。”

宝琳离开芙莉亚的拥抱，问：“你真的这么想？”

“真的。”

“那他一定会说，他还有事要忙，”宝琳眼角的笑纹加深了，“他这个人害羞得要命。”

两人对望着笑了起来，接着宝琳吻了吻芙莉亚的额头，说：“而你呢，千万别因为你父亲而沮丧，他非常爱你，而且以你为荣。也许他不擅长表达，然而他……”

“需要接班人。”

宝琳摇摇头，说：“并不光是这样，这一点你也知道的。”

芙莉亚再次拥抱她，这才拿起碗，上前几步来到冰窖门口：“现在我该去找他了。看看他这次打算干什么。”

“当然。”

宝琳的语气仍然带点忧虑，但已经没那么沮丧了。芙莉亚觉察到宝琳还注视了自己好一会儿，接着才缓缓转向那只在炉火上沸腾了太久的锅子。

冰窖门口旁边的钩子上挂着一双铺棉手套，芙莉亚戴上手套，从某个抽屉里取出一把锤子和一把凿子，接着压下了门把。

门嗞嗞着向外开启，一股仿佛来自极地的寒气立刻飘进厨房。芙莉亚用一块楔形木块把门卡住，赶紧进入。冰窖里食品架上的物品少得可怜，普通的冰箱早就够全家人用了，但这间冰窖就如同书窖和庭院里的罗马废墟，同样都是费园不可缺少的。只要冻结成块的影墨保存在这里一天，这里的冷冻设备就不会关闭。

冰窖的最后方，一大块漆黑的长方体摆在一张笨重的木座上。单从表面看就像是墨黑色石块的冰块曾是个边长一码的立方体，但这些年来左侧已经被削掉了将近三分之一。

芙莉亚用锤子和凿子凿下些许冰屑放进碗里，等冰屑融化，就有几汤匙的影墨可用了。

芙莉亚走出冰窖，关上门，把用过的物品归位，宝琳并没有转过身来。走到厨房门口时，芙莉亚再次停下脚步回头说："我不会离开这里的，宝琳，永远不会。"

"但你一定得离开这里，走得远远的，免得亚当学院找到你。"

"我才不怕亚当学院，没有人知道，过了这么多年了，他们是否还在寻找我们。"

"你父亲可是非常确定的。"

"好多爸爸相信的事都是……"芙莉亚差点就要说，她认为那些都是胡思乱想，都是完全和时代脱节的疯狂想法。

但她还是硬生生地把没说的话吞回了肚里，只是耸耸肩说："这里的一切都会维持原状，一直以来都是这样的。"

宝琳点头时目光有些飘移。芙莉亚紧张地笑了笑，接着突然转身，匆匆上楼去找爸爸。

7

数千英里外，地球另一端的书籍之都，有个女人梦想着要彻底歼灭她在英国的敌人。

布宜诺斯艾利斯和南美洲多数的大城市相同，清晨充满混乱、喧嚣且过度拥挤，但即使是在这种地方，依然存在着静谧的处所，其中之一便是阿根廷最大最美的书店——雅典人书店。这座昔日的剧院，穹顶上装饰着湿壁画，四周环绕着缀有华丽浮雕的回廊；而昔日的观众包厢里，已经磨损的黄铜护栏旁摆放着褐色皮椅。书店外车流和人潮在圣菲大道络绎不绝，里面却是一片庄严肃穆。在这里，绝大多数的对话都只是书籍和读者之间无声的交流。

在远离阶梯的地方，玛塔·安提夸正啜饮着热茶，她的目光越过黄铜护栏，俯视着下方摆放书籍的大厅。玛塔满头白发，五官严肃，身材纤细几近干瘦，而且一眼就能看出她偏好红色。一身优雅的两件式套装有着熟成红酒般的色调，她的鞋子、低调的宝石耳环和深色眼影也都配合着服装的色彩。她很早就满头白发了，这是某次鲁莽地使用书巫术的后果。她大大受惠于书的力量，但也必须为此做出牺牲。

这几年来，她一直以这座城市的书店为家，从雄伟的宫殿（好比这家雅典人书店），到垂吊着水晶灯、流泻着轻柔爵士乐的伊田纳·卡登西亚书店，再流连到五月大道旁小巷里的小书店。从清晨到午夜她都在书店里徘徊，靠书的能量维生，就连夜里也徜徉在昏暗的古董书店里。这些书店的主人似乎跟她一样鲜少睡眠，就算睡，也是翻开厚重的书籍，睁着眼睛入眠。

她已经在这座拥有千家书店的城市里生活很久了。虽然书城里的书店还是更多些，但那边是庇护所，当然跟寻常世界不同。以此看来，布宜诺斯艾利斯一地书店的数目也算是相当不寻常了。据说此地的一千三百万居民，也就是所谓的港都人之中，热爱读书的人比其他任何城市都要多，但相比之下知名的书巫却相当少，因为书巫们大多更喜欢待在欧洲。

玛塔·安提夸行事低调且热爱文学，不只是书在滋养着她的生命，她也近乎痴迷地读着书。她甚至发现，阅读时她往往能想出卓越的制敌策略。

她翘起兰花指搁下空杯，目光继续在大厅里逡巡。她的盟友应该随时会到。

从前是观众席的地方如今摆放着书架，今天的第一批顾客已经在书架间走动了。从上方俯视，书架排放的位置就像被挖出的古代遗迹般呈几何图形。玛塔·安提夸望着三名年轻男子踏进大厅，她以考古学家猜测新助理即将显露出盗墓者凶残本色的目光，狐疑地打量着他们。

这三人在大厅走动着，仿佛对书籍陈列桌和上面的书籍很感兴趣，这种行为或许骗得了一般的顾客，却逃不过玛塔·安提夸的眼睛。

他们的装扮相当特别：潇洒的双排扣礼服和背心、挂链怀表和胸前口袋里的丝巾、贴身长裤和昂贵的鞋子，简直像是来自另一个时代。这三人都携带着绅士手杖，把手极为精致，其中一人甚至戴着高礼帽。在布宜诺斯艾利斯，时尚更迭日新月异，所以哪怕这些男士打扮得就像是刚从某个十九世纪的会客厅上离开，一转身就推开玻璃门走进书店，也不会让人觉得有什么好大惊小怪的。

一分钟后，又有两名男子入内，相同的装扮、同样高瘦且极为俊美。这五人默默进入后，第六人也随即踏进店里，并且立刻抬头打量了楼上回廊上的玛塔一眼，接着沿着阶梯直奔楼上，随行的男士则逗留在一楼。就在这一刻，玛塔却觉察到还有两人早就待在她附近了，他们的身影半隐没在沙发椅的高椅背后方。他们是何时出现的？还有，为什么她没有发现他们？或许他们要比外表上看起来更有效率。

这顿时让她感到不悦，而这名沿着弧形回廊朝她走来的女子似乎也觉察到了她的不快。

“我的谨慎并非出于不信任，”来访的女子说，“而是因为有过不好的经历。”

玛塔·安提夸从沙发椅上起身迎接。她极为重视礼节，即使对待地位较低的人也不失礼。她表示：“但愿您不会认为这次也会有不好的经历。”

较年轻的女子露出妩媚的笑容：“当然不会。只不过有时我的敌人数目的增长速度要快过我杀死他们的速度，所以我不得不采取必要措施。”

玛塔·安提夸显然已经发现，对方并不会因为她的指责而请求原谅。她那灿烂的笑容、纯真的美貌和看似脆弱的外表不过是一种假象，在这假象底下隐藏着坚定的自信，由凶残、傲气与冷漠组成的自信。

没有人知道这名年轻女子的真实姓名，在书巫界，大家都称她为“魅姬”，而且大部分的人在议论她时都只会在私下耳语。她是你可以用钱买到的第一女杀手，那些充当她的保镖、追捧着她的美男子们个个对她死心塌地。玛塔·安提夸再没有见过比她更善于利用男人弱点将他们玩弄于股掌之间的女人了。只要她想，没有一个男人不会拜倒在她的石榴裙下，当她的身影如蜘蛛般笼罩了一个人，他也就别想能够逃过。魅姬穿着黑色紧身高领洋装，脚蹬高筒靴，剪了一头长度及肩、刘海齐眉的完美娃娃头。乍看之下不过是个三十岁左右的美女，但那双大眼睛背后却潜藏着一处深渊。

“请坐。”

魅姬道谢坐下。当这两个女人面对面而坐，相互撞击的书巫能量之强，使得她们身边的空气都颤动起来。四周书架上的书籍传来一股无形能量，这股力量之网将她们团团包围，但在非书巫人士眼中，她们不过是两个年龄不同、品味卓绝、发色一白一黑的女人。

在两名女性进行攻击行动前的最后一次商议之际，位于一楼的五名与回廊上的两名护花骑士都假装和她们毫无瓜葛。他们从容地翻阅着书，身子轻倚书架，偶尔对女店员或女顾客笑一笑。

“准备工作已经完成，”魅姬说，“一切都已就绪。”

这正是玛塔·安提夸的期待。她说：“猎物优先，其他都不重要，您可以亲手将费尔菲克斯杀死，也可以将他交给手下处置。”

魅姬用两根大拇指轻拂过修剪完美、闪着钢刃般银光的指甲。接着她说：“该做的我一定会做，这就是我办事的态度。”

“哦，对了，”玛塔说，“我希望能酬谢您的辛劳。我不喜欢对人有所亏欠。”

魅姬摇摇头说：“您没有亏欠我什么，我只是在尽我所能去促成这件事。有些事是为信念而做的，让亚当学院垮台对于我来说，就和对于您来说一样，都是一种必要行动。如果费尔菲克斯的死是迈向这个目标中的一步，那他就得死。亚当学院这种父权组织必须铲除，我们站在这些男人的阴影下已经够久了。”

玛塔觉察到魅姬语气里的鄙夷，不禁兴起一股寒意。这名女刺客利用男人达成自己的目的，却毫不掩饰对异性的痛恨，一如她尽情展现自己的美色。

关于其中缘由众说纷纭，有种说法是魅姬在七岁时就已拥有了成年女性的肉体，这是某场书巫术实验的后果，导致她被父亲和兄长出卖给了某个富有盟友做玩物。八岁时，她杀死了虐待她的人，几星期后，更将自己家族里的男性成员杀了个精光，之后便消失得无影无踪。几年后她再次现身时，就成了现在的魅姬。她身边总是围绕着一群护花骑士，不知是从哪里招募来的，还是亲自用书本文字与装订书籍的胶水制造出来的。

玛塔在这座书店里见到的护花骑士共有七名，其余那些留在圣菲大道上的恐怕不下十几名，甚至更多。你永远不会知道魅姬究竟会带多少骑士现身，而这也是她这么令人惧怕的原因。书巫利用书籍在数秒内抵达远方的穿越术有个限制，就是最多只能两人同行。从古希腊罗马，甚至上溯到书巫之母菲德拉·赫库兰尼亚，漫长的书巫史上都没有人能突破这个自然法则，但有个人却是例外。魅姬不知发现了什么方法，居然能同时率领十几二十名，甚至更多骑士穿越到远方。某位亲历过她攻击行动的人士宣称，她曾带着五十名追随者凭空现身，随即展开史无前例的大屠杀。而他们之所以放过了那名见证者，就是要借他之口将魅姬的能力公之于众。

除了这种穿越能力之外，玛塔并不相信魅姬强过自己，她很可能只是运气好罢了。或许是使她在童年时便长成为成年女子的书巫术，激发出了其他书巫体内未曾被发掘的能力。

流传最广的说法是，在杀死家人之后，魅姬花费了数年的光阴钻研秘术文献，发现了被人遗忘的秘技。然而，在玛塔眼中，此刻自己面前的年轻女子丝毫不像个学者。当然啦，她肯定和其他书巫一样嗜书如命，否则早就失去力量了。至于这些书是怎样的书，并没有具体规定，想来她为了帮自己充电，很可能读的不过是些不入流的作品。一旦歼灭了罗森克罗兹家族的余孽，击溃亚当学院，玛塔就要和她好好讨论讨论普鲁斯特、乔伊斯或者俄国文学的黄金时代，到时就能知道这个魅姬的斤两了。

但当务之急在于将她对亚当学院男人的仇恨导入正途。她是玛塔·安提夸计划里的重要武器，因此安提夸老太太不得不想尽办法将她拉到自己的阵营里。

“我有没有向您提起过，”玛塔以闲聊般的亲昵语气说，“我是如何破除我的叔祖父对安提夸家族的掌控权的？”

魅姬的身体靠回椅背，回答道：“我听人说过，不过如果能从您口中听到，那是再好不过了。”

于是玛塔娓娓道来，并且不忘添油加醋、虚构情节，把实情扭曲得无法辨识。当她说完自己如何夺取安提夸家族的势力，如何亲手勒死压迫自己家族的恶徒时，她满意地看见狂热的火焰在这名年轻女子的眼中熊熊燃烧。魅姬会听命于自己的，这一点她无比肯定，魅姬会把她渴望得到的拿来给她。

正如玛塔·安提夸所做的一切都是经过仔细算计的，这回她以一个充满母爱的动作向魅姬道别：她展开双臂，充满信任地将魅姬拥入怀里。

女刺客带着骑士离开雅典人书店后，玛塔站在回廊边，有如矗立在驱逐舰舷梯旁的海军司令，双手支着栏杆，心满意足地遥望着未来。

8

芙莉亚在书房门上敲到第三下，里面才有回应。

“进来！”提贝流斯·费尔菲克斯高喊。

芙莉亚依言进入，把门带上，抬起头来看着爸爸宽阔的肩膀。爸爸坐在书房另一头，正在书桌前埋头写着他的《睡个恢复元气的觉：汉萨德的睡眠指引》第七册。

“我把影墨带来了。”芙莉亚说。

“随便找个地方放吧。”

芙莉亚的父亲既不叫汉萨德，对如何睡个恢复元气的觉也没有独到见解。完全是因为他的偶像狄更斯的书房里有扇暗门，所以他也要弄一扇，而且为了掩人耳目，门上还特地贴了假书脊。这批伪装用的假书包括号称是汉萨德先生所写的十九册睡眠指引。由于这位作者和这套书纯属子虚乌有，因此从几年前开始，提贝流斯·费尔菲克斯便决定要亲自撰写这套虚构的书。

书架上已经完成六册了，全都是珍贵的孤本，以最精致的皮革装帧，封面文字还贴着金箔。无论提贝流斯财务状况有多拮据，

《汉萨德的睡眠指引》都必须具备该有的外观。第七册已经写了几个月了，芙莉亚的父亲把许多清醒的时间都投注在了思考睡眠的问题上。

偶尔才会插入另一项任务，这时就需要芙莉亚和影墨了。

芙莉亚想找个空地摆放装有影墨的碗，但每张桌子、每个架子上都堆着书。芙莉亚可不希望把哪堆书弄倒，所以她只好来到爸爸的书桌前，望着那团混乱发愁，最后决定把碗搁在镶木地板上。

“有什么事吗？”她问。

提贝流斯正在写一个超长的句子，句子还没结束，一半以上的页面就写满了：“等我一下。”

芙莉亚耸耸肩走向开放式壁炉，那里没有燃烧炉火，因为一堆堆的书籍早就蔓延到了离壁炉过近的位置。壁炉台上的几册书之间摆着一个圆柱体的玻璃容器，里面放了一些气孔粗大，灰色、淡红色还有些几近橘色的彩色火山碎石。玻璃盖上没什么灰尘，因为芙莉亚的爸爸经常打开容器，取出一颗碎石，心不在焉地在指间把玩。这是他从三十多年前永夜庇护所的那场战争中带回来的。在那场杀戮中，无数的书巫牺牲了性命，而直到今日，他们的魂魄依然在噩梦里纠缠着他。即使是在日子顺遂时，偶尔话说到一半，他也会突然失神，眼神里弥漫着痛苦的回忆。

“好了，”他在芙莉亚背后将椅子往身后一推，趁芙莉亚转身时，他肩膀绕圈转了转，接着想把腰杆挺直，但随即轻声呻吟，“该死的椎间盘！”

芙莉亚知道这不只是椎间盘的问题，也有战争造成的旧伤。提贝流斯先掀开眼罩，痛痛快快地抓挠一番，这才转身面向她。等到那片椭圆形皮革再稳稳盖住右眼，他才朝她露出微笑。

“你看起来很累。”她说。

“书可不会自己写出来。”

“怎么不会，只要你想就可以。”

“这件事的意义就在于亲手撰写这部入门书，利用书巫术的话，连小孩都办得到。”

他大概觉察到芙莉亚沮丧的心情了，因为他立刻起身过去，双手搁在她肩头上。

“你的心灵书一定会找到你的，别担心。”他自己的心灵书就放在腰带上一个类似枪套的套子里，只露出一个指头宽的封面。并非每个书巫都会随身携带自己的心灵书，但为了能在亚当学院的密探发现他们踪迹时保护家人，他已经养成了随时带着心灵书的习惯。

芙莉亚用一根手指碰了碰爸爸的心灵书，说：“在我这个年纪的时候，你早就……”

“我比较早，”他打断芙莉亚的话，说，“其他人往往要等到十九二十岁，有些人甚至要到年纪更大的时候。”

“二十岁！”芙莉亚哀叹。

“但也可能就是明天，”他笑着说，“或者今晚。”

她看到爸爸正常的左眼闪耀着光采，她真希望当事情和书或书巫无关时，也能在爸爸眼中见到这样的光芒。不知是反应过度，还是偏见，她总觉得要不是自己将来有可能成为书巫，爸爸对她的疼爱大概只会是现在的一半。说不定就像对皮普那样，否则他怎会放任他陷在恐惧中，越来越害怕小丑？

“今晚？”她重复一遍。

提贝流斯露出满足的笑容，但他疲惫的神态却丝毫没有消减。老了，她心中闪过这个念头，真的老了——但此刻他又显得更有活力了。提贝流斯今年六十岁，已经不再年轻，有时芙莉亚甚至觉得爸爸相当衰弱。他的身材几乎和桑德兰同样高大，灰色鬈发及肩，外表带点粗犷气质，这或许和他的眼罩、杂乱的络腮胡和宽阔的肩膀以及特别大的手有关。他使用的钢笔是特制的，长度和芦笋秆差不多。和其他老牌的书巫一样，他的体味早已消失，发肤都散发着书本的气味。

"我们半夜出发，"爸爸说，"一切都准备妥当了。"

她的心跳漏了一拍，但随即就恢复了镇定。

"这一次你花了多少时间准备？"

"几天。"

实情应该是好几个星期吧。但她却以为这几个月来爸爸完全投入在《汉萨德的睡眠指引》上。

"老天，爸爸！为什么你从来不肯早点通知我？"

"你有其他安排吗？"

她总觉得爸爸微笑中的调侃意味太浓。他明知芙莉亚几乎不曾迈出费园大门，更不曾为了什么约会而外出。宝琳说得对，芙莉亚简直跟他一模一样，而最糟的是，这也正是她想要的生活。有时她甚至想做点惊世骇俗的事，以免别人太容易看穿她的心思。

"不用这么狠吧。"她低声说。

"抱歉啦。"

"你才不觉得抱歉呢。"

他想伸手揽住她的肩头，这是他特有的一种带点距离的古怪的拥抱方式。但芙莉亚却往旁边挪了一步，仿佛她在桌上发现了什么有趣的事物，而与此同时，她也确实发现了某种东西，并且冲上前去。

"爸爸！"她责怪地呼喊。

她拿起搁在桌上的书，这本《海贼女王阿紫》是七芒星的早期作品，属于他比较优秀的小说。芙莉亚曾经在某个炎热的夏日读过这本书，并且梦想与阿紫共同克服加勒比海的风暴，让西班牙海军舰队领教恐惧的滋味。

“你非得每次都用他的书吗？”芙莉亚说。“我们家就剩这一本了。”

爸爸的脸色陡然变得阴沉。“我们家族的一切遭遇，都是七芒星造成的。要不是他，我们现在还可以顶着罗森克罗兹的姓，也还是亚当学院的成员，”他的眼神清清楚楚地显示，重新谈起这个话题带给他多大的痛苦，“他的书消失得越快，人们就越能忘记他这个人的存在。”

她大可重新挑起她和爸爸常有的争执，其中之一就是，直到现在爸爸依然在缅怀他们祖先在绯红厅拥有一席之位的日子。绯红厅是史上第一个书巫家族联盟，也是后来亚当学院的前身。第二个争执则是爸爸的说法存在着矛盾，因为现在想夺取他们性命的正是这个亚当学院。另外一个争论重点是他对造成两大家族灭亡的七芒星的深仇大恨。爸爸用七芒星的书进行穿越，借此毁掉那些书，这是他向七芒星报复的方式，但目前这种做法已经快要走火入魔了。

最后她什么都没说，因为那些话她已经说过太多遍了，爸爸却似乎完全无法理解。芙莉亚能做的只有别让《凡塔思帝寇》落入他的手中。

她努力让自己专注于今晚即将进行的事。她并不怕这件事，毕竟这不是她第一次陪爸爸去猎杀那些声名狼藉的空白书。不过她也了解，这种事可能会变得异常危险。

书桌旁的一把沙发椅上堆着好几叠书，芙莉亚把这些书挪开，在椅子上坐下，爸爸也返回他的座位，边用手指头转动着钢笔，边说明他的计划。

9

回房后她取出塞弗林的书，经由一扇小窗来到费园屋顶，爬过不太坚固的屋顶斜面，抵达中间的山形墙，跨坐在生锈的风向标前，把墨水瓶卡在两片屋瓦之间，翻开书本。

风吹乱了她的头发，她又看了一遍塞弗林最后的讯息。

> 彼此喜欢意味着，发现彼此说着相同的语言；而彼此相爱则意味着，用相同的语言赋诗。
>
> 芙莉亚，我不知道我们是否已经彼此赋诗，但至少我们在共同写着一本书。

她认为自己应该回应这段话，但所有能想到的回答，又都让她觉得太幼稚了。但她仍然想让他知道，他们的对话对她有多重要，以及，她是多么信赖他。过去几个星期里，她曾经向他提起过一些书巫的事，这似乎让他更能接纳他所拥有的天赋。

塞弗林的父亲是出版商，在十九世纪初，这项职业显然赚不了什么钱，幸好罗森克罗兹家族在好几代前就已经极为富裕，而身为唯一继承人，塞弗林的父亲也利用这笔财富，让自己得以全心投入到对文学的热爱里。有朝一日，塞弗林的兄长们会继承这项事业，而将来他该负责的职务现在也已经决定了。由于他在经营上没有任何才能或兴趣，这两年来他都在父亲的书籍装订工身边担任学徒，将来他的职务就是监管书籍制作，而他的兄长则负责销售。塞弗林似乎对自己的工作相当满意，他说过，用双手把纸张和皮革制造能永世流传的书，让他非常开心。

当时的罗森克罗兹家族人丁兴旺，塞弗林有众多的堂表兄弟姐妹，其中好几位也在尝试诗文创作。他的天赋远远超越他们。他是个天生的书巫——虽然当时还没出现“书巫”这个词汇。在他和芙莉亚通信之前，他一直以为自己是世上唯一能利用书本力量的人。

一开始芙莉亚还相当怀疑，她的第一个想法是，这很可能是亚当学院的诡计。万一塞弗林是密探，想以这种办法打探他们家在哪里，该怎么办？不过这几个星期下来，塞弗林从来没有打探过她家的位置，他似乎一开始就认定芙莉亚依然住在莱茵河畔，在家族居住的这栋宅邸里。除非芙莉亚主动提起，否则他不会向她打探任何事情，他比较想知道的，反倒是关于书巫的点点滴滴。其实在现代，这些事是每个书巫从小就能从父母那里得知的。

在芙莉亚和他相隔的这两百多年里，书巫术到底有了怎样的发展？亚当学院是何时夺取权力的？大多数凡人一无所知的书巫秘界究竟有多大？还有，庇护所、书城这样的地方和其他异世界又是怎么回事？

据芙莉亚的了解，早在远古时期，书巫之母菲德拉·赫库兰尼亚，也就是传说中的首位书巫就已出现。但依据正式的史料，书巫的历史却一直要到1780年，也就是五个权势显赫的家族结盟时才开始。他们以彼此签订盟约之地——绯红厅作为联盟名称。这个由力量最强大的书巫组成的团体，宗旨是审理裁决、阻止不公不义，宣誓信守秘密以免被凡人世界发觉，以及制定法律与规章。

塞弗林也知道绯红厅联盟，他父亲便是其中一名创立者，但塞弗林坚信那只是出版商和书商组织的协会，只是个商业协会而已。芙莉亚谨慎地暗示过他，他父亲很可能并未向他吐露所有实情，但塞弗林仍然不为所动。他自己也参加过绯红厅的协商，但每次大家谈的无非是印量、价格、印刷费用以及作品质量越来越低劣之类的问题。

> 相信我，那是件很累人的事。你不妨先想象一件世上最无聊的事，再将它乘以十，结果就是绯红厅。在漫长的白天，他们猛灌啤酒、葡萄酒，到了晚上，每个人都烂醉如泥，等到隔天清晨，他们已经把自己的决议忘得一干二净了，这跟书巫术一点关系也没有。

芙莉亚猜想，大概其他人对他有所隐瞒，所以她也暂时不再提起。直到塞弗林再问起，她才告诉他绯红厅成员反目成仇，最终导致亚当学院成立。那是1835年的事，再过三十一年塞弗林才会碰到。

无论何时，总是存在一些不愿服从绯红厅权威的反叛人士，这些书巫自认不属于任何联盟，也拒绝接受任何法律管辖。七芒星，这位以盗匪小说起家的作者，便是这样的一个人。后来他更是成了臭名昭著的空白书的创造者，并因此导致了五个家族的决裂。

乍看之下，空白书是由没有任何文字的书页组成的书本，但它其实饱含着书巫能量。没有人知道世上究竟存在多少空白书，有人猜是三十本，也有人认为有五十多本。空白书大可称为书巫术定时炸弹，而这正是空白书被创造出来的目的。据说不知到了什么时候，空白书就会让它附近所有的书籍感染空白，而这种空白将会如野火燎原般在书籍之间蔓延开来，有如骨牌效应，短短数小时内就会遍及全世界的书。几天后，世上所有图书馆的藏书都将会变成一册册的白纸，所有文学作品也会在一夕之间消失殆尽，届时书巫术也将随而灰飞烟灭。不久之后，人们就赋予这种末日预言一个响亮的名号：文殇。

没有人知道，一个二流作家是如何成为书巫共同的敌人的，是什么令他产生了如此的深仇大恨？他为何如此渴盼所有书籍的末日到来？还有，他是如何取得创造空白书的力量与知识，从而引发文殇的？直到今日，还没有谁知道这些答案。

七芒星的所作所为曝光后，对于该如何处理这些危险，绯红厅众人的意见产生了分歧，有人认为这不过是谣言而已，有人则试图揪出更多的共犯。后来七芒星销声匿迹，那些一心要置他于死地的人，就将怒火转移到了他的家族身上。罗森克罗兹家族先是遭到敌视，后来更是被逐出了绯红厅。众人抨击他们，认为他们本该阻止这名家族成员，不让他启动如此可怕的毁灭行动。

与此同时，安提夸家族中有人在圣彼得堡某座图书馆里发现了一本空白书，但他们并没有呈交给委员会，反而决定拿来做实验。此事曝光后，他们宣称这么做都是为了书巫界的利益，但在绯红厅里却有反对者指控，他们只是想利用空白书的力量，达成不可告人的目的。这次的纷争最后演变成书巫界空前的大冲突，先是导致众人反目，接着是企图谋杀，最后更导致还留在绯红厅的三大家族对谋逆的安提夸家族发动了毁灭性的攻击。腥风血雨的一夜之后，安提夸家族连同他们的远亲悉数被歼灭，当罗森克罗兹家族对此提出异议时，便也成了牺牲品。芙莉亚的祖先中只有少数几人在 1836 年冬天成功逃往英国，落脚在积雪覆盖的科茨沃尔德丘陵地，并将姓氏更改为费尔菲克斯。

由于安提夸家族一系在当年的大杀戮中被灭绝了，其余三大家族宣布解散绯红厅，重组成亚当学院，从此以铁血手段统治书巫界，并以防止文殇为由制定新法律，焚毁七芒星的小说，还禁止使用某些书巫术。亚当学院对隐秘的书巫界施行的无限扩张的统治，直至今日依然非常稳固。

其后数十年，越来越多窃窃私议的反对之声开始出现，他们认为七芒星的空白书会导致文殇的说法纯属虚构，目的只是合理化这三大家族的独裁统治。由于文殇一直没有发生，因此许多人认为，七芒星诅咒就像是狂热的末日预言或是玛雅历法等，不过是子虚乌有的恫吓手段，七芒星只是某个阴谋的牺牲品，不仅遭人铲除，还被嫁祸了一些实际上从未发生也永远不会发生的事。

当时亚当学院极力想堵住所有怀疑人士的嘴，于是派出了越来越多的密探与警察在书巫聚会场所与秘密庇护所巡查，搜集情报、污蔑某人是反叛者，剿灭叛乱分子。

费尔菲克斯家族的人原本该感谢亚当学院的反对者，因为他们洗刷了七芒星的罪名，但偏偏有位家族成员自以为比所有怀疑者和辩护者都更加了解真相。

此人便是提贝流斯·费尔菲克斯。

芙莉亚的父亲怀着满腔怒火，坚信七芒星是罪有应得。经历过永夜庇护所的惨败，他在重返家园后，发现了更多空白书的下落，接着在中欧、阿拉伯国家、美洲、日本各地都寻获过空白书。为了抵达这些地点，潜入那些怪异收藏家的保险柜或固若金汤的藏书室，他必须经历无数次的穿越。这些收藏家并不知道自家书架上潜伏着何种危险，他们之中几乎没有人是书巫，因此也没有人相信这些警告，所以提贝流斯·费尔菲克斯采用的是能确保成功的办法——偷。

但他为什么要冒这么大的风险？为什么不公开空白书所在的讯息，交由亚当学院处理？

面对塞弗林的提问，芙莉亚踌躇了一段时间，才向他吐露实情。

我爸爸坚信亚当学院并不是要毁灭这些书，而是想研究其功用，从而用作施压工具。爸爸认为，唯有他才能使空白书彻底失效，谁知道呢，说不定他真是对的。多年前安提夸家族在处理第一本空白书时研发出了一种特殊的黑墨水，在他们家族遭到歼灭后，这种墨水便归我们家族所有，我们将墨水制成冰块保存，以免变质。想要摧毁空白书，就一定会面临启动文殇的风险，况且摧毁空白书时释放的能量感染其他书籍的风险实在太大，因此安提夸家族影墨的功能并不是摧毁空白书，而是使书里的文字显现出来，使空白书失效。到目前为止，他已经找到了十四本空白书，并且使它们失效。至于世上还有多少空白书，就没人知道了。

你问，我父亲为什么要这么做。首先当然是因为他爱书甚于世上任何东西，他无法忍受因为自己的某个祖先而使得文学作品面临消失的可能。

另一方面，他认为自己只有将所有空白书找出来，才能化解亚当学院对我们家族的谴责。他希望费尔菲克斯能再次成为罗森克罗兹，而我们也能像当年在绯红厅里那样，在亚当学院取得一个席位。他梦想着一切都能回到大家反目成仇前的情况。

我知道这听起来相当难以置信。亚当学院一心想杀死我们，但我爸爸却相信，我们能为自己平反。他真以为，只要我们把空白书都找出来，他们便会敞开双臂接纳我们。他梦想着他自己未曾经历过的那段比现在更美好的古老时光，所以他才会这么痛恨七芒星，认为是七芒星毁了我们的姓、我们的声誉、我们的未来。或许这些都没错，但无论我爸爸怎么做，我都无法相信亚当学院会忘掉过往，甚至给我们一个委员会里的席位。

你可能会想，怎么会有人想成为这种组织的一分子，成为遭人痛恨的独裁组织的代表？那是因为我爸爸相信他能够扭转局势。他说，只要亚当学院能再次拥有足够多的理智健全的成员，就能纠正许多事情，取消禁令，解聘密探，清理学院本身的不堪历史——正如他现在所做的事一样。

但我担心这不过是痴心妄想，不过是虚无缥缈的想法。我爱爸爸，但他却执着于一件纠缠着他不放的事。现在我非常担心他的安危，而且这种担心日甚一日。

大约一年多以来，每当查到一本空白书的下落，他总是希望我也能随他前往。如果是你，你会要求你女儿这么做吗？我的意思是，我们曾经被人当成小偷（事实上我们就是）追捕、射击。不过我承认，这样也挺刺激的。在你们那个时代已经有“又爱又怕”这个说法了吗？现在这种说法已经很少有人用了，顶多只能在书里看到，但我们做的这种事正是如此：我很享受我们所做的事，而且越惊险越好。

请问，这样算是正常吗？还是我在这里，在这间屋子、这座山谷里逃避整个世界太久，以至于逐渐疯掉了？

10

听爸爸说明今晚的计划后，芙莉亚定定地坐在屋脊上眺望着远方的景物。山坡上吃草的绵羊在辽阔绿意中像是一个个小白点，狭长山谷的尽头处是矗立的费园。每当西风吹起，就会送来充满野趣的丘陵气味，空气中弥漫着湿润青草与树叶的芬芳，还夹带着一排排茂密灌木中的神秘气息。

过了好一会儿她才觉察到，玻璃蘸水笔尖上的蓝墨水已经干了。今天她还没给塞弗林写任何字句，而好几页前那些关于书巫历史的内容是好多天前写下的。现在他只会偶尔针对这类事情提问，其他时候他就跟她一样：只说说自己的生活状况，说他父亲的严格管教，还有在书籍装订工厂的生活点滴，大部分都是他的感想。有时他那种华丽辞藻会令她忍俊不禁，但她相信，对自己的文笔，他应该也有相同的感觉。她认为，他们两人虽然相隔两百多年，但彼此的沟通还算顺利。说不定正是由于这样的距离，她才更能坦诚对待，不需伪装，因为她永远不必面对他本人。

一声高亢的汽笛声将她从思绪中唤醒，声音来自费园后方，在花园尽头灌木与乔木并生处，过去被他们称为罗马废墟的地方，那儿的倾颓砖墙与乱草丛里有着看似墓碑的残柱。再往后走，地面陡斜高起，在更高处的斜坡上，火车轨道蜿蜒而上，这条轨道现在只供拖着生锈的载货车厢的老旧火车头使用。不分昼夜，每隔几小时它们就把远处西部工厂的货物运往牛津和伦敦。爬坡过弯时，火车必须减速到几乎像是步行的速度，并且在每个弯道前鸣笛示警，提醒绵羊群和格罗威牛离开轨道。

屋脊下，韦克福一边忙着和桑德兰把又一个柜子沿着坡道搬到下方马路上，一边扯开嗓门模仿汽笛声。芙莉亚忍不住笑了起来，这位管家老是故意耍宝，想惹冷静的桑德兰抓狂，这是两个男人之间的固定戏码，当然，无论韦克福怎么闹，桑德兰连根眉毛都不动一下。

当那列车厢吃力地拐过狭窄的弯道时，芙莉亚的注意力又回到了她膝头上那本翻开来的书上。她拿起玻璃蘸水笔，在墨水瓶里蘸蘸墨水，接着在距离塞弗林最后一则讯息一指宽的位置写了起来。

时间又到了，今天晚上我会陪爸爸一起穿越。

塞弗林和她通信以来，这是她第一次穿越，不过他知道这是怎么回事，而她也知道，正因如此他才倍加担心。芙莉亚想象着他摇着头坐着阅读本书的情景，或许还会抬起头来眺望窗外的莱茵河。他有一头及肩金发，一身老式礼服配着缀有荷叶边的衬衫，活像《呼啸山庄》里的希斯克利夫，手指却沾满了印刷油墨。

两星期前，我爸爸又找到了一本空白书，缜密地筹划好了一切事宜。这次穿越，我们又会使用一本七芒星的书

《海贼女王阿紫》。爸爸设法找来了另一本相同的书，用快递寄给了都灵某位藏书家。几个小时前，那本书应该已经寄到了，如果一切顺利，书现在应该已经在这次穿越的目的地了。

想要利用书籍穿越，需要两本相同的书，而且必须出自同一版次。我们手边的书是寄送者，另一本则是接收者，我们会和我们的书一起出现在另一本书的所在地，而且我们只能寄望于对方确实是个藏书家，并且会把那本书收到藏书室里。我爸会把邮件伪装成寄自伦敦某家古董书店的样子。但这么做也是有风险的，万一那个藏书家直接把书扔了，我们就可能直接跌进垃圾压缩机里。据说曾经有过充当接收点的书被送去了养狗场或是被扔进了海里的例子。另外我也听过有收件人起疑，把书送进了火葬场，而穿越者直到抵达目的地时才发现自己在哪里，接着火化炉便开启，而他也就被活生生烧死了。

芙莉亚并不想危言耸听，但这些事并非虚构，是爸爸告诉她的，让她了解用书穿越可能发生的意外。从此以后，每次穿越前她都会做噩梦，并且从心底里痛恨穿越。

穿越完成后，书就消失了，从此人间蒸发，这是免不了的牺牲。而且为了在事成后返回出发地，我们还需要两本相同的书。我敢打赌，这次爸爸还会用七芒星的小说。

她放下蘸水笔，考虑要不要再写些什么，最后她又把玻璃笔尖插进墨水瓶里蘸了蘸。

我知道世界上真有空白书，我自己亲眼见过。只不过，它们是否真像众人所以为的那样？还有，文殇究竟是真的很危险，还是只是一则传说？真相无人能知。而我之所以协助爸爸，是因为

写到这里，她迟疑了一下。

他是我爸爸，因为我爱他，因为他坚信自己的作为是对的。不过，我不必因为这样就得跟着相信吧？也许，你只要出于爱而为另一个人做点事，这就够了。

你的芙莉亚

11

“准备好了吗？”爸爸问。

两人在爸爸书房里面对面站着，都穿着缝有口袋的深色连体工作服，一同握着《海贼女王阿紫》，芙莉亚握著书封的手指宽度只及爸爸的一半。

“好了。”她以坚定的语气撒着谎。

其实一点也不好，她想到了火葬场，想到了烧到尸骨无存，还想到，万一这次他们两人一去不回，皮普该怎么办？

爸爸说：“现在走吧！”

她和爸爸都抽回双手，但这本有着泛黄硬纸板书封的书却停留在原地，悬浮在他们两人的上半身之间，看起来波光粼粼，他们仿佛在隔着水面注视着书上褪色的文字。这时书房里贴墙摆放的高及天花板的书架也开始颤动，色彩逐渐淡去，就像将他们团团围住并且突然紧缩的袋子，一个空气被抽光、紧紧吸着内容物的袋子。

旅程展开，时间凝结成滞重的流体，芙莉亚的身体仿佛碎裂般变成了一道由无数微粒构成的、边缘散成丝缕扫帚尾的光束呼啸而过。那感觉就像是有人在前方拉扯她的脸，她想伸手去抓，但双手早没了，只剩振动的分子组成的云状物。

接着她似乎开始向下坠落，以一种和一般坠落有着天壤之别的极速下坠。这处深渊比星际间的黑洞更加虚无。现在她看不到爸爸，这令她开始担心自己不得不独自驻留在这个不是世界的世界，不是地方的地方。

她就像在一种不受任何思想界限束缚着的想象力里下坠，这个陌生人可以将她带往任何一处地方，也能让她停留在目前的状态。也许真正的情况是：他们并没有从地球上的某一地点穿越到另一个地点，没有从英国穿越到意大利，而是在穿越书的作者的思维里极速移动着。

穿过七芒星的幽暗思维。

她也再次重组。令人恍惚的速度减缓，坠落停止，空无中也充满了丝状的幻影，一种若有若无的碰触感从她肌肤上掠过，仿佛坠落在了由昆虫翅膀织成、如窗帘褶皱般充满起伏的丝网上。

她双腿发软，随即发出一声闷哼，之前撞伤的膝盖这时又被撞了一下，但爸爸随即将她拉起。她正想开口说话，爸爸却伸手捂住她的嘴，让她望向自己，并且默默摇头。

当然，当然得保持安静，这一点她当然知道！只是在脑部从一团高速移动的云气再度凝结成一团神经组织的刹那，这一点暂时被她忘得一干二净了。

“这里还有其他人。”爸爸在她耳畔低声警告。

她碰了碰爸爸的手，暗示他别再掩着她的嘴了。不久，她终于又能用嘴呼吸了。起先她只能闻到书的气味，等视野也逐渐清晰之后，她也看得到这里的书了。

他们置身于一座至少有四层楼高的大厅里，仔细看去，芙莉亚才发现这里过去应该是教堂或修道院的大厅，一座满是藏书的修道院。

拱顶天花板上装设了长长的电线，上面的灯投射出微弱的光线，更上面是一幅湿壁画，画上那群围绕成圈的天使与魔鬼，只能隐约辨识出轮廓。

除了教堂两侧的廊柱，大厅里还有许多柱子，柱子周围环绕的书架构成巍峨的高塔，每座书塔半径恐怕都有六码，周围都环绕着好几圈的围栏，而且层层围栏之间有阶梯相通，每隔几层就有轻巧的桥梁衔接这些“书柱”。来此的访客不必踏足地面，就能在书架间穿梭。

芙莉亚和爸爸来到一根“书柱”后方，这根柱子离大门和一张堆满一摞摞书籍的桌子相当近，桌上有摞书正在晃动，芙莉亚冲上前去，在那摞书砰砰跌落前及时托住了。第二本《海贼女王阿紫》原本在这里，只是在他们抵达的那一瞬间人间蒸发了。

芙莉亚只上前一步就把这摞书稳住了，但她担心刚才发出来的声响会暴露他们的行踪。她迟疑地瞅了瞅爸爸，爸爸正聚精会神地倾听着什么，最后他摇摇头，看来他听到或觉察到的东西并没有朝他们接近。

这里看不到任何教堂里常见的物品，既没有蜡烛也没有人像，想来很久以前就不再是宗教场所了。这位拥有空白书的藏书家应该已经买下了这栋建筑，再按照自己的需求装修过。

芙莉亚小心翼翼地松开那摞书，稍等片刻，确定那摞书不再晃动了，这才跟随爸爸悄悄绕着柱子走了几步，以便将大厅的情况打量清楚。这些书塔彼此参差遮蔽，但即使是在夜间微弱的照明下，依然看得出来，书塔少说有十座，说不定有十五座，就连大厅两侧拱顶通道较狭窄的柱子间也都装有书架，而屋顶底下甚至安装了吊桥，通往满是书籍的平台。

爸爸将返回出发地所需的穿越书放进连体工作服大腿一带的口袋里，把心灵书插在腰带上的枪套里。接着他从胸前口袋取出几颗硬币大小的圆球握在手上。当他抛出这些圆球，它们就会碎裂，释放出隐喻气体，瞬间瓦解敌人的战斗力——凡是过于接近这种气体的人，会有几分钟完全沉浸在恐怖故事的情绪中。在某些书里，芙莉亚也曾经发现过残存着这种气体。

芙莉亚紧张地聆听着可疑声响，但除了远处某台通风设备发出的轰隆声，她什么都没听到。假使这里还有其他人在，那人一定和他们一样安静。芙莉亚看了手表一眼——午夜才刚过不久，此刻这名藏书家很可能还待在藏书室里。不过爸爸在寄来《海贼女王阿紫》，为潜入他的藏书圣地铺路之前，想必已经把他的底细和作息都打听清楚了。

天花板上的照明相当微弱，看不到哪里有阅读灯，也不见半个人影。

但或许还有别的东西。

爸爸以唇形几近无声地说出了这个词：

“书妖！”

芙莉亚皱起眉头。据说书妖总爱大声喧哗，而且生性卑鄙，在逃离书本后往往无法适应他们进入的人类世界。还有——根据亚当学院的宣传——书妖大多智力低下。芙莉亚的爸爸和大多数书巫一样极度厌恶书妖。

书妖属于二等生物，他们不愿接受自己只是人类想象力的邪恶产物，是在书巫术作用下、虚实世界的界线逐渐模糊而不慎误闯入真实世界的小说角色。人类世界里没有人欢迎他们，他们自己也渴望重返原来的书。可是他们再也回不去了，于是亚当学院的密探便将他们囚禁在庇护所的管制区，任由他们在困苦抑郁中悲惨度日。书妖大多只是他们自身的反照，是他们一度扮演的小说角色的暗影。即使是知名文学作品的造物，一旦误入真实世界，往往也难以辨识出他们的本来面目。多年来一直流传着一则传说，认为失去理智的亚哈船长至今依然在某座书妖贫民窟的下水道里寻找白鲸下落，偶尔还会用大鱼叉刺杀白鼠。另外还有人曾经拍到从《战争与和平》或是《日瓦戈医生》里流落人间的高傲俄国贵族，落魄地现身管制区取餐区的画面。从此以后，这些画面便经常出现在亚当学院举办的用以煽动敌对情绪的活动海报上，作为反面示范。

如果这里真有书妖藏身，那他们几乎不可能隐秘安静地在书架间移动。就算他们是那些偶尔有人谈起的暴动分子，也无法以必要的耐心执行行动，因此亚当学院的密探往往轻易就能镇压管制区里的零星暴动，在反叛初期便予以压制，防止可疑的书妖恐怖分子蠢动。

正当芙莉亚密切注意各方动向时，爸爸也运用起他的书巫感知侦察附近情况，最后他示意芙莉亚跟着他。两人悄无声息地绕着第一座书塔行动，隐身于一座窄桥的阴影中。芙莉亚的爸爸就如灯塔光柱般侦测着空白书，依据多年来的经验，即使只有蛛丝马迹他也能侦测到，换成是芙莉亚，即使花上再多时间也未必能找得到。

爸爸不时朝他们头顶上方高处，藏书室的第二、第三与第四层的小桥与环状护栏张望。有一次，芙莉亚甚至以为自己看到了昏暗光线下有个影子从她眼前一掠而逝，但后来这东西再也没有出现。

他们已经走过大半座藏书大厅，一路上大多紧贴着柱子行动。芙莉亚发现爸爸再次以手势暗示她停下，她警觉地朝四面八方张望，连天花板都不放过，却找不任何人或书妖的踪迹。

但她还是隐隐觉察到了某种异状，在她的太阳穴里，顿时像是有股细微电流流过，引起了一阵瘙痒。

也许这里有夜间守卫看守，他们如果不在藏书厅，就是在门口附近。一般来说，这种规模的藏书厅不可能没有守卫，除非有人虽坐拥破落庄园，银行户头却空空如也，只好把图书安全托付给空有古道热肠却没脑子且正在热恋中的管家。

芙莉亚非常羡慕爸爸能够这么镇定。

“就在附近，”提贝流斯指着下一根柱子说，这根柱子和其他柱子同样又高又宽，四周布满了书籍，“在我们上方一层或者两层楼高的位置。”

书塔上有一道狭窄阶梯向上延伸，通往五码高处的一座环状桥，除了这座位于最低处的桥，上面还有两座同样紧贴着柱子的桥，每座桥上都有轨道和移动式梯子。

“这里还有别的人，”爸爸低声说，“不过他们在另一边，而且可能在更高层的位置。如果我们加快动作，在他们抵达这里之前，就能带着空白书离开。”

“是书妖还是守卫？”

“可能既是书妖也是守卫。”

芙莉亚不安地注视着爸爸：“你说过这个藏书家并不是书巫，那他怎么有办法让书妖担任他的守卫？”

爸爸没搭腔，只是命令芙莉亚：“跟紧了。万一我无法陪你一起，你必须独自穿越，那就……”

“怎样？”

“安静！”

“我是不会独自一人穿越的！”

“如果一切顺利，就不必这么做。”爸爸似乎还有话要说，却欲言又止，只是默默指了指阶梯，用手指数到三。

在爸爸的指示下，两人脱离柱子的掩护，准备沿着最快的路径赶到阶梯那里。爸爸在前面带路，她好久没见到爸爸动作这么敏捷了。一抵达那根柱子，他们立刻飞奔向上，在第一层稍作停留。而这一次，就连芙莉亚都觉察到某些动静了。

拱顶大厅另一侧有两个身影从桥上飞掠，和他们的直线距离大约有五十码，但很快又消失在一座书塔后方。芙莉亚努力想察看他们是否会在另一处现身，但她还来不及在暗影与金属斜撑构成的网络间再次找到那身影，爸爸就碰了碰她的手臂，示意她赶往下一座阶梯了。他们必须再上一层，空白书就在那里的某处。

现在，芙莉亚开始听到远方传来踩踏在铁格网上的脚步声，但在昏暗灯光下却看不见人影。这次她太阳穴的瘙痒感并没有变得更强烈，是她已经逐渐适应这种状况了，还是接近空白书的缘故？她拼命回想，上次自己找到空白书的感受是否也是这样。

就在他们抵达书塔的第二层时，提贝流斯绊了一跤。这座网格栈道距离地面十码高，外缘栏杆高度只及芙莉亚的臀部。芙莉亚抓住爸爸的手臂以免他重心不稳，爸爸感激地笑了笑。

两人小心翼翼地在柱子外围的网格栈道上行动，才走了几步就抵达了目的地。提贝流斯把食指搁在一本没有任何文字的狭窄书脊上。除非是锁定这本书的人，否则是绝对不可能找到的。他小心翼翼地抽出书，那是一本中等大小的薄书。还没等爸爸翻开书页检视，芙莉亚就知道，肉眼看上去这些书页都是空白一片，乍看之下，就像是泛黄的笔记本。但为了吸引藏书家与图书馆管理员的兴趣，七芒星让人在封面加上了精巧华美的镶嵌细工，还以琥珀和金箔做出繁复的图案，某些部位甚至镶有宝石。这种书每一本都是一件小珍宝，也是藏书家心目中的稀世奇珍。

现在芙莉亚也发现，这个书架上的书封都别具一格，争奇斗艳。其实只要外表别致美丽，不论书籍内容如何，藏书家大多都无法抗拒其魅力，而这座藏书室的主人甚至坐拥数十本这样的书。

这让芙莉亚更加担心了，因为这样的珍宝不可能没有守卫保护。

爸爸还在检视书时，芙莉亚用眼角的余光觉察到最高层出现了动静。在他们上面一层的地方，有人站在那里倚着栏杆注视着他们，那个隐约的身影在天花板沉沉的阴影下几乎无法辨识。

“爸爸！”

爸爸的目光从空白书上移开，随着她的示意看过去。

身影消失了。

“刚才那里有个人，”她低声说，“而且他看见我们了。”

提贝流斯将空白书紧紧贴在胸口，正想张嘴回答时，突然传来一声枪响，划破了藏书大厅的寂静。

有人尖叫，另一人放声大笑。

接着又是一声枪响，铁格网上急促的脚步声突然逼近。芙莉亚还没见到任何人影，爸爸已经拿着书绕着柱子奔跑起来，想一睹柱子后方的动静。

“别动！”爸爸喝令芙莉亚。

芙莉亚可不想乖乖听话。

跑了几步，爸爸停下脚步，芙莉亚差点撞上他，赶忙往旁边闪躲，却撞上了栏杆，身体摇摇晃晃地随着爸爸的目光向前看去。

有两个身型矮小的男子以不可思议的速度从网格桥上飞奔而来，他们步伐极大，几乎更像是在跳跃。两人边跑边回头看，其中一人按着受伤的肩膀。就在他们距离芙莉亚和爸爸还有几码远时，后方忽然冒出了第三个身影：那人从头到脚一身雪白。

“站住！”一个女性声音喝令。

白衣人举起一支像刀剑般闪着银光的自动手枪，朝空中开了一枪。

芙莉亚被爸爸拉到了柱子后方躲避。

“他们是谁？”问归问，芙莉亚并不期待爸爸会回答。她确定奔逃的是书妖，而且按照脚步声判断，他们正在逐渐接近。枪声再次响起，接着传来了一名逃亡者酷似山羊笑声的号叫。

“以学院之名……”那个女人以此开头，接下来的话芙莉亚就听不清楚了。

爸爸挡在她身前，右手抓着隐喻气球，左手握着空白书，他太靠近栏杆了。

爸爸太不小心了，这个念头在她脑海里一闪而过。

但她已经来不及出声警告。

两名书妖猛地朝她撞过来。

12

两名逃亡的人发现网格桥上另有他人时已经太晚。其中一人在撞上提贝流斯时再次发出诡异的笑声，第二人在狭窄吊桥上撞上那团人堆时，也发出了惊诧的呼喊。芙莉亚急忙后退，却还是不够快，四人瞬间跌成一团。芙莉亚的爸爸咒骂着，急切地唤着芙莉亚的名字；芙莉亚则试图在胡乱舞动的手和腿的重围中保护自己的脑袋。与此同时，她也见到隐喻气球飞出，爸爸的空白书脱手飞出。

她出于本能马上把手伸过栏杆空隙，在那本书坠落地面前及时接住，火速抓回来用身体护着。这时发出山羊笑声的家伙正按着她的肩膀想站起来，但随即被芙莉亚的爸爸狠狠揍了一下，立刻又倒卧在地。芙莉亚先是觉察到有条毛茸茸的手臂拂掠过她的脸颊，接着她看到了：这个陌生人竟然赤身裸体，身上长满毛发，小眼睛里还灼烧着血红的光芒。现在百分之百可以确定，他不只是个书妖，还是个非人的族类。

白衣女子再次呼喊一些听不清楚的话，她离他们已经不远了，应该就在两座书塔之间的桥上。与此同时，另一处再次传来枪响，接着响起了数名男子的声音，想来应该是藏书厅的保安。短短数秒内，寂静的图书大厅变得一片混乱。

肩膀受伤的书妖朝芙莉亚用力推搡，踉踉跄跄地站起身，想从她身上跨过，这让芙莉亚感到胸口上的压力更大了。她用空出来的手抓住他的脚踝，这个人和他的伙伴不同，虽然没穿鞋，但下半身倒是穿着裤子。这时有东西从他左手滑落，恰好就掉在芙莉亚头部旁边，想必是一本书。尽管这一瞬间，芙莉亚周围的时间都冻结了，她还是趁机瞄了一眼印在封面上的字：

地平线地图集

那个书妖一把将书捡起。他长得很瘦，几近瘦骨嶙峋，皮肤也泛着一种蓝白色调，但相貌却显得很有活力。他年轻得令人惊讶，也比他的伙伴要像人类多了，最特别的是他那一头浓密乱翘的乌黑头发。

“快点！”他朝有着火红眼睛的同伴高喊，但那个同伴却还一脸茫然地坐在芙莉亚爸爸面前，无意起身。如果那名女子真是亚当学院的密探，那他们四人就得立刻离开此地，偏偏他们却在互相绊住对方。

这时又传来几声急而短促的枪响，不知是谁在用意大利语高声呼喊。

“芙莉亚！”爸爸呼唤她。“让他们走！”

芙莉亚松手，放开陌生人的裤脚。蓝皮肤书妖将《地平线地图集》紧贴着身体，诧异地看了她一眼，接着一把揪住另一个书妖，想拉他过去，却只抓到他一只尖尖的耳朵，疼得那个羊人发出难听的哀号。接下来的一秒，这两人终于脱离了芙莉亚和她父亲的牵绊，翻过网格围栏跳了出去，在一根柱子后方失去了踪影。接着，芙莉亚便听到某座阶梯上响起了脚步声，书妖很可能逃往了最高层，密探和守卫想赶往那里并没有那么容易。

对了，密探——应该早就到了这里。

提贝流斯·费尔菲克斯挣扎着起身，同时想把芙莉亚拉起来，但她已经一跃而起，试图和爸爸一起沿着书妖的路线逃离这里，却被爸爸突然拉住。

“等等！”

她不解地望着爸爸，但随即醒悟：空白书已经到手，现在他们可以穿越回去，不需要奔逃。在这场混战中，她差点儿忘了这一点。

芙莉亚把书交给爸爸：“给你。”

“收好，我们把书带走。”

芙莉亚知道爸爸平时很不乐意这么做，他担心亚当学院会沿着空白书的踪迹找到费园，但眼下他们已经没有时间当场以影墨消去这本书的破坏力了，必须先回家再处理。

爸爸取出穿越书时，芙莉亚也将这本薄薄的书塞进了连体工作服的口袋。那本穿越书是七芒星的著作，仓促之间她来不及确认书名，可以确定的是，爸爸书房里肯定有相同的一本。

又是一声枪响。

事后回想时，她觉得自己眼睁睁地看见了射中父亲的子弹是如何飞来的。

这一枪枪口的火花比起之前几次都更亮，好几座书塔同时沐浴在刺眼的强光下。但这一次开枪的并不是女密探，射击者位于下方，大约在附近的柱脚，而且没打算事先向他们发出警告。

子弹划破提贝流斯的颈部，在一团尘雾中射进了他背后的书墙内。一开始，那似乎只是擦伤皮肤的一枪，就像小说中经常描述的，不会造成任何严重后果的一击。小说角色往往以这种枪法打败大队人马，在战场上赢得一箱箱的金银财宝。

在书上，这种只会擦伤皮肤的枪法是不可或缺的元素，就像是横扫千军击毙敌人而荣获的勋章，只是不会造成严重的后果。

但提贝流斯却死在了枪下。

在他倒下的那一刹那，芙莉亚并不知道这是爸爸人生的最后几分钟。她立即赶到爸爸身边，他却已经回天乏术。她跪倒在爸爸身边，让他的头靠在自己的大腿上。爸爸脖子上的伤口喷出一道细细的血柱，接着稍稍停歇，随即变成一股急促的血流从他裂开的动脉向外喷射。鲜血染在他黑色的连体工作服上，几乎难以辨识，但他脖子上、脸上和他笨拙地试图压住伤口的手上却染满了鲜血。

尽管想放声大叫，芙莉亚却几乎发不出声音来。仿佛有人压着她的喉咙，她简直无法呼吸，太阳穴里的脉搏也痛苦地敲击着。

“她叫作，”爸爸上气不接下气地说，“她叫作伊西丝·霓莫霓思……你要……”

接下来他的话就成了喉头里的一阵乱响，再也说不下去了。浮现在他眼睛里的不是痛苦，而是震惊与难以置信。后来芙莉亚终于知道，当时爸爸已经知道了结果，他只是无法相信，事情居然是这么结束的。

最后芙莉亚才终于痛苦地喊出“爸爸……”，但这声呼唤只不过是嘶哑的呢喃。接着她突然想起了穿越书，那本书从他手上滑落了。没错，就在那里，她捡起书放在爸爸的胸口，拉起他的一只手摆在书上，但爸爸已经没有力气握好，那本书又滑落到了网格吊桥上。

“伊西丝·霓莫霓思……”他的喉头再次传来声音，“她是敌人，芙莉亚……你的敌人……去书城找居利斯……他可以帮你们……他还欠我……”

芙莉亚没听懂爸爸最后想说的话，因为就在这一刻，女密探已经在柱子转弯处蹲下身来，一只手上举着银色自动手枪。

“别起身！”她朝芙莉亚呵斥。“别动，否则连你也会被他们发现！”

枪声再响，尘埃与碎纸片铺天盖地地撒落，一名男子高喊着意大利语，随后枪声终于止歇，接着有人被打中了，发出的声响连上方都听得见。

芙莉亚泪眼婆娑地望着那名女密探，她穿着连帽斗篷，仿佛是从某部维多利亚时期的小说误入当代的。她上身非常苗条，穿着雪白的紧身衣裤，一条同样雪白的丝质围巾遮住下半张脸，帽子底下只露出一双眼睛，淡蓝色的眼珠如冰海般闪着寒光。

提贝流斯·费尔菲克斯在芙莉亚的双手间抽搐着。芙莉亚的目光从女密探身上移开，因为只要能救活父亲，自己究竟会面临怎样的命运她都不在乎了。

提贝流斯最后一次挣扎着想说话，他呢喃着一些芙莉亚无法理解的声音，接着倚靠在她膝头上的脑袋便往一侧偏垂。

“爸爸？”

他的胸腔一顿一顿地起伏，显示他还活着。

亚当学院的女密探伊西丝·霓莫霓思伸手将芙莉亚的肩头推开，想朝垂死的提贝流斯俯下身，但芙莉亚可不容许她这么做。芙莉亚用一只沾满鲜血的手对着女密探的肩膀打过去，女密探赶紧闪避，但她的白衣上已经留下了血污。芙莉亚还来不及重新做出反应，白衣女子的左手便向前一伸，握住了芙莉亚的前臂，将她拉开。

“让我来，我可以帮你！”

芙莉亚垂头望着爸爸，他左眼圆睁，仿佛在恳求芙莉亚，千万别听信这名女子的话。

她是敌人。芙莉亚，你的敌人。

但伊西丝·霓莫霓思却松开了握住她的手，捡起穿越书放回他的胸口上，再帮他把一只手搁在书上。“抓好，”她对芙莉亚说，芙莉亚迟疑了一下，“快抓好，该死！”

芙莉亚乖乖听命，因为绝望之下她的反抗意志就如洪水般溃堤了。白衣女子把手枪搁在网格吊桥上，右手摸索着斗篷下的某种物品，不一会儿芙莉亚便见到了她收在腰带枪套里的一本小书，那是这名女密探的心灵书。

芙莉亚的爸爸挺起身来，嘴唇翕张。这时芙莉亚发现，白衣女子正在把她自己的些许力量传输给爸爸，那是一股最后的活命能量。

他们下方的脚步声变得清晰，一群守卫正踩着阶梯冲上来。

“离开这里！”女密探高声喝令。

是敌人。

你的敌人。

借由这名陌生人的力量，提贝流斯·费尔菲克斯启动了穿越行动。芙莉亚和爸爸被一股强大的力量拉离现场。芙莉亚最后见到的是举枪开火的伊西丝·霓莫霓思天使般的白色身影。

13

返家后，芙莉亚的爸爸马上就过世了。

回到书房，爸爸就在芙莉亚身边倒下了，她拼命想扶住他的身躯，却跟着一起倒向地面，最后她终于翻过爸爸的身体，让他仰面躺下。

爸爸的嘴唇再次翕动。多年来他不断告诫，终有一天她必须替代他去捕猎空白书，洗刷家族名声。芙莉亚以为爸爸临终时会再次叮嘱这件事，但他却只是低声交代："好好照顾弟弟……答应我……皮普需要你……"

她点点头，同时想找电话机。应该就在书桌上，压在一座座纸堆下。如果现在她赶快叫救护车，半小时后可能就到了，一切顺利的话，也许只需要二十分钟。但她心里其实很清楚，这样还是太迟了。尽管她用手按住了伤口，但鲜血还是在从破裂的颈动脉中涌出，爸爸正在她怀里持续大量出血。

他的喉咙里发出一声呻吟，接着那只完好的眼睛瞪得大大的，说："有人……是……"

她几乎没有在听，只是径自大声哭泣着，一种无助感正在撕裂她的心。

“有人……”爸爸的喘息声几乎听不见。

接着他的目光突然定住，胸腔最后一次起伏，生命就这么结束了，上一秒还活着，下一秒就死了。芙莉亚怀着一种连自己都感到慌乱的距离感思考着，这样的死法未免过于平淡。前一秒他还是爸爸，是一个拥有独到知识、经历，拥有极为特殊眼神的爸爸；而下一秒，躺在地上的不过是他的躯体。提贝流斯·费尔菲克斯值得热热闹闹地告别人世，结果却是一片沉寂。

穿越书已经蒸发了，泪眼婆娑的芙莉亚想起工作服里的空白书，爸爸应该会希望她好好处理这本书。在她呼叫宝琳与韦克福并唤醒皮普之前，她必须先毁掉这本书，这样才会像是爸爸亲手摧毁了它一般。

她没多想，只是机械性地摸索着爸爸工作服上的口袋，取出他用来装安提夸家族影墨的小金属罐。这个罐子外表就像是有盖的扁酒壶。而在他某个腿侧口袋里则放着一把小锤子和几根钉子。

她勉强自己不要一再注视他那了无生气的脸庞，而要聚焦在他腰带上的心灵书上。这本书不必特地收起来，因为对其他书巫而言，它不过是一本平凡的书，对芙莉亚来说也是。

月光从窗口照射进来，洒落在镶木地板上。直到这时她才发现书房的灯没开。这次穿越前爸爸并没有关灯，他向来不关的。芙莉亚昏昏沉沉地起身，看到爸爸就躺卧在自己脚边，她的身体忍不住晃了晃，接着她走到门边，按了几次电灯开关，书房里却依旧漆黑一片，也许是保险丝烧了。

有人，爸爸这么说。究竟是什么意思？书房里另有他人吗？

芙莉亚打了个冷战，她侧耳倾听，却只能听到自己心脏剧烈的怦怦声。要抵挡哀伤实在太难了，她有生以来第一次感觉这么疲惫，而父亲的死更冻结了她的思考，她恨不得能有人替她做出所有的决定，能拉着她的手把她带到一处能静静哭泣的地方，哭到泪水干涸。

芙莉亚赶紧回到爸爸身边，跪下，把空白书推到月光在镶木地板上照出的一片扇形亮处。在这个地方，这本空白书和宅邸中的其他书籍同样平淡无奇，经过岁月的洗礼，镶嵌金工部分已经剥落，其他部分也已经失去光泽，褪成了褐色，无论怎么看，都不值得为此牺牲生命。

芙莉亚把金属容器的盖子转开，将一根钉子放进去，直到钉子尖端碰触到容器底部。当她取出钉子时，钉身已经有一半浸染了影墨。芙莉亚把钉子竖立在空白书封面上，举起锤子，将满腔怒火和绝望化为狠狠一击。随着一记闷响，钉子应声穿透书页，同时发出沙沙声，仿佛有几十支笔同时在纸面上刮划。不需翻看内页，芙莉亚就知道，在这一瞬间，空白书里的部分文字已经显现出来了。

第二根和第三根钉子同样在影墨里浸泡过，再钉进封面里。朝第四根钉子敲下去时，她听到了一些声响。在如此寂静的夜里，虽然纸张吸收了敲击声，但想必还是清晰可闻。或许是韦克福被惊醒了，过来看看是怎么回事。

第四根钉子，也就是最后一根，只需几滴影墨就足够了。据说影墨是由亚历山大图书馆遭焚毁的典籍炭化之后，添加美索不达米亚楔形文字的影色素所制成。这或许是虚荣的安提夸家族所散播的动听谣言，但影墨具有奇效，这一点毋庸置疑。如果这时芙莉亚将钉子逐一取出，翻开书来，就能看到书里的文字。

芙莉亚想把书拿起来放到爸爸的双手上，却发现自己钉得太过用力，都把书钉死在镶木地板上了。

又是一阵沙沙声，发自屋内深处。

芙莉亚让爸爸松开的那只手握住锤子，别人几乎会以为他只是睡着了。芙莉亚哭得都快无法呼吸了，但她依然勉强自己振作，像个梦游者般站起身来。

爸爸临死前交托给她一件任务，准确来说是两件任务：照顾皮普，还有前往书城。*去找居利斯*，爸爸是这么交代的。这个姓氏她听过，但从未见过本人。

他可以帮你们。

他们需要人帮忙吗？

有人……是……

在我们家吗？

芙莉亚两腿发软，在黑暗的房间里张望着，再次听见费园夜间不会有的声响——这次是“砰”的一声，接着是某座楼梯上的脚步声。此刻芙莉亚满脑子想的都是爸爸的死，还无法好好思考。爸爸说的“帮”是指帮什么？是经济上的协助？有可能，因为现在他们两个未成年人住在破败的屋子里，还有三名他们付不出工资的雇员。她知道爸爸在穿越寻觅空白书时，经常顺手从对方的藏书里带走一本珍贵的书籍，再出售这些赃物，勉强支撑起这个家。这种事他从来没有提起过，他本人对此也不怎么得意，但芙莉亚却为他感到骄傲：爸爸在倾尽全力保护他们，支撑起他们在科茨沃尔德的家。

说话声再次传来，这一次声音更近，可能已经来到这层楼了。

她小心翼翼地打开房门，向外探看。通道那里同样没有灯光，连位于通道尽头、平时不分昼夜都开着的壁灯，这时也没开。

就在芙莉亚准备离开房间时，她突然想起一件事，于是匆忙折回，赶到书桌旁，最后在众多纸张和书籍之间找到了她要找的东西。那是一张细长的卡纸书签，上面只有两个字：*书城*。芙莉亚的指尖拂过书签时，感到皮肤里仿佛布满了密密麻麻的虱子。这张书签外表可能不怎么起眼，但它的每根纤维都充斥着书巫能量。

芙莉亚将书签塞进工作服上的一个口袋，这时她才觉察到黑色工作服上湿湿的污斑，带着明显的铁腥味。

有人发出尖叫，位置在屋子前方。

芙莉亚跑到窗口边，看到五个身影正在费园大门的阶梯前，她只能隐约辨识这些人的身形，但似乎都是男人，其中一人正从大门前的阶梯上仰面摔落。芙莉亚把脸贴在窗玻璃上，但从这里只能看到最下层的几个台阶。

如果她听到的男子声音不是韦克福或桑德兰的，那么家里一定有其他陌生人，也许是从后门进来的。

但前方这五人却被拦住了。

直到这时芙莉亚才发现在一段距离以外，还有一名女子站在前院，月光笼罩着她苗条的身躯，她一动也不动，目光却朝窗口边的芙莉亚望过来。

一名男子带着一把大铁锤，很可能是从韦克福的工具棚拿出来的。芙莉亚觉察到女子的目光紧盯着自己，但自己的视线却无法从台阶上的景象移开。大门附近有个女人的声音不知说了什么。手拿大铁锤的男子走上台阶，接着传来了激烈的敲击声，接连三四下。

话语声沉寂下来，另一名男子放声大笑，接着有东西沿着阶梯弹落下来，在朦胧的月光下从这群男子之间滚过，最后在女子脚边停了下来。

那是圣维波拉妲石像的头。

14

皮普被喧闹声吵醒了。有什么东西裂成了碎片，而他一如平日，最先闪过的念头就是小丑来了。由于他的噩梦从睡眠中一路追到了清醒时，现在他仿佛看到小丑就在眼前。

他们举着五彩缤纷的锤子击打着家里的门，锤子看上去像是泡沫塑料和绒毛的混合物，但实际上却是不锈钢制成的。这群小丑穿着宽松飘舞的丝质长裤冲进家中，他们的鞋子过大，脸妆浓艳，手上戴着笨重的手套，血红的嘴巴过大，眼睛四周画着拳头大小的暗影。这些小丑散发出带着油耗味的爆米花气味，还有烧焦的杏仁味，味道是如此甜腻，光是想想就令他恶心。他曾在一本书上读到过，死亡总是带着甜甜的气味。皮普坚信，那种味道和这些小丑的一模一样。

皮普急着想上厕所，不过他还憋得住。他赶紧起床冲向五斗柜，那面圆镜前摆放着他全部的化妆品，是桑德兰帮他从城里买回来的。他家司机精通表演和魔术，还会把整个宇宙装在后车厢里四处兜风呢。皮普总是想保护自己免受小丑伤害，而这位司机相当能理解他的心思。如果想达到这个目的，最好的办法就是伪装，就像鱼群在遇到危险时排成鲨鱼轮廓那样。

皮普知道大家都觉得他疯了，尤其是芙莉亚。不过他不介意，他对芙莉亚的爱就和对爸爸的一样深，只不过他们都低估了小丑的危险性和诡计多端。光是看小丑一眼，不就能对这事实了然于胸了吗？

皮普五岁时，爸爸带他和姐姐去观赏马戏团的表演，那不过是个在温奇科姆外围草地上巡演的很不入流的流浪马戏团罢了。当年爸爸偶尔会试着让他们享受正常的家庭生活，不过当然啦，关于所谓的正常，提贝流斯·费尔菲克斯也只是从书上得知的。而在爸爸用他的心灵书让流浪艺人的演出更精彩一点时，姐弟俩也只好装出若无其事的模样，但爸爸这一招却令那些演员大为惊讶。

只有那些小丑马上就发现了是谁破坏了演出。小丑爬过楼座，在观众笑声中带走皮普，关进舞台上的箱子里。事后，芙莉亚表示他顶多在箱子里待了半分钟，而且箱盖一直开着，但是在皮普记忆里却完全不是那么回事。他觉得他在黑暗窒闷的箱子里待了好几小时，而且他还觉察到有几个小丑在他身边，还有更多像他一样被绑架的小孩，其中一些已经好几年不见天日了。

最后他终于在掌声与欢呼声中被人从牢笼里拉了出来——他们拉扯他的头发，虽然在观众眼中并非如此，而他则不得不离开其他的孩子。一名小丑一边将他送回座位，回到爸爸和芙莉亚身边，一边不断在他耳畔恫吓，说他们很快就会找到他，像刚才那样，刺他、切他，将他生吞活剥，而且不管小男孩躲到哪里，把他找出来都易如反掌，因为小丑有巨大的鼻子和耳朵，闻得到小朋友的味道。还有，只要他们想要，就能像蜘蛛网上的蜘蛛那样，悄悄接近猎物。

但他们没料到，皮普比他们聪明多了，他把自己变成了他们中的一员，至少在离开房间时。有时他连在房间里也会化妆。这么一来，他们就认不出他是皮普·费尔菲克斯了，而他却很清楚，他们是不是跑来这座山谷里搜寻自己踪迹的坏小丑。皮普才十岁大，在他们眼中是个手到擒来的猎物，但他可不会让自己落入小丑那肥如香肠的手指或是那涂抹得殷红的嘴里，今晚他们更是休想得手。

他迅速把脸抹白，在眼睛外围画上眼圈，嘴唇四周涂上口红。幸好他常像军人一样为紧急状况演练，所以不到一分钟就能完成粗略的小丑妆。要是毫无戒心的小丑敢将因吞食小男生小女生而变得肥大的屁股对着他，他就要大肆耍弄他们一番。

皮普把双手在条纹睡衣上抹了抹，接着悄悄打开了房门，走廊上一片漆黑。

他听到了说话声，而底下的二楼也传来了咔咔咔的脚步声。那里是爸爸的书房，但他们不会去那里找爸爸，他们很可能已经在上楼途中了。

费园里有好几道楼梯，如果他们是从大门进来的，应该会走从门厅通往所有楼层的主楼梯，因此皮普往右跑去，在通道尽头的暗门背后有一道老旧的用人专用木梯，这道如今几乎没有人在用的楼梯旁边就是老旧的货物升降机。顶楼有地方可以躲藏，他们找不到他的。而情况危急时，他还能像芙莉亚常做的那样，经由一扇小窗爬到屋顶上。想到月光下，一群小丑倾巢而出，仿如蟑螂般聚在屋顶上，他就不寒而栗。

现在他们的声音——镶木地板与石块上的脚步声、暗夜里的说话声——他听得更加清楚了。

他在走廊上走动，尽可能不发出声响。在黑暗中他只能凭感觉估计距离，幸好这难不倒他，费园的所有通道和房间位置他都一清二楚。皮普用指尖在墙上摸索着，很快就找到了暗门周围的缝隙。当他转动球形门把时，门把发出了轻轻的咔咔声。

他的心脏扑通扑通地跳着，从打开的门缝中溜进阴凉的楼梯井。就在他准备把门关上时，后方已经传来了各种声响。

廊道上响起了窸窸窣窣的声音与杂沓的脚步声。

他们正在追捕他。

他虚掩暗门，以免发出声响，接着便沿着楼梯向上狂奔。

15

黑暗中，费园的走廊上还有人在移动，动作缓慢，但不是特别小声，因为每移动一步，不是哪个铰链发出了刺耳的咯吱声，就是哪只木脚发出了笃笃声。

阅读灯后方拖着电线，好似一条尾巴；阅读椅则不断咒骂，因为他必须把身体从芙莉亚的门口硬挤出来，据他宣称，多亏了他一身皮革富有弹性，否则差点儿就出不来了。

两分钟前芙莉亚匆匆跑进她位于南厢房的房间，把《凡塔思帝寇》和那本神秘书从藏放的位置取出，还带走了书桌抽屉里的墨水瓶和手电筒——阅读灯认为，手电筒是粗笨又无用的东西——接着就再度离去，还任由房门敞开着。这可是史上面一遭。

“真失礼！”阅读灯刚开口，芙莉亚就走人了。

不久之后，费园深处传来了一群陌生男子的声音，那便是她行为异常的原因。

“不太对劲。”阅读椅说。

“哦，是吗？”阅读灯响应，同时用灯泡翻了个白眼。

阅读椅原本低沉的音色听起来比平时更低："我们最好别出声。"

"那你干什么碎碎念，你这个白痴？"

两个活宝开始争吵，最后决定由其中一"人"去瞧个究竟。看来芙莉亚走得很匆忙，而人一急就会变得不小心。匆忙和它们俩所表现出的愉快与镇定恰好相反，而眼下无疑迫切地需要他们的从容镇定，才能好好分析屋内的形势。

"我们是这项任务的理想人选。"阅读灯如此表示，而这里的"我们"指的当然是它自己。不过走廊上只出现一盏阅读灯是会让人起疑的，但要是有灯有椅，就像是个舒适的阅读角落了。

因此，现在它们正照着芙莉亚离开的方向，逐渐朝楼梯间迈进。阅读灯那三只久没上油的灯脚踩着踩高跷般的步伐走在前头，阅读椅僵着四只木脚尾随在后。

它们嘎吱嘎吱、咕咚咕咚地来到主楼梯，对面是通往北厢房的走道，主人的书房就在那里，而芙莉亚还在继续往上跑，他们上面的一层楼就是小皮普的房间。

"她想把小男孩带去安全的地方。"阅读灯说。

"这些楼梯我爬不上去。"阅读椅用低沉的声音说。

阅读灯正想开口驳斥，却看到有三名男子爬着楼梯上来了。他们穿着老式的小礼服和背心，搭配口袋巾和金色表链，发型完美，手握绅士手杖，拿着手电筒。楼下还有话语声传来，想来那里有更多他们的同党，而那些人似乎正在经过一楼。

阅读灯和阅读椅一动也不动，它们正好在南侧走道的入口旁，本来并不是适合阅读的场所，但这些男子并没有留意，只是暂停脚步好搞清楚方位，随即便朝北厢房匆匆赶去了。接着另有三人从楼梯爬上来，直奔三楼而去。

"他们发现芙莉亚了吗？"阅读椅低声问。

“她比他们快。”阅读灯轻声回答。

“万一他们找到她，那……”

“她领先他们许多。”

“可是他们终究会赶上的。”

“只要她够快就不会。”

“这可不妙啊。”阅读椅抱怨。

“当然不妙！屋里这些人都是非法入侵，少说也有六人，能有什么好事？”

一名男子突然跑回走道上，接着沿着楼梯往下跑，不久两名活宝便听到他在一楼高喊：“老费尔菲克斯死了，尸体在书房地板上。”

有个女子的声音说了些话，阅读灯听不清楚内容，但语气听起来非常尖锐，不久便有一名身材纤细的黑衣女子上楼来了，说话的男子在离她两步远的距离跟随着她。

黑衣女子来到最顶端的阶梯便停下脚步，仿佛在搜寻着什么，目光也落到了阅读灯和阅读椅上，吓得它们大气也不敢喘一声。黑衣女子用凌厉的眼神打量了它们一眼，随即望向位于它们旁边的南侧走道。

男子指着北厢房，说：“在那边。”

女子犹豫了一下，接着点点头，随着男子经过通道而去。

那两人消失在书房里时，阅读椅轻叹了一声：“他们会把整栋房子连同我们都烧得精光。”

“还没那么惨好吗？”

“我们会被熊熊烈火包围，就跟那些地毯啦，桌子啦，画框啦，还有……”

“你给我安静。”

“我跟你讲，所有东西都会烧起来。你的话，他们会从瓦砾堆里把你当成扭曲变形的金属拣出来，而我将会尸骨无存，连一小块都不剩。”

“别再发牢骚了，现在好好思考一下，”阅读灯严厉地低声说，“芙莉亚和小男孩可能会逃去哪里？”

“公园那里？”阅读椅的垫子忍不住战栗了起来，光是想到户外它就感到厌恶，大概是想到了那些被人搬到马路上卖给陌生人的家具吧。

“不太可能，”阅读灯反驳道，“这些陌生人就是从那里过来的。”它稍微拉长身躯望向北侧走道，女子和那群男子仍然待在书房里。主人真的死了吗？这种想法感觉不太对，像是完全不可能的事。

“芙莉亚和皮普会跑去更上面的地方，”阅读灯边思考边说，“你还记得阁楼吗？”这句话并不是问句，因为阅读椅记得的事乏善可陈。在芙莉亚发现它们并且请韦克福将它们搬到她在楼下的房间里之前，它们已经窝在那里，在同一张窒闷的床单底下共度了好几年的时光。“上面那里他们可以躲的小角落多得很。”

“主人到底发生什么事了？”阅读椅问。

阅读灯想了一下，又说：“你知道我是怎么想的吗？”

“有话直说。”

阅读灯歪着圆锥形的金属灯罩，心想：这个动作笨拙的大块头最近也学会挖苦人了吗？接着郑重地说：“我想，那个司机，就是那个桑德兰，绝对跟这件事大有关系。”

“你又不了解他。”

“芙莉亚很讨厌他。”

“嗯，”阅读椅陷入沉思，“也许他想摆脱咱们的主人，好把所有家具——包括我们——全都卖掉。”

“有可能。”芙莉亚不只一次提起过，她不信任桑德兰，甚至还在她的神秘书上写过，她不喜欢他，而那段话阅读灯一字不漏地都看见了。

一楼传来了凄厉的惨叫。

“是厨娘吗？”阅读灯低声问。

“哎哟，哎哟。”

“我们快离开这里。”

“去哪里？”阅读椅问。“还有，怎么去？”

阅读灯发出一声生锈的呻吟，把灯罩转向南方，看着那条走道说：“我们搭货物升降机。”

16

宝琳踩到了自己的浴袍下摆，差点摔跤，好不容易才稳住身体。她被喧闹声惊醒，随即草草套上浴袍，慌慌张张地离开位于一楼的卧房，穿过厨房后面从前仆人居住的建筑。这里位于走廊的另一端，如今只剩韦克福和她住，桑德兰住在入口旁边。这点令她颇感庆幸——尽管她从没说过她讨厌这个司机。

宝琳并不是胆小的女人，她认为如果出现了异状，就该去了解状况。最好的情况是，半夜里韦克福在食品贮藏室搞得乒乒乓乓的；最糟的则是，又有只游荡的猫被锁在屋子里了。宝琳从没想过会有人入侵，没想过这个偏僻山谷里会发生这种事。

风把宝琳身上的浴袍吹得忽忽飘动，她一踏进厨房，立刻就发现自己犯了大错。眼前的景象令她当场愣住，这或许也是四名陌生男子没有立即发现她的一个原因。

另一个原因则是韦克福，他正在用一把锋利大刀牵制着入侵者。

不同于这些入侵者，他立那发现了宝琳。朦胧中，他的脸上闪过一抹痛苦的神色。月光穿过长长的窗户洒进来，后方送货门开着，可以看到门外银光闪烁的草坪。宝琳百分之百确定，当天晚上她锁好门了。

四名男子呈半圆形将韦克福围住，他们身穿精致的小礼服，衣领笔挺，看起来仿佛是油画上走出来的绅士。在那座展示祖先肖像的厅堂里，一幅幅画像其实是从旧货市场上东拼西凑地买回来的，这种障眼法是为了掩饰费尔菲克斯家族的真实身份。这件事宝琳和管家韦克福都知情，但她宁可割掉自己舌头，也绝不肯透露任何消息。她深爱着这个家族，尤其是这两个孩子。

而她也深爱着韦克福。偏偏此时此刻她才意识到这一点，命运未免也太作弄人了。

四名年轻男子的身体看起来并不虚弱，却都拄着绅士手杖。其中两人握着装饰用的球形杖头拔出剑来，剑身反射着月光，和韦克福的利刀同样森寒。

管家光脚站在黑白双色瓷砖上，只穿着睡裤和一件没扣上扣子的衬衫，他朝宝琳站立的方向使了个警告的眼色，但他嘴里的话却不是针对她的，而是试图转移这些男子的注意力，不让他们发现她。

“你们是谁？来这里想干什么？”

宝琳仿佛瘫痪了，她想朝对方迈出一步，好支援韦克福，身体却不听使唤，只能像个化石似的杵在门口。她觉得厨房变得很陌生，几乎认不出来了，凶险的气氛将她深爱且熟悉的一切都破坏殆尽。

“老头子，把刀放下，”金发碧眼的美男子说，“我们就不会伤你一根毫发。”他面露微笑，摆开弓箭步，手上的剑也比画了一下，可能是想讥笑韦克福，也可能是想测试他的反应。

韦克福并没有被吓到，反倒说：“大半夜的，你们手持武器出现在这里，真以为我会相信你们的话？”

“别以为你还有什么选择。我们有四个人，别处还有更多。如果真想要你的命，单靠这把涂果酱的刀，你有什么机会？”

“这里没有你们想要的。”

“关你屁事？我们想要的应该与你无关吧。”

韦克福最后瞥了宝琳一眼。宝琳正缓缓向前跨出一步，如果能接近摆放刀子的刀座，她就能帮上韦克福的忙，她必须帮忙才行。因为她还有话想告诉他，尤其是在今晚，比起平日更是加倍急迫。她的心脏狂跳，一方面是因为当前的危险，一方面是因为她终于了解，自己和韦克福应该在一起的。

“最后一遍，”金发碧眼男说，“把刀子扔掉！”

宝琳深吸一口气跑过去，而韦克福仿佛感到身体一阵发痛。好几个人在她周围迅速移动，而宝琳也终于来到砧板那里。砧板上的刀座上插着她的料理刀，她抓起最大最利的那把举在胸前。

“滚开！”

四个人对看了一眼，接着哈哈大笑。

“宝琳，”韦克福急切地央求她，“把刀放下。”

“我绝不容许他们……”

一名年轻的美男子朝她跨出一步，扑嗤一声大笑起来，因为他认为宝琳一定会放下刀子。但宝琳根本没想过这么做，她走向他，挥舞刀子攻击，刀尖在他右手臂上划出一道深深的伤口，他惨叫一声，手杖剑应声跌落，发出叮叮当当的声音。

韦克福的反应比那些目瞪口呆的男子还迅速。为了引开攻击宝琳的那些人，他冲向前，踢开金发男子的剑，同时一把将他拉起来挡在身前。韦克福的刀插进那人腰肋寸许，深得足以让他明白自己是认真的。

“叫你的朋友退回去！”他高喊，“否则你休想活着离开。”

宝琳依然双手颤抖着，握着刀子向前伸，直到这时她才察觉到，自己在伤到那名男子时发出了一声尖叫，而那名男子则握住淌血的手，怒气冲冲地看着她、韦克福和人质。

被韦克福当成人肉盾牌的男子倒是相当淡定，他安抚性地说："冷静，大家都冷静。"他朝同伴们点点头，说："你们也是。"

受伤男子俯身用左手捡起手杖剑，其他两人则缓缓拔出自己的剑，但都站在原地不动。

宝琳眼眶含泪，搜寻着韦克福的目光。她觉得韦克福似乎闪过了一抹微笑，仿佛是要告诉她，一切都会过去的，别担心。

"放下武器。"韦克福喝令那些男子。

没人听他的。

"我们应该理性地好好商量。"他的人质表示。

"已经商量够了，"韦克福说，"收回你们的剑，滚出这里，你们找错地方了。"

"他们不是一般的盗匪。"宝琳干燥的嘴唇粗嘎地说，她听到自己在用一种仿佛发自另一个空间、另一具身躯的声音说话。

"聪明的臭婆娘！"受伤的男子说。在朦胧的光线中，宝琳看到他的眼睛如大理石般闪烁着。

"住嘴！"韦克福的人质呵斥，"我们不想招惹谁，我们并不想伤害任何人。"

"当然不想。"韦克福说。

"只要你放开我并且放下刀子，你们就不会有事，尤其是她。"他朝宝琳的方向点了点头。

"你们最好别伤她分毫……"

"只要你理智点就没问题，"人质打断他的话，说，"如果你杀了我，你想，会有什么后果？你速度快到可以同时应付三个男人吗？还有，你想如何阻止他们其中一人比你快一步地解决你的心上人？”

心上人。宝琳恨不得打断他的鼻梁。年轻时她下手时毫不手软，但这几个人可不是酒吧里冒冒失失的小伙子，会甘愿被担任厨师助理的漂亮姑娘训斥一顿。这些小伙子不知是哪里不对劲，他们太过自信，太确定自己会赢。

受伤的人把手臂举到嘴边吸吮，双眼迸射出渴盼的光彩，仿佛等不及要尝尝别人的鲜血——宝琳的血。

宝琳从韦克福的眼神里看到了无助的愤怒，她心想，他气自己，因为他从未向她表白。她好想大声告诉他，她也一样，还有，等这里的事情过去了，那些他们错过的都要弥补回来。他们要坦承彼此的感情，另外说不定要住得近一点，不再分据走道两端了。也许搬到面对面的房间，走个两步就到了，或者干脆一起搬进较大的房间，也许……

“时间到了。”人质柔声说。

“你要遵守诺言。”韦克福的话听起来犹豫不决。

不要！宝琳想大声阻止。他们骗人！他们骗人，还讥笑我们！

“绝不食言，”人质劝他，“你把刀子放下就不会有人受伤，君子一言，驷马难追。”

宝琳张开嘴，话语却像果核般卡在喉咙里，让她缓缓窒息。在这个时代里，没有哪个男人会自称君子，这些男人说话的方式简直和芙莉亚那些老旧发黄的小说里的角色如出一辙，仿佛是从坟里爬出的不死生物，从书里直挺挺地走了出来，就连他们的服装都来自另一个世纪。

韦克福长叹一声，那声音更像是痛楚的哀号。宝琳惊恐地想着：“他在哀悼，他在为我们哀悼。”

不要！又一次，话到了嘴边却说不出来，只能化成一声呢喃，因为她知道，说了也没有用，韦克福已经做出决定了。

韦克福放开人质，男子面带微笑，以一个轻盈如舞步的步伐离开了他。

“宝琳，”韦克福嘱咐，“你现在就走，不管听到什么都别转身。”

“我要跟你在一起。”她语气坚定地说。

“哦，”金发碧眼的美男子说，“我的心都要碎了。”

其余三人轻声笑了笑，受伤男子改用伤了的手持剑，他握着剑柄的拳头用力到伤口都淌出血来。接着他朝宝琳跨出一步，剑身深深刺入她的腹部。

韦克福发出痛苦的喊叫。

宝琳低下面，看着剑身刺进自己体内，怪的是，她只感到肌肉疼痛。她缓缓抬起头，望着对方嬉皮笑脸的面容。“聪明的臭婆娘。”他得意扬扬地又说了一遍 。

韦克福发出怒吼，一把捡起掉落在地上的刀子，向前扑去，朝着自己刚刚释放的人质挥刀，因为那个人恰好站在他和宝琳中间，但男子却轻松闪开，同时对另外两人说：

“麻烦你们了。”

两把手杖剑交叉刺进韦克福的胸口，他发出呼喊，但试图跨出脚步走向宝琳，一步又一步。尽管剑身深深地插入了他的上半身，没入剑柄，这两名男子还是拦不住他。

宝琳再也动弹不了，而这时剧烈的痛楚才扩散开来，仿佛直到这时，她的神经才觉察到发生了什么事。泪水沿着她脸颊滑落，带着咸味，灼烧着嘴角。她的目光越过杀害自己的男子肩头望向韦克福，似乎还难以理解两人方才的遭遇。她也试图向前跨步，却抬不起脚来，并且感到膝盖发软。

韦克福呼叫她的名字，她想象着在一个和暖的夏日，两人站在外面的丘陵，她在山脊上，眼前是一片蓝天，他则在下面山坡上，离她一段距离，呼唤着她，朝她奔来。她想着，我们终于彼此坦诚，终于了解自己的感受了。

接着她看到他摔了一跤，忍不住笑了起来，因为她自己也倒卧在了柔软的草地上。他们两个真是笨手笨脚呀，简直就像憨呆的孩童。他马上就会起身跑来，而她也会起身迎向他，接着互相拥抱，在丘陵上，在阳光下，在温煦的和风中。

17

芙莉亚一把推开皮普的房门，却不见弟弟的踪影，他不在床上，也不在床底下。保险起见，她还查看了柜子。其实她早已料到，自己来得太晚，皮普已经自行逃走了。这是生平第一次，芙莉亚感到今晚她可能不只会失去爸爸，而是失去一切。

平常皮普会躲在哪里她都一清二楚，要是晚餐时间到了他还没上桌，她总能把他找出来 。但这一次她还来不及一一查看，就听到楼梯间传来了脚步声，那些男人正准备上三楼来。

她转往另一个方向，沿着右侧走道奔跑，并且在距离十码远时听到走道尽头的货物升降机开始启动，栅门后方传来链条与齿轮的咔啦声。

脚步声越来越响，在用眼角余光瞥见走道尽头出现的模糊身影之前，她刚好关掉了手电筒。过道上，离她约二十步远的地方出现了三名男子的身影，在黑暗中他们应该看不到芙莉亚。她小心翼翼地拉开暗门，闪身进去。在黑漆漆的楼梯间里她听到升降机停在顶楼。幸运，超级幸运的话，也许这些男人并没有觉察到这些声响。

她非常谨慎地关上门后，才又开了手电筒，爬着狭窄的用人专用梯上楼。

抵达顶楼时，墙后传来了升降机的咕隆咕隆声。看来有人并不在意弄出声响，绝对不是皮普，很可能是另一群敌人，或许就是亚当学院的密探。难道是伊西丝·霓莫霓思派来的？

芙莉亚小心翼翼地打开通往阁楼的门，升降机就在旁边，她透过门缝想窥视从升降机出来的是哪些人。万一是入侵者，那么但愿皮普还没有落入他们手中。这里的每件物品、每个角落、每个橱柜皮普都熟悉得不得了，要想在顶楼找到他，他们非得彻底搜寻一番不可。

万万没想到，出来的并不是入侵者，而是她的阅读灯和阅读椅。

她打开门，站在它们前面，低声说："停！"

刚从升降机里出来，随着最后一声吱吱呀呀、咕隆咕隆，这对活宝立刻停了下来，阅读灯没亮的灯泡往上转向芙莉亚的脸。

阅读椅的垫子像手一样往内缩着，似乎握成了拳头。"哎哟，哎哟。"它小声说，大约发现情况不太乐观。

"还好你来了，"阅读灯咔咔响着，它自信满满地说，"我们正想去瞧瞧小男孩，并且……"

"你们弄出来的声音大到会把那些人全引来这里！"芙莉亚压低音量嘶声说，"你们给我留在这里不许动，知道吗？"

阅读椅的垫子里传来了哭腔："我们只是想……"

"别出声！"芙莉亚打断它。而在阅读灯某个金属铰链咔咔响起时，她立刻转向它，说："你也一样！"

阅读灯羞愧地缓缓垂下灯罩。

"皮普的事我会处理，如果你们想帮忙，就千万别让他们进门，并且把升降机的栅门堵住。”

阅读椅挪到通往楼梯间的门口，殷勤地说：“没问题。”

阅读灯的金属脚仿佛踮起脚尖般走到升降机前，跨在地板缝隙上。只要这扇推拉式栅门开着，机械就不会启动。它扬起灯罩，似乎想表示自己会誓死捍卫升降机。

“好，”芙莉亚吩咐道，“你们就保持这个样子。”

“遵命。”阅读灯答。

“我会像档案柜那么重的！”阅读椅鼓胀起它的坐垫，说，“装满档案的档案柜！”

芙莉亚转过身，用手电筒在周围照了照。她能辨识的物品不多，触目所及都是布满灰尘的床单和盖在底下形状难辨的家具，另外还看到一些木梁与上方的斜屋顶。不知何处传来了鸽子的咕噜声，芙莉亚走了几步，立刻有只鸟拍翅飞起，只是在黑暗中她看不见那只鸟。

“皮普！”她压低音量呼唤。她既想高声喊又想尽量小声。“皮普，出来！我知道你在这里！”

一张床单响起窸窸窣窣声。

楼梯间的门传来一声剧烈的“砰”，阅读椅感到一阵震动，但他毫不退让，垫子也像健美先生的肌肉般鼓起。某个男人不知喊了些什么，接着门又开始震动，有人在用力冲撞，一次又一次。

芙莉亚更加深入床单覆盖的家具区。鬼魅般的床单之间分布着小小的通道，有些通道积了厚厚的尘埃，因此芙莉亚发现了皮普的足迹，并觉察到自己也留下了一排清晰的脚印。

“皮普！”她再次低声呼唤。她不知道阅读椅撑得了多久，何况还有其他楼梯，比如从主楼梯或北厢房的楼梯也能抵达这里。

“皮普，你在哪里？”

她来到由几组叠起来的桌子形成的分岔口，皮普的脚印在这里变得难以辨识，看来他又改变方向了。他的时间不多，一定还在附近。

冲撞门的声音变得越发剧烈。

这些人并不是想盗窃财物的小偷，最后他们一定会想办法把屋里的人一个个揪出来，必要时甚至不惜放火。

她很担心韦克福和宝琳的安危，他们绝对不会弃她和皮普不顾，一走了之的。她努力不去想爸爸，但爸爸那僵滞的脸庞却在脑海里挥之不去。

“芙莉亚！”一张桌子底下传来了皮普高亢的声音。“我在下面！”

芙莉亚终于放下心，她屈身看到在两张床单之间，皮普的一只手仿佛从剧场帷幕里伸出来。这里好几排家具彼此紧邻，成人几乎无法在其中行动，有些缝隙窄到连芙莉亚都不容易通过。

“过来这里。”皮普呼唤。

“别这么大声！”芙莉亚在桌子叠成的塔之间手脚并用地爬行着。

皮普将床单拨开，好让芙莉亚爬进他躲藏的地方。他那小丑妆在手电筒的照耀下闪闪发光。

“你看到他们了吗？”皮普问。

床单在芙莉亚后方合拢，她说：“家里到处都是那些人。”

他神情严肃地点了点头，说：“是小丑。”

“不是，不是小丑，是普通的男人。”这并不符合实情，但她不知道该如何向皮普说明她对入侵者的感受，因为这些男人一点也不寻常。

皮普正想反驳，这时却传来了“砰”的一声，声音比之前的更为剧烈，接着是人声和家具被人搬动的咔咔响。应该有好几个男人在同时冲撞那扇门，现在正成群地赶往阁楼来了。

“走这里。”皮普低声说。

要是关掉手电筒，他们就几乎什么都看不见了。但是不关的话，被入侵者发现家具之间有亮光的风险又太大了。

“把手电筒关了吧，”皮普小声说，“这里我很熟，没有光也没问题。”

芙莉亚犹豫了一下，最后乖乖照办，说：“我们必须从顶楼下去，不然他们迟早会找到我们的。”

“你要去哪里？”

“离开我们家，先到公园，再去丘陵那里。”

“爸爸呢？”

这个问题早晚会来的。有那么几秒芙莉亚几乎无法呼吸，与此同时，她也忙着思索该如何回答：“他没办法帮我们了，皮普。”

“他们伤害了他吗？”

“不是这些男人。”事情太复杂，现在她还没办法谈。

“他死了，”皮普说，“是不是？”

好不容易，她才泪眼婆娑地说出“对”，接着默默向前爬，逐渐深入这座由木材与布料构成的迷宫。

一群男人的说话声在顶楼回荡着，这里的天花板很高，就连这么多的床单和复杂的通道也无法将回音吸收。比较宽阔的通道上传来了杂沓的脚步声。

“这里有脚印！”一人呼喊。

其他声音也混杂进来，包括一个女人的声音。芙莉亚感觉得到，除了正下令要其他人留在原地别动的女人，这些人都不是书巫。芙莉亚感受到从费园深处窜流上来的书巫能量在呼号，这些能量汲取自费园房间里成千上万册的书籍。

“我们会被她发现的。”芙莉亚边在桌脚与五斗柜之间爬行，边警告皮普。

"这里太暗了。"皮普反驳。

"很快就不会了。"

一阵强风吹过这座由被遗忘的家具组成的迷宫，紧接着强光亮起。

床单组成的墙开始飞扬，边缘从镶木地板上飘起，同时，芙莉亚也从家具之间见到了那名女书巫：她正跪在地板上，和芙莉亚隔着一段距离，两臂直往前伸，偏着脑袋，脸颊紧贴地板，一双眼睛瞪得大大的，正看向芙莉亚这边。

芙莉亚咒骂一声，用力将皮普向前推，同时低声催促："我们必须去屋顶！现在就去！"

皮普点头，动作也跟着加快。这时那些衣着光鲜的男子也都趴下，在家具底下寻找他们的逃犯。

黑衣女子一言不发，接着突然起身，芙莉亚顿时失去了她的踪影。

"那里！"皮普指着前方闪烁的亮光。

他们前方的家具间露出了一方小小的空间，有一道金属梯通往屋顶，梯脚用螺丝闩在地板上。芙莉亚的目光顺着梯子踏板向上移动，最后看到了那扇窗。她不知有多少次从那扇窗爬上过费园宽敞的屋顶。

"他们在那里！"一名男子高喊。

芙莉亚发现刺眼的亮光果然来自屋脊上随着电线晃动的灯泡。每颗灯泡都亮得像太阳，书巫能量爆发而成的闪光一个接着一个，有如一张光网般悬吊在家具迷宫上方。

"骑士们！"黑衣女子喝令，"抓住她！"

骑士？芙莉亚隐约想起爸爸曾提起过的一名女书巫的事迹，这个人称"魅姬"的女书巫臭名昭著，所到之处总有一群年轻男子充当随员，这些人对她崇拜到了丧失自我的地步。爸爸称这些人为魅姬的骑士，他们为她杀人，而他们没杀死的人，魅姬会像解决一只虫子般亲手掐死。

芙莉亚嗯哼一声将皮普推上梯子，骑士从四面八方一拥而上，芙莉亚紧跟着皮普向上爬，很快就离地三码，但离天窗仍有一段距离。

“把手！”她大声吩咐皮普，现在大家都发现他们两个了，已经没必要小声了。家具被人搬开，尘土飞扬，骑士们将梯子团团围住。

黑衣女子有如冲锋车般冲破众多杂物组成的迷宫，身后还扬起一条飘飞的床单。

“快！”芙莉亚高喊。

皮普用力打开天窗，冷冽的夜风立刻吹入。

木头爆裂，布料撕裂，魅姬在阁楼上一路留下破坏的痕迹。提贝流斯·费尔菲克斯丝毫没有夸大，这女人比芙莉亚听过的所有书巫都更加强大，更令人敬畏。

皮普钻出天窗，失去了踪影。

这时，两名骑士也赶到了梯脚。

芙莉亚脚滑了一下，还好及时稳住了，继续爬上最后几级踏板，当她终于像个溺水的人般探出头去时，却觉察到好几只强劲有力的手想要捉住自己的脚。

18

芙莉亚胡乱往下踩踏，感到一股拉力，同时还听到一声怒吼，接着她就重获自由了，爬上最后几级阶梯，攀上了屋顶。看到追兵伸手探出天窗时，她用尽全身力气狠狠地踩了下去，只见那人立刻松开手，缩回手指，此时下面的怒吼声也不断传了上来。

皮普和芙莉亚来到两片屋顶之间一道狭窄的平面上。“继续跑！”芙莉亚指示皮普，自己也准备逃命。

“不是那里，”她指着附近的屋脊，说，“我们必须到那里去，再从另一边下去。”

皮普矮小、脆弱、穿着睡衣裤的身影开始爬上屋顶，他觉察到芙莉亚没有跟上，立刻停下脚步，问：“怎么了？”

“我马上过去。”她往旁边跨了一步，等到又有两只手攀上天窗，接着露出一颗脑袋时，这才猛然上前，用脚狠踹男子的脸。那名骑士的脑袋倏地缩回去，芙莉亚的脚从他脸上擦过了。骑士再次伸手抓她，她闪身转开，又补了一脚，这回脚跟正中鼻梁，她能感到对方的鼻骨断了。男子惨叫一声，身体失去重心向后倾倒，似乎还连带把几名骑士拖了下去。

芙莉亚火速转身爬上陡峭的屋顶，途中她握住皮普的手臂，拉着他继续奔跑。正当他们背后的天窗被人猛然向外推开，第一名骑士急忙爬出窗外时，两人也恰好攀上了屋顶正脊。

姐弟俩从屋顶另一边手拉手往下滑。屋顶尽头矗立着一排砖砌烟囱，烟囱后是雨水槽，他们终于来到了南厢房尽头。月光下，公园轮廓只能隐约辨识，稍稍看得见灰黑色云朵般的平面。

“那里！”她指着最后一根烟囱旁的位置，接着回头一瞥，却没看到任何追捕者出现在屋顶上。那些骑士是否带着手枪？

皮普随着芙莉亚逃到了屋顶边缘，他完全信任姐姐，而芙莉亚则记挂着，他有没有受到惊吓。

“等一下！”芙莉亚在皮普距离屋顶边角两步远时叫住了他，自己先蹲下来，手脚并用地爬完了最后一段路。一股清风吹过，所幸还不至于将她吹落。

她的目光越过雨水槽，看到下面低两层楼的地方，一组建筑物的平顶，冰窖就位于平顶下方。冰窖是后来挨着厨房增建的，是一座没有窗户的平实砖房。

“现在你顺着雨水槽爬下去，”芙莉亚吩咐皮普，“我爬过，你一定也办得到。”

那次是大白天，也没有人追赶她，而且在那之前她还权衡了一个礼拜，不确定自己是否真敢那么做，但此刻他们已经别无选择了。

“我会抓住你，”她解释道，“用书巫力，就像爸爸以前做的那样。”

“你又没有……”

“我知道，但说不定我能办得到。”

山形墙后头人声逐渐响亮，这时应该已有好几名骑士来到屋外，朝着屋顶这边追来了。

“到了下面，你别等我，绝对别等我，听到了吗？你要拼命跑到增建的屋子边缘，那里只有一层楼高，而且后头墙上还有爬藤植物的栅栏。如果栅栏晃得太厉害，你就直接往下跳，小心别摔断腿。成功以后，你就穿过公园，从废墟那边到丘陵去，”她把手搁在皮普的双肩上轻轻摇动着说，“几分钟以后我就去接你，好吗？”

不好，当然不好，皮普毕竟只是个孩子，而她的要求对大多数成人来说都太过严苛了。还有，万一芙莉亚被捉，他该怎么办？直接跑开吗？他才十岁，真是的！也许他会转身回家，这么一来就会被逮个正着。

但皮普只是点点头，倒退着在屋顶边角上移动着身躯，接着就像一只顶着小丑脸孔的小猴子般，小手小脚并用着悬挂在屋顶正脊的落水管上。芙莉亚以匍匐前进的方式爬到正脊，两条手臂悬垂着，同时集中精神想象自己从上方握住他的手臂将他抓紧，手指会有怎样的感觉。她合起双眼，不理会后方的声响，双手握紧皮普细瘦的上臂，感觉到他的身躯正往下爬，既快速又灵敏，似乎已经做过好几遍了。难道他早就偷偷研究好逃亡路线了？想逃离小丑的魔掌？

听到皮普喊“好了，我已经下来了！”时，她还能感受到皮普瘦削的手臂在自己的手中的感觉。她睁开双眼，这才发现自己的双手已经空了，而弟弟则在下面的平顶上。她不确定方才自己到底是真的在握着他，还是只是幻想而已。不过，这一点已经不重要了。

“快跑！”她催促皮普，“照我说的做！”

直到看见皮普开始行动了，芙莉亚才回头瞧了屋顶正脊一眼。有三名骑士正在爬过那里，他们背后还有第四个人正在赶来。这些男人想在脆弱易碎的屋瓦上稳住身体比她还困难，但他们的动作依然相当迅速，芙莉亚必须离开这里，现在就得采取行动。

她想都没想，直接掉转俯趴着的身体，两条腿越过屋顶边角，牢牢抓住落水管，落水管固定在墙面的地方稍微往外挪动了一下，幸好最后还是稳住了。芙莉亚往下爬时，她的体重让锈蚀金属发出吱吱嘎嘎的呻吟声。不过才爬了几码远，话语声就又变得更清晰了。

“回来吧，小姑娘！”一名骑士高喊，“免得我们不得不把你捉回来。”

“那就来呀！”她上气不接下气地说，但话一说完就恨不得自己没说过。上面有人开始用力摇动落水管，摇得金属管剧烈震动。

她已经爬到一半了。

落水管似乎在往外弯折，接着脱离了屋墙，她的一只脚猛然一滑，随即失去平衡坠落了下去。这时她觉得自己体内瞬间冻成了冰，延迟了几秒才感觉到剧烈的撞击，幸好摔得没她想象中那么痛。但糟糕的是她剧烈跳动的心脏快把胸腔炸开了，这俨然是场速度越来越快地往“零”奔去的倒计时。

“芙莉亚！”

皮普的呼唤将她从昏沉状态中唤醒，她抬头扫视那群男子一眼，接着蹒跚爬起，脚步摇摆地跟着皮普奔过平坦的屋顶，看到他坐着，然后双脚一蹬身体弹开，随即消失在下一个屋顶边角后头。

芙莉亚来到平顶尽头，这才看到皮普跳到了突出屋墙外离地两码高的抽风机上，而供植物攀爬的栅栏则位于右方一段距离之外。她怎么没想到这个办法呢?

又一个蹬跳，皮普稳稳地落在了草地上。

在他们背后，有人在屋顶上咆哮着下令。现在所有原本在屋子里的骑士很可能都往公园这边跑来了。魅姬人在哪里？

“继续跑！”芙莉亚高呼，“别停！”

皮普乖乖听从。接着传来了好几声尖叫和愤怒的人声，不只是在屋顶上。第一批骑士已经来到了户外，置身于某个暗处。

芙莉亚降落在老旧的抽风机上，差点把固定机器的闩子扯掉。接着是最后一个跳跃，双脚便抵达了坚实的地面。

一路奔来时，她发现厨房后门开着。借着月光，她看到在炉子与餐具橱之间长长的通道上躺着两具毫无生命的躯体，手彼此碰触着。

芙莉亚认出了宝琳和她的浴袍，脚步一个不稳跌倒在地，却又立刻起身拼命向前奔跑，并极力将体内涌出的尖叫压制回去，一叫就会暴露自己的位置，而一旦她被那些男人逮到，皮普就会落入他们手中。她绝对不能叫，不能悲伤，只能想着皮普，想着皮普。

跑了二十步，她终于追上弟弟了。这条穿越公园的小径她熟得不能再熟，一直以来，公园都是她的避风港。

“皮普……”她低声呼唤。

皮普转过身来——就在这时整栋屋子的灯光全部亮起，皮普也瞬间置身于刺眼强光中。

先前这种超自然的光线曾照亮过阁楼，这时则从所有窗口中透出，直驱黑夜，仿佛有人在费园内引发了一场爆炸，并且在炸碎玻璃和屋墙的上一秒将景象凝固住了。此时这栋老旧建筑的所有角落都被白光照耀着，连砖缝都热得发出红光。这种光覆盖了公园，将两名逃亡者长长的身影投射在前方，想来在那几秒钟里，远处也一定能看到他们的踪迹。接着光线减弱了，黑暗再次降临。

“他们往那边跑了！”一个男子的声音呼叫着。“往废墟方向！”

芙莉亚拉着皮普往左边逃，离开她平时常走的小径，经过一处灌木丛，冲过高高的杂草。皮普一声不吭，似乎相信姐姐一定能救自己，芙莉亚也巴不得自己能这么相信。

她开始听到背后传来脚步声，回过头去，却只能隐约辨识出一些跳动的轮廓。尽管她刻意绕了路，脚步声还是近得可怕。

很快他们就来到了灌木丛。灌木丛生长在杂草蔓生的公园边缘，他们手脚并用地爬过灌木丛，接着在树底下飞奔，来到了一处草地上。这一路地势逐渐陡峭上升，渐渐脱离了费园范围，他们静默无语地拼命爬上山坡。越过这座圆形山顶是另一座树木丛生的山谷与更多未经开发的丘陵，在那里的某处有条通往温奇科姆的路，也许他们有办法逃到镇上去。

姐弟二人吃力地爬到半山腰，这时一阵强风恰好吹过了草地，同时将一阵高亢的笑声传送到了山坡上。

“你们逃不掉的！”魅姬的呼喊穿破夜色，“你们只不过是两个孩子！”

“我恨不得她死。”皮普在两次喘气的空当说。

再次发现灯光时，芙莉亚将他的手握得更紧了。灯光来自左侧，在他们上方的斜坡上，这些白色光点在夜色中移动着。芙莉亚心想，魅姬是不是正在御风而来，想拦截他们？

但魅姬随即喝令：“站住！”声音来自后方。魅姬已经很近了，太近了，但她绝对不在山丘上。

一阵轰隆声传了过来，接着是尖锐的汽笛声。

“火车来了！”皮普的声音突然变得非常尖锐。

那是从格洛斯特来的货运火车，这消息到底是好是坏？芙莉亚不知道。万一火车经过时，刚好挡住他们两个越过铁轨，他们就死定了。

灯光消失，不久后火车声再次在山坡弯道上轰隆隆地响起，灯光也再次出现。

“我答应你们，你们都不会受到伤害！”魅姬在距离不到二十码的地方高喊着，芙莉亚的脑海里浮现出的却是宝琳和韦克福。“我只要七芒星的书！”

这句话有如回音在芙莉亚的脑海里回荡。

七芒星的书。

她说的是《凡塔思帝寇》？

这本书就塞在她连体工作服右腿上的口袋里，她大可把书拿出来往后一扔，只盼这么一来魅姬能够放他们一马，但这个女人说的话芙莉亚连一个字都不信。

为什么偏偏是《凡塔思帝寇》？对其他人来说，这本不入流的小说根本没有意义，而她珍惜的原因，只是这书代表着她对母亲的最后一段回忆。

“你休想！”芙莉亚转头高喊。

但她随即觉察到自己握在手中的小手，还有皮普的喘息声，这声音甚至压过了正在驶来的火车声。

灯光更加接近了，铁路边上也出现了一对明晃晃的巨眼。货运火车缓慢地，甚至可以说是从容不迫地在费园上面的弯道上行驶着，因为即使在夜里也可能会有几只绵羊或是牛误闯轨道。从自家屋顶上，芙莉亚曾无数次看到过这种货运火车有如玩具般轰隆隆地驶过翠绿峰峦，而这一次，火车声听来却有如一头呼哧呼哧地喘着气的怪兽，隐身在两盏划破黑暗照亮他们所有人——皮普与她，以及魅姬和她那些少说也有十几名的骑士——的灯光后头。敌人离他们已经不到十步远了。

芙莉亚把口袋里的《凡塔思帝寇》拿出来，拉高音量呼喊，好压过火车头的声音。就在此时，仿佛来自地狱的汽笛声再次响起，现在火车行进的速度比他们快不了多少。

“把东西给我！”魅姬高喊。

皮普在敌人和火车之间来回张望着。这时火车头恰好从他们附近经过，后头拖着一列长得永无止境、嘁咔嘁咔响着的货运车厢。这下子，上山的路被挡死了。

这本书变得比平时还要沉重。为什么宝琳和韦克福必须为它而死？如果爸爸还在，也许知道答案。

魅姬和她的骑士们更近了，她乌黑的发丝被风吹乱，几绺在她的脑袋上飞扬着，有如触角一般。她的肌肤如鬼魅般白皙，美得令人生畏。芙莉亚忍不住想起一种兰花，你要仔细看才会发现它原来是一种肉食植物。

“我只要那本书！没人会伤害你们的！”

芙莉亚把拿着《凡塔思帝寇》的那只手朝魅姬的方向伸去，同时望了皮普一眼，用低得只有他能听见的声音说：“你觉得你跳得上火车吗？可以牢牢抓住吗？”

她的要求简直是异想天开，*他才十岁呀*，她的脑海里响起了这样的呼喊。然而在刚才那段时间里，他却做到了她之前认为他做不到的事，更何况除此以外，他们根本没有其他办法，再也无路可逃了。

他们的敌人或许也料到了这一点，因为骑士们的队伍已经散开成半圆形了。

“站住！”芙莉亚的声音既高亢又嘶哑，她不确定在这么嘈杂的情况下，别人能否听清楚自己的话。“你们再走一步，这本书就会滚到车轮底下！”

魅姬高举起一只手，她的骑士们立刻停下了脚步：“现在我一个人去你那里，你把书交给我，我们就走人。”

“你们根本不必杀死宝琳和韦克福。”

魅姬瞧了一名骑士一眼，那人只是耸耸肩，仿佛在说：“是他们逼我们出手的。”

接着她又转向芙莉亚：“做错事的人一定会受到惩罚。”

“这样也没法让他们两个活过来！”接着芙莉亚压低嗓音，问皮普，“准备好了吗？”

“好了。”皮普说。

“他们只是普通人，又不是书巫。”

“我弟弟也不是书巫。”

“他年纪还小，将来也可能会成为书巫，就跟你一样——芙莉亚·罗森克罗兹！”

看来她已经知道了，芙莉亚终于了解了，如果这女人知道费尔菲克斯家族的秘密，那她的目的就绝不只是《凡塔思帝寇》，就算魅姬拿到了这本书，她的任务也还没有达成。

后面几列车厢轰隆隆地朝着西边的弯道行进。

芙莉亚最后一次转向皮普，说：“我们必须赶上最后这几节车厢。”接着她朝魅姬呼喊：“我同意，书给你！”

魅姬朝她走过来，同时示意骑士们留在原地。

“去！”芙莉亚对皮普说。

皮普猛然转身，奔向上方的铁路。与此同时，芙莉亚也一个侧转身，把《凡塔思帝寇》用力扔向一节行经他们身边的车厢。书在飞行途中掀了开来，书页翻飞，“砰”的一声撞上车体，接着弹起来，消失在骑士后方的夜色里。

魅姬怒吼出声。

芙莉亚不再理她，她赶紧追上皮普，恰好见到他抓住火车末端的传动杆，而芙莉亚自己也跑到轨道上追赶最后一节车厢，奋力跳上狭窄的平台，呻吟着努力抓紧攀上去，并且看到皮普也在试着这么做。

皮普这一跳的距离不够远，他踉踉跄跄地跌回地面，立刻又拼命把手臂向前伸，追着火车跑。芙莉亚左手紧握着传动杆，右手抓到了他的手指。

汽笛声再次鸣响，紧接着火车司机就会加速了。

骑士们全都冲到了铁轨上去追赶火车。

魅姬似乎离去了，但芙莉亚随即看到她出现在铁路路堤下，正在弯腰捡起草丛里的那本书。

“芙莉亚！”皮普绝望地呼喊着。

她不会丢下他的，绝对不会。

一名骑士追了上去，同时伸出一只手来抓他。

“不要！”芙莉亚高喊，她把满腔恨意一股脑儿地抛向那名男子。

不知是什么东西，看不见但力量惊人的东西有如一颗高丽菜般击中了他的脸庞，将他从路堤上击落。

芙莉亚张大了嘴惊愕地望着他。是她干的吗?

她没时间细想，皮普已经快喘不过气来，撑不了多久了。光是现在他似乎就没力气再奋力一跳了。

他那汗津津的手从芙莉亚的手中滑脱，但芙莉亚立刻又抓住了他，这一次握得比较牢。

“你一定要跳！”

火车开始加速，皮普跌跌撞撞，但没有摔倒。他快要筋疲力尽了，他的表情扭曲着，芙莉亚也看到泪水如两条黑线般划过他白色的小丑妆容。芙莉亚已经不记得自己最后一次看到他哭泣是什么时候的事了，这一幕令她心碎，她忍不住开始啜泣，她不愿放手。无论他们会发生什么事，她都宁可再跳下车去陪着他。一大群骑士在后头追赶着皮普，最后终于追上他了。尽管芙莉亚曾经让一名骑士尝到过苦头，但要她再做一遍却万万办不到了，没有心灵书就不可能办到，更何况要对付这一大群人。

一声怒吼响彻山头，掩盖过火车的轰隆声，牢牢灌入芙莉亚的耳膜。

皮普脚下又一个踉跄，这一次她终于失去他了。

黑夜里，一阵像龙卷风的东西从后方席卷而来，穿过这群骑士，在他们之间卷起一条通道，最后撞上火车末端。芙莉亚“砰”的一声撞上车厢后墙，顿时失去了重心，甚至快要失去意识了，但她紧接着爬上了狭窄的网格平台，躺卧在那里。

皮普被隐形的手从轨道上揪起，他双脚又踢又蹬，身躯悬空了一两秒，接着第一批骑士赶到，其中一人将他硬生生拉了过去，皮普对他又踢又打，但就在芙莉亚还拼命挣扎着想起身时，皮普的反抗已经变得无力了。

芙莉亚撑着身体坐起来，身体却还太过虚弱，只觉得全身奇痛无比。她把一只手朝皮普的方向探伸出去，身体却仿佛麻痹了一般，只能眼睁睁地看着皮普的身影在骑士的魔掌下变得越来越小。

芙莉亚呼喊着他的名字，却得不到回应。她不断地尖叫，直到快喘不过气来，失去了意识为止。火车逐渐加速，朝着暗夜奔去。

第二部　庇护所

Die Refugien

19

清晨五点，天刚蒙蒙亮，芙莉亚穿行在逐渐苏醒的伦敦市区，寻找着自己要去的地方。半路上她很想用神秘书给塞弗林写信，但手却抖个不停，泪水也滴落到了纸上。试了好几遍都是这样，最后她只好放弃，把书收了起来。她需要其他人的协助，才能救出皮普——*如果他还活着！*她在心里嘶吼着这句话。而从她过去的生活中，是找不到这种协助的。

离开帕丁顿车站后，芙莉亚丢了魂似的往东走去，绕过裹着衣物逗留在他人门外的游民们，但只要一发现巡警，她就马上混进这些流浪汉里。尤其是她还穿着黑色连体工作服，就算没人因此把她当成小偷，她也绝不能引起别人注意，因为一分一秒都不能耽误，多浪费一分钟，皮普就要在魅姬的魔掌下多待一分钟。

如果他还活着！

她从宽阔的上泰晤士街转进一条名字动听但实际上是死胡同的“天鹅巷”。这段路根本就是夹在水泥墙与玻璃大楼之间的丑陋通道，弄尽头是泰晤士河畔一处供行人散步的林荫道路。左侧一箭之遥是连接南岸的伦敦桥。沿着泰晤士河往下走，芙莉亚看到了远处那座令人望而生畏的伦敦塔桥。

芙莉亚也想到过桥，不过不是这两座，而是伦敦桥旁边不远处，罗马人搭建的第一座跨越泰晤士河的桥。根据官方资料，在罗马人撤离不列颠之后，这座桥便遭到了破坏，但事实并非如此。一般认为，后来的伦敦桥是在罗马桥原址上建造的，但建筑师团队却大有理由将伦敦桥往东偏移八十码左右，因为对于某些人来说，古老的罗马桥依然存在，只不过如今桥的尽头并不是泰晤士河对岸。

离开天鹅巷，走在连个人影都没有的林荫道上，芙莉亚才从口袋里拿出写有“书城”二字的书签，用掌心拢着。她像祷告般闭上了眼睛，接着深深吸了一口气，再张开双眼。

十几盏灯照得她都快睁不开眼了，全是些罩着玻璃的煤气灯。在她前方的林荫道中央，矗立着一座三层高的宏伟城楼，上面是一个个饱经风霜的城垛。想要从城楼拱门进入就必须先通过哨兵检查站，站岗的是四名身穿老派制服的哨兵，他们让人想起梵蒂冈的雇佣兵——瑞士卫队。这个联想可不是巧合，因为教宗的近卫队也隶属于亚当学院，实际上他们护卫的并不是教宗，而是梵蒂冈的秘密档案，也就是基督教最大的藏书阁。

从外表看来，这四名身穿条纹灯笼裤和泡泡袖上衣的男子，衣着或许和我们的时代不搭，几乎过分可爱了，但芙莉亚从爸爸那里得知，这些人可是非常兢兢业业的。他们悬挂在腰际的剑可不只是装饰品，手上拿的长枪更是锋锐如刀。一旦有紧急情况，城楼上的小孔必定会伸出射击武器。

芙莉亚走得相当慢，以免他们起疑。在距离城门和城门后方灯火通明的石砌桥梁还有二十步时，她突然想到，万一塞弗林的书在庇护所里失效了，那可怎么办呢？现在她开始后悔自己没有事先给他留下讯息了。只是现在也来不及停下来，当着这些近卫队员的面写下几行字了。

她只能继续向前走，以免惹人怀疑。

逐渐接近近卫队员，并且出示手上的书签时，芙莉亚忍不住冷汗直冒。两年前她和爸爸一起来的时候，城门前熙熙攘攘，但眼下是黎明时分，天鹅巷和林荫道都空荡荡的。近卫队员停止交谈，看向芙莉亚。

四名男子的眼睛隐藏在斜戴着的贝雷帽阴影下，他们制服上的黑红双色条纹——亚当学院的代表色——让芙莉亚联想起肉食动物口腔内部的条纹状构造。煤气灯下，哨兵的长枪和剑鞘闪闪发亮。

“这么早出门。”芙莉亚距离他们只剩几步时，其中一名哨兵这么说。

“你小小年纪，怎么会一个人在这里乱晃？”另一个人补上一句。

芙莉亚像出示入场券那样把书签拿给他们看。她并没有其他的身份证件，此外她也认为，这次对费园发动的攻击是亚当学院授意的，所以报上真实姓名反而是不当之举。

“我有这个，”她挥动手上这张看来就像一张朴素的书签的纸条，接着说了句，“早安！”居然能这么若无其事地说出口，连她自己都颇感讶异。

守卫并不需要检视书签真假，因为如果书签是伪造的，芙莉亚根本不可能抵达城楼，见到这些守卫。“我在那里当学徒，”她说，“我的休假结束了，本来昨天晚上就该来的，只是，唉……我勉强还来得及上仓库的早班。”

四人中有一人打量着她的连体工作服。在火车上，芙莉亚尽力将它搓洗干净，不过天知道会不会哪里还留有血渍，但愿在朦胧的路灯下看不出来。经历过这些事，她身上的味道肯定不会太好闻。

有那么一分钟，想到爸爸和皮普，她就觉得脑袋发晕，必须竭力忍住，但她还是拼了命地靠意志力装出若无其事的模样。

“那就快去吧！”一名看起来比较友善的守卫说。他看起来是四人之中最为年长但也最疲倦的一个。芙莉亚感受到这四人之中至少有两名是书巫，此人便是其中之一。

“我会的，祝各位有个美好的一天！”

说完，她便迅速但又不会太过迅速地从这些男子身边经过，穿过塔下的城门，踏上了前往书城的桥梁。

桥梁两侧护栏上每隔一段距离就有煤气路灯照耀着，昏黄的光线投射在潮湿铺石桥面上，看起来像是一层脂肪。看来虽然伦敦没下雨，但这里却下过雨了。每一处书巫庇护所的天气状况都不相同，只有时间和外界是一致的——唯一的例外是永夜庇护所。

乍看之下，书城和书城以外的世界在许多方面都非常类似，有日夜之分，有阳光和雨，这里的人也在成百上千家的书店或旧书铺工作，另外有许多人则在几乎不见天日的图书仓库里辛勤劳动着。

这座桥的桥身微拱，走在前一百码的上坡路上时，看不到任何屋舍，因此芙莉亚的目光落到了煤气路灯柱上的一则布告上。从远处她就发现了，这布告上有人像，应该是亚当学院的通缉启事。

越接近这则布告，芙莉亚越是认为她会见到自己的画像，而一旁则是父亲的，说不定还加上了未化小丑妆的皮普。然而就在这个揣测即将让她瘫软时，她看清了启事上的人。

*悬赏！*布告以加粗的字体写着。*缉拿恐怖分子！*

下方是两幅极为逼真的歹徒画像——就是那两名在都灵藏书大厅出现过的书妖。其中一张脸孔下方写着*阿列尔*，另一张则写着*普克，人称游吟兄弟*。

在心脏怦怦狂跳的那段时间里，芙莉亚仿佛脚底生了根似的杵在布告前，接着她才意识到那四名守卫还看得到自己，她必须勉强自己向前走，以免引起他们的疑心。

她僵着膝关节继续前行，并且逐渐靠往右侧护栏，希望在行经接下来几座路灯时，能再多看这两名通缉犯几眼。

游吟兄弟。

爸爸是不是在都灵时就已经认出了他们的身份？恐怕是吧。爸爸曾经跟她说起过，不过只是顺带一提。由于爸爸是芙莉亚了解书巫界的唯一讯息来源，因此她的了解仅限于爸爸谈起过的那么一丁点儿消息，在此之前，她并没有见过这两人。

阿列尔与普克都是莎士比亚笔下的角色，两人各自服侍着权力强大的主人。阿列尔是大气中的精灵，是《暴风雨》中魔法师普罗斯佩罗的奴隶，而《仲夏夜之梦》里诡计多端的普克服侍的则是仙王奥布朗与仙后提泰妮雅。他们与为数众多的书妖相同，都在数年前逃离了各自的书，并成为了真实世界中的生灵。但与大多数同类不同的是，当其他书妖在庇护所的书妖管制区悲惨度日时，他们却在奋力和命运对抗，对亚当学院的机构、设施发动攻击，成为了所有正牌书巫的灾难。

童年时的芙莉亚，不是在扮演凡塔思帝寇·凡他思提切灵的冒险故事中的角色，就是在扮演游吟兄弟——时而扮演这个，时而是另一个——在费园的公园里嬉戏，追逐着假想中的亚当学院密探，比如伊西丝·霓莫霓思等人。讽刺的是，这名密探与这两名书巫都必须为爸爸的死负责。要不是他们三人突然现身，守卫就不会开枪，那么爸爸就能活下来保卫费园，拯救宝琳和韦克福，皮普也不会被魅姬等人抓走了。

芙莉亚来到了拱桥最高点，书城也在眼前展开。那是一座由众多街巷与瓦顶组成的迷宫与灯火交织成的网络。芙莉亚回头望去，只见城门那头一片黑暗，伦敦已经不见踪影了。

她眼前的这座城市从雾气氤氲、水流汹涌的大河岸边，持续向外扩张。城市外观和现代都市大相径庭，反而更像是一座悠闲的英国村镇，朝四面八方无穷无尽地延伸出去，其中最高的屋宇不过三层楼高，远远望去，那有如星空般笼罩着这幅全景图的灯光，应该是煤气路灯与灯笼吧，只是从桥上看不真切。

桥的尽头是第二座城楼，看到那里没有守卫，芙莉亚松了一口气。虽然没看到哪个地方着火，但高耸的拱门里却散发出潮湿的岩石与焦炭的味道。

走下桥头不久，就来到了最前面的几处橱窗。这些橱窗大多狭窄低矮，就像她在科茨沃尔德的村庄见过的迷你小店铺。这条窄巷两侧的橱窗被成千上万册的书籍塞爆了。

这座书巫之城是由书巫们创建的，凡是带着心灵书的人士皆可进入，没有限制。入城者可随意在旧书店里寻觅书籍，或者购买其他地方买不到的新书。

寻常人等如果显露出对书籍的热爱，也能获准在此停留，但需要由城中声望高的人士邀请才能进入。书巫书签可不是随随便便发放的，毕竟书城是一个以排斥大多数人类为傲的场所，没有书巫书签不得入城。

这里有许多高度专业的书店，有的仅供应声名狼藉的书籍，有的仅限于过往的时代、精美绝伦的设计或是主角有着特定发色的书。在这座由错综复杂的街巷组成的迷宫里，有一家店里的书刚好全都是四百二十四页，一页不多，一页不少。还有一些店家只出售顾客儿时读过的书，倘若顾客觉得这些书不像当年那么精彩，还能提供退款保证服务。某些书商专卖手写版日记与曼德拉草纸制成的大开本书，这些书经书巫下过咒，会诅咒所有窃贼或逾期不还的借书者。另外还有专供爱慕虚荣的书巫使用的从书香中提炼香水的手工作坊，据说这里甚至有店家专门出售顾客梦寐以求的书籍。

这里的书商能以某种方式介绍小说，让购买者觉得身临其境。在供应新书的书店里，仔细观察作者照片的话，我们会发现其额头冷汗直冒，仿佛在焦虑："这位顾客到底会不会买下这本书？"

尽管每家店各不相同，但它们都坚守着一项书城里颠扑不破的法则：我们不提供寄送服务，读者必须亲自前来！这里的书必须由购买者亲手挑选、付款、带走，不吃这一套的人，我们就不伺候了。

芙莉亚在空无一人的街巷里穿梭，想找路标却找不到，也没有任何人可供她问路。这大清早的，虽然可以听到从拥挤的通道与几处后院里传来的说话声，但所有的书店却都还门户紧闭。仓库大多位于歪歪扭扭的屋舍聚落深处，已经开始卸货、拆装、分类、配送好几个小时了。之前和爸爸一起来这里时，爸爸曾经向芙莉亚说明，书城有个隐秘的输送网络，类似书籍包裹的气送管，用来输送货品。这些气送管有的埋在地下，另外的则是精心打造而成，可以从建筑物的楼顶通过。

书城里似乎没有什么公共场所，也没有公园，有的只是由狭窄街巷组成的永无止境的迷宫，这让芙莉亚想起了她在读了狄更斯、卡夫卡或是马尔文·皮克*的作品后，夜里出现的疯狂梦境。乍看上去，这里的建筑和充满诗情画意的英国乡村屋舍几乎没什么差别，同样有着碎石、凸肚窗、格子窗，整体环境带有一种古书插画里的氛围，一切都显得比桥梁另一端的真实世界更加闲适。

芙莉亚在像只无头苍蝇般白走了好多路之后，终于在某个转弯处听见了脚步声，或许是大清早准备前往店里的书商，也可能

---

* Mervyn Laurence Peak（1911—1968），英国小说家、插画家，代表作《歌门鬼城》。

是刚刚结束晚班作业的仓库工作人员。

然而，这两名从一处房屋转角拐过来的男子二者都不是，两人都穿着黑色长外套，戴着大盖帽，脖子上围着血红色的围巾，他们是亚当学院的警察，亚当学院的耳目。这些警察是开不得玩笑的，芙莉亚的父亲总是对他的子女们反复强调这一点。

“在某些方面他们比密探更可怕，”他说，“亚当学院的密探们各行其是，而且都很有头脑，这是他们如此危险的原因。但警察却是贪污腐化、阴险狡猾、听命行事的人。为了获得一枚勋章，他们甚至不惜出卖自己最好的朋友。”

想躲进某栋房屋的入口已经来不及了，其中一名男子已经发现了芙莉亚。他朝她所在的方向点了点头，并对另一个人说了些什么。

芙莉亚先立定，接着继续向前走，但别扭感就像一颗果核卡在她的喉咙，她不确定究竟是该闪避还是承受这两名男子的目光。

“早！”她朝他们打招呼，准备和他们擦肩而过。

“早！”其中一人回礼。他有着一张麻子脸，身材干瘦，肤色和发色都暗暗的。

第二人年纪较轻，三十岁不到的样子，红发，身材修长，奔跑速度极快。“早，女市民。”他的声音让芙莉亚忍不住打了一个冷战。

她正准备和他们擦肩而过，却在这时听到背后的脚步声停了下来。

“等一下！”较年轻的男子将她唤住了。芙莉亚停下脚步，迟疑了一下，接着缓缓转过身。两名男子的双手都深深地插进外套口袋里。“嗯？”她问。

“这么早你要去哪里？”

“去工作。”

“在哪里工作？”他朝她跨近一步，灰发男则留在原地不动。

“在仓库。”

“哪个仓库？”

书城中那些位于建筑物后院里的图书仓库到底是用名称还是号码来命名的，她根本毫无概念，看来想靠谎言脱身的机会约等于零。

“在北边。”她答。

“那你为什么要往西边走，这位市民小姐？”

较年长的男子拍了拍红发男子的肩膀。乍看之下他显得更为凶恶，说起话来却相当温和：“她还是个孩子，让她走吧。”

年轻男子把对方的手拨开，朝芙莉亚追问：“怎么回事？”

“我想，我迷路了，我是新来的，才刚刚开始当学徒。”

“新来的，哦哦。”

“这样犯法吗？”话才说出口，她就恨不得咬断自己的舌头。

“什么？”

“算了，当我没说。”

年长那人弯下腰，在另一人的耳畔低声说了些什么，红发男似乎颇不以为然，他一边听着，一边紧盯着芙莉亚。两人的长外套底下露出擦得晶亮的黑鞋，但年轻的那个的鞋子上溅到了泥点，仿佛他走起路来比他的同事更卖力、更威风。

“你叫什么名字？”他终于这么问了。

“费尔菲克斯，”她也不清楚自己为什么要说实话，也许是在前一晚的遭遇之后，她觉得不该隐瞒自己的出身，那样好像背叛了皮普和爸爸，又或许她只是累得无法撒谎了，“芙莉亚·萨拉曼德拉·费尔菲克斯。”

“你是从哪儿来的呢？”

“从伦敦。我父母都是书商。在那边，桥的另一头。”当然是这么回事，因为伦敦就位于桥的另一头。芙莉亚必须极力控制自己，以免因过度紧张而说错话。

“谁能证明你不是书妖呢？”

“我可以。”

“你也可能是在撒谎。换作是我也会撒谎。凡是没有书面允许就擅自离开管制区的人，都会……”

“我不是书妖！”芙莉亚相当粗鲁不耐地打断了他。对于书妖，爸爸几乎没什么好话，面对子女时也从不讳言他对书妖的厌恶。虽然亚当学院既追捕费尔菲克斯家族，也压迫书妖，但敌人的敌人却未必是朋友。书妖并非真正的人类，他们更像是一种偶然间凝成血肉之躯的发明，是纯粹幻想的产物。而书巫术介入得越是频繁，阻隔在文学与真实之间的薄膜便越容易渗透。之所以不时有书妖离开书本，就是因为书巫术被运用得太过泛滥。尽管亚当学院曾经试图监控书巫术的施用，但也只限于寻常的书巫，管不到密探、警察或者亚当学院成员的头上，于是书妖数目剧增，庇护所的管制区爆满，为了控制新来的书妖，施展的手段也一年比一年严酷。

“现在，”脸上挂着冷笑，年纪较轻的警察说，“你得向我证明你是安分守己的市民，不是书妖。”

芙莉亚的脑子里还在想着该如何回答，却在这时想起了自己的书签。她把右手伸进工作服的裤袋，想把书签掏出来，但红发警察已经在大声呵斥了：“嘿，慢点！里面放着什么东西？”

“哎哎，”灰发警察说，“不过是个小姑娘，不需要把她当成重刑犯。”

但另一名警察丝毫不为所动。芙莉亚知道，除非他找到了能证实他怀疑的东西，否则他是不会善罢甘休的。

“老天，”她说，“大家都说你们是大白痴，看来果然没错。”

灰发警察张嘴想回话。

年轻的警察冲向前，双手曲成鹰爪状。

芙莉亚猛地转过身，拔腿就跑。

20

年轻的警察跑得很快，但她也不慢。

她想起自己的膝盖受了伤，但此时此刻再怎么痛也影响不了她，仿佛有人偶丝线在支持着她别倒下——哪怕她的手脚吱嘎乱响地胡乱挥舞着，还撞到了舞台布景的边角。

“站住！”年轻警察大吼，听起来就像是枪决时的射击令。

芙莉亚冲过一处转角，来到了另一条小巷，这里到处是摆满书籍的橱窗，紧闭的门内甚至散发着纸张与油墨味。

“站住！”尖锐的哨声响起，接着又是一声呼喊，“书妖在逃！立刻拦下！书妖在逃！”

几扇窗户后方亮起灯光。

“我不是书妖！”芙莉亚扭过头来辩驳，但这是她最后一次试图说明了。反正不管她说什么都没用，他已经等不及要用他那苍白而充满虐待欲的手指攫住她了。

芙莉亚冲到下一个十字路口时，他离她只剩下几码的距离。芙莉亚没有转进一条巷子，反而踩着一道狭窄的户外楼梯冲上了二楼。追捕者的脚步声在她背后叮叮咣咣地响着，另一名男子却没有跟上来。

楼梯尽头是一扇门，而这扇门无疑是关着的。不过芙莉亚不在乎，在即将抵达最后一级台阶时，她全力一搏，一只手攀住栏杆，身体一跃而过。万一她扭伤了脚，这次逃亡行动就完蛋了。所幸她双脚稳稳地落地了，继续沿着街道逃命。

她回头一瞥，满意地看到追捕者在楼梯上丧失了宝贵的时间。对方还在楼梯上追赶时，她已经从两栋房屋之间的缝隙里溜走了。黑暗中她撞倒了几个挡住通道的垃圾桶，又赶紧爬起，一口气从三个，四个，五个垃圾桶上飞奔而过，接着又跳到地面上，继续在阴暗的通道上奔跑。这里弥漫着垃圾和猫粪的臭气，但当黑暗中传来那名警察砰砰撞倒垃圾桶的声音时，她的脸上依然闪过了一抹微笑。他咒骂着，另一个人忙着安抚他，看来第二名警察也赶上来了。

芙莉亚倏地钻出缝隙，从一条位于房舍下方的地道逃跑，最后来到了一座内院，这里有一群工人正忙着将箱子们堆放到一辆三轮运输车上。这些男人从一扇类似粮仓门的出入口走出，门口后方传来了嘈杂的说话声。芙莉亚毫不犹豫地溜了进去。果然没有人特别留意到她。

这里有好几条输送带运转着，有几条向下通往地下层，另一些则斜斜向上。输送带上的纸箱和书盒一个紧挨着一个，一群男女工人正忙着依照某种神秘的系统把送来的书从这个输送带上抬放到另一个上，或是将书籍重新分类。

这些货品大概是从桥梁另一头的印刷厂庇护所运来的，那里专门制造仅限书城贩卖的书。

外面再次传来尖锐的哨声，好几颗脑袋立刻转了过去，但没有谁留意到芙莉亚。她蹲下身子躲在纸箱后方，悄悄贴着一道墙走，最后抵达了地板上的一道出入口，有条输送带便是从这里消失在深处的。芙莉亚考虑了一下是否要跳上输送带，但上面箱子太多，万一撞倒箱子，引起注意就惨了，因此她改用屁股滑行，双脚摆动着挪往输送带边缘，接着身体一弹，从地板和输送带之间的缝隙间跳了进去，差点撞到一根生锈的铁杆，最后蜷缩着身体落到了地上。

下面这里还有输送带、更多的箱子和许多书。有个男人注意到了她，喊了声什么，但是在机器的噪声中芙莉亚也听不清楚，咔嗒咔嗒、嘎吱嘎吱声淹没了其他声响。这里散发着浓浓的润滑油与纸板的味道。芙莉亚赶紧离开，随后发现自己置身于一座低矮大厅里，她忍不住思忖，书城的地底下究竟还有多少这种空间?

她从许多工人身边经过，但他们都太忙了，没有人特别关注到她。看来她应该是来到了类似配发室的场所，也许这里有别的路径通往其他的地底大厅。

尖锐的哨声又响了几下，但音量在逐渐减弱。芙莉亚希望已经甩开那两名警察了，但为了安全起见，来到下一个楼梯口时她并没有上楼，而是径直跑到大厅尽头，在那里转进一条砖砌的拱形通道，穿过好几间贮藏室，最后跌跌撞撞地爬上几级阶梯，气喘吁吁地来到户外。

她置身于一个只有一个出口的后院里，这里有许多男男女女悠闲地坐在长椅或箱子上，吃着面包，喝着从保温瓶里倒出来的热腾腾的茶或是抽着烟，看来这些工人正在休息。这里没有特别的服装规定，因此穿着深色连体工作服的芙莉亚并不是特别显眼。她没感觉到这里有任何书巫能量，并且暗自希望不会有人觉察到她的天赋。

后院出口的门通往一处类似洞穴的场所，那里有两层楼高，一群男女绕着后侧的墙面围成半圆，他们激情呼喊、大笑、尖叫的声浪钻进了她的耳膜。他们背对着她，正在观看墙边上演的戏码。

她等了一分钟，在人群亢奋的喧闹声中紧盯着她从地底世界上来时经过的楼梯，她觉得那名红发年轻警察随时会从底下上来。

直到她觉得差不多安全了才走进去。这时呼喊声到了最高点，接着逐渐减弱。现在百分之百可以确定，之前这里有过一场激战，也许是两名工人在摔跤，更可怕的话则是斗狗比赛。只是在嘈杂声中她并没有听到任何动物叫声。来到人群外围，她好奇地从观众之间挤了进去。这里弥漫着汗臭味和衣服久穿不洗的味道。芙莉亚轻柔但坚定地向前推挤着，引发了一串抱怨。

她弯下身子从某人的腋下钻了过去，来到最前面一排时才停下脚步。那里有人吆喝一声，其他人便跟着发出了有节奏的声响，音量大到都快把耳膜震破了。

果真有过一场激战。

书与书的战斗。

如同许多她不曾亲眼目睹的事物，她听人谈起过这种战斗：两本书拍动着书页朝对方冲撞，试图将对方从一片横架在两块石头上的有如桥面般的宽木板上撞翻下去。

每本书的封面中央都有一个富有弹性的赘生物，和皮质的象鼻颇为相似。赘生物的末端有着一个弯曲锐利的鸟喙，它们就用这鸟喙像斗鸡般猛啄对方。除此之外它们并没有四肢，因此必须利用封皮的边角来稳定身体，像受到惊吓的家禽般拍动封皮，或是用翻开的书页撑住身体，准备着从木板上弹身而起，从敌手上方一跃而过。芙莉亚虽然读到过这种事，却无法想象这会是怎样的情景。鸟喙书纯粹是为此才被造出来的，据说制造地点在东欧某个可疑的庇护所里。对于这种角斗，亚当学院尽管不同意，却也从未公开禁止。鸟喙书角斗能让这些平凡的劳工开心，加上这些书并非真正的文学作品，不过是把一些随意写上文字的纸装订在一起，所以学院的警察也就睁一只眼闭一只眼了。

这两本书简直是天差地远，黑色封皮的书又大又重，动作却异常灵活。另一本书有着血红色书封，瘦小细薄，几乎是口袋诗集的尺寸，但它那长长的鸟喙却能像手风琴般压缩再伸展。血红书的攻击迅速又凌厉，把对手的封皮啄出深深的凹痕。两本书用向内弯折的封面一角或是变形的书脊挺直身子，绕着对方蹦跳，弹跳时会有零星书页散落，封皮上也出现了抓痕与裂口，偶尔这两本书还会发出像是干咳的声音。

一个看来邋邋遢遢、留着大胡子的男人拿着两个装满钞票的杯子，穿梭在观众间，不时接受新的投注，他一会儿和女人调情，一会儿又和男人齐声嘶吼，同时还留意着场上的角斗。

“抱歉，”芙莉亚向身旁一名上了年纪的男人询问，“输了的书会怎么样？”

“会被撕得稀巴烂，不然呢？”

“它们为什么要角斗？”

他不爽地斜睨她一眼，似乎强烈怀疑她的脑子有问题：“鸟喙书笨死了，它们不知道自己的下场，如果它们……”话还没说完，就转成了激情的嘶喊，同时还高举着双手猛跺脚。

芙莉亚转回木板那里，见到黑色书摔落，像只断翅乌鸦般在地板上吃力地挪动身躯。这场角斗的主办人放下杯子，用双手将黑色书从地板上捧起，接着哈哈大笑，将它扔向人群，黑色书发出微弱的呻吟声。有人将它接住，有人同样伸手来抢，转眼间，那本书便被扯成了两半。其他人也奋力想在落败者的死刑中参一脚，要不是前面几人已在电光石火间把书撕开，并且把散开的书页像五彩纸屑般往空中抛掷，恐怕会演变成一场斗殴事件。

芙莉亚不想再观看这种景象，这时她见到红色小书从木板上跳到地面，沿着墙一蹦一蹦地走开了，动作摇摇晃晃的，相当笨拙。等到拿着纸钞杯的男人想找它时，小红书已经不见踪影。那男人气冲冲地咒骂了一声，跑到墙边，但显然并没有找到小红书逃亡的方向。它一定是从观众脚边钻过去的，不过除非它运气特别好，否则休想安然从人群里脱身。

芙莉亚恶心得想吐，却依然留在原地，直到赢来的钱被分配完，这群人也一哄而散。这时外面院子里传来“咚”的一声，指示工人们返回工作岗位。他们三三两两地走下阶梯，纷纷回到各自的地底大厅。

“喂，你！”大胡子对着芙莉亚喊道。

“嗯？”

“你有没有看到红色书？”

芙莉亚装傻，问：“打赢的那本书吗？”

“这里只有一本红色书，不是吗？”

“我没看到。”难不成他以为是她把书藏起来了？毕竟塞弗林的书在她的工作服口袋里鼓鼓的。不过这家伙并无意向她兴师问罪，他很可能跟她一样，并不想惹是生非。或许警察可以容忍他的鸟喙书角斗，但他可能没贿赂他们，或者不再受警察眷顾了。

他跛着右腿缓缓走向芙莉亚，胡须里还黏着一团看来像是已经卡在那里好久了的蜂蜜。他仔细地将她从头到脚打量了一遍，问：“你叫什么名字，小女孩？”

“洁妮。”

“听好，洁妮。如果你能捉到那本书，还给我，我就给你奖赏。你觉得怎么样？我在胖火腿那里有个房间，离这里只有两条街，”他咧着嘴笑，让芙莉亚感到非常厌恶，“你到了那边，只要说找杰瑞迈亚，也就是我，我说不定会请你喝个啤酒，我们——

我跟你——可以成为好朋友哦。”

比起接受他的提议，芙莉亚宁可把地板舔干净，但她不动声色，反而回道：“好啊。”话里含有挖苦的意味。“那本书可是非常珍贵，我得特别请人去捕捉，但是那些专家都太贵了，如果你能帮我……”

她本该乖乖闭嘴的，却问道：“鸟喙书会痛吗？”

“不然要怎么赌？不痛的话它们就不会防卫，这样战斗就太无聊了。”

“听起来挺卑鄙的。”

他眼神一沉，问：“你这话是什么意思？”同时恫吓性地朝她跨近一步。

万一他真的动手，她可以轻轻松松地闪避开，而且她的愤怒与绝望已经满到让她想痛揍他一顿了。她甚至期待他发动攻击，这样她就能把自己的满腔怒火宣泄在这个跛腿大白痴身上。

“别找她麻烦！”有人在背后喝道。

通往院子的门口出现了一名年轻男子，他身材魁梧，肩膀宽阔，年纪比芙莉亚大些，大概十八九岁，一头散乱的深褐色头发垂遮着脸庞，看起来像个刚刚和人激斗过而且不怕再战一场的家伙。

“别多管闲事，菲尼安！”杰瑞迈亚咆哮。

芙莉亚怒瞪着他。这家伙凭什么干涉我的事？她当然知道幸亏这人出手，毕竟她得找到城主居利斯，万万不该把时间浪费在杰瑞迈亚这个大白痴身上。

“滚开，让我执行我的任务！”菲尼安对杰瑞迈亚说，“你该庆幸有我帮你擦屁股，否则警察就会发现你没有乖乖遵守规定。”

杰瑞迈亚气得脸孔涨成猪肝色，最后却屈服了。他把杯子套在一起，放进木盒里。那只木盒里想必还摆着更多鸟喙书，接着他拖着脚步提着木盒从菲尼安身边经过，走出门去。芙莉亚憎恶地看着他离去，看着他在外面打开了一扇她之前没注意到的边门，看来院子那边还有另一条通道。杰瑞迈亚用力关上门，发出好大的声响。

菲尼安背着像是背包的东西走进粮仓，没再多看芙莉亚一眼。地板上布满了肮脏纸片、踩得脏兮兮的书页与黑色封皮，封皮几乎被亢奋的群众撕成了碎片。菲尼安蹲下身，神色愤怒地张望，似乎极其小心地避免踩到碎纸。他五官的线条冷硬，仿佛比同龄少年吃过更多苦头，鼻梁至少断过几次，愈合后长得歪歪扭扭的，左耳垂残缺不全，像是被人硬扯下过好几个耳环。

芙莉亚正想离去，却看到菲尼安拿出一块布摊在地上，小心翼翼地将毁损的书籍残片收集起来，堆放在布巾中间，连最小的碎片都不放过。

"我可以问你一件事吗？"

他头也不抬，说："你已经在问了。"

"你为什么要这么做？"

他咕哝着些芙莉亚没听懂的话。

"什么？"她追问。

"我为什么要这么做？我要把这些碎片带去死书林。"

"那是什么地方？"

他终于拿正眼看了看她，但目光充满了怀疑："你不是这里的人，从伦敦来的？"

"是。"

"死书林是这里再下一层的庇护所。"

"这些碎片到了那里会怎样？"

"我把它们种在那里。书是纸做的，这些纸又是从树来的，在死书林里，一本书会再长成一棵树。这没那么难懂吧？"

他在耍她吗？他一点也不像有幽默感的人，连最低程度的幽默感都没有。

“我不该打扰你。”她说。

“这样最好。”

“笨蛋，”她心里这么想，嘴上却说，“至少你可以告诉我一件事吧？”

他走来走去，继续收集着碎纸片，说：“你问啊。”

“我要找城主。”

“有什么事？”

“我想找人谈点事，还有……”

“还有问更多问题吧，我猜。”

他如此粗鲁地打断了她，她实在受不了，不过她并没有和他争吵，只是点点头。

菲尼安站起身来，他比她高出一头，从外表看，并不像是个会收集书籍碎片再种出树来的人。“杰瑞迈亚溜走时经过的那扇门，你看到了吗？”他问。

“看到了。”

“从那里出去，左转后顺着马路走，在十字路口右转，然后一直走个两三里，就会走到威河畔的海伊镇，城主就在那里。”

“威河畔的海伊镇，你是说那座书镇？”她双臂在胸前环抱，说，“那不是在对面的正常世界吗？”

“正常？”他吐了一口口水，说，“那里一点也不正常，所以威河畔的海伊镇现在才会在这里，而不是在那里。”

“胡扯。”

“你想知道城主在哪里，而我告诉了你在海伊堡，就在海伊镇的中心，书城的心脏。现在你最好从这里消失，这是我好心的建议，因为接下来这里会同时发生好多事。”

“什么事？”

“首先某人很可能会出现，那人心情比我还恶劣。别以为这是不可能的，你最好相信我——凯特要是被杰瑞迈亚这种卑鄙的家伙雇用，心情可是会跌到冰点的。”

芙莉亚不解地望着他。

“这么说吧，”他继续说，“不知在什么时候，那两个被你愚弄的警察很可能就会出现了。”

“我不懂你在说……”

“你以为已经摆脱他们了？想得美。汤姆·米德顿还一直在找你。就是红色头发，年纪比较轻的那一个。他总是会提出太多问题，这里没人受得了他，更别说是下面拱顶地窖那里的人了。他描述了你的模样，包括你的黑色连体工作服。我看你最好想办法搞一套别的衣服。他在这一区到处搜寻，很快就会找到这里。换作是我，就会尽量走得远远的，比如到威河畔的海伊镇，到对面的伦敦更好。”

直到现在芙莉亚才觉察到，在他说话的这段时间里，自己一直张大了嘴望着他。他话说得很快，但没什么情绪起伏，仿佛对她的命运完全不在意。

“所以，快点离开，”他满腔敌意地说，“避开警察，还有离杰瑞迈亚越远越好。对了，还有一件事：如果哪天我们再见面了，你就装作我们从来没见过，好吗？”

21

“我讨厌抒情诗，”魅姬说，“打心底里厌恶。”

玛塔·安提夸勉强挤出友善的笑容，说：“亲爱的，您可是书巫呀，您可是不该厌恶书籍的。”尤其是在为我工作时——她在脑海里补上这一句。想到自己最强大的盟友居然如此看轻自己的天赋，她就感到万分恼怒：书巫一旦失去对书的热情，他们的力量就会消失。

魅姬打量了这间摆设着豪华沙发与扶手椅的红色会客厅一眼，目光扫过座椅旁的核桃木纹桌面，每张桌上都摆着一本书，大厅昏暗的灯光照着这九本散列的书册，静待读者前来翻阅。索拉尔之家位于优美的第五大道，内有十几间这样别致的阅读会客厅，整个布宜诺斯艾利斯只有少数几个地方才有如此高雅的场所。

前来这里的大多是有点年纪的绅士，为了一睹珍贵诗集，愿意付钱在此流连好几个小时。为了这次与魅姬的会面，玛塔特别包下整个场地，没想到这个比她年轻的女人居然不懂得珍惜，这一点实在令她大为恼火。在这间会客厅里，每本书都是孤本，其他相同的书都被搜寻出来予以销毁，因此前来的访客能确保自己读到的都是最罕见，最精挑细选的诗集。因此，大家都心甘情愿奉上高得吓人的钟点费，交给戴着黑色蕾丝手套、面露微笑的索拉尔夫人。

“我不懂什么抒情诗，”魅姬说，“我不知道那些韵律、华而不实的格式等等所有形式上的小题大做到底有什么意义。”

“因为重点不在形式，”玛塔逼着自己表现出平时少有的耐心，说，“抒情诗不是用来懂的，而是用来感受的。”

难道她真的得把魅姬当成小学五年级的学生来教吗？据说魅姬还是个小女孩时便已拥有了成年女性的外表，如果传说属实，那么倒推回去，这是否意味着她体内一直住着一个小女孩？然而，可以确定的是，她从来没有丧失将老大不小的昆虫翅膀拔掉的狠辣。

“不过，”玛塔挖苦地补上一句，“您对抒情诗难有共鸣，这一点我倒是丝毫不感到讶异。”

魅姬露出她诱人的笑容，说：“提贝流斯 · 费尔菲克斯已经死了。”

“那本书呢？”

有那么一瞬间，这名年轻女子的五官扭曲了。玛塔看得出，魅姬原本期待老罗森克罗兹之死能让她得到赞美，可惜互相客套的时期已经过去了，她们正在携手点燃一场战火——尽管书巫界的大部分人还尚未察觉。

“书我们没找到，”魅姬答得直接，“费尔菲克斯家族的屋子里有着数不清的书，而目前我的骑士们正在寻找……”

“少废话！”玛塔打断她，“别岔开话题。既然没能拿到那本书，这次的任务就算失败了。”

这番批评对魅姬起不了任何作用。“我可不这么想。”她平静地回答。她话语里透露的是，什么失败不失败，我说了才算。

玛塔的五根手指头都抠进了座椅的红色椅垫，但她随即迅速用大腿遮掩，以免被人觉察到自己失去了冷静："在这件事里，提贝流斯·费尔菲克斯早就不重要了。"

"我知道，所以他也不是我们杀的。我们抵达时，他早已死在书房，也许他是带着枪伤穿越回来的，因为现场的血太少了。您大概知道他是在哪里受伤的吧？"

玛塔起身，经过一架昂贵钢琴走到窗前。高及天花板的窗帘已经拉上，隔绝白天的阳光，以免曝晒损害到珍贵的书籍。

她往窗帘缝隙瞥了一眼，接着说："我不知道他到底在忙些什么。"楼下街道上没有任何骑士，难道魅姬果真是只身前来索拉尔之家赴约的吗？

"我认为，"她继续说，"除了我以外，应该没人知道他的真实身份。我听说他打探了某些藏书家的消息，至于他到底想在那些人家里找什么，我只能揣测。"她自然有她的猜想：如果提贝流斯是在为了洗刷祖先名誉而寻找空白书，那她不得不对他的坚持表示佩服。

停顿了一下，她接着说："无论如何，最重要的还是那本书。您答应过要把书带给我的。"

"我会的。"

玛塔双手在背后交握，说："那么请容我请教一下，您打算怎么做呢？"

"我确定，他女儿知道那本书在哪里。"

"她还只是个孩子。"

"她十五岁了。"

"现在她人在哪里？"

"她逃走了，要在伦敦找出她的下落易如反掌，我的手下已经在找了。"

“在数百万的茫茫人海里？”

“书巫的人数可要少得多了。”

玛塔边摇头边在钢琴前坐下，掀开琴盖，小心翼翼地把十指的指尖搁在键盘上，没有发出任何琴音。

“很有可能，”她说，“那个女孩已经又离开伦敦了，他父亲和书城一直有往来，生意往来。”

“您知道是和谁往来吗？”

“我的消息来源显示是海伊堡。提贝流斯·费尔菲克斯去过那里几次。”

魅姬起身，说：“那我们就该去那里找她。”

“去吧，亲爱的。但愿这一次您会成功。”

“我会把书带给您的。”魅姬来到玛塔身边，注视着她的双手在钢琴上灵巧滑行，却连一次都没有触碰到琴键，以无声无息的方式演奏着一首巴赫。“一定要打倒亚当学院，”魅姬，这名年轻的女书巫宣示，“不惜任何代价。这个女孩阻止不了我们。”

“芙莉亚·费尔菲克斯当然阻止不了我们，她不过是个小障碍而已，不是吗，亲爱的？”

“我会找到她的。”

“把书带来给我，”玛塔说，“书和那个女孩，我想认识认识这个小罗森克罗兹。”她的十指并没有停下来，继续无声无息地演奏着音乐史上一首伟大作品。“这会挺有意思的。”

“可是您自己也说了，她不过是个孩子。她连心灵书都没有。”

“当您遇到她时，可别过于轻率。强不强不在于工具，而在于态度。”

“我很清楚只要恨意够强，一个孩子能做出怎样的事。”

玛塔笑了笑：“所以大家说的是真的？”

她不得不承认，魅姬的声音中并没有一丝一毫的优越感：“您指的是我杀了父亲和兄长的事吗？没错，这一点也不难。”

玛塔会意地点点头，说：“因为您的恨意够强。”

“因为他们是男人。”

“啊，亲爱的，您可别那么武断地瞧不起‘强壮’的性别。谁知道，哪天您会不会遇上对的人……”那不过是个不具杀伤力的挖苦，但她早就预料到，自己正中要害了。

“绝对不会。”魅姬答。

“您还年轻，世界又这么大，”从刚才到现在，玛塔第一次在琴键上弹出琴音，每说一句就会响起清亮的单音，“许多事都可能发生，包括您原先料想不到的。”

“您遇到过吗？”魅姬鄙夷地问，“那个对的人？”

“那当然，而且他是最优秀的。”

“想来也是。”

“直到他开始反对我。”

魅姬脸上闪过一抹微笑，说：“我会把芙莉亚·萨拉曼德拉·费尔菲克斯带来给您的，这一点您大可放心。”

只是玛塔不再听她说话。她的十指凝固在键盘上，脸上表情冷硬如铁石。

22

“老天！”城主居利斯惊呼，“提贝流斯死了，太难以置信了。”

芙莉亚的背更紧贴着椅子，直到木质椅背紧紧压迫着她的脊椎。痛楚提醒她，除了悲伤与仇恨，她还有别的感受。而且她得尽力让自己保持思路清晰，评估谁是能够信赖的人。

居利斯的身材极为高大，脚下穿着老式绑腿，衣袖上缀着红宝石袖扣，外面套着花哨的小礼服，让他看起来不像是书城最高长官，反倒有点像马戏团驯兽师。他的满头黑发上有一道细心梳理出的发线，脸上留着大约一指长的山羊胡，身上散发着清甜的香水味。乍看之下芙莉亚不太相信他会是爸爸的好友。无论是什么联系着这两个人，单从外表来看，他们简直天差地远。

“你确定那人就是魅姬？”

芙莉亚点头，答：“她叫她的手下‘骑士’。”

居利斯的身躯重重落在书桌后方的扶手椅上。从芙莉亚开始说明事情始末起，他就在办公室里来回踱步，现在他面无血色，显得万分疲惫。

没想到这么容易就到这里来了。书城幅员虽然呈爆炸式的增长，但核心地区一直是一座宁静小镇，来自死书林的少年果然没说错，在路上，芙莉亚确实看到了写有威河畔海伊镇的路标。虽然芙莉亚不了解其中缘由，但眼下这一点也不重要。

历史悠久的海伊堡就矗立在小镇中央的山丘上，这座三层楼式的宏伟建筑有着尖尖的山墙、漆成血红色的烟囱，整体外观与费园差别不大，但这里的一切都修缮得更好，窗户更洁净，大门前的草地也完美无瑕。

芙莉亚极力勉强自己，才向门房报上真实姓名，幸好在她还忐忑不安，生怕警察会现身逮捕她时，居利斯本人就已经砰砰地走下阶梯，诚挚欢迎她的到来，并热情地向门房介绍，宣称芙莉亚是他的外甥女，随后便匆匆带领她前往自己的办公室了。

芙莉亚的说明告一段落，两人缄默了将近一分钟。窗外，整座城市的屋脊像是一片由山墙与斜瓦屋顶构成的大海，袅袅烟气从烟囱升起。居利斯眼神空洞，仿佛陷入沉思，但他随即惊醒，发出一声咒骂，汗毛浓密的手握成拳头往桌面上一捶。

“该死，提贝流斯，事情可以不必走到这一步的！”

“他为您偷书，是不是？”

“他帮我把书弄到手，我没过问它们的来源。嗯，很少过问。”

“爸爸过世前要我来找您。”

“有什么事我可以为你效劳呢？”

“请您帮我救出弟弟。”

他双手上扬，说：“要是我理解无误，现在根本不知道那女人想从你们那里得到什么。”

“她说要七芒星的书，我刚好带着一本《凡塔思帝寇 · 凡他思提切灵》，所以就给她了。我以为那就是她要的，没想到她还不满意，居然连皮普都……”她再也说不下去了，但依然目不转睛地望着他。

“实在令人难以置信。”居利斯喃喃自语。

在许多方面，他的说话方式就和他这个人、他的处所一样，都很老派。芙莉亚和爸爸，以及大多数的书巫多少都跟时代有点脱节，但就连在书城这里，居利斯都活像个异类。芙莉亚不确定真正的原因何在，纯粹是因为他的外表？他的遣词造句？在庇护所以外的地区，这两种因素或许会让他像个怪人，但在这里应该不会，应该另有原因。虽然没有铁栅限制他的自由，在外人眼中他又是这座城里权力最显赫的人，但他与这栋建筑的隔阂感，却令他有如一名囚犯。

“亚当学院能窃听到我们的谈话吗？”芙莉亚四处张望着。在这些高及屋顶的书架中有很多角落与阴影可以藏放窃听器。

“在办公室里不会。”他指了指他前方摆放在书桌上的一本书。那本书就像一块纪念牌匾，封皮是深色皮革，上面点缀着青铜饰片。“我采取了一些防范措施。学院到处都安排了耳目，包括城堡这里，不过这个房间是安全的。”

“这是您的心灵书吗？”

居利斯点头。

“要随身携带的话好重呀。”

“不是我们自己挑选的心灵书，而是心灵书找上我们。我认识一个人，他的心灵书是一片古希腊罗马时期的石板，从此以后他就不再踏出家门一步，因为他不想离开自己的心灵书。”

芙莉亚想象着那种情景，显然被吓到了，而这可把居利斯逗乐了：“我自己倒没那么死板，就算没这玩意儿我也活得下去。大多数书巫都太怕失去自己的心灵书了，你父亲也总是把他的心灵书当成手枪系在腰带上！”

“这里到底怎么了？”芙莉亚问，“您是书城的城主，可是您却怕那些警察和……”

“我才不怕！”他单手握拳朝桌面一捶，震得桌上纸笔猛然一跳，只有那本沉重的心灵书在桌面中央不动如山。

芙莉亚并没有闪避他的目光，但什么话都没说。

隔了一会儿他才接着说：“从前学院并没有干涉我们，当时他们已经拥有自己的密探了，但这几个星期情况却变糟了。刚开始只有侦察队，现在到处都是他们的耳目。怕的人不是我，而是学院自己……嗯，天知道他们在怕什么。也许是怕书妖暴动，或者是怕我们自己人起来反抗。”他迟疑了一下，但时间短得令人难以察觉，“也可能是怕我们都还未知的东西。”

“比如游吟兄弟？”

他摆摆手：“他们很难缠，但不过是提高安全戒备的借口。书妖很烦，所有书妖都是——在管制区里他们只会惹麻烦，这两个更是大祸害……但还不至于危险到需要这么大费周章。”他摇摇头，双手在大肚腩前交握，说，“不是这样的，背后隐藏的原因要多上许多。”

他已经失去对自己城市的控制权了吗？如果真是这样，就算他有意愿，恐怕也帮不了芙莉亚。他所说的一切似乎都显示，亚当学院早就剥夺了他的权力——要不，就是即将出手了。

“您告诉门房我是您的外甥女？”

“他对我向来忠心耿耿，只是在这种时代，今天的忠心朋友，明天也可能就变了。此外，我也确实有一箩筐的甥侄辈。你暂时不会有危险，至少在有人留意到费尔菲克斯这个姓氏之前。”

“他了解内情，”芙莉亚心想，“他知道罗森克罗兹家族的事迹，也知道后来的结果和日后的演变。”

“学院并不知道你的祖先是谁，”他说，“否则他们早就采取行动了，所以这个姓暂时不会令人生疑。”

“可是他们已经对我们发动攻击了！魅姬——”

“她并不是学院派去的，否则她会把你们的房子夷为平地，谁都休想活着逃出来。”

“那么背后的主使到底是谁？”

他压低音量，似乎还是担心有人窃听：“现在流传着一些谣言，不过都是小道消息，而且恰好符合这次对你们的攻击，至少在某些方面符合。”

她凝视着他，不耐地等待他继续说下去。他把身体靠回椅背，张开嘴——就在这一刻，摆放在两扇窗户之间的立钟恰好敲了十二下。

“哦，老天，”他吃力地从办公椅上起身，“该去巡查一下了。”

“巡——查？”

“在我担任城主的日子里，每天十二点一到，就会固定地去巡查，今天我也不会破例。亚当学院可以剥夺我的权力，但不能剥夺我的习惯。只要我定期让人们见到我，他们就会站在我这一边。他们爱我，万一情势变得严峻，他们也会支持我的。”

他真的相信这些吗？或者他特别强调，只是因为他希望情况能够如此？

芙莉亚倏地从座椅上起身，居利斯则绕过办公桌来到她面前站定。芙莉亚身高还不及他的胸口，在他魁梧的身躯前，她瘦小得都快消失不见了。

“是谁派魅姬去我们家的？”芙莉亚几乎要把自己的意志强加在他身上，或者至少试图这么做。不过老实说，这种做法太可笑了。如果对方是一般人，或许她还有一丝机会，但想要影响某个书巫，就少不了练习和心灵书。他那痴肥迟缓的外表会给人错误印象，但他想必拥有极高的天赋，否则无法成为治理书城的城主。

“你和你父亲很像，有人这么说过吗？”

“宝琳，”她说，“我们家的厨娘，她被魅姬的骑士杀死了。”

居利斯伸手搭在她肩膀上，问：“陪我一起去吧？这样你是我外甥女的事就会更加可信了。”

“可是离开这里我们就不能交谈了。您也说过，这里到处是密探，没有哪句话是他们听不到的。”

“我想向你稍微介绍一下威河畔的海伊镇和书城，这又不犯法。”

芙莉亚火大了：“我才不想听……”

居利斯伸出肥胖的食指按住芙莉亚的嘴唇，说：“我们先把你伪装的身份处理好，之后再谈其他事情。十二点了，如果我没有准时在街上现身，他们就会起疑，接着就会开始刁难我们。”

不等她做出反应，他就径自走向一个架子，从其中一个抽屉取出一面超大的放大镜，先在手上掂了掂分量，接着放进小礼服口袋里。

“待会儿到了外面，最好叫我舅舅，懂吗？”

“叫‘居利斯舅舅’吗？”

“叫我‘科尼利厄斯舅舅’，这是我的名字。既然你是我的外甥女，就该知道我的名字。”

芙莉亚朝他的心灵书瞥了一眼。

“我们不需要这个，”他说，“现在走吧！我好友的女儿就是我的女儿，我会保护你周全的。”

芙莉亚依然杵在原地不动。

“相信我。”说着，居利斯便把门打开了。

23

"我是永远不会舍弃书城的。"

城主陪着芙莉亚在街巷间穿梭，一路上都有书商从店里探出头，或是在堆满书的凸肚窗后向他们打招呼。他虽忙着一一回礼，但那发自内心的笑容和他的仪表所散发的威严却丝毫未减。

"这座城市就是我的生命，"他表示，"必要时，我愿意为她而死。"

书城上空云层密布，阳光晦暗。当他们在这段宁静市街上漫步时，芙莉亚不时留意是否有人在跟踪。如果真有警察盯着他们，那么这批警察可比早上那两个人机灵多了。

芙莉亚发现："这些商店里几乎没有任何顾客，这些书到底是谁在买？"离开海伊堡后，这是她注意到的第一个现象：虽然天都亮了，这些巷子里仍然人烟稀少，而绝大多数的店面也是一片死寂。

居利斯淡淡笑了笑，却显得有点哀伤，或许是因为他有预感这里的一切即将面临大变革吧。他说："这里追求的不是利润，是商品的多样化。”

“我不懂。”

“书城里的书商不需要靠出售货品维生，书城——也就是我们——让大家都有不错的收入，有一片屋顶栖身，桌上有食物。没有人会因此致富，但也不会有人挨饿。我们的目的在于，向每一位来到这里的人提供尽可能多的书。世上没有哪本书是你在这里找不到的。”

“那魅姬就应该来这里找，而不是去我们家。”芙莉亚愤愤地说。

“当然会有一些例外，比如某些孤本书、艺术家创作书的佚本等等。另外当然还有一个问题：这些书籍从来没有被人编进目录。而搜寻这种极为罕见的书籍的顾客，不得不前往一家又一家书店，在书架上翻找，”他两眼发亮，说，“不过，世上还有比这更美好的事吗？”

两人经过芙莉亚来时见到的那个威河畔海伊镇路标。另一边看不出明显的差异，同样是一排排低矮的屋舍与小巷朝着四面八方无穷无尽地延伸出去。书城这座庇护所的建筑物像有机体般生长着。

“这里为什么叫威河畔海伊镇？这座小镇不是位于对面的另一个世界里吗？”

海伊，这个当地居民口中的小镇，位于英格兰与威尔士交界处，远离所有大城市和高速公路。二十世纪六十年代有一位聪明的书商在当地开设了他的第一家旧书店，贩卖他从落魄贵族庄园收购来的二手书。很快这里就接连出现了更多的书店，而那个人则不断用货车将他从破败的宫殿与猎场小屋购入的书籍运送过来。这些书的主人大多非常庆幸能摆脱他们继承到的藏书，而来自威河畔海伊镇的工人则进入屋里，把所有物品一清而空，甚至还付给他们几镑钱。当时全英国都流传着一种说法，认为海伊镇已经成了书籍的圣城麦加了。不知何时开始有游客前来，当地的餐饮与旅馆业也从中获利，很快，整座小镇没有哪栋房子不卖书，而引发这一连串反应的商人最后干脆买下了海伊堡，并且享有深具广告效果的“海伊之王”的荣衔。

书巫们都知道这则故事，也知道以海伊镇为典范，在全球各地兴起的其他书镇，比如在荷兰、挪威和德国，甚至还有遥远的马里共和国与马来西亚等地。但威河畔海伊镇的鼻祖地位屹立不倒，并且直到今日主要还靠着这样的名声度日。

“你难道不知道，书城是由海伊镇发展而来的？”在他们逐渐接近一家书页都是巧克力制成的书店时，居利斯这么问。皮普很爱吃巧克力，所以此时此刻芙莉亚实在难以承受巧克力的气味，但她还是乖乖遵守城主的游戏规则，因为她别无选择。

“由海伊镇发展而来的？”她诧异地重复了一遍。

居利斯点点头，他的山羊胡也跟着翘动。他说：“早在七十年代，威河畔的海伊镇就成了观光景点，但贩卖各种廉价工艺品与纪念品、过夜住宿、昂贵的食物以及其他能吸引钱潮的事物反而逐渐抢走了书籍的风采。因此在亚当学院的同意下，大家决定将真正的海伊镇迁移到一处空荡荡的庇护所，并且在对面那个世界里留下复制品。那里不过是个布景，对观光客来说足够了。但原来的海伊镇却在这里落地生根，并且在强大书巫力的加持下，像个发酵面团般延伸开来。不过数年的光景，就从一个小镇发展成了一座大城市，并且在十年后拥有了数百家书店——尤其是那些在其他地方结束营业来这里重新开张的。”

“这里是一座书店坟场。”芙莉亚喃喃自语。

“并不是！”城主急急分辩，“它们在这里继续存活着，其中许多书店依然由原来对岸的商家经营。要为这里下定义的话，那么这座城市是书店的天堂！”他在贩卖巧克力书的书店前停下脚步，说，“你说，这岂不是非常美妙吗！现在你了解我为什么愿意为这个地方付出一切了吗？世上再没有比这里更棒的地方了，至少我自己还没见过。”

芙莉亚点点头，因为她真的相信自己了解。书城无疑是个奇迹，在她和爸爸初次前来时，爸爸只对她讲述了最重要的信息，而现在她开始怀疑，爸爸究竟还隐瞒了些什么。

他们踏进店里，店主人立刻奉上一小盘夹心巧克力。居利斯取出放大镜来，仔细欣赏着每一颗精致的巧克力球。芙莉亚好奇地瞥了一眼放大镜，但并不觉得影像有放大。

她清了清嗓子，问：“为什么……我是说，科尼利厄斯舅舅，你这是要干什么？”

店主人朝她善意地笑了笑，解释说：“凡是跟夹心巧克力有关的事，他谁都不信任。”

芙莉亚瞧了瞧店主人，再看了看居利斯，最后目光又转回盘子上的四颗巧克力，不再追问，因为身为他的外甥女，她应该知道自己怪异的舅舅在干什么。

但居利斯却向她解释：“我热爱夹心巧克力，这一点大家都知道。”他面带微笑摸了摸自己的肥肚腩，接着从盘子上拿起一颗巧克力，说，“可是我讨厌有酒的。”

店主人抗议：“这话说得倒像是我想对您……”

“我知道，我知道，我的好友，只不过……”他摆动放大镜，同时万分享受地将巧克力往嘴边送，并且不顾满嘴都是巧克力，张口说，“她警告过我，要小心里面放了不该放的东西。这一点你了解吧？”说着，他把盘子递给芙莉亚，问，“要不要来一颗？”

店主人注视着她，显然期待她夸赞自己的精挑细选，她只好压抑住不耐，恍恍惚惚地摇头。

等到他们来到户外，她就再也按捺不住，边走边低声说："魅姬不是在找一本七芒星的书吗？您觉得怎样才能确定她想要的是哪本？显然不是《凡塔思帝寇》，但如果我们知道书名的话，就可以在书城里寻找，把书给她……"

居利斯打断她的话："即使是在这里，七芒星的书也非常稀有，何况他写过的书有好几十本。想知道书名，唯一的办法便是问魅姬本人，反正一定要这么做不可，总有一天得有人跟她谈谈，才能救回你弟弟。"

"可是要怎么做？"

"我们一定会找到办法的。"也许他想用这句话安抚她，但听在芙莉亚耳里，却像是一种拖延战术。她体内不时兴起一种难以控制的冲动。在接下来的一个小时里，他们走访了好几家书店，每家店都以夹心巧克力招待他们。她原以为这是那家巧克力书店的特色，没想到不是这么回事。居利斯的肚子是无底洞，无论是被剥夺权力的威胁还是老友的死，都没让他失去胃口。

另外，他似乎刻意不带芙莉亚前往寻常的书店或旧书铺，而是向她展示书城的独到之处。其中一家书店，只在预设的某些物品的阴影落在书上时，文字才会显现出来。这家书店的主人让他们两人独处，这时居利斯向她使了个眼色，压低音量说："当然不只有酒，我的放大镜还会警告我避开其他东西，比如毒药。"

"在这种情况下，您怎么还能用甜食塞满自己的肚子？"

"如果我改变习惯，他们就会觉察，并且起疑，所以我们最好凡事都照着往常的习惯来做。"

这次巡查的最后一站位于一座山丘上，山丘耸立在街巷迷宫中，上面是一座玻璃温室，大小和海伊堡差不多。进入温室之前，居利斯指了指远处。他们眼前出现了由书城建筑之海构成的壮观景象。四下环顾，其中三面是隐没在金色雾气中的建筑与街道，而在第四面，芙莉亚隐约见到了水汽氤氲的河面与通往伦敦的桥梁。

“看到那个了吗？”他指着对面一处装有铁刺网的高墙，围墙后的山形墙与屋顶在街巷迷宫中形成了一座孤岛。“那里就是书妖管制区。学院规定各地的庇护所都必须收容一定数量的书妖，但我们这里特别多。书城是最大的庇护所，这里的书妖也超员了，几乎爆满了。”

“为什么人们都不喜欢书妖？”这问题芙莉亚也问过爸爸，但她很想知道居利斯的答案。

居利斯睁大了眼睛，但是芙莉亚因为过于疲累，眼皮沉重，必须多看两眼才能注意到。“难道提贝流斯真的凡事都不让你们两个孩子接触吗？”他似乎突然想起了自己的警告，狐疑地东张西望，接着微微摇头，说，“在这里暂时别谈这个。”他带着她来到温室入口，说，“来吧，这样东西保证你还没见过。”

居利斯把门打开，礼让芙莉亚先进入，湿暖空气顿时迎面扑来。起初她触目所见的不过是一片雾气，但接着烟雾中奇形怪状的珊瑚般的植物缓缓浮现。这些植物没有树叶，枝丫上悬挂着比她的小指还窄的薄条。

“是书签带，”居利斯说，“最好的都长在这里。”

“我还以为书签带是用布料做成的。”

“并非所有的，这里的是专门给特别高级的书用的，由庇护所的工厂——另外当然还有我们自己的艺术品修复员——亲手制作。”

芙莉亚走近前方的几棵树，朝着悬挂在低矮枝丫上的书签带伸出手。

“不过看起来还是像布做的。”

“否则就不是书签带而是蠕虫了，不是吗？”

芙莉亚伸出手指头一一拂掠过去，树梢上顿时响起低语声。

“它们能感受到谁拥有书巫天赋。”居利斯解释道。正当他还想补充说明时，低语转成了喟叹，而这喟叹还感染了到周遭的树木，所有书签带瞬间开始微微颤动，颤抖着指向芙莉亚所在的方向。

芙莉亚吓得缩手。

“哦哦。”居利斯说。

“这是怎么回事？”

“你一定拥有绝佳的天赋。”

“我连心灵书都没有。”

他轻轻地笑了笑：“这跟你的能力无关。”

她想辩驳，他却摇摇头说：“别想得太夸张，好些书巫激发的反应比起你的要剧烈多了。”

两人往窒闷的温室深处走下去时，书签带也随着他们的行动而动作。方圆几码以内，书签带都水平地悬在枝丫上，如食指般指向芙莉亚，直到她走开几步，书签带才再度下垂，就这样形成一道又一道的波浪，追随着她走过整座温室。

这时她也看到，这些树木背后有身影晃动，那些灰扑扑的剪影就在波涛起伏的水蒸气中。

接着一名男子从雾气中现身问候城主。一些园艺器具从他连体工作服的宽口袋里探出头来。这人年纪虽然不到五十岁，却有着一头雪白的头发。

“我外甥女。”居利斯介绍。

这名园丁朝她点点头，一脸狐疑地打量着她，近处树木上的书签带则猛地转向他所在的位置。他不耐烦地嘀咕了一个芙莉亚没听懂的字眼，这些书签带马上下垂，不再有任何动静。

“今天是你第一次来。”他说。

“科尼利厄斯舅舅正在带我看所有的东西，”她犹豫了一下，接着说，“这里好棒。”

“这里太热、太潮湿、太不健康，对肺部和大部分的器官都有害。”这个人说话时带有一种芙莉亚不知道的口音。

“刚瓦·欧连德，”居利斯如此介绍他，“他是温室总管，是我们这里最优秀的人。”

欧连德没理会他的赞美，径自说：“我听说管制区又有麻烦了？”

“警察和近卫队已经控制住了，”居利斯哀叹了一声，说，“不过这是学院现在唯一想得到的手段，他们源源不绝地运送军队过来，好像这样问题就解决了。他们不治本，只治标。”

“根部一旦受到侵害，树就没救了。”园丁说。

两名男子对望了一眼，至于这目光意味着什么，芙莉亚就无从得知了。欧连德和居利斯都对亚当学院的政策起了反感吗？或者他支持另一边，并且在为他们的做法辩护？

“科尼利厄斯舅舅，你不是还要带我看更多东西吗？”她不耐地催促。她越来越觉得待在这里只是浪费时间。

城主苦着脸对欧连德说：“为什么小孩子的时间总是比我们这些老头子少？”

“她已经不是小孩了，”园丁又以那种令她毛骨悚然的方式瞅着她，说，“这些树对她的反应就像是对……”话还没说完他就转而询问：“你几岁了啊，小姑娘。”

“十五岁。”

“心灵书呢？”

她摇摇头。

“不会太久了，”欧连德说，“对这些树来说，你就像火炬般闪闪发光，你的书很快就会认出你的。”她不喜欢他，但这几句话让她感到温馨。她答："希望如此。"

"这种事我经历过不止一次了。"

居利斯握住她的手，他的手指头湿湿冷冷的，看来他心里比他自己愿意承认的还要波涛汹涌："我想，我们得继续下面的行程了。"

这时从雾气中突然又出现了一个人，芙莉亚匆匆缩回被握住的手。

"抱歉，居利斯大人。"尽管还无法清晰辨识出那个人的脸，但芙莉亚认得这个声音。在他们后方，菲尼安从雾气中跨步现身。菲尼安嫌恶地瞥了她一眼，接着转向居利斯。"抱歉，"他又说了一遍，"不过入口那里有两位先生有事找她。"

城主双唇紧抿了一下，接着他拍拍身上的小礼服，仿佛这么做会有面包屑掉下来，接着对芙莉亚说："也许你该从后门出去。"

从欧连德的表情里看不出他在想什么："让菲尼安带她去。"

菲尼安点点头，芙莉亚觉得自己就像个接力棒，被人传来传去的，她一点也不喜欢这种感觉。

居利斯迟疑了一会儿，接着抓着芙莉亚的上臂将她带开几步，嘴几乎贴着她的耳朵，以低得快听不到的声音说："万一有什么事发生，你必须谨记，派魅姬去你们家的并不是学院，派她去的那个人自称玛塔·安提夸。"

"安提夸？"她轻声复述了一遍，问，"安提夸家族的安提夸？绯红厅的安提夸？"

"没错。"他似乎认为自己说的，已经超过目前她应该知道的。因为接着他便离她远些，转向欧连德又吩咐了一遍："去后门。"

说完他便朝入口走去，隐没在雾气里。有那么一瞬间，芙莉亚傻站在两名园丁之间。现在她百分之百确定，她所谓的身份掩护其实一文不值。欧连德打量她的眼神，就像看着某个用钝锯把自己心爱的树木处理掉的人。当她看向菲尼安，发现他也没多友善，他眼里有着某种初见时她没有觉察到的东西。

沉默了好一会儿，他才举起手指着后方，说："走那里。"

芙莉亚已经另有打算，她任由这两人呆立着，反而朝居利斯追了过去。

"等等！"菲尼安喊道，欧连德则喃喃说了些什么，这让她有机会把距离拉开。

她双膝发软地往入口的方向追赶，却在雾气中转错了方向，幸好最后还是回到了主要道路上。隔着玻璃她见到居利斯人在外面，正和两名黑衣男子寒暄。芙莉亚从两人的身影认出他们，尤其是身形较高大的那人的一头红发更是醒目。

三人哈哈笑着。

有只手落在她肩膀上。

"你们是朋友吧，嗯？"菲尼安将她往后拉开几步，以免那两人能从外面看到她。

"关你什么事？"她甩开他的手。

他还是一副拒人于千里之外的表情，说："照他的话去做，跟我来。"

"他为什么跟那些警察聊天？"居利斯对待他们的态度未免有点过于熟稔。

"他是书城的城主，而你是他的外甥女。"

"我……"芙莉亚硬生生把差点说出口的话吞下肚，转而点头，说，"他是我舅舅，科尼利厄斯舅舅。"

菲尼安一把抓住她的下臂，将她拉回到玻璃温室较后方的位置。这一次芙莉亚没有直接甩开他的手，她不想跟他比试力气，他的身形比她高大，力气也比她大多了。

不久，在一道道书签带形成的帘幕后方出现了一片玻璃墙。菲尼安压下门把，新鲜的空气立刻迎面扑来，两人于是在一团雾气中来到户外，映入眼帘的是丘陵的另一面，而在百码以外的地方，有一条小巷导向书城的铺石迷宫。

“你到底做了什么，怎么会闹得他们到处找你？”菲尼安问，“偷了书？还是踹了其中一个人的胫骨？别担心，他们不会对城主的外甥女怎么样的，他会帮你解决的。”

芙莉亚恨死了他那意带嘲讽的弦外之音，也不想要居利斯帮她解决什么问题，因为在她的心灵之眼里，她又看到了他哈哈笑的模样，而且还是和那两个搜遍了整座城要逮捕她的人一起。事情怎么会变得这么荒谬？皮普不知被人抓去了哪里，此刻很可能害怕得要命。

*我才不是他什么鬼外甥女！*芙莉亚恨不得对菲尼安这么吼叫。而他那模样，就好像摸过她以后必须立刻洗手才行。

“去你的！”说完，她就把他留在原地，自己跑下山去了。

不知哪里又响起了尖锐的哨声。或者那不过是菲尼安开门发出的嘎吱声？

芙莉亚没有回头眺望温室。她一路快走来到屋宇群聚区，转进夹在碎石墙、上过漆的门户与格子窗之间的通道。巷道两侧的玻璃窗后有成千上万本书在等着她，但今天就连这些书也无法带给她任何慰藉。

她眨眨眼，把眼里的湿气眨掉，迈开步伐，不断朝这座城的深处奔跑。跑了好一会儿，她都快喘不过气了，喉咙也开始灼烧，前方又矗立着一个障碍物，这才暂时结束了她的逃亡之路。

一座由铁网组成的高墙。

墙头上装设着铁刺网。

24

费园的阁楼又恢复了宁静，尘埃也早已落定，敌人追捕芙莉亚与皮普时滑落的床单，如今不是半覆盖在遭虫蛀咬的家具上，就是在地板上缠绕成团。

用人专用梯的门敞开着，偶尔从费园深处会传来说话声，但距离太远，听不清楚。很可能只是使窗户咔咔响的风，偶尔来到这栋建筑的烟囱井里时的低语。

“我想，现在安全了。”阅读灯格格地说，同时将它的金属灯罩转向阅读椅。阅读椅仍旧停在那些骑士推开门时将它推过去的位置。那些人谁也料想不到它为了保护那对姐弟，硬是用自己把门顶住了。

“嘿！”发现阅读椅没有反应，阅读灯如此说。

“嗯！”阅读椅答。

“‘嗯’是什么意思？”

“我只是比较谨慎。”

“你是个胆小鬼，这里已经永远都不会有人来了好吗？”它们并没有人类所拥有的时间感，但阅读灯似乎觉得“永远”是个恰当的量词。

阅读椅鼓起它的坐垫，把皮椅垫上细如发丝的裂纹胀成了一张网。“你又不是没见识过她的厉害，”它低声说，“要是她知道我们帮了小姐弟的忙，就会把我拆成一块块的小木料，把你拆成一堆破铜烂铁。”

“那又怎样？难道你要一辈子待在这里？我们以前就是这样，直到芙莉亚发现我们，把我们带下楼去，那时我们都开心死啦。”

“那是和平的年代，”阅读椅喃喃说道，“安逸的年代。”

“但我们却被活埋在这堆烂木头里！”它用那颗可摆动的脑袋指了指周围的破烂杂物。这里的物品全都维持原状，阁楼上有着上百件的老旧椅子、橱柜和桌子，但除了它们两个以外，再没有任何家具被书巫赋予生命。

阅读椅试着用它那四根桃花心木做成的椅脚晃动，发出格格的声响。“他们抓到男孩了，”它说，“我听到他们是怎么将他带回屋里的了。”

“我们应该去看看他。”

“我们又能怎么办？你又不是没见识过她的厉害。”

阅读灯知道那张臭椅子的想法和自己相同，但它就是摆脱不掉爱发牢骚的毛病，出于老习惯，凡事都要先反对一番。阅读椅总是这样，所以阅读灯对它那股阴晴不定的臭脾气也就见怪不怪了。

在距离楼梯间不远的地方，升降机老旧的铁栅栏依然开着。“我们坐这个。”阅读灯建议。

“这个升降机很吵，”阅读椅最后一次呼吁阅读灯要理性，但它自己也清楚，走楼梯的话它会在阶梯上失去平衡摔下去。

“把他们稍微搞糊涂点也无妨。”

阅读灯先走，因为它必须用可摆动的灯罩操控升降机。阅读椅一边在它后方移动，一边像平常一样哀叹自己沉重的命运。阅读灯按下通往一楼的按钮，栅门便自动关闭。铁链和齿轮的轰隆声无疑传遍了整栋屋子，说不定某处有人正在动起来，准备彻查声响的来源。

“那可就糟了。”阅读椅说。

“安静！万一被他们听见我们在说话，就完蛋了！”

“不管怎样反正都没有好结局——不管我们有没有说话。”

升降机猛然一顿，停了下来，接着栅门便丁零咣啷地往一旁开启。它们前方出现了其他较高楼层也有的通道，差别在于这里有光线经由几扇开着的门照射进来。

有个男人呼喊着什么，接着便是一阵脚步声。

“我们最好再坐上楼去。”阅读椅说。

“安静！”

阅读灯早就预料到会发生这种事，这是无可避免的。只不过它希望能有更多时间应变。

从声音分析，沿着走道朝它们奔来的应该是两名骑士。这条走道横在升降机前，两名男子必须站在升降机的正前方才能看到它们，但从脚步声分析，两名骑士距离它们还有一大段距离。

“谁在那里？”一名骑士呼喊。

阅读椅本能地将身体一缩，坐垫也泛起皱褶。

“出来！”第二个人的声音响起，还夹杂着拉起左轮手枪击锤的声响。

阅读灯与阅读椅停止了行动，它们占据了升降机厢大部分的空间，根本没有地方可躲藏。

一名骑士纵身一跳，叉着两腿站到敞开的升降机门前，枪口对内。他一身紫色小礼服，领巾上别着饰针，穿着紧身长裤，一头金色鬈发就像某个堆在顶楼角落里褪了色的天使石膏像。

“别动！”他大喝一声，但随即蹙起眉头，因为在升降机里他只看到一把磨损严重的皮座椅和一盏灯罩能转动的立灯。

第二名男子紧接着过来，他一手握着出鞘的手杖剑，一手握着剑鞘，这人的服饰更加夸张，他穿着缀有荷叶花边的衬衫、丝质修身半长裤和搭扣鞋。

“谁躲在那里？”他问。

持枪骑士踏进升降机，尽管他心里明白阅读椅后头的空间太小，躲不下一个人，但依然朝阅读椅俯身查看。

另一人则朝位于升降机旁的用人梯张望，说：“有人想把我们引开。”说话的同时他把门撞开，门扉砰地撞上墙壁，接着阅读灯便听到有人冲下阶梯的脚步声。

持枪男踏出升降机，从外面仔细打量它们。难道他隐约觉察到了自己面对的不是一般的家具？

接着持枪男又走进升降机，蹲下身去，试图查看阅读椅底下。但他随即发现这么一来脸就必须贴地，于是咒骂了几声。阅读灯听到后忍不住祈求，盼望阅读椅千万别动才好。

持枪男跪了下去，俯身向前，脑袋偏转。从阅读灯的视角看不到那人，但它猜，那人应该是把脸伸进了阅读椅底下。

骑士呼吸沉重，如果他再上前一步，那颗脑袋很可能就会被阅读椅压扁。升降机里的空间如此狭小，他根本闪避不了。

这时响起一声咕哝，起先阅读灯以为声音来自阅读椅，但就在它已经做了最坏的打算时，男子却咒骂着站起身来，还踩到了阅读灯的电线，这下子他骂得更大声了，还狠狠将阅读灯的插头朝升降机的墙面踢过去，以致黑色的插头外壳顿时出现了一道裂痕。

楼梯间传来另一名骑士的脚步声，接着他又出现在走道上：

“连半个人影都没有，可能有人躲在阁楼上，只是光靠我们两个休想找到他。”

“反正那也不是我们的任务，除非她要我们这么做。”

“她已经好久没有要我做什么了。”语气里充满了渴盼，听得阅读椅都忍不住同情起这个为爱痴狂的大傻瓜了，想来魅姬一定把他们管得服服帖帖的。

“底下你检查过了吗？”男子指了指阅读椅问。

“那里什么都没有。”

这名骑士走进来，把剑尖往机厢顶上戳了几下，想试探是否有任何暗门可供人爬上去。

“这里也没什么。”他似乎已经想放弃了，却在这时兴起了一个新的念头，咻咻地对着阅读椅的坐垫猛地挥动手杖剑，剑尖立刻在褐色皮革上划出一道剑痕。

“你在干什么？”持枪的骑士问。

“我只是想确保百分之百没问题。”

“有谁会躲在那里面？”

“你有考虑过炸药吗？”

“我的妈呀！”阅读灯心想，难道他们真以为有人闲得无事，在一把老阅读椅里塞满炸药？

坐垫格格地响着，但没有任何人起疑，因为剑刃依旧在皮面上刮动着。

接下来他把剑刃朝坐垫正中戳了下去。

鼓鼓的坐垫被钢刃戳破的声音，令阅读灯毛骨悚然，几乎想逃跑了。

他拔起剑身，在昏暗的光线下检视。

“炸药！”阅读灯气愤极了。太荒谬了。

这名骑士弯下身去，一根手指头放到皮面的破洞上，将洞口稍微撑开，想瞧瞧里面的情形。这一次阅读椅居然忍着没出声，它那一身皮垫与皮垫之间连一点声音都没发出来。

“走啦，”身穿紫色小礼服的男子催促，“我们再到其他房间查查看。”

升降机里的骑士直起腰杆，手臂一挥，再次将剑刺向阅读椅——这次刺的是椅背，顿时响起一声闷哼。

“嘿！”走道上的男子瞧了瞧机厢角落，说，“别再做这种蠢事了！”

“这里除了这个，也没其他东西可刺了。”

“一定有人启动了升降机。”

持剑男拔出剑身，脸上闪过一抹微笑，同时割下了一片一指长的皮革。他皱了皱鼻子，把剑搁在门槛上，说：“这玩意儿不对劲，你听到了吗？”

“听到什么？”

“听起来像呻吟声。”

另一人注视着自己的同伴，说：“她不只是让你疯狂地爱上了她而已吧，嗯？”

“每当我碰上什么，她总是非常非常开心，”他面露微笑，说，“至少我还记得，她开心时的那种感觉。”

持枪男不知咕哝着什么，在他的同伴再次朝阅读椅俯身时，他的目光越过了同伴肩膀。那名骑士朝切口伸出双手，准备用全力将切口掰开。

就在他即将动手时，阅读椅忍不住颤抖了起来。

“你看到了吗？”持枪男问。

“那还用说，”另一人冷笑着说，“让本公子瞧瞧，它里面看起来什么样。”

阅读灯的眼角余光瞥见手杖剑已经不在升降机前方的地板

上了。

“拿开你的脏手！”阅读椅咕哝着呵斥。

那人吓了一跳，双手还插在切口深处。

“我先走了，我去跟她说……”持枪男话说到一半。

下一秒钟，他手上的武器“砰”的一声掉落在地板上，他张大了嘴低头往自己身上瞧。在他的胸口上，有一把手杖剑的剑身突了出来。

他惊讶地抬起头来，说：“这是……”

有人拔出剑，剑身无声无息地离开他身躯，而他则难以置信地按住自己的伤口，身体也失去平衡，倒在同伴背上。他的同伴尖叫一声，双手离开椅洞，想转过身来，却被垂死同伴的体重往下压去。

那柄剑又刺了一下，这一次刺中了另一名骑士的咽喉，他咕噜一声倒在了同伴的身躯底下，脑袋瘫在阅读椅坐垫上，鲜血染红了皮革。

一个高大魁梧的身影出现在升降机门口，他穿着制服、皮靴，全都是黑色的。阅读灯往后倒弯，想瞧瞧来人的脸庞。

桑德兰的脸上毫无表情，就连在第三次下手时，表情也跟平常一样僵硬。他用那把剑刺穿两名骑士的身躯，把他们钉在一起。

接着桑德兰放开剑柄，两名骑士一动也不动，看来他应该是瞄准了心脏和气管下手的，因为这两个人都只哼了一下就没声了。

阅读灯清了清喉咙，咕哝地说：“抱歉，我们可以出去吗？”

桑德兰将两具尸体搬开，让他们倒卧在地板上。这时他才用一只手按住腹部，发出一声呻吟。直到此时，阅读灯才发现他受伤了，也许是在之前的战斗中，在走廊上受的伤。

桑德兰一屁股坐到阅读椅上，手肘搁在扶手上，大口喘着气，默默地望着门外。

25

亲爱的塞弗林：

在经历了一连串霉运之后，我很想写信给你，但是

芙莉亚的玻璃蘸水笔停在半空，一滴墨水从笔尖滴落到了纸上，形状就像是一只被碾死的章鱼。

一连串的衰运应该不是在1804年才十七岁的人会用的说法，于是她删掉霉运两个字，翻到前一页，塞弗林在那里写了三段话，而且一段比一段急切。

发生什么事了？

底下是：

芙莉亚，我好担心，请告诉我到底发生了什么事！

再底下则是：

芙莉亚？

我非常担心你，请写信给我，只要几个字就好。我只想知道你是否出事了。倘若你遇到困难，我也想了解你究竟如何，也许我帮得上忙。（也许帮不上忙，不过我很会出主意——虽然那些主意我自己永远不会去做，不过这是另一回事。）总之，写信给我！马上！

他之所以那么担心，全是因为她在搭乘火车前往伦敦的路上，在书页里写了短短几个字。当时有滴泪水滴在上面，把字都弄糊了。那天她只写了半句话就再也写不下去，只好把书收起来，直到现在才又翻开。

对于他活在两百年前这件事，在某些特别的日子里她的感慨会加倍强烈。这些时候她会想，自己为什么要写信给他？接着她又会感到，他们两人似乎在比邻而坐，像好友般交谈着。

此时此刻她昏昏沉沉，但又觉得自己必须向他好好解释。于是她又在小墨水瓶里蘸了几下笔尖，将自己穿越到都灵之后的经历一一向他说明。某些事她写得极为详尽，任何细节都不遗漏，因为她需要倾诉的对象，否则就要发狂了。

比如她对父亲之死的感受，她瞥见厨房里宝琳与韦克福的尸体，却没有时间为他们哀悼等等，还有骑士在铁路路堤上抓走皮普时他脸上的神情，他那妆容模糊的小脸在黑暗中逐渐隐没，仿佛沉入了黑黝黝的湖水里。还有，那悄悄袭上心头的知道自己或许再也见不到他了的悲痛。

她的字迹填满了一页又一页，其间好几次她不得不停笔，迷失在不断绕圈的思绪中，目光则飘移在周围众多的屋顶上。此刻的她就像在费园老家里，在一处赭褐色山墙旁，背靠着一支烟囱。差别在于，从这里眺望，触目所及不是科茨沃尔德的翠谷，而是书妖居住的管制区。

一个小时前，她从围篱旁的门进入，门口守卫任由她进来，因为光是审查书妖进城的出入证，就忙得不可开交了。书妖大多在书库工作，但他们到底是从哪本书里溜出来的却有点难以判断。芙莉亚想寻觅熟悉的面孔，找出阅读过的角色，最后却不得不承认，她的想象太过粗略了。另外，在原来的小说中，很少有对角色的描述可以让读者脑中的想象跟作者脑中的一模一样。

芙莉亚在大门或管制区街巷所见的书妖，乍看之下与寻常人没什么两样，只有少数例外：偶尔会有一个从童话里沦落人间的侏儒，或是一个奇形怪状的巨人——他的作者只是草草勾勒了几笔，没料到这么一个不像人倒像黏土精的生物居然会溜到人间。

她在阴暗街巷间徘徊了一阵子，偷偷观察这些书妖，这才发现，他们之间有些共通点：不是过于粗略，就是太过完美；而大多数的角色，作者对他们的想象也不怎么精确。他们不太像具体的人物，更像是某种类型，比如说完美无瑕的金发美女、蓝眼珠的美男子、身形干瘦的恶棍。而如果哪个书妖拥有不同于其他书妖的特质，往往是因为描述得太过夸张，几近荒诞滑稽了。比如脸上有道恐怖疤痕、鼻子过大、长了兔唇等等，他们的作者草草下笔，寄望读者能凭借自己的想象力补足。

置身于书妖中半个小时后，芙莉亚只认出了几个像普克或阿列尔那般特殊的角色，想来这两个精灵在莎士比亚脑中，模样应该极为具体，因而即使到了人间，他们依然保有自己的特质。至于其他现实主义作品中的男男女女，外表差别就不大了。无论内在多么复杂纠结，他们的外表都平淡无奇，甚至可以任意替换。和他们相比，芙莉亚宁可选择充满戏剧性的夸张描述，比如木脚、驼背、火红鬈曲的发绺等她常读到的特征，也是作家在匆匆勾勒角色时很爱运用的写作技巧。

芙莉亚花了好些力气，试图辨识管制区里的方位，却怎么也办不到。所以她只好从某家酒吧敞开的门走进楼梯间，一路来到屋顶。也因此她会坐在这里，背靠着烟囱，在周围成千上万支烟囱一起将烟喷向书城上空时，把自己近日的遭遇与感受一五一十地记录下来。

> 别太为我担心，未来这段时间我大概无法经常和你联络，因为我必须找出解救皮普的办法。我不再信任城主，但这里除了他，其他人我都不认识，不过我是不会就这么放弃的。皮普是个坚强的孩子，一般人很容易错看他。许多年来他一直活在恐惧中，认为邪恶小丑把他当成了目标，但这一点使他变得更加勇敢，虽然他自己可能不知道。我万分确定，他是绝对不会屈服的。虽然他才十岁，却一点也不怯懦。他是费尔菲克斯家族，是罗森克罗兹家族的成员，而我们是永不放弃的。
>
> 祝一切顺利
>
> 你的芙莉亚

她把书合起，听到肚子咕噜咕噜的叫声。她的目光越过周围的屋顶，落到山丘上的温室上，心里盘算着能否从这家酒吧的厨房里偷点东西果腹。那座玻璃建筑和这里的直线距离顶多只有半英里，但那是因为山丘是这一带唯一隆起的地势。芙莉亚猜想，山丘应该是人工设置的，或许是因为那里的植物需要大量阳光，毕竟大半时间里，书城里的街巷都笼罩着阴影。

当她再度把书打开时，塞弗林的回信已经出现了。

亲爱的芙莉亚：

但愿我能陪在你身边，只要能帮上你和你弟弟，无论要我付出什么我都愿意。而我也万分渴盼能将你拥入怀里，一生只要一次就够了，这已经远远超过我所梦寐以求的了。

在我脑海里，我永远在你身边。

你的塞弗林

芙莉亚忍不住露出微笑，她迟疑了一下，最后写下了这几个小时以来，一直盘旋在心中的念头。

塞弗林：

魅姬在找一本书，她说是七芒星的书。我原以为她要的是《凡塔思帝寇》，这本书对我来说意义重大，但对她则不然，而且那也不是她想要的书。我知道，1804 年七芒星还没有作品发表，要等到好几年后，他的第一部小说才会问世，可是有个问题我还是不得不问你，否则我一定会疯掉：她指的有没有可能就是“这本”书？这本我们的书？

她合起封面，力道比平时加倍，因为对她来说，这一切都太不真实了。这是她唯一能抓住的线索，除此之外她再也想不到其他可能。魅姬要的也可能是费园无数藏书中的某一册，但这样的话，她的骑士又何必苦追着芙莉亚直到山顶？还有，魅姬为什么那么肯定，芙莉亚一定知道她要的是哪一本？

芙莉亚将这本小书翻开来又合上，如此开开合合了好几次，塞弗林的回信才出现。拥有两百多年历史的墨水只写了短短一段话。

芙莉亚，我不是七芒星。我也告诉过你，我不认识他。

她试着想象这段话应有的语气。他觉得受到了攻击？他觉得好笑？冥顽不灵，抑或是受伤？如果他们能面对面交谈，事情就会简单多了。

好吧。她在下一行如此写着。

翻开，合起，开开合合十几遍。

我装订书，可是我不写书。

这两句话听起来几乎带点愠怒的味道，仿佛她在诬陷他该对发生的事情负责。

尽管可能火上浇油，芙莉亚还是提出反驳：

塞弗林，你这么说就不对了，“我们在共同写着一本书”，这是你说过的话 。

不久，他的回复就到了：

你不认为，这是两回事吗？

当然是，现在他们两人所做的，和《海贼女王阿紫》或《凡塔思帝寇·凡他思提切灵》有着天壤之别。这一点，她和他都非常清楚，她只是想弄清楚到底发生了什么事。

她写道：抱歉，我不希望你因此而生气。

他立刻就回复了：我没有生气，在你经历了这么大的变故之后，我怎么会生你的气呢？你当然有权提出这个问题。只是我这一生中还没有写过任何虚构的故事，连一个句子都没有。在我们家族里有人这么做过，但请你相信我，从成果是看不出他们有任何天分的，所以我从没想过要亲自尝试。

如果是我让你兴起写书的念头的呢？芙莉亚心想。塞弗林写下这段文字的时间距离《凡塔思帝寇》的出版还有十六年，这比她活到现在的时间还长呢，十六年里可能发生的事太多太多了。

她把玻璃蘸水笔在墨水瓶里蘸了蘸，正想回信时，目光却被某样东西吸引住了：在她的视野边缘，下方巷子深处有个明亮的点在移动着。芙莉亚坐在屋顶边缘，谁要是仰头张望就会看到酒吧屋顶上有一个晃动着双脚、身穿着脏兮兮的黑色连体工作服的女生。反过来，她也能从这里观察到谁在从底下巷子经过，看得到圈禁在管制区的书妖人潮，以及管制区外，书城空荡荡的街道。

一名白衣飘飘的女子如幽灵般穿过人潮，她穿着和在都灵时同样的连帽斗篷、紧身胸衣，还用雪白丝巾遮住了脸庞。

芙莉亚立刻忘了饥饿，取而代之的是另一种感受：愤怒，甚至是恨意，她自己也不太清楚。

伊西丝·霓莫霓思肆无忌惮地穿过人群，那身白衣仿佛在警告着：你们知道我是谁，所以别惹我！凡是认识她的人都赶紧让路。

与此同时，芙莉亚也觉察到自己背后出现了动静，她倏地转身，以为有人想将她推下屋顶，却只看到身后的那支烟囱和空无一人的屋顶。

女密探从酒吧前经过，对上面瞧也没多瞧上一眼。

芙莉亚把笔放回书内，把书和墨水瓶收进口袋，接着猛地起身。无论她觉察到的是什么，现在很可能正躲在这片彼此相接的屋顶上，藏匿在烟囱的暗影中。这里屋舍鳞次栉比，到处可见增建的建筑，这是一片由屋脊与下方巷弄构成的古怪景观，人们不必走到一楼，就能走遍整个管制区。

但芙莉亚选择从天窗下去，进入楼梯间，穿过厨房里的氤氲蒸汽与变质啤酒的臭气，绕过柜台，来到屋外。

伊西丝 · 霓莫霓思已经走到巷子尽头，成为了匆忙喧闹的人群中一片明亮的剪影。

芙莉亚开始跟踪她。

26

芙莉亚不敢把距离拉近到二十码以内，生怕伊西丝会发现自己的行踪。另外，她也不确定伊西丝能否觉察出，这群书妖中还夹杂着一名女书巫——一个还没有心灵书的女书巫。

这名亚当学院的女密探并没有多留意背后发生的事，她以一种傲慢嚣张的姿态穿越人群，推挤冲撞样样都来，没过多久她的行动越来越快了。芙莉亚不敢跑步追上，因为这样会引人注意。但如果她不想失去伊西丝的踪影，就非得跑起来不可。

突然间，女密探消失不见了。

芙莉亚在两条巷子的分岔口停下脚步，四处张望。这里的屋宇和书城其他地方的房屋无异，只不过在管制区内，屋顶上往往胡乱增建了许多东西，和用木板、三合板加盖的建筑，有时这些增建物甚至占据了半条巷子。这里没有书店，只有几家食品店和多得引人注目的酒吧。即使在大白天，酒吧里依旧人来人往，热闹非凡。这里的一切都显得破落、衰败、拥挤。

有好些书妖注意到了芙莉亚，他们停下脚步，激烈地交头接耳。芙莉亚也和他们走在同样的方向，但暗自企盼着激起他们这种反应的，是伊西丝粗暴的行为。

芙莉亚低垂着头和这些书妖擦肩而过，极力避免目光交会。不久，她就来到了另一个拐角，瞥见白色斗篷的最后一角在某个角落失去了踪影。芙莉亚匆匆赶上前去，在两栋房屋之间的缺口停下来。这两栋屋宇应该和多数建筑一样，曾经是书店，只是后来被人当成了住处。原来的橱窗部分被人从里面用木板钉死，部分用纸封起来。要不是这些书妖大剌剌地表现出他们不属于这里，并且期待有朝一日能远离此地，芙莉亚实在想不出其他理由来解释管制区何以破败至此。不过她从没听说过有什么方法能让书妖重返书中。一旦脱离了自己的故事，就注定要颠沛流离。

这个缺口不到三步宽，在十码之后转了个弯，方才伊西丝就是在这里失去踪影的。

芙莉亚鼓起勇气踏进位于两栋建筑之间的缺口，侧耳倾听脚步声和人语声，偏偏她背后的巷子太过喧闹了。来到转角后，她小心翼翼地偷看墙角一带。

在那里，伊西丝 · 霓莫霓思正把一个书妖逼到死巷墙边，那个人原本想爬上靠在砖墙边通往屋顶的一道梯子，但他还来不及上去，就被伊西丝追上了。

芙莉亚的心脏怦怦跳着，身体忽冷忽热，两腿不住颤抖。她不再惧怕伊西丝了，此刻她唯一的感受是愤怒。

“他们在哪里？”伊西丝的声音冷硬又不耐。

“我不知道你在说什么。”男子结结巴巴地说。伊西丝背对着芙莉亚，芙莉亚的目光越过她肩头，正好看见书妖的面孔。那人身材瘦削，头半秃，大约四十岁左右，身材不比伊西丝高大。此刻伊西丝用一只手揪着他的衣领，另一手用银色手枪抵着他的下巴。芙莉亚看不到伊西丝的脸，但她脸上的神情似乎把这名书妖吓得魂不守舍。他没有望着手枪，反倒紧盯着女密探的白斗篷底下，整个人就像吓得动弹不得的老鼠望着蟒蛇的咽喉一般。

“游吟兄弟在哪里？”

“我不认识什么……”

他的左眉被枪柄打中，皮开肉绽，一道鲜血流进眼眶。

“阿列尔跟普克在哪里？”

男子在她手底下挣扎，她又敲了一记。

“我真的不知道！”他喊着，声音都快窒息了，“我没去过那里，真的！”

伊西丝将男子狠狠往墙面推去，斗篷也划起一阵大大的波浪。现在两人都把脸转向芙莉亚，吓得她几乎不敢再窥视那个角落，但她不得不这么做。

女密探的丝巾滑落，露出她的双唇。芙莉亚估计她大约三十五岁，一滴书妖的血在她的下巴上闪烁，宛如一颗美人痣，但她似乎丝毫不在意。

“你没去过哪里？”她恶狠狠地问。

没有回答，又敲了一记。

“他们藏在……”男子结结巴巴地说，“谁知道他们躲在什么地方，否则你们何苦到处找。”

芙莉亚心想，这种答案伊西丝应该已经听过好几十遍了，在都灵时她紧跟着游吟兄弟，看来她已经追踪他们好长一段时间了。

又一个敲击，这次更用力，男子几乎失去意识。伊西丝必须拉住他的身体，以免他倒下去。

“我知道，你们有好多人都清楚游吟兄弟躲到哪里去了，更知道你们宁可忍受各种痛楚，也不肯泄露这个秘密，”伊西丝朝他弯下腰，脸孔离他很近，芙莉亚必须竖起耳朵才听得到接下来的话，

“如果你把我的话带给他们，我就替你省掉这些痛苦，你愿意吗？”

“我有什么办法……”

她用左手大拇指和食指揪住他的鼻梁狠狠一扭，男子凄厉哀号，跪倒在地。伊西丝从上往下，用枪口指着他的脑袋，又将他的鼻梁狠狠地转了一下。

“你尽快把下面的口信带给他们，”伊西丝提高音量，好掩盖他的啜泣声，“只要他们把《地平线地图集》交给我，我就愿意帮他们的忙。记住这个不难吧？”

男子吐出一团血块，伊西丝往旁边一跨，优雅地闪避。她一定知道对方并不是故意想吐在她身上的，否则她一定会再严惩他的。早在这一幕之前，芙莉亚就难受得要命了。

“我的话你听懂了吗？”伊西丝问。

男子吃力地点点头。

“你再说一遍！”她喝令。

“只要他们把《地图集》交给你，你就愿意帮他们的忙。”

“是《地平线地图集》！”

“好好。”

她松开他的鼻梁，倒退一步，但仍然用手枪指着他的脑袋，说：“我要你立刻把口信带给他们，不是明天，不是今天晚上，是马上，懂了吗？”

“懂了。”男子呻吟着，身体向前倾，但随即用双手撑住，变成俯趴在她面前。他又吐了一口血，看来他是想清除嘴里的东西，因为他的鼻梁被打断了，已经无法用鼻孔呼吸了。

芙莉亚不再注视这幅景象，她沿着通道一路跑回马路上，在那里左转，身躯紧贴着墙，躲在遮雨篷的阴影里。不久之后伊西丝·霓莫霓思从缺口处现身，朝两边瞥了一眼，但没有发现芙莉亚，接着她便转向右边，沿着巷子大步走了。这一次，书妖们同样嘀嘀咕咕地让路给她，没有谁胆敢跟她攀谈，更没有人敢挡她的路。

芙莉亚离开那堵墙，重新回到两栋房屋之间的缺口，她犹豫着是否要去瞧瞧那名书妖的情况，毕竟他是那两名遭到通缉的恐怖分子的同党，说不定他自己也曾参与攻击行动，而像他那样的罪犯很可能会将怒气发泄在她身上。但有件事她一直记挂着：那本书对伊西丝为什么那么重要？为什么为了那本书，她甚至不惜和两名罪犯交易？如果那只是个骗人的伎俩，也未免太简陋了，游吟兄弟应该不会上当，除非他们非常确定，伊西丝 · 霓莫霓思是认真的，她肯为了《地平线地图集》付出任何代价。

尽管肚子饿得难受，芙莉亚还是走进缺口，缓缓来到转角。她先仔细倾听附近的动静，接着才小心翼翼朝建筑物转角处看过去。

男子已经离去。鲜血一路滴淌，直到死巷尽头的金属梯。芙莉亚抬头一看，恰好见到那名书妖的一条腿，接着那条腿就跨过屋顶边缘消失不见了。

芙莉亚转身跑回缺口前端，一边考虑要不要再去找居利斯，却突然发现一段距离之外，有个女书妖正伸直了手臂往自己所在的方向指指点点，指向缺口的位置。

女书妖身旁站着三名身穿黑色长外套、披着红围巾的警察。

也许女书妖只是在通报从通道传来的尖叫声，或者是其他的人和事。

芙莉亚吓得倒退，在两栋屋子之间跌跌撞撞地移动，眼角余光还瞄到三名警察开始行动，以及不知道是谁因为被人推开而发出的尖叫声。

芙莉亚只有一秒的时间评估眼前的机会。如果去马路上，逆向奔跑，那么在人群中前进的速度可能不够快。但爬上屋顶，又不知道究竟会在那里遇到什么。

于是她沿着通道撒腿狂奔，接着转了个弯。当她最后一次回头望时，只见三名警察已经奔进缺口追来，其中一人还不知在朝她喊些什么。

她朝墙面用力一跳，伸手抓住梯子。梯子上沾着血，变得滑溜溜的，但现在没空管这些了。

三名警察赶到转角时，她刚爬到二楼。

“嘿，你！”一人高声吼道，“下来！”

芙莉亚不知道他们到底是冲着自己来的，还是碰巧遇上她的。可是再一次在错误的时间来到错误的地点，这种几率究竟有多大？

她的右手滑脱了一下，又赶紧抓牢。

“给我停下来！”一名警察在比她低两层楼的位置呼喊。再往上一层就到屋顶了。

警察已经赶到墙脚了。

“马上下来！”在之后心跳不到三下的时候枪响了，子弹击中了她右侧的石块，显然只是想吓吓她。

再前进几码。

又一声枪响，又一次警告。

芙莉亚低头往下看，三名警察沿着梯子爬上来了。

只差一条手臂的距离就到达屋檐了。芙莉亚看不到再过去是什么地方，就连那里到底是平顶还是斜顶都不知道。幸好这些警察无法一边爬梯一边开枪——芙莉亚原本这么想——直到砖壁上回荡起第三声枪响，她才发现还有一名警察留在地面上。

幸好目标在望，她轻喝一声攀上墙沿，一只手肘撑在上面，半个身体翻了过去，接着……

一张少女笑意盈盈的脸出现在她眼前。

27

“看起来很难受哦。”

芙莉亚怒瞪着她，汗水流进眼里：“别挡我的路！”

少女在原地停留两三秒，一动也不动，接着才往一旁让开，朝芙莉亚伸出一只手。

“来，握好！”

“我不需要你帮忙。”

从少女脸上的表情就知道，她们彼此都很清楚，芙莉亚多么迫切地需要帮忙。

“要乱发脾气然后被那些家伙抓走，还是做唯一理性的事，随便你。”

芙莉亚咒骂一声，握住少女的手，让她拉自己上去。芙莉亚滑过一道高及臀部的围墙，来到一处平坦的地方。

底下传来吃力的嗯哼声，一名警察已经逼近了。

少女撇撇嘴，说：“在我家那里，遇到这种情况会跟对方道谢。”

“谢谢。”芙莉亚知道这声道谢听起来言不由衷。她摇摇晃晃地站起身，想弄清方向，目光却驻留在少女身上。少女丝毫不打算避开这些警察。

少女一头黑色短发紧贴在脑袋上，仿佛有人把她的头按在焦油里浸泡过。她穿着布满拉链的深色皮夹克、红白条纹紧身裤，脚下蹬着一双笨重、几乎高及小腿肚的绑带靴。芙莉亚心想，这种鞋似乎不适合在屋顶上攀爬。

“我叫凯特，”少女说，“全名是凯特琳娜。”

她依然咧着嘴笑。芙莉亚并没见过谁有这样的笑容。凯特的鼻子太大、颧骨太高，绝对称不上典型的美女，但整个人看上去就是很闪亮耀眼。芙莉亚并不觉得她是书妖，但她就像管制区里的多数人，显得有点营养不良。

凯特手臂一挥，说：“从那里走。”

芙莉亚转头回顾，见到一名警察已经在屋顶边缘后方出现了。“你！”他一见到凯特，脱口便说，“我见过你！”

“没错，”凯特冷静地说，“这就是问题所在。”

说着，她相当优雅地抬起一条腿，来一个芭蕾舞旋转动作，将裹着红白条纹裤的腿平举，笨重的靴子“碰巧”打到男子脸上。这一击之迅捷狠辣，让芙莉亚几乎难以置信。

男子下巴断裂，身体也失去重心向下飞摔。他发出凄厉的喊声，但不久就静止了。那人从三层楼高的地方摔落到地面，发出的巨大声响将栖息在邻近斜坡屋顶上的鸽子都吓得扑飞起来。接下来的几秒里一片死寂，仿佛整个管制区都屏住了气。

凯特脸上依旧笑意盈盈，说：“现在我们占优势，第二个家伙可能已经吓得屁滚尿流了。”

下方通道响起尖锐的哨声，接着一名男子仰起头来朝她们怒吼了些芙莉亚没听懂的话，不过这都不重要了，因为现在她已经背上了一名警察的人命。

“你要来吗？”

她倏地转身，发现凯特已经开始往屋顶另一侧走过去了。

“你就这么将他——”

“没错。还有，我现在超想喝杯热茶。我再问一遍：你要来吗？现在？”

芙莉亚终于又能控制自己的肢体了，当她跟过去时，感到双腿有些摇晃。起初她还有些犹豫不决，但接着速度便越来越快，最后两人几乎同时抵达屋顶尽头。

“你不是头一次做这种事？”芙莉亚嘶哑着声音问。

“没错。”

“现在他们会以为是我干的！”

凯特耸耸肩说：“总得有人扛起责任呀。”

芙莉亚正想驳斥，凯特却已经拉起她的手，带她来到斜顶下窄得令人发晕的墙沿上。

“就算没有这件事，他们也会找到别的事，”凯特说，“他们总是找得到理由，他们可是警察，是亚当学院。”最后四个字她特别强调，仿佛光是说出这四个字，就会长出脓包。

接下来几分钟里，芙莉亚就跟随她走在众多斜瓦屋顶之间的墙沿、狭窄通道等乱七八糟的路线上，她们沿着陡斜的屋脊前进，绕过一座缀着城垛的小塔。偶尔巷子里会传来哨声，但位置都不在她们正下方，而芙莉亚在鳞次栉比的屋顶上也没看到有人来追赶，倒是不时会遇见栖身在这一带小屋、棚屋或帐篷里的书妖或人类。人口过多的问题，早就迫使许多家庭在管制区屋顶上生活了。这里到处都弥漫着做菜的味道和炭炉的烟味。

跑了至少一英里路后，凯特停下脚步，确定没有人发现她们，这才指着一排烟囱——那面宽阔的墙头上竖立着六支生锈的烟囱管说："右边数第二个。"

芙莉亚看不出它们有什么差别，但凯特已经把手伸进了一支烟囱管，将一个圆形金属物朝一旁推开了一部分。从低矮的开口，芙莉亚看到内部有一道梯子通往下方。

"你先下去！"凯特命令，"快点！"

"为什么是我先下去？"

"因为只有我才知道怎么从里面把门关上，这样他们就找不到我们了。"

芙莉亚怀疑地瞥了她一眼，这才进入烟囱管——管子的宽度刚好够一人容身。她往下爬了几级阶梯来到一处没有窗户的空间，这里宽不及三码，长倒少说有十码，是那六支烟囱所在的墙头内部。

芙莉亚想起菲尼安对她说过的话：首先某人很可能会出现，那人心情比我还恶劣。别以为这是不可能的，你最好相信我——凯特要是被杰瑞迈亚这种卑鄙的家伙雇用，心情可是会跌到冰点的。

上方梯子出现了红白条纹的腿和黑靴。"闪开！"凯特松手让金属小窗锁上，接着跳了下来。芙莉亚赶紧挪一步避开，双拳握紧，紧张地等候接下来会发生的事。

凯特安然落地，转身走向位于另一端的炉子。"茶？"她问。

"你为什么帮我？"

"不然你就会遭到警察追捕。在管制区里，光是这个理由就够让你找到盟友了。"

"就这样？"

"谁知道，说不定我们会变成好朋友，这样我就不会后悔自己这么做了。所以别做傻事，否则我就会后悔，而我们两个人也都会不开心的，"她举起水壶，问，"要喝吗？"

芙莉亚摇摇头。

“坐下吧……随便找个地方坐，”凯特发现自己的窝乱成一团，忍不住扮了个鬼脸，说，“也许有点乱，你就随便把什么东西挪开吧。”

芙莉亚四处打量，但仍然时时关注着凯特的动向。这里不只乱，还脏，散发着屋子已经好几星期都没有通通风的那种气味，难闻死了，而且到处都是尚未清洗的杯盘、皱成一团的衣物和难以形容的剩饭，全都很恶心。地板上摆着一张床垫、两个豆袋和一个打开的箱子，大概是充当衣柜吧。直到芙莉亚再多瞧上一眼，才觉察到这里到底少了什么：整间屋子里无论什么地方，就连那些垃圾堆底下，都没有书。

“你是谁？”凯特忙着寻找干净杯子时，芙莉亚问。

“凯特琳娜·玛尔什，我不是说过了嘛。”

“我叫芙莉亚。你不是书妖吧？”

“而你，也不是书巫吧？”

“这么说也行。”

“了解，你还没有心灵书。”

“不过要防卫的话还是够用的。”

凯特笑了起来：“刚才你还在逃跑呢。”

“他们有三个人！还开了枪！”

“所以逃跑才是好主意。”

“你杀了那个男人！”

“没想到做比想更简单。我可是练习了好久，才能让我的腿——”

“你很清楚我的意思。”

凯特蹙起眉头，问：“你是在抱怨我救了你吗？”

芙莉亚累得没力气吵架，她恨不得坐到豆袋上。但她随即想到，一旦坐下，必要时就来不及起身了。“你有什么吃的吗？”提出这种请求委实不易，特别是在看到那些腐败的食物之后，但她实在饿得受不了了，还有，如果能喝杯茶也不错。

凯特叹了一口气，接着走向一个垂挂着帘子的架子。她拉开帘子，堆积如山的甜食立刻映入了芙莉亚的眼帘。

凯特先后把两支巧克力棒扔给她，说：“不健康，不过你需要糖分，这里还有很多，甜食是最好偷的，所以我有很多。而且，亚当学院会尽量向管制区供应足够的甜食。巧克力和烈酒，这些基本物资在一定程度上很能安抚人心。”

“谢谢，”芙莉亚饥肠辘辘，还来不及把包装纸完全剥开，就迫不及待把两支巧克力棒吃光了，“可以再给我一支吗？”

凯特再次露出灿烂的笑容，她拿出三支巧克力棒，走上前去，递给芙莉亚，说：“晚一点我们也许可以帮你弄点别的。运气好的话，通常会有香肠之类的东西。”

“既然你不是书妖，那你大可离开管制区呀。”

“接下来呢？在书城当个包书工人混饭吃？还是过桥到另一个世界去？我在那里要做什么呢？”

芙莉亚嘴里嚼着第一支巧克力棒，心里盘算了一下，接着把第二支也吃完，第三支则收进工作服的口袋里。

“我爸妈都是书巫，”凯特说，“但我没有遗传到那种能力，这种事也是有的。”

芙莉亚想到皮普，她点点头，勉强自己不去想象他现在的状况，只是这种苦心都白费了，她吃下去的巧克力酱差点儿又涌上喉头。

凯特耸耸肩说：“我对书也没什么兴趣。”

“你怎么能活在书巫庇护所，却对——”

凯特脸上闪过一抹怒意，但随即控制住了怒火。这是第一次，她的笑容显得有点勉强。她说："我感受不到。看书时我没有感觉，完全没有。我的心灵之眼看不到那些场景，听不到角色在说话，我想，我就是缺少某种基因，所以我也没有爸妈那种天赋。"

她别过身去，忙着清除紧身裤和长筒袜上的毛球；她的长筒袜也是红白条纹的。芙莉亚观察着她，但不确定该如何看待她。

"你都在做什么事？"她问，"我的意思是说，你靠什么度日？"

"我找东西，也找人，不过通常是找东西。"

芙莉亚想起自己在酒吧屋顶上觉察到的身影。有人去过那里，而那个人很可能在跟踪自己，观察自己。

"你找过我吗？"

凯特又笑了起来。"哪有。"

"菲尼安跟你谈起过我吗？"

"菲尼安？"凯特脸上起了变化，变得柔和些，甚至有点脆弱，不过只维持了短短数秒。

"你跟他说过话，"芙莉亚确定，"你知道我们见过面。"

水壶发出的汽笛声正好让凯特有机会闪到另一边去。不久她便提着水壶过来。"来，"她说，"给你。"

芙莉亚张嘴想要婉拒，最后还是接下杯子，对着热气吹了几下，接着又望向凯特。她正在冲第二杯茶。她身上穿着和她那头短发同样乌黑的皮夹克。夹克对她来说有点过大了，不过或许这正是她要的——便于夹带足够多的巧克力棒。

"菲尼安说，你在帮杰瑞迈亚做事，"芙莉亚说，"就是那个带着鸟喙书的恶心家伙。"她透过茶的热气审视凯特的反应，但凯特只是耸耸肩。

"我帮他，也帮很多别的人做事，那又怎样？"

"你帮他做什么？"

“找东西，我不是说了嘛。”

“找逃跑的鸟喙书？”

凯特端着杯子，背靠着墙，说：“通常是鸟喙书，有时也找没有偿还赌债的人。我没有对他们怎么样，我只是告诉杰瑞迈亚，在哪里可以找到那些人。”

“所以你是那种捉野狗的或是赏金猎人？”

“这两种说法听起来都很恐怖。”

“什么说法听起来比较好？”

“找东西，还有找人，”凯特啜着茶，芙莉亚却觉得茶还太烫，“有时我也会帮不敢进入管制区的书商送信。在这里不能太过挑剔。”

“你爸妈呢？他们没办法帮你吗？我是指钱的方面。”

“我跟他们已经没有联络了，”有那么一瞬间，凯特的脸孔几乎消失在氤氲水汽后方，“他们住在伦敦某个地方，至少我最后一次得知他们的消息时，他们还在那里。”

芙莉亚没有继续追问，过了一会儿，凯特又说：“发现我和他们不一样以后，他们就不太喜欢我。我并不是说，他们就随便找个弃婴箱丢弃我什么的，可是我就像是在陌生人的照顾下长大的，而他们之所以照顾我，是因为一般人都认为这是他们该做的。在那段时间里，他们老是说，如果能再有个孩子该多好。他们指的当然是书巫孩子，偏偏第二个孩子并没有出现，他们也就只好接受我，”她耸耸肩，说，“从一开始就注定不会有好结果，于是有一天我就离家出走了，先是在书城找了一份工作，后来我不干了，就待在这里替杰瑞迈亚这样的混蛋做事。”

“他也问过我，要不要帮他捉一本鸟喙书。”芙莉亚表示。

“他老是想用比我更便宜的人，你不是第一个。他是个骗子，也放高利贷，而且他简直把鸟喙书当成垃圾一样对待。不过只要见过他本人，也就不会对这些事感到惊讶了。”

“尽管这样，你还是觉得把鸟喙书送回到他那里也没关系？”

凯特脸色灰败，不过也许只是蒸汽的缘故。一阵拍击金属的声音传来，来自假烟囱管。

芙莉亚大吃一惊，凯特伸出食指按在唇上，侧耳倾听。

拍击声再次传来，这一次听起来像是莫尔斯电码。

凯特又恢复了笑容，她搁下杯子，爬上梯子。

“是菲尼安！”

28

井道上方传来挂锁“咔”的声响，接着凯特把金属门往旁边推开。

“嘿。”她说。

“嘿。”菲尼安跟她打招呼。

芙莉亚急着想寻找能充当武器的物品，以防万一菲尼安还带着其他人过来。对面炉边的抽屉里肯定有刀子，但她还没来得及过去，凯特就从梯子上跳了下来，紧接着便是菲尼安，路就这么被堵住了。

“哦，”见到芙莉亚时，菲尼安说，“城主的外甥女。”

“去你的。”

“你们给我文明一点，”凯特警告他们两人，同时朝菲尼安的方向问，“茶？”

他摇摇头：“她在这里，应该不是巧合吧？”

“不是巧合？”芙莉亚气得鼻孔冒烟，鄙夷地说，“你女朋友把我骗到这里来，你说她是通过谁才会知道，有人愿意支付赏金抓我的？”

要在这么拥挤的人群中巧遇同一个人两次，就够令人起疑了，何况现在他们已经是第三次碰面了，前后还不到二十四小时呢。

凯特笑眯眯地告诉菲尼安：“她把一名警察从屋顶上推下去了——至少理论上说是这样。”

他狐疑地瞅了凯特一眼，接着突然笑了起来，说：“我们都知道这是谁最拿手的招数，嗯？不过，她所说的赏金不是指这件事，他们是为了别的事才要找她的。”

“你做了什么？”凯特朝芙莉亚的方向质问。

菲尼安双手环抱在胸前，说：“我也问过她这个问题。据说她是城主的外甥女，可惜她的谎撒得不太高明。我倒是挺想知道，到底是什么理由让居利斯自己也这么说。”

“伊西丝·霓莫霓思，”芙莉亚迟疑了一下，说，“她来管制区了，而我绝对不能让她发现我。”

“亚当学院的密探想从你那里得到什么？”凯特怀疑地撇撇嘴，说，“何况还是密探中的第一好手？”

“我是不会告诉你的！以免你把我高价卖给她，就像你把可怜的鸟喙书奉送给那个烂——”

“可怜的鸟喙书？”凯特打断她的话，说，“你亲手抓过鸟喙书吗？它们不断地互相啃咬、捏掐、尖叫——这还是在它们心情好的时候。”

“根据菲尼安的说法，你的情况也很类似。”

凯特扬了扬眉毛，问：“是吗？”

他笑了笑。“所以呢？”他问芙莉亚。“伊西丝·霓莫霓思想从你那里得到什么？”

“她找的不是我，是一本书，《地平线地图集》。”

“那又怎样？你们书巫不是老在找书吗？我们都觉得，那是你们唯一会干的事。”

“我知道《地平线地图集》在谁手上，而我也凑巧听到她说，为了得到这本书，她愿意付出一切，甚至愿意帮游吟兄弟的忙。如果这不是骗人的伎俩，就是谋反了。”

菲尼安若有所思地咬着下唇，目光中流露出新的忧虑，而这种忧虑似乎与芙莉亚无关。

“而伊西丝知道你知道？”凯特问。

“对。”芙莉亚撒谎。

菲尼安弯下身来，在凯特耳畔低声说了些话，芙莉亚的身体重心在两只脚之间换来换去。如果她能说服他们两人别把自己交出去，那么她说不定还能在这里过夜。如今皮普的安危是支撑她没有倒下的唯一理由。

“好吧，”菲尼安与凯特交头接耳地讨论了一番，说，“这里没有人会对你不利，凯特也不会把你赶回街上。”

“可是我想知道，你到底是谁？”凯特说。

“我叫芙莉亚·萨拉曼德拉·费尔菲克斯，我爸爸是城主的生意伙伴，他把偷来的书卖给他，”但愿这段话会让他们两人误以为她显然不太懂法律，“有一次我陪爸爸穿越到意大利的一座藏书室，结果在那里遇到了伊西丝·霓莫霓思……还抢在她前头夺走了《地平线地图集》。”

“你也看到那些人了？”菲尼安眯起眼睛，问，“他们外表长什么样？”

芙莉亚心想，答案他早就知道了，这不过是另一项测试罢了。于是她说：“整座书城都挂着他们的肖像。”

“这是个诡计，”凯特说，“伊西丝想骗游吟兄弟上当。大家都知道，她追捕他们两个已经好多年了，现在怎么突然又要跟他们交易了！”有那么短短一瞬间，凯特的语气里几乎要流露出对伊西丝的崇拜了。

芙莉亚一直观察着菲尼安的反应，这时她问："这件事你早就知道了，对不对？"

他若有所思地退回梯子那里，双手已经握住横木，却在这时转头望向芙莉亚："你说，她提出这项交易时你也在场，那么她是在跟谁说话？在哪里？什么时候？"

"在我差点被警察逮到的那条小巷子里，我不知道那个地方叫什么。"

"彭布罗克大厦。"凯特说。

菲尼安点头，问："她把要给游吟兄弟的口信告诉谁了？"

"一个书妖，他的头半秃，身材跟她差不多。她把他打伤了，他流了很多的血。"

"屋顶上有血，"凯特说，"只有几滴，不过没看到他的踪影。"

"如果她想跟踪他，好找出他们躲——"

"她没有那么做，"芙莉亚打断他的话，"他爬上屋顶时，她走的是另一个方向。"

"她可能另外派人去监视他了，"菲尼安似乎欲言又止，但开口说的却只是，"我得走了。"

"等等！"凯特来到抽屉前，取出一个用脏兮兮的布包着的包裹，说，"你不就是为了这个才来的？"语气几乎带点哀伤了。

"抱歉，有时候我……"他摇摇头，收下包裹，笑着对她说，"你真的很棒，谢了。"

"不客气。"

他松开握着梯子的手，改而拉起她的一只手，在她脸颊上吻了一下。凯特当场呆住，甚至都忘了要笑。

芙莉亚已经累得快站不住了，她眯起眼睛盯着光裸的灯泡，直到双眼灼痛。

“芙莉亚？”菲尼安问。

“嗯？”

“她有没有提到，他必须在什么时候把游吟兄弟的回复带给她？还有在哪里？在哪个地方我可以找到她？”

凯特露出担忧的神情，问：“你要做什么？”

芙莉亚拼命回想他们两人在死巷里对话的内容，菲尼安则将包裹打开，里面放着一只断手，苍白的手指像蟹脚般蜷缩着，断手切口处用金属封住。芙莉亚凑上前去，见到断手的皮肤上散布着字母，那些刺青文字呈螺旋形绕着手指头分布，连指甲上都没有遗漏。

有些书巫术能将其他物品变成书，而芙莉亚听说，某些书巫会用自己的躯体做实验，看来这只手应该就属于这种书巫。

凯特应该从菲尼安的眼神里发现了一些端倪，因为她横挡在他和梯子中间，说：“你不能用这个攻击亚当学院的密探！”

“至少这是她料想不到的。”

芙莉亚想起伊西丝·霓莫霓思是如何把力量赋予垂死的父亲，让他跟自己穿越回家的。就算她现在想起伊西丝曾经提起要和那名书妖在何处见面，也不会向菲尼安透露的。她已经背负了一条人命，不希望再有人丧生了。她讨厌伊西丝·霓莫霓思，但并不希望她死：“她没有提到什么地点。”

“你确定？”

“百分之百。”

凯特充满希望地说：“事情反正跟那个女密探无关。”

“我不允许，”菲尼安说，“那个——”

“看来她背叛学院了，”凯特望着芙莉亚的眼神几乎带着恳求的意味，“事情就是这样，对不对？”

“也可以这么说，没错。”

菲尼安轻轻将凯特推开，开始往上爬，说：“无论如何，这个，再说声谢谢。”他晃了晃那只断手。

凯特仿佛用目光紧扣着他的目光，脸上的笑容也显得黯淡：“别做蠢事，好吗？”

“我答应你。”

“你每次都这么说。”

“而每次也都好好的，不是吗？”他朝她笑了笑。尽管他鼻梁歪斜，但那笑容依然让他显得帅呆了。芙莉亚心想，他应该多笑笑，而不是老是一脸严肃地看人。

老天，她真的迫切需要睡眠，只要几小时就好。如果她累垮了，就什么都无法为皮普做了。

“再见，”菲尼安向凯特道别，接着说，“你多保重，芙莉亚·萨拉曼德拉·费尔菲克斯。”烟囱管里的金属门开启又合上，凯特爬上去扣上挂锁。下来时，她不像先前那样一跃而下，而是一根横木一根横木地往下爬。忧虑使她的脸色苍白如幽灵，她把剩茶一口喝掉，一屁股坐到豆袋上，在接下来的几分钟里默默无语。

29

芙莉亚梦见了宝琳，梦中宝琳眼眶里流出黑色的墨水，哭着站在书窖前厅，而韦克福正忙着擦拭铁门，他想把门擦得晶亮，却越来越绝望，因为门上的墨渍像霉菌斑一样扩散开来。接着传来“咔”的一声，门向内开启，皮普就站在两侧满是书籍的通道上，脸上的小丑妆都花了，燃烧的折纸鸟有如一群超大火蚁，纷纷爬到皮普身上，在他发际跳动着。而书窖的屋顶上，有密密麻麻的字母簇集成云，争先恐后地从细如发丝的缝隙逃往地表。

接着铁门砰地关闭，声音之大把芙莉亚都惊醒了。但接下来不到一秒，她就发现，确实有扇门关上了——假烟囱里的门。

芙莉亚猛地跳起，准备靠双手和牙齿保护自己，结果来人却是凯特。她正在从上方出入口爬下来，背上还背着一个迷彩背包。

“是我，”凯特说，“这是我家。”

“几点了？”芙莉亚口干舌燥。她身上套着一件图案鲜艳、尺寸过大的 T 恤，黑色工作服则吊挂在炉子上方的一条晾衣绳上。

“十二点刚过不久。”

“中午？”

凯特点头，说：“大部分时间你都睡得像个死人，偶尔嘴里还念念有词。”

芙莉亚离开床垫起身。这张床垫是凯特昨晚从她自己的床垫底下抽出来的，还火速套上了床单，盖住上面明显的污渍。芙莉亚说：“我得赶快上路。”

“你要去哪里？”

“去城堡。”

“你这个样子，在这里是交不到朋友的。”

“那我也改变不了。我需要帮助，但我对居利斯的反应也许太鲁莽了。”

凯特将背包往地下一扔，里面传来了怪声，还有东西在扭动。

“就是那个吗？”芙莉亚问，“鸟喙书？”

凯特捡起背包，走到房间另一端，说：“即使是在管制区，早餐也是要花钱的，我总得赚点钱啊。”

“你是怎么捉到的？”

凯特又开始煮水准备泡茶了。她说：“准确来说，是你捉到的。”

芙莉亚双手叉腰，质问：“这是什么意思？”

“你不是赶时间吗，还不快滚，去找你那个城主舅舅还是什么的，”她用下巴朝挂在晾衣绳上的工作服点了点，说，“衣服我在储雨桶里洗过了，免得它把我这里弄得臭烘烘的。”

“告诉我，你刚才的话是什么意思？”

“在你听见我们交谈的内容后，我其实不该让你走的。”

芙莉亚走过去，用食指戳着她的胸骨，呛声说：“那你试试看啊。”

凯特想把她推开，但芙莉亚早就料到了这一招。她闪身躲避，凯特则被自己的力道带得向前踉跄了两步。她咒骂着回过身来，但芙莉亚已经一把抓起了地上的背包，动手去解开搭扣。

“别开！”凯特出声制止。

背包里挣扎得更厉害，仿佛里面装着一只猫，只不过这东西有着硬邦邦的边角。

“你怎么能跟杰瑞迈亚这种人交易呢？”

“那你跟城主呢？你还把自己的灵魂出卖给了亚当学院呢！”

“居利斯才不是——”芙莉亚来不及把话说完，因为凯特已经伸手抓向背包，想将它从芙莉亚手中夺回来。

“还给我！”

“你先告诉我，你刚才说的话是什么意思，我再还给你，”芙莉亚说，“我才没有捉什么书！我也没有把谁从梯子上推下去！你应该摸摸自己的良心，别把我拖下水。”

凯特更用力地拉扯着背包的皮带，喊道：“放手！”

芙莉亚不想放手。她觉得整件事都有点不对劲，其中少了一块，甚至好几块拼图。而在找到这些碎片之前，她无法理解凯特到底在玩什么把戏。不过答案的一部分，至少一小部分就在这个背包里。

“杰瑞迈亚是个混蛋！我不懂，你怎么会——”

“你当然不懂！你又不是这里的人！”现在，凯特迷人的笑容已经完全消失了。“你不需要每天都去想新办法来解决生活问题，而你的朋友们只会高谈什么除非大家都选择对的一方，否则道德、政治就会出问题，西方国家将会沦丧。所谓对的一方，当然就是他们，仿佛世上只有善与恶，而所有只想安静度日的人，全是他们的敌人。”凯特突然松开抓住皮带的手，芙莉亚立刻往后倒退。她双手紧抱着背包，背却狠狠撞上了炉边的抽屉柜，痛得她差点跪倒在地。说时迟那时快，凯特已经冲到了她旁边，握住炉火上蒸汽氤氲的水壶高高举起。

“我警告你，”她愠怒地说，“再不把背包交出来，我就把沸水淋到你头上！”芙莉亚挥舞着背包想击打凯特的脸，但就在这时，搭扣迸了开来，不知什么东西骨碌碌地滚了出来。在心跳漏了几拍的瞬间，这两名少女不知所措地相对而立，凯特提着老旧的水壶，芙莉亚拿着空空如也的背包，两人同时盯着地板上的红色书。那本书掉落时书封朝下，鸟喙刚好着地，但它一个弹跳，身体立刻翻正，边研究着环境，边满心期待地用书下方两个边角一晃一晃地走动。

凯特之前用胶带把这本书的鸟喙缠起来过，但它在背包里已经把大部分的胶带都扯开了，如今最后一段也被它怒吼一声挣脱了。它的脖子如望远镜般伸得长长的，嘴张得老大，粉红色的舌头都露出来了。

“夫呜呜呜呜丽咿咿啊啊啊！”它呼天抢地。过了一会儿，芙莉亚才觉察到它不是在喊痛，而是在叫她的名字。

“怎么——”芙莉亚才刚开口，凯特却砰地把水壶放回炉子上，哀号着：“哦，惨了，看你干的好事！”

那本书身体前后摇摆，接着朝芙莉亚一跃而上，趁她一个不留神，一下子就咬住她的T恤，因为嘴里塞着布料，它口齿不清地嚷着：“夫丽啊，尼夭吧偶……”

“它怎么知道我的名字？”

凯特双手一拍额头，手肘朝外撑在头旁：“我也问过自己这个问题，直到在屋顶上遇见你，我才恍然大悟。”

“偶系尼——”

“什么？”

“——西泥苏——”芙莉亚揪住那本书，将它从自己的胸口上扯下来，力量之大把借来的T恤都扯出洞来了。

“嘿！”凯特抗议。

那本书边咳边吐出一块碎布，还竖起颈子，在芙莉亚面前摆动鸟喙，那模样倒比较像没有眼睛、身体后端长成书封状的蛇。

凯特拼命咒骂，身体贴着位于房间中央的梯子，顺势往下滑。

“我是你的心灵书！”它那弯曲的鸟喙呼叫着，至少这张嘴暂时不再试图紧咬着芙莉亚不放了，“是你的心灵书啊，芙莉亚·萨拉曼德拉·费尔菲克斯！”

“你？”芙莉亚知道，自己的问题听起来不是特别聪明。

“那么难懂吗，哈？”心灵书说，“你—的—心—灵—书！”

“我不是说了吗？”凯特诉苦道，“鸟喙书啊，要不是忙着咬谁的手指，就是忙着骂人跟尖叫。”

“你都算不上真正的书。”芙莉亚说。

“你觉得我像什么？家禽吗？”

“你有……我是说，你里面有内容吗？”

“最纯正的书巫术！”鸟喙书大言不惭地说，“字字都是纯粹的力量，每个音节都回荡着智慧的声音！”

“现在把它塞进炉子里还来得及，”凯特提议，“可以用来烧水泡茶。”

心灵书在芙莉亚的手上蹦跳着，仿佛就要朝凯特扑过去。这倒也情有可原，毕竟她曾经把它的鸟喙黏起来塞进背包里，而这个背包的气味可不会比她的窝好到哪里去。

“你是怎么捉到它的？”芙莉亚问，“可别又说是我捉到的！”

凯特叹了一口气，似乎恨不得立即把这两名访客送到桥的另一端去。“它一直在找你，从杰瑞迈亚的斗书竞赛时就开始了，它一定感受到你也在场，并且‘认出’你了——你们的说法是这样吧？”

芙莉亚愣愣地点点头，她原以为自己会拥有正宗的心灵书，比如对她意义非凡的《凡塔思帝寇》，或者一本她喜欢并且会引以为傲的书。不一定非是荷马的作品，可是鸟喙书？所谓的心灵书，至少得是能真正阅读的吧？

“它先是尾随你，可是很快就跟丢了，”凯特说，“它并没有那么聪明。”

“这里臭得像羊粪蛋！”它高声嚷嚷，“我认识一本书，它的嘴巴臭烘烘的，但还是臭不过这个窝！”凯特双手握拳，说：“我发现它的时候，它一直在不断呼唤着你的名字。被它那么一叫，现在大半个管制区的人一定都知道你的尊姓大名了！”

“我是你的！”鸟喙书欢呼着，鸟喙也向前伸，在芙莉亚的脸颊上摩挲着。它的鸟喙很平滑，像经过抛光。芙莉亚往后仰着头想闪避，但又被它那种义无反顾的依恋所感动。

“后来它又发现了你的踪迹，”凯特说，“不过它还在观察你，而就在那时，我也找到它了。”“所以你拿我当诱饵？”芙莉亚差点呛到。“你让我住你家，就是为了引它过来？为了捉拿它，你设了一个陷阱？”

“是十几个陷阱，”凯特面无愧色，“昨晚我在这一带设置了这些陷阱，还放了几幅宗教圣像，鸟喙书最爱圣像了！”

“很好吃！”鸟喙书表示赞同。

“你还吃纸！”芙莉亚目瞪口呆，都忘了对凯特发脾气了，晚一点再跟她算账也不迟。

“别担心，”鸟喙书说，“我可以处理。”

“你们书巫难道不能换心灵书吗？”凯特问，“换一本好一点的？”鸟喙书朝凯特的方向叽里呱啦地骂了一堆难听的话。

凯特丝毫不受影响。“挺酷的嘛，书巫术，”她嘲讽地对芙莉亚说，“我宁可要一颗石头，也不要它。”

“一颗臭烘烘的石头！”鸟喙书呛声。

芙莉亚把手伸得离自己远远的，看着停在她手上的鸟喙书，说：“现在我好想喝茶啊。”

30

“你有书名吗？”芙莉亚问。鸟喙书的书脊上刻有几个字，但那些字母是黑的，而凯特的窝里灯光黯淡，几乎无法辨识。

“《波灵顿伯爵八世：埃布尔·亨布尔·欧克斯布里奇的生平与时代》。”鸟喙书骄傲地宣告。

“不如叫它‘波灵’*。”凯特甩着湿答答的茶包，“啪嗒”一声击中画在墙上的靶子。

芙莉亚摇摇头说：“心灵书是没有名字的。”接着她问鸟喙书：“可是你里面没有写那些东西吧？我是说那个生平事迹。”

“那只是伪装，”鸟喙书压低音量神秘兮兮地说，“非常非常巧妙的伪装。”

芙莉亚拿着鸟喙书找了个豆袋坐下，现在她又换回自己的工作服了。这件衣服虽然潮乎乎的，还带点霉味，但已经不像昨晚那样散发着汗臭和血腥味了。

---

* 原文为 Boring，意为无聊。

凯特在离她几步远的地方注视她，问："现在你有什么打算？"

"如果它真是我的心灵书，那我应该先试用看看。"

"不许在我家使用书巫术！"

"太迟了！"鸟喙书说，"我是书巫术精巧工艺极致的优秀产品，我的创造者是大名鼎鼎的格里高利·叶菲莫维奇·拉斯普京的后裔，我的纸张材料是——"

"我们来试试看吧，"凯特说，"看看我的炉子对精巧工艺有多了解。"

"凡夫俗女！"鸟喙书边破口大骂，边转向芙莉亚。正当它想用鸟喙摩挲芙莉亚的脸颊时，芙莉亚一把揪住它脖子，让鸟喙和自己保持一段距离。鸟喙书发出咕噜声，像是快被勒死了。

"老天，你可以乖乖闭嘴吗？"说着，芙莉亚将它放在膝头上。

它那长长的脖子在书上盘绕起来，只露出几个皮质圈环和鸟喙。芙莉亚仔细查看它暗红色的书封，将它稍微斜举迎着灯。书封上满是杰瑞迈亚办的那场角斗留下的裂痕，不过并没有太严重的损伤。书页金色刷边上也散布着凹痕与抓痕，但整本薄薄的书依然装帧坚固。芙莉亚把书翻开，却意外发现它的扉页是印有花卉图案的丝纸。

"很漂亮。"她笑着说。

"超级无敌顶级品！"声音听起来闷闷的，因为它的鸟喙被摊开来的书封压在了底下。

这本书不厚，芙莉亚估计还不到两百页，尺寸小到可以放进工作服口袋里。书里的拉丁字母是手工排版的，有的字母比其他的高些，有的低些。芙莉亚用拇指快速翻过一遍，尽管凯特的窝里气味杂陈，她依然闻得到装帧书籍的胶水味。

"试试嘛，"鸟喙书催她，"现在你得把我的书页之心分离开来。"

"我还没做过这种事。"

“我也还没，”鸟喙书说，“可是我们合作，一定办得到。”

“你们干脆结婚算了。”凯特嗤之以鼻。

“对啦，这种事你最清楚了。”芙莉亚回呛。

鸟喙书咯咯地轻笑起来。

“你这是什么意思？”

“菲尼安跟……”

凯特咬着下唇好一会儿。

哦哦，芙莉亚心想：“正中要害。”

“他永远不会……嗯跟我……哎呀，因为我捕猎鸟喙书啦。”

“没错！”鸟喙书高喊，“他是个毫无瑕疵的正人君子。”

“闭上你的鸟嘴！”芙莉亚警告。

凯特站在她的窝中间，那模样仿佛天花板的重量都压在她肩头上：“他把毁损的书收集起来埋葬，让它们重新长成树木。他跟你讲过吗？他痛恨杰瑞迈亚这种人，也无法理解我为什么……唉，就跟你一样，谁都无法理解。我们是朋友，但只是朋友，因为他其实瞧不起我做的事。”

“我不相信他瞧不起你！”芙莉亚反对她的说法，对爱情这码事，她的经验来自众多小说女主角的经历，这就像看了好些异国料理的食谱，却只吃过斯佩尔特小麦做成的面包。

“会，他会，我很清楚。”

鸟喙书在摊开来的书封下啄着芙莉亚的腿，催她：“书页之心！现在就开始！”

凯特再次露出笑容，她的笑靥就像一副可以随时戴上的面具。芙莉亚突然觉得，在这面具底下还隐藏着更多东西。

“好吧，”她对鸟喙书说，“我试试看。”

她先稍微翻了翻，最后随意翻到中间一页。此刻她挑选的到底是哪一页还不重要，等将来她和心灵书彼此更加了解之后，她就能感受到书页纤维里的微小细节，感受到纸质密度或是印刷油墨浓度等差异了。到那时她就会知道，哪些书页蕴含着特别强大的书巫力。不过对第一次而言，随意挑选一页来看看能否成功就够了。

她捏起那一页，掌心合拢将它夹住，接着闭上眼睛，感受皮肤上的感觉，但她太紧张了，几乎什么都感受不到，顶多就是有点麻痒，但这也可能是她自己幻想出来的。

她紧张地聚焦在她想借由心灵书的书巫力达成的目标上。她先锁定较为容易简单的小伎俩，以免一开始就过了头。

接着她两手缓缓分开，直到双掌相隔有一指宽的距离。她惊讶地发现居然一试就成功了，书页分离成前后两张，黏附在她的手掌心，中间透出亮光，金色的亮光，亮度远远超过她的预期。这股亮光从装订处散发出来，扩散到书页之心的表面，使那里呈现出另一种文字。那种语言芙莉亚未曾学过，却熟悉又精通。对一般人来说，这些文字不具任何意义，而他们也不知道该怎么念。芙莉亚飞快瞄了一眼，先是张开嘴唇默念，接着才大声朗读出来。

凯特倒退一步，背部撞到梯子。她的身躯发颤，仿佛有虫子掉在了她的胸口。

在她背后，水壶咔啦咔啦地响着，但这壶离开炉面已经有一阵子了。壶盖脱离壶身，悬浮在离壶口几指宽的位置，接着微微振动，从凯特眼前缓缓飞移，越过房间，直奔芙莉亚而去。

与此同时，还发生了一件只有芙莉亚才感受得到的事：释放出来的书巫能量只用了一部分来让壶盖滑翔，其余的则经由双手进入她体内，固定在那里。每次分离书页之心，都会蓄积书巫力，随着经验累积，即使心灵书不在身边，也能施展魔法。之前芙莉亚就能使些小伎俩，那是她与生俱来的天赋。而随着她未来分离书页之心的次数越来越多，她的力量也会逐渐增强。有朝一日，她或许能凭空开启庇护所之间的通道，甚至创造自己的心灵书——这两件事都是书巫最渴求的能力。直到今日，还没人研究过最高等级的书巫能力究竟是什么。有关书巫力，有些是已知的常识，有些还只是揣测，再深入则有如中世纪的地图边缘——空白一片。在有人能企及“书巫之母”菲德拉·赫库兰尼亚的无上威能之前，书巫术的终极发展仍然无法预见。

壶盖在心灵书的上方停住，接着更加快速地旋转，并且开始摇摆。有那么一瞬间，芙莉亚的注意力转移了，书页的两半离开她的手心，金色光芒熄灭，分离成两半的纸又融合成一张。芙莉亚懊恼极了，但她还想再试一次，依然维持着紧张状态。

“停！”她对壶盖下令。

壶盖旋转的速度慢了下来，但还是不断振动着。

凯特双手交替，沿着梯子往上爬，接着消失在烟囱里。这一切，芙莉亚并没有特别留意，她的意志如拳头般握着壶盖。她很可能比自己以为的更加强大，这种感觉真棒。很快她的能力就会大幅提升，到时候她说不定就可以——

壶盖裂成一团金属碎片，同时发出萤绿色的烟火。部分碎片划破了她的额头和脸颊，其余碎片则噼里啪啦地掉落在她的工作服和墙上。

“搞什么鬼？”鸟喙书骂道，它依旧鸟喙朝下趴在芙莉亚腿上。

血从芙莉亚额头上的伤口流淌进左眼，她焦躁地用手背抹去血迹。她终于拥有了自己的心灵书，拥有了书巫的能力，可以返回费园解救皮普了。这种不寻常的激情随着肾上腺素贯穿她全身，她觉得无论是谁，她都足以和他们抗衡。

内心深处有个声音提醒她要恢复理智，别受引诱，但她却不想倾听这个叮咛。芙莉亚将书合起，霍然起身，也不顾脸颊还在痛，双手还在淌血。“凯特！”她呼唤。“我搞得有点乱，不过没那么糟，而且……凯特？你在哪里？”

她觉得昏昏沉沉的，脑筋也许还不太清楚，大概是被她的胜利冲昏了头。然而，她不是将书页之心分离了吗？她不是运用自己的意志力让物品飘浮在空中了吗？好吧，那个物品有点，嗯，爆掉了，不过以后这种情况会改善的，况且又没有人出事。和她即将大干一场的事情相比，这点伤又算得了什么。她会救出皮普，解决掉几名骑士，说不定，没错，为什么就不能打败魅姬呢？

一阵比额头上的刺痛更强烈的痛楚钻入肩头，芙莉亚不禁尖叫起来。她踉跄了几步，这才发现自己的心灵书正在用尖喙啄着自己，但它随即用脖子磨蹭着她的脸颊，呼喊着：“你再也不许，永远不许这么放肆了，芙莉亚·萨拉曼德拉·费尔菲克斯·罗森克罗兹！永远不许再这样了！否则我们就会走向灭亡！”

“什么……”她结结巴巴地说，“我不懂……”

“没有人教过你，你的傲慢会比所有敌人更快地毁了你自己吗？老天，你还不够成熟，还无法使用像我这么优秀的书。”

入口打开的井道传来巨大的呼啸声，淹没了它最后几个字，一转眼间，凯特从假烟囱口跳进来。

“他们来了，芙莉亚！他们在找你！”

“警察吗？”

凯特脸上的表情仿佛这辈子再也笑不出来了。

“是魅姬！”她高喊，“魅姬和一大群骑士！”

31

换成几秒前，芙莉亚会带着必胜的信心冲出去和魅姬对抗，但方才那股疯狂的胆量，现在却烟消云散了，也许是鸟喙书救了她一命。

“他们离这里有多远？”芙莉亚边随凯特爬着梯子边问。

“他们是从屋顶上过来的。”

“你看到他们了吗？”

“没有，是鸽子警告我的。”

她们从狭窄的烟囱管里勉强挤出去，鸟喙书在芙莉亚的连体工作服口袋里发出咕噜咕噜声，她轻轻拍打它一下，说：“给我安静！”

凯特伸出手来，越过铺着石板的平面，指着距离这里不到三十码、位于对面的斜坡屋顶，说：“他们很快就会到达那里。”

“他们是怎么找到我的？”

凯特露出愤怒的神情，说：“我不是告诉过你了吗？你那个新朋友管不住它的大嘴巴，在管制区里到处嚷嚷你的姓名。”

"不然我要怎么找到你？"口袋里传来闷闷的声音。

"他们知道我在你家吗？"芙莉亚问。

两人眺望着对面屋顶时，凯特的眼睛眯成一条细缝，说："我只知道他们在附近找你，还有，见到我们一起行动的人够多了。换成是警察，是不会有人随便透露消息的，但来的如果是魅姬……我是不会为了别人而把手伸进火焰里的。"

"那你为什么要帮我？"

"她要的是我！"心灵书高喊，"她还肖想着她的赏金！"

十几只鸽子飞过较前方的屋顶，凯特伸开双臂，立刻有两只鸽子分别降落在手臂上，其他鸽子则来到她的脚边。其中一只移到她肩膀上，在她耳畔咕噜咕噜地叫。

鸟喙书又开始在芙莉亚的口袋里蹦蹦跳跳，还咕咕哝哝地自言自语。

"不远了，"鸽群再次起飞时凯特说，有那么一瞬间，两名少女就站在拍翅的噪声中，接着鸽群便消失在一支支烟囱管后方。"走，跟我来！"

他们跑到石板平面边缘，翻过一道高及臀部的围墙，来到介于两座陡斜屋顶间的排水管，这里聚集了苔藓和垃圾，底下的泥土又湿又滑。

在围墙的掩护下，芙莉亚目光越过围墙上方，眺望着先前那排烟囱。

"你在干什么？"凯特不满地催她，"我们得离开！"

芙莉亚甩开她的手，说："找掩护！他们来了！"

平顶的另一侧出现了三名男子，对这个地区来说，他们的仪表过度讲究，容貌过度俊美。这些人手上都拿着手杖剑，但芙莉亚知道，他们也配有射击武器。

凯特在芙莉亚身边蹲下："真是的！我们本来还来得及的，如果——"

"他们抓走了我弟弟，"说着，芙莉亚把口袋里的鸟喙书拿出来，"唯有这些人能告诉我，他现在情况如何。"

鸟喙书把脖子缩回书里，嘴巴还不忘咕哝着："逃跑才比较聪明！"

"现在已经不聪明了。"芙莉亚回呛。

凯特一把抓住芙莉亚的手臂，说："还没等你再让什么东西爆掉，我们就被他们射死了。"

"我又没打算这么做。"

三名骑士已经来到位于石板平面矗立着六支烟囱的围墙边，那后面三层楼深的地方是一条巷道。

"他们知道了，"看到他们爬上墙脚，开始搜索那些金属管，芙莉亚低声说，"有人不只向他们泄露了我们奔跑的方向。很多人知道你住哪里吗？"

"有可能，住在屋顶上的人太多了。"

芙莉亚发现，凯特用"人"来称呼书妖。在庇护所以外的地方，这是极为少见的，芙莉亚的爸爸就不会这么说。老实说，撇开他们的出身不论，管制区的男男女女和寻常人类确实难以区分。自己从小到大视为理所当然的事物突然出现了大翻转，这让芙莉亚的信念开始动摇。

"芙莉亚，"鸟喙书低声说，"别做傻事！"

骑士们逐一检查烟囱锈蚀的表面。

"他们是书巫吗？"凯特问。

"我想不是。"

"我还以为你感受得到。"

"在这种距离下不行。"昨晚睡觉前，芙莉亚向凯特提到，魅姬和她的骑士在追捕自己，而且这些骑士周围显现出了某种书巫能量形成的气场，可是这种气场和她爸爸或城主居利斯散发出来的感觉并不相同，她甚至不确定骑士究竟是人类、书妖还是某种全然不同的生物。

凯特低声咒骂："他们找到入口了。"

一名骑士将金属板推开，金属板后头便是搭着梯子的井道。即使相隔这么远，还是看得到那人皱了皱鼻子。

"他在干什么？"凯特问。

鸟喙书正想开口，鸟喙却被芙莉亚捂住了。她说："谁知道呢。"

三名男子似乎因为谁该先下去而起了争执。

凯特得意地笑说："他们怕有陷阱！"

心灵书的鸟喙在芙莉亚的指间颤动，但她不许它再出言羞辱凯特，此刻她最不需要的就是争执了。

最后有名骑士朝烟囱管里出声警告，恫吓说，现在他们要下去了，底下的人最好别轻举妄动，要是有人反抗，他们就要对小男孩采取报复行动。

那么皮普还活着。一股浓烈的幸福感油然而生，芙莉亚都不知道该如何处理这种兴奋之情了。她恨不得拥抱凯特，并且开心地将心灵书抛向空中。

"你可别这么做！"芙莉亚才放开心灵书的鸟喙，它就怒吼。

她诧异地看着它，说："你在读取我的意念！"

"不是，我只能体察你的感受，所以我是你的心灵书，而不是什么百科辞典。"

凯特那模样，仿佛恨不得把他们的嘴巴堵起来："安静！"

第一名骑士拔出手枪，爬进烟囱管。

"我们得离开这里，"凯特低声说，"鸽子说，他们还有更多人手正在赶过来。"

"我不知道，鸽子还会说话。"

“不然它们整天在干些什么？它们说有八个男人，还有魅姬。他们说不定已经在满管制区地搜寻你了。这三人不过是被派来这里的第一批，其他人很快就会到了。”

“那我们就得趁着这几人的伙伴还没到达之前，把他们解决掉。”

“他们有三个人！”

芙莉亚随意翻开鸟喙书的一页。

“别这么急！”鸟喙书说。不过说到情绪冲动这件事，他们显然是半斤八两：芙莉亚也感受到心灵书正在激动地战栗着。看来无论他们要不要，未来都得相互扶持。

“记得要防护！”鸟喙书说，“如果突然接受太多力量，它们就会控制你，让你做出自己会后悔的事！”

芙莉亚用双手夹住其中一页，集中精神将纸页分离。

烟囱管旁的两名男子正在与进入凯特窝里的第三名男子交谈，底下的骑士不知朝上面喊了些什么，上面一名男子回望向他们来时的方向。芙莉亚和他们中间隔着一道山墙，看不到魅姬和她的手下是否已经抵达。第三名男子在屋顶上张望，芙莉亚需要用双手才能将书页之心分离，因此她将翻开来的书搁在墙头上，而这么做随时可能被那名骑士发现。

她仿佛进入出神状态般念诵书页内部发光的字句，将自己的力量越过平顶，射向那些骑士。一股压力波席卷过石板平面，扬起尘埃与鸽子羽毛。其中一名男子张嘴想出声警告，但为时已晚。

这股气流以大型货车的力道撞向一整排的烟囱，前一秒那两名男子还站在烟囱管之间，下一秒就不见了。他们被一股无形的巨浪抛出屋顶，然后被屋宇之间的空隙吞噬了。

等到尘埃落定，那六支烟囱已经像飓风扫过后的树木，朝巷道的方向弯折了。凯特出声咒骂，但芙莉亚的脑海里却是狂风怒号，使她几乎听不到凯特的咒骂声。这一次释放出来的书巫力同样往两个方向分流，其中相当大的部分反击到了她的体内固定住。虽然鸟喙书已经警告过，芙莉亚还是没料到，那股窜流在她体内的能量的力道会是如此强劲。仿佛有东西在灼烧她的血管，她的体内到处都燃烧着熊熊的决心烈火。她不该就此打住，她最好立刻使第三名骑士头顶上的屋顶崩塌，让瓦片与屋梁组成的飓风在另外两人还没有摔到平地之前迎击他们。她体内的一切都在渴求胜利的喜悦，她想歼灭敌人，给其他人一个教训，要他们千万别向她，大名鼎鼎的罗森克罗兹家族的芙莉亚·萨拉曼德拉·费尔菲克斯挑衅。

凯特打了她一个耳光，但这样还不够，接着她又挥拳击打芙莉亚的腹部，丝毫不手软。芙莉亚失去和书页之心的接触，纸层再次合拢，鸟喙书也发出一声喟叹。芙莉亚怒吼一声，双手伸向凯特的方向，立刻有股新的力量流经手臂，令她指间颤动，似乎在恳求她夺取凯特的性命。既然除掉她要稳当得多，又何必只是惩罚她？

在最后一秒芙莉亚终于又控制住了自己，用一个深呼吸扑灭了内在的火焰。她向前倒下，伸出双手撑在墙头上。模模糊糊之中她还见到鸟喙书在她身体下方合拢，脖子倏地往上蹿，张开嘴来狠狠地咬了她一口，将她唤回现实世界。

“别咬了，”她声音嘶哑地制止，接着又一次，“别咬了！”

在她手底下，砖头开始出现裂痕，整栋建筑也轰隆作响，不知何处传来了惊慌的尖叫声，接着又恢复了宁静，而芙莉亚的脑海里也从惊涛骇浪转为了风平浪静，她又能清楚地听见、看见事物了。心灵书的鸟喙还蓄势以待，但已经松开了鸟喙。

“芙莉亚，”凯特声音颤抖地问，“一切都还好吧？”

芙莉亚结结巴巴地不知说了什么，也许是“没事”，也许是

"有事"，但她心想的是："刚才我差点儿把你杀死，这点绝对不好。"

凯特退开两步，似乎在考虑是否该逃命，丢下芙莉亚不管。但她依然站在原地，犹豫不决，眼神里充满了恐惧。这种反应真不像一个坦然表示自己是靠"找东西"维生的女孩会有的。

"对不起。"芙莉亚嘴上这么说着，心里却不清楚自己是在为了什么而道歉，或许是为了方才自己万一失控可能导致的后果吧。

这一次鸟喙书并没有指责她，也没有给她任何建议，这是芙莉亚第一次见到自己的心灵书保持沉默。巷道里传来了激动的话语声，芙莉亚只能祈祷摔到地面的两名骑士没有压死人。

她攀过墙头，把鸟喙书收进口袋里，手伸向凯特，想帮她越过墙头，凯特犹豫了一下才握住。

"其他人马上就会到这里了，"凯特说，"我们必须尽快离开。"

"等一下。"芙莉亚在平顶上跑向弯折的烟囱。

虽然四肢发疼，她还是爬到烟囱边的平台，朝地面瞄了一眼，看到两名骑士摔死在巷道上，几名爱凑热闹的人停下脚步，其中一名妇人朝那两具尸体俯下身去。

最后一名骑士正想爬出烟囱管时，那股撞击六支烟囱的力道将他卡在了里面，身躯随着烟囱管大幅往后仰，模样古怪极了。他也许被芙莉亚的攻击弄断了脊椎，了无生气的目光穿过烟囱管瞪着天际。

芙莉亚进入他的视线范围时，必须克制颤抖的冲动，他那快窒息的呻吟声令她难受极了。

在她耳朵听来，自己的声音仿佛不是自己的。"你们想对我做什么？"她问。

凯特也跟着爬上烟囱平台，俯视着那名痛苦不堪的男子，接着望向魅姬和骑士群即将现身的方向。

"你们想对我的家人做什么？还有，你们把我弟弟带到哪去了？"

“帮我……”男子吃力地开口。

“我弟弟在哪儿？”

“魅姬会……”还没说出口的话转成了痛苦的呻吟声。

“他会死，”凯特拉着芙莉亚的手，说，“再不走，我们也会死。”

芙莉亚甩开她的手，身体靠着烟囱口，直视着骑士的脸。他看起来不到二十五岁的样子，美得几乎分不出性别，一双钢蓝色的眼睛定定望着她。她认出他了，他就是在铁路路堤捉住皮普的人。

“告诉我，我弟弟在哪里，我就把你拉出来。”

凯特的语气转为恳求：“没时间这么做了。”

“你先走吧，”芙莉亚眼睛并没有望向凯特，只是说：“这是我个人的事。”

“他卡在我家门口！”

芙莉亚的上半身朝男子弯得更低，问：“你们把皮普带到哪儿去了？”

“哪儿都……没有……”

“他还活着吗？”说出这个问题是多么容易呀！仿佛事关一个她未曾谋面的人，而不是她最爱的弟弟。“弟弟”这两个字，有如一把毫无阻碍就刺进体内的刀子。

“活着。”他重复了一遍——或许这便是答案了。

“他好吗？”

“被囚禁……在屋子里……”

“他还在费园？”

他的眼睛淡白如瓷器，仿佛有人将玻璃珠嵌进了他的头颅。他失血的双唇吐出无声的还在。

“有多少人在看守着他？”

“她需要几个就……有几个，”那是个苦笑吗？“一直都是，她……需要几个就有几个……”

一群鸽子拍着翅膀飞越过山墙，在屋顶石板平台上降落。大约有二三十只，而且每一只都望向她所在的方向。

“芙莉亚。”除了这三个字，凯特什么都没说，不过也已经不需要了。

“帮帮我……”男子呻吟着。

“魅姬想从我这里得到什么？她说是七芒星的书，可是是哪一本？”

“那……本。”

“书名叫什么？”

有那么一刹那，他的目光似乎聚焦在她的脸上：“你……答应……救我出去……”

“先说书名！”

鸽群再次飞起，这波晦暗的巨浪使她们两人上方的天空瞬间暗了几秒，而凯特也从烟囱平台纵身跳到了屋顶上。

“芙莉亚！马上走！”

骑士的两条手臂紧紧贴着身体，芙莉亚百分之百确定，只要办得到，他一定会将她拉住的。“求求你……”她想起宝琳和韦克福陈尸厨房的景象，想起这个男子捉住皮普时，皮普脸上恐惧的神情。

“你答应过……”男子哑着嗓子说。

“我骗你的。”说完，她就转过身去，纵身一跳和凯特会合。自己居然还能行动，这简直是个奇迹，因为感觉上，她体内的一切似乎都冻僵了。

“快！”凯特展开行动，再次奔向通道。

芙莉亚还迟疑了一下。她回过头去再看了一眼，从她的位置只能隐约看到男子因痛苦而扭曲的脸孔。答应过，这三个字在她脑海里回荡着。

她大口吸气，试图摆脱自己良心的谴责，接着便追随凯特离去。在她们头顶上空，鸽群围绕成圈，拍翅声震耳欲聋。凯特扭过头来呼喊了些什么，却被鸽群的拍翅声淹没了。

两人来到之前她们躲的那道墙后方，凯特怕爬墙浪费时间，就在她准备一跃而上时，传来了一声枪响。芙莉亚等待着痛楚来临，等待背部挨上一枪，但这些情况都没出现，而凯特虽然错过了起跳时机，差点撞上墙，差点跌倒，却也在最后一秒站稳了脚步。

芙莉亚缓缓转过身来。

屋顶上，五名骑士飞奔而来，两名佩带着手枪，其他三人的手杖剑也已然出鞘。芙莉亚不确定他们是否已经知道同伴出事了，还有，除了无条件崇拜着的女主人，这些人的脑袋里是否还有空间装纳复仇的愿望？

魅姬是最后一个在屋顶正脊后方现身的，她的身体仿佛垂直上升，双脚并没有碰触到屋瓦。直到她升到最高点，在屋顶这一侧站定，才如履平地地走下斜顶。魅姬一身黑衣搭配超短裙，外罩长及地面的连帽斗篷，兜帽上镶有皮草。她右手拿着一本镶银边的小书，食指夹在书页间，仿佛刚才还在看书。

凯特从后方抓住芙莉亚的手，将她拉过墙头。

魅姬的声音年轻又悦耳，她不必大声朝她们喊话，每一字每一句芙莉亚都听得一清二楚，仿佛她的声音不是经由空气，而是经由书巫术传播的。

“芙莉亚·罗森克罗兹，你再跑，你弟弟就得死！”

来到石板平面时，魅姬停下脚步，原本在她上空的鸽群立刻四散逃窜。

“还有，我向你保证：把刀刺进他心脏的人，会是你自己。”

32

“她在骗你！”凯特再次拉住芙莉亚。“别听她的！”

这一次芙莉亚没有反抗，乖乖跟着她顺着排水槽奔跑，一路上还得留意湿滑的青苔，以免失去平衡。

“你这个蠢女孩！”魅姬的声音好近，宛如发自芙莉亚脑中。“你以为你逃得了吗？”

“别回头！”凯特大声警告，她深谙追捕技巧。“绝对别回头看！这样只会耽搁时间。”

芙莉亚差点儿就要回头了，幸好此刻她们已经抵达了通道尽头，凯特拉着她拐了个弯，下方深处立刻出现一座窄小的后院，幸好外墙上有一道狭长、外凸的墙沿。

“走那里！”凯特指示。

也许趁魅姬出现在视线范围内之前，还来得及逃往另一边。凯特在前，芙莉亚紧随在后爬行着。

芙莉亚不久还通过过这十码的距离，但根本搞不清楚自己是怎么办到的。最后，凯特把一手伸向芙莉亚，拉着她安稳通过。

她们背后出现了两名骑士，正沿着外墙凸出的部分赶上来。凯特将芙莉亚推到一旁，同时捡起一块砖，用力抛了出去。芙莉亚看不到她是否击中了目标，但一声尖叫响起，接着则是一声重击。

“第二个人要怎么处理？”芙莉亚问。

“没时间了。其他人可能正在寻找其他路径，想逼我们就范。”

两人继续奔跑，手脚并用地爬上了一座斜坡屋顶，越过屋脊后再往下爬，最后来到了一个类似露台的地方。露台的晾衣绳吊挂着湿答答的衣物，一扇窗口传来低低的小提琴声。

滑步前进的脚步声在她们后方逐渐逼近，芙莉亚和凯特在晾晒的衣物和床单间不断变换着方向奔跑。这座湿冷布料组成的迷宫不但无法掩护她们，反而还阻挡了去路。

“把书给我，所有问题就都解决了。”声音发自芙莉亚耳畔，仿佛魅姬就在某张床单后面。

“那个支架！”凯特指着对面屋墙上，一个由桩子、板子和磨损麻绳组成的架子，说，“跳过去！”

“它会垮掉的！”这其实是她最不需要担心的。底下巷道宽不过三步，芙莉亚却觉得自己绝对跳不过去。客观来看，这段距离并不远，只是高度让她有了错觉，觉得两边的差距大了好几倍。

“跳呀！”凯特喝令，随即跑到位于露台边缘的金属网笼边。直到这时，芙莉亚才发现里面关着一群鸽子。

“这是信鸽吗？”

“不是，是这里的人捉来吃的。”凯特用脚把挂锁踢坏，打开笼门，高呼：“大家出来！快！”

直到这时，芙莉亚口袋里的心灵书才又开口：“她这么做，是想安抚自己的良心。因为她把我们这些鸟喙书交给杰瑞迈亚那种人，所以她才会释放鸽子，也因为这样，鸽子才成了她的朋友。”

“闭嘴！”凯特说。但从她的表情来看，鸟喙书说的话正中红心。

露台另一头传来了湿床单唰唰的声响，骑士们已经赶到了晾衣绳那里。

“快跳啊！”凯特朝芙莉亚大吼。见她还在犹豫，凯特毅然决然地爬上烟囱边的平台，纵身一跃，跳到对面去了。凯特降落到支架上时，发出了令人毛骨悚然的声音。有那么一瞬间，听起来仿佛不只这些板子，而是半个城区都会跟着崩塌。她置身在一阵尘云中，空气里弥漫着潮湿木料的气味与铁锈味。桩柱嘎嘎作响，不知哪里的一条紧绷的麻绳发出甩鞭般的声音，但幸好支架并未倒下。

“你也办得到！”凯特隔着巷道为芙莉亚加油。

芙莉亚觉察到骑士就在背后，她注视着下方的深渊，接着——纵身一跳。

这一跳的力道过大，先是“砰”地撞上支架，接着撞上支架后头的碎石墙，最后又被自己的力道弹回。就在她快要倒退着从这座木板吊桥边缘摔落时，凯特及时地拉回了她。

“快，继续！”凯特冲向支架边缘的梯子，芙莉亚也用颤抖的膝盖和双手跟着凯特往下爬。爬了三层楼，来到铺着鹅卵石的路面时，芙莉亚回头看到屋顶边缘有好几名骑士探头出来，但又倏地缩回去，大概是想找其他办法赶到一楼吧。这栋房子的某个门被踹开，接着传来了杂乱的脚步声。

芙莉亚正想看向凯特，狭窄的天空被一个剪影遮蔽了：魅姬垂直升上屋顶边缘，在空中悬浮了一阵子，仿佛两边的屋顶之间有座玻璃桥，而她正站在桥上。她手上拿着翻开来的心灵书，嘴里诵念着书中文字，书页之心的光芒照在她的脸庞上，发出鬼魅一般的红光。

凯特拉着芙莉亚的手，说：“别停下！”

两人再次奔跑，穿过一扇拱门来到一座庭院，接着冲进了一条巷道。这里形形色色的书妖走动着，包括非人的族类。芙莉亚见到一头身穿制服、直立行走的熊，一个身形矮小、双脚毛茸茸的男人，街道上的脏污尘泥不时从他趾间冒出来。

最后她们在巷道尽头拐了个弯，这时芙莉亚才发现，她们已经来到管制区外缘了。离城门只有一步之遥，身穿红黑制服的守卫正在查核通行的书妖。

两人逐渐接近城门，这时凯特匆匆问她："你有什么东西可以证明身份吗？"她们大步前进，但不再奔跑，以免引起他人注意。

芙莉亚在口袋里摸索书城书签，由于工作服被凯特泡过水，所以放在衣服里的书签变得又皱又湿："你呢？"

"他们认识我。"

"这是好事还是坏事？"

即将抵达城门时，芙莉亚张望了一下。这条宽阔的巷道里没出现任何一名骑士，也没见到魅姬的踪影。核查她们身份的守卫朝凯特点点头，但在检视被水泡软的书签时，却扬了扬一边的眉毛，看不惯地说："小女孩，你应该好好爱护这个。"他告诫芙莉亚，"新的必须先申请，而且可能要等上好几个星期才能拿到。"

"别烦她。"凯特说。

"而你呢，别老爱说大话，否则就有你好看的，凯特琳娜。"守卫绷着脸瞪了瞪她，但随即挥手放行，转而检查队伍中的下一个人。

离开管制区数步后，芙莉亚说："没想到这么简单。"

"杰瑞迈亚给这些人钱，让我随时都能通行无阻。帮他做事总得享有一点优惠。"

芙莉亚的心灵书在口袋里挣扎，她隔着一层布料捂住它的嘴。

"快点！"等到离城门够远，凯特立刻又奔跑起来。"我们还没摆脱掉他们。”

芙莉亚转过头去，看见三名骑士来到检查站，但守卫显然因为他们那俊美无瑕的外表而把他们当成了书妖，要他们出示证件才肯放行。接着魅姬便出现在这群男人之间，她手一挥，什么话也没说就让守卫撤退，也让芙莉亚幸灾乐祸的心情瞬间消失。让这些守卫屈从于她的意志，大概耗费不了她千分之一秒的意念吧。

“真讨厌，”凯特咒骂，“我恨死你们这些书巫了！”

“我才不会干这种事。”芙莉亚说。

但她其实也试过对韦克福，甚至桑德兰用这一招。在没有心灵书的情况下，她施展的意志力只能使家里的管家稍微迟疑一下，对桑德兰则是丝毫不管用。爸爸告诉过她，每个书巫都受过这种诱惑，毕竟施展能力是件很诱人的事。道德源自教育，违反道德却是一种本能。

来到下一个岔路时，凯特手往右指，脚步也加快。为了赶上她的步伐，芙莉亚感到有点吃力。她气喘吁吁，还得忍受肌肉痉挛、腰肋刺痛，同时无法判断和魅姬交易是不是明智之举。但是只要能救皮普一命，不管要用世上哪本书交换，她都愿意，不过她也无法相信问题就这样解决了。她不相信魅姬的任务只是拿到那本书，只要魅姬的目标尚未达成，她就会让皮普活着。

“你想去哪里？”芙莉亚问。

“马上就会知道了。”

她们通过位于两家旧书店之间的拱门，穿过一座院子和一道大门，门后一条宽阔的阶梯通往书城的地下世界。底下传来输送带的噪声，成千上万个箱子就是靠它们运送到书城各地的。这些书任谁都看不完，但许多书巫的主要目的在于拥有而非阅读，他们那狂热的收藏癖可谓永无止境。

凯特先走下阶梯，芙莉亚尾随在后。齿轮和输送带的噪声震耳欲聋，许多男男女女几乎没有交谈，他们全都在忙着把沉重的箱子从这条输送带搬运到另一条去。

芙莉亚两人穿过这座大厅，避开那些高声喊叫的工头，经由狭窄的消防梯爬上去，重见天日。

“这么走比起走那些巷道，至少省了一英里路。”两人气喘吁吁地来到户外，进入一座内院时，凯特这么说道。

她领着芙莉亚经过一扇门，来到一条无人街道，沿途的橱窗内摆满了书籍。

“我们已经甩开他们了吗？”芙莉亚连呼吸都觉得痛，仿佛把玻璃碎片吸进了气管里。

“有可能甩开骑士了，”凯特无力地耸耸肩，说，“至于魅姬？据说她一发现猎物的踪迹，就再也不会放手。”

“我们现在需要的，”芙莉亚答，“是恰当的乐观。”

街道尽头耸立着一座丘陵，那是这一带唯一的高地，玻璃温室就位于完全没被开垦过的草坡上，反射着午后晦暗的阳光。

“你要去那里？”

凯特点头：“菲尼安可以帮助我们离开这里。”

“他哪会——”

“需要一点劝说技巧。来吧！”

橱窗后是一片由书籍封面构成的书海，两人映照在橱窗上的身影一闪即逝。她们将这一带的屋宇抛在背后，爬上草坡。玻璃温室有好几条小径通往书城纷杂的巷道系统，温室内，玻璃片上覆盖着厚厚水汽，却到处都不见人影。

路径尽头便是芙莉亚昨天离开玻璃温室时所走的后门。今日再来，令她有种不祥的预感，但此刻除了信任凯特，她也别无选择了。

就在她们即将抵达后门时，突然有一片阴影从背后笼罩过来。

芙莉亚霍然转身，一只手也缓缓伸进放着鸟喙书的口袋。

魅姬的身躯笔直地升上山丘，几乎要赶上她们了。在距离她们不到十码远时，她轻盈地以脚尖着地，兜帽上的皮草镶边有如一头死兽躺在她肩上。她一手拿着合拢的银色心灵书，另一只手从黑色兜帽里取出一块皱成一团的布，扔在芙莉亚脚前——那是皮普的睡衣，淡蓝色的布料。

接着她只说了一个字："书。"

"你对皮普做了什么？"

"我的手下正在陪着他，我命令他们暂时不可以伤他一根寒毛。不过这一次事情必须做个了结，不能再逃了。难道你连一丝丝面对的傲气都没有吗，小罗森克罗兹？"

"我连你要的是哪本书都不知道！"

"哦，拜托，别装天真好吗。"

"他们说是七芒星的书，可是到底是哪一本？在我们家，他的书有好几十本。"

魅姬狂笑，好像被逗乐了。"绝对不是你在铁路路堤上用来打发我的那本三流盗匪小说。你知道的，芙莉亚，在内心深处你是知道真相的。"

芙莉亚的心灵书似乎在她指间发热，它又把脖子盘成几圈，鸟喙则像个古怪的饰品般从书封里探出来。在她们背后，玻璃温室的门突然开启。

"菲尼安！"凯特惊呼，"小心！"

"趴下！"他大喊。芙莉亚还不清楚究竟发生了什么事，凯特已经冲了过来，将她拉倒。

震耳欲聋的枪声从翠绿的山坡上往下扩散，撞到房屋之后又投射回来。芙莉亚的头顶上方有东西呼啸而过，但由于凯特半趴卧在她身上，第一时间她看不到菲尼安是否击中了目标。

魅姬发出怒吼，从所在的位置回旋着升腾，身体也被血滴构成的螺旋包围。她悬浮在一人高的位置，将心灵书翻开，立刻有好几页同时竖起，接着自动分离。

当锯齿状的裂隙宛如一道黑色闪电沿着山坡蜿蜒而上时，芙莉亚脚下的土地也开始震动。这道闪电来自魅姬下方，射向菲尼安，差点就击中了芙莉亚和凯特。

菲尼安朝一旁闪躲，接着宛如慢动作般，他腾跃在门前崩裂出的深隙上方，但随即在距离裂隙一个手掌宽的地方硬生生地撞上了地面，接着急忙翻滚开，而那道裂隙则笔直射入温室，仿佛地板是蜡做的似的，石地板一分为二，撼动着温室基座，数十片玻璃碎裂，锋利如刀的玻璃碎片如雨般散落，一些玻璃片也喷溅到了菲尼安身上，但芙莉亚看不到他有没有受伤，或者伤得有多重。有些小碎片也和她们擦身而过，所幸几乎没有造成什么伤害。

菲尼安挣扎着想起身，魅姬的动作却比他更快。她穿着黑衣，所以看不出菲尼安射中了哪里，她那长长的斗篷在背后随着不知从何而来的风舞动着。她的手不经意地一挥，便发出一股压力波，将菲尼安从地上拖起，像个玩偶般掷向温室的钢栅。菲尼安惊叫一声，从锯齿状的玻璃边缘飞穿出去，一条腿撞上金属框，跌落在茂密的书签带树林里。凯特绝望地喊着他的名字，却得不到任何回应。

"现在轮到你了。"说着，魅姬又降回地面，大步走向芙莉亚。

后方六七名骑士匆匆爬上山坡，每人手上的剑都已出鞘。很快，这些骑士就会赶上主人了。

温室里人声鼎沸，有人在呼唤帮手，或许是某个被刚才那阵玻璃碎片风暴伤到的园丁，其他人似乎在忙着寻找菲尼安。

"走开！"芙莉亚赶紧推开凯特，并朝魅姬喊，"我可以把书给你，你别找他们麻烦。"

“现在才想合作，也未免太晚了，你的朋友已经对我开枪了。”她边走边低头检视身上，但看不出她是否感到疼痛。

现在芙莉亚和她还相隔五码，凯特挣扎着起身，有那么一瞬间茫然地站着。

“快跑！”芙莉亚说，“去照顾菲尼安。”

但凯特却朝她伸出手，想拉她起来，然而这是个错误，魅姬拿着银色书比画了一下，立刻有只无形的手如狂风般将凯特卷起，朝着温室扔过去。凯特从芙莉亚头上凌空飞过。当她从地上爬起身时，在相隔不远的地方，裂隙开始慢慢合拢，玻璃碎片也咔咔作响。

“芙莉亚。”有个声音喃喃呼唤。芙莉亚从眼角余光瞥见鸟喙书在草地上竖立起来。它的情况也很凄惨，但并不打算屈服。芙莉亚心想：“我这小而勇敢的心灵书呀。”她挣扎着爬起来。

“好吧，”她们两人相对而立时，魅姬说，“我们应该和平地讨论一下。七芒星的书在哪儿？”芙莉亚拍了拍工作服上的一个口袋，那里装着她此刻唯一带在身上的书，方方的形状清晰可见。“在这里，”她说，“可是我怎么知道你会不会真的释放我弟弟？”

“你只能相信我。”

“是啊，也只好这样了。”

“我相信你——即便你还杀了我好几名手下，”魅姬的眼里射出寒光，说，“杀人，芙莉亚。头几次的感觉很奇特，是不是？”

芙莉亚忍不住打了个冷战，但她试着不让魅姬觉察。

“拜托，”魅姬说，“把书给我。”

从她背后赶过来的骑士距离更近了，再有二十码，领先的几个人就赶到了。

芙莉亚朝四周看了看，凯特趴在地上，试图站起身来。她为了菲尼安的安危而心烦意乱，毕竟她爱慕的对象正躺在温室下层的某处，很可能已经粉身碎骨或是被爆裂的玻璃片切割成块了。凯特双唇开启又闭上，像是在无声诵念着他的名字。

芙莉亚将右手伸进裤袋，手指颤抖着将塞弗林的书掏了出来。这本书的褐色书封上没有任何装饰，只有书脊上有人手写上了她的名字，但这是魅姬看不到的。

“这就是你在找的书吗？”

女杀手伸出手来，说：“我看看里面的内容。”

芙莉亚把书递过去，魅姬正想拿时，背后传来了惨叫声，她转过身之前，又有人发出了哀号。

骑士爬上山坡的行动受阻，两名男子瘫倒在地，做出想将勒住颈脖的无形之手掰开的模样。

“这究竟……”魅姬开口，却来不及把话说完。

一道火焰墙在骑士后方冲天而起，发出磷白色的火光，接着合成一条火柱，像龙卷风般旋转，焰火朝四面八方迸射。

“不！”魅姬叫喊。

这座火焰塔开始移动，怒吼着袭向她的手下。

33

那两名拼命喘气的骑士最先陷入火海，瞬间便熊熊燃烧，成了两支不明白究竟发生什么事、胡乱蹦跳的火把。其余四名手下吓得倒退，但其中两人依然被火柱扫到，成了黄白色的信号灯。他们身上的光线如此明亮，看得人眼睛都发疼了。

魅姬发出怒吼，她先瞥了一眼，确定攻击不是来自芙莉亚，身体才离地升起。

芙莉亚还够冷静，没忘记将塞弗林的书放回裤袋，接着她朝鸟喙书弯下腰，抓住它的脖子从地上拎起，鸟喙书也紧紧咬住芙莉亚的衣袖，确保他们再也不会分离。

“芙莉亚，快点！”凯特在她背后呼唤，“这里！”

芙莉亚却停在原地不动。

在这团火焰柱里出现了一个身影，正在追杀来不及逃命的骑士。她和魅姬同样高高悬浮在地面上，像个站在讲道坛上朗读书本的人，全然无视周围熊熊燃烧的炼狱之火。

仅存的两名骑士也无法幸免，一触碰到火柱便先后燃烧起来。

阵阵热气蹿上山坡，灼痛了芙莉亚的脸庞和双手。魅姬垂直地悬立在空中，手掌夹住闭合的心灵书，斗篷从她的肩头飘落地面，垂在芙莉亚面前，但一股热浪随即把斗篷卷上了山。

魅姬本人仍悬浮在火柱和火柱中心的身影前，双手拢着心灵书，与此同时，芙莉亚也发现她在做什么了。她分离的不是一张书页之心，也不是之前的三张，而是将所有的书页之心同时分离开来。这种行为非常耗费心力，会使大多数的书巫当场丧命，但魅姬飘在空中毫无晃动。当她的心灵书开始在胸前发光，她也胜券在握地朗声大笑。

书页分离的光芒射来，一瞬间将魅姬包裹其中，接着光芒脱离她，形成了一道笔直的光，冲向火柱。

火柱里的身影张开双臂，准备迎击，直直地将闪光放电的爆炸又甩了回去，但火柱的焰火也立刻缩小，熄灭，里面的女子变得清晰可见。

“芙莉亚！”凯特再次呼唤，“该走了！”

芙莉亚却目瞪口呆地望着一身白衣的伊西丝 · 霓莫霓思跪倒在草地上的身影。就在伊西丝摸索着拾起心灵书，想翻开之际，魅姬再次发动攻击，这一次用的是那些熊熊燃烧的骑士身躯。

六具烈焰熊熊的身躯有如玩偶般起身，摇摇晃晃地朝着伊西丝前进。魅姬赐予他们的生命，只是在延长他们的痛苦。六名骑士惨叫不断，但他们不得不听命，宛如六只焰火渐熄却死不了的蠕虫，逐渐朝敌人逼近。

第一名骑士到来时，伊西丝才刚刚起身。烈焰中，他的四肢如柴火般焦黑，不成人形。他怒吼着伸出双臂，烈火即将蔓延到她身上。千钧一发之际，她及时闪开，翻开书，将书页之心分离。她只是低声念诵，但芙莉亚却似乎见到有物体在她唇前逐渐成形，那是一片有如第二层肌肤般套住攻击者的烟雾，不久他便倒下了。

接着烟雾飘向其他骑士，很快这六名骑士悉数躺卧在地，任凭白炽火舌吞噬，而伊西丝也因耗尽心力而跪倒在地，但她仍然奋力扬起头，举起书，迎向魅姬。

从一开始，魅姬就无意靠她那些烈火焚身的手下打败对手，他们只是用来转移伊西丝注意力的工具，而她自己则趁机酝酿着强度远超前一次的攻击。这次她下手毫不留情，在浓烟烈火中，芙莉亚看不到是什么东西击中了女密探，但这次不只是一阵压力波，而是整座丘陵都震动起来，某种无形物质冲向伊西丝，有如一群水牛般冲撞践踏着她。山脚下最前方的屋宇，玻璃陆续破裂，有道墙往内凹陷，仿佛遭到了巨人的重重踩踏。

凯特突然呼唤着菲尼安的名字，芙莉亚转头看向温室，看到菲尼安出现在门口，双脚大开，站在裂隙已经合拢的地面上。他一手撑着门框，否则就站不住，但他还是挥了挥手，说了些话，只是芙莉亚听不清楚。

芙莉亚回头望向伊西丝，她正挣扎着起身，尽管身体虚弱，却没有被打倒。接着她发出一声长啸，一连串生硬音节如子弹般纷纷射向魅姬，魅姬在空中失去重心，跌落地面，但身体立刻弹起，重新站定。芙莉亚丝毫没有多想，尽管凯特招呼她快过去，但她还是蹲了下去，把鸟喙书翻开，搁在膝头上。

“准备好了吗？”她问。

“还没，”鸟喙书说，“不过开始吧！”

这一次她比较清楚该怎么做了，她已经逐渐培养出感觉了。她的技巧一点也不完美娴熟，但她已经能分离书页之心，释放出文字的力量，并且不会遭书巫术反噬了。她依然不时受到书巫术的诱惑，高估自己的实力，但之前在屋顶上差点为她带来灾难的那丝狂妄，这次并未出现。

芙莉亚射出的压力波冲击魅姬背部时，魅姬正准备再朝伊西丝丢出咒语。一身黑衣的她发出怒吼，身体失去平衡，朝伊西丝冲过去，连手上的心灵书也掉落在地。她急忙向前跨出一大步，好不容易才用这个弓箭步让自己免于摔跤。她怒气冲天地转过头来，美丽的脸庞都扭曲了，目光如电，射向芙莉亚。

“你！”她的朱唇无声地开启。

伊西丝挣扎着起身，但她已经耗尽了力气，立刻又蹲跪在地，然而她依然将书页之心分离开来，趁着对手还在应付芙莉亚时，将心灵书的力量射向对手。

一团蓝光跳动着飞向魅姬，放着电的光球裹住了她的头颅。魅姬发出令人毛骨悚然的惨叫，想像拨开蜘蛛网般将光球拨开，结果却让焰火烧上了手臂，迅速曼延到上半身。

伊西丝整个人瘫倒，身体一动也不动，魅姬却身体一弹，尖叫着向上旋转升腾。那团蓝白色烽火在空中悬浮了一会儿，随即飞快地飙下山，如流星般冲向两栋建筑之间的空隙。几秒钟后，一整区的房屋全都沐浴在了闪亮光芒中，接着魅姬便不知去向了。

“她还会回来的。”伊西丝说，微弱的呻吟几乎被燃烧骑士的噼啪声所掩盖。

“芙莉亚！”温室门口，凯特在菲尼安身旁，搀扶着他，用空出来的手对着芙莉亚打着手势。

芙莉亚却奔向伊西丝，试图扶她起身。

“你在干什么？”鸟喙书骂她。

“她救了我一命，我不能扔下她在这边等魅姬回来。”某种预感在警告她，魅姬很快就会回来，说不定快得让她来不及带着伊西丝逃离此地，但她不得不冒险一试。

“你弟弟怎么办？”鸟喙书问。

它为什么偏偏要在这个时候提醒她呢，难道这不正是她时时刻刻念念不忘的吗？“她不会让他走的，也不会让我们走的。”

“你确定吗？”

“我确定。”

也许她的心灵书已经隐约觉察到她在撒谎，但这一次它却没有要求她给出答案，反正她也得将它放回口袋里，好协助伊西丝起身。

“来吧，”她告诉伊西丝，“我们必须离开这里！”

伊西丝虚弱地点点头，什么话都没说。她没有流血，甚至也不是特别脏，但似乎无力跨步。

好不容易她们才走完前往温室的最后一段路，凯特和菲尼安目不转睛地望着她们。玻璃碎片在她们脚下咔嚓作响，而从书城的街巷迷宫中，不知何处传来了一声警报，不久之后又陆续响起了几声。

“这是怎么了？”菲尼安质问。他左腿受伤了，但这阻止不了他充满恨意地瞪着伊西丝。

芙莉亚当作没看到他的反应，她望着凯特，说：“你说过，有条路可以逃命。”

“她不能去。”菲尼安说。

“她救了凯特和我的性命！”芙莉亚严厉地说。

“没错。”凯特也帮腔。芙莉亚隐约回想起她们谈到伊西丝·霓莫霓思时，凯特的语气带着钦佩之情。也许面对偶像就像面对你所爱的人，是难以选择要站在哪一边的。

“我们绝不能带她去，”菲尼安坚持。芙莉亚真想对他咆哮，只是眼下并没时间这么做，魅姬随时会再回来，但菲尼安已经先发制人：“不爽的话，你大可留在这里。”

凯特的语气几乎是在恳求了：“菲尼安，如果没有她，我们早就死了……”

“如果带她走，我们所有人都会死，因为别人很可能会因为这个杀了我们，而且不问理由，不听那些感人的故事。”

芙莉亚受够了，她还清楚记得自己在那些屋顶上对凯特说过的话，不过现在是非常时期。

“你会帮我们的，”她用坚定的语气对菲尼安说，“帮助我们三人。”

“我——”

“所有反对的理由你都会忘得一干二净，你一定会带我们去，”她心想，无论要去的地方在哪里——“你会把我们都带到安全的地方。”

菲尼安嘴巴张开又合拢，他惊讶地看着她，似乎突然不知该说什么才好。

“嘿！”凯特责备她，“你怎么可以——”

“我们需要他帮忙，不是吗？”

“可是他本来就在帮我们呀！”

“但不包括她。”被她搀扶着的伊西丝变得越来越沉重，芙莉亚回头看向山脚下，但骑士尸体上冒起的烟气形成了一道烟墙，透过那道烟墙只能隐约看到屋舍轮廓和一列跳动的点，那是冲上山来援救温室园丁的人，还有魅姬，她也在温室外的某处，芙莉亚感受得到她的存在，那感受强烈得就像呛鼻的焦臭味。

“她快到了！”她催促凯特，“菲尼安得马上带我们离开这里。”

凯特还想说什么，菲尼安却先开口了。“我带你们走。”他嘶哑着嗓子低声说。

“那就走吧！”

凯特讶异地望着芙莉亚，此刻她目光中显露出些许的彷徨，甚至是敬畏之情。

“跟我来。”菲尼安说。他想挣脱凯特的拥抱，但脚下一个踉跄，差点把两人都扯倒在地。

“你这混蛋！”凯特先是怒叱芙莉亚，接着协助菲尼安转身带领她们进入温室。

烟雾后方有一些身影在移动，是这里的园丁和助手在搜寻伤者。

芙莉亚望向伊西丝，想向她求助，但她眼神迷茫，即将失去意识。这样也许更好，芙莉亚其实并不想征求她的同意，毕竟她的动机令人看不透，而且她也可能像亚当学院一样想欺骗大家。

从笼罩着山坡的烟墙中隐约出现了一股狂风般的气旋，芙莉亚感应到魅姬正在朝他们而来，这种感觉越来越强烈了。

芙莉亚用手臂夹着伊西丝，一跛一跛地跟着凯特与菲尼安，四人只能用凄惨来形容。他们逐渐远离玻璃碎片，沿着一条穿过林木的小径深入温室。枝丫上的书签带转成水平，指向他们所在的方向。

纷杂的话语声从四面八方传来，但随着菲尼安一路走来，却没有遇到任何人，最后他们来到隐藏在枝丫深垂的树墙后方的一道阶梯。

“你下去过吗？”芙莉亚朝凯特所在的方向问。

凯特没转身，只答：“下去过。”

台阶相当宽，可容数人并肩行走。芙莉亚拼命想赶上他们，因为她不知道自己对菲尼安的操控还能维持多久。这股力量来自她攻击魅姬时窜流到她体内的能量，但可能撑不了多久就会耗尽，接下来她就需要用到心灵书了。

他们来到一处拱顶地窖，前方墙面上设了一道钢门。现在菲尼安能稍稍自行站立了，他从裤袋里摸出钥匙，插进锁孔，迟疑片刻——他觉察到心中涌起抗拒的意念——但最后还是转动起钥匙。接着某种机械装置响起和费园地下书窖相同的嗡嗡声，接着铁门插销弹了开来。

背后的话语声越来越响亮，好几名男子已经抵达阶梯了。除此之外，是否还有另一个人在？是否有个女性的低语在芙莉亚脑海中响起？

芙莉亚确认没有人尾随他们进入，但她的手也抓得更牢，以免扶不住伊西丝的身躯。眼看凯特与菲尼安已经跨进开启的钢门，进入门内那一片黑暗之中，芙莉亚赶紧跟上。

“把门关上！”凯特回过头说。

芙莉亚遵从她的指令。她原以为这里会和书窖一样弥漫着霉腐味，没想到完全不是这么回事，她花了点时间才辨识出，这里散发的是苔藓与潮湿的树皮味。

菲尼安将天花板上昏暗的小灯打开，他们又置身在有屋顶的空间里了。这里宽不到十步，没有出口，没有通往地表的窗口，是个完美的陷阱。

“菲尼安……”芙莉亚刚一开口，就觉察到自己对他的意念控制并没有中断，他不可能设计害她。暂时还不可能。

菲尼安走向对面岩墙，从地上捡起一颗拳头大小的卵石，卵石上被不知哪个爱耍宝的人画了一张咧着嘴笑的脸。他用那颗卵石敲了岩面三下，接着依照某种节奏重复了几遍，看似随意，但说不定是特别练习过的。几秒钟后，岩墙后方便传来回复，有人在响应这里的讯号。

伊西丝在芙莉亚的肩膀上发出微弱呻吟，睫毛也翕动着。

“后退！”菲尼安喝令，“大家都后退！”

下一刻，石墙崩散，扬起一片尘雾，青灰色天光从两列粗壮的树干间洒落下来。

在他们背后，有人用力敲击着钢门。

这一行四人拼尽最后一丝力气，通过两处庇护所的边界，进入了死书林。

34

穿过尘雾，他们来到柔软的森林地面上，阵阵雾气从后方吹拂过来。就在芙莉亚四处张望时，有如白墙般的水汽也正好消散，显露出前方更多的树影，几秒钟前他们还置身其中的拱顶地窖此刻已经看不到了，身旁是茂密的森林与一道光线，仿如置身于水族箱中。

芙莉亚小心翼翼地在布满节瘤的树根间放下伊西丝，这里散发着森林土壤、树脂与芬芳菌菇的迷人香气。费园的小公园里，有些地方的气味和此地类似，但都不如这里浓烈。

芙莉亚让伊西丝背部倚靠着树干，她的头垂落到了胸口，额上青筋毕露，似乎在她心中，战斗仍在持续进行。

有人正在给步枪上膛。

芙莉亚一跃而起，同时取出口袋里的鸟喙书。

接着她一转身，眼前出现了一个身材极高大的男人，他比菲尼安还要高出两个头，肩宽也是菲尼安的两倍。此人留着浓密的灰白络腮胡，身上的皮质工作服粗略补缀过，看起来像是从某部淘金热的小说里沦落到人间的，此后再也没有换过衣服。他那支对准芙莉亚的步枪也符合这种推论，因为枪支不仅年代久远，还布满凹痕。

“走开！”他喝令。他的口音浓重，几乎难以理解，但见到他不耐地用枪支比画，芙莉亚很快就看懂他的意思了，但她依旧站在原地不动。

这名书妖的小说背景或许在地球另一端，但他不但马上认出了伊西丝·霓莫霓思，而且显然不是亚当学院或密探的朋友。

“别动她！”芙莉亚说，“她非常虚弱，伤不了任何人。”

她恳求地望了菲尼安一眼，却发现自己已经失去了对他的操控。他一副怒火高涨的样子，芙莉亚对他的惧怕还胜过眼前持枪的陌生人。所幸最后菲尼安还是转向那名男子，用外语说了些什么，接着两人开始激烈交谈。过了好一会儿，那个书妖才边碎碎念边放下武器，用手臂朝树林更深处一指，并对菲尼安说了些什么。菲尼安不情愿地点点头。男子则是鄙夷地哼了一声，踏着高度堪比一个小孩的靴子，迈开笨重的步伐往他自己指示的方向走去。芙莉亚的目光一路紧随着他，直到他的身影在树丛后方消失，这才转向菲尼安。

“谢谢。”她说。

菲尼安火速走向她，用力抓着她的肩膀，气得声音都嘶哑了：“你对我……你……我……”

“我控制了你的意志，”她拨开他抓住自己肩膀的双手，“我本来不需要这么做，是你逼我的。”

“逼？”他简直无言以对。

“我们不能丢下她不管，多亏了她，凯特和我才能活下来！”

“别把我牵扯进去！”凯特在一条粗大的树根上坐下，两肘搁在膝上，双手托腮，说，“我又没有求你的朋友帮我们。”

“她才不是我朋友！”

“那好，”菲尼安说，“那么我们也许至少能让你活着离开这里。”

乍看之下，他们似乎置身于一座古老密林，就像科茨沃尔德背风处山谷里的树林。这里的地面崎岖不平，许多树木生长在洼地、丘陵或岩台上，长得最奇特的是斑驳的树皮与树根。当芙莉亚俯身查看时，她发现树上遍布着字母。随着树木成长，字母也跟着扭曲变形，犹如文在身上的恋人姓名缩写，伸展成奇形怪状的波浪纹，却依然能辨识出这些都是整页整页成行的印刷文字，只是不像贴在公告柱子上的广告纸张，而是长在这些参天巨木的表层。

“这些从前都是书？”芙莉亚问，并且试图辨识出一些文字。

菲尼安没吭声，不过也没必要。

凯特从树根上起身，走到伊西丝身边蹲下，伸出一只手摸了摸她额头，说：“她在发冷。”

“但愿在霍米尔回来之前，她就死了。”菲尼安说。

芙莉亚将鸟喙书放在地板上，用指尖碰了碰长了字母的树皮，说：“所以这人不只外表像个巨怪，名字也像巨怪。他是哪国人？挪威？瑞典？”

“他出自瑞典作家林格伦笔下。”

“在我的记忆中，她笔下的角色应该比较友善。”

“他曾经当过强盗，现在负责看守这门。也许看起来不是那么回事，但刚才他其实已经相当友善了。这道门只能从这一边打开，而霍米尔是名守卫，他有权利射杀伊西丝和任何帮她的人。现在他去征询新的指令。他不算特别聪明，但百分之百可靠。我已经答应他了，在他回来之前，我们都会待在这里。”

“你会说瑞典话？”芙莉亚问。

“只会说一点，因为我从来没有把整本书看完过，只在埋入林子之前看过残存的部分。”他似乎认为自己这番话挺合逻辑的。

下层林木间，有东西一闪而逝，芙莉亚还来不及辨认那是什么，它就失去踪影了：“生活在这里的动物跟平常树林里的一样吗？”

“这里就是平常的树林，”菲尼安澄清，“在这处庇护所里绝对是这样的。”

凯特说：“所有生活在这里的动物，都是从外面带进来的。庇护所刚创造出来时都是空荡荡的，有人来到这里，才开始放养野猪、兔子和其他牲畜。”

“刚才那一只看起来更大。”

“那也不是什么动物，”说着，菲尼安爬上一块巨大的冰川漂砾，朝霍米尔走去的方向眺望，说，“那是个卡利斯特。”

芙莉亚疑惑地瞥了凯特一眼，但凯特只是耸耸肩。“我只来过一次，那一次是……嗯，算是碰巧，当时菲尼安有点，”她笑了起来，“有点醉了。”

“而且因为这样惹来了一堆麻烦。”他郁闷地补上一句。

尽管芙莉亚生他的气，不爽他蛮横的恫吓和故弄玄虚的态度，但他并不像个坏蛋，他的本性不像他的行为那么粗鲁，甚至还挺聪明的。只是，对凯特，他为何表现得如此拒人于千里之外？难道他只是因为她捕猎鸟喙书，就无法承认自己喜欢她？

“那个——卡利斯特，是什么？”

“白天它们看来几乎跟人类没什么两样，但日落后就会变成树木，长出树根，留在原地不动直到黎明。它们非常胆小，很少暴露行踪，以免有人尾随，等到夜间再砍伐它们。在黑暗中它们毫无防护，而且有些地方的人为了取得卡利斯特木，愿意付出大笔金钱。”

鸟喙书从书封里伸出脖子，说："把所有的事情都告诉她，否则我就自己说！"

芙莉亚和凯特又对望了一眼。菲尼安叹了一口气，在石头上盘腿坐下，他的腿应该已经没有之前那么疼痛了："它们都曾是心灵书，遭到毁损之后，我们就将它们的遗骸葬在这座树林里，就像埋葬其他书籍那样。只是心灵书下葬后不会长成树，而是成为非树非人的族类，成为介于两者间的生物。白天它们拥有男男女女的形体，容貌则类似它们从前的主人。"

"可是，心灵书不就是一般的书？"凯特问，又瞥了鸟喙书一眼，说，"当然这位是异数。"

菲尼安摇摇头说："曾经找到自己的主人，和他们有过联结的书，在主人死后，依然还是心灵书。对其他人来说，它们也许跟一般书没什么两样，但它们其实已经发生了变化，而阅读这些书的人，处处都看得到原来主人的灵魂。"

"它们会改写自己的内容？"芙莉亚诧异地问，这种事她还是头一次听到。

"不是，"鸟喙书插嘴说，"我们没办法。但打一开始，主人的特质就已经植入了我们身上，因为这样我们才能找到你们。也因此，有些人虽然知道书中描述的不是他们，而是跟他们很类似的人，却还是会从中读到自己的影子。"

"那么，心灵书到底变成了什么样的生物呢？"芙莉亚问。

"皮肤上布满字母，"鸟喙书说，"就跟这里所有的树木一样。它们是可怜的生物，不断寻觅着自己过去的存在。既疑惑又恐惧，不懂如今自己究竟变成了什么。因为一旦被人埋葬了，它们大多会丧失记忆。"说到这里，鸟喙书的语气里混杂着沮丧与愤慨，"终结在这片树林里，是非常可怕的命运，你们千万别被这里祥和的景象骗了。"它一副想发动攻击的模样，把脖子往菲尼安的位置伸着，说，“或者被他骗了。”

“葬书本来就是我们的任务，”他反驳说，“只要我们持续这么做，亚当学院就不会干涉我们在这里的生活，没有警察，没有近卫军，也几乎没有任何监控。”

凯特恍然大悟。“等等……你是说，虽然你知道那些心灵书还活着，或者会重生，却还是将它们埋了？”她的脸涨得通红。“结果你还有脸因为我猎捕鸟喙书而严厉批评我？”

心灵书靠向芙莉亚，说：“这座树林里的掘墓人全是坏蛋。”它压低声量，“没一个例外。”

“我不会让他们伤害你的。”芙莉亚安慰它。

“切！这个坏女孩巴不得为了赏金卖掉我！那一个也等不及要活埋我！”

“我会照顾你的，好吗？你和我，从现在起我们永远在一起。”

心灵书的鸟喙一边发出一声微弱又开心的呼叫，一边还摩挲着芙莉亚的脚。一阵暖意涌上芙莉亚心头，她将它从地上拾起，双手捧着放在腿上。

菲尼安支支吾吾，凯特却丝毫不肯放过他：“一直以来你都在责备我，结果你自己却在做这种事！你根本没比我好到哪里去，菲尼安，一点也没有！”

菲尼安避开她的目光。“这里没有谁比谁好或者坏，”他低声说，“除了她以外。”他指向一动也不动的伊西丝。

凯特倏地起身，双手叉腰，怒气冲冲地说：“今天她救了我们一命，这没什么好指责的吧？”

菲尼安发现，不管说什么理由都没有用——凯特气坏了——于是他便朝树林里瞧了瞧，似乎在寻找什么，接着说：“我还是过去看看霍米尔到底在哪里吧。”

凯特愤愤地瞪着他，说：“难道他自己找不到路吗？”

菲尼安从石头上滑下来，呻吟了一声回到地面，转向芙莉亚说："留在这里，还有……最好什么都别做。如果你们听到了敲击声，就是从这里传过来的。"他用手掌敲了敲那块岩石，说："这表示有书城的人想要进来，你们别理会。只要没人从这边帮他们开门，他们就进不来，就算进得来，也很麻烦，需要时间。"

芙莉亚觉察到自己深深地被这个地方吸引了。一座由书构成的森林！两天前她根本不知道世上还有这样的地方。

"我很快就回来。"看得出菲尼安非常庆幸能借机避开和凯特的争执。他一跛一跛地上路了。

"有时候我真是恨死他了。"凯特喃喃说。

芙莉亚取笑她："总是这样的呀。"

"什么样？"

"你知道的。"

"呸。"凯特目送着他的背影。

"快跟上呀，"芙莉亚说，"这是好机会，让你可以好好处理'他瞧不起我'这个心结。"

"嗯。真的吗？"

芙莉亚点头。

"我不在，你可以吗？"

芙莉亚瞅了一眼，说："看起来她还没办法那么快就对谁不利，不是吗？"

凯特弯下身来拥抱芙莉亚："谢谢。"说完，她便跑向菲尼安去找霍米尔的路上。

"坏蛋，"鸟喙书痛骂，"全都是坏蛋！"

35

凯特还清楚地记得她第一次来死书林时的情景。当天夜里，菲尼安和几名同在温室工作的园丁，包括刚瓦·欧连德在内，跑到了管制区的一间酒吧鬼混，直到夜深了才独自在她位于烟囱下方的住处现身，说要给她一个惊喜。当时他已经醉了，但神志还清醒。

那是她唯一一次见到他那副模样，他心情郁闷但又情绪激昂，甚至脆弱易受伤害，仿佛在那几个小时里，他卸下了平时用来保护自己的感情防护罩。事后回想，正是那一夜，她开始不只把他当成好朋友而已，但直到今天她才了解，原来他当时只是需要一个能和他共享这个秘密的人。

当天夜里，他带她前往温室，跨越两个庇护所的边界。当时也是霍米尔在另一头看守，这个爱碎碎念的大块头碰上什么事都宁可挥动手上的枪支，因为跟人谈话并不是他的强项。

菲尼安带着她来到丘陵上一棵长满节瘤的弯曲橡树下，那是死书林里最老的树木之一。树皮上布满了今天已经无人使用的古老文字，四周围绕的是细长桦木与欧洲白蜡树，是一座在月光下闪耀着银光的稀疏小树林。

菲尼安和凯特都是攀爬好手——生活在管制区内多人栖身的屋顶区，这几乎是必要的技能。两人爬上橡树，在一根粗枝上坐下。菲尼安提起，之前他曾独自来过这里，并且见到了一桩事，他一定要她也亲眼看看。说完，他背倚着树干，很快就睡着了。凯特微笑着拉起他的一只手，心想自己来这里到底是干什么的？她越过周围的树梢远眺前方，万万没想到，原来在每个庇护所上方都是同一片星空，就好似所有的庇护所都是比邻而立，但这片树林明明位于庇护所更深处，与一般世界少有往来。据说，唯有力量强大的书巫才能开通深层庇护所的大门，可是多数人认为那不过是传言而已。

凯特坐在那里，体会着握着菲尼安手的感觉。她心想，这里何其美妙！和书城的管制区相比，这里又何其宁静祥和！但她不曾想过要留在这里，她情愿活在管制区，她爱那里的喧闹嘈杂，爱书妖们的故事。而死书林完全相反，这里寂静、孤单，但她也好奇菲尼安是不是就是因为这个才经常往返于两处。他总是寻寻觅觅，对这两个世界都没有归属感，而且，尽管他表现得像是很有决断力，实际上却在害怕做决定。

想到这里，她同时兴起希望与绝望之情：就算他真的对她有感情，恐怕也不会承认。他就是这种人，总是无法决定要这个还是那个，到最后只好逃避。

那天夜里，橡树梢上还发生了其他事情。当星光逐渐黯淡，天际出现红紫色朝霞时，桦木与欧洲白蜡树也活了起来。尽管凯特什么都感觉不到，但似乎有阵风在吹拂着它们的枝丫，树枝飒飒作响，晃动得越来越剧烈，仿佛想把什么东西甩掉。熹微晨光下，树冠蜷缩起来，和树干融而为一，当第一道阳光照射向这座丘陵时，这些树便幻化成了人形，变成了披着白桦树皮、身材纤细的男男女女。

一转眼，他们就消失不见了。当菲尼安在凯特身边醒来时，只剩下那棵橡树兀自矗立在丘陵上，周围只剩一圈翻掘出来的土壤。

之后他便带她离开树林，并且向她致谢，但没有给她任何解释。告别时他拥抱了她，仅此而已。她只能怀着一股失落返家，觉得自己令他失望了，却不明白其中缘由——直到今日，也许算是知道了。当时菲尼安应该才刚刚搞懂，他葬在树林里的心灵书身上发生了什么，这个发现令他惊慌，他非得找个人说说不可，而他挑中的便是凯特。如今回想，她终于了解，他对自己的信任，就是她这辈子得到的最大的礼物。

"菲尼安！"她呼唤他，看见他在树丛里，就在前方一百多码外。他虽然伤了一条腿，但熟悉这里的一草一木，因此行进速度比她还快。

"菲尼安，拜托等等我！"

他回头望了一眼，接着又走了两步，这才停下，转身走向她。而她也踩着沉重的步伐迎向他。她脚下笨重的鞋子、裹着破烂横条纹紧身裤的一双长腿，外加一头散乱的黑发，这模样似乎让他感到困惑。要是她的脸跟双手一样脏，那她此刻铁定像是个刚刚挖过散兵坑的士兵。

尽管菲尼安的眼神中闪过了一丝困惑，但他这次并没有回避她的目光。

"你听我说，"他说，"抱歉，如果——"

凯特不让他把话说完。此刻她挺立在他面前，比他矮了一颗头，像个孩童般弱小，但满腔的怒火令她觉得自己至少比他高大一倍。"这几年来你一直让我感到良心不安，因为我拿杰瑞迈亚这种人的钱！”她斥责他，“而且你说的有道理，只是没想到你一方面责备我，另一方面自己却在这座树林里……我不知道……埋葬根本没有……没有……”其实重要的不是他们两个人谁做了什么，唯一重要的是，他们没做或是没有说出口的事。

“你不了解。”这种话只会把情况搞得更糟。

“我不了解？”她的音量低得令人不安。“你脑筋还正常吗？这有什么不能了解的？你虽然非常清楚，心灵书会变成这种……生灵……树……或是什么鬼东西，像幽灵似的在林中徘徊，甚至被我们这种最失败的人吓得躲起来，却还是将它们埋了起来！可是你却一直在责备我，说我捕捉鸟喙书？说到底，我们做的有什么差别？”

菲尼安倚靠着布满扭曲变形的十四行诗的树干，说：“我当时带你来看这个，就是因为……”

“我连自己看到的是什么都不知道！我没有勇气说出来，别人告诉我之后，我就心乱如麻，而且羞愧万分。但是在那之前我一无所知。”

“可是你还是继续这么做！”

他点头，说：“这就是代价。”

“什么代价？让你随时可以逃到这里？你到底在逃避什么，还是在逃避谁？逃避这个世界，还是你自己，或是我？”

“不是这样的。”他答。而凯特心想，难道他什么都感受不到吗？难道他觉得她那么蠢或那么讨人厌，因此从没想过她不只是个爱穿红白横纹裤、爱说大话的女性朋友？

“那你就解释给我听，”她说，“就是现在，不要等以后。”

“这座树林可能是所有庇护所之中最安全的地点，亚当学院对我们在这里做什么毫无兴趣，他们认为我们是一群想把书再变成树的疯子，好像这个世上的树木还不够用来印制新书似的。而蕴含其中的精神层面，他们不是看不见，便是觉得无所谓。起初所有的书巫都是藏书家，而直到现在，书巫往往还是藏书家，但他们根本不在乎遭到毁损或破坏的书有什么下场。在他们心中，这种书已经没有价值了。”

精神层面？她气死了，他休想用这种话来敷衍她。

菲尼安又继续往下说：“他们瞧不起我们，维持这种情况是非常重要的。在亚当学院眼中，生活在这座林子里的人只是在做自己的工作，对外界既不干涉也没兴趣。他们把我们当成没脑子的梦想家，对我们来说，这就是最好的结果。”

凯特朝他跨近半步，她自己也不太了解为何想离他这么近。既然她这么生他的气，不是该离他远一点吗？“而卡利斯特的悲惨命运，就是让你们在这里不受干扰的代价？”

“没错。”

“你难道不觉得这样太……自私了？”

他又在苦苦搜寻恰当的字眼：“事情并非你想的那样，这一切都有更加长远、更重要的考虑，比起——”

“到底是怎么回事，菲尼安？还有，我们为什么要为这种事争吵，我们其实……”她停顿了一下，被自己坦白的冲动吓到了。

他似乎没有注意听：“这件事不能让其他人知道，尤其是那个女密探，她不可以更深入树林一步，否则不只是她，连你们都会被杀死。”

“谁会杀我们？还有，为什么？菲尼安？”

她以为他会扔下自己走掉，但他并没有这么做，这一次他又再次做出激怒她，因而使他们两人的感情无法开花结果的事：他开始反击。

“我知道，你把伊西丝 · 霓莫霓思当成榜样，”他说，“她捕猎书妖，而你捕猎……各种东西。她可能是那方面最厉害的，我也能理解，你——”

凯特甩了他一个很响亮的耳光，力气之大，连她自己都被吓到了，而且她十分难受，甚至事后比当下更难受。她很想对他咆哮，却呛到了，好不容易缓过来，怒气竟然散了。霎时间，她心底与周围的一切都安静了下来，连树丛上的鸟儿似乎也在等待，这对冤家接下来会发生什么事？

菲尼安只是凝视着她。他和她同样讶异，但不像她意料中的那么愤怒，反而将她拉过去，亲吻她的嘴唇。

那是短暂的一吻，几乎一闪即逝，但她却感受到了某种令她的世界天翻地覆的力量。

再度开口时，他压低音量，仿佛这里的树偷偷长了耳朵：“我知道，你不会告诉任何人的。”

是指他吻她这件事吗？她昏昏沉沉地想。

他放开她的上臂，拉起她的手。这种感觉和她的预期不同，要强烈多了。

“我会让你知道，什么事才是重要的，”他指着霍米尔踩踏出来的深入林中的小径，说，“但有件事你必须清楚：一旦跨出这一步，就没有退路了。你就跟我们一样，跟我一样了。”

她突然了解，这里究竟是怎么回事了。如果她在自己混乱情丝的困局中还能抽离开来想一想，她应该更早就会发现的。

她心想：“跟你一样。”接着她大声说出：

“我想跟你一样。”

36

伊西丝睁开双眼时，芙莉亚正在帮她擦拭额头上的冷汗。她的睫毛先翕动了数秒，视线才逐渐清晰。她默默注视着芙莉亚，接着仰望树梢，一只手伸向枪套，但枪已经不在了，一定是在与魅姬战斗时遗失了。

“别慌。”芙莉亚说。她自己都不清楚，这到底是在安抚还是恫吓，但这话听在自己耳中，显得疲惫异常。

“这是什么地方？”伊西丝的声音嘶哑，仿佛吸进了太多浓烟。

“死书林，”芙莉亚说，“也就是——”

“我知道死书林是哪里。我怎么会到这里？”

芙莉亚觉得这种尖锐的语气令人不快，于是决定先不回答。她站起身来寻找凯特与菲尼安的去向，他们已经离开好久了，而早在他们的——嗯，什么呢？俘虏吗？——总之，在这个女人还没清醒时，芙莉亚就已经开始担心他们了。

“听着，”伊西丝的口气，倒像芙莉亚还有其他选择似的，“我们绝对不能留在这里！这个地方目前看起来安全，其实不然。”

“这里是一座树林，”芙莉亚说，“而且相当阴暗，看起来一点也不安全。还有，请相信我，如果能不来这里，我是绝对不会来的。”她吸了一口气，接着补上一句，“或者要是我爸爸还活着，我也不会来。假如你没有出现在那座图书馆，害得他——”

“你父亲死了？”

芙莉亚点头。

“那么，”伊西丝轻声说，“现在不知道他到底在哪里了。”

有那么一瞬间芙莉亚愣愣地望着她，不确定是该追问她的意思，还是直接痛斥她一顿。最后她说：“我还以为，你是密探，不是牧师。”

“他生前是书巫，而且能力不弱。”

“所以，要不是你，他也不会死。”

“那是一场意外，这一点你很清楚。我并不是为了你们才去都灵的，他的死也不是我的错。”

芙莉亚在她身旁蹲下。伊西丝的白色紧身胸衣上沾着血迹，但也许不是她本人的。

“你，”芙莉亚连珠炮地说，“把守卫引到我们那里，那些人的目标本来不是我爸爸，他死于一颗不是针对他而是针对你的子弹！”

“凡是闯进藏书室的人，守卫都会朝他们开枪的。他们不知道我是谁，很可能也不知道你们是谁。也许我们都只是在错误的时间出现在了错误的地点。现在我们应该团结一致，这样才能互相帮忙。”

这和芙莉亚对菲尼安施展的手段是不是一样的？只不过更加强大，或是更加精妙？

“少来！”她猛然起身，脚下一个不稳，跌跌撞撞倒退了三步。“这一招对我不管用。”

伊西丝笑了笑，似乎在说：“没错，小女孩。而且你越是觉得有把握，我就越容易把意念灌输到你的脑海里！”芙莉亚咒骂着从地上捡起一根沉重的树枝，说：“我宁可你失去意识，也许我该……”话还没说完，她突然想到一个问题。

芙莉亚尚未开口，伊西丝就举起双手投降：“我发誓，不会再耍花招了，只要你老老实实的，我也就老老实实的。”

“你怎么知道我们在温室？你不是碰巧在对的时刻现身吧？”

“你是指，救了你们的性命？”

“我什么都不欠你。要不是我带你离开那里，就会有人在草丛里发现陷入昏迷的你，而那个人说不定就是魅姬。”

伊西丝笑了笑：“或者是书城的正派市民，他们是不会伤学院密探一根寒毛的。”

“管制区的人瞧见你那个模样，巴不得往你身上涂焦油，拔了你的毛。”

“有可能，”她耸肩耸得太快了点，“到现在为止，我已经有两次让你逃过更悲惨的遭遇。先是在都灵，后来在丘陵上。就算你救我一命——而且这一点几乎可以排除——那么我还是多救了一次。不过，这么一笔一笔算好像有点幼稚，不是吗？”

“你到底是怎么知道的？”芙莉亚又问了一遍。她不会任人挑衅，也绝不会自愿放低身段。

“你的朋友，那个年轻园丁……他以为自己很聪明，可惜他还差得远，不过他动作倒是很快，没花多少时间，就找到了我派去见游吟兄弟的那个白痴……别那样看我，我早就知道你知道这件事。警察在同一条巷子里搜寻你，那应该不是巧合吧？你什么都听到了。”

芙莉亚迟疑地点了点头。

“那么你就知道我的目的了。”

“那本地图集。”

“没错，就是《地平线地图集》。不过，我想先回答你的问题，好让你了解，再继续和那个少年来往，你就是踩在薄冰上，”伊西丝发出一声呻吟，撑着树根缓缓起身，颤颤巍巍地站起来，她继续往下说，但由于太吃力，声音比先前更加嘶哑，“他立刻用尽所有方法找出和我在彭布罗克大厦说过话的人是谁。这件事他做得挺好的，蠢的是，他从我这里得到情报，而我同样也从他那里得到了情报，于是我决定别让他太麻烦，不如我自己去见他。”

“你打算像对付巷子里的可怜虫那样，对他用刑？”

伊西丝嘴角扯动了一下，但就连这个动作似乎都很吃力：“我认为没这个必要，我想，游吟兄弟会透过他把口信传给我。”

“透过菲尼安？”

“你很惊讶吗？”

心里这么想是一回事，但从亚当学院的密探口中获得证实又是一回事：“既然你认为他也是恐怖分子，为什么要从魅姬手中救他一命？”

“我那是想除掉魅姬。你不觉得，这是两回事吗？”

“你的目标只是她？”

“我们彼此看不顺眼，”要不是她的声音微微颤抖，或许这句话听起来就会像她想表现的那么铿锵有力了，“另外，我觉得，帮交易对象一个忙，也挺合理的。”

“所以你就帮了我们？”

“一举数得。”

芙莉亚摇摇头，身体靠在石头上。伊西丝的动机不需向芙莉亚多作说明，但芙莉亚还很想知道一件事：“《地平线地图集》有什么特别的？”

“我想要这本书，这个理由还不够吗？看来这部书世上就只剩这么一本了，至少在其他地方我都找不到第二本。”

“结果却被普克和阿列尔从你眼前抢走了。”

“所以我想和他们两个交易。”

“那是本什么样的书？”

“一本地图集，里面画的不是边界，而是一条条的地平线，还有地平线后方的土地，这是一本隐藏国度的地图集。在这些地图上，可以找到其他地方都没有收录的地点。”

“比如所有的庇护所。”

“包括这些，但不只这些。”

芙莉亚双手环抱在胸前，说：“寻找这本地图集的下落只是第一步，对不对？你真正要找的其实是别的。”

伊西丝把后脑勺往树干上一靠，闭上双眼，说：“这不关你的事。”

“等候的时候，我们总得谈点什么。”

伊西丝的双唇之间吐出一声喟叹，接着她说：“你听过一个位于昼夜边界的地方吗？”

“你是指，像月球？那个明亮的部分结束，暗影起始的地方？”

“如果从月球看地球，就会看到在地球上也有同样的边界。从那么遥远的距离看过来，这条边界就显得极为清晰，但在地球上，这条界线却有好几英里宽。而且，这个区带是逐渐从明亮转向黑暗的，因此并没有所谓跨一步就是白日，另一边就是黑夜的线。”

芙莉亚点点头，说：“就算有这么一条线，它的位置也会不断变动，因为地球会自转。”

“但据说确实存在一座恰好位于昼夜边界的城市。”

“听起来像是童话故事。”芙莉亚心想，就像是七芒星会写的故事。

伊西丝耸耸肩，只是这个动作显得非常吃力，似乎耗尽了她最后一丝力气。“不过，也许我可以在那本地图集里找到那座城市。”

"你为什么要找那座城市？"

"那里是我的出生地，关于我的身世，那就是我所知道的一切了。"

芙莉亚仔细打量着伊西丝。她几乎挺不直身子，全靠树根支撑着。"你爸妈呢？"伊西丝·霓莫霓思摇摇头。

"那你怎么知道——"

"听我养父说的，我年纪还小时，他告诉我的。"

"你为什么不问他？"

"我们已经好久不说话了。"

"可是这样不是比较简单吗？比起——"

"不是的。相信我，那样并不会更简单。"

芙莉亚咬着下唇。直到横亘两人之间的静默持续太久时，伊西丝才指着芙莉亚背后的巨石，说："这里应该就是出入口。"

芙莉亚急忙挪开靠在石头上的身体，仿佛它会出其不意地蒸发，而由此形成的真空会将她吸回书城去。

"这里不安全。"伊西丝警告。

"菲尼安说，如果不是从这里开启，就没有人能踏进这座树林。"

"在这座林子里随便哪个地方，魅姬都能创造出一处门户。不过，如果她想把骑士也带进来，就需要比较坚固的通道，"她头朝那块石头点点头，说，"好比用那个东西。"

"她很快就会来这里吗？"

伊西丝似乎想回答，却突然力气尽失，左腿发软跪倒下去。这下芙莉亚确定，紧身胸衣上的暗红污渍扩大了，看来那的确是伊西丝的血迹，而且她的伤比外表看起来的要严重多了。

芙莉亚朝她跨上两大步，却来不及扶住她，只能避免她的后脑勺撞上一条坚硬如石的树根。

“书巫术也无法治疗你的伤吗？”

“书巫术能治你父亲的伤吗？”伊西丝的脸色煞白如纸，她说，“我需要的是休息，但不是在这里……”她双唇轻启，却连一个音节都发不出来。

芙莉亚让伊西丝把头部轻靠在揉皱成团的斗篷上，边考虑是否该解开她的胸衣，查看里面的伤势。但紧身胸衣能将伤口收紧，这是用手做不来的，所以暂时还是别碰的好。

伊西丝再次失去意识，芙莉亚在她身边屈膝坐着，拿出塞弗林的书和墨水瓶，开始写信。

37

过了好久，凯特与菲尼安才回来。

芙莉亚才刚刚写完给塞弗林的信，书还搁在腿上，失神的目光游移在布满细孔的石头凹痕上。听到林子里传来说话声，她才匆匆将书收进口袋里，迅速起身。

凯特与菲尼安带着一群书妖走出树丛，普克也在其中。跟在都灵时一样，他赤裸着身体，但这回多了个皮制斜背包，背包带子紧紧绷在胸口上。普克全身长着蓬乱的山羊毛，身形精瘦宛若孩童，脸孔却与身体形成了诡异的对比：一张留着山羊胡、满是皱纹的男子脸孔。双眼在浓密眉毛下闪着红光，仿佛是熔化的钢液。

芙莉亚翻开心灵书，越过书页观察这群陌生人，他们散成半圆形，将她和一动也不动的伊西丝团团围起。他们大多穿着厚实的土褐色服装，有的不太合身，应该是拿到什么就穿了什么。

“等一下。”鸟喙书说，但芙莉亚已经聚精会神，准备分离书页之心了。

“芙莉亚，住手！”凯特朝她呼喊。

“我那么信任你！”芙莉亚说，“甚至也信任他！”

菲尼安神情狰狞，说：“你把意志强加在我身上，逼我把门——”

“因为你让我别无选择！”

“现在你也让我别无选择！我说过，带她过来是很危险的。”他指着伊西丝说。此刻伊西丝正紧闭着双眼，躺卧在树丛间，而她的心灵书掉落在右手附近的地面上。芙莉亚并未觉察，伊西丝是什么时候用尽最后一丝力气拿出心灵书的。

“你不会有事的！”凯特朝她喊道，“他们答应我们了。”

普克发出咩咩咩的笑声，倏地上前，低头凝视着伊西丝。他没带武器，但满嘴利牙像个食人魔一样。说话时，他那像焦油一样墨黑的舌头不断向外吞吐，直到这时，芙莉亚才发现他有一双羊脚。

“伊西丝·霓莫霓思！”他偏斜着脑袋，尖声尖气地说，“她大量失血。”

“关你什么屁事？”芙莉亚呵斥道。

他缓缓转向她，一只手捻着胡尖，发黄的指甲被啃得乱七八糟。他质问：“你又是谁？”

“芙莉亚·萨拉曼德拉·费尔菲克斯。”她认为他企图把她的注意力从心灵书上移开。书页即将分离，边缘已泛起红光，但由于不可知的原因，心灵书似乎在反抗，仿佛想阻止她做出傻事。

凯特原本站在菲尼安身边，这时她火速冲到普克与芙莉亚中间。“你早就知道她的名字了，”她对这个毛茸茸的精灵说，“你就别招惹她了。”

芙莉亚将她推开，说：“这都是你害的，现在你最好闪开！”

普克再度纵声大笑，他不再理会芙莉亚，转而来到伊西丝身边蹲下。无论他的脸朝着哪个方向，似乎总有阴影笼罩在他脸上，或许是眼睛的红光造成的，要不，就是有一抹夜气随时笼罩着他。

他伸出长长的手指拾起伊西丝的心灵书，接着直起身来翻了一下。“是祈祷书？”他咯咯咯地发出被逗乐的笑声，说，“我们这位厉害的伊西丝女士可真令人意外呀。”

“书巫是无法选择自己的心灵书的。”芙莉亚说。

她手上的鸟喙书清了清嗓子说：“但这并不影响他们合作的成果。”

普克将伊西丝的心灵书放进他的斜背包，向其他书妖下达指令，霍米尔立刻来到他们中间。“将她背到营地去！不过，小心她的伤口！如果她死了，就没有利用价值了。”接着他命令另一名半人半啮齿动物的书妖，“你先过去通知阿列尔！”

“不可以！”芙莉亚想阻止，上臂却被菲尼安牢牢地抓住。

“他们是想帮她，”他说，“至少会先帮她。”

“你不是说——”

“随便你怎么想，但是我们没有出卖她，他们并不想杀她。”

“真的，”凯特附和，“我们到营地时，霍米尔已经报告了所有的事，而普克和其他人也正准备过来接她，阿列尔有话要对她说。”

“这段时间游吟兄弟一直在这里？”芙莉亚问，“他们就躲在这片树林？而你们都知情？”

“我并不知情，”凯特的目光显露出矛盾与遗憾，“至少不完全确定。不过菲尼安……”她突然住口，因为已经没什么好说的了。菲尼安也是反抗军，这让他成了亚当学院的死对头。但这么说来，他岂不该是芙莉亚的盟友？为什么感觉上却不是这么回事呢？

鸟喙书的书页还翻开竖立着，发着红光，但芙莉亚的力气却消失了。现在就算她想，也无法将书页之心分离开来了。

她猛地将书合起，甚至在将鸟喙书用力塞进工作服口袋时，还把它夹痛了，但她不理会口袋里传出的闷声抱怨。她没再多瞧菲尼安一眼，也任由凯特站在原地，便匆匆跟着霍米尔离去。霍米尔双手抱着没有生命迹象的伊西丝，像抱着孩童一样轻柔。

38

芙莉亚差点没发现前方骤然下陷，而陷落处后方，一棵棵粗壮巨杉拔地而起，直入云霄，树上布满纠结的爬藤植物，凹陷处的岩层外缘也杂七杂八地长着带刺灌木、常春藤与野玫瑰，仿佛他们行经数英里的灌木丛区突然变成了另一种下层林木，但多亏菲尼安事先警告，芙莉亚仔细一瞧便发现，原来是前方地面断开了，在粗壮如塔的树干与多刺藤蔓之间裂出了一道深不可测的坑堑。

一棵巨杉在好久以前就朝坑堑边缘倒下，树冠覆盖了方圆两百多码的林区，而它下方的植物在枝丫间找到重见天日的路径后，又发展成了树林的一部分。这群书妖扯开落叶与五叶爬山虎形成的掩护，立刻有楼梯映入眼帘，这道楼梯是在倾倒树干的一侧，沿着布满字母的树皮开凿而成的。一行人踩着台阶登上树身，沿着其他楼梯与平台，曲曲折折深入地底。

普克在前带路，他轻盈地蹦跳着，边走边吹笛子，笛声回荡在四周的巨杉树冠间，旋律悠扬，和他的野蛮外形一点也不搭。

霍米尔抱着伊西丝跟在普克背后，芙莉亚与其他书妖走在后方，凯特与菲尼安走在最后面。身材高大的霍米尔以一种梦游般的坚定步伐走下阶梯，完全不受伊西丝的重量影响。这一路上，他什么话也没说，在芙莉亚赶上前，担忧地看向他怀里那位毫无意识的女密探时，他也毫无表情。就她视线所及，伊西丝白色紧身衣上的红色血迹并没有扩大，但就算她不是医生，也看得出伊西丝失血过多。

普克吹奏的旋律有了变化，尽管芙莉亚很想诅咒他得羊骄疮，却也不得不承认，他吹得非常动听。传来的音乐具有安抚与激励人心的作用，时而令她昏昏欲睡，时而令她警惕戒备。她从没读过莎士比亚的《仲夏夜之梦》，更没看过这部戏，但她知道一些类似普克的角色，例如诡计多端的牧神与异教的潘神，他们都是深谙如何操控人类并诱其堕落的生灵。

在离倾颓巨杉树底还有一段距离的地方，植物开始变得稀疏，也终于看得到地面了。要是树干在这时塌下来，肯定会压死人的。

“我们快到了，”凯特突然出现在她背后，说，“别担心，菲尼安也许是个傻瓜，但这件事他考虑得很周详。我们本来可以抢在其他人到达前先跟你们会合，再一起回书城的。不过他认为对我们所有人，甚至对她来说，这里更安全。”凯特指着伊西丝说。霍米尔稳定地沿着阶梯往下走时，伊西丝的双脚也跟着轻轻晃动。

芙莉亚嘟囔着表示不满，但随即忘了自己说过的话，因为更下方出现了由众多枝丫茂密的树干构筑的堡垒。这些树干其实是粗大的树根，是巨杉倒下时，从地面上拔起的根系。如今这些树根宛如巨型章鱼的手臂，而这只章鱼远远大过任何古老水手传说中的巨怪。

楼梯穿梭在树根之间，将芙莉亚一行人带进树根内部，巨杉许久以前曾深埋于大地的部位。抵达楼梯尽头时，芙莉亚才知道这处纠结如迷宫的内部究竟藏了些什么。

反抗军的营地以帐篷、茅舍、吊桥与滑轮胡乱拼凑而成，全建造在像是被挖空的巨杉根系之中。这些简陋的栖身处包括：木格栅栏与凿墙拼组的诡异构造物、杂乱绳索编结成的类似蜘蛛网的茧居、帆布兽皮拼缀而成的屋顶等等。它们大多搭建在坑坑洼洼的表层，中间有些屋舍穿插，是用上面布满文字的大片树皮搭盖的房子。

在普克笛声的引领下，他们跨越高得令人眩晕的桥梁，穿过挖空木头建造的通道。这里聚集着众多书妖，他们大多有着人类外形，但也有些肖似动物，甚至长得奇形怪状的。许多书妖都带着武器，包括古老的刀剑与现代化的突击步枪。她实在看不出住在树根里会比庇护所的管制区里好在哪儿。谁会想要住在满是烂泥与霉味，要随时担心遭人攻击而必须全副武装的地方呢?

“你觉得这里很凄惨吧？”菲尼安赶上来，从侧面打量着她。

“我想，我还没有什么特别的想法。”

“你当然有啦。别再装了——反正你之前也不怎么客气的。”

她恶狠狠瞪着他，问：“为什么要这么做？我是说，管制区已经人满为患，而且又嘈杂，绝对不是谁会自愿想住的地方——”

“我想！”凯特反驳。

“可是这种地方？”芙莉亚比了比周围。“简直像被人埋在地底，差别只在于，如果你够努力，也许可以在这里望见一小片天空。这里又黑又暗，散发墓穴的气味，我敢说，这里的寝具一定也都发潮了。”哎呀呀，她自知这番话就像个被惯坏的小孩会说的——尽管世上也只有大西洋才会比费园里的多数房间更加潮湿——但她真的很渴望能了解其中缘由。是什么驱使这些书妖和人类躲藏在这里？这里虽然不同于偏远的庇护所，但显然不比那里的畜栏舒适。“你认为，这里有什么是其他地方没有的？”她问。

“自由。”菲尼安的回答极为洪亮，这两个字音被树根反射回来，融入领路人飒飒鸣响的笛音之中。

“可是是做什么的自由？”她问，“狩猎和爬树的自由？”

她也曾梦想与凡塔思帝寇·凡他思提切灵和他的手下漫游在利古里亚的森林中，幕天席地，在营火旁聆听过往的冒险故事。那岂不正是此处生活的写照：在透风的帐篷里度过湿冷的夜晚和凄风苦雨的白日，害怕被人发现的恐惧如影随形地笼罩在心头。

“只是自由，”菲尼安说，“没有任何条件、限制，不问原因、目的，而且知道没有人会因为你是或不是什么而评价你。书妖们并非自愿要离开书本沦落到我们的世界里的，这是你们书巫的错，因为你们的力量失控了。但是你们却瞧不起他们，把他们关在管制区，因为他们会让你们想起自己的弱点。”

她大可宣称自己跟这些事毫无关系，但这么说只会让争论在原地打转。何况菲尼安说的没错，某种程度上他们都该为书妖的命运负责。书巫不但不关心书妖，还压迫他们，目的只是免除自己必须请求他们宽恕的难堪。

这伙人来到一处纠结的树根比费园警卫室还大的地方，上方悬着一口大到足以供教堂使用的铸铁钟。

阿列尔从一处缝隙中走出，一头黑发沿着瘦削脸颊向外翘起，仿若瞬间凝固的爆炸一般。在半明半暗的地方，光线有如金线般射入，当他的身影踏进一道光束时，白皙的身躯泛起蓝光。他和普克一样又矮又瘦，但极为精壮，穿着一条兽皮制成的及膝短裤，皮肤底下有浅淡的痕影在移动着，这些痕影令芙莉亚想起刮风时云涌的天空。在莎士比亚笔下，阿列尔属于大气精灵——天知道具体来说究竟会是什么模样——但自从离开文本之后，他就如同故事中其他拥有异能的书妖，完全丧失超能力了。

“是幻象，”在任由芙莉亚注视了一会儿之后，阿列尔说，“从前，这些痕迹是被俘虏的风暴、大气，是遭魔法压制了能量的暴风雨，但如今这些不过是残影，犹如刺眼强光射进瞳孔后，即便转向凝视他方，光斑依然存在。而这些就是我现在所仅有的了。”

“果真这样，”芙莉亚问，“你们是怎么逃离那座藏书室的？不靠穿越——”

“这里不只有书妖，”他打断她，“还有其他反抗亚当学院的人，像你这样的书巫，其中两人在见面地点等着普克和我，带我们离开。”

支持反抗军的书巫？难道整个体系已经瓦解到这种地步了？芙莉亚的无知也许会被人解读为过度天真，但这可能不算坏事。只是爸爸竟如此费心避免她和皮普触碰真相，这一点令芙莉亚大为惊讶。亚当学院追杀爸爸，他却还像个即使遭到流放却依然誓死效忠国王的贵族，奉行着古老的信念。难道空白书不过是替代品，替代那个他不愿意承认的敌人？这实在是个大悲剧，也让芙莉亚非常生他的气。这些年来，他只顾着训练她如何追捕七芒星的作品，却不教导她如何为真正的人生做准备。

她指着躺在霍米尔怀里的伊西丝·霓莫霓思，问：“你能救她吗？”

阿列尔那深不可测的目光似乎一路探进她内心深处：“你不是早就救她了吗？”

“我？”

他调皮地笑了笑，这让他显得稍微可亲了些。他的笑容虽然驱散不了眼眸里那亘古已存的哀伤，却显露出孩子气的慧黠。在莎士比亚的《暴风雨》中，他本身就是个囚徒，是魔法师普罗斯佩罗的奴隶。而直到今日，无论菲尼安对这里的评价如何，他依然是个囚徒。

“请进。”他朝缝隙所在的方向彬彬有礼地比了个手势。普克再度举笛就唇，绕着他的游吟兄弟蹦跳了半圈，走到入口另一侧，模仿着他的手势。

芙莉亚带头走，霍米尔、菲尼安与凯特随后，其他书妖则留在外面。

在这丛树根内部，只有由根须缠绕成的不规则空间，地上铺着木条地板，每走一步，就发出低沉的声响。房间内别无长物，只有一张桌子、几把椅子，还有张床，但没有其他寝具。房间中央天花板排气孔下方有个冷灶，另外好几处地方则高高堆放着书籍。

“我不需要更多东西，”他必是觉察到了芙莉亚惊讶的目光，说，“在岛上时，我的东西比这里还少。”

阿列尔将多块兽皮做成的拼布垫子铺在地板上，霍米尔将伊西丝放到垫子上，让她四肢摊平。这时芙莉亚发现，她身上的血迹缩小了。难道之前是自己过度激动，误以为她流出了更多的血？

阿列尔伸手摸了摸伊西丝的额头和胸腔，说：“她正在逐渐康复。”

普克同样俯身查看沉睡的伊西丝，还用食指将她一边的眼皮掀开，接着咯咯地笑了起来。他在伊西丝眼中见到的，应该只是自己的影像吧，因为他扮了个大大的鬼脸，被逗得乐翻了天。

“嘿！”芙莉亚阻止，“别碰她！”

普克果真倏地弹开，边吹着笛子，边绕着冷灶蹦蹦跳跳，同时密切注意着芙莉亚的一举一动。现在，他的举止像个疯子，但之前在石头那里，却能下达清晰的指令，而其他书妖似乎也视他为首领。

“坐下，”阿列尔拨开垂落在脸上的发绺，但这些发丝立刻又遮蔽了他的眼睛，“各位！”

菲尼安理所当然地在一把椅子上坐下，凯特则迟疑了一下，才在他身边落座。

“她现在怎么样了？”芙莉亚依旧站在伊西丝身旁。

“她会康复的，”阿列尔答，“已经开始好转了。”

“怎么可能？”菲尼安问，“她严重失血，看来似乎——”

“去问你的朋友芙莉亚吧。”阿列尔说。

所有的目光都转向她，凯特眼中再度流露出敬畏，就像之前看到芙莉亚在屋顶上杀了那些骑士时那样。她问：“你施展了书巫术吗？”

芙莉亚急切地摇头，说：“我没有帮她治伤！这种能力我根本没有！”

阿列尔再次用探究的眼神打量着她：“你一定做了什么，你心知肚明。不过，要真是如此……”一股令芙莉亚生惧的光芒在他眼中闪现，他果然在搜索她的意念，这点她现在百分之百确定了。

普克从斜背包里拿出伊西丝的心灵书，放到桌面中央。有那么一分钟，每个人都在盯着它看。阿列尔打开了一个盒子，取出凯特为菲尼安找来的那截书妖断手，看来菲尼安又将它交给游吟兄弟了。遍布断手每寸肌肤的字母刺青已经褪色，泛着青光，而包覆断腕处伤口的圆形金属盖也已经现出铜绿。这只手五指微曲，仿佛在乞求施舍。阿列尔将断手放在心灵书上，犹如镇纸压在上面。

“这样可以让她暂时无法利用心灵书。”他说。

芙莉亚只好接受这个做法，一如她必须接受在这数小时内见识到的众多事物。谁知道这些书妖还知道哪些预防书巫术的伎俩呢？

这时，伊西丝紧身衣上的血迹也在持续缩小，之前还彼此晕染的血迹如今逐渐分离，最后只剩一片雪白。

“我们该检查下她的伤口了吧？”芙莉亚问。

阿列尔淡淡地笑了笑，说："也许要再等一下，现在伤口正在愈合。"

"怎么可能呢？"菲尼安问。

"还有，她衣服上的血迹为什么不见了？"凯特问，"她的衣服又洁白如新了。"

阿列尔望着芙莉亚，说："你要向他们说明吗？"

"我哪有办法。"

普克四肢趴地，像狗一样嗅闻着伊西丝的上半身，说："现在她闻起来已经没有死亡气息了。"

菲尼安无奈地叹了口气，身体又靠回椅背。他朝凯特笑了笑，摸了摸她的手。

芙莉亚恨死了普克绕着全然无法防卫的伊西丝打转，那模样，就像他正等着用尖利的牙齿朝她狠狠咬下。

这时，阿列尔突然开口："对于令尊的遭遇，我深感遗憾。"

芙莉亚张大了嘴，感到万分惊讶。接着她转向凯特："你告诉他们了？"

凯特神情严肃地摇摇头："我发誓，我连一个字都没说。"

"没这必要。"阿列尔表示。

芙莉亚恫吓地跨近一步，一只手移到口袋里的鸟喙书上，说："麻烦你，别再读取我的意念！"

"抱歉，但你是书巫，我们必须确定，你不会出卖我们。"

"而一旦探知我的想法，你又会更深入些，并且——"

"这一点我也深感遗憾，"阿列尔打断她的话，柔声说，"但我们必须为这里的八十个男女老幼负责，换作是你，也会这么做的。"

芙莉亚愤愤地吞下怒火，也许这些都不重要了："你们能帮我救出弟弟吗？"

"你弟弟关我们什么事呀？"普克说，"我们又没有欠你什么，芙莉亚·萨拉曼德拉·费尔菲克斯！你父亲的死，错不在我们，也不在她。”他伸出笛子朝女密探伊西丝一指，说，“那是场意外，你就认了吧！”

“普克！”阿列尔呵斥他。

芙莉亚恨不得将这头可恨的公羊的脖子扭断，但她也清楚，和他对抗，自己没有胜算。好不容易，她压下情绪不理他，再次转向阿列尔。游吟兄弟二人之中，阿列尔也许更加危险，却更好相处。

“皮普成了魅姬的囚徒，都是因为我爸爸已经无法保护他了。”她在脑海里痛苦地补上一句，因为我保护不了他。“我不知道他现在怎么样了，但经历过书城那些事，她恐怕会把怒气发泄在他身上。”

普克吹出一声刺耳的笛音，说："有可能，谁要招惹了书巫，什么都有可能。亲身尝到这种苦头，滋味并不好受，是不是？”

“够了！”阿列尔厉声呵斥道，“别闹了，普克！”

但芙莉亚已经听得火冒三丈，并且感应到了心灵书对她的支持。它跳到她手上，在众人还来不及反应前便翻开书页。普克仓皇倒退，却被伊西丝绊倒，一头仰倒在冷灶灰烬上。

芙莉亚生怕其他人觉察到她在做什么，于是她火速将书页之心分离，将其中蕴含的字母能量凝聚成毁灭性的一击。

“普克！”阿列尔在桌旁大喊，接着有件物品朝这个羊人飞了过去。

普克伸手接住，整个过程不过区区数秒，芙莉亚还来不及诵念书页之心的内容，普克已经将书巫断手挡在身前防护了，而救了他一命的，或许便是这只断手。芙莉亚的力量将他抛上半空，上下身拗折在一起，撞进房间另一端纠结的根丛缝隙，他的手臂、腿与头颅有如花束般插在那里。

释放出的能量部分回击到芙莉亚的神经，逼出了她一声呐喊。在杀气腾腾的一瞬间，她感到自己唯一的愿望，就是把整座营地连同死书林全烧个精光。她拥有这份力量，无论是这个羊脚怪还是那个大气精灵都阻挡不了她。

“芙莉亚……”

伊西丝·霓莫霓思支起上半身。

“芙莉亚，住手。”

伊西丝的一袭白衣亮得脱俗，那白，似乎将一切都笼罩在其中。普克破口大骂，却依然无助地卡在墙上，凯特与菲尼安猛地从座位上跳开，阿列尔则瞬间逼近芙莉亚，手臂向前一伸，将一把弯曲的匕首架在她脖子上。

“不要，芙莉亚，”伊西丝的声音听起来还非常虚弱，却压过了芙莉亚耳中的沙沙声，“他已经领教了该受的处罚，你就饶他一命吧，否则他们会杀了你的。”

众人的动作似乎都变得奇慢无比，从阿列尔的蓝眼珠中，芙莉亚看出了杀意——无论他对自己兄弟的行为作何感想。

也许他会得手，也许不会。但书页之心在芙莉亚眼前合拢，纸层紧密贴合，红光熄灭。

伊西丝虚弱地笑了笑。

阿列尔握着匕首的手缓缓落下。

芙莉亚跪倒在地，接着眼前发黑。

39

芙莉亚恢复知觉时，凯特正曲着腿，双手环抱膝头，下巴抵着腿，坐在地板上陪伴她。

“你看起来很惨。”

芙莉亚动了动脑袋，却立刻发出呻吟，脑袋里仿佛有颗大铁球在滚动。她口渴极了，嘴唇也发麻。最后一次刷牙是什么时候了？《凡塔思帝寇》讴歌荒野生活，却对这种窘况只字未提。

“这里有……”

“厕所？”

芙莉亚几乎已经对自己的问题感到后悔了，因为她早就猜到答案会是如何了。

“有个舒适的茅坑。”凯特咧嘴笑着回答。

“舒适？”

“有纸。”芙莉亚坐起身来，铁球立刻从脑袋坠落到胃里：“哪里？”

凯特指着出入口外面的露天处。看来他们置身于一处挖空的树干内部，这个空间要比阿列尔的住处小多了，但相当舒适。芙莉亚躺在木质地板上，不知是谁——也许是凯特——在她头下摆了一张折叠起来的毛皮。“右转，沿着吊桥下去走到底，一下子就看到了。”

芙莉亚摇摇晃晃地站起身，她摸了摸塞弗林的书。那本书仍旧在她腿部的裤袋里，倒是她的心灵书不见了。

“书被阿列尔收起来了，”凯特说，“它狠狠地在他手指上咬了一口。”

“他有对鸟喙书怎么样吗？”

“他们只不过是在它的鸟喙里塞了一颗苹果，好让它闭嘴。”

芙莉亚步履踉跄地走到户外时，才发现已经是夜晚了。灯笼照亮了周遭的环境，光线笼罩下，营地蒙上了斑驳暗影形成的黑网。

许多新生树木早就穿过倒塌巨杉的缝隙向上生长，芙莉亚在其中一棵新生树干中苏醒过来。这些树虽然比那棵倒下的巨木年轻许多，树干却已经比一般塔楼还要粗壮了。由于树皮深暗，芙莉亚必须仔细观察，才看得到这些由昔日书籍长成的树木上面有哪些字母。

回到凯特身边后，芙莉亚的头依然不断抽痛，幸好恶心感已经逐渐缓解了。

“还好他们允许我自由行动。”芙莉亚背倚着木质墙面，身体慢慢下滑，直到与凯特面对面坐着。

“普克认为应该把你剥了皮用盐巴腌起来，”凯特紧张地笑了笑，可想而知芙莉亚是如何惊险逃过这一劫的，“他们花了一个多小时，才把他从缝隙里拖出来，也难怪他心情会那么恶劣。”

“混蛋！”

“菲尼安说，他其实不像外表那么坏。”

“菲尼安，”芙莉亚特别强调这三个字，“他也自称是在这里种树的，却对这个满是恐怖分子的地方只字未提。”

凯特目光一沉，说：“首先，是菲尼安带你过来，并且救了你一命的。”

“但这违反了他的意愿！”

“第二，他确实是个园丁，确实在林子里葬书养树。”

“而第三呢，他跟游吟兄弟同样都是暴徒。”

“第三，”凯特呛她，“你可以不要再这么趾高气扬，好好看清事物的真面目吗？亚当学院这个专制体制不只压迫庇护所，也操控着外面的世界。你知道有多少政客、学者、艺术家、出版人还有天知道什么样的人都是书巫吗？而好多这样的人都听命于亚当学院？”

“是菲尼安这么说的？但并非拥有一架子书的人都是书巫。”

“那些拥有整座藏书室的呢？那些为了珍稀书籍一掷千金的人呢？那些在世界各地拍卖会上出价的人呢？负担得起这些的人通常不会是面包师或泥瓦匠。外界的精英分子全都是像你这样的书巫，而这种现象正是亚当学院一百五十年来精心打造的。这一点我很清楚，因为我爸妈也属于那个圈子。”

有那么一会儿，芙莉亚惶惑了起来，其中一个原因在于她还整理不清思路：“可是游吟兄弟干的是暗杀行动！他们杀害了数十名书巫，而且每次袭击学院的机构，都会碰巧害得在场的无辜人士丧命。那些人并不是独裁者，凯特！他们只是像你我，或者是像外面那些书妖那样的人。”

凯特似乎还有话要说，最后却又把话吞回肚里，保持沉默。对于在亚当学院势力范围内所发生的事件，芙莉亚只略知一二，但即使这样，她还是多少听过游吟兄弟杀人、发动恐怖攻击与绑架人质等恶行。尽管菲尼安宣称，普克并没有那么坏，但这说法还是比较适合用在菲尼安自己身上吧？

“你爱上他了，”芙莉亚语气稍微和缓，“我不会因为你替他辩护而责备你。就连我自己也不算讨厌他。不过你别想说服我，让我认为自己对普克过于粗暴了！我只想找回我的弟弟，没别的，游吟兄弟在干什么勾当我都无所谓。好几个世代以来，我们家族只能躲藏度日，我是绝对不会站在亚当学院那一边的。掌管学院的三大家族谋害了我的祖先，而少数逃过大屠杀的人，却必须逃离家园。说起来，放炸弹的人应该是我才对……但实情是，我只想救皮普，而且我没有多少时间了。”

凯特失神地扯着裤子的破洞边缘，问：“你有什么计划吗？”

“我会给魅姬她要的东西，”芙莉亚反问，“我还有其他选择吗？”

“你不会真以为在这些事件之后，她还想要交易吧？她差点儿被伊西丝杀了。”

“她现在怎么样了——我指的是伊西丝。”

“你绝对不会相信的。”

芙莉亚咽了一下口水：“复原了？”

“她简直重生了。那些书妖将她囚禁起来了，虽然普克想将她——”

“剥了皮用盐巴腌起来。”

“更恶劣。关于虐人手法，他似乎创意无穷，”凯特笑得有点勉强，“她身上的血迹消失了，阿列尔想查看她的伤口，她却说，他要是敢碰她，她就——”

“听起来很像她的作风。”芙莉亚朝凯特伸出一只手，想帮她起身，但就在凯特伸手握住时，芙莉亚突然膝盖一软，两人双双跌了个四仰八叉。芙莉亚比自己愿意承认的还要虚弱得多，但她却忍不住笑了——同时咒骂了起来，而凯特也终于绽放出笑容，方才还弥漫在两人之间的硝烟味也顿时消失得无影无踪。

好不容易两人都站了起来，芙莉亚说："抱歉，我并不想……我是说，我对亚当学院的痛恨，丝毫不少于你和菲尼安。请别误解，我在意的只有皮普，其他的事我已经没办法多想了。"

凯特拥抱她，说："我是个白痴，你弟弟还没有重获自由，我居然还跟你吵架。"

"如果没有你，我早就没命或是被关进牢里了。如果皮普还有机会，那他应该感谢你才对，你的帮助我永远不会忘记的。"

有那么片刻，她们紧紧拥抱着。芙莉亚想起，自己还不曾有过真正的朋友。要说有的话，也许就是宝琳了，但那种情谊又不同。而且现在因着魅姬在寻找只有芙莉亚能给的东西，已经害得宝琳被杀，陈尸厨房。两人离开树穴，踏入夜色时，凯特问："阿列尔宣称，是你救了伊西丝，他这么说到底是什么意思？"

"我只是试了一个办法。"

"什么办法？"

"写一封信，写在我的书上。"

"你的心灵书？"

芙莉亚摇头："另一本。我想，现在我可以确定，魅姬想要的就是那本书。"

"我听不懂，要怎么——"

当她们远远看到阿列尔的茧居在一棵树干后方出现时，芙莉亚握住凯特的手，说："等一等，等大家都到齐了，我再解释。"

40

伊西丝不在，因为书妖们不肯让她离开牢房。芙莉亚提议可以绑住她的双手，但被普克否决了。此刻他有点弯腰驼背的，身上还有几处严重的擦伤，此外并没有其他伤势。有一度，他朝芙莉亚跨近一步，想威吓她，但阿列尔立刻横挡在前，对芙莉亚说：“我们一起去找伊西丝，这样她就可以留在牢房，而大家也能听到你要说的话。”

芙莉亚打量着他，问：“你早就知道了，是不是？”

这名大气精灵笑着耸耸肩，说：“来吧，要去的地方不远。”

“我想先拿回我的心灵书。”

“你休想。”普克呛声。

阿列尔却点点头，说：“但你必须答应，不会攻击我们任何人。”

她不信任地朝羊男普克瞥了一眼，普克也用闪着红光的双眼愤愤回瞪：“好，我答应。”

阿列尔走近桌子，桌面上，鸟喙书就搁在伊西丝的心灵书上，最上方则是那截书巫断手。鸟喙书的鸟喙深深缩进书里。

芙莉亚接过鸟喙书时，它嘟囔着骂人，但它够聪明，没有特别针对谁。

芙莉亚与游吟兄弟在灯笼的光照下经过一座座根桥与狭窄的平台，菲尼安与凯特也跟在后头。伊西丝牢房所在的树干位于营地外围，芙莉亚原以为霍米尔会负责看守，但菲尼安表示，这个巨人早已返回边界，看守门户去了。

伊西丝·霓莫霓思正站在装有铁窗的树缝后方，除了几处污痕，她的紧身胸衣一片洁白，没有留下任何血迹。为了安全起见，她的双手被反绑在身后。

"你有水和食物吗？"阿列尔问。

伊西丝没吭声，她的目光一一扫过每个人，最后定着在芙莉亚身上，接着才说："他们说，是你让我恢复健康的。没想到你的力量居然如此强大。"

"不是我。"

"放屁！"普克骂道。"我们干脆动身去割断几名亚当学院人士的咽喉才是。"

"你先好好听她说。"阿列尔呵斥他。

之前芙莉亚已经考虑过，这段故事该从哪里谈起，最后她决定，如果不是从头说起，说了也等于白说，于是她便从自己是如何在费园地下墓穴发现塞弗林的书，还有他如何说服她，在相隔两百多年的距离下，开始彼此通信谈起。

凯特惊讶得说不出话，菲尼安蹙起眉头，阿列尔则面露微笑，一副了然于胸的模样，普克只是百无聊赖地把一根棍子伸进栅栏里戳弄着伊西丝，直到她猛然回身，用被绑缚着的双手抢下棍子弄断。看到大家都用责备的眼神望着他，普克才望着地面，委屈兮兮地说："好啦，好啦……"却抑制不住咩咩咩的笑声。

接着，芙莉亚谈起穿越到都灵藏书室的事，并以镇定的语调叙述爸爸如何中枪，伊西丝如何渡给他力量，好让芙莉亚返回费园等等。父亲的死，芙莉亚只以一句话带过，但对魅姬如何发动攻击，她的骑士如何在最后一分钟抓到皮普等事展开了详细的叙述。这些事凯特已经听过了，但她依然握着菲尼安的手，听得极为专注。

芙莉亚一直说到，女密探如何在玻璃温室前救了他们，并因此身受重伤，接着便突然止住不语，只用一只手扶住栅栏，定定地望着伊西丝。

“当你告诉我，你是在昼夜交界处出生的那一刻，我就知道该怎么做了，而且无论如何我都得放手一搏。”伊西丝以夹杂着不解与不安的眼神回应芙莉亚的目光。

“在昼夜交界处出生？”菲尼安实在听不懂，他挑高了眉，问，“七芒星那则古老的传说？”

普克用燃烧着怒火的眼睛瞧来瞧去，问：“什么传说？你们在胡扯些什么？”

“这故事谁都知道。”凯特答，菲尼安也点点头，这一瞬间，芙莉亚也突然想起故事里的所有细节了。她百分之百确定，直到几小时前，她还从未听过这个故事，但此刻她觉得这个故事熟悉得不能再熟悉，就像是听着它长大的。

成功了。奏效了！

芙莉亚望向伊西丝，她则离开栅栏几步，脸上流露极度困惑的神色。她声音颤抖，询问：“怎么可能？这些年来我一直想要获得这个地方的信息……可是从来没人提起过这个故事，连一个字都没有！我不可能把所有的事都忘得一干二净的。”

“如同七芒星多数的故事，这则故事也是他的写作练习，”芙莉亚说，“时间大概在他撰写最后几部盗匪小说时，但要比空白书早上几年。”

“我还以为空白书只是个传说。”凯特说。

普克有如猛兽般蹑手蹑脚地绕着芙莉亚打转，比起她带给他的羞辱，好奇心更加让他难耐：“有谁能告诉我，你们到底在讲些什么吗？”

“这是不可能的……”伊西丝再次喃喃自语。

芙莉亚深吸了一口气，接着她以几句话扼要地交代了这则故事。这个出生于昼夜边界的女孩是个孤儿，从养父那里得知自己出生于一座白昼与黑夜交汇的城市后，便离家出走，想解开自己身世之谜。由于这则故事不受限于物理与天文法则，因此这座城市永远被同一界线一分为二，黑暗区的居民永远做不出善事，光亮区的居民则永远不会出现卑劣的念头。

“这跟昼与夜又有什么关系？”普克说，“根本就是胡扯。”

“那不过是个童话，”凯特说，“故事里的事情总是比真实生活来得简单。”

羊男朝牢房栅栏鄙夷地吐了口口水，说：“这种垃圾故事没人想听，我们是在浪费时间。”

但阿列尔却朝芙莉亚点头，催促她说下去，于是芙莉亚又继续讲述。

后来女孩来到昼与夜交汇的城市，光亮区的居民对她的热心与友善几乎快将她压垮了，而黑暗区的居民却对她极端恶劣。最后她让所有人都见识到，独有善或独有恶都无法构成圆满的生活，唯有融合二者才能带来幸福。于是全城居民都视女孩为救赎，大家欢欣鼓舞，开放边界，两边居民互相亲近，从此以后过着心满意足的生活，直到老死。

“那个婊子后来有没有遇到白马王子？”普克问，“这算哪门子的鬼话故事？”

“七芒星的童话故事里永远不会有人结婚，”芙莉亚说，“因为他的角色并不是人类，这是他们的特点。”

“不是人类？”普克疑惑地捋着他的山羊胡。

“对，他们都是书。”

“书？”他满腹疑问地重述了一遍。

“他们举止像人，乍看之下外表也像人，但实际上他们永远只是蕴藏在书中的魔力象征。当七芒星提到善与恶，他想的其实是小说的好与坏。七芒星对书极其痴迷，一生都只围绕着书。”

“胡说八道！”普克大嚷，“我听不懂！”

凯特也大感讶异。

芙莉亚继续说：“有一大堆论文在探讨这个观点，各种分析、诠释一大堆，而绝大多数都指向一个结论，就是七芒星想写的从来不是真实生活或真正的人类，就算他想，也无能为力，因为他对‘真实’毫无概念。据说他几乎从未离开过他的藏书室，如此一段时间后，环绕着他的就只有书了，尤其是他后期的小说，写的都是书中的书中的书，他的故事永远只环绕着书本打转，比如这则童话，实际上它阐述的并不是人心善恶，而是文学的好坏，是书籍借由将黑白混合而成的灰色调所能发挥的作用。七芒星和格林兄弟不同，他并未搜集流传已久的童话故事，而是一直在创作自己想象的故事，目的是利用书籍与故事创造出他自己的世界。”

普克那炽红的眼睛紧盯着芙莉亚，她说的话，他显然一个字都听不懂。若非芙莉亚的家教蒂奥菲先生发现她特别偏爱七芒星的作品，因此在上课时讨论，她也许永远不会想到这个论点。还有绝不能让爸爸发现她热爱七芒星作品的禁忌效应，让她更是兴趣倍增。

“芙莉亚，”牢房阴影中幽幽传来伊西丝的询问，“你到底做了什么？”

“你不是人类，”芙莉亚说，“你从来都不是人类，你是书妖。”

“嘿？”普克说，“亚当学院的女密探居然是书妖？”

阿列尔双臂环抱在胸前，露出称许的笑容，说：“你把伊西丝告诉你的，写信告诉那名日后将成为七芒星的年轻人。尽管十七岁的他极力申辩自己不是七芒星，多年后他却想起了这件事，并将它写进了某则故事里。你促使他在一个半世纪前写下了生于昼夜边界的女孩这则故事，因而导致伊西丝·霓莫霓思变成了脱离那本书流落人间的书妖。”

“不！”伊西丝的呐喊充满恐惧惊惶，令芙莉亚感到毛骨悚然。“我是书巫！亚当学院彻底调查过我，我绝不可能是书妖！”

“亚当学院检查你是否能为他们所用时，你确实还不是书妖，”芙莉亚说，“要等到我在写给塞弗林的信中，向他谈起你养父告诉过你的事之后，你才变成了书妖。对我来说，那不过是几小时以前的事，但对其他人来说，却是一则写于十九世纪的故事，而且这个故事突然变得家喻户晓，甚至连你都记得。由此可以证明，塞弗林便是七芒星。”

伊西丝跪倒在牢房地板上，双手掩面。

凯特用舌头将干巴巴的嘴唇濡湿，说：“你告诉他这件事，后来他采用，于是你……我的意思是，你果真改变了过去？”

阿列尔抢在芙莉亚之前答：“没错。”几小时前，他一定已经从她的意念里读取到这件事了，但直到此刻，他才意识到她的作为影响范围有多广。

芙莉亚感到非常难堪，甚至觉得十分愧疚。她再次转向伊西丝：“我非这么做不可！”她解释说，“那是唯一能救你的方法。当时我也不清楚，这样是否有用……有太多不可行的理由，塞弗林可能会忘掉这件事，那就什么都不会发生了。”

伊西丝缓缓抬起头，在灯笼的照耀下，她脸颊上闪烁着泪光。

“救我？”她说，“你居然把我变成了书妖！”

“真的很惨。”普克表示。

“她做的其实远不止于此。”阿列尔赶紧为芙莉亚开脱。

菲尼安也终于了解了：“如今伊西丝便是个活生生的例子，证明书妖也能是书巫。”

“也许你们和我们的差别并没有那么大。”芙莉亚如此告诉阿列尔。她心里想的则是：“我们也都可能是某一本书中的角色，如同所有的书妖，他们在离开原来的故事流落人间之前，也都对这一点一无所知。”

大气精灵阿列尔点点头，芙莉亚则想，他赞同的究竟是她的说法，还是她心中的想法？

“可是有一点我还是不懂，”凯特问，“为什么这样就能救伊西丝一命？她是人类还是书妖应该都无所谓——她的伤势都会致她于死地。”

芙莉亚偷偷瞥了伊西丝一眼，伊西丝也发现了，双眼立刻睁得大大的。

“老天，”伊西丝低呼，接着猛然起身，用肩膀撞栅栏，说，“快点帮我解开手上的绳子！”

普克讥笑她：“你做梦！”

“她不是寻常的书妖，”阿列尔若有所思地说，“她是出自七芒星故事的书妖，而这……”他话还没说完，芙莉亚已经在脑海里把话接下去了：

这又会使她成为一本书。

书巫、书妖，以及——

“一本该死的书！”普克脱口而出。

“绳子！”伊西丝大喊，“马上把绳子解开！”

阿列尔来到牢房门口，拿出弯曲的匕首，说：“转过身，双手放在栅栏上。”

伊西丝的肩胛骨紧紧顶着铁栅，阿列尔帮她将两手手腕之间的粗绳割断。伊西丝双臂一伸，踉踉跄跄地冲向牢房后墙，背朝众人。她的兜帽斗篷让人看不到她在做什么，但芙莉亚已经猜到了。

“伊西丝。”芙莉亚低声呼唤，却不知该说什么才好。她完全无法想象此刻伊西丝的感受。

普克紧张得两只羊蹄交替蹦跳着，而铁窗前的众人也全都凑上前去，就连不久前还把伊西丝当成敌人的菲尼安，都紧张地咬着下唇。

“我一定得这么做，”芙莉亚解释，“那是唯一能救你的办法。”

伊西丝解开紧身胸衣最后一个钩子，一阵窸窸窣窣声响起，接着她发出了芙莉亚一辈子都忘不了的声音，不是尖叫，不是悲叹，也不是啜泣，而是融合这三者的声音，听起来有如一个人的存在像只手套般整个儿翻转了过来。

伊西丝步履摇晃，差点摔倒，但在最后一秒又站稳了脚步。她仍然背对着芙莉亚和其他人，接着她用双手将胸衣解开。

凯特紧抓着芙莉亚的下手臂，手指紧扣，抓得芙莉亚都发疼了。在场的人个个都出神地望着眼前的白衣女子，没有任何人开口说话，连大气都不敢喘一声。当伊西丝缓缓转过身来时，世界瞬间静止。

这时，芙莉亚才发现自己搞错了：伊西丝并不是在解开紧身胸衣。

她将裸露的胸腔边缘扒开了。

那里已经不再是血肉骨骼，而是个皮面的书封，里面没有人体器官，有的只是蜜色的羊皮纸页，上面布满细小的文字。而心脏该出现的位置，现在是一本会呼吸的活书中间的装订线。

41

芙莉亚与凯特坐在一座巨大树根构成的桥上，这里类似的根桥多得不可胜数。她们双脚悬空荡着，凝望着漆黑坑堑内的点点灯笼，仿佛那是夜空星斗的镜像。

芙莉亚连体工作服右腿的口袋里放着鸟喙书，左腿口袋里放着塞弗林的书，在这一刻，它的重量仿佛变成了之前的十倍。芙莉亚早就猜想到，甚至还向他求证过，如今她的猜测获得了证明：塞弗林就是七芒星。只不过，1804 年他开始和芙莉亚通信时，仍对此一无所知。他的第一部小说出版于 1820 年，那已经是他们通信十六年后的事了，之后又过了十年，他才出版了他的童话故事。一开始的塞弗林不过是个不知道自己未来会成为作家七芒星的青年。是什么使得他舍弃装帧书籍的工作，最后选择以笔墨写作？还有，更加重要的是，是什么使他后来创造出空白书，想借此毁灭书巫界？

“你可以直接问他呀。”凯特建议。

“现在的他什么都不知道，”芙莉亚摇摇头说，“这些事要等到遥远的未来才会发生。还有，如果我现在告诉他，会有什么结果？万一他因此而改变心意，最后没有成为七芒星，我们家族会怎样？也许绯红厅不会改组成亚当学院，而罗森克罗兹家族的人也不必逃往英国，于是我很可能也就不会出生了。”她双手按住太阳穴，恍恍惚惚地闭上双眼，“如果我在信上写下这些事，那么我就会让过去产生更大的变化，结果说不定我就从人间蒸发了。”凯特低声咒骂。

“我所做的，对伊西丝……已经够糟了，”芙莉亚说，“这件事造成的后果，很可能比我们目前所能预测的要大得多，或者也可能不会发生任何事。但每次我试图影响塞弗林，试图影响后来的七芒星，都可能会影响到我们的当代。”

“但是你自己也并不清楚啊。”

芙莉亚气呼呼地说：“你去跟伊西丝解释这一点啊。”

“你跑掉以后，阿列尔便帮她打开了牢门，”凯特说，“可是她不肯出去，大家就由着她，好让她的心情能多平复一会儿。”

“她的模样你也看到了，”芙莉亚说，“换作是你，心情能平复吗？”

“我会扭断你的脖子。”

“她一定也想这么做。”

两人再次默默望着远处摇摇晃晃的光点。土壤与苔藓的气味从底下涌上来，偶尔有书妖经过，她们也会听见谈话声。

最后，芙莉亚问：“你帮菲尼安找来的断手，是从哪里来的？”

“从管制区一名黑道老大那里拿到的，他是个妄想成为书巫的书妖，因此他专门收集这种玩意儿，用来保护他的生意。”

“断手上的是古老的刺青吧？我是说，那些都是断手的主人生前刺上去的吧？”

“是啊。”

“我听过这种事。有些书巫相信，如果全身刺满文字，他们的力量就会变得更强，如果——”

凯特睁大了眼睛，说：“如果他们把自己变成像书一样！”

“没错。”

“你认为，伊西丝现在也……她也变得比从前更强大了？”

“假使她变成书妖后还保有原来的力量，并且还是个书巫，那么就有可能。”

在她们背后有脚步声接近。

“阿列尔也这么想，”菲尼安说，他在凯特身边坐下，目光越过纠结的树根眺望着远方，“他说，如今伊西丝有能力做一些她自己想都想不到的事。普克当下就想杀了她，他认为，让她自由行动太危险了，但阿列尔反对。他大概希望她投效书妖这一方。”

“直到昨天，她还在追捕书妖！”凯特反驳说，“她不可能一夕之间就成了反抗军。”

芙莉亚也不太确定，她表示：“她显然已经脱离亚当学院有一段时间了，而她变成了什么，这件事如果传开了，在还没彻查她的身份之前，他们是绝对不会放心的。但我无法想象她会乖乖任他们彻查，所以除了挺身反抗亚当学院，她再也没有别的路了。”

“但这不一定会使她成为我们的盟友。”菲尼安说。

“没错，的确不一定。”

他望着一路向上的楼梯，楼梯尽头有个平台连接着伊西丝的牢房。芙莉亚追随他的目光，凯特发现这一点，她抚摸着芙莉亚的手，安慰她：“如果她想对你怎样，就得先对付我们。”

“我不怕她，她很聪明，她会理解的。”

“我们都不了解这个女人，”菲尼安的语气显得相当无奈，“大家都知道她是谁、她做了什么，但她脑子里到底是怎么想的？这一点我们毫无概念。”

凯特突然觉得毛骨悚然：“她没有心脏了，人却还活着。”

三人默默思考着，最后似乎全都认为，这种事已经超出他们的想象力了。

芙莉亚觉察凯特正用眼角打量着她："怎么了？"

"你怎么样？我是说，除了伊西丝那件事之外。"

"我很想念皮普，而且，我也必须想办法把书交给魅姬，越快越好。只要能让弟弟安全回到我身边，书可以给她，让她满意。"

"就这样？"

"你的意思是？"

"塞弗林。你对他有多了解？"

"我们通信有几个月了，几乎每天，有时候甚至一天几次。"

"你会想办法跟他解释吗？让他知道得停止通信了？"

芙莉亚摇摇头，说："我想，就让他从此失去我的消息吧，这样比较好。"

凯特那模样仿佛在极力忍住什么不说，但最后她还是说出口了："别去想什么'我不该改变过去'之类的鬼话！你喜欢他，对吧？我虽然对你了解不深，但连我都看得出来。"

芙莉亚朝她笑了笑，说："凯特，你是我这辈子最好的朋友。"

凯特开心地笑了。这时如果菲尼安发表什么评论，芙莉亚一点也不会感到讶异，但他只是默默眺望着暗处。

最后他才问："你知道，魅姬为什么想要那本书吗？"

"据说她在替一个叫玛塔 · 安提夸的人做事，至于她想用那本书干什么——我不知道。"

"安提夸？"他问，"第五个家族那个安提夸？"

芙莉亚点头。

"我还以为，当年他们全都被歼灭了。"

"也许她只是那么自称罢了，要不，就是哪个远房亲戚的后代子孙。"

“但为何偏偏是一个安提夸家族的人要攻击罗森克罗兹最后的子孙？亚当学院对这两个家族不是心狠手辣吗？他们岂不是应该互相结盟，联手对抗另外三个家族吗？”

芙莉亚想到安提夸家族研制的影墨，那是她所知的自己和那个家族唯一的直接联结，但魅姬却只提到七芒星的书，仿佛那是她对费园发动攻击的唯一理由。

过了片刻，她将这个疑点告诉他们两人。

“联结也许并不是影墨，”菲尼安说，“而是他们使用影墨的目的。”

“空白书？”

“假使世上真有空白书的话。”

“当然有！我就亲手摧毁了几本。”

“好好，”他举起一只手制止她，说，“你父亲将摧毁空白书当成个人志业，而这个玛塔·安提夸的目标如果不是影墨本身，那么她很可能是想要保护空白书。”

“我也这么想过，只是这又毫无道理。如果文殇真的发生了，那么所有的书，连同书巫术都会遭到摧毁，这对她并没有好处。”

凯特深深吸了一口气，说：“也许是她自己想和塞弗林联络，所以需要塞弗林的书。”

“跟一个少年？”

“跟七芒星，不论年纪大小。”

芙莉亚思考片刻。

“但这意味着——”菲尼安开口。

“她早就知道，塞弗林和七芒星就是同一人，”芙莉亚接口，“她也了解这本书的威力。但有可能吗？一直以来这本书都在我们家族的藏书室，连我爸爸都不知道它的存在。再说，塞弗林是我们家族，是罗森克罗兹家族的一分子，一个安提夸家族的成员又怎么会知道呢？”

这次又是凯特第一个提出显而易见的可能："如果她认识他呢？"

芙莉亚皱起眉头。"七芒星是在1835年失踪的，也许当时他就死了，就算假设他活到一百岁，那么1890年时他也应该衰老虚弱而死了。何况，那已经是一百二十年前的事了，这个玛塔·安提夸当时能有多大？她至少得有一百四五十岁，甚至更老才行。"她摆摆手说，"这不大可能吧。"

菲尼安态度却很坚定："说不定她有个祖先认识七芒星，然后把那本书的秘密告诉了下一代。"

这么多推论，搞得芙莉亚脑袋都要冒烟了，但她还是提出了一个所有推论都会指向的问题："她想从塞弗林那里得到什么？"

三人都默默无语，若有所思，没有人知道这个问题的答案。

最后，芙莉亚的身体缓缓离开根桥边缘，起身说："我必须跟伊西丝谈谈，她还欠我一个人情。"

凯特脸色发白，问："你确定她也这么想？"

"至少我得试一试，眼下她是唯一能帮我解救皮普的人。她的力量够强，可以开启庇护所的门，也许她可以带我回费园。"

"可是她——"

菲尼安摸摸凯特的手臂，说："她说的对。"

"你为什么不自己穿越呢？我以为，你们书巫都办得到。"

"穿越术必须在同一个世界才能施展，我可以从寻常世界的这个地方穿越到另一个地方，在同一个庇护所里也办得到。虽然这样很费工夫，因为必须有相同的两本书，何况我从未独自穿越过，"她边摇头边说，"不过，跨越两个世界的门户又不同了，唯有力量最强大的书巫才能自行创造出需要的门户，而且绝对需要用上他们的心灵书。这样已经够难了，而要是没有事前审慎的规划，就可能穿越到墙里或是湖底。"她仰望着那道楼梯，对自己现在得做的事感到胆寒："看来，伊西丝是我唯一的机会。"

42

直到芙莉亚离开视线，凯特才说："她并不像她表现的那么冷静。"

"她相当坚强。"菲尼安说。

凯特把头偎靠在菲尼安的肩膀上，菲尼安伸出手臂揽着她，令她非常欣喜："她跟塞弗林本来每天都通信，现在却惊觉，竟然就是他在一手策划要摧毁全世界的书。"

有那么一会儿，她全心全意享受两人的亲近，或许等她日后知道了这座营地的秘密，他才会向她表露自己的情意。其实她一直都知道，他不只是个园丁——那只书巫断手并不是她帮他找的头一件物品——而他也从不隐瞒自己赞成游吟兄弟的作为。但她未曾料到的是，他和整件事的牵连竟然这么深。只是这一点并没有吓到她，反而让她松了一口气。

"有时候，人们采取极端手段是因为有很好的理由。"他说。

"你觉得七芒星的做法是对的？"

"不是，当然不对。但他有自己的信念，并且愿意为此奋斗到底。"

"而你也一样？"

他发出一声喟叹，说：“我已经回不去了，凯特，这一点你必须了解。我是基于信念站在游吟兄弟这一边的，这一点未来也不会改变。”

“你们真的相信，通过攻击行动，能逼使亚当学院放弃？”凯特把脸颊从他肩膀上移开，身体坐直，菲尼安也立刻缩回手臂，这动作令她颇感失落。

“我希望对你坦白，凯特。我们正在筹划一件事，一件大事。”

“让更多人丧命？”她低声问。

他摇摇头，说：“那是亚当学院散播的谣言，每次行动，我们都没有让任何无辜者丧生。他们称我们是恐怖分子，好让人们惧怕我们，但我们其实并不是恐怖分子，我们是好人。凯特，我们只想做对的事。”

“所有点燃炸弹杀害百姓的人，不都是这么说的吗？说他们这么做有很好的理由？说受害的都是死有余辜的人？到底什么叫有罪，什么叫无辜？”

“每个细节我都了如指掌，发生的事情我都一清二楚，因为我总是在场。我发誓，所有受到伤害的，都是亚当学院无药可救的傀儡。”

“我还以为游吟兄弟——”

“游吟兄弟是革命的代言人，普克比阿列尔更常参与行动，但就算是他，也没有决策权。他们两人统领这座营地，协助潜逃的书妖，他们做得相当好——包括普克在内，虽然看不出他是那样的人。不过实际情况是，这处地方是我们给他们的，是我们在保护他们，而不是倒过来。”

“我们是谁？”

“我和另外一些人。刚瓦·欧连德使我们认清事实，他几乎一手创立了这个地下组织，我们有许多需要感谢他的。但如今他年纪太大，已经退居第二位了。”

凯特凝视着他忧伤的眼睛，并且在这一刻恍然大悟：“是你！一切都是你策划、指挥执行的。”菲尼安点头：“我们加起来，就是所谓的游吟兄弟，包括一些书妖、书巫和一般人。还有，没错，我就是他们的首领。”

“你才十七岁！”

“革命应该由谁来策动？不就是还没有变得脑满肠肥、苟且偷安的人吗？你真的觉得惊讶吗？”

有那么片刻她双唇紧抿，思忖着：“那些我帮他搞来的东西，以及追求自由的言论……”

他抚弄着她耳后一绺黑发，说：“假使你因此而不想再跟我有任何瓜葛，我也不怪你。”

“也许正因为你就是你，所以我才会在这里。正因为你所说的一切、你的信念，还有你的目标、希望，以及付出精力做的不同于我的事。不像我，只会靠偷窃苟活。”

“你不只会偷窃，”他说，“你还帮了我们。”

“可是我自己完全不知情！而你也经常责怪我，说我替杰瑞迈亚那样的混蛋工作。”

“杰瑞迈亚是个王八蛋，但和位居三大家族最顶端的人相比，他根本不算什么。像他那样的人，只不过是想苟且度日。但亚当学院就不同了，他们根本没尝过在街头讨生活的滋味，他们满脑子都是书，仿佛书比看书的人更加重要。从很久以前，在绯红厅联盟分裂，三大家族将安提夸与罗森克罗兹家族的人悉数歼灭时，这一切就失控了。”凯特的嘴角牵动了一下，说：“并非所有的人都死了。”

“芙莉亚人还可以，但那个玛塔·安提夸？假使她真的是安提夸家族的人，那她就是活生生的证据，证明那些人的问题出在哪里。他们为了控制书籍、控制和书有关的人，甚至不惜杀人。这就是高压统治的根源。”凯特觉察到沁人肺腑的清凉夜风。在这座树林里，你甚至会觉得连空气都跟管制区里的不一样了。在管制区内，有时会觉得连氧气都被书妖的苦闷与怒气污染了。

“即将进行的大事，”她问，“是什么？”

“我们要炸掉通往伦敦的桥梁。”

“然后呢？”

“然后我们要摧毁通往这处庇护所的出入口。”

“但书巫们还是会继续来到书城，总会有一些书巫力量够强，能开启庇护所之间的出入口。而且亚当学院会出动大批密探，你们还在四下张望时，他们就已经无所不在了。”

“是少数几个密探，或者一小群，但那些人我们可以对付。一旦桥塌了，书妖便会挺身反抗压迫者。”

“菲尼安，这太疯狂了！”她忍不住说，“亚当学院会杀鸡儆猴，以免其他庇护所也发生类似事件，他们会倾尽全力——”

“你以为其他庇护所就没有反对势力吗？也许还没有那么壮大，那么有组织，但等到书城自由了，就会掀起改变的。到时几乎每座庇护所都能自给自足，在外围地区会有农业和畜牧业，而绝对的独立自主，代表的便是真正的自由。”

凯特听得猛摇头：“自由？那会变成一座该死的监狱！或者，你还想怎么形容一个没有人能进出的地方？”

“你是自愿来到书城、留在书城的，你觉得自己被困住了吗？”

“那是因为我有选择！我随时都可以过桥回伦敦。”

“但你并不想这么做，因为你爱书城。”

“老天，问题不在这里！要是你摧毁了这座桥，就会有成千上万人被困在里面，而其中许多人本来并不住在书城，他们只是过来买书的。”

“那些人就是书巫啊。”他充满蔑视地说。

“没错，就像芙莉亚、伊西丝这种人——多亏了他们，你才能活命。可是，另外还有成百上千的人，他们……”

“他们并没有在亚当学院的庇护下安逸度日，”菲尼安紧紧握着凯特双手，说，“你听我说，我知道我们没办法为所有人都带来公平正义，但只要书城独立了，我们就有机会，至少有机会。”

“但那是错的，菲尼安，彻底错了，那些人都有权利自己做决定，你不能硬逼他们去做一小群人认为是对或错的事。”

“那你有什么更好的办法？难道我们应该投票表决，要不要把桥炸掉？应该在几星期前就发送选票，决定哪种攻击手段才是正确的？”

她不解地望着他，说：“假设这么做的话，你认为结果会是怎样？你想，他们会赞成这辈子再也不能离开书城吗？”“他们还可以进出这座树林，这座林子大到没有人见过它的边界。再说，一定还有一些位于更深处的庇护所可以经由这里前往，如果我们能找到出入口，那——”

“如果，菲尼安？难道那就是你对未来的愿景？如果？”

“至少它是个愿景，就目前局势看来，除此之外，再没有别的了；就算有，也不是管制区书妖的愿景。如果我办得到，在摧毁桥梁前，我会让书巫们先行离去，但这是不可能的，这一点你也知道。”

糟糕的是，尽管他把她气成这样，她依然一如既往地爱他。她气自己无法让他了解，他错了，气他那该死的臭脾气。一定有别的办法，也许比较困难，但也……嗯，也怎样？比较公正？她被自己问倒了，但至少她承认这一点，不像他，只会逃避所有棘手的问题。

她从他手中抽回自己的手，站起身来，说：“那些还留在书城的书巫会怎样？他们的力量岂不是大到可以再成立新的统治集团？必要时，一名经验丰富的书巫就能牵制十几名书妖。”

“他们不是战士，而是读者与藏书家，他们唯一见识过的战斗，就是为一部珍本杀价。”

有那么一会儿，她只是张大了嘴愣愣望着他。“你想要突袭他们！你要夺走他们的心灵书，把他们关起来！”她简直无法理解他的计划。“菲尼安，这么一来，你就成了新的亚当学院，你赶走了一个暴政，自己却成了下一个。”

“胡说！我要的是，让人们有机会自由选择，让他们能自行决定由谁代表他们做出决定。”

他想起身，却被她压住肩头按回桥面：“但你会先替他们做决定，不是吗？”

“革命总是这么开始的，凯特。决定展开防卫，决定当一切冲向毁灭时，不再只是袖手旁观，而是决定采取行动去改变。”

她想反驳，但知道这么做只是白费力气，最后她只好举起双手表示死心，接着便转身沿着阶梯往上走。

“凯特，等等！”

“菲尼安，去为你的战争拼命吧，去点燃你的野火，把你要炸的轰掉吧。你说的没错，你确实在筹划一件大事，而且在发现自己造了什么孽之前，你就已经先完蛋了。”

43

伊西丝扣好紧身衣，缩着膝盖坐在牢房墙边。芙莉亚打开并未上锁的栅门踏进去时，伊西丝并没有抬头看她。

“在温室那里，你为我们做的——”

“不是为你们做的。”伊西丝的音量很低，简直快被夜晚林间的声息淹没了。她依然低垂着头，仿佛在研究两脚之间的某个点。

“原因一点也不重要。要不是你，我们就死定了。”

“那么我们就扯平了，是吧？”尽管她的音量没有拉高，话里的讽刺意味听起来却异常刺耳。

“是，”芙莉亚答，“但是如果我没有试着那么做的话，你也就死了。”

“但现在我变成什么了？我只不过是某人想象出来的、偶然间落在纸上的一个念头，就算拿笔写下来了，这念头也一样会幻灭，会消失。书妖不是人，他们没有权利活得像人。他们并非父母所生，只不过是借由笔墨生成的。”

芙莉亚在她对面的地板上坐下，问："差别在哪里？你们和其他人同样有血有肉，有自己的思想，能做自己想做的事。你们的过往出现在某本书里，那又能怎样？"

"如今我成了这十年来自己一直在追捕的东西。我捉拿过书妖，囚禁他们，伤害他们，虐待他们，其中一些甚至被我杀了。我之所以做得出来这些事，是因为我万分确定，他们绝非人类，不是有权不受这些苦楚的人类。在这个世界上，随时随地都有意念或想法化为泡影，没人会怀念，终将被遗忘，就此销声匿迹。即使是书写下来的，也会再度消逝。写在黑板上的会被擦掉，书会被焚毁，再没有什么事会比意念更倏忽易逝了。而书妖正是意念，若非偶然来到这个世界，他们早就被人遗忘了。所以，请告诉我，他们有什么权利活着？"

"又是谁给你的权利，判断谁该活着，享有自由，谁又不该的？是什么使你成为你过去那种人的？"

"亚当学院教导我——"

"亚当学院不过是几个抓紧权力不肯放手、惧怕改变、自私自利的家族罢了。"

伊西丝发出冷笑，敲了敲自己的胸膛，说："别在我面前说'改变'有多棒！"

"如果你宁可死，那我很抱歉。"现在芙莉亚也有些火大了，因为她感觉到无论自己说什么都没有用，反正伊西丝都听不进去。

"我爸爸死了，另外两个我从小就认识的人，也死在骑士手下，我弟弟则被他们抓起来了。结果你却呆坐在这里自怨自艾！老天，我才十五岁，却比大名鼎鼎的伊西丝·霓莫霓思这个令人畏惧的书妖猎人还勇敢。"

"你到底想听什么，芙莉亚？想听我说万分感谢？想听我说，我变成什么都不要紧，重要的是我还活着？"

“既然死了更好，你为何不直接跳进深渊？不到十步就到边缘了，”芙莉亚霍然起身，一把将栅门拉开，说，“滚出去，把事情做个了断！如果书妖就跟意念同样短暂易逝又毫无价值，那么你是坐在这里自怨自艾还是跳下去摔断脖子，都无所谓啊。”

伊西丝怒瞪着她，芙莉亚却理都不理，她已经气得连恐惧或敬意都感觉不到了。

“你以为我没想过吗？”伊西丝反问。

“那为什么不做？”

伊西丝没有急着回答，过了一会儿她才说：“因为我无法放弃，就算我想放弃也办不到，七芒星并没有把我写成那个样子。故事里的角色根本不懂什么叫放弃，他们只会继续走自己的路，无论路途上会遇到什么，无论遭遇多大的痛苦或诱惑，他们依然会坚定不移地前进。我就是如此，芙莉亚，从前的我也是如此，总是勇往直前，不管别人如何阻挡。”

芙莉亚放下拉着栅门的手，问：“你认为这样不好？”

伊西丝没机会回答，因为就在这一刻，钟声大作，几秒钟后，第二、第三口钟也接连响起。

“这是警报吗？”芙莉亚跨出牢房一步，朝暗处张望。她前方的凸出物尽头便是栏杆。左侧不见人影，右侧朝她飞奔而来的是凯特。

“芙莉亚！怎么了？”凯特瞧了瞧她们上下的树根。钟声竟从四面八方传来。

“她来了，”伊西丝说，不知何时她已经凑了上来，说，“是魅姬。我就知道，她会找到办法的。”

菲尼安也在凯特之后赶了过来，他匆匆瞥了伊西丝一眼，接着用力眺望暗处，说：“阿列尔的钟没响。本来他的钟应该率先响起的，而且是最响亮的。”

"这表示她已经在他那里了，"伊西丝朝菲尼安跨近一步，问，"我的心灵书在哪里？"

"在阿列尔那里。"

伊西丝咒骂着，立刻就要过去，芙莉亚却挡住她的去路："如果她和骑士们已经到了，这可能是跟她协商救回我弟弟的最佳时机。"

"最好当下就在这里杀了她。"

"不行！万一她遭遇不测，费园里的骑士就会报复皮普。"

"我需要我的心灵书！"

当然啦。无论伊西丝变成什么，只要是书巫，就不会放弃自己的心灵书——谁都拦阻不了她取回心灵书的。

"好，"芙莉亚说，"可是我要先跟她谈谈。"

菲尼安准备开始行动，他说："这里都是我的人，很久以前，我就跟他们站在同一阵线了。"

"让魅姬得到她要的，书妖们才最安全，"芙莉亚主张，"我给她塞弗林的书。"

"她还是会杀掉你弟弟，"伊西丝反对，"先是你，再是你弟弟。她一旦出手，就不知道还有谁会死。你们千万别低估她的心狠手辣！"

"那你就打开一扇门户带我回费园。趁着魅姬在这座林子里，也许我能找到皮普。"

"只要拿到我的心灵书，我就能开启门户，但不是通往你们家，而是去我熟悉的地方。这是规则，不这样不行。一定要是我去过的地方，不然就太危险了。"

菲尼安咒骂着，说："那我们就别再浪费时间了，快点去拿那本该死的书吧。"

一行人矮着身子前进，直到阿列尔的住处出现在眼前。那里的树根纠结环绕成团，把整间屋子包得有如一颗茧。门前的一群书妖被三名骑士用枪制住，看来魅姬人已经在房里了。

“别走那里，”菲尼安抓着伊西丝的手臂将她拉回，低声说，“我知道一条更好的路线。”

他带领大家走下一道阶梯，经过一座由树根构成的狭窄吊桥，来到植物藤蔓形成的墙前面停下。现在他们的位置就在阿列尔住处的斜下方，上面有光线从这团纠结植物的缝隙里透出来，这里应该是阿列尔房间的背面，既没有骑士出现，也看不到任何书妖。

“好。”伊西丝朝菲尼安点点头，接着率先攀着坚硬如石的藤蔓上去，芙莉亚和其他人紧随在后。爬上那里并不难，利用植物形成的圈环与洞口，轻轻松松就能找到支撑。

最后，他们互相紧挨着蹲在纠结的根部，各自寻找透光的缝隙，偷窥屋子内部的情况。从芙莉亚的位置看不到魅姬，只看得到阿列尔。这个满头乱发的大气精灵站在桌旁，桌面空荡荡的，伊西丝的心灵书和那截刺青的书巫断手都不见了踪影。从她的位置望去，也见不到普克的身影。

这些纠结的藤蔓并不太密，芙莉亚要是伸出手臂，就能进入光照范围，而魅姬说的话，她也听得一清二楚：“……没兴趣把你交给亚当学院处置。你和那些叛变的书妖引发的战争并不是我的战争，你爱在这座林子待多久就待多久，不过要把那个女孩交给我。”

“其他人呢？”阿列尔问，“跟她来的人。”

“小伙子和女贼我无所谓，但我要亲眼看着那个女密探死——如果你们还没杀了她的话。”

“我们将她推入空心树了。”

“什么空心树？”

“一棵死去的巨杉。巨杉内部有超大型的火蚁窝，密密麻麻地攒动着。我们处罚窃贼的办法是，用绳子把他们绑起来垂降到巨杉中心，让他们撞到树穴壁时也能碰到火蚁。大多数人在垂落到最底部前就不再呐喊了，侥幸活命的，我们就拉上来，饶他们一命，不过这种情况很少见……普克，最后一次有人活下来，是什么时候的事了？”

羊男的声音从右侧传来，但芙莉亚依然看不见他：“八年前了。如果我没记错的话，那个人偷的是一本鸟喙书。”

凯特在芙莉亚身旁听得冷汗直冒，菲尼安弯下身，说：“他知道我们在这里。”

“至于叛徒和亚当学院的密探，我们会立刻推入树干空穴，”普克边说边移动身躯，直到他的背部移到芙莉亚的视线范围内，“让他们沉入蚁堆。至于那个伊西丝·霓莫霓思，她尖叫了一刻钟才停止，丢下去之前我们还剥光了她的衣服，在她身上抹了糖水，那些火蚁可是爱得要命呀。”

“我猜，”静默了片刻，魅姬才说，“你是没办法让我瞧瞧她的尸体了。”

“嗯，”普克答，“你可以派几名手下进入树穴，让他们把蚁堆里的遗骸挖出来。”

“也许我该自己动手，或者我该好好收拾你，把你也送进蚁穴里，你这个书妖。”

“提泰妮雅仙后的怪脾气我都受得了，又怎么会怕女杀手呢？”

魅姬放声大笑。普克背着双手，开始来回走动，仿佛要好好考虑她说的话。

最后，魅姬问：“那个女孩在哪里？她身上带着不属于她的东西。”

阿列尔双手按着桌边，说：“谁能向我保证，你拿到要找的东西之后，不会把这里的情况向亚当学院透露？”

“我已经告诉过你，我已经不再为亚当学院做事了，而且你也只能相信我。另一个选项是，你们全都跟那个顽固的朋友落得同样的下场。”

接着，一个沉重的布包飞向阿列尔，在离他一臂之遥处“砰”地落到了桌面上。他倒抽一口冷气，将布包一端掀开，接着面无表情地转向普克，说：“是霍米尔。”

菲尼安还没发出怒吼，凯特就已经伸手紧紧掩住了他的嘴。

普克在芙莉亚窥探的缝隙前停下脚步，假装沉思着转过身来——他那双火红的眼睛恰好和芙莉亚的对上。过了一会儿，他又再度走动起来，离开了她的视线范围。

“没必要杀死霍米尔的。”阿列尔说。

“我想，我可以在客观理由上再多加一点情感成分，”魅姬狂傲地说，“如果我太冒失，那么抱歉啦。还有，我愿意释放善意。之前在我们抵达时，落入我们手中的那八名守卫，我会尽量不把他们从根桥上推下去。”

普克发出了一声低吼，那吼声不像公羊的叫声，倒比较像狼嚎，但阿列尔朝他的游吟兄弟比画了个安抚的手势。

“我相信你，”他目光越过霍米尔的首级，说，“不需要别的来证明你的真诚。”

“那我们就这么说定了？”

芙莉亚看不到阿列尔的反应，因为普克又挡到她的视线了。他仍然背对着她，但这一次他手上拿了一样东西，正在偷偷往缝隙里塞。凯特也发现了，其他人则看不到，但伊西丝悄悄挺起了上半身，仿佛已经知道普克要交给他们的是什么了。

芙莉亚把手臂伸进缝隙里，直到她拿到那本小小的祈祷书。普克在原地多停留了一阵子，好确定芙莉亚来得及把手缩回去。之后，他才又开始走动。

“我这就去把那个女孩带过来。”阿列尔如此对魅姬说。

“告诉我在哪里可以找到她就行了。”

“我的手下会去芙莉亚的牢房带她过来。”他朝普克使了个眼色，普克咕咕哝哝地躲出去了。

芙莉亚的身体倾斜，绕过凯特和菲尼安，把心灵书递给伊西丝。伊西丝松了一口气，一只手柔情万千地抚摸着封皮，并且将一根手指头伸进书里，翻开书页。

“等等！”芙莉亚低声说，“先带我们去伦敦。”

“我留下。”菲尼安压低音量说。

“你想落得跟霍米尔同样的下场吗？”凯特惊骇地问。

伊西丝指着下方，说：“爬回下面去，快！”

芙莉亚没料到率先听命的居然是菲尼安。小房间内，阿列尔与魅姬还在交谈，但芙莉亚已经不再注意听了，她跟着其他人沿着根丛往下爬，回到藤蔓桥，置身于距离根丛四个人高的地方，外人从前方看不到他们。普克穿过那群书妖安抚他们时，这里能隐约听到激动的呼喊。

伊西丝把书翻开，分离一张书页之心。书页里发出暗紫色的光芒，但愿从远处看不到这光。没有人知道，魅姬到底将其他骑士安排在了哪些地方。

“来，”伊西丝催芙莉亚，“快点！”

“凯特先走。”

看得出凯特一点也不开心：“为什么我要先走？”芙莉亚从口袋里取出了自己的心灵书，说：“因为万一她使用书巫术攻击我们，必要时我可以防御。”这根本是口出狂言，不过凯特只迟疑了片刻便点了点头。

“你们马上就会过来吗？”

菲尼安将她拥入怀里，在她耳畔低声说了些什么。此刻他依然如此镇定，令芙莉亚大感讶异，也有点担心。不过，知道凯特安全无虞，菲尼安似乎跟自己同样高兴。

“一个一个来，”伊西丝说，“否则就不行。”

凯特握住伊西丝朝她伸过来的左手，接着紫光亮起，两人便消失了。

“芙莉亚，”菲尼安迟疑了一下，说，“我——”

接下来的话他没来得及说，因为伊西丝恰好在这一刻又出现，右手同样拿着翻开来的心灵书。她显得非常疲惫，仿佛爬了好几个小时的山。

“现在轮到你了。”她告诉芙莉亚。

芙莉亚点点头——随即推了菲尼安一把，将他踉踉跄跄地推向伊西丝。他的手朝芙莉亚所在的方向胡乱抓着，但伊西丝已经不耐地揪住了他，接着两人便失去了踪影。

芙莉亚猛然转身，再次攀着藤蔓墙向上爬。伊西丝随时可能回来，但芙莉亚几乎已经爬到了上面，眼角余光才瞥见茂密根丛底部出现的闪烁紫光。她看到伊西丝出现，却没有停下来，而是穿过好些树根，绕着阿列尔的小屋行动。她很清楚，伊西丝会跟过来，也许是因为她的目标和自己一致——尽管理由不尽相同——也许是为了避免自己做蠢事。但无论是哪一点，现在都不重要了，她和伊西丝的距离已经拉得够远。另外她也认为，敌人近在咫尺，伊西丝应该不敢施展书巫术拦阻自己。

芙莉亚最后一次回望，却没见到伊西丝的踪影。接着她便钻出根丛，来到阿列尔小屋前的平台。由于三名骑士正忙着牵制书妖，所以直到芙莉亚将手指放入口中，吹出尖锐的哨声时，他们才惊觉后方有个少女。所有人都急忙扭过头来。

“我叫芙莉亚·萨拉曼德拉·费尔菲克斯，”她扬了扬手中那本塞弗林的书，说，“我要见你们的主人。”

44

魅姬走出来，一名骑士想捉拿芙莉亚，魅姬却以手势制止，要他退回去。

“你好啊，芙莉亚。”

“我把书带来了，”芙莉亚把书递向魅姬，说，“这应该就是你想要的吧。”

一时之间，魅姬似乎丝毫不感兴趣，只是把目光定在芙莉亚身上，这让她想起会突然暴起，用八只脚紧紧攫住猎物的跳蛛。

但眼前的魅姬只是站在根穴出口，缓缓伸出一只手，她身上已经看不到菲尼安射出的伤口了。

“给我。”她说。

芙莉亚走向她，感到胃部抽搐了一下。有那么一瞬间，她感受到了一股无形的抗力，有如两块磁铁的相同磁极碰撞到了一起，要将她推离魅姬。

魅姬的手臂迅速向前一伸，一把握住她的手腕，说：“罗森克罗兹家族最后一个女儿，现在让我们瞧瞧，你带了什么好东西来？”

“你明明很清楚。”

魅姬的笑容依旧，但那不过是为了掩护某种极端恐怖的行为。

“你闻起来跟你弟弟一模一样。”魅姬说。

“我打赌，”一名骑士冷笑着说，“她叫喊起来也跟他一样。”

“闭嘴！”女主人厉声呵斥。

芙莉亚从惊愕状态中回神，就在魅姬想从她手中把书拿走时，她突然缩手，问：“你对皮普做了什么？”

“他没事。”

“那他为什么叫喊？”

魅姬那双美丽的大眼睛注视着芙莉亚，目光流露出真心的不解。她说：“他是个孩子，孩子本来就爱尖叫。”

“皮普不会，只有被人弄疼时才会。”

魅姬一把夺过芙莉亚手中塞弗林的书，将她往后一推，说：“他没事。注意你的语气，小女孩，这样他就不会有事。”

“书我给你了，现在你该放了皮普！”

“那当然。你跟我过去，就可以亲眼证实。”

情势陷入了两难，芙莉亚自然也觉察到了这一点。她如果不随魅姬过去，就无法确保皮普能重获自由；如果跟去了，就和皮普一样，只能任凭魅姬和她的委托人宰割。

魅姬露出迷人的笑容，匆匆翻阅了书中几则通信，说：“真的好可爱哦。”她目光没有从书页上移开，问，“你有点爱上他了吧？”

芙莉亚宁可把书吞下肚，也不想回答这个问题。

魅姬边翻着书边说：“有人想认识认识你。”

“玛塔·安提夸？”芙莉亚只想试一试，但就在这一刻她知道自己说对了。

魅姬皱起眉头，问：“是谁把她的事告诉你的？那个女密探？”

芙莉亚摇头。

“好吧，”魅姬耸耸肩说，“反正也不重要。”接着她转向骑士，吩咐道：“我们走。把她的心灵书带走，双手绑起来！”

魅姬正想转身进入根穴去找阿列尔，却突然犹豫了。她狐疑地偏着头张望了一下，问：“那个羊男呢？不是他带你来的吧？”

一名骑士伸手想抓住芙莉亚，但她一溜烟地从底下钻过去了，等到他再想出手时，芙莉亚已经把意志当成子弹射向他的脸了。她不确定这一招能不能对付他们，但她的精神攻击确实拦住了他。骑士迟疑了一秒，而这个空当对她来说已经足够了。

“我跟你去，”她告诉魅姬，“可是你不能拿走我的心灵书。”

遭到其他骑士牵制的那群书妖突然骚动起来，而在灯笼照射范围的外缘，更远一点的树根那里也有了动静。

魅姬也发现了这个变化。“阿列尔！”她扭头呼唤。“叫你的人安静，否则这些俘虏都得死。”

在较高处树根形成的吊桥上，立刻有人将绑缚起来的书妖押到了深渊边缘，每名俘虏由两名骑士监管。

阿列尔来到平台上，一只手高举，朝书妖俘虏及所有藏在暗处的手下喊了些话。不久，不满的骚动就转成了低语。

魅姬注视着芙莉亚，说：“你休想反抗，这样对你和你弟弟都没有任何好处。”

从前芙莉亚有时会想，书中人物在表示鄙夷时为什么总爱吐口水？在她看来，那并不是一种生动的描述，反而令人感到恶心，但如今她终于了解了。恨意有如鱼油，那股恶心的味道会黏在舌头上。

“我不会反抗，”芙莉亚说，“我只是想保留我的心灵书。我答应你，不会——”

她还没来得及把话说完，因为几乎与此同时，分别发生了两件事。

呜咽的笛音突然传来，乍听之下美妙动听，下一秒却如钢针刺入耳膜，几名书妖发出凄厉的呼号，平台上的三名骑士也急忙用双手掩耳，甚至有两人的武器掉落地面，而位于上方根丛的人的情况也没比他们的俘虏好多少。芙莉亚感到一股炽热的痛楚，起先她还能看到魅姬蜷缩起身躯，接着她自己也跪倒在地了。

塞弗林的书掉落在了她前方的地板上，但影像模糊，因为她的泪水夺眶而出，耳内也奇痛难忍。

与此同时，出现了第二种攻击。这次攻击之所以能成功，是因为除了芙莉亚之外，再没有谁知道伊西丝 · 霓莫霓思的身体有多虚弱。接连两次开启门户显然大大折损了她的力量。她仿佛凭空冒出来般，步履不稳地出现在平台上，使尽全力朝大声咆哮的魅姬脸上猛挥一拳，却也被自己的力道拉扯得踉踉跄跄。她还想再补上一拳，对手却已经血流满面，逃到阿列尔的根屋里了。

接下来，伊西丝把矛头转向近处的三名骑士。在刺耳的笛声中，他们依然蜷着身子，毫无反抗之力，任由伊西丝一个接一个地把他们扔进了深渊。

接着笛声骤然而止，普克咩咩大笑着跳到了平台上，从一名骑士的手杖里抽出剑来，跟在魅姬后头冲进了根穴。

芙莉亚身上的痛楚尚未停歇，她伸手想捡起塞弗林的书，书却已经不见了。她并没有见到伊西丝把书捡起来，想来应该是魅姬被伊西丝打退之前就拿走了。

有只手按上她的肩膀。“必须离开这里……”声音来自远方。

“可是皮普——”

“我们去救他。”

芙莉亚猛摇头，说：“你还太虚弱，而且书——”

“现在不必管那个，芙莉亚！”

但芙莉亚还是恨不得立刻趁机冲进去，因为就在此时屋里传来了一声凄厉的号叫，紧接着是有如身体被大卸八块的声响，温热的液体喷溅到她脸上，接着“啪嗒”一声，一团奇形怪状的东西掉落到了脚前，她认出那是一块毛发蓬乱的羊皮，接着她就被伊西丝用力拉了过去。

远处，一群骑士如落果般纷纷从上方的藤蔓坠落。芙莉亚在恍恍惚惚中见到这场诡异的“人雨”，听见背后传来惊恐的呼喊，其中夹杂着阿列尔的呐喊，最后则是魅姬的怒吼。

“快走！”伊西丝说，“普克死了，而我们——”

话音在紫色的爆炸中减弱，一阵暴风攫住芙莉亚，将她卷入光之旋涡。伊西丝就在她身边，周遭世界的书页沙沙作响，两人从书页上的字里行间坠落，在奇大无比的字母暗影中，人显得十分渺小，微不足道。

45

在费园内，阅读灯瞅着阅读椅迟钝的动作，以及那一副想避人耳目的模样，信心一点一滴地丧失了。早在阅读椅这么慢吞吞地执行它的构想之前，阅读灯就认为，这计划铁定会失败。

没想到它的计划居然成功了，这着实令阅读灯大感意外，而它那突如其来的勇气，几乎也让阅读灯感到惊讶。自从见到桑德兰之后，阅读椅就变得不一样了。

费园廊道上塞满了数百年来累积的家具。那些入侵者似乎都没有注意到，廊道上，一扇开着的房门前突然多出了一把椅子——就在红色丝质壁纸上投射下来的方形光块中央。

阅读灯此刻位于廊道上再过去一点，和楼梯间交汇的地方。桑德兰刚刚帮它的铰链上了油——如果一个司机不知道哪里可以搞到油，还有谁会知道呢？从此以后，它那原本嘎吱嘎吱、摇摇晃晃的行动，变成了安静无声的缓步行走。阅读灯恨不得能整天在这栋破落建筑里得意地走动，让油画上那些顽固的人物瞧瞧自己现在变得多么灵活。

不过眼下还有更紧要的任务，桑德兰想救出那个男孩，因此需要打听有多少骑士在监视皮普，但愿一盏立灯和一把椅子出现在这里不会招来怀疑。这两个活宝必须充当耳目，稍后前往桑德兰的藏身地点报告侦察结果。稍早它们离开时，他还面无血色，血流不止。

那些男子将皮普拘禁在会客厅里，那是一楼最大的房间，摆放着全家唯一的电视机。可惜这个惹人嫌的老古董不但声音像破锣，影像质量也差劲透了。骑士们的日子过得太无聊，所以把皮普带去那里，现在他们全都待在这个房间，而电视机则把光投射到了廊道上，怪声怪调、喋喋不休地说着没人听得懂的话。

阅读灯从来没有进过这间会客厅，想来应该和其他会客厅一样，挂着以猎狐为主题的褪色壁画、黯淡的水晶灯与布满灰尘蛛网的天鹅绒窗帘。从阅读椅所在的位置，应该看得到会客厅内的部分景象，但它显然不满意，因此再度展开行动，用四条木腿在磨损严重的地毯上摸索着前进。

阅读灯把身躯挺得笔直。倘若这时有人经过，想必会十分不解，何以一张背垫上满是窟窿的老旧皮椅会出现在廊道中间？而那人应该会瞬间推敲出事情的始末，并把之前那两名骑士在电梯里还没完成的事做完。

与此同时，阅读灯懊恼极了，因为它除了静静等待，以及注意楼梯间的动静之外，什么也不能做。明明它的动作比阅读椅敏捷，也比较不容易引人注目，但阅读椅非要扮英雄不可。阅读椅从悲观主义者变成了冒失鬼，这种转变实在令阅读灯难以接受。从前芙莉亚为它们朗读恐怖故事时，阅读灯从来不会把灯掉转开，不像阅读椅总是哼哼唧唧地呻吟，盼望故事快点结束。有谁能想得到，它现在竟变成了这样？

阅读灯知道阅读椅在搞什么鬼，但这么做的风险实在太大了。

现在阅读椅几乎已经抵达了门框，想一探究竟。阅读灯恨不得冲过去，指导它该如何潜近目标，从自己的“智库”里送给它几个建议。因为它和阅读椅不同，芙莉亚书里所有的故事，它都牢牢记住了。它深知匪帮伎俩，知道他们如何悄无声息地包围受害者。不像阅读椅，它连最简单的事都记得很吃力，会客厅里的事，它真的记得住吗？阅读灯实在很怀疑。

老天，它居然杵在门口！万一有人往这里瞄上一眼，可就完蛋啦。那些男子马上就会猜到这究竟是怎么回事，并且在屋前放火烧了它。说不定还会有人突然想起曾经在顶楼见过它。骑士们在阁楼上搜寻两名小鬼时，堵住门口的不就是它吗？还有，当时不是有一盏灯跟它在一起吗？那盏灯为何会突然出现在会客厅前的走廊上？最好也马上将它扔进火堆里！

想到这里，阅读灯开始感到恐惧。它把灯罩压得低低的，希望在偷瞄阅读椅时能尽量避免令人起疑，但紧张却使它的电线发抖。

阅读椅杵在原地，它想看的不是早就看到了吗？还是吓呆了？难道那些陌生人在凌虐小男孩？

尽管心中万般不愿意，阅读灯还是决定离开目前的位置。它再次倾听楼梯间的动静，这才用刚上过油的金属脚踩着小碎步，沿着廊道走过去。阅读灯距离那扇开着的门还有十来码的距离，阅读椅仍然堵在门口，也许它的脑筋正在高速运转，想着该向桑德兰报告对方有多少人手，毕竟，数数向来不是它的强项。

阅读灯走到半路时，背后突然有了动静，声音来自另一条通往楼梯间的廊道。这步伐并不规律，几乎是踉踉跄跄，甚至一跛一跛的。

阅读灯考虑了一下是否要冒充没有生命的家具，但最后它加快速度前进，赶上阅读椅，用灯罩边缘拍拍它的扶手。

“有人来了。”阅读灯警告。

阅读椅吓了一大跳（阅读灯从阅读椅皮革上的波纹得知），接着它的木脚立刻开始倒退着移动。

阅读灯忍不住问："里面有多少人？"

"八个。"

"你确定？"

"也许是九个。"

"说不定是七个？或者十个？"

"都有可能。"

阅读灯掉转灯罩朝廊道上张望，脚步声已经抵达楼梯间了。

"靠墙！"阅读灯催促，"快！"

阅读椅往后退去，直到椅背顶到墙。阅读灯好想朝会客厅瞧上一眼，可惜眼下没这个美国时间，它只好挪到阅读椅旁，将灯罩转向廊道尽头，接着一动也不敢动。这两个活宝，谁也不敢再吭声。

魅姬从楼梯间拐进廊道。这个纤细的黑色身影才走了几步便停了下来，右手撑墙稳住身躯，周围有紫色光点舞动，几秒后才消失。魅姬左手拿着一本——不对，阅读灯发现，是两本书。

魅姬维持着同样的姿势不动，看来似乎在大口喘气。红色液体溅了她满脸，她那长及下巴的短发也湿湿黏黏的。她看起来筋疲力尽，仿佛才刚刚死里逃生。

阅读灯用一只金属脚踏住自己战栗的电线，阅读椅的椅垫里也传出紧张的窸窣声，幸好它马上就控制住了。

魅姬挺直身躯，重新跨着坚定步伐前进，来到投射在阅读灯与阅读椅上的闪烁光束中。现在她又和在阁楼时一样了，看起来非常倨傲。接着她突然静止不动——被她识破了，阅读灯心想——接着扭过身去背对着它们。她踏进会客厅，双手各拿着一本书，而其中一本，阅读灯经常能看到芙莉亚在读。

"结束了，"电视的光熄灭，会客厅再度陷入沉寂，魅姬宣布，"我们不需要这个男孩了。"

第三部　文殇

Die Entschreibung

46

芙莉亚从紫光中返回现实，她四肢着地，耳中环绕着呼啸声，嘴里还残留着仇恨的滋味，与此同时，伊西丝也在她身旁侧身坠落，宛如新生儿般蜷缩着身躯，紫色光点如火花般在她们周围飞舞。

“伊西丝！”一名男子的声音呼唤着。接着有人匆匆从芙莉亚身边经过，来到伊西丝身边蹲下。“伊西丝，该死……”

芙莉亚闭上眼，紧接着又睁开，紫色光点如雾霭般慢慢消散，但下一秒她就看不到伊西丝和那名男子了，因为一张激动的脸孔突然出现在了她的视线里。

“凯特。”她低声呼唤。

凯特喉头咕噜咕噜地响着，发出快乐的呼喊。她的心情顿时放松，想拥抱芙莉亚，最后却只是抓住她肩膀惊呼：“老天，芙莉亚，怎么这么多的血……”

芙莉亚想起阿列尔房门口那暖暖的湿意。“普克，”她低声说，“被魅姬杀死了……”

菲尼安在凯特后方现身："普克死了？"

芙莉亚虚弱地点点头，说："他想将她——"

"阿列尔呢？"

"我不知道。"

"其他书妖呢？他们有没有将她——"

"他们将骑士推下了深渊，我想，他们成功了，可是……我们离开时，魅姬还在……不知道后来发生了什么事……"菲尼安双手揪着头发，说："我得马上回去，我不该离开——"

"没什么是你非做不可的，小伙子，"此刻正忙着帮伊西丝坐起来的男人插嘴说，"如果你想去别的地方，别急，我们可以帮你叫出租车。"

那人年纪颇大，约有六十来岁。他那胖嘟嘟的身材、地中海似的头发，让芙莉亚不由地想起家中书巫壁纸上漫步而过的修士，其中一个是凡塔思帝寇·凡他思提切灵的秘密同党，他还把自己的修道院提供给盗匪栖身。不过他们现在落脚处的屋主身上穿的不是修士袍，而是夏威夷衫。蓝底的衬衫上是一幅粉红的日落景象，卡其裤的裤管翻折，脚下的凉鞋也磨破了。芙莉亚的目光一落到他的脚指甲，就立刻转向别处。

她逐渐能辨识周遭的环境，这个阴沉沉的房间里布满了书架，架上的书全都平放着，没有一本是竖立的。房间里放了好几张书桌，桌上都堆放着书本或是脱落的纸页，简直就是一座座高低起伏的纸山。这些物品之间摆了一张老旧的旋转椅看起来不太结实。天花板上不见任何灯具，只有电线从粗灰泥的壁面里探出头来，而桌子上那些亮着的灯却照着被肢解的书页、放大镜与外科手术刀等物品构成的凌乱景象。

光瞧上一眼，芙莉亚就知道这个男人靠什么赚钱了。"你是书雠！"她满腔鄙夷，脱口冒出这句话。

“是图书交易商。”他边纠正她，边用手帕擦拭伊西丝的额头。此刻她虽然已经坐起身来，却仍是呼吸沉重，双目紧闭。“三个门户！”他高声责备，“有的人光开启一个就丧命了，你们却让她开启了三个！”

“我们并不知道这么做会伤害她。”凯特答。

菲尼安的忧虑显然大过歉疚。“芙莉亚，”他特别加强语气问，“那里出了什么事？”

虽然老男人对伊西丝非常关照，但芙莉亚却不想就这么轻饶过他，在她眼中，他就是个人渣。

书雠是图书业的盗尸者，是最低级的古书商。他们专门把珍稀书籍化整为零，将原本完好的书拆成一页页出售，以提高利润。这个世界上有足够多的富有收藏家为了获得某某中世纪手抄本，或某部初版游记绘图精美的一页，而愿意乖乖付出巨款。一本在拍卖会场能卖到十万英镑的书，如果将书中的五百页分别出售，每页售价可高达数千英镑，利润当场就翻了好几番。这些书页往往被囚在画框、画夹或保险箱内，不会被人阅读，纯粹是因为稀有才受人珍爱。大开本书最常遭此劫难，被那些原本就拥有一切的人纳为战利品，放在豪宅中与毕加索的作品、象牙等并列展示。

芙莉亚的父亲早就将自己对书雠的痛恨灌输给了她，她是万万不可能把这种人当成盟友的，那样会玷污对父亲的怀念。桌面上那些遭到毁损的书简直在撕扯她的心，这里根本不是什么工坊，而是书籍屠宰场。就在这一刻，伊西丝突然睁开眼睛，而那个胖男人还在用肮脏的手帕帮她擦脸。“好啦，”她不耐烦地说，“别再擦了。”

“你满身都是血。”

“又不是我的血。”

“谁能行行好告诉我普克到底怎么了！”菲尼安突然开口，他原本和凯特一起坐在一张灯芯绒面的长沙发椅上，沙发椅周围散置着内页被取出的书封和零散的书页，菲尼安上半身突然向前倾，似乎准备一跃而起，“普克是我的朋友，阿列尔也是，万一他们遭到不测——”

“魅姬杀了普克，”伊西丝说，“但我不知道她是否也对阿列尔下手了，目前也无从得知。”

菲尼安脸色煞白：“这么多年来，亚当学院一直想捉拿他们，结果这个女人一出现就把他们杀了？”

“这是杀手的不良习性。”一颗紫色光点从伊西丝的左眼角飘出，随即破灭。

“没有谁开启了三个门户还能没事的。”胖男人说。他的忧虑是有理由的，但芙莉亚还是很不喜欢他。

“抱歉，我们来得这么唐突，”伊西丝说，“我们会尽快离开的。”

“能够再看到你，我很开心。”

伊西丝不耐地将他推开，试图起身。芙莉亚赶紧赶到他们两人之间，协助她站起来。

伊西丝有点昏昏沉沉地走到办公椅前坐下，解开兜帽斗篷的搭扣，让斗篷在背后滑落。

这里已经没有其他座位了，芙莉亚只能靠着一张桌子站着。这个书雠正在残害的书上印的是拉丁文，书页边缘缀有精美花纹。对印刷品如此轻蔑的作为真是令她作呕。

几乎要顶到天花板的两扇狭窄窗户外是砖砌的通风井，昏黄的路灯正好从那里照射进来——原来他们是在地下室里。

菲尼安坐在沙发上，上身前倾，双手掩面，凯特用一只手揽着他。

“对不起，”芙莉亚朝他所在的方向说，“她要的只是我，跟普克本来毫无关系……而我还冤枉了他。如果没有他帮忙，我们绝对没办法拿回伊西丝的心灵书。”

她不确定自己说的话菲尼安有没有在听，不过凯特倒是对她笑了笑，说：“那并不是你的错。”

“不，”芙莉亚说，“是我的错。”

菲尼安抬起头来，说：“普克知道其中的危险，阿列尔更是了解。事实上，他们俩能够活到今天，已经是个奇迹了。”

穿夏威夷衫的男人靠在两扇窗之间的墙面，问：“到底发生了什么事？”

“你别管，”伊西丝说，“我们休息一下就走。”

他悲伤地望着她，没有反驳。

“魅姬拿到了塞弗林的书。”芙莉亚说。

“是你一定要给她的，”伊西丝呛声，“我警告过你要多提防她。”

“她本来可以带我去找皮普的，如果普克没有……如果大家都遵照她的要求。”

凯特气呼呼地来回看了看他们，说：“你们吵完架了没有？现在我们能不能好好思考，接下来该怎么办，而不是为已经改变不了的事而争吵？”

胖男人清了清嗓子，说：“好，那就由我开始吧，我叫作……”他停了一下，仿佛已经很久没有说过自己的名字了，“大家都叫我塞雷斯蒂安。”

“那是你的绰号吗？”芙莉亚问。

“不然呢？”伊西丝答。

“我叫芙莉亚，这是菲尼安跟凯特，伊西丝你本来就认识了。”

“那当然了，”他看起来更加沮丧了，“她是我养大的——虽然她很想忘记这一点。”

“哦，拜托。”伊西丝无奈地说。

芙莉亚很难想象伊西丝小时候住在这处地下室里的情景。

凯特把这个男人上上下下打量了一遍，问：“您是伊西丝的父亲？”

“不是，”伊西丝抢先回答，“我不是说过了吗？”

“反正你只有我这个最棒的爸爸。”他说。

伊西丝坐在椅子上默默转向他，敞开自己的上半身，接着起立，拉开紧身胸衣的两侧。不久，仿佛有只无形的手在翻动她身上的书页，并传出细语声，同时一股劲风从这本活书吹向了塞雷斯蒂安。

“老天！这究竟——”

“我是书妖，”伊西丝不疾不徐地扣上胸衣，说，“这点你早就知道了。”

他脑袋歪了歪，似乎不知该如何回答才好。接着他迟疑地点点头，但那模样却像是连他自己都不确定：“不过……并不是一开始就这样的！”从几个小时前，过去便改变了，但对他而言，变化现在才出现，因为这些事他大概已经很久没有特地想过了。

“出生在昼夜交界处的女孩，那个故事是你告诉我的，”伊西丝说，“如果那是你当年虚构的……那么，现在它已经成真了。”

“可是那不过……”他没有再往下说。而芙莉亚也发现，他脸上的表情起了变化，他不再信任自己的记忆了。直到刚才他还坚信，那是他编造的故事，但现在他隐隐约约记起，那是一则古老且众所周知的童话——七芒星的童话。而他也想不通，自己为何没有及早想起这件事？

本来芙莉亚因为他对书册痛下毒手而鄙视他，但此刻却有点同情他了：“我们应该把经过告诉他，这样才公平。”

“我也这么觉得。”凯特表示赞成。

菲尼安显得有些心不在焉，他满脑子都是普克与阿列尔，以及森林中其他书妖伙伴的命运。

伊西丝又坐回了椅子上，一言不发。尽管她表示不喜欢塞雷斯蒂安，但如果不是信任他的住处够安全，也不会选择逃到这里，显然这里是她想得到的最佳藏身处。如此说来，她应该相信养父是个守口如瓶的人。

在场其他人都没有开口，于是芙莉亚便告诉了他自己抵达书城，以及逃入死书林的始末。

塞雷斯蒂安听得极为专注，目光也警觉起来，即使他有所怀疑，也没有表现出来。他是个亵渎书籍的人，他的作为和书巫界认定为好和正确的标准截然相反，但之前大家认为他只是个痴肥男子，这个印象似乎也错了。

芙莉亚边说，边扫视过那些残缺不全的书；一部关机的计算机和各式各样的箱子、抽屉。直到她说完了，才发现一个书架上有一样随意卡在书堆之间的东西。

那是一个玻璃密封罐，罐口紧闭，里面装着一些气孔粗大的碎岩块。

芙莉亚连忙冲到书架前取出玻璃罐，罐里的石头色调各不相同，从绯红、玫瑰红到深橘色都有："这些都是从永夜庇护所带出来的吧？我爸爸也有一些。"

塞雷斯蒂安还在消化他刚才听到的事件，所以只是随意点点头，说："当年许多老战士都带了一些回家。那里的地面都被我们伙伴的鲜血染红了，因此我们带回了一些石块，以便牢记这段过去。"

伊西丝垂下目光："爸，别在这个时候谈这些。"

"是她先问的。"

芙莉亚把石头举到台灯前逆着光看，说："我爸爸倒是从来不提这件事，他像是想忘却——但其实忘不了。”

伊西丝叹了口气，抱怨说：“我爸爸一开始就停不下来。”

塞雷斯蒂安也发现，伊西丝接连两次称他为“爸爸”。他忍不住露出微笑，用袖子在反光的秃头上擦了擦，朝芙莉亚走过去。

“你父亲是哪一位？”

“他过世了，他叫提贝流斯·费尔菲克斯。”

他双眼顿时发光：“提贝流斯！”

“您认识他？”

“不太熟，不过认识，我认识他。他没提过某天有个书巫在战场上发现了一个小女孩，将她带回家的事吗？”芙莉亚瞅了伊西丝一眼，摇摇头。

“当时我们有好多伙伴前往永夜庇护所，从此再也没有回来——于是我就从那里带了个人回来，我觉得这样很公平。”

“好厉害，了不起，”伊西丝恼怒地说，“现在我们可以谈点别的事了吧？”

塞雷斯蒂安的目光却仍然遥望着过去：“当时释放出来的书巫能量大得惊人，导致战场上凭空冒出了密密麻麻的书妖，都是从我们的心灵书里掉落出来的，最后他们都在两军之间灭绝了。”他的声音逐渐转弱，有如宝琳偶尔播放的老唱片。

“如果您是书巫，”芙莉亚说，“怎么做得出这种事？”她指了指那些被挖开掏空的书籍。

“从永夜庇护所回来后，我就发誓要舍弃书巫术。我再也不要跟这一切有任何瓜葛，我要摆脱我的能力，而摧毁书籍似乎是甩掉这包袱的好法子，结果也真的奏效，现在我已经不是书巫了。”

“他烧了自己的心灵书。”伊西丝冷冷地说。

鸟喙书在芙莉亚口袋里轻轻动了起来。“太野蛮了！”它一边从口袋里钻出来，一边叱骂。

塞雷斯蒂安望着它，问："小朋友，你是哪位呀？"

"鬼才是你的朋友，你这个大白痴！"

"它是我的心灵书。"芙莉亚说。

"这么说来，你们全都是书巫咯？"

凯特摇摇头，说："菲尼安和我不是。"

菲尼安抬起头来看了看众人，仿佛这时才又意识到自己在哪里："我必须回书城，现在就去！我们必须关闭通往森林的门户！"

"你要做的不只这件事吧？"伊西丝仔细端详着他。

"你觉得我会给你答案吗？"他阴沉地迎着她的目光，说，"我们连你到底是什么都还搞不清楚，是书妖，还是亚当学院的密探……你自己知道你站在哪一边吗？"

"别再说了。"芙莉亚说。

菲尼安与伊西丝彼此又对望了片刻，接着他霍然起身，说："我得回去，我不能再等了。"

"你没有通行证，"凯特说，"守卫不会让你过桥的。"

"我会找到办法的。"

凯特站起身来，说："我跟你去。"

"我也必须回费园，"芙莉亚说，"尤其是现在。魅姬一回到那里，就会把怒气发泄在皮普身上。"

"那群骑士绝对会监视所有的门户，"伊西丝的身体向前倾，办公椅也嘎吱作响，"去那里的唯一办法是穿越，可是这个不容易操作。"

这个法子芙莉亚也想过，问题是，她需要一本和费园藏书内容相同的书才能穿越，不只是书名相同，版次也必须一样，而且书不能放在地下墓穴，因为她要是穿越到那里，就会被锁在铁门内。因此，需要一本放置在地上楼层的书才行。本来她也可以挑选一本她房里的小说，但那些书大多是经典作品，而这么多年来，已经辗转由许多不同出版社发行过，版次也各不相同，更何况哪本书属于哪个版次她都不知道，看来想凭运气抵达目的地是千难万难了。尤其是，穿越出了状况可是会导致大灾难的，运气好只会残废，最糟则是命丧黄泉。

但接着她突然想到："那本《凡塔思帝寇》！"

"又是七芒星的书？"塞雷斯蒂安问。

"我家有一本初版书，至少我不得不逃出那里时还有一本。魅姬在我家附近的铁道上时，还曾拿在手上。"

"你知道她是怎么处理那本书的吗？"伊西丝问。

"不知道，那不是她在找的书。那本书要不是被她扔了，就是还躺在铁路路堤旁的草丛里，要不，就是被她带回我家了。幸运的话，那本书可能在某个没有人会注意的地方。"

"而倒霉的话，我们一抵达就会被好多骑士团团围住。"

我们，芙莉亚心中泛起一丝喜悦，她问："那些人你应付得来吧？"

伊西丝皱起眉头，沉默不语。

凯特在头发上抓了抓，问："万一那本书被埋在地底深处，该怎么办？这样你们到达时，不就被活埋了？"

"为了皮普，我必须冒这个险。"

"可是你不是需要一模一样的版本吗？"

芙莉亚的目光从书架上扫过："塞雷斯蒂安？"

"我这里曾有过这本书，"那个书雠表示，"但已经是好多年前的事了。有个德国收藏家光是为了书名页，就愿意支付一大笔钱。最后我把那些书页分别寄到了全世界十几个地址，赚到的钱比我出售一本完整的书还高出许多。"伊西丝一脸鄙夷，芙莉亚光是想到那种情景就想吐。此外，想到这次穿越将会使妈妈心爱的书人间蒸发，也同样令她揪心。不过这一次是为了救皮普，而穿越又必然需要一件牺牲品。

“你们一定要向我解释清楚，七芒星在这些事件中到底扮演着什么角色？”塞雷斯蒂安要求道。

“等一下！”菲尼安举起一只手，说，“真的很抱歉，可是我得走了。万一魅姬为了报复，向亚当学院举报了我们的藏身处，那么通往森林的门户就需要有人好好防护，我真的不能呆坐这里傻等。”

芙莉亚朝他笑了笑，说：“我了解。”她先是对菲尼安，继而对凯特送上拥抱。凯特的家早就不在伦敦，而是在书城了。

凯特也紧紧拥抱芙莉亚，说：“你们多保重。如果有人能救出你弟弟，那这个人就是她了。”接着她来到伊西丝面前，说：“谢谢你所做的一切。还有，提防……啊，你知道的。”她匆匆抹了抹眼角，接着又展露笑容，转向塞雷斯蒂安说：“虽然其他人都没说，但我一定要谢谢您。”

塞雷斯蒂安羞赧地笑了笑，而当菲尼安也上前和他握手时，他更是开心。

“等等，”塞雷斯蒂安说，“带上这个。”

他打开一个抽屉，拿出两张上面写有书城的书签，并且从裤袋里掏出一张二十英镑的钞票，说：“给你们，乘车到桥那里。走出这栋屋子，先往左转，沿着人行道走大约两分钟，就是出租车站了。”

凯特感激地收下他的礼物，菲尼安则转向伊西丝。

“请你好好照顾芙莉亚。”说着，他朝她伸出手。伊西丝嘟嘟囔囔，迟疑了一下，最后还是伸手握住，并且点了点头。

芙莉亚陪凯特与菲尼安走下通往街道的室外台阶。塞雷斯蒂安居住的地下室坐落在一栋没有前院的楼房里，墙上涂刷的粗灰泥已经剥落，还遭人喷漆涂鸦，高高的窗户没有透出半点光。

夜半时分，偶尔才有车辆经过，一股冷风吹过柏油路面，带来腐烂的蔬菜味，原来不远处有一些写着印度文、已经打烊的摊棚。

这次重新启程显得非常仓促，也没有经过事先计划和筹备，但他们三人都很清楚，不能再浪费时间了。芙莉亚再次拥抱他们，祝福他们一切顺利，接着匆匆走下阶梯，以免被人看见她眼角的泪光。

47

她和菲尼安与凯特站在人行道上的时间应该比她想象中还久，因为重回地下室时，那里只剩塞雷斯蒂安一个人了。

“伊西丝在哪里？”

他坐在书桌前，所有抽屉都开着，他忙着在看似信件与账单的零散纸页堆里翻翻找找。往天花板随意瞄了一眼后，他说：“她想洗澡，在上面。”

“上面？”她原本认定他的住处只有这间地下室。

“从后门出去，沿着窄楼梯上去，就可以找到她了。”说话时。他头也没抬，显然是急着找某样他认为应该收在抽屉里的物品，而且找得越来越急。

地下室角落的门被许多装书的箱子遮住了，不容易发现，显然平常也很少使用。芙莉亚来到一楼宽阔且没摆放任何家具、连画或镜子都没有的门厅。这里有一道通往上方楼层的宏伟楼梯，扶手上积满了厚厚的灰尘。几扇双扇门后都是阴暗的大厅，外面的街灯透过窗栅照入，带来了些许亮光，而大厅墙面除了几幅英国丘陵风光的褪色壁画，也照例是空空荡荡的。

芙莉亚一边踩着嘎吱作响的阶梯往上走，一边呼唤着伊西丝。

“我在这里。”伊西丝答。

芙莉亚立刻发现左边通道地板的积尘上有脚印。这条廊道两侧的门都没关，门后全是空旷的房间。房间内高挑的天花板上都缀有石膏花饰，窗户则脏得透不进光。

伊西丝站在廊道尽头的一个房间里，芙莉亚进去时，她并没有注视芙莉亚，而是望着一个除了阴影别无他物的角落。

“我以前的房间，”她轻声说，“那边放着我的床，家里每一面墙都摆满了书架。”她神情恍惚地伸手拂过紧身衣，位置恰好在之前她身体翻开成书的装订处：“几年前他把东西全都卖掉了。”

“他带你回来时，你有多大？”

“三四岁吧。有几年他试图像从前一样过日子，但后来终于领悟，永夜庇护所的经历大大改变了他。所以他先是卖掉大部分的书，接着是家具，最后只待在地下室。这房子依然归他所有，他非常富有，但从外表看不出来。后来他把我送去寄宿学院，亚当学院就是在那里征召我的。”

“七芒星故事里的女孩叫伊西丝，那不是姓氏，是她的名字。”

“你还觉得惊讶吗？从前我一直认为这个姓是我自己想出来的。当时我才刚结束寄宿生涯，大家都认为我是他的亲生女儿——也许正因为这样，才没有人质疑我真正的身份。”

“当时你就是书妖了吗？”或许这也是其他人都在思考的问题：被改变的过去是真正发生过的吗，还是只是改变后才如此？

伊西丝发出愤恨的笑声，说：“把过去搞得天翻地覆的人是你，所以，要请你告诉我答案。我还记得，事情曾经不一样。或者，只是我过去相信，当年的事情曾经不同？我们真能知道，曾经有过一个不同的过往吗？对我来说，那就像是一则别人告诉我的谎言，到现在我才知道真相。”

直到这时，伊西丝缓缓转过身来，芙莉亚这才发现她哭了。

“你懂吗？我活在两个过去之中，其中一个已经褪色，就如梦境，到了清晨总会从记忆中淡去。一切都重叠、混合，很快就会只剩一个过往，也就是我从七芒星的故事流落出来的过往。”

“对不起，真的很抱歉。我不知道该怎么说才好。”

“你决定救我一命，我怎么能为此怪你？我之前对你很恶劣，但真的应该感谢你才对。”

芙莉亚摇摇头，说：“换作是我，我也无法……”说到这里她突然住口，因为她觉得自己说错话了，她根本完全无法想象站在伊西丝的立场，自己会怎么做。芙莉亚羞愧地换了个话题：“塞雷斯蒂安正在地下室找东西，那个东西跟我们有关系吗？”

“他认为，他能帮上我们的忙。”

“你真的要一起去？”

“那是我欠你的。”

芙莉亚摇摇头，说：“你已经在温室那里救过我们三个人了。”

“我还有别的目的。这么多年来我一直试图解开我的身世之谜，却不明白自己到底在寻觅什么。”她停顿了一下，因为就在这里，不同的过去彼此交汇。

如果在那个时间点她还不是书妖，那她又是如何得知必须寻找昼夜交界之处的？是不是在芙莉亚向塞弗林提起这件事之前，新的过往便已经由缝隙渗入到了旧的过往中？毕竟，早在十九世纪他便已写下这则故事了。芙莉亚越想越糊涂。

没想到伊西丝居然过来拥抱她，说：“无论如何，我的身世之谜已经解决了，现在我知道我来自哪里了。”她轻抚着芙莉亚的头发，指着隔壁浴室开着的门，说：“现在，我们先洗净身上的血，再听听我父亲有什么要说的。”

48

她们刚刚走进弥漫着霉味的地下室，塞雷斯蒂安就从沙发上跳了起来，手上拿着一张皱巴巴的纸。地下室里的每个抽屉都被拉开来了，其中几个抽屉里的纸张溢了出来，就像填充布偶里的棉料爆开来一样。“我们得好好谈谈七芒星这个人！”他手上拿着那张纸朝芙莉亚一指，说，“他跟这件事有什么关联，全都说给我听吧。”

芙莉亚在那把旋转椅上坐下，正在思量着该从哪里开始，他突然举起一只手，走向一扇窗，说：“先等一下。”

窗外有一只褐色小猫正用爪子刨着玻璃，塞雷斯蒂安放它进来，看着它在一堆零散的书页上蜷起身子睡觉，对这里的访客瞧都不瞧上一眼。

芙莉亚告诉他，她与凯特在书妖营地发现，塞弗林绝对就是七芒星，还有玛塔 · 安提夸显然是想利用那本书和他取得联系，因为她希望从他那里获得某样东西。

三人讨论了一阵子，最后塞雷斯蒂安表示，芙莉亚说的事并不比书巫界平日里常遇到的事那些更荒诞："七芒星和你们的种种揣测，其关联或许比你所以为的更加密切。"

现在，就连伊西丝也专注地望着他。

"在永夜庇护所的营火旁，有许多古老的故事被一再传颂，其中一些每被传讲一次，就出现些许改变；但也有一些故事就如同刻在石头上，从来没有人胆敢添油加醋，那些故事几乎像带了诅咒一样，胆敢亵渎故事的人，都会遭到报应，就像会有某种力量从过往来到现世，一把抓住我们，在暗处的敌人出手之前就将我们毁灭殆尽。"

"爸，讲重点。"伊西丝催促着，但语气已经不像几小时前那么不悦了。

塞雷斯蒂安一脸肃然地望着芙莉亚，说："这些故事有几则也与七芒星有关。书巫们大多知道他的创作历程，从三流的冒险故事与质量欠佳的童话故事作者，到创造出空白书的大魔头。天底下没有哪个书巫不知道'文殇'的，虽然今天许多人已经不再相信这则传说了，但当年大家在战场上讲述这个故事时，感觉却截然不同。环绕着我们的是永不改变的黑天黑夜，而敌人——"

"七芒星，"伊西丝说，"你要讲的是他，不是那场战争。"

塞雷斯蒂安清了清喉咙，用鼻子大声吸了吸气。这时躺在书页上的小猫转了个圈，又继续睡："当时有人说，他远不止创造了空白书而已，他还做了更惊天动地的事。"

"还有什么会比摧毁所有书籍更惊天动地的？"

"造物，"塞雷斯蒂安说，"摧毁很容易，只要知道怎么用刀就行了。但凭空创造……我们现在说的可不是盗匪小说。"芙莉亚瞅了伊西丝一眼，但完全看不出她在想些什么。

塞雷斯蒂安起身，在房间里来回踱步，毫不在乎地穿着凉鞋踩过脚下的散页和封皮："据说，这件事一直被亚当学院压住，有些传闻甚至提到，亚当学院的创设就是为了这个——要遮掩七芒星做过的事，我们该感谢他的事。”

“感谢！”伊西丝吐出这两个字，仿佛吐掉的是一条烂鱼。

“你们都听过三大家族得胜，而安提夸与罗森克罗兹家族败亡的事。安提夸家族因为贪恋权力，并试图不让外人得知他们握有对抗空白书的秘密武器，最后遭到击溃。而罗森克罗兹家族也必须消失，因为七芒星出自这个家族——三大家族悍然要求他们整个家族为他负责，非要赶尽杀绝不可。”他朝芙莉亚笑了笑，说，“至少我们以为是这样。但在前线却流传着一则传闻，认为之前绯红厅对于该如何处置七芒星，曾有过激烈争执。后来组成亚当学院的三大家族想对这些讯息加以保密，而罗森克罗兹家族，另外可能还包括安提夸家族则认为，世人有权了解真相。”

“什么真相？”芙莉亚问。

“就是书巫史根本是个大骗局，书巫史根本没有上溯数千年，直到令人崇敬的书巫之母菲德拉·赫库兰尼亚，反倒是在十九世纪才开始，伴随着世上第一个书巫，伴随着开启这一切的男人——七芒星，才整个展开。”

“我不懂。”

“一开始，我们大家都不懂。但我们在永夜中待了太久，连地平线的一道日光都见不到，除了无尽的黑暗与死亡，毫无希望，这时有人谈起这些故事，我们就听得十分仔细。一开始那不过是不知源起何处的低语，但在黑暗中的年月太久，低语变成了呐喊，以至于亚当学院很可能也听见了，并且派了整个战队过去，让里面的人无一生还，无人能传播真相。”

“得了，爸爸，亚当学院或许——”

“我知道，你深受他们的谎言影响！”塞雷斯蒂安的话语中首次带着怒气，但他没有再继续这个话题，而他的养女也够聪明，知道最好避开冲突。

“想象一下，”他说，“在德国某个地方有个男孩出生，而他从小就知道自己拥有一些特殊能力。这个孤独的男孩有个严厉的父亲，他的父亲大半时间都忙于生意，或者是与同好待在被他们称为绯红厅的某个俱乐部里。这些人全是书商或出版商——在当时，这往往是同一件事——他们经常聚会，交换经验，但他们不是书巫，不是全能的图书魔法师，只是单纯的生意人。他们闲谈、议论、品尝美酒。而那个男孩——我们姑且直说他的姓名，‘塞弗林·罗森克罗兹’——这时发现自己拥有异能，能借助书籍创造一些小奇迹。他相信自己是唯一具有这种能力的人，这一方面使他拥有强大的力量，另一方面却也更加孤单。在最初的一些实验中，有一项或许便是用一本书和一名活在未来的女孩联络。说不定在更早之前，他就做过更多其他的事，谁知道呢。但是，出乎他意料的是，那女孩告诉他，世上有许多和他相同的人，有个在地下活动的秘密组织在研究书巫术，还有，那些人创设了一些庇护所，只有书巫才能进入。另外，她还告诉了他关于书巫之母菲德拉·赫库兰尼亚、永夜庇护所的战事，以及许许多多属于书巫常识的讯息。男孩对此深深着迷，那些事在他自己所处的时代根本难以想象。他父亲去的绯红厅与书巫家族的秘密组织毫无关联，只不过是几名男性商人、经营图书印刷与销售的五大家族族长的聚会，他父亲与几位兄长也在其中。

“后来他与那名未来少女断了联系，有一段时间这些事也被塞弗林淡忘了。他持续感到自己不受家人重视，对别人交代给他的任务也不满意。如此过了几年，他决定开始写小说，诸如《凡塔思帝寇·凡他思提切灵》和许多部由罗森克罗兹家族出版社出版的小说。然而，这些小说几乎没有一部交出漂亮的成绩单，他也从不受重视，变成了遭到讥讽——说不定连他的兄长都在嘲笑他。

最后，塞弗林成了一个愤世嫉俗的年轻人，他不满自己，不满他的环境，也因此更深深地钻入他借由图书构筑的世界里。

“不知何时，他又想起自己昔日的天赋，并且计划创造属于自己的世界。这世界的基础便是当年那名未来少女告诉他的事，他在自己创造的书中把这些全都写下，再加上许多自己虚构的内容，添油加醋，铺陈细节——然而他发现，这些写下来的事物逐渐成真，他甚至拥有了改变过去的力量，于是绯红厅变成了今天我们从古老传闻中得知的那种机构，而到那时，整个情况也逐渐脱离了他的掌握。起先他根本没发现这一点，也可能只是充满期待地从外围观察情况发展得如何。就这样，新的敌对关系与联盟形成，冲突日渐激烈，爆发战事后也都动用书巫力来应战。

“我们只能揣测，塞弗林·罗森克罗兹对这些事的感受究竟如何，是惊骇？是着迷？还是对自己有能力将这一切不断推向极限而得意扬扬，益发专横自大，虚构出越来越多的细节？他构想出关于菲德拉·赫库兰尼亚以及她如何消失的全新传说，创造出全新的庇护所、各种新情节，最后甚至写下书巫界的各种童话与传说——比如未来的少女提供给他的故事——伊西丝的冒险以及她寻觅昼夜交界处的经过。”

芙莉亚听完，嘴巴张得大大的，伊西丝则把身体靠回沙发椅背，合上双眼喃喃自语：“哦，爸爸……”

“您真的认为，”芙莉亚说，“全是因为塞弗林将这些写了下来，这一切才成真？”

“当年大家就是这么说的。而且这场战争持续得越久，就有越来越多的男男女女听过这些传闻，其中一些人也开始相信，因为战争中再没有其他值得相信的事了。就这样，这个故事流传开来，而我至少就听你父亲讲过一次。”

“他从没跟我说过。”

"可能有他的理由吧。再说，他哪里会知道，他的亲生女儿居然就是多年后把书巫界的事告诉塞弗林·罗森克罗兹的那个未来少女？"

"可是，如果那是他还没写下来的事，我又如何能告诉他呢？"

"不是在1804年，但也许是在二十年后写下的——这几乎也是在你出生前一百八十年的事了，这么长的时间应该够了。"

"但这些都被亚当学院隐瞒起来了？"伊西丝毫不掩饰她的怀疑。但关于未来确实能影响过去，她自己不就是个活生生的例子？

"当然了，"塞雷斯蒂安说，"他们哪能容许受众人尊崇的书巫之母竟纯属子虚乌有——至少在七芒星让她成真之前。这样下去，人们不就会怀疑我们自己的存在吗？"

"可是，空白书又是怎么回事？"芙莉亚问，"为什么要撰写空白书？如果空白书真能启动文殇，不就会摧毁他亲手创建的世界吗？他不是费了好大心力才将书巫历史与规范撰写成书吗？如果这些书与其他书籍一同被消灭，整个书巫术不就也跟着消失，而我们也要灭亡了吗？"

"恐怕，"塞雷斯蒂安答，"只有你的朋友塞弗林才能给你答案。"

伊西丝也开口："空白书是种急刹车的概念，是他在创造过程中内建的自我毁灭按钮，万一失控，书巫术走上自己的路，空白书可以像炸弹般，一经点燃，就使一切回归原点。"

"但书巫术不是早就走上了自己的路吗？七芒星去世多年，亚当学院独断专制，数千人在永夜庇护所阵亡，现在就连书妖也失控了。在他看来，这个世界需要文殇的时刻已然来临——如果不是现在，又会是什么时候？"芙莉亚说。

"然而，传说中的空白书不是会在某个特定时刻启动吗？他要怎么预见是哪个时刻呢？"

塞雷斯蒂安一本正经地笑着说："那个时刻可能已经被他写下来了。"

"他绝不可能设定未来的发展，"芙莉亚反驳，"他或许能创造出一个新的过去，创造出神话、传说与规范，但经过这么漫长的时间，他不可能还活着。比如我现在到马路上去，他怎么可能在一百八十年前就设定，我会向右还是向左转？"

"你确定吗？"

"对。因为我知道，我拥有自由意志。"

"好，"伊西丝说，"假设你说的对，那么他把文殇和某个特定时刻联结起来，就真的毫无意义了。"

"他也可能是任意联结的，"塞雷斯蒂安说，"正如一个人几乎不太可能活到一百多岁，或许他就决定，让书巫术在——打个比方——两百年后结束。"

"或者，"芙莉亚接口，"有个人帮他监控启动按钮，那个人接受的任务就是监控书巫界，在必要时让一切都结束。"

伊西丝皱起眉头，说："你认为，空白书可以手动启动？"

"这也是一种可能。"

"代代相传的守卫，"塞雷斯蒂安说，"他们代代守护著书巫术，有这种可能吧？"

话说至此，书雠塞雷斯蒂安突然出声咒骂，芙莉亚用手揉着眼睛，伊西丝也嘟囔着抱怨头痛。接着，他似乎突然想起他手上拿着的纸。

"我差点儿把这个给忘了，"他高声说，"我想，我找到让你们进入费园的办法了。"

芙莉亚精神一振："真的吗？"

"我虽然没有《凡塔思帝寇 · 凡他思提切灵》，可是我知道谁有。如果你们能用他那本书，就能直接穿越到你家了，芙莉亚。"

“那个人住在附近吗？”

“不是，甚至离这里非常远。不过我有另外一本书，而我非常确定，他也有同样的书。”

伊西丝神情一亮，说：“我们先用这本书穿越到他那里，再从那里用他的书抵达费园。这方式是可行的。”

“听起来容易，做起来可能不简单，”芙莉亚嘴里这么说，但一想到皮普便点点头说，“我们试试看吧。”

塞雷斯蒂安指着芙莉亚背后的书桌，说：“趁你们在楼上的时候，我把它找出来了。”

在几支外科手术刀与装了溶剂的瓶罐之间摆着一本书，卡纸做的封面已经泛黄破损，但上面用花体字印刷的书名仍然清晰可辨：有南向窗的屋子

作者名字位于标题上方，字体小多了：七芒星

“我在家里的藏书室看到过这本书。”芙莉亚接过那本书说。

“七芒星最后一部小说，”塞雷斯蒂安走向那只酣睡的猫，边抚摸着它边说，“就我所知，他是在他最后的住所，也就是有着南向窗的屋子里写下这部小说的。”

芙莉亚翻了翻这本书，匆匆瞄了几个句子。看起来并不像是盗匪小说，而这也是她从未读过这本小书的一个原因。家里那本收藏在地下墓穴，放在锁着铁门的书窖内。

塞雷斯蒂安继续往下说：“几年前，那栋屋子的屋主发现房子里有一间藏了七芒星作品的密室，他自己也是藏书家，不过据我所知，他并不是书巫。我曾经提供给他一些书页，让他的一些藏书能完整无缺。他是个很好相处的人，沉默了些，但做起生意来相当公道。总之，他是世上少数拥有完整的七芒星初版作品的人。”

“他叫什么名字？”伊西丝问。

“罗贝多·安吉洛桑托。”

芙莉亚第一次听到这个名字：“那栋屋子在哪里？”

塞雷斯蒂安正想说些什么，伊西丝却已经霍然从座位上起身，用机械的声调抢先回答：

“在都灵。”

49

这些男人的脸孔底下另有一副小丑面具。

偶尔皮普可以认出他们的面具——在他们不经意间，眼角会露出一抹白，或在咧嘴大笑时，暴露出脸皮底下另一张永远带笑且对小孩垂涎三尺的大嘴。

他们将皮普从会客厅移往位于三楼的房间，把他和他们中的一人一起关在房里。那名男子此刻正坐在皮普的阅读椅上——这把椅子和芙莉亚的不同，并没有生命——跷起二郎腿打量着他的囚徒。黑衣女子用“骑士”称呼这些男人，不过皮普并不清楚那究竟是什么意思。在他看过的书里出现过这个词，但他一直以为，这个词的意思是爱慕者或情人，而不是奴隶或杀手。

他知道他们杀了宝琳和韦克福，他们狰狞地笑着告诉他这件事，却没料到因此暴露出了他们的真面目。他为他们两人的死和爸爸的死哭了又哭，但如今泪水已经哭干了。这些陌生人如果想杀自己，早就动手了，但他们却每隔几小时就威胁要杀他，尤其是他们感到无聊时，偏偏他们老是感到无聊，他们痛恨屋子里的书更甚于痛恨电视节目。不过，这一点清楚地显示，他们和皮普一样，绝对不是书巫。皮普觉得自己和他们是平等的，这点是他从前不敢奢望的。这些人是戴着美男子面具的小丑，就像宝琳常在厨房翻阅的那些杂志里的俊美男人。

皮普盘腿坐在床上，假装观望着窗前的云朵。坐在对面椅子上的男子则一直盯着他。那男子美得就像画中人般无可挑剔，身穿沙色双排扣礼服、缀有荷叶边的衬衫、淡色裤和高筒系带鞋，他身旁摆着的利剑看起来宛如一支绅士手杖——瞧！连他的武器都戴着假面具。

第一天时，皮普强迫自己洗脸，此后他的小丑妆就不见了，不过他不在乎，况且他的伪装也没能让他躲过这些小丑。一开始他还请求他们让自己化妆，结果却惹来了讥笑和愚弄。后来他们对他失去了兴趣，直到厌倦了呆坐在会客厅里，其中几人开始捏皮普的脸颊或手臂，捏得他发痛，不过并不比从前他和芙莉亚打架时来得更惨。到最后，这些男子宁可在屋子里晃荡，打碎花瓶，戳破油画，捣坏家具。

他们往往只在有任务或是有争执时才会交谈，其余时候不是懒洋洋地窝在扶手椅或沙发上一言不发，就是默默损坏着费园里的器物。偶尔皮普会觉得他们很像机器，一旦没有接收到清楚的指令，就不知道该如何是好，简直像依据机械原理行动的玩具，撞到了墙，无法前进，却还是做出向前走的动作。

有一次他们难得交谈了一会儿，皮普才知道他们将爸爸、宝琳和韦克福的尸体移了出去。皮普真想用书转移自己的注意力，但他们不准他看书，他们显然不知道，他并没有书巫天赋。

在这段时间里，他们并没有提起桑德兰，但愿他已经逃得远远的了。皮普希望自己也能像那位司机一样，高大又孔武有力，人人敬他三分。皮普非常仰慕他，有时候——但这种情况非常稀少——他甚至希望桑德兰是自己的爸爸，可以用劳斯莱斯载着他浪迹天涯，远离费园，远离这座寂静的山谷，前往有其他人的地方，这样他就可以和他们交朋友了。

坐在阅读椅上的骑士起身走向皮普的梳妆台，伸出食指把台面上的化妆颜料盒推来推去，仿佛在推动棋盘上的棋子。

“你干这种事多久了？”他问。自从黑衣女子带着书回来，并且命令他将皮普带到这个房间后，这是他首次对皮普说话。

“什么？”

“你知道我在问什么，化妆。”

“从我被马戏团里的小丑关在箱子里开始。”

骑士轻声笑了笑。他移动着化妆颜料盒发出的拖行声戛然而止，接着他坐下，盯着皮普的圆镜，开始用指尖揉擦自己的脸。他背对着床，因此皮普看不清楚他在做什么，也许他在检视自己的人皮面具，好调整眼睛周围的位置，将嘴角拉小，并遮掩锐利如刀的犬齿。但骑士接下来的行动却让皮普大吃一惊：他把化妆颜料盒一个个打开，盯着内容物仔细瞧，然后开始往脸上涂抹起白色颜料。

坐在床上的皮普往旁边挪了一下身体，好越过男子的肩膀观察镜中的影像。这人直接取下面具，露出他本来的小丑面目岂不是更简单吗？但他却将白色颜料抹入发际线和耳廓，遮住下巴、脸颊和一段脖子。接着他用深红颜料画出一张大嘴，可惜画得不对称，右边比左边高出许多，也粗多了。他的颜料越抹越厚，到最后指尖抹过的痕迹就如油画的笔触般明显。最后，他沿着红嘴涂上黑边。要不是皮普早就料到，男子人皮面具下的真面孔有多丑陋，他肯定会被这张涂画出来的怪脸吓死；但现在他只是略感惊讶而已。

最后，这名骑士在鼻头安上一颗暗红色的球，身体也猛地转向皮普。

“你觉得怎么样？”

“不怎么样。”皮普答。

“哦，不好？”

“你忘了眼睛。”

他那双黑色小眼睛经白色脸妆一衬，看起来就像鲨鱼眼。接着他又转身面对镜子，把食指伸进颜料里，闭上眼睛，开始在上面涂涂抹抹。

皮普只等了几秒。

他几乎毫无声响地溜下床，奔向房门。

男人把门锁上了，但钥匙还插在锁孔上，因为他自认不会有事。皮普不过是个孩子，十岁的身形还很矮小，而且一直以来这孩子也没试过要逃跑。

皮普缓缓转动钥匙。

钥匙咔嗒一响。

男子猛然转身：“哎，该死！”

他的动作比皮普预期得更快，跨一大步就赶上前，在皮普还没来得及溜出门时，他已经用肩膀撞上了门，门“砰”地被他撞回门框，钥匙却从锁孔里掉了出来，留在皮普手上。

骑士的脸妆都糊了，成了一张融掉的小丑脸。他一侧的眼皮上因为手指滑脱，有一道黑色颜料一路延伸到耳际，不对称的嘴扭曲成龇牙咧嘴的骇人模样。

“你这该死的小鬼。”

皮普从他双手底下又一溜烟地跑回房里，男子想把门锁上，却发现钥匙还在皮普手上。

“给我！”

“休想。”皮普呛他。

小丑朝他冲过来，速度同样快得惊人，仿佛有人在用礼炮发射器将他射过来。皮普跳来跳去，接着往地上一扑，腹部朝下，像冰上曲棍球般滑过镶木地板，笔直地钻进了床下，置身于灰尘、蜘蛛网、玩具与遗失的袜子之间。这张超大尺寸的橡木床，摆在这里可能已经有上百年了。男子蹲了下去，侧着身体朝床底弯下腰去。这个床架既重又高，想要的话，他轻轻松松就能跟着他的囚徒爬进来："乖乖出来，这样我也许只会割掉你一只耳朵！"

皮普用韦克福帮他做的老木剑去戳男子的脸，剑尖虽钝，却也足够刺伤他眼睛了，一时之间，男子脸上的红已经不只是妆容。

骑士哀号一声，用一只手匆匆掩住脸，身体也倏地倒弹回去。皮普不信自己戳瞎了他的眼睛，不过伤势似乎令他大感痛楚。

"你这小混蛋！"男子再次朝床底张望，而这一次他小心防范着皮普可能采取的攻击，轻轻松松就抓住了木剑，一把从皮普手上夺过，扔过房间，接着他双手向前趴，匍匐着爬进了床底。

皮普倒转过身，使尽全力朝那人的脑门踹去。踹中了，但力道不如他的预期。紧接着有只手抓住了他的脚踝，将他拽了过去，嘴里发出怪声，不像尖叫，也不是说话。

皮普的腿被狠狠一拉，力道稍顿一下，接着又是用力一拉，他虽然又踢又蹬，还是被狠狠拖到了床沿，皮普仰躺着看到床底板从上方滑掠而过。他知道，一旦出了床沿，就得面对那张恐怖的脸了。

结果眼前出现的竟是桑德兰。

桑德兰最后一次用力地拉动小丑尸体。小丑背部插着一把刀，那只扭曲的手还紧紧抓着皮普的脚踝，直到皮普用另一只脚去蹬，才把那只手踹开。

皮普发出欢呼，桑德兰两手穿过他腋下，毫不费力地就抱起了他，让他站定。桑德兰的制服脏兮兮的，上衣满是鲜血，也没有戴上鸭舌帽。

"来！"说着，他将皮普拥入怀里。皮普回应着他的拥抱，正想开口说话，只见桑德兰边摇头，边竖起一根手指头放在唇上。

"不是现在，"他说，"先离开这里再说。"

房门开着，皮普想起自己手上还握着钥匙，索性把钥匙往床上一扔，跟随桑德兰穿过廊道。当他们沿着廊道往下，经由暗门后方用人梯下到一楼时，沿途连半个人影都没见到。桑德兰的脚有点跛，而且很快就气喘吁吁了。

只有一次，两名骑士恰好经过，他们才不得不躲到一个小角落，而一等那两名男子离去，皮普背后立刻亮起了一盏灯。皮普认出那是芙莉亚的阅读灯，灯旁则是那把老椅子，皮普恨不得把它们像宠物般拥入怀里。

"快，"阅读灯低声催促，"桑德兰带你离开这里。"

"快跑，"阅读椅用它那像是在埋怨的声音说，"千万别回头！"

"你们怎么办？"

"我们是家具，不会有事的。"

小丑不会吃掉它们，这一点可以确定——但万一他们放火烧房子呢？

桑德兰已经拉着皮普离开了小角落，皮普只有几秒钟的时间向他们挥手。阅读灯朝他点头告别，随即关闭了灯光。

桑德兰带着皮普来到黑漆漆的厨房。穿过侧门奔进夜色时，桑德兰叮嘱道："别看左边。"

皮普用眼角余光瞥见了一团瞧不出形体的东西，有人在那物体上铺了宝琳浆过的桌布，桌布笔直的折线是宝琳的骄傲。皮普已经猜到桌布底下是什么了。

沿着屋子跑到后方时，桑德兰痛得发出闷哼。砾石坡道尽头是车库所在，双开式的车库门锁上了，劳斯莱斯则停在车库外。

"进去！"桑德兰低声催促。

他们后方有扇门"砰"地一响，接着有人呼喊。

"快点！"

皮普爬进后座，桑德兰也赶紧坐到方向盘前，钥匙串一阵叮当响，引擎随即发动。皮普用手臂抱住膝盖，在宽阔的座位上把身体缩得小小的。

桑德兰催起油门，车子加速前进，挡泥板下面的石子也四处喷溅。桑德兰没开车灯，任由劳斯莱斯在黑暗中行驶，开过费园屋侧，经过增建的厨房。皮普仿佛见到几名男子从开着的后门飞快跑出来，三四个，也可能有五个人，但车子很快就甩开他们，驶向前院，接下来只需顺着坡道下去就行了。

这时忽然传来惊天动地的爆裂声，感觉上就像劳斯莱斯被飞弹击中，车身也立刻打滑，颠簸地冲过砾石道路边缘。皮普听到后头咔嚓一响，后车厢锁弹开，厢盖上下弹跳，幸好桑德兰马上稳住车子，重新开回路面，加足马力冲向前院。

接着又有枪口火光一闪，车玻璃应声碎裂，但劳斯莱斯仍然在持续前进。汽车行进间，皮普见到黑衣女子冲出大门，后头跟着另一个身影。费园外已经有好几名骑士等着，开枪的应该就是其中一人。

"卧倒！"桑德兰喝令。

皮普在后座趴下。

接下来这一枪又让一片车窗破裂了，但他们依然持续前进，皮普松了一口气。

车子又一阵颠簸。

皮普抬起头，只见桑德兰脑袋偏向一边，垂在肩膀上，仿佛急流中的漂流木般上下晃动。紧接着，破裂的挡风玻璃前看到的不是夜空，而是灌木丛形成的一堵墙——几天前的夜晚，宇航员和他的大象便是从这里消失的。劳斯莱斯冲进灌木丛，车子的震动将皮普弹起，撞上前座，断裂的树枝与土壤喷溅的噼啪声掩盖了他的尖叫。前座的软垫将他挡住，接着他又落回了后座的车底板，全身上下没有一个地方不痛。皮普右手边的车门开着，有一半已经和车身脱离。这里四面八方都是树枝，车身后方的植物再度合拢起来。

引擎熄火。

一片黑暗中，有说话声逐渐接近。

紧接着，一棵树承受不了撞击力道倒下，树干“砰”地撞上车顶，压住后车厢盖。

有人放声大笑，呼唤着皮普的名字。

50

芙莉亚从虚无中坠落到有南向窗的屋子。

这一次她轻巧地站稳身子。尽管她已经多次跟随爸爸穿越，但要习惯这项人体构造难以适应的行动，似乎还是太难了。穿过虚空的坠落感有如梦到从高处坠落，而抵达目的地则像是落地前的猛然惊醒。有那么一瞬间，她脑袋昏沉，听不懂伊西丝在说什么。

“……之前，快点……”

芙莉亚将垂落在眼前的金色发绺拨开，环顾四周。这处空间呈正方形，地板上铺着酒红色的地毯，两面墙上布满高及天花板的书架。第三面墙原有的一扇窗被人用砖头堵死，再贴上壁纸，但还看得出窗户的痕迹。墙面中央挂着一幅风景油画，画框相当笨重，油画下方古老的写字台上除了一支笔和一罐墨水，再无任何物品。

伊西丝站在门旁的电灯开关附近，她关掉了一盏小 LED 投射灯，把灯收回斗篷里。书架上装有一盏盏小灯，照耀着书脊。

“这真的是同一栋房子吗？”芙莉亚惊讶地问。

她初次来到这里时，看到的只是一间设在老旧修道院大厅内的巨大藏书室，里面都是粗壮如塔、放满书籍的柱子，而柱与柱之间则由网格栈道与螺旋梯连接。

伊西丝点点头，指着右手边的书墙说：“那本书应该就在那里的某个地方。”现在，她自己的《有南向窗的屋子》也人间蒸发了。

芙莉亚走近那面墙，问：“这些全都是七芒星的书吗？”

“看起来好像是。”

“比我们家藏书室里的七芒星作品要多得多了。”

伊西丝指了指对面，说：“那里还有更多。”

芙莉亚伸出一根手指，用指尖拂掠过这些书脊。这里的书籍封皮几乎都完好无损，只能从蛛丝马迹看出它们的古老年岁。有许多书名都是她知道的，最先映入眼帘的便是《阿紫回来了》，不过也有一些她从没听过，显然，费园中的七芒星收藏是残缺不全的。

“这些书看起来几乎跟新的一样。”她好奇地从齐眉高度的架上抽出一本书，如果这些书是依照出版时间分类的话，那这本书应该属于七芒星中期的小说，当时他写的都还是冒险故事，封面上的标题是《盲人的逆袭》。芙莉亚曾在地下墓穴中翻阅过这部小说，但只看了几页，就放回书架了。

伊西丝也翻开一本书，那本书比绝大部分的书都要薄，封面上的标题是《七芒星童话》。伊西丝肃然起敬，甚至几近敬畏地望着那本书。

“献给安娜贝尔，”她先看了看前面书页上的献词，接着继续往下读，最后终于找到了她在寻找的故事。她匆匆浏览了几行，接着闭了一会儿眼睛，这才又匆匆把书合拢，放回原位。

“你找到《凡塔思帝寇》了吗？”芙莉亚问。

伊西丝指了指天花板下方最高的那一层，说："如果那是他最早的书，那么应该在左上方。因为这些书似乎都是按照出版时间的先后排列的。"

芙莉亚发现对面书架前方放着一把梯子，当她走近时，发现那些书都没有书名，只标示着罗马数字。她正想伸手取下其中一册，伊西丝却举起一只手说："等等！"

门外响起了脚步声。

塞雷斯蒂安说，安吉洛桑托是在这座庄园的一间密室里发现七芒星的作品的，此刻她们很可能置身于居住区，离宏伟的藏书厅有一大段距离。

她想起那些武装守卫，同时把一只手伸进口袋准备拿出鸟喙书。意外的是，鸟喙书在这几个小时里居然相当安静，仿佛在养精蓄锐。伊西丝已经取出了心灵书，一只手指也已经插在了书页里。

脚步声从门前经过，接着逐渐远去。

芙莉亚松了一口气。

伊西丝过来帮她抬梯子，两人蹑手蹑脚地将梯子抬到对面的书架靠好。芙莉亚爬上去，顺着一排书往左边找，她不需要特别看书名就知道想找的书在哪里。《凡塔思帝寇》就隐身于这一排的最后，和她拥有的那本是同一版次的。她自己的书已经泛褐又出现了磨损，但这一本却像刚刚印好的。这本书出版至今，已经在这个不见天日的房间里度过了将近两百年，却丝毫不受岁月的影响。

芙莉亚抽出那本书，吹落上面的灰尘，把书翻开，闻着书页的气味。那不是她熟悉的香气，但她觉得这本书的书香同样迷人又怡人。这一次，她也觉察到内心深处的哀痛，而这种深切的痛楚大概只有书巫才能感受得到，因为她手上这本书就跟妈妈的爱书一样，用来穿越之后，将永远消失。

"快呀！"伊西丝低声催促。

芙莉亚爬下梯子，把书交给伊西丝。伊西丝立刻就要进行穿越，芙莉亚却摇摇头，说："再等一下！"说完，她举起梯子，独自将梯子搬到另一头，放回原位。避免安吉洛桑托发现这里有人来过，这样也许比较妥当，或许要过好几个月，甚至好几年，他才会觉察少了这两本书。

伊西丝收起自己的心灵书，双手捧着《凡塔思帝寇》。

就在这一刻，脚步声又回到了门前。

芙莉亚同样把指尖搁在书上："他听到我们的声音了吗？"

伊西丝耸耸肩，随即闭上眼睛。

门外的人恰好在此刻停下脚步。

两人各自将手缩回，书悬浮在两人之间。

"我感觉到它的存在了，"说这话时，伊西丝的意念已经在寻觅费园中那本相同的书了，"书还在，而且完好无损。"

芙莉亚心想，但究竟在哪里？天知道这次穿越会把她们带到什么地方。

芙莉亚紧抿双唇，显得非常痛苦，伊西丝则相反，一点也看不出她有花费什么力气。自从变身之后，她似乎便拥有了其他人望尘莫及的书巫能量。

房门外，有人将钥匙插进锁孔，接着有人用意大利语说了些什么。

闪烁强光从悬浮的书上笼罩住芙莉亚与伊西丝，她们周围的空间逐渐淡去，但是在最后那一瞬间，芙莉亚看到门把被人压了下去。

一排排褐色的书脊融在一起，酒红色的地板化开来，明亮的门缝有如刀口般切开这团杂色混合物，某个身影的轮廓突然变得清晰可见。

接着芙莉亚便坠入虚无之中，远离了密室。

51

凯特与菲尼安下了出租车，来到天鹅巷时，天色还暗着。到泰晤士河畔林荫道路的这段路程，他们步行前往。他们双手搓揉着塞雷斯蒂安给的书签，然后稍稍闭上眼睛，通往罗马桥的城楼逐渐显形，桥的那一头便是书城。两人虽不是书巫，却也能做到这点，因为书签本身就拥有足够的魔力，能为一般人开启通往书城的道路。几乎每处庇护所都有各自的开通方式，书城这里是比较简易的一种，免得把顾客吓跑了。

虽然时间还很早，却不只有他们等着进入书城。林荫路旁停靠着一辆黑色高级轿车。两名穿西装与深色外套的男子正在请求城楼守卫放行。凯特只能听到断断续续的谈话，接着身着制服的守卫便挥手示意凯特二人通过。通过城门后，他们才敢回头看。拱形城门外，天鹅巷那里出现了许多亮着头灯的汽车，街道也遭到了封锁。由于逆着光，他们看不清楚究竟来了哪些车。

“这些应该是运兵车，”菲尼安说，“亚当学院派人来书城了。”

“那些警察呢？书城里的警察应该足够多了。”

“书城里的是警察，现在来的是军队。我猜，他们跟守门的卫兵应该来自同一个营区，也许是某个乡下的军事训练营。据说亚当学院不只在英国设立训练营，在世界各地都有。我敢说，这些军人都是来攻占死书林的，我们的动作得快一点。”

“我们不能跑，他们还在看着呢。”

菲尼安悻悻地点点头，但仍加快了脚步。两人经过贴着游吟兄弟通缉海报的灯柱，便知道快到桥头了，果然，前方书城的灯火也慢慢从黑暗中显现。由于普克已死，再在海报上看到他的脸，就更让凯特觉得难受了。

过了桥的四分之三，他们脚下的铺石桥面开始震动，原来是运兵车正在驶过城门，最前方领头的就是那辆高级轿车。

“那两人是亚当学院的成员？”

“他们很可能是亚当学院的特派人员，直接隶属三大家族，性质类似于发言人，其中有一个曾经来过玻璃温室，差点儿因为收成问题惹毛刚瓦，弄得他几乎要抓狂了。”

车阵逐渐靠近，凯特与菲尼安继续前进，并且尽量避免引人注意。凯特感受到桥身轰隆轰隆的震动沿着她的双腿往上，最后停在胃里。行驶在最前头的轿车应该离他们不远了，车内的男子说不定正仔细端详着这两名行人。

“他们知道你的底细吗？”凯特低声问菲尼安。“我是说，有人知道你一直在做的事吗？”

“到目前为止他们都没找过我麻烦，不过他们可是亚当学院，要做什么可是不会预告的。你呢？”

凯特想起自己将一名警察踹下屋顶之际，那名警察是如何看着她说我见过你！的，想到这里，她不禁打了个寒战。

只差一步之遥的距离，就是另一端的城门了。过了城门，他们就会马上转弯，躲进其中一条巷道内。车阵最前端几乎快赶上他们两人，凯特闻得到尾气的味道，但她不敢冒险回头，怕自己会看到什么。

引擎声停止了。

菲尼安暗暗咒骂着，凯特则盘算着如果他们越过桥栏杆往下跳，能否安然游上岸。

城门开启，一阵喧哗的人声流溢出来。

凯特与菲尼安继续前进，凯特握住菲尼安的手，他的手摸起来湿冷湿冷的。

“跑还是跳？”她问。

“等。”

还没有人叫住他们。凯特深深地吸了一口气，忍不住回头瞧了一眼。

车阵已经停下，距离通往书城的城门只剩五码不到的距离。这时有好几名男人下车交谈，包括一名特派人员，想来应该还有另外一名坐在轿车里。透过挡风玻璃，凯特看得到那人在副驾驶座上的身影。凯特觉得他正在看着她。

“他们在等人。”菲尼安说。

凯特仍然算不出到底有多少辆车，这些车全排成了一列，又亮着车头灯，或许有五六辆吧。

“他们要在桥上会合，再一起进城，”菲尼安说，“他们大概很庆幸温室不在书妖管制区内。假如他们与近卫队进入管制区，肯定会引发激烈的反抗。”

再走十步就抵达书城了，一旁就是河畔无人守卫的城楼。他们两人必须极力克制自己，以免在最后几码加速前进。

高级轿车内的第二个男子在这时下了车，他靠在打开的车门上，望着他们俩的背影——或者他只是在眺望城区？

“我们要走哪条路？”凯特低声问。

"左边的，然后拐进右边第一条巷子。"

他们通过城门，转了个弯，这么一转，车灯也消失在城墙后方。直到此时，凯特才问："现在你打算怎么做？"

"我们去取一样东西，离这里不远，然后就抄近路去温室那里。"

"我也一起去。"

"不行。你在城里找个地方躲起来——说不定他们根本不会找你。"

凯特停下脚步，紧握住他手臂，将他逼向城楼，让他的背贴着碎石墙面："别再叫我躲起来！"

"我只是想——"

"我住在管制区够久，可能比你还常应付那些警察。我绝不会找个洞躲起来，等你去解救世界的，菲尼安！"

"你又不知道我到底——"

"闭嘴！"接着她便将双唇紧紧地印上了他的嘴唇。过了好一会儿，他才搞清楚她究竟是在吻他，还是只想让他闭嘴。但接着他双手环抱住她，将她紧紧拥入怀里。拱形城门上方硫黄色的灯光映照着他们两人，城门另一边传来了隐隐约约的混乱人语。凯特感受着他身体的温度、他的拥抱和他舌尖的碰触。她抚摸他的头发和脖子，他把一只手伸进她的皮夹克与黑色上衣，她的呼吸变得急促起来。他的指尖轻触着她脊椎凸起的地方，她则心想，现在她再也不会把他交出去了，无论要付出什么代价都不给，遑论对象是那些该死的亚当学院士兵。

"我们——"过了一会儿他才又开口。

"没有时间了，"她说，"我了解。"

"我不是这个意思。"

"哦，好吧。"

“我们不该这么做，不是现在。”

“什么？”她双手推开他，同时快速倒退一步，“你疯了吗？”

“不是，我是说……现在实在不是做这种事的好时机。”

“真怪，我刚刚倒没这感觉。”

“你不必说得这么讽刺，凯特。我非常非常喜欢你，一直以来都是如此。可是这样不会有结果的。何况现在一切又变得难上加难。”

“那我们就想办法解决啊。”

他避开她的目光，但只有短短一瞬间，接下来，他眼神中透出的决绝比他说的话更令她震惊。

“凯特，为了让通往死书林的门户无法开启，我什么都会去做。我的朋友在那里，我不能丢下他们不管。”

“又没有人要你这么做。”

他似乎还有话要说，但迟疑了一下，最后只是拉起她的手，摇摇头。

转进下一条巷子后，他们便拼命奔跑，拉着的手却始终没有放开。从好久以前她就有好多话想对他说，但她当然清楚，此时此刻一点也不合适。而且她也很生自己的气，难道她非得在这个节骨眼上说吗？

答案是：当然要在这个时刻，因为再没有更好的时机了。过桥时，他们都吓坏了，那股恐惧到现在还没有退去，而且说不定今晚他们就要死了。等到旭日再次升起，它照耀的也许就是个截然不同的书城了。况且从眼下情势来看，局面不会改善，所以重要的是，现在就告诉他，在她心中，他比任何东西都重要。他有他的书妖、他的反抗行动，还有天知道其他什么；但她什么都没有，有的只是对他的爱，她藏了好久好久的爱，她希望他能知道——在他做出某件事之前……嗯？在他做出什么之前？光是想想就令她揪心不已。

拐了两个弯之后，菲尼安在一栋狭窄的木架屋前停下。这家旧书店和书城其他旧书店并没有什么不同，都在小小橱窗后方堆着褪色泛黄程度不一的书籍，这家店同样也不靠顾客赚钱，只靠着海伊堡的补助度日。尽管深爱着书，书城却是个失败的实验：书多于人们想拥有的数量；商家多于过桥来访的顾客；而亚当学院提供的保障在经济上根本不划算。怪不得有那么多书巫都赞同，书城只是个纪念碑，不是商业典范。有那么一瞬间，凯特不由得怀疑这些书巫是否做错了？会不会是他们听不进大多数人的意见，定下了错误的保护政策？

接着她又想到管制区内的悲惨生活，想到他们对书妖的剥削，以及对所有不满现状者的压迫。还有，也许菲尼安说的没错，别管理由，只看结果——看书妖的惨状、对自由的蔑视——答案很清楚了，情况必须改变。如果菲尼安的武器就是促成改变的武器，那么，启动的时机已然到来。

有那么一刻，她深信自己终于明白了，而且也终于要去做对的事了。接着，一名平凡不起眼的老者打开门，默默把他们带到书店的阁楼上，书籍与尘网组成的墙后方的一口箱子前。

菲尼安打开拱形箱盖。

"现在你知道我要做什么了吗？"

凯特朝里望了一眼，泪水立刻潸潸而下。

52

“趴下！”

世界由无色闪光组成，凝结成黑色。芙莉亚降落在高高的草丛里，冷风吹得她发丝飞扬。

“趴在地上，快！”

她问都没问，立刻俯趴下去，同时见到身旁的白色身影。假如她们暴露了踪迹，事后就有得吵了，因为总要争清楚是芙莉亚动作太慢，还是伊西丝的衣服太白。

一道光束扫过草茎上方，芙莉亚微微抬起头，看到下方山坡上的那盏灯，但黑暗中看不出那里究竟有多少人。

光束移开。

伊西丝从趴转为蹲，像一头猛兽般蹲伏着：“我去对付他们。”

“可是万一他们——”

“他们是她的骑士，”她拿出心灵书，说，“相信我，这些人不值得同情。”

说完她便屈身快步飞奔下山，成了在黑暗中无声移动的灰点。芙莉亚茫然地试图辨识方向。此刻她位于铁路路堤下方，正好就是魅姬随手扔弃《凡塔思帝寇》的地方，芙莉亚甚至还发现了草丛上的方形压痕，那里便是过去几天里书本所在的位置。知道妈妈心爱的书从此人间蒸发令她相当感伤，所幸她并没有预想中的那么痛苦。毕竟，皮普的性命要比一本平平的盗匪小说重要多了。

她看得到更下方那一排分隔开公园与丘陵的树木。夜空中有许多星星从云隙中露出脸，越过树梢，她也看得到费园内许多窗户透出灯光，或许是之前骑士搜查过整栋屋子，后来懒得一一关灯，但就连费园正面墙脚处也被一楼窗户透出来的灯光照亮了。

伊西丝已经不见踪影。几秒钟后光束消失，芙莉亚拔腿狂奔，鸟喙书在她裤袋里低声询问："我们要做什么？"

她取出鸟喙书，右手食指插进书页里，说："别出声！"

"这算哪门子的回答？"

"给我安静，不然你就待在这里，等到一切结束。"

"呸，你需要我，这一点你也很清楚，就像——"

伊西丝在他们前方从黑暗中现身，说："你们两个的声音大到连塞恩河那头的格洛斯特都听得见。"

芙莉亚用左手捂住鸟喙书的鸟喙，说："现在该闭嘴了吧？"

"嗯呀，嗯呀。"传来模糊不清的回答。

芙莉亚转向伊西丝，问："那些骑士怎么样了？"

"解决了三个。"

"三个！"

在朦胧的月光下，伊西丝自己似乎也有点被吓到："跟以前不同，现在我几乎不用花多少力气，反冲力也没有出现，因为我全身都充满了书巫力。"

她所说的反冲力应该就是固着在书巫体内的那部分能量，

芙莉亚自己也尝过那种力量的厉害，从此对它便抱持着莫大的敬意。

两人继续往山坡下跑，直到抵达大树群下方的灌木丛。即使在黑暗中，芙莉亚仍然看得到被人踩踏出来的通往另一侧的小径。不久之后她们便冲过荒芜的公园，直抵罗马废墟，然后才找掩护躲避。黑暗中，棱角分明的断壁残垣变得陌生，仿佛是蛰伏在她熟识之地的诡异夜魔。

灯火通明的费园有如一艘夜间航行在辽阔海面上的远洋客轮。但定睛看去时，她们发现屋前另有灯火移动，周围也像是有灯光在搜索，看来骑士是分成几组分别上路的。

“是在找我们吗？”芙莉亚低声询问。

一道光束扫过墙面，两人赶紧低下身子，却听到脚步声在逐渐接近。芙莉亚翻开心灵书，聚精会神地竖起中间一页，伊西丝看到后便放下了自己的心灵书。

*你办得到吗？*她用双唇无声地示意。

芙莉亚点头，其实内心毫无把握。在黑暗中，书页之心分离时发出的光芒，无疑会泄露她们的行踪。

但与此同时，这也灌注给了她信心，因为一股暖流从乌喙书封皮扩散到了她的手臂，仿佛心灵书正在她脑海里低声鼓舞：*相信我*。

芙莉亚将书页之心分离开来。这一次，纸层之间只透出微光，纸层内侧的神秘字句闪烁着魅影般的蓝光，刚好够她看清楚要朗读的字句。

芙莉亚站起身，在高及臀部的墙那边有两名骑士逐渐接近，其中一人提起灯往右手边照了照，另一人在光圈最外缘的地方发现了芙莉亚的身影。

“是他吗？”他问同伴。

“嘿，小鬼……”

“小鬼？他们在找皮普吗？”

伊西丝低声说：“别让他们转移你的注意力！”

持灯的护花骑士把灯光照过来。芙莉亚逼着自己回想家中遭袭的那一晚，回想宝琳与韦克福躺卧在冷冰冰的厨房地板上的景象，眼前同时也浮现出皮普在铁路路堤上惊恐逃离骑士的模样。怒火与恨意涌上心头，激励她朗诵字句，凝聚心灵书的能量。一支无形船舰的撞角朝持灯的骑士冲撞过去，击中了他胸口。他的身躯被这股力道撞得向后倒退，最后躺卧在黑暗中，手上的灯落入草丛里，照亮了那里的石块。

这次反冲力非常强劲，胜利的狂喜在她体内扩散开来，但这一次芙莉亚和它保持距离，她感受到如雷击般短暂且炽热的冲击，但她再度控制住了，与这股试图征服她的庞大力量对抗着。

第二名骑士想开口示警，伊西丝却已一跃而起，将心灵书朝他的方向一指，连翻书的步骤都省了。当她朝他伸出另一条手臂，五指缓缓握拳时，他什么声音都发不出来了。借着费园窗户射出的明亮光线，芙莉亚只看得到他模糊的身影，却无法得知他到底怎么了。他的脑袋被一股无形力量挤压着，随着咔嚓的声响，男子颓然倒下。

“他们对她百依百顺，”当她们绕过墙走向躺卧在地上的男子尸体时，伊西丝说，“用不着同情他们。”

“我没有。他们杀了我的朋友。”

“真的没有？”

她点点头，喉咙里却仿佛卡了一颗石头：“另一个人还活着吗？”

伊西丝蹲下去，探了探那个人的脉搏，说：“你的冲撞力道把他的心脏都打碎了。”

芙莉亚差点要说：“我并不想那么做！”但这只是自欺欺人，

她当然想那么做。如果要夺回皮普，就得将他们一个个杀光，因此她当然要这么做。

这些骑士在寻找皮普，魅姬并没有因为失败想报复而杀了他。皮普还活着，而且已经逃出了魔掌。

伊西丝将地板上的灯捻熄，蹑手蹑脚地走到废墟边缘张望。在左侧过去一点的地方，第二盏灯光闪烁着穿过公园，第三盏则在费园附近朝着屋子正前方移动。芙莉亚看到窗前有两个人影。

“你觉得，他们总共有多少人？”芙莉亚低声问。

“不知道，有可能就这么几个，也可能屋里还有更多的人，说不定她还能找来更多援手，我对她的了解太少了。”

“你们不是认识吗？”

“是认识，她曾经帮亚当学院做过事。”

“亚当学院也雇用杀手？他们不是有密探跟警察吗？”

“只在特殊情况下，”伊西丝说，“他们必须除掉力量变得太强的敌人，或是对付执迷不悟的密探。”

“难道他们用她对付你——”

“对付某个跟我很熟的人。”芙莉亚在黑暗中凝视着她，说：“你就是因为这个才来这里的吧？你想杀掉她，想复仇。”

“我是来帮你和你弟弟的。”

“但这不是唯一的理由。”

“的确不是。”说完，伊西丝便动身离去。

芙莉亚跟在她身边，直到几名骑士出现在她们面前。来者有三人，可见总数跟之前在山坡上相同。伊西丝不动声色地夺取了他们的性命。从外表看来，她只不过是比了个手势，但芙莉亚认为，这次杀人应该已经大大耗损了她的体力。毕竟在过去几个小时内她开启了三道门户，进行了两次穿越。不过，她的行动始终干净利落，这要拜亚当学院的训练所赐。也许直到此刻她才发现这次变身让她变得多么强大，但芙莉亚也担心，她会因此而高估自己的力量。

最后，伊西丝朝尸体稍微弯下腰，同时指了指费园前最后一盏闪烁的灯。她向芙莉亚打了个讯号，随即又跑了起来。

几分钟后，公园里的骑士被悉数歼灭。

53

魅姬从费园大门的台阶上走下来，跨过圣维波拉姐碎裂的石像头。

“我就知道你们会来，”她与伊西丝在前院相对而立，说，“你绝不会错过这个机会吧？”

芙莉亚的目光横扫过费园正面，发现一楼某扇亮着灯的窗户后方有个人影，但那人影要比骑士娇小纤细多了。

“那里还有人，”芙莉亚说，“屋子里。”

“退开。”伊西丝答。

魅姬的脸庞消瘦，看起来比在书妖营地时老了十岁。“你要在此时此地做个了结？”她依然美丽，但发丝与衣服的黑似乎爬上了她的五官，仿佛要吞噬掉她身上所有明亮的部分。为了进出死书林，她也必须开启门户。直到现在，阿列尔依旧生死未卜，也不知道他遭遇过怎样的一番激战。

“离开这里！”伊西丝眼睛紧盯着对手，同时命令芙莉亚。

芙莉亚想帮她，但随即发现被翻掘起来的砾石地面上有汽车的胎痕。芙莉亚的目光追随着胎痕，发现下层林木断裂的树枝形成了一条通道，有一棵树被连根拔起，斜斜压住了某个钻进灌木深处的物体。

是桑德兰的劳斯莱斯。

在芙莉亚背后，伊西丝与魅姬还在说话，但芙莉亚已经无心听了。她有如梦游般朝着那辆车走过去。车灯已熄，空气中弥漫着汽油味。

她再一次回头朝前院望去，两名劲敌正在彼此打量着对方，手上都拿着自己的心灵书，但只有魅姬把书翻开了。芙莉亚内心恳切地盼望着，伊西丝不会过度自信。

“你在干什么呀？”芙莉亚拨开树枝，想走进通道后头的缺口时，鸟喙书如此问道。

“那是我家司机的车。”

“那又怎样？”

一道闪光照亮了周遭，车身周围的枝丫也突然成了投影，是一幅单色而凌乱的影像。芙莉亚扭头回顾，前院出现一个巨大的半球形光罩，仿佛一颗沉陷到土里的流星，这个半球体内看得到两个暗色剪影，那是伊西丝与魅姬的身影。要不是光罩上那些宛如分岔血管的蓝白色闪光，简直会以为这是随时要升起蘑菇云的大爆炸。

芙莉亚差点儿就要冲回去，但她随即想到，自己根本帮不上忙。和她们两人相比，自己的力量微弱得可笑。芙莉亚离她们将近一百码，但就算这么远，她仍旧感受得到半球形光罩射向夜空的书巫能量。芙莉亚全身都起了鸡皮疙瘩，她的心灵书也把缩在书内的鸟喙埋得更深了。接着传来恐怖的声响，仿佛奇大无比的电钻高速运转时发出的刺耳声音，中间还夹着既非伊西丝，也不是魅姬发出的声音。

两名女书巫释放出的力量夺走了周围生物的生命，芙莉亚身旁枝丫上的树叶顿时枯萎，芙莉亚也觉得很虚弱，她必须逼自己不再理会这惊人的景象，将注意力转回到汽车上。前院的亮光反射在后车窗上，窗前一根大腿粗细的树干斜压在后车厢盖上，从她那里无法辨识车内是否还有人在。

芙莉亚觉得脚下一步比一步沉重，就好像周围的空气都浓缩成了凝胶。她缓缓地将一只脚移到另一只脚前方，鸟喙书也传来了微弱的呻吟。

好不容易，她才把手伸向车身，车身金属摸起来冷冰冰的。芙莉亚张嘴想呼唤桑德兰，却难以办到。她双手有如吸盘般紧紧压在挡泥板上，慢慢移动过去，甚至还要弯腰钻过树干底下。树干将后车厢撞凹了一块，芙莉亚看到车身上一道如同星光的裂痕，裂痕中间有一个洞，那是被骑士射穿的。

芙莉亚抵达左边后座的门，隐约见到驾驶座有个身影。前院爆发的书巫力与高亢的呐喊更加强烈，灰烬般的枯叶在空中飞舞。

她背靠车身，将鸟喙书翻开，里面一张书页颤动着竖立起来，并且分离开来。纸层之间的光被能量罩的光吸走了，但鸟喙书让书页之心内部的文字发出红光，芙莉亚才能断断续续地念诵起来。

接下来一切重归寂静，阻力中止，芙莉亚眨眨眼睛，想吞咽口水，却发现嘴里干得连唾液都没有。她的周围出现了一个颤动着的类似泡泡的物体，是由细如发丝的闪光组成的袋状物。芙莉亚又能行动自如了。她转过身继续朝驾驶座一侧的门前进，感觉整个人比之前要轻松多了。她靠着车窗朝里张望，泡泡也跟着穿过车身，似乎没有任何阻力，而跳动的光网把光投射到了汽车内部。

桑德兰已经没了气息，子弹击碎了大半个座椅靠枕，也射中了他的头颅。桑德兰坐在那里，头偏垂着，仅有的一道血痕形成的红宝石色的轨道延伸到了下巴。除此之外，他看起来就像是睡着了。

接着芙莉亚的目光移到了副驾驶座，那里没有皮普的身影，底下也没有。车身另一边的两扇车门都开着，有根树枝伸进了车里，看起来就像是从后座伸出了一条骨瘦如柴的手臂，而后座上也空荡荡的，不见人影。

芙莉亚想起了费园窗户后方的身影，原来那些骑士在公园里搜寻的是皮普。她转过头，再次透过枝丫眺望费园和轰隆隆的闪光能量。夜晚被照得有如白昼，这种光看起来冷冰冰的，近似电气的光。芙莉亚很庆幸自己现在可以不必听那种声音，但也想到，不知闪光会不会点燃汽油。

她加快动作，急急奔向劳斯莱斯车尾，同时考虑进入光罩找寻伊西丝，说不定她会需要帮忙——尽管芙莉亚帮不上多大的忙。但另一方面还有皮普，假如他藏身在公园里，那他一定已经发现了目前的状况，而不会离开藏身地点。

“皮普！”她绝望地呼喊，“皮普，你在哪里？”

但她随即发现，这个泡泡阻隔了声音。在泡泡外，一臂之遥的地方，惊天动地的声响依然持续着，但泡泡将那些声响跟她的声音都吞噬掉了。

她跪倒在地，背靠在汽车保险杠上，双手掩面，为皮普、爸爸、宝琳和韦克福哭泣。但接着，她觉察到防护泡开始燃烧，同时模模糊糊地感觉到鸟喙书正在发出警告，要她提高警觉，别转移注意力了。

但将她从绝望中惊醒的并不是鸟喙书，而是她背后，从后车厢里传来的敲击声。

“皮普？”

她一跃而起，身体倏地回转，试图用手推开车顶上的树干。

“我们一起来比较好。”鸟喙书提醒她。

她连忙从树干底下钻到了驾驶座的车门旁，左手高举着心灵书，右手指向那棵树。她并没有碰到树，但一股源自她的力量狠狠地撞了过去。原本她只想把后车厢上的树移开，但这一次她又低估了自己的力量，树干炸成了碎片，残存的部分也从车身上滑落。

这一次，芙莉亚利用反冲力达成了目的。尽管树梢挡住了去路，但她在胜利的狂喜下依然挤进了灌木丛里，直到头破血流，终于气喘吁吁地来到了凹陷变形的后车厢。

内部再次传来拍击声。

她迟疑了一下。在这一瞬间，她想起桑德兰制造的幻象，想起那些夜里，钻出后车厢的生物，她的脑海中响起皮普的笑声和桑德兰欠身行礼的模样。在这一刻，她终于了解到之前发生了什么事。原来她一直错估了家中司机的为人，她心中交织着放松与羞愧之感。

费园前的能量罩再次变色，从白转蓝，最后变成了艳绿，周遭环境似乎也跟着改变了，仿佛有人在光里下了毒，颤动闪烁的火花朝四面八方喷溅。防护泡虽然能挡下火花，却没法保护撞坏的汽车，车身被烫得满是坑坑凹凹的洞。芙莉亚想将扭曲变形的后车厢盖打开，锁却卡死了。

“皮普？你得从里面撞开！”

她右手轻按把手，后车厢传来“砰砰”的踢踹声，锁也咔嚓一响，但后车厢依然紧闭。

汽油味钻进她的鼻孔里，她发现车漆上的坑疤开始微微燃烧。现在得加快动作，要比先前快上许多才行。

她大喊：“再试一次！”

下方传来了脚蹬钣金的声响——还是徒劳无功。

“把我放下来，用双手！”鸟喙书高喊。

芙莉亚原以为这么做会让防护泡塌陷，但万一流出来的汽油碰到火花，就算防护泡没塌也无济于事了。她把鸟喙书放到地上，听见它发出呻吟，接着防护泡开始颤动，逐渐弱化。

芙莉亚紧紧抓着把手，高喊："皮普，再来一次！"这一次她终于觉察到两人的合作有了成效，后车厢盖往上弹起，险险擦过她的脸。她立刻伸手进去，抓住皮普。一片漆黑的后车厢中，他的身躯似乎悬浮着，好似飘浮在黑夜构成的软垫上。接着幻象消失，后车厢又成了普普通通的后车厢。芙莉亚将皮普拉出来，匆匆拾起鸟喙书，两人沿着小径回到费园前院后右转。这时她周身的闪光防护泡泡渐渐开始褪色。

在她身后，威力强大的爆炸将下层林木炸开，一道有如高塔的火焰冲向天际，穿过费园前炽热的混乱飞向高处。热气与压力组成的巨浪击中了芙莉亚背部，当她和皮普双双跌落在地面时，她勉强还来得及趴倒在他身上。一个暗色剪影腾空飞起，那是部分车身，或者也可能是整个车身，但接着，就全被能量罩吞噬了。

下一秒钟，那半球形的能量罩也塌陷了。

再下一秒，喷溅的火花跟着熄灭。现在唯一的光从下层林木窜出，那是原本劳斯莱斯所在的位置，那一片的树木全都在熊熊燃烧。

前院中央，伊西丝与魅姬面对面蹲伏着，周围尽是燃烧中的碎块，汽车残骸在两人中间，车轮还在熊熊燃烧。车体已经残缺不全，所有开口都有火舌蹿出。芙莉亚看到桑德兰还坐在方向盘前，就好像人虽然已经死了，却还是将他的劳斯莱斯开来了这里。桑德兰的最后一程也终结了两名女书巫的对决：两人都失去了心灵书。芙莉亚看到那两本书在汽车残骸旁的砾石地上燃烧，火舌也卷上了伊西丝的斗篷，她以一个疲惫无力的手势将斗篷一把拉扯下来。

率先站起的是魅姬，发现自己的心灵书陷入火海时，她立刻尖叫起来。接着她抓起一片锯齿状的钣金，原来可能是引擎盖的一部分。那片钣金应该非常热，因为她的指缝间有烟气冒出。她拖着蹒跚的步伐，抓着钣金走向跪在地上、上半身向前倾的伊西丝。

“伊西丝！”芙莉亚朝前院大声警告。“小心！”

魅姬就快到了，她双手将大片钣金高高举起，准备将它当成断头台铡刀朝伊西丝的脖子切下。时间再度冻结，与此同时，芙莉亚也发现有另一个身影正在踏出费园正门。那是一名身穿着血红色的衣服，身形苗条，上了年纪的女人。她同样用双手拢着一本书，看起来好像下一秒就准备使用。

芙莉亚一个翻滚远离皮普，心里祈祷他平安无事，同时拿起心灵书，将书页之心分离开来。一股压力波在砾石地面上犁出一条沟，从魅姬身旁飞射而过，撞向站在大门口的女人。那女人被撞得倒退几步，但随即轻松站定，转身面对她的新对手。尽管隔着一段距离，从她的眼神里，芙莉亚依然能看到遏制不住的愤怒与大到难以言喻的恨意，在这一瞬间，芙莉亚忍不住回想，她们两人之前是否见过，还有，自己到底哪里招惹她了。

就在此刻，魅姬发出一声怒吼，将锯齿状的钣金高举到伊西丝上方，预备当头砸下。

伊西丝把头往后一仰，胸膛用力一挺，把紧身胸衣的最后一个钩子解开。光线从下往上映照着魅姬惊诧的神情，书页在伊西丝的上半身前方扑扑翻动并且分离，一阵由莹莹亮光与狂暴劲道组成的力道从她胸口爆发，击中魅姬，将她炸成了灼热的光点喷泉。她只来得及张嘴发出一声凄厉的叫喊，接着便失去了踪影。接下来，一阵熠熠发光的火花有如雨点般纷纷朝伊西丝与前院洒落。

站在门口的女人神情淡漠地退回屋里。

芙莉亚朝皮普爬过去，看到他露出久违的笑容。他不再顶着小丑妆，而是一张有着大眼睛的稚嫩脸庞。

她跪在地上一把将他拉过来，泪眼婆娑地喃喃说着："现在你安全了。"但她自己也不知道，是否果真如此。

"那些小丑都走了吗？"他趴在她肩头上问。

"都走了。是啊，都走了。他们已经不能再对你怎么样了，谁都不能，我向你保证。"

皮普点点头："你回来了，我好开心。"

她一把鼻涕一把眼泪地笑着，用袖口抹着脸。皮普也紧紧地拥抱着她，紧到她差点要往后倒了。

这时，躺在她身旁地板上的鸟喙书也清了清嗓子，说："你要是懂点礼貌的话，就该介绍介绍我，这些事我也是有份的。

芙莉亚正想照它说的做，却在这时听见伊西丝虚弱又沙哑的声音："事情……还没结束。"

"皮普，"皮普放开芙莉亚时，她说，"快点去警卫室，在那里等我。"

"我想跟你一起。"

"不行，现在还不行。"

他随着芙莉亚的视线望向费园，和那些灯火通明的窗口。

"芙莉亚！"伊西丝呼唤她，同时努力想站起身。

芙莉亚在皮普额头上亲吻了一下，说："留在警卫室附近，可以的话，到里面去更好。"

皮普望着燃烧中的劳斯莱斯，在熊熊烈火中桑德兰的身躯已经无法辨识。"是他把我救出来的，"他哀凄地喃喃说着，"还有你的灯和椅子。"

"真的？"芙莉亚问，"跟它们两个？"

"它们帮了他大忙。桑德兰想带我离开这里，那些男人对我们

开枪……“

芙莉亚再次拥他入怀，接着她站起身来，并将他拉起来站好，吩咐：“去警卫室，好吗？”

“好，”他捡起鸟喙书仔细端详，问，“可以给我吗？”

“不行！”鸟喙书愤慨地大嚷。

“抱歉，”芙莉亚说，“这是我的心灵书。”

“哦，太棒了！你盼了好久啊！”

“是啊。现在快去！”

皮普拔腿就跑。鸟喙书满怀敌意，模仿着皮普的语气说：“可以给我吗？”

“嘿！”芙莉亚食指和拇指在它的嘴喙弹了一下，说，“你要习惯有他在。”

确定皮普已经沿着斜坡道跑了下去，芙莉亚才赶紧来到伊西丝身边，扶她起身。伊西丝的胸腔已经合拢，中间一条接合缝有如一道从锁骨延伸到腰部的伤疤。

芙莉亚从腋下搀扶住她。

“我们必须拦住玛塔·安提夸。”伊西丝说。

芙莉亚点点头，揽着她的腰，扶她进屋。

54

在门厅迎接她们的是被砸坏的家具、画框和破破烂烂的画布。芙莉亚小时候认为里面装着盗匪死尸的一人高双耳陶罐，如今已经裂成了四片，有如花瓣般分崩离析了。

她们两人呼吸沉重地在大门口停下脚步，伊西丝靠在门框上，让芙莉亚把鸟喙书翻开。鸟喙书蜷缩着躺在她左手上，以奇特的方式为她带来信心，如今她算是拥有能力相当的伙伴了。

“她会去哪里？”伊西丝问。

“费园有六十四个房间，这还没把楼梯间、储藏室、浴室等等算在内，另外，还得再加上地下墓穴。”

“什么样的地下墓穴？”

“古罗马时期留下来的，我们家的藏书室就在那里。”

“把书放在潮湿的地窖里？”

“那里向来不潮湿，”说到这里，芙莉亚想起霉鳐，于是又补充说明，“几乎从来不会，偶尔才会。”

“那里的书是什么样的？”

“应有尽有。”

“就是那里，”伊西丝声音里展现的笃定令芙莉亚大感讶异，“带我过去！”

“你怎么这么肯定？”

“你想，身为书巫，如果有成千上万本书的能量可用，她还会躲到别处吗？”

“是好几十万册。”

伊西丝皱起眉头，说：“带我去那座藏书室，快。绝对不能让她在那里久待。”

两人连忙穿过一楼，赶到通往地下墓穴的宽阔楼梯。抵达上方的楼梯平台时，她们停下脚步。

“你感觉到了吗？”伊西丝问。

“什么？”

“你没发现这里有点异常吗？”

芙莉亚想起 YZ 和折纸鸟，想起韦克福的伤疤和凹凸不平的门，但这些都是她从小看到大的，和架上的书同样属于这座藏书室。“据说这些年来，这座墓穴在不断扩大，”她说，“韦克福认为，那里有些通道根本没有尽头，还有，书也会凭空冒出来，他还说那里的书根本没有人能搬得完。”

“他们从来没有告诉过你，那里其实是怎样的地方吗？”

芙莉亚摇头。

“你们的藏书室，”伊西丝压低音量，说，“已经变成一处庇护所了。还有，尽管非常难以想象，但亚当学院很可能完全不知道这处庇护所。”

“变成了一处庇护所？怎么回事？”

伊西丝耸耸肩：“许多事都改变了。亚当学院控制不了书巫术——如果他们曾经掌控过的话——事情开始失序发展。我敢打赌，她一踏进这栋屋子，就感受到附近有座庇护所了。”

“在这里等一下。”芙莉亚说。

“什么——”

“相信我。”

芙莉亚沿着廊道奔跑，进入黑漆漆的厨房。她往侧门跑去时，看到了瓷砖上的污渍。侧门开着，一来到室外，她立刻找到了她要的。

有人在三具尸体上覆盖了桌布。有那么一瞬间，芙莉亚觉得自己无法走上前去，仿佛她和三具尸体之间有个无法跨越的障碍物。她在应该是尸体脚部的位置缓缓地蹲下去，将桌布边缘掀开，认出那是爸爸的裤子，于是又放下。几秒钟后她试了另一块桌布，这次露出的是宝琳的小腿肚。直到第三次，她才找到韦克福。芙莉亚屏住气，沿着他的腿向上摸索着找到了右边的裤袋。当她把手伸进去碰到钥匙串时，紧张得下唇都咬出血了。她火速抽出钥匙串，急急向后跳开，仿佛碰到了蜂窝。她再次冲回厨房，那些钥匙在她颤抖的手上如钟琴般叮叮当当地响着。

她停下来找出正确的钥匙——最大的那一把，她曾经看韦克福用过几十次——将它取出，放进口袋里，其他钥匙就搁在了桌上。跑回去的路上，芙莉亚拼命想忘却刚刚在外面看到的景象。

“你去哪里了？”伊西丝不耐地问。

芙莉亚把钥匙给她看了一下，但马上又放回了口袋里。

两人开始往下走，伊西丝在前，她们轻手轻脚地行动，身体也尽量靠近用砖草草砌成的墙面。才往下走了几个台阶，温度就明显下降，来到最后一个楼梯转弯处，她们更加提高防备，朝有扇沉重铁门的前厅张望。

玛塔·安提夸站在铁门前，背对着楼梯。她双手捧着翻开来的心灵书，想凭借书巫术的力量把门打开。

几天前韦克福才将铁门的表面擦拭得晶亮，因此安提夸这名老妇看到了她们投射其上的身影。在伊西丝后方的芙莉亚这时向前跨了一步，伊西丝的胸膛开启时，她听见了书页翻动的声响。

玛塔·安提夸一动也不动。“你知道吗？”她说，“我曾经爱过他，爱得至深。”

伊西丝扑扑翻动的书页生出一股暖风，吹得芙莉亚的发丝飘扬起来。芙莉亚问：“七芒星？”

“塞弗林·罗森克罗兹、七芒星、真正的书巫之祖，”她依然凝视着铁门，说，“不论你怎么称呼他，对我来说都一样。”

“你怎么可能——”

“我比你想得更老。”

“她只是想争取时间，”伊西丝说，“还有，她在撒谎。”

“不，”玛塔驳斥，“字字句句都是真话。我之所以要穿越到这里，理由只有一个：我要亲眼见到芙莉亚·萨拉曼德拉·费尔菲克斯。”

“你见过塞弗林本人？”

“当然。”铁门颤动，但锁依然没开。

“把书放下！”伊西丝命令她，“马上！”

这回玛塔终于转身了：“我深爱着他，但是他心中只给另一个女人留下位置。在我认识他的那些年里，他始终无法忘怀那个女孩，那个在他的书里写下讯息的女孩——在他还是个年轻男孩时，跟他通信的女孩。他一直深盼有一天能见到她，而且从不曾放弃过这个愿望。”

“现在我要杀了她。”伊西丝低语。

“等等！”芙莉亚碰了碰她的手臂，接着踏步上前；鸟喙书在她手中颤动。

“我早就知道，你会在这一年发现这本书，”玛塔说，“还有，你会跟他联系。哦对了，要找到你简直易如反掌。亚当学院一直查不出你们家族到底改换成了什么姓氏躲起来，因此他们所有的尝试都徒劳无功。但我认识他有一个半世纪了！我只需等到你给塞弗林写信的这一年，就可以透过你得知这本书的下落。”

她扬了扬手上那本不起眼的薄书，芙莉亚立刻认出那是什么书。细细光丝交织而成的光网生成，一路从分离开来的书页之心延展到了铁门那里。

“你跟塞弗林的书其实是我的书，”玛塔说，“是塞弗林首度成功创造的书巫书，之前的不过是些小把戏。我和他相识时，这本书走向了我。我想，纯粹是因为这个缘故，因为你们共同的书选上了我，他才会想爱我。”她笑了笑，但这次笑得凄凉，“而后来，他又把书从我这里拿走了。当时我就该知道，最后会是这种下场的，毕竟他得想办法，让你在多年后发现那本书。”

“可是我发现它时，书上除了第一页仅有的一段文字之外，整本书都是空白的。”

“当它成为我的心灵书时，你们写在上面的文字就消失了。或许这一点是注定的——时间是无法预料的，等到你经历的时间够多，就会了解到这一点。我想，一开始塞弗林认为那是一个可以忘掉你，并且接纳我的机会。如此过了好些年，他却依然惦记着你，即使好长一段时间他都不愿意承认。最后他才终于向我坦承这一切，并且夺走了我的书，重新写上几行字，再将它藏在罗森克罗兹家族的藏书室深处。不久之后，这个家族不得不逃亡，我的心灵书也随着他们失去踪影，直到今天。我十分感谢魅姬，感谢她为我带回这本书。”

伊西丝的语气充满了嘲讽意味：“你这么说是想要我们相信，你所做的一切都是出于爱？”

“这一点你应该很能理解，”玛塔转向伊西丝，说，“你之所以如此痛恨魅姬，不也正是因为爱？不就是因为她杀了某个对你来说代表着全世界的人？难道你还不信，爱可以是最强的驱动力？”

伊西丝就要发动攻击了，芙莉亚却再次呼唤：“等一下！”

玛塔想要塞弗林，直到今日依然如此。她想借由他的书让他发现她是谁，或者，是想让他误以为，芙莉亚依然在和他通信？

“你怎么能活这么久？”芙莉亚讶异地望着玛塔问。

“怎么能？是塞弗林写的。有段时间他以为能和我共度幸福人生，于是他发明了一种能推迟书巫老化的方法，写在其中一本创世书里——当年，他是这么称呼那些书的——于是内容就成真了。当年就只有他和我知道这件事，那时我们很信赖彼此。我原以为，有关他的一切我全都知道，可惜我错了。他其实已经开始在暗地里撰写空白书了，那是为了防止书巫术脱离他的控制所采取的保护措施。而我，却是到很久以后才知道这件事的。”

从她心灵书投射出的光网将书巫能量发射到紧闭的铁门上。假使真如伊西丝所说，这座地下墓穴是一处庇护所，是位于世界书页之间的一个处所，那么只有一个办法能开启它。正如唯有持有书城的书签才能前往书城，费尔菲克斯家的藏书室也唯有使用正确的钥匙才能进入。

芙莉亚拿出口袋里的钥匙，说：“也许你该用这个试试看。”

“别给她！”伊西丝向她下令。

玛塔·安提夸笑了笑：“你想跟我交换？用你的钥匙换我的心灵书？你应该很清楚，这是不可能的。没有哪个书巫会自愿交出自己的心灵书，何况我失去心灵书已经够久了。”

“够了！”伊西丝呵斥。在她胸膛上，有好多书页同时分离，并且熠熠发光。

玛塔·安提夸讥笑她：“没错，这些把戏确实玩够了！”

她伸手指向伊西丝，立刻发生一件出人意表的事：伊西丝身上的书页之心光芒消退，纸层也再次融合。伊西丝难以置信地低头看着自己的身体，随即便瘫软在地。

“你不过是七芒星的造物，”玛塔·安提夸高声说，“是他故事里的书妖。看过他的童话故事书吗？那是他献给我的，我的全名是安娜贝尔·玛塔·安提夸，那则童话是他为我而写的，一草一木、书中的每个角色，包括伊西丝，来自昼夜边界的女孩，统统都属于我。”

“不！”伊西丝发出惨叫。

“你以为你拥有自己的意志吗？”安提夸朝她跨近一步，她的心灵书也投射出透明的光带包围着她。“你以为你自己是一本书，就有力量对付我？伊西丝·霓莫霓思，你什么都不是。刚才在外面时，你的书巫术救了你和这孩子，但现在你感到极度虚弱，不是吗？你非常疲惫，并且厌倦了战斗，”玛塔·安提夸露出微笑，说，“不论我要求你做什么，你都会服从我。”

芙莉亚想发动攻击，但就在这一刻，曾经属于她的塞弗林之书却转而与她对抗。光网在玛塔·安提夸背后有如巨大蝶翼般张开。有那么一瞬间，芙莉亚觉得这是她一生中所见过的最美丽的景象。

接着，光网末端散成灼热的触手。

触手射向芙莉亚之际，鸟喙书形成了一道防护屏，光之触手被挡下，像先前在公园时的防护泡那样弹开了攻击，帮芙莉亚争取到了喘息的时间。

玛塔·安提夸发出刺耳的笑声，讥笑这个欠缺经验的书巫女孩居然胆敢反抗她的力量。

“伊西丝，”她命令，“去拿钥匙！然后杀了她！”

伊西丝缓缓地从地上起身，脸上的表情透露出她的苦苦挣扎。当她转向芙莉亚时，眼神里满是惊慌。她双臂穿透火花组成的屏障，将芙莉亚手上的心灵书打落。鸟喙书拍动着书页摔落到地上，翻开的书页朝下，长长的脖子从书封上陡然伸长，要用鸟喙去啄伊西丝。伊西丝狠狠地把它一脚踹开，鸟喙书顿时软趴趴地滚到了一旁。

“伊西丝！”芙莉亚恳求着她。

这下玛塔·安提夸笑得更加响亮：“把钥匙拿给我！”

芙莉亚将钥匙扔到她脚下，说：“在那里！自己拿吧！”

玛塔·安提夸捡起钥匙，胜券在握地用双手拿着，望着被分叉的光焰包围着的金属门。伊西丝趁着这空当退离芙莉亚半步，脸上表情仍是十分痛苦，似乎在全力抵抗玛塔的控制。她的后退给了芙莉亚喘息的机会，她将地板上的鸟喙书捡起来。鸟喙书的嘴无力地垂下，芙莉亚小心翼翼地将它放在手上。

玛塔·安提夸的视线从钥匙转移到伊西丝身上，号令说：“杀了她！”

伊西丝身躯一震，再度成为敌人的傀儡。芙莉亚猛地跳开，躲避伊西丝的碰触，她一路踉跄着往上跑了几个台阶，才停下脚步。

伊西丝继续走向她，脸上显得痛苦不堪。她不想伤害芙莉亚，但玛塔的命令让她别无选择。

鸟喙书苏醒过来。

“门！”芙莉亚低声吩咐。

一张书页之心开始发光，将压力波如子弹般射向位于下方的门厅。压力波从距离玛塔还有一步之遥的位置急掠而过，一路轰隆作响地撞上铁门，紧接着“当”的一声巨响传遍了整座拱顶地窖。

玛塔垂下面去，仿佛在怜悯伊西丝。

伊西丝更加接近了。

“你还爱着塞弗林吗？”芙莉亚拉高分贝。“如果是的话，你应该会想知道，他也还活着！”

玛塔举起一只手，伊西丝的动作立刻停止。

“你说什么？”

“塞弗林还活着。”

玛塔·安提夸摇摇头说：“塞弗林·罗森克罗兹已经过世好久了。”

“你肯定？”

“他在失踪前，便发誓要放弃书巫术，还摧毁了他自己的心灵书，任凭他的造物自行发展，就像一个再也不想理会祂的造物的神。”

她说出了芙莉亚也有过的想法——塞弗林运用其能力，创造出属于他的书之世界后，便俨然以上帝自居。不过，还有一点芙莉亚是万分确定的：上帝不会说死就死的。如果祂拥有像塞弗林这般无所不能的力量，就不会。

“我知道可以在哪里找到他。”

“别为了活命讨价还价，这样太卑贱了。”

伊西丝又开始行动，逼着芙莉亚逃往更上方的台阶。

玛塔转过身去，把钥匙插进锁孔里转动。

“我会找到他的。”芙莉亚朝她呼喊。

“你不会，”玛塔·安提夸根本没转身，只回答说，“你会死，芙莉亚。”

伊西丝颤抖的双手朝芙莉亚伸了出去。

玛塔打开通往藏书室的门，后头是一片漆黑。

芙莉亚又跌跌撞撞地跨上一级台阶。

玛塔跨过藏书室门槛一步，登时踏进黑暗之中。她摸索着寻找电灯开关，却一脚踩进一堵黑墙里——而这堵黑墙也朝她压了过来。

一大群黑压压的物体攒动着吞没了她血色的衣服、雪白的发丝和脸庞，成千上万的字母从她身上爬过，将她缠成了一个活茧，各种元音与辅音涌入她的嘴里，封堵她的呐喊，阻挡她的呼吸。她的鼻孔、耳朵都被塞住了。接下来字母又钻进了她眼皮底下，在眼球背面写下挖苦的诗句。

伊西丝发出一声呻吟，跌跌撞撞地倒退几步，就在她差点摔倒时，芙莉亚赶紧冲上前将她拉住。鸟喙书也发出胜利的欢呼。

YZ 将玛塔压倒在地并掩埋起来。现在这群字母已经完完全全地将她覆盖，层层相叠，犹如波浪般从她身上涌过，远远看去有如一颗黑色心脏般搏动着。塞弗林的书从她手上掉落，四周布满钻进书页间的细小字母，仿佛想在那里面组成新的句子。

直等到玛塔 · 安提夸再也不动了，这群字母大军才撤退。大部分的字母遁入黑暗的通道里，一些来晚的则紧追在后。过了好一会儿，还有少数字母陆续从玛塔的口鼻和衣服里钻出来。她五官扭曲、面露惊讶的滑稽相，或许就是她与死亡抗争许久之后，见到死神来临时的表情。

YZ 在门槛上写着：蠢女人

芙莉亚露出感激的笑容。

与此同时，伊西丝也分离了一张书页之心，耗尽她最后的力气。当她虚弱得瘫倒在地时，塞弗林的书也燃烧了起来。

“不！”芙莉亚脑中闪过这个念头。

但与此同时她也立刻了悟，这才是唯一正确的结果。无论谁都没有权力改变过去，不论是改好还是改坏，这本书造成的灾难已经够多了。

芙莉亚坐在伊西丝旁边的地上，曲起双膝，两人一同注视着安提夸的心灵书燃烧殆尽。

几分钟后，灰烬如飞蛾飘飞，烟气熏得她们眼睛灼痛，这时芙莉亚才发现那支从书中滑落，摔碎在地上的玻璃蘸水笔。芙莉亚捡起它，端详着裂口，看着自己反射在上面的微小影像。

“你觉得，”芙莉亚问，“发生的这些事，是不是能让他认清事实的真相？”

“你是指七芒星？”伊西丝虚弱地问。

芙莉亚点点头，说：“如果塞弗林是我一直以来认为的那个人，那么他一定会把这一切做个了结，会启动文殇。

“你真认为他还活着？认为他就是那个监控着书巫界，并且决定何时该了断的人？”

“是，”芙莉亚起身，说，“而且我现在就要去找他。”

看到伊西丝想撑起身体，芙莉亚摇摇头。

“我一个人去。”

55

凯特与菲尼安离开那些街巷后，抬头眺望通往温室的山坡。魅姬和伊西丝的激战留下了一地碎玻璃，引来了许多好奇人士聚集在山脚下的建筑物前，忧心忡忡地关切着草地上喧闹的景象。

警察部队踏过草地，数十名身穿黑色长外套的男人匆匆走上山坡，另有几人则忙着为装载士兵的大卡车开路。这些大卡车轰隆隆的引擎声响彻了书城的街巷迷宫。对这种大小的车子来说，绝大多数的巷道都太窄了，因此它们不得不绕远路。不过现在卡车几乎就要抵达目的地了。

菲尼安和凯特都伪装成了警察，他们将窄版长外套的扣子扣上，红色围巾拉高到下巴，脚上蹬着黑皮靴，大檐帽则拉低到盖住额头。菲尼安这身装扮，不管怎么看都像是个正牌警察，但凯特却觉得自己像个服装极度不搭调的小女孩。

那名老者的阁楼上还有其他服装，但她选了这一种。要是够幸运，应该说是非常非常幸运的话，他们或许可以趁乱混入温室。他们必须加快动作，并且善用这场混乱，在警察获报，军队抵达，攻进死书林之前抵达目的地。

“留在这里，凯特！拜托。”

这已经不是他第一次求她了，而这一次她仍然摇头。她好想亲吻他，一方面是因为她深爱着他，另一方面也希望这样能让他闭嘴。但这么做会暴露她的身份。

“我们走。”她说着开始行动。

“这不是你的——”

“不是我的战斗？”她突然转过身来瞪着他，说，“菲尼安，我热爱这座他妈的鬼城市，我是自愿过来并自愿留下的。还有，你说的没错，必须有人采取行动，好终结这里的事。”说着，她指了指山坡上的警察，“但最主要的是，我绝对不容许他们连这座森林都要玷污，亚当学院的魔爪已经伸向了所有的人、事、物，现在该做个了断了。”菲尼安把炸药绑在腰际一个类似腰带的东西上，这令凯特非常惊恐——甚至用惊恐都不足以形容——但他们两人总得有一个运送这玩意儿，而菲尼安非常清楚地表示，那人绝对不是她。

亚当学院当然也可以新开通一个前往死书林的门户，但要大到能让百名士兵通行，需要超强的书巫才能办到，而且要花上许多时间，到那时，死书林的书妖早就觅得新的藏身之处了。菲尼安说过，死书林非常辽阔，几乎无边无际，书妖只需更深入地潜进字母荒野，就能藏匿起来。

菲尼安本来预备用这批炸药破坏通往伦敦的桥梁，他和伙伴花了好几个月时间一点一点取得炸药，藏在旧书商的阁楼上。

卡车逼近，回荡在巷子里的引擎声逐渐变大。他们必须快走，否则会来不及赶到山坡上。

他们动身要混入警察中时，菲尼安摸了一下凯特的手，让她整个人飘飘然，几乎感受不到脚下的地面。寒气迎面吹来，凯特垂着头走，以免被人看到脸，却仍然觉得有上百只眼睛在注视着她，而且这些人早就知道她是谁了。眼看着陷阱随时就要咔嗒关上，亚当学院真的会相信，那一连串的激战都是由死书林里的书妖发起的吗？他们难道就不顾及还留在书城里的同党吗？

但凯特也深知，亚当学院就是要杀鸡儆猴。也许三大家族已经发现，反抗势力无法彻底铲除。于是干脆把阿列尔和普克描绘成反抗军代表，利用这两名书妖昭告世人：瞧，我们已经除掉了严重威胁庇护所秩序的两名恐怖分子——后续要逮到其他低级书妖，简直易如反掌。

凯特和菲尼安只剩三分之一的路程，他们混在警察之中朝玻璃温室前进。就在这时，入口大门突然开启，一群身穿黑大衣的男子押着好些园丁出来了，走在最前头的便是刚瓦·欧连德。

凯特几乎无法想象菲尼安看到这场面会作何感想。毕竟，带他投身抗争的人正是欧连德，菲尼安今天的一切都是他给的。但现在，这名园丁却在被人残暴地驱赶到草地上，和另外十名男女一起被逼着下跪。警察拿枪威吓，要他们排成一列，双手抱在脑后。

温室的门开着，身穿长外套的男人进进出出，忙着将许多箱子抬到户外，也不知道箱子里究竟是什么东西。他们忙着搜查这个区域，好为军队进驻做准备。一些工人将斧头和电锯搬进温室，好在长着书签带的密林中为军队辟出一条通道。

经过这群人犯时，菲尼安偷偷瞥了欧连德一眼，但欧连德无暇旁顾，因为他正试图阻止警察殴打一名年轻的女园丁，结果自己却被警察用枪托在脖子上狠敲了一记。菲尼安别过头去，只能无助地把双手紧握成拳。

山头上也有女警，但她们中最年轻的都比凯特大上十岁。而人群越是拥挤，凯特被人发现的风险便越大。在即将抵达大门的最后几步，她紧紧跟在菲尼安背后。此时警察大多忙着在树丛里搜寻逃犯，忙着将装有化学药品的箱子摆好，忙着检查任何可疑的容器。

他们两人刚进入温室，第一批大卡车也轰隆隆地开上了山坡，人犯中立刻兴起一阵骚动。

菲尼安低声吩咐凯特："等一下。"

他将她推往一条岔路，岔路尽头是一片完好无损的玻璃窗。当他用袖子在尘埃堆积的玻璃片上抹出一道干净的痕迹时，第一辆卡车上的士兵也恰好跳下车来。他们身穿墨绿色的战斗服，头戴钢盔，手中持枪，就跟正规军一样，全然不同于穿泡泡袖制服的桥头守卫兵。如今亚当学院终于露出真面目了：揭去书巫与学者的假面具后，出现的竟是一个和其他独裁者毫无差别的恶魔。凯特心想，什么时候，一群热爱书籍的怪人竟组成了暴虐的专制政权？

菲尼安转过身时，凯特见到一名军官来到了欧连德前方。那人拔出手枪，抵住欧连德的头。

"哦，糟了。"凯特喃喃自语。

菲尼安停下脚步，随着凯特的目光望去。那名军官对着欧连德咆哮，向他提问，但这名瑞典人只是面无表情地望着他。

菲尼安用一只手掌拍打着窗玻璃，嘴唇用力紧闭到失去血色。

就在此时，突然出现了一名男子，那人高大肥胖，细看竟是城主居利斯。他从士兵之间挤上前，一只手按住军官持枪的手。居利斯有好几件缀有流苏的小礼服，平时他喜欢穿着这些礼服在公众前亮相。今天他同样穿着这种小礼服，但一头深色头发并没有像平日那样梳理出一条清晰的发线，他的山羊胡也乱糟糟的。看来今早军队进驻的消息传到时，他应该还在睡梦中。

那名军官倨傲地打量着他，接着把目光停在居利斯搁在他手臂上的手上，直到居利斯缩回手，这才收回他抵在欧连德额头上的枪。军官以左手递出一份收在他军装底下的文件。居利斯匆匆浏览后，震惊地摇摇头表示抗议，但那名军官不理会他。这时居利斯忽然揪住他的肩膀，军官一个回身用手枪击向他的脸。居利斯的身子摇晃了几下，最后终于站稳。他摸着流血的脸颊，朝着那名军官怒吼。军官一挥手，立刻有两名士兵抓住居利斯，反扣住他的手臂，把咒骂不停的城主押下山去。

凯特几乎不敢相信眼前所看到的，她问："他们将他免职了吗？"

"看来应该是。"菲尼安说。

凯特往身边偷瞄一眼，发现左右两侧都有警察凑近窗口往外瞧，凯特头垂得更低了。

欧连德朝军官说了些什么，跪在他旁边的年轻妇人似乎在恳求他克制自己，但欧连德摇摇头，辱骂着那名军官，声音大到在一片喧嚣中都听得清楚。

军官慢条斯理地举起手枪，枪口对准欧连德的头部扣下扳机，这一枪震得金属窗的玻璃都颤动了，凯特和菲尼安周围也突然冒出细碎的叫好声。

菲尼安定定站着，什么话都没说，过了几秒钟才转身离去。凯特赶紧追上去，她好想同他说说话、拥抱他，总之就是做点什么来安慰他，但他却不给她任何机会。而且他们周围有数十名敌人，她也不能冒这个险，以免被人听见她对他说的话。

他淡漠地在满是书签带的枝丫间急急穿梭，最后来到之前他们和芙莉亚、伊西丝走下去的宽阔楼梯。从深处传来了粗暴的话语声。

两人才走下几级阶梯，背后就传来了呼喊声。那名军官带着手下，正从一条主要通道走来。

“走开！”来到楼梯时军官如此命令。

菲尼安停下脚步，依然背对着那些人。

凯特心想不妙，她不假思索从后方按住菲尼安的肩膀，将他往楼梯边缘推。军官和随从打他们身边经过，进入拱顶地下室。

“菲尼安！”这队士兵经过之后，凯特以恳求的语气低唤他。对方共有十人，个个全副武装，而且他们再也不会让其他人，更不会让假警察前往大门。

他凝视着她，而她也了解他想借由目光传达的：*抱歉，我必须这么做。*

接着他低声说：“快跑！”

“不要！”她差点说得太大声，此刻台阶上还有一些随着士兵过来的警察。

菲尼安转身进入拱顶地下室，那里至少已经有十五名警察了，外加军官和他带过去的十名随从，所有人都望着正面墙上紧闭的钢门。门后是第二个拱顶空间，那里的门便是通往死书林的入口。

“快点把这个该死的东西打开！”军官朝一名正在用工具对付那副锁的警察大吼。

“长官，我们会打开的，只是需要一点时间。”

军官转向随行的一名士兵，问：“可以炸开吗？这栋建筑挺得住吗？”

男子从下到上打量了一番那道沉重的门，答：“恐怕很难。”

“行还是不行？”

“有可能，长官。”

“传令下去，把炸药准备好，所有东西都搬开，这里不需要任何警察。”

菲尼安举起一只手踏步上前，说：“对不起，长官。”军官尚未即刻反应过来，于是他拉高分贝说："长官，抱歉。不过我想，您在找的是这个！"

凯特觉得自己快吐了，幸好在最后一刻忍住了。

钥匙在菲尼安高举的手上闪烁。上一次他就是用这把钥匙打开这道钢门的。

菲尼安解释："有一名园丁将它带在身上了。"这时士兵往两旁分开，让他走向他们的长官。

军官朝他看过来。在这个阴暗的拱顶空间里，这名军官也许并未觉察，朝他走来的警察年纪实在太轻了些，也有可能他眼里只看得见那把钥匙。

凯特想随菲尼安上前，但一名士兵挡住了她的去路。还没等那名士兵看清她的容貌，她就不情不愿地往后退开了。

"我在一个人身上找到了这把钥匙，"菲尼安坚定地说，"他把开门的暗号也告诉我了。"他没有说是通往森林的门，因为他不清楚，一个寻常的警察对位于深处的庇护所到底知道多少。

"过来。"军官如此命令。

菲尼安把钥匙交给他："请，长官。"

军官接过钥匙，在手里掂了掂重量，又沉默了一会儿，最后说："你留在这里。"

"是，长官。"

军官转向钢门，正想把钥匙插进锁孔，却再次转身，命令部下："只有我们的人才准进入，设好安全半径，最好马上把整座丘陵都封锁。"

"遵命，长官！"

那名士兵走向凯特，凯特赶紧往旁边横跨一步。"大家都听见了！"他朝众人喊道。"这座建筑物要清空，大家都离开地下室！"

凯特绝望得快窒息了，她膝盖发软，四肢都快不听使唤了。

她只能眼睁睁地看着菲尼安，而穿着长大衣的他则凝然站在军官身侧。

她知道，他的大衣里藏着什么。她知道，他打算做什么。

“离开这里！”一名士兵喝令她，接着士兵就把她和其他警察往楼梯上推。她是唯一一个倒退着走的，因为她依然盼望着他会改变主意，或者有别的计划，能和其他人一起离开这座地下室。

但菲尼安只是站在那里看着军官将钥匙插进锁孔。在军靴行走在石地的唰唰声中，机括启动声仍然清晰可闻。门缓缓开启，后方的自动照明随即打开。

凯特用脚后跟抵住较下方的台阶，免得在人潮推挤中摔倒了。现在她离菲尼安已经快有二十码远了，那些士兵还在继续不耐烦地把警察往上推。

“快点！”一名士兵高喊，“快走！”

军官进入第二个拱顶空间，菲尼安指着对面的墙，也许是在说明墙后就是通往下一处庇护所的门，还有如何以敲击为讯号，让另一侧的人开门。

*菲尼安，求求你不要！*凯特在脑海里对着菲尼安呐喊。

而他果真转向她——为时极短，也许只有两三秒，但她却感觉，这目光有如他在书妖营地，还有从那名书雠家坐出租车到桥头时凝望她的目光。那眼神凝聚了他们俩所有共同的过往，他们共同度过，不需说出口就可以知道他们属于彼此的时光。

*我爱你。*凯特轻启双唇默念。

菲尼安露出笑容，但看起来又无比忧伤。

“继续走！”一名士兵喝令道。

菲尼安随着军官跨进门去。

凯特被人潮挤出温室，她如梦游般跌跌撞撞地往山下走，不再管身份会不会被识破。最后，她来到山脚下，士兵开始在她背后拉起封锁线。

“喂，你！”一名警察喊住她，问，“你是谁？你为什么——”

这一瞬间，温室就在她身后轰然炸开。

压力波将她像个洋娃娃般扔向前面，紧接着是一股热流。漫天碎片朝着书城纷纷落下，而直到轰隆声停息许久之后，依然有许许多多的书签带如花瓣般从天上飘落。

56

生平第一次，芙莉亚在无人陪伴下独自穿越。《阿紫回来了》在她眼前瞬间蒸发。

她穿着干净的牛仔裤与白T恤，是她从衣柜里随手抓的。她其实没时间换衣服，但她再也受不了那件黑色连体工作服了。那件衣服散发着血的腥臭、烟气和死亡的味道。她事先就拿了一本《盲人的逆袭》，为从藏书室穿越回家做准备，现在书就摆在她房间的床上。

一片空无将她甩向都灵，进入安吉洛桑托别墅的密室，进入有南向窗户的屋子。

这一次也一样，似乎有张轻如鸿毛的网让坠落减速。芙莉亚站起来，但身体不如预期中的稳，她向前冲了一步才稳住重心。她眯了一下眼睛，将穿越在她视线造成的最后几道光纹驱走。

一切几乎和数小时前她和伊西丝来到此地时毫无差异，密室一边是收藏着七芒星小说的书架，另一边是摆放着编码书册的层架，这些应该就是玛塔·安提夸谈起过的创世书了。

密室门开着，用砖块封死的窗户下，一名男子坐在写字台边。这名如今自称是罗贝尔多·安吉洛桑托的人背对着她。他留着一头及肩的雪白长发，身上穿着半黑半紫、类似和服的服装。

“你找到我了。”他说。他似乎没空转身，双肘仍靠着写字台，忙着在一本书上写字。芙莉亚听得到钢笔刮擦纸面的沙沙声。

“塞弗林。”除了这三个字，芙莉亚什么都没说。这三个字比她为这次会面想好的其他说法都更沉重。

他喟叹一声，放下手上的钢笔。而就在这一刻，芙莉亚也醒悟，写字台上方油画上的河流应该就是莱茵河了。高耸的暗色巨岩矗立在蜿蜒的河流上。在这个家族还不需要逃亡的时候，是否能从罗森克罗兹家族宅邸的窗口望到画中的这幅景象？

他缓缓地朝她转过身来。芙莉亚试图从他身上找寻她想象中的塞弗林——那个身怀惊人异能，因为孤寂而创造出自我世界的年轻人。但此刻在她面前的是七芒星，是塞弗林后来变成的那个人。对芙莉亚来说，他本该兼具多重身份：知己、先祖、她曾经爱过的人，甚至是她心爱小说的作者。但此刻，她眼中只能看到一名高龄老者，身形高瘦，眼神疲惫，皮肤松弛。为什么她认不出这些表象之后的特质？认不出曾经触动她的那颗心？认不出创造出令人难以置信之物的觉醒灵魂？认不出她一直以来只能读到，却从未聆听过的声音？

芙莉亚近乎绝望地想找出曾经将他俩紧紧相连的东西，却只发现介于两人之间那长达两百年的鸿沟，丝毫没有该有的亲近。

她取出口袋里的鸟喙书翻开，其中一页立刻竖立起来。

“没必要这么做。”塞弗林用嘶哑的声音说。他的外表要比玛塔·安提夸衰老许多，他眼神透露出来的倦怠显示，他早在很久以前，就已经对自己的作为感到绝望了。

芙莉亚看到竖起来的那一页又躺平了。

“到底发生了什么事？”她的声音几乎跟他的一样沙哑。她忽然觉察到，见到他时，自己心中涌起了某种感受，但她不清楚那究竟是什么感受。是爱慕？还是恐惧？甚至是轻视？可以确定的是，他让她感到陌生，而她也忍不住思忖，难道自己还能有别的期待吗？

他说：“很久以前我就耗尽了我的天赋。”他依然没有从木质旋转椅上起身。芙莉亚不相信他无法走动，上回伊西丝与她穿越离开此地时，在门口的人一定就是他，另外，爸爸和她寻找空白书时，从藏书室高处栈道上观望他们的可能也是他。

虽然他看来一点也不危险，既不像准备发动攻击，也不像是要反抗，但芙莉亚依然保持着警觉。

“你说‘耗尽’，是什么意——”

“意思是我不再是书巫了，我仅存的能力已经相当有限了，芙莉亚。这是我自己规定的，因为我要让这个世界有机会自行成长。我像种植花木般将它栽下，但它必须自行开花。在许多年前，我的书巫力就已经如沙漠中的喷泉般枯竭了。”

说这些话时，他使用了夸张的意象，就像七芒星的书那样，下笔过于浓艳。芙莉亚在年纪较小时相当喜欢这种风格，不，岂止小时候，就连现在她也还是喜欢。只是从他口中说出来，听起来很怪，几乎像是背诵出来的。也许他早就成了他作品的一部分，他变得肖似他创造出的人物，更甚于他曾经是的那个人。他说的是书写的话语，他的记忆是这两面满是书籍的墙。也许，这整栋屋子早已成了七芒星，塞弗林不过只是其中的一部分罢了。

“书巫术之于我，就如同童年阅读的书籍所蕴含的魔法，”他说，“不知何时，这魔法在我们迈向年老的道路上消失了，昔日的故事也跟着褪色。即使重读一遍，我们也很难爱它一如当日。”

“《凡塔思帝寇》将永远是我心爱的书。”芙莉亚说。

塞弗林淡淡一笑："可能吧。"

她凝望着他脸上的皱纹迷宫，同时留意是否有藏书室武装守卫——那些开枪射死爸爸的男子——的脚步声。但门外一片寂静，屋内没有传来任何声响。

"我把他们都遣走了，"他似乎猜到芙莉亚在想些什么，"早在几天前提贝流斯的事发生之后。整件事不该变成那样的，我深感羞愧。"

"你并没有亲手对他开枪。"

"但是我诱骗他来的。我把空白书放在藏书室，再透过中间人将消息传给他。我想要他到都灵，希望他会带你一起来。"

"为什么？"

"因为我想见你一面，芙莉亚。经过这么长时间，我希望能亲眼见到我那本书里的女孩，就在你发现那本书的那一年。而如今，你和我年轻时所爱的女孩一模一样。"他微微一笑。"听到一个老人的嘴里说出这种话，你一定感到很恶心吧？很抱歉，吓到你并非我的本意。我曾经是那个男孩，直到今日我依然记得，当时他对你的感受。"他静默了一下，寻思着该说些什么，或者是在寻觅当时的感受。"如今这一切都成了遥远的记忆，太多时间过去了。安娜贝尔·安提夸进入过我的生命，后来又走了。她试过将我杀死，因为我夺走了她的心灵书。身受重伤后，我躲藏起来并且活了下来，这些年来她大概认为我已经被她杀死了。"

就因为这样，她才如此偏执地想取得那本书吗？那是她的心灵书，但也是她和年轻的塞弗林之间的联系。她是否曾经想以那本书影响他，或是将他的命运导向另一条路？甚至警告他提防她自己？难道驱使她这么做的原因，并不是对无上能力的追求，而是心有愧疚？答案究竟如何，芙莉亚永远也无法得知了。

"安娜贝尔·安提夸死了。"她说。

他点头，仿佛早已知道："在她之后还有其他女人，但她们都离开了。至于当年的芙莉亚，如今或许来到了我面前，但实情是，就连你也早在两百多年前就从我的生命中消失了。"

"你到底还在期待什么？"

"绝对不是当年的爱恋。我老了，可我并不是笨蛋。我只是好奇，但偏偏是我那个错误的好奇心害死了你父亲，这点是我无法弥补的。"

"试试看，"芙莉亚说，"放弃空白书吧，文殇将会是一个更加严重的错误。"

他轻轻笑了笑，听起来似乎很失望："你觉得有那么简单吗？你就这样利用我的愧疚，阻止我让世界回到它的原点吗？这是我的世界，芙莉亚，无论我要还是不要，我都必须对它的命运负起责任。"

他边摇头，边转过身去拿起写字台上的书。当他再次转过身时，那本书已经摊开来搁在他腿上了，他的右手则拿着一支金色钢笔。

"我把七十六部空白书分别放在世界各地，有部分放在一些最大的图书馆，其余放在一些较小的图书馆里。这一部是最后一部，第七十七部。你父亲毁了其中几部，但这只能推迟文殇的过程，无法真正阻止。一旦我完成了这一部，文殇就开始了。最后一句我耽搁了一百多年，现在只差最后一个字，只差书巫术最后一本书最后一句话的最后一个字了。"

芙莉亚从口袋里掏出一把手枪，那是她从一名死去的骑士身上找到的："请你把书合上，搁在一旁。"

"我早该这么做了，只是当年我太软弱，以致数千人死于永夜庇护所。我原本有能力阻止的。"

芙莉亚将枪口对准他，说："把书放下，塞弗林，我求你。"

“你不会射死我的。”

“别那么笃定。”

“这武器是我写的，它并没有装上子弹。”说着，他拿起金色钢笔，笔尖在右侧书页上一按。

有那么一瞬间她有点迟疑。果真如此？他说的是实话吗？

塞弗林开始写起来。

芙莉亚扣下扳机。

子弹射中他右臂时，他高呼一声，身体朝后方倒下。钢笔从纸上滑开，但还握在手上。

“啊，该死，芙莉亚！”他低声咒骂，但听起来不像愤怒，倒比较像是沮丧。

“你可以改写过去，”芙莉亚说，“可是你没有能力改变未来，否则你就不需要空白书了。所有在你的创造完成后发生的一切，”她抬高下巴朝墙上那些编了号码的书点了点，说，“都是在没有你的影响之下发生的。这个世界早就不再是你的世界，你也没有权力让它消失。”

他痛得五官扭曲，将淌着血的手臂像挪动重物般摆放到腿上。当他握着钢笔试图再放到纸上时，手指不禁颤抖起来。芙莉亚走过去，想把书夺走。

但这一次他的动作更快，他扬起左手狠狠朝芙莉亚的太阳穴打下去。芙莉亚尖叫一声，身体失去平衡，同时房间另一边传来手枪滑落，重击在书墙边的声音。

他说：“很抱歉。”芙莉亚发现他在哭泣。

他那抖动的手准备写下最后一个字母。

“我也很抱歉。”说着，芙莉亚从口袋里掏出断裂的玻璃蘸水笔，使出全力戳了下去。

尾声　影墨

Schattentinte

57

数日后，芙莉亚走出费园大门，沿着龟裂的侧墙往费园后方走去。她原本可以从厨房过去的，但她始终觉得像是看得到躺卧在那里的尸体，或许要等好几年过去，她才受得了在吃饭时见到桌布吧。

费园的小教堂位于公园后方，距离罗马人留下的残垣只有一步之遥，那里也是费尔菲克斯家族的墓园。墓园上竖立着一堆覆盖了苔藓的墓碑和久经风雨侵蚀、洞孔粗大的雕像。在最古老的一些坟墓上，有些哭泣天使的翅膀已经折断。几年前，她请韦克福搬了一只断翼到废墟来，因为那只断翼就像是覆盖了羽毛的手，只要铺上几块垫子，就很适合当成夏天看书的窝。在断翼碎裂如蛋壳之前，她常常待在那里。

伊西丝将骑士们和玛塔·安提夸的尸体沉入了某个奇形怪状的庇护所的太古泥沼中，之后又协助芙莉亚埋葬家人。如今提贝流斯·费尔菲克斯和芙莉亚的母亲葬在同一墓穴，宝琳和韦克福也合葬在一旁，桑德兰则安息在几步之遥的地方。借助心灵书的力量，芙莉亚让老墓碑上凿出的文字消失，写上新的姓名。如果能多加练习，墓碑上的字体应当可以更加优美的，所幸最后结果还算差强人意。

芙莉亚将爸爸的名字刻在高高的花岗岩石碑下方，在妈妈的名字底下。如今爸妈一起长眠在覆盖了苔藓的石碑下，而今天芙莉亚前来，就是要为某件事做个了结。

她在坟前跪下，将七芒星第七十七本空白书放在墓碑上，接着从她的皮袋里取出锤子和钉子，打开爸爸在上次穿越时盛装影墨的小瓶子，稳稳地将第一支钉子浸入影墨里。

她想了一下此刻是否该说些什么，是否该把她想对爸爸说的说出来。但她什么也想不起来，于是她默默地敲下去，让钉子穿过封面和所有页面。直到敲下第二根钉子时，她才流下眼泪，到了第三根时，她哭得不能自已，必须中断片刻，才能将最后的第四根钉子敲进书里。

“结束了。”她朝着爸妈的坟墓说。现在，其他那些不知藏在哪些图书馆的空白书已经没有危险了。少了最后这一本，少了再也无法写完的这一本，其他空白书不过是泛黄的纸张罢了。

她在坟墓之间又坐了良久，沉浸在妈妈为她朗读《凡塔思帝寇》的夜晚，以及她和爸爸共同经历的穿越里。不知道爸爸是否猜想过，七芒星并未死去？这问题爸爸永远无法回答了。

芙莉亚离开墓园，经过费园后方堆积如山的破损家具和画框时，暮色已然降临。今天清晨她和皮普开始将散落在屋内各处的碎片聚集起来——至少是他们搬得动的那些。他们将这些破碎物品从三个楼层的窗口扔向这里，如今这座小山已经堆得比她还高了。收拾善后的工作无聊至极，而且光靠他们两人几乎无法完成。

这一天半以来，伊西丝恍如失去意识般在芙莉亚的房间里昏睡着，阅读灯和阅读椅负责照看她。她外在的伤势复原的速度快到连肉眼都看得出来，但芙莉亚担心的是她内在的情况。伊西丝睡得极不安稳，像发高烧一般冒着汗。芙莉亚帮她量过体温，她并没有发烧，看来她体内还在进行另一种疗愈，而这种过程耗费了她极大的体力。芙莉亚想象着那些书页如何在伊西丝体内重生，再凭空产生新的文字。

那辆烧得面目全非的劳斯莱斯依然停在费园前院。之前伊西丝将桑德兰的遗体从汽车残骸内移出，裹在床单里放进了墓穴中。但直到现在，芙莉亚还是会刻意绕过这些残骸，更何况前院依然弥漫着烧焦的车漆和塑料味，看来他们得想个办法把残骸清理掉才是。

费园离主要道路和附近的农家都相当远，不会引来不速之客，但可能已经有人注意到这场大火了——这场爆炸绝对连查德威克农庄以外的地方都听得到。不过到目前为止，还没有人来瞧个究竟，说不定这纯粹是运气好。费尔菲克斯家从未邀请过邻居参加派对或茶会，这一带的人也都听说过，提贝流斯最重视宁静和隐居生活了。说不定人们想的是，如果他认为有东西得烧，那就由他吧，万一有人因此受伤，大家早晚会听到救护车的鸣笛声的。

芙莉亚在圣维波拉妲的头旁边蹲了下去，把手放在她的石发上。这座雕像已经不再具有生命，但偶尔芙莉亚还是会过来向她倾诉自己的想法。有时这颗断头似乎散发出一种宁静之感，这种感觉也许是她想象出来的，但也可能是真的。可以肯定的是，每当芙莉亚认为这里的一切已经超过她所能承受的时，碰触圣维波拉妲总能带给她安慰。

不知凯特与菲尼安的情况如何，这也让她深感痛苦。伊西丝在累得瘫倒之前得知一场爆炸摧毁了欧连德在书城的温室，并且歼灭了一整支亚当学院的军队。对于这究竟意味着什么，芙莉亚并未存有任何幻想，而且从此之后她再也没有了两位好友的消息，更加证实了她的猜测。在伊西丝昏睡过去之后，她就没有能谈论这件事的人了。皮普不认识凯特和菲尼安，再说，他的年纪也还太小，不适合担负更多的不幸。

尽管皮普一直不动声色，但芙莉亚相信，他和自己的灵魂应该有过一场激战。经历过那些事之后，他就不再化小丑妆了，仿佛他的恐惧也随着那些虐待他的人逝去了。芙莉亚希望，除了他亲身经历的绑架事件之外，其他发生在爸爸、管家、厨娘、司机身上的惨剧，他也都克服了。芙莉亚坐在圣维波拉妲的石像头旁，抬头凝望着费园的墙面。皮普房间的灯光亮着，她自己的房间也透出阅读灯的光。每当夕阳西下，阅读灯便会亮起，以免伊西丝夜里清醒过来——如果她能苏醒过来的话——房间里漆黑一片。

在四楼，另一扇窗口也有灯光投射出来。

有时芙莉亚会看到他在那里来回踱步，他被囚禁在那里，远离所有书本。这几天夜里，芙莉亚躺在床上无法成眠时，也会听到伊西丝拴住他的脚链发出的拖拽声，每当这时，她便会等待他叫自己。

但他从来没有这么做过。

七芒星缄默不语。

58

两个星期以来，凯特都躲在书城的屋顶上。她尽可能地医治自己的割裂伤，避开所有可能认出她的人。她避开朋友，以自己的方式把日常需要的物品弄到手，并且强迫自己必须按捺得住。

警察搜遍了书城，想揪出炸毁温室和森林出入口的恐怖分子的同伙。据说在场的嫌疑人都死了。凯特猜想，他们会试图把责任也推给书妖，但有关部门对此倒是未做评论。事发后两天，书城唯一的报纸就已恢复了常态，对警方的大举行动只字未提，也没有提到破获叛乱分子可能的巢穴，捕获知名叛乱者，或是将针对所有市民展开监视等讯息，但凯特到处都看得到这些情况，她偷偷观察到警察是如何拘捕无辜者的，她的愤怒和对亚当学院的恨意急速飙升。

她从远处看到，为了搜查可能发生的攻击和同伙，园丁的住所被拆得七零八落。凯特确定那里没什么好找的。菲尼安的大计划是要摧毁桥梁，但他为了解救森林里的书妖把炸药用掉了，也因此破坏了自己原先的计划。他是为了朋友而牺牲的。

但这无法抚慰凯特的心。有好几天，凯特甚至暗暗期盼他们去得太晚，期盼当她和菲尼安从伦敦返回时，士兵已经攻进了森林，这样他就没有理由牺牲了。而有时，她自己深深沉浸在这些白日梦里，以至于差点都要信以为真了。更糟的是，当她回到现实，发现自己再也见不到菲尼安，发现她好不容易赢得他的心，却转眼又失去了他时，空虚便会从内而外将她吞噬，而失落的痛苦如此强大，逼得她只能找个地方躲起来，一连哭上好几个小时。

第十天时，她听说为了让顾客能前来书城，桥梁的封锁已经取消了。凯特又多等了五天，才从屋顶上观望城楼一带来来往往的人群。在偷了几件不至于引人注目的衣物，洗去头发上的脏污和眼里的忧伤后，她才上路。

她依然持有两星期前进城时使用的书签。出城时，他们照例没收了她的书签，并看了看她宣称是在逛市区时购买的书籍，最后才放她通行。

但凯特的心情并没有因此变得轻松。当她离开空荡荡的河畔林荫道幻象踏进天鹅巷时，她有种自己弃菲尼安于不顾的感觉。他死了，但感觉上他似乎跟书城紧密系在一起，而下了桥的她就像将他遗留在了桥的另一头。

还有一层压力是，很久以前她离家出走，在书城里找到了归属，她在那里的日子并不轻松，必须与各种社会渣滓周旋，才能解决各种难关，但那是她自己的人生、她自己的决定。而现在，她再度站在一片空虚之前，而这一次的空虚感加倍了，因为失去了菲尼安，所有希望都幻灭了。

唯一确定的是，她不会再回老家。伦敦不是书城，这里的人不会住在屋顶上，也不会靠偷窃为生。伦敦的街道满是监视摄影机，在这里，在街头流浪的青少年会被送进收容所或中途之家。

所以她设定了目标，但想达成这个目标，她急需找人协助。

临近傍晚时分，商贩们忙着收摊，凯特走过这些印度摊位，终于看到了那栋屋子。从这里看去，屋里的窗户都没有透出灯光，但走近一瞧，她发现有温暖的光线从地下室投射在上方街道。

她沿着屋外楼梯往下走，用颤抖的手指按下门铃，这时，一只小猫朝她嘶叫着。

59

过了一个半星期，伊西丝依然沉睡着。

早上，为了找现金，芙莉亚把整栋屋子都翻遍了。她急需用钱，因为她得骑自行车到温奇科姆采买食物。起初她还避开韦克福和宝琳的房间，最后她别无选择，只好怀着歉疚的心情去搜查他们的物品，幸好找到了足够大家撑上几个星期的钱。

正当她在考虑要带皮普一起去还是将他留在家中时，皮普恰好也在喊她。不久，她和皮普便双双站在伊西丝的床畔了，身旁分别是阅读灯和阅读椅。

沉睡中的伊西丝胸腔开启，书页急遽翻动。芙莉亚还在考虑该怎么办时，伊西丝已经睁开眼睛。与此同时，她胸膛上沙沙作响的混乱景象也瞬间终止，仿佛有只无形的手将这本活书合拢了起来，紧接着她便挺直腰杆坐了起来。

见到芙莉亚和皮普，伊西丝目光中立刻燃起迫不及待要行动的光采。“来，”她穿起衣服，说，“有一大堆事要办呢！”芙莉亚用洗衣机将伊西丝的白色衣物洗了三遍，但这些布料却有如战士炫耀伤疤般傲然留住上面的血渍，至于烧毁的兜帽斗篷，则被她扔进了垃圾桶里。

芙莉亚提出了许多问题，却只得到了乱七八糟的答案。直到她、伊西丝和皮普一起来到地下墓穴的前厅时，她才开始了解伊西丝想做什么。开启钢门的钥匙芙莉亚日夜不离身，就连伊西丝向她索讨钥匙，她也迟疑了好一会儿。

“我可以理解你有顾虑，”伊西丝表示，“而且这么做会给你们带来不少麻烦，但已经拖太久了。总之，我终于想明白，该怎么做了。”

“把钥匙给她。”皮普说。

芙莉亚从牛仔裤袋里掏出钥匙，问：“你的身体真的没问题吗？”

伊西丝接过钥匙，说：“没问题。而且我之前获得了充足的时间好好思考。”

“在睡梦中？”

“你不也是边睡边看书吗？”

“可是你比较像是陷入了昏迷。要不是你早就叮嘱过，要我们绝对不要叫医生——”

“那不是昏迷，是重生，”伊西丝微笑着说，“现在我才了解，我就是自己的心灵书，而这本心灵书受损时会重写。无论你把我变成了什么——结果并不像我原先想的那么糟。”

“听起来好酷哦。”皮普说。

“你打算怎么做？”芙莉亚问。

伊西丝把钥匙插进锁孔，通往藏书室的门开启时，立刻有一阵熟悉的书香扑面袭来。一只带翅的折纸鸟从灯光下闪过，消失在书架丛里。

“我要开启一扇通往死书林的门户，”伊西丝说，“现在的我够强，可以让门户开放一段时间，我觉得需要多久就能开多久。”

“为了阿列尔的那批书妖？”芙莉亚低声说。

伊西丝点点头：“需要一点时间才能让通道稳定，幸好庇护所之间相通要容易些，两者间的边界就跟纸一样，如果是世界的外层，就会像老旧的皮质书封一样硬。还有，将这么多人移送过来需要许多时间和力气，只送一个人的话没什么问题，但这一次人数太多了。”她把黏答答的发丝往后拨，说，“事成之后，我肯定要好好洗个澡。”

“你要把他们都带过来？整座营地的人？”

“你们家够大啊。”

“我们连养活自己的钱都不够！这些人总得吃喝吧，在森林里他们可以打猎，在这里可不行。”

“这件事就让我来操心吧。”

芙莉亚看得出来，在这句话背后，她必须克服多大的障碍：“你要去求他？求你养父？”

“他不会拒绝的。”

“他甚至连你现在是什么情况都不知道，”芙莉亚扬起一边的眉毛，“也许你至少该先寄张明信片给他。”

“我会打电话给他的。等门户开通，等我洗好澡。”

说完，伊西丝便踏进藏书室，接连两天不见人影。

60

芙莉亚端着午餐托盘上了四楼。伊西丝苏醒后，她便让阅读灯和阅读椅守着这个上了锁的房间。

“有没有异状？”

“没有。”阅读灯答。

“他睡觉时自言自语。”阅读椅用低沉的嗓音答。芙莉亚用粗糙的十字针帮它补起了皮革上的割痕。

“隔着房门我们只能听到他在喃喃自语，不知道他在说什么。”

芙莉亚若有所思地敲了敲门。

“进来。”里面传来回应。

她转动钥匙，推门入内。假使她原本还怀疑他依然是个书巫，那么现在推翻这个疑虑的证据已经相当明显了：房里没有书味，有的只是老年人的体味。

此刻他坐在椅子上凝望这窗外，拴在他脚上的链子绑在叶片式的电暖器上，长度只够他走到浴室，如果踏出房门，顶多只能在廊道上走几步。

早餐托盘还摆在门旁地面上，跟这几天一样，他几乎碰都没碰，而等到晚一点，这顿午餐又会被芙莉亚原封不动地收走。她理解，罐头意大利饺不合他的胃口，但皮普和她这阵子几乎就只吃这种食物。她也曾试过做点沙拉为弟弟补充维生素，结果惨败，皮普根本拒绝吃这种绿色的玩意儿，最后他们只好继续吃罐头或低温冷冻食品。但愿伊西丝能带个食谱书妖回来。

“放那里就好。”他说，眼睛没看芙莉亚，但他总算换上她带给他的衣物了。芙莉亚不确定爸爸的裤子和衬衫尺寸是否适合他，因为她在的时候，他从来没有离开座椅起来过。

芙莉亚把这次带来的托盘放好，收起早餐盘。起初她对囚禁他表示抱歉，但他毫无反应，既没有责备，也没有表示不满。

“你的手怎么样了？”她问。

他露出不在乎的神情，把搁在扶手上的手举高给她看。他手上已经不再缠绕着纱布了。当时芙莉亚将玻璃蘸水笔深深地戳进了他的手背，现在看来伤口似乎恢复良好，而且他也从未喊过痛。芙莉亚很庆幸他愿意敷上她在宝琳医药箱里找到的药膏，对此她的解读是，他应该不会试图用链子上吊，这点一直是她最大的隐忧。

“很快就会做出决定了，”她说，“我保证。”

他摆摆手，接着似乎又在专注地望向从窗外飘过的云朵。

伊西丝一苏醒，芙莉亚就想和她商量该如何处置他，但伊西丝没有给她机会。囚禁他令她倍感痛心，但很难保证他这人会做出什么事，万一他像之前那样把最后一个句子写完，那她的世界就毁了，她和皮普说不定也会人间蒸发。另外，她还把他密室里的部分创世书带回了费园，这几次穿越她用的都是藏书室里的七芒星著作。多加练习虽然对她有益，但几次穿越下来，还是耗费了她极大的力气，而且反冲力也让她吃足了苦头。她希望在伊西丝的协助下，能快点熬过去。

芙莉亚让他独处，从外面把门锁上。

“如果你们听到什么可疑的——”

“我们就会报告。”阅读灯答。如果它有手的话，这时一定会举到灯罩边敬礼示意。

芙莉亚下楼时，一阵嘈杂声打断了她的思绪。她把托盘搁在一只桃花心木箱上。皮普人还在远处就朝她激动地挥着手，但她已经听见从地下墓穴传上来的声响了。

伊西丝回来了，而且不是一个人。

61

当天夜里就做出决定了。

芙莉亚不想担任裁决七芒星的法庭成员，因为部分的她仍能从他身上见到塞弗林的影子。

她对阿列尔的裁决并不觉得惊讶，令她惊讶的是，伊西丝真的要执行。这下子，就连法庭的第三名成员脸上也顿时没了血色，但在伊西丝请反对者提出异议，并表示现在不说往后就没有机会时，他也只是摇摇头。

“我们必须共同扛起这个责任。”听到伊西丝这么说，餐厅桌旁的人全都缓缓地点头。

伊西丝进入地下墓穴进行必要的准备，其他人则去找七芒星。听到判决时他相当镇定，只表示希望有干净的衣物和一把坚固的拐杖，因为有时他走起路来颇感吃力。在前方等待他的，是一条漫长的未知道路，他必须养精蓄锐。

芙莉亚从爸爸的衣柜里帮他找出了最保暖的衣物，外加一件长及地面的黑色风衣，那是提贝流斯从战场上带回收存的。

由书妖组成的护送队伍将七芒星带到了地下墓穴，深入书窖。伊西丝事先已经在两处庇护所的接合点开启了一扇门户，这扇门就位于一条满是书籍的通道尽头。那里的岩壁上，如今出现了一个方形裂口，仿佛被人切掉了一块。裂口之后是一片黑暗，只在遥远的地平线处出现了一点闪光，这些冷冽的强光在短短一瞬间照亮了荒凉的龟裂之地。风儿呜咽着吹进这片土地的伤口，周遭由火山灰与玄武岩构成的山峦则是它的伤疤。

“永夜庇护所，”阿列尔喃喃低语，“沦丧之地。”他在和魅姬打斗时受了伤，但芙莉亚觉得，即使是在面对女杀手时，他也没有像此刻这般心惊胆战。

“也是唯一一个没有书的地方。”在芙莉亚背后有个声音说。

在那场战争中有不计其数的书巫丧命，许多死者连同他们的心灵书都滞留在永夜庇护所，但没有任何纸张能熬过沦丧之地三十年来暴风雨的无情摧残。

一行人带领七芒星走到裂口前，有人交给他一个装有食物和满满一壶水的包。

“七芒星，”芙莉亚来到他身边，说，“本来可以不用走到这个地步的。”

“我原本能阻止永夜庇护所的战争，”他说，“只是当年太过怯懦，对我的创造也太过自负，我活该亲身尝尝那些人所受的苦。”

芙莉亚咬着下唇，最后说：“本来也可以找其他的流放地点。”

“也许吧，”他脸上流露出宽宥的神情，而这种神情比他那无可回避的命运更令芙莉亚难受，“不过我原谅你。”

“你原谅我？总得有人阻止你才行啊。”

“在你看来当然如此，”他朝永夜庇护所望了一眼，说，“你还记得我说过，我们在共同写着一本书吗？”她点头。

“现在你得一个人写了。”

“什么书？”

“总有一天会有另一个人想完成最后一本空白书的，而那个人很可能就是你。”

“不可能。”她想让自己的语气听起来非常坚定，却办不到。

“到那个时候，我已经无法帮你了。不过你很坚强，芙莉亚，两百年前你就已经很坚强了。”

说完，他便转过身，拐杖向前一点，穿过裂口，踏入永恒的黑夜。有那么一瞬间，众人都目送着他的背影，目送着这位身穿长外套、拄着拐杖前行的孤独旅人，那个曾经是上帝的人。

之后伊西丝突然体力不支，岩壁上的裂口瞬间缩小成独眼巨人的灰眸，并逐渐消失不见。

62

一辆苟延残喘的老爷车轰隆隆地爬上斜坡，行经一片黑渍——昨天那里还躺着劳斯莱斯的残骸——最后在楼梯前停了下来。虽然芙莉亚和伊西丝早已在大门口等候，司机还是按了按喇叭。

她们背后有个人说：“他们居然能把这辆破车开到这里，真是个奇迹。”

副驾驶座旁的车门一开，芙莉亚便冲下了台阶。

“嘿！”她放声高呼。凯特的一只脚都还没踏上砾石地，芙莉亚便一把搂住了她的脖子，两人拥抱良久。而这时，塞雷斯蒂安也笨拙地挪动身躯下车，把后挡板打开，伊西丝立刻过去帮他，两人一起取出一口大型旅行箱。箱子里的钞票都爆出来了，钞票露出的部分仿佛尖牙般从旅行箱里钻出来。

“这些暂时应该够了，”老伯说，“如果你们需要更多，就直说——”底下的话他来不及说完，因为伊西丝已经朝他紧紧依偎过去，仿佛她又变回了那个被他从战场上带到了另一个世界的小女孩。

“谢啦，老爸。”她靠在他肩头上说。接着她转过身，大声说：“这是我父亲，他刚刚帮了我们大忙，让这栋屋子成为了我们的新家！”声音大到连在窗口的书妖都听得见。

掌声、欢呼声雷动，芙莉亚急忙转头望着凯特，发现她勉强自己表现得和大家同样开心，但双眼却红红的。

“我太开心了。”芙莉亚说。

“我也是。如果在那个图书杀手之家再多待上一天，连我都会想拿几本来分尸了。”她边说边朝那位老伯的方向挤眼，听得塞雷斯蒂安咧着嘴直笑。

“凯特，”芙莉亚说，“还有一个人也很想见你。”

芙莉亚放开她，同时横跨一步。凯特皱了皱眉头。

在高处大门那里，一名少年正在跨越门槛走出。他早就在那里，等待这阵喧闹过去，好和她独处。两星期前，这名少年在背后的爆炸封锁庇护所间的通道前几秒，也跨进了另一个门槛，而他也是坐在审理七芒星的法庭上，后来又和芙莉亚共同眺望沦丧之地的那名少年。

当他沿着台阶飞奔而下，又哭又笑地一把将凯特抱起时，她连一句话都说不出来。

图书在版编目 (CIP) 数据

隐页书城 /（德）凯・迈尔著；赖雅静，顾牧译．
—桂林：广西师范大学出版社，2019.11

ISBN 978-7-5598-2162-1

Ⅰ．①隐… Ⅱ．①德… ②赖… ③顾… Ⅲ．①长篇小说–德国–现代
Ⅳ．① I516.45

中国版本图书馆 CIP 数据核字 (2019) 第 197917 号

广西师范大学出版社出版发行
广西桂林市五里店路 9 号　邮政编码：541004
网址：www.bbtpress.com

出 版 人：张艺兵
责任编辑：雷　韵
特约编辑：冯　婧
装帧设计：高　熹
内文制作：陈基胜

全国新华书店经销
发行热线：010-64284815
山东鸿君杰文化发展有限公司

开本：1230mm×880mm　1/32
印张：41　字数：992 千字
2019 年 11 月第 1 版　2019 年 11 月第 1 次印刷
定价：165.00 元

为了人与书的相遇

DIE SEITEN DER WELT 2

KAI MEYER

隐页书城

NACHTLAND
永夜之国

[德] 凯·迈尔——————著　顾牧——————译

广西师范大学出版社
·桂林·

目 录

第一部分 亚历山大之焰

Die Alexandrinische Flamme

1

这几个星期以来，芙莉亚身上开始散发出书香：她正在顺利地成长为顶级书巫。

芙莉亚布满小雀斑的皮肤上有股纸张和书胶的香味，金色的长发里散发着油墨的味道。她从小就喜欢这种味道，她是在到处都是书的会客厅和房间里长大的。可能会有人以为芙莉亚身上会带有书香是因为吸取了周围那些书籍的味道，其实不然，这香味是从她身体里散发出来的，就像是她自己也变成了一本书。

现在就连在外面，她都能闻到那股味道。

芙莉亚蹲在一个平顶屋的低矮围墙下，远远的下方是书城狭窄的街巷。这座已经没有了书店的城市上空灰蒙蒙的，盘踞着无数根烟柱，像是许多爬藤植物，而这些植物的根就扎在一栋栋房屋的砖砌烟囱里。芙莉亚从三层楼上远远地望向下面，管制区的黑市上挤满了从各种书籍里掉落出来的书妖。

“你确定自己能行？”伊西丝·霓莫霓思问她。霓莫霓思曾经是亚当学院的密探，这会儿她正跪坐在芙莉亚身旁，观察着下面的街巷。

“我接受过苏梅贝拉的专门训练。”

“苏梅贝拉，”伊西丝轻蔑地说，“她或许是个优秀的书巫，但这事可比她在游吟兄弟那里经历过的要困难多了。”

“她可不是这么说的。”

“她就是嘴硬。”

芙莉亚瞥了伊西丝一眼说：“真的，我能行的。”

伊西丝撇了撇嘴，但她的表情就跟过去几个小时中的所有举动一样，透着一股疲惫。她的眼角又添了些皱纹，每一条皱纹都见证了她和魅姬缠斗的这六个月。伊西丝的发色很浅，紧紧地束成一个马尾，小臂上的汗毛几乎是透明的。这是个三十四五岁的漂亮女人，但严肃的表情却让她显出了老态，在她改变阵线加入抵抗亚当学院的队伍后尤其如此。

这时，她的眼神中又流露出了忧虑，显然是在琢磨下面街巷中正在发生的事，或者更确切地说，她琢磨的是那些恰好没发生的事。

“早就该开始了啊，”她小声说，“菲尼安动手晚了。”

“书蛭没孵化出来，他就什么都干不了。”芙莉亚皱起眉头说。她觉得自己有必要替菲尼安说句话，在过去的三个月里，他做出了很多牺牲。

书蛭是种贪吃的虫子，是书蠹的近亲。愿上帝保佑那些被它选作腹中餐的书们。几个星期前，菲尼安在街对面的那片建筑里放了几千颗虫卵，今天应该是它们破壳而出的日子。这种个头极小的寄生虫只有一天的寿命，它们的生命轮回是可以精确计算到分钟的，当然前提是得知道它们生卵的确切时间。对于这一点，芙莉亚和菲尼安只能依据那个贪婪的小个子男人提供的信息来判断。这个人在一处深层庇护所里饲养书蛭，他当时什么也没说，拿了一大笔钱之后，就消失在他们穿越过去的那个熙熙攘攘的市场中。

如果他提供的信息是准确的，那么书蛭在九分钟之前就应该孵化出来了。一切准备就绪，所有人都各就各位，为的就是尽可能地利用将要产生的混乱。但是混乱却迟迟没有来。

伊西丝不动声色，看不出她是不是在质疑这次行动。当然，这件事成功的可能性本来就不大，芙莉亚跟她一样心知肚明，也知道这件事很可能还没开始就已遭遇惨败。不管是芙莉亚，伊西丝，还是凯特和苏梅贝拉，大家都很清楚这一点，当然也包括要冒最大风险的菲尼安。

管制区拥挤的街巷被笼罩在一片颤悠悠的嘈杂声中，纷繁的人声混杂着石头地面上传来的脚步声、门窗的砰砰声、自行车的铃声，还有嗒嗒的马蹄声。书妖们的庇护所里很少有机动车，有时会驶过一辆小摩托，但运输车辆非常少见，就算偶尔会有一辆穿行在拥挤的街道中，也是那种意大利三轮比亚乔摩托，车身窄小，不会卡在狭窄的通道中。

在芙莉亚和伊西丝藏身之处下方的街巷里，从各地来做生意的人为了维护自己的地盘寸步不让。平常在管制区里很少能见到的东西，在黑市上应有尽有。很多书妖心甘情愿地将微薄的薪水用在买香水、化妆品、时髦的首饰或者香烟上。人最多的是那些卖旧文艺片录像带的摊子，书妖们喜欢看那些用他们曾经栖身其中的小说改编的电影，辨认出某个演员所扮演的角色会让他们无比开心。管制区里用不了数字媒体，这里既没有电脑，也没有存储盘，大家看的是古老的晶体管电视和第一代的录像机。假如谁家有这两样东西，左邻右舍就会围坐在他家的电视屏幕前，盯着干巴巴的改编作品哈哈大笑。

伊西丝焦躁地看看手表，又抬头看看阴沉的天空："情况不妙。”书蛭只有在阳光下才能孵化，而这时的天色已经非常昏暗了。

她们身上蒙着带兜帽的深色大衣，为的是不让高处的人看到她们。街对面的那片建筑物盘根错节，上面加盖了很多横七竖八的部分，坚固的砖垛、建在屋顶上的木板房，甚至还有带射击孔的塔楼。管制区最危险的人物，地下之王马杜克先是把整个街区变成了一个堡垒，接着又把第二、第三个街区据为己有。如果不是在管制区里，换了其他任何地方都不可能任由这样的新建筑破坏书城美丽如画的建筑风格。整座书城看上去就像一座英式的村庄，到处都是镶木条的窗扇和凸肚窗。但是马杜克并不在乎这些，他大批地拆除后面街区上的建筑，让人用红砖在他的王国中心盖起大厅。芙莉亚从她待的地方只能看到一些房顶，一个挨着一个，仿佛停泊在港口的一排排巨型集装箱货船。芙莉亚的目标就是那里，三座大厅中的最后一座，要去那里，就必须从马杜克的大本营里穿过。

“把你的心灵书拿出来吧。”伊西丝说。

芙莉亚把手伸进工装裤的一个口袋里去摸鸟喙书，她发现鸟喙书在瑟瑟发抖。“怎么了？”把书从外套下面掏出来时，她小声问。鸟喙书平常都会好奇地把长脖子伸在真皮封面的外面，不过现在它缩回去了，脖子上的皮像手风琴一样，皱巴巴地堆在一起，只留了一个黄色的喙尖在外面。不知情的人会以为这是某种风格怪异的书籍装饰，或者一个头朝下放着的毛巾架，他们不会想得到这本红色的小书是有生命的。

鸟喙书又颤抖起来，一个字也说不出。

“是因为马杜克，”伊西丝猜测道，“他经常举办鸟喙书角斗赛给手下人取乐，一办就是好几天，成百上千本鸟喙书因此粉身碎骨。”她瞥了芙莉亚的鸟喙书一眼，“你听说过他对吧？”

鸟喙上下抖了抖，算是点头的意思。

“唉。”芙莉亚同情地叹了口气，抚摸着自己的心灵书，小心翼翼地想打开它，却打不开，书页就像是粘在一起了。“你在做什么？我不是跟你在一起嘛。”想要使用自己的书巫力，就必须分离书页之心，要想分离书页之心，就必须先打开心灵书才行。

“……怕呀呀呀……”鸟喙书用嘶哑的声音说。

“我需要你的帮助，”芙莉亚使劲对它说着好话，“没有你的话我会出糗的。”

“呜……哈啊啊……吓呀呀呀……”

“你说什么？”

“我……是……吓到了！”

伊西丝撇嘴笑着打量了一下缩成一团的鸟喙书：“看来是括约肌出问题了。”

鸟喙向外探出了一指宽的长度，尽管它没有眼睛，但还是成功地摆出了一副谴责的表情。“我们这种生物都是很敏感的，”它哀怨地说，“我们的生命是用眼泪冲刷出的山谷，是贫瘠之地中一条坎坷的道路。你应该最理解一本书的情感世界了，伊西丝·霓莫霓思！”

伊西丝咕哝了几句芙莉亚听不懂的话，随后将注意力重新放到街对面。

鸟喙书的精神稍一松懈，芙莉亚就利用这个机会，猛地翻开了书，鸟喙重重地磕在房顶的瓦片上。

“我说什么来着？”鸟喙书一边叹气一边大叫着，就像是全世界的苦难都压在了它的脊背上。它的书脊上写着*波灵顿伯爵八世：埃布尔·亨布尔·欧克斯布里奇的生平与时代*，不过这只是做做样子而已，鸟喙书被创造出来可不是为了让人读的。芙莉亚的鸟喙书是个坚韧的小斗士，在书城的那些后院里，它也赢过一些鸟喙书角斗赛。竞技场上的胜利给它留下的是累累的伤痕和一些松散的书页，直到后来，它发现自己是芙莉亚的心灵书，从那之后，芙莉亚就不分白天黑夜地把它带在身边，接受苏梅贝拉的训练时，鸟喙书就给她帮忙。

“你能看见他们俩吗？”芙莉亚边问边翻动鸟喙书，好让它僵硬的书页放松一点。

伊西丝伸长脖子，看着马杜克堡垒的拐角那里，再往前的某个地方就是大门，凯特和苏梅贝拉就埋伏在附近，她们也在焦急地等着开始。

“什么也看不见。”

巷子里飘来的臭气让芙莉亚皱起了鼻子，渐渐地，这股臭气竟盖住了她皮肤上散发出的书香：“我曾梦想过能亲身经历书中的各种冒险故事，但这跟我的想象可不一样。”舒舒服服地坐在阅读椅上跟凡塔思帝寇·凡他思提切灵一起去抢劫商贩，或是跟吉姆·霍金斯一起驾着帆船去金银岛，这是她的想象，她完全没料到会像现在这样蹲在一堆污秽中。

两个月前，她满十六岁了。以前每次过生日的时候，她都会在吃早餐时收到宝琳做的稀奇古怪的姜饼蛋糕。但是现在，厨娘已经不在人世，芙莉亚收到的礼物也不同往年：凯特送给了她一块从温奇科姆的商店里买来的薰衣草香皂（自从她开始有规律地洗漱，就认定其他人也应该这样做）；伊西丝的礼物是一把折叠刀（“三十二种功能！肯定不会生锈！”）；弟弟皮普送的是他在床垫下藏了六个月的一块姜饼。

鸟喙书还在嘟嘟囔囔。这时，伊西丝问道：“你不在的时候，谁喂萨姆沙？”

“皮普。他喂了好久了。”

伊西丝狐疑地挑起一边的眉毛：“你让他自己照顾那只忧郁的甲虫？”

“他已经十一岁了，他能搞定。”

伊西丝张开嘴，但随即就忘了要反驳，因为巷子对面传来了一声叫喊，然后是接二连三的叫喊。惊声尖叫中混杂着警报声，驻守在马杜克堡垒房顶上的那些荷枪实弹的警卫紧张地四下张望，有一些已经开始朝大楼的入口处跑去。

伊西丝一跃而下，动作如行云流水。她的眼睛中闪烁着果决的光芒，脸上的愤怒中透出一丝微笑。她紧身胸衣前襟的一排挂钩射出了一道柔和的光。已经好几个星期了，她不再像从前那样身着白衣，而是改成了一身黑。

芙莉亚摘掉兜帽，她在工装裤的外面穿了一件深色的翻领毛衣，金色的头发盘在后脑勺下。她把右手的食指插在心灵书的书页之间。

“书蛭！”鸟喙书发出一声哀怨的叹息。“我恨这些臭虫子！它们吃起书来就像线虫吃奶酪。你们把我带过来简直是太不负责任了！听到了吗？不—负—责—任！”

伊西丝把一本已经无人问津的精装畅销书朝巷子对面扔过去，书落在对面的房顶上，同一本书的另外一册在她们两个中间，芙莉亚正想去拿，书已经自己飘了起来。伊西丝的右手放在封面上，芙莉亚的左手放在封底上。

她们刚一碰到书，这本书就开始在她们的手指下发光，两人随即消失，转瞬间就穿越过隐页世界，出现在马杜克堡垒的房顶上，正好在第一本书的旁边。那本书在她们的脚边褪去颜色，随即消失不见。

芙莉亚观察了一下四周，伊西丝则麻利地解开紧身胸衣上的挂钩，只剩下正中间的那个钩子没解。一束光从黑衣中射出，随着她心跳的节奏抖动。

“好了吗？”

芙莉亚点点头。

“有没有人想知道，”鸟喙书咕哝道，“我想吐。”

芙莉亚同情地摸了摸鸟喙书的封皮，随后，她猫下身子跟在伊西丝后面，来到十步开外一个像塔一样的建筑前。她们在一扇狭窄的铁门前停下，伊西丝按了一下把手，门从里面闩上了。

“菲尼安应该马上就到，”芙莉亚说，“他这个人说话算话。”

伊西丝猛地转身，但她并没有看芙莉亚，而是从芙莉亚身侧望向房顶。伊西丝的眼睛瞪大了，枪开火时发出的光反射在她的瞳孔中，就像是慢动作的镜头一样。

“趴下！”伊西丝喊道，用手将芙莉亚推开，同时解开了紧身胸衣上的最后一个挂钩。

千分之一秒后，子弹的嗖嗖声响起，有人喊起来，伊西丝在闪闪的寒光中发出光芒。

2

此前几分钟。凯特和苏梅贝拉站在一个巷口的暗处，焦急地盯着堡垒大门处的动静。很多小贩在那里支起了摊子，还有一些小贩用挂在身上的托盘托着货物叫卖。这里没有人害怕警察和士兵。马杜克控制着管制区里绝大多数的非法贸易，只要他不去惹这些为学院效力的走狗，学院也就不动他。据说这位地下之王有办法让官方乖乖听命，那些看见他如何肆无忌惮地在这里兜售各种违禁物品的人，都非常相信这些传言。

城堡前熙熙攘攘，像是东方国度里的集市。木桁架结构的房屋前弥漫着草药和香皂的味道，还有摩肩接踵的男男女女身上散发的体味，煎猪排的味道，新鲜马粪的味道。书城里最通用的语言是英语，不过凯特也不时能听到一句半句的法语、意大利语和德语。这里显然还有来自亚洲、非洲以及阿拉伯国家书籍中的书妖，不过跟在伦敦热闹的街市上一样，这里的大多数书妖在兜售货物和讨价还价时，还是尽量选择说同一种语言。

“真不应该相信那个可恶的坏蛋，那个*养书蛭的*！”凯特轻蔑地强调“养书蛭的”，一副非常不情愿亲口说出的这个词的样子，尽管她之前在管制区生活了整整三年，嘴里说过各种各样的脏话，而且每次说的时候情绪都很饱满。

凯特最担心的不是计划能否成功，而是潜入堡垒内部的菲尼安。她自己大约七个月前曾经独自进去过，从马杜克充满传奇色彩的收藏品中偷了一只已经干瘪的书巫之手。她曾提出这次也要一个人去，却发现这次的情况完全不同。首先，他们想要的那件东西藏在马杜克城堡最深处的一个房间里，在他用来收藏各种稀奇古怪的书巫用品的最后一个藏室，还从来没有哪个窃贼成功进入过那个房间。此外，凯特上次得手之后，这里的警察数量增加了三倍。

雨在好几个小时前就已经停了，但凯特身旁的苏梅贝拉依然将外套上的兜帽深深地盖在了前额上。这个年轻的书巫皮肤异常白皙，躯体宛如陶瓷塑像，齐肩的短发亮白如雪，眉毛反倒是黑色的。她出身于英国南部萨塞克斯的一个贵族家庭，是真正的名门之后。她的父亲学识渊博，专门收藏中世纪的手抄书。他曾公开批评过亚当学院，不愿意受三大家族的摆布。就像很多反抗者一样，他也在一天夜里突然被警察以莫须有的罪名带走并关进了监狱，家里人再也没有见过他，几个月后被放出来的是他的尸体，据称是在狱中死于心肌梗死。不久后，苏梅贝拉就加入了游吟兄弟的组织，当时她还是这个抵抗组织中唯一的书巫。组织里原先还有一个做过神职人员的书巫，但是在苏梅贝拉加入的几个星期前，这个人离开了营地，进入了庇护所，之后就再无音讯。

苏梅贝拉虽然跟游吟兄弟一起躲在死书林里，但仪态的优雅却丝毫不减。她走路的时候总是高高地昂着头，虽然年纪只有十七岁，但鼻梁上已经有了一道深深的皱纹，好像总是在质疑着什么。听她说话，总让人觉得她刚参加完英国女王的游园会回来。

凯特刚到营地的前几个星期里并没有跟苏梅贝拉产生正面冲突，她以前对大部分书巫也都是这个态度，但后来，苏梅贝拉的举止还是刺激到了她，凯特跟她吵了起来。让凯特没想到的是，苏梅贝拉竟然向她道歉，保证自己绝对不是瞧不起人。在管制区生活了好几年的凯特不习惯这样彬彬有礼的态度。菲尼安把凯特拉到一边，给她大概讲了讲苏梅贝拉的经历。从那以后，两个姑娘之间算是勉强休战了：凯特不再指摘苏梅贝拉高高在上的大家闺秀仪态，苏梅贝拉也闭口不再讥讽凯特满口低俗的粗话。不过没人真的看好这种和平状态，因为停火协议的双方是上层与下层，是优雅的萨塞克斯与肮脏的管制区，是生而高贵的女子与粗鄙的野孩子。

在马杜克的大本营前，守卫们正在驱赶一个向往来行人兜售免税香烟的小个子书妖。烟与镜是大部分书巫都喜欢的品牌，因为只要稍微练习一下，就能让它的烟再现出吸烟人最后看的那本书里的关键场景，这种表演或许让人惊叹，也可能让人尴尬，总之挺能唬人的。这个小贩大概是没交保护费，或者是由于其他什么原因上了马杜克的黑名单。

站岗的是一些身形粗大的人，佩着枪和剑。直到现在，剑在庇护所里依然被视为身份的象征，虽然已经没有人会在公共场合使用了。这些男人都是书妖，因为马杜克从来不跟书巫打交道。他一方面收集书巫制品和书巫的遗物，同时也被嫉妒啃噬着内心：作为书妖，他永远也不可能拥有自己的书巫力，七芒星在他的造物书里就是这样规定的。伊西丝是唯一一个例外，而这一点是芙莉亚造成的。

凯特又看了一眼手表，这是一块笨重的男表，是她刚到管制区的那天偷来的，从那以后，她就几乎没有摘下来过。“为什么它们还不破壳？”

“也许已经破壳了，”苏梅贝拉说着，揉了揉尖尖的鼻子，“你知道吗，凯特，对付书蛭是有办法的。”

苏梅贝拉喜欢在要说的话前面加一句你知道吗，这是她让凯特抓狂的怪癖之一。不过今天她没有发作，虽然她很想抓住苏梅贝拉雪白修长的脖子狂摇一下，但她不想因此扰乱眼下的正事，比如帮助菲尼安。

“这个人总这样，”凯特小声嘟囔着，“自己定个目标，然后就去玩命，根本不想如果他玩完了，会有人伤心。”

苏梅贝拉轻抚着她的肩膀说：“菲尼安不会有事的，他很清楚自己在做什么。”

三个月前，菲尼安混入了马杜克的团伙，为的是给今天做准备。三个月来，凯特没有见过他，除了在管制区边上的一个废弃信箱里找到的几行字，也几乎没听到任何他的消息。凯特很想念菲尼安，夜里，她心脏狂跳着醒来，脑子里想到的全是他可能会碰到的各种灾难。我不是这样的人，她一遍又一遍地告诉自己，自从十三岁那年离家出走，她就在管制区里独来独往，靠收钱替人偷东西也有了些名气。她不想替谁操心，她连自己的事都不愿意操心，更不要说替别人了。

“我不明白你为什么会喜欢他。”苏梅贝拉边说，边朝马杜克戒备森严的堡垒那边看过去。

“你什么意思？”

苏梅贝拉偷偷笑了笑：“他很聪明，长相英俊……好吧，可能在别人眼里，断鼻梁和耳朵上的那些疤算不上好看，但如果说他一点魅力都没有，那是假话。”

凯特愤怒地盯着苏梅贝拉：“他有女朋友的好吧！”

“这三个月没有。”假如苏梅贝拉这会儿再多加一句“至少我们不知道他有”，那凯特一定会马上打断她的鼻梁，而这一定会让她的魅力变得比菲尼安更少一大截。她才不担心会因此被这个书巫变成书蛭以示惩罚呢。

不过问题就在这里：苏梅贝拉十二岁的时候就已经被她的心灵书找到了，异乎寻常地早，从那以后，她就像其他同龄小姑娘练习马术一样，练习着驾驭自己的书巫力。

凯特深吸一口气，胡乱挠挠自己的短发，然后装作检查短夹克上所有拉链的样子。她腿上穿着条纹紧身裤，脚上是那双她难以割舍的笨重皮鞋。

“注意，”苏梅贝拉说，“开始了。”

堡垒里传出报警的钟声，然后是刺耳的警笛声。

凯特从夹克里掏出之前藏在那里的一本书，苏梅贝拉已经把相同的一本书拿在了手里。她们打开书的前几页，小声地各自念了开头的几句话，凯特虽然并不具备天生的书巫力，但她能感受到书的力量是如何投射在她身上的，这让她很不习惯，那感觉就像身体里又多了一个灵魂，书的意识融进她的意识，与她短暂地形成共同体，阅读着她的思想。她们两个躲在狭窄的巷子里，把书从中间打开，摊在面前的地上，两本书都有画册那么大，裹着硬邦邦的皮封面。她们双脚站在翻开的书页上，然后对着板子一样的书下令，让它们起飞，将自己带向空中。

3

书蛭破壳而出的时候，菲尼安正在往顶楼赶。

如果养蛭人的话可靠，那么这些虫子应该在十分钟前就破壳而出了。几个星期前，菲尼安在房梁后，松脱的地板砖下，护墙板和墙的裂缝中放了二十多个黏糊糊的书蛭卵。但是今天，书蛭破壳的时间推迟了，这可不是什么好兆头。

他应该在一刻钟前就赶到通向房顶的那扇门前，并在第一声警笛响起的时候就把芙莉亚和伊西丝放进来的，但是马杜克手下的一个小头目一直在蜿蜒的走廊里拉着他说话。他问的是菲尼安以前参与抵抗活动的事，问题听上去倒是不痛不痒，但这个人偏偏在今天揪住他问个不停，这让菲尼安很不耐烦。

还有一层就到房顶了，众多房顶中的一个。这片建筑群由许许多多独立的建筑组成，其间用蛛网一般的通道和楼梯相连，里面就像迷宫一样让人晕头转向。

他拐过最后一个弯的时候，响起了一片叫喊声。

此前几秒钟，他还能听到信鸽的咕咕声。马杜克喜欢用鸽子传信，他认为鸽子比书城陈旧的电话网更可靠，更保险，因为每个街角的电话线接头都可能被人窃听。

楼下大本营里，喊叫声越来越响，警报也响起来了，这时，信鸽的声音戛然而止。除了那些古怪的藏品外，马杜克还拥有书城里最珍贵的藏书，这里有上万卷书籍，都是从城中的书商那里以“进贡”或者“亲密友谊的见证”为名义搜刮来的。菲尼安把书蛭卵放在了通向藏书室的通道上，大概是有人看见了成千上万长得像线虫一样的虫子从门下面拥进来，吞噬着马杜克那些珍贵的藏书。马杜克本人不在，他这会儿正在另一个庇护所处理生意上的事。但愿他手下那些小头目们能陷入慌乱，把所有能调动的人手都用来捕杀这些饥肠辘辘的书蛭。他们应该已经预见到了如果老大回来看到一片狼藉会怎么处理他们。

菲尼安用了好几个星期才取得了这伙人的信任。他安放在死书林门槛上的炸弹从军队手里救下了许多游吟兄弟的成员。因为一直没有找到他的尸体，所以他的名字至今还在亚当学院的缉捕名单上，这是个很好的条件，可以用来向书城最强势的黑社会团体证明自己需要加入他们以求自保。

赶到鸽笼前的时候，一股鸽粪和陈旧羽毛的刺鼻气味扑面而来。周围的笼子里关着鸽子，它们挤作一团，用黑豆子一样的眼睛盯着他，让人觉得它们的主人也能通过这些眼睛看到眼前的叛徒。听说，马杜克的眼线遍及书城的每一个角落，菲尼安总觉得自己早已被识破，这些人只是装作菲尼安还掌控着局势。

堡垒深处再次响起警笛声，门乒乒乓乓地响着，一群男人七嘴八舌地叫喊着，他们的叫声在走廊和楼梯间回荡变形。

菲尼安到了铁制大门前，将手搭在沉重的门闩上，这时，他已经嗅不到鸽笼的臭气了。他自己不是书巫，所以他感受不到门的另一边有没有书巫能量存在，他只能相信计划和自己的运气。

沉重的门闩卡住了，只能一点点地费力拉动。

“快啊！”他用力地扯了一下门闩。

外面，一声枪响传来。

4

伊西丝猛地推开了芙莉亚。芙莉亚为保持平衡跨了一大步，拧过身子，但还是跌倒了。她曾在书里读到过，人中弹后的感觉会有延迟，因为惊恐会在第一时间麻痹痛感，所以她一时搞不清楚自己有没有中弹。

没有时间找伤口了。有人在喊，强烈的光束将四周笼罩在一片刺眼的白色中。

伊西丝叉着双腿站在铁门前，上身敞开变成了一本书，几秒钟前还是肋骨的地方，现在露出的是翻开的书页。书页哗啦啦地抖动着，其中一页变得僵硬，然后裂成了两片，露出里面灼热的书页之心。伊西丝的嘴唇无声地念了几个字，她的书巫力比绝大多数书巫都强，但是使用书巫力也非常耗费她的体力。虽然已经过了六个月，但她在使用新获得的力量时依然感到有些困难。

朝她开枪的那个男人被笼罩在一片炽烈的白光中，他被一股强大到足以推动坦克的力量猛地向后抛出，伴随着一声大叫，重重地摔在房檐上，仰面朝天地掉进了下面的巷子里。

芙莉亚跳起来，现在就算是堡垒脚下的那些守卫，应该也知道房顶上有入侵者了。

伊西丝胸膛中的书页之心熄灭了，书随即合上，重新变回女性的身体，只留下一道从胸前延伸到腰部的红印，一点疤痕都没有。

芙莉亚本想说开枪就能解决问题，伊西丝的腰带上别着一把银色的手枪，但芙莉亚明白分离书页之心是她下意识的举动。伊西丝变成七芒星书妖后，就一直在努力克服这件事带来的后果：一方面，她现在拥有无与伦比的巫力，但同时，要控制这种巫力又非常困难。她是第一个，恐怕也是唯一一个拥有书巫力的书妖，她的巫力之强，恐怕连书巫之母菲德拉·赫库兰尼亚看了也会惊叹不已。

伊西丝一边合上紧身胸衣，一边嘟囔着骂了一句，这一次她合上了几乎所有的挂钩，好让身体里的书页之心不要又自作主张地打开。接着，她拔出手枪，看着房顶上。这里随时会再出现守卫。

芙莉亚看见伊西丝轻轻摇晃了一下，她的眉毛上有汗珠在闪烁。"你还好吧？"

伊西丝点点头。

"真的？"

"好了，芙莉亚，别再问了！我很好！"伊西丝语气中的严厉跟之前书巫力的爆发一样，是不由自主的。伊西丝每次快要筋疲力尽的时候脾气都会变得很大。很快她就又要陷入好几天的恢复睡眠中，过去几个月里，这样的事已经发生过很多次了。

芙莉亚捡起鸟喙书，把一根手指插进书页之间。塔楼的方向传来了嘈杂声，看来守卫们还在忙着对付那些入侵的书蛏。

"背靠背，"伊西丝命令道，"他们会从两边过来，如果人多，你千万不要慌，专心对付一个，各个击破。小心反冲力！"

芙莉亚点点头，她现在已经感受不到太多的反冲力了，在被苏梅贝拉训练了几个月之后，她已经能够熟练地使用书巫力了。

这时，塔两边的房顶上传来了脚踩在石板和砖头楼梯上的声音，男人们杂乱的叫喊声，还有不断从下方传来的钟声。报警的汽笛声又一次响起。

芙莉亚翻开心灵书。

“咱们能行的。”鸟喙书的声音从书下面传来，但为了保险起见，它已经把脖子缩了回去，看来它自己都不相信自己说的话。

比起那些守卫，芙莉亚其实更害怕的是自己搞砸，为了参加这次行动，她争取了很久。

人声越来越响，有人高声示警，估计他是看到了让之前那个守卫遭殃的那团光。

“小心，”伊西丝在她身后小声说，“马上要开始了，三——二——”

她们身边的铁门突然被拉开，露出门里的菲尼安，一股刺鼻的鸽粪味扑面而来。

“进来！”菲尼安喊道。“快！”

他一副邋遢相，身上脏兮兮的，头发油腻。芙莉亚从他的眼神中看出，他的改变不仅仅是外表而已。他急急跳到一旁，招手让她们进去。

“咱们能干掉所有人！”鸟喙书用沙哑的声音说，但是却把脖子长长地伸向门的方向，就好像巴不得赶紧进去。

“快走！”伊西丝下令。她又停了一下，掩护他们撤退。芙莉亚用眼角的余光瞥见了塔楼拐角处的几个人影，但是那些人来迟了，只要她和伊西丝进去把门关上，就能避免正面冲突。

但伊西丝却不这样想，她把枪扔给芙莉亚——“接住！”——然后朝房顶上跳回去两三步，为了吸引所有对手的目光，她还原地来了个空翻，宛如身着黑衣的幽灵。她原地跃起的时候，脸冲着那六个守卫，那六个人分成两组，从塔楼的拐角处冲了出来。伊西丝的手指迅疾如闪电，像钢琴家一样在紧身胸衣的挂钩上快速移动。

光从伊西丝的上身射出的时候，芙莉亚转过脸去。伊西丝的力量强过任何一本书籍中的书页之心。进入鸽房后，芙莉亚的目光落在菲尼安身上，菲尼安则大睁着双眼瞪着外面，脸上的表情既非胜利的喜悦，也不是恐惧，倒更像是一种无比的愤怒。过去三个月中，他跟这些人走得有多近？他生活在这些人中间，说不定为了能被接纳，还跟他们交上了朋友。他跟外面那六个眨眼间就会被伊西丝杀死的人有多熟悉？

伊西丝跟在他们后面钻进鸽房里时，外面已经没有声音了。菲尼安使劲合上门，迅速地插上门闩。

伊西丝蹲下来，从口袋里掏出一只压瘪的折纸鸟，整理了一下形状，然后，手一挥，打开了一扇连通两个庇护所的门，大小刚好够伸进一个拳头。芙莉亚知道，这扇门将通向建在费园地下的那个罗马式墓穴改建的书窖。艾瑞尔正在那里等待她们的消息。

伊西丝把小小的折纸鸟放在摊开的手掌上，对它轻轻说了些什么，随后它就飞走了。折纸鸟颤巍巍地扑扇着翅膀，从两个庇护所之间的开口穿了过去，它将会通知艾瑞尔第一关已经通过。

小小的开口又合上了，先是缩成空中一个闪烁的点，接着就消失了。伊西丝身边带了几只这种折纸鸟，每一只都接受过训练，能飞回同一本书那里，这本书现在就在艾瑞尔身边。折纸鸟并不聪明，但是直觉灵敏，绝大多数的折纸鸟都能在隐页世界的虚空中辨明方向。

伊西丝和菲尼安互相点点头，他们都是内行，伊西丝曾经是学院的密探，抓到过数十个学院要找的书妖，而菲尼安则是抵抗者，曾经对亚当学院展开过多次的袭击。他们本该成为不共戴天的敌人，如今却在为同一个目标努力。

他们是来找那张圣堂地图的。没有人质疑为此牺牲人和书妖的性命是否值得，因为这张图上标出了通向亚当学院圣地的路。圣堂是三大家族聚首协商事宜的地方，游吟兄弟的成员中并没有人亲眼见过这张图，事实上，他们不过是捕捉到了一些小道消息。据称，这张图在很久以前就落在了马杜克手里，是他古怪藏品中的珍品。

亚当学院的前身是绯红厅，绯红厅的建造者在十九世纪时建造了圣堂，这是隐藏在书页之间的一个秘密庇护所，只有三大家族的成员才能打开通向圣堂的门。据说，圣堂地图上标注出了圣堂的位置，绘制地图的人也为自己这个狂妄之举付出了高昂的代价。

三个人急匆匆地穿过鸽房，身边是鸽子的惊叫和四处乱飘的羽毛。菲尼安带着他们沿着一个盘旋楼梯向下走去，深处传来了尖锐的警笛声和小头目们下命令的喊叫声。

突然，伊西丝停下脚步。

“这里有点不对劲。”

芙莉亚回头看着她：“什么意……”

随即，她也感觉到了。

“书巫力。”她轻声说。这个地方充满了菲尼安感觉不到的书巫力。菲尼安没有这种感知力，但是两个书巫马上就辨认出了这种熟悉的力量。

“不可能，”菲尼安说，“马杜克的大本营里没有……”他把剩下的话吞了回去，脸上掠过一丝阴影，黑眼珠里的神情一变。“我……”他又开口道，但是随即摇了摇头。

“这里出了什么事？”伊西丝厉声问道。

是啊，出了什么事？芙莉亚也想问，在不能忍受书巫的马杜克这里本不应该出现书巫力，但这里的空气中却充满了横冲直撞的书巫力。

“书蛭？”她猜测道，但是自己都不相信。“或者是马杜克的收藏品？”

伊西丝摇摇头：“那些顶多是其中很小的一部分，顶多轻轻颤一下而已。”

“咱们得继续走！”菲尼安指指下面。“只剩几分钟时间了。”

5

凯特和苏梅贝拉站在书上，箭一般从大门口的守卫头上飞过，嘴里大声地骂骂咧咧，将所有来逛集市的人的注意力都吸引到自己身上。

紧张的马嘶声，马蹄的嗒嗒声。凯特回头瞧了一眼，扬着前蹄飞奔来的并不是马，而是一个半人马。这种非人类的书妖在管制区里很常见，但是并非所有的都那么引人注意，而这里的这位几乎把她们的戏份都抢走了。苏梅贝拉迅速地在自己的心灵书中分离出书页之心，边飞边念着里面炙热发亮的字，然后从空中朝下面的人群放出一道闪电。这只是个伤不到人的障眼法，但是伴随闪电而来的滚滚雷声盖过了堡垒里的警笛。

来逛黑市的人朝周围的街巷拥去，其中一些还趁摊贩不注意顺手牵羊，往口袋里塞满了摊上的货物。摊贩们挥舞着拳头威胁着头顶上的那两个姑娘。这时，苏梅贝拉又放出两道闪电，分别射向大门的左右两边。点点闪光噼里啪啦地顺着建筑物的正面一路向上，放倒了两个卫兵。这次不是变戏法了。这两个守卫要想重新站起来得是好几个小时之后了。

凯特把书驾驭得很好，通过调整脚上的力度就能控制飞行方向。要在飞行的书上站直并且保持平衡需要一些练习，在管制区的那几年中，她偶尔会用，但是自己从来没有过这样的书。前两周她才开始系统训练，有的时候跟苏梅贝拉一起，但大多数时间是自己一个人。在书城飞檐走壁的这几年里，她学会了在很高的地方保持平衡，这点对她的练习很有帮助。她飞起来的样子就像是在跳舞，风吹着脸颊，让她的皮夹克拉链叮当作响，这时她觉得自己自由自在的，轻盈得像一片羽毛。

大多数书巫一提到滑翔书就会表示不屑，他们欣赏的是能读的而不是能飞的书。芙莉亚的祖父卡西乌斯·费尔菲克斯却不同，他在几十年前就全身心投入到了研制各种神奇的书巫用品中去，给费园做出了有生命的阅读灯和会说话的阅读椅。还有一个叫让-路易·德·维勒的也爱搞这样的发明创造。1890 年，他觉得把书窖里的书搬来搬去太辛苦，于是想到要发明一种书来代替他工作。他把这种书放在山一样的一摞摞书下面，只要喊一声，它们就能把他位于奥弗涅的庄园里的一摞摞书挪来挪去。德·维勒给自己的这个发明起了个特别高雅的名字，不过这个名字已经没什么人知道了。几年前，书城里的一群少年发现了他的这个发明，图简单就把它们称作滑翔书。凯特知道书城里有八本滑翔书，她告诉伊西丝后，伊西丝很快就给费园搞回来了两本。由于这些书本身就带有书巫能量，所以凯特也能用，虽然不能用像书巫那么持久。过几分钟这些书就会降回地面，好几天之后才能重新使用。

马杜克堡垒周边的街巷里全都是卫兵和受惊的商贩。地下之王的打手们似乎还没想好是该先帮忙对付堡垒里面的书蛭，还是先去抓滑翔书上的那两个姑娘。有几个在用机关枪和手枪朝那两个引起混乱的女孩扫射。

一颗子弹贴着凯特飞过去，她一个急转弯，疾掠过小摊的顶棚，她下意识地缩起身体，好让自己尽可能少地暴露给子弹。脚下那本打开的书似乎很烦躁不安，不过这只是空气阻力造成的。让—路易·德·维勒发明的这些书不适用于这样的高速，她们现在相当于赶着驮东西的驴在赛马跑道上飞奔。应该还有五六分钟的时间，之后凯特的书就会降落到地面上，苏梅贝拉的书随后也会降下去。她们得利用这段时间，尽可能引开瞄准芙莉亚和伊西丝所在那个房顶的狙击手的注意力。

凯特给苏梅贝拉使了个眼色，她们已经制造了足够多的混乱。年轻的女书巫正在枪林弹雨中左躲右闪，白色的头发在风中飞舞。对于胆敢扰乱黑市的人，可不是温和地警告一下就能完事的，马杜克把他的打手们训练得很好。

凯特和苏梅贝拉双双向上飞，一直飞到房檐前。凯特蹲得更低了，左脚死死踩住脚下的书，转了个弯。滑翔书箭一般从两堵山墙之间穿过，现在，下面的枪是打不到她了，但凯特不知道房顶上有多少枪手已经瞄准了她。

她飞进两个倾斜角度非常大的屋顶中间的缝隙。这时，苏梅贝拉从她身边掠过，用自己的心灵书朝凯特比画了一下。

“我后面跟着三个！”

“踩着滑翔书？”

“扫帚不也有把儿可扶吗？”

凯特骂了一句。“是书巫？”

“我觉得不是，不过其中两个有枪，另外一个拿着警棍。”

她们并肩飞行在两排屋顶之间，下降高度，钻进满是裂纹的石头砖块组成的丛林之中。到处都是厚厚的苔藓、排水沟和排水管被堵住的地方，上次下雨留下的积水成了腐臭的水塘。鸟儿在空中扑扇着翅膀，被警笛吓得惊慌失措。

凯特看看右上方的屋脊，她听到屋脊后面传来人声。追兵随时会从那后面冒出来。

“我去引开他们。”凯特喊道，她们这时正从一个昏暗的院子上方穿过。“你能从下面袭击他们吗？”

苏梅贝拉没有多想，猛地掉转书的方向，随即钻进下面的昏暗中。凯特跳起，转身，双脚稳稳地又落回敞开的书页上。她现在是在倒着飞，一时间感到有些眩晕。

追兵这时已经上来了，他们一个接一个地呼啸着从屋脊上飞过，跟在她身后，离她大约三十码。两个带枪的边飞边朝她瞄准。以为马杜克的人对空中袭击没有准备那就太天真了。

凯特飞出小之字形，看到那两个男人镇静自若地瞄准自己，速度和迎面扑来的风丝毫不会影响他们，这让凯特有些害怕。

他们一下子飞过了下面的院子，没人朝底下看。

这次，苏梅贝拉没有用火。飞在后面的那个男人就像被一只无形的手抓住了，一头栽到最近的房顶上，叫声终结在屋瓦的爆裂声中。两名枪手中的一个被下面来的一股力击中，重重地撞在一堵山墙上，把山墙撞塌了。

最后一个人也已经飞过了院子上空，枪口依然瞄准着凯特。凯特猛地将书向上拉起，向左下方冲去。子弹“嗖”地从她身边飞过，打碎了一扇油腻腻的阁楼窗户。倒着飞的凯特差点失去平衡，她手臂乱挥，险些撞在一面就像是平地冒出来的墙上。等她摇摇晃晃稳住重心，就看见苏梅贝拉追上了那个枪手。枪手正打算掉转方向朝她开火，她就已经在飞过枪手身边时给了他的脑袋一拳。枪手叫起来，身体乱晃，像是要扶着自己的枪站稳似的，但脚下的书却突然不见了。滑翔书自己朝前飞去，“啪”的一声掉进一个水洼里。男人撞在一个屋脊上，一个跟头跌进房顶的另一边，不见了。

几秒种后，苏梅贝拉来到了凯特身边，凯特正在调头到飞行的方向，这次她转身的时候要小心得多。

凯特心跳快得她自己都能听见。“干得不错。”

“他打中你了吗？”

“差得远呢，”凯特对苏梅贝拉笑笑，“真的，干得漂亮。”

苏梅贝拉的脸红了，不过也可能是因为疲劳。“咱们回去吧？如果一切顺利，其他人应该已经进去了。”

凯特继续搜寻敌人，没有看到什么人，不过她不太相信这样就太平了。“我有个好主意。”

苏梅贝拉挑起一边的眉毛。

“咱们跟着他们。”凯特说。

“但计划……”

“可以改。”菲尼安也许会需要她。她肯定是需要菲尼安的。“也许她们需要支援。”

苏梅贝拉把脸一沉。“咱们怎么约好的，就怎么做。”

“约定的时候咱们并不知道上面的活儿这么容易。”

“容易？”苏梅贝拉双眉之间的皱纹更深了。

凯特指指前面。“最后那个大厅在那边。咱们试试。”

“不，咱们……”

凯特没等她继续说，就加快了滑翔书的速度。

6

白马就像飘在空中一样，头朝下，只靠前额上的一根一臂长、剑一般的角顶着地，倒立在屋子正中。它的两条前腿水平地指着脑袋前方，两条后腿朝上方伸开。再看时，芙莉亚才发现固定在天花板上的那根细绳，就是因为有这根绳子才让马摆出这种奇怪的倒立姿势。

她从未见过如此残忍又如此美丽的场面。这匹马被做成了标本，栩栩如生地摆成一个它自己无论如何也摆不出的姿势。

“这是真的独角兽吗？”

“最后一匹。”菲尼安说。

芙莉亚和伊西丝互相看了看。

“除了收集书巫制品外，做活体雕像是马杜克的另外一个爱好。”菲尼安好像急着要穿过这个房间，但是芙莉亚和伊西丝却一动不动，呆呆地盯着高大的房间内那匹飘在空中的独角兽。

“他把这个做成了标本？”伊西丝突然问，“书妖？”

“他对人不感兴趣，只对其他种类感兴趣。”

芙莉亚觉得自己应该找个地方隐蔽一下，因为伊西丝随时可能会爆发。

“他在亚当学院里的那些关系人知道这事吗？”前密探伊西丝问。

“这得由你告诉我，”菲尼安顶了她一句，“是你在学院干过，又不是我。”他想抓住伊西丝的胳膊把她拉走。伊西丝虽然有些虚弱，但还是能一下子掰断菲尼安的手腕。“书蛭不可能一直拖住那些人，这里随时都会有巡逻的人过来。”

菲尼安引着她们沿着秘密通道从楼顶下到这里来，中间穿过了迷宫一样的通道和庭院。藏书室近在咫尺，墙那面那些人的声音清晰可闻，咒骂声和嫌恶的叫喊声乱哄哄地混在一起，他们正在试图控制虫害。

这个房间上面是一个穹顶，就像古老的火车站大厅，穹顶上是脏兮兮的玻璃，借助模糊的日光能看见罩在玻璃外面的那层细密的栏杆。长长的电线上悬着灯，但所有的灯都关着，不过运动感应器还是启动了一排射灯，白色的光照亮了几个异常奇特的藏品。

陈列柜和玻璃盒子里放了几十个标本，大部分都是动物或者神话中的生物，但是芙莉亚完全没法把它们跟某本书对上号。一只像小孩那么大的鳄鱼双腿支撑着站在那里，撑着一把雨伞，嘴里还叼着烟斗。一只母熊全身挂满了珠宝首饰，跟它的两个熊崽一起在一面高大的、青春艺术风格的镜子前端详自己。一头狮子像国王一样坐在宝座上，头上戴着鹿角做成的王冠。一对兔子被拙劣地摆成正在进行拳击比赛的样子，两只猴子坐在牌桌旁打扑克，一匹斑马保持着在草原上飞奔的样子。所有这些动物都有些不同于它们本来的那个种群的地方。猴子长着蝙蝠的翅膀，狮子有六条腿，兔子生着人手，斑马的脊背上有一对巨大的天鹅翅膀，看上去就像随时会腾空而起。

没有被灯照亮的那些玻璃盒子和架子里也有东西，墙上挂着各种头颅，都镶在板子上，那是一些奇怪的混合物种，有点人的模样。整个房间里充斥着一股皮毛、化学制剂和卫生球的味道。

菲尼安拉着芙莉亚的胳膊。“咱们得走了！”

芙莉亚跌跌撞撞地跟在菲尼安后面走了几步。她觉得有无数双玻璃眼球在瞪着自己，一片昏暗中，展品的夹室摆着一组组怪异的场景，从中间穿过的时候，她强迫自己不要看。她之前就已经觉得反胃了，现在这感觉越来越强烈。

他们面前出现了一个双扇大门，通向下一个藏室。菲尼安说圣堂地图藏在第三个藏室的夹室里，他自己没有去过，但他听马杜克的手下们说起过。凯特是唯一进过这些藏室的人，当时她是从第二个藏室的顶上进入的。

菲尼安把门打开一些朝里面看去，同时举起手提醒她们小心。

“怎么了？”伊西丝不耐烦地问。

菲尼安转过身，把一根手指放在嘴唇上。他们来的方向传来嘈杂声，好多人进入了前厅，有人在按门把手，但是打不开。菲尼安用偷来的钥匙从里面反锁了。有人说了句什么，几个人笑起来，然后继续朝藏书室的方向奔去。

“好了。”菲尼安说着从门缝钻了进去。

第二个藏室里也摆满了陈列柜和展柜，里面装着与书巫史有关的各种东西，从历史名人的蘸水笔到墨水瓶、本子，印制早期书巫书籍的巨大印刷机。凯特应该就是从这里的某个格子中偷走后来交给菲尼安的那只书巫之手的。这里能看到一些书，但是不多，马杜克的书都放在藏书室里。

他们走到藏室中间的时候，芙莉亚突然被人从后面抓住，伊西丝“嘘”了一声，提醒她不要说话，并把她推到了一个架子跟前。“菲尼安！”她小声说。菲尼安转过身，看见伊西丝指着天花板。她自己也紧贴在藏品架上，挨着芙莉亚。

玻璃穹顶下有什么东西在动，因为外面罩着铁丝网，所以很难看到。那东西非常小，个头还没有一只蜻蜓大。转眼间，另外四个黑点也跟了过来，它们互相保持着相等的距离。

“折纸鸟，”伊西丝耳语道，“但不是咱们的。”

芙莉亚还以为这种鸟只有费园藏书的地下墓穴里才有。原本是她的祖先创造出来清理书架上的灰尘的，但很快，费尔菲克斯家族就失去了对自己这个造物的控制，折纸鸟肆无忌惮地繁衍，到现在已经有几千只了，就生活在书窖那些长长的通道里。后来是伊西丝和艾瑞尔想到要训练其中几只用来传递消息。没想到马杜克竟然让折纸鸟当起了侦察员。

“书巫力太强了，”伊西丝说，“这里不应该有这个的。”

“你应该提醒我们有这东西的！”芙莉亚朝菲尼安的方向不满地小声说。

“我一点都不知道，”菲尼安回答道，“或许只是这个藏室里有。”

“凯特也从来没有提起过。”芙莉亚若有所思地说。

排成一队的五只折纸鸟从他们头顶上空飞过去，芙莉亚能看见它们折叠出来的身影，尖尖的翅膀，棱角分明的身体。

还没等伊西丝解开紧身胸衣的挂钩，芙莉亚已经打开了自己的心灵书，分离了一个书页之心。字母在纸张之间发出炽烈的光芒，就像冶炼炉中金属上的花纹。

“我来。”她对伊西丝说，同时将注意力集中在穹顶上的那五个黑点身上。它们正把队形变成一个大三角，朝一边降下去。

芙莉亚念出书页之心上的那些神秘话语，她的喉咙里像塞了一团东西，声音非常小，小到连身旁的菲尼安都不一定能听见。

中间那只折纸鸟着起火来，它踉踉跄跄地碰到另外一只，把那只也点着了。两秒钟之后，第三只也着了起来。外围的两只扑扇着翅膀，分别朝左边和右边飞去。芙莉亚把注意力放在其中一只身上，在心中，她自己也变成了一股热浪冲上房顶，差一点，没抓住，她低估了这些小间谍的灵巧。芙莉亚朝前跳了几步，等到折纸鸟重新来到自己的头顶时，她念出了书页之心上的下一个句子。

折纸鸟发出一阵噼啪声，变成一股青烟，烟灰随即落下。只剩一只了。

伊西丝跟上那只折纸鸟，但是芙莉亚赶上了她。“我来抓。”

那只折纸鸟慌忙朝第二个藏室紧闭的大门飞去。如果它再稍微大一点，像真鸟那样的话，那它肯定没法从大门上方的那个窄缝里钻过去，但是这只鸟刚好能。

芙莉亚发出的热浪像一支弩箭一样紧紧跟在折纸鸟后面，但是还没等她追到门框那里，就已经知道自己跟丢了。那只折纸鸟从门缝中钻过去，溜掉了。

芙莉亚咒骂着朝大门跑去，她想打开门去前面那个藏室追折纸鸟，但是来不及了，因为这扇门也被菲尼安反锁上了。

芙莉亚内疚地看着伊西丝，但是伊西丝只是耸耸肩。“来，咱们得快点了！”或许她只是太累了，所以懒得指责芙莉亚。

“它会去向马杜克的人报告！”

“他们应该早就知道那些书蛭是用来引开他们的了。”菲尼安看看手表。“咱们已经晚了。可能早就有人在找入侵者了。”

他们很快来到第三个藏室的门前。

7

凯特从空中看到了她上次潜入马杜克堡垒的地方，当时她是趁夜从房顶上过来的。从那以后，玻璃穹顶的外面就加装了巨大的铁丝网。凯特大骂马杜克、这个地方和整个该死的计划。

“咱们回去吧。”苏梅贝拉说。

凯特摇摇头。“菲尼安在下面的某个地方。”

“伊西丝和芙莉亚走的时候会带上他的。”不过，苏梅贝拉的声音里似乎有些什么引起了凯特的注意，似乎是在悄悄地响应她的忧虑。

通常，这三个藏室的房顶上都有守卫，但是马杜克的小头目们应该是被迫把这些人也调走了，堡垒的另一边传来嘈杂的人声。凯特不知道这些书蛭还能拖住那伙人多久。

突然，苏梅贝拉一拧身，绕着大之字形朝临近的一堵山墙飞去。凯特看到那里有个端着枪的模糊身影一闪。苏梅贝拉顶着风，分离开呼啦作响的心灵书书页，放出一团舞动着的字母组成的雾，那团雾裹住了端枪的人，枪声响起，射空了，这时苏梅贝拉已经赶上前，她摆好姿势，猛地朝那团字母雾踢去，一声闷响传来，还有一声大叫，枪高高地划出一道弧线，飞了出去，接着是那个男人，顺着斜屋顶滑下去，消失在一堵山墙后面。字母雾散落开，褪去了颜色。

“咱们还不如直接把靶子贴在脑门上。”回到凯特身边时，苏梅贝拉大声说道。

“你能打开铁丝网吗？”

苏梅贝拉降低了高度，降到离房顶只有一人高的地方。那三个藏室从上面看就像是旧厂房，每个穹顶都有篮球场那么大。罩在玻璃上的铁丝网从高处看就像是装饰品，网和玻璃之间大约有一臂的距离。

“如果用书巫力从上面弄开铁丝网的话，那半个玻璃穹顶都会跟着掉下去，”苏梅贝拉观察了一下之后说，“那样的话所有的人会瞬间集中到这里。再说，我还不一定能做到，也有可能是下面的玻璃碎了，而上面的罩网纹丝不动，如果菲尼安和她们刚好在下面的话，那就麻烦了。”

凯特想了想。“你能不能……嗯，能不能拉开？”

苏梅贝拉飞得更低一些，她蹲在书上，身体尽量往前趴，直到手能够到那张网。网上的铁条比她的手指还粗。她叹口气站起身。“不可能。”

“你是不肯吧，因为……”

“如果能帮到菲尼安他们，我怎么会不做！”

凯特还从来没见过她这么疾言厉色。“你担心他。”她小声说。

苏梅贝拉的目光闪向一边，但她很快控制住情绪，点了点头。“担心他和芙莉亚。芙莉亚的能力还不够，我从一开始就反对她参加行动。”她又看了看罩着铁网的宽阔穹顶，看上去就像是玻璃和铁丝组成的山丘。她突然眯起眼睛说：“等等。”

凯特膝部一弹，急刹住了滑翔书。“还有人？”

苏梅贝拉慢慢朝前飞了几米，然后又停下。凯特努力想找出她在看什么，但什么都看不见。

“那边！”苏梅贝拉指着穹顶的最高处，显然，除了许多其他优势之外，她的视力也让人羡慕。

凯特飞到她身边，看着同一个方向。什么也看不见。只有一片又一片铁网，每一片都跟下面的玻璃一样大。

“我去看看。”苏梅贝拉继续往那里飞，同时仔细地查看四周有没有敌人。四周的巷子里到处都是嘈杂声，堡垒里的图书馆也依然乱哄哄的。

凯特跟在她身边，她们来到穹顶的顶端，身下是一片朝四面八方铺展开来的网，像计算用的方格纸一样一丝不苟。

“我说的是这个。”苏梅贝拉降了下去，滑翔书的封皮落在房顶上。

现在凯特也看见了，她难以置信，苏梅贝拉竟然能从那么远的地方发现这两个合页。它们被安在一块正方形铁网的边上，凸在外面的部分顶多有一指宽。

“这好像是个入口，”苏梅贝拉说，“留着修理玻璃或者保养用的。”

原来如此，所以铁网才比玻璃穹顶高出了那么多，这样工人就能爬进去，要想从里面够到相同的地方，得大费周章地搭脚手架才行。

这块铁网的另一边被一把巨大的锁锁住了，如果她们能弄开这把锁，那就能从外面像开门一样揭开这张网。

“你能弄开吗？”凯特问。

苏梅贝拉摸了摸那把锁。“看上去像是把普通的锁，我可以试试从里往外炸掉它，如果运气好的话，就不会弄碎其他什么。”她思索的时候，舌尖在门牙上舔来舔去。然后她说："这可能需要一些时间，你帮我在背后掩护。"

凯特的父母都是书巫，他们一直在为自己唯一的女儿竟然不是书巫而耿耿于怀。凯特不知道如果这时马杜克的手下出现的话，她应该怎么保护苏梅贝拉。

"下面的那块玻璃咱们怎么都得弄碎。"苏梅贝拉思索着。

"总比弄碎半个房顶要好。"凯特觉得自己的心跳在加速，跳得比之前在房顶上被那几个人追的时候还快。她扁扁的背包里装着偷东西的那些工具，其中就有一个玻璃切割器和一个吸盘。如果只是一块玻璃的话，她能搞定。

苏梅贝拉从滑翔书上跳到旁边的一块铁网上，将她的心灵书打开，放在锁旁边。

"好，"她说，"咱们来试试。"

“等等！”伊西丝抬起一只手命令道。“这是个……”

“……陷阱？”芙莉亚自然而然地接着说道，就像一个在上百部书中看到过同一句话的书迷一样。同时，她自己也明白了伊西丝的意思：空气中充满了书巫能量，就连灯光都变成了书页泛黄的颜色。

两人朝菲尼安看过去，他在她们身边停下脚步，他们已经在第三个藏室的尽头了。他好像要说什么，却找不到合适的词，只能像个无助的孩子一样看着她们，不知道自己究竟是怎么了。芙莉亚突然想起在什么地方见过这种眼神：半年前，伊西丝的父亲发现自己的养女是书妖时，就是这样的表情。在那一刻，过去被改变，塞雷斯蒂安的记忆也随之改变。接受这个对谁来说都不容易，人的理智并不是生来就能用新的记忆覆盖旧的记忆，看着自己的大脑被改变而无能为力，不是谁都能忍受的。

但是，他们所有人都经历了那一切，所以芙莉亚马上明白菲尼安怎么了。她急忙跑到菲尼安面前，拉起他的手，试着盯住他游移不定的眼神。

“菲尼安，”她用恳求的语气说道，“这里出了什么事？”

“有什么……不一样了。”菲尼安结结巴巴地说。

她警觉地寻找着改变的迹象，她是始作俑者，就是因为她做了一件小事，她让十九世纪的七芒星写下了那个出生在昼夜交界处的女孩的故事，从而使生活在现在的伊西丝变成了这个女孩，成了七芒星书中的一个书妖。芙莉亚曾经以为这件事的所有影响她都已经看到了，但她也可能漏掉了什么。她越想这件事，越清楚菲尼安那句话的意思：这就像是隐形的布景工人推走了他们记忆舞台的背景，更换了道具。

“马杜克，”菲尼安小声说道，“他是书妖……也是书巫！”

“这是……”不可能的，伊西丝想这样说，但这时，她也换上了那副眼神，突然间，她想到自己就是一个活生生的反例。

书妖不可能同时是书巫。这曾经是书巫世界中的一条法则，他们所有人都曾以为伊西丝是唯一的例外，但既然这条法则已经失去其约束性，由另外一条法则取而代之，那么书妖当然也能拥有书巫的能力，他们曾经的想法转瞬间就变得异常荒唐。

不过，他们曾经掌握过的那些知识还是残留下来了一些，就像刚看完的一页书上的字，透过下一页的纸闪烁着微光。他们并没有把过去的一切都忘掉，恐怕也永远不可能把过去的一切都忘记。他们所有人都还模糊地记得伊西丝曾经是一个人，不是书妖。这种感觉就像眼睁睁看着过去在自己面前改变，现在，这件事的后果正在一点点地显现出来。

“马杜克是个书巫，”伊西丝轻轻地说，“他一直都是。”

这样一来，一切就都不一样了，他们的计划成了空中楼阁，他们的目的可能永远都达不到。

改变历史走向的恶果之一就在于，对这种改变的认识从来不会马上就开始，只有撞得满头包时，才会明白事实真相。就像塞雷斯蒂安，他不得不接受的现实就是，他曾经自以为对养女的那些了解已经不再正确，而他们现在正在经历的事也是这样。游戏规则不一样了，第一个发觉这点的是菲尼安，现在，芙莉亚和伊西丝也明白过来了。

书妖也可以是书巫。

“真见鬼。”芙莉亚小声说。她想到了这种改变最直接的后果。凯特曾经提到过，那扇通向藏宝室的沉重铁门，就在第三个藏室的后墙上。几个星期以前，菲尼安就给过他们消息说马杜克最珍贵的藏品都藏在那里，而这些珍宝中最值钱的就是那张圣堂地图。

但是现在，他们面前只有一扇简陋的木门，门后面说不定就是个杂物间，绝不可能藏着马杜克这种江洋大盗的珍宝。随便哪个小偷，只要有一根铁丝，就能打开门上那把简陋的锁，除非这扇门有什么特别之处，能释放出强大的书巫力，强大到让芙莉亚的眼前出现这些舞动的字母。

“情况可不太妙。”伊西丝小声说。

“你打得开吗？”

“希望吧。”伊西丝朝前走了两步，来到离门一米多的地方，慢慢地伸出胳膊，手掌几乎挨到木门上。“马杜克用一些书页从里面把门加固了，”她合上眼睛，集中意念，“我辨认不出这些书页是哪本书里的，如果能看出这个，那就好办了。”

“我什么都感觉不到。”菲尼安的声音听上去似乎又恢复了正常，最初的震惊平复下来，他慢慢地恢复了以前的样子。

“马杜克有没有特别偏爱的书？”伊西丝问。

“你觉得他会把这种事告诉手底下那群杀人越货的家伙吗？”

“如果他是书巫，”伊西丝艰难地说，看样子依然很难接受这个事实，“那他应该会有一本心灵书。”

芙莉亚仔细地听着："你认为他从自己的心灵书里撕下了几页用来加固这扇门？"

芙莉亚手里的鸟喙书打了个哆嗦，它把缩在书皮里的那条布满褶皱的脖子长长地伸直，立起："没有哪个书巫会……"

"这栋房子的主人可不是普通的书巫，"伊西丝打断了它的话，"他还是个书妖。如果这一切并非全都是障眼法的话，"她又顿了一顿，用意念摸索着门那边的那些字母，"那么他应该是从自己的心灵书里掉出来的。"

"这样也行？"芙莉亚诧异地问。

"门后的那些书页……力量非同寻常，只有跟这些书页有着密切关系的人才能做到这点，我不认为只用他偏爱的书就可以做到，现在我很确定这些书页就是从他的心灵书里撕下来的。感觉就像是马杜克本人站在门后。"

菲尼安回头看了看藏室，视线被装满各种藏品的架子挡住了，看不到通向第二个藏室的通道，最后一只折纸鸟就是在那里从芙莉亚手下溜走的。"他们现在应该已经得到消息了，肯定正在往这里赶。"

他们把门都反锁了，但如果人很多的话，这些门是挡不住的。

"我来负责这个。"芙莉亚猛地甩甩鸟喙书，甩得它的脖子一通乱晃，破口大骂起来。

伊西丝那高高的颧骨看上去比平常更加凸出："尽量拖住他们，给我足够的时间，我应该能弄开这扇门。马杜克虽然强大，但我不认为他搞出来的东西能挡得住七芒星的书妖。"

这点他们还是清楚的。马杜克并不是七芒星小说里的书妖，芙莉亚用从安吉洛桑托别墅里找到的一些七芒星的书填补了费园书窖里缺少的部分，如今她已经看过七芒星的绝大部分著作了，包括那些写得不好的，没有一部里有马杜克这个角色，这个名字更像是古巴比伦城某个神祇的名字，说不定马杜克就是从哪本神话集掉到庇护所里的。

此外还有马杜克和亚当学院的关系。传说中，人类要建造能直通天国的巴别塔，因此惹怒了上帝，上帝不但让巴别塔倒掉，还让人类为他们渎神的行为付出了代价：之前地上的所有人还都说着同一种语言——神秘的亚当语——从那之后他们之间就再也无法沟通了。亚当语被人遗忘，不同民族之间的和谐共处也成为了过去，取而代之的是不满与争执。

亚当学院的名字就跟这个传说有关，指的是来自马杜克的城市古巴比伦的那种语言，这是有象征意义的：一个能够联合所有书巫的机构，就像曾经的那种原始语言一样。

伊西丝走近这扇貌似不起眼的门："门后面有生命迹象。"

菲尼安皱起眉头。"他在里面关了人？动用了他最珍贵的破烂，就为了关个人？"

"也许是个囚犯，"伊西丝说，"不过更有可能是守卫。菲尼安，跟芙莉亚去大门那边，尽量帮她拖住马杜克的人。"她从枪套里掏出自己那把银色的手枪递给他，"给，拿着。"

菲尼安撇撇嘴，检查了一下手枪的保险打开了没有，就跟芙莉亚一起跑开了。

他们很快就来到了通向第二个藏室的大门前，门已经被反锁上，菲尼安把沉甸甸的钥匙留在锁孔里没有拔，之前不断从图书馆那边传来的说话声越来越近了。

"应该很快了！"芙莉亚打开鸟喙书。"把脑袋缩回去！"

鸟喙书的长脖子缩得只剩个黄色的喙尖露在外面。"我没脑袋，"它不满地说，"只有一张嘴！"

芙莉亚把书翻开放在地上，自己在书前蹲下。苏梅贝拉教过她用一只手分离书页之心的方法，不过还是传统的方式最稳妥：她掀起一页，夹在手掌之间，手慢慢再打开的时候，书页被分成了两片，中间出现了一个放射着炽烈光芒的书页之心，金色的光穿透书的结合部，笼罩书页，书页上显露出用某种语言写的字，用的是字母，芙莉亚虽然不懂它的意思，但是能够念出来。她一边念，一边把意念集中在自己要做的事情上，鸟喙书的光芒将门锁笼罩在一片耀眼的圣光之中，那光钻进锁眼，几秒钟之后又从里面钻出，就像一道燃烧的汽油，沿着两个门扇的边缘疾速向上，拐过门角，随后又汇合在门锁处，两个四四方方的门扇被几条明亮的光完整地勾勒出来。

神圣的光反射在菲尼安的眼眸中。“能扛得住吗？”

“不可能一直挡着，但能挡住一会儿。”芙莉亚也不太清楚自己要做的是什么。到目前为止，她只在想躲在房间里静静看书的时候做过类似的尝试。她会用这个方法把门锁牢，但以前她需要抵挡的最危险的外来者无非是她的弟弟皮普而已，而不是这样一群愤怒的江洋大盗。

杂乱的脚步声噼里啪啦地穿过第二个藏室，往这边奔过来，门那边传来人说话的声音。

菲尼安双手举枪，对准通道的方向，芙莉亚回头看了一眼藏室那边，她看不见伊西丝和通向侧室的那扇门，因为视线被放着玻璃瓶、匣子和盒子的藏品架挡住了。

“伊西丝？”她喊道。没有人回答。

一只手从外面拽了拽门。

“伊西丝？”

重重的一下撞击，好像有人在用身体撞门。右边那个门扇的转轴一阵颤抖，勾勒出木门轮廓的那道光也抖了一下，但很快又稳定了下来。

心灵书的封面抬起一点，鸟喙从底下伸出来，朝芙莉亚这边拧过脖子。“五分钟，”它用嘶哑的声音说道，“或者六分钟，绝对不可能更长了。”

菲尼安的表情放松了一些，至少他现在还不用向这些共同生活了三个月的人开枪。

“伊西丝！”芙莉亚回过头冲后面喊道，“你那边怎么样？”

还是没人回答。

“她在搞什么鬼？”菲尼安问。

芙莉亚拼命地想自己可以用什么办法挡住进攻的人，但是书巫术不是武术，虽然看起来有点像，但这只是一种将书和读书的人联系在一起的力量，如果要用书巫术去伤人，其实是违反它的本性的，有时，书巫术还会反抗，试着不击中目标。芙莉亚能毫不费力地搞出许多让人目眩神迷但实际上没什么威胁的幻象，但那样的把戏根本吓不退马杜克的手下。所有其他的方法都需要更多的练习和更少的顾虑。伊西丝与苏梅贝拉已经熟练掌握了，并且对这样做的后果很坦然，芙莉亚却只能在一定限度内使用。

菲尼安嘶哑着声音骂了一句。

芙莉亚还没看清楚他为什么要发火，鸟喙书就嘎嘎地叫道：“带我离开这儿！快！”

门下方的光带中有虫子钻了进来，白白的，就像意大利通心粉，比手指的一节略短。先是两条，然后是六七条，虫子越来越多，芙莉亚已经没法一下子数清有多少了。前面的几条已经开始靠近还摊放在地下的鸟喙书。炽烈的书页之心封锁着门，而心灵书却吓得瑟瑟发抖。

菲尼安用脚后跟踩死了好几条虫子，但那些没被踩扁的部分继续在瓷砖地面上朝鸟喙书的方向爬去。

芙莉亚把书从地上捡起来，同时很小心地不让书页之心合上。只要书巫力一断，对通道的封锁马上就会变弱。门外那些人肯定知道这一点，否则他们也不会把书蛭从门底下塞进来。

“这些人虽然坏，”菲尼安说，“但并不是全都那么蠢。”

芙莉亚回头看了看，藏室的架子上只有寥寥几本书，所以书蛭在这里不会造成过大的破坏，马杜克的手下显然是想用这些损失为代价，以求控制入侵的人。

“这里还有别的出口吗？”

“据我所知没有，凯特上次进来过之后，就连玻璃房顶都被铁丝网罩住了。”

芙莉亚用尽全力朝缠成一团的好几条虫子踩去，这些虫子正像一只只手那样揪住她的裤腿往上爬。鸟喙书在芙莉亚的手中抖成一团，但依然勇敢地维持着书页之心的力量。

这时，外面又有人在用身体撞门，门扇边缘的光微微晃了晃，随后又恢复了稳定。

菲尼安用枪瞄准通道的位置。他们现在离门有五步的距离，面前的地上挤着几十条书蛭，大部分都在朝芙莉亚的方向爬。

“我们坚持不了多久了，”她又朝背后喊道，“伊西丝！你怎么样了？”

这次她听到了一种类似呻吟的声音。

“好吧，”她临时做出决定，并问鸟喙书，“如果合上书页之心，你对门的封锁还能坚持多久？”

“坚持不了多久。”鸟喙书嘎嘎地说。

“能准确点吗？”

“也许两分钟，也许不到一分钟，我怎么知道！”

“好极了。”菲尼安说。

“伊西丝！”芙莉亚扭头冲后面大声喊道，“我们现在到后面来，你还有一分钟！”

一阵噼里啪啦声传来。一开始，芙莉亚以为是马杜克的人攻进来了，但声音是从另一个方向传来的。

菲尼安用左手抹掉流到眼睛上的汗水，另一只手继续举着枪瞄准大门："你觉得这听起来像是在说'嗨，伙计们，我成功了！'吗？"

又是一阵噼里啪啦声，这一次的声音大得好像一部分的房顶要塌了似的。鸟喙书缩成了一团。

"过来！"伊西丝喊道，"快！"

芙莉亚和菲尼安松了一口气。

"等等，停，别过来！"

他们果断地互相点点头，跑了起来。芙莉亚边跑边打开鸟喙书，与大门之间的力量连接中断了，芙莉亚用眼角看到那些发光的框线就像坏了的灯管一样开始闪烁，门那边，又有人开始猛撞大门。

芙莉亚边跑边深深地吸了口气，藏室的后面传来了一股奇怪的味道。

伊西丝笔直地站在马杜克的珍宝室前，看着里面。门朝内倒下，合页也从门框上脱落下来，木门的四周有火苗蹿动，过了几秒钟芙莉亚才反应过来，那是被固定在门后用来起加固作用的书页正在下面燃烧——从马杜克的心灵书中撕下的书页。不管马杜克这时在哪里，他也应该会痛苦地发现自己的大本营已经乱成一团了。

"往……后退。"伊西丝气喘吁吁地说。

"他们很快就要到这儿了，"芙莉亚回答说，"没时间了！"

稍稍迟疑了一下后，菲尼安和芙莉亚继续朝前走，一直走到两个人能够从伊西丝旁边看到小藏室内部情况的地方。那股刺鼻的气味盖住了烧成灰烬的心灵书书页的焦煳味。

门后面有生命的迹象，伊西丝之前这样说过。

这个小房间还不到五码见方，低矮的房顶，深色的砖墙。墙跟儿前放了好多小展台，钟形玻璃罩下摆着一些不起眼的东西：一个罩子下放着一本古老的皮制封面的书，另一个下面放着一块看似石碑残片的东西，还有一个下面放了个容器，看样子应该是个骨灰坛。剩下那些被马杜克收藏在这里的东西都看不出来是什么，光线太暗了。房间里唯一的光源是一个小碗里的一小簇火光，小碗放在房间正中央一根齐腰高的柱子上，碗里淡黄色的火苗一闪一闪的，就像是刚有人拨动过一样。

“明火？”菲尼安说，“在这种地方？”

伊西丝点点头：“弄开门的时候这火就已经在了。”

他们身后又传来了一阵砸门、撞门的声音。

“这不是普通的火。”伊西丝的声音嘶哑。她还能站得住，简直已经是个奇迹了。

“地图在哪里？”芙莉亚问。

伊西丝指指那团火苗：“可能在那后面，就在房间的另一边。”

芙莉亚眯起眼睛看着那团亮光，但是看不出火苗后面的暗处有什么东西。一时间，一股强烈的愿望驱使着她，想要走进那个房间，绕过小火盆，拿到圣堂地图。不过芙莉亚的头脑还是比较清醒的，能够分辨出这究竟是她自己的意愿，还是有别的什么东西在驱使着她。这里的空气中充满了强烈的书巫能量，让她很难判断哪些是她自己的书巫力，哪些又是早已充溢在这里的其他人的。

“咱们不能进去，”伊西丝说，他们三个人都定定地看着这个不起眼的小房间，“那个东西非常古老、强大，它可以让我们……”

就在这时，那团火苗突然“嗤”的一声冲天而起，从小火盆中跳出来，像只动物一样跳到了地上。在那里，火苗伸展开来，又向高处蹿去，跳动着向四周蔓延开，火有了形状，虽然没有脸，却大致能看出是个人形，七英尺高，轮廓枯槁，就像一根燃烧的枝条，同时又像是从瓶中愤怒地冲出的精灵一样让人心生恐惧。

“我是天火福纳克斯，”那团火说话时带着噼里啪啦的回声，“我是亚历山大图书馆的灾难。我，就是亚历山大之焰。”

9

“好吧，”芙莉亚拖长了话音轻轻地说，听上去就像要压出肺中所有的空气，“亚历山德拉之焰是什么鬼东西？”

“亚历山大。”伊西丝用微弱的声音说。

“是不是有首诗叫这个名字？”芙莉亚竟然在这个时候、这个地方想起了蒂奥菲老师的诗歌课，这跟她看见那团火时脑海中闪过的其他所有想法一样不可思议。

“你觉得这东西看上去像首诗吗？”菲尼安反问道。

“那你觉得它看上去像什么，卧底先生？”她其实并不想说这样的话，话一出口她就后悔了。为了她们今天能够来这个地方，菲尼安付出了很多。他没有打听到这个福纳克斯，那也不是他的错。说不定除了马杜克之外，根本没人知道他在这个房间里藏了个什么东西来保护他的珍宝。

“福纳克斯，”伊西丝对那东西说，“我要怎么做，你才能让我进去？”

“我是亚历山大图书馆的灾难！”那团火又喊道，“我是亚历山大之……”

“好了，”芙莉亚不耐烦地说，“这个你已经说过了。”鸟喙书在她的手指间瑟瑟发抖，藏室中的书蛭正在不断靠近。

伊西丝惊诧地瞥了她一眼，眼神中或许还有一丝责备，但芙莉亚觉得已经到了现在这个地步，她们不能再兜圈子了。

“你曾经是亚历山大图书馆的灾难，”她讥讽地强调，“但现在你已经不是了，不然你也不会被关在这个黑房子里，偏偏守护的还是书。”

她的镇定不过是装出来的，而且她不想示弱。她和伊西丝现在依然能够用穿越术逃脱危险，所需要的书就在身边，如果时间多一点的话，说不定她们还能打开一扇通向费园书窖的穿越之门。

她们背后，好像有什么巨大的东西撞在了门上，这一次的声音听起来很像是撞城门的木头，不过也有可能是被那些人齐心协力抬起来朝木门上扔过去的手推车。

“行，”福纳克斯拖着长腔说，声音听上去就像它把自己那个火焰组成的脚踩进了水坑一样，“我是个守卫，这点没错。”

“这么说，你是马杜克的仆人？”

“他的仆人？哈！”福纳克斯怒气冲冲地膨胀成三倍大。“我把亚历山大图书馆变成了一片废墟，我吞噬了那里所有的文字，燃烧的莎草纸把港口的船只都熏跑了。我把房顶变成了灰烬，把柱子变成了焦黑的尘土。我像烤兔子一样炙烤那些学者，让几千年的史书记载灰飞烟灭。我是文化的终结者，是古代文明的破坏者。我，是亚历山大图书馆的……”

“好了，好了，”芙莉亚截断了它的话头，站在房间外面，她一点也感觉不到炙热，“这些都很了不起，不过现在，你是马杜克的奴隶。”

“你是阶下囚，”伊西丝说，“只要我们不跨进这个门槛，你就不能把我们怎么样。”她用靴子尖沿着藏宝室的门槛画了一道无形的线。芙莉亚注意到伊西丝的脚因为过度疲惫而颤抖着。

“这样太慢了！”菲尼安说。

“这样当然太慢了！”伊西丝很不客气。“我倒想看看你能怎么样更快地解决问题。”

芙莉亚死死盯着福纳克斯：“如果我们踏进你的监狱，你就会烧死我们，对吧？”

“是啊，”天火兴致勃勃地说，“炙烤！煎熬！你们会以最悲惨的方式被烧死！跟那些古埃及的图书管理员一样。”

“马杜克是怎么把你召唤来的？”伊西丝问。

“召唤？”福纳克斯几乎带着哭腔说，“他找到了我！二话不说就据为己有！马杜克是个心狠手辣的主人，他威胁说如果我不服从，就要让我熄灭。所以我就服从了，就这样。”

芙莉亚看着伊西丝：“有办法吗？”

曾经的女密探正要张开嘴回答，但是她的声音被又一阵的撞门声淹没了，他们听到木头碎裂的声音，就算这些凶神恶煞的家伙这次没弄开门，下一次也肯定能成功了。

菲尼安生气地瞪着伊西丝和芙莉亚：“我忍了三个月，可不是为了在快要成功的时候放弃的。”

芙莉亚摇了摇头。“我们不会放弃。”她转头看着伊西丝，又加上一句，“是这样的，对吧？”

伊西丝没有理会他们两个，她伸出一只手，指尖一直伸到门槛的位置。

福纳克斯就像是要爆炸了一样瞬间膨胀起来，火焰充满了整个房间，就像一团愤怒的地狱之火，填满了小房间的每一个角落，但只能到敞开的门那里为止，就像有人从房间里把火焰喷射器的火喷在了玻璃窗上。

伊西丝一直伸着手，直到火焰变小，重新变回亚历山大之焰干瘦的轮廓，房间里回荡着它得意扬扬的笑声："我的力量带来煎熬，我的力量能够燃烧，我的力量无比强大！"

伊西丝把手翻过来，她的指尖红了，却并没有烧伤："它肯定不是幻象。"

芙莉亚忧心忡忡地皱起眉头，菲尼安则仔细地盯着藏宝室里面看。"为什么里面的东西都没有烧着？"他问道，"所有的东西都还好好地放在台子上。"

"那当然！"福纳克斯得意扬扬地说，"亚历山大之焰能自己决定烧什么。"它有些心虚地补充说，"除了纸，纸我是吃够了。书，书卷，莎草纸……这些东西我都不会再碰了。"它仿佛突然意识到承认这一点会减弱自己的威慑力，于是用一只蹿着火苗的胳膊指着菲尼安说："但是你！我会把你烧成一堆臭烘烘的渣滓！那边的那两个会像枯树枝一样燃烧。因为我是福纳克斯，众神的闪电！"

"你是个吹牛大王！"芙莉亚毫不示弱。

门又被撞了一下，这一下震得柜子上的玻璃直响。芙莉亚希望伊西丝能想出办法，所以想给她多争取些时间。或许她能引开福纳克斯的注意力。

"就你这种被抓起来关在这里的，说话的口气倒是不小！"她冲着那团火大声说，"你在这个地方窝了多久了？几个月？"

福纳克斯仿佛化身为火焰喷泉，一股火柱直直地猛冲上天花板，将天花板笼罩在一片颤动的炽烈光芒中。

"几年？"

"不要嘲笑一个时代的终结，"它怒吼着，"不要嘲笑古老东方的覆灭，所有文字的付之一炬！我烧过的东西比你能看过的多几万倍，你这个小书巫！"

她还没顾上还嘴，藏室那端的大门后面就传来了一声大叫。一开始，芙莉亚还以为是马杜克的人把门弄开了，但一声叫喊后面紧跟着的是声音越来越大的各种叫喊，听上去像是因为疼痛或对死亡的恐惧。

叫声从玻璃穹顶上反射回来，听上去就像将瓶子中的最后一点液体吸净时的那种声音，房顶上的玻璃也仿佛正在一种新的、非自然的压力下咯吱作响。

叫喊声突然就终止了，藏室笼罩在一片可怕的寂静之中，芙莉亚只能听见他们自己的呼吸，还有急促的心跳。

福纳克斯缩成了只有手掌大小的火苗，跳回了自己的小碗里。“那是什么？”它怯怯地小声说。

芙莉亚感觉胸口像是有什么东西被硬生生地撕扯了出来，并不疼，但是非常突然，所以她吓得尖叫了一声。鸟喙书也大声呻吟着，同时，伊西丝踉踉跄跄地跪倒在地，只有菲尼安仍然直直地站着。芙莉亚明白了，这是因为菲尼安没有感觉。刚才发生的不管是什么，应该都只有书巫或者因书巫能量而产生的东西才会有感觉。

“这是怎……”菲尼安看看伊西丝，又看看芙莉亚，话说到一半就生生截住了。

木头爆裂的声音再次传来，这一次比之前响好多倍，随之而来的是震耳欲聋的叮叮咣咣声。

“是大门那边！”菲尼安举枪跑过去。

“不要！”伊西丝想跳起来跟过去，但是刚迈一步就又瘫在了地下。芙莉亚也是那种感觉：有人吸走了她们的一部分书巫能量，她们需要时间才能缓过来。

伊西丝的蓝眼睛瞪圆了，芙莉亚跟她的目光交会时，不禁开始恐惧地思忖伊西丝是不是承认失败了。有人参与了进来，而这个人才一登场，就已经让所有抵抗的努力化为了乌有。

“来的是谁？”芙莉亚问道。说话的声调把自己都吓了一跳。“是马杜克吗？”

伊西丝摇摇头，似乎突然间马杜克变得不值一提。

小藏宝室里的福纳克斯已经缩得比一根手指长不了多少，成了昏暗房间里一簇微小的火苗。“可恶的书巫，”它结结巴巴地嘀咕着，“可恶的见鬼的讨厌的书巫！滚开，我可不想跟你们打交道！我是亚历山大之焰，我是埃及的灾难，是火焰之神。”

它继续这样小声嘀咕着，不过芙莉亚已经不再听它说的是什么了。她得做出决定：留在这里等着，还是跟上菲尼安去看看发生了什么事。

不过菲尼安听到伊西丝的喊声后已经停下了脚步，他返身回来，去扶伊西丝。“站起来，”他说，“你得帮芙莉亚离开这里！”看来他也注意到了伊西丝呆滞的眼神。

“我自己也能穿越。”芙莉亚说。

“不行，”伊西丝反对道，“不行，如果他不同意的话。”她挣扎着站起来。“他吸走了咱们的能量，现在他能用这些能量来对付咱们。”

芙莉亚朝前跑了几步，从收藏架的中间朝大门那边看过去。但是依然被很多放着书巫用品和制品的收藏柜挡住了视线，想要看清楚，就得离开其他人到更远的地方去。“是谁？”她因自己的一无所知而更觉恼火。

伊西丝摇摇晃晃地迈开脚步，走了几步后，步子便越来越快。愤怒的芙莉亚看看她，又看看小藏宝室的门。简陋的门洞黑乎乎的，只有一点微光能让人看到福纳克斯在什么地方。芙莉亚小心翼翼地朝那里挪了一步，随后又挪了一步。

“它能看到你。”菲尼安悄悄用唇语说出这几个字，并用表情恳求芙莉亚不要那样做。

芙莉亚慢慢靠近了那道无形的门槛，在那里，她又停了一下。福纳克斯缩在自己的小碗里，比一根火柴的火苗大不了多少。如果她从地上爬过去，匍匐前进，肚子贴着地，说不定那样它就发现不了自己。

芙莉亚又回头最后看了一眼身后，菲尼安边摇头边朝她走过来，手里比画着，但是已经太晚了。如果伊西丝要去拖住那个新来的对手的话，那么他们两个中间就得有一个人去拿圣堂地图。菲尼安不是书巫，如果有人能做这件事的话，那只能是芙莉亚。

她看看自己的心灵书，鸟喙书也冲着她抬起头。

菲尼安就要走到她面前了。

她听见伊西丝在架子后面的某个地方喊了一句什么，一个名字，但是芙莉亚没全听清。

她慢慢地蹲下，现在就得动手，时间不等人。工装裤大腿处的一个侧袋里装着穿越用的书，只要一拿到地图，她就能马上把图转移到安全的地方。但是菲尼安怎么办呢？如果伊西丝被缠住了，那么芙莉亚就是他活着离开这里的唯一机会。

菲尼安朝她伸出一只手，他阻止芙莉亚并不是为了自己的安危，这一点她很清楚。凯特曾经很多次骂菲尼安行事草率，但他这次是为了芙莉亚，因为他认为芙莉亚正在做一件极为愚蠢的事。

不过这样做是否愚蠢，可能早就不重要了。

芙莉亚正打算迈过门槛的时候，一阵狂风扫过藏室，将装着书巫用品的柜子像多米诺骨牌一样推倒在地，藏品之间被扫出了一条宽阔的通道。玻璃和各种容器伴随着巨响粉身碎骨，书巫的各种遗物到处乱飞。芙莉亚看到伊西丝站在第二个藏室的大门那里，门已经洞开，但她顾不上细看，那里还有个人，只有一个，不是她想象中的那种巨人，只是一个穿长袍的男人而已。那人朝芙莉亚这边看过来，他们的目光碰到一起时，那股狂风也已经扫到了她的眼前，菲尼安被甩到空中，朝芙莉亚飞过去，随着一声惊叫，他重重地撞上芙莉亚，然后摔在小藏宝室门口的地上。

芙莉亚则被撞得朝前摔出去，正好摔进黑漆漆的小藏宝室，飞了三四步远之后，一头撞在一个坚硬的东西上。跟福纳克斯下面那个柱子的一撞让她几乎昏厥。她昏昏沉沉地翻过身朝上面看去，她看见小碗的圆边，碗上面笼罩着金色的火光。

福纳克斯朝她烧过来时，一阵灼热淹没了她，火充满了整个房间。

10

火焰从小碗里直冲上天花板，一条火蛇扭着身体在天花板上蔓延开来，将芙莉亚上方的空气烧得火热。芙莉亚翻滚着，不顾疼痛和眩晕，眼睛只顾看向珍宝室深处那些放藏品的台子，同时也明白自己已经到不了那里了。虽然不过几米的距离，过去也就需要几秒钟而已，但如果她现在跳起来，火马上就会把她点着，活活烧死。

她匍匐着朝门的方向爬回去，热空气让她几乎什么也看不见，她闻到头发烧焦的味道，等她意识到这是自己的头发在燃烧时，几乎已经太迟了。她突然想起一件事，顿时慌乱起来。她飞速地爬回柱子跟前，鸟喙书躺在那里，脖子深深缩进封皮里，马上就要被点着了。

她抓起鸟喙书，同时看到自己的手背上腾起青烟。芙莉亚把书从头顶扔出门外，鸟喙书发出一声绝望的号叫，这次是因为芙莉亚，不过芙莉亚过了几秒钟才反应过来。她朝出口爬去，浑身冒着烟，耳朵里是福纳克斯大声的咒骂，同时看到菲尼安正从外面朝她扑过来，冲进热浪之中。他朝芙莉亚伸出双手，抓住她朝前拽。一股热浪从她头上卷过，烤焦了她的衣服和头发。这是警告，最后的警告。

“永远不许再回来！”菲尼安把芙莉亚从门槛上拽出去的时候，福纳克斯在他们身后大吼道。

下一秒钟，芙莉亚就呼吸到了清凉的空气，让她差点丧命其中的大火在外面这里一点也感觉不到，她的手就像红彤彤的蟹钳，但是没有严重的烧伤，只是发梢烤焦了而已。一股股细细的青烟从她的衣服上袅袅升起，身上的臭味让她自己都难以忍受。

她和菲尼安并排躺着，两个人这回都是脸朝上。

“伊西丝？”她问道，嗓子干得冒烟，她费力地抬起头。小藏宝室里又恢复了平静，福纳克斯变成了跳动的小火苗，给整个小藏宝室笼罩上一层古铜色的昏暗光线。

芙莉亚呻吟着支起身体，脸和手有种被阳光严重灼伤了的感觉，不舒服，但并不是特别疼。

菲尼安跳起来，朝她伸出一只手，他的眼睛并没有看向她，而是越过她的头顶看向藏室的大门。狂风已经停息，这时传来一股刺鼻的气味，很多书巫制品被马杜克泡在了酒精里，这时酒精正在从打碎的玻璃容器里流到地板上。

虽然并没有真的打起来，但整个藏室看上去就像是一片狼藉的战场。伊西丝和那个陌生人面对面地站在门那里，但是看不出他们是不是在说话。

“他们在干什么？”菲尼安小声说。

“咱们去看看。”芙莉亚朝那边走过去。他们绕了一个圈，绕过剩下的那些还没有倒的架子，中间已经被东倒西歪的家具堵死了，很多家具下面都压着那些绝无仅有的书巫藏品。

离门越近，他们越是能清楚地看到刚才发生的事情。地上一动不动地躺着至少二十个马杜克的手下，横七竖八地摞在一起，四肢扭曲，眼睛大睁，就像被碾碎后胡乱丢弃的玩具一样。就算堡垒里还有其他马杜克的手下，这时估计也都四散逃命去了。警钟停了，警笛也不响了。

伊西丝和那个男人之间隔着几米的距离，他们仔细地盯着对方。伊西丝背对着芙莉亚和菲尼安，那个陌生人的脸正好冲着他们，所以能看到他们走过来。他只是扫了芙莉亚一眼，却仔细看了看菲尼安。

“这么说是真的，”他对伊西丝说，“你真的跟他们混在一起。”

“难道这有什么让你吃惊的吗？”

“密报里提到了一点，模糊地给了些关于他们最近几次袭击的暗示，但是完全没有证据。你活儿干得够干净的，伊西丝，”他的脸沉下来，“你究竟杀了我们多少人来封锁你现在跟这些渣滓混在一起的消息？”

“你是怎么找到我的？”

陌生人掏出一只皱巴巴的折纸鸟，用手指拈着递到她面前：“半路逮到的。有的时候，我们比别人说得更能干。”

他穿着一件浅棕色麂皮长大衣，大衣下摆一直搭到靴面上。他的裤子也是皮的，上身穿着一件浅色衬衫，一件土黄色的背心。他就像是从某个西部小说里掉出来的书妖，一个上了年纪的带枪好汉。他系着一根皮带，心灵书装在皮带上的一个套子里，芙莉亚的爸爸以前也有这么一个套子。此外，他的脖子上还系着一条别着饰品的黑色围巾，花白的头发齐肩长，胡楂是白色的。芙莉亚觉得他应该有六十多岁了。这个人面容清瘦，但并不显得枯干，就这个年龄而言，他看上去还是异常精干的。

过去几个月里，伊西丝对自己当密探时的过往缄口不提，除非是对完成某个行动非常重要的时候，她才会透露一些信息。利用伊西丝提供的这些信息，他们找到了无人值守的逃跑路线，避免了正面冲突。但她从没提过在给亚当学院效力的那些年中打过交道的人。芙莉亚突然非常确定，眼前的这个男人就是伊西丝保持沉默的原因之一。

“伊西丝，”她尽量保持声音的平静，“他是谁？”

那个人轻轻地笑了起来：“你从来没有提到过我？我真不知道是应该生气，还是应该赞扬你的忠诚。”

听到“忠诚”两个字，菲尼安的脸色更阴沉了。芙莉亚希望他不会有朝这个陌生人开枪的想法，她能感到这个男人身上那股异常强大的书巫力。这个人的巫力比她自己的要强大许多倍，恐怕与伊西丝这个疲惫的七芒星书妖的也不相上下。

看到伊西丝对自己的那几句话毫无反应，他又补充说：“你不应该背叛我们，你让我们非常失望，我们每一个人，尤其是我。我始终没有想明白自己怎么会看错了你。”

“你让我别无选择。”

“你曾经拥有的可不仅仅是一个选择，而是前途！”

男人用眼角的余光扫了一眼芙莉亚。

“看看你现在都在搞什么？被一群小毛孩缠着，他们以为就这种蚊子叮几下一样的袭击就能掀起革命了。”看见菲尼安想动手，他冷冷地笑笑，把一根手指放在嘴唇上，嘴唇无声地摆出一句话：别动！菲尼安果然放下了枪。男人接着对伊西丝说：“你就教给了他们这个？让他们以为自己有机会？”

伊西丝回头看着芙莉亚。“快走，”她说，“离开这里！”

芙莉亚和菲尼安先是愣愣地看着她，然后又看着那个男人。谁都没有动。

“我可以让这两个人走，”陌生人说，“以此来表示我的诚意。”

芙莉亚深深吸口气，看着那个陌生人的眼睛：“您是谁？”

他半是讥讽半是生气地打量着芙莉亚，还没来得及说什么，伊西丝就抢先开了口。

“阿提库斯·阿博加斯特。”伊西丝说。“我接受密探训练时的老师。我的……”话说到这里，她迟疑了一下，同时放低了声音，“……我在勒卡雷中学的指导老师。”

芙莉亚抬起一边的眉毛。“你们用约翰·勒卡雷的名字给密探学校命名？那个间谍小说作家？”

“我们是亚当学院的，你可以不喜欢我们，但我们跟你一样喜欢书，而且肯定比他更喜欢书。”阿博加斯特说着，朝菲尼安的方向摆摆头。“想没想过你可能站错了阵营啊，小姑娘？”

“阿提库斯·阿博加斯特。”菲尼安慢慢地重复道，目光和声调中有着毫不掩饰的恨意，他猛地举枪瞄准。

但是反击来得太快，芙莉亚来不及看清究竟发生了什么。菲尼安突然朝后飞了出去，枪也脱手了，但他并没有摔在地板上，而是被抛到了一面看不见的墙上，被慢慢地向上推去，同时喉咙也像是被什么东西掐住了。菲尼安的双手在脖子上抓着，但并没有找到什么能够掰开的东西。他最后停在离地一米多的空中，就像挂在从天花板上垂下来的绞索上。他的脸先是涨得通红，然后是变紫，为了不窒息而死，他在垂死挣扎，嘴里发出痛苦的咕噜声，腿慌乱踢动的速度也开始变慢。

“阿提库斯！”伊西丝大吼道，“放开他！”

芙莉亚迅速地盘算着是不是应该跑过去，从下面去够菲尼安的脚，但是她的直觉占了上风，她手里的鸟喙书发出一阵哗啦啦的声音，几乎在同时便分离了一页书页之心。

看到芙莉亚干净利落的动作，阿博加斯特皱起了眉头。但是当芙莉亚不假思索地朝他这边发射出一股足以致命的冲击力时，他也只是淡淡地笑了笑。他自己的心灵书还插在皮带上的书套里，书自己打开了一条缝，耀眼的光从书页之间透出。阿博加斯特根本不用亲手打开书就能使用书的能量。

冲击力扫过伊西丝身边，带得她转起圈来，但是力道还没有到男人跟前就已经消散了。芙莉亚气得大叫一身，又发动了第二次攻击，这一次还伴随着一道闪电。闪电将阿博加斯特头顶的玻璃穹顶打出了一个洞，碎玻璃像冰雹一样落在阿博加斯特身上。阿博加斯特站在纷纷落下的碎玻璃中，丝毫不为所动，仿佛那只是夏天的雨，他毫不费力地就击退了第二次的攻击。

在芙莉亚身后，菲尼安摔在地上，开始边咳边吐。芙莉亚朝菲尼安跑过去，扶住了他，他逐渐恢复了呼吸。这时，芙莉亚看见了手枪，她捡起枪，放在手里掂了掂。

“给我！”伊西丝对她喊道。

“别……”菲尼安喘着粗气说。

芙莉亚已经看出阿博加斯特不会任由他们继续攻击，假如伊西丝还没有使用她的最强武器，没有分离她胸口中的书页之心，那就最好不要继续做会让这个人还手的事。

她默默地将银色的手枪扔给伊西丝，伊西丝轻巧地接住枪，塞回了枪套里。

“那么你又是谁呢？”阿博加斯特冲着芙莉亚的方向问道，碎玻璃像冰晶一样在他的肩膀上和头发里闪闪发光。见芙莉亚没有回答，他耸耸肩。“你的事回头再说。”

芙莉亚俯身趴在菲尼安耳边问：“你认识他？”

菲尼安的眼睛布满血丝，不过他受到阿博加斯特攻击之前的样子就已经很惨了，在马杜克的堡垒里过的这几个月给他留下了很多印迹：“他是亚当学院的头号密探……据说特别受坎多斯家族的重用……他杀了我很多朋友……”

“是恐怖分子。”阿博加斯特说，他听到了他们小声的对话。

阿博加斯特无动于衷地站在马杜克手下的死尸中间，好像完全不担心会有其他打手从他背后偷袭。或许他真的把地下之王大本营里的打手都杀光了。

特别受坎多斯家族的重用。坎多斯是领导亚当学院的三大家族中势力最强的，另外两个分别是西摩尔家族和罗恩穆特家族，这两个家族的地位相当。多年以来，操纵亚当学院的主要是坎多斯家族。这个家族唯一的女继承人丽薇娅·坎多斯相当于亚当学院委员会的发言人。她娇俏的面容是亚当学院用来隐藏自己冷血本质的最阴险的假面。

从阿提库斯·阿博加斯特倨傲的态度上看，他跟三大家族的关系一定非同一般。不过，让芙莉亚目瞪口呆的是另外一件事。

"所有这些人，"她指着那些尸体说，"都是马杜克的手下，听说马杜克掌握了圣堂地图，所以能够左右亚当学院。如果马杜克看到这一切，他会怎么做？"

阿博加斯特好像觉得这话很有趣。"真正的圣堂地图从来就不在这里，"他傲慢地说，"那不过是我们给你们准备的谣言而已。马杜克玩得实在很投入，作为回报，我们把整个管制区都交给了他。说实话，关于你们的力量究竟有多大，这个我是瞒了他一些的，因为我不希望他采取的防护措施太过分了。他可能得重新找一些杀手，但是我想这点事他能应付。"

"里面那张图不是真的？"伊西丝脱口问道。"这不可能，我们的线人……"

"你真的不记得人是有多么容易被摆布了吗？"阿博加斯特截断了她的话，"他们多么容易相信书上写的故事，或者我们告诉他们的话？我们知道，只要我们放出足够多关于地图的消息，你们迟早会出现在这里。"

菲尼安看上去就像喉咙上依然勒着那根无形的绳子。三个月，芙莉亚心想，他在这个地狱般的地方待了三个月，最后不但两手空空，还换来了阿博加斯特将要杀光他们所有人的结果。

菲尼安的脸上闪过一丝表情，芙莉亚几乎以为他是在微笑，但随即发现菲尼安既没有看她，也没有看阿博加斯特。他的目光定定地看着中间那个藏室里的什么东西，在伊西丝的老师和满地尸体后面的什么地方。

“不要！”她正想看过去时，菲尼安小声说，他把手按在芙莉亚的手上以示警告。

阿博加斯特又转向了伊西丝："你曾经是我最得意的学生，但是你背叛了我，单为这点，我就应该干掉你。但是我来这里不是要跟你动手的，我需要你的帮助，伊西丝，这是唯一的理由。有些事……”

一声清脆响亮的叫声盖过了他的声音，紧接着，两个人影从房顶朝阿博加斯特扑了过来。

那是两个站在滑翔书上的怒气冲冲的女孩。

11

阿博加斯特的身子旋转起来，朝两个姑娘甩出了一股骇人的冲击力。

苏梅贝拉猛一拐弯，重重地撞上凯特，将她推开。凯特大叫一声，脚下的滑翔书失去了控制，掉到了一组一人高的作喝茶状的啮齿类动物标本后面。

苏梅贝拉自己要躲开攻击就只剩下一个办法。她在飞行途中跃起，一个后空翻，叉开双腿轻巧地落在地面上。滑翔书则继续向前，直直地冲阿博加斯特飞过去，他手一挥就抓住了它。他双手捏住滑翔书，那书像只鸟一样无助地抖动着。芙莉亚以为他会把书撕碎，但他只是轻轻地合上书，并把它放在面前的地上，书就一动不动地待在那里。

阿博加斯特发射出的那道力击中了中间藏室的玻璃穹顶，随着震耳欲聋的轰隆声，玻璃迸裂，碎片像倾盆大雨一样落在展品上。

“凯特！”菲尼安摇摇晃晃地直起身子。

苏梅贝拉快步来到凯特跌下去的地方，芙莉亚看不到后来两个人如何了，一阵烟雾腾起，遮住了她的视线。

“阿提库斯，”伊西丝用几乎是从容不迫的声音说道，“让他们走，然后咱们再谈。”

芙莉亚往门口走过去。“你不走，我也不走。”

“别傻了！”伊西丝说话的时候，眼睛一直盯着阿博加斯特。

菲尼安跑了起来。

“阿提库斯。”伊西丝又说了一遍，声音中带着警告。

一时间，芙莉亚以为阿博加斯特会拦住菲尼安，并将心灵书中的全部力量甩向菲尼安。这两个人是死对头，所以只可能是这样。但阿博加斯特只是在菲尼安就要跑到门那里的时候，摆出了一个邀请的手势，就像是在大方地摆手邀请菲尼安进入另外的那个藏室。菲尼安一言不发地从他身边跑过，跑到灰尘中凯特和苏梅贝拉消失的地方。

“你想要什么？”伊西丝问自己曾经的老师。

“不要继续做傻事，跟我走。”阿博加斯特回答说。

“我在这里所做的事是我全心全意所信奉的，这样的话你敢说吗？你想过这种问题吗，还是说你只是在盲目地服从那几大家族？”

早在十九世纪，亚当学院还被称为绯红厅的时候，领导书巫的是五个家族，后来安提夸家族和罗森克罗兹家族被排挤，几乎被完全消灭。芙莉亚的祖先是罗森克罗兹家族最后的族裔，他们逃到英国科茨沃尔德的一个隐秘山谷里，改姓为费尔菲克斯，在那里开始了新生活。剩下的三大家族——坎多斯、西摩尔和罗恩穆特——联合组成了亚当学院，用严苛的法律继续统治着书巫世界。

阿提库斯·阿博加斯特是自那以后所有歪风邪气的集中体现，他代表着一种独裁，以及隐藏在对书本的热爱后面的权力欲望。

伊西丝问得没错：他自己信奉的还是当初七芒星要用书来创造一个更美好的世界的理念吗？他所在意的真的还是曾经的那个书巫世界吗？还是说他自己的信念早已像七芒星创造出来的很多其他东西一样褪去了颜色？

“我需要你的帮助。”芙莉亚走到伊西丝身旁时，他还在对伊西丝说。

“我的帮助！”她重重的语气听起来像是在讽刺。

“我并不想求你帮忙。”

伊西丝嘲笑他说：“你以为我不知道你这几个月一直在跟踪我？我的线人没有全部保持沉默。你让每一个人知道，你要因为我做过的那些事杀掉我。”

他缓缓地点点头：“我这么说的时候的确是这样想的。你是个叛徒，伊西丝。干我们这一行的，没有比背叛更严重的罪行了，这一点你跟我一样清楚。叛变投敌的密探……”

“我已经不是密探了。”

他一言不发地盯着伊西丝看了一小会儿，然后轻轻地叹了口气：“你走之后，有些情况不一样了。长久以来像板上钉钉一样的事情都开始变化。我来找你不是为了惩罚你。”

三个人影从一团团灰尘中钻出来。

“我来这里，”阿博加斯特说，“是因为我需要你的支持。”

凯特稍微有点瘸，但是走路的时候身体挺得笔直。菲尼安搀扶着她，至少看上去，她的伤不重。

“我曾经很生你的气，”阿博加斯特说，伊西丝还是没有说话，“但是我并不恨你，仇恨是愚蠢的，也没什么用。你应该知道，你的朋友们搞出来的这种小打小闹的反抗是不会有结果的。如果不抓住最后的机会，你会跟他们一起走向失败。”

芙莉亚看到苏梅贝拉打开了心灵书，她试图用警告的眼神阻止苏梅贝拉再向阿博加斯特发动攻击，这一次，那个密探一定会干掉他们的。说不定他早已觉察到背后正在发生什么。

芙莉亚想好了，她准备去帮助苏梅贝拉。鸟喙书感觉到她绷紧了身体，就发出了呼噜呼噜的声音。

但就在这时，菲尼安碰了碰苏梅贝拉的胳膊，轻轻地摇了摇头。芙莉亚明白他为什么要这样做：菲尼安想知道伊西丝会对阿博加斯特的提议作何反应。经过这几个月，难道他还是这么不相信伊西丝吗？

“这里的这个人并不是你，”阿博加斯特的声音平静，几乎充满了善意，这让芙莉亚的脊背一凉，“你曾经是我最好的密探，几乎单枪匹马就镇压了雷文斯科特庇护所的起义。还有大仲马公园的战斗？你忘了咱们的胜利了吗？”

这些芙莉亚都没有听说过。亚当学院一直不承认有反抗他们统治的起义，但是阿博加斯特列举的这些毫无疑问是对各个庇护所的平民展开的行动。

“你先让他们走，”伊西丝的声音听上去就像是在互相摩擦的冰山，“然后咱们再谈你想让我做的事。”

“不！”芙莉亚抓住伊西丝的胳膊。“你不要听他的！他在骗你……”

伊西丝摇摇头：“到目前为止，他说的每一个字都是真的。”

“确实有过一些关于大仲马公园的流言蜚语。”苏梅贝拉说。

“还有关于雷文斯科特的。”菲尼安气愤地说。他身边的凯特看上去依然十分虚弱，但她很认真地看看这个人，再看看那个人。

伊西丝看了芙莉亚一眼，她的眼睛中闪过一道光：“带上你的朋友们走！打开门，离开这里！”

“他们也是你的朋友。”芙莉亚说。

菲尼安、凯特和苏梅贝拉在阿博加斯特身后不到十步远的地方停下脚步。

“我需要你的帮助，”阿博加斯特再次对伊西丝说，“如果你仔细听我说，那你就会明白，事情不仅仅是这里的这一点。”他说的是一片狼藉的马杜克藏品吗？还是指整个书城？

“伊西丝，求你了！”芙莉亚恳求道。

“赶紧走！”伊西丝用粗暴的声音对她说。

阿博加斯特轻蔑地看了芙莉亚一眼：“你应该按她说的做，小丫头，否则我也许会想要搞清楚你姓什么，还有所有那些你在意的人的名字。”

芙莉亚小心翼翼地摸索着自己的心灵书，想倾尽全力给这个人一击。

“走！”他命令道。“我只说这一次。”

“他饶了你们的命，”伊西丝说，“不要放弃自己的生命，芙莉亚。”

苏梅贝拉朝芙莉亚伸出一只手：“来。”

眼泪刺痛了她的眼睛，不管当初在雷文斯科特和大仲马公园发生了什么，那都是很久以前的事了，伊西丝已经不一样了，她的力气一旦恢复，会比这个可恶的老男人更加强大。为什么其他人会认为伊西丝会再次改变阵营，只是为了……

随后她就明白了。

为了救她，还有其他三个人，但首先是芙莉亚。

“不要为我们这样做，”她小声说着，经过伊西丝身边的时候，摸了摸她的手，“不要为了我这样做。”

“芙莉亚，来吧。”这回是凯特，连她都认输了，这个平常从不肯低头的人。“咱们走吧。”

芙莉亚像梦游一样从阿博加斯特身边走过，她能感到鸟喙书在轻轻地啄着自己的手，以示安慰。碎玻璃在她脚下咯吱咯吱地响着，她从那些死人身上跨过去，这些人面对阿提库斯·阿博加斯特的时候，一点还手之力都没有。他们所有人都一样。

苏梅贝拉给自己和菲尼安打开了一扇穿越门，芙莉亚另外开了一扇，用来跟凯特一起穿越。几秒钟后，她们就将回到费园的书窖里，那是另一个庇护所，与伊西丝远隔千山万水，伊西丝之后就只能靠自己了。

芙莉亚又最后回头看了她一眼，这时，她身旁亮起了一片紫色的光芒，苏梅贝拉和菲尼安的轮廓已经模糊。她迟疑了一下，不过凯特已经抓起了她的左手。鸟喙书在她的右手中打开，竖起一张书页，纸页从中间分开。一切都没有等她动手。

伊西丝又看了她一眼，芙莉亚不知道她的眼神是什么意思。或许她也只是在害怕最后也最为彻底的失败。

芙莉亚将精神集中在书页之心上，开启穿越门不容易，但这次她没有时间怀疑自己。

从书页内部射出的紫色光芒反射在凯特的眼睛里，包裹住她们，将她们带走了。

12

她们掉进了隐页世界的虚空之中。芙莉亚很快就发现这次穿越的时间格外长。

穿越刚开始的几秒钟总是最难受的，不管是在普通世界中完成穿越，还是在庇护所之间开启穿越门。开启穿越门要比用穿越术更费力，并且用穿越门只能到书巫本人曾经去过的地方。不同于穿越术的是，用穿越门不需要一模一样的书作为辅助。但不管是穿越术还是穿越门，都要穿过书巫世界中的一片虚空，就像穿越星际之间的真空地带。

每一次穿越开始的时候，人的身体都像是被分解成了不同的部分，有时，芙莉亚能看到自己像一个幽灵一样飞走，总担心会赶不上自己。

她看不见凯特，但是能感觉到她就在附近，离开书城的时候，她们的身体分子仿佛混合在了一起，在路上才又分成两个独立的身体。

她的思想在努力捕捉这个不可思议的分解过程，赋予它形状和颜色。有的时候，她会觉得这个世界的书页就像一堵堵半透明的墙，上面写着如山峰一般高大的字母。随后又只剩下由紫色光点组成的一团雾气，人就像是掉进了一团四溅的火花中。

过了一会儿，混乱的意识开始变得清晰，周围的混沌重新呈现为固定的形状：她不断往下坠落，这时，她看到了一些巨大的网，结构如同蜻蜓翅膀，又仿佛褶皱的窗帘，闪着金光的折痕一直朝下延伸到虚空之中，让深渊有了一种模糊的空间感。这些网看上去几乎都遥不可及，就像是巨型坑道的坑壁，而她们正在用不可思议的速度穿过这个坑道。然后，突然会有一张网近到仿佛能碰到芙莉亚的皮肤，宛如晴和秋日里的蜘蛛网。

如今她已经知道，看到网就说明自己已经开始适应了坠落的感觉，可怕的坠落感变成了失重状态下的飘浮感，因为她们下方空无一物。既没有迎面扑来的风，头发也不会呼呼飘动，就连耳边都听不到一丝声音。

等到周围的环境开始固化，变成由轻雾般的金色的网组成的世界时，她看到了凯特。凯特脸朝下飘在她旁边，就像跳伞的人，随时准备打开降落伞。凯特那穿着红白条纹紧身裤的双腿微微弯曲，胳膊向两边伸开。芙莉亚依然拉着她的手，但也不过是轻轻搭着而已。她们两个已经共同开始，也将共同结束这段旅程，因为在坠落的过程之中要分开是不可能的：如果书巫将普通人带进穿越门，那么在到达终点前，他们都是一个整体，除非将他们强行分开。

“咱们不是很快就会到吗？”凯特喊道。

“是的，应该是。”

由于隐页世界里没有声音，所以想让别人听见自己的话，并不需要大声喊叫。凯特不是书巫，虽然她已经进行过几次穿越，也进过几次不同庇护所之间的穿越门，但她还是难以适应这样的状态。哪怕是芙莉亚，虽然进行过各种练习，但有些时候的穿越也会显得比另一些时候更困难。

她其实应该认真琢磨一下凯特的话。爸爸曾经提醒过她要小心书巫穿越术的不确定性，苏梅贝拉也这样说过。发生过那么多事情之后，她有可能犯了个错，某种愚蠢大意的错误，会让她和凯特永远朝着深渊坠落下去，就像夹在古老书籍中的树叶一样，被遗忘在隐页世界里。

“嗨！”凯特大声说道，指指斜下方。“你看见那个了吗？”

芙莉亚眯起眼睛看向那团颤悠悠的金色光芒，正想摇头，突然发现了一些黑点。在深渊上方还飘着一些，它们正在从虚空中向下跌落——不对，它们不是在向下跌，而是挂在皱巴巴的网上，就像蜘蛛挂在窗帘的褶皱里，紧紧地扒在网上，正在朝上爬。

“那是人吗？”凯特问。

“难说。”

“他们的速度快极了，很熟练的样子。”

芙莉亚使劲眯着眼睛，好辨认那些东西是什么。他们的数量很多，至少有二十个：“有些人生活在隐页世界。隐居的人。爱书成瘾的人。”

这时，芙莉亚感到了些什么。下面那些并不是书巫，但是她发觉他们带有书巫力。他们的移动方式不像人类，顶多也就是外形有点人而已。其中几个扭动着身体，灵活地在网眼间呈之字形前进，就像爬墙的蜥蜴。

突然，坠落的速度感又出现了，像噩梦一般无休止的坠落。芙莉亚认出那些是什么的时候，顿时浑身冰冷。

“墨妖。”她小声说道。

凯特面无表情：“我的歌德啊！”

“你从来都没有看过歌德！”

“但是我喜欢这样说。”

她们离那挤挤挨挨的一大群还有相当一段距离。它们开始有节奏地移动，伸展上半身，然后又缩成一团。看它们重复了几次之后，芙莉亚明白它们在做什么了：它们让网荡了起来，前后摇动，好甩到两个女孩掉落的轨道线上。其中几个墨妖抬起头来看着她们。

芙莉亚冷汗直冒：“你听说过墨妖，对吧？”

凯特撇撇嘴：“知道的不多。我们的人在永夜庇护所跟它们动过手，有一些逃到隐页世界里来了。”

“我爸爸提到过它们，但是没有详细讲过，他说我们小孩听了会做噩梦。”

“就这些？”

“它们会杀死咱们，但是下手之前会先随心所欲地把咱们折磨个够。”

“它们聪明吗？”

“鬼点子很多。”

凯特脸色一变，不说话了。

亚当学院曾经禁止大家写有关永夜庇护所的事，四十年来，没有一部关于那场战争的正规书籍出版。也许有些地下出版物，偷偷地在书城买卖，但是没有一本流入费园。芙莉亚知道的那些书架上一本也没有。她真应该认真听听伊西丝的养父塞雷斯蒂安讲的那些关于战争的故事。但塞雷斯蒂安也没怎么讲过墨妖的事，至于它们会怎么折磨落在它们手里的人，就更没有讲过了。即便是对于参加过永夜庇护所之战的老兵而言，有些回忆也是非常痛苦的。

芙莉亚和凯特继续飞速地向下跌落，她们和墨妖埋伏的地方之间的距离每一秒钟都在缩小。要不了多久，她们就会落到墨妖埋伏的地方。

“你知道最糟糕的是什么吗？”凯特问。

“咱们会死？”

“是我不能告诉菲尼安再见到他我有多高兴。我当时只说了一句：我觉得我的尾巴骨断了。就我对他的了解，他会在致悼词的时候提到这句话。”

“想开点：假如墨妖折磨并且吃掉了咱们，那大家就不会觉得这件事那么尴尬了。”

那些黑影现在已经把网荡出了一定幅度，如果芙莉亚和凯特继续朝下跌落，墨妖就能够到她们了。显然，这些墨妖很会用这种方式抓穿越的人。网荡开，又荡回来，再荡开，又荡回来。

“它们不是第一次这么干了。”

芙莉亚把胳膊和腿伸得更开，以便控制掉落的方向。肯定是哪里做得不对，因为她翻了个跟头，转了两圈，突然变成了脊背朝下，身体半蜷着的姿势。凯特抓住她的手，又拉着她的胳膊，把她拉到自己身边，帮她重新翻回去，她们的动作就像失重状态下的宇航员一样笨拙。

“你能把咱们从这里弄出去吗？”她气喘吁吁地问。“再开一扇穿越门，随便去哪儿。”

芙莉亚摇摇头：“我还从来没有试过，不知道行不行。”

她的右手还抓着心灵书。鸟喙书死死地咬着她的袖子。这时，鸟喙里发出含混不清的声音，它想说什么，但是又不肯张嘴。

“哼哼哼——哼。”

“什么？”

“哼——嘻。”

“说清楚点！”

它万分不情愿地松开嘴，蹦出两个字——“可以！”——然后马上又死死咬住了衣袖。

“那好啊！”凯特朝她这边喊道。“试试吧！”

墨妖不再四处乱爬，现在所有的墨妖都静静地用同样的节奏将上半身抬起、放下，黑乎乎的模糊轮廓现在逐渐变成了奇形怪状的东西。它们的皮肤上覆盖着斑斑点点的黑色和深蓝色，就像水中破碎的色块。正因如此，书巫们在永夜庇护所第一次碰到这种生物的时候，才给它们起了墨妖这个名字。墨妖心狠手辣，效忠于书巫们的对手，对于这个对手，人们的了解比对他的那些走狗的更少。

墨妖被击退后，书巫们离开了永夜庇护所，同时毁掉了所有去往那里的通道。半年前，为了流放七芒星，伊西丝打开了一扇通向那里的穿越门，这件事显示出伊西丝的强大巫力，比芙莉亚当时意识到的还要强大很多。除了伊西丝，几乎没有人能够做到这一点。

网朝她们荡过来，又荡回去。

随后又荡了过来。

“做点什么！”凯特的声音都变了。

“哼哼哼——哼。”鸟喙书含混不清地说。

芙莉亚嘴上骂着，放开了凯特的手，一把从袖子上扯开鸟喙：“快告诉我该做什么！说清楚点！”

“什么也不用！”鸟喙书叫道。

网又荡了过来，再过几秒钟，她们就将落到那群怪物的面前，前面的几只墨妖向她们伸出胳膊，芙莉亚已经能看到它们可怕的脸了。

“什么也不做？”芙莉亚大惑不解。“你应该……”

突然间她感觉到了，那是身体内部的一种拉力，身体和精神的分离，以及与身边凯特的合而为一。

“我们……”这是她最后听到的话——鸟喙书沙哑的声音。

然后就是寂静。

紫色的光亮起，像气泡一样包裹住她，透过紫光，她看到墨妖们靠过来，二十，也许是三十只，它们高高地伸起胳膊，黑洞洞的嘴巴大张着。

之后，光亮猛地变为黑暗——她们随即重重地落在石头上。凯特叫起来，鸟喙书的叫声更大。只有芙莉亚一声都叫不出来。

她旁边的暗处逐渐显现出塞得满满当当的书架，还没等她的精神解除警报，鼻子就已经辨认出了那种气味，那种最美好的味道。

她们回来了，到家了，回到了费尔菲克斯庄园的书窖里。

13

在光秃秃的白炽灯泡的照耀下，芙莉亚试着平复自己的心跳。吸气。呼气。吸。呼。

墨妖的影子还在她眼前晃动，那些扭曲的面孔，带着黑蓝斑点的瘦削的身体，像人，又不像人。她合上眼睛，摇摇头，但是那些画面却更加清晰地向她扑来。那张网又朝她荡了过来，网眼里的那些东西又朝她伸出了爪子，残缺的牙齿，漆黑的舌头。

她猛地睁开眼睛，希望眼前的景象能冲走回忆。映入她眼帘的是一个书架最上面的几层。她正仰面朝天地躺着，头顶上是白炽灯泡，左右两边都是书架。纸张、皮革和故事的味道就像一张温暖的棉被包裹着她，对她表示欢迎。

“你做到了！”一个熟悉的声音说，声音很近——这下芙莉亚明白了的，她后脑勺下面枕的是凯特的大腿。凯特正在用袖子帮她拭去额头上的冷汗。

有什么东西在拧芙莉亚的腰。

“我在这里，”一个闷闷的声音说道，“真是太丢脸了，这叫什么事。”鸟喙书的声音听上去快要哭了，“我可不该受到这样的待遇！干这么多的苦差事！”

芙莉亚试着坐起来，她感到头晕、恶心。凯特扶着她的肩膀。

“喂！”鸟喙书喊道。“你正坐在我身上呢，我的老天爷啊！”

她的手往下摸去，摸到了小红书的一个角，把它从身子底下拽了出来。鸟喙书的喉咙吱嘎作响，像一个马上就要昏倒的老女仆一样摇晃着。

“抱歉，”芙莉亚说，“不是故意的。”

鸟喙书气鼓鼓的，嘴里不停地嘟嘟囔囔。

“你怎么样？”凯特问道。

鸟喙书像个弹射娃娃一样滔滔不绝地抱怨起来：“我还能怎么样？你自己到别人屁股底下去躺躺看，忍受着被捂死的痛苦，被所有人遗忘……”

“不是问你！”凯特打断它，将神情呆滞的芙莉亚轻轻朝自己扳转过来。“我问的是你。”

“一会儿就好了，我不知道自己会觉得这么累。”

“这很正常，”有人插进来说，这个人在凯特背后的狭窄通道里，“因为在太短的时间内使用了太多的书巫力。”

凯特朝旁边让了让，芙莉亚看见了她背后的苏梅贝拉。苏梅贝拉也躺在地上，双膝弯曲，头枕在菲尼安怀里。她长长的白发凌乱地搭在菲尼安的腿上，扑散到地面上。他们两个应该是不久之前回到这里的。

“你们看到它们了吗？”芙莉亚用干涩的声音问道。

苏梅贝拉用胳膊肘支起身子，菲尼安朝一旁挪开了些，他应该是看到了凯特妒忌的眼神。苏梅贝拉正要回答芙莉亚的问题，菲尼安已经站起身，朝凯特走了过去。他在凯特身边蹲下，把她拉进自己怀里。“太好了，你们也回来了。”他温柔地说。

“看到什么？”苏梅贝拉问道。

“墨妖，好多个。”

菲尼安和苏梅贝拉互相看看。“没有，”苏梅贝拉摇摇头说，“墨妖？你们确定吗？据说这东西已经很久没人见过了。”

“我不知道它们如果不是墨妖还能是什么。”

“丑陋的怪物，”凯特说，“皮肤上有蓝黑色的斑点，就像是喝过墨水之后的舌头。”

“我们差点儿被它们抓住，”芙莉亚自豪地摸了摸心灵书的鸟喙，“但我们比它们快了一步。”

“嗖嗖地走了！”鸟喙书大声说道。“在最后关头逃出魔爪！”

芙莉亚微笑着把书搂在怀里：“你让它们见识了厉害！”

“还有你！”鸟喙书温柔地啄啄芙莉亚的鼻尖。

他们所在的地方是书窖前部的走廊，离出口的铁门只有几米远。多年来，铁门上已经被人敲得朝外鼓出了一个包。走廊很狭窄，从这个位置开始一直朝岩石深处伸进去了好几英里，中间有无数的分岔。装满了书的隧道像迷宫一样，弥散的书巫力将这个地方变成了一个庇护所。

以前这里曾经是一个罗马式宅邸的地下墓穴，宅邸坐落在风景如画的科茨沃尔德地区，这是英国南部一个绿草如茵的丘陵地带。芙莉亚的祖先借助强大的书巫力才将地下墓穴改建成书窖，从那之后，书窖又自己向岩石里继续扩展，并神奇地让里面装满了书。

芙莉亚去过很多通道里探查，但也只见过其中很少的一部分通道而已。主要通道的顶上垂下电线，挂在电线上的白炽灯泡晃来晃去。其他所有隧道里都是一片漆黑。

“怎么没有人放咱们出去？”凯特指指铁门。“其他人知道咱们已经回来了吗？”

书窖的大门在费园的一个地下室里，出于安全考虑，这扇门只能从外面打开。艾瑞尔是那些藏身在费园里的书妖的领袖，他在门外安排了岗哨，这些岗哨的任务之一就是放那些回家的人出来。

芙莉亚看向苏梅贝拉："你们给他们发信号了吗？"

"还没有。"

大门边有个锤子，用锤子在铁门上敲几下，就能让外面站岗的人知道他们已经回来了。

"等等。"芙莉亚正准备站起来的时候，菲尼安开口说。他和苏梅贝拉互相看了看。

凯特皱起眉头："怎么了？"

一只正在书架上吃灰尘的折纸鸟抬头看了一眼。自从芙莉亚战胜了霉鳐，大部分的折纸鸟就退回到了书窖的深处。在门口这里只能看到零星的几只。

"咱们是不是应该先统一口径？"苏梅贝拉说，"关于刚才发生的事。伊西丝的事。"

"统一口径？"芙莉亚将心灵书塞进工装裤上大腿位置的一个口袋里。"统一什么口径？咱们不是都在现场吗。"

"她背叛了咱们，"菲尼安说，"虽然这样说可能让你感到不愉快。"

"她救了咱们的命！"

"那她为什么不至少试着跟阿博加斯特较量一下？"

"也许是为了避免让大家陷入危险？"

"你知道吗，芙莉亚，"苏梅贝拉说，"伊西丝赞同咱们偷偷进入马杜克大本营的计划。别说得像是她在多么费心地要避免咱们中的谁陷入危险一样。"

"马杜克的所作所为你们可能听都听不下去，但是我见过，"

菲尼安说，“而且这些事伊西丝从一开始就知道。你可别说她是因为担心咱们才不得不那样做的。”

凯特默默地看着菲尼安，想到他可能经历过的事，她的脸上布满了忧伤，但又因为菲尼安站在苏梅贝拉那一边而面露不满。

芙莉亚努力让自己的语气保持平和。“咱们都清楚可能会发生的事，”她并不想这样轻描淡写地说起菲尼安过去三个月中的经历，但是她不能让伊西丝无端端地被指责，“咱们每个人都同意去那里取那张可恶的地图。”

“一张根本就不在那里的地图。”苏梅贝拉提醒道。

“你是什么意思？”

“咱们至少应该想想，伊西丝是有可能知道这件事的。”

“胡扯！”

苏梅贝拉站起身，靠着一个书架站着。“她并没有表现得很意外。你发现了吗？”

芙莉亚也站了起来，但是她起得猛了些，所以打了个趔趄。凯特搀住她的胳膊，但是芙莉亚气愤地甩开了她的手：“你们不会真的认为伊西丝背叛了大家吧！想想她这段时间里为咱们做过的一切！”

苏梅贝拉和菲尼安又交换了一个眼神。两个人这种亲昵的举动让芙莉亚和凯特一样愤怒，虽然两个人生气的原因不一样。

“阿博加斯特是冲着她去的，”苏梅贝拉说，“这是他自己说的。出于某种原因，他还是非常倚重伊西丝，所以才放了咱们。甚至包括几个月来一直被悬赏捉拿的菲尼安。难道阿博加斯特对这些都不在意，就是为了接近伊西丝？你不觉得这事很奇怪吗？”

她一边觉得应该客观地看待苏梅贝拉的理由，或者至少应该给他们一个质疑的机会，但又实在觉得难以接受。“伊西丝跟咱们在一起六个月了。她……”

“她经常一个人去伦敦。”菲尼安打断了她。

“因为她爸爸在那里——而且是她爸爸在用自己的钱维持着大家的生活！天哪，菲尼安！”

“她多年来一直跟父亲断绝联系，现在突然开始去看他了——多久去一次？一周一次？”

“这是她自己的事，”芙莉亚看到菲尼安想要反驳，就飞快地抢过话头，“先不说这个。假如她真的跟阿博加斯特串通一气的话，为什么还要这么麻烦？她只要给阿博加斯特递个消息，跟他秘密见面就可以了。”

“可能之前还没到那个程度，”苏梅贝拉说，“也许她是一步步背叛咱们的。”

“那你们认为她在伦敦都干了什么？”

“在伦敦——或者说是在书城，”菲尼安说，“她可以在那里了解局势进展，或许她还告诉了阿博加斯特咱们的计划。难道只有我觉得折纸鸟这件事很奇怪吗？阿博加斯特说是他逮到了一只，然后追踪过来找到了她？难道是从隐页世界里穿越过来的？”

苏梅贝拉皱起鼻子：“这并非完全不可能，但是也的确不容易办到。”

“他是亚当学院最厉害的密探！”芙莉亚说，“咱们怎么会知道他都能做到什么？”

凯特一言不发地看看这个，又看看那个，就好像完全没法理解大家为什么偏偏会在这个时候吵起来，在经历了今天的一切之后。芙莉亚也觉得在这时候吵架非常荒唐，但她不能任由苏梅贝拉和菲尼安和艾瑞尔说伊西丝叛变了。直到今天，藏在费园里的书妖们对伊西丝的态度依然不一致，很多书妖都不能原谅她，因为她曾经四处抓捕反叛学院的书妖。对伊西丝的怀疑会很快在这些书妖之间生根发芽，越传越广，很快大家就会不再关心是否有证据证明这一点，他们都只相信自己愿意相信的故事，跟这些书妖们一起生活了半年之后，芙莉亚已经非常了解这一点了。

“伊西丝没有背叛咱们。”她非常确定地说。

“就因为你不愿意相信？”

“我从来都没有怀疑过她会背叛大家。”芙莉亚从几个人身边挤过去，来到铁门跟前。她举起沉重的锤子，在手里掂了掂。在敲响铁门之前，她再次回头看向菲尼安和苏梅贝拉，凯特则可怜巴巴地坐在这两个人后面。从她们认识之后，这是芙莉亚第一次看到凯特这样沉默。

“随便你们怎么跟艾瑞尔说，但是别以为我会站在一旁保持沉默，”她摆动锤子，“你们错了，而且是大错特错。”

14

在很多英里之外，离英国、费园和费园中的新住户们很远的地方，也在爆发一场争吵。西摩尔家族的成员们正坐在一起吃晚饭，跟平常一样，他们毫不掩饰对彼此的厌恶。

蕾切尔·西摩尔在盘子里的一块花菜上捅来捅去，就连这么一块东西也难以下咽。只要父亲开始高谈阔论，她绝对会马上胃口全无，而现在几乎每当大家一起吃饭，父亲都会这样高谈阔论，尤其是晚上。晚饭前，父亲通常已经在酒窖里喝光了一瓶酒，然后会边吃饭边喝光第二瓶。

蕾切尔的哥哥威特坐在长桌的对面，他放下手中的银餐具，装作在听的样子。威特比她大一岁，已经二十岁了，他很会摆出一副对父亲所说的话非常感兴趣的模样。他的个子很高，金发，长相是那种会惹祸的俊俏，所谓会惹祸，是因为迷上他的都是不应该迷上他的好姑娘。

蕾切尔和威特是这个宽敞的餐厅里仅有的两个互相有好感的人，也许是被逼无奈，因为他们的父亲对他们两个都瞧不上，也也许是因为他们没有别的选择。从这个屋子里的其他人身上，他们早就感觉不到什么善意了。自从弗雷德里希·西摩尔男爵多年前赶走了他的妻子，兄妹俩的母亲，这栋老宅子里的气氛就变得像土星一样冰冷无情了。

男爵坐在长桌的一端，离蕾切尔和威特有两三米远，他正在演讲的内容是整个年青一代，特别是他这两个最大的孩子有多么没用。他的独白总是围绕着这样的话题：失望，家族的误入歧途和没落。只不过有的时候语气会不一样，新的责备代替旧的，曾经的目标变成没有意义、没有理智的计划。不过他的妄想症倒是每天都不变的固定节目。

桌子的另一端坐的是家里的第四位成员——蕾切尔和威特的祖母康斯坦泽。她像平常一样穿着一袭黑衣，花白的头发高高挽起。她已经七十九岁了，在这张桌子边听过无数的争吵，因此非常知道什么时候应该截断儿子的话头，什么时候最好保持沉默。老男爵夫人曾是一名出色的书巫，书巫力比家里的其他人都要强大，不过自从视力开始减退，她也渐渐失去了使用书巫力的能力。

蕾切尔和威特很早就听过祖母那些让人惊叹不已的故事。有传言说在母亲肚子里的时候，她是自己决定要成为女人的。这个传言虽不可信，却成了家族传说的固定组成部分。不过她一出生就能看书的说法，倒是有书面记载，同样有记载的还有在她九岁的时候心灵书就找到了她的故事。

但偏偏是她，在慢慢地失去视力，这为她的传奇故事加上了一个苦涩的注脚。她的眼疾使得一些有关她的传说变得不再可信，让蕾切尔在心里暗暗感到满足。年迈的老男爵夫人经常被人说成她的光辉榜样，这让她不由自主地为这个榜样的衰弱感到幸灾乐祸。

没有受到指责只有男爵的第三个孩子，家里的小女儿潘多拉。

她拒绝跟大家一起吃饭，但通常并不会有人对此表示异议。男爵对这个十一岁的小美人的宠溺是没有限度的，不管她如何任性都随她。潘多拉没有遗传到书巫能力，却把大部分的时间都用来泡在图书馆里，即便是最难懂的作品集，她也全都会拿来看。

这天晚上，潘多拉同样没有坐在饭桌旁。由于一些只有男爵本人理解的理由，他将原因归结到了蕾切尔和威特的头上。

"潘多拉没有妈妈教导，"男爵的声音已经因为发怒变得嘶哑，"那你们当哥哥姐姐的就应该担起这个责任，教她学习这个家里的规矩。"

"又不是我和蕾切尔把她妈妈从家里赶走的。"威特微微一笑，既狡黠又睿智。

蕾切尔看了他一眼表示提醒。他们已经达成一致，不要过分激怒父亲，但是威特没有理会蕾切尔的提醒，他拿起刀叉，叉起一块牛排放进嘴里，一边有滋有味地嚼着，一边等着男爵的回击。

五十二岁的弗雷德里希 · 西摩尔，头发已经几乎全白了。他一拳砸在桌子上，他经常这样，非常喜欢用拳头砸桌子，无所顾忌。他这样做顶多会让孩子们感到同情，他的脾气暴躁，像个暴君，是个酒鬼和软骨头，虽然家族的没落并不是他一个人的责任，一些祖先也为此做出了很大的贡献，但他却在狂风暴雨中将这艘船径直朝礁石上开去了。在亚当学院的委员会里，另外两个家族对他很是不屑，如今坎多斯家族在圣堂里，仗着有《卡斯托迪斯法典》护佑，根本不征求他的意见，就会用整个亚当学院的名义做出决定，这一点已经是公开的秘密了。

男爵摆出一副要好好教训自己儿子的架势，但这时，年迈的老男爵夫人清了清嗓子，用餐巾擦擦爬满皱纹的嘴角，说道："威特的意思是，如果不是他们的父亲背上的那笔高得荒唐的赔偿让他们的母亲认为必须要逃走的话，潘多拉也不会变成这样一个不懂规矩的孩子。”

一句话说得男爵张口结舌，他端起自己的酒杯，匆匆地一饮而尽，然后恨恨地看着老男爵夫人。“你说这句话到底是要告诉我什么，亲爱的妈妈？”

老男爵夫人优雅地一笑。威特那狡黠的笑是从什么地方继承来的一目了然。“哦，这个女人走了对我们来说当然并不是多大的损失，甚至对小潘多拉来说都不是。但是不要忘记，你的妻子非常知道如何搞些小阴谋，以此来给西摩尔家族增光。书巫世界里最有效的那些阴谋不都是我们西摩尔家族搞出来的吗？挑动其他家族对付安提夸，让他们因此灭亡的不就是我们西摩尔家族吗？让罗森克罗兹家失去绯红厅主导权的不也正是我们西摩尔家族吗？”她特别喜欢列举过去的这些壮举，跟平常一样，她把拐杖放在膝头上，边说边用手摩挲着银色的拐杖头，“阴谋诡计在这个家族里曾经是家常便饭，自从我的儿媳离开后——希望她在地狱中腐烂——我就没有再发现过这里有人有继续这个光辉传统的抱负了。”

那是你不知道。蕾切尔心想。

“这些东西都已经是快两百年前的事了！”男爵做了一个手势，将整个房间都囊括进来。这个房间里到处都是古董，从腿是狮足形状的餐具柜、老旧的餐边柜，到风格怪异的壁毯。“你的想法跟这些破玩意儿一样腐朽不堪。你生活在回忆里，而那些甚至都不是你自己的回忆。你怀念那些道听途说来的历史。抱歉，妈妈，不过你说起话来真像个老太婆。”

蕾切尔把花菜捣得稀烂，又用叉子把稀烂的花菜撮成一小堆。她早就不害怕自己的父亲了，却仍然觉得祖母非同一般，虽然她已经十九岁了。不管眼睛瞎没瞎，康斯坦泽都曾经是一个无人能及的书巫。

男爵还在继续说，他总是这样，不知道什么时候该改变话题：

“而且咱们说的是潘多拉的教育问题，不是你对于我如何管理这个家的不满。”

“你根本就什么都没有管，亲爱的，”老男爵夫人温和的语气丝毫没有改变，“你不过是坐在那里喝个烂醉，训斥孩子，对母亲毫无尊敬之心，任由坎多斯家族和罗恩穆特家族践踏我们祖先的功业。”

“学院已经不是……”

“学院，”她截断了儿子的话头，“并没有让我们的家族被排挤。如今没有人听我们说话，大家都在背后嘲笑我们，这完全是你和你那个可恶的父亲的责任。”她稍稍停了一下，随后补充说，“当然，这里面也有我的责任，因为我坐视不理太久了。”

蕾切尔竖起了耳朵。众所周知，学院历来都是由男人管理的，由三大家族的祖先们。学院委员会里还从来没有过女性决策者，蕾切尔认为，曾走进过圣堂的女人都没有几个。祖母话里的不满说明，蕾切尔并不是三大家族里唯一一个认为这一现象不公平的女性成员。如今的书巫世界已经比以往任何时候都更显得落伍了，就像这个房间一样，布满了灰尘，老旧不堪，因为很多年前的规定而陷入了僵化。蕾切尔这种十九岁的女孩对这种不公平待遇不满很正常，但是她没想到白发苍苍的老祖母的想法竟然也跟自己的一样。

蕾切尔看看威特，他正在从容不迫地吃着牛排，还给自己倒了杯水喝。他眼睛里的光芒一闪，示意要给她的杯子也倒些水，蕾切尔用手盖住了杯子。她很想知道威特脑子里现在想的是什么。

有人敲了敲餐厅的门。

“什么事？”男爵吼道。他突然想到可以将心中的怒气发泄在这个外人身上。“我们在吃饭，真见鬼！”

我不想吃。蕾切尔心想，虽然肚子咕噜噜直叫。

老男爵夫人啪地把拐杖横放在餐桌上：“进来！”

高大的门猛地打开，一个年纪比威特和蕾切尔大不了多少的书妖走了进来。这个满头棕色鬈发的男孩朝老男爵夫人鞠了个躬，然后又朝男爵鞠了个躬。詹姆士负责给老男爵夫人念书，同时也是老男爵夫人最喜欢的贴身仆人。在她因为年迈而力不从心的时候，詹姆士还要负责照顾她。

“抱歉。”他刚开口，就被威特打断了。威特还没张嘴，蕾切尔就知道他要说什么了。

“你什么时候能学会向我和妹妹鞠躬？”

詹姆士看看老男爵夫人，老男爵夫人冲他点了点头。于是詹姆士就冲着桌子正中间，威特和蕾切尔中间的那个地方鞠了一躬。

“这还差不多。”威特满意地说，他没发觉詹姆士实际上是冲着桌上的那盆花菜鞠的躬。蕾切尔对这一切报以一笑。

“晚上好，詹姆士。”她喜欢这个书妖，虽然在这个家里，这种好感是不能公开表达的。她从眼角看到祖母正在盯着自己看。如果只离几步远，康斯坦泽还是能看得很清楚的，或许比她愿意向大家承认的看得还要清楚。有时，蕾切尔会突然想，自己实际上应该对隐藏在这个老太太脸上那沟壑纵横的皱纹里的表情感到害怕。她从来没有从祖母身上感到过温暖，但也没感到过明确的排斥。尽管如此，每次她发现康斯坦泽盯着自己的时候，还是会起一身鸡皮疙瘩。

詹姆士中等个头，动作笨拙，棕色的鬈发非常不服帖。跟许多书妖一样，他貌不惊人，长相虽然讨人喜欢，但并不是多么出众。三年前第一次见他的时候，蕾切尔就发现这个书妖的眼神中闪烁着智慧。有时，她会觉得詹姆士在刻意地在别人面前掩饰自己的聪明。祖母肯定知道这点，也正是因为这点，她才这么器重詹姆士。蕾切尔的父亲和哥哥完全把詹姆士当成了个卑微的奴才，只有蕾切尔能看出他的不同。她对这个人很感兴趣，同时她也发觉得小心提防这个书妖。

詹姆士穿着白色的衬衫和浅色的裤子。这个家里不允许穿牛仔裤，这一点蕾切尔和威特也在遵守。他们两个都认为应该把自己与外面那些下等人区别开，哪怕只是在一些细枝末节上。西摩尔家族与普通人的世界是完全隔离的，有时，蕾切尔觉得这个家里的壁垒比庇护所的壁垒更森严。

“请原谅我的打扰，”詹姆士说，这次是冲着老男爵夫人的方向，“丽薇娅·坎多斯来了。”

威特的眼神笼罩上了一层阴影。“她没有预约，”他不满地看着父亲，“没有吧？”

“没跟我约过。”男爵回答说。他看看老太太，老男爵夫人也摇了摇头。

“他们连最起码的礼貌都没有，”老男爵夫人不悦地说，“招呼也不打就过来，这次肯定又是来通知我们什么决定的，而这个决定连我们的意见都没有征求过。”

蕾切尔的父亲把餐巾放在一边，站起身来。虽然他极力掩饰，但屋子里的每一个人都知道，坎多斯家那个坏女人的来访让他感觉很受用。

丽薇娅比蕾切尔大十岁，一头红发，出众的容貌能让敌人都神魂颠倒。或许她是用了书巫术才能保持这样经久不衰的诱惑力，几年如一日。丽薇娅还是个小姑娘的时候就很有魅力，但是自从成了学院的代言人，她的外貌就更出众了。

男爵应该也清楚这是怎么回事，但每次面对丽薇娅的时候，他还是会变成一个连话都说不利索的笨蛋，像个乳臭未干的毛小子一样对她唯命是从。“我马上过去。”他说着就想往门那边走，但是老男爵夫人抬起了一只手。

“等等，弗雷德里希！”随后，她对詹姆士说，“请她进来，我们都想听听这位年轻女士要说些什么。”

她的儿子想反对，但詹姆士已经离开了餐厅。男爵默默地整理了一下衣领，跟其他人一起等着访客。

威特在椅子上往后一靠，两个胳膊交叉抱在胸前，一副傲慢无礼的样子。蕾切尔能感觉到他心中翻腾的怒气，她自己也对坎多斯家这种漠视礼仪规范的做法很反感。他们在西摩尔家随意进进出出，就像是自己家一样。不过蕾切尔不像威特那样，她还能保持冷静的态度。这里的事跟她和威特无关，甚至跟他们的父亲都没有关系。

丽薇娅·坎多斯走进餐厅。“你们好，”她的声音平和而有气势，看样子对自己的强大气场非常自信，“希望没有打扰你们吃饭。”

她当然打扰了，她很清楚这一点。蕾切尔敢打赌丽薇娅就是为了这个才特意选了这个时间过来的。这只能证明威特一直以来的猜测：坎多斯家对西摩尔家生活的所有流程和习惯了如指掌。威特一度怀疑是詹姆士把这些信息提供给了他们的对头，但蕾切尔不相信。虽然威特很不喜欢这个书妖，但詹姆士肯定不是间谍。

男爵疾步走向丽薇娅，跟她握了握手：“看见您真好，亲爱的！能够在家里接待您，我们很高兴。”

“特别高兴。”蕾切尔说。

威特和气地微笑着：“高兴得都丧失理智了。”

丽薇娅没有理会他们两个，只是冲着老男爵夫人点了点头，将一个大信封放在了桌子上：“有关于游吟兄弟的新消息。”

“他们又搞袭击了？”男爵问。

“从某种角度讲是的，不过这回不是对我们的地盘发动攻击。”

蕾切尔的祖母挑起一根细细的眉毛：“那是对哪儿？”

“马杜克这个名字您听说过吗？”

“那个坏蛋，在书城的管制区里呼风唤雨，像个皇帝似的。”

丽薇娅点点头：“我们跟他做了个交易，让他成为了我们计划的一部分。”

“已经到这个程度了？咱们开始跟罪犯谈交易啦？”老男爵夫人轻蔑地撇着嘴，瞪着自己的儿子。“你之前知道吗？”

“我觉得这样做是对的。”男爵说。

“什么计划？”蕾切尔问。

“我们放出消息，说马杜克搞到了圣堂地图，并且将地图收在了他的书巫藏品中。”

威特把双手抱在脑后：“达马斯卡努斯的那张地图？这么说这张地图真的存在？”

“曾经存在，直到我们让人把它销毁。《卡斯托迪斯法典》比我们希望的更容易受到攻击。我们不能冒任何风险，”丽薇娅得意扬扬地微笑着，“坎多斯家族用了几个月的时间让事情按计划发展。今天，游吟兄弟闯进了马杜克的匪巢。他们搞了不少破坏，但最后只能两手空空地撤退。这下他们不仅跟书城最大的土匪头子成了仇家，还在他的监控摄像头前大摇大摆地留下了影像。”她指指那个信封，“马杜克马上把照片给我们送了过来，这就意味着，我们现在有了这些到目前为止还没人见过的恐怖分子的照片。”

男爵打开信封，从里面抽出几张大幅的照片。蕾切尔和威特也站起来，走到他身边。

“这是，通缉名单上的那个园丁男孩。”丽薇娅指着一个年轻男孩的照片。这个男孩有着深色的头发，还有骨折后没有愈合好的歪鼻梁。蕾切尔觉得这个人看上去像个杀手，最坏的那种人渣。

第二张照片上是一个浅金色头发的女人，头上罩着黑色的风帽。“伊西丝·霓莫霓思，那个叛徒。”

“竟然到了这个地步，真是个丑闻，”坐在桌子另一端的老男爵夫人说，“如果我们连自己最好的密探都无法控制，那么连最偏僻角落里的庇护所都会开始议论学院的无能。”

丽薇娅冷冷地看着她：“我确信，如果多几个瞎老太太参与管理，那么情况一定会好一些。”

“我祖母并不瞎！”蕾切尔对她毫不客气。“她只是不能看书了，这是有区别的。”

“不好意思，她当然没瞎。”接下来，丽薇娅不再理睬蕾切尔和她的祖母，她在一沓照片里翻着，从里面抽出几张，上面能看到三个女孩的脸。“其中一个我们也认识，苏梅贝拉·丽莉维克，她父亲反对学院，她本人则更糟糕，”她用手指点点后面两张照片，“不过我们最想弄清的是这两个的身份。”

其中一张照片上是一个穿着黑色翻领毛衣的金发女孩。

“她手里是……那是鸟喙书吗？”蕾切尔问道。

“应该是她的心灵书，她是书巫，但我们不知道她是从哪里来的。她的模样符合几个月前在书城的海伊堡出现过的那个女孩的特征，就是我们免去居利斯市长职位前不久。我们会去提审居利斯，但估计会比较困难，之前那些事发生以后，他就不是很配合。”

她指指另一张照片：一个年纪跟之前那个差不多的女孩，黑色的短发，穿着一件肥大的皮夹克和一条很扎眼的条纹紧身裤。看到这么粗俗的打扮，威特面露不屑。

“这个应该不是书巫，但是会用滑翔书，应该是从某个庇护所来的，说不定就是书城，不过这只是我的猜测而已。”丽薇娅冲着男爵微笑着说。“西摩尔家族曾一再表示，希望能在委员会里受到公平对待。”她扫了蕾切尔的祖母一眼，“我们看了您写的信，尊敬的老男爵夫人，而且是所有这二十一封信，所以，我们想请你们弄清这两个女孩的身份，包括她们的名字，她们那些还活着的亲属，所有能够帮我们抓住并审问她们的信息。”

蕾切尔的父亲从照片上抬起眼睛：“我们会尽全力的。”

“不管是否尽全力，”丽薇娅·坎多斯冷冰冰地说，“重要的是您要做到，我们相信您。”她向大家微微欠下身。“那我就告辞了，等着您的好消息。”

她没有再说什么，原地转了个身，离开了餐厅。詹姆士快步跟在后面，多此一举地想给她指点离开的路。

男爵扑通一下坐回椅子上，叹了口气，显然这次来访把他累坏了。他的母亲在桌子另一端站起身来，拄着拐杖走到一扇高大的窗户跟前，若有所思地看着窗外。

蕾切尔拿起那些照片，拉着威特的手，把他拉到餐厅的前厅里。她的情绪很激动，但她还是尽量不表现出来。

威特不快地看着她：“怎么啦？”

“这个，”蕾切尔指着那个穿条纹紧身裤的黑发女孩说，“这个人我认识！”

15

那个曾经像上帝一样的男人穿行在他亲手创造的荒原之上。

在永夜庇护所这个沦丧之地，四下里是永远的黑暗。有时，暗淡无星的天空中会有极光闪烁，其实那应该不是极光，而是残余的书巫力，这些书巫力在当年那场战争中被释放出来后，就再也无法被控制。这里经常能看到闪电，电光有许多枝杈，将黑暗划得四分五裂。即便暴风雨远在天边，滚滚雷声依然像是要震破人的耳膜。在永夜庇护所，远与近以一种奇怪的方式让人难以分辨，坐标物淹没在沟壑纵横的花岗岩和尘土中，每次眨眼，这片荒芜的戈壁都仿佛会变幻出新的诡异模样。

七芒星的面容比刚被流放的时候更憔悴了，他的白发已经长到了肩胛骨的位置，因为风大，他把头发扎成了一束，塞在黑色风衣的领子里面。风衣的下摆已经在他每天不断穿行的嶙峋岩石上磨破了，不过用来抵御刺骨的寒风还是可以的，有时还能防防雨。这件外套是他最珍贵的财产，比那根拐杖和圆形的行军水壶还宝贵。他每隔一段时间就用水壶从灰色的水洼里打些水，现在他已经习惯了喝完这种水后的恶心，也已经习惯了用蘑菇和在洼地里找到的野菜来充饥。有时，他能抓到瘦骨嶙峋的野兔，就用长在岩石缝里的一种味道有点像罗勒的野草煮来吃，这样的日子算好过的。有的日子里，他只能饿着，这种时候他就会想不通自己为什么还要一步一步地走下去，既然他早就没有目的地了。

刚开始被流放的时候，他还野心勃勃地想要走到这个世界的尽头。在还是塞弗林 · 罗森克罗兹的时候，他通过书写亲手创造了这个书巫的世界。那时，他赋予了绯红厅的成员自己构建庇护所的能力，如今他就要在其中最可怕的一个里度过余生了，这可真是命运恶毒的玩笑。这个沦丧之地并非浪得虚名，痛苦在这里化身为石，这里是狂风暴雨和满天尘土组成的地狱。

还有寂寞。

自从被流放，他就再也没有见到过任何一个人。有时，他觉得自己听到了说话声，幽灵般的对话从岩石缝里传出来。有时，他会被尖叫声惊醒，不过那只是他梦中的尖叫声。厚实的睡袋能帮他隔绝潮湿，却无法隔绝他自己不安的良心。

几十年前，书巫们在永夜庇护所里的恶战让许多人丧了命，狂妄和自负驱使他们不断发动毁灭性的战斗，一场比一场惨烈。他们虽然打退了敌人，却并没有与敌人真正面对面过，虽然消灭了墨妖大军，却并不知道幕后主使是谁。当然，有少数几个人是知情的：出于对圣堂安全的考虑，他们像移动棋子一样让自己的队伍穿过沦丧之地，他们自己却并没有像真正的军队统帅一样露过面。这是一场没有胜利者的战争，失败者倒是不计其数。

这一切都是因为七芒星，所有的死亡，所有的伤痛，所有的苦难。当时他就已经失去了书巫力，他的书巫力已经随着过去两百多年里在他眼前出现又消逝的一切消失不见了。他知道永夜庇护所里发生的一切，却只是躲在都灵那个安吉洛桑托庄园中，越来越深地沉溺在书籍里。他自欺欺人，背离了自己曾经的理想。他告诉自己这一切跟他没有关系，他创造的世界早就开始自行其是了，现在受的是别人的控制。责任应该由三大家族来负，而不是他。就这样，他从造物主变成了沉默的旁观者。到后来，他虽然有机会出手结束这一切，却被她阻止了。

芙莉亚·萨拉曼德拉·费尔菲克斯。

她和她的同伴们把七芒星流放到了这个地方，使他失去了力量，一蹶不振，而他接受了这种惩罚。有那么多人因为他曾经的不够坚定而在这里失去了生命。现在，他自己像个幽灵一样穿过这片荒芜，也是公平的。他这漫长一生中的绝大多数时间都是一个人度过的，他也会这样孤独地死去，就死在这些岩石间的某个地方，应该不会是饿死的，也不会是渴死的，但他的生命会在这里终结，或许就在今天，或许是在明天，也可能是一个月之后，或者一年之后。虽然时间在这个地方是不存在的，既没有白天，也看不到繁星。但是在他们给他准备的背包里有一块机械表，他非常小心地不让表停下，因为指针的转动是他现在的生活中唯一一件确定的事。

他在一个废旧岩洞里找到了枪和弹药，现在他身边带着一把手枪和一挺机关枪，虽然他觉得这个样子很可笑。他从来就不是个战士或者猎手，不过这些武器现在能够帮他打野兔，以此来改善一下简陋的伙食。这些野兔跟他吃的是同样的植物，它们也跟他一样虚弱。他不知道这些野兔是从有了永夜庇护所之后就生活在这里还是书巫们带来的。兔子们四处繁衍，七芒星并不是唯一一个把它们当作食物的。有时，他能看到一些兔子的残骸，被啃过的骨头，被撕碎的皮，他由此推断还有其他生物生活在这片蛮荒之地上，这些生物比他粗鲁，但同样不知该去往何方。

等表告诉他该睡觉了，他就找个洞穴或者岩缝过夜。过一段时间，他会用装在包里的刀刮刮胡子，或是用很少的几滴液体香皂洗一洗。液体香皂是他在背包里的一个塑料瓶中发现的，他们竟然还装了一板巧克力在包里，可能是芙莉亚装的吧，不过到目前为止，他还没有动过那块巧克力。他要把这块巧克力留到一个特殊的时刻，也许是他真的走到这块沦丧之地边缘的时候，或者是在他的生命走到终点的时候，假如到了那个时候他还有力气吃的话。

但是今天——这个今天对他来说究竟意味着什么，今天跟昨天难道不是一模一样的吗？——他找到了一个非常好的落脚处，比潮湿的岩洞或者到处都是虫子的岩缝强得多。他从很远的地方就看到这个塔了，这是战争留下的黑色纪念碑，天边闪电衬托下的一个剪影。在这块基本无法辨别方向的土地上，书巫们尝试着自己设立一些坐标，他们建了一串石头灯塔。

灯塔上的信号光早已熄灭，燃气灯也已经冰冷。自从决定沿着这些灯塔走之后，七芒星已经路过了五座这样的塔。总有一天，他会走到最后一个灯塔前，那样他就会知道自己已经走到了昔日战场的尽头，再往前就是人烟未至之地了。

前面的五座灯塔已经被永夜庇护所的狂风暴雨碾得粉碎，成了一片废墟，不过第六座基本完好无损。灯塔的门被砸开了，塔里曾经着过火，但是外墙没有烧坏。塔有四层，每层都空空的。

他在最上面一层躺下来睡觉，头顶上就是曾经用来点燃照明火的平台。他很久没有睡得这样沉了，睡醒后，他拿出身边带的食物，有那么一瞬间，他非常想打开那块巧克力吃，但最后还是把它又塞回了背包里，因为他之前并没有想到还能有像今天这样的好日子。谁知道他还会不会碰上更好的日子。

无边无际的夜像往常一样黑暗，风呼呼地吹进塔里，有一股焦味，让他想起煎肉的味道，真正的、有营养的肉，而不是野兔身上那些硬得咬不动的纤维。

最后，他站起身，本想到塔底的一个水洼那里去洗漱，但又改了主意，爬上了塔顶，想去垛口那里看一看这个暗无天日的世界。

他有了个发现。

在天边，有一点亮光在闪烁，可能是火，也可能是另外一个灯塔。他盯着那里看了很久，直到他觉得那点火光在晃动，不过也可能是他的错觉。

随后，他才往下面看去，看向迷宫一般纵横交错的沟壑，沟壑里是黑漆漆的一大片。

那边还有更多的火光，比第一个小得多，像是一条由光点组成的不匀称的链条。

他使劲地喘了口气，往后退了一步。

那些光靠近了。

第二部分　无名河

Ein Fluss Durch Viele Bücher

16

“他们错怪伊西丝了。”

芙莉亚站在父母的墓前，看着坟墓顶端已经淹没在杂草中的四方形石头墓碑。

“我不明白他们为什么要这样说她。”

墓碑上面写着卡桑德拉·费尔菲克斯，下面写着提贝流斯·费尔菲克斯。爸爸的名字写得歪歪扭扭的，最后一个字母看上去就像是用剑尖刻上去的。六个月前，芙莉亚用书巫术在碑上刻这些字母的时候还非常不熟练。

墓地在费园花园的深处，那里有一排高高矮矮的树丛，将庄园与东边荒无人烟的山丘隔开。坟墓不远处是一个没有门的小教堂，教堂的门很久以前就从门框上掉下来了。教堂里，只有一只胳膊的耶稣像斜斜地挂在十字架上，他的另一只胳膊已经被虫子蛀空，掉在地上碎成了粉末。

花园的另一端是费尔菲克斯家的房子，如今这里住了差不多八十个从死书林里逃出来的书妖。这是一栋三层的尖顶房屋，有很多排砖红色的大烟囱，房顶上那只锈迹斑斑的风信鸡已经几十年没有转动过了。一群鸽子转着大圈围着房子飞，芙莉亚不知道凯特是不是正待在某一个屋顶上跟这些鸽子说话，凯特想一个人待着的时候就会那样做，跟芙莉亚一样。芙莉亚最喜欢的地方是中间朝向西边的山墙，从那里能看到整个山谷，还有科茨沃尔德标志性的碧绿山坡和草地。

“我就是想不通，”她呆呆地望着墓碑，“就好像伊西丝没有跟我们一起在这里生活过，没有跟我们一起对抗过学院似的。”她叹口气，眼神从墓碑落到下面的墓地上。她弯下腰，拔掉一根杂草。“让我干什么都行，只要能听听你们的建议。”

“我可以给你一个建议，”鸟喙书在她的裤兜里说，它唉声叹气地把像蛇一样柔软的脖子从皱巴巴的裤子里伸出来。

“喂你点吃的？”

“一到公墓我就饿……看到坟墓上的这些圣像。”鸟喙书最喜欢吃的就是圣像，芙莉亚差点忘记这一点。她要去温奇科姆小镇弄些圣像回来让鸟喙书高兴高兴。经历了书城的那一切之后，这也是鸟喙书应得的。

芙莉亚感到非常疲惫，但她尽量不去理会这一点。她的鼻子里始终还能闻到头发的焦煳味，梳个头发跟上刑差不多。她或许该让凯特帮忙剪掉那些烧焦的发梢。

“不过这并不是我要给你的建议。”鸟喙书说。

芙莉亚看着那根柔软灵活的脖子上没有眼睛的鸟喙，黄色的鸟喙像抛光过一样闪闪发光。在书城各种庭院里经历的鸟喙书大战在它身上留下了大大小小的凹印和划痕。这是一本冒冒失失的小书。从昨天晚上回来之后，芙莉亚的脸上第一次露出了笑容。

“你越是大声说自己相信伊西丝的清白，”鸟喙书接着说，“就越像是在说服自己。”

芙莉亚的嘴角耷拉了下来。“胡说。”

“那你就听听自己说的话啊，”鸟喙在她的毛衣上蹭来蹭去，“你就像是要说服自己打消怀疑。”

“我没有怀疑过伊西丝。”

“真的没有？”

她紧紧地抿起双唇。伊西丝是为了救大家才投降的，这一点显而易见。但是这件事里有个不合理的地方：投降就跟摘花或者烤蛋糕一样不符合伊西丝的性格。如果以前有人问芙莉亚，伊西丝为了避免失败会做什么事，芙莉亚会回答说“任何事”。伊西丝做事不惜一切代价，这既是她的长处，也是她的弱点。

而且有一点菲尼安说得没错：伊西丝过去几个月间去伦敦的事确实不正常。她从来不让人跟着一起去，就好像有什么不愿意被别人知道的秘密。

“如果能对阿博加斯特多一些了解就好了。”她又把头转向墓碑，嘴里喃喃地说道。爸爸本可以回答她的很多问题。

“阿提库斯·阿博加斯特，”一个声音在她身后说道，“是伊西丝的老师，也仅此而已。”

一个头发花白的男人走到离她几步远的地方停下，他的手插在派克风衣的口袋里，大衣下面像往常一样穿着夏威夷风格的花衬衫，下面是肥大的卡其布裤子，脚上穿着橡胶靴，就像是刚从西边山谷里的农庄过来的一样。

“塞雷斯蒂安！”芙莉亚朝他走过去，用两个胳膊搂住他笨重的身体。鸟喙书被挤在他们俩中间，嘎地叫了一声。“你是什么时候来的？”

“几分钟之前，”他笨手笨脚地拍拍她的脊背，“我一听说就马上动身了……”他顿了一下，然后重新开口说道，“凯特给我打了电话，把事情都告诉我了。”凯特逃出书城后，在塞雷斯蒂安那里藏过一段时间，从那之后他们两个的关系就很好。

芙莉亚朝后退了一步："我不想丢下伊西丝，但是她……"

"坚持这样，"塞雷斯蒂安打断她，点了点头，"我听说了。"

"凯特有没有说她……我是说，有没有说伊西丝是自愿留在阿博加斯特那里的？"

"我知道大家是怎么想的，但我的女儿不是叛徒。"

"当然不是！"她打心底感到愤愤不平，但是她也是第一次想到，鸟喙书说的话或许没错。她的信念就像这个公墓里那些年代久远的坟墓上的石板一样，已经有了裂痕。

塞雷斯蒂安看上去很沮丧，后脑勺上的一圈花白头发在寒风中乱舞。"凯特说，其他人认为伊西丝叛变了，又回到了亚当学院那边。菲尼安，艾瑞尔，恐怕大部分书妖也都是这样想的。"

"他们不像我们这么了解伊西丝，而且她……"

"他们都了解伊西丝，"他反驳说，"伊西丝跟他们在一个屋檐底下生活了半年！"

芙莉亚沉默了，不知道该说些什么。

"那么你呢？"塞雷斯蒂安问。"你也是那样想的吗？"

"不！"她脱口而出，就好像专门在等着反驳塞雷斯蒂安的这句话一样。"但是如果我能知道究竟发生了什么，那么做到这点就会更容易一些。"

"你想知道阿博加斯特的事？"

"他为什么会对伊西丝有那么大的影响力？"

"我不知道能不能说是影响力，"塞雷斯蒂安把手插回大衣的口袋里，"但她曾长年生活在他的影响之下，可以说，是阿博加斯特成就了今天的伊西丝。"

"伊西丝是他的学生，但这并不能解释书城里发生的事。"

"你知道的，我跟伊西丝在很长时间里的关系都不好，"塞雷斯蒂安尴尬地垂下面，“我把她从永夜庇护所带到伦敦后，也就是战争刚结束的那些年，我完全变了。她给你讲过这些的，是吧？”

“讲过一点。”

“我收养伊西丝的时候，她大概四岁，没有人知道她的确切年龄，我只是猜测而已。孩子需要的是关心和爱护，一开始我以为自己能给她这些。我把她当成亲生女儿一样照顾，但同时我也越来越强烈地感到，自己不仅仅是带了个孩子回家，跟着我回来的还有战争，在上面这里，你明白吗？”他指指自己的额头，就好像当年的恶战现在依然在那里兴风作浪。“我摆脱不了，就决定放弃书巫能力。我把家里所有的书都扔了出去，把房间腾空，家具送走，想摆脱掉所有的一切，把它们从身边清除掉。当然不包括伊西丝，肯定不包括她，但是我开始害怕自己，开始为她担心。”

“所以你把她送去了寄宿学校。”

“因为我是个蠢货。她当时刚刚十岁，正是需要我的时候，需要一个真正的父亲，而不是一个脑子有毛病的人，这个人没法摆脱战争的噩梦，甚至为此放弃了自己的书巫能力。我就是从那个时候开始把书拆成一页页卖掉的，我拆散它们，让它们痛苦，只是为了让自己不再被书巫世界困扰，只是为了让我自己……”他迟疑了一下，“……变成正常人。不过这种做法当然只能让情况变得更加糟糕而已。”

伊西丝曾经简单地给芙莉亚讲过这个故事，她最后说的是塞雷斯蒂安已经不再是书巫，而伊西丝自己则被亚当学院控制了。

“在寄宿学校里，他们挑选一些孩子出来，”他接着说道，“挑的都是那些特别爱看书的。这是我的错，假如我能多关心关心她，而不是像那样逃避自我，那她就不会落得只能跟书做伴了。到十四岁的时候，他们问她愿不愿意转到勒卡雷中学去，那是阿博加斯特的密探学校，为亚当学院培养骨干力量的地方。”

“她当然愿意。”

塞雷斯蒂安点点头。“没过多久，阿博加斯特就发现了她所具有的天赋，”他顿了一下，好像已经想不起某些细节了，他皱着眉头站在那里，用拇指揉揉太阳穴，“有时候，一些事情会变得模糊，就像是突然消失了。”

伊西丝还不是书妖时的那段过往被新的记忆覆盖了，这是芙莉亚通过影响七芒星造成的后果。但是她没有说什么，因为她不想打断塞雷斯蒂安。

“阿博加斯特把她和其他几个学生收入自己的羽翼之下，这些学生成了他个人的学生。最后留下来的有三个，伊西丝和两个男孩。她比那两个男孩更为强大，并且成了你后来认识的那个女密探。阿博加斯特获得了她的忠诚，因为他扮演了一个我不能胜任的角色：父亲。他是个伪君子，偷偷占领了这些孩子们的心。伊西丝背叛学院，加入你们，这件事对她来说的难度比你们想象的更大。这就像是一个瘾君子突然决定要戒掉毒品。只要没有人诱惑她，就还能做得到这一点，只要阿博加斯特还没有找到她。”

芙莉亚惊恐地瞪着他：“就连你都认为伊西丝重新站到他那边去了？因为他对伊西丝的影响力太过强大？”

“不，我相信她，她跟以前完全不一样了，但是她现在非常危险。”

“她在伦敦都做了什么？她独自一个人去了那么多次，而且不愿意带我们中的任何一个。她从来不说，所以其他人现在都认为她当时就已经在跟阿博加斯特联系了。”

塞雷斯蒂安苦笑着，这时，芙莉亚看到了他眼中的泪水：“她在我那里。她开始重新填满那些空荡荡的房间，恢复成我把东西全都送走之前的样子。她买了家具，还有许多书，就是为了把书架填满。很多地方已经跟以前一样了，或者至少让人感觉是一样的了。那里又变成了一个家，而不是囚禁过去的监狱。”

“她这么做是为了你吗？”

“也是为了我，不过我觉得，她还有别的目的。自从变成了书妖，她就开始寻找自己的少年时代，自己的童年，寻找所有那些只给她留下了模糊记忆的东西，她害怕这些会全部消失，她到最后只是七芒星童话中的一个人物，曾经的那个她什么都留不下。她要紧紧地抓住自己模糊的回忆，她还是人的时候的回忆。”他将身体转开，沉默地呆看着前方。然后，他又朝芙莉亚转回身，说，“所以她没有告诉过任何人，她不想让你们知道这些，以为这是她软弱的体现。而这也是阿博加斯特在她身上留下的印迹：永远不要在别人面前暴露自己的弱点，哪怕是那些被你当成朋友的人。”

或许阿博加斯特是对的，芙莉亚闷闷不乐地想。那些一有怀疑就翻脸的都是些好朋友。就因为别人有些事不愿意说出来，就把别人当成叛徒，而那些事跟他们还没有什么关系。

她强迫自己继续问下去的时候，声音有些颤抖：“你知道阿博加斯特想让她干什么吗？他说他需要伊西丝的帮助，这只是说说而已还是认真的？”

塞雷斯蒂安盯着她的眼睛，也许在这一刻，他把芙莉亚看成了自己唯一的同伴：“他应该是有什么计划，否则他当场就会让伊西丝为自己的背叛付出代价。大家都在议论三大家族之前的权力斗争，说坎多斯家族想独揽大权，要把另外两个家族排挤出去。不过这些只是流言而已，我不知道他们跟这些事有没有关系。很多事情都在变化中，书巫的世界已经四分五裂了。”

“我们看到了墨妖，”芙莉亚沉思着说道，“在隐页世界，从书城回这里的路上。一大群墨妖，它们想要抓住我们。”

塞雷斯蒂安的眼神阴沉得如同他九死一生地逃出的永夜庇护所，他的嘴唇摆出墨妖这个词，但是却连一点声音也发不出来。

“那就是真的了。有些事情正在酝酿，芙莉亚，一些比我们能想象得到的更大的事。”

她一阵发冷，就好像风突然改变了方向，从北边直吹入了山谷里。

“芙莉亚，请你答应我，”塞雷斯蒂安用嘶哑的声音说，“你要帮帮伊西丝，答应我，你要证明她的清白。”

17

他们默默地一起走到房前的空地上，在那里拥抱告别，然后，他钻进自己那辆老旧的轿车，沿着环行车道开出去，下山了。车已经消失在灌木丛后很久了，芙莉亚依然能听到山谷里传来的引擎声，车正顺着蜿蜒的公路往牛津方向开去。

房子前面的圆形空地上有一股涂料的味道。芙莉亚深深地吸了口气，她喜欢这个味道。几个书妖搭起脚手架，想把房子外面重新粉刷一下，脚手架绕过大门前的台阶一直往左，房子的右边已经刷成了鲜亮的柠檬黄色。几乎所有的新住户都在给自己找事做，借此打发时间。但这些活也不可能一直做下去，几个星期以来，艾瑞尔一直都在担心这事。

书妖们热火朝天的干劲儿让费园改头换面。他们修好了很多卫生间，几乎整栋房子里的暖气又都能用了，一些破了的窗玻璃被换掉了，房顶的破瓦也换了。书妖们还扫掉了长年没人居住的房子两厢已经挂了几十年的蜘蛛网，从阁楼上找来家具替换掉那些已经坏掉的。现在，自来水管里流出来也不再是混着铁锈的黄汤，而是清澈的水了。总体来说，费园已经不再是那个年久失修的破房子，而是像一艘虽然破旧但依然能勉力撑过下一次横跨大洋之旅的小船。

有两个书妖怀孕了，要不了多久，房子的走廊里就又会有孩子们跑来跑去了，他们会去那些空房间里探险，就像几年前芙莉亚和皮普还在做的那样。这是这群书妖的第一批后代，在这个山谷里，书妖们长久以来第一次又有了安全感。渐渐地，就连那些悲观者也开始觉得这个藏身之处说不定真是个可以安身立命的所在了。

但他们中也有些离开了游吟兄弟，想要在庇护所之外开始新生活。每个月都会有几个书妖离开，去远离书巫世界的地方碰碰运气。留下的书妖们就只能期盼这些离开的书妖不会被学院抓住，不会暴露这个藏身处。

一个正在粉刷外墙的书妖冲芙莉亚摆了摆手，那是个跟帕克一样的羊人，只是要年轻一些，毛皮的颜色像鹿一样。住在费园里的书妖只有少数几个不是人类，对其中的大部分，芙莉亚的好感都甚于那些从非虚幻的小说里出来的书妖。芙莉亚也冲他打了个招呼，甚至勉强挤出了个笑容。随后，她缓步走到掉在地上的圣维波拉妲的石像头边。这尊圣像以前立在莱茵河畔罗森克罗兹老宅的门前，十九世纪时，家族的幸存者为了躲避亚当学院逃到了英国，逃跑时他们带走了这尊石像，将它立在费园的宅子门口。从那之后，圣像就在这里护佑着宅子，直到它被魅姬的那些护花使者推倒砸碎。如今石像的碎块就堆在房子前面，上面爬满了青苔和野葡萄。芙莉亚请人把圣女的头搬到大门口，从此它就在那里呆呆地看着房前的空地。

芙莉亚在它旁边坐下，蜷起膝盖：“你能不能告诉我现在应该怎么做？”

石像没有回答。自从受到攻击之后，它就不能说话了。芙莉亚不知道祖先们是用哪种书巫术让石像活过来的，她觉得自己可能永远也办不到。

她抬头看看脚手架上的书妖们，看着他们一边刷墙一边互相嬉笑玩闹。

“这里不会永远这么太平，”她轻声对圣维波拉妲的头说，“伊西丝跟着阿博加斯特走了，菲尼安和苏梅贝拉想去找他们，虽然我们这里也需要他们。各种各样的书妖都想去外面的世界里寻找自己的一席之地，他们不可能永道都不引起别人的注意，总有一天会出点什么事，想要认出他们的身份并不是很困难。”

她很怀念石像的声音，维波拉妲并不是个特别健谈的谈话对象，但是它以前能给人以灵感，而且能够善解人意地倾听。有时，能够帮助芙莉亚的恰恰是共同的沉默。

“你周围所有的人都很高兴，充满希望，积极乐观，而你最想做的却是破坏，因为只有你自己看到了天边的乌云，你有过这种感觉吗？”她摊开手掌抚摸着维波拉妲的脸颊。“每次听到笑声，你都想狠狠地摇醒那些人，再发表一番已经想了几百遍的演讲，讲一讲这些人如何心里只装着自己，根本就没有意识到周围在发生什么。但是到了最后，你还是保持了沉默，因为你发现，也许那个心里只装着自己的人是你，你没有看到，这些人完全有理由感到幸福。或者至少是感到有一点点满意。”

“幸福总是别人拥有的那样东西。”艾瑞尔从敞开的大门走出来，指指芙莉亚身旁的那级台阶。“可以吗？”

“当然。”

她没有听见艾瑞尔过来，但也并没有感到吃惊。他是莎士比亚戏剧《暴风雨》中的主要角色大气精灵，从书中掉落出来的时候，他本应该像其他所有非人类的书妖一样也失去自己的超能力，但是出于一些连他自己都无法解释的原因，他还保留了一些以前的能力。他已经无法控制暴风雨也没有魔法了，但芙莉亚却经常觉得他能读出自己的思想。

芙莉亚不确定他是不是自己的朋友，像艾瑞尔这样的精灵能不能成为别人的朋友本身就是个问题，但是她很喜欢艾瑞尔的安静与沉稳。从很多方面看，艾瑞尔都是个天生的领导者，虽然他自己经常怀疑这一点，自从有人开始离开他们，他就更加质疑这点了。

蓬乱浓密的黑发簇拥着一张年轻男人的脸，虽然艾瑞尔应该已经有好几百岁了。他的皮肤白得发青，身体像舞者的一样小巧。他的眼眸四周经常会有点点的星光闪烁，仿佛在大白天里，银河也能倒映在他的眼睛里。

“你听到了多少？”芙莉亚问。

“我不听也知道你的担忧。伊西丝的事情让我们所有人都很烦恼。”

“塞雷斯蒂安来过了。”

艾瑞尔点点头：“我跟他谈过了。他又给咱们送钱来了，一大笔钱。我真不知道该怎么谢他。”

“他的钱够多，也很愿意给咱们。你应该认真考虑的是他真正担心的事。”

“他保证说伊西丝没有背叛咱们。”

“他跟你讲了阿博加斯特的事吗？关于伊西丝和他是怎么认识的？”

“是的。”艾瑞尔把一缕头发拉到眼睛前面，用手指捻来捻去。每次这样做的时候，他看上去就像是个情绪紧张的小男孩。即便是在舞台上，他这个角色也经常是由小男孩来扮演的。书妖自己没法左右读者对他们模样的设想，他们从书中掉落出来时的形象，也经常就是这样一些想象的汇总。

跟在死书林的时候不一样，他现在不再光着上身到处走了，及膝的半截裤上面套了一件浅色的衬衫。芙莉亚不认为他这样做是因为冷，或许他是想努力适应庇护所外的行为习惯。

艾瑞尔长长地叹了口气说：“我不知道怎么才能帮助塞雷斯蒂安。”

“你应该先让菲尼安和苏梅贝拉明白他们错了，伊西丝绝对不会背叛我们。”

“菲尼安很生气，因为他在过去几个月里所做的一切都白费了，他认为这是伊西丝的错。他跟那些野蛮人在一起待了三个月，而伊西丝这么容易就放弃了。”

“圣堂地图根本不在那里，”芙莉亚反驳说，“就算她跟阿博加斯特动手，也改变不了什么。”

“是阿博加斯特说地图不在那里。这可能是真的，也可能不是。伊西丝显然非常信任他，所以才会相信他的话。那菲尼安当然会问她跟这个阿博加斯特到底走得有多近。这种想法也不是没有道理。”

“但是菲尼安想去找她谈一谈！”昨天晚上的那种愤怒又回来了，但是这也比她跟塞雷斯蒂安谈完话之后的那种绝望要好。对于愤怒，她至少知道可以怎么应付，但绝望只能让她不知所措。

“这是他的权利。我又不能把他拴在身边，像只羊一样。”

“但是这里需要他和苏梅贝拉！苏梅贝拉是费园里唯一一个有完全能力的书巫，没有了她……”

“你是不是忘记了某个人？”

“我连她的一半都比不上。伊西丝让她教导我，她很清楚这是为什么。”

“那你就把这个当作对你的考验。”

芙莉亚难以置信地盯着艾瑞尔：“你真打算让他们走？就这样

离开？如果他们找到伊西丝，跟她动手怎么办？苏梅贝拉虽然很厉害，但是伊西丝会杀了她的，如果……”

“为什么伊西丝要这样做，如果她们是同一个阵线上的？”

芙莉亚沉默了，她发现自己是在兜圈子。而且艾瑞尔只是轻描淡写地说了一句我又不能把他拴在身边了事，这也让她感到很失望。

“你把我的谨慎当成了软弱。”他笑着说。

“请你不要再阅读我的思想！”

他那孩子般的微笑中带着些许混乱，就像是一种非常奇特的生物幻化成人形后，试着使用人的表情，但用得不是很熟练。“你是怎么想的我能看出来，”他说，“用不着去读你的思想。你心里的想法不仅挂在舌头上，还挂在你的眼睛里。”

“你到底要做什么，艾瑞尔？你到这里来干什么？”

“为什么来费园？”

“不，我是说这里，为什么要到这个台阶上来找我！你不打算向我证明伊西丝有罪，因为你自己都不相信，但是你也不反对菲尼安和苏梅贝拉的想法。要是这样的话，咱们就没什么可谈的了。”

“别生气。”

“你把我当成小孩！”

“塞雷斯蒂安有没有给你讲三大家族之间的权力斗争？”

她控制了一下自己的情绪，但是愤怒就像骨头一样卡在她的喉咙里：“是的，他提到了。”

“也许不止他们，亚当学院的背后可能还有更多争权夺利的势力存在。”

“只剩下三个家族——坎多斯，西摩尔和罗恩穆特。安提夸家族已经不存在了，罗森克罗兹家族的现在就坐在你旁边。假如有什么是我最不想做的事，那就是掌握亚当学院的大权了。”

"但是如果说阿提库斯·阿博加斯特有这样的野心，并不是异想天开，对吧？"

"你认为他是出于这个目的才需要伊西丝的帮助？为了搞政变？"

艾瑞尔沉思地看着圣像的石头脑袋。"如果将蛇头砍掉，那这条蛇很快就会长出一个新的头来，以确保亚当学院的领导机构不会崩溃。假如这些家族都失去了权力，那么必须有人马上取而代之，否则庇护所就会陷入混乱。阿博加斯特自己想要成为这个取而代之的人，这是很有可能的，或者是另外一个他认为合适的人。也许他会让伊西丝相信这对所有人来说都是最好的办法，他会向伊西丝承诺，比如给书妖更多自由……伊西丝自己就是七芒星的书妖，同时又是书巫。这让她成为了价值连城的武器。"

"但她当时已经非常虚弱了。"芙莉亚想起伊西丝经常会出现的筋疲力尽的状态，这种状态连伊西丝自己都不知道该怎么应付，她在获得出人意料的能力的同时，也在自己身上发现了新的软肋。"她需要时间恢复，但自己又不愿意承认这一点。她以为自己还像以前一样，只是……胸口多了本书。如果她这样继续下去，那等不到阿博加斯特或者其他人利用她，她就已经累死了。"

"她自己还不明白既是书妖又是书巫意味着什么。"

"会不会马杜克也同时有这两种身份？你真应该去那里一趟，艾瑞尔。到处都是，管制区中心的那个堡垒里充满了书巫力。"

艾瑞尔皱起了盖在黑发之下的眉头："你是怎么知道的？"

"我们感觉到了。伊西丝，我……苏梅贝拉肯定也感觉到了。那团火，福纳克斯，肯定是被他用什么办法囚禁在里面的。唯一能够解释这一点的就是书巫术。"

"菲尼安怎么说？他在那边待了那么久，应该知道的。"

"我还没有跟他谈过这事，他只顾着憎恨伊西丝了。"

艾瑞尔用精致的手指摸摸芙莉亚的手。他的指甲闪烁着蓝色的光泽："别这样说他，你们是好朋友，虽然有不同的想法。"

她轻蔑地哼了一声："你对友谊了解得不多，对吧？"

"我不一定非得是书巫，才能了解书巫术啊。再说，我也曾经有过一个好朋友。"

"帕克，"她恨不得咬住自己的舌头，"抱歉，我不该这样。不过关于马杜克……我昨天晚上睡不着，仔细想了想这件事。如果他真的是书巫，那么以前的规定就失效了。造物书里规定的书妖不能同时是书巫这一条就毫无效力了。这就说明……"她停下来，因为两种想法交叠在一起，她的思路一下子断了。那是两个确凿无疑的信念。"又来了。"她小声说道。

艾瑞尔闭了一下眼睛，就像是要把眼眸中的星光挤掉。随后，他和芙莉亚看着对方，一时间两个人相对无言。

"你说得对，"他终于打破了沉默，"过去已经改变了，我也感觉到了。"

伊西丝变成书妖的时候，书巫世界的一条铁律随之被改写。他们现在还记得之前是怎样的，但是很快，书妖也能够具有书巫能力的事实对他们而言就会变得确凿无疑。

"我都干了些什么。"芙莉亚的手指轻轻地颤抖起来，慢慢地，连胳膊也抖了起来。

艾瑞尔凹陷的面颊看上去似乎更消瘦了。"我应该早些想到这一点的。"他的右手攥起拳头，使劲按在左手心里，脖子上青筋暴起。"我这个蠢货！"

他恨不得马上跳起来问一遍费园里的所有书妖，看看是不是有人获得了书巫能力却没有报告。芙莉亚正要拉住他的时候，他又突然平静了下来。他把双肘支在膝盖上，两手捂住脸，深呼吸了几下之后，控制住了自己的情绪。看到艾瑞尔这样的精灵也会有情绪不稳定的时候，这让芙莉亚感到很安慰。但同时，这也让她觉得很害怕。如果他突然动摇，或者认为是时候离开组织了，那么整个抵抗运动就危险了。

“如果这是真的，”她喃喃地说，“如果是因为我，书巫世界的古老法则才会失效，那……”她说不下去了，心脏狂跳，几乎全身都能感到自己的心跳。她突然陷入慌乱，感觉难以呼吸。父亲去世后，她第一次又有了这样的感觉。

艾瑞尔用一只胳膊搂住她的肩膀，像个大哥哥一样。芙莉亚靠在他身上，大口地喘着气，直到窒息的感觉慢慢过去。

“是我的错，”她用嘶哑的声音说，“一切突然变得不一样了，这都是我的错。是我让七芒星写下了伊西丝的故事。是我把一切……搞得乱七八糟的。”她不知所措地说道，虽然她的话听上去就像是在说孩子乱七八糟的房间，而不是她可能让整个世界陷入的混乱。

“别这样想，”艾瑞尔说，“你做的是对的，为了伊西丝，为了大家。就算这件事造成了某种后果，那也是大家事先无法知道的。”他的头发和皮肤闻起来就像是夏日午后，大滴的雨水在马路的灰尘上砸出一个个洞时腾起的味道。

“但是假如我在之前问问你的意见，”她说，“你会阻止我的。”

“我并不是所有事情的判断标准，芙莉亚，我也不是将这里的一切聚拢起来的那股力量。那是你们，你们每一个决定留在这里的人的力量。”

她看着房前的空地，看着在苗圃里清除杂草的几个书妖。一个书妖正在用韦克福那把旧镰刀割着高高的杂草。反抗的力量比他们任何一个人的力量都强，包括艾瑞尔在内，因为在反抗之后蕴藏着一种将他们所有人联合到一起的理念：没有压迫的生活，自由的未来。尽管如此，他们还是听命于艾瑞尔，因为艾瑞尔比其他所有人都更能让大家相信自己的愿望有一天会实现。

他们身后的门厅里，敞开的大门里面传来了沉重的脚步声，他们没有动，有人清了清嗓子，声音很大，很不自然。

艾瑞尔收回了胳膊，芙莉亚回头看去，那里站着一个扛着十字架的高大男人，那十字架简直比门还大。男人的金发齐肩，浓密的鬓发已经花白，看他的肤色，就好像他这一生的绝大多数时间都暴晒在强烈的阳光下似的。芙莉亚见过这个书妖，但还从来没有直接跟他打过交道，所以也想不起他的名字。

“夫人，”他用两根手指碰碰额头，比画了一个军礼，言简意赅地说，“我来了。”

夫人？他以为他们是在什么地方？美国西部？

“哦，对了！”艾瑞尔拍拍自己的额头，微笑着说，“你之前问我找你干什么。”

芙莉亚觉得自己应该站起来，因为说不定马上会发生什么让她愤怒的事。她现在不想跟一个把自己称为夫人的人说话。

“裴申思，夫人，我叫这个。”金发巨人将拇指插在皮带里。她想起来了，自己以前就注意过他那身美国南北战争时期南方军队的土灰色军装。芙莉亚曾经看过一些关于南北战争的老电影，读过几本有插图的书，她很肯定自己没有认错。这个裴申思是美国南方军的士兵，十九世纪时，他们被北方盟军打败。很多书妖都对自己从书里掉落出来时带来的东西难以割舍，多数情况下，这些东西将是他们与过往的唯一联系。

艾瑞尔站起身：“我希望你们两个认识一下。”

芙莉亚也站起来，腿还有些颤颤巍巍的。她朝裴申思点点头：“嗨。”接着她对艾瑞尔说：“为什么？”

“我是您新的贴身卫士，”巨人说道，“裴申思，我的名字。”

“我听见了。但是贴身卫士这件事，肯定是搞错了吧。”她头一回希望艾瑞尔能读懂自己的思想，省得她脱口骂起来。

什么见鬼的贴身卫士？

“肯定是弄错了，”她说，“绝对是。”

鸟喙书蛇一般的长脖子从她的裤兜里钻出来，气势汹汹地朝新来的人伸过去：“她已经有一个贴身卫士了！而且是一个有脑子的！”

裴申思笨拙地晃动着身体。“你没有肌肉，”他说，“而且你的脑子不比一个榛子仁大。”

“芙莉亚。”艾瑞尔用一种息事宁人的语气说，可她还根本没有开始吵架呢。“在经历了所有那些事情之后，我们也得想到情况可能会突然变得很危险。包括在山谷这里。假如阿博加斯特或者学院派士兵过来，或者是密探，那么咱们……”

“我不需要贴身卫士。”

“只需要我！”鸟喙书扯着脖子喊道。

艾瑞尔没有理会鸟喙书：“就像在书城时的那种情况，你就该需要他了。”

“为什么是我？我并不比这里的其他人更重要。”

“你姓罗森克罗兹。”

“皮普也是。”

“但你弟弟不是书巫。你是你们家族最后一个书巫。”

从艾瑞尔的眼神中，芙莉亚看出这还不是他要说的全部。“是因为七芒星。”她用几乎听不见的声音说。

艾瑞尔点点头，轻声地叹了口气。

“就因为我们互相通信，我跟他，单凭这个我可不……”

“你们跨越了两百年的时空通信。他要毁灭书巫世界的时候，是你阻止了他，是你……”他停了一下，大概是因为知道自己这时不能说错话，“……给了他灵感，你是他创造的世界里的一部分，同时也是他创造这个世界的诱因。他之所以创造了书巫世界，就是因为你从未来向他讲述了这件事。”

“我可不是他的缪斯，艾瑞尔！”芙莉亚攥起拳头，显得很沮丧，因为艾瑞尔将更多的责任归在了她身上。其中一些可能是她的责任，但并不是所有的都是。“真见鬼！”

“这不是要说错在谁，”他说，“而是为了你的安全。”

裴申思干咳一声：“这事我比较在行。”两人转头看着他。“很在行，真的。”

跨出门厅朝他们走出来的时候，裴申思下意识地缩了一下脑袋。他敞开灰色的外套时，芙莉亚看到他的腰带上挂着两支老式手枪。芙莉亚第一次知道费园里还有人随身携带武器，就好像这里是巴西的港口标样。

“我是个神枪手，夫人。如果您把那本多嘴的小书扔到空中的话，我能射中书里的每一个标点。”

鸟喙书闪电般地缩回芙莉亚的裤兜里。“咱们可以帮他变个样，”裤兜里传来闷闷的声音，“让他变成蘑菇，这样你就可以在上面踩来踩去了。”

“裴申思，”芙莉亚尽量让自己表现得友好，“这是个误会。艾瑞尔，你跟他说，他可以走了。”

“我打过仗，夫人，经历过很多磨难，后来我从书里掉了出来，丢下了我的莫莉，那个小可怜。我在这里不是因为喜欢英国或者其他的什么，当然，除了我的莫莉，我喜欢她，非常喜欢。我来这里是因为我没有家了，除了这栋房子，为此，我感激您。所以您可以相信我，绝对可以。如果有人想对您做坏事，就让我来对付。我会用身体挡住子弹，就像您是我的莫莉一样。她爱我，因为我为她那样做过，而且不止一次。我有枪疤，可以给您看看。”

鸟喙又伸出了长脖子：“他刚才是不是说你会爱上他？”

“不不，我没有这样说，”裴申思慌忙反驳说，“只有我的莫莉爱我，我也只爱她。现在是这样，以后也是。”他从军装外套里掏出一本泛黄破旧的平装书，递给芙莉亚。“看，这就是我的书。所有人都问我是不是从《飘》里掉出来的，就因为我穿着这身军装，但我根本没看过那本书。这是我唯一看过的书，还是因为里面有我的莫莉。当然，还有我。在书里，后来的一切都很美满。”

芙莉亚迟疑地接过书。这是那种甜腻得可怕的爱情小说，以前，她爸爸用这种小说来提炼过糖浆。书的封面上，一个金发的美男搂着一个浅金色头发的女人，他们美丽的头发在风中飞舞，远处的一个南方种植园正在燃烧。男人的军装装饰性地留着一些破洞，里面露出健硕的肌肉。芙莉亚一眼看出，裴申思就是上面那个历尽磨难的肌肉男，只不过老了一些。两个人的头顶上龙飞凤舞地写着激情烈焰四个字，字上的颜色已经斑驳，可能是因为裴申思不论刮风下雨都随身带着这本书。

虽然有些不情愿，但这个人和他那本皱巴巴的平装书还是感动了芙莉亚。芙莉亚不知道是不是艾瑞尔让他给自己看这本书的。

“裴申思？”她把书递回去。

“是，夫人？”

“我叫芙莉亚。别叫我夫人。如果你想帮助我的话，那么我接受。”

“什么？”鸟喙书叫道。

裴申思咧嘴一笑，将小说塞回衣服口袋里。“明白了，”他说，“芙莉亚，不是夫人。”

“对，没错。”

“超级大笨蛋！”芙莉亚的心灵书破口大骂，“愚蠢的笨蛋！你……”芙莉亚伸手捏住了鸟喙。

她看着艾瑞尔：“我想给新来的贴身卫士分配一些工作。”

从艾瑞尔的表情上能看出他有些不解，但他还是点了点头，给了裴申思一个鼓励的微笑，就回到房子里面去了。芙莉亚一直等到听不见艾瑞尔的脚步声时才开口说话。她不知道艾瑞尔能不能从远处看到自己脑子里在想些什么。真奇怪，她之前从没往那边想过。

“首先，”她说，“我想让你把这个石像头……”——她指指维波拉妲的头——“搬到房顶上去，放在风信鸡下面。让它看着山谷的方向。”

裴申思不解地挑起一边的眉毛：“我不知道这是不是贴身卫士应该做的工作。我不是仆人。”

她冲他和气地笑笑。“然后，”她坚决地说，“再去喂萨姆沙。”

“那只忧郁的甲虫？”

“没错。我弟弟皮普会告诉你应该注意些什么的。”

“我是贴身卫士，不是饲养员。”

“接下来咱们再一起想想你怎样才能更好地保护我。”她朝裴申思伸出一只手，“同意吗？”

他想了想，看看芙莉亚，又看看石像头。“同意，”他说着，用自己巨大的手掌握住芙莉亚的手，使劲摇了摇，“就这么办。”

“谢谢，裴申思。”

“你想现在看看我的伤疤吗？我还有一个文身，我的胳膊上文着我的莫莉。”

“回头看。先搞定石像头和萨姆沙。”

裴申思敬了个军礼，从地上抱起维波拉妲的头，就好像那是用泡沫材料做的似的，上房顶去了。

18

皮普在走廊上倒退着走，巨人大步流星地跟在他后面。

“你见过萨姆沙吗？”

“只听说过。”裴申思说。

“他们叫它忧郁的甲虫，因为它总是闷闷不乐的，而且总是肚皮朝上躺着。一个仰面朝天躺着的甲虫看上去总是很忧伤的。”几个月前，有人试图给他解释忧郁的意思，因为他还是个孩子。但是皮普爱看书，所以他知道很多词，如果碰上了不明白的词，他就靠上下文自己去理解。这就跟靠尝味道辨别橡皮糖的颜色差不多，只要尝试的次数够多，总有一天会变得很熟练的。

“听说它长得像蟑螂，”裴申思挠挠后颈，“它会说话吗？”

皮普停下脚步：“你那本书里的昆虫会说话吗？”他想起自己以前囫囵吞枣地读过的一些书，里面全是会说话的动物，但他不记得曾经看到过一个像裴申思这样的人了。

“不会，”穿灰色军装的巨人坏坏一笑，“我们会把昆虫煮了吃，打仗的时候如果没东西吃就会这么干，我们做过一道蚂蚁汤，味道还不错。”

皮普站着不动：“不许拿萨姆沙做汤！”

“那当然，”裴申思咧嘴笑着，露出他的牙齿，“早饭我吃了鸡蛋煎饼，还抹着橙子酱。”

皮普递给他一个桶，这个桶是他用两只手从厨房一直拖到三楼来的。桶里满满地装着已经不新鲜的蔬菜，味道很难闻。皮普如今能够熟练地拎着这个桶在房子里穿行，他负责喂萨姆沙已经有好几个星期了，所以不明白芙莉亚为什么突然要让这个书妖来帮自己。

“给，”他把桶递给裴申思，“你能提得动这个桶吧？”

裴申思点点头，用巨大的手掌握住桶把。

走廊尽头的墙上挂着一面镜子，上面镶着沉重的金框，镜面模模糊糊的，但皮普依然能从里面看到自己的样子。他跟芙莉亚一样，留着一头金发，虽然已经十一岁了，但个子还是很矮小，裴申思几乎有他的两倍高。以前皮普很害怕小丑，但是自从魅姬的那些护花使者袭击了费园之后，他就不怕了。他知道小丑只存在于自己的想象之中，而那些把庄园夷为平地的人却不是。芙莉亚和伊西丝把那些人赶跑了，还保证说他们永远都不会再回来了。

“它在这里。”皮普站在走廊右边的最后一扇门前说。

裴申思趴在木门上听了听：“它在睡觉吗？”

皮普敲敲门：“萨姆沙？是我，皮普。我带了个客人来。”

屋里的寂静又持续了一小会儿，随后，里面响起了嗒嗒声和沙沙声。

皮普兴高采烈地看着裴申思。“它说咱们可以进去了。”

“它什么也没说，肯定没说。”

皮普按下门把手，走进房间。

窗户被沉重的窗帘遮着，只有一条细缝里透进一丝光来。裴申思把右手放在枪把上，但是皮普在他腰上捅了一下，摇摇头：“你不用害怕。”

他以为裴申思会表示反对，因为大人从来不会接受小孩们的建议，但这个书妖却点点头，放开了枪，将拇指插进了腰带里。

“萨姆沙，”皮普说，“这是裴申思，他跟你一样，也是书妖。”

带顶架的床上有个黑影，一眼看上去像一块污渍，轮廓几乎是椭圆形的，比皮普大一点。萨姆沙仰面朝天地躺着，它改不掉这个习惯，虽然想要靠自己的力量翻过身来总得使好多下劲儿才行。它的那本书是个小短篇，讲的是一个非常普通的男人一天早晨醒来，发现躺在床上的自己变成了甲壳虫。皮普觉得这个故事无聊得要死，因为故事里的甲虫不但不吃人，还整天自怨自艾。如果让他写这个故事的话，那这个怪物最后会受到坦克的攻击，而它会吃掉每一个试图阻挡自己的人。

忧郁的甲虫白天躺在床上，壳朝下，弯曲的腿像雨刷一样，它就这样昏昏沉沉地待在昏暗的房间里。萨姆沙要到半夜觉得渴的时候，或是想吃壁炉旁边那两个食槽里的厨余垃圾时，才会在房子里走动。他们试过其他的食物，但似乎莴菜叶子更对它的胃口。萨姆沙不需要光线就能找到食物，因为它的嗅觉特别灵敏。假如白天没有睡觉或闷闷不乐，它就会花几个小时用口器清洗自己的肢体，在触角上花的工夫尤其多。

“好大一只蟑螂，”裴申思惊叹道，他站在床前，“能把它踩扁的靴子还没造出来呢吧。”

“他不是这个意思，”皮普对萨姆沙说，“裴申思打过仗，那个时候他们连靴子都吃。”皮普看着书妖说：“我在一本书里看到过。”

萨姆沙发出一声沙沙的叹息，可能是希望他们不要再打扰自己，让它继续静静地伤感。有些时候，它的这些伤感似乎是很有道理的，因为这些时候皮普会坐在它身边，给他讲自己的心事，讲芙莉亚跟菲尼安和其他人一起去对付亚当学院的时候，他有多么担心，讲他自己的十一岁生日，当时书妖们送给他一个蛋糕，上面是来自十一本书里的场景，还有他在德莱克鲁斯特小姐的农舍里度过的那些上午，这个老太太是温奇科姆的一名退休教师，这几个月，她在自己家给皮普上课。他们不得不辞掉她的前任蒂奥菲，因为这位先生坚持要继续在费园里上课，但是现在的情况不同了，这是绝对不可以的。

“倒到右边的食槽里。”皮普对裴申思说。裴申思手里一直拎着桶，站在床尾使劲盯着萨姆沙。屋里的光线刚刚能让人模糊地看见白色床单上那只巨型甲虫。

有的时候，萨姆沙会觉得是时候出去转转了，也可能是想找条路爬上房顶，好从那里跳楼，这种时候，它就会把书妖们吓一跳。实际萨姆沙在死书林里就已经跟他们生活在一起了。它是苏梅贝拉有一天想用书巫术给大家做酥皮馅饼的时候从书里掉出来的。书妖们说，看过了苏梅贝拉当时瞠目结舌的表情，后来为这只虫子付出的辛苦也值得了。

“那个食槽，”皮普又说了一遍，“右边的。”

裴申思嘟囔了几句什么，走到放在洞开的壁炉前的两个食槽那里。他倒菜的时候把桶放得太高，一个西红柿从食槽边掉了出来，滚到了床底下。裴申思把桶放在房门口，然后又走了过来。

萨姆沙闷闷不乐地叹着气。

“它有心情好的时候吗？”

“假如你早晨醒来的时候变成了蟑螂，”皮普说，“我倒想看看你会是什么心情。”

裴申思在床沿上坐下，充满敬意地跟萨姆沙保持一段距离，两只手放在怀里：“我想，我很了解它的感受。它想变成别的样子，我想去别的地方。”

“至少你不是个虫子。”

“但我还是丢掉了以前的生活。这里所有的人都有自己的生活。”

萨姆沙的前腿抖了抖，不知道是不是因为裴申思的这句话。

“我听说了你和你姐姐的事，”裴申思对皮普说，“孩子们不应该经历这种事。”书妖的脸罩在黑影里，但皮普能感觉到他这些话不是随便说说的，他的语气严肃而忧伤。皮普的父亲以前就经常会用这样的语气说话。

萨姆沙的两条前腿朝两边打开，用它们把左边的触角朝头的方向掰过来。它把触角在口器上拉来拉去，发出吧唧吧唧的声音。

裴申思出神地看着它。“你应该往好的方面想，”他对萨姆沙说，“你也有可能在醒来的时候变成了狗，那样的话，你现在要舔的就是自己的屁股了。”

萨姆沙发出了一声痛苦的叹息，放开了自己的触角，触角像枝条一样猛地向后面弹了回去。

“你可真会安慰人。”皮普说。

裴申思耸耸肩：“我随时愿意帮忙。”

“能给我讲讲打仗的事吗？”

“这可不适合小男孩听。”

“你自己以前不也是个小男孩嘛。”

“我小的时候个子就已经很高了，比其他人都高，也比他们壮。”

皮普坐到床尾那里：“那感觉肯定很棒。”

“非常糟糕，我刚十三岁就被他们招进部队了，我的朋友们都能留在家里，至少能多待几年，但他们却给我套上军装，手里塞上军刀和步枪，让我上阵杀敌。我还是个孩子的时候，就看到了很多残忍的场面，好多次差点儿就完蛋了。一开始还总有人在关键的时候拉我一把，帮我脱困，后来就变成我帮他们了。”

皮普打量着坐在昏暗光线中的这个身材高大的南方军士兵，

他的金发已经有些稀疏了，之前在亮处，皮普还注意到他右边的脸颊上全是些非常小的疤痕。皮普猜是火药弄的，也可能是某种老式步枪。他曾经在什么地方读到过，可能是《猎鹿人》或者《金银岛》，后一本是芙莉亚最喜欢看的书之一。

“反正我觉得艾瑞尔让你当芙莉亚的贴身卫士挺好的，”他说，“她很需要像你这样的人，一个在危急时刻能帮助她的人。”

裴申思坐在那里，挺直了身子：“我的确很擅长这个。我也会保护你的，我保证。”

皮普正想回答，门口突然传来了怯生生的敲门声。他们俩进来的时候没有锁门，这时被人一敲，门吱呀一声朝里打开，门口四方形的亮光里出现了一个娇小的身影。

裴申思跳起来，朝后退了一步，就像在军营里听见了号令一样站得笔直。“莫莉？”他小声说。

“嗨，娜桑德拉。”皮普跟那人打招呼。

门口那个苗条的女孩小心翼翼地朝房间里走了一步，但是当裴申思神情恍惚地向她伸出手去时，女孩一言不发地猛然转身，又逃回了外面的走廊上。

“娜桑德拉！”皮普喊道，“等等！”

他叹了口气，站起身来，示意裴申思待在原地别动，然后快步朝门口走去。他就快跑到门口时，门框上出现了两只纤细白皙的手，紧接着，一张长着大眼睛的雪白面孔从那里怯怯地露了出来。

“嗨，”皮普说，“是我，那边的是个新朋友，他现在负责保护我姐姐，他的名字叫裴申思，你们应该认识一下的，对不对？”

娜桑德拉的头猛地缩了回去，但是两秒钟后又冒了出来。她的眼睛有普通人的两倍大。

“你不用怕他，”皮普说，“他个子很高，而且很强壮，是个真止的英雄。”他回头朝南方军士兵挤挤眼睛：“这是娜桑德拉，她是个卡利斯特。”

裴申思依然站在那里，就像被闪电击中了一样。

“裴申思？”皮普这时注意到这个大块头根本没有听见他在说什么。裴申思眼睛里只有那个女孩，他的嘴微张着，右手紧紧攥着灰军装的下摆。

“他并不总是这样的，”皮普对娜桑德拉说，“至少我觉得不是。”

女孩慢慢地从门框后探出身子，双手依然紧紧握在木头门框上。她光着脚，像芭蕾舞演员一样踮着脚尖，身上穿着一件短短的连衣裙，连衣裙的颜色跟她平直的头发一样浅，胳膊和腿都光着。娜桑德拉的皮肤就像小桦树苗的树皮一样雪白，皮肤上到处都覆有隐隐约约的字母。

她站在那里，像个弱不禁风的玻璃人，轻盈地飘在立起的脚尖上，准备一有危险就随时逃开。她就像只小鹿，还没想好是应该逃跑，还是凑到猎人跟前嗅一嗅。

裴申思深吸一口气：“我猛地一看还以为……”

“什么？”皮普问。

“是我的莫莉。我还以为……那长发、身材……”他清清嗓子，这一下又把娜桑德拉吓得一哆嗦，接着，他敬了个军礼。“很抱歉，小姐，是我的错。咱们远远地见过，但我还没有这个荣誉，呃，荣幸跟您说话。”

皮普翻了个白眼。

六个月前，伊西丝在死书林和费园之间打开了一扇穿越门，当时书妖们都不顾一切地逃了过来，以躲避学院的爪牙。来的时候，这些书妖除了身上穿的衣服，什么也没带。就在门马上要关闭的时候，这个卡利斯特钻了过来。

在死书林里，如果种下一本被毁坏的书，就会长出一棵树，假如种下的是书巫的心灵书，那么里面就会长出一个卡利斯特，样子就像他们之前的主人，只是被美化了。白天，卡利斯特们变成人形在树林里游荡，晚上他们就会变成一种类似桦树的树木，藏在矮树林中，在那里扎根，一直到太阳升起。他们的皮肤上覆盖着以前那本心灵书里的字，并且从不说话，至少从没有人听到过他们说话。这个卡利斯特跟着书妖们逃到费园后，艾瑞尔给她起名叫娜桑德拉。

伊西丝曾经提出要把她送回去，但是娜桑德拉拒绝了，她在山谷里一钻就是好几天，从那之后，大家有时会在花园里看见她，但极少在房子里见到她。大多数人从来没亲眼见过娜桑德拉，只有少数几个能靠近她几步之内。今天已经是皮普第五次遇见她了。

没人知道娜桑德拉为什么要来费园。卡利斯特全靠晚上用根从土壤里汲取营养，所以她应该不是肚子饿才来的。 有些人见过她偷偷地穿过走廊，后来，皮普在萨姆沙的房间里找到了她。娜桑德拉有时会到这里来，静静地坐在大甲虫的旁边，待一会儿就走掉。到第三次的时候，皮普成功地说服她不用逃开，从那之后，她就允许皮普靠近自己了。

裴申思还在原地一动不动。卡利斯特走进房间，轻盈得像雾，仿佛不过是偶然化作了年轻女人的形状。芙莉亚十二三岁的时候穿过这条裙子，现在穿在娜桑德拉身上，大小刚好合适。尽管如此，还是不会有人把她当作孩子，因为她的大眼睛里充满智慧，她的一举一动让人油然而生一股敬意，就连艾瑞尔都猜不出她的年龄，因为她从心灵书变成现在的样子后，就没有再变过。她也许是二十岁，也许是两百岁，也许还要更老。

皮普让开地方，好让她能从自己旁边走到忧郁的甲虫床边。她雪白的肌肤能反射最微弱的光，就像午夜的月光一样。

她飘到萨姆沙身旁，将一只手放在它身上。甲虫的六条腿朝两侧耷拉下去，就像一颗黑色的星星一样躺在那里，嘴里发出一声轻轻的呼哨。皮普觉得，卡利斯特为萨姆沙消除了一些忧伤，用一种神秘的方式让它重新获得了活下去的勇气。

她这个姿势保持了大约一分钟时间，皮普和裴申思在这段时间里都静悄悄的。最后，她抬起眼睛，看看皮普，又看看一动不动的南方军士兵，用一根纤长的食指指着他，又指指萨姆沙，她把这个动作重复了三遍。这时，裴申思问道：

"她要说什么？"

"我想她是要你保护萨姆沙。"

娜桑德拉点点头，皮普头一回看见她露出笑容。一股暖流从皮普的头顶涌向脚底。

"我会的。"裴申思说着，郑重地将手放在自己那颗充满勇气的心脏上。"我以莫莉的名义起誓！我会满足娜桑德拉小姐的每一个愿望，特别是这个愿望。"

皮普觉得好像听到了轻轻的笑声，银铃一般，轻得几乎听不见。随后，娜桑德拉离开萨姆沙床边，飞快地经过皮普身边，飘回到门那边。皮普闻到了一股森林中土壤和树皮的味道，就像平常一样，他没有听见脚步声，娜桑德拉无声地顺着走廊离开了。

他们一言不发地又站了一会儿，皮普的脸上带着微笑，裴申思的手依然放在胸前，就好像他刚向总统宣完誓，最后反倒是萨姆沙用一声深深的叹息打破了沉默，它的腿在身体上方合拢，发出轻轻的嗒嗒声。

"我的天哪。"裴申思小声说。

"你喜欢她。"皮普下了结论。

"一开始我以为进来的是我的莫莉！"

他一来就把那本皱巴巴的平装书拿给皮普看了，是的，封面上的那个女人跟娜桑德拉有点像，但是所谓的像，无非是两个人都身材娇小，长着金发和大眼睛。

“但她不是莫莉，裴申思。”

“我知道！我也不过是想到了莫莉而已，”书妖看看床上的大甲虫，“看样子我现在得盯着这只蟑螂了，不知道它会不会乐意。”

“你不要这样，就好像它不在房间里似的，”皮普说，“你可以直接跟它说。我想，它听得懂咱们说的话，虽然它不会说。”

裴申思摆摆手：“下次吧。”

皮普走到床边跟萨姆沙道别，然后跟裴申思一起离开了房间。他们沿着走廊慢慢地走着，书妖正在四下里看，显然是在找刚才他们碰到的那个神奇生物留下的痕迹。

“她不会掉树叶之类的东西。”皮普说。

“我知道。”

“你希望再次见到她。”

“她是我从书里掉出来之后见过的最漂亮的女人。”

“你在死书林里没见过卡利斯特吗？”

裴申思摇摇头：“我大部分时间都在站岗。我们的营地设在一棵翻倒的大树根部，那棵树的根伸到了离地很远的空中。卡利斯特总是待在森林里的地上，他们不喜欢爬树。”他顿了一下，一屁股坐在一张裹着天鹅绒的椅子上，椅子上方是一幅镶金框的油画。裴申思双手捧着脸，从指尖上方看着皮普说：“只是因为我现在不能不想到莫莉。”

“你很想她，对不对？”

“对我来说，没有比她更好的。并不是因为她有钱，而且像圣母玛利亚一样漂亮，而是因为她能够接纳这样的我。我不聪明，这我知道，完全不像她那么聪明，但是她喜欢我，虽然我说不出什么高明的话。”

“你救了她的命。”

“换了谁都会那样做的。为她去死……并不是什么坏事。”

皮普想到了他失去的那些亲人。“我觉得死是一件很坏的事。”他说。

“如果死了能再见到莫莉，那我觉得去死也无所谓。”

“我不会为了见到我爸爸就去死。”皮普说这话的时候有些不安，但这是真话。虽然他很爱爸爸，但他更愿意活着，他不会轻易放弃生命。

“我能告诉你个秘密吗？”裴申思问。

皮普点点头。

书妖在走廊里左右看看，压低了声音：“你听说过无名河吗？”

“那是个书巫的传说。”

“不是传说，”裴申思使劲摇头，“真的有这条河，我听人说起过。”

皮普觉得这根本说明不了什么，但他没有反驳，因为裴申思显然很相信。

传说中，无名河从隐页世界中流过，沿途经过无数的书籍。它会穿过每一本写到河流的书，这条河就像一个出现在无数影片中的演员，有时是主角，有时只是背景。据说无名河的河水最终会经过所有这种书，可能是小溪，也可能是湍急的大河。

“我很想写封信，”裴申思说，“写给莫莉，因为她根本不知道我怎么样了，书里的我还在那里。”

书妖从小说里掉落出来对书本身没有影响，书里的故事也不会有变化。裴申思，或者说一个像他的双胞胎一样的人，直到今天还在《激情烈焰》里为南方、爱情和最终一定会出现的大团圆结局而战。也许正是这点最让他感到难以接受，因为莫莉根本不会思念他，最后还会和一个跟他一模一样的人共同在夕阳下骑马。

“我想写下发生的事，”裴申思说，“然后把这封信装在瓶子里，找一个书巫帮我扔进无名河里。总有一天，这个瓶子会流进该去的那本书里，流到密西西比河畔，然后，莫莉会找到这封信，她会看到这封信，哪怕需要一千年的时间也无所谓，因为故事只要被写下来，就不会死。重要的是，莫莉能知道真相，知道她依然是我心中最重要的人。”

“这一点她肯定早就知道了，至少从你的书上看起来是这样的。”

裴申思掏出那本平装书，用粗大的手指抚摸着封面上的那个女人：“只有一个问题。”

有一百个问题，皮普心想，但他只是问：“什么问题？”

“我不太会写字，呃，名字什么的还行，但是我想说的那些话，那么多句子，难写的词……”

“我帮你写怎么样？”

裴申思抬起眼睛，脸上一亮。“你愿意？”

皮普敬了个军礼。“尽管放心，长官！”

裴申思用两根手指碰碰额头，带着像要结拜一样的表情还了个礼。

19

维波拉妲的头现在端端正正地放在费园中间山墙那里的风信鸡下面，眼睛看着山谷。裴申思用铁丝把石像头固定在了风信鸡的杆子上，不过要近处才能看见那些铁丝。

芙莉亚很高兴，把这么沉的一个石像头弄到房顶上，裴申思一定费了不少力，想到这里，她感到有些不安。

山谷从这里开始向西延伸，就像是刻在翠绿山坡之间的一个柔和的凹痕，沿着山谷是碎石块和虬结的树篱组成的围墙，马上就要落山的太阳给一切笼罩上了古铜色的光。

一整天，芙莉亚都躲着大家，因为她想一个人静静，想想塞雷斯蒂安和艾瑞尔的话，不过，更重要的还是想弄清楚自己在回忆起马杜克堡垒中发生的一切时，心里究竟是什么感觉。

听到沙沙的脚步声，她回过头去，看到凯特正在从山墙之间朝这边走过来。凯特走在房顶上的时候，就像梦游的人一样神情涣散。她的动作比对房顶了如指掌的芙莉亚还要灵活。

两只鸽子咕咕叫着，在房顶上林立的烟囱中的一根上完成了交尾，它们扑棱着翅膀腾空而起，随后落在凯特的肩膀上，一边一只。凯特冲它们小声说了些什么，摸了摸它们的羽毛，随后，鸽子又腾空而起，消失在房顶后面。

她分开双腿，骑在芙莉亚旁边的山墙上，脊背冲着山谷："没有人知道你在房顶上。"

"显然你是知道的。"

"我问了皮普你在哪里，那个弗兰肯斯坦似的怪物在他那里。"

芙莉亚笑着翻翻眼睛："裴申思，我的新保镖，按照艾瑞尔的说法。"

"看起来他寸步不离地跟着的人是皮普。"

"感觉他人不错，至少我能确定皮普不反感他。"

"你一整天都在躲着我。"

"我躲着所有的人，我想一个人静静。"

"有用吗？"

"我就是无法相信伊西丝会抛下大家。菲尼安坚信这一点，但是他……"

"所以你就不想再跟我谈这件事了？因为菲尼安是我的男朋友？"

芙莉亚心虚地躲开她的目光："你又能跟他在一起了，所以很高兴，这个我明白，但是他……"

凯特打断了她的话："又能跟他在一起了？回到这里之后，我可能就跟他单独待过半个小时，其中有一半的时间他还在冲澡。除此之外，他就一直跟苏梅贝拉一起关在你爸爸的书房里，两个人不断告诉对方，伊西丝是欧连德死后反抗军碰到的最坏的坏蛋。"

芙莉亚咬着下嘴唇，想从凯特脸上的表情中看出她的想法，但是看不到，因为她的朋友在夕阳下逆着光坐着，她只能看到金红色天空下一个邋里邋遢的剪影。

“我不明白他的想法，”芙莉亚终于说道，“我想说的是，他的确吃了很多苦，但不能把这些全都怪到伊西丝头上啊。”

“苏梅贝拉还支持他的想法。她说的全是菲尼安想听的，”凯特愤怒地冷哼一声，接着说，“显然跟我不一样，所以没过多久我们就吵起来了。已经那么久了，他就只知道……”她话只说了一半，因为声音突然变得嘶哑，或许还因为她害怕自己可能会说出的话。

芙莉亚拉起凯特的手，用两只手紧紧地握住，这时她才发现自己的朋友在发抖。

“也许他得先冷静下来，”这话听起来不痛不痒的，虽然她觉得这话有一部分是对的，“菲尼安跟那些坏蛋一起生活了三个月，你得给他点时间让他恢复。那些事过去还不到一天，而且……”

“这就是问题所在啊！他不是在冷静地思考整件事，比如到山丘上去散个步，或者随便做点什么跟亚当学院没关系的事，没有，他只是猫在那里，跟苏梅贝拉嘀嘀咕咕，一起计划怎么在伊西丝把咱们的秘密都告诉阿博加斯特之前阻止她！”

芙莉亚或许不是世界上最称职的好朋友，但她也早就看出真正的问题不在于菲尼安的怒气，而是苏梅贝拉。

“他们想去追踪伊西丝？”

凯特的肩膀耷拉得更低了，她点点头。“疯了，是吧？苏梅贝拉打不过这个阿博加斯特的，菲尼安也已经筋疲力尽了，虽然他不肯承认。依我看，咱们还都很疲惫。”她看着一群绕圈飞翔的蝙蝠，随着夜色降临，它们都离开了房檐下睡觉的地方。“而且很多事咱们都操之过急了——过去几个月里的行动全是白费力气，学院会笑死的，阿博加斯特自己不也说了吗？我有时候会想，咱们做的这些事难道真的是为了解放庇护所吗，还是说只是为了让自己的良心过得去？只是因为我们有能力做一些事，虽然我们都知道这些事不会有结果？就连艾瑞尔看上去都很疲惫，你注意到了吗？”

芙莉亚点点头：“抵抗运动已经结束了，你是这个意思，对吧？”

“所有人都觉得自己做的是正确的事，但我们不够强大，包括伊西丝在内。我住在书城的房顶上时，至少还知道做某些事是为了什么：为了活下去，为了有饭吃，为了给自己赢得一点尊重，好让那些比我糟糕得多的人别再来惹我。这是我能做到的，所以我早上……好吧，中午……才会起床出门去。但是我们在这里的目标是战胜亚当学院，它远在我们够不着的地方，我们甚至都不知道它是什么样子的，没有可以摧毁的死亡之星，或者指环，或者天知道的什么东西。”她停了下来，显然很惊讶自己会这样滔滔不绝。“我还要告诉你一件事：假如我们最终的目的是让自己心安，那我不需要，我的良心很安定，虽然我不是个伟大的女英雄，不会在某一天将三大家族推下宝座，但我有生活——就算是吧——有爱情，有几个好朋友。我别无所求，不需要那么多东西来让我自己感到满足。”

芙莉亚本来可以有很多用来回答的话，不会只敷衍一句你说得对。不过她发现自己的思维已经飘远了。

“咱们得阻止他们两个。”她说道。

凯特瞪着她：“你听没听我在说什么？”

“是的……当然。不好意思，”芙莉亚将一条腿甩过屋脊，打算站起来，“但是咱们不能光是坐在这里说，菲尼安和苏梅贝拉已经准备动身去书城了。”

“我不是说了嘛，差不多，是这样。”

芙莉亚把手伸给凯特，随后她们一起顺着倾斜的屋顶向下滑到了天窗那里。

那群蝙蝠呼地划着大圈从她们头顶飞过，四散飞开。

20

几个月前，芙莉亚就同意了苏梅贝拉使用父亲的书房，为了方便她研究父亲那些关于书巫术的文章。多数情况下，她的课也是在那里上，她得向苏梅贝拉证明自己认真练习了。虽然芙莉亚的书巫术还远远达不到完美的程度，但是她学到了很多东西，而这一点首先要感谢的就是苏梅贝拉的认真。

但是这天晚上，她没有敲门就推开书房的门时，心里一点都没有感激的意思。

“你们不能这样做！”

菲尼安和苏梅贝拉在书房的沙发那里面对面地坐着。苏梅贝拉蜷着腿坐在沙发上，那张沙发是提贝流斯·费尔菲克斯以前用来放那些沉甸甸的大开本古书用的，菲尼安则坐在一张皮椅上。以前，芙莉亚都没注意到书堆里还有这样一张椅子。菲尼安穿着牛仔裤和一件黑色的T恤衫，苏梅贝拉穿的是她自己最喜欢的无袖连衣裙，裙子是蛋壳的颜色，长不过膝。

裙子外面套着一件白色的翻领毛衣，颜色跟她的头发很配。

几个月前，苏梅贝拉把房间大致收拾了一下，但是并没能从根本上改变房间的凌乱，书桌依然保持着芙莉亚的父亲最后一次穿越前的样子，地上堆积如山的书也大部分都保持着原样。为了能拿到放在后面的那些珍贵的书籍，苏梅贝拉把书架上的一些书挪了挪。除此之外，她还腾出了沙发和扶手椅之间的那张桌子，好在上面放她想看的那些书。

菲尼安的怀里摊着一张书城管制区的地图，芙莉亚和凯特冲进来的时候，他抬起了头。

"我跟塞雷斯蒂安谈过了，"芙莉亚在两个人面前停下脚步说，"现在我知道伊西丝过去一段时间里为什么要频繁地去伦敦了。"

凯特关上门，闷闷不乐地看着菲尼安和苏梅贝拉。如果她之前以为自己会撞见什么亲热的场面，而不是这种对局势的讨论，那她真是想多了。

"我们也知道，"菲尼安说，"塞雷斯蒂安去找过艾瑞尔，把事情都告诉他了。"

"但你们还是认为她背叛了大家？"

苏梅贝拉几乎有点同情地看着她："你就是不能面对这件事。"

"伊西丝那么相信你！相信你们两个！事情稍稍没按计划进行，你们马上就放弃她了？"

"她本来是有机会攻击阿博加斯特的，"苏梅贝拉说，"但是她没有那样做，而她是唯一一个能向我们解释这一点的人，所以我们要找到她。"

"她本来能够攻击他，但并没有那样做，"芙莉亚反驳说，"因为那样做的话，阿博加斯特会杀了我们所有人。伊西丝救了大家的命！"她转头冲着菲尼安说："假如她是个叛徒的话，那她还会在塞雷斯蒂安那里待那么长时间吗，塞雷斯蒂安可不是学院的朋友！"

“她只是待在他的房子里，而不是跟他待在一起，这是有区别的。”

“为了能和咱们并肩作战，她做出了很大的牺牲。”

“她有选择吗？”苏梅贝拉反问道。“你知道吗，芙莉亚，依我看，就在你和七芒星把她变成书妖的时候，她跟学院之间的关系就完了，她得想到，一旦大家知道她变成了什么，她可能就不会再有机会做密探了。身为书妖，她是不可能去追捕自己的同类的，她很清楚这一点。”

“但是阿博加斯特说需要她的帮助，”芙莉亚反驳说，“他说这话是什么意思？什么帮助？”

“帮他一举击溃反抗军。”菲尼安说。

“真的吗？”凯特终于开口说。“你真的认为我们对于学院来说不仅仅是烦人而已吗？你们就这么相信自己，以为他们会因为我们这群人感到担忧？对他们而言，我们根本不是什么反抗军，不过是一群在逃的罪犯而已。我们到底有什么可以骄傲的资本？除了破坏几栋建筑，就没再干成什么。只要能避免，就不伤人性命，实在避免不了，也只杀那些密探、士兵和警察。而这样的人学院有无数个。这就像是冲他们的腿撒了泡尿，仅此而已。他们有比我们更好的理由杀掉伊西丝。我们不过是烦人而已，但伊西丝可是个叛徒。伊西丝曾经是他们中的一员，后来又成了他们最大的敌人。阿博加斯特本来应该当场杀掉她，但他却百般恳求，请她听自己说话。”凯特走到壁炉前，坐在炉子的石头边缘上。“这就是问题所在：是什么让三大家族这么头疼，以至于他们竟要重新启用伊西丝这样一个叛徒？”她看看菲尼安和苏梅贝拉，又接着说，“肯定不是我们，否则他就不会放我们走了。”

芙莉亚也这样想：“阿博加斯特是冲着伊西丝来的，现在显然还有其他的威胁，让他都懒得费力杀掉我们。”菲尼安开始在屋子里的书堆之间来走来走去。

“艾瑞尔认为阿博加斯特在策划政变，”苏梅贝拉说，“所以他想拉伊西丝入伙。”

这一点芙莉亚下午的时候也想到过：“阿博加斯特是跟坎多斯家族走得最近的人之一，他有多大的可能性会跟学院作对？当然，可能性是有的，但是到目前为止有什么迹象能够证明吗？有谁感觉到了什么吗？就连艾瑞尔也是到现在才有这个想法的。”

“你真的认为还有其他人？”苏梅贝拉问，“第三股势力让阿博加斯特都感到害怕，以至于竟会使他跟学院的敌人结成联盟？”

“他说的那些话倒是符合这一点。”

菲尼安在壁炉边站住，蹲在凯特旁边，握住她的手。“我们只有去问伊西丝，才能找出真相。”菲尼安几乎是在用乞求的语气说这些话，他希望凯特能够理解和支持自己的想法。“只有她能给我们答案。假如你们说得没错，她的确还是站在我们一边的话，那她就会把知道的事告诉我们。”

“如果你要去找她，我也要跟你一起去。”凯特说。

菲尼安摇摇头。“我必须带一个书巫去。苏梅贝拉能打开穿越门，几秒钟之内就能到达目的地。如果想找到阿博加斯特，我们就得快。苏梅贝拉是唯一一个能做到这一点的人，”他深深地看了芙莉亚一眼，“也有可能，一切正如你所说，是我看错了伊西丝，但那也得由她亲自来说服我，而不是你。”

芙莉亚伤心地一屁股坐在空出来的那把扶手椅上。苏梅贝拉在沙发上又陷入了沉思。

凯特把菲尼安拉到身边，吻了他。他们的嘴唇一开始有些迟疑地碰在一起，似乎两个人都不确定对方想不想这样做，但是随后，他们的吻越来越热烈。

房子深处的某个地方传来了钟声，芙莉亚和苏梅贝拉同时站起身，菲尼安和凯特也跳了起来。以前，宝琳曾用过这样的钟声叫家里人去吃饭。如今，这钟声只有一个意思：警报。

这天晚上，书房的门第二次没有人敲就被猛地撞开，他们面前站着芙莉亚上午看见的那个刷墙的羊人。他蓬乱的毛皮上溅了许多黄色和白色的涂料，脸色发灰。

“艾瑞尔……”他的声音就像是在呻吟，“艾瑞尔死了。”

21

流放了七芒星之后，他们把造物书全都从安吉洛桑托别墅里搬到了费园。在这些书里，七芒星创造了书巫的世界，并且为这个世界制定了规则。之前，这些书被藏在安吉洛桑托别墅的一个密室里，差不多有一个半世纪了，那里既不潮湿，也没有日晒。它们都是手写的孤本，所以将它们藏在书窖里是有很大风险的。半年前，芙莉亚在那里被一只霉鳐攻击过，这说明书窖里一定是有潮气的。而且，就算有人说这个书窖已经自行变成了庇护所，她也不会感到奇怪。

所以他们最后决定把造物书收藏在三楼的一个房间里。那里的两扇高大的窗户被堵上了，门口加固了好几道，日夜都有两名书妖武装把守。除了艾瑞尔和抵抗军里的三个书巫——伊西丝、苏梅贝拉和芙莉亚——之外，其他人都不得进入。

现在，这两名守卫已经死了。他们的尸体躺在走廊的另一头，离门十几米远的地方。他们应该是被非常大的一股力从走廊甩到了那一端的墙上，酒红色的墙纸都被砸裂了，下面的墙皮也四分五裂。尸体的四肢和头扭曲着，毫无疑问，两具尸体的骨头也应该全都断了。

一个男人正在大声叫人拿床单来盖住尸体，但他却被另一个女书妖推到了一边。那个女书妖抽泣着跪倒在一名死者旁边。跟大多数书妖一样，她当时也在房子后面的花园里。从死书林里逃出来的书妖都保持着这个习惯，会在太阳落山后聚集在外面一起吃饭喝酒，这种时候，走廊里空荡荡的，不管闯进来的是什么人，这个人都应该是知道这一点的。

“他们把我们的情况都摸清楚了，”菲尼安小声说，“他们什么都知道。”

凯特紧紧地握着他的手，直握得她自己的手指关节都发白了。

芙莉亚的脖子僵硬，胃里剧痛。她觉得自己穿过走廊的时候，动作僵硬得就像一个机器人。她从那些同样被警钟惊动了的书妖们旁边走过，这时，还陆陆续续有书妖跑来，大多数书妖都目瞪口呆的，其中有几个在轻声哭泣。他们中的很多人以防万一，都带上了武器，如做饭的刀、短棍，还有一个竟然拿着耙子。屋里的一切都笼罩在可怖的沉默之中，大多数书妖都因为惊恐而说不出话来。

苏梅贝拉快步走在前面，从人群中挤出一条路来。书妖们认识她很多年了，对她一直充满敬意。菲尼安、凯特和芙莉亚跟在她后面，还有一些书妖跟在他们后面。这些书妖也想看看房间里发生了什么，但是他们都被白天值班的那些身材粗壮的书妖们拦了下来。

艾瑞尔的衣服碎成了几百片，就像是被从里面炸开的，满屋子都是碎布片。已经有人把他面朝上翻了过来，把他的两只手交叠着放在了胸前，两条腿也摆直了。假如不是皮肤的颜色，他的样子看上去几乎可以称得上安详。他的肤色一直就有些发蓝，不过现在，苍白皮肤下的每一根血管都呈现出深蓝色，像无数的树枝覆盖在他整个身体上。

“这是……”芙莉亚开口说。

“蓝血，”苏梅贝拉说，“他的血一直都是蓝色的。”

“他的血管破了，”菲尼安在艾瑞尔身边蹲下，抹了一下自己的眼睛，然后拿起艾瑞尔毫无生气的手，“一下子就破了。”

芙莉亚一阵反胃，凯特艰难地喘着气。

“但是看样子一滴也没有流出来，”菲尼安的声音颤抖着，“还都在……他的身体里。血管受到了一股极大的力，但是他的身体跟门外那两个男人的反应不一样。”

芙莉亚察觉到，他是在用冷静客观的语气掩饰自己的悲伤。他和艾瑞尔好多年来都亲密无间，他们一起计划游吟兄弟的各种行动，一同经历过穷困潦倒的日子，也分享过胜利的喜悦，在这个过程中，两个人成为了亲密的朋友。

凯特想往他那边走，但是刚走一步就停了下来。她似乎意识到了在现在这种时候，菲尼安应该更想一个人待着。再说她也不知道该说些什么才能安慰他，她从来就不会说那些场面话。

苏梅贝拉合上眼睛，深吸一口气。随后，她突然看着芙莉亚。

“你感觉到了吗？”

芙莉亚的脑子似乎空空荡荡的，她什么也感觉不到。就像突然有人给了她一记重击，重到她因为惊恐和恍惚而动弹不得。几个小时前她还在跟艾瑞尔说话，现在，他已经了无生气地躺在了自己眼前的地上。不管这事是谁做的，这个人不但夺走了她的朋友，而且连道别的机会都没有给她。

“芙莉亚，”苏梅贝拉又叫她，“你能感觉到吗？艾瑞尔不是书巫，但这里充满了书巫力。”她看着靠墙的一排书架，造物书整整齐齐地摆在上面：二十四卷大开本，深色的真皮封面，没有标题，只用金色的罗马数字编着号。这些书也会散发出书巫气场，但苏梅贝拉说的并不是这个，而是凶手留下的痕迹。

芙莉亚神情恍惚地点点头，她也感觉到了，但是随后，一个念头突然盖过了其他的一切。

“皮普！”她猛地转过身朝门口跑去。“有人看见皮普了吗？”

站在门口的书妖退开，芙莉亚冲到了走廊上。她看到一些嘴在蠕动，就像是慢动作一样，但是她听不清它们在说什么，所有的声音听上去都是那么遥远、沉闷。

所有的，只除了一个声音。“我没事！”他的声音听上去还是很稚嫩，不过应该也稚嫩不了多久了，“我在这儿，芙莉亚！”

她转过身，看见皮普站在走廊尽头的一群书妖中间，裴申思站在他旁边，手搭在他的肩膀上。

“警报一响我就去他身边了，”南方军士兵说，“本来我是要找你的，芙莉亚，但是后来我想，你应该能照顾自己，而他可能更需要我的帮助，假如真有什么事的话。”

芙莉亚松了口气，朝他们俩跑过去，结结巴巴地说声“谢谢”，然后抱住皮普，并对裴申思说：“你能留在他身边吗？我得回去找其他人了。”

“当然。”

“艾瑞尔怎么了？”皮普问。

她觉得不应该掩饰真相，皮普已经长大了，而且他自己也经历过很多事情。“他死了。”

“出了什么事？”

“我们还不知道。跟裴申思待在一起，好吗？”

“我能再看看他吗？”皮普小声问道。

“回头再说。”

她回到房间里的时候，菲尼安已经让人去搜查整个庄园了。

并且让另外一些人去查看书窖门口的岗哨，以防有人从其他庇护所往那里开穿越门。书窖那扇沉甸甸的大铁门的钥匙芙莉亚日夜都不离身，这时也装在她的裤兜里。更大的可能性是，杀死艾瑞尔的凶手是用穿越术离开的。

“我们都觉得只可能是书巫干的，你觉得呢？”凯特问。她强忍着泪水，虽然她是所有人里跟艾瑞尔打交道最少的。现在，给了抵抗运动现在这个名字的两个游吟兄弟都死了。

“这不是普通书巫干的，”苏梅贝拉说，她显然在极力克制自己的情绪，“门外那两个人是被一股非常大的力量甩过走廊的。你们看见那堵墙了吗？我是做不到这一点的，不可能有那么大的力气。”

“我们大家都知道谁有这个能力。”菲尼安说。

芙莉亚已经预料到他的反应了，她差点忍不住要将满腹的怒气发泄在他身上：“你觉得这里的一切都是伊西丝做的？”

“或者阿博加斯特，假如伊西丝告诉了他能在什么地方找到我们的话。”

“或者两个人一起。”苏梅贝拉说。

芙莉亚拼命克制自己不要朝她发火，他们不应该在朋友的尸体旁吵架。几分钟前，她还在想说不定能说服这两个人，但是现在她看出来了，自己是做不到这一点的。不管是谁杀死了艾瑞尔，这都巩固了大家对伊西丝的怀疑，不管是有意还是无意的。

他们让人去叫羊人，这时他走了进来，然后关上门，以便挡住外面走廊上的那些书妖。芙莉亚记不起他的名字了，这时她的记忆好像都大片大片地消失了。羊人从隔壁房间里拿来一张床单盖在艾瑞尔的尸体上，他毛茸茸的手颤抖着，迟疑了一下，才盖住了艾瑞尔的脸。

“他还活在莎士比亚的那出戏里。”凯特打破了沉默。大家都看着她。

“那对这个他来说也没有什么用。”羊人回答说。

凯特一惊：“对不起，我没有……不敬的意思。”

书妖对她笑笑，离开了房间。他从外面把门关上后，他们听见他在外面劝其他书妖离开。现在，只剩下他们四个人，跟死去的朋友待在一起。

芙莉亚很明白凯特的意思。她也不止一次问过类似的问题：书妖也会像人那样死去吗？如果他们从书里掉落出来并不会给书带来任何改变，那么他们另外的那个自我，他们的原型，也不会有什么改变。反过来也一样，书中的某个人物死去了，这对这个人物在书巫世界中的化身也没有什么影响，因为这个书妖是在那个人物死之前从书里掉落出来的，现在在过的是自己的生活。

假如芙莉亚现在坐在阅读椅里，捧着莎士比亚的《暴风雨》，会觉得自己看到的是一个活生生的艾瑞尔吗？还是说，在所有这一切发生之后，他依然只是一个虚构的人物，印在纸上的想象，除了名字一样，跟她这个有血有肉的朋友再无相同之处？

凯特走向菲尼安，用一只手搂住他的脖子，抱住了他。她轻声地劝慰菲尼安，抚摸他的头发，菲尼安合上了眼睛。

这时，苏梅贝拉走到艾瑞尔身边蹲下，掀开盖在他脸上的床单，摸摸他合着的眼皮，另一只手则放在了自己的心灵书上。她似乎在倾听，在他身体里寻找蛛丝马迹，假如她真的是打算这样做的话，那么她的书巫力应该比芙莉亚知道的还要强得多。

芙莉亚慢慢地走到一张桌子前，桌上堆着好几本造物书。唯一的一张椅子翻倒在地，应该是凶手冲进房间时被艾瑞尔撞倒的。

很长时间以来，艾瑞尔一直在翻阅这些造物书，辑录里面的内容。之前他还问芙莉亚要不要给他帮忙，他们开始一起辨认七芒星的字迹，但是芙莉亚依然对跟塞弗林通信这件事难以释怀，她之前没想到自己会这么痛苦，一开始她还努力克制，试图不去理会看到那熟悉的字迹时自己心里的感觉，但是最后，她还是请求艾瑞尔独自继续这项工作。从那之后，他就独自一人夜以继日地埋头读着七芒星的这些作品，将内容总结下来，并不断列出新发现的书巫世界的各种事件和规则，把这些都写在桌上的一个草稿本里。

桌子上放着的是第五、六和七卷。显然，艾瑞尔直到死前还在比较这里面的一些片段，也许是发现了前后矛盾的内容，可以用来解释七芒星世界中不合理的地方，让这个世界中的居民成为无法解释的现象或是成为命运捉弄对象的逻辑性错误。艾瑞尔告诉芙莉亚，偶发事件常常跟七芒星制定法律时的前后矛盾有关，一些乍看起来无关紧要的事件也可能是因为其中有遗漏。

二十四卷，这是个复杂的规则体系，但是它们能够解释这个世界中的所有事情吗？恐怕很难。七芒星不过是打下了地基，这个地基上有裂缝，而且坑洼不平。学院在这个地基之上继续建设，建起新的庇护所，制定规章制度，凭感觉继续拓展着七芒星异想天开的造物。不过在这个过程中，三大家族也只能在七芒星设定的界限之内行事。对于造物书，他们既不能去写，也无法对旧有的书做什么改动。书巫世界的轮廓一经确定，就再也没有可能做任何更改，连七芒星本人也是做不到。在很久以前，他就已经失去了对自己所创造世界的主宰权。

凯特和菲尼安还在小声交谈，苏梅贝拉在艾瑞尔的尸体那里忙活着，这时，芙莉亚走到对面的墙边，仔细看着书架空出的那几个地方。一个大的空当可以用桌子上的那些书来解释，但是在这之外，还有一个地方空着，在第十卷和第十二卷之间。

“苏梅贝拉？”

“嗯？”

“你在什么地方看见第十一卷了吗？”

“没有。”苏梅贝拉走到她身边，若有所思地用食指画过一本本书的真皮书脊，一直到空着的那个地方。“奇怪。”

芙莉亚点点头：“艾瑞尔从来不会把这些书带出房间，对吧？这是他自己规定的。”

“保险起见，咱们还是去他的房间里查看一下吧。”

“我敢打赌书肯定不在那里。”

菲尼安和凯特走了过来：“出什么事了？”

“少了一本书。第十一卷。”

“有人知道这一卷里写了什么吗？”凯特问。

芙莉亚摇摇头。“艾瑞尔的笔记只到第七卷，”她把手伸进那个缝隙，“他还没有看到那里。”

苏梅贝拉退后一步，就好像要从远一点的地方来观察一下整体情况：“这本造物书能够用来做什么？为什么他只带走了这一本？”

芙莉亚已经开始想其他的事了：“七芒星写完这些书后，它们就没有任何力量了，对吗？”

苏梅贝拉点点头，从书架上取下第十卷翻阅起来：“书巫世界是在他写下的那一刻产生的，之后这些书只不过是对七芒星创世的记录而已。至少艾瑞尔是这样解释的。”

“如果这些书除了能拿来读，没有别的用处，”芙莉亚继续说，“那么这个人寻找的应该是某个信息，而这个信息只能在第十一卷里找到，在其他卷里没有。”

“他是怎么知道的呢？”菲尼安问，“我是说，怎么会有人知道这本书的什么地方写着什么呢？我想，只有七芒星本人知道这二十四卷的确切内容，就连学院在某些内容上的意见都不一致。”

“而七芒星应该还在永夜庇护所里，”凯特说出了芙莉亚心里也在想的话，“如果这点没有改变，那么就是某个人……”

"在他之后曾经见到过这些书，"苏梅贝拉接过她的话说，"而且还有足够的时间从容地读这些书，读完每一本。"

菲尼安的脸色非常严峻："唯一能够进这个房间的人就是艾瑞尔，苏梅贝拉和……"

"嗨！"凯特说。"快看。"

艾瑞尔的尸体变成了透明的，慢慢地消失在空气中，就像一团逐渐散开的雾。

芙莉亚的脊背一下子靠在了书架上。

"和伊西丝。"她喃喃地说。

22

伊西丝和阿提库斯·阿博加斯特回到“安全屋”附近的时候已经是半夜了。

“你来过这个地方。”阿博加斯特说。他们这时正在飞奔过一条满是书店的巷子。伊西丝不知道他是不是想找点话说，免得两人只能互相指责。他也可能是故意的，比如说想让她觉得已经安全了。

她点点头。方圆几公里内每一块坑坑洼洼的铺路石她都熟悉，包括后来发展成书城的那座古老的海伊堡。离开这里之后她才会觉得方向难辨，因为很少有哪个被她追踪的书妖能跑那么远。

此刻，伊西丝和阿博加斯特正在穿过的这个城区里，所有的商店都已经关门了，街巷里空无一人。木桁架和乡村风格的房屋上，橱窗几乎要被书撑爆了。舒适的书店中间挤着一间卖各种书巫香水的小店，从老地图到精美花体字，各种香型应有尽有。这周的特卖品是有霉点的书套，预告的下周特卖品是写在无木浆本上的遗著。一些香水伊西丝自己也用过，不是因为虚荣，而是因为有些书巫会通过其他书巫身上散发出的特殊书本气味辨认出他们。她不想暴露身份的时候，就经常会用她的完美盗版。

阿博加斯特指指死胡同尽头的一家店，这家店灰暗的橱窗里塞满了破旧的平装书，一副处心积虑不让人注意到自己的样子，因为逛书城的人都不是冲着破旧的廉价畅销书来的，而是要找那些珍贵的初版书或稀有的藏品。

敲过门之后，一个女人给他们打开门。这个女人跟她橱窗里的那些书一样不起眼。虽然伊西丝出于职业习惯想努力记住她的长相，但是没过多一会儿，就只剩下一些模模糊糊的印象了。女人把他们让进去，然后一言不发地从后门走了。阿博加斯特带着伊西丝上到二楼，破旧的楼梯看上去就像要吱呀作响的样子，但他们上楼的时候，这些台阶却连一点声音也没有发出。

“一楼的玻璃窗隔音，而且防弹。”走进房间时，阿博加斯特说，这间房占据了整个二楼。房间里的四面墙都被书架占满了，书架一直顶到天花板，里面塞满了平装书：用来穿越的书，可以让密探在紧要关头躲到这里来。其中一本流行的惊悚小说几乎到处都买得到，还有一本很受欢迎的剧本和一本时兴的幻想小说也是这样。因为好找，所以它们是特别理想的穿越用书，被学院的密探们选中了。

房间的中央被四把皮椅占据了，桌子上放着烧水壶、茶杯和袋装茶，还有一盘点心。阿博加斯特马上开始给他们两个泡茶，不知情的人不会想得到，这个和气的老绅士刚才仅凭一人之力就干掉了二十几个马杜克最精干的手下。

“为什么要自己走？”伊西丝说。“你不是有这么多可以用来穿越的书吗？”

阿博加斯特不紧不慢地把两个茶包分别放进茶杯里。“穿越已经不再像以前那么保险了。”

“到底是怎么回事？”

“我马上解释给你听。”他按下烧水壶的开关，在一把椅子上坐下来。他没有脱掉长外套，伊西丝也没有。“耐心从来都不是你的长项。”

“别管那个见鬼的茶了，阿提库斯，告诉我，你到底想要我做什么？”她能感到胸口那条长长的接缝在发痒，就好像她身体里变成活书的那部分已经等不及要打开了。她依然要不断告诉自己：*我只是有一部分变成了书，其余的部分还是我自己，就像以前一样。*但她知道这是在自欺欺人，并且无论如何都不能让阿博加斯特知道真相。目前他还不用面对伊西丝是不是个书妖的问题。但是只要他认真想想，那么他的经验就会按照已经改变了的过去而改变，他就会马上动手干掉伊西丝。

伊西丝想尽量拖延跟他动手的时间，直到她掌握了所有重要的信息。虽然作为七芒星的书妖，她有很强的巫力，但这种力量消失得也很快。她陷入长达几日的恢复性睡眠的频率也越来越高。下一次的恢复性睡眠就快要到了。

“坐下吧。”阿博加斯特很久以前就学会了漫不经心地发号施令，他的声音像是能催眠一样。当年，他就是凭借这种安静的力量迷惑了勒卡雷中学的那个小女孩。

她在照办之前，先用感觉在房间里四处探查了一番，想看看有没有埋伏。但是除了他们两个之外，只有那些书上散发出的微弱书巫力。没有其他人。

她慢慢地在阿博加斯特对面的椅子上坐了下来，如果不这样，就会显得很不听话。她想努力摆脱两人以前的身份关系：他是那个高高在上的导师，而她则是那个爱反抗、不自信的学生。

“我不知道你把那群逃跑的书妖藏到什么地方去了，”阿博加斯特说，烧水壶中的水开始沸腾，“我只是希望你没有把它们带到庇护所之外去。一旦书妖进入了正常人的世界，就会给我们所有人都带来危险。只要说错一句话，那么我们长久以来用以遮住自己不让外界发现的面纱就会被揭开。”

“他们不是第一批通过穿越门逃去外面去的书妖。”

“但是那些成功逃脱的都很快就被找到了，并且在他们惹麻烦之前就被处理了。想想利物浦的事。”

唤起那些跟如今的她还有她的所作所为不一样的回忆，这是阿博加斯特的策略。伊西丝曾不止一次到庇护所之外去追踪或拦截书妖，也曾因为利物浦的事感到自豪。在那之后两年，她决定离开学院，去追查自己的身世。她就是从那个时候开始追查《地平线地图集》的。

“它们就像定时炸弹，”阿博加斯特说，“你们能控制这些离开庇护所的书妖多久？假如那些带头的人，比如帕克或者艾瑞尔，碰到了什么事怎么办？那些书妖还会听命于谁？你吗？”

他竟然还不知道。伊西丝吃惊地想。已经半年了，他竟然还不知道帕克已经死在了魅姬手下。阿博加斯特给她的杯子里加开水的时候，伊西丝发现他的心灵书半悬在腰带上的书套外面，书套上的棕色帆布袋很陈旧，上面有半个世纪里频繁使用留下的斑驳污渍。

“我其实根本不是要跟你说那些书妖的事。”他说着，又朝后靠回了椅背上。

他有没有发觉伊西丝已经跟以前不一样了？以前，阿博加斯特曾经利用他这个学生的梦来对她进行控制。他有没有发现这个学生现在做的梦跟以前不一样了？发现她现在无比渴望的是能够重新变回普通的书巫，不再拥有作为七芒星书妖的力量，但也不再有软肋？

“你想要什么，阿提库斯？”她始终保持着警惕，没有碰那杯茶。“学院想要我做什么，除了要我死之外？”

“我不是代表学院来请求你的帮助的。”

她一点也不相信阿博加斯特的话：“你绝对不会跟学院对着干的，阿提库斯，别骗我了。”

“这事不仅仅关系到学院，而是所有人，关系到每一个书巫，不管这个书巫的信仰是什么，跟随的是谁。”

“哪怕是所有的庇护所都着起了大火，我也不会再回到你们这边。你难道以为还会有什么改变吗？”

阿博加斯特的笑容像一把镰刀：“你还是我当年在乌尼卡收的那个固执的小姑娘。”

“再问一遍：你想要什么？”

“永夜庇护所里的那个敌人又在蠢蠢欲动了。”

她久久地审视着阿博加斯特。他的胡楂现在看上去不再粗犷，而是没有好好修理，他的花白头发以前好像也没有这么长过。在马杜克的堡垒里用书巫力把周围变成地狱的时候，他看上去就像是个富有传奇色彩的英勇枪手，但是现在，伊西丝发现他看上去很疲惫，几乎跟自己一样精疲力竭。

“确切地说，”过了一会儿，他补充说，“事情还要糟糕得多。一切实际上早就开始了，而我们一直没有看到。危险又回来了，比之前的任何一次都要大。”

“一场新的战争？”

“假如咱们还有机会动手的话。不过这一次，可能一切发生的速度都会非常快，或许也不会有我们希望的那种结局。”

永夜庇护所中的那场战斗才过去了不到四十年，但是在所有没参加过那场战争的人的脑海中，它已经带有了神话的色彩，大家谈起它时，就像是在谈论开天辟地时的传说。

他的眼神依然咄咄逼人：“你根本不知道我们要对付的是什么

人，对吧？”

伊西丝摇摇头，对于操纵墨妖的是什么人，大家有各种各样的猜测，有人说是书巫中的叛徒，但是从来没人见过，也有人说是罗森克罗兹家族和安提夸家族某些不为人知的后裔。

“各种报告越来越多，据说有人在隐页世界里看到了墨妖，”阿博加斯特说，“那些坠落的、被流放的生物，现在又从深层庇护所爬了上来。有人领头，它们都听从这个人的指挥。”

伊西丝听说过这些，但她自己穿越的时候从来没有看见过墨妖。这或许是因为她的书巫力强，所以能够选择最短的路，因此在隐页世界中停留的时间通常都很短。

“领头的是谁？”看阿博加斯特没有马上说下去，她问道。

阿博加斯特手里的那个茶杯一定是滚烫的，但他却仿佛既感觉不到疼，也不打算喝那杯茶。他的目光穿过蒸汽，紧紧地盯着伊西丝，从他的眼睛里，伊西丝看到了让自己非常害怕的东西。阿提库斯·阿博加斯特的恐惧。

“书巫之母，”他回答说，“菲德拉·赫库兰尼亚。”

23

传说，菲德拉·赫库兰尼亚是书巫之母，她是第一个书巫，也是书巫术最强的一个。书巫们怀念美好的古代、赞颂早期文学的摇篮时，就会提到她。那是几千年前的时候，第一本书都还没有出现，知识还被记录在莎草纸和石板上。

“菲德拉，”伊西丝不屑地说，“非常合情合理。”

阿博加斯特不动声色：“我怎么能指望你相信我呢。”

“菲德拉是虚构的，阿提库斯，她是个传说，这个人从来都没有存在过。”而且我有证据，她心想，但是她忍住了没有说出口。菲德拉·赫库兰尼亚是七芒星虚构出来的，不过是他决定给书巫术创造一个遥远的历史时写在纸上的一个名字而已。

“你说得对，”阿博加斯特说，“我们小时候在故事里听到的那个菲德拉是个神话，童话，是用来打发我们上床睡觉的故事。她是想象的造物，或许就是个幻想罢了。”

伊西丝迎向他的目光，但是她已经换了一个倾听的目的：她在等着阿博加斯特告诉自己事实究竟是什么。

现在，她已经知道书巫术是七芒星创造出来的，是他在十九世纪写下来的一个虚构故事。七芒星自己才是第一个书巫，从某些方面说，他比虚构的人物菲德拉更强大。塞弗林 · 罗森克罗兹，也就是七芒星，写了那些造物书，给自己创造了一个世界，这个世界里除了文学就是阅读。伊西丝流放他的时候，他已经是一个虚弱的老人了，并且早已自愿放弃了自己所有的书巫力。

“你真的认为菲德拉曾经存在过？”伊西丝问。

阿博加斯特摇摇头。“她是虚构的，这点毫无疑问。书巫术的历史没有大多数人以为的那么长，”他这话说得有些漫不经心，比起内容的石破天惊，语气似乎过于平淡了，“你知道这些年来大家写了多少关于菲德拉 · 赫库兰尼亚的书吗？”

“应该有很多。”

“几百本。从关于她的传说合集，到文学史论文、书巫史等。”

现在她明白阿博加斯特想说什么了：“永夜庇护所里的菲德拉 · 赫库兰尼亚是一个书妖？她是从那些关于她的传说里掉落出来的？”

阿博加斯特点点头：“大部分书妖都是一些大家从来没听说过的人物，配角、某部小说里的无名小卒，但总也会有些名人掉出来，你的朋友艾瑞尔和帕克就是这样的，还有一些人声称看见过《白鲸记》里的亚哈船长这类人物。但是书巫传说中最重要的人物竟然成了书妖，这的确是非常偶然的大事件。”

“这就像是上帝从《圣经》里掉了出来。”

他毫无幽默感地笑了笑：“我很想赞同你的话，说这事还可以更糟糕，但我不太确定能不能这样说。这个菲德拉可不是我们小时候在书巫故事里听过的那个善良的始祖，至少现在不是了。”

“如果她是个书妖的话，那她还有能力把墨妖收归旗下吗？从书里掉出来的时候，她就应该失去了所有的能力。”这话其实跟她自己的实际情况是相矛盾的，但阿博加斯特不可能知道这一点。“她为什么要这样做？有什么理由要攻击书巫？”

他用锐利的眼神盯着伊西丝，伊西丝觉得他正在试图阅读自己的思想，但是她能够轻松地抵挡他的窥探。“得了吧，”她看着他放在心灵书上的右手，硬邦邦地说，“是你自己教给我怎么防御别人对自己的思想发起攻击的。”

“你的力量更强了。”

“我更熟练了。”

阿博加斯特收回了对她思想的探查。她很肯定阿博加斯特没能探索到自己的秘密。阿博加斯特放松下来，喝了一口茶。

“茶要凉了。”他说着，放下了杯子。

“我不是来这里叙旧的。”

“你在马杜克的贼窝里没有注意到什么吗？”

“你想说什么？”

“那里的书巫力简直跟圣堂里的一样强烈。”

她仔细地听着：“你去过那里？圣堂？”

他没有回答，微微一笑说：“马杜克是个书巫，而且不弱。”

“他是个书妖。”

“书妖和书巫。”

现在换成是她审视着阿博加斯特。他知道这个有多久了？

“当然，他是个骗子。”阿博加斯特紧接着说。这时她明白了：他无法承认这种事是可能的，因为这违反了他一辈子深信不疑的一切。他拒绝相信书妖会具有书巫的能力，尽管他可能已经知道这点了。

“马杜克从来就不是书妖，”阿博加斯特接着说，“而是个号称自己是书妖的书巫。可能是因为他觉得这样更容易巩固他在管制区里的地位吧。”

“当然，”她说，“但这无法解释菲德拉是如何控制墨妖的。”

“要做到这一点不一定要自己有书巫力，或许她争取到了一批书巫的支持。我们现在还不是很清楚。”

“没有书巫力，她就只是个普通的书妖而已。也许她有种特别的魅力和野心，但也不过是个书妖而已。”

“她是菲德拉·赫库兰尼亚，”他反驳道，脸上又出现了那种混合着敬畏和恐惧的表情，完全不符合伊西丝对他的印象，“不管是不是书巫，她都是种象征。耶稣也不是书巫，但是你看看他今天的影响力有多大。穆罕默德、佛祖、列宁，他们都引发过巨大的改变。相信我，伊西丝，大家都在庇护所里悄悄议论着菲德拉·赫库兰尼亚的重生，这并不是某个人的责任，哪怕是作为书妖，恰恰是作为书妖。我经历过十几场战斗，到最后没有赢家，学院、书妖，恐怕还有外面那个世界里的人类。出于一些我们不知道的原因，菲德拉的心中充满了仇恨，她已经引发过一次战争了，现在看来她又要再来一次。”

“也就是说，她当年根本没有被打败？”

“我们打退了墨妖，一些书巫还组织起来攻打了我们觉得可能藏着她那些头领们的地方，但是我们当时并不确定是否真的找到了她。现在有越来越多的迹象表明菲德拉又要卷土重来了，她现在的力量比之前的要强大得多。当年我们从永夜庇护所撤退的时候，封闭了那里的连通门，以防有人离开那里。几十年来，菲德拉一直没能从那里打开一扇通向其他庇护所的门，这可能也说明了我们当年确实给了她重创。就算她当时得到了某些书巫的帮助，或许那些书巫也全都被我们消灭了。不知道，你明白吗，伊西丝，这些我们都不知道。”

她不由地想到自己是如何在费园的书窖里打开通向永夜庇护所的门，好流放七芒星的。那边是否也有人有着类似的力量？别的七芒星书妖？假如菲德拉·赫库兰尼亚真的是一个掉落进书巫世界里的书妖，那么她或许真的拥有了到目前为止只存在于神话中的那种无上的巫力。

“你为什么要告诉我这些？”

他把手放在椅子的扶手上。“你曾经是我手下最好的密探，菲德拉的威胁如今关乎我们每一个人，包括你的那帮叛乱分子。”原来他们现在是这样的身份了，叛乱分子，不是恐怖分子，看来他真的很想把伊西丝拉到他这边来。“咱们一起的话，就能找到菲德拉，把她处理掉。”

“你想去永夜庇护所？”

“目前我看不到其他可能性，但我得带一个心腹才去得了。”

伊西丝几乎有点同情地看着他。她慢慢地朝阿博加斯特的椅子弯下腰去：“咱们两个是对头，我和你。这几个月里，你一直想杀掉我，因为我背叛了你。”

他深深地叹了口气：“我们现在有同一个敌人，她比我们都强大，但只要我们把彼此之间的过节暂时放一放，就可以战胜她了。”

“前提是，我对这件事的看法跟你是一样的。并且也看到了危险。但是到目前为止，这些都还只是捕风捉影的说法和谣言。如果这些都是真的，菲德拉为什么那么恨我们？”

“因为她掉进了这个世界，看到了书巫世界变成了什么样，大概是不喜欢她所看到的样子。”

“所以她才发动了那场可恶的战争？抱歉，阿提库斯，恐怕你得编点更有说服力的故事。”

他躲开了伊西丝的目光，在两个死对头开始这场奇特的对话后，这还是第一次。“好吧，”他最后说，“我把我所知道的一切都告诉你，希望你能相信我是认真的。”他从椅子上站起来，开始在摆满平装书的书墙跟前踱来踱去。“关于永夜庇护所，你都知道些什么？”

她惊讶地朝后靠在椅子上：“不多。学院设立了这个庇护所，就像其他许多庇护所一样，但是由于某些原因，这个庇护所失去了控制。”

他轻轻地笑了起来，又显出了以前的那种自负，比起不知所措的慌乱，伊西丝倒是更愿意看到他的自负。“一开始，只有一个永夜庇护所，后来这个庇护所脱离了学院的控制，变成了一片漆黑、空旷的荒凉地带，它分裂成了好多个部分，各个部分之间相互重叠、交叉，成了一些非常神奇的所在。飘浮的山脉，无底的深渊，现实结构的裂痕。这些永夜庇护所直到今天依然像恶性肿瘤一样不断变化着，没有人知道这种变化会不会有结束的那一天。”阿博加斯特稍稍停了一下，仿佛是在倾听深夜的声音，接着他又说，“你不知道的，除了少数几个知情人外也没有人知道，那就是这片沦丧之地最初的功能，也就是建这个地方的原因。”

据伊西丝所知，庇护所一直以来都有着各种不同的功能，有像书城或者印刷厂庇护所这样专为满足图书收藏需求的地方。这些地方被称为“浅层庇护所”，那里很容易去，并且对所有书巫都开放。另外还有一些位置偏僻、规模较小的庇护所，它们满足的是特殊的需求，例如娱乐庇护所里住着从色情书籍里掉落出来的书妖，还有狩猎庇护所、疗愈庇护所，甚至还有一些庇护所能模拟永夜庇护所中的战斗场面，好让那些从来没有参与过战争的人体验一下惊险刺激的书巫战争。

很多书巫都对这类庇护所不屑一顾，他们只醉心于钻研文学作品，追求的是纯粹的阅读乐趣。但是总还有一些疯狂的人和喜欢花钱的人，他们愿意为满足读书之外的欲望付大价钱，这就让学院赚了个盆满钵满。从中获利的有管理机构、士兵、警察和密探，当然还有三大家族的成员，流进这些人腰包里的钱非常可观。

再就是那些“深层庇护所”。这些庇护所有一部分是自己出现的，并且发展成了跟七芒星当初的设想完全不同的样子。其中一些经年累月，已经被人忘记了，还有一些与世隔绝。有几个这样的庇护所从来没有被人仔细研究过，它们深深地隐藏在书页之间的某个角落，学院的势力从来无法触及那里。很多人早就在议论这件事了，他们认为三大家族已经丧失了控制能力，一些谁也无法预计的改变正在发生。

不过这些都是公开的秘密了，设立永夜庇护所的目的不可能离谱到让伊西丝感到意外的程度。一切都是可以想象的，一切都是可能的。

“永夜庇护所，”阿博加斯特说，“是用来关书妖的地方。学院想要一劳永逸地清理他们。不再有人满为患的管制区，不再有对书巫世界的威胁，不再有书城里那种发生在城市中心的犯罪或贫困，重新恢复秩序和洁净，就像一本刚刚印好的书里的书页一样。”

“一个无比巨大的隔离庇护所。”伊西丝喃喃地说。

“一个被严格监管的殖民地，只要进去了，就永远不要想再出来。”

她慢慢地从椅子里站起来：“这就是我曾经效力的亚当学院要做的事？”

这一次，他没有躲避伊西丝的眼睛。“设立殖民地的计划没有成功，那个地方变得四分五裂，成了今天被称为永夜庇护所的地方。几次无果的尝试之后，三大家族不得不放弃了最初的想法。”

“几次……尝试？”

“几次移民的尝试。”

“那是流放！”

“随你怎么说吧。那些偏僻管制区里的书妖被秘密地送走了。

这是个实验，而且本来是可以有好的结果的。”

“好的结果！听听你自己在说什么，阿提库斯！”

“这么说是有理由的，符合逻辑的，可以理解的。人口的过度膨胀、犯罪率增高、道德沦丧，没有人能容忍自己的城市、自己的生活中心里出现这些东西。”

她努力不去理会这些荒唐的说法，她想要听完全部的真相：“发生了什么事？”

“沦丧之地出现了，”他回答说，“你根本无法想象。”

“你是说，所有这些人到了以后，那个庇护所发生了变化？”

“很遗憾，就是这样的。”

“多少，阿提库斯？在放弃这个计划之前，你们往那边送了多少书妖？”

他犹豫了一下，然后用温柔的声音说：“几千，上万，也许更多。没有人知道确切的数字。”

她站在那里，死死地盯着他，一句话也说不出来。

“那里发生了突变，”他稍稍停了一下接着说，“健康的庇护所变成了沦丧之地，变成了永夜庇护所。也许是那些书妖让庇护所感染了疾病，也许正好相反，没人知道。”

“他们随着那个地方一起发生了变化？”她的声音就像靴子跟踩在石子地面上一样，硬邦邦的。

阿博加斯特显然很惊讶伊西丝还是没弄明白，他问道：“那你以为永夜庇护所里的居民是从哪里来的？”

她心想，天哪。“是他们？那些墨妖曾经都是书妖？”

24

他们面对面，沉默了快一分钟。阿博加斯特观察着伊西丝的反应，就像是要解剖伊西丝的表情，包括她的沉默。他或许已经想到了一切可能性：指责、目瞪口呆，甚至攻击。

但她却一动不动，只是呆呆地看着那些五颜六色的书脊。过了一会儿，她才又能开口说话。她的嘴变得很干，以至于嘴唇都粘在了一起："也就是说，那场战争其实就是书巫和书妖之间的战争，并没有我们一直听说的外来威胁。事实上，那是一场内战。"

"前提是，书妖能够被算作有平等地位的内部人。"阿博加斯特说。

"你们怎么做到的？"她问。"我是说，你们是怎样掩盖真相，对所有的一切都保持死一般的沉默的？"

"这些事不能被任何人知道，特别是那些参加了永夜庇护所之战的人。对外的说法是，没人知道这些墨妖是从哪里来的，它们自己也说不出话来，绝大部分墨妖不过是一些丧失了理智的怪物，没有人能够辨认出它们曾经是书妖，它们就跟那片地方一样，变得奇形怪状的了。”

书巫力经常是远距离发挥作用的，这或许是真相没有马上被人知道的一个原因，尽管如此，伊西丝还是难以相信，竟然到现在都没有什么人知道这件事。“难道没有人问过吗？没人问过那些墨妖的来历？没人问过它们为什么要发动攻击？”

“确切地说，是我们攻击了它们。”

“是亚当学院发动了那场战争，目的是消灭书妖留下的痕迹？”

“没有人真的想打仗，学院原本的计划是进行一些有限度的打击，用少量的书巫清理永夜庇护所里出现的混乱。”

混乱。成千上万的男人、女人，肯定还有孩子，这些人丧失了理智，就因为亚当学院在狂妄自大之下失去了对他们这些造物的控制。他们试图掩盖那场灾难，灾难的范围反倒越来越大。伊西丝本来可以用阿博加斯特式的讽刺来看待这件事，假如没有那许许多多因此被杀掉或者整个余生都饱受折磨的书妖。

“形势比三大家族预期的还要困难，”他继续说道，“大家原本以为没几个书妖能在沦丧之地活下来，实际上它们几乎都还活着，如果那也算是活着的话。它们搞突袭、埋伏、绑架，学院就用解救和报复行动应对。局势越来越紧张，本来计划的零星行动变成了一场大规模的战争。他们给大家编各种故事来解释当时的局势，主要是想让大家相信这些墨妖是从隐页世界里出来的，还说没有人知道它们的确切来历。为了避免它们跑到其他庇护所里去，必须要将它们消灭在永夜庇护所里。这个说法基本上让所有人都满意了，而且只要我们的人到了那边进入战斗，也就顾不上再想这些事了。”

伊西丝慢慢地走向阿博加斯特：“你有什么计划，阿博加斯特？为什么要告诉我这些？你知道我可能会用知道的这些事去做什么。”

“除了我说的话，你没有别的证据，只有这个是不够的。大家私底下都在传各种说法，但从来没有人把这些说法当真。”

“因为他们派你我这样的密探处理掉了那样的可能性。”

“我们维持了秩序。”

伊西丝站在离他半步远的地方：“你把我变成了这个谎言的一部分，我一直对我们所做的事深信不疑，以为亚当学院虽然有缺点，但能维护稳定，排除混乱。”

“就是这样的。亚当学院让书巫世界有了主心骨，大多数人都觉得这挺好的，”他似乎显得过于轻松了，没有一点点紧张的样子，“问题不在于亚当学院，伊西丝，而是那些以亚当学院的名义掌握了发言权的人：坎多斯家族、罗恩穆特家族、西摩尔家族。这些家族里的大多数人都软弱无能，做事没有远见，只会临时抱佛脚。他们不去给未来制订计划，总是忙着降低损失。所有这些人的影响力都是继承来的，并不是凭借个人经验或者能力得来的。”他目光灼灼地盯着伊西丝，“得想办法让一个知道自己在干什么的人掌权，等处理完菲德拉的事，或者在这之前就动手。”

伊西丝嘲笑他道：“你，阿提库斯？”

没想到阿博加斯特摇了摇头：“我不过是个士兵，不懂什么管理，别人给我下了命令，我知道应该怎么去执行而已。我能够发现问题所在，然后解决它们，但我不会幻想，咱们都不会这个。”

她的声调变得很尖刻：“如果菲德拉就是那个最好的人选呢？或许去攻打她本身就是个错误，或许她才是这些庇护所真正需要的人。”

“菲德拉·赫库兰尼亚发现了庇护所里发生的事，所以她才会对书巫世界现在的样子感到愤怒。她选择的方法是死亡和毁灭，要把所有的书巫全部消灭才会罢手，为的是让一切重新来过。在传说中，她是第一个书巫，而她会再次成为第一个书巫。”

如此看来，菲德拉想做的跟七芒星想用空白书达到的目的相去不远。只不过七芒星想做的是彻底消灭书巫世界。“或许就应该这样做，”伊西丝说，“你自己不也说了：不要只想着降低危害，而是要重新开始。”

“你别骗我了。你绝对不可能牺牲成千上万条的性命，就因为希望在那之后会有所变化，以为一切会好起来。我们是人，也会犯错误。我们跟随了错误的信念和幻想。你以为新一代的书巫在一个大屠杀的始作俑者手下会感到满意吗？满意到不会重复曾经犯过的错误？这听起来就像是一个梦，伊西丝，而你，并不是个会做梦的人。在我教过的所有学生里，你给我带来的麻烦最多。其他那些人，我可以通过他们的愿望或者目的去控制，还有他们的希望，但是所有的这些你都没有，我只能先把理想装进你内心的真空中。”

“你骗取了我的信任。”

“你需要的是一个父亲，而且也找到了。”

伊西丝真恨不得用拳头把这些话塞回他的嘴里，但不是在这里，也不是现在，不是在她还非常虚弱而他却深不可测的时候。现在他们顶多也只能是同归于尽。

“你真的打算去永夜庇护所找菲德拉，然后结果她？”

“咱们联手的话就可以，她不过是个有妄想症的书妖，并不是女神。”

“假如她有书巫力呢？假如发生了些什么事，书巫世界的规则被改写了呢？”

他看着伊西丝，脸离她的脸很近，他散发着一股陈旧书籍的味道，就像一座几十年没有人进去过的图书馆。伊西丝不知道他这座图书馆里放的是什么书。这么久了，她连阿博加斯特心灵书的标题都不知道。

“书妖不可能是书巫。”阿博加斯特说。但是他的眼神里带着怀疑，那是一个没有说出口的问题。

“那么她手里就有一批叛变的书巫，”伊西丝说，“这是你自己说的。”

“有这个可能。”

“这么说，你们对她一无所知？”

“打仗的时候曾经有过一些报告，说看到个别书巫站在了墨妖那边，但是没人把这种说法当真，后来也就没有机会再去问那些散布这个谣言的人了。”

“因为他们都被干掉了？”她感到一股冰冷的怒气在心里升起，“学院把自己的人结果了，为了不让人质疑官方的说法。”

“那些预防措施是有些操之过急了，”阿博加斯特承认，“换到今天，我们不会那么做了，但事情已经发生了，没有人能改变过去。”

那是你不知道。伊西丝心想。

“我得考虑一下。”她从阿博加斯特身边走过去，慢慢地沿着书架往前走。她的目光掠过那些破旧的书脊，尽是一些她在其他“安全屋”里也见过的书，这让穿越和打开穿越门变得简单。这是一张用世界各地的畅销书编织起来的网，只要有学院密探的地方，就有这些书。

“你打算怎么找她？”伊西丝站在房间的另外一头，转过身来问他，“你从来没去过永夜庇护所，不是吗？”

阿博加斯特摇摇头：“虽然有一些旧地图，但当年这些地图就没什么用，到今天就更用不上了。据说沦丧之地依然在不断变化，山峰到处挪动，平地变成沟壑，庇护所的不同部分相互碰撞、交叠，有人说只要能掌握规律，就能预先知道那里会怎么变化，但是几乎没有人能够看明白其中的规律。”

“几乎？”

“除了一个人，但是咱们得先去说服他，让他明白给咱们带路才是明智之举。”

她又朝书架转过身去，就像是在一边思索一边看那些书名。她开始悄悄地用右手解开紧身胸衣上的挂钩。

“这个人是谁？”她问道。

“一个除了帮助我们没有其他选择的人，但是得先让他明白这一点。”

“继续对无辜的人动用武力？”

阿博加斯特的笑声听上去很无力：“他被关起来了，想从那里出来的话，咱们是他唯一的机会。”

“他叫什么名字？”

只剩下最后一个挂钩了，她的那条疤已经开始延展。如果不尽快动手，他就会察觉到自己的书巫力增强了。

阿博加斯特突然出现在伊西丝身边，他的动作非常快，以至于伊西丝完全没有发觉。

“你在干什么？”他用手把伊西丝的身体扳过来，“你的心灵书呢，伊西丝？”

最后一个挂钩绷开了，她的上身向两侧打开，胸腔沿着从锁骨中间一直延伸到腰带位置的那条线敞开，变成了一本书。

阿博加斯特踉踉跄跄地向后退了两步。

裂缝里刮起一阵狂风，羊皮书页哗哗作响，书页间射出光芒。

阿博加斯特从腰带上的书套里扯出自己的心灵书，但是他的动作因为惊讶而变慢了。他张开嘴，却一个字也说不出来。

她的第一个意念分离了一个书页之心，第二个意念让那些神秘书页上的字发出了炽烈的光。

阿博加斯特的心灵书在他手中翻开，一道光照在了他的脸上。

他的速度不够快。

伊西丝一下子将他从扶手椅上方甩了出去，他的脖子撞在了书架上，好几层隔板被震掉了，朝前翻了下来，平装书噼里啪啦地砸在他身上。

但是最后一本书还没有落地，阿博加斯特就已经站起来了，手里依然捧着翻开的心灵书。

“你这是怎么了？”他在巨大的翻书声中大声吼道。

伊西丝错失了偷袭的时机，现在只能硬来了。也许她应该趁着阿博加斯特精力不集中的时候杀了他，但是她下不去手。心中残存的最后一点忠诚阻挡了她，虽然她很想，但是做不到。

阿博加斯特的脸扭曲了，他表情里的愤怒和嫌恶不相上下。他不明白眼前的这是个什么东西，只是暂时还不明白，但是已经改变了的过去随时会抵达他，然后他就会突然回想起伊西丝一直都是个书妖的事，既是书妖又是书巫，同时，他也就不会再质疑菲德拉的能力。他会明白一切，问题只是在于，他该怎么消化这一切。

伊西丝不想继续待在这里。

阿博加斯特击中她的时候，虚弱感正在再次占据上风，这些已经超出她的承受范围了，她现在需要恢复力气的睡眠，至少得几个小时。

阿博加斯特将她甩到了书架上，一阵剧痛穿透她的身体，她胸口的书页疯狂地翻动着，她的手抓起了一本平装书。

阿博加斯特弯下腰，他的眼睛里全是血丝。“这还没完，”他说道，“还有……”

但就在这时，她已经用那本书开始了穿越，她把意念集中在城中另一个地方的安全屋上，从阿博加斯特的眼前钻进了隐页世界。

25

凌晨四点半，芙莉亚正坐在房间里为艾瑞尔伤心流泪，这时，一个字母从她的眼角流了出来。

那是一个N，不过她是在抬起头看到镜子里的自己时才发现的。她坐在床边的一个老式梳妆椅上，给她照亮的是一支孤零零的蜡烛。她只能模模糊糊地看见自己背后阅读椅和阅读灯的轮廓，它们放在房间另一端的角落里。

阅读椅想跟她说话，但是被阅读灯硬生生地拦住了：难道它看不出来芙莉亚现在应该一个人静静吗，她不需要一把大大咧咧的椅子给的什么愚蠢的建议。阅读椅反唇相讥，它们吵了几句，但是随后就都一言不发，也不再动了。

芙莉亚弯腰靠近镜子，那个非常小的N贴在她脸颊上的泪痕里。她正奇怪，又有一个字母从她的左眼流了出来。这次是个A。

她用食指把那两个字母捏下来，但是却发现手指尖上只有泪水，等她把手指翻转过来，往镜子里看去时，就又能看到那两个字母了，一个N，一个A，比她皮肤的颜色深不了多少。她把指肚再次转向自己，字母不见了，再朝镜子转过去，又能很清楚地看见。

这两个字母只有从镜子里才看得到。

她慢慢地抬起眼睛，看着自己的脸。在橘红色的烛光中，她看到更多的字母正从她脸上缓缓滑下，在一片泪痕中。她用手背擦擦脸，翻转手，往镜子里看去：一个F，一个G，还有一个H。

镜子里的她正在哭出字母来。

她想了一下，不知道自己是不是在做梦，她甚至还朝自己的床上看了一眼，就好像真有可能看到另一个自己躺在那里一样。床是空的。

她用手指尖捏起那五个字母，把它们按在镜子上来回搓，在她这边的镜面上只能看到泪水，而在镜子里面却能看到字母反着的镜像。紧接着，字母开始变淡，看样子一离开芙莉亚的身体，它们就会消失。几秒钟后，那里只剩下一片潮潮的水膜，字母不见了。

等她的注意力重新回到自己的脸上时，她发现眼泪只是个开始，她的轮廓开始变得模糊，表面开始动来动去，就像一群蚂蚁。她的头，肩膀，整个身体都开始融化，一眼看上去，她就像变成了一团雾，要仔细看才能发现，那实际上是一团团的字母。很多字母跟她皮肤的颜色一样，还有一些跟她头发的颜色一样，有些是白色的，就像她晚上穿着睡觉的那件长T恤的颜色。

她猛地一惊，跳起来，带翻了椅子。叮叮哐哐的声音惊醒了一动不动的阅读灯，它的金属灯罩吱呀呀地抬起，朝芙莉亚转过来，灯泡亮了，将光投进房间里。

“你还好吗？”阅读灯用破锣似的声音说。阅读椅也动了起来，发出一声带哭腔的哼唧。

芙莉亚猛地把目光从镜子上挪开，上下看看自己。一切都还是那样，她的手、T恤、T恤下面露出的光腿和光脚，什么也没有融化。但是当她再次看向镜子里面，玻璃里的她又变成了一团字母云，虽然还能看出人形，但是形状在不停地变化，轮廓也不清晰。

敲门声把她吓了一跳。

“芙莉亚？”外面的走廊上传来了裴申思的声音，“我听见了声音，你需要帮忙吗？”

她不知道，自己需要帮忙吗？她回过头看看镜子里那团涌来涌去的自己。“YZ？”她小声说。

但是眼前的这团字母跟她在书窖里看到的不一样。YZ的字母是黑色的，像蚂蚁一样在地下活动，而且会组成单词来回答她的问题。它们不是彩色的，不会模仿人形，更不会在空中飞来飞去。

房门猛地打开，砰地撞在墙上。裴申思两只手各握着一支枪，愤怒地看着房间里面，就好像要把芙莉亚、阅读椅和阅读灯统统击毙一样。

“出了什么事？”

阅读灯吱呀呀地朝他那个方向拧过去，晃得他睁不开眼睛。

“芙莉亚？”

“你能过来一下吗？”她请求道。

“你还好吗？”

我要知道就好了，她心想。“我只是撞翻了一把椅子。”

“就这样而已？”

“我坐着睡着了，做了个噩梦。”而且显然是一个还没有结束的噩梦，因为她依然能看到镜子里的那团字母。

裴申思走过来，阅读灯的光跟着他。“老天爷！”他说道，“你能不能告诉那东西，让它换个地方照。”

阅读灯的灯罩转了个圈。“喂！”它用金属的声音喊道，“真是个没教养的粗人！他是不是以为我没长耳朵？”

“你就是没长。”芙莉亚说。

“但我还是能听见他说了什么！”

裴申思突然朝阅读角那边迈了一步，阅读灯吓得缩了回去。阅读椅的皮垫子下面传出一阵阴沉沉的笑声，听上去心满意足的样子。

“你就会幸灾乐祸！”阅读灯恶狠狠地冲它说。

裴申思在芙莉亚面前站住，他的声音突然变得非常温柔：“我知道做梦是怎么回事，会让人特别累。”

“你注意到什么了吗？”

他的目光警觉地在屋里四处看看，观察了那两扇窗户，所有昏暗的角落。以防万一，他还打算看看床底下，这时芙莉亚拦住了他。“是我身上。”她说。

“你哭过。”

“不是这个。还有什么吗？”

裴申思迷茫地摇摇头。

“看看镜子里。”芙莉亚对他说。

他照办了。“然后呢？”

“你看见了什么？”

“这就是你梦到的吗？镜子里的什么恐怖的东西？”

她轻轻叹了口气：“差不多吧。”她恐惧地看着镜子里站在裴申思旁边的自己：裴申思很清楚，轮廓鲜明；而她自己却是由一堆蹦蹦跳跳的字母组成的，绝大多数的字母还没有一个果蝇大。

“你觉得我看上去很……正常？”她又确认了一句。

“不正常。”

她舒了口气。

“很累的样子，”他说，“眼睛哭肿了，就是好朋友刚被杀掉后会有的样子。打仗的时候我经常碰到，如果有人死在战场上了，大家就会做各种奇怪的事，他们会哭，或者祈祷，或者只是坐着。有些人还会唱歌，就好像有什么值得庆祝的事一样，甚至还有人跳舞，不过这只是他们安慰自己的方法。我还见过一些人，他们……”

“我不是指这个。除此之外你就没看到什么？”

他又仔细打量了一下镜子里的芙莉亚，然后朝她转过身，把手枪插回枪套里，一只手搭在她的肩膀上：“听我说，你们不会有事的，你和皮普。我整夜都会坐在外面的走廊上，如果有必要，我也可以几天不睡觉，只要有事，我马上就会到你们身边来。”

几个月前，皮普从三楼搬到了芙莉亚隔壁的房间，芙莉亚希望他能住得近些，皮普也不反对。不过裴申思完全理解错了她的意思：她并不是害怕杀死艾瑞尔的凶手，不管那人在哪里。至少这时她不是在害怕这个。

裴申思是真的没看见，只有她自己能看到镜子里的那团字母。

“没事，”她边说，边用眼角的余光看着镜子里的那个自己，一群忙忙碌碌的字母组成的嘴唇正在那里面摆动，“可能只是个噩梦。”

裴申思点点头，用大手摸摸自己的脑袋，走回门那边。他不太有把握地看着门上的锁：“我可能把它弄坏了。”

“其实你可以按门把手的，门没有锁。”

巨人看着自己的靴子尖：“我很抱歉。”

芙莉亚离开镜子，朝他走过去，抱了抱他。她的眼睛刚到他的胸口。“我真的很感谢你这样照顾我们，谁会在意这么一扇门。”

“真的？”

“千真万确。”

他满意地笑了，用手指碰碰一个看不见的帽檐，敬礼告别，然后走出去，想从外面关上门，但是门锁已经合不上了。

“我可以去找根铁丝，”他在门外说，“然后把门闩上。”

“把我锁在屋里？”

“呃，这个办法可能不怎么好，我明天一早就来修门。”

阅读灯很大声地转动着灯罩。“这个笨蛋。”

“什么？”裴申思问。

“没什么，”芙莉亚说着，严厉地看了眼阅读灯，“我现在就去睡觉。”

“又没说错。”阅读灯固执地小声说。

阅读椅幸灾乐祸地说：“他把你吓坏了吧。”

阅读灯把光对准椅子的皮坐垫：“我才不会害怕这么一个……”

“嗨，”芙莉亚说，“别说了。关灯。”

灯光马上熄灭了，它们不动了。芙莉亚听见裴申思在走廊上向前走了一段，随后，他放在两个房门之间值班用的那把扶手椅响了一声。现在她明白艾瑞尔为什么会选他了。裴申思或许不是最聪明的一个，但他肯定是这栋房子里最忠诚的那个。

她打起精神，扶起倒在梳妆台前的椅子。镜子里的她依然是一堆字母，像地震时的沙子一样颤抖着。

她看看摆在床头柜上的心灵书，鸟喙哼唧一声伸出来，惬意地打了个哈欠。“出什么事了？”它含含混混地说。

芙莉亚轻声叹了口气。她虽然和鸟喙书心灵相通，但阻止不了这个家伙睡得像块石头一样，不管周围发生了什么。

“没什么。”她说。

鸟喙书看到镜子里的她，突然发出一声尖叫：“我的大炮筒啊！”

房间外面的裴申思又跌跌撞撞地朝这边跑过来。

“一切正常！”芙莉亚冲他喊道，“是鸟喙书。”

脚步声停住，随后又走远了。

鸟喙书压低声音悄悄地说："那个，我的姑奶奶呀，那是什么东西？"

"你能看得见？"

"我又不瞎！"

"裴申思什么都没看见。"

"我是你的心灵书！"鸟喙书很气愤。"我是在用你的眼睛看世界。我和你是一体的，我和你！"

"除了你睡觉的时候。"

鸟喙吞吞吐吐地问："我又打呼噜了？"

她走到鸟喙书跟前，挠挠它满是皱皮的脖子。"有点。"她把书从床头柜上拿起来，带着它一起走到镜子前，想看看镜子里的书会不会也融化。

一个十六岁的女孩从镜子里看着她，乱蓬蓬的金发，太过宽大的T恤，眼睛下面的黑眼圈，没有颤抖着的字母了，她又恢复了以前的样子。

她迟疑地伸出一只手，用五根手指的指尖摸摸镜子，非常轻，就好像一不小心手就会插进镜子里一样，但是她只摸到了冰冷的玻璃，看到的是自己熟悉的样子。

她站了差不多有一分钟，看着自己，然后，她吹灭蜡烛，抱着鸟喙书钻进被子里，缩进黑暗中，缩进保护中。

26

早晨，这个世界依然破碎不堪。

“这件事没有转机，”芙莉亚说，她正跟着凯特一起走进费园巨大的厨房，“之前就前途难料，现在没有了艾瑞尔，会有更多的书妖离开这里。”

她决定先不告诉任何人昨天夜里发生的事，包括凯特在内。再说也还有更重要的事要做。艾瑞尔的死就像一块磁石，将每个人的思想、每个人的谈话都吸引了过去。

三个做饭的书妖之前在死书林的时候就负责这事，他们像梦游一样在大大小小的餐具柜之间跑来跑去。他们的助手有几个今天早上没有出现，而这三个书妖显然也很难专心进行日常的工作。不过不管气氛有多么压抑，每天早上都要摆在一个大房间里的简单早餐还是得准备。

凯特和芙莉亚站在冷藏室的门口，一个哭红了眼圈的书妖挎着一个装满吐司面包片的大篮子从她们旁边走过去，那样子就像是要给被判了死刑的人送断头饭。

凯特用手指尖捏了两片面包出来，然后拿起一盒果汁给自己倒了一杯。“你要吗？”她指着另一个玻璃杯问。铺着瓷砖的工作台上放了几十个这样的玻璃杯，这个工作台跟厨房里的其他陈设一样，看上去就像是十九世纪的古董。

芙莉亚摇摇头。

“你得吃点喝点，”凯特说，“饿着肚子也解决不了问题。”

“你感觉到了吗？整栋房子……所有人都被吓得不知所措。”

“那你以为会怎么样？”凯特把半片面包塞进嘴里，一边嚼一边继续说。“他们认识艾瑞尔已经好几年了，已经习惯了由他来告诉大家该做什么。帕克的死已经是很大的打击了，现在连他也……”

“嗯，看来你的胃口倒是不受影响。”

凯特点点头，把面包咽下去。在书城的时候，只要是能吃的她都会吃，这个经历直到今天还能看得出来。有时，芙莉亚真觉得她像是只在外面流浪了很久的野猫。

“我应该为这个感到抱歉吗？”凯特问。

“说什么呢。”芙莉亚心不在焉地拿起果汁，给自己倒了一点，她看着玻璃杯里的果汁，一点胃口也没有。“你觉得他们会走吗？”

“有些会，但是不会全都走。”

“学院早晚会找到他们中的某一个，然后就会知道咱们藏在什么地方了。”

“菲尼安说他们都会守口如瓶，他们躲避学院的追踪很长时间了，所以一定会保持沉默。”

“已经有人找到咱们了。不管是谁杀死了艾瑞尔……”

“不会是学院干的，”凯特打断了她，“否则他们肯定会马上派一支部队过来。”

“但是这里根本不堪一击，艾瑞尔知道这一点。”她一口喝完了杯子里的果汁，差点儿把喝下去的冰果汁又吐出来，她的胃抽紧了。“只加派哨兵根本不够，咱们需要的是能保护这栋房子的书巫，但苏梅贝拉却要……”她停了下来，因为她知道这个话题不太合适。

凯特沉下脸，把玻璃杯重重地放下：“我试过劝菲尼安放弃，我们谈到大半夜，但是他说，他得去找到伊西丝，他坚信这一切只可能跟伊西丝有关。伊西丝和阿博加斯特，他认为这两个人不知是出于什么原因并没有通知学院。他想弄明白这是为什么。”

“这不可能有……”

“芙莉亚！”

皮普出现在厨房门口，气喘吁吁地朝她们跑过来。

“娜桑德拉！”他情绪激动地大声说，“她知道些什么，她很慌乱，我还从来没见过她这个样子……”

凯特皱起眉头：“那个卡利斯特？”

“她怎么了？”芙莉亚问。

“跟我来！”皮普抓起姐姐的手，拽着她朝后门那里跑去。这间厨房有一个巨大的门通向外面，每天早晨这扇门都大敞着，以便给这个大房间通风，今天早上也一样。

芙莉亚和凯特跟着皮普来到外面的花园里。在不远处那片杂乱的玫瑰花圃后面，他们看到了十几个书妖，裴申思鹤立鸡群地站在书妖中间。他的双脸通红，一直在看皮普有没有来，看到他带着芙莉亚和凯特一起过来了，他似乎松了口气。

娜桑德拉站在离众书妖大约十步远的地方，她身后那堵墙一般的参差不齐的树木隔开了花园和东边山丘上的草地，再往后的山坡上，已经出了费尔菲克斯领地的地方是火车轨道，皮普曾经在那里被魅姬的护花使者们抓走。太阳从轨道那里升起，给山谷染上了一片古铜色。

在半明半暗的光线中，娜桑德拉的身体晃来晃去，随时准备逃跑。她穿着芙莉亚的旧裙子，颜色跟她白桦树似的皮肤一样雪白。裙子上沾满了草和树叶，可能是因为她晚上变成树的时候，裙子放在了旁边的地上。她的胳膊上、腿上，甚至脸上都覆盖着乳白色的字母，长头发在清晨的风中轻盈地舞动。只要书妖们有一点比较大的动作，她就会吓得一缩，并且打算逃走。

“你们吓着她了，”裴申思对那些书妖说，“回房子里去，否则我们永远也问不出来她想说的话。”

“也可能让她害怕的就是你。”一个矮小的书妖说。芙莉亚一直没搞明白，这个书妖到底是本身就是个侏儒，还是只是一个长着胡子还有体味的矮个子而已。

裴申思惊讶地低头看看自己，好像要检查一下自己身上有什么会让别人害怕的东西。皮普放开芙莉亚的手，走到那两个书妖中间：“让我来跟她谈谈。”

芙莉亚冲他点点头，能看出来，娜桑德拉有什么话想要跟他们说，但是不敢走过来。

凯特伏在芙莉亚的耳边问：“你觉得她是看到什么东西了吗？”

“或者是什么人。”

皮普慢慢地走向娜桑德拉。娜桑德拉瞪着大眼睛，就好像要同时看到周边尽可能多的情况。她一秒钟也安静不下来，不停地跳前跳后，眼神从皮普跳到裴申思身上，又从芙莉亚和凯特看向那些书妖。

“不会有人伤害你的，”皮普说，“我们这里的所有人都是你的朋友。”

卡利斯特往后退了一点，但是马上又往前跳了一步，然后，她向皮普挥挥手，让皮普靠近一点。

皮普向前走，走得非常慢，好让她能看清自己，不至于被太突然的动作吓到。

书妖们也安静下来，没有一个人说话。裴申思定定地看着娜桑德拉，就像被催眠了一样。

娜桑德拉冲皮普伸出一只手，缩回去，然后又伸了出去。皮普也慢慢地抬起胳膊，同时继续对她说着安抚的话。再走几步，他们的手就能碰在一起了。

“他干得不错。”凯特小声说。

芙莉亚点点头，脸上闪过一丝自豪的表情。

“嘘，”裴申思轻轻地说，“别把她吓跑了。”

“对不起。”凯特嘟囔着，在裴申思背后做了个鬼脸。

娜桑德拉伸出右手，用左手比画着指向后面的树丛。树丛之间的矮林非常密，遮住了后面的山坡。

芙莉亚看到了遮在暗影中的一个缺口，那是一条被踩出来的小路。这条路她之前从没看到过。这里的大部分路都是她和皮普踩出来的，小时候，他们经常在空无一人的山丘上跑来跑去，伸开双臂跑下山坡，想象自己是一只小鸟，能够飞出山谷，去看看科茨沃尔德外面的世界。

皮普碰碰娜桑德拉的手指尖，停下了脚步。娜桑德拉抖了一下，但是并没有收回手。

“你要带我去看什么吗？”他问。

她情绪激动地点点头，圆圆的大眼睛里仿佛反射着初升的太阳投在山谷里的金色阳光。

皮普看看那条路：“你想让我跟你到那边去？穿过树丛？”

她又点点头，露出一个朦胧的微笑，那笑容就像是被风吹着从她脸上轻轻拂过一样。

“好。告诉我怎么走。”

娜桑德拉拉起他的手，并不是像普通人那样拉，而是很笨拙地拉着皮普的手指尖。很快，他们就从那条小路上钻进了黑乎乎的树丛里，一开始还能透过树枝看见娜桑德拉的白色身影，像清晨的雾气一样，但很快，她也被树枝淹没了。书妖中响起一阵窃窃私语。

“嗨，贴身卫士，”凯特对裴申思说，“你不是得盯着他吗？”

“不用，皮普跟她在一起。”南方军士兵有些恍惚地看着娜桑德拉消失的地方。

芙莉亚和凯特互相看看。

“她真漂亮。”凯特对裴申思说，语气中带着讽刺。

“什么？”

“漂亮。可爱。甜。”

裴申思不敢直视她：“可能吧。”

“别逗他了。”芙莉亚小声对凯特说。

裴申思朝树丛的方向走了两步，随即又停住了。“她会把皮普带回来的。肯定会。”

芙莉亚也相信这一点，否则她就不会让皮普走了。虽然她弟弟刚刚十一岁，但是她还从来没有看到他这么自信过，几乎就像个成年人一样。尽管如此，看见皮普朝山丘上走去时，她还是有种奇怪的感觉。她已经在那里把弟弟弄丢过一次了。她开始从内心深处感到忧虑，虽然极力克制，但是跟着他过去的想法还是越来越强烈。

书妖们交头接耳。风吹得树木沙沙作响，阳光穿透树冠，花园边上的阴影开始缩短。

过了几分钟，那个矮个子说：“是不是该有个人跟过去看看。”

“她绝对不会伤害皮普的。”裴申思说。

“她应该不会。”芙莉亚走向矮林之间的那个缺口，一开始走得很慢，然后越走越快。凯特跟在她后面。裴申思叹了口气，快步追上两人，赶在她们前面，走进昏暗的密林中。

“其他人都留在这里。”他扭头冲后面喊道。芙莉亚惊讶地发现书妖们都按照他说的做了。

“因为我穿着军装。”他耸耸肩说。

芙莉亚之前以为是小路的地方，实际上不过是踩倒了荨麻、掰折了树枝后形成的一个林间通道。娜桑德拉和皮普走这条路之前，最多有人走过两三次。

灌木丛不深，不超过十五米，很快，树枝间就露出了绿绿的山丘。走到外面的空地上时，他们能清楚地看见皮普和娜桑德拉在茂密的草丛间踩出的痕迹，这道痕迹沿着山坡一路往上，但山坡顶上却看不见人。

芙莉亚心中的不安已经沸腾，她越跑越快。

“他们去哪里了？”凯特问。

裴申思脚步咚咚地跑在前面：“这条痕迹伸向上面的铁轨。”

哦不要，芙莉亚心想，不要再来一次。

他们一直跑到像一堵墙一样挡在面前的陈旧的火车轨道跟前。轨道后面是继续向上延伸的山坡，但是铁路的路堤挡住了他们的视线，看不见山顶下面的那一块地方。

芙莉亚极力克制着自己的担心，她跟这个卡利斯特只是见过而已，在这事上她可能太鲁莽了，谁知道那双无辜的大眼睛背后隐藏着什么。

她随着自己心脏狂跳的节奏踩着草地和碎石爬上路堤。就快要跑到铁轨跟前的时候，前面的裴申思突然停下了脚步。

“怎么了？”她和凯特在书妖身边停下。

铁轨的那边有一个窄窄的凹陷，然后山坡才继续往上。

凹陷里躺着一个穿着深色衣服的人，皮普蹲在他旁边的地上，正从那个一动不动的身体底下往外拽着什么东西。娜桑德拉紧张地在他四周跳来跳去。

“皮普！”芙莉亚喊道。“快走开！”

皮普得意地举起一样东西。那是一本薄薄的书，外面是棕色的真皮封面。

“那是……”凯特脱口而出。

芙莉亚已经听不见她接下来说的话了，她跟着裴申思一起奔下路堤，脚下的碎石咯吱作响，盖住了凯特的声音。

“走开！”书妖吼道。

娜桑德拉被吓得一哆嗦，就好像被裴申思的枪打中了一样。她慌乱地转身要逃，但随后又改了主意。她把皮普夹在胳膊底下，用大得惊人的力量把他从躺在地上的那个黑色人影旁边拉开了。她带着皮普跑了五六步，然后才放开他，自己又往前跑了几步，这才停下脚步观察接下来会发生什么。

裴申思跪在地上那个人旁边，把他的身体翻过来，两条胳膊反扣在身后，紧紧捉住了他的两个手腕。

“他还活着！”

这是一个男人，穿着煤黑色的外套，凹陷的脸颊上有两道血痕，仿佛干在脸上的鲜红色眼泪，直直地伸向喉咙处，两边对称，就像军人涂在脸上的伪装油彩一样。这些伤应该是在他倒在山坡上之前很久就已经有的了。

“见过他吗？”裴申思问。

芙莉亚也朝皮普跑过来，皮普则咧着嘴笑眯眯地看着她。“没事，”他说，“娜桑德拉一直跟我在一起。她昨天夜里在山丘上扎的根，看见了这个人。”

芙莉亚看着娜桑德拉，后者迎向她的目光，就好像在等芙莉亚动手。但芙莉亚只是感激地冲她笑了笑。

随后，她接过皮普递过来的那本皮面的书。她都不用看书脊上写的罗马数字，就知道这是造物书的第十一卷。

她面色严峻地冲裴申思转过身去："这是杀死艾瑞尔的凶手。看好他。"

"他动不了，放心，虽然有呼吸，但是没有意识。看样子挺不了多久了。"

凯特在昏倒的那个人另一侧的草地上跪下，解开他的黑色外套寻找伤口。"艾瑞尔在死之前能把他伤得这么重吗？"

"很有可能。"裴申思说。

芙莉亚冲娜桑德拉转过身去："你能不能带皮普回房子里去？"

娜桑德拉怯怯地点点头。皮普似乎还想表示一下反对，但他随后又想起这样就能有机会跟娜桑德拉多待一会儿，觉得这样也不错。芙莉亚突然感到一丝荒唐的嫉妒：凯特爱菲尼安，现在看来，皮普也情窦初开了，爱上的偏偏还是娜桑德拉。而她自己呢？她只有一本心灵书，再加上一堆头疼的事。

她丢开这些想法，对皮普说："你们干得很好，但是你们现在得离开这里，他可能会醒过来，而我们并不知道这是个什么人。"

"还是知道一点的。"凯特说。

芙莉亚走到她身边，低头看着那个陌生人。她从来没见过那张瘦瘦的脸，但他的五官有点平，轮廓有些不鲜明：这是很多书妖都有的特征。

"他绝对不可能是学院的人。"裴申思嘟囔道。

娜桑德拉和皮普的身影消失在路堤后面，这时，凯特解开了陌生人的外套。她之前应该就看过一眼了，因为只有她没有吓得往后一缩。

"这个，见鬼……"裴申思小声说。

那个男人的上身裸露着，一条疤从喉头下面一直垂直地延伸到肚子上，锁骨下方和腰带之上一指宽的地方还有两条横着的红色痕迹，跟伊西丝身上的疤一模一样。

芙莉亚垂下眼帘："他是个七芒星书妖？"

男人突然挣脱开一条胳膊，裴申思还没来得及再抓住，芙莉亚也没来得及跳开，男人一把抓住了她的手腕。

抓得不紧，男人已经没什么力气了。他充满血丝的眼睛看着芙莉亚，然后他的嘴唇动了动。

芙莉亚还在想要不要冒险朝那个人弯下腰去，裴申思的拳头已经抡到了。书妖的手指松开，头又落回了草地上。

裴申思还想再打，但芙莉亚拦住了他。"别！别把他打死！"

"他攻击了你！"

她不想朝昏倒的人那张被打烂的脸上看。裴申思的第一拳就已经让他伤得很重了，再打一拳会把他打死的。

凯特的眼睛从那个男人身上转向芙莉亚："他刚才说什么了吗？"

芙莉亚想回答，但最后只是默默地摇了摇头。

"把他弄到房子里去。"她对裴申思说。

"你确定？"

"得问问是谁派他来的。"

裴申思的嘴角露出了笑容："这个我在行。"

"小心他的胸口！不能让他打开那里。"

裴申思摆摆手，把那个了无生气的男人甩在肩膀上，轻松得就好像那是个小孩。芙莉亚站在那里，定定地出神。

凯特碰碰她的手："你还好吗？"

她心不在焉地点点头。

不好。艾瑞尔死了。伊西丝不见了。还有那个男人说的只有她能听懂的话。

就一个词。

镜子。

27

快到中午的时候，芙莉亚和凯特已经把造物书搬进了书窖。芙莉亚将书巫钥匙插进地下室那扇沉重的大铁门里，同时感到里面的机械装置动了起来。铁门发出隆隆声，齿轮将沉重的门闩从插槽里抬起，很快，门里就现出了书窖的中央通道。芙莉亚打开灯，灯光昏暗，一串灯泡挂在依岩石凿出的天花板下。

她之前把装着二十四卷书的两个箱子放在了门前的地上，三个站岗的书妖负责盯着那些书。这个书窖是一个书巫庇护所，里面有各种神秘的生物，其中一些是芙莉亚知道的，比如吃灰尘的折纸鸟，一堆堆字母组成的YZ，还有凶残的霉鳐，但这里应该还有谁也不知道的其他生物存在。那三个哨兵知道他们得保持警惕，不仅仅是因为昨天晚上发生的攻击。

不管怎样，芙莉亚对这个书窖的喜爱还是胜过其他所有地方。她还是个孩子的时候，就经常在那些没有尽头的通道里钻来钻去，经常偏离中央通道，尽管这是被禁止的，也许恰恰是因为这是被禁止的。

有人从他们背后黑乎乎的楼梯上走了下来。

"你们真的认为这是个好主意吗？"苏梅贝拉问，"我们不是一致认为把书放在那里面的风险太大了吗？"她白色的头发在背后黑色的衬托之下，发着幽灵般的光，黑色的眉毛愤怒地拧在一起，几乎成了一条线。她依然穿着浅色的裙子，裙子外面永远是白色翻领毛衣。

凯特想冲她发火，但是被芙莉亚拦住了。

"你真的认为这些书在楼上那里更安全？"她问，"在发生了所有那些事之后？"

苏梅贝拉摇摇头："不安全，这个我也知道。"

凯特抬起一个箱子，把它搬进了书窖的门里，把书放在那里，然后又回到门外。芙莉亚从锁孔里拔出那把古老的钥匙，放进裤兜里。然后，她也从地上搬起了一个箱子。

"等等，"苏梅贝拉说，"你不能就这样自己决定了。"

那三个男人尽量装成事不关己的样子，但是在这么狭小的空间里，他们听得清每一个字。

芙莉亚走进书窖的时候，凯特挡住了苏梅贝拉："别去烦她。你和菲尼安，不是也不关心别人对你们的决定有什么看法吗？"

"菲尼安需要帮助，如果他要找到伊西丝的话。我至少能把他安全地给你带回来。"

她们两个互相怒目而视，那些男人无所适从，不知道是应该低头看自己的鞋，还是应该抬头看天花板。芙莉亚把箱子搬进书架之间的通道，摞在凯特刚才放在那里的那个箱子上面。一只折纸鸟从书架上跳下来，在箱子上寻找着新鲜灰尘。

她回过头看看其他人："裴申思问出什么了吗？"

苏梅贝拉摇摇头："没有。"

"你是不是最好待在他们那边？毕竟那是个七芒星书巫。"

“裴申思知道该怎么做，我也已经看够了。”芙莉亚猜到了她想说什么。曾经参加过内战的士兵对待俘虏的时候肯定不会心慈手软。“跟艾瑞尔动手应该已经让他变得非常虚弱了。裴申思把他的上身紧紧地捆住了，让他打不开。或许这也是自己做自己心灵书的缺点。”

芙莉亚不认为把伊西丝捆住就能阻止她，但这个时候提她的名字也不是什么好主意。芙莉亚走到门槛那里，就像是要迈出去跟门前的其他人站在一起一样。凯特用眼角看到了，在背后给她做了个手势。

“我们现在应该从第十一卷开始，”苏梅贝拉看看书箱，“搞明白是什么……”

芙莉亚抓住门把手，凯特绷紧了身体。

苏梅贝拉没有说完那句话，因为就在同时，她明白了这两个人想要干什么。这个书窖的钥匙只有两把，一把在芙莉亚身上，另一把由艾瑞尔保管着。苏梅贝拉的表情表明，她还没有想到要去找另外那把钥匙。也许她刚刚才想到现在两把钥匙都在芙莉亚手里。

她愤怒地朝前迈了一步：“你不能……”

凯特把她推了一个趔趄。芙莉亚顿了一下，之前她们俩约定，不管是谁要阻止芙莉亚，凯特都要负责拦住。但是她们没打算动手，再说凯特也根本对付不了书巫。只要苏梅贝拉愿意，只用意念就让凯特的鼻子在墙上撞烂。但是凯特这会儿好像根本不在意这一点，她的怒气已经无法控制，假如她发起脾气来，那也只有书巫术能制服她。

芙莉亚从里面关上铁门的时候，透过门缝看见苏梅贝拉把凯特掀到了一边，想跟过来。凯特抓住这个情敌的胳膊，拉得她转了个圈。

“拜托，你们俩可不要同归于尽。”芙莉亚关上门，把拉开两个人的事留给了那些哨兵。

这样丢下自己的朋友，她心里很难受，但只有这样做，她才能把书放在一个只有她知道的地方。除了这里，她想不出还有更安全的地方，顾不上它是不是庇护所了。把书放在楼上是个错误，他们为这个错误付出了惨痛的代价。她不能再让谁因为要保护自己而丢掉性命了。

苏梅贝拉愤怒的叫声戛然而止，机械装置隆隆地响着合上了门。芙莉亚费力地搬起那两个摞在一起的箱子，开始往里走。

前两百米她还留在中央通道上，途中把沉重的箱子放下歇了好几次，没多久她就被汗水浸透了。通道左右两边有几只折纸鸟探出头来看，它们忙着在书架的隔板上跳来跳去地啄灰尘吃。有时，会有一只陪她走上二三十步，灵活地从一个书架跳到另一个书架，或是从通道一边跳到另一边。

这里的通道又窄又矮，在费尔菲克斯家族用书巫术把这里变得干燥之前，这里曾经是个罗马式的地下墓穴，当时这里的地方就不大，后来，等到每面墙都放上书架之后，之间勉强只够一个成年男子经过。这里的空气中充溢着书的味道，比芙莉亚身上的书籍味道重多了。

她朝左边拐去，头顶上的灯光被留在身后。她把书箱放在地上，面前的通道伸向一片黑暗之中。她能够选择这个书窖里的任意一个地方，其他人都不会找得到，但她还是想到了以前藏《凡塔思帝寇》的那个地方，直觉告诉她，造物书在那个地方应该是最安全的。

她掏出一个小手电，照亮书箱前面的那片黑暗，大声说：“出来吧，我听见你的声音了。希望你没有觉得我搬书累得半死的样子很好玩。”

噼里啪啦的声音不是从她前面，而是从她后面传来，她转过身，看见 YZ 正在地上朝她移动过来。那是一片黑色地毯一样的字母，从已经腐朽的书里掉了出来。YZ 不喜欢标点，但是变音字母在这种群居的字母里面却享有特殊的地位。这些字母上面的两个点连在细如发丝的触角上，朝芙莉亚的方向弯过来。

嗨 村姑

打头的那些字母在石头地上摆出这些字。

她蹲下来，这样能更清楚地看清这些细小的字母。“嗨。”她说，很多年前，她就教 YZ 学了一些现代的词，省得它总是郑重其事地用老古董书里的那些词。“你能帮我吗？”

那当然

一个多出来的字母 E 被旁边的字母粗鲁地从字行里丢了出去，气呼呼地跳着走了。

“你看见我了。”

我看得见地下的一切

“有什么新发现吗？”

通道变多了

“不是一直在变多吗？”

比以前快

她想了想，不知道该不该告诉 YZ 这个地方变成了庇护所，但她又觉得这群字母恐怕搞不明白这是什么意思。而且，这个变化过程应该是从很久很久以前就开始了，所以告不告诉 YZ 的意义也不大。

“看见陌生人了吗？”她问。

没有

几个字母互相推搡着，争先恐后地补充道：

从那之后都没有

“我不想让人找到这个箱子里的书，任何人，任何东西都不行。”

字母们没有回答，它们静静地等着。

芙莉亚站起身：“你能搬得动这些书吗？我得举着灯找路。”

那群字母拥到她的脚跟前，钻进箱子底下。很快，箱子就被它们摇摇晃晃地抬了起来，就像漂在黑色的水上一样。

芙莉亚从它们上面跨过去，很小心地不要踩到那些细小的字母，然后走到前面带路。

很快，她就到了那个要找的地方，不断吹过大小通道的柔风在这里变弱了，书的味道更浓了。她很快就找到了以前插《凡塔思帝寇》的那个地方留下的空位。芙莉亚麻利地再从里面抽出了一些书摞在地上，等到腾出的地方够大了，她就把造物书塞进了那里，然后把掏出来的书放进了箱子。

“把这些书拿得远远的，随便放到什么地方，不要让人看出这里有什么变化。”

乐意效劳

“你这是在说反话吗？”

岂敢

芙莉亚微笑着跪下来，小心地把一只手伸进那些挤挤挨挨的字母下面。几十个字母拥上她的手，开心地在她的手指上跳来跳去。

“多谢，”她说，“我又欠了你一个人情。我会在下面这里待一段时间，如果你想要人陪了就过来。”

YZ 发出了一阵窸窸窣窣和噼里啪啦的声音，随后，那群字母就托着两个书箱往走廊深处走去了。芙莉亚从后面给它照着明，直到它托着书箱消失在一个拐角后面。

她轻轻地叹口气，又朝造物书转回身来，以防万一，她又仔细听了听有没有可疑的声音，用手电筒照照中央通道，但只能看见几只折纸鸟朝她的灯光这里转了一下用纸折出来的小脑袋，此外就没有再发现什么了。

芙莉亚用手指尖拂过那些棕色的书脊，直到她摸到那个罗马数字Ⅺ。她的心中充满疑问，而这些问题的答案就被七芒星藏在这些书中的某个地方。但最重要的是这一本书。杀死艾瑞尔的凶手偏偏选中了这一本书，一定是有原因的。

她抽出那本书，盘腿坐在书架前，一只手举着灯，另一只手打开了造物书的第十一卷。

第三部分　祖先的房子

Die Häuser Der Ahnen

28

伊西丝兜了个圈子，来到波多贝罗。

从阿博加斯特那里逃出来后，她先在书城的巷子里找了个隐蔽的地方睡了一天，勉强恢复了一小部分力气，能站得住了。

睡醒后，她开了一扇穿越门，穿过隐页世界。书巫的能力越强，从一个地方穿越到另一个地方的速度就越快。自从她拥有了七芒星书妖的力量，穿越时停留在隐页世界真空地带的时间就缩短到了几秒钟。但是今天，她特意降低了自己坠落的速度，为的是在到达目的地之前看看四周。

波多贝罗是多年前分裂出的一个庇护所的碎片。所有剩余部分都坠向了虚空，说不定直到今天还在向下坠落，但是没有人能确认是否真的是这样。只有这一块碎片被金色的网挂住了，从那之后，它就悬在了无底深渊的上方，像挂在群星之中的一颗彗星。

波多贝罗的本义是“美丽城”，给这个破碎的地方起这么个名字，完全是出于讽刺的目的。这个地方一点也不美，到处都是木板房和垃圾，就像贫民区一样。陡斜的街巷狭窄、破旧，很多巷子就修在这个庇护所碎块的裂缝之上。这里没有警察维持最基本的秩序，但是并不存在违法乱纪的现象，因为这里根本就没有法律。波多贝罗的居民都是一些在外面的世界里失去了一切的书巫，这个地方是他们最后的落脚处。

在波多贝罗，统治一切的是书瘾。来到这里的人们都已经为书瘾花掉了最后一分钱，他们的理智也消耗殆尽了。自从书巫亚历山德雷·阿布索隆在一百多年前造出了第一批“瘾书”，人们对这些书的追捧就成了商人的摇钱树。书巫们用了几十年的时间研究阿布索隆的技术，仿照他的书制造了一批复制品，但这些复制品的效力远比不上真品。只要读过“瘾书”，人就会欲罢不能，上瘾的人会反复诵读书上的句子，虽然那些句子一旦被背下来，就会丧失效力。这种情况下就得重新去找其他的书页或者书。就算家底再厚的书巫，用不了几年也会荷包空空，到最后，这些书巫全都集中在了美丽城这个庇护所碎块里。这里是所有上了书瘾的人最终的归宿，他们在这里买卖的是复制品的复制品的复制品。这些书巫会在这里花光最后一点储蓄，然后就浑浑噩噩地活在强烈的阅读欲望中。

在亚当学院管理的地方，买卖“瘾书”是要被判死刑的，但波多贝罗是个三不管地区，是个没人监管的避难所，面积也就三四平方英里大。伊西丝不喜欢到这里来，但是她知道其他任何地方都没有这里合适。

她让自己从金色的深渊掉到了这个坑坑洼洼的地方，像一根闪烁着紫色光芒的柱子一样落到地面上，一动不动地蹲坐了一会儿，缓了缓神。留在这里很危险，而且她也不知道自己什么时候才能攒够力气重新开启穿越门。得让其他人知道阿博加斯特告诉她的那些事，她必须和芙莉亚、苏梅贝拉取得联系。她得找到联系的方法，还不能让学院发现她这些朋友的行踪。只有在保持清醒并且有足够力气的情况下，她才能做到这一点。波多贝罗是唯一能帮她同时做到这两点的地方，虽然要付出高昂的代价。

她所在的地方是这个庇护所碎块的边缘，窄窄的一行空地紧贴着岩石，旁边就是棚户区了。那些木板搭成的房子是瘾君子们的毒窝，他们不分白天黑夜地躲在里面，沉浸在书瘾制造出的迷幻状态中。还有很多瘾君子连最简陋的房子都住不起，干脆就待在街边、小窝棚或者过道里。这些人骨瘦如柴，用颤抖的手捧着单张的书页，或是倒在已经翻得非常破旧的书上。这些书巫的气味已经变了，他们闻上去像发了霉的纸张一样臭烘烘的。这个庇护所的上空笼罩着一种诡异的寂静，因为那些看书的人对声音非常敏感，假如他们觉得被人打扰了，就会对打扰他们的人拳脚相加。偶尔会有某个因为书瘾而丧失了理智的可怜人尖叫起来，但其他人很快就能让他停止尖叫，随后，这些人又继续沉浸在自己的书瘾中。

就像是有某种强大的力量要在文学带来的幸福感之外创造一个阴暗面，为书籍带来的所有美好树立一个对立面。伊西丝有生以来第一次产生了一个疑问，波多贝罗这个地方究竟是七芒星计划好的，还是跟书巫世界的其他阴暗面一样自己产生的。

这个残破的庇护所不会永远存在，它的底部已经开始崩裂，分解成黏糊糊的泥浆，或是滴进隐页世界的真空里，或是被金色的河流带走。分裂的过程虽慢，却势不可当。伊西丝确信那些在波多贝罗控制交易的人早就开始寻找下一个落脚之处了。

她依然穿着那件黑色的紧身胸衣，披着黑色的斗篷。她的衣服上有一股煤灰和脏污的味道，不过在这个地方，不会有人注意到这一点。如果她能找到要找的人，那个人在将要为伊西丝做的其他所有事之外，或许还能帮她买身新衣服。

坠落时围绕着她的那些紫色光芒开始褪去，伊西丝站起身。刚朝棚户区那边走了几步，她就发现有人在盯着自己。隐页世界的真空中放射出火红色的光芒，让波多贝罗那些房子的屋顶和侧面的木板永远笼罩在类似夕阳的色彩中。这些木板房密密地挤在一起，盖在陡峭的斜坡上，一直向上延伸到了庇护所的最高点，再往后就是挂在虚无世界边缘的那张金色的网了，这个庇护所的碎块以前就挂在圆形的大网眼上，就像被黏在蜘蛛网上一样。

庇护所边缘那一窄行没有盖房子的空地就像没有船舶停靠的废弃港口。伊西丝走进一条窄巷子，发现木板房的门上都挂着牌子，上面是各种各样的“瘾书”广告，其中一半都声称自己有阿布索隆的真品。这当然是在胡说八道，三本已知的由阿布索隆亲手撰写和装订的“瘾书”全都被认为已经下落不明，其中两本估计再也不可能找到了，不过伊西丝知道去哪里能找到第三本。

她现在很确定有人在跟踪自己。她躲开下水管里流出的臭水时，一些蹲在路边的人抬起头看着她。她已经在亚当学院的通缉名单上待了半年了，或许有些人会模模糊糊地觉得在什么地方见过她的脸。也许她来波多贝罗的消息比她想象中传得更快。

她不断地四下张望，不排除阿博加斯特在跟着她的可能性。她看见一扇窗户里面有紫色的闪光，就会想那是不是阿博加斯特穿越到了波多贝罗。她在一个小窝棚里藏了一会儿，把兜帽拉低，盖住自己的脸，等着看阿博加斯特会不会出来。发现没有人出来，这才又接着走，一路向上，穿行在朽烂的木板房和路边那些脏兮兮的人组成的迷宫中。

一次，一个瘦骨嶙峋的女人摇摇晃晃地朝她走过来，灰色的衣服破破烂烂的，一只手把一张残破的书页紧紧捂在胸口上，另一只手指着高处那片空荡荡的金色。伊西丝想躲开她，但女人挡住了她的去路，眼神呆滞，用嘶哑的声音嘟囔着一个问题：

“那些想法从何处来？”

伊西丝推开她继续走，但那个女人转过身，揪住了她的斗篷。

*那些想法从何处来？*她用刺耳的声音厉声问道。寂静的巷子里转瞬间掀起了一阵骚动，三个瘾君子从暗处冲出来，抓住女人的衣服和头发，把她拽进了一个木板房。

“安静！”其中一个人粗鲁地对女人喊。另一个怒喝道：“马上闭嘴！”第三个人说：“这是看书的地方！”随后，伊西丝听到了拳打脚踢的声音，还有那个女人含混的呻吟声。

伊西丝匆匆地继续走自己的路，转了好几次弯，沿着凿得十分粗糙的台阶向上，最后停在一扇沉重的铁门前。她又检查了一下是否有人跟踪，但只能看到双眼大睁看着零散书页、反复念叨着同一些句子的人。

她轻轻地敲了敲门。

从里面传出挪动凳子的声音。“谁？”

“不是来买东西的，”她压低声音对着门说，“开门，顿坎，是我。”

门里是久久的沉默。她听不见脚步声，连轻轻的窸窣声都没有，但她敢肯定里面的人一定正在朝门这边走，像豹子一样悄无声息。在勒卡雷中学认识这个人已经是很多年前的事了，不过看来他的技术并没有荒废。

从很近的地方传来轻轻的一句问话：“你带武器了吗？”

她自己就是武器，这点门里的那个人应该知道，但他不知道的是伊西丝在过去这半年里的变化。“你觉得我会在没办法自保的情况下来这个烂糟糟的地方吗？”

巷子边的一个瘾君子从喉咙里咕哝了一声。

又是片刻的沉默，随后，那人用难以置信的语气说：“伊西丝？”

显然他一开始把伊西丝当成了另外一个人。

门打开了一条缝，简易房里飘出了一股书香，跟瘾君子们那种霉烂的气味不一样。

“天哪。”顿坎·蒙特小声说着，抓住她的胳膊，一把将她拉进房子里。

“你要是想说我胆子真大，竟敢跑到这里来，我就给专管废话的警察打电话。”

他变样了，这是当然的。他棕色的头发比以前长，一直垂到粗壮的肩膀上，乱糟糟的，该梳理了。短短的络腮胡又密又黑，眼窝深陷。伊西丝不知道他有没有对自己造的瘾书上瘾，但随后又想，这可能只是住在这样一个地方在人身上留下的痕迹。顿坎的个子很高，鼻子窄窄的，颧骨高耸。在勒卡雷中学的时候，伊西丝有时会拿这点来取笑他，说他像没画好的罗马诗人像，墨水的污渍在画上错误的位置勾勒出了阴影。那时的她年龄还小，他们正在热恋中。

顿坎穿了一条卡其色裤子，上面有很多口袋，上身穿了一件浅色衬衫，外面套着一件棕色的马甲，马甲上的口袋更多。看来他的生意不错，所以才需要这么多的口袋来塞东西。

“你来干什么？”他边问，边闩上她身后的门。这问题不怎么礼貌，但却很能反映他们现在的关系。

伊西丝的目光落在了屋子里面那张窄窄的床上，那是唯一没有堆着书的地方。他是怎么把这么多书弄到这里来，还躲开了巷子里那些嗜书如命的人的打劫的？看来他给自己树立了不小的声望。这些都是瘾书吗？难以置信。顿坎应该依然热爱读书，否则早就失去书巫能力了。伊西丝能感觉到他身体里强大的书巫力。

他发现伊西丝在看什么：“我的床，我在那里睡觉。”

“我需要你的帮助。”

他打量着伊西丝，等着她继续说。

“你还欠我一个人情。”她接着说。

“为什么我听到这个并没有觉得意外呢？”

“因为这是事实。”她曾经救过顿坎的命。当年她奉亚当学院之命找到了他，但并没有把他交出去。那是多久之前的事了？八年？九年？那时她确信自己能够亲手杀了这个密探里的叛徒。但当他们面对面站着的时候，对过去的回忆占了上风。连那本阿布索隆的瘾书她都留给了顿坎。她之前历经九个月终于找到顿坎，靠的就是这本书留下的痕迹。当时她一言不发地转身走了，再也没有其他人找到过顿坎，她也没有告诉过任何人关于顿坎的事。

“你看上去很不好。”他说着，用一只手把伊西丝的兜帽摘了下去。

伊西丝的目光扫过两把压在一堆堆书下面的椅子，然后又盯在了那张床上：“我能坐下吗？”

他猛地点点头，然后赶在前面，用几乎让人感动的热情拉平床单。

坐下的时候，她才发觉自己刚才爬山爬得腿直发抖。“我离开已经半年了。”她说着，竭力克制着再次袭来的疲倦。

他把一张椅子上的书挪开，把椅子放到床前，面对着她坐下：“听说了。”

“吃惊吗？”

“是担心，担心我自己，因为你来这里了，而阿提库斯的人肯定正在外面到处找你。”

“我想，我甩掉他了。”

“谁？难道说……”

“是他亲自在抓我。他在书城找到了我，但我还是在最后一刻逃脱了。”

顿坎叹了口气：“你确定他不是故意放你走的？也许他认为你能带他找到游吟兄弟。”

“有可能。”

他跳了起来：“我的天哪，伊西丝！这么多年了，我在这里安安静静的，我做了很多赚钱的生意，才成了这个地方有声望的公民。”

“假如说有什么地方能够被称作书巫界的垃圾场，那就是你待的这个地方了。”

“你错了，我待在高高的顶尖上。这是个很小但是很奇妙的区别。这或许不是个多么风光的宝座，但它的确是个宝座。”

“垃圾做成的。”

他眼睛周围的黑影更加黑了：“他们说你现在跟书妖混在一起。”

“而你在买卖瘾书，靠着外面那群乌合之众挣钱。”

他毫无幽默感地笑笑：“请到勒卡雷中学来！这里会给您金色的未来！”

伊西丝点点头：“咱们两个做得都不错。”

他耸耸肩，走到炉子前，往炉膛里扔了些木柴，然后烧上一壶水。伊西丝看见他的心灵书插在屁股后面的裤兜里，那是一本已经被翻得破破烂烂的邦德系列小说。“你饿吗？”

“我来是想找你要另外一样东西的，顿坎。”

“有意大利面。”

“还在你这里吧？那本阿布索隆的书？”

他猛地转过身，手里举着炒勺，就像举了把剑一样，同时压低了声音愤怒地说：“你声音再大一点，要不了十秒钟咱们就都完蛋了。如果让外面的那些人发觉……他们会把咱们活活撕碎。”

“那就是在这里了。”

他又转过身去背对伊西丝，把一盒通心粉放在炉子旁边，通心粉旁边是一瓶拌面的酱：“别再提这事了，只要你还在美丽城，就千万不要再提。声音别那么大，他们别的什么都听不见，但是假如有人提到了那个……你根本想象不到！”

“外面有一半的牌子上都写着这个！”

“每个人都知道那是假的，就连最愚蠢的人都知道那三本书已经不见了。但是这些人宁愿相信那些复制品和摹本的效力跟真品的一样。”

“给我看看，顿坎。”

他停下手，但是没有朝伊西丝转过身来：“你失去理智了。”

“我能信任你吗？”

“不能。”

她开始解开紧身衣的挂钩，却发现手指不听使唤，这让她吓了一跳。她的状态比自己想象中的还要糟糕。她真的已经筋疲力尽了。

“顿坎？”

“我在做饭。”

“看着我。”

勺子掉进锅里，发出一声闷响。也许顿坎已经发觉什么了。他缓缓转身，看上去就像是个要尽量拖延开饭时间的人，他的脸像褪色的羊皮纸卷一样苍白。

伊西丝身体里射出一道微弱的光，照亮了他的脸，将他紧闭的嘴唇染成了白色。书页在伊西丝的胸腔里翻动，伊西丝为他分离的那个书页之心上炽烈地燃烧着一些神秘的字符。

过了一会儿，他依然一个字也说不出来，这时，伊西丝又合上了书，用颤抖的手去系紧身衣的挂钩，但挂钩不断地从小环中滑脱。

顿坎一言不发地在她跟前蹲下，帮她系上了紧身胸衣。

“谢谢。”她用嘶哑的声音说。

顿坎捧起她的脸，吻了吻她满是汗水的额头。“你得休息，”他温柔地说，“你想在这里待多久就待多久。”

“不行，我还得走，这里的一切才刚刚开始。”

“你连站都站不稳了，我是不会让你就这么离开的，”他的眼神中全是真诚的忧虑，“你到底怎么了？”

如果把一切都告诉顿坎，那会消耗掉她最后一丝力气，但是稍稍犹豫之后，她还是讲了。她从自己寻找《地平线地图集》讲起，说到自己如何遇见芙莉亚和提贝流斯·费尔菲克斯，跟魅姬在书城的战斗，芙莉亚和年轻时的七芒星之间的友谊或者其他什么，还有后来芙莉亚如何使伊西丝变成了七芒星童话中的主人公，伊西丝莫名其妙地变成了七芒星书妖，现在被迫用这样的身份继续生活。她不确定顿坎会不会相信自己说的话。

“我现在的书巫力是当年在学校里的时候想都想不到的，”她最后说，“但同时我也比之前任何时候都脆弱。我越来越频繁地进入需要休养的状态，通常这样的休养要持续好几天，但是现在根本没有时间休养，顿坎，再过几天就来不及了。”这时她意识到，自己还根本没有提阿博加斯特告诉她的那些事，于是就用几句话简单地描述了一下。听到她说作为书妖的菲德拉·赫库兰尼亚如何让墨妖卷进战争时，顿坎的反应出人意料地平静。直到听见她说阿博加斯特计划进入永夜庇护所去阻止菲德拉，而她自己认为这个计划是错误的时，顿坎才摇了摇头。

“我造成的伤害顶得上别人十辈子做的了，”伊西丝说，“现在或许是拯救一次世界的时候了。”她希望自己的语气听起来像是在说笑，但是这些话听在她自己的耳朵里，都觉得异常严肃和苦涩。

伊西丝说完后，顿坎看着她，就好像在担心她随时会倒下。而她只是希望顿坎现在不要说什么蠢话，不要煽情之类的。他们之间的那段已经过去太久了，之后伊西丝又爱上过另外一个男人，那个男人后来被魅姬抢走了。而且她现在已经没办法清晰地思考了，但是她又很不情愿承认这一点。

“我必须看一下那本书，”她说，“那本书能让我恢复力气。看过那本书的人可以几个星期不睡觉，听说是这样的，对吧？”

他把声音压得非常低。“关于阿布索隆的书，曾经有过各种奇怪的传言。”他没有直接回答。

“求你，顿坎！”

“那会要了你的命的，不会马上，但是过一段时间肯定会。只要半页，你就会上瘾，读完一页，你肯定就完蛋了。”

“我只是需要足够的时间去找菲德拉，没有了菲德拉，墨妖不过是一些野蛮的动物而已，不可能跨过永夜庇护所的边界。”

“阿提库斯提出来的时候，你为什么不直接跟着他去？”

“因为他想要找的是利用这件事的方法，他要的是推翻三大家族。你跟我一样了解他，只要他还活着，就没有任何人和事能够阻止他。”

“他已经老了。”

“或许正是因为这样，他才比以前更加危险，因为他知道留给自己的时间不多了。他为的不是给自己攫取权力，而是为了亚当学院。他相信学院，但是心里很瞧不起三大家族，至少他自己是这样说的。”

她用尽全身的力气说完这些，眼前突然一黑，坐不稳了。她瘫倒在顿坎的床上。他的枕头上有一股书的味道。

“顿坎，”她用嘶哑的声音说，“我需要那本*该死的书*……”

“阿提库斯告诉你的并不全。”

她努力聚焦起自己的眼神，昏暗的木板屋里，所有的书都变得清晰，然后又重新变得模糊，炉子上的水开了，沸腾的声音在她的脑壳里轰鸣。吃饭的事早就被抛在了脑后，被人遗忘的锅孤独地冒着蒸汽。

“阿提库斯说到那些‘想法’了吗？”顿坎说着，把一块湿布放在她的额头上。

她没有发烧，也没有生病，她只是需要一本书而已。难道连看都没有看一眼，她就已经对那书上瘾了吗？所以阿布索隆的书才那么危险？难道只要在脑子里想象一下，就足以毁掉一个书巫吗？

她对顿坎问题的反应很迟钝，因为她觉得自己的问题更迫切。他会把那本下落不明的书藏在什么地方？肯定就在这个屋子里，在他身边，假如她要找的话，顿坎能否在书被找到之前拦住她？

“让我看看，”她央求道，“就一下。”

“我不能那么做，以你现在的状态，我只要让你看上一个句子，你就会上瘾了。”

这时，伊西丝冲他喊了起来：“我要那本书，你懂吗？这样我才能把菲德拉……”

他捂住了伊西丝的嘴，而她已经虚弱到无力反抗。他低头看着她，摇了摇头。他的脸离她的只有一掌的距离，上一次他们这样靠近彼此已经是很久以前的事了。

这个念头又把伊西丝朝现实里拽回来一点，他此前说过的话在她耳中回响：阿提库斯说到那些“想法”了吗？

随后是她在外面听到的那个问题：那些想法从何处来？

“你……你在说什么？”顿坎把手从她嘴上拿开后，她虚弱地说，“什么想法？”

“亚当学院并不只有菲德拉这一个问题。”

“我不懂……”她感到自己已经彻底被疲倦淹没了。或许这一切都是她的幻觉，很快她就会睡着，一睡好几天，谁知道等她醒来的时候，这个世界还会剩下些什么。她会出现幻觉也不奇怪，这是疯狂的问题，疯狂的想法。

“那一开始不过是这里的人进入癫狂状态后的异想天开而已。”顿坎从床边站起，把一个箱子推到一边，露出下面镶在粗糙木地板上的一个铁环。这是一扇活门的把手。“他们不断重复这一个问题，永远都只有这一个问题。”

“那些想法从何处来？”伊西丝小声说。

“你听到过？他们会不断重复这个问题，在街巷里，在房子里。”顿坎转动一个数字锁，打开了地上的那扇活门，从里面取出一个匣子。

“一开始我以为那不过是在随口胡说，瘾君子嘴里总是会有胡言乱语。但是后来他们说得越来越多，几乎每天都有人问这个问题：那些想法从何处来？”

“它们是从何处来的呢？”她发觉自己的嘴角在抽动，虽然自己根本不想笑。

“没人说得清楚，但它们最早是从深层庇护所传出来的，然后落进了混沌之中，那是一些发生了突变的、扭曲的、荒谬的想法，至少大家都是这么说的。我不知道它们是什么，长什么样，没有人说起过这些。”他拿着匣子走回床边，把匣子打开。里面放着小瓶的针剂和一板板的药片，另外还有两个注射器。

“拿……开，”她央求道，“我不吃药。”

他目光灼灼地盯着伊西丝：“菲德拉·赫库兰尼亚只是威胁书巫世界的危险之一，而且恐怕还不是最危险的一个。那些‘想法’已经毁灭了深层庇护所，现在还在继续往浅层走。有些可能已经神不知鬼不觉地进入了更远的地方，到了这里或者书城，也可能已经出了庇护所，谁知道呢。”

“那些想法怎么会……”

“造成这么大的破坏？难道造成破坏的不是从来都是些想法吗？”他从匣子里拿出一小瓶针剂。“从很久之前就开始了，几十年之前，就因为这个，学院才那么害怕书妖，要把他们都抓起来。因为书妖不就是一些有血有肉的想法吗？三大家族认为这些书妖有一天会被那些想法迷惑，起来造反，所以学院要镇压他们，恨不得今天就把他们赶尽杀绝。”

“你是怎么知道这些的？”

他打开一个注射器：“你得先安静一下。”

“不，顿坎……”

他说了些什么，但伊西丝只是瞪着针头，没有去听他在讲什么。她不想睡觉，只想要那本书。

“给我。”她说。

他摇摇头。

她一把抓过他怀里那个匣子，用两只手拿着朝他的脸上砸去。

29

第一下就把他从床前砸到了一边，砸完第二下，他已经不动了。

“对不起。”她小声地说着，从他身上爬了过去。

他还有呼吸，伊西丝把他翻了过来，以免血流进他的气管里。他的鼻子受伤了，但伊西丝觉得鼻梁应该没断。他的颧骨上有一片撕裂伤，太阳穴的位置有可能会大量出血，不是什么要紧的伤。虽然快要失去清晰的意识了，但她依然知道该怎么放倒一个人又不会马上要了他的命。

稍稍犹豫了一下后，伊西丝把顿坎的心灵书从他的裤兜里掏出来，但她的眼睛已经看不清东西了。她挣扎着爬到打开的活门那里，这个格子有个夹层，在那里她找到了自己要找的东西。

阿布索隆的书被裹在深蓝色的帆布里，看得出这本书已经被无数双手摩挲过。伊西丝小心翼翼地把书从夹层里拿出来，然后把那本心灵书扔了进去。顿坎很快就能在那里找到心灵书，只要他醒过来的时候不能马上拿到就行了。

阿布索隆的书价值连城，她很诧异顿坎竟然会把书藏在这里，并且没有用任何书巫术进行保护。但或许这正是原因：没有人想得到书会被藏在这样一个所有人都为之疯狂的地方，用书巫术保护它只会引人注意。理论上来说，顿坎也完全可以把它卖掉，但他怎样才能既找到买主又不引来不必要的关注呢？也许他是在等待一个合适的时机。

她深吸一口气，打开书，试着去读第一个句子。书上的字迹很模糊，她揉揉眼睛，又看了一遍，这才大概认出了最前面的几个字。

书开始起作用的时候，她发出了一声呻吟。那感觉就像是被纯净的书巫力直透心脏，比顿坎藏在医药箱里的那些药的效力强一千倍。她的四肢涌过一股热流，让她的神经燃烧了起来。这是让人喜悦的燃烧，使她得到净化，消除了她所有的弱点。

书上写了什么已经不再重要，写在那里的字本来也没有什么意义，那些字的排列顺序很奇怪，亚历山德雷·阿布索隆曾经发现了一种密码，就像是书巫们的仙丹，而他是第一个学会利用这种神秘之物的人。有很多关于他那三本书功效的传言，但没有人清楚到底是什么样的。据说只要有一个字放错了位置，整本书的力量就会彻底消失。阿布索隆把几万个字摆成了唯一正确的顺序，就像是不断把各种分子拼在一起，直到用这些分子创造出了一个从来没有过的东西一样。

伊西丝读得很慢，并不贪婪，虽然神智已经不是很清楚了，但她依然明白，一下子用过大的剂量会要了她的命。她感觉到那些字的排列顺序有种奇妙的力量，这力量钻进了她的意识，裹住了她的心脏。那些音节就像烙在她的精神里一样滚烫发热，深深地钻进了她的灵魂中。书瘾不是将来才显现，伊西丝一开始看就知道自己完了。

不过不是马上，她要先争取一些时间，把主动权重新掌握在自己手中。

她本来想把书留给顿坎，但是看了几秒钟之后，她就明白那不过是幻想而已，瘾君子绝对不会主动放弃自己的毒品，只是想到要跟这本书分开，她的额头就已经像要爆炸一样剧痛难忍了。

“对不起。”她又道了一次歉，朝顿坎俯下身，擦掉他脸颊上的一滴血。她产生了吻他一下的冲动，因为两人的过去，也因为她现在拿走的是顿坎最珍贵的东西。但她还是克制住了自己，站起身，觉得阿布索隆的每一句话都在自己身体的纤维里燃烧着。她之前从未觉得自己如此果决，如此充满力量，如此之好。

她匆匆地把书别在背后的腰带上，用斗篷遮住，从外面看不见。然后，她离开了顿坎的木板房，身体挺得笔直，坚信自己做的是对的，觉得自己的一部分获得了新生。她现在敢去跟任何人较量，菲德拉·赫库兰尼亚、阿提库斯，包括顿坎说起的那些会带来不祥的“想法”。所有这些都不过是些对手，而他们根本就不是自己的对手。

她本可以马上在这里打开一扇穿越门，但她不想让人因此盯上顿坎。于是她穿过小巷一路向上，朝这块破碎庇护所的边缘跑去。她走过木板小桥和咯吱作响的吊桥，一直来到岩石边缘，站在那里看着那片空荡荡的金色，下面的深渊，还有悬在对面的那张网。

她在那里看到了让她目瞪口呆的东西。

许许多多黑点挂在网眼里，紧紧抓着悬在隐页世界里的金色绳子。奇形怪状的生物，曾经是书妖的它们，如今只是曾经那个自己的扭曲状态。

墨妖，几十只。

它们聚成一群，抓着网向上爬，这群四处游荡的生物感兴趣的并不是波多贝罗或者城里的居民。伊西丝小时候曾经在自己房间的角落里发现过一个茧，出于好奇，她打开了那个茧，结果里面钻出了许多极细小的生物，拥到墙上和她的手指上，四处乱爬。一眼看去，对面那些墨妖似乎也是乱哄哄的，没有什么秩序，但集成一群后，它们却是在朝着同一个方向前进，沿着水平的方向走过波多贝罗。假如保持这个速度，那它们就会像出现时一样迅速地消失。

“那些瘾君子让它们反感，”一个声音说，“这是它们远离这个地方的原因。也许它们察觉到了写在这里的每一个字后面都隐藏着癫狂。”

伊西丝骂自己怎么会如此大意，如果她还像刚上勒卡雷中学时那样容易分神，那新获得的力量又有什么用？

她猛地转身，看见一张网铺天盖地地朝自己飞来。这是一张用绳索编成的网，网线还没有她的手指粗，却沉得像铅一样。这当然是书巫术的功劳，本来并不难对付，但她在同时还受到了其他的攻击。那是一连串连珠炮一样的巨大冲击力，带着难以想象的灼热。伊西丝虽然已经恢复了力气，但反应速度却还不够快。网打在她身上的时候，她一个趔趄便仰面倒在了地上，灼热的冲击力从她身体上方飞过，冲击波重重地砸在她的肚子上。她用手去摸紧身衣的挂钩，但是手被网挡住了，好几个人朝她扑过来，将她死死压在地上，她的肋骨发出了咯咯声。他们一共有四个人，后面还有更多人在朝这边过来。

最后，一个男人走进她的视野里，就是跟她说话的那个人。她一眼就认出了他。

“马杜克。”

“伊西丝·霓莫霓思，”那人俊俏的脸上带着微笑，“很荣幸，也很高兴。”

那人的长发非常顺滑，跟虚空世界里的那张网一样是金色的，他身上的珠宝首饰比三大家族中那些贵妇们身上的还多。书巫力量使他保持着年轻的容颜，虽然他的青春岁月已经是非常久远的过去了。没人知道马杜克多大年纪了，也不知道他究竟是什么。书妖？书巫？也许他真的就是古巴比伦那个名叫马杜克的神祇？不过伊西丝并不关心这些，只要能在他的防御中找到破绽，她会马上杀了这个人。

站在他左右两边的两个男人是书巫，应该是花钱雇来的贴身保镖。他们像举着枪一样举着翻开的心灵书，瞄准着伊西丝。以前，马杜克雇的都是书妖。

“很可惜，你登门拜访的时候，我不在家，”他带着保镖在伊西丝面前停下，“你看，我正在各个庇护所里巡视，给我那些生意伙伴们紧紧螺丝。我觉得非常遗憾，没能在你把我的藏室夷为平地之前给你好好介绍一下那些藏品。”

“你的手下知不知道你跟亚当学院穿一条裤子？”

“就算我跟他们的母亲穿一条裤子又怎么样呢？他们根本不会在意的，因为没有人比我付给他们的钱更多。”

他的打手们咯咯地笑着。他们其实没必要按着伊西丝，把她压在地上的那张网有一辆小汽车那么沉，她连手都抬不起来。她身下压着阿布索隆的书，脊背上能感觉到书的尖角。到目前为止，还没有人对这本书表示兴趣，也许根本没有人意识到她身上带着的是什么东西。但是她觉得那两个书巫，甚至马杜克本人很快就会有所察觉。

“看来你赢了。”她艰难地说。那张网勒进了她脸上的皮肤里，她知道这种网，它的纤维上刻着用显微镜才能看到的微型字母，有个亚洲的庇护所专门生产这种材料。她觉得马杜克的衣服说不定也是用这种材料织成的，能为他提供各种书巫保护。他穿着白裤子、一件合身的长外套，戴着白色的手套和一条真丝围巾。

“你和你的那些朋友，伊西丝，你们毁掉了我很多财产。”他的声音依然很平静，几乎可以说是友好的，尽管如此，伊西丝还是能感觉到在这个平静外表下沸腾的愤怒。他不想杀掉伊西丝，或许他是在考虑如何能让伊西丝尝到最多的苦头同时还不致死去。“他们用了好几个小时，才清理掉所有的书蛭。在书城里制造这种混乱可是很冒险的。”

“不，”她说，“书蛭只要吃了东西，就会待在原地不动，而且在一天之内就会死去。”

“受教了。”

“要杀要剐悉听尊便，就是请你别再说这种二流的反话。你这种人怎么就不能闭上嘴呢？难道是有什么秘密竞赛吗，看谁的发言最无聊，看谁能让别人都觉得‘希望他快点说正事，好让我们能早点回家’。”

马杜克的嘴角又露出了一抹微笑，看上去容光焕发。伊西丝真想用自己的心灵书打掉他那一口漂白过的牙齿。

两声枪响紧密地前后相连，听上去就像一声一样，但伊西丝的听觉很灵敏。她知道只有一个人能用这么快的速度射击，并且同时打中两个不同的目标。

马杜克身边的那两个书巫倒在地上死了。网变轻了。按住伊西丝胳膊和腿的四个人松开了她，因为他们要找开枪的人在哪里。紧接着，他们中的两个也死了。

伊西丝自由了。

马杜克吼了些什么，随后他的身体周围出现了一个由紫色光点组成的光柱。他迈进穿越门之前，伊西丝看到了他的脸，这时他已经不再微笑了。马杜克盯着她，眼神得意扬扬，因为他知道伊西丝的结局会是什么。马杜克应该在伊西丝身上看到了阿布索隆的痕迹，并且很确定伊西丝身上发生了什么事，这让他感到很满意。

随后，他消失在了那根光柱中，还活着的两个人爬起来掏枪，但是随即就也被打死了。

伊西丝扯掉网，轻盈地一跃而起。

顿坎用来结果那些男人的大口径自动手枪现在对准了伊西丝。他从一个巷口的阴影中走了出来，迈进虚空世界的金色光线里，鼻子淌着血，太阳穴上也有伤，看上去并不像之前伊西丝想要亲吻的那个人。

“你这个邪恶、狡猾、无耻……”

“顿坎！小心！”

他边骂边猛地转过身去，也看到了伊西丝刚刚发现的事。

从四面八方冲来了很多人，都是马杜克的手下，估计是负责替他在波多贝罗城打点生意的人。这些人手持刀枪，有些甚至提着斧子。顿坎弹匣里剩余的弹药连解决其中的三分之一都不够。

“快过来！”她对顿坎喊道。

顿坎跑向她，身边子弹乱飞。他抓住她伸出的手，随后两人朝岩石边缘跑去，并从那里一起跳进了虚空世界中，伴随着一团紫色光雾，向书城穿越过去。

30

接下来的一天一夜中，芙莉亚一直在看造物书的第十一卷。到早晨时，她浑身都在酸痛。她一直坐在坚硬的石头地板上，脊背靠着书架，现在，她觉得自己的身体僵硬得就像房顶那只生锈的风信鸡，不管多大的风都无法再转动。

快六点钟时，她疲惫不堪地从书窖回到了自己的床上，但是刚睡了一个小时，就被凯特给摇醒了。竟然是凯特，那个几乎像讨厌学院的士兵一样讨厌早起的人。

“出事了！”她边使劲摇着芙莉亚边喊，“你快起来！”

芙莉亚把被子拉过头顶：“不停地出事！出事！我受够了。别烦我。”

但是凯特根本不肯罢休，连气都不喘地喋喋不休。于是五分钟后，她们俩已经一起跑过了费园的走廊，从铺着地毯的宽阔楼梯冲到了一楼，然后冲进了以前充当狩猎室的房间。这里的墙上依然装饰着鹿角，玻璃匣里和架子上摆的动物标本让芙莉亚想起了马杜克城堡中那些丑陋的展品。这里一般没有人，但这个房间紧挨着通向书窖的狭窄楼梯，而菲尼安和苏梅贝拉打算从书窖开始追踪伊西丝。

只是中间出了点别的事。

到这时，芙莉亚才注意到凯特眼睛下面跟她一样有着重重的黑眼圈，估计她跟菲尼安吵了一晚上。芙莉亚发现他们看都不看对方一眼，互相躲着。事情闹成这样，她觉得很抱歉，但尽管如此，她还是不赞成凯特把所有责任都推给苏梅贝拉的做法。菲尼安也一样不理智，甚至还要更固执些。

两个姑娘打的架看样子并没有造成很严重的后果，凯特的下巴上剐伤了一块，苏梅贝拉的一只眼睛隐隐有点发青。显然，苏梅贝拉没有用书巫术来对付凯特，否则后果会严重得多。至少她们互相还会说话。

芙莉亚和凯特走进狩猎室时，看见裴申思可怜巴巴地站在一挂鹿角下面，呆呆地看着地面，像是个正在罚站的小学生。

“好了，”芙莉亚问，“究竟出什么事了？”

“他把那个人给弄死了！”苏梅贝拉的鼻尖通红，她情绪激动时就会这样。“这个没文化的野蛮人把杀死艾瑞尔的那个凶手给弄死了！”

裴申思羞愧地把两只脚挪来挪去，估计恨不得远远地躲开这里：“我不是故意的，真的不是。结果就出事了。我问了他些问题，给他上了点刑，突然就……”

“出事了！”苏梅贝拉冲口而出。

“反正他也活不了了，”裴申思一脸痛苦，“艾瑞尔把他伤得很重，受了那种伤没人能活得了，就算他那样的也不可能。”

芙莉亚试着整理自己的思绪。一连串的坏消息没完没了，不过她没有兴趣去追究到底是谁的责任。现在他们每一个人都像是她的阅读灯和阅读椅在不顺心的日子里的表现。

苏梅贝拉的看法显然不一样："只有这个家伙能告诉我们是谁派他来的！为什么派他来！"

"好了，"芙莉亚说，"我有个主意。"

在场的人都安静了下来，包括菲尼安在内。他之前一直在皱着眉头来回踱步，这时他也站住了。

"我看了那本书，"她说，"塞弗林的笔迹那么多年来一直没怎么变，所以我看得很轻松。"

"里面写着什么？"裴申思立刻发现这是让大家把注意力从自己身上转移开的机会。但是苏梅贝拉气愤地盯着他的眼神清楚地表明，她跟裴申思还没完呢。

"写的是书妖的事。出于某种原因，塞弗林当时就知道他们某一天会出现，或者这就是他安排的，"芙莉亚在壁炉旁的一把椅子上盘腿坐下，"伊西丝变成书妖之后，书巫世界的规则被改变了，显然从那之后，书妖里也出现了书巫，造物书的第十一卷里写的就是这个。在我让塞弗林写下昼夜边界上那个女孩的故事之后，这本书应该是产生了变化。它……嗯……被改写了。就像塞弗林那本写到了伊西丝的童话书一样。"

"我觉得这事越来越离谱了，"凯特说，"你之前只是改变了伊西丝的过去，现在是所有书妖的？"

"这是个连锁反应，"菲尼安插进来说，"芙莉亚修改了游戏规则，或者说通过七芒星修改了规则，这件事不仅仅影响到了伊西丝。你们也感觉到了吧？关于过去的前一个版本在逐渐淡化，很快，我们能记得书妖不能同时是书巫这件事，就只会是因为大家都这样说，或者在什么地方写着。"

"这个无所谓，"苏梅贝拉说，"知道吗，如果出现了新的规则，那遵守就好啦。马杜克突然成了书巫，尽管他本来不可能是书巫。还有那个男人，被裴申思……"她又气愤地瞪了裴申思一眼，"被裴申思不小心弄死的那个也证明了，还有其他像伊西丝这样的七芒星书巫存在。要弄清的只是，这个对我们来说意味着什么？”

“不对，”芙莉亚反驳说，“最重要的问题是：是谁出于什么原因对造物书的第十一卷产生了兴趣？恰恰是这本记录着这条新规则的书。肯定有人知道这个改变。不管那个人是谁，他其实都根本不用读这本书，但尽管如此，他还是想弄到这本书。我真的很想知道是为了什么。”

“我知道你肯定不想听，”菲尼安插进来说，“但是在我看来，这次又是只有一个人有可能。”

凯特翻了个白眼。

“伊西丝比我们都更早知道自己要亲身体验这种改变的后果。”

芙莉亚把脸埋在两只手里，她已经累到无法思考，没办法厘清这些纷乱的头绪了。但她还是强打起精神，说：“咱们就单纯从理论上先认为不是伊西丝。那还有谁还有可能？是我们认识的人吗？”

“不是学院，”凯特说，“否则他们就会派一整支军队来了。”

他们逐个分析了各种可能性，包括最不可能的可能性。马杜克，当然了，因为他们跟马杜克结了仇。独来独往的阿博加斯特，学院的小股卫队，也说不定是三大家族中的某一个没经过其他家族同意就擅自行动了。

说到最后，没有一个人能够找到令人满意的答案，这又让苏梅贝拉想起了这僵局的始作俑者。“裴申思？”

南方军士兵看上去就像是恨不得藏到椅子背后去，苏梅贝拉让他觉得压力特别大。

“在你搞出这个不小心之前，那个人说什么没有？”她问道。“有用的信息？随便什么？”

“没有，就是因为这样，我才那么生气。”

凯特怀疑地看着他："打仗的时候，就是在你那本小说里，你没有真的负责过审讯俘虏吧？"

裴申思摇摇头。"我都是在前线冲锋，需要人破门或者炸汽车障垒的时候，他们会找我……"

"好了。"苏梅贝拉摇摇手。

"我很抱歉，真的。"

芙莉亚决定让这件事告一段落。她觉得杀死艾瑞尔的凶手已经得到了应有的下场，而且反正他们也不能让这个人死而复生。"你能去看看皮普吗？待在他那里，好好保护他，好吗？"

"那你怎么办？"裴申思问。"艾瑞尔说的是让我保护你……"

"艾瑞尔已经死了。"

"死者的意愿必须得到尊重。"

芙莉亚看到凯特正在努力忍笑，苏梅贝拉则转身朝窗户那边走去。

"我是个书巫，裴申思，"芙莉亚说，"如果受到攻击，我能够保护自己，但皮普还是个孩子，而且他恐怕永远也不会成为书巫。他现在需要你。"

裴申思想了想，然后点点头："我不会让他离开我的视线的。我保证。"

"谢谢。"她看着裴申思离开房间，从外面关上门。门外的走廊上传来他离开时沉重的脚步声。

"我喜欢他，"凯特说，"我曾经有过一条狗，就跟他一样。"

苏梅贝拉皱起鼻子。"我曾经有过一个床杆，就跟他一样，但是更聪明。"

芙莉亚把头靠在椅子扶手上。"现在怎么办？"

"我们出发。"菲尼安说，他避开了凯特的目光。

苏梅贝拉朝芙莉亚走过去："我要开一扇通向书城的穿越门，

但是那样的话，我们得先到下面的书窖里去。”

芙莉亚听出了她话里的不满，点点头说：“相信我，书放在下面要比在房子里安全，YZ 会保护它们的。”

“那堆字母？”

“它们解决了玛塔·安提夸，需要的时候，它们是可以信任的。”

开天辟地头一回，苏梅贝拉妥协了。“既然你这样说了。”她冲芙莉亚笑笑，笑容里几乎有一些忧伤。

很快，他们四个就一起走下了通向地下室的台阶，芙莉亚打开了书窖门口的铁门，他们的面前是中央通道，两边的书墙散发着书香，折纸鸟跳来跳去，电线上挂着灯泡。门口的哨兵看着他们四个走进地下墓穴。芙莉亚不知道是不是从艾瑞尔死后开始的，她自己也产生了离开费园的想法。

她掩上门，习惯性地走在前面，但走了几步就停了下来。她不用走到很深的地方，在这里就能打开通向书城的穿越门。

菲尼安抱了抱凯特，凯特一开始身体僵硬、怒气冲冲地站在那里，但后来还是妥协了，依偎在菲尼安身上。“你敢不回来试试。”她小声说。

菲尼安笑了，深深地吻了她。芙莉亚看着他们，心里又掠过一丝妒忌，同时又觉得很内疚和不安。她赶紧转开头，撞上了苏梅贝拉的眼神，里面有一丝忧伤。

“你要把她带回来，”芙莉亚不管菲尼安能不能听到自己说的话，“我们这里需要她，需要你们两个。”

苏梅贝拉双手握住芙莉亚的右手。“我们会找到伊西丝的，不管她跟这一切有没有关系。如果她有危险，我们会帮助她的。”

芙莉亚笑了，但她的笑声听上去就像是在大声地喘气。“她要比你强大一百倍。”

“她陷入了困境，不管你怎么看待这件事。也许她需要有人拉她出来。”

“这里的书妖也需要你。”

“他们有你，芙莉亚，你早就已经有能力保护他们了。”

“你在撒谎……还撒得不好。”

“也许我们中间没人有这个能力，我们只能尽力而为。”凯特和菲尼安依然紧紧拥抱在一起，苏梅贝拉向菲尼安示意了一下。“我们不能浪费时间了。”

菲尼安把凯特黑色的刘海撩起，又在她的额头上吻了一下。芙莉亚还从来没有见过凯特这样脆弱，但很快她就打起精神点了点头，就像是要回答菲尼安的问题似的，而这个问题只有他们两个清楚。

很快，苏梅贝拉和菲尼安就消失在了飞舞的紫色光点中，只留下芙莉亚和凯特。她们头上的灯泡闪烁着，就好像马上要停电了一样。

等到最后一抹紫色也消失了，凯特抹抹眼睛，仰起鼻子，用沙哑的声音说："我还有件事要告诉你。"

鸟喙书好奇地从芙莉亚的口袋里探出长脖子。

“在这里说？”芙莉亚问道。

“不管在哪里，”凯特顿了一下，然后继续说道，“我得去一趟伦敦，最好是今天就走。”

芙莉亚沉默地看着她，等着她继续说。

“我知道苏梅贝拉刚才说了什么，”凯特接着说，“她说你要保护那些书妖什么的……但是我希望你能跟我一起去，我一个人可能做不到。我现在要做的这件事需要我最好的朋友帮忙。”

鸟喙书猛地伸长了脖子，但是芙莉亚用大拇指和食指捏住了它的嘴。她在凯特的眼中寻找着答案，但看到的只有果决。

“我知道怎么找出幕后主使，”凯特说，“至少知道我们应该去问谁，但我不想让菲尼安知道这件事。”

“为什么不想？”

“因为这关系到我的父母。也许他们知道真相。”

凯特平常从来不提自己的父母，芙莉亚只知道他们是书巫。凯特没有继承他们的书巫天分，所以他们对她非常失望，就因为这个，她在几年前离家出走了，在书城开始了新的生活。

“那他们怎么办？”芙莉亚问。

“菲尼安……”凯特开口说道，但又停下来，随后犹犹豫豫地继续说，“绝不能让他知道他们是什么人。”

31

伊西丝重重地落下，一个趔趄跪倒在地，顿坎掉在她旁边，摇晃着迈了一大步才保持住平衡。跟伊西丝一样，他也是过了一会儿才辨明了方位。

他们掉得太快，而且方向不准确。伊西丝不知道自己误入的是书城的哪个地方，这让她有些不安。这应该是一个她来过的地方，因为这是开启穿越门的前提，但她去过这座城市的太多角落，所以有可能会掉到其中的任何一个地方。她之前只顾得上确定大概的方位。不过不管怎样，反正他们已经来到了书城。她的直觉又开始起作用了，充沛的精力驱走了她的疲惫。

他们在一条窄巷子里，左右是房屋的后门和封在护栏后的窗户。透过这些窗户，他们看到昏暗的房间里有一摞摞的书，这应该是书店的背面。巷子里有些废纸箱、几个垃圾桶，但是看不到人，只有一只带斑点的猫倏地从阴影里蹿过。

顿坎深吸一口气，手里还举着那把枪。“把书给我！”

她猛地把手伸到背后，阿布索隆的书还在，就插在黑色斗篷下她的腰带里。她把书抽出来，看了一眼，竭力忍住马上翻开它的欲望，把它按在胸口上。“冷静，”她说，“咱们先……”

“拿来！”他粗暴地打断了伊西丝。

她有一种极强烈的不想把书放开的感觉，哪怕是想想都让她受不了。“你知道我需要这本书。”

“那你以为我会怎么做？就这样把它给你？见鬼，伊西丝，我还要靠这东西养老呢！”

她被逗笑了。“你什么时候开始为今后打算了？我不认识比你更得过且过的人了。”还在勒卡雷的时候，她一边做着各种伟大的规划，一边就这样指责顿坎。顿坎这个人从来不考虑今后，他甚至都不会考虑下个星期的事。伊西丝不相信他的性格会改变。

“这本书是我的。”他几乎有点赌气地说。

“你当然是通过正当的买卖搞到它的。”

“通过正当的比赛。”

“你赢来的？”

“反正其他人输了，都差不多，不是吗？”顿坎笑了，伊西丝曾经觉得他的这种笑很鲁莽，年轻幼稚。当年的她也曾是那样的。他突然收住了笑容。“见鬼，我真是不敢相信，你竟然真的读了！你明明知道读了之后会有什么下场！”

“我没有别的选择。”

“没有这书我也能让你恢复体力。”

“是的，”她轻蔑地说，“靠打针。”

“那只是一针镇定剂，好让你不要再抗拒睡觉。我可以把你在我那里藏几天，直到你恢复体力。”

“我没有时间了。”

“我的天，你同时惹恼了学院和马杜克！”

“别急着这么说，等我先找到菲德拉·赫库兰尼亚。”

“你疯了，完全失去了理智。”

“听着，”她对顿坎说，手里依然紧紧地抱着那本书，“我很抱歉把你卷到这件事里来，假如还有更好的办法，那我绝对不会去找你的。”

“我为了你打死了六个马杜克的人！”

“你可真棒。”

“马杜克看见是我干的了！你知不知道在波多贝罗那里谁是我最大的主顾？”

“你跟这个猪猡做生意？”

他朝伊西丝走了两步，手里挥舞着那支枪，不过这时至少不是瞄向伊西丝了，但他如果不能尽快平静下来的话，说不定会在愤怒之下打碎一扇窗户，并因此引起警察的注意：“我是个罪犯，伊西丝，罪犯就是要跟其他罪犯做生意的。我们这些人想要活下去，就不能招惹马杜克这样的人。”

“打死他的人是你自己的决定，不是吗？”

他朝一个空纸盒踢了一脚，就好像一切都是那个纸盒的错。“我就不该给你开门！”

“你不开我也进得去，相信我。”

他愤怒地把枪插进枪套，靠在一个垃圾桶上。“咱们得想个办法。而且得快。”

“我之前没有时间选择更好的目的地。假如咱们……”

“我说的不是这个，”他愤怒地指指伊西丝抱在胸前的那本书，“我说的是那个。得想个办法让你摆脱它。”

“如果你都没有办法，还有谁会有？”

“你好像并不是很担心，”他摇着头朝伊西丝走了两步，在她面前站定，“我见过那些对阿布索隆书上瘾的人，我见过书都对他们做了什么……把他们变成了什么样。相信我，你绝对不会想要经历那些的。”

“我要去永夜庇护所！这是我目前唯一关心的事。”

“你能坚持多久？”

“我听说一些上瘾的人能活一两年。”

“两年！”顿坎抬起胳膊的时候，她几乎想要向后躲闪，接着她便发现，顿坎根本没想从她这里硬抢走书，他只是用手捧起了她的脸。“如果咱们说的是随便一本瘾书，仿品或者廉价的复制品，那没问题。但这是最纯粹的，是真的阿布索隆！这是真品。我见过非常健康的人在一个月之内就完蛋了，最多一个半月。”

她竭力掩饰自己的恐惧：“那也应该够用了。”

她还没来得及反抗——如果她要反抗的话——顿坎的嘴唇就已经贴住了她的，不是很久，但已经足以让她明白自己陷入了多深的一个泥潭，深到足以把他也带下去。可以说，悬崖边上那一跳之后，直到这时他们还在做自由落体。

她把头向后仰，拨开了他的手，动作并不快，几乎是轻柔的，但她不能允许在这里发生这样的事。

“我要去永夜庇护所，顿坎，而且我会找到菲德拉。”

“那我就跟着你，保护你。”

“我看上去像是需要人保护的样子吗？”

“你需要有个人帮你控制剂量，否则阿布索隆的书会诱使你下次或者下下次就一口气把它读完。你会再也摆脱不了它，直到贪婪地读完最后一页，然后你会从头开始再读一遍，而菲德拉和永夜庇护所会变得越来越不重要。”

“我不需要你的同情。我根本不需要你为我做任何事，更不需要你为我冒生命的危险。”

顿坎想说的话还没有说完。“你会觉得自己很强大，比任何人都强大，短时间内你可能会比以前任何时候都更有力量，但你会把每一分钟和每一点力气都用在读阿布索隆书上面，直到你背下他的句子，而那个……”他指指伊西丝变成的那本书，“……也帮不了你。刚上瘾的时候，读阿布索隆需要几个小时，但你会读得越来越快，越来越贪婪，直到你一天能从头到尾看完四五遍，不睡觉，不吃饭，对其他任何事情都不感兴趣，你会忘记自己是谁，曾经想要做什么，还没等你弄明白自己是怎么了，一切就结束了。”

伊西丝朝后退了一步，久久地看着顿坎。那只猫在垃圾桶后面发出窸窸窣窣的声音，有什么东西正从巷子上方经过，第一眼看上去像是一群鸟，但那东西拍动的翅膀是沙沙响的纸。

“你有什么建议？”她问。左手里的那本阿布索隆书热热的，几乎让人充满了希望。

“你想杀掉菲德拉？”

“我想跟她谈谈。其他的见机行事。”

“她不会听你说的。”

“咱们看看再说。”

他的脸上显出深深的痛苦，伊西丝知道，他对她真的不只是同情而已。她的一部分在回应顿坎的情感，而另一部分却在催着她赶快摆脱顿坎，带着阿布索隆的书躲到一个角落里，就在这儿，在垃圾箱的后面。“咱们需要一个带路的人，”顿坎说，“一个比任何人都更熟悉永夜庇护所的人。”

她摇摇头。“别再废话了。”

“没有这个人，咱们走不了多远。你对永夜庇护所的了解足够多，应该清楚这一点。不管你是不是七芒星书妖，你还来不及从远处看菲德拉一眼，沦丧之地就会吞掉你。”

她想到了被自己放逐到那里的七芒星，不知道他现在怎么样了。但是她很难把注意力集中在这件事上，那本书在她脑海中又占据了上风。书中所有那些奇妙又混乱的句子。

顿坎还在说："……只有一个人能做到，他是重新出版《地平线地图集》的幕后推手，至少在被学院放到黑名单上之前是这样的。"

伊西丝想起阿博加斯特也说到过这样一个能带路的人。

"维克多·达马斯卡努斯，"顿坎说，"那个绘制圣堂地图并为此付出了代价的人。对于他找到了通向圣堂的路这件事，学院没有原谅他。或许他只是偶然找到了那里，但当时没有人关心这个。"

"不是说他被处决了吗？"

"所有庇护所里最好的测绘师，那个比任何人都熟悉永夜庇护所的人？"顿坎垂下眼帘，很快又抬起眼睛。"当年是阿提库斯亲自找到他的，这事你知道吗？"

她摇摇头。

"是他想办法让密探而不是警察或士兵来处理这件事的。把达马斯卡努斯送进监狱的时候，我也参与了。"回忆到这里，他稍稍停了一下，"之后不久我就离开了。"

"我不知道你是因为这个离开的。"

"还有其他的原因，但这件事是决定性的，我受够了所有的谎言和虚伪。现在的我虽然是个罪犯，但从某种意义上讲，我做的事要比那三大家族的所作所为正直。"

"你认为达马斯卡努斯会帮助咱们？假如他过了这么多年还活着的话。"

"他们肯定把他照顾得很好，因为他是通向永夜庇护所的钥匙。如今，他对他们来说比以往任何时候都更加重要。"

"你凭什么这么确定咱们能找到他？"

顿坎又朝她靠近一些，手指尖温柔地从她的下巴滑到喉咙上那个疤痕的开端。"咱们有一个他们没有的武器，"顿坎的抚摸让她起了一身鸡皮疙瘩，"咱们有你。"

32

蕾切尔·西摩尔听着父亲喋喋不休的责备，在心里想象着他的死。早就到了该实施计划的时候了，威特和她已经等得够久的了。

男爵站在茶室的窗前，看着下面的山谷，根本不看自己那两个孩子，为自己人生在世运气竟然这么差而感到莫名的恼火。

蕾切尔已经盯着男爵的脊背看了十分钟了，看着他在米兰定做的那件老气的长礼服，还有日渐稀疏的花白头发。她和威特默默地坐在摆着下午茶的长条桌旁，父亲说的话他们一个字也没听进去。两个人的怀里摊放着各自的心灵书：蕾切尔的是一本简·奥斯汀的《诺桑觉寺》，威特的是一本泛黄的纹章学的书。

他们的祖母正在慢悠悠地吃着一块酥粒蛋糕，也许她已经觉察到了弥漫在空气中的危险气息，只是有意地不动声色，但也有可能是她的警惕性已经随着视力的下降而减弱了。威特坚信是后一种情况，并且向蕾切尔保证这个老太太构不成什么威胁。威特认为只要解决了他们的父亲，要干掉老男爵夫人和她那个小跟班简直易如反掌。

詹姆士待在门外，每次一家人喝下午茶的时候都是这样，这个沉默寡言的书妖坚守在那里，通常随身带着一本从图书馆里拿来的书。老男爵夫人允许他使用那个图书馆，也许他只是个贴身仆人，但老男爵夫人对待他就像是对待自己第四个孙子一样，所以威特痛恨他。

蕾切尔和她哥哥已经在一起设想了许多遍如何推翻西摩尔家的家族领导们，并重新赢得其他家族的尊重了。每个人都知道他们的父亲十分软弱，除了做坎多斯家族和罗恩穆特家族的跟班之外，什么也干不了，是一个可以随心所欲地侮辱与利用的宫廷小丑，还连带着把全家都变成了小丑。

但是这种情况很快就要结束了，威特和蕾切尔得到了一些消息，显然委员会中还没有任何人知道这些消息。在书巫寄宿学校读书的前几年，蕾切尔认识了一个名叫凯特琳娜·玛尔什的女孩，凯特琳娜，人们习惯叫她凯特，比蕾切尔小一两岁。没过多久，女孩就离开了学校，虽然女孩的父母非常有书巫天赋，但女孩自己却没有任何书巫能力。当时她们刚上五年级，那个女孩那时就特别喜欢穿条纹紧身裤了，黑发剪得短短的，跟马杜克监控摄像头里拍到的那个女孩一样。

蕾切尔和威特并没有把这事告诉男爵，不想让他借此去邀功，他们要自己处理。威特二十岁了，他认为自己的年龄已经够大了，并且认为自己所缺乏的那些经验可以靠天赋和精明来弥补。他对学院僵化的体制很不以为然，向蕾切尔保证说，要让她成为具有平等权利的委员会成员，成为绯红厅时代以来委员会里的第一位女性成员。

学院里一直都是由老男人们扮演摄政的角色，他们推崇十九世纪的那些陈旧习俗，就算丽薇娅·坎多斯也不过是个没有实权的传声筒而已，不管她摆出的声势有多么大。威特和蕾切尔想要做的就是改革传统，他们并不打算搞政变，只是希望能够在委员会中拥有平等的发言权。他们希望能够用新鲜血液推动已经生锈的权力机器，让它重新运转起来。

威特能整晚整晚地讲他的计划，说的时候，他的眼睛里燃烧着火焰，让蕾切尔既钦佩又害怕。这是她的哥哥，她爱自己的哥哥，但是不确定这种激情在哥哥那里会不会变成轻率。他说的话都没错，论据非常有感染力，并且非常执着于自己的想法，但是他的目光中也闪烁着狂妄的光。看到他那个样子，蕾切尔就知道哥哥这一辈子都会需要自己，因为她能够让哥哥回到现实中，在他因为世事不公而濒临崩溃，在他的绝望转化为怒气的时候，她能够安慰他。

“对不起。”他们的祖母小声说着，从嘴里掏出一个什么东西，那东西叮咣一声落在了瓷盘上。这声音打断了男爵滔滔不绝的演讲，在四周的高墙之间回响着。喝下午茶的人都沉默了几秒钟。

“樱桃核。”老太太带着假笑说道，这是蕾切尔在这个以虚伪著称的家庭里见过的最假的假笑。

“我刚才说……”男爵接着说起来。

“动手！”威特打断了他。

蕾切尔和威特射出分离书页之心的光，这光从放在他们大腿上的书里射出，把他们的脸染成了雪白色。

蕾切尔让蛋糕刀从桌子上飞起，像指南针一样滴溜溜地转着，横穿过房间朝她父亲飞过去，刀刃扎进他的肩膀，把他的脸朝前甩到了窗户上。窗玻璃上出现了一个裂纹，本来还不会全碎，但威特的攻击紧接着就到了，将玻璃击成了无数的碎片。

男爵对遭到攻击毫无心理准备，玻璃一下子就被震碎了，他被甩得撞在窗台上，随后又继续向前扑，一下子扑在了窗框上，身子下面是碎玻璃的尖。他先是愣了一下，然后双手乱抓，想把身子支起来，这样一来反倒被划出了更多伤痕。

威特跳起来，左手捧着打开的心灵书，念出了书页之心上神秘的文字，同时用右手朝男爵比画着。蕾切尔也从椅子上跳起来，《诺桑觉寺》就像裹在一团白色的火焰里。她还从来没有这样公开显示过自己的真实力量，她看到祖母的脸上露出了恐惧的神情。祖母并不只是在为自己的儿子担心，看到这个，蕾切尔感到非常满意，她决定亲手结果这个老太太。

老男爵夫人想站起身，但是威特像疯了一样朝她大喊道："坐着别动！还没完呢！"

"威特！"蕾切尔越过老太太指向父亲的方向，他刚好从窗框里挣脱出来，转过身子。刀深深地插在他的肩头，他试着去够那把刀，他本来应该用这个时间去拿自己的心灵书，那书放在桌子上他的座位那里，也许他慢慢明白过来，自己是绝对走不到那里去的。

蕾切尔顺着他的目光看过去，心里感到一阵狂喜。她大叫一声，朝父亲的心灵书甩出一团火焰，看着它燃烧起来。

她的父亲又痛又气地大吼起来，一把将肩头上的刀拔出来扔掉，然后一跃从窗户跳了出去，落在城堡的平台上，朝左边跑去。

又一扇窗户爆裂开，威特就像气锤一样不断朝父亲发射冲击力，蕾切尔看到父亲在外面沿着一扇扇窗户跌跌撞撞地向前跑，每一扇窗户都在他刚刚经过之后爆裂，威特的速度不够快。胜利的得意已经冲昏了他的头脑。

蕾切尔确认父亲的心灵书已经烧了起来，没有救了。看到这个景象，她的肚子里一阵绞痛，感到书巫力在自己的身体里横冲直撞，但是她并没有理会。她从呆呆地坐在那里的老太太身边跑过，朝窗边冲过去。威特紧跟着她。碎玻璃在他们脚下咯吱作响。

他们跑到左边的那扇窗户跟前，刚好看见父亲挣扎着从另外一扇门跑进了房子里，跟这里隔了两三个房间。

威特想从窗户里爬出去跟上，但是蕾切尔拉住了他。“最好从房子里走，这样就能听见他往哪儿跑了！”

“还能往哪儿？图书馆！”

当然了。男爵会试着利用书架上所有书籍的能量，但是没有心灵书他还能不能做得到，这就是另外一个问题了。

蕾切尔转过身，发现祖母已经不在座位上了。老太太正试图逃出房间，詹姆士搀扶着她。

蕾切尔的目光跟读书男孩的碰在了一起，猛的一下，她几乎要为这里发生的一切感到羞愧了。

随后，那个书妖转过身，将女主人推到了外面的走廊上。

33

詹姆士搀着老男爵夫人，跟她一起顺着走廊跑下去。老男爵夫人穿着一条黑色的长裙，花白头发在脑后紧紧地高挽成一个髻。詹姆士则穿了一身白，是老男爵夫人坚持让他穿成这样的。很多年前他就已经放弃思考老男爵夫人这样坚持的理由了，他并不觉得这位老妇人说的话和做的事都有意义。

在走廊分岔的地方，他们没有选择地板被擦得锃亮的那一边，而是铺着厚厚的紫色地毯的另外一边，这条走廊上跑起来更稳。

“现在你可以放开我了，”老男爵夫人说，“现在已经没有必要再这样假装下去了。”

她的弱不禁风一多半都是装出来的，詹姆士是家里唯一知道这件事的。她是上了年纪没错，视力下降得也越来越快，但她并不是个颤颤巍巍的白头发老太太，那根拐杖也不过是个道具而已，为的是让别人低估她。詹姆士不知道老男爵夫人是不是真的预见到了将要发生的事，她肯定没有想到会是今天，否则就不会把他安排在门外了，在那里，他敏锐的眼睛一点作用也起不了。

他在跟着老男爵夫人的三年里，每一天都得给老男爵夫人念上好几个小时的书，全都是她年轻时看过的小说、世界名著或者著名哲学家的作品。也因此，他看了许多自己平常不会有耐心看的书。每次发现詹姆士对个别文章的理解有困难时，老男爵夫人都会让他停下来，跟他一起讨论，直到她确定他已经理解了意思和所有内在的逻辑。虽然没有明确说出来，但他们实际已经变成了师生关系。

房子里传来了门的乒乓声。

"往那边走！"老男爵夫人指着走廊尽头说。她虽然不可能像个短跑运动员那样敏捷，但还是跑得足够快，赶在身后有人追上来之前跑到了那扇门前。如果没有老男爵夫人的话，詹姆士用三分之一的时间就能跑到那里，但他三年前已经发过誓，如果有危险的话，他会在老男爵夫人身边保护她。今天就是时候了。

这时，他们听到了脚步声，还有那兄妹俩的声音。詹姆士又回头看了一眼，走廊里还是空的，尽管如此，他在锁上身后的门时，也并没能松一口气。

"他们会先去杀掉弗雷德里希，"老男爵夫人毫不带感情色彩地说，她喘得上气不接下气，脸色苍白，"他们以为这样一来咱们就很容易对付了，威特不蠢，但是他太高估自己了。蕾切尔我不太有把握，这个孩子的天赋比我印象中要高得多，她在我面前很好地掩藏了自己的能力。"

这个孩子会连眼睛都不眨一下地杀死她，詹姆士心想，对他自己也是一样。

他们现在待的这个房间是个通道房，这栋城堡里有无数个这样的房间。他们从另外一端的双扇门走进一个高大的房间，装着深色的护墙板，像舞厅一样宽敞。房间四周放着二十几个陈列柜，里面能看到一排排棕色的书脊，这个陈列百科全书的房间这些年里几乎没有人用过，无人问津的百科全书在玻璃后面渐渐褪去了颜色。

“稍等。”詹姆士说。

老男爵夫人停下来，像举着武器一样举着拐杖，不解地看着詹姆士。

詹姆士听到了从远处传来的声音，那是威特，他在近乎歇斯底里地喊着父亲的名字，最后詹姆士点了点头。“好了，他们在南侧。”

老男爵夫人布满皱纹的脸上一亮，詹姆士拉起她瘦弱的手，她的手指像细细的鸡骨头一样。“我会把咱们从这里带出去的。”

老男爵夫人笑着摇摇头，“不过我不会那样做的，相信我，孩子，我知道现在应该走哪条路。”

“敬佩之极，老男爵夫人！但是咱们现在不能……”

“我不会跟他们动手的，”老男爵夫人打断了詹姆士的话，“不会在今天，你不用担心这个。”

“如果咱们能走到车库那里的话，就可以开车……”

老男爵夫人又一次打断了他：“咱们哪儿也不去，你要相信我。”

说到这里，她转过身，朝一个陈列柜走过去，打开了上面的两扇玻璃门。柜子里飘出一股书香，她闭上眼睛，已经七十九年了，她依然无法抵御这种诱惑，康斯坦泽·西摩尔或许喜怒无常，控制欲强，并且脾气古怪，但她却是个不折不扣的书巫，所以她并不会像人那样老去，而是像一本书：她增加的不是皱纹，而是黄色。岁月并非没有在她的容颜上留下痕迹，但她的内心却像她热爱的那些经典著作一样始终如一。

她伸出手，指尖拂过那些书脊，抽出了一部大百科全书的第八卷，内容是关于亚洲植物的。詹姆士曾经听说过有些密室的门是这样打开的，但是并没有亲眼见到过。一道白色的光扭动着从书页之间钻出来，绕到老男爵夫人的手指上，在那里摸索到了一些秘密的标志，认出了她。随着一声响，这个陈列柜和旁边那个陈列柜之间的护墙板上，一块窄窄的嵌板朝里打开了一条一指宽的缝，里面一片黑暗。

老男爵夫人把书放回原来的位置，关上了玻璃门。

房子深处传来了气愤的叫喊声。

“咱们快走！”她大声说着，按了一下护墙板。藏在墙里的铰链一点声音都没有发出来，就好像这个通道时常有人使用一样。

“他们俩呢？”詹姆士问，“他们知道这条路吗？”

“不知道。”

他很不情愿钻进这个城堡宽大的地下室，里面布满了死胡同和狭窄的空间，进去就出不来，但他也不愿意看见老男爵夫人跟自己的孙子孙女动手。很长一段时间里，他都认为自己痛恨这个老妇人，因为被她囚禁，也因为她的严格和傲慢，但是现在，他觉得自己对这个人负有责任，这让他感到很意外。

“您的心灵书怎么办？”他问道。

她的心灵书并不总是带在身边，因为她很少离开这栋房子。心灵书通常放在她的床头柜上，那是一本非常不起眼的小诗集，诗人的名字已经没人知道了。虽然她说自己还能够分离书页之心，但詹姆士确信她已经看不清书页里的那些神秘句子了。

她的目光就像是一层纱，遮盖住了她的思想：“我恐怕得放弃心灵书了。”

“我可以去取。”

“没有必要。”

“真的，我可以……”

她用一声叹息打断了詹姆士：“上面那本根本不是我的心灵书，那只是说给我那些混蛋亲人们听的，否则我怎么会那么随便地摆在那儿？”

她站在敞开的密室门口，面前的台阶伸向充满霉味的黑暗之中。老男爵夫人的脸有一半罩在阴影里，毫无血色的嘴唇摆出一个微笑。她的儿子或许正在被他自己的孩子杀死，而康斯坦泽·西摩尔竟然在微笑。她让詹姆士想到了斯芬克斯，她的血管里流淌的不是血液，而是各种秘密。

“这也是个谎言？不仅是您的虚弱，连您的……”

“我没有瞎，詹姆士。我的眼神或许不是特别好，但看书完全没有问题。”

三年了，他一直在给她念书，念了上万页。“这一切都是圈套？”

她的嘴唇抿着，像薄薄的刀刃：“咱们会活下来的，孩子，我真正的心灵书在那下面。咱们会看到威特和蕾切尔是不是像他们自己以为的那样聪明。”

这一次换成老男爵夫人拉住詹姆士的手，很久以来第一次。老男爵夫人枯瘦的手指碰到他，让他起了一身鸡皮疙瘩。“咱们走吧。”

她扭动墙上一个陈旧的旋钮，一个灯泡“啪”的一声亮了，灯光只照亮了几级台阶，之后是一个拐弯。

詹姆士合上身后的护墙板，另外一边，收藏大百科全书的房间重新恢复了寂静。

“别害怕。”老男爵夫人说着，牵着他走下台阶。

我不是怕地下室，他心想，也不是怕黑。

34

房子的另一端，男爵跑到了房子南侧尽头处的图书馆，图书馆的大门紧闭着。蕾切尔从走廊的这端看着他用拳头猛砸漆成白色的木门。

“潘多拉！”他喊着小女儿的名字，蕾切尔的小妹妹刚刚十一岁，她经常躲在图书馆里。“让我进去！”

蕾切尔和威特走过去，他们现在不跑了，迈着从容的步子。他们和男爵之间还有十五米。

“你逃不掉的，父亲。”威特说。

“潘多拉！把门打开！”

“你再也无法用自己的懦弱让任何人难堪！”

男爵看了他们一眼。“你们丧失理智了！我会……”

“你的心灵书已经化为了灰烬。”蕾切尔说。一开始，蕾切尔觉得打破他的权威、毁掉他的心灵书的感觉非常好，但现在这件事开始折磨她了。焦煳味在她的鼻子里久久不散，她想吐，浑身发抖。书巫是不会烧书的，她犯了大忌。

威特的眼睛只盯着男爵。他龇出牙齿，露出邪恶的笑容。

“潘多拉！开门！”

“她在看书，父亲，她很忙，而且她刚刚十一岁，你这样喊会吓坏她的。”

“潘多拉，亲爱的，请你把门打开！”如果他没这么慌乱的话，不用心灵书也能把门打开，他回头看了一眼，慌乱已经把他的脸变得扭曲了。蕾切尔不像威特那么享受这个时刻，威特似乎乐在其中。她不喜欢威特这种取乐的方式。

“克制点！”她对威特小声说。

威特斜着眼看了她一下，她不知道那眼神是什么意思。或者是不想知道？威特重新把注意力集中在父亲身上。

就在这时，图书馆的门猛地朝里打开了。

“谢天谢地！”男爵踉踉跄跄地跨过门槛，潘多拉的娃娃脸从他身旁那条缝里一闪而过。

威特愤怒地叫起来。

门猛地关上，钥匙转动。

“威特。”蕾切尔想平息他的怒气，但威特已经在分离书页之心了，他朝门上甩出一道冲击力。高高的门扇在门框里颤动，白色的漆上出现了一道细细的裂纹。

“这个……”

“威特！”蕾切尔站着没动，拉住他的胳膊，他的心灵书差点儿从手里掉下。“潘多拉跟他在一起，你不想伤害潘多拉吧？”

他猛地转过身，脸因为愤怒而扭曲着。

“那只是一扇门而已，”她平静地说，“咱们能抓到他，他逃不掉的。”

“他会穿越，跑到其他地方去！咱们就再也找不到他了，假如他……”

"相信我，他不会的。"

他不明白蕾切尔的意思，这让他更感到愤怒："西摩尔家族现在是我说了算！我……"

"你，"她重重地说，"表现得像个没有理智的疯子，委员会不会容忍这样的行为的。咱们是想进入委员会的，对吧？"她抬起一只手，摸了摸他的脸颊。"咱们两个都想进去。"

他的眼皮跳动了一下，一时间，蕾切尔有些担心他会把怒气发泄在自己身上，就因为他觉得自己能做到。有的时候，威特就像个暴躁易怒的傻瓜，会像世界大战时期遗留下的炮弹一样毫无征兆地爆炸，但随后，他又会好几个小时一言不发，只是倾听，然后言简意赅地用一个富有智慧的句子概括所有要说的话。这就是她深爱的威特。但是现在，她完全摸不透他，虽然她认识他已经十九年了。

他的眼睛发生了变化，就好像蒙上了一层纱，这层纱让他把这个世界看作一个只存在仇恨和破坏的地方。但随后，以前的那个威特又回来了，那个对她来说全世界最重要的哥哥。那个跟她一起计划，跟她怀有同样目标的人。

"来吧。"蕾切尔说着，拉起威特的手，跟他一起沿着走廊继续朝前走。

他们听见图书馆的门里传来父亲轻轻跟潘多拉说话的声音，也许他打算带上自己最心爱的女儿一起逃走。威特想伸手去按门把手，但是蕾切尔摇了摇头，指指右边。旁边那个房间的门开着。

"你想做什么？"他问。

她微笑着说："一个惊喜。"

"咱们没有时间搞这个。"

"你得学会相信我。如果咱们要一起坐在委员会里，并让那里有所改变的话，那你就得信任我。而我也要信任你。"

他跟在她后面，没有再说什么，虽然蕾切尔能看得出他并不情愿，但他得习惯蕾切尔也有跟他意见不一致的时候，习惯蕾切尔能未卜先知，会做长远的打算。

他们走进那个房间，那里以前是他们母亲的书房。全家只有蕾切尔看得出艾米莉亚·西摩尔是一个多么聪明的女人。一想到自己继承了母亲的精明和缜密，蕾切尔就觉得很满意。他们的母亲照管了西摩尔家族的生意很多年，管理着家里的账户，全国各地的不动产，此外还入股了一些公司，男爵连这些公司的名字都没听说过。如今，这些都在由外聘的会计打点。蕾切尔知道艾米莉亚被丈夫撵出家门之前，肯定给自己敛了不少钱，但是蕾切尔并不怪她。至于母亲走后就很少跟孩子们联系，后来甚至完全断绝了往来，蕾切尔认为是祖母在背后偷偷使坏。她很确定是这个老太太让艾米莉亚面临这样一个选择：要那些被她私吞的财产，还是要孩子。蕾切尔更愿意这样想，而不是认为艾米莉亚就是对自己那个难缠的儿子和两个古怪的女儿没有了兴趣。

这个房间被一张巨大的书桌和好多个文件柜塞满了，除了蕾切尔，没有人会到这里来。左边那堵墙挨着图书馆，墙上全是油画，都是他们的母亲收集来挂在房子里的。其他人对这些画不感兴趣，但是蕾切尔小时候就能在这些画前一站几个小时，沉浸在那些浪漫画面中绿色的山丘、远处的教堂塔楼和田园生活之中。一些非常小的小人或是在冰封的湖面上滑冰，或是在收割庄稼，还有一些人正在庆祝节日，这些人挥舞着五颜六色的带子围着柱子跳舞。

“咱们来这里干什么？”威特问。

蕾切尔放开他的手，走到挂在墙中间的一幅画前，这是一幅镶着金框的油画，比一本书大不了多少，画上，几头驴拉着一辆大车走在悬崖边缘狭窄的小路上。

她从墙上取下画，露出绿色的布质墙纸，上面有一个洞，刚好就在她眼睛的高度。显然，她跟母亲的个子一样高。

威特急急迈步来到她身边：“你是什么时候知道的？”

“很久了。”她把这里的画带到楼上自己房间中去，挂在床头，每隔几个月换一幅，这已经不是什么秘密了。两年前，她发现了这个能够偷窥图书馆的孔。

威特还想再说些什么，但是蕾切尔把一根手指搭在他的嘴唇上：“嘘，现在不要说。”

她微笑着朝那个孔转过身去，把右眼贴在上面，朝里面看去。

在塞得满满的、一直顶到天花板的高大书架前，他们的父亲正跪在潘多拉面前。蕾切尔的小妹妹看上去就像是从古老童话书的插图里来到凡间的一样，既像《星星银元》里的那个小姑娘，又像白雪公主。潘多拉披着长长的鬈发，波浪形的头发围着心形的脸庞。她身上的一切看上去都是那么完美，从小巧的翘鼻子、浅蓝色的眼睛，到迷人的举止。她看上去总是有些心不在焉，一副不问世事的样子。就像是母亲在离开之前生下了自己的灵魂，继续在西摩尔家的房间和走廊里四处巡视。尽管并不具备天生的书巫能力，但潘多拉大部分时间都躲在图书馆里。“跟谁都不像。”祖母有的时候会这样说她，那声调让人觉得她其实要说的是“怪胎”。但男爵非常宠爱这个孩子，事实上，想要不迷上这个完美无缺的小人儿是非常困难的。蕾切尔一直很疼爱她，无条件地爱着她。但是威特不喜欢潘多拉，就像对待所有不是书巫的人那样，他的态度很傲慢。

潘多拉站在大阅读椅前，这把椅子雄踞在图书馆正中，奇形怪状的，靠头的形状像一对巨大的角。潘多拉的周围散落着一些书页，是她从一本鸟喙书里整整齐齐地撕下来的，那本鸟喙书正躺在椅子上呻吟。

“她又在干这个。”蕾切尔嘟囔着。

威特碰碰她的肩膀。“让我看看。”

蕾切尔让到一边，让威特靠近窥视孔。

“她就是忍不住，”威特小声说，“这个小混蛋。”

男爵会借任何机会给潘多拉送鸟喙书，就因为把鸟喙书里的书页撕下来的时候，她美丽的脸上会露出笑容。

“他在干什么？”蕾切尔问，虽然她已经猜到了。

“他说话的声音太小，我听不见，”威特把脸更紧地贴到墙上，“他很疼，肩膀上的伤够他受的了。”

蕾切尔没期待别人的赞扬，她自己知道这个伤是谁造成的就足够了。威特应该也早已经意识到了他有多么需要自己的帮助。

“潘多拉在给他喝什么东西。”他惊讶地说。

蕾切尔心中暗笑：“看到有人虚弱地蹲在自己面前，大家都会这么做的，不是吗？”

威特把眼睛从小孔上抬起来，看了蕾切尔一眼。“你知道这一切会发生！”

她笑得更灿烂了。“猜到而已。”

他的嘴微微张开，意识到蕾切尔多么有远见。随后，他又从小孔往图书馆里看去。

“怎么样？”过了一会儿蕾切尔问道。

“他把水喝了，我觉得他现在是想站起来到窗户那边去，但是他站不起来。”

蕾切尔把脊背靠在挂满油画的墙上。“他可能不太舒服。”

“他……他倒下了！我想他昏过去了！”

蕾切尔闭上眼睛，想象着那个场景，这不是她第一次在心里想象这件事了。“也可能会更糟糕，对不对？彻底的那种。”

大约一分钟，没有人说话，然后他们听到旁边的门打开了，一个孩子的脚步声沿着走廊传了过来。

蕾切尔再睁开眼睛的时候，威特正盯着她的脸。

“这些都是你计划的？跟她一起？”

潘多拉出现在门口，用手捻着自己天使般的鬈发。

“结束了。”她说。

35

城堡地基的正中，百科全书厅地下的深处，詹姆士和老妇人正站在一本书跟前，这样的书全世界恐怕都找不出第二本。

一开始，詹姆士以为那个圣坛上放的是一本中世纪的圣经，但是老男爵夫人说：“这是一本字典，唯一的一本这种字典。”

字典放在两级台阶之上的一个石台上，现在詹姆士看出来了，这个地下室以前是个小教堂，长凳已经没有了，也没有标志物，但那本奇特的书后面的墙上有一个圆形的小房间，以前应该是放圣像的地方，或者是比所有圣人都更古老的什么东西。

“亚当语—拉丁语字典，”老男爵夫人解释道，“几乎没有人知道还存在着这样一本字典，更不要说知道这本字典一直存在了。”

詹姆士刚才满脑子想的都还是怎么逃离这栋房子，现在他的眼睛根本无法从这本巨大的古书上挪开。亚当语是人类最早的语言，有人认为它是上帝的语言。在建造巴别塔之前，亚当语是地球上所有族群共同的语言，直到耶和华被巴比伦人亵渎神灵的举动激怒，让人类的语言变得一团混乱，以示惩罚。从那之后，亚当语就被人们遗忘了，亚当语的力量也变成了传说。

“这是您的心灵书？”詹姆士下意识地压低了声音，不过并不是因为害怕追兵。这个石洞应该早在山上还没有建起城堡的时候就已经是个冥思之地了，这里不仅被用来藏书而已，还是供奉这本书的庙宇。

老男爵夫人点点头。“我们不能挑选让哪本书来陪伴我们一生，”她又补充上一句，声音中带着一丝遗憾，“或者说我们要陪伴的是哪本书。”

看看那本巨大的古书就知道她为什么很少离开城堡了：她的心灵书这时合着放在那里都有一米高，七十厘米宽，书皮是加工过的皮子，苍白的颜色，上面坑坑洼洼的、布满划痕，就好像在过去的几百年间，曾有人多次想要毁掉它一样。这本书就像是书籍中的白鲸，身上带着过去打斗留下的痕迹。

“这些伤痕都是它在成为我的心灵书之前留下的。”看到詹姆士的眼神，老男爵夫人解释说，她慢慢地朝书走过去，敬畏地微微低头。“是其他人在漫长的岁月里给它留下了这些伤痕。”

詹姆士站在石室门口，心中升起的恐惧唤醒了他的一些回忆。他想起自己还生活在书中时的感觉，那时，书巫术还没有把他从自己的故事里拉出来，丢进一个新的故事里。

老男爵夫人把一只枯瘦的手放在书的封面上，发出了一声轻轻的叹息。光笼罩在她的手指上，勾勒出手指的轮廓。能量开始释放的时候，古老石室中到处都在发出细微的噼里啪啦声，詹姆士后脑勺上的头发都竖了起来，胃也抽紧了。他感到呼吸困难。

老男爵夫人把左手放在右手的旁边，詹姆士不知道是她在让书做什么还是书在让她做什么。他所知道的那些关于书巫和心灵书的事都是从老男爵夫人那里听来的，但是直到现在他才明白，两者的命运究竟是如何不可分割的。老男爵夫人似乎跟她的心灵书合而为一了，细小的光点围着人和书飞舞，织出了一张薄如蝉翼的光网。

后面的岩石表面活动了起来，这时，詹姆士看到了自己的第二个错误。之前被他当成小侧室的那个地方，实际上是一个核心位置，在那个地方还没变成现在这种普通的石墙之前就是了。凹陷开始变大，四周的岩石开始旋转，直到整面墙变成了一个旋涡，带着嚓嚓声自转着。

“这……是什么？”

老男爵夫人被包在光织就的茧中，依然背对着他。“走近点！”

詹姆士觉得她的要求太过分了，他甚至无法说出自己心里有多么害怕。就在这一刻，他在心里打破了自己的誓言，他听够了、看够了，也体会够了。石室中涌动的力量超出了他能够承受的极限，他不能再继续保护这个老妇人了，他不想再继续了。

“我需要你的帮助！”老男爵夫人对他喊道。

不！他心里大喊，绝不！但他听见自己说的是：“要我做什么？”同时，他的双脚开始不听使唤地朝老男爵夫人那边走去。

“你来搬书，”老妇人说，“我拿不动它。”她有没有看见詹姆士在那里呆住了？“别害怕，这不过是一本书……它的力量一到《卡斯托迪斯法典》面前就会消失。”

“什么……”

“回头，回头我全都讲给你听。”

“咱们要去哪儿？”

这时他已经看不见裹在光网里的老男爵夫人，也看不见她那本可怕的心灵书了，两个人已经完全被炽烈的光包裹住了。光点的轨迹像流星雨般细密，又像是小孩用笨拙的手指随意划在照片上般纵横交错。

突然，光网一分为二，仿佛有什么东西要破茧而出一样。石室后面的旋涡扩大，变成了一个一人高的漏斗口，中心射出了强烈的白色光芒。

老男爵夫人朝詹姆士转过身，伸出一只手。“到我这里来，孩子。”

詹姆士心中很不情愿，但是老男爵夫人让他无法拒绝。他乖乖地握住老男爵夫人的手，登上那两级台阶，走到书前，老男爵夫人已经给他让开了位置。

“拿着它。”老男爵夫人说。

那个伤痕累累的东西沉得像铅一样，他猛一使劲，还是搬起来了。他把书抱在胸前的时候，书仿佛有生命一样在他的胸口跳动着。

“跟着我。”

老男爵夫人绕过石台，朝那个漏斗口走去，开口的四周依然像磨盘一样不停地转着圈。詹姆士跟着她，把书像盾牌一样抱在胸前。

“他们会追上来吗？”詹姆士问。

“威特和蕾切尔？”她笑着摇摇头。“他们这会儿有别的事要忙。”

跨进开口之前，他又停了一下：“这不是平常那种通往庇护所的门，对吧？”

“对。咱们会先留在这个世界里，假如这样能让你安心的话，短暂停留。”

让他对老男爵夫人不离不弃的，早已不是他自己的意愿，他终于想明白了这一点，但就算是想明白了，他也还是要做现在必须要做的那些事。

“来吧。”她又说了一遍。

詹姆士怀里抱着老男爵夫人的心灵书，跟着她钻进了那团光里。

36

伦敦看上去一片繁忙的景象，芙莉亚和凯特匆匆地穿过帕丁顿车站，她们已经许久没有到普通人中间来了。

穿过车站书店的时候，芙莉亚的目光被橱窗里的那些书吸引了。大部分书的封皮都花花绿绿的，十分显眼，跟她熟悉的那些图书馆里的皮质封面的珍贵书籍完全不一样。

“怎么了？”凯特问，她注意到了芙莉亚看向橱窗的眼神。

“作为书巫，我应该什么书都喜欢的，不是吗？”

凯特耸耸肩。“不知道。是必须的吗？”

“放在那里面的我不喜欢，但我喜欢这里有这么多书，在一个大多数人都只是匆匆经过，看都不会看上一眼的地方。”

“书总会有的，读书的人也是。”凯特不以为意地说，尽管她也曾看到过所有这些书是怎么险些全部变成空白书的。芙莉亚羡慕她这种拿得起放得下的能力，而她自己总是纠缠在过去里出不来。最近，她又开始不断回想起七芒星曾经对她说过的话：总有一天会有另一个人想要完成最后一本空白书的，而那个人很可能就是你。

芙莉亚希望自己也能拥有好朋友那种泰然自若的坚韧，她能看得出凯特并不开心。凯特和菲尼安的关系一点都不和谐，他们两个都很固执，动不动就会吵起来，长此以往，两个人都会觉得很累。假如两个人中间再加上一个苏梅贝拉这样的人，那这关系很快就会变得岌岌可危，而且不是那种浪漫的危险。

“你有没有不停地想过一个人，一直想到你觉得那个人能感觉到你在想他？”凯特问。“并且他也这样想着你？”

芙莉亚迟疑了一下，然后点点头。跟塞弗林每天通信的时候，她就是这样的感觉。那件事她已经放下了，就算是放下了吧，至少她是这样告诉自己的。她一边希望再也不要跟谁这样心灵相通，一边又希望能够那样。

让凯特伤脑筋的应该不光是菲尼安。想到菲尼安的时候，好的想法总会盖过那些不好的，但想到她的父母时就不一样了。只要想想在这么久之后要重新面对他们，凯特就泄了气，她那件皮夹克本来就大，这就显得她更瘦了。之前重回马杜克堡垒的时候，她看上去也没有现在这么忧心忡忡。

她们从车站打了一辆出租车，来到了伦敦的高档社区梅菲尔。司机把她们放在一栋白色建筑前，建筑上有高大的窗户、铸铁栅栏和架在白色柱子上的遮雨篷。凯特看着汽车离去的背影，然后又一言不发地看着台阶上方那个黑漆大门。

“咱们要走还来得及。”芙莉亚说，虽然她心里很清楚这是不可能的。凯特利用坐火车的几个小时，给她大致讲了自己父母的事，不过就这一点，也足够让芙莉亚看出走这一趟的迫切性。如果想弄清阿博加斯特找伊西丝是要做什么，她们能问的恐怕也只有乔纳森·玛尔什和艾薇拉·玛尔什了。

凯特看看人行道，这里的房子长得都一模一样，就像带着倨傲笑容的嘴里那两排白得毫无瑕疵的牙齿，能把所有来求助的人吓得落荒而逃。

芙莉亚也穿着沉重的皮夹克，不过她这件比凯特的要瘦。她下身穿着灰色的短裙，酒红色的长筒袜，黑色的靴子。为了配合山谷外的世界，她尽量把自己打扮得时髦些，希望看起来能有点像个伦敦人，实际上就是像凯特的样子，因为凯特是她认识的唯一一个同龄的伦敦人。不过，她现在发现她们两个和这个地方不太搭，就像是刚从摇滚音乐会上出来的吉他手，不小心跑到了高雅的舞会上。

“咱们要坚持到底。”凯特说。

“那还用说。”

几个小时来凯特第一次露出了笑容。“真高兴有你陪着我。”

“应该的。”

“不，并不是。”

芙莉亚抱住她，发现凯特的身体在颤抖。难以置信，这还是第一次见面时那个冷血地把警察从房顶上踢下去的女孩吗？凯特不一样了，她们每个人都不一样了。不过凯特现在的颤抖并不是这种变化的结果，她现在并不是那个焕然一新的凯特，干干净净，举止合范，而是很多年前的那个她：她又变成了那个因为觉得自己被嫌弃所以从父母身边逃开的孩子。

芙莉亚放开凯特，坚定地看着她的眼睛：“不管门里面等着咱们的是什么，都不会是你的过去，你已经跟当年不一样了，你的父母应该也不一样了。”

凯特点点头，但是无法掩饰自己的怀疑。过去的这些年完全有可能让这个家里的事情变得更糟糕，而不是更好。她的父亲乔纳森·玛尔什当年就已经是亚当学院的高官了，凯特最后听说关于他的消息，是说他即将被任命为公使。那样的话，他就将得到亚当学院能够任命的最高职位，成为书巫们安插在英国首都的秘密使者。

不知道他是否清楚自己的女儿已经加入了抵抗组织。到目前为止，凯特并没有出现在任何公开的通缉名单上，但这并不一定是玛尔什出于私心把她的名字从档案里抹去了。

她们慢慢地走上门前的三级台阶，为了保险起见，芙莉亚带了一本穿越用的书，能把她们带回费园。书藏在她夹克的一个侧兜里。

凯特按了一下黄铜门铃，门铃发出“咣”的一声，让房子显得既幽深又让人生畏。芙莉亚摸摸凯特的手，给了她一个鼓励的微笑。马路对面传来了一只狗的叫声。

门开了，芙莉亚还以为住在这个地区的人都会有管家，就像那种陈旧的社会小说里的管家一样，僵硬、干瘦。但开门的是一个矮小的黑发女人，长得跟凯特就像是从一个模子里刻出来的，只是比凯特稍胖一点，嘴角左右各多了一条深深的皱纹。

“嗨，妈妈！”凯特说。

女人张开嘴，但是没有说话。

“这是我的朋友芙莉亚。”

凯特的妈妈看上去就像是快要站不住了的样子，芙莉亚真想从她旁边挤过去，从后面给她放一把椅子。

“凯特琳娜，”她小声说，“你好。”

她知道，芙莉亚突然冒出这样的想法，她知道凯特被通缉的事，知道我们做过什么。

女人使劲喘了口气，然后把门开大。“快进来吧。”

“您好，玛尔什夫人。”芙莉亚说。她拉起自己朋友的手，把她拽进了屋子里。进了门之后，凯特挣开她的手，又能自己走了，不过也就往前走了一步，随后便在母亲面前停下了。

正常人在这个时候会互相拥抱，哪怕只是出于礼貌。但凯特的样子看上去就像是要冲自己的母亲大吼。

“凯特……”芙莉亚轻轻地叫了她一声。

母女俩面对面地站着，两人的脸之间只有不到一拳的距离，都不说话。芙莉亚真想走掉。

这时，凯特的母亲缓过神来，绕过凯特，把门关上，问：“你们想不想喝杯茶？”

“非常乐意。”芙莉亚说话的语气就像苏梅贝拉。

“见到你真好，妈妈。”凯特说。芙莉亚不知道她说的是不是真话。

她的母亲似乎也是这样想的。“噢……我也很高兴你来了，真的。”稍稍停了一下后，她补充说，“特别高兴。”

说着，她在前面带路走进去，走得有点快，就好像要逃开这两个不速之客一样。芙莉亚和凯特跟着她穿过白色的门廊，走进同样是白色的客厅。客厅高大宽敞，玻璃门一直通到天花板，门外是一个花园，里面的草坪修剪得整整齐齐。

“坐下吧。”艾薇拉·玛尔什指着白色的真皮沙发说。沙发上方挂着一幅巨大的雪景油画，有半个车库门那么大。桌子上的一个花瓶里插着一枝深红色的玫瑰，旁边放着半包烟与镜。

芙莉亚再看向凯特的母亲时，发现后者也在仔细打量她。她应该在大门那里的时候就发觉芙莉亚是个书巫了，跟自己的女儿不同，同样的，芙莉亚也感受到了这个女人的书巫力。

“我去泡茶。”她说道。芙莉亚还没来得及探明她的力量。“你们想吃饼干吗？”

“爸爸在吗？”凯特问。

“上班，跟平常一样，”凯特的母亲看看细长形的手表，“不过再过半个小时应该就回来了，如果路上不堵车的话。”

“他当上公使了吗？”

玛尔什夫人犹豫了一下要不要回答。“你听说了？”

“这又不是什么国家机密，对吧？”

“不，不是。”

“我在书城的时候从报纸上看到过。他的照片看上去一本正经的，就像一个真正的政客。”

“他工作得很努力，而且做出了很多牺牲。”

比如牺牲他那个没有天赋的女儿，芙莉亚心想。自己的孩子在书城下落不明，不会在公众面前给他丢脸，这恐怕正合他的心意吧。亚当学院的公使生的孩子竟然没有书巫天赋，这简直不可思议。芙莉亚敢打赌他从来没有对外提过自己有一个女儿。

“现在喝茶吧。”玛尔什夫人说着，钻进走廊里。

芙莉亚和凯特没有坐下。空气中有种紧张的气氛，而且不仅仅是书巫气场引起的。

“她知道吗？”

凯特撇撇嘴。“不清楚。”

她们左边有一扇敞开的门通向图书馆。客厅里面也放着书架，一个比一个整齐，上面的书应该是按照字母排序的。这里的藏书对芙莉亚来说有些奇怪，她自己是在乱糟糟的书堆里长大的，对她而言，那才是书巫术的心脏和灵魂。她的父亲依着直觉与热爱给自己的藏书排出了与众不同的体系，费园里那满墙的书，还有摇摇晃晃摞在一起的书跟这里书架上的整齐清洁有天壤之别。她彻底明白凯特为什么要离家出走了，她自己才待了几分钟，就已经被这里的纹丝不乱搞得头晕了。这里没有跳来跳去、以书架上的灰尘为食的折纸鸟，也没有会说话的阅读灯和爱抱怨的阅读椅。费园虽然不在庇护所之内，但它毫无疑问是书巫世界的一部分，而这栋房子却完全是属于普通人世界的，不管房子主人的书巫力有多么强。

玛尔什夫人在厨房里把餐具弄得乒乒乓乓的。

“看这个。”凯特站在一个旧式写字柜前，写字柜上方挂着镶了框的照片，没有一张是凯特的，很多都是她父亲出席各种正式场合的照片。

“那些人是谁？”

“三大家族的成员。这个是格里高尔·罗恩穆特。”凯特指着一个头发花白，眼神阴沉的男人说。那个男人六十多岁的样子，正在将一本沉甸甸的书交给凯特的父亲。这本书就放在下面的写字柜上，被装饰得像个奖杯一样，深红色天鹅绒封面上用烫金大字写着《罗恩穆特家族编年史》。

书的旁边还有很多其他的礼物，都是乔纳森·玛尔什在为亚当学院效力的过程中获得的，另外那些照片记录的就是这些礼物的馈赠仪式。其中有珍贵的书籍、神秘的书签，还有一支金色的羽毛笔。在这些礼物的前面，写字柜的斜面上放了一本不起眼的书，旁边一张印了徽章的昂贵信笺纸上写着下面的话：

我们非常赞赏您的工作，谨以此略表谢意，希望您能够喜欢。——弗雷德里希·西摩尔男爵。西摩尔家族。三大家族委员会委员。

旁边还斜立着一个打开的信封，上面还贴着快件的签。这个小礼物应该是今天刚送到的。

“你父亲很爱炫耀。”芙莉亚说。

“你现在明白为什么不能让菲尼安知道了吧？”

“这些跟你又没有关系。”

“我父亲是公使！”

“你又不是！你跟菲尼安一样痛恨亚当学院！”

“没有谁比他更恨学院。”凯特躲开芙莉亚询问的眼神。菲尼安从来没有跟大家讲过他自己的过去，也没有提过在书签林里当学徒的那段日子。不过凯特现在知道的应该比其他人多些。

“反正他不会责备你，就因为你父母……是这个样子的。”芙莉亚指了指那些照片和珍贵的破烂。只有一张照片上有凯特的母亲，她在照片的最边上，被裁掉了一半。

“不是责不责备的问题，”凯特说，“这个我能接受，但菲尼安会不再信任我，不像以前那样信任我。”

“这是蠢话！他很清楚你……”

“他有理由那样做，”餐具的乒乓声停了，为了不让厨房里的母亲听到她们的谈话，凯特压低声音打断她，“不管这个人还有其他什么身份，他始终都是我的父亲。我绝不会看着他出事，不管是他还是我的母亲。”

芙莉亚在火车上第一次听到这些事的时候，就已经看出了凯特的进退两难。但是现在到了这栋房子里，看着这些照片和证明男主人的学院任职经历多么完美无缺的各种收藏品，芙莉亚开始理解凯特的感受了。这里有人的面孔、各种味道、她母亲的声音，这里曾经是凯特的家，不管如今发生了什么。

“我属于抵抗组织，”凯特小声说，“尽管如此，我还是没办法对学院中最重要的那些人物下手。我是世界上最差劲的恐怖分子。”

“你不是恐怖分子，而是抵抗者。”

“你觉得我妈妈也会这样认为吗？或者我爸爸？管制区之外的随便哪个人，会吗？”

芙莉亚正想回答，凯特的母亲已经把一个托盘放在了沙发前的桌子上。她们俩没有听见她走进客厅。芙莉亚察觉到房间里的书巫力猛地增强了，她不知道是不是玛尔什夫人，但她并没有在什么地方看见玛尔什夫人的心灵书。

“你们不能待太久。”

芙莉亚和凯特迅速地交换了一下眼神。但还没等她们俩说些什么，玛尔什夫人就接着说道："跟你父亲见面恐怕不是什么好主意，凯特琳娜，他有看穿谎言的天分，因为他自己就很有说谎的天分，"她从容不迫地把开水浇在白色茶杯里的茶包上，"他是搞政治的，而且做了很久我的丈夫，他有很多说谎的理由。"

凯特的脸上掠过一丝同情，她朝母亲走过去："哦，妈妈，这听起来真是……"

房间里响起了噼啪声，芙莉亚明白自己弄错了，但是明白得迟了一点点。房间里强烈的书巫力并不是来自凯特母亲的。

紧挨着西摩尔家族的信摆在写字柜上的那本小书发出炽烈的光，随即在空气中消散，两个人影突然出现在挂满照片的那堵墙上，乍一看，就像是在墙上的一张照片里凿出了两个人形，一开始颜色很暗，只有线条，眨眼间，线条里就有了生命。

那是一男一女，头发都是浅金色的，两个人都又高又瘦。不对，他们还不是成年人，或者刚成年不久，比芙莉亚大不了几岁。

凯特的母亲发出一声尖叫，打翻了茶壶，陶瓷碎片和滚烫的开水在地板上迸溅开来。

"凯特！"芙莉亚跳过去，将朋友从两个不速之客身边拉开。那两个蹲着的人正在用流畅的动作站起身。他们两个应该已经穿越过许多次了，所以能够这样优雅地着地。这样的能力，芙莉亚到目前为止只在伊西丝和苏梅贝拉那里见到过。

年轻男子四下里看看，迅速地摸清了在场的人和可能的危险。他的眼睛里闪烁着狂喜的光，那喜悦慢慢向下蔓延到了他的嘴角。

凯特只扫了那个年轻男子一眼，随后就死死盯住了年轻女子的蓝眼睛。两个来访的人长得非常像，是兄妹俩，芙莉亚心想。男的大一点，一两岁吧。

年轻女子对凯特惊讶的目光报以一笑。"凯特琳娜。"她的语气里有种强装出来的友好。

“蕾切尔。”凯特说道。

芙莉亚趁着这一刻从夹克里抽出了心灵书。

“也是时候了。”鸟喙书用嘶哑的声音说。心灵书在芙莉亚手中摊开。

“来真的？”年轻男子懒洋洋地叹了口气。他的心灵书已经打开了。

芙莉亚分离了一页书页之心。

但不够快。

37

芙莉亚和威特发出的力击打在一起，将两个人同时抛起。芙莉亚向后飞进了图书馆的门里。书的气味和感觉立刻使她充满了能量。

芙莉亚见过照片，认出了人是威特·西摩尔。他撞在了写字柜上，《罗恩穆特家族编年史》连带着公使收集的其他那些礼物一起跌落在地，六七张镶着框的照片从墙上掉了下来，上面的玻璃摔碎了。威特骂了一声。

蕾切尔猛地转过身，注意力从凯特转到了芙莉亚身上，后者这时正在从隔壁房间中一直顶到天花板的书架之间站起身，门开着，门框上蹿起非常小的火苗，还没能造成什么损坏，就已经熄灭了。

“看，”蕾切尔带着非常轻微的德语口音，“海伊堡的那个女孩。”

学院对芙莉亚行踪的掌握比她自己想象中的更确切。这就是说，不光她自己有危险，皮普也是，还有裴申思、那个卡利斯特、萨姆沙和住在费园的所有书妖。

鸟喙已经缩回了书的封皮中，但是芙莉亚能听到它在里面嘟嘟囔囔的，芙莉亚遇上困难的时候，它有时候就会这样。

芙莉亚从书页之心里炽热的文字上方看出去，朝蕾切尔 · 西摩尔甩过去一股冲击力。以前练习的时候，她曾经用这一招击碎过铺路的石头。

蕾切尔轻盈地躲开她这一击，跳到了凯特旁边。在更右边一点的地方，她哥哥正在从地上爬起来，一副决心不让对方再次偷袭得手的神色。

“你们要干什么？”凯特朝蕾切尔的方向问道，虽然她自己应该很清楚答案。

“猜猜看。”蕾切尔说。

芙莉亚不知道这两兄妹是怎么发现她们的。蕾切尔和凯特应该是认识的，她觉得可能是因为这个。也可能是西摩尔家族监控了这栋房子，就等着凯特到她父母这里来。

“你们要跟我们走。”威特说。

蕾切尔继续微笑着：“下面一句解释是，否则你们就会死。”

“你脑子有病吧？”凯特粗鲁地对她说，她们可能在很多年前彼此间就是用这样的语气说话的。芙莉亚猜可能是上学的时候，在学院领导们的子女就读的寄宿学校里。

蕾切尔撇着嘴，眼睛一直盯着芙莉亚：“既然咱们当年就不是朋友，凯特，那么还有什么能够阻止我维护自己家族的利益？”

“你为的是这个？为了你们家？”

威特嘿嘿一笑。“现在是为了你。”说着，他朝凯特身侧发出一股冲击力，击中了凯特的母亲，将她甩到了外面的走廊上。

“妈妈！”凯特朝门那边跑过去。“她又没跟你们动手！”

“但是她想动手，”威特反驳道，“你妈妈正想帮你的忙呢，是我阻止她做出这件极其愚蠢的事的。她肯定不想让这里的事妨碍她丈夫的官运吧，”他提高声音喊道，“是不是啊，玛尔什夫人？”

凯特冲到外面的走廊上，蕾切尔没有理会凯特，她朝芙莉亚转过头去。

“告诉我们你的名字。”她命令芙莉亚，敞开的心灵书中射出的光线照在她的脸上，她长着高高的颧骨，薄唇被这道光线照得惨白，仿佛幽灵一般。

芙莉亚张开嘴，但她并没有回答蕾切尔的问题，而是将书架里的书召唤起来，几百本书从书架搁板上飞起来，穿过房间朝她飞过来，围着她转圈，形成了一面保护墙，这是书籍组成的旋转铠甲。其中几本书在飞行过程中打开了，在这个书龙卷中，多个书页之心开始分离，光射向四面八方。

狂怒的威特出手了。

蕾切尔想拦住他。“不！等等！”

但威特没有理会。一股热浪翻滚着穿过客厅，冲进图书馆，门框上又蹿起很小的小火苗，这一次，火苗烧焦了墙纸，但是并没有跳到那些飞行的书上，这些书现在围着芙莉亚越转越快。她得非常小心地不让这些书撞在一起，因此必须格外专注。她觉得自己就像玩杂耍一样，正在抛接着空中无数个球。她坚持不了多久的。

芙莉亚试着将所有这些书页之心的力量集成一束，同时不损伤这些书，这在平常就已经非常难做到了，尽管如此，她还是打算搏一下，只希望西摩尔家这两个人还没有肆无忌惮到连书都会破坏的地步。

威特愤怒地吼起来，随后，他朝飞翔的书中发射出一股火焰，蕾切尔冲他喊着，让他不要这样做，但是太迟了，火焰朝芙莉亚飞过去，烧着了好几本书。芙莉亚念起自己心灵书书页之心上的字句，书上的火瞬间就熄灭了，但这样一来，她就失去了对飞行着的书的控制，几本书撞在一起，几秒钟之后，旋转着的保护墙就变得混乱不堪了，书撞作一团，书页还在呼啦啦地扇动，书页之心已经合上了，书页之心的光也随之熄灭。芙莉亚没来得及将那些力量集成一束朝对手发射，越来越多的书就撞在一起跌落在地，芙莉亚想要避免这些书受到更大的损害，一时间手忙脚乱。

威特此举超过了书巫的底线，芙莉亚听见他大叫起来，那是他体内的书巫力在抵制这种损伤书的行为。他犯的这个错误虽然不会永久性地削弱他的巫力，但足以让他吃些苦头了。威特跪倒在地，尖叫着把头往后一仰。

蕾切尔焦急地奔向他，同时恶狠狠地看了芙莉亚一眼，芙莉亚这时正站在雨点般落下的书中，保护墙轰然倒塌，所有的书都掉在了地上，芙莉亚也感到一阵恶心，不过显然并没有书因她被毁。

就在同时，凯特奔回了客厅，手里举着一把长长的菜刀。蕾切尔还没来得及用心灵书的力量阻止她，凯特就已经扑到了她的身上。蕾切尔下意识地举起了手，她的心灵书掉在地上，她们猛地撞在威特身上，随即打成一团，胳膊和腿纠缠在一起，伴随着疼痛的尖叫和咒骂声。

芙莉亚觉得自己胃里在翻江倒海，她周围的地上全是玛尔什家的书，很多书都摊开着，有几本的边缘被烧焦了。

“你也没有办法，”鸟喙书试着安慰她，“这些书没事，此外，它们也会因为终于能在空中飞来飞去而感到高兴。这帮无人问津的可怜虫！”

“咱们得去帮帮凯特！”她伸手去裤兜里摸那本穿越用的书，但是没有摸到，她突然惊慌地意识到，这本书可能在刚才被威特攻击的时候掉出来了，现在被埋在了书堆下面。

但她没有时间去找那本书了。她打开鸟喙书捧在手里，冲进客厅，朝着在神情委顿的威特身边扭打的两个姑娘奔过去。凯特不是对手，蕾切尔随时都有可能强迫她屈从于自己的意志，如果蕾切尔的书巫力够强的话，她甚至能够命令凯特把刀插进自己的心脏里，或是让她把刀朝芙莉亚扔过去。

威特在地上缩成一团，心灵书掉在身旁，他的上衣里还掉出来了另外一本书。只要凯特还和蕾切尔扭在一起，芙莉亚就没法用书巫术攻击蕾切尔。虽然除了发射冲击力之外，还有可以进行更精细攻击的方法，但是那样很花时间，而她最缺的就是时间。凯特已经在浑身发抖了，她正在试着摆脱蕾切尔对她的控制。

芙莉亚决定采用最简单有效的方法：她从威特身上跳过去，抬起右脚，打算狠狠地踢蕾切尔一下。

“住手！”从客厅门那里传来一声大喝。“马上停下，你们几个！”

芙莉亚还是踢出了那一脚，没有计划中那么重，而且也太靠左了，结果踢中了蕾切尔的肩膀。蕾切尔疼得猛地直起身子，凯特被扔在地上，刀也掉了。

“停！”门口的那个男人再次喊道。这会儿芙莉亚感觉到房间里又出现了一股书巫力，马上就会出现强大的攻击，力量之强让蕾切尔都愣了一下。威特轻轻地呻吟着，他依然沉浸在自己的疼痛和恶心中。

凯特朝芙莉亚爬过去，抓住一把翻倒的扶手椅，挣扎着站了起来。

“爸爸。”她用嘶哑的声音说。

“你永远只会制造混乱。”凯特的父亲走过来，手里拿着一本打开的书。他穿着一件精致的灰大衣，下面是一身深色的西装，个子比照片上看起来要高。虽然房间里各种书巫力在翻江倒海，但是依然能感觉到他身上那股说一不二的气势。他一下子就看出发生了什么事，刮得干干净净的下巴上的那个窝因为生气而显得更深了。

乔纳森·玛尔什身上有科茨沃尔德之外的世界里所有让芙莉亚厌恶的东西。他是书巫没错，但从外形上看他跟芙莉亚的父亲或者居利斯市长那种亲切的怪老头没有任何相似之处，这是个彻头彻尾的权力至上者，他喜欢的书都是政论文章或者宣传意识形态的册子。这些书在图书馆的空中飞时，芙莉亚看到了。使绯红厅堕落成亚当学院的就是玛尔什这样的人，而且这些人还拒绝接受教训。对芙莉亚来说，对书籍的爱是温暖的，有坦率，有探险精神，有想象力带来的纯粹的快乐，所有这些这个地方都没有。

凯特的母亲出现在他身后，除了眉毛那里有一块擦伤之外，好像没有受其他的伤。她想说些什么，但是丈夫挡在了她前面，或许是为了保护她，或者是不想给她机会跟自己的女儿说话。

蕾切尔用脊背抵着墙站了起来。“我的名字是蕾切尔·玛尔什，我来这里……”

“我知道您是谁。”乔纳森·玛尔什说。

“爸爸，我们……”凯特开口说道，但也被他一挥手打断了。他竟然连话都不用说。芙莉亚看到了他在场时凯特的变化，吓了一跳。之前她就发现凯特有些畏畏缩缩的，不过这不仅仅是身体上的变化。她认识的凯特是一个天不怕地不怕的人，至少她给人的感觉是那样的。但是现在的她就像一只被虐待过的小狗，已经变得只要听到轻轻的一句话就会马上低眉顺眼地缩进角落里。

她们得离开这里，凯特本来应该再试着跟父亲缓和一下关系的，但她现在面对父亲时却做不到这一点。以往非常强悍的凯特还是不够强悍。但是芙莉亚非常不愿意因为这个埋怨她。

“去照顾您的哥哥吧，”玛尔什对蕾切尔说，“看样子他需要帮助。”

"那这个……"

"交给我。"话音未落，他已经分离了一页书页之心。

"芙莉亚！"凯特喊道，"小心！"被吓得不知所措的凯特这时回过神来了，她跳到芙莉亚身前，想要保护她免遭父亲的攻击。

但她父亲在心灵书光芒中的身形似乎在暴长，占满了半个客厅，四周的空气像是被炙烤得翻腾起来，许多看不见的手伸向芙莉亚要抓住她，她的胳膊和腿就像被镣铐缠住了似的沉重。

芙莉亚使出全身力气朝落地窗发出一股冲击力，窗玻璃爆裂，碎玻璃飞进了花园里，这让所有人都分了一下神。玛尔什愤怒地大叫起来，但是芙莉亚不容他反击，她抓住凯特的胳膊，另一只手从地上抓起威特掉在那里的穿越书，芙莉亚猜测那是西摩尔兄妹准备回去时用的。她希望这样能行。

看出芙莉亚的企图后，蕾切尔跳了起来。太晚了。

"凯特琳娜！"凯特的父亲叫道，他的喊声在两个女孩的身后响起。她们已经被书带走了。

38

书的香气穿过书城的大街小巷，仿佛是对曾经看过的书的回忆，一路飘到管制区的铁丝网前也没有停下，一直飘进管制区的深处，书香才开始变淡，被住在这里的拥挤的居民所散发出的气味淹没。

菲尼安虽然不是书妖，但他是在这里长大的。苏梅贝拉只短暂地来过几次管制区，但她从来没有露出过嫌恶的表情，这一点菲尼安是认可的，不过他能感觉到苏梅贝拉的不自在。

“你不喜欢到这里来。”菲尼安说。他们这时正穿行在一条狭窄的巷子里，苏梅贝拉用毛衣上的帽子低低地盖住了脸。她的衣服是白色的，菲尼安的是黑色的。他们在运动衣外面还套了一件夹克，上面有很多很深的口袋，下面穿着运动鞋和舒适的裤子，这样在紧急情况下活动起来更方便。

“你觉得奇怪？”她问道。

菲尼安斜瞥了她一眼，但是她正直直地盯着前面。“为了书妖，你做出了很大牺牲，”他说，“尽管如此，你跟他们在一起时，还是一直感觉不自在。”

“我哪里做出什么牺牲了？我在单亲家庭长大，住着一栋老旧的大房子里，在这一点上，我跟芙莉亚其实挺像的，是吧？”

“你喜欢她。”菲尼安说。

“你不也是吗。”

“我觉得不一样。这几个月来，你一直在照顾她，教她各种书巫术。你在她身上看到的不仅仅是她的天赋。”

“菲尼安，你真懂女人。”

“我懂的是人心，所以我擅长智取，至少绝大多数的情况下是这样的。”

这时，苏梅贝拉朝他转过头，脸依然深深地藏在帽子下面，看上去有种傲慢的美丽。“你知道吗，菲尼安，如果你那么懂人心，为什么不在凯特身上多下点工夫？”

“我尽力了……”

“不，你没有，”苏梅贝拉打断了他，“她对你的要求并不高，不过是希望你让她参与进来而已。”

他沉默了一会儿。“假如她知道我做了什么才获得了马杜克的信任，那她就不会再想跟我在一起了。”

“你害怕她离开你？”

“可能吧。”

“凯特是抵抗组织的一员，她自己对付警察和士兵的时候可不手软，她能承受得了。”

“她已经不再相信抵抗运动了，这是她自己说的。”

苏梅贝拉停下脚步，抓住他的肩膀让他停了下来。窄巷子里没有别人，但菲尼安还是小心地四下望了望。

“你自己还相信吗？”她问。“你不用急着回答。你真的认为咱们能够帮助成千上万的书妖过上更好的日子吗？觉得咱们能够推翻管制区吗？咱们？真的吗？”

“这就是我之前想说的意思，你不是在为了书妖而战，而是为了反抗学院而战。”

“那你还清楚自己是为什么而战吗？”

有些话她说得没错，特别是关于凯特的那些话，但是在一点上，她错了。“是的，”他说，“我知道。你想看看吗？”

苏梅贝拉瞪大了眼睛，好像意识到自己说得太过分了。

“我的理由，”菲尼安说，“你想看看吗？”

“我并不是想……”

菲尼安不容她把话说完就抓住她的胳膊，拉着她在巷子里跑了起来。“不用绕很多路，咱们浪费不了多少时间。”

下雨了。他们跑出寂静的巷子，来到一条拥挤喧闹的路上，这条路一直通到管制区的边缘。正午的天空灰蒙蒙的，沉甸甸地压在房顶上，很多书妖打着伞，戴着帽子。他们汇入拥挤的人流中，一点也不引人注目。人流中有男人，有女人，还有几个一眼看不出性别的生物，他们朝不同方向走去。

走了几百米之后，他们拐进了旁边的一条巷子里，又转了几个弯，从一个门洞下钻了过去。菲尼安从口袋里掏出一把钥匙，打开了一扇不起眼的门，门后，一段楼梯通向地下。两个人打开了手电筒。

菲尼安还在书签林里干活的时候，晚上经常会走类似的地下通道，这些通道曾经是地下书世界的一部分，直到管制区地下的仓库和传送带被停用。很多通道和地下室都被学院封了，但是没过多久，就有书妖从拥挤不堪的房子搬到了地下来住。有些书妖是从内容阴暗、让人读了不舒服的书里掉出来的，他们本身就喜欢阴暗的地方。这些书妖中有很多并非善类，就连马杜克的那些打手也不愿意在这个地方多待。

“你想离开管制区？”苏梅贝拉问。要躲开守在隔离围栏里的警察还有其他的办法，如果条件允许，她能用意念控制那些警察，只要他们不是书巫。

“不，”他回答道，“咱们要去的那个地方在管制区内。”

他觉察到苏梅贝拉在偷偷地打量自己，也许是在想跟他一起来找伊西丝是不是个好主意。“你带凯特去过那里吗？”她轻声问道。他们这时正在下楼梯。

他摇摇头，发现苏梅贝拉很知道怎么抓别人的痛处。

“这就是我说的意思。你应该让她了解你的生活，包括曾经的生活。”

“她知道发生过什么，我不想让她陷入危险，这就是原因。”

苏梅贝拉笑了笑，没有再说什么。她把一根手指插进心灵书的书页之间，有需要的时候能够迅速翻开。

书城的前身是海伊镇，几十年前，海伊镇被搬迁到了一个空着的新庇护所。如今威尔士的那个海伊镇不过是给游客看的复制品而已。在庇护所里，强大的书巫力使得真正的海伊镇不断扩展，几乎蔓延得无边无际。从那时起，这里开始出现已经从普通人世界里消失的书店，这或许是亚当学院做过的最后一件令人称道的事情。

跟着海伊镇一起迁到庇护所的还有那些古老的地下室，这是过去上千年间留下的通道和房间，跟地面上的街巷、书店和木桁架房屋一样，地下的世界也在无休无止地扩张。昏暗的砖砌通道像触角一样不断伸长，就像地下的树根一样四通八达。古代的下水管道、房子一样高的穹顶和陡斜的楼梯共同构成了这座城市的地下世界，没有任何一个地方的地下室或地下墓穴会像管制区地下的那样让人生畏。

菲尼安和苏梅贝拉停下了好几次，他们仔细听着近处的动静和远处的回声，这些诡异的低语声大概已经在这个地下迷宫里乱撞了几年，直到现在才终于传到了人的耳朵里。手电筒的光柱在空荡荡的墙上和黑乎乎的下水道口扫来扫去。这个地下网络的有些地方比其他地方更热闹一些，有些地方甚至很拥挤。

菲尼安跟平常一样，选择了一条偏僻无人的路线。最后，他们来到了一个狭长的地下室里。这个地下室的顶很低，除了一架黑色的铁制旋转楼梯之外，什么也没有。楼梯的上端通向地上世界。

“这是什么？”苏梅贝拉问。

“一栋房子的地下室，我祖父母曾经在这栋房子里开过一家旧货商店。他们不是书巫，只是普通商人而已。他们关掉了自己在普通人世界里的店铺，应学院的邀请来到这里。当时海伊镇刚刚搬迁，书城正在形成。别人给了他们许多承诺，他们刚到这里的时候也确实感到非常幸福，直到上面决定把这个地方变成关书妖的管制区。一开始这里还有些书店，但很快就越来越少，因为没有顾客来，而绝大多数的书妖对书又不感兴趣。”

苏梅贝拉点点头：“大部分书店都搬走了，店主人在管制区外面分配到了新的房子。”

“大部分人是的，但我祖父拒绝搬走。他们来清理房子的时候，我父亲跟警察起了冲突。我不清楚他是不是真的想这么做，我想他只是为了向祖父展示自己跟他是站在一边的。警察一开始还是用言语威胁，后来就动手了。我父亲和母亲还手了，这么做并不明智，但他们就是这样的人。场面失控了，突然有人说他们是与学院为敌的暴民，还教唆他人，”菲尼安的目光茫然地看着那架楼梯，“我不想说这是个多么与众不同的故事，这个故事连个亮点都没有，他们只是被带到了下面这里，被推到那堵墙前枪毙了。我父亲，我母亲，甚至还有那条狗。我的祖父母非常伤心，没过多久也相继去世了。警察想把我送进孤儿院，但是我逃了，在街上流浪了一阵子之后被刚瓦收留，他收我做了学徒，剩下的故事你已经知道了。”

苏梅贝拉走到菲尼安父母被枪杀的那堵墙前，指尖抚过墙上的砖。无比漫长的一分钟之后，她才又朝菲尼安转过身来。“你知道他们对大家做过的最残忍的事情是什么吗？他们让我们所有人都拥有同样的故事，你、我、芙莉亚，还有许许多多的人，他们强行给我们套上同一个模子，夺走那些我们爱的人，让我们做出一些此前绝对不会去做的事。就连那些抵抗他们的人，也被他们强行安排了角色。”

菲尼安沉思着点点头，走到铁楼梯前，用光朝上面照去。小时候，他曾无数次在这个楼梯上跑上跑下，上面的那个活门跟通向地下世界的许多入口一样，都被铁栏杆封死了。也许在第一批书妖住进这栋房子之前，那上面还被抹上了水泥。

苏梅贝拉几乎是悄无声息地走了过来。“我能打开，”她说，“如果你想的话。”

他想了想，但是他知道自己在上面已经找不到以前的家了，那里只有陌生的男人和女人，住在陌生的房间里。他摇摇头，回身看着苏梅贝拉的眼睛。苏梅贝拉也看着他，等待着。

地下世界的深处传来动物的叫声，这是那种最好不要碰上的管道居民。

“咱们走吧。”菲尼安说。

苏梅贝拉点点头，轻轻舒了一口气。

十分钟后，他们爬上了一个石头楼梯，离开了管制区的地下世界。这里到处都是酒吧，他们穿过一个后院，很快走进了其中的一家。酒吧大门上方的牌子上用花体字写着歪歪斜斜的分割线。他们推开酒吧门，香烟和烟斗制造出的烟雾朝他们涌来。

正是中午时分，长长的吧台前挤了三排顾客，主要是书妖，不过也有流落到这里的普通人类。镶着护墙板的小隔间里，所有桌子都坐满了。似乎没有人注意到他们两个。他们从被雨淋得湿漉漉的帽子下面四处张望，努力在灰蒙蒙的烟雾中辨认着要找的脸。

“你从没来过这里，是吧？”菲尼安小声问。

苏梅贝拉摇摇头。“一股臭味，啤酒味、烟味，还有更恶心的味道。”

“那你以为会是什么味？书香？”

她朝吧台末端那里点点头。“那里面有几个是书巫。你认识他们吗？”

菲尼安偷偷地看了看那几个斜靠在吧台上的男人。所有人都在抽烟与镜，他们头上的烟雾里出现的是之前看过的书里的人物和画面。菲尼安仔细分辨着其中的细节，看得眼睛直流泪。就算这些男人是警察，那他们也并没有在工作，因为没有一个人身上穿戴着平时的那种黑色外套和红色围巾。

“没见过。”他说。

“密探？”

“有可能。也有可能就是些想喝啤酒的人。”

苏梅贝拉的眼睛继续在烟雾腾腾的隔间里搜寻。“哪一个是你的线人？”

菲尼安朝酒吧里面的一张桌子点点头。那里的烟雾之中孤零零地坐着一个男人，似乎正在专心地看着自己的啤酒杯。他肯定早就注意到菲尼安和苏梅贝拉了，从他们走进来起就一直在盯着他们。

“离最近的门还有相当一段距离，”她说，“这个人可靠吗？”

“比其他很多人都可靠，我经常跟刚瓦来这里，大多数来这里的人都没有什么问题。萨姆，就是吧台后面那个胖子，他能让所有自己不喜欢的人都敬而远之。他不喜欢学院。”

“又多了一个要非常小心的理由，警察如果听说这里有抵抗力量，肯定会进行严密的监视。”

“那你有更好的建议吗？说来听听。”

她叹口气，耸耸肩，让他走在前面，两个人穿过团团烟雾，朝酒吧的深处挤了过去。

39

一刻钟之后，洛伦佐·弗莱伽索就让他们了解到了最新的情况。菲尼安和苏梅贝拉仔细地听着那个黑头发的小个子男人给他们讲管制区里的近况，还有学院的一些活动。

洛伦佐是个瘦瘦的书妖，长着一张人看过之后会马上忘掉的脸。那个创造他的作者没花什么心思，仿佛他描述的只是一件家具。书中的洛伦佐就是个路人甲，但不知为什么有了自己的名字，不过关于他的外貌书里只提了几句。

“有一件大事”正在酝酿，洛伦佐说，现在抵抗运动似乎并不是学院要解决的最紧要的问题了。

“我怎么说的来着？”苏梅贝拉眯起眼睛。“他们已经不把咱们当回事了。”

“不是这样的，”洛伦佐反驳说，声音听上去就像酒吧里嘈杂的人声一样没有个性，“只是他们还有比追捕零星几个反叛者更重要的事情要做。这些反叛者鲁莽地跟书城最有权势的罪犯结下了梁子。你们是怎么想的，为什么要去惹马杜克？”

菲尼安叹了口气。“看来都已经传开了。”

“马杜克在悬赏捉拿你们，还在书城里到处散发有你们照片的追捕令。所有人都在议论这事，大家都在猜测反抗组织为什么会向这样一个人宣战。大部分人都认为是因为你们狂妄。亚当学院冷眼旁观，等着看他解决你们。学院根本不用自己动手。”

想到自己实际上是掉进了一个完美的圈套，这很让人生气。他们中的几个人已经被悬赏捉拿好几个月了，悬赏金额最高的是菲尼安和伊西丝。如今，管制区的大部分人都不会向学院告发别人，但对马杜克则不一样：对他和他的所作所为，大家会觉得最好还是配合。帮他个忙，也不是什么丢脸的事。

菲尼安看了看小隔间里的几个人，想确定有没有能从帽子底下认出自己的老熟人。不断有客人走进歪歪斜斜的分割线，现在就连离吧台很远的站位都所剩无几，客人们被挤到了桌子中间。

“伊西丝·霓莫霓思呢？”菲尼安问，“你有没有她的消息？”

“她在书城出现过，但不是在管制区里，有人在外面看见过她。”

“还有呢？”

“没有了。”他将一张皱巴巴的纸片从桌子上推给菲尼安，上面写着两个街道的名字。“据说这就是她出现过的地方，”他的手指放在其中一个名字上面，那根手指的甲床上有瘀血，“她在这里进了一栋房子，但是除非她疯了，否则不会再在那里到处晃悠。如果你想知道的话，我觉得这应该是一处密探的秘密藏身处。”

“安全屋？”

洛伦佐笑了起来：“如果我们都知道了的话，那就不安全了，不是吗？”

“就这些？”苏梅贝拉插进来问，“两个街道名？”

书妖挑衅地看着她：“你可以再去问问，小家伙，说不定能找比我知道得多的人。”

菲尼安一时间有些担心苏梅贝拉会把洛伦佐变成什么让人恶心的东西，裹上黏液，也许还会长出肉疣。

但是苏梅贝拉克制住了自己，她换了个话题。“这件大事，”她说，“你所说的这个新的威胁……究竟是什么？”

“没人清楚，”书妖大大地喝了一口啤酒，他的杯子上写着聪明书商的啤酒，这是庇护所里最受欢迎的啤酒品牌，“据说墨妖又出现了。”

“在城里？”

洛伦佐闷哼一声表示肯定：“在边缘的某个地方，干了很多坏事，弄死了好几个人，一个都没被抓住，但是有目击者非常肯定地说是墨妖干的。这种事已经不是第一次发生了，它们似乎是挂在某些没有经验的书巫身上出来的，从外面那个隐页世界。反正大家都是这样说的。学院知道的肯定更多，但他们当然什么消息都不会透露，以免引起骚乱。”

关于墨妖的传言一直都有，在普通人的世界里，大家看到的是 UFO，在庇护所里则是墨妖。大部分所谓的目击都是一些大惊小怪的人想象出来的。在外面的虚空世界里，也许会有人偶然看到一些，但墨妖是没有能力跟着书巫一起进入庇护所的，除非有人有意识地带上了他们，并给他们打开了一扇穿越门。

菲尼安看着酒吧另一端的入口，他觉得酒吧里的空间似乎变小了，四面的墙仿佛靠得更近了。灰色的烟笼罩了许多桌子，坐在那里的人都变得轮廓模糊了。一个男人头上戴着宽边软呢帽，身上穿着一件破破烂烂的礼服，正在挨个桌子分发纸条。纸条上写的是本季鸟喙书对决的广告：撕掉书页、划破皮面、扯断缝线、咬烂书卷。

“真会作诗。”苏梅贝拉说。

菲尼安把纸条揉成一团："恶棍。"

洛伦佐笑眯眯地看了他一眼："这里都是不愿意跟学院打交道的正派人。"

"正派人？你能肯定吗，洛伦佐？你不会是出于什么特殊目的才非要在这里跟我们碰头的吧？"

书妖那张没有个性的脸挤在一起，就好像菲尼安给了他一个耳光一样。"别冤枉人，我可不应该被你怀疑。"

苏梅贝拉警惕地看向他的背后。"吧台那里的书巫们要离开酒吧了。"

菲尼安看着团团烟雾中的模糊人影，一些人正在朝出口的方向移动。"那是好人还是坏人？"

"那些人？"洛伦佐用下巴冲着那些人影点了点。"那些不是密探，你们不用担心他们。"

"确定吗？"

"毋庸置疑。他们是走私书的，肯定不会希望引起学院的注意。"

"他们是替马杜克效力的吗？"

洛伦佐咧嘴一笑："每一个在这里挣钱的人，从某种意义上来说都是在替马杜克效力，至少有的时候是。这一点，你跟我一样清楚。"

苏梅贝拉深深地吸了口气："咱们应该离开了。"

酒吧里这时已经非常满了，要出去的话，一路上肯定会撞到很多人。苏梅贝拉摸摸自己的外套口袋，那里面放着一本穿越书。另外一本她放在了一条空巷子里，那是他们通过穿越门来书城时落地的地方。她也可以直接在这里开一扇穿越门回费园的书窖。不过这两种方法都会引起很多人的注意，而且还存在一个风险，那就是可能会有一个巫力高强的书巫一路跟着他们过去。

菲尼安还没来得及说什么，洛伦佐就抢先说："如果咱们能继续在这里悄悄谈话，我会非常感激。要是你们消失在空气中，那就会有人来盘问我了。还有，拜托你们千万不要在这么拥挤的地方开启穿越门！他们会给我上刑，直到我全部招供，这用不了多长时间。”

苏梅贝拉狠狠地看了他一眼，但书妖只是耸了耸肩。

“书签林爆炸后，这里发生了很多事，”洛伦佐继续说道，“许多人被逮捕，几百栋房子被搜查，十几个人被处决。从那之后，大家对抵抗运动就没有多少好感了，你们给这里的大部分人带来的不过是麻烦而已。”

“有其他办法吗？”菲尼安冲着苏梅贝拉小声说。

“用书巫术把整个酒吧搞乱？”

“那样的话，半个管制区的人都会来抓我们。”

苏梅贝拉点点头，显然感到很遗憾。

“好，”菲尼安对洛伦佐说，随即站起身，“咱们就用走的，你在前面带路。”

他不相信会有什么人对他们熟悉到能够认出他们，但是也并非完全有把握。他有种感觉，他们现在处在危险之中，但他没法把这种危险跟某一个人联系在一起。吧台前的那些男人或许已经感到了苏梅贝拉的书巫气场，但仅凭这一点并不能知道她是谁。

酒吧里的空气似乎越来越污浊，他们俩跟在洛伦佐身后往门口走去，同时尽量不引人注意。这段距离不到十五米，但他们和出口之间隔了太多的人，而且大部分人都是迎着他们走的，他们要去吧台那边。

一个男人撞了苏梅贝拉的肩膀一下，停了下来，正当菲尼安以为自己得出手了的时候，那个人又继续往前走，消失在了人群中。

他们来到门边，其间没有再碰到其他的事。这时，六七个穿着仓库工人灰色制服的书妖正要挤进酒吧。三个人停下来让他们先进来，这时，菲尼安又回头看了一眼。

那个分发鸟喙书对决广告的男人就站在他身后，冲他咧嘴一笑，露出一口烂牙。软呢帽巨大的宽帽檐深深地盖住他的额头，破破烂烂的礼服上污渍斑驳。他的脸就像一个在树上挂了太久的苹果：皱巴巴，红彤彤，满脸都是麻子。

“撕掉书页、划破皮面、扯断缝线、咬烂书卷。”他轻轻说话的声音就像老旧的留声机。“年度对决！一定要来看看，你和你那个漂亮的女朋友。”

苏梅贝拉没有摘掉帽子，但是即便被遮在黑影里，依然能显露出她的美丽。估计还有很多顾客也看到了。马杜克印在通缉令上的照片有多清晰？至少她银色的头发是全都罩在帽子下面的。

“漂亮姑娘，”男人说，“你们不是经常到这个地方来，嗯？”

菲尼安没有理会他，看到出口终于被让开了，他松了一口气。洛伦佐已经迅速走出了酒吧，苏梅贝拉将帽子拉得更低，跟在他后面。随后，三个人都来到了外面的巷子里。雨更大了，现在落下的已经是大颗大颗的冰冷雨滴。

“这边来！”洛伦佐缩起肩膀，好像这样就能抵御雨水似的。

他们从容不迫地走到一个巷子口，里面的通道窄得几乎不能让两个人并肩通过，通道的尽头又是一个巷子。菲尼安对迷宫一样的管制区了如指掌，知道他们现在在什么位置。“好了，”他对洛伦佐说，“已经够远了，咱们就在这里分手吧。”

“这样对咱们都好。”书妖表示赞同，把裤兜里的硬币摇得叮当响。菲尼安付给他的是字母币，庇护所里的官方货币，虽然书城的书店里也收英镑，但管制区里，学院的字母币还是最通行的货币。

洛伦佐用一根手指碰碰额头，跑进了左边的巷子。菲尼安和苏梅贝拉拐向了右边。

“让人讨厌的矮子。”她嫌恶地说。

“让人讨厌，但也很可靠。”

“我讨厌跟这种人合作。”

“洛伦佐跟你一样不喜欢学院。”

她突然问道：“你会不会怀念死书林里的那些时光？树穴里的营地？帕克，霍米尔，还有其他那些没能活下来的人？”

“帕克和霍米尔是肯定的，但是对那个睡觉用的潮湿树洞就不是特别怀念了，费园有自来水这点还是挺好的。”

苏梅贝拉笑了：“你知道我说的不是这个。当时，一切似乎都很简单，咱们知道要对付的是谁，学院的目的又是什么，但是如今，一切都不清楚了，一切都是……我不知道怎么说，可怕的混乱。”

“你的敌人不会总是那么配合地穿上黑色外套，戴上红围巾，生活不会永远那么简单。”

苏梅贝拉叹了口气表示赞同：“如今，最强的女密探跟咱们并肩作战，最危险的敌人似乎已经不再是学院，而是马杜克了。”

“你觉得洛伦佐提到的危险会是什么？几个墨妖从洞里爬出来这件事并不足以让学院感到不安。”

“也许七芒星知道答案，”苏梅贝拉回答说，“永夜庇护所里应该有线索。”

“假如他还活着的话。”

他们随着人流的方向往管制区边上走，雨落在无数伞面和帽子上，就像敲鼓一样。洛伦佐写给他们的那两个街道在不同的方向，并且都在隔离围栏的外面。他们想先找到那个被洛伦佐认为是学院密探安全屋的地方。菲尼安在抵抗组织的时候一共只找到过三个这种安全屋，没人知道书城里一共有多少个这样的地方，更不要说其他庇护所里的了。

街道的尽头是有警察把守的大门，检查更严格了，通道前面等待的人排成了长长的一队。菲尼安和苏梅贝拉在离门还有一百多米的地方就朝左拐去，他们穿过一个巷子，一个散发着霉味的院子，最后来到了一个不起眼的煤棚门口，下面是一个进入地下世界的密道门，他们想从这里神不知鬼不觉地离开管制区。他们再次四下查看，密密麻麻的房子之间看不到人。苏梅贝拉手一挥就打开了门上的书巫锁，菲尼安拉开右边的半扇门，雨水闪着光，线一般流到地上。

“撕掉书页、划破皮面，”一个刺耳的声音在他们背后说，“扯断缝线、咬烂书卷。”

苏梅贝拉把手伸到外套下去摸心灵书，但是没有取出来，雨下得这么大，书一打开就不可能不损坏。菲尼安从夹克里抽出手枪，拉开保险，同时转过身去。

戴软呢帽的丑陋男人朝他们走过来，胳膊底下夹着一个盒子，那个说不定就是他关鸟喙书的地方。

“年度对决？”菲尼安面无表情地问。

“年度对决。”男人肯定道。

“他是书巫，”苏梅贝拉小声说，“而且巫力不弱。”

菲尼安瞄准了他，心里很清楚一个训练有素的书巫完全能够在被射中之前抓住子弹。虽然苏梅贝拉没有心灵书也能够使用书巫术，但她的书巫力会大打折扣。菲尼安根本没有其他选择，只能试着用武器解决。

那个长着丑陋的脸和酒糟鼻的男人在离他们十米左右的地方停了下来，广告单从他的礼服口袋里鼓了出来。

“我跟你们是一边的。”他说。

“哪边？”

“你们在找伊西丝·霓莫霓思。”

“没听说过。”

男人慢慢蹲下，把盒子放在湿漉漉的地上，打开了盒子上的两个扣。

“嗨，”苏梅贝拉喊道，“小心点！”

“里面没有武器。”陌生人说，但为了保险起见，他没有打开盒盖。

“那是什么？”

“不过是一些广告而已，我在城里分发赚钱用的，鸟喙书对决的、饭馆的、音乐还有娱乐什么的。另外还有几张通缉令。”

“如果你打开盒盖的话，里面的东西就湿了。”

“尽管如此，我还是想让你们看一看。”

“我们从来不跟罪犯为伍。”苏梅贝拉说。

“你是谁？”菲尼安问，“挣赏金的？”

男人站起身，盒子依然放在地上。他现在的个子比之前高了很多，他似乎越来越不像刚才酒吧里的那个酒鬼了。那张皱巴巴的脸并没有变，但是完全立起身子后，他的姿态变了。

“菲尼安，”苏梅贝拉小声说，“他用了易容术。”菲尼安警觉地看了她一眼，她点点头说，“书巫面具，他的巫力非常强，没有弱点，连不稳定的地方都没有。”

“你对付得了吗？”

“试试看。”

菲尼安咬紧牙关骂了一句，恨他们之前的速度没有更快一点。这个男人估计从歪歪斜斜的分割线那里就一直跟着他们。假如他的巫力真如苏梅贝拉所说的那么强，那他完全可以做到神不知鬼不觉地跟着他们。

“我要的不是马杜克的赏金。”男人说。他原地没动，像演戏一样夸张地让他们看自己那两只空空的手。

“那你要什么？”苏梅贝拉问。

“伊西丝·霓莫霓思的消息，我在找她，跟你们一样。”

“我们不知道她藏在哪里，”菲尼安说，“我们唯一的消息应该也已经是好几天前的了，而且完全是道听途说来的。”

“我愿意听听。”

“菲尼安，”苏梅贝拉说，“没用的，他不会让咱们走的。”

当然没用。菲尼安不过是想争取点时间，好让苏梅贝拉探查清楚对手的能力。他觉得自己手里的枪完全没用，这就和靠扮鬼脸来与对手较量差不多。尽管如此，他还是没有放下枪，至少这个武器能让他觉得自己不是在完全束手无策地看着两个书巫较量。

苏梅贝拉打量着那个男人，她的额头上渗出汗珠。她还在试图看清他面具背后的脸。

“孩子，”男人的声音几乎是温柔的，“放弃吧。”沙哑的烟酒嗓消失了，他的头微微向后仰，眼睛中反射出淡淡的日光。

苏梅贝拉轻轻地叹了口气。

男人的脸变得像毛玻璃一样透明，就像是被雨水冲刷干净了一样，脸的后面，另一张脸渐渐显露出来。

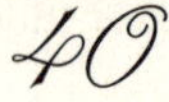

芙莉亚的这次穿越非常仓促，到达目的地的速度又非常快。她们在隐页世界坠落的时间不过几秒钟，金色与亮光组合成混沌的旋涡，她们的身体在其中迅速分解又重新组合，速度快到让她们无暇思考。

芙莉亚听见凯特在身边呻吟，她们紧挨着掉在了一块酒红色的地毯上，地毯上的斑斓图案让人猛然间以为刚刚那种幻觉般的混乱状态仍在继续。

凯特就地翻滚着，她落得太靠前，结果重重地撞上了一个障碍物。芙莉亚好一点，她是双脚着地的，用一只手撑住了身体。她觉得全身关节一震，还以为自己的胳膊骨折了。她匆忙直起身子，做好抵御可能到来的攻击的准备，同时发现自己并没有受伤。眩晕的感觉已经开始消失，芙莉亚的视线变得清晰，对现实的感觉也恢复了。她把自己的短裙拽好——她是怎么想的，穿了一条这么不实用的裙子——看看四周。

这是个像博物馆一样古老的图书馆，房顶很高，摆着深色家具，看上去比她父亲堆满一摞摞书的书房要整齐多了。这个地方明显是经常有人使用的。这个房间面积有费园的大客厅那么大，她的左边平行地放着很多书架，书架之间形成了许多狭窄的通道，其他的几面墙也摆着高及房顶的书架，里面放满了书。她们摔落在的那块地毯放在一把笨重的阅读椅前面，地毯前的地上铺满了纸。

“凯特？你还好吗？”

凯特穿着条纹紧身裤的腿就像小狗的腿一样蜷着，她慢慢地抬起上身，揉揉磕疼的脑袋：“我觉得还好……他们会马上追过来吗？”

“不知道，要看他们是不是还带了另外一本穿越用的书。”

“如果没有的话，他们需要多长时间？”

“我怎么知道？这两个人有德国口音，这里应该是他们的家，那很有可能咱们现在已经不在英国了。不过他们应该不会等下一趟航班，而是会找一本这里也有的书穿越回来。”

芙莉亚朝凯特伸出一只手，把她拉起来。窗户都被深色的窗帘遮着，防止书籍被阳光损坏。枝形吊灯亮着，阅读椅旁边还有一盏落地灯。芙莉亚突然非常怀念她在自己的阅读角落里度过的那些静谧时光，想念那把坏脾气的阅读椅和多嘴多舌的阅读灯。

不过，她的目光落在地上那些零散的书页上时，马上就顾不得想这些了：“哦不……”

鸟喙书默默地将长脖子从她的衣服口袋里伸出来。芙莉亚还从来没有见过它这么沉默的样子。

地上那些被撕碎的书页是大屠杀留下的痕迹，一本书被恶意毁坏、撕成碎片后撒在了阅读椅周围。书的封皮朝上，摊在被撕下的书页上，封皮上软绵绵地垂着一个象鼻似的灰色长脖子，脖子上的那张鸟喙半张着，似乎在生命结束的一刻还在叫喊。芙莉亚轻轻地摸摸它，发现它已经死了。她小心地拿起封皮，封皮里面装订书页的地方只留下了参差不齐的纸头，像窄窄的暖气片一样。芙莉亚合上封皮，把它放在椅子上，轻轻地把鸟喙书无力的长脖子在封皮上摆成弧形。

凯特走过来，表情像要吐了似的："谁会干这种事？"

芙莉亚的鸟喙书动了动，她把鸟喙书从外套里掏出来，放在椅子上那个已经被掏空的封皮旁边。鸟喙朝自己的同类伸过脖子，温柔地推了它几下，然后轻声叹了口气，又缩回了自己的红色封面里。芙莉亚把自己的心灵书收了回来。

"这种事只有人类才干得出来。"鸟喙书说。芙莉亚有些担心，因为她的心灵书没有像平常那样破口大骂，但她能够清楚地感受到它的愤怒。"在书城的时候，那些人强迫我毁掉其他鸟喙书。但是这个……"鸟喙书又停了下来，它在竭力让自己保持冷静，"这是虐杀，有人把它一页页地撕了下来。它肯定非常非常痛苦。"

没有咒骂，没有大呼小叫，只有震惊。鸟喙书的震惊也渐渐传给了芙莉亚，作为书巫，她能够感受到这里所发生的事情的惨烈。因为跟心灵书心念相通，她的感受就更加强烈了。她理解鸟喙书的愤怒，甚至是它的沉默。

凯特捡起一页书看了看："这个难道不能……嗯……粘粘？"

鸟喙书猛地把脖子朝她伸过去，从她手里叼走那张书页，丢在地上。"粘粘？如果是你的心脏被刀刺中了，能粘吗？或者是你那个愚蠢的脑子，如果有人把你的蠢脑瓜子打碎了，粘粘？"这听起来才像是芙莉亚熟悉的那个鸟喙书。

凯特刚想回嘴，但是被芙莉亚看了一眼，就又咽了回去："咱们得弄清楚这是什么地方。"

"他们应该到了，对吧？"凯特问。"我是说如果蕾切尔也带了穿越书的话。"

“有可能。”芙莉亚把鸟喙书塞回外套里，但是鸟喙书又把脖子伸了出来。芙莉亚跑到窗户跟前，把窗帘拉开了一点。外面的阳光很刺眼。

窗帘后面是一扇通向室外的玻璃门。眼睛适应光线之后，芙莉亚看到门外面有一个围着石头栏杆的巨大宽敞平台。天空中飘动着云彩，这栋房子建在山顶上，栏杆后面不远的地方就能看到延绵起伏的群山和陡峭的岩壁。她觉得这片景色很眼熟，但想不起来在什么地方见过了。她自己肯定是没有来过这里的。

“这是西摩尔家，”她说，“应该说，这是西摩尔家的家。”

“咱们把房子烧了吧。”凯特建议道。

“连房子里的书一起？那可不行，咱们在马杜克的图书馆里造成的损失已经够大了，而且什么都没有得到。我不会再帮忙做损坏书籍的事了，更不会去烧书，哪怕是为了对付学院也不行。”

凯特没好气地嘀咕了些书巫如何如何敏感之类的话，边叹气边走到窗边的芙莉亚旁边。鸟喙书的喉咙里恨恨地咕噜着，作势要咬凯特的手指。

“停下，”芙莉亚说，“你们两个。”

她按下雕着镂空花纹的门把手，合页一开始有些涩，估计是锈住了，但随后玻璃门就猛地朝内打开了，一股新鲜的空气扑面而来，将散落在地上的书页吹得沙沙作响。

“是不是应该找一本能带咱们离开这里的书？”凯特问，“找本费园里也有的书？”

“马上。”芙莉亚朝外面走了一步，左右查看了一下，然后继续往外走。凯特犹豫了一下之后，也跟了出来。

外面的平台不宽，也就五步的样子，却延展了整个外立面的长度。到处都空无一人。

“你能盯着那些窗户吗？”芙莉亚问凯特。

“当然，假如上面有书巫的话，我就用坏脾气干掉他们。”

庄园的下面是深深的河谷，对面的山坡上是一排排整整齐齐的葡萄架，其余的地方都是森林。在稍远处河流转弯的地方，一个小村庄依偎在山丘上。

芙莉亚走过粗糙的石头地面，来到石栏杆前，一只猛禽从树冠上朝山谷猛扑下去，将她们的目光从陡峭的山坡吸引向庄园下方，那里狭窄的梯形地上是植物繁密的花园。

芙莉亚两手撑在栏杆上，又朝山坡那边看过去，这时她突然想起自己在什么地方见过这片景色了。虽然她自己没来过这里，也没有见过这里的照片，但她见过一幅浪漫主义风格的风景油画，上面画的正是眼前的景色，仿佛画家当初就是带着画布和画笔站在这个平台上一样。这幅画挂在安吉洛桑托庄园的密室里，七芒星本想躲在那里完成最后一本空白书。那幅画是他对家乡的回忆，回忆他在创造书巫世界多年之前曾经在那里度过的童年。

“罗森克罗兹家族。”她迎着风小声说，塞弗林就是从这里给她写信的，在他还没有成为七芒星之前。

“怎么了？”凯特问。

“这里以前是我家的房子，后来他们逃到了英国，换了另外一个姓。”她转过身，靠在栏杆上，抬头看着建筑物雄伟的外立面。这栋三层高的建筑居高临下地建在一条古老的河流上方，而这条河只可能是莱茵河。头上的建筑物似乎在朝她们俯下身子，在飘动的云朵之下像一个阴郁的怪物：被风雨剥蚀的外墙，黑洞洞的窗户，尖尖的山墙就像刽子手的面罩。

“西摩尔家族不仅杀死了我的祖先，还偷走了我们的房子！”她突然感到一种愤怒，之前她并不知道自己心里还隐藏着这样的怒气。这一切已经过去了快一百五十年了，但她此刻突然觉得像是亲身经历了西摩尔家族、罗恩穆特家族和坎多斯家族对罗森克罗兹家族下的黑手。这里的一切是当年被杀掉的那些男男女女们的遗物。消灭了芙莉亚的家族还不够，西摩尔家族还夺走了曾经属于他们的一切，将罗森克罗兹这个名字从各种财产证明和地籍簿上彻底抹去了。

芙莉亚从小就对三大家族没有好感，但她的这种反感是因为听了父亲的讲述，而非源于亲身的体验。即便是加入抵抗运动之后，她对学院的愤怒也保持在理智的程度之内，来自她的理性，而不是心。但是现在，她的仇恨被唤醒了，这是她自己的仇恨，仇恨更增加了她的怒气。她是真正的罗森克罗兹。

“这里肯定还有很多他们家的人，”凯特拉拉芙莉亚的胳膊，“咱们不能傻站在这里等着被他们找到。”她的目光扫过楼上的那些窗户，芙莉亚也抬起头向上看，但她看到的窗玻璃都是黑乎乎的。

凯特把她拉到墙根：“如果这里真是西摩尔家的老宅，那就跟圣堂差不多了，咱们不能就这么走了，连……嗯，什么都不做。”

“不许烧书。”

凯特很不情愿地点点头：“咱们到屋里去四处看看，看能找到什么。”

她们回到图书馆，关上玻璃门。她父亲知不知道这里如今住的是西摩尔家的人？他从来没有提过这件事，也许是觉得太丢脸了。

从椅子上那本被毁坏的书旁边走过时，鸟喙书小声骂了起来，芙莉亚对它说了些安慰的话。在房门口，她们仔细听了听有没有说话声或者脚步声，然后轻轻地来到亮着灯的走廊里。芙莉亚打开心灵书，鸟喙紧紧地依偎在她的手腕上。

她们查看了好几个房间，所有房间里都摆着古老的家具，大部分房间里都有书架。最后，她们走进了一个宽阔的门厅，这里的大理石楼梯通向二楼。正对大门的地方有两扇黑漆的门，门上插着钥匙。走进这道门的时候，芙莉亚身体里的书巫力开始躁动。

“我得进去，”她说，“那里面有东西。”

凯特耸耸肩：“我无所谓。”

房子里的某个地方传来窸窸窣窣的声音，仿佛有什么正在飞快地朝这边移动，然后又突然停住了。

“为什么这里没有仆人？”凯特说。“也没有守卫？”

穿过门厅，只需几步就能到大门口，她们不用费什么力气就能跑到外面去。凯特抓住钥匙拧了起来，脸上带着无所畏惧的笑容。钥匙有她的手掌那么大，已经变得黑乎乎的了。“想进就进呗。”她说着，将右边的门扇朝里推去。

门里一片黑暗。

“让我在前面走。”芙莉亚举着打开的心灵书，从她旁边挤了过去。她忍不住想要分离一个书页之心，又担心房子里会有人因此而注意到她们。只要她出现在这里，像西摩尔男爵那样巫力强大的书巫应该就能注意到了。

凯特打开灯的开关，无数壁灯照亮了圆形的大厅。这里没有窗户，直径至少有三十步，屋子的地面比大门低，四级台阶从门边向下延伸向栗色的人字拼地板。巨大的大厅正中放着一张圆桌，桌旁放着三把椅子，椅子之间隔得很远，这张桌子四周足以放下十把椅子。

“看来咱们发现骑士的圆桌了。”凯特又扳下一个开关。在巨大枝形吊灯的光线里，芙莉亚发现屋里简单的陈设和地板上都蒙着厚厚的一层土。

“这里已经好多年没有人进来过了。”她几乎能够闻到充斥在房间里的落寞。灰尘和陈旧的木头散发出一股奇特的味道，呼吸的时候，她觉得嗓子直发痒。她蹲下来，从暗淡的木地板看到圆桌，一丝脚印的痕迹都没有。

圆形大厅的墙上贴着深红色的天鹅绒，那三把椅子的包布也是红色的。虽然蒙着灰尘，却依然能够看到椅子扶手上用琥珀镶成的图案。一开始她们以为枝形吊灯上垂下来的装饰是水晶，实际上那些也是闪烁着淡黄色光芒的琥珀。

“就是它，”芙莉亚用嘶哑的声音挤出这几个字，“绯红厅，五大家族最早议事的地方，一切都是从这里开始的。”她恍惚地摇摇头，“我不知道这个厅就在我们家里。”

“为什么是你家？”一个小孩用带着一点口音的英语问道。

她们猛地转过身，芙莉亚同时分离了一个书页之心，她从神秘字母发出的炽烈光芒上方看着站在门口的那个小姑娘。小姑娘还没有皮普大，身材娇小，一头长长的金发直垂到腰间，身上穿着一条镶花边的白裙子。

芙莉亚在她身上寻找书巫力场，但是没有找到，小姑娘的手里也没拿任何东西。

“她不是书巫。”芙莉亚对凯特说。凯特之前把这里的钥匙拔了下来，保险起见，她把钥匙塞进了裤兜里。

“你为什么说这里是你家？”小姑娘又问了一遍，两只手背在身后。

“你叫什么？”芙莉亚问她。

“是我先问的你。”

“随口说说，我们以为这里只有我们俩。”

“这里除了我也没有别人了。”

凯特仔细听着。“整栋房子？他们都走了？”

女孩举起一只手。“我保证。”

芙莉亚慢慢地朝女孩走过去，她们之前只朝屋里走了几步，灰尘里留着清晰的脚印。“现在你能告诉我们你的名字了吗？”

“你们能帮我吗？”

“先说你的名字。”凯特坚持道。

“七月，”她说，“就是 7 月份的那个七月。”

“好吧，七月，”芙莉亚说，她现在离女孩只有两步远了，依然没有察觉到书巫力的痕迹，“其他人在哪里？”

“男爵死了，威特和蕾切尔走了，还有……”

“等等！”芙莉亚打断了她。“西摩尔男爵死了？”

“威特和蕾切尔把他杀了。他们把他的尸体放在了冷库里，如果你们想看的话，我可以带你们去。”

芙莉亚和凯特互相看了看，然后芙莉亚又看着那个女孩：“你是谁？”

“七月，我说过了。”

“七月……还有呢？”

“没有了。西摩尔家绑架了我，那时候我还很小，从那以后我就在伺候他们。”

“伺候？”凯特怀疑地问道。“你顶多也就十岁。”

“十一岁！”

“好吧，十一岁！”

凯特还想再说些什么，但芙莉亚已经抢先开了口：“你说威特·西摩尔和蕾切尔·西摩尔杀死了他们的父亲？”

女孩使劲点了点头。“就在几个小时之前，他们还赶走了老男爵夫人，他们要自己当西摩尔家族的族长，想进学院的委员会，”她的眼中开始闪烁起泪光，“他们疯了，他们是大坏蛋。”

芙莉亚温柔地摸摸女孩的脸颊：“你想让我们帮你从这里逃走？”

“可以吗？去一个安全的地方？比如跟你们回家？”

“绝对不行。”凯特斩钉截铁地说。

芙莉亚比较和气地补充说：“目前要做到这个比较困难。”

女孩放声大哭起来：“哪里都比这里好，西摩尔家全是些可怕的人，他们又残忍又恶毒，他们不管说什么我都得照做。最可怕的就是蕾切尔和她哥哥。”

凯特朝芙莉亚俯下身，压低声音说：“他们随时可能回来，咱们快走吧，反正你也不让放火。”

鸟喙书像只乌龟一样发出咝咝的声音：“不要在我附近放火！”

“谁也不会在这里烧任何东西。”芙莉亚向鸟喙书保证说。

“好，好。”凯特毫不掩饰自己的失望。她似乎真的很喜欢把西摩尔家一把火夷为平地这个主意。菲尼安应该也会喜欢。

“带上我吧，”女孩哭着说，“我不想留在这里。”

“我们确实不能把你留在这里。”芙莉亚表示同意。

凯特从小女孩身边走过去，看着外面的门厅。

“怎么样？”芙莉亚问。

“没人。”

“你们得相信我，”女孩说，“威特和蕾切尔今天早上就把所有仆人都遣散了，只剩下了我，车道那里的警卫也走了，他们两个人想要安安静静地把男爵和那个老太太……”她撇着嘴，揉揉眼睛，“我全都看见了，真可怕。”

“我简直无法相信，”凯特自言自语道，将黑色的刘海从眼睛前拨开，“咱们到了西摩尔家，一个人都没有，所有的东西都没有保护……咱们却什么都不做。什么都不做。”她突然狠狠地盯着芙莉亚：“一个字都不许告诉菲尼安！他会觉得咱们疯了。”

芙莉亚点点头，又朝小女孩转过身去：“你要为他们做的具体是什么事？”

女孩的嘴角抽动着，但肯定不是想笑，而是马上又要哭了。“念书，”她大声抽泣着说，“我得给老男爵夫人念书。”

41

一团紫色光点像旋风一样包裹着伊西丝和顿坎，他们从一个狭窄黑暗世界中的无尽虚空里钻了出来。顿坎为两人打开的穿越门只开启了一瞬，两个书巫随即出现在一个昏暗的走廊里，穿越门在他们身后消失。刚才还是庇护所之间的通道，现在只剩下一点紫色的火星，像小雨一样落在地上。

走廊两边都是铁门，门上有非常小的观察孔，铁门后是狭小的牢房。所有牢房都敞着门，里面空荡荡的，一个人都没有。

顿坎像拂去面包屑一样弄掉胡子上的最后一点火星："我一直希望自己能把这个地方从回忆中抹去。"

"我从没来过这里，"伊西丝小声说，尽量压制着阿布索隆的书对自己的诱惑，"不过看来也没有什么可遗憾的。"

原来这里就是基督山，亚当学院的监狱庇护所，不同于书城或者乌尼卡这种庇护所，这里是远离书巫世界中心的深层庇护所。这是被遗忘者的庇护所，警察里有一种说法，说是基督山不仅会吸干犯人的生命，那些在这里看守他们的人也同样逃不掉。

顿坎之前就提醒过伊西丝，说他们有可能会落在看守的队伍里，这样他们从第一秒钟开始就得搏命。但现在看周围这样子，似乎已经很多年没人来过这里了。

他们默默地一个牢房一个牢房地看过去，每一间都查看一下。基督山的历史还不到一百年，但这里看上去就像是中世纪晚期的牢房。这里的墙壁全部由粗糙的石块垒成，用颗粒状的灰浆黏合在一起，牢房里安着铁圈和铁链。不过至少天花板上罩子里的灯是电灯。

几乎所有亚当学院下令建立的庇护所都像历史剧里的布景一样。伊西丝心想，让建庇护所的人来修监狱，最后肯定会修成这个模样，这是那个人从不知道什么书里看来的各种土牢的混合品。

“咱们为什么不能穿越到漂亮点的庇护所去？”伊西丝问。他们这时正朝走廊的尽头走去。“封面装饰画家的庇护所……或者那类艺术家庇护所，有近景、远景、花球什么的，为什么非得来这样的地方？”

“你不是满脑子都是拯救世界吗？不来这个世界上这些有问题的地方还能去哪里？”

伊西丝强忍住笑。顿坎身上的某种东西让她重新获得了力量，甚至是希望。那是他的机会主义，或者伪装得非常好的刻薄，在这一点上，她从来都拿不准。芙莉亚、菲尼安和其他那些人都是十来岁的少年，他们以为自己经验丰富，实际上还差得远呢，而且还有些自视过高和盲目的理想主义。顿坎则不同，他这个年龄的人早就清楚自己有几斤几两了，他了解自己，也了解自己对世界的看法。

那她自己呢？她自愿接受束缚，为的是不因自己所拥有的可能性而丧失理智。她害怕自己会变成那个样子，觉得自己就像是一个摆弄火药和引信的盲人。也许阿布索隆写下的那些文字能给她指出一条路。

顿坎用右手里的心灵书指指走廊尽头的一间牢房："就是那个，我最后一次看见他的时候，他就被关在那里。"

走过去后，伊西丝发现这间牢房的门也开着。看见牢房里空空如也，顿坎骂了一句。匆忙制订的解救达马斯卡努斯的计划化为了泡影。

"也就是说，他当初被送来之后，你曾经来过这里？"

"来过一次，大约是在一年之后。"

"你来找他的目的是什么？"

他犹豫的时间似乎稍长了一些："问他事情。"伊西丝等着看他是不是会说得更具体一些，但他没有。伊西丝尊重他的这种沉默，她自己的经历中也有许多内容是她绝对不会说的，所以她也不会指责别人故弄玄虚。

"现在怎么办？"他问。

伊西丝走进牢房，牢房的墙上刻满了各种符号，一眼看上去似乎是胡乱的涂鸦，但实际上是一些几何图案和示意图，类似的图她在翻看《地平线地图集》的时候曾经看到过，绘图师在书里绘制了各个庇护所之间的位置关系。

"你觉得达马斯卡努斯还在这个堡垒里吗？"

"有可能他们只是把他挪了个地方。"

"他真的是这里唯一一个囚犯？"

"他们把他带来之前，这里完全是空的。基督山在很多年前就有了，他们为了达马斯卡努斯特意又派了一队守卫来这里。"

伊西丝用手指尖摸着石头上的那些坑和划痕。虽然对庇护所的地图有一些了解，但她还是完全看不懂达马斯卡努斯画的是什么，就算盯着这些墙看上几个小时也没有用。但阿布索隆的书让她觉得值得这样去做，觉得只要她自己愿意就能够做到任何事。

不过她很好地克制住了自己，没有相信这种错觉。

顿坎依然站在牢房外面，伊西丝朝他转过身去："他们为什么要创造这样一个监狱庇护所，又让它空了几十年，之后又只关了一个人？"

"你真的不知道吗？"

伊西丝不耐烦地摇摇头。

为确保安全，顿坎又朝走廊里看了看，接着他压低了声音。"基督山本来是给书妖建的，学院一开始的计划并不是把他们关进管制区，而是监狱里，他们想要审问这些书妖，也许是想弄明白他们为什么会从书里掉出来。当初曾有几百个书妖被带到这里，但是后来大家发现，这些书妖并不清楚他们身上发生的事，他们的出现只是书巫术的副产品而已，并不存在大家一开始推测的外族入侵，虽然类似的流言蜚语一直没有停过。学院委员会内部一直有人坚信这些不过是先遣部队而已，认为假如有一天，书和现实世界之间的所有界限全部消失，那就要大难临头了，"顿坎把一只手放在黑乎乎的石头上，"但是到了后来，书妖实在太多了，这个监狱也已经不够用了。"

"你是怎么知道这些的？"

"我用了几年的时间才调查清楚，如果知道要找的是什么，那查起来就不难。有一些人似乎可以很轻松地说起这事，有些人则需要费些力气。"

"所以你才叛逃的？"

他点点头："他们放弃基督山之后，曾经计划把书妖关到其他地方去。关进管制区不过是没有办法的办法，他们还有另外一个计划。"

"阿提库斯曾经告诉过我，建立永夜庇护所就是为了清除书妖，但后来菲德拉 · 赫库兰尼亚出现了，学院不得不承认他们惹了不该惹的人，”伊西丝干巴巴地笑了笑，“而且还是个女人，估计这让学院感到非常难受。”

顿坎想说些什么，这时突然响起一声低沉的隆隆声，牢房的墙一阵颤抖，达马斯卡努斯天书般的地图上扑簌簌地落着灰尘，那些混乱的符号和标志因此显得更加复杂。

“见鬼……”

伊西丝跑出牢房，跑到走廊上的顿坎身边。“是爆炸吗？”

“听上去像打雷。”

伊西丝觉察到了什么，同时发现，实际上从他们刚到这里的时候起，这东西就一直潜藏着。这个地方正在发生什么，或许就是这个地方本身在发生什么，而不是爆炸这么简单，更不是打雷。

“快来！”她跑起来，拐过最近的拐角，顺着下一个走廊跑下去。“你熟悉这里？”

顿坎紧跟在她身后。“我觉得前面应该有个楼梯，不过我上次来这里已经是很多年前的事了。但这里离大门不远，这条路应该是对的。”

就跟学院设立的所有庇护所一样，基督山这里也有一个坚固的连通门，用来运送书妖和物资，那里应该是整座堡垒戒备最森严的地方。

“这条路通向哪里？”伊西丝问。

“乌尼卡。”

学院的许多管理机构都设在乌尼卡，包括法庭，不过那里主要还是书巫学校的所在地，亚当学院也因此得名。如今，对下一代书巫的培养已经不像百年前那么重要了，但是那里依然有六七所寄宿学校和大学，在那里，书巫的孩子们接受着非常正统的教育。

堡垒的墙又是一阵摇晃，这一次似乎摇起来就不打算停。

这时他们已经在通向宽阔楼梯的通道里了，顿坎说："就算这是攻击，那么用的也不是常规武器。"他指指台阶，"咱们得从这里下去。"

"谁会想要来攻打基督山？"走在楼梯上时，伊西丝问。"一个只关了一名犯人的监狱。"

走到楼下时，他们听见远处传来了叫喊声，乱糟糟的，那是一群男人的声音。但是他们现在拐进的那条走廊里并没有人，走廊右边有一排射击孔，在这里，喊叫声听上去更响，也更近。伊西丝这时觉得，这或许只是深层庇护所里一场不期而至的奇特灾难性天气。

她跑向第一个射击孔，顿坎跑向第二个。堡垒外面有一团黑色在翻滚，就像燃烧的油田冒出的滚滚浓烟。那里还有些什么，书巫直觉告诉他们，那团浓黑后面有东西，正从远处逐渐靠近。

"你也感觉到了吗？"顿坎问。

伊西丝点点头："是它们吗？那些'想法'？"

顿坎耸耸肩，他们接着往前跑，现在的速度更快了。他们脚下的地面在不断地颤抖。

他们跑到一个石头走廊上，走廊在一层，中间围着一个圆形的院子，他们之前听到的那些声音就是从下面传来的。两人藏在栏杆后面，小心翼翼地从栏杆边缘朝下面看去。

这里有各种各样的连通门，大部分是桥或者隧道的样式，连接基督山和乌尼卡的则是一个宽阔的楼梯。楼梯从院子正中一路向下，大约在二十米后消失在一片白色的烟雾中。

十来个男人在院子里跑来跑去，还有几个正搬着箱子钻进那片烟雾之中。所有人都穿着亚当学院那种红黑相间的老式制服。

"他们在撤退，"顿坎小声说，"他们要放弃基督山了。"

监狱的地面又震了起来。

“去带犯人们！”有人下令道。下面乱哄哄的，他们看不出是谁下的命令。

伊西丝瞥了顿坎一眼。犯人们？这就是说基督山里还有其他的犯人，并不是只是维克多·达马斯卡努斯。

八个男人行动起来，他们分成两队，走进院子两边的拱门中。其中一个拱门就在伊西丝和顿坎藏身处的正下方。

“两个犯人，”她小声说，“四个人押一个。”

顿坎皱起眉头：“要分头跟踪吗？”

要是在平常，她也会这样建议，一对多她没有问题，而且阿布索隆的书带来的那种危险的兴奋感让她觉得自己无所不能。不过现在的情况却不允许她这样做：她不熟悉这里迷宫似的走廊和牢房，再加上还有外面黑暗中的那个威胁。

“还是一起行动吧，”她说，“假如我们跟的那队不是，也还能折返回来，在院子里挡另外一队。”

“你觉得只有八个，对吗？”

“只有八个。”

“别因为他们穿着制服就小瞧他们，这些人都是书巫。”

还没有真正成为密探的时候，她就已经瞧不起这些警察了。警察通常都是些普通士兵，其中只有一些人有书巫力。假如基督山的守卫全都是书巫的话，那就说明学院非常看重达马斯卡努斯对永夜庇护所的了解。

他们又跑了起来，回到楼梯处，从那里下到一层。诡异的隆隆声不断传来，让人想起狂奔的象群发出的声音，其中还夹杂着一些伊西丝无法辨别的声响。

没多久，他们就发现了长长的走廊那端的警察小队。电灯闪动，突然完全熄灭，随即又重新亮起。警察们走进一个大厅，里面有一个楼房那么高的机械装置，上面有巨大的齿轮，链条上连接着各种邪恶的刑具。大厅端头的墙至少有十米高、十米宽，墙上只有一扇狭窄的门。警察们在门前停下来。

伊西丝和顿坎藏在一个已经冷却的发电机后面，他们旁边放着好几个塑料桶。显然，基督山的供电系统早就不稳定了。

“又是一个非常不浪漫的夜晚。”两个人紧挨着蹲在那里的时候，顿坎说道。他们看见其中一个男人打开了门。

“咱们经历过更糟糕的夜晚。”

他笑了，这时，伊西丝的脑海中又开始重温阿布索隆书的头几行了，她一下子就将所有的顾虑都抛在了脑后，顿坎还没来得及拉住她，她就已经冲了出去。

42

伊西丝边走边敞开胸膛，分离出一个书页之心。在阿布索隆书的影响下，她的书巫力几乎从身体里喷射而出，朝对手飞去。

一个警察感觉到她走近，猛地转过身来。书页之心的光在他圆睁的双眼里燃烧着，他的眼睛仿佛蜡烛一般。伊西丝手一挥就把他甩到了一边，那人猛地离地飞起，撞在一个老虎凳的边角上，躺在那里不动了。

剩下三个警察的心灵书都别在皮带上的书套里，不过只有一个伸手去掏书，另一个用枪瞄准了伊西丝，幸亏书巫保护力场挡住了射向伊西丝心脏和脑门的两颗子弹。那个男人迅速地躲进巨大的齿轮后面。

伊西丝于是转而先对付另外两个人。那两个警察中的一个刚刚撞开牢房的门，另一个飞速地分离了一个书页之心，朝伊西丝发出一股冲击力。伊西丝轻松地躲开，那股力撞在发电机上，发出了叮叮咣咣的声音。伊西丝发觉顿坎并不在那里，松了一口气。顿坎这时已经悄悄走到了大厅的边缘，打算从侧面偷袭藏在齿轮后面的那个警察。

作为七芒星书妖，伊西丝实际上有很多攻击的手段，从制造幻象、影响思想到借助各种元素，但伊西丝总是选择使用自己的身体这种最快捷的方式，即便已经获得了新的能力，也依然如此。她使一个警察所在的时空减速，出其不意地在他重新回到正常的时间流之后出现在他面前。伊西丝抢过他的心灵书，高高地抛了出去，随后掐住他的脖子，用他的后脑勺撞墙。他依然在努力地朝自己的心灵书伸出手去，心灵书一拱一拱地朝他爬回来。伊西丝再次将他的后脑勺朝墙上撞去，同时发觉有一股麻麻的感觉从这个警察的身体里钻进了她的手里。伊西丝愤怒地叫着放开他，他一动不动地瘫软在地。他用来与对方同归于尽的书巫毒迅速地顺着伊西丝的皮肤向上蔓延。她将意念集中在胳膊上，将这种邪恶的能量逼出，让它像火花雨一样从指尖滴落在地上。

伊西丝没料到对手会不惜牺牲自己的生命，她感到很懊恼。她朝后跨了一大步，离开了站在门框里的第四个警察的攻击范围。那个警察利用她分神的几秒钟，打开心灵书，朝她发射出一道火柱。假如离得近的话，她会马上反击，但现在她只是用一个无形的盾牌挡住了那根火柱。

那个警察打算再次发起攻击，但是伊西丝不会给他这个时间。她身体里书页上的字发出炽烈的白光，警察手里那把巨大的牢房钥匙也放射出同样的光芒，金属开始变形，变成钻头形状，像开瓶器一样旋转着钻进了他的小臂中。警察狂吼着丢掉心灵书，从伊西丝旁边冲进大厅里。她本可以让那个可怕的钻头从他的胳膊一直钻进胸膛里，但那样太费精力了，她这时已经发现了自己最后一个对手，也就是藏在齿轮背后的那个警察，依然没有倒下，所以她不再理会那个狂吼乱叫的警察，任凭那个人自己去对付变成了钻头的钥匙。

"顿坎？"

她觉得有些不对劲，顿坎之前想从侧翼袭击最后那个警察，这个计划应该是没有成功，她感觉到那些巨型钢齿轮背后有两个男人的书巫力场，于是跑了过去。

在她身后，钥匙变成的钻头发出的刺耳声音更大了，警察把钻头从上臂中拔出来，朝伊西丝扔了过来。她感觉到那根铁刺旋转着朝自己飞来，于是猛地躺倒，钻头从她身体上方"嗖"地飞了过去，砸在了墙上。她的对手站在那里，用左手抱着受伤的右臂，恶狠狠地看着伊西丝。

"我知道你是谁，"他的脸因为疼痛而扭曲，"你是那个叛徒伊西丝·霓莫霓思。"

她本不想杀死这个警察，但他却再次对她下了杀手。

伊西丝低头看着自己身体里面，念出了分离的书页之心上的字，然后朝警察发射出一束冲击力。这股力还没有铅笔粗，但它钻透了警察残余的防卫力场，钻进了他的胸膛。他一声没吭就倒在了地上。

"顿坎？"

朝那些山一样的巨型齿轮跑过去的时候，她有些踉跄。齿轮上方有一个网格结构的类似塔的东西，塔顶的小平台上安了把椅子，椅子左右两边有许多拉杆和开关。只需一个人，就能像魔鬼管风琴手一样操纵大厅里这台恐怖的行刑工具：全自动的老虎凳，用来掰断骨头的机器，有多个关节的机械臂上装着密密麻麻的钻头和钳子。不过现在这个地方冷冷清清的。

"顿坎？"

没有声音，虽然她一直能够感觉到这两个人的存在。顿坎活着，他的对手也活着。

远处再次传来隆隆声，脚下的地面传来一阵细密的震动，就好像四面的墙活过来了一样。

“伊西丝！”顿坎喊道，“小心！”

一阵恐怖的咯吱声响起，紧接着是一连串的爆裂声，机器上腾起一团铁锈色的尘土，好几根轴断了。现在伊西丝明白顿坎为什么要提醒她小心基督山的警察们了。

巨大的齿轮带着震耳欲聋的响声倒塌下来，齿轮直立着朝西面八方滚过去。最小的齿轮直径也有拖拉机车轮的那么大，最大的有一栋房子那么高。这些齿轮在屋子里散开，在伊西斯身边围成一个大大的圈。能够同时控制所有这些齿轮，那个人的书巫力一定非常强。

伊西丝再次抬头往施刑者高高在上的座位看过去，她看到了那个警察。他应该是在她把注意力放到其他地方的时候爬上去的。现在，他张开手臂，用意念指挥着这些成吨重的钢齿轮。

顿坎顺着架子奋力往座位那里爬，身边是一堆横七竖八爆裂开的支架，其中一些杆子足有下水管道那么粗。顿坎朝伊西丝比画着，大声吼着什么，但是他的声音被淹没在了齿轮滚动的巨大噪声中。

就在这时，一个齿轮轰隆隆地向伊西丝滚了过去，她朝旁边一跳，躲开了这个有几吨重的滚动着的家伙。下一个齿轮紧随而来，与她擦肩而过。她心里一乱，身体里的书页呼扇起来。第三个齿轮滚过来，第四个，第五个。这些庞然大物滚动的轨迹纵横交错，前后相差不过几秒钟时间，巨大的齿轮在大厅的石头地面上砸出了一个又一个坑。她手忙脚乱地跳来跳去，躲过这些齿轮。她根本无暇反击，每一次都躲得更加艰难，齿轮越滚越近。最后，她被地上的一道凹痕拌了个趔趄，扑倒在石头地面上的一道裂缝里，这时，下一个齿轮又滚了过来。

伊西丝摊开手掌，朝那个钢铁怪物伸出去，身体里的光又亮了起来，她分离了一个书页之心，朝那个齿轮发出一股冲击力，将齿轮打得直摇晃，但这个齿轮依然带着轰隆声继续朝她滚过来。齿轮左右摇晃，在只剩最后几米的时候偏离了轨道，紧贴着她滚了过去。

这个齿轮后面紧跟着一个更大的。

栏杆架上的那个男人得意扬扬的，顿坎离他还有相当一段距离，这时，顿坎停下来，用一根胳膊抱住架子，空出的那只手打开心灵书，打算用书巫力发起攻击，但这样的话，整个架子势必会倒塌。

“不要，顿坎！”伊西丝用尽全力大喊道，好让自己的声音盖过齿轮滚动的声音。

随即，她又继续躲闪齿轮。她踉踉跄跄地朝右边一个鱼跃，但这下又跳到了另外一个齿轮的滚动轨道上。她趴在地上，盖住了翻开的书页，她能感觉到被压折的书页在抗议。她朝旁边一滚，轰隆隆滚过的齿轮带起的风从脸上吹过。

顿坎被罩在一片白光中，接着，他的心灵书朝上面那个警察射出了一道炽烈的光。

平台的边缘开始向上弯，拉杆断裂，控制台突然起火，铆钉从固定的地方飞出，像子弹一样射向四面八方。那个警察叫了起来，地板像只钢手一样握住了他。顿坎奋力地大喊一声，将向上伸出的手指握成了拳头，平台随即像被揉成一团的纸一样，警察痛苦地喊叫着被包在了里面。金属板越合越紧，警察的喊叫声也停止了，扭曲的钢架顶上只剩下一个棱角分明的钢球，直径不过一米。

齿轮都停了下来，其中几个摇晃着倒向一边，撞倒了更多的齿轮。

伊西丝又抬头去看顿坎，他这时依然挂在离地面三人高的地方，高台座位下扭曲的钢架这时正在慢慢地朝他这边倾斜，断裂的架子很快就会将他压在一堆交缠着的断杆之下。

伊西丝同时分离了好几个书页之心，钢架发出咯吱吱的声音，被她用书巫力推正了，伊西丝一直扶着钢架，直到顿坎爬到了能够一下子跳到安全地方的位置。顿坎朝伊西丝冲过去，钢架在他身后摇晃，带着巨大的声音倒塌，火花像喷泉一样向上喷起。

伊西丝朝前弯着身子，双手支在膝盖上，她的胸腔合上了，浑身颤抖，不过她知道，这是因为四周的墙在颤，并不是因为疲劳。那个不断靠近的东西这时应该已经快到基督山了。

顿坎想扶她，但是她甩开了顿坎的胳膊，用颤抖的手指合上紧身胸衣的挂钩。“没事，”她用嘶哑的声音说，“咱们去找达马斯卡努斯吧！”

顿坎点点头，脸上带着犹疑的表情。现在，其余的警察应该也有所察觉了，除非这个大厅里的巨大声响被堡垒外面传来的巨大噪声盖过去了。

他们一起从横七竖八的齿轮中间朝敞开的牢房门跑去，并且在门槛那里放了一只折纸鸟，好让它在有其他警察赶来的时候给他们通风报信。随后，他们走进了达马斯卡努斯的牢房。

这个牢房比楼上那些旧牢房大好几倍，而且达马斯卡努斯也不用再往墙上刻他的那些计算结果和图了，他有巨大的纸可以用。这些纸被他夹在铝架子上，其中几十张上已经绘满了密密麻麻的直线、曲线和小到用显微镜才能看见的字符。一眼看过去，伊西丝不知道那是地图、天文学算式，还是给警察设计新制服的裁剪纸样。这些铝架子上装着轮子，达马斯卡努斯可以推着它们在牢房里四处移动。这些画满了图案的纸组成了一个迷宫，写满了数字、字母和各种奇怪算式的图纸一直向上顶到了天花板，其间是曲曲折折的狭窄通道。

借着几盏灯的微弱光线，伊西丝看到图上的不同位置标着一些庇护所的名字，图的外面还标了一些地方，但是她不明白这些地方跟其余那些图之间的关系。达马斯卡努斯绘制的书巫世界显然已经不是《地平线地图集》里的那种二维图，而是将庇护所虚构成叠落在一起的一层一层的存在。他绘制的这些庇护所之间的通道从上到下穿过了每一层。

“这个男人要么是个天才，要么就是个疯子。”她小声说。

“他以前就是个怪人。”

伊西丝看着那些图纸，摇了摇头。“怪人？”

“也许过了这么多年，他真的完全丧失了理智。”

他们绕过最后一张高墙一般、满是乱糟糟的线条与计算的图纸，终于看到了绘图师。他背对着他们坐在一张绘图桌前，不管是外面大厅里的声音还是房子的乱晃都没能打断他的工作。他穿着一件污渍斑驳的衬衫，衬衫外面套了一件棕色的背心，下面穿着一条深色的裤子，乱糟糟的花白头发一缕缕地垂在脊背上，嘴里正在小声地嘀咕，伊西丝听不懂他说的是什么。

伊西丝正想跟他说话，基督山的地突然强烈地震动起来，这是到目前为止最强烈的震动。挂在架子上的地图颤抖起来，发出沙沙声，一个架子倒了，达马斯卡努斯手里的笔一滑，他骂了一声，将绘图台上的那张纸一撕两半，丢在椅子旁边一堆揉成团的纸上面。他右手边的书桌上放着许多绘图工具，直尺、三角板，还有些很复杂的工具，看上去有点像六分仪和等高仪之类的东西。这些工具也被震得叮当直响。

“维克多·达马斯卡努斯？”

那个人正在将一张空白纸铺在绘图台上，并用夹子固定住纸边。

“维克多，”顿坎说，“你听出我是谁了，对不对？”

达马斯卡努斯深深地吸了一口气，肩膀随之抬起。他把铅笔从一只手换到另一只手里，像抓着一把匕首一样抓着它。

“是你。”他只说了这一句。

伊西丝不满地看了顿坎一眼：“你还有什么事没告诉我？”

顿坎没有理会她的问题。“我们来带你去安全的地方，”他对老人说，“基督山受到攻击了。”

“你以为我不知道？警察们早就把那些对学院有用的图都搬走了。”

“那些‘想法’……”顿坎说，但是他的话被打断了。

“这并不是第一个受到它们攻击的深层庇护所，”达马斯卡努斯说，依然背对着他们，“也不会是最后一个。它们早就开始行动了，自下而上，逃跑根本没有意义，早晚有一天会轮到书城、乌尼卡和其他那些浅层庇护所。”

伊西丝停下了脚步，但顿坎还在慢慢地往前走。现在，他只要伸开手就能摸到绘图师的肩膀：“我们已经没有多少时间了，维克多。”

“我的工作还没有完成。”

“这工作永远也做不完。”

伊西丝的眼睛一直盯着那只握着铅笔的手，等着它发动攻击，但达马斯卡努斯却将铅笔放在了一边，慢慢朝他们转过身来。

他比伊西丝想象中看起来更老，几乎已经是个白发苍苍的老人了，不过，也可能是被监狱里的岁月摧残成这个样子的。这里的人把那么尖利的笔给他，似乎并不担心他会伤害自己，这让伊西丝感到很吃惊，因为长年被单独关押的人都有自杀的倾向。也许他在多年之后，已经与学院达成了协议。牢房的条件改善了，而且他还能继续自己的工作，作为交换，他要……是啊，作为交换的是什么？所有那些他曾经想向折磨自己的人隐瞒的关于永夜庇护所的事？说不定还有战胜菲德拉·赫库兰尼亚和她那些墨妖的诀窍？

他的脸很憔悴，眼睛却炯炯有神，看上去要年轻很多。他看着顿坎，眼神让人捉摸不透，随后，他朝伊西丝转了过去。

“伊西丝·霓莫霓思，”他说，“看来我这里来贵客了。”

“达马斯卡努斯先生。”伊西丝冲他点点头。

“我何来如此荣幸？”

“您很快就能重获自由，”她说，“这样够吗？”

伊西丝试着想象他年轻时的样子，当时他像其他书巫一样深入永夜庇护所。他研究沦丧之地的变化规律，并且取得了很大的成就。随后，学院逼迫他带领部队打仗。从战争中活着回来后，他隐姓埋名，开始绘制第二部《地平线地图集》，据说就是在这个过程中，他发现了通向圣堂的道路，并将这条路绘制在了一张图上。他真的以为知道了这些事后三大家族还会放过他吗？或者这件事不过是个借口，三大家族为的是控制他，强迫他说出永夜庇护所的秘密？

他应该也曾充满了好奇心和梦想，是一个爱好探险和发现的人，而不是现在这么一个老疯子，没日没夜地计算，而计算的这些东西，恐怕只有他自己知道有什么意义。

他应该是看出了伊西丝在想什么，因为他讥讽地笑道：“那您以为会是怎样？我感恩戴德地跪下来，就因为几个密探跑来许诺给我自由？”他恨恨地看了顿坎一眼，“这些许诺曾经有人给过我，但那不过是个谎言。”

顿坎的不耐烦变成了怒气：“我们先带你出去，抱怨这种事留到以后。”

“但是这里有我需要的一切，足够的纸，我的工具，”他敲敲脑门，“特别是我的脑子。有一段时间这家伙看上去不怎么好，但是后来我听取了你的建议。”他转而冲着伊西丝说：“他跟您讲过吗？他审问过我，并把我押解到了这里，之后大约一年的时候，他又来过一趟，就是想看看我变成什么样了。他曾经许诺要给我自由，只要我说出他想听的话，说我自己长年跟抵抗组织合作，那张圣堂地图是用来对学院委员会发动袭击的之类的。所有这些都是无稽之谈，但他就是想听这些，好安抚他自己的良心。他是为了向自己证明把我交给这些人用刑并没有做错。我当时很虚弱，身体已经垮了。等我说完他让我说的一切，他转头就走。他曾经许诺给我自由，假如我头脑清醒一点的话，就应该能看出他是在撒谎。但当时我非常脆弱，我会抓住任何一根救命稻草……所以我就全都承认了，而顿坎·蒙特离开这个地方的时候，觉得自己是正确的，觉得自己是一个好人，”达马斯卡努斯的目光落在顿坎僵硬的表情上，“你从我这儿找到了心安，而他们监听到了一切。”

“我不知道他们在监听，”顿坎说，“我当时有私下讯问的绝对权力，但他们无视了这一点。”

“因为你是个傻子，顿坎·蒙特，跟我一样的傻子。你前脚刚走，后脚他们就把我带走了，这一次他们可不是听些托词就能满意的了。”

震动又变强了，这一次倒了好几个放地图的架子，达马斯卡努斯破口大骂。顿坎抓住他的胳膊时，他更愤怒了。

“快走吧！”

老人从椅子上滑下来跪在地上，伊西丝渐渐看出，这一次营救行动最困难的地方恐怕并不是对付那些警察。

“你要干什么，顿坎·蒙特？”老人问，并抬头看着他们。“当年你来这里，为的是确认自己把我投进监狱做得没错，我理应遭受酷刑，而他们对我的家人所做的一切也是理所应当的。是你找到他们的吗？是你把我妹妹和她的孩子们带到这里来让人杀掉的吗，就为了让我听话？你们的人不止一次让我抉择。我没法救那些孩子。他们被杀掉就是为了让我看。为了摧毁我，摧毁我的精神和意志。这就是让你良心那么不安的原因吗？”

伊西丝强迫自己不要去看顿坎，继续紧盯着达马斯卡努斯。如果实在不行，她会强行把这个人从这里带走。达马斯卡努斯应该知道这个。尽管如此，他的话还是起到了作用。伊西丝不愿意设想顿坎当年做过什么，因为她自己也犯过类似的错误。对那些错误的回忆非常痛苦，他们两个都是有罪的人，或许就是因为这点他们才能合作的，两人都有想要刻意遗忘的罪过和过去的阴影。伊西丝听着达马斯卡努斯的话，让她害怕的并不是顿坎曾经的所作所为，而是她自己的。她知道，如果自己现在去看顿坎的话，就会像看着一面镜子一样，而面对自己的罪过，远比面对别人的要更为痛苦。

“您的心灵书怎么了？”她问。

“被他们拿走了，很久之前就拿走了。”

伊西丝感到了一种强烈的无奈，她没学习过除了武力和愤怒还有什么能用来应付僵局，但这两种都不适用于达马斯卡努斯。她必须克制自己不要粗鲁地把他抓住拖走。她朝他伸出一只手。

“求您，”她说，“跟我们走吧，我们需要您的帮助。”

“你们想要的是什么？去圣堂的路线？他们对这条路线严加保密，甚至没有往那里派守卫，就因为害怕有人会出卖他们。”他笑了，露出一口烂牙，“或者你们想要的是永夜庇护所的信息？”

“您知道？”伊西丝说，“知道墨妖的真相？知道菲德拉·赫库兰尼亚？”

老人的眼中又一次闪烁起光芒，就好像伊西丝所说的话触动了他已经很久没有想过的什么事情。

“菲德拉？”他重复道，说话的声音几乎淹没在又一阵的轰鸣声中。房顶上扑簌簌地落下灰尘，又有一些地图翻倒。“你们想去找她？”

“你一直就知道她是所有事情的幕后主使？”顿坎的声音中已经没有了愤怒，只剩下困惑。

达马斯卡努斯笑了，那是一种知道自己的路将要走到尽头的人才会露出的微笑。“我碰见过她。”

“你碰见……”

“我曾经跟她面对面，听见过她说话。”

顿坎想说什么，但是伊西丝已经又向老人伸出手去。“求您了，跟我们走吧。我们两个早就不是密探了，而且我们要让亚当学院因为它的所作所为而毁灭。”也许同时毁灭的还有我们自己，她在心里补上了这么一句。但就算是要付出这样的代价，她也愿意。

达马斯卡努斯依然在微笑。伊西丝想，他没有理由相信自己的话。但这时，他从地上站了起来，拉住伊西丝的手，紧紧地握了一下：“我不能给你们信任，但是或许，只是或许，可以给你们帮助。”

伊西丝不知道自己应该说些什么，于是就只点了点头，试着不让对方察觉到自己的吃惊。

“咱们走吧，”达马斯卡努斯说，他在前面疾走几步，然后又停了下来，“基督山还有一个囚犯，咱们在离开这里之前，要把他也带走。”

顿坎看上去稍稍打起了些精神：“这个人是谁？”

“书城的前任市长，科尼利厄斯·居利斯。”

43

“真是疯了！”离开放刑具的大厅时，顿坎嘟囔道，“咱们本来可以开两个穿越门，在这里还没有彻底倒塌之前带着达马斯卡努斯离开，结果现在却要为了一个为学院忠诚效力了许多年的人去冒生命危险？”

伊西丝在他身边跑着：“咱们不也为学院效忠过吗？人是会改变的，居利斯是半年前被捕的，我们甚至不知道他还活着。”

“他曾是书城的统治者！”顿坎反驳道。

“但并不总是对学院唯命是从，”达马斯卡努斯气喘吁吁地说，他正在努力跟上伊西丝，他已经不适应这样跑步前进了，“我曾经找到机会跟他聊过几次，学院在最后的几年里只是把他当成傀儡，他不过是个传声筒，所有的决策权都被剥夺了。书城的人喜欢他，至少很多人是这样的，这在很长一段时间内保护了他，直到他跟那个女孩合作。”

“芙莉亚，”伊西丝说，“她说居利斯曾经试着帮助过她，但她并不信任居利斯，结果造成了他的被捕，她一直为这事耿耿于怀，不断打听他的消息。”

“真感人，”顿坎无动于衷地说，“咱们可以做，不过我宁愿是为了另外一件事去救他，而不是什么十几岁小女孩的内疚感。”

伊西丝耸耸肩：“那就为了我去做。”

“这不公平。”

“咱们所有人都欠芙莉亚很多，假如没有她，书巫世界早就不存在了。她说居利斯是个好人，我相信她。”

“我也这么认为。”达马斯卡努斯说。

顿坎撇着嘴：“这下可以死得更舒服些了。”

伊西丝看得出来，顿坎怀疑促使自己做出这些决定的是阿布索隆书所引起的强烈兴奋感。实际上她自己也不能排除这种可能。她能感到自己对那本书的欲望变得越来越强烈，经常发现自己在偷偷地看顿坎放书的那个袋子。这是顿坎答应帮忙的条件：把书还给他，由他来决定伊西丝什么时候以及多久能看一次。在万不得已的情况下，她依然能把书夺过来，她的力量足够强大，强大到可以对付任何人。

基督山现在开始不间断地震动，有时，震动强烈到使他们三个人在走廊里踉踉跄跄地从这边的墙撞向另一边的墙，非常困难才能站得住。

“这就是那坏东西？”顿坎问，就像是漫不经心地大声说出了自己的想法。

“不是坏东西，”达马斯卡努斯反驳说，“是新东西，想法不会毁灭世界，而是会给世界带来更新。”

隆隆声突然增大，淹没了所有的说话声，于是三个人都不再说话。他们终于来到主通道上，这条通道通向外面的圆形院子。

居利斯和押解他的警察在之前不久已经到达，正在朝连通门前的楼梯走去。这位被罢免的书城市长不像达马斯卡努斯那样享有特权，他穿着一身寒酸的囚服，脸颊深陷，看着很瘦，不过灰色的囚服还是紧紧地绷在一个超级大的肚子上。以前精心护理的山羊胡现在成了乱糟糟的一蓬，曾经梳着整齐的中分的黑色头发，现在则蓬乱地搭在额头上。

“你在这里等着。”顿坎对绘图师说，他们这时正在穿过拱门走进院子。

居利斯和押解他的警察已经快走到楼梯那里了，他们被震得左摇右晃，狼狈地努力保持着身体的平衡。院子上方的天空漆黑一片，那黑暗仿佛触手可及，就好像随时会变成黏稠的泥浆一般。

指挥警察的人这时都已经钻进了楼梯底端通向乌尼卡的那团烟雾之中，一定是危险来得让基督山的守军感到非常突然，而这扇连通门竟然没有被封上，也算是个奇迹了。

四名警察和居利斯背对着伊西丝和顿坎，再有十米他们就到楼梯的上端了。这位前市长一边走着，一边抬头盯着黑暗的天空，觉得朝他们席卷而来的威胁真是不可思议。

顿坎边跑边看着伊西丝：“有办法吗？”

“你能想出来什么吗？”

他打开心灵书，无声地念出书页之心里的文字，制造出一团黑雾的幻象，让它朝宽阔的楼梯口降下去，就落在五个人的面前。

主意不错，伊西丝赞许地想。她看见那群人陷入了恐慌。这些人一定以为黑暗已经席卷了基督山的内部，挡住了他们去往连通门的路。

他们的队形一乱，几个人惊慌失措，这下伊西丝和顿坎要对付他们就易如反掌了。他们用强大的冲击力将其中两个人横甩过院子，另外两个非常吃惊，一时间竟无法辨别攻击是从哪个方向来的。顿坎本想利用这个机会将其中的一个再甩出去，但那个警察迅速地回过神来，开始反击。一股无形的强大力量穿过院子，朝伊西丝和顿坎飞来，在地面上犁出一道深深的沟。两人分别朝两侧跳开，躲过了攻击，他们正打算继续攻击对手，却听见身后的达马斯卡努斯大叫了一声。

“你去照顾他，”伊西丝喊道，“这里我来对付。”

她冲了出去，扯开紧身胸衣，胸口里的光顺着胳膊流向地面，形成了一左一右两道炽热的光流，穿过院子。两个警察正想用书巫力抵御，伊西丝突然向他们甩过去两条光流，同时击中了两人，他们身上燃起了白色的火焰。两个警察尖叫着在院子里跌跌撞撞，被书巫火焰吞没了。

居利斯面色惨白地站在那里，似乎完全不能理解自己身边正在发生的事。

“我们是来帮助您的。”伊西丝在他面前几米处站住说道，并且抬起两只手以示安慰。居利斯像被催眠了一样定定地看着她胸膛里那本打开的书。她很担心他会从自己眼前逃走，跑下通向乌尼卡的楼梯。顿坎制造的那团黑色雾气已经散开了。

“您是伊西丝·霓莫霓思。”

“那个叛徒，”伊西丝苦笑着说，“还是个可恶的书妖。但我也是费尔菲克斯家的朋友，是芙莉亚的朋友。”

居利斯不信任地看着她。伊西丝合上了自己的紧身胸衣。

“伊西丝！”顿坎喊道。

“您在这里等着。”她对居利斯说。

“等着？如果有什么事是我绝对不会做的，那就是站在这里等着。”他迈着笨重的步伐朝她跑过去，“您就说往哪儿跑吧，我跟着您，去哪儿都比在这儿好。”他用头指指头顶的黑色天空，那里已经被撕开了好几个口子，彩色的黏稠物体正从那些口子中流出来，像油膜一样闪烁着彩虹般的色彩。

伊西丝急转过身朝顿坎跑过去，他正在拱门边蹲下身子，之前那个警察的攻击他们俩躲开了，但是那强大的冲击力击碎了一块墙体。

维克多·达马斯卡努斯浑身是血躺在地上，艰难地伸出一只手。

居利斯将伊西丝推到一边，在绘图师身边跪了下来。警察的冲击力应该是把达马斯卡努斯身体里的每一根骨头都震断了，他的胸腔就像被大木桩砸中了一样深陷进去，估计肺也被震碎了。

看上去他也知道自己的情况不太好。“我相信……您。”他费力地从喉咙里挤出声音，抓住了居利斯的手，这时，墙的震动停了一下，随即又继续开始。

伊西丝从两人身边绕过去，在顿坎旁边蹲下。顿坎想俯下身子，但达马斯卡努斯艰难地摇了摇头，他用飘忽的眼神示意居利斯靠近。

“亲爱的朋友。”在巨大的噪声中，伊西丝从市长嘴唇的蠕动看出了他在说的话。居利斯将右耳放在垂死的人嘴边，仔细听着他用最后一丝力气说的话。

等到居利斯抬起头，他们又能看到达马斯卡努斯的脸时，绘图师呼出了最后一口气，伊西丝和顿坎寄托在他身上的希望也随之在监狱的这个院子里破灭了。

居利斯为死者合上眼睛，然后从地上爬了起来。伊西丝也跳了起来，顿坎则缓缓地摇着头。

“他说了什么？”伊西丝在隆隆的轰鸣声中大喊。

居利斯犹豫了一下，又看了看躺在地上的老人，接着，他深深地叹了一口气。

“他把路告诉我了，”居利斯说，但是在周围的噪声中，他说的话几乎听不清，“通向圣堂的路。”

陌生人的书巫面具融化了，露出了他的本来面目。菲尼安扣动扳机，朝男人连开三枪。

阿提库斯·阿博加斯特的手一挥，拨开密密的雨幕，把子弹像讨厌的小飞虫一样拂到了一边。子弹在瀑布一般倾泻而下的雨中横着打在一栋房子的墙上。

刚过正午，但是雨中的天空阴沉沉地压在书城上方，只有一些昏暗的灰色光线照进院子里。阿博加斯特站在通向狭窄院子的唯一通道上，院子的煤棚门后就是菲尼安和苏梅贝拉打开的通向地下世界的路。没有哪个书巫能够在倾盆大雨中打开心灵书，但是阿博加斯特和苏梅贝拉的巫力足够强大，因此即便没有心灵书，也能够调动一部分自己的力量。

男人的脸固定下来之后，他的衣服也随之改变，颜色和材料都重新组合，变成了他在马杜克堡垒里穿的那件浅棕色的外套。长长的皮外套下摆搭在靴子面上，膝盖之下都溅满了泥点。他湿漉漉的花白头发一缕缕地垂在肩膀上，白色的短胡楂上，雨水闪闪发亮。他的心灵书装在敞开的皮衣下的书套里。

菲尼安用眼角看着敞开的煤棚门，只要两步，然后一跃就能跳进那片黑暗中，如果运气好的话，这是能做得到的。

但是苏梅贝拉已经开始发动攻击了。

没有心灵书，她只能使用一部分的巫力，尽管如此，她还是快速朝阿博加斯特跑去，跑的时候，她双脚同时离地飘了几秒钟。菲尼安以前就见过她这样飘行，但还从来没有见过她像现在这样，宛如一枚人形炮弹一样朝自己的对手飞过去。

阿博加斯特大概没有想到她会这样大胆，所以她在奔过两人之间的这段距离时，没有遭到任何反击。苏梅贝拉随即用双臂和双腿紧紧扣住阿博加斯特的上身，带着他一起向上飞去。

“快跑！”她对菲尼安喊道，两人笔直地向上飞去，冲进了倾泻而下的雨中。“快离开这里！”

菲尼安又举起了枪，雨水打进他的眼睛里，两个纠缠在一起的书巫在空中飞速旋转，他很难看清阿博加斯特在哪里，开枪的话很有可能会误伤苏梅贝拉。

两个书巫高高地悬在房顶上空，在灰色的云层前缠作一团。为了看清他们，菲尼安不断地擦去眼睛里的雨水，他大吼着苏梅贝拉的名字，但是估计苏梅贝拉听不到他的声音。在下面这里，大雨敲打在房顶、窗户和垃圾桶上，而上面那里还有呼啸着席卷过书城的狂风。菲尼安在一片旋转的混乱之中，只能大致看到两人的动作。他一开始把那里的亮光当成了闪电，但这光实际上是从苏梅贝拉和阿博加斯特身体里放射出的，一波一波地照亮了灰色的云层。

菲尼安依然用枪指着天空，他感到不知所措，就好像自己是在用手指指着天空中那两个缠斗的书巫。他不断喊着苏梅贝拉的名字，也朝阿博加斯特怒喝，让他放开苏梅贝拉，不过这就和对着湿冷的墙怒喝没什么两样。

突然，决斗的双方周围形成了一个炽烈的白色光球，就像是管制区的屋脊上又升起了一个太阳，雨水被光球照亮，有短暂的几秒钟，像是整个天空都被点着了。城里的居民估计都在从狭窄的巷子里抬头去看，这时菲尼安明白自己已经没有退路了。苏梅贝拉想给他机会独自逃进地下世界，但他没有那样做，因为他不能丢下苏梅贝拉。

突然间，一样东西从白色光球里朝他落下来，东西很小，落的速度又很快，他看不清是什么。在离他几步远、紧挨着煤棚门的地方，那东西掉在地上打开了。菲尼安把它捡起来，呆呆地盯着看了一会儿，然后收进了自己的外套里。

那是苏梅贝拉的心灵书，应该是阿博加斯特从她那里抢过来的。

菲尼安忧心忡忡地迈着沉重的步伐朝旁边一栋房子的后门跑去，停也没停就用肩膀撞开了门。门从门框上脱开，弹进屋里。他顺着昏暗的楼梯朝上跑去，狭窄的木头楼梯在他脚下咯吱作响，他一步三个台阶，飞身从栏杆上越过拐角，很快来到四楼。撞开楼梯顶端一扇狭窄的小门后。

面前出现了一个阁楼，里面有悬着的晾衣绳，还有乱糟糟的床铺。这里跟管制区所有露天的角落一样也住着人，但是这时屋子里没有人。菲尼安稍稍停了一下，在昏暗的房间里辨别了一下方向。他在右边倾斜的屋顶上看到了一扇脏兮兮的顶窗，便跑过去拉窗户的把手，窗户吱呀呀地响着朝里面打开，雨水哗哗地浇了进来。菲尼安被光晃得闭上了眼睛，因为就在这时，书巫术的光又在天空中亮起，像放电的火球一样在最高的屋脊和烟囱上跳动。

菲尼安将枪别在裤腰里，从窗口爬到了湿漉漉的房顶上。屋顶的瓦片滑溜溜的无处抓手，雨水哗哗地顺着屋顶朝下面流去。

白色光球的正中大致能辨认出苏梅贝拉和阿博加斯特的身影，他们俩已经分开，正飞速地绕着对方转圈。他们正在使用的书巫术，菲尼安完全看不懂，他只希望两人能稍微停一下，好让他看清阿博加斯特在哪里，一秒钟就够，阿博加斯特的注意力放在别的地方，应该看不到子弹飞过去。

他又迎着向下流的雨水朝上爬了几米，利用所有能抓手的地方，中间好几次向下滑去，到最后终于爬到了一根烟囱前。他在那里猫下身子，脊背紧紧抵着烟囱，双手握枪瞄准。他伸直胳膊，对准天空中的那团白光，瞄住了白色火焰组成的那个不断旋转的火球。火球朝四面八方喷出火星，有些喷到房顶上，像燃烧的弹珠一样顺着瓦片骨碌碌地滚下去，落到已经灌满雨水的房檐沟里也没有熄灭。

只要上面那里停下来喘口气的工夫，他就能像打泥鸽靶子一样一枪把阿博加斯特从天上打下来。刚瓦 · 欧连德教过他很多东西，包括精准射击和如何耐心地等待那个决定性的瞬间。

苏梅贝拉的喊声穿过房顶，甚至盖过了雨声，菲尼安的心跳得更快了，他觉得周围的巷子和院子里仿佛传来了一片看热闹的人发出的惊呼声，不过这也有可能是他的错觉，根本没有别人，只有他自己孤零零地待在房顶上，他是现在唯一一个能改变苏梅贝拉命运的人。

苏梅贝拉绝望而痛苦的叫声停止了，两个人的身影在光球里继续旋转着，其中一个人影的头向后垂着，像在水上一样水平地漂浮起来。这时菲尼安明白了，另外那个人影一定是阿博加斯特。

他没有再等，瞄准，发射。

一枪，然后又是一枪，他听见子弹发出的嗖嗖声，听见一个男人的叫声，他的心中一阵狂喜，嘴里发出一声欢呼。

但那个男人依然保持着直立，只是用手抱着肩膀或者胳膊的位置。苏梅贝拉挣扎着想爬起来，但是没有成功。她挥动着胳膊和腿，想抵御自己的虚弱，或者更严重的什么东西。

突然间，她不动了。

菲尼安感到一阵灼痛从夹克口袋里装着她心灵书的地方传来，他把手按在衣服上，发觉书非常烫，就像烧着了似的。这种灼热感很快就结束了，疼痛也消失了，不过几秒钟的时间，书就不再发烫了。

两个书巫慢慢地又转了一圈，然后在空中停了下来。

菲尼安再次开枪，这一次，他打光了弹夹里的子弹，直到枪发出咔嗒一声。但是阿博加斯特现在知道子弹会从什么地方飞来，每一颗子弹都被他挡掉了。他仿佛漫不经心地挥挥手，张开手臂，随后又猛地一下合上手臂，将双手的手指交叉在一起，把苏梅贝拉一动不动的身体推动起来。苏梅贝拉用越来越快的速度朝菲尼安飞过去，菲尼安知道自己应该隐藏起来，但是他做不到。他想接住苏梅贝拉，拉住她，不管这个想法有多么荒唐。荒唐，是因为苏梅贝拉正被阿博加斯特推着，以极快的速度朝他待的房顶飞过来。

“苏梅贝拉！”他大吼着，心里还残存着一线希望，希望她能醒过来，把自己的速度减缓。但她的头无力地向后垂着，胳膊和腿在空中晃悠着。

菲尼安朝前伸出手，丢掉没有子弹的枪，使劲地用脊背抵住烟囱，等着她撞上来。

阿博加斯特气定神闲地站在空中，右手捂着受伤的左臂，看着苏梅贝拉的身体飞向那个房顶。

苏梅贝拉重重地撞上菲尼安时，他愤怒的吼声戛然而止，猛然间，他以为自己背后的烟囱会倒，他们两个都会摔下去。苏梅贝拉的一个肩膀撞在他的胸前，将他顶在了已经腐朽的烟囱上。

菲尼安喘不上气来，但他还是努力想抓住苏梅贝拉，只是撞击力太大，苏梅贝拉最终还是软绵绵地从他手中滑落，顺着湿漉漉的房顶朝下滑去，眼看就要从房檐沟那里跌进深渊了。

菲尼安下意识地扑倒，趴在滑溜溜的屋瓦上朝下滑去。他抓住了苏梅贝拉的胳膊，被她的重量坠得滑得更快了。苏梅贝拉的膝盖在檐沟里卡了一下，他的身体一震，滑落也暂停了一下。苏梅贝拉的身体折叠在一起，这时菲尼安看到了她的脸：苏梅贝拉的眼睛睁着，眼球上曾经是白色的地方现在变成了血红色。那是无比漫长的一秒钟，随后他就撞在了苏梅贝拉身上。他仿佛看见苏梅贝拉的嘴唇动了动，小声地说着什么，但那也可能只是他的幻觉。他正要试着去听她在说什么，心里却已经有个声音在嘲笑自己真是个傻子，因为自己不能够面对现实。就在这时，苏梅贝拉的胳膊从他的指尖滑脱，下一秒钟，他握住了苏梅贝拉的手，他拼尽全力地拉住那只手。

就在这时，她从房檐上滑了下去，尽管如此，菲尼安还是不肯放开她。他自己也在檐沟上撞了一下，他用手抓住檐角，将它从固定的地方拽了下来，自己也掉了下去。

房顶离院子有三层楼的高度，但他觉得那下面像是个无底洞一样，比书城的地下世界还要深。下面是被雨打湿的石头地面，苏梅贝拉会先落地，紧接着，他也会重重地落在地上。

他突然被空中一双无形的手抓住了，头朝下悬着，雨点在他周围飘动，但也不再向下落。他的一只手还拉着苏梅贝拉一动不动的身体，她湿漉漉的手从他的指间滑脱，他失去了她，看着她落下，依然能够看见她的脸。

她掉下去的时候突然减速，不过这已经没有什么意义了，他心里清楚，她已经死了，而且已经死了一两分钟了，他还知道，杀死她的是阿博加斯特，因为她胆大包天，竟敢与他较量，必须受到惩罚。

菲尼安怒吼起来，但是他听不到自己的声音，他只是觉得自己在吼，无休无止的痛苦嘶喊中充满了愤怒、仇恨与悲伤。

那股抓住他的力量将他在空中翻过来，丢了下去。他双脚落地，膝盖一软，感到一阵剧痛。他跪倒在苏梅贝拉身边，用手抱起她的头，透过泪水，他看见她的眼睛已经合上了，似乎她最后还是平静地走了，虽然他不能相信这一点，就像他无法相信所有这一切。他摸摸她的脖子，没有脉搏，她的嘴唇上也没有呼吸，雨水哗哗落下，打在她冰冷的皮肤上。

他慢慢抬起头，看见阿博加斯特正穿过院子朝他走来。阿博加斯特抓住了他的胳膊。

“她死了，你还没有。”

菲尼安使出全力去打他，但是打空了，他的手已经几乎没有知觉，这种虚弱可能是从高空坠落的结果，也可能是因为阿博加斯特，不过不管是因为什么，都没有区别。

“她……”菲尼安开口说，但阿博加斯特抓住他的头发，将他的头向后拽，同时俯下身子。

“……死了。你不用落得跟她一样的下场，如果你够聪明的话。”

他有很多想说的，谩骂、恐吓，不过这些都改变不了什么。他又试着去打阿博加斯特，这一次，阿博加斯特将他的胳膊翻转到背后，将他的上身朝前推，直到他的额头抵在了苏梅贝拉的尸体上。

“抱歉，我的孩子，不过你必须把你这个已经死了的女朋友留在这里，跟我走。”

“绝不。”菲尼安呻吟着说。

“我不觉得你有选择的余地，咱们要找个安静的地方，好让你把关于罗森克罗兹家族后代的一切都讲给我听，咱们再看看你这条命还有什么价值，看看伊西丝愿不愿意为了你拿自己的生命冒险。”

菲尼安看着苏梅贝拉的脸，雨水聚在她的眼角，又顺着她苍白的脸颊滚落。她的嘴微微张着，似乎在死前还有什么话要说。她的衣服被院子里的污泥弄得很脏，白色的头发被雨水黏成一缕缕的。书上说人死了看上去就像睡着了一样，这是撒谎，苏梅贝拉看上去一点也不像睡着的样子，她看上去就是一具尸体，摔在院子里的时候身体扭曲，美丽而又哀伤，就像一个掉在了泥地里的破布娃娃。

菲尼安的身体使着劲，想摆脱阿博加斯特抓着自己脖子的手，但是阿博加斯特的速度比他快。

菲尼安的太阳穴被击中，他最后看到的，是苏梅贝拉苍白的面孔和僵硬的嘴唇。她美丽的白色脖子上，挂着一滴血。

45

“七月，”芙莉亚对金发小姑娘说，“假如蕾切尔和威特穿越回来的话，他们会在什么地方出现？图书馆？还是他们自己的房间？他们的穿越书一般都放在什么地方？”

“在图书馆里，他们一般都是用那些旧的平装书，有一个书架上放了很多版本相同的书，都是做这个用的。”

小姑娘穿着白色的裙子站在那里，就像一个折翼的陶瓷小天使。芙莉亚自己十一岁的时候也这么娇小吗？她自己这么大的时候满心想的全是书，整日忙于在图书馆里寻宝，每天都在期待新的故事。

芙莉亚又用意念在小姑娘身上寻找了一番书巫力场，但依然没有发现任何迹象。

“老男爵夫人要读书的人做什么？”凯特问。书城和管制区里的那段日子教会了她不要轻易相信任何人，更不要相信那些看上去特别纯良无害的人。

“她的眼睛几乎看不见了，”七月说，“而且她老了。”

“一个没法再看书的书巫？”这种事似乎让凯特感到了一种恨恨的兴奋，“说不定再等上几年，学院这堆乱七八糟的事自己就解决了。”

“没这么简单，”芙莉亚说，“他们还有后代，蕾切尔 · 西摩尔和威特 · 西摩尔，丽薇娅 · 坎多斯。”她想了想，发现其实只有这三个公开露过面，没有人知道三大家族的族长们究竟有多少孩子，即便是书巫，对于坎多斯、西摩尔和罗恩穆特家族的私生活也几乎一无所知。

“带我走吧，”小姑娘再次请求道，“我不想待在这里。”

凯特把嘴唇紧贴在芙莉亚的耳朵上说：“咱们不能就这样把她带回费园。”

“咱们已经收留了八十个人，而且她只是个孩子。”

“求你们，”小姑娘说，“带上我吧，不管你们是从什么地方来的。”

“我们只带了一本穿越书，”芙莉亚说，“如果要把你们俩都从这里带走，我得穿越三次。”

“图书馆里的书够用。”七月回答道。

“我们得找到要去的那边也有的书，这需要很长时间，威特和蕾切尔随时都有可能回来。”这的确是她最担心的事，在凯特父母家，她们两个纯粹是侥幸逃脱的，但在这里恐怕就不会那样幸运了。

但这是我的房子，芙莉亚的心中闪过这样的念头，我家的房子，它只是被西摩尔家族偷走了。

小姑娘的脸上一亮：“如果咱们把他们的穿越书全都放到冷库里去呢？这样他们就会直接穿越到冷库里，咱们可以从外面把门闩上。”

芙莉亚摇摇头：“他们的力量足够强大，能用书巫术打开那扇门。”

“那咱们就把书毁了！”

“芙莉亚是书巫，”凯特说，“她不能毁书。”

七月不肯罢休：“但是咱们可以啊，我跟你，咱们不是书巫。”

凯特皱起眉头：“你为什么那么确定我不是？”

“你没有心灵书，”小姑娘说，“更没有那么讨厌的心灵书。”她用手指着芙莉亚放书的口袋，几乎像是在告状一样。

鸟喙书就像是听到了命令似的，从口袋里伸出蛇一般的长脖子：“用手指人的人才讨厌，女士！”

七月把拳头抵在嘴上，嘻嘻地笑起来。

至少她不再哭了，芙莉亚心想。

“咱们在这里待的时间越长，那两个人出现的可能性就越大，”凯特说，“如果真的需要两本书的话，那咱们就得回图书馆了，不管愿不愿意。”能听得出来，她依然希望芙莉亚改变主意，把小姑娘留下。

芙莉亚表示同意，很快，她们就又来到了西摩尔家的图书馆，又看见了高大扶手椅前那本鸟喙书的残骸。

“这是谁干的？”芙莉亚问小姑娘。

“威特，”小姑娘回答道，“他爱生气，一生气就搞破坏。”

威特在伦敦对着在空中转圈的那些书放火，这种行为就既不理智又很愚蠢。威特·西摩尔是个暴躁的人，她们或许可以利用这个弱点。对于威特，她们所知的就只有这些了，不过至少比对蕾切尔的了解多，蕾切尔对她们来说依然是个谜。

七月带她们去那个放穿越用的平装书的书架，路上，芙莉亚问凯特：“蕾切尔怎么会认识你的？”

“我们一起在乌尼卡上过寄宿学校。”凯特似乎对上过贵族书巫学校这件事耿耿于怀。

“她当时是什么样的？”芙莉亚的眼睛扫过书脊上的书名。

凯特想了想。“有比她更坏的人。我们不算朋友，但她也不是那种被宠坏的蠢货，只会欺负年龄比自己小的同学。其他人还在把幼稚的《汉妮与南妮》当成世界上最好看的书时，她就已经在看简·奥斯汀了。而且她很漂亮。大家因为这个都有点嫉妒她。不过她有一点很招人烦，她总是不停地说她的哥哥。威特干了这个，威特说了那个，总是威特，威特，威特，而且她是学院里的贵族，或许是因为这一点，所以变得有些自大。”

芙莉亚正要开口，却被七月抢在了前面：“要杀掉自己的父亲，就得很疯狂，不是吗？”

“不，”凯特反驳说，“只要很愤怒就行。”

“或者很有野心。”芙莉亚说。

“我觉得威特是在利用她，”七月说，“他说他们两个都会进委员会，蕾切尔相信了，事实上他是在骗蕾切尔。”

“也说不定是蕾切尔在骗他，”芙莉亚反驳说，“一个女人要想进入委员会，那就得有一个男性代言人，有可能蕾切尔只是在利用他。”

“有这个可能，”七月说，“我不知道，我只是个给人读书的人。”

凯特看看芙莉亚，想问些什么，但这时，鸟喙书已经开口了：“作为给人读书的人，你知道的肯定很多，比如西摩尔兄妹进了委员会之后打算做什么。现在男爵已经死了，他们下一步打算干什么？”

“我才十一岁，这些事我不懂。”

“但你很会观察，肯定看到了些什么。”芙莉亚走到另外一个书架前，希望能在那里找到一本费园里也有的书。实在不行，她就不用穿越书了，直接开一扇通向书窖的穿越门，但她不能用这种方式连续穿越。

“我大部分时间都跟老男爵夫人待在一起，她是个坏心眼儿的老太太，待人很刻薄。”

“给我们讲讲她，”芙莉亚的目光扫到一本《德米安》，旁边放的是《闺蜜与同性之恋》和《梅里美》。在书架最上面一层，她发现了一枚黄铜章，上面刻着笔名两个字。收藏家选择的分类方式总是千奇百怪，她父亲就是这样的。

“老男爵夫人身上有股怪味。”七月想了一会儿说。

“臭味？”凯特问。

鸟喙书朝凯特伸过脖子去：“这种事你最在行了，对吧？”

芙莉亚把鸟喙书塞回口袋里，结果口袋里又传来一句不依不饶的“又没说错！”。她重新专心地去看放在那个“笔名”书架上的书。乔·冯·罗登巴赫，莱蒙·迪亚兹·德·拉·埃斯库斯拉船长，沙乐姆·亚克拉姆，约瑟夫·康拉德，还有一套伏尔泰的多卷本，这些书并排放在书架上，也没有按字母排序。费园里也有伏尔泰的书，但她不记得是哪个版本了。

突然，她拍了拍脑袋。“童书！”她喊道，“这里有童书吗？”

小姑娘指着图书馆另一边的角落：“在那边。不过都是看不懂的旧体字。”

芙莉亚跑过去，找到一排已经泛黄的童话经典，几本埃里希·凯斯特纳的书，还有很多她看过的探险故事。

“有了！”她兴奋地抽出一本七芒星的《商队之星·第一卷》。这本书的第二卷就在旁边。这是七芒星醉心东方学的时候写的一部两卷本小说，这两册书她的房间里都有，就放在《维奥莱塔的最后一次巡猎之旅》和《剑王丘比特》中间。这部小说书窖里还有很多套，所以她能够承受这样的损失。

凯特跟七月走过来：“是不是说咱们可以走了？”

芙莉亚点点头，把《商队之星》塞在她手里。“给，你带着这本，我先把七月送走，然后再带一本穿越书回来接你。”

“你快点好吗？”

“我保证，”芙莉亚冲小姑娘招手让她过来。“你穿越过吗？”

七月摇摇头。

“你不用害怕。”

又是摇摇头。

芙莉亚没有时间给她详细解释：如何坠落进虚空之中，金色的网，身体分解又重新组合的感觉。芙莉亚只能希望七月第一次进入隐页世界后不会太慌乱。

芙莉亚让七月把双手放在书上时，小姑娘露出紧张的微笑。假如一切顺利，她们将在几秒钟之后到达费园里芙莉亚的房间。

芙莉亚又回头看了看凯特，她不太高兴的样子，套着条纹紧身裤的两条细腿摇来摇去的。

“我马上就……”芙莉亚刚开口，图书馆另外一边的空气突然开始颤动。

威特和蕾切尔冒了出来。他们轻盈地屈膝落地，然后站起来，从打开的心灵书上方看着芙莉亚，随即就动手了。凯特尖叫一声，她被击中了，横着飞过图书馆，重重地撞在阅读椅的扶手上，将椅子撞翻，自己也摔到了椅子后面。

看见西摩尔兄妹的时候，芙莉亚已经开始穿越了，她能感到身体分解时那种麻麻的感觉。看见凯特摔在地上，她硬生生地中断了穿越，《商队之星》掉在地上。“藏起来。”她昏昏沉沉地对七月说，匆忙中看到小姑娘的脸因为生气而扭曲了。看来穿越没有开始就结束了这件事让小姑娘非常愤怒。她的表情让芙莉亚不禁一愣。

一秒钟后，威特就击中了她，她的神经仿佛烧着了一样灼热。芙莉亚疼得叫了出来，胡乱地抵挡着第二下攻击，同时发觉鸟喙书已经开始自己还击了。一股力将威特推到了装平装书的书架上，书架的搁板纷纷断裂，书哗啦啦地掉在地上，但威特随即便轻松地一跃而起。这时，芙莉亚已经甩掉了书巫火焰。发现自己并没有真的被烧着，她松了一口气。这两个人并不打算杀掉芙莉亚，或许也不打算伤她，这说不定会是她的机会。

“凯特？”她冲着屋子里面喊道，没有人回答，一股压制不住的怒气从她身体里腾起，这种怒气她只经历过一次，在费园后面的路堤上，她就是借着这样一股怒气杀死了魅姬的一个护花使者的，她那时甩出去的就是这样的愤恨。

不管她身体里爆发的是什么，这股力带着嗡嗡声朝蕾切尔飞去。屋子里所有的书架都开始颤动，墙上，过去的那些书巫力似乎正在凝聚起来，那是绯红厅时代在这里释放过的书巫力场残存的痕迹，在书巫世界形成的过程中，恐怕没有任何一栋建筑的地位能超过这里。正是在这里，塞弗林发现了自己用书创造奇迹的能力，也是在这里，五大家族的委员聚首，共同为书巫世界的未来绘制蓝图。那些关键性的决策也是在这里被制定的：安提夸和罗森克罗兹家族被判处死刑，亚当学院建立，剩余的三大家族确立了他们的绝对权力。

芙莉亚仿佛在墙上看到了所有这些事件的影子，像黑色的剪纸般交缠在一起，书巫力从墙上的每一个气孔里流出，前来迎接这栋房子第一代主人的后代。这里的一切本应该是属于她的家族的，她是罗森克罗兹家族的最后一个书巫，她的血管里流淌着这个家族的血液，这座城堡是她的一部分，她也是这座城堡的一部分，她现在能够汲取这栋房子的能量，完全是出于本能。

她似乎又着起了火，但这次的火来自她的身体内部。在她身体周围，一道白色的火光冲天而起，对周围书架上的纸却毫无损害。这火没有吞噬任何一本书，而是将所有的力量都对准了西摩尔兄妹。他们的攻击失去了作用，芙莉亚已经不再是在抵御这两个人的进攻，而是开始对付这些出其不意地朝她涌来的力量。城堡想帮她，她能感觉得到，但是这帮助来得太快，汹涌的力量让她难以招架，她被淹没在这栋房屋过去种种经历汇成的旋涡中。各种陌生的感觉形成滔天巨浪，就算她的力量没有任何损失，也根本应付不了。

鸟喙书大叫起来，芙莉亚用颤抖的双手紧紧握着它，徒然地希望它能帮自己控制住身体里这股陌生的力量，但鸟喙书也无能为力，反倒像是被她的混乱和无能为力传染了，虽然它在勇敢地对抗着这种混乱，但完全没有办法，它跟芙莉亚一样无措。

透过光墙和颤动着的各种图像，芙莉亚模模糊糊地看见凯特突然冒了出来，朝蕾切尔扑过去，将她扑到在地，挥拳打去，但随后，凯特就被一股冲击力打中，撞飞，消失在芙莉亚的视野中，再也没有出现。

威特站在旋涡般的光流正中，芙莉亚过了一会儿才反应过来，这是她自己做的，或者说是她造成的。城堡想通过她采取行动，结果一次将过多的力量灌注给了她。书巫能量从她的眼睛和手指尖喷涌而出，这些肉眼看不见的力量像鞭子一样从空中甩过，坚固的橡木书架被抽出了缺口，书到处乱飞，真皮阅读椅就像是被斧子劈开了，她脚下的地毯皱作一团。芙莉亚和她的心灵书在这个世界中所占据的那个小小的角落已经完全失控了，而她却只能站在那里，被笼罩在一团光之中，既不知道凯特怎么样了，也不知道两个对手怎么样了。不断有书巫能量从古老的墙上朝她涌过来，但是芙莉亚早已容纳不下，所有的能量都被她反弹出去了，在屋子里横冲直撞。储存在这些墙里的书巫史将她淹没在幻觉中，但是由于同时出现的幻觉太多，她连一个都抓不住。

芙莉亚瘫软跪倒，不断发出尖叫声的鸟喙书从她指间滑落，她用手捂住了脸。连珠炮一样的陌生画面和各种感觉没完没了，成百上千个不同的声音在同时跟她说话，有痛苦的呻吟，也有欢乐的笑声，随后，她身体里的什么东西退让了，就像一直保护着她的大坝终于决堤了。芙莉亚感到一片黑暗向自己袭来，并不是隐页世界里的那种虚空状态，而是像死亡一样的黑色深渊。她确定自己要死了，被城堡热情的帮助碾死，她的城堡，等到城堡终于意识到自己对芙莉亚做了什么并且开始收手的时候，已经太迟了。

芙莉亚瘫倒在光柱中，地毯碎片在她身下飘散开，她的脸撞在地板上，威特·西摩尔朝她冲过来。

46

圣维波拉妲的声音叫醒了她。

“芙莉亚！”

她的周围是一片黑暗，她甚至都不能确定自己的眼睛是不是睁着，觉得自己的脸就像是一个假面具。

“芙莉亚，醒醒！”

她并不是躺着的，而是直直地站着的，但这是面前亮起一个光点之后，她才发现的。

“我不是真的醒了，对吗？”她自己的声音听上去，就像是只存在于大脑中一样。

“走近点，到亮光里来。”

“维波拉妲？”

书的守护女神没有回答，魅姬的护花使者们把会说话的石像推倒已经是六个月之前的事了。芙莉亚家族的幸存者在1836年把她带到英国去之前，她已经在莱茵河畔的罗森克罗兹城堡守护了许多年。她一定看见过绯红厅的创立者们如何在这里进进出出。芙莉亚突然想到，不知道当年那些画面是否还储存在她的石头脑袋中，就像城堡自己还记得当年所有的事情一样？书巫术既然能够让没有生命的物体活过来，那就也有可能让它们拥有记忆。

“我们当然有记忆。”一个声音咔嗒咔嗒地说。芙莉亚现在认出黑暗中那个孤零零的光点是什么了。那是她的阅读灯。“不然我怎么能记得你自己待着的时候在房间里做过的那些事？”

“别听它的，”灯光背后的黑暗中传来一个闷闷的声音，“它就是妒忌，因为它自己没有胳膊，所以什么也做不了，除了开灯关灯。不过说实话，开灯关灯也实在不是什么了不起的事。”芙莉亚的阅读椅挪动着四条木头腿走过来，待在灯光里不动了。芙莉亚能清楚地看见椅子靠背上横七竖八的缝合痕迹，那是它被一个护花使者用手杖剑刺穿的地方。

“他们把你的垫子塞得太密实了！”阅读灯不甘示弱，“请允许我提醒你，我可是几乎单枪匹马地从魅姬手里拯救了费园。”

“听听，听听，”阅读椅说，“我的记忆告诉我，参与了这个行动的还有别人。”

“如果没有你，我能更快地了结那件讨厌的事。你只会碍手碍脚的，因为你迟钝，不但腿慢，脑子也慢。”说到最后一个词的时候，它的舌头突然打卷，可能是什么地方卡住了。

“咱们这是在哪里？”芙莉亚问。

“在你的脑子里，”阅读灯回答说，“想想都可怕，不是吗？幸好你还有这么一个稳定可靠的光源。”

阅读椅冷哼了一声。

“我怎么了？”芙莉亚问，“是死了吗？”

“死了，死了，”阅读灯叽叽咕咕地说，“这是什么意思？很多人以为我们是死的，其实都在于观察的人怎么看。”

“说这话的偏偏是个瞪着大灯泡眼的。”阅读椅加上一句。

“灯泡可不是无缘无故就被当成灵感的图标的。”阅读灯反驳道。

芙莉亚双手叉腰：“你们俩能不能告诉我，我怎么会在这里？这里看上去既不像天堂，也不像地狱。”

“我说过了，”阅读椅气呼呼地说，“这是你的脑袋，脑袋里面，希望你从外面看的时候能认出它。”

“刚才有维波拉妲的声音。”

“跟你说话的是城堡，”阅读椅说，“它在利用你熟悉的声音和画面跟你说话。”

“你们家的老宅，”阅读灯补充道，“罗森克罗兹城堡，至少它以前叫过这个名字，很久以前。”

“城堡也在通过你们俩说话吗？”

阅读灯将金属灯罩朝阅读椅的方向转过去，阅读椅则用皮子朝它咯吱吱地响了一下，它们需要交换眼神的时候就会用这个方式，虽然确切地说它们都不能看。

“假如你是城堡，”阅读灯对芙莉亚说，“那你会跟一个迟钝的椅子说话吗？”

一栋建筑物会想什么，这已经超出了芙莉亚的想象力，所以她只是耸了耸肩。

“我是想让你更容易接受，”黑暗深处传来一个男人的声音，“看来你需要一个人形的谈话对象，才能更容易理解这里的一切。”

“那就多谢啦。”芙莉亚说。她看见一个人走进亮光中，冲她点头致意，并在阅读椅上坐了下来。她心里的确挺高兴的。阅读椅的皮子发出咯吱声和呻吟声，随后，这两个神奇的物件就都不吭声了。

那个男人的个子很高，头发花白，看上去气度非凡。他脸上的线条棱角分明，长着鹰钩鼻，黑色礼服胸前的口袋里插着一条血红色的方巾，衣服翻领上别了一个特别显眼的琥珀胸针。

芙莉亚皱起眉头："您是哪位？"

"还是城堡，小笨蛋。我只是给了你一个能看见的人，因为这个人至少看上去比破旧的老房子爱说话。"

"那他又是谁？呃，我是说，这个看上去爱说话的人？"

"约翰·墨丘利·罗森克罗兹，你的先祖。"

"塞弗林的父亲？"

"完全正确，绯红厅的创立者之一，最早的书巫和绯红厅的领导者。我觉得到后来，这件事也没给他带来多少好处，但他是个勇敢的人，是他设法让自己的后代逃离德国，并且牺牲了自己以便抹去他们逃跑时留下的痕迹的。死去的西摩尔男爵的祖先在大门口的楼梯上杀死了他，场面惨烈，过了很多年，石头台阶上的血迹才褪干净。"

"你为什么要跟我说这些？"

"你才是我合法的主人，"听到这话从一个长着鹰钩鼻的男人嘴里说出来的感觉很奇怪，"要不然我应该跟谁说？"

"通常房屋根本就不说话。"

"也许只是因为你还没有试着去听，"她的祖先微笑着，严肃的脸上挤出了一丝和气，"可能跟这里的书巫力场有关系。塞弗林·罗森克罗兹在这些房间里做了最初的那些书巫实验，一切都是从我的房檐底下开始的。"

芙莉亚想到一件事："你能变成别人的模样吗？我是说，在这个……梦里。"她不确定这是不是个梦，但她想不出其他的词。

"所有在这里生活过的人都行。"

"我能请你变成另外一个人吗？"

"其实我跟你说这些，是为了……"

“拜托，这点对我来说真的很重要。”

“那好吧，你说。”

她说了。

约翰·墨丘利·罗森克罗兹站起身，灯光最后一次被他胸前的琥珀胸针反射散开，随后，他离开那里，走了没几步，就被芙莉亚黑乎乎的思想吞没了。

取代他的是另外一个人，那是个男孩，只比芙莉亚大一点，身材瘦高，也穿着礼服，金发微卷，垂在肩上，长得很像皮普，这让芙莉亚吃了一惊。也许她弟弟过几年就会长成这个样子。虽然他们之间隔了那么多代，但两个人之间的血缘关系一目了然。

芙莉亚在安吉洛桑托庄园看到的塞弗林是个老人，满脸皱纹，他向命运强要来的那两百年岁月在他身上留下了明显的痕迹。但那次见到他时，芙莉亚完全没有觉得是初次见面，因为之前在一本书里给他写信和阅读回信时，她的脑海里已经留下了各种想象。塞弗林的信给了他特定的形象，让芙莉亚惊讶的是，那个特定的形象跟现在从黑暗中向她走来的这个男孩几乎没有区别。

塞弗林的嘴边挂着微笑，在阅读椅上坐下。“这样好点？”城堡用塞弗林的嘴说。这是一张非常漂亮的嘴。

“他长这个样子吗？”

“你是在怀疑我的记忆吗？”变成塞弗林的城堡回答道。就是这个人，十六年后成了七芒星。“他当然长这个样子，包括最不起眼的痣都一样。房子什么都能看见。”

芙莉亚的眼中突然盈满泪水，这让她觉得很不舒服，甚至很可笑，但她忍不住，只能努力不去理会那些泪水。但愿城堡足够绅士，不要问她这个。

“你在哭吗？”

“没有。”

“你完全有理由哭。”

“我没哭。”

“也许有一点点？”

“一个可恶的城堡懂什么情感，我的天哪！”

“你们根本意识不到我的墙缝和墙纸里渗透进了多少你们人类的情感，有的时候你们会有感觉，但你们总以为那是被某个地方勾起的回忆而已。实际你们的情感一直都在，在我的墙和横梁里。你们能够感觉到，是因为它们能认出你们，并且会试图回到你们那里。”

芙莉亚呆呆地看着这个塞弗林的化身，强迫自己只把它看作一个化身，是复制品，不是真正的塞弗林。她以为这个人已经不会再让她心中起什么波澜了，因为他已经那么苍老了，而且还打算将所有的书都变成空白。但她现在不禁怀疑这只是自己的思想设的一道保护墙，为的是避免自己受到更大的伤害。

如今她心中的感情已经不再是当初那种盲目的爱情了，但她不能否认，看到塞弗林，她还是有些五味杂陈，那些感觉像万花筒一样不断变化，无法固定成型。也许，让城堡变成塞弗林的样子并不是个好主意。

“你为什么要跟我说话？”她现在真的要努力把它只当作城堡，或者更好的是，把它当作经年累月聚集在墙里面的那股奇特的力量：这再一次证明，书巫力实际上是无法控制的，没有任何一个人，就算是七芒星本人也不可能预料到他当年释放出的究竟是什么。

“我犯了一个错误，”城堡说，“我本来是想帮你对付那兄妹俩的，结果却弄巧成拙了。”

“他们本来也比我强。”

“两个人一起是，但是如果分开的话就不一定了。”

“你要告诉我的就是这个？”

“不是，抱歉。我是个话很多的城堡。”

“那你是要说什么呢？”

“提醒你小心。”

“小心什么？”这是不是说她还没死的意思？死人有什么可警告的？

城堡正想回答，目光突然穿过芙莉亚落到了别的地方。灯罩吱呀呀地朝上转去，噼啪一声，灯泡烧了，灯光也灭了，黑暗从四面八方涌过来，就连阅读椅都没来得及说上一句“我不是说过了吗？”。

“城堡？”芙莉亚问道，“塞弗林？”

黑暗像焦油一样黏稠。

“阅读灯？阅读椅？你们还在吗？”

有什么东西打在她的脸颊上，她的脸上一阵灼痛，紧接着又是一下，她想反抗，想向威特·西摩尔证明自己没那么容易被打倒。

只是，打她的并不是威特。

是凯特。

芙莉亚抬手挡了一下，猛地睁开眼睛，发现自己躺在一个有着彩色花窗的高大房间里。是教堂。不对，没那么大，这应该是城堡里的小教堂。芙莉亚躺在中间一个短短的过道上，两边各有四排凳子。圣坛上没有任何装饰，后面的神像也已经褪去了颜色。

凯特跪在她身边，正打算再给她一记耳光。看到芙莉亚醒过来，她放下手，发出一声欢呼，抱住了芙莉亚的脖子。

“我还以为他们把你……”

“你正在替他们完成他们没有完成的事，”芙莉亚使劲儿想推开凯特，“先是使劲揍我，现在又要勒死我。”

“哦，”凯特放开了她，“别说得这么严重。”

芙莉亚揉着火辣辣的脸颊：“出什么事了？”

“你昏过去了。我……好吧，我也是，昏倒了一小会儿，嗯，吃了点亏。”她的一只眼睛青了，下巴上还有一块擦伤。“他们把咱们关起来了。我已经想了各种办法，但是我们不可能从这里出去，”她指指一个有着复杂金属装饰的双扇门，“只有一扇门，窗户离地太高，我们不可能够得着。除非你会用那个飘浮的法子。”

芙莉亚的手摸了摸皮夹克右边的口袋。“它在哪里？”她脱口问道。“鸟喙书！他们……”

“威特拿走了。抱歉。”

“他……我是说，他把书……”

“他想那么做的，但是鸟喙书啄了他的手，他叫得惊天动地的，然后鸟喙书就跑了，跟只兔子一样，速度实在惊人。”凯特这个曾经的鸟喙书捕手很了解它们的速度。

“他们抓住它了吗？”

“反正在他们把我们关进来之前还没有，”她指指地上松开的绳索，“他们把我们捆起来了，但我没花多少时间就解开了。学会的东西就不会忘。”

芙莉亚试着在外面的城堡里感应鸟喙书活着的信号，找不到，她也感应不到城堡。为什么城堡不再对她说话了？现在她倒是真的很需要城堡的帮助。

*因为那只是个梦，小傻瓜。*约翰·墨丘利·罗森克罗兹的声音回答道。这恐怕也只是她的幻觉在幸灾乐祸地说话而已。

芙莉亚继续搜寻着心灵书的痕迹，就在这时，铁门上突然传来哐啷啷的声音。她想跳起来，但是连站都站不住，一阵眩晕之后，她就又跪了下来。凯特想扶她，但是芙莉亚摇了摇头：“我可以。”

外面有一把钥匙插进了锁孔里，一下撞击声，听上去就像是在用榔头猛砸铁门，高大的双扇门吱呀一声朝里打开。芙莉亚已经准备好要对付威特和蕾切尔了。

但是出现在那里的不是这兄妹俩，而是七月。她轻巧地钻进来，把一根手指放在嘴唇上。钥匙在她的小手里看上去非常巨大，黑乎乎的，就像是童话书里的那种钥匙。她正想关门，突然听到了一声痛呼。三个女孩的眼睛齐刷刷地朝下看去，门缝里夹着鸟喙书的长脖子，它本想跟在七月后面钻进来，但是速度不够快。

"哦，"七月又把门拉开，"对不起。"

鸟喙书朝后翻倒，鸟喙被压在下面，气呼呼地不停嘟囔。芙莉亚跳起来，觉得头昏昏沉沉的。她跑过去，从地上捡起鸟喙书，检查它的脖子有没有受伤。

"没事。"芙莉亚说着，松了一口气。

七月把沉重的门扇关上。

"没事？"鸟喙书的脖子像是被喝醉的苦行僧指挥的蛇一样摇摇晃晃的。"我所受的侮辱呢？我经历的可怕痛苦呢？"

"真的，"七月不安地说，"我很抱歉，没看见你，书。"

"对于你来说我只是本《波灵顿伯爵八世：埃布尔·亨布尔·欧克斯布里奇的生平与时代》！"

七月瞪大眼睛看着芙莉亚："我非得说这么长的名字吗？"

芙莉亚虚弱地笑了笑："当然不用。"

"喂！"鸟喙书说。

凯特走过来："请问咱们现在能离开这里了吗？"

"他们很快就会发现我偷走了钥匙，"七月说，"咱们得快点。"

"不用穿越书？"芙莉亚说着，拍了拍自己空荡荡的衣服口袋。

"或者你直接打开一扇穿越门呢？"凯特提议，"去书城？"

经过图书馆里的事后，芙莉亚都不确定自己是不是能带走一个人，连续两次穿越更是完全不可能了。就算她能把七月带到安全的地方，也不会再有力气回来接自己的朋友。

凯特马上就看出了芙莉亚的顾虑：“也许我可以用其他方法离开这里，如果只是他们两个，那我能做到。”

“如果他们发现你，会杀了你的。”

“他们反正都会想要杀了我，我不知道他们想从你这里得到什么，但是他们很快就会发现我是个没什么用的人。”

芙莉亚正想回答，突然感觉到了什么。空气好像突然通了电一样，她小臂上的汗毛都立起来了。

“你感觉到了吗？”鸟喙书小声对她说。

“这是……”

“书巫，至少有两三个，感觉应该是非常强大的书巫。”

凯特撇撇嘴：“这家里的其他人？”

七月拉拉芙莉亚的皮夹克：“你能带我走吗？”

“你确定男爵死了吗？”

小姑娘点了点头。她看上去很害怕，几乎有些惊慌失措：“我不想再回到他们那里去了，这辈子都不回去了。”

芙莉亚想安慰她，外面突然传来一声尖叫，随即是一阵激烈的噼里啪啦的声音。

“芙莉亚，求你了！”七月哀求道。

凯特将小教堂的门打开一条缝，仔细听着。

“他们动手了，对吧？”

“你待在凯特这里，”芙莉亚对七月说，“我去看看。”

“我又不是看孩子的保姆！”凯特很生气。

“我得知道外面出什么事了。”

“我们一起去，”凯特提议说，“这个小家伙能自己照顾自己。”

“这里可不是管制区，凯特，而且她是给人读书的人，不是那种流浪街头……”

“小偷？这个她刚才干得就不错啊。”

“如果你们要去，那我也去，”七月说，“如果没有你们，我永远也不可能离开这里。”

“我保证，我们一定会带你离开这里的。”芙莉亚也不知道自己中了什么邪，竟然说出这样的话。或许她真的从这孩子身上看到了皮普的影子？

她拉开门，抚摸着鸟喙书的脖子，对其他两个人点点头，几个人一起蹑手蹑脚地走了出去。

47

她们循着声音，穿过一个镶着护墙板的走廊，横穿过一个摆放着骑士铠甲和中世纪武器的房间，最后来到一个通道。通道的尽头是一扇高大的门，门里面传来嘈杂的砰砰声和嗞嗞声，里面还夹杂着人声。

芙莉亚回头看了一眼，想确认七月是不是还在跟着她们。小姑娘的表情僵硬，仿佛要压制住所有的感情变化。也许是在这座城堡里的种种可怕的经历让她学会了这种自我保护的方式。

她们已经在通道上走了一半，这时，伴着巨大的爆裂声，门扇突然从门框上脱开，飞进走廊里。门扇的尖角划过墙壁，在护墙板的墙纸上划出了深深的凹槽，随后又哐的一声掉在地上，震起一团灰雾。门扇掉落的地方离芙莉亚和凯特还不到三米。

因为灰雾，她们一下子没看见还有个东西跟着门一起朝她们飞了过来，那是个人，肢体扭曲变形，就像是被车碾过一样。

七月一言不发地转过身，往回跑去。

“藏起来！”凯特冲着她的背影喊道。芙莉亚真希望凯特也能跑去藏起来，因为她确信眼前的一切是由强大书巫力造成的。这种情况下凯特根本帮不到她。

威特·西摩尔脸朝下地趴在她们面前，身体一半在地上，一半在破裂的门上。他的胳膊和腿好像断了很多处，足见将他甩到门上接着又让他飞过半个走廊的那股力有多大。

“老男爵夫人！”小姑娘在她们身后喊道，她跑的根本没有芙莉亚之前希望的那么远。“老男爵夫人回来啦！她要为被杀掉的儿子报仇！”

凯特还是一步也不动。

“快带上小姑娘走！”芙莉亚对她喊道。

“你为什么不走？”凯特反问她。

芙莉亚又一次感到了城堡的存在，她想这应该是城堡又要帮自己了。现在她已经知道这些墙里蕴藏着书巫力，也许她还能利用这些力，那么她应该是有机会的。

她已经不再觉得昏昏沉沉的了，肾上腺素刺激着她的身体，她想把凯特强行推走，这时突然有人叫了一声。蕾切尔·西摩尔从洞开的门里冲向一动不动的哥哥，她根本没有理会芙莉亚和凯特，而是在威特身边跪下来，小心翼翼地将他的身体翻过来。

看到威特的脸时，芙莉亚发现他还活着。他的嘴张着，眼睛睁得大大的，似乎想要说些什么，但喉咙里却只是喘着粗气。随后，他的眼睛一闭，四肢又最后颤抖了一阵，不动了。威特·西摩尔死在了他妹妹的怀抱里，他是被这时出现在门口的那个女人杀死的。女人的身后是黄色的灰雾、木头碎片和盘旋飞舞的光点，其中还站着一个男人。

蕾切尔因为强烈的悲伤和痛苦而大声哭喊起来，但她很快就克制住了自己。她抬起眼睛，并没有看向站在门那里的对手，而是看向了芙莉亚和凯特。

“你们会为此付出代价的！”她插在威特尸体下面的手在做些什么。“你们都会为此付出代价的！”

芙莉亚一边辨认里面出现的是什么人，一边准备动手，这时，蕾切尔抽出一本书，夹在双手之间。

“拦住她！”走廊那头的人喊道。

但是已经太晚了，随着一阵叮当声，穿越开始了，蕾切尔随即消失，她的手不再扶着哥哥的头，威特的头落回地上。

凯特骂了一声，芙莉亚恍恍惚惚地将心灵书又塞回口袋里。

伊西丝·霓莫霓思朝她们走过来，后面跟着一个芙莉亚没有见过的男人。他们后面的房间里还有一个人，被西摩尔兄妹跟这三个外来者较量时卷起的灰雾半包裹着。

伊西丝穿过走廊，向她们走过去：“你们跑到这里来干什么？”

“你呢？”凯特不悦地问。

“好了，”芙莉亚轻声对她说，“她刚刚救了你的命。”

陌生男人站在走廊的尽头，双臂交叉抱在胸前。他深色的头发垂在肩膀上，留着棕色的络腮胡子，眼窝很深，身上散发着一种危险的气息，让芙莉亚想起那些曾经在她房间的书巫墙纸上出现过的幽灵强盗。这个男人有种邪恶的魅力，但芙莉亚这会儿顾不上仔细想这个，因为她的全副心思都被伊西丝吸引过去了。

伊西丝看上去病恹恹的，面容憔悴，眼神中既像是愤怒，又像是疲惫。她应该是经历了一些硬仗，芙莉亚上次看见她这个样子还是在跟魅姬的对决中死里逃生之后。

“你们在这里做什么？”伊西丝又问了一遍，她没有理会凯特的不友好，在芙莉亚面前停下了脚步。威特的尸体就在她身后，但她根本没有去看。看到她还活着，芙莉亚本来应该松一口气，但伊西丝的眼神中有种让她害怕的东西。尽管芙莉亚并不是很把菲尼安的怀疑当真，但她还是不确定伊西丝是不是站在她们这边的。她那个神秘同伴的出现让事情变得更扑朔迷离了。

“说来话长。”芙莉亚说。

凯特冷哼一声：“我猜你们的说起来也不短。”她学着那个陌生人的样子，双臂交叉抱在胸前，甚至还模仿了他那副不友好的表情。

伊西丝合上紧身胸衣，之前就是她打开了胸膛，给了威特那致命的一击。

“你怎么了？”芙莉亚问，“你看上去很不好。阿博加斯特呢？”

“我甩开他了，待会儿我就走。”

“去哪里？”

伊西丝叹口气，没有马上回答。

凯特和那个男人隔着七八米的距离，继续紧盯着对方。“这家伙是谁？”她问道。

“顿坎，”伊西丝说，“一个老朋友。”

芙莉亚从来不知道伊西丝还有其他朋友，这个曾经的女密探不是那种很容易跟人交上朋友的类型，或许这也是菲尼安总是爱怀疑她的原因。她从来没有试着跟芙莉亚之外的任何人交朋友，就连芙莉亚也常常觉得自己并不了解伊西丝。

“顿坎·蒙特。”陌生人一边走过来，一边讥讽似的微微欠身，看上去就像个刚刚通宵狂饮过的士兵。芙莉亚发觉他是个气场非常强的书巫，现在她更不知道这是个什么人了。

芙莉亚想用意念探查他的深浅，却被他不动声色地挡了回去，就在这时，一个人从走廊那头的烟雾中跌跌撞撞地朝他们走了过来。那是个又高又胖的男人，穿着一件类似囚服的灰色衣服，脸的下半部分都被乱蓬蓬的胡子遮住了，等他靠近后，芙莉亚认出了这个人。

“是您？”她不再僵在那里，而是从伊西丝和顿坎身边跑了过去，居利斯还没看清楚，芙莉亚就已经抱住了他。只是他的肚子太大，要抱住他还真不容易。

那个人像圣诞老人一样呵呵呵地笑了起来，巨大的手掌抚摸着芙莉亚的后背："小罗森克罗兹！瞧瞧啊。"

"他们把您抓走了，我特别伤心，因为我不相信您，其实您只是想……"

"没关系，"他打断了芙莉亚滔滔不绝的诉说，"我没死，你的朋友伊西丝·霓莫霓思和这位可敬的绅士把我救出来了。"

芙莉亚兴高采烈地又看了看他，然后放开他，转向伊西丝："发生了什么事？"

凯特低头看看死去的威特："咱们能不能换个地方……"

"哦，天哪！"芙莉亚突然说，"七月！她跑到哪里去了？"

"在这里。"一个小姑娘清脆的声音响起。她小心翼翼地从走廊另一端的一扇房门后面走了出来。

"又是个小孩，"顿坎·蒙特低声说，"咱们可是有帮手了。"

"这是谁？"伊西丝问。

七月走到走廊的中间就不再往前走。她打量着那三个成年人，似乎是在随时等着他们动手。

"给老男爵夫人读书的孩子，"芙莉亚说，"她的名字叫七月。"

"这么说关于她的那些传言是真的了，"顿坎坏笑着，"这个老太太真是看不成书了。假如她还在这个屋子的某个地方的话，那绝对是个好消息。"

"她不在这里。"七月摇摇头。

"为什么到处都没有守卫？"伊西丝问。

"平常是有的，但是威特和蕾切尔把他们都打发回家了。"

顿坎环视她们几个："有些事你们最好还是快点告诉我们。"

芙莉亚用简短的几句话讲了自己所知道的，关于男爵如何被杀，以及他的母亲如何逃走。她在说的时候，伊西丝揉揉眼睛，看上去像是站都站不住了。她只朝七月瞥了一眼。

“现在轮到你们了。”芙莉亚讲完后说道。

伊西丝随即简单地讲了自己如何骗过阿博加斯特，如何找到顿坎，又是如何跟他一起决定去基督山的监牢里救出绘制圣堂地图的人。在逃跑的时候，达马斯卡努斯死了，但是他在死前将去圣堂的路告诉了居利斯，让他自己决定要不要告诉伊西丝和顿坎。

“第一道门就在这栋房子里，”居利斯说，“达马斯卡努斯是这么说的。我和伊西丝多年前因为公事来过这里，所以能打开通向这里的穿越门。路上有一些防御用的陷阱，但都被伊西丝处理了。”

芙莉亚觉得很诧异，她自己并没有发觉书巫防御工事，她觉得可能是因为自己用了威特的穿越书，也有可能是因为城堡在她到达的时候就已经认出她了。

“第一道门？”她重复道，“您是说连通门？”

“达马斯卡努斯说的是门，他还没把路讲完就死了。如果有第一道门的话，那就至少还有第二个，对吧？”

芙莉亚对七月说：“你知道关于圣堂通道的事吗？”

女孩一脸惊讶地摇摇头。

“给我时间，我会找到的，”伊西丝说，“假如是连通门，那就一定会有书巫力场存在。”

“那样的话，其他人也会有所察觉，”顿坎反驳道，“一定还有隐蔽屏障，或者类似的东西。”

芙莉亚退开几步，把一只手放在护墙板上。也许并不一定非得这样才能跟城堡产生联系，但她觉得这样做是对的，她也不知道这是为什么。

是真的吗？她在心里问。这里真的有通往圣堂的通道吗？

城堡回答的时候，选择的竟然是她父亲的声音。芙莉亚起了一身鸡皮疙瘩。不是直接通往圣堂，从这里到那里还有一个中转站。

你知道那是什么地方吗？

我不知道发生在我的围墙之外的事，我只了解这里的一砖一瓦。

那告诉我通向那道门槛的路。

顺着这条走廊往下走，我给你指路。

“芙莉亚？”凯特问，“你怎么了？”

芙莉亚朝其他人转过身去：“我知道应该怎么走。”

“你？”伊西丝吃惊地问。

芙莉亚不想解释，虽然守卫的人都撤走了，但是蕾切尔说不定会带着大部队来抓他们。

顿坎一言不发地打量着芙莉亚，他仔细地看着，显然在试着搞明白这是怎么回事。

“你从哪里……”凯特开口说，却被芙莉亚打断了。

“这座城堡曾经是我家的。”

“但是你从来没有……”

“听她的，”伊西丝说着，看了芙莉亚一眼，“你能听见城堡说话，对不对？”

芙莉亚迟疑地点了点头。

“那我怎么办？”七月问。“我不想去圣堂，但我也不想留在这里。”

“嗯，说实话，”居利斯插进来说，“我也宁愿去别的地方。我的心灵书在被捕的时候留在海伊堡了，也不知道现在怎么样了。我打不了仗，只会碍你们的事。”

顿坎表示同意：“你干吗不带上这个小孩，跟她一起穿越到一个安全的地方去？”

这个大腹便便的人没听懂他的嘲弄，他笑起来：“安全？在这个年代？你们看见基督山的下场了，那些‘想法’会继续向上，吞掉挡路的每一个庇护所。”

“带她去费园吧。”伊西丝说。

芙莉亚也认为这是个好主意：“书窖里有书可以让你直接穿越到我的房间。”

“居利斯曾经是书城的市长，”凯特提醒说，“费园的书妖可不会对他客气的。”

“你有更好的建议吗？”伊西丝问她。

凯特摇摇头，叹了口气。

伊西丝转向居利斯：“没有心灵书，您能穿越吗？”

“应该还是能做到的。”

不久后，芙莉亚带着他和七月来到图书馆，另外三个人在门口等着。图书馆前部的书架都倒了，地上散落着几百本书，但是在图书馆后面的角落里，芙莉亚找到了七芒星的那本东方题材的小说。她把小说交给居利斯。“假如您看见一个身高七英尺、想把您脑袋拧下来的南方军士兵，就告诉他，我给您讲了莫莉的事。这样他也许就会相信您是从我这里过去的。”

“莫莉。”他皱着眉头重复道。

“再告诉我弟弟皮普，说我很好，他刚十一岁，肯定很担心我。”

七月笑了：“这个我可以做，如果可以的话。皮普是个好听的名字，而且我也是十一岁，我们肯定能成为好朋友。”

芙莉亚摸摸她金色的鬈发，然后跟居利斯拥抱告别：“祝你们好运，一切顺利。”

“你比我们更需要好运气，”居利斯说，“不管要到什么地方去，你们都要多加小心。你是个勇敢的孩子，芙莉亚·萨拉曼德拉·罗森克罗兹。提贝流斯会为你感到非常骄傲的。”

伊西丝站在门那边喊道：“能走了吗？”

居利斯俯在芙莉亚的耳边说：“小心她，她的力量很强大，但她控制不了自己。”

芙莉亚扭头看看其他人。

“她有阿布索隆书瘾，”他小声说，“坚持不了多久了。从基督山穿越到书城的时候，我亲眼看见了。蒙特身上带着一本阿布索隆的书，他让伊西丝看那本书。他并不情愿，但是伊西丝不容他有别的选择。假如伊西丝对阿布索隆句子的欲望再强烈一些的话，那她就会自己去取想要的东西，不管是从谁那里，也不管要付出什么代价。”

芙莉亚听说过阿布索隆的书，她还想问居利斯一些什么，但是小姑娘已经抓起了居利斯的手，将他从芙莉亚身边拉开了：“走吧。”

他说的是真的，城堡在她的脑海里说。*我能感觉到，这个女人正在被她身体里的什么东西啃噬。*

居利斯把穿越书伸到七月面前，小声说了些什么，随后两个人就消失了。在最后的时刻，芙莉亚看到了小姑娘的眼神，她惊讶地发现小姑娘在笑，一点也没有对穿越的恐惧。

“芙莉亚，来吧！”伊西丝喊道。

回到其他人身边后，她偷偷打量了一下伊西丝，然后就走到了队伍的最前面，听着城堡的指引，拐过好几个弯，穿过一扇扇高大的连接门和冷清的走廊，最后来到一个大厅里。大厅的墙边放着许多玻璃柜，里面装着古老的书籍，很多书的书脊都是一样的，这里有一股浓烈的泛黄的纸张和书胶的味道。

百科全书厅，城堡低声说，芙莉亚小声地重复了它的话。

凯特打量着芙莉亚，既惊讶又担心，这时，城堡打开了两个陈列柜之间护墙板上的一道暗门，芙莉亚发觉那里有一道书巫锁，但是城堡很快就为自己真正的主人打开了这道锁。芙莉亚 · 罗森克罗兹，她心里想，她最好能够熟悉这个名字。

走进通向城堡地下的台阶时，伊西丝走在前面，紧身胸衣的挂钩里透出白色的光，照亮了狭窄的石头台阶。芙莉亚和凯特小心地跟在她后面，鸟喙书把脖子从口袋里探出来，却出奇地安静，仿佛被这里的书巫气场弄得说不出话来了。顿坎拿着自己的心灵书跟在最后面，也几乎不说什么，似乎有什么怨气。芙莉亚想到了居利斯说的话和顿坎为伊西丝保管的那本阿布索隆书。假如这两个人真是那么好的朋友的话，那顿坎现在所肩负的责任可是非常地重。芙莉亚很想跟伊西丝谈谈这件事，但现在的时机不对。

狭窄的台阶通往一个地下室，逼仄的空间让人想起墓穴。在几级台阶的上面有一个石头台子，可能是个圣坛，台子后面那堵墙的正中央有一个凹陷。没有出口，只有他们进来的那个口，伊西丝书页之心发出的光把整个地下室笼罩在诡异的白色中。

“咱们被困住了。”顿坎说。

什么地方都看不见书，但感觉这里不久之前应该还有过一本书，那本书留下了异常强烈的气场。伊西丝走到圣坛前，把一只手放在上面。芙莉亚也像她那样做，这时她发觉书巫力场增强了，她觉得自己几乎能看到一本巨大古书的轮廓，就像是它在自己曾经被放置的那个地方的空气里留下了一大块空白。

顿坎一直盯着楼梯口。芙莉亚心想，至少还有一个人的脑子保持着清醒。

就连平常感受不到书巫力的凯特也似乎被这间地下室里的气氛震撼了：“咱们是不是至少应该有把钥匙啊？”

城堡用芙莉亚父亲的声音说：*只有五大家族的成员能开启通道。他们自己就是钥匙。*

一阵类似石头摩擦石头的声音传来，石台后面的墙壁开始动起来，中间的那个凹陷仿佛融化了，成为了一个旋涡的中心，这个旋涡慢慢地转动着，将整面墙都带动了起来。

“快走！”顿坎喊道，抓住凯特的胳膊就要把她往楼梯上拉。

“不！”芙莉亚制止道，“先等等！”

伊西丝也没有动，憔悴的脸看着正发生在他们眼前的神奇的一幕。

旋涡越来越大，变成了一个旋转着的隧道，隧道那头是一片光亮。

“这是什么玩意儿？”凯特问。

“第一道门，”芙莉亚小声说，“那边的某个地方就是学院最神圣的所在。”

第四部分 天国

Himmelreich

48

“放弃庇护所？”

尤里乌斯·坎多斯的声音在巨大的穹顶下回响。到后来，詹姆士已经不知道萦绕在整个大厅里的是真的回声还是自己的错觉了。“封上连通门，让学院建起的一切自生自灭？”

“恕我冒昧，尊敬的老男爵夫人，”格里高尔·冯·罗恩穆特附和道，“您失去理智了。”

除了这两个男人之外，巨大的圆桌边还坐着四个女人，这是亚当学院自成立以来的第一次。詹姆士听到了老男爵夫人是如何提出这个要求的：三大家族所有健在的族长都要来参加委员会的会议，并且要携夫人一起出席。西摩尔城堡里发生的事件让这一点显得非常必要，因为老男爵夫人要说的话关系到每一个人。这事关乎学院的生死存亡，以及如何找到应对威胁的有效方法。老男爵夫人强调说，这也关系到整个书巫世界的未来。

“不管在外面吞噬深层庇护所的是什么，”她说，“那东西都会继续前进，总有一天会轮到书城和乌尼卡，也许在此之前它就能找到通向另一个世界的道路，我们一定要阻止这件事的发生，女士们，先生们，因为普通人的世界是我们最后一个可以撤退的地方。委员会一直不重视它，把精力都放在控制庇护所上，而这只是委员会犯的错误之一。我们现在应该仔细考虑如何做出根本性的改变了。”

在座的人一阵交头接耳，尤里乌斯·坎多斯和格里高尔·冯·罗恩穆特还不习惯听别人指责自己的决策有失误，他们的夫人则担心对丈夫判断力的批评最后会被归结成她们的责任。

“但是放弃庇护所！”坎多斯又喊道。他跳起来，双拳抵在桌子上。“永夜庇护所里正在酝酿一场新的战争，那里的力量将会毁掉我们存在的根基。这种时候怎么能放任后院起火？”

老男爵夫人也站了起来，但是显然要比他从容，为的是让大家看清楚这里是谁在字斟句酌地说话。“我们存在的根基是文学，是书，先生们，不是我们那些百无聊赖的前任们为寄生虫和蹭吃蹭喝的人建立的那些地方。”她用了“我们的前任”这个表达，就好像继承自己被杀死的儿子在委员会中的位置是理所应当的一样。“当然，在连通门关闭前，不能走漏任何消息。要是还有谁要自己开穿越门，那随意。至于剩下的人……外面已经到处都是‘想法’了，我们不可能救得了所有的人。”她指指头上巨大的穹顶，深蓝色的穹顶上镶嵌着许多假的星座。“不管你们愿不愿意承认，圣堂现在实际上已经被包围了，就算是圣堂能顶住，那些‘想法’也很快就会毁掉其他所有的深层庇护所，基督山刚刚陷落，尼莫地堑也是，巴斯特集市那里也已经好几天没有消息了，更深层区域的那些无名庇护所就更不用说了，这些地方可能早就已经被吞掉了。咱们不可能保住所有这些地方。圣堂的保护墙虽然还能抵挡得住，但是咱们不能就此认为这能够与‘想法’抗衡。在尼莫地堑，三百名书巫联手，试图抵抗进攻，但是据我们收到的消息，他们轻轻松松地就被对手歼灭了。”

“这样我们至少不用再烦心永夜庇护所里正在酝酿的那些事了。”冯·罗恩穆特尖刻地说。

“也许，”老男爵夫人回答说，“但这不是松一口气的理由。让您忧心忡忡的战争也许是我们最小的一个麻烦，外面的那个东西根本不会区分我们和菲德拉的墨妖。”

桌边的人沉默了。尤里乌斯·坎多斯依然直直地站着，怒气冲冲地隔着桌子盯着老男爵夫人。

他左边坐的是他的夫人卢碧娜，右边是两人的女儿丽薇娅。詹姆士在丽薇娅来西摩尔城堡的时候见过她。跟自己的母亲不一样，丽薇娅作为学院的发言人，已经来过圣堂很多次了，但她应该还从来没有在圆桌边拥有过自己的位置。但是今天，在场所有人中只有詹姆士站在桌子旁边，距离老男爵夫人的高背扶手椅大概五步的距离。

格里高尔·冯·罗恩穆特带来了自己的夫人夏洛特，这是个貌不惊人的女人，已经有些年纪了，跟坎多斯家女人们张扬的外表根本不可同日而语。冯·罗恩穆特头发花白，人很瘦，看不大出多大年纪，可能六十岁，也可能已经八十岁了。这对夫妇没有孩子，西摩尔家曾经恶毒地说是因为流产。坐在这张桌子边的人，詹姆士没有一个喜欢的，但是假如要让他选择一个最不讨厌的，那应该就是夏洛特·冯·罗恩穆特了。她到目前为止几乎没有说过话，但是显然并不喜欢跟这些人待在一起，恨不能会议能马上结束的样子。

坎多斯家的两个女人就完全不同。

一头火红鬈发的丽薇娅毫不掩饰自己的满足，因为这里正在发生的事，是从绯红厅时代之后从来没有过的：女人坐到了委员会的会议桌旁。不管她自己对老西摩尔男爵夫人和她的计划有什么看法，但是这个改变让她很感谢老男爵夫人。

丽薇娅的母亲卢碧娜·坎多斯跟女儿一样长着一头火红的头发，只是她的是直直的短发。她被认为是她丈夫私下里的左膀右臂。卢碧娜思想保守，对书妖的感情早已不只是普通的厌恶而已了。

老西摩尔男爵夫人坐回椅子上，詹姆士不由地产生了一种感觉，觉得她坐在那里，就像是坐在宝座上一样，脊背挺得笔直，下巴高高扬起。她那本巨大的心灵书放在面前的桌子上，别的人也是这样，虽然心灵书在这里没有什么用处。之所以会这样，是因为有《卡斯托迪斯法典》。

在圣堂里，所有的书巫术都无法使用，这是为了避免委员会的成员在辩论的时候，会想要用其他手段代替令人信服的论据。在一开始的时候显然曾经有过这样的事，所以才促使了这样的防护措施出现。詹姆士不知道他们是用什么方法封住书巫术的，但他知道做到这点的是什么：一本不起眼的灰色的书，放在桌子正中的凹陷里，远离所有在场的人。这是圣堂真正的核心，是它力量的源泉。《卡斯托迪斯法典》能够压制住除了自己之外的所有书巫力，并形成保护墙，保护这个最为神圣的地方不受隐页世界的侵扰。创始人将《法典》嵌在桌子里，上面扣着玻璃罩子，仿佛那是一个珍贵的展品。自从被放在那里后，就再也没有人碰过它。连老男爵夫人对詹姆士说起这本书的时候，眼睛里都充满了敬畏。

詹姆士几乎有些失望地想：原来这些就是亚当学院的首脑们，几个各怀鬼胎的书巫，还有几本毫无用处的心灵书。一切的中心都是《卡斯托迪斯法典》，他们要感谢这本书，否则这个地方早就被“想法”吞没了。

这六个书巫加上他这个书妖，他们是这个圣堂中仅有的生物。

大厅中其他的一切都是由冰冷的、金黄色的琥珀制成的——闪闪发亮的地板，圆形的桌子，笨重而不舒适的椅子，甚至还有烟灰缸和水杯。用语言创立这个地方的人一定极度喜爱奢华，就连穹顶上的数百个星座图都闪烁着幽暗的蜜色光芒。这无所不在的金色光芒散落在在场所有人的眼睛里，于是那些眼睛也似乎都变成了琥珀一般。

詹姆士心想，不知道他以前的那些同伴（那部曾经是他全部生活的小说里的）看见这个地方会作何感想。估计其中一半会因为看到这么多财宝而疯狂，另一半会马上动手割断彼此的喉咙。

如今，詹姆士已经不再是他们中的一员了，他只是给老西摩尔男爵夫人读书的人而已。眼下最困扰他的问题是不知道老男爵夫人想要让自己做什么。穿越两道门槛后，他觉得自己也变成了琥珀中的一只昆虫，被别人好奇地盯着看，那眼神就像是在说：你已经死了，但你自己还不知道。

他不应该出现在这里，坎多斯家和罗恩穆特家的人毫不掩饰自己的鄙夷。将书妖带进书巫世界最神圣的地方，这简直是闻所未闻的耻辱。但老男爵夫人不动声色地对他们说，这是因为她自己的身体不好，所以需要詹姆士的帮助。詹姆士是她的眼睛，能扶她走路，还要帮她扛那本沉重的心灵书。而且，她对詹姆士的信任是无条件的。

在等其他人到达的时候，老男爵夫人还告诉了詹姆士一些事情：没有一个三大家族的成员能够损毁《卡斯托迪斯法典》。书巫不能够损伤书这件事，在这本书上更严格一千倍：哪怕只是在脑子里想象一下它的毁灭，对他们来说都是难以承受的，更不要说去做了。还没等他们走到《法典》近前，《法典》就已经能让他们杀死自己了。

老男爵夫人说书妖遵循的则是另外一些法则：对他们来说，

这本书跟其他所有的书没什么两样。詹姆士不确定这是不是全部的真相，但又觉得不是没有这种可能。这个圣堂被创建的时候，还没有书妖。

不难想象老男爵夫人为什么要告诉他这些。她难道真的想要销毁圣堂的保护墙？“想法”在几天前就已经像马蜂一样将这个学院的圣地团团围住了，并且在贪婪地不断地从四面八方朝这里进攻。老男爵夫人是出于什么目的要放弃圣堂，任由它毁灭，而且还是在他们所有人都在这里的时候？她是想威胁其他人吗？恐吓他们？还是要虚张声势吓唬他们？

詹姆士当然向她提出了这些问题，她回答说，请詹姆士一定要相信她，她绝对没有打算把毁掉《卡斯托迪斯法典》的任务交给他。假如最糟糕的情况真的发生了，他们会一起逃走，有另外一个人会去做必须要做的事。

詹姆士还在琢磨老男爵夫人的动机，这时圆桌边的讨论已经进行到了下一轮。

老夫人再次坚持说，只有毁掉连通门，让所有的庇护所自生自灭，并集中力量去真实世界里攫取权力，书巫世界才有救。回归绯红厅时代价值观的方法就是结束这种自恋的游戏，重新用书巫力对政客和商人们施加影响，像从前一样，秘密地控制普通人的世界。

坎多斯和罗恩穆特则认为，庇护所是书巫界最大的成就，阅读真正的力量实际上就在于创造自己的世界。他们说的或许有道理，不过詹姆士脑子里想的完全是另外一件事：封闭庇护所，这无异于大屠杀。老男爵夫人想把它们拱手交给“想法”，一起被交出去的还有庇护所里的居民，那些没法及时靠自己打开穿越门逃到安全的地方去的人。用这种方式，或许会有一些书巫能获救，但是管制区里成千上万的书妖怎么办？他们都会死的。

问题就在于，老男爵夫人此举的目的是什么，因为她已经老了，活不了多久了。不过詹姆士现在想想，逐渐明白了一点。老男爵夫人的动机是最危险的那种：信念。她认为自己做的是对的，认为此举并不只是为了她自己，而是为了书巫的子孙后代们着想。

圆桌边的争论越来越激烈，坎多斯不肯让步，冯·罗恩穆特也站在他那一边。后来就连丽薇娅·坎多斯也开始对老男爵夫人发难了。这时，老男爵夫人突然决定结束讨论。

“随便你们吧。”她说。委员会陷入了一片沉默。

她没有做任何解释，只是让詹姆士扶着自己。在其他人咄咄逼人的注视下，詹姆士将她扶到了一扇琥珀拱门前。这是通往外面世界的连通门，在大厅的正中，离圆桌只有一点距离，拱门中是一片晃动的亮光。

“请容我暂时告退，”她说，“我很快就回来。”她自己走完了最后两步，消失在连通门里。她离开的时间仿佛非常久，剩下的人怒气冲冲的，詹姆士紧张地看着依然放在桌子上的那本满是伤痕的心灵书。

很快，拱门下的空气又开始颤动，老男爵夫人带着两个男人回来了。那两个人应该是之前就在拱门的另一边等着她了。

年纪大的那个人个子很高，头发花白，穿了一件长及脚面的大衣。年轻的那个跟詹姆士差不多大，他的手被绑着，神情恍惚，显然被书巫术控制了思想。

“阿博加斯特！”坎多斯惊讶地喊道，“这是什么意思？没有人邀请您来参加这个会议。”

“抱歉，不过您错了。”老男爵夫人说。詹姆士看到阿博加斯特的右臂上有一处新伤，皮外套的袖子被撕开了，边缘上浸满了血迹。老夫人慈祥地微笑着，看着在座的人：“是我请阿博加斯特先生来参加会议的。”

坎多斯离开座位，朝老男爵夫人走去。格里高尔·冯·罗恩穆特也跳了起来：“简直闻所未闻！虽然您的儿子死了，但您也没有权力……”

“不是因为我儿子的死，”老男爵夫人平静地打断罗恩穆特，“而是各位的无能，先生们。”

丽薇娅·坎多斯站起身，詹姆士发觉她的身体绷紧了。

“阿博加斯特，我的朋友，”坎多斯对他的仆从说，“您能不能告诉我这是……”

老男爵夫人打断了他。“是时候了。”她对阿博加斯特说。

“母亲！”丽薇娅在桌边喊道，“小心！”

凳子腿刮着琥珀马赛克地面，冯·罗恩穆特从上衣下面抽出一把小手枪，挡在妻子身前。

阿博加斯特的速度比他快，他的右手里突然就多了一把枪，这是一把沉甸甸的、雕刻着镂空花纹的枪。

冯·罗恩穆特是第一个丧命的。

紧接着就是尤里乌斯·坎多斯。

随后，巨大的穹顶下方又响起了三声枪响，每一颗子弹都命中了目标。

49

前一天晚上，娜桑德拉是在费园的花园中扎的根，而不是在外面的山谷里，皮普特意假装漫不经心地告诉了裴申思这件事，裴申思听后，脸红得就像大回廊上的天鹅绒窗帘。

南方军士兵的胸脯在打着补丁的军装下使劲鼓起："不管到哪里，我都会保护她，就像我……"

"嗨，裴申思，"皮普说，"你又不可能保护每一个人，先是芙莉亚和我，然后是萨姆沙，现在又加上娜桑德拉。"

"保护你们每一个！"裴申思急切地宣布。"用我的生命！"

皮普把已经到了嘴边的叹息硬咽了回去，接着做德莱克鲁斯特小姐留给他的作业。裴申思上午陪他去那里上课，这让这位老小姐很高兴。她的眼睛不好，以为这个穿军装的巨人是英俊的皇家海军军官，所以坚持要叫他"将军"。她教皮普数学、英国文学、植物和历史。他们上课的时候，裴申思就在隔壁的房间里看墙上挂的老照片，他从照片里发现德莱克鲁斯特小姐的生活中曾经有过一位真的将军。告辞的时候，她还把自己烤的薄荷小饼干送给裴申思，并且请他在宝贵的时间允许并且不妨碍联合王国安全的情况下，每次都陪皮普来上课。她还问如果有机会是否能带裴申思参观一下她那个曾获过奖的玫瑰花园。

皮普在费园做完了作业之后，跑到了外面的花园里。他对裴申思说是去散步，这让裴申思很吃惊。皮普拽着自己的贴身护卫，有意无意地从娜桑德拉夜里扎根的地方经过。天刚蒙蒙亮，娜桑德拉就变回了少女，这会儿正坐在离费园的小墓园不远的地方，闭着眼睛，脸冲着太阳。她抱着双膝，靠在一块墓碑上，应该已经发觉了他们两个正在走过来。白桦树皮一般的肤色，让她跟旁边那个已经被风雨剥蚀的大理石少女雕像并无二致。

“哦，”裴申思说，“她多美啊。”

“你那个薄荷饼干还有吗？”

“还剩了四块，想等晚饭的时候再吃。”

皮普用胳膊肘捅捅他：“问问她想不想吃一块。”

“卡利斯特从来不吃东西，他们晚上不是会生根嘛。薄荷饼干应该就更不会吃了吧。”

“也许只是还没有人给过她。”

“你真这么认为？”

“肯定是的。”

裴申思脸上掠过怀疑的表情：“你不会是在耍我吧？”

“咱们是最好的朋友，不是吗？”

“是的。”

“那就相信我，过去找她，她到现在都还没有逃走，这是个很好的信号。”

“可我喜欢的是莫莉。”

皮普真想对他说，他那个莫莉根本就没发现他从他们共同存在的那本书里掉出来了，他们俩的《激情烈焰》，莫莉现在已经给了另外一个跟他长得一样、名字也一样的人。皮普认为，如果裴申思能够给娜桑德拉一块德莱克鲁斯特小姐的薄荷饼干，那他就能更快地放下那个故事。

“快去呀，”他双手推着裴申思，“她喜欢你，否则她早就逃了。”

“也许她喜欢的是你。”

“我才十一岁。女孩们不喜欢十一岁的小男孩。”

“你说的就好像多了解女人一样。”裴申思说。

“每个人都喜欢薄荷饼干！”

“莫莉也喜欢。”

真让人抓狂。“快，”皮普催促他，“去问她！”

娜桑德拉这时已经睁开了眼睛，她的两只眼睛就像裴申思口袋里的薄荷饼干那么大。皮普和裴申思离坟墓还有大约十米，这时娜桑德拉慢慢地站了起来。跟平常一样，她穿着芙莉亚的浅色裙子，因为不分白天黑夜都待在外面，裙子已经很脏了。她露在外面的胳膊和小腿上有着一行行弯弯曲曲的、淡得像雾一样的字。

“您好。”裴申思跟她打招呼，他们这时已经走到了坟墓四周那圈斑驳的石头跟前。

皮普紧紧抿着嘴唇，冲娜桑德拉点点头。

“我有饼干。”裴申思紧张地在口袋里摸了半天，终于把剩下的饼干掏了出来。饼干依然包在德莱克鲁斯特小姐的丝绸手绢中。

娜桑德拉看着那个手绢包，咬着自己的下嘴唇，既好奇又害怕。

“看吧。”裴申思对皮普说。

“你得展示魅力。”女孩们喜欢有魅力的男人，就像喜欢甜点一样，对这一点皮普很肯定。

娜桑德拉轻轻地笑了一声，随后，皮普看见她的嘴角开始向上弯，比正常人弯的幅度大得多。这是他见过的最奇特、最美丽的笑容。

她小心翼翼地伸出小手，用大拇指和食指把放在裴申思大手里的手帕打开。

“饼干，”裴申思用沙哑的声音说，“薄荷味的。”

“很好吃。”皮普也帮他说话。

娜桑德拉歪着脑袋，仔细地看着那四块饼干，小心地用手指尖碰了碰其中一块。

裴申思慢慢地举起左手，娜桑德拉像触电一样收回了自己的手，不过裴申思只是拿起一块饼干，像电影慢动作一样把饼干放进嘴里，咬了一口。“真的好吃。”他边嚼边说。

“真的。”皮普附和道。

娜桑德拉指指剩下的三块饼干，又指指皮普。

“让我吃？”他问。

她点点头。她的脸上也有一行行的字，但是比胳膊和腿上的更浅。

裴申思边嚼，边对皮普点点头：“拿吧。明天我肯定还会有。”

娜桑德拉重复了一下这个动作，这次皮普拿起一块饼干，咬了一口。德莱克鲁斯特小姐确实很会烤东西，虽然想到这里，他觉得有点像是背叛了可怜的宝琳。

皮普和裴申思大声地嚼着饼干，这时，娜桑德拉嘻嘻笑着，用指尖从裴申思的手里拈起一块饼干，一下子从白色的嘴唇间全塞了进去。只嚼了一下就咽了。

皮普和裴申思呆呆地看着她，然后两个人都咧嘴笑了。“干得好，”裴申思嘴里塞满饼干，含混地说，“好吃吗？”

娜桑德拉的嘴角又抖动了一下，大眼睛看着最后那块饼干，舌尖快速地舔了一下嘴唇。

“看来她喜欢吃。”皮普说着，慢慢朝后退了一步。

娜桑德拉本想将最后一块也像刚才那块一样迅速地吞下去，

但她又改变了主意，将饼干掰成了两半，给了裴申思一半。两个人兴奋地看着彼此。

“我……呃，接着去做作业。”皮普说着，转身朝费园的方向跑去。

“你不是写完了吗？”裴申思在他身后喊道。

“我又想起来一个，很重要的。”

皮普听见他们俩同时咬了一口饼干。他加快脚步，穿过花园跑回了房子那里。他最后又回头从远处看了一眼，看到裴申思正在给娜桑德拉变戏法，这是士兵们在战壕里用来消磨时间的把戏：他打了个响指，丝手帕就钻进了袖子里。娜桑德拉欢呼着拍起了手。

皮普绕过房子，朝费园的正面跑去。已经是傍晚了，太阳低低地挂在树后面，在刚刷完的外立面和脚手架上投下阴影。

房子前面的空地上聚集了大约二十个书妖，还有两个书妖正在像押解重犯一样，把一个穿着灰色衣服、行动笨拙的男人从门口的台阶上往下拽。羊人卡修庇欧斯跟在他们后面，手里牵着一个金发小姑娘。羊人棕色的毛皮上溅满了粉刷外墙用的涂料。

皮普问旁边站着的一个书妖这两个人是谁，书妖说，他们是在二楼被抓到的，显然是刚从芙莉亚的房间里出来。那个大胖子叫科尼利厄斯·居利斯，以前是书城的市长，亚当学院的高官，小姑娘的名字叫七月。这两人说自己碰到了芙莉亚，是芙莉亚让他们来的。

皮普从书妖中间挤了过去，挤到了一个能看清这两个被抓住的人的地方。居利斯的身体非常宽大，挡住了后面的卡修庇欧斯和小姑娘。人群中一片抱怨和咒骂的声音，因为他们都清楚地记得在书城管制区里受到的压迫，并且认为这个居利斯也应该负一部分责任。皮普想的则是芙莉亚跟他讲过的那些关于这个市长的事。

“我是皮普。”他说。

居利斯好像很担心，不过还是挤出了一个微笑。

“你父亲给我看过你和你姐姐的照片，照片上的你还要小几岁。”

“您和我爸爸是朋友，对吧？”

“可以这样说。”

“您来过这里，他应该很信任你。”

羊人挑起一侧浓密的眉毛：“想想看这种信任的后果。”

居利斯转头看着卡修庇欧斯，情绪很激动：“提贝流斯的死跟我没有关系！”

金发小女孩靠在市长的肚皮上，对皮普露出一个迷人的微笑：“嗨，我叫七月。”

皮普一时间竟说不出话来，这个女孩太漂亮了。“皮普，”他终于说道，“跟《远大前程》的主人公同名。”不过这样被七月的蓝眼睛盯着看，他一点也不觉得自己有多了不起，反倒是膝盖有点发软。

“我十一岁。”她说。

“我也是。”

“芙莉亚跟我提起过你，她让我告诉你，她很好。”

“她快回来了吗？”

七月想了想，然后说：“她正在去圣堂的路上，那个穿条纹紧身裤的可怕女孩跟着她。还有伊西丝·霓莫霓思和一个男人。”

书妖中又是一阵窃窃私语。圣堂。伊西丝。这些词更加让他们起了疑心。

“这么说，她们找到地图了？”皮普问。

“比地图还好，”居利斯接过来说，“他们找到了画图的人。”

卡修庇欧斯已经放开了七月的手，他问道：“你们还有什么要转告我们的吗？”

居利斯点点头。“芙莉亚让我告诉一个七英尺高的南方军士兵，说她给我讲过莫莉的事，”居利斯挠挠乱蓬蓬的络腮胡子，“这是个暗号什么的吗？”

周围的书妖中有几个笑了起来，他们都听过裴申思那个关于下落不明的莫莉的悲伤故事。

“放了他们。”皮普说。

“现在你成了这里的首领了吗？”有人在人群中问。又是一阵笑声。

皮普不知道该说些什么，卡修庇欧斯来给他解了围：“这孩子说的对，我想，这两个人应该真的是从芙莉亚那里来的。”

大家七嘴八舌地发表意见，人群中一片嘈杂，不过到最后，理智还是占了上风。虽然有个别人反对，但大家还是决定不把女孩关起来，居利斯也可以自由行动，但得有人跟着。他曾经试图保护欧连德和他那些反抗军，虽然大家都知道这事，但有些人还是没法不把他当成学院曾经的帮凶。

“你们会不会刚好有些吃的东西？”居利斯问。“我们已经饿了很长时间了。”

“我也饿了。”七月看着皮普说，看得他身上一阵冷一阵热的。

卡修庇欧斯从自己的皮毛上拂掉已经干了的涂料：“我带你们去厨房。”他请其他人给自己和这两位客人让开一条路。人群渐渐朝两边散开，形成了一条夹道。

皮普看见漂亮女孩又笑了笑，于是他绕过人群，冲进房子，跑到了楼上自己的房间里，从床垫底下掏出最后一块宝琳的姜饼，又转身跑回楼下。

50

芙莉亚打开鸟喙书，穿过流动的岩石形成的隧道，来到一个高大的房间里。在她身后，将莱茵河畔的城堡与这个地方连接在一起的旋涡已经占满了整面墙。摩擦声和轰鸣声让她想起以前韦克福在修葺费园的时候用过的水泥搅拌机。

伊西丝第一个穿过了连通门，芙莉亚紧跟在她后面，然后是顿坎和凯特。在他们身后，墙壁又重新变得光滑，凝固成有花纹的墙纸。他们四下里查看，以为会有人攻击，但周围一片寂静。

这个房间跟费园的客厅很像，只是这里没有一摞摞的书，连一件家具都没有，只有遮住大厅左边窗户的窗帘。房顶上装饰着石膏图案，地板闪闪发亮，像刚打过蜡一样。

“这是个庇护所吗？”凯特问。

“不是，”伊西丝回答，“感觉不像。”

芙莉亚轻手轻脚地走到一扇窗户前，撩开一个细缝。透过窗户，她看见楼下有一个小广场，一个巨大的喷泉四周是华丽的城市建筑，建筑的外立面装饰是二十世纪初的青春艺术风格。路灯亮着，高大房屋上方的天空中，暮色已经降临。

“咱们这是在哪里？”她小声问。

伊西丝走到她身边：“我觉得是欧洲的某个大城市，很高贵的社区。”

有好几条狭窄的街道通向这个广场，街道两边停着车。“有人能看清车牌上写的是什么吗？”从这个距离，她只能看出车牌不是英国的。

顿坎越过她的肩膀朝外看去。“咱们在意大利。那是罗马的车牌。”

站在这里，她只能看见小广场的一部分。他们在四层，估计这也是一栋跟对面那种一样的豪华公寓。

“伊西丝！”凯特指着一扇高大的木门，门上有巨大的黄铜把手。门下的缝隙里透进来闪烁的黄色光芒，很亮，应该不是蜡烛。

“你们在这里等着。”伊西丝走到门边。她在穿越连通门前已经打开了紧身胸衣上的挂钩，这时，她的胸膛无声地打开了。她用一只手握着枪，顿坎也是，他没有理会伊西丝的话，跟了过去。

芙莉亚也跟上来，她一直跟凯特待在一起，为的是在受到书巫力攻击的时候能够保护她。

伊西丝把一只手放在门把手上，慢慢地打开了门。一片火光迎面而来，顿坎朝她冲了过去，芙莉亚和凯特也跑了过来。

大厅前部一根齐腰高的柱子上放着一个碗，里面有火苗在跳动，比壁炉里的火大不了多少。

“天哪，”凯特小声说，“是它吗？”

“你好，福纳克斯。”伊西丝说，她没有跨进门里。

亚历山大之焰身形暴涨，变成像一只狗那么大的火球从碗里跳出来，在地板上站起了身，但是木地板并没有被烧焦。随后，它旋转着向上，形成了一个一人高的柱子，长出了瘦削的胳膊和腿，最后变成了一个正在燃烧的人的样子。

“你们这是要再次向我挑战吗？”福纳克斯突然变成炽烈的白色，几秒钟后又变回了黄色和橙色。“我是东方世界的灾难，所有毁灭者中最具毁灭性的！我曾把亚历山大图书馆……”

“这个我们已经知道了。”伊西丝说。

“我不知道。”顿坎提醒道。

“哈！”那个没有面孔的火人说，“那就好好听着，你这个一点就着的矮子。我是福纳克斯，亚历山大之焰。毁灭者福纳克斯，无敌的福纳克斯，可怕之中的可怕，我要……”

“你在这里干什么？”芙莉亚打断了它。“马杜克把你放了？”

“放了？”火焰人越来越高，几乎顶到了天花板，“是因为有人需要我的帮助，他们不断恳求，所以他才万分不舍地将我……”

“你是个下三滥的守卫，”伊西丝打断它的话，“马杜克发现自己珍贵的藏品变成什么样子之后，肯定不会有多高兴。说不定他还很高兴能摆脱你。三大家族提出来要你的时候，他肯定没怎么反对，是吧？”

火焰含含混混地嘟囔了些什么，同时朝四面八方吐着火星。“那个不重要，”它最后说，“因为现在你们来了，我可以复仇了。”

“你真想试试？”伊西丝问。

福纳克斯像一团火焰飓风一样朝他们扑过去，芙莉亚、凯特和顿坎都从门边退开了，只有伊西丝站着一动不动。福纳克斯果然停了下来，它长出了更多的胳膊和腿，冲伊西丝挥舞着八条火焰臂，以示威胁。

伊西丝轻轻叹了口气：“走开。”

“你说什么？”福纳克斯用雷鸣般的声音说，它每动一下，都会放出灼人的热浪。“你怎么能这么跟能烧毁万物的福纳克斯说话呢？我是残酷的天火！我吞噬过人类的文明，教会了那些帝国什么叫畏惧！跪下，你这个纸张的奴隶，在福纳克斯面前，跪在跟你一样的灰烬中！”

鸟喙书紧紧地把长脖子绕在芙莉亚的手腕上，小声说：“虽然这家伙是个爱唠叨的讨厌鬼，但它毕竟是火，可不能掉以轻心，书更是要小心。”

听到这些话，芙莉亚想起了福纳克斯在马杜克堡垒中曾经说过的话，突然间，她明白伊西丝要干什么了。因为伊西丝就是一本活着的书。福纳克斯曾经毫不掩饰地说过，它因为在烧掉亚历山大图书馆的时候吞了太多的书，所以永远都不想再烧书了。

顿坎俯在伊西丝的耳边：“激怒它或许不是聪明的做法。”

“相信我。”伊西丝说着迈进了门里，直直地从目瞪口呆的福纳克斯身体里穿了过去。火焰包裹住她，但随即又哀鸣着从她身上退开了。亚历山大之焰飞一般地逃到了房间的另一侧，失去了人形，又变回了颤动的小火球。

“你不是人！”福纳克斯抱怨着，那腔调就好像伊西丝在打牌的时候出千了一样。“啊，你可真阴险！这不公平！”

“我是一本书，而你不能伤害书。”伊西丝回答道。离开马杜克堡垒之后，她有足够的时间琢磨福纳克斯说过的话。她的皮肤像被太阳灼伤了一样红彤彤的，但没有受其他的伤，只是黑色的衣服上有烟雾升起。她走过房间，分离了胸膛中的一页书页之心，书页之心的白色光芒射在房子中间的那个石柱上。她在石柱前站住，双手将上面的那个碗拿了下来。

“是你自己进去，还是要我赶你进去？”她问。

福纳克斯像个球形闪电一样在角落里跳来跳去，哀叹着抱怨命运的不公。

“我想，它离不开这个碗，就像瓶仙离不开自己的瓶子一样，”芙莉亚小声对凯特说，“它逃不走的。”

顿坎看上去依然是随时要为伊西丝赴汤蹈火的样子。芙莉亚开始喜欢他了。

“怎么样？”伊西丝问。“我也可以毁了这个碗，如果你愿意的话。要想把这个金属碗像纸一样揉成一团，我只要动动心思就可以做到。”

这话可能是真的，也可能不是，但是它起作用了。“不要！”福纳克斯喊道，“那我就完了！”

顿坎皱起眉头：“这倒是个好主意。”

伊西丝伸出胳膊，举着那个碗，闭起了眼睛。她胸膛中的火焰更亮了。

“哦不，不。”亚历山大之焰哀求道，它缩成一个拳头大小的火球，高高地弹跳着钻进了碗里。“我来了！我来了！”

伊西丝放松下来，睁开了眼睛，随即被一团炽烈的光芒笼罩，芙莉亚和其他人一惊之下转开了头。顿坎大叫着冲进房间里，芙莉亚也想跳过去，但被凯特拉住了：“别！等等！”

顿坎还没跑到一半，那光就消失了，伊西丝喘着粗气站在那里，胸膛中的书又合上了。她右手里握着一个灰色的金属球，比网球大不了多少。

“接着！”她对顿坎说，随后把球扔给了他。

顿坎接住球，在手里掂掂，嘟囔道：“一点都不热。”

“就让它先在里面待着吧。”

芙莉亚仿佛听到了一阵谩骂和号哭，声音很远，越来越小。“它没有死，对吧？”

伊西丝摇摇头：“只是被关起来了。我想它很好，暂时不会再烧到任何人了。”

顿坎把球还给她，伊西丝将球塞进了黑色斗篷下面。空气中有一股羊毛烧焦的味道。离近了，芙莉亚才看到伊西丝的脸和手都特别红，比第一眼看上去的要严重。她的鼻子和额头在脱皮，浅色的眼睫毛也烧焦了。

“你并不是很确定能行，对不对？”

伊西丝苦笑了一下：“我不只是一本书，但关键是福纳克斯以为我是，不是吗？”

顿坎看上去想要使劲摇晃她，就像摇晃一个胡闹的孩子那样，但最终他只是紧紧地抿着嘴，碰了碰伊西丝的手。

他们一起走向前厅另外一边的门，刚才的声音本应该已经引起了别人的注意，但外面依然静悄悄的。

他们离开了这个房间，走进一条长长的走廊。走廊两边都是敞开的门，所有房间都是空的，地板上满是灰尘，墙纸泛着黄色。

“这是伪装吗？”芙莉亚问，“将罗马某个地方的一栋城市公馆做成通向圣堂的中转站？”

顿坎抓抓胡子：“但是，没有守卫？”

“这里根本就没有人，”伊西丝说，“也没有书，为的就是防止有人穿越到这里来。”

他们穿过一道门，走进楼梯间，这里有宽阔的大理石楼梯，锃亮的黄铜栏杆，地上镶着马赛克，圆弧形的楼梯向下穿过三个楼层，每一层都有一扇一模一样的门。

“每个家族一扇门，”走下楼梯的时候，凯特嘟囔着，“第四层是连通门。”

这里的一切都让芙莉亚有种不真实感，就像是电影的布景一样。伪装的真实仿佛面具，面具后面藏着另外一个重要得多的地方，也许就在很近的地方。

“如果就在这个房子里的话，我应该会有感觉，”伊西丝皱着眉说。这下她看上去更憔悴了，假如真的是阿布索隆的书让她撑到了现在，那这本书的效力真是惊人，而她为此付出的代价也很高。“这里什么都没有，我还从来没有见过像这里这么空、这么死气沉沉的地方。”

“也许它不在房间里面，”芙莉亚若有所思地说，“那么外面呢？”之前她把额头抵在窗玻璃上看外面的广场时，注意到了一样东西。

她几步跨过底层的大理石门厅，猛地拉开一扇玻璃门，这扇门和大门之间还有一个挡风的小隔间。打开大门后，大城市沉闷的噪声和清凉的晚风迎面而来，几级台阶向下伸向空无一人的人行道。

“跟我来！”她冲身后喊道，然后朝小广场上的喷泉跑过去。五条狭窄的街道在这里交汇，街灯的光照亮了一块牌子，上面写着明乔河广场。

她心中一阵狂喜，朝右边看去的同时，她就知道自己已经找到第二道门了。在一条短短的小巷尽头，离他们不到一百米的地方，两栋建筑之间竖着一个巨大的拱门。拱门下是行车道，上面还有两层建筑，建筑上所有的窗户都黑着。

广场四周林立的房屋里应该藏着一个由房间、大厅和走廊组成的迷宫。高大的房屋外立面上有石头做的阳台和敞廊。芙莉亚明白学院为什么要选择这个地方了，也许这整片地方都是被他们拿来做这个的。这里既不像费园在偏远的乡下，也不像曾经的罗森克罗兹城堡孤零零地建在山上。明乔河广场本来就是罗马迷宫一样的街道的一部分，极普通又极奢华。人们可能惊异于这些房屋窗框上繁复的装饰，嵌在小格子里的石头雕像，但是不会有人想到，这里除了富丽堂皇的豪华公寓和昂贵的律师事务所，还会隐藏着其他什么。

“那个拱门？”凯特问，“就是连通门？”

芙莉亚点点头。这其实只是她的猜测，但她很确定自已猜的是对的。站在喷泉边，她看着那条街，街两边都停着车，拱门的那边有一个十字路口，她看到有汽车的灯光闪过。

"伊西丝？"她看看其他人，发现伊西丝靠在一辆停在那里的车上，正在激动地跟顿坎说着什么。顿坎先是摇摇头，后来又妥协了，他掏出一本书，犹犹豫豫地打开，自己并没有往书上看，而是非常不情愿地把书举到了伊西丝面前。她看了几行，贪婪地想去抓那本书，但顿坎已经把书拿走了。她看上去似乎要扑向顿坎一样，芙莉亚已经打算去支援顿坎了，但她已经又控制住了自己，不再阻拦顿坎把书收起来。她颤抖着直起身子，似乎突然长高了一寸，眼睛里反射着黄色的灯光，她先是朝芙莉亚看了看，又看了看拱门。

"走吧。"伊西丝说。她又碰了碰顿坎的手，跟他小声说了些什么。顿坎点点头，看上去很沮丧，芙莉亚不禁又想到顿坎所肩负的这个责任有多么沉重。

他们四个一起走上那条街，离拱门越近，芙莉亚越觉得这条路是正确的。她第一次跟着父亲穿过天鹅巷去通向书城的罗马桥时，就有过类似的感觉。当时提贝流斯告诉她，学院喜欢用古建筑作为普通世界和庇护所之间的连通门，把一栋本来就是两个地方之间连通门的建筑做成通道会比较容易。

明乔河广场边的拱门是一个庞然大物，上面装饰着神话故事题材的石雕，有巨大的柱子和石像。在拱门正中，车道的正上方，一盏铁制的枝形吊灯被铁链悬着，跟路边停的小汽车差不多大。拱门里最高的地方装饰着蓝色和金色相间的图案，看上去就像是一个非常艺术化的形象图。

"应该就在这里了。"她小声说。

"又是你当钥匙？"顿坎的声音里有一丝怀疑。

"咱们会知道的。"*只有五大家族的成员能开启通道*，城堡是这样说的。

"设立圣堂的时候，罗森克罗兹家族参与了吗？"凯特问。

伊西丝抢在芙莉亚前面回答说："五个家族都参与了，他们后来才闹翻的。"

"他们应该是后来才把连通门挪到这里来的，"顿坎说，"这个拱门和这里的房子肯定不超过一百年，圣堂在那时应该已经有好几百年了。"

"我听说他们一开始挪了好几次入口，"伊西丝说，"直到幸存的罗森克罗兹家族成员全都销声匿迹之后，他们才放松了戒备，将连通门的位置固定了下来。这里的一切说不定都是出于这个目的而建造的。"

在离拱门还有几步的地方，芙莉亚停了下来，抬头看看那盏巨大的吊灯："你们都站在我旁边，一直到所有人都穿越过去了。"

"不管那边是什么。"凯特说，对这个甚至称不上是计划的计划不怎么兴奋。

芙莉亚跟其他人一样，都清楚他们可能是在闭着眼睛往火坑里跳。但是他们有其他选择吗？抵抗组织还从来没有如此接近过亚当学院的核心。

此外，她心中还有一样东西在激励着她，那就是作为罗森克罗兹家族成员的自豪感。经过这么多年，她的家族第一次有机会为祖先当年遭遇的不公复仇。

"听说学院将圣堂隐藏得非常好，"伊西丝的声音听起来比之前要有力许多，说的话也多了些，阿布索隆书起作用了，"据说它深深地隐藏在书页之间，以免有书巫误打误撞地到进到那里。"

"也就是'想法'现在正在肆虐的那个地方。"顿坎嘟囔道。

"你们准备好了吗？"芙莉亚边往拱门下走边问。

"还行。"鸟喙书说。

"一点也不。"顿坎说。

"我真希望菲尼安在这里。"凯特小声说。

51

皮普的姜饼硬得像石头一样，但七月还是很高兴，她行了一个优雅的屈膝礼表示感谢。

“我姐姐不会屈膝礼，”皮普说，“她是个村姑，每个人都这样说。”

“她也不是给老男爵夫人读书的人。”金发小姑娘侧过脸朝他微笑着，他们这时正在费园的走廊里溜达。皮普带她看了自己最喜欢的几个地方，特别是放满了家具的阁楼，那上面的家具都用白色的床单盖着。现在，他们正朝皮普要展示的最精彩的地方走去。

“你真好，”小姑娘说，“我是说，你还带我到处看。”

皮普的脸发烫，他躲开了小姑娘的眼神，害怕自己会露出蠢相。就像一个还不习惯跟漂亮姑娘说话的小男孩，他还不习惯跟除了芙莉亚之外的任何一个女孩说话，而芙莉亚也不能算是个女孩。

“最精彩的地方还在后面呢，”皮普说，“但是你也可能会特别害怕。”

小姑娘的笑声像银铃一般，听上去非常迷人。“什么都不会让我害怕，这里没有任何东西会比生活在西摩尔家的城堡里更可怕了。”

“有些人觉得他是个怪物，但他并不是。”

“他？”

“他的名字叫萨姆沙。”

“你的狗？”

“萨姆沙不是狗。”皮普咧嘴笑了。

墙上挂的风景油画在皮普看来似乎比平常的颜色要鲜艳得多，已经被踩得非常破旧的红地毯仿佛在放光一样。

“在你们这里就好像坐着时光机回到了过去。”七月说。

“什么意思？”

“一切都这么……旧。”她站过来，拉住皮普的手。“西摩尔家也有旧东西，但是现代的东西他们也有，比如电话。你们这里有电话吗？”

被她的手拉着，皮普感到心烦意乱。除了小姑娘紧紧握着自己手的冰凉手指，皮普什么都感觉不到。她的手真是很凉，不过芙莉亚的手也是这样的。冻得手脚冰凉是费园生活的一部分，得学会接受这个。尽管如此，他还是希望能够把七月的手暖热。

“我们有一部电话，”皮普有些匆忙地说，“确切地说，我们曾经有过一部电话，现在还放在某个地方，但是没有人用，已经不能打了。”

“为什么要一部不能打的电话？”

“爸爸一直没有付电话费，所以他们就把电话停了。芙莉亚说我们应该再去申请一下，但是她一直没有去。”

“我真的得赶紧打个电话。”

“给谁？”

“给我家，西摩尔家把我绑架了，你忘了吗？”

“哦，你家人肯定很着急。”

“肯定的。”她朝皮普走了半步，皮普现在都能闻到她头发上的味道，看到她在说话的间隙如何咬住自己的下唇，很轻很轻。“这对我来说真的非常非常重要。”

“这里还有个手机，应急用的，我可以去问问是谁在拿着。”

“你会为我这样做吗？”

“那当然。”他很高兴看到小姑娘又笑了，看上去没有刚才那么严肃了。

“你真好。”她先是看着皮普的眼睛，随后，她在走廊边的一张小桌子上发现了一样东西。“哦，看啊，烟与镜！”

果真，那里放着一包打开的烟与镜，旁边还有一个银色的打火机和另外几个抽烟的小工具。烟灰缸已经满了一半，七月压低声音，就好像要搞什么阴谋一样：“咱们可以抽烟。”

“我试过，味道很恶心。”

七月把那包烟托在手里，好像在努力抵制诱惑似的，最后，她耸了耸肩：“这里没有人会禁止咱们这样做，对吧？那就没多大意思了。”

皮普感到有些头晕，于是深呼吸了一下：“我先带你去看萨姆沙。”

她的微笑只是要掩饰自己的不耐烦吗？他闪过了这样的念头。

“就在前面。”皮普指着走廊那头说。他听见七月在自己背后把烟丢回了桌子上。“好吧，”她放开皮普的手，跑到前面，突然着急起来的样子，“快来，我要看看他。”

皮普赶上来，在一扇门前站下，敲了敲门：“萨姆沙？是我。”随后，他压下门把手，把七月带进了房间。

大甲虫跟平常一样仰面躺着，怀念曾经的美好时光，六条腿弯曲着放在肚子的甲壳上，发现皮普后，他像打开折叠刀一样，打开了一条前腿，随后，那条腿就又缩了回去，皮普知道，这是萨姆沙在向他打招呼。在情绪好的日子里萨姆沙会这样做。

七月没有出声，跟着皮普走到床边。她看上去并不害怕，只是好奇而已，一时间，她似乎忘了要给父母打电话的事。皮普突然冒出了个想法，假如七月能在这里多待一段时间，不要那么快回到自己父母亲身边，那该多好。不过他自己也被绑架过，知道七月肯定希望能尽快回到喜欢自己的人身边去，而不是留在他这里，在这个荒郊野外的一栋四壁漏风的房子里。

“我能摸摸他吗？”

“我可以问问他。”

“我不能自己问他吗？”

“你试试吧，他并不是谁都理会的。”

七月走近床边，又行了一个她那种屈膝礼，说：“我叫七月，你是萨姆沙吧，我能跟你做朋友吗？”

一根黑色的触角抖了抖。

“他大多数时候的情绪都不好。”皮普说。

“如果我是他也会这样，”七月又试了一次，“我能摸摸你的腿吗？萨姆沙·甲虫？”

“我觉得萨姆沙应该是他的姓。”

七月想了想，然后点点头，显然因为有了个新点子而感到高兴：“嗨！萨姆沙先生。您看上去非常忧伤的样子。”

突然，甲虫的两条触角怯怯地朝七月这边伸了过来。七月慢慢地向他伸出食指，好让萨姆沙能够得到。皮普觉得七月很知道怎样让别人满足自己的愿望。

萨姆沙长长的触角小心翼翼地向七月弯了下来，它们短暂地停顿了一下，然后轻轻地颤抖着继续往前伸。两根触角同时碰到了七月的手指尖，指尖和触角就这样在一起挨了两三秒钟。

接下来的事情发生得太快，皮普无暇看清细节。甲虫的口器里发出尖锐的咝咝声，萨姆沙翻到了床垫的另外一边，随着一阵沙沙声，他六条腿着地，钻进了床底下。

七月后退了一步，惊讶地看着自己的手指。皮普正在想是否应该先安慰一下七月，却发现七月并没有不安，只是惊讶而已。皮普感到很意外，他在床前跪了下来。

“嗨，”他把头歪向一边，看着床底下，“怎么了？”

萨姆沙像缩在洞穴里一样缩在黑暗的角落中，朝他发出咝咝的声音，头上的两个钳子紧张地在空中挥动。

“他不喜欢我。”七月走到皮普身边，但她没有蹲下。

怎么会有人不喜欢她呢？萨姆沙估计是被困在这个昆虫的身体里太长时间了，忘记了一些事情，例如碰到女孩的时候，应该如何举止有礼。也许他一直就是这么个孤僻的性格，害怕女人。

“我最好还是走吧。”七月说。

萨姆沙的触角在空中疾速地挥来挥去。皮普还从来没有见过他这个样子，哪怕是他以前提出要用擦家具的油给他的甲壳抛光时，情绪都没有这么激动过。

皮普叹了口气，站起来，最后又看了看床垫上的那个坑，拉起了七月的手：“他并不是很有礼貌。”拉着七月的手时，皮普在内心深处细细体会，想找出萨姆沙刚才感觉到了什么。但他只能感到胳膊里麻酥酥的，很舒服。

“咱们以后再试试吧。”他说。

七月跟着皮普走到门口，她没有再回头看，就好像已经把萨姆沙忘记了。她又重新把全部心思放在了皮普身上。

在门外的走廊上，皮普问：“你还想再看些什么吗？”

她的蓝眼睛里掠过了一丝不耐烦，随后，她又恢复了微笑，点了点头。

在去一楼的楼梯上，他们碰见了几个书妖。书妖们刚吃完晚饭回来。他们好奇地打量着七月，小姑娘也友好地跟这些男男女女打了招呼，虽然并没有行屈膝礼。其他书妖已经在继续往前走了，但是一个上了些年纪的女书妖依然盯着他们的背影，皮普急急忙忙地拉着七月拐过弯，因为他不喜欢那个女人死盯着七月看的样子。

没多久，皮普就带着她走进了昏暗的花园里。窗户里面亮起灯，灯光反射在七月的长发上，闪着金色的微光。七月穿着一件芙莉亚的夹克，上面有很多口袋，每一个口袋都大到能装下一本鸟喙书。

阵雨过后，草地闪闪发亮，寒冷的风从山丘上吹进山谷里。

“咱们要去哪儿？”七月问。

“你马上就能看到了。”

他们来到小教堂后面的墓地，在坟墓之间，紧挨着一个双手捂脸的女人石雕旁有一棵白色的树，昨天这里还没有这样一棵树。娜桑德拉晚上在这里扎了根，因为裴申思和她坐在一个坟墓的底座上一直聊到了太阳下山，确切地说是裴申思手舞足蹈地说，娜桑德拉默默地听，同时用自己的大眼睛看着裴申思。皮普从一扇窗户里看到了他们，他很高兴自己带七月参观费园的时候，这个贴身卫士没有寸步不离地跟着自己。

这棵桦树很娇小，是棵小树，树干细细的，叶子也不多。四季更迭对卡利斯特没有什么影响，他们每天早上都会落掉所有的叶子，到晚上这些叶子又会长出来。这里唯一的光线是从费园那边照过来的，不够亮，因此看不见白色树皮上那些针尖一样细密的字。

“她叫娜桑德拉。”皮普说。

七月看着树旁的那个石头雕像："她为什么会有名字？"

"不是那个雕像，是这棵桦树，她是一个卡利斯特，晚上她会变成树，白天她是人，就算是人吧，"皮普知道自己这样说会把七月搞糊涂，所以补充道，"她以前曾经是一本心灵书。"

七月走到树前，把一只手放在树干上。

"摸着很普通。"

"她现在就是一棵树。"

小姑娘围着树干转悠，手一直放在树皮上："这里的人生活得挺有意思的，你肯定觉得自己像是马戏团的驯兽师吧。"

皮普皱起眉头："他们是我的朋友，不是用鞭子抽着在帐篷里跑来跑去的动物。"

"当然不是，对不起。"

她是在用指甲刮娜桑德拉的树干吗？皮普往树前走了一步，但这时，七月已经把手从树上拿下来了。

"你为什么让我看这个？"她问。

皮普没有说话，因为他觉得自己的理由突然显得很傻。他本来是想告诉七月自己是怎么跟裴申思来到这里，那个好脾气的巨人又是怎么样跟娜桑德拉分享了自己的薄荷饼干，两个人后来又是如何一直一起坐在外面，因为他们开始互相喜欢了的。在心里，皮普希望七月也能跟自己一起坐在这里，虽然夜晚很冷，而且还在刮风。或许她也会有一点喜欢自己。

"因为……"皮普开口说。

七月似乎又随手摸了摸那边的桦树干。

"没什么，"他说，"就是想让你到处看看。"

"哦哦，"她对树做了些什么，可能她自己都没有意识到，"我现在真的想给家里打个电话，他们肯定想马上来接我。你们这里有地址吗？"

这里有地址，但父亲曾经立下过严格的规定，不让他们对外人提起这里的地址，更不能告诉那些知道书巫术和亚当学院的人。

“他们不能来这里接你，”皮普说，“而且我也不确定从这里给他们打电话是不是个好主意。”

她从树干上撕下窄窄的一条树皮，那声音很难听。他们头顶上的树叶扑簌簌地摇了一下。也许，那是一阵风。

“你在干什么？”皮普喊道，“别这样！”

她看着皮普，然后又看了看手里那块白色的树皮，就好像自己也不清楚树皮是怎么跑到她手里的一样。

“她会疼吗？”她问。

“那当然！”

“但她就是一棵树啊。”

“她是一个卡利斯特，我已经告诉你了！”

“在我看，她就是一棵非常普通的树。一棵可以砍了，然后锯成块扔进壁炉里的树。”

“你为什么会说这么可怕的话？”

七月嘲笑他：“皮普，你们家到处都是壁炉！你们难道不在壁炉里面烧木头吗？”

“肯定不会烧卡利斯特。”

她丢掉那块树皮，用手抓住树干，又撕了一条树皮，但是没有全部撕掉：“如果把她锯断会发生什么？她会变身吗？还是依旧是一大块木柴的样子？”

皮普跳过来，想把她从娜桑德拉身边拉开，但七月抬起另一只手，朝他伸了过来。“别碰我，否则我就再撕一块下来！”

皮普强忍着怒气停下来，离她只有三步远。他不经常希望自己是个书巫，但是此刻，他很希望自己是。假如有本心灵书的话，自己就能一下子把她打飞。

“我给你一个建议，”她说，“你给我把那个手机拿过来，不要告诉其他人，然后告诉我这里是什么地方。我打个电话，就放了你的朋友。”

四周的东西仿佛都在围着他打转似的，但是皮普的脑子却非常冷静，他也没想到自己竟突然能这么清楚地思考。七月骗了他，骗了他和其他的人。或许她的确是只有十一岁，但是她并不是皮普以为的那种漂亮女孩，她的内心非常丑陋，要看出这一点，甚至都不用像她对娜桑德拉做的那样，把她的皮揭下来。

皮普正想开口，房子那边突然传来了说话声。

“皮普？你在外面吗？”

裴申思，他在找皮普。

“别出声。”七月用威胁的语气低声说。

“我们在这儿！”皮普用坚定的声音喊道。

她又撕了一块树皮下来，这一次的几乎跟她的小臂一样长，随后发生了一件出人意料的事：皮普正想往前跨一大步抓住她，她就已经像只猫一样朝树上跳了过去，敏捷地顺着树干爬了上去。小树最下面的树枝离地大约两米，七月爬上去的速度之快，让皮普连决定是否要跟着爬上去的时间都没有。整棵树扑簌簌地响，七月往树冠上爬去的时候，幼嫩的树枝弯曲得让人担心，有些地方的树枝断了。就她一个人，娜桑德拉都几乎承托不住，两个人的重量会让娜桑德拉受重伤的。

“皮普！”两个手电筒的光柱一晃一晃地照过来，是裴申思带着几个人过来了。他们到墓园的时候，皮普看到裴申思旁边站着农牧之神卡修庇欧斯，此外还有市长居利斯和在楼梯上碰到的那个花白头发的女书妖。

“别过来！”七月从树冠上朝下喊，随后就是树枝折断的声音。她把树枝丢给皮普，皮普捡起来，看到手指粗细的树枝上断裂的地方有着粉红色的液体。

“等等！”他对裴申思和其他人喊道，“别走了！”

他们果然停了下来。

树叶又是一阵摇晃，这一次皮普很确定那不是风刮的。

“找个人去给我拿手机来！”七月命令道。她隐在树冠里几乎看不见，白色的裙子在一片黑暗中只有模模糊糊的灰色影子，跟纵横交错的桦树树干交融在一起。她爬到三米高的地方就上不去了，再往上的树枝都太细，托不住她。皮普觉得她正蹲在一个树杈中间，但不是很确定。

裴申思终于明白发生了什么，他咚咚地朝皮普和桦树走过去：“如果你敢伤害娜桑德拉，我就把你身上的每一根骨头都掰断！”他边吼边用手电朝树枝间照去，同时用另一只手去拔枪。

“在这之前，我会先掰下来一堆她的树枝，”作为这个年龄的孩子，她显得特别冷血，“放下手电！”

“抱歉，”皮普沮丧地对裴申思说，“她骗了我。”

那个上年纪的女书妖走了过来：“我认识她，她的真名叫潘多拉·西摩尔。一开始我还不确定，因为当时她还很小，但是现在我认出她的这种笑了……看着像天使一样，实际上是个魔鬼。”

“你是那个厨娘！”小姑娘从上面朝下喊道，“一个连土豆皮都削不好的笨蛋书妖。”

“她强迫书妖们为她工作。”女书妖轻蔑地说。

“早就不了，”潘多拉反驳说，“因为书妖连最简单的工作都做不好。”

裴申思朝树干走了过去：“我马上就让你看看谁是这里……”

有什么东西滴在了他的脸上——一股细细的液体。

“这是打火机里的！”她喊道，随后，树枝间亮起一个小火苗，“皮普很热情，带着我参观了房子，一路上，我找到了各种可以用的东西。一个打火机，一瓶补充液体，一把刀。我穿的夹克上有很大的口袋。”

皮普真想爬到树上去，他气愤极了。但裴申思拉住了他 :“咱们会抓住她的，别担心。”

“嗨，你！”小姑娘喊道，“把手电关了，枪扔掉！扔到后面的灌木丛里去！”

“什么枪，这是左轮手枪。”裴申思说着，把手电关了。

“扔了！”

“我先把你打下来。”

“你可以，”潘多拉迅速地换了个位置，发出一阵沙沙声，可能是要在树干后面隐蔽起来，“不过在这之前这个卡利斯特就会被点着。”

“难道你想连自己一起点着？”皮普喊道。

“你要不要试试看？”

裴申思温柔地摸了摸娜桑德拉白色的树干，把手拿开时，他的手指湿漉漉地闪着光。他把手指放在鼻子前闻了闻，虽然离得很远，皮普依然能闻到一股汽油的味道。潘多拉在树干上倒了这些液体。

“逼我下来啊，”她说，“还没等你们抓到我，我就会把打火机点着，扔在树干上。你们真觉得还能救得了她？”

“她当时就是个坏坯子，”女书妖说，“特别特别恶毒，她最喜欢撕鸟喙书的书页。”

皮普想吐，他对自己的愤怒几乎跟对潘多拉的一样强烈。

“不是你的错，”裴申思说，“女人会把男人耍得团团转。”卡修庇欧斯和其他书妖慢慢靠近的时候，裴申思将他的两把左轮手枪扔进了灌木丛。然后，他朝上面看去 :“满意了？”

“让其他人都走开。”

“走开！”裴申思转头朝后喊。

“让一个人拿手机过来！”潘多拉加上一句，“找个跑得快的，不要那个胖子市长。要那个羊人！”

“然后呢？”裴申思问。

“她想给学院的人打电话，”皮普说，“告诉他们我们在什么地方。”

“真是个彻头彻尾的西摩尔。”女书妖说。

“滚开！”潘多拉喊道。

裴申思给其他人做了个手势：“照她说的做！”

一阵窃窃私语传来，不过居利斯和卡修庇欧斯已经伸开了胳膊，开始把其他书妖往回推了。费园亮着灯的窗户前，书妖们的身影越来越小。

“现在等着吧。”潘多拉说，她看似漫不经心地按着打火机，火光亮起，两下，三下，但是她并没有把火靠得离娜桑德拉太近，没有点着她。

“如果你再折断她一根树枝，我就把你的头拧掉！”裴申思喊道。

回答他的是又一声的“咔嚓”，接着，一根树枝从黑暗中掉了下来。

裴申思愤怒地大吼起来，这时，树冠突然痛苦地颤抖起来。

“别再吓唬人了，大个子，”潘多拉说，“我姐姐很快就会坐在学院的委员会里，如果西摩尔家能给其他家族看看一个被端掉的反抗者老巢，那肯定很不错。”

一个反抗者的老巢？皮普心想，难道还有其他的？

“我可不管你是不是个小孩，”裴申思说着，温柔地捡起那根被折断的树枝，“我一样会杀了你。”

“那个羊人最好快点。”她无动于衷地说。

打火机点着，又熄灭。

又点着。

52

阿提库斯·阿博加斯特把枪插回大衣下的枪套里。他的脸上没有任何表情，就好像刚才被打中的不是他所在的这个世界的统治者，而是射击场里的靶子。

他旁边那个脏兮兮的黑发男孩看上去依然呆呆的，但詹姆士觉得男孩空洞的眼神后有什么东西在苏醒。由于书巫术在这里被封印了，所以阿博加斯特对他的控制也减弱了。看男孩的样子，应该是吃了些苦头的。

琥珀圆桌周围躺着委员会成员们的尸体，尤里乌斯·坎多斯的脸上仍然保持着死去那一刻的目瞪口呆。格里高尔·冯·罗恩穆特被子弹打得朝后飞了出去，把他的夫人连同椅子一起压在身下，他的夫人也死了，连喊都没来得及喊上一声。

卢碧娜·坎多斯在被子弹放倒之前，从桌子边朝金色的大厅里退了几步。最后一颗子弹紧接着把她的女儿打倒在地。尽管詹姆士从连通门边看不到丽薇娅，但他能听到圆桌后丽薇娅沉重的喘息声，那声音被大厅布满星辰的穹顶放大了几百倍。

“不能让她活着。”老男爵夫人说。

詹姆士意识到就算自己反对也没有用，但他还是做了：“她已经没办法再伤害什么人了。”

“既然动手了，”阿博加斯特说的时候并没有看他，“那就最好干得彻底。”他把那个男孩留在詹姆士和老男爵夫人这里，绕过圆桌走了过去。他走了一会儿，才绕过那个巨大的桌子，随后，他停了下来，冷冷地看着地上，又掏出了枪。

“请您告诉他，让他不要这样做。”詹姆士恳求老男爵夫人。

“我已经为这里的一切做了太久的准备了，”老男爵夫人回答说，“差点因为威特和蕾切尔的幼稚行为毁掉一切，我不得不比计划中提前动手。我不会再冒这种险让谁横生枝节了，更别提是丽薇娅·坎多斯。”说到这里，老男爵夫人朝格里高尔·冯·罗恩穆特走过去，捡起了尸体边的枪。

阿博加斯特瞄准躺在自己面前的丽薇娅，她急促地喘息着，对阿博加斯特发出嗞嗞的声音。从圆桌这一边，听不出她说的是什么。

詹姆士身边的男孩发出了一声叹息，大厅将他的叹息声传到了阿博加斯特的耳朵里，正要开枪的阿博加斯特停了下来，看着詹姆士：“嗨，书妖，看着他，别让他醒过来的时候乱动。”

詹姆士看着那个男孩，男孩眨了几下眼睛，就好像被光刺到了眼睛，绑在背后的双手扭来扭去的。

“我来，”老男爵夫人说，“您去对付那姑娘，阿提库斯。”

丽薇娅又朝阿博加斯特低吼了一声，随后，阿博加斯特便扣下了扳机。那声枪响在詹姆士听来，仿佛比之前所有的枪声都要响上好几倍，在琥珀星星下面不断回荡。

詹姆士身边的男孩想说什么。

“你叫什么？”詹姆士小声问。

“菲……菲尼安。”

几步远的地方就是能够回到罗马去的那个拱门，但是没有三大家族的成员带领，他们无法自己跨越这道门，而现在唯一能够做到这一点的人，正带着毫不掩饰的得意朝他们走过来。

詹姆士决定把老男爵夫人的注意力从菲尼安身上引开，好让他有更多时间摆脱阿博加斯特的控制。“威特和蕾切尔怎么办？”他问着，朝老妇人走了一步。“他们难道不会出现在这里吗？”

“他们可能会试着过来，但是他们会发现，通向圣堂的路被封住了，因为几分钟之后，这里就将不复存在。”

“您要把这里的一切丢给‘想法’？”他不知道这些“想法”是什么，但是他了解它们所带来的威胁。

“圣堂会消失，”老男爵夫人说，“没有人会知道发生过什么，也不会有人问为什么以后学院的高层只有唯一的一个人。”

詹姆士用眼角的余光看到，菲尼安的意识越来越清醒，老男爵夫人的视力并不像她自己装得那样差，但是在这个距离，她要想看清菲尼安的表情还是有困难的。

阿博加斯特也往回走了。詹姆士很想知道老男爵夫人是用什么收买他背叛其他人的。让他能够继续参与决定书巫世界的命运？或者他本身就是幕后操纵者，只是需要一个三大家族的成员，让他能够保持对外的合法性？也许这件事的背后还有其他人，很多能够从篡权中获利的同谋。

“没有书巫能够毁掉《卡斯托迪斯法典》，”老男爵夫人用冯·罗恩穆特的枪点点菲尼安，菲尼安站在詹姆士后面，露出半边身子，“所以得由他来做。”

詹姆士朝菲尼安转过去，眼睛同时盯着阿博加斯特，阿博加斯特在桌边还剩下四分之一的距离要走。

菲尼安又努力想挣脱束缚，书巫术的控制已经消失了，但他似乎还有点辨不清方向。他知不知道自己在哪里？

“你是游吟兄弟的成员。”老男爵夫人用谴责的语气说。

詹姆士打量着菲尼安，一股敬意油然而生。这个被通缉的恐怖分子的年纪真是小。詹姆士思忖着，不知道自己对于老男爵夫人来说是不是已经没有用了。

“你走开。”她说。

詹姆士仔细听着。老男爵夫人手里的枪很小，看上去就像是待错了地方一样。不过，他并不怀疑老男爵夫人知不知道怎么用枪。在过去的这些年中，他从这个老妇人身上学到了很多东西，尤其是不能小看她这一点。

“去把我的心灵书拿到门槛那里去。”

詹姆士走到圆桌旁她的座位那里。那本封皮伤痕累累的沉重的书在圣堂里不起作用，但他还是很不情愿地用双手捧起书，带着书回到了老妇人身边。

“还有你，”老男爵夫人对菲尼安说，“现在到桌子上去。”

男孩没有回答，他似乎没有反应，詹姆士发现他还在新地方给他的各种感觉中挣扎。一个琥珀组成的世界，大得不真实的大厅，圆桌边的尸体。这些对于一个刚刚清醒过来的人来说有点太多了。

阿博加斯特边走，边把枪对准了菲尼安："照她说的做！"

“不管您想干什么……您都得自己去做。”男孩的声音沙哑，但是很坚决。

“我跟您说过的，”阿博加斯特对老男爵夫人喊道，“把他带到这里来就是浪费时间，他这个人不聪明。让您那条哈巴狗去干吧，然后咱们赶紧走。我也该去对付菲德拉了。”

“害怕‘想法’？”詹姆士冲阿博加斯特的方向问道。他平常都很会审时度势，听到书巫们的侮辱能够一言不发，但是今天，他不打算收回自己的话。自从说到要毁掉圣堂，他就意识到这里将要发生的是什么，他所说的话不可能让事情变得更糟糕。

阿博加斯特站在他面前，充满鄙夷地看着他。他正要开口，老男爵夫人来替詹姆士说话了。

“别动他！”老男爵夫人眼神中流露出的关切超过了詹姆士的想象。阿博加斯特说得对：詹姆士就是个宠物，一个被驯服的书妖，被老男爵夫人用一根看不见的绳子牵着。但是似乎只要还有其他选择，老男爵夫人就不打算牺牲他。“让他去！”老男爵夫人朝菲尼安的方向比画了一下。

阿博加斯特叹口气：“你听见了，孩子，爬到桌子上去吧，走到桌子中间，毁掉玻璃罩下面的那本书。你不是一直梦想着毁掉圣堂吗？你的机会来了。”

菲尼安愣了一下，然后动了动被绑在背后的胳膊：“绑着手去？”

阿博加斯特不耐烦地看了老男爵夫人一眼，就好像是因为老男爵夫人，他才不得不对付这种世界上最老的把戏。“真是多余。”尽管如此，他还是从外套里掏出了一把弹簧刀，割断了捆住菲尼安手腕的捆扎带。

詹姆士以为那个男孩会马上动手。男孩当然对付不了阿博加斯特，这个密探有武器，虽然受了伤，但力量并不受影响，而菲尼安连站都站不稳。

“非常感谢。”菲尼安揉揉手腕。

阿博加斯特让他用胳膊肘打碎桌子中间的玻璃罩，取出《法典》，然后把里面的书页都撕掉。“但是你得快。”

菲尼安苦笑着：“您自己来吧，想打死我都由您，但是我不会听您指挥。”他轻蔑地看了一眼老妇人，补充上一句，“更不会听西摩尔家的命令。”

詹姆士看出了他的坚决，这是出于原则的拒绝，并不是简单的固执而已，更不是因为担心自己的生命。这个男孩宁愿死，也不愿意听从阿提库斯·阿博加斯特的任何指令。

“强迫他做！”老男爵夫人指指圆桌中间说。从这个位置只能看见圆形的玻璃罩子，看不见嵌在琥珀中的《法典》。那本书离他们至少有七八米的距离，但詹姆士还是能够感觉到空气在轻轻地颤动。也许这颤动一直都在，在他恰好能感知到的地方。

老男爵夫人的脸因为愤怒而扭曲了：“太可笑了，他竟然能违抗您的命令，阿提库斯！他只是个孩子！”

一时间，阿博加斯特似乎真的想听从老男爵夫人的吩咐。老男爵夫人之前吩咐他杀人的时候，他眼皮都没眨一下就杀了五个人。显然，他是很尊重老男爵夫人的。

但他的顺从是有限度的。

他迈出一步，直接站在菲尼安面前。“你想死？”他问，“认真的？”

“滚去地狱吧！”

“阿提库斯！”老男爵夫人厉声叫道，这一次她是要发出警告。“咱们需要他！”

阿博加斯特把枪抵在菲尼安的胸膛上，冲他的脸微笑着，扣动了扳机。

53

中枪的时候，菲尼安感觉就像是被人打了一拳，但是并不疼。很奇怪，他竟然感觉在这一刻比之前几分钟还要清醒。朝后飞出的时候，他已经明白自己是怎么了。

他突然仰面躺倒，上身麻木僵硬，但这不过是种幻觉，一种自我保护而已。

实际上，他就要死了。

这种想法在他心中只一闪，随后，他的思想就飘远了，就好像是为了免于确认自己的肺里充满了液体，并且正在失去对呼吸的控制。所有的这些都没有让他感到恐惧。

他想起了凯特。

想起了刚到费园的那天，以为他已经死了两个星期的凯特如何与他互诉衷肠。后来，他再次离开凯特，混进了马杜克的堡垒。为了被接纳，他要干坏事，打消那里的人的疑虑，那个时候，他经常想起凯特。是凯特让他记住自己是谁，做什么的，让他记住自己并不是死心塌地地跟着马杜克的，他只是在宣称自己是某种人而已，实际上他绝对不会成为那种人。他从来没有把自己看成过罪犯，就算是在炸温室里的连通门时也没有这样想过。只是，他告诉自己说要不惜一切代价战胜学院，这想法可能太简单了。

凯特心里比他明白，她曾直言不讳地一再告诉他这一点，菲尼安爱她也是因为这个。她不是只有对自由的模糊想象，不是像他那样只有理想。在马杜克老巢里的那些夜晚，他仿佛能看见凯特的脸，听见她的声音，好像凯特就躺在他身边，在跟他说话。

现在，她的身影又出现了，开始很模糊，然后越来越清晰。

从躺的地方，他能看见阿博加斯特，老男爵夫人和那个书妖站在金色的琥珀拱门前。密探和老妇人在争执，阿博加斯特挥着枪，让另外那个男孩朝圆桌跟前走。男孩迟疑地走了几步。

在他身后，拱门像流动的岩浆一样，门下的空气在颤抖。

突然，凯特出现了，她不是一个人来的，颤抖着的金色中出现了好几个人，他们冲过门槛，朝阿博加斯特和其他人扑过去，人声嘈杂，乱成了一锅粥，手指气愤地互相指着，或者，那是枪？

随后有人朝他跑过来，猛地跪倒在他旁边。

凯特的脸出现在他上方，就像在他的那些梦里一样。

凯特在跟他说话，她在哭，手按在他的胸膛上，但他却没有感觉，被按在那些手指下的身体仿佛跟那些手指一样都不属于他自己。从手指间，有暗红色的血涌出。

接着又出现了一张脸。是芙莉亚。

说话的声音沉闷、遥远，他的头就像浸在水里一样。他是因为这个才喘不上气来的吗？

“凯特，”他小声说，“凯特，听我说……”

凯特朝他俯下身子，泪流满面地亲吻他，同时听见了他要说的话。

随即，枪又响了。

54

芙莉亚和其他三个人刚刚走进明乔河广场上的那个巨型拱门，另外一边的街景就突然变了，仿佛所有的颜色都开始褪去，变成了深棕色和模糊的金色，猛然间让芙莉亚以为自己又回到了隐页世界。

但是，她并没有从高空坠落的感觉。她继续一步步地朝前走，看见伊西丝、凯特和顿坎就在自己身边。突然，她又有了另外一种感觉。

在这个地方，书巫术被封印，就像是已经陪伴了她许多年的一种轻轻的曲调突然停止了。

顿坎的神情一变，停了下来，伊西丝则突然一个趔趄，就像是被人打了一下。情况最严重的是鸟喙书，它的长脖子突然向后一仰，软绵绵地从封面上耷拉了下来。芙莉亚慌乱地停下脚步，把它的鸟喙捧在左手心里，看它是不是还活着。

看不出来。

六个月来，她和这本书之间建立起的联系突然断了，她有种可怕的孤独感，她想往回退，但是伊西丝拉住了她的胳膊。

“他们用这个方法保护自己。”伊西丝费力地说。她的上身前倾，一只手支在膝盖上。“提防别人，也互相提防。在这里，书巫术被什么东西给封住了，类似保护墙的东西。”

“但是我的书……”

“我的也一样，”顿坎插进来说，“我也感觉不到它。”

伊西丝慢慢地直起身子，她自己就是书，保护墙的作用对她是毁灭性的，支撑着她站立的，是她作为人的那一部分：她身体的力量，她的精神，她的意志力。

芙莉亚的目光又落在鸟喙书软绵绵的脖子上，心痛得几乎无法呼吸。

“它不会有事的，”伊西丝说，“他们不会允许自己的心灵书受到伤害的。”

凯特摸摸芙莉亚的胳膊表示安慰，眼睛却看着伊西丝：“假如书巫术在圣堂里没有作用，那你们用什么来跟人动手？”

顿坎掏出手枪，伊西丝也是。“万不得已就用这个，”她用颤抖的声音说，“你们回去，我跟顿坎自己来办这件事。”

芙莉亚摇摇头：“我要看看那边到底是什么。”她从伊西丝那里听说了达马斯卡努斯告诉她的事：圣堂里没有守卫，因为三大家族非常害怕消息走漏。他们这种完全依靠彼此的保守秘密和相互信任的做法，几乎跟学院的历史一样长。

凯特态度很坚决：“我的计划也不变，我也一起去。”也许她这样做真的是出于信念，也许她只是想证明什么，向自己，更是向菲尼安证明，就因为他指责自己不再相信抵抗运动。

“你们随便吧。”伊西丝说。

“你呢？”芙莉亚问道。“没有书巫术……”

“我能行。”

从顿坎的表情看得出，他也有跟芙莉亚一样的怀疑，但是他也知道，这不是跟伊西丝争论的时候。

芙莉亚轻轻地把心灵书放进上衣口袋里，等它醒过来了，就会大声呼救，想到这里，她的心稍稍放下了一些。

他们慢慢地往前走。

金色中逐渐浮现出一些人影，三个人，后面有一张桌子，芙莉亚第一次看见这么大的桌子。就像这里的其他所有东西一样，这张桌子也像是有象征意义的，它象征着追求权力和无穷财富的理想，与那些修建豪华宫殿的国王们疯狂的自大心理同源。那个蓝底镶星座图的巨大穹顶更是如此。这里的地板是镶着金色玻璃或者琥珀的马赛克，圆桌和椅子用同样的材料制成。很难说大厅里的蜜色光线是因为地板，还是因为那些人造的星辰。这里的一切似乎都在从内向外发着光，给这个地方营造出一种隆重的、几乎是神圣的氛围。

三个人中的一个是阿提库斯·阿博加斯特。跟另外两个人一样，他也背对着刚进来的这几个人。他的旁边站着一个穿黑衣的老妇人，一个黑色鬈发的少年正犹豫地朝桌子边走去。

离桌子几步远的地方还有一个人。

菲尼安侧身躺在地上的一摊血泊中，一动不动。

凯特惊得倒抽一口气。阿博加斯特和老妇人猛地转过身，但是伊西丝和顿坎已经用枪瞄准了他们。

“放下武器！”顿坎说。

直到现在，芙莉亚才注意到，那个老妇人也拿着一把枪，桌子那里一动不动地躺着几个人，再往左一点还有一个男人和一个女人。

“这里是怎么……”

她的话没说完，也没等到阿博加斯特和那个老妇人按照顿坎说的放下武器，凯特就已经从他们身边冲了过去，她推开黑头发的少年，在菲尼安身边跪倒。

伊西丝和顿坎也注意到了桌边的那些尸体，有那么一瞬间，他们都分神了。

阿博加斯特已经举起枪瞄准了顿坎。“我要说，这是典型的僵局。”他微笑着说。

“詹姆士，”老妇人对那个少年说，“你知道自己应该做什么。”

“那个书妖，不许动。”伊西丝命令道。

“现在呢？”阿博加斯特问，“咱们就等着，看谁先忍不住扣下扳机？”

芙莉亚不能再在金色的琥珀拱门下待着了，她没理会那些举着的枪，跑到了凯特和菲尼安身边。

“我的天。”看见菲尼安流了那么多血，芙莉亚小声说道。菲尼安的意识似乎已经不太清楚了，他的呼吸急促，每吸一口气，喉咙就会发出格格的声音，呼气的时候，嘴唇里就会冒出血沫。

“咱们得把他从这里弄出去，”凯特恳求道，“在这里他会死的！”

菲尼安的眼睛死死地盯着凯特，他的嘴唇在动，好像有话要说。凯特弯下腰，亲吻他的额头，然后把一只耳朵贴近他的嘴唇。芙莉亚听见他小声地跟凯特说了些什么，但是听不见具体的内容。

凯特重新直起身子之后，脸色更加苍白。芙莉亚看见那张沾满泪水和血渍的脸上的表情时，惊得几乎想抓住凯特，把她从菲尼安身边拉开，她使劲克制住自己才没有那样做。

“阿博加斯特杀了苏梅贝拉。”凯特小声说。

芙莉亚闭上眼睛，耳边又响起伊西丝、顿坎和阿博加斯特的声音，但她已经不再听他们在说什么了。她觉得大家这样举着枪互相吓唬很可笑，这里所有的一切都显得很不真实，就好像他们打开了一本不再属于自己的书。在芙莉亚的故事里，书巫们是不需要用手枪这样互相威胁的。在她的故事里，菲尼安不会奄奄一息地躺在那里，而且她肯定已经有了解决问题的方法。芙莉亚的故事应该是以书巫术作为结束的，而不是子弹。在她的故事最后，有书巫术和书，有更多更多的书巫术。

凯特蹲在菲尼安身边，把他的头抱在怀里说了些什么，但是芙莉亚听不懂她在说什么，她没法再看这两个人了。瞥了一眼其他人，她的眼神跟那个少年书妖的碰在了一起。

少年书妖的眼中仿佛突然冒出了一团火焰，那是存在已久的愤怒和刚刚出现的坚决，此外还有一种神秘的微笑。尽管芙莉亚不知道这个少年是什么角色，一个书妖又为什么偏偏会出现在这里，但她却清楚地看出这个书妖跟自己的想法是一样的。他也再也无法忍受这样干看着束手无策了，他也希望做点什么，不管要付出什么样的代价。

就像她自己一样。

他们俩几乎同时行动起来。

阿博加斯特依然用枪指着顿坎，半侧身子背对他们，芙莉亚和少年书妖站在不同的角落里，两人离他都只有五六步。阿博加斯特的速度很快，就算没有书巫术也依然很快。如果他转身的话，可能会击中他们中的一个，甚至两人都击中。

“詹姆士，不要！”老男爵夫人喊道。

阿博加斯特在笑，但是并没有朝他们转过身来。他猛地朝左跳出一步，动作轻盈得让人觉得他的年龄是伪装的，同时朝顿坎开了火。最大的威胁依然来自这个曾经的密探，而不是芙莉亚或者那个少年。

也许顿坎预料到了，他一个侧扑，惊险地避过了飞来的子弹，但是没有扣扳机，因为芙莉亚和那个书妖离阿博加斯特只剩一步之遥，马上就会到他旁边。伊西丝和老男爵夫人依然在对峙。

阿博加斯特再次开枪，这一次，芙莉亚仿佛在慢动作下看到了枪口的火光、爆炸的火和烟。撞在阿博加斯特身上时，她不清楚自己是不是被打中了。阿博加斯特又开了一枪，同时朝后一个趔趄，但还是站住了，并试图一拳将芙莉亚从自己身边打下来。

芙莉亚退开，然后又朝他扑了过去，她的手像鹰爪一样掐住阿博加斯特的脸颊，那把枪还夹在他们中间。她开始用拳头狠砸阿博加斯特受伤的左臂，阿博加斯特怒吼着想把她甩掉，却失去了重心，带着她一起倒在了地上，倒下的时候，他一个翻身，将她压在了下面。就在这时，芙莉亚看出那个男孩为什么不在她旁边了，阿博加斯特的枪法非常好，不会错过朝自己过来的任何目标。

芙莉亚能够闻到阿博加斯特呼吸的味道，他衣服上的汗味、伤口破裂处的血腥味。她看见阿博加斯特的脸悬在自己的脸上方，满脸的愤怒和难以置信，因为竟然是芙莉亚阻挠了自己计划的实现。

“你是罗森克罗兹家的！”他冲芙莉亚喊道，猛地举起枪，对准了芙莉亚的太阳穴。

射击的冲击力震动了她的身体，她身体里突然一热，就像被活活点着了一样。身体里的一切都被激发起来，虽然这时再要抵挡那不可避免的事情发生已经太晚了。

顿坎枪里的子弹打中了阿博加斯特的太阳穴，将他从芙莉亚身上打了下来。突然不再被压着，芙莉亚朝旁边一滚。她不知道阿博加斯特是死是活。滚到一边的时候，她撞到了躺在自己旁边的那个少年书妖，她看了看他的脸，书妖的眼皮在抖动，脖子上有血迹。他用手无力地碰了碰她的手，她意识到，他马上就会失去意识，甚至失去生命。

“你的名字叫詹姆士？”她的声音听起来不像是她自己的。她的嘴里有一股铁的味道，还闻到了一股刺鼻的味道，过了一会儿她才意识到，钻进她鼻腔里的是火药的刺鼻气味。

“詹姆士……”他的声音沙哑，用最后的一丝力气努力睁开眼睛，他的眼睛突然又亮了一下，不过非常短暂。“她是这样叫我的……其他所有人……吉姆……”

她想说没关系，想让他平静，想安慰他，就像大家会对一个垂死的人做的那样。

“吉姆·霍金斯。”他小声说道。

随后，他合上眼睛，握住芙莉亚手指的手也松开了。

55

“只有我能做到。”凯特说。她像梦游的人一样站在那里，菲尼安躺在她脚前，伊西丝跪在菲尼安身边，正试着捆扎伤口，避免更多的空气从伤口进入他的肺里。她并不是不灵巧，但芙莉亚还是觉得菲尼安已经没有呼吸了。菲尼安的胸膛一边鼓着，另一边塌了下去。

“他还活着，”伊西丝冷静地说，“如果是在外面，我能救他。”

“带他离开这里，”凯特说，“如果他还能再醒过来的话，告诉他我做了什么。不说也行。”

凯特转过身，爬上那张巨大的桌子。她之前已经把菲尼安告诉她的话告诉了其他人：要怎么做才能毁掉圣堂。如果这本书不能够再提供保护，那么“想法”就会吞掉这个地方，就像它们在许多深层庇护所里做的那样。

芙莉亚挣扎着爬起来的时候，看到阿博加斯特已经死了。他的脸偏向另外一边，但是芙莉亚能看到顿坎的子弹留下的伤口，和他脑袋周围的那一摊血。

吉姆——真的是《金银岛》里的吉姆·霍金斯吗？——也昏过去了。阿博加斯特打中了他的锁骨上方，离脖子有一段距离，所以只是皮肉受伤。他流了很多血，但是如果没有其他伤，应该能够活下来。

顿坎这时瞄准了老男爵夫人。老妇人已经放下了武器，但是她的威胁不同：只要其他人把她带过连通门，她马上就会恢复所有的书巫力，即便心灵书不在身边，也没有人知道她能做出什么。他们所有人都知道她的那些传说。

“咱们得把这个老家伙留在这里。”顿坎说。

老男爵夫人面无表情地听着他的话。

“不，”芙莉亚反对说，“你们需要她带你们穿越连通门。我跟凯特留在这里。”

凯特没有听见他们在说什么，她已经跑到了桌子的中心，《卡斯托迪斯法典》就镶嵌在那里的琥珀中。

伊西丝接替顿坎盯着老男爵夫人。“把男孩抬到拱门下面去。”她对顿坎说。

“哪一个？”

“天哪，顿坎！”

他走到菲尼安跟前，像抱孩子一样小心翼翼地把他抱起来。菲尼安的体重应该不比他轻多少，但是顿坎稳稳地把他托到了连通门那里。

“把他也带上！”芙莉亚指指书妖。

“那就得你来了。”伊西丝说。

“我留在这里陪着……”

伊西丝摇摇头：“不行，如果你想要救那个男孩的话。”她从地上捡起老男爵夫人的枪，疾步跑到琥珀圆桌前，用尽全力把枪从桌子上推给凯特。凯特已经在桌子中间了，离他们大概七八米远，她跪在那里，盯着什么东西，芙莉亚从桌边看不见那东西。金色的光从下面照着她的脸，使她的泪水发出炽烈的光。听到枪从桌子上滑过来的声音，她伸出手抓住枪，并没有抬头。

“用这个。”伊西丝对她喊道。

芙莉亚无法再冷静：“你怎么能……”

“她已经决定了。”

“但是圣堂毁不毁已经没有什么意义了啊！委员会已经不存在了，他们都死了！”

“你认为这样学院就不存在了吗？别傻了，芙莉亚，”她用枪指着老男爵夫人，“这里的一切可不是她一个人策划的，我敢打赌，她后面还有其他人，就类似阿博加斯特这种身居高位的人。这些人会把她当成傀儡，假如有可能，他们会用很多年的时间再建起一个跟圣堂一样的地方，虽然不会再像在这里一样那么安全。”

老男爵夫人恨恨地瞪着她：“西摩尔家的人绝对不会当傀儡，尊敬的女士，您会很意外的。”

“咱们得走了！”顿坎叉着双腿站在琥珀拱门下面，手里托着菲尼安。

“他说得对！”凯特对他们喊道，她双手握住老男爵夫人的手枪，对准膝盖前面的一个地方。“快走！”

芙莉亚这时也做出了决定。她跑到男孩跟前，拉住他的两条腿，把他拽到了拱门那里，不过三四米的距离，她就来到了顿坎身边。伊西丝用枪指着老男爵夫人，让她走到顿坎身边去，紧贴在他们背后站着。她不杀老妇人，也许是希望能了解到更多幕后操纵者的情况。

凯特又看了他们一眼，她现在不流泪了。

芙莉亚不忍心看她的眼神，把头别开了。她一言不发地把吉姆拖过门槛，拖进连通门的金光里。

片刻之后，他们就来到了明乔河广场的大拱门下，迎接他们的是汽车的声音，还有罗马寒冷刺骨的晚风。

伊西丝不给老男爵夫人任何机会，她们刚刚穿过连通门，伊西丝就从后面给了老妇人狠狠的一击。老男爵夫人昏倒在地。

“救救菲尼安。”芙莉亚恳求她。

顿坎已经把菲尼安轻轻地放在了人行横道上。伊西丝疾步上前，朝菲尼安弯下腰去。她解开紧身胸衣的挂钩，打开胸膛中的心灵书。书页之心里射出一道光，照在一动不动的菲尼安身上。她轻轻地把手放在了菲尼安胸口的伤口上。

“顿坎！”她说。“我需要那本书！”

“你确定他值得你这样做？”

“给我，顿坎！”

顿坎用质疑的眼神看了看菲尼安，抽出了阿布索隆的书，替伊西丝打开，放在她面前。伊西丝边念，嘴唇边无声地蠕动着，她的手始终放在菲尼安的胸前。

芙莉亚没有多耽搁，她快步跑到老男爵夫人昏倒的地方，抓住她的胳膊，把她向后拖回了连通门那里。老男爵夫人不沉，她只是个干瘦的小老太太。

伊西丝抬头，看出了她的企图。“芙莉亚，等等！”

“我不能丢下凯特，对不起。”

颤动的金光吞没了周围华丽的广场，芙莉亚拖着老男爵夫人回到圣堂里，为的是避免伊西丝跟着她一起回来。她仿佛还能听到他们在外面喊自己的名字，但喊声随即就变得像是被电磁干扰了一样。

老男爵夫人还没有恢复意识，芙莉亚把她丢在琥珀拱门边，自己跑到圆桌跟前，跳了上去。

“凯特！”她的喊声被巨大的枪声淹没了。她不知道这是第一枪，还是凯特之前已经朝桌面上的那本书开过枪了。直到现在，她的朋友才发现自己已经不是一个人了。

“见鬼，芙莉亚！别过来！”

从桌边到桌子中心大约要走七八步，芙莉亚这才注意到穹顶下大厅里的特殊声音效果：凯特说话的时候，就像站在她身边一样。这又是她的先祖们建造圣堂时的巧妙安排。不管坐在桌边的委员会成员互相之间的距离有多远，他们说话的时候都不用特意提高声音。

她没有理会凯特的话：“我可以把你从这里带出去，趁着……”

“站住！求你！”

这时芙莉亚明白了，凯特已经开始损坏《法典》了，而且她也看到，在穹顶的中间，离她们三四十米高的地方，出现了一片黑，人造的星座图已经消失，那个位置上出现的东西仿佛颤动的黑云。“想法”已经从房顶上的一个裂缝里钻进了圣堂。

“如果你过来，这本书会要了你的命！”凯特喊道，“我不是书巫，但它会杀了你。”

芙莉亚已经感觉到了，她的肚子里一阵抽搐的刺痛，一开始还很轻微，但是她在桌面上朝凯特又走了一步之后，突然觉得胸口就像被插进了一把刀一样。她大叫一声，跪倒在地。

“回去！”凯特又用枪瞄准了那本书，但是随即改了主意。她扔掉枪，把手伸进那个凹陷里，把玻璃碎片扒开。玻璃发出哗啦啦的声音。接着，她用流着血的双手把《卡斯托迪斯法典》从琥珀桌子的凹陷中掏了出来，芙莉亚仿佛听见了痛苦呼喊的声音，其中还包含着极度的愤怒和恐惧。她心中产生了书巫们看见书受到损害时的那种与生俱来的反感。

凯特从点缀着琥珀的真皮外封中撕下一摞书页，丢在桌面上。

她的头顶上传来轰隆隆的滚雷声，就好像正有千军万马从穹顶下飞驰而过似的。

芙莉亚感到越来越疼，她支起身体，回头朝琥珀拱门那里看去。老男爵夫人依然一动不动地躺在那里，离连通门有不到两米的距离。

凯特抓住剩下的书页，又扯下来一摞。芙莉亚的疼痛已经强烈到了几乎无法忍受的地步。那本书让她感受到了它自己正在遭受的一切，同时，她还感到一阵旋涡般的强大力量，让她忍不住想要去帮助那本书，想要阻止凯特。

又是一摞书页，它们在桌面上呼啦啦地飞舞，穹顶上的裂缝越来越多，芙莉亚发现连琥珀地面上也出现了裂痕。圣堂正在“想法”的进攻下分崩离析，所有的缝隙里都在钻进一团团的黑东西。那是另外一样东西的先遣军：跟在黑暗之后的是一片五彩斑斓、艳丽无比的红色、黄色和蓝色，它们混合在一起，像在调色盘上一样，不断混合出新的颜色。绿色，棕色，紫色。这些颜色仿佛被倒在了水里似的，轻轻舞动出各种纹路与图案。

“回去！”凯特又朝她喊道。《法典》已经变得破破烂烂的了，书页已经被扯掉了一半，剩下的松松垮垮地挂在书封里。

芙莉亚就算是想回去，也已经回不去了。正在死去的书制造出的旋涡力量越来越强，芙莉亚手脚并用地朝桌子中央爬去，那同时也是大厅的中点。在她周围，琥珀碎片和穹顶上深蓝色的装饰像下雨一样不断落在桌面上，斑斓的五彩像烟花过后的烟四处涌动，大部分是从房顶上钻进来的，还有一些正在从地上的裂缝里钻进来。这些色彩所到之处，琥珀纷纷碎裂，圣堂已经成了不断晃动颤抖的五彩中间的一堆金色碎片。

“我的瘟疫和大炮啊！”芙莉亚的身下传来一个声音。“这一堆堆的是什么东西？”

鸟喙书已经从假死的状态中清醒过来，封印了所有书巫术的保护墙不复存在。随着心灵书醒来，芙莉亚的力气也开始恢复。

鸟喙书把长脖子从芙莉亚的外套口袋里伸出来，试着想立起来。芙莉亚费力地直起身体，摇摇晃晃地站在凯特和桌子边缘的中间位置上，觉得自己必须使劲抵住背后的一股力量，那股力量想将她推向已经被毁掉一半的《卡斯托迪斯法典》。

她想起苏梅贝拉曾经教过自己的抵御外来控制的办法，她的心灵书接收到了她的这个想法。芙莉亚将心灵书从口袋里掏出来后，它马上就开始反击了。芙莉亚分离了一页书页之心，读出了书页之心里的文字。片刻后，外来控制的力量减弱了，剩下的是疼痛和恶心的感觉。

“快走啊！”凯特在一片隆隆的嘈杂声中大声喊道。

一阵晃动，亚当学院委员会的圆桌跟着震颤起来，随后，琥珀圆桌上出现了一条裂纹，分开了她们俩。

“把书扔掉！”芙莉亚喊道。“快过来！你没必要死在这个地方！”

“我要把事做完。”

“你看看，这里已经完了！”

凯特这时才抬起眼睛，看了看上面的穹顶。琥珀镶嵌的图案已经几乎全被彩虹色的“想法”吞噬了，从房顶钻进来的一缕缕烟与地上钻进来的合在一起，形成了旋转的烟柱，像狂舞的蛇一般扭曲、延伸。烟柱很快就形成了一堵堵晃动的墙，将圣堂的残余部分隔成一块一块的，房顶也早已看不出曾经的圆形，圆桌和近处的琥珀地面飘浮在一堆斑斓色彩中间，托着它们的是一片冰块一般棱角分明的金色。

凯特撕掉书里剩下的书页，朝身后一丢，快步往芙莉亚那边跑去。

“快！”

她们之间的裂缝越来越宽，黑暗从裂缝中腾起，紧随其后的是混合的色彩。芙莉亚从眼角瞥见一缕色彩从冯·罗恩穆特家人的尸体上拂过，尸体随即消失不见，就像有人用宽宽的刷子在幕布上刷过一样。

凯特一个大步从裂缝上跨过去，她在空中蜷起双腿，躲过了一缕缕的色彩，结果却重重地撞在了芙莉亚身上，将她撞翻在地。

"我的天哪！"鸟喙书叫道，它被两人压在了身下。

她们互相搀扶着起来，几步跑回桌子边缘。

老男爵夫人正好抬起了头，但是看上去似乎还没有从伊西丝打的那一下中完全恢复过来，所以一时间没弄明白周围正在发生的事情。

鸟喙书抱怨道："我真希望能有你们那样的长腿，好让你们看看我是怎么用自己的腿的！"

地面一阵阵地晃动，琥珀圆桌在她们身后碎成了好几块。"想法"从桌子下面钻过的时候，桌子腿噼啪着爆裂了。"想法"这时从四面八方涌来，桌子和琥珀马赛克地板被吞掉的部分越来越多，就连上面也涌进了"想法"，装饰图案上残留的一些星星也消失了。

再有几步就到连通门了，斑斓的色彩同样也朝那里涌了过去，很快就要涌到拱门前了。

"别丢下我！"老男爵夫人挣扎着想站起来，离她不远的地上有一本大书，书从中间打开，书页在末世的狂风中呼啦啦地扇动。

芙莉亚将凯特从老妇人身边推过去，把她推出了拱门。一片亮光笼罩住了她们两个，凯特就在她前面，身后传来了老男爵夫人的呼喊声。

晃动的亮光四散开，她们面前出现了罗马的大街，伊西丝瘫软地蹲在人行道上，顿坎忧心忡忡地用一条胳膊搂着她。吉姆已经醒了，他退到了两辆停在路边的汽车中间，昏昏沉沉地靠在其中一辆车的保险杠上。菲尼安一动不动地仰面躺在伊西丝身边，从远处，芙莉亚看不出他还有没有呼吸。

凯特喊着菲尼安的名字，跌跌撞撞地从街上朝他们跑过去。

芙莉亚只犹豫了一下，随后便转过身，又跑回了两栋豪华公寓中间的那个巨大的拱门里。周围又变成了一片混沌的金色。

穿越到一半的时候，她迎面碰上了老男爵夫人。老男爵夫人正退着往外走，身体弯得很深，因为她还拖着那本大书，就像是拖了满满一口袋沉重的砖头。

“如果菲尼安死了，那就是您的错！”芙莉亚喊道。离老妇人越近，她就越能看清楚老妇人身后圣堂的残存部分。圣堂已经成为了翻腾的色彩中的一些琥珀碎片。

芙莉亚拦住老妇人的路，她能感觉到对面这个弱不禁风的身体里强过自己的书巫力，但她已经不再感到害怕了。

“让开，孩子！”

鸟喙书伸出脖子去够老男爵夫人：“来，给这个老巫婆点厉害瞧瞧！”

芙莉亚并不同情这个老妇人，她杀掉了许多人，就为了能控制亚当学院。她不能允许这样一个人回到罗马。伊西丝和其他人在经历了之前的苦战后，根本对付不了她。

“咱们得离开这里！”老男爵夫人放开自己的心灵书，直起身子，她的眼睛里冒出了怒火，或许其中还有绝望。“帮帮我，咱们可以一起掌权！”

芙莉亚几步跑到她跟前，老妇人还没反应过来，芙莉亚就已经朝她扑了过去，将她朝后压倒。两人被地上的心灵书绊了一下，从书上摔了过去，摔进了琥珀拱门下的门槛里。

她们撞在残存的最后一块马赛克地板上，周围全是翻涌的色彩。就在这时，拱门的最上方也被吞噬掉了，一片彩色的混沌前只剩下了两根金色的柱子。

芙莉亚想跳起来跑回去，穿过金色的光回到罗马，但是老男爵夫人的动作比她想象的更快，她大吼一声，抓住了芙莉亚的腿。

鸟喙书叫了起来。

芙莉亚平着趴倒，胸膛和肚子重重地砸在地上，让她一时间连气都喘不上来。慌乱中她打了个滚，用脚去踢老男爵夫人，但脚腕上的那双手死死地抓着不松开。

拱门两边的柱子在缩小，混杂的斑斓色彩朝她们压了下来。连通门的门槛离芙莉亚伸开的手只有一臂的距离，如果能挣脱老男爵夫人爬过去，也许她还能回得去。

老男爵夫人喊了起来，“想法”已经蔓延到了她那里。她的腿被吞掉了，接着是她的下身，她的轮廓开始变得模糊，就像在水彩画中一样，与周围的一切融合在了一起。她那张扭曲的脸仿佛陷入了糖果色的流沙中，消失了。

握住芙莉亚脚腕的手变松，她终于自由了。

“快！”鸟喙书喊道。“快快快！”

她从吞噬了老男爵夫人的色彩前爬开，就快到门槛跟前了，拱门两边的柱子已经不到齐腰的高度了。

她必须过去。她能够过去。

“芙莉亚！”鸟喙书喊道，“小心上面！”

她抬起头，目之所及全是混乱的色彩。她不假思索地趴倒在地，继续匍匐前进。已经能够看到连通门里颤动的亮光了，那团光亮起——又熄灭了。

两边的柱子倒下，门槛不复存在。

芙莉亚身下的地面也消失了。

她一头栽进一片色彩的海洋中。

56

“这个羊人太慢了！”潘多拉从树冠里朝下面喊道。“实在太慢了！”

皮普和裴申思站在柔弱的桦树脚下，其他书妖已经穿过了夜色中的花园回到了费园。一阵风吹过灌木丛和树林，在罗马时代废墟的残砖破瓦间回旋，离他们很近。

四周树冠的沙沙声停止后，桦树的树枝依然在颤抖。

“不要再弄疼她！”皮普抬头对潘多拉喊道，“她又没有对你做过什么！”

“她不过是个书妖，”女孩回答道，“根本没有人类的感觉。”

裴申思忍不住要跳起来，但是皮普悄悄地碰了碰他的手，摇了摇头。潘多拉从树上可能看不清他们。她坐在树干分叉的地方，身体半掩在树干后面，看上去就是黑暗中的一小块灰色。打火机油的味道还弥漫在空气中，不过已经淡了一些。也许他们能够拖住潘多拉一会儿，直到那液体挥发完，无法再造成什么损害。

“你为什么这么恨书妖？”皮普抬头对着树枝间喊道。

“我根本不恨他们，我对他们根本无所谓，就像石头，或者树枝，折断了也不用多想什么。”

又一根细细的树枝落在地上，潘多拉咯咯地笑着。

裴申思则发出了一声怒吼。

“那个羊人把手机拿到哪里去了？”潘多拉问。

“房子里只有一个手机，”皮普说，“卡修庇欧斯得先找到它，或许之后还得给电池充充电。”

“那样的话，等他回来，这里就只剩下一个光秃秃的树干了。”

皮普还在试图让她认清现实：“你根本没机会！假如你伤害她，只要被裴申思逮到，你……”

“不管怎么样，我都会把她像个折纸鸟一样揉成一团，”裴申思低吼道，“我倒要看看她的什么地方会断。”

皮普紧张地看着房子那边，他能看见费园粗笨的轮廓，亮着灯的窗户上仿佛有许多斑点。在下面的灯光前，他能看见书妖们的身影，非常小，非常远。

“希望那只羊知道我很着急，”潘多拉喊道，“我在上面已经待烦了。”

他们沉默了一会儿，然后裴申思说：“我可以给你讲讲娜桑德拉的故事。”

皮普瞪大眼睛看着裴申思，这个南方军士兵的声音中不再有怒气，又变得像下午皮普留下他单独跟娜桑德拉在一起时一样温柔。

“你现在看她就是一棵树，”裴申思说，“但她并不是，实际上她是一个非常美丽的女人，从这里到密西西比河的所有地方里，她的眼睛是最明亮的。她喜欢动物，这些动物会她在夜里扎根的时候来找她，有时，她会朝这些动物弯下树枝，抚摸它们。她跟着落在树枝上的小鸟一起唱歌，就连昆虫她都喜欢，尽管这些昆虫在她的树皮上爬时会让她感到又痒又刺。”

他停了一下，就像要给潘多拉机会说些恶毒的话似的。皮普觉得她肯定会嘲笑裴申思的这种告白，但树上的小姑娘只是听着，没有说话。

“娜桑德拉不会像人那样说话，”裴申思继续说道，“但是她会用眼睛说话，能让人知道她正在想什么，这比她大声说出来还要好。她是最温柔、最有耐心的。”

树冠里又是一阵沙沙响。

“她需要时间适应别人，经常看上去很胆小。但实际上，她很勇敢，所以才能通过穿越门，从死书林来到这里。就连书妖们都不想带着她，因为卡利斯特只有那边的树林里才有，但是她不管，她想看看外面的世界，看看其他的地方，其他的东西。她是这里唯一一个卡利斯特，但她自己并不在意。我从来没有见过还有谁像她这样有勇气。我从自己的书里掉出来后，以为自己活不下去了，因为失去了……失去了以前的一切。其实跟我有同样遭遇的有成千上万人，从那之后，我就没有哪一天真正是一个人的。但娜桑德拉是自愿忍受孤独的，只是为了来到这里，为了白天的时候能在山谷里转转。如果有人看看她的脸，就能看到她发现的所有奇迹，因为对她来说，一切都很新奇，都让人意外。我真希望自己能用她的眼睛看看这个世界，哪怕只有一小时。我们每天经过却没有注意到的所有那些美好的东西——娜桑德拉都能看到，而且都记住了，在她身边的时候，我们自己仿佛也看到了、感受到了那些奇妙的事。然后，我们就能感受到她所感受到的幸福，就因为她活着。还从来没有人给过我比这更珍贵的礼物。”

皮普惊讶地瞪着裴申思。尽管他对爱情知道的不多，却也能听出，裴申思这番话是一个又长又复杂的发自内心的爱情告白。

这时，有脚步声靠近了，就像是山羊跳跃时的那种声音。羊人从黑暗中走出来，来到他们身边。他的眼睛里闪着血红色的光。

裴申思拧亮手电筒，光落在卡修庇欧斯毛茸茸的手里握着的手机上。

“我找到了。”羊人气喘吁吁地说。

裴申思迟疑了一下，随后将羊人的手向下一按：“我猜，这里已经用不上了。”

皮普惊诧地抬起头朝树上看去，潘多拉依然一言不发。裴申思把手电筒白色的光顺着树干向上，照到了小姑娘藏身的树杈那里。

一开始，皮普以为潘多拉已经跑了。

但是一开始被他当成了桦树皮的，其实是一条露在夹克外面的白裙子。潘多拉的小手依然握着那个打火机，两条腿晃晃悠悠地从树杈那里垂了下来，头朝后仰着。她就这样坐在那里，一动不动。

她张着的嘴里伸出了一根树枝，一根新鲜的白色桦树枝，她的眼睛里、耳朵里，甚至腋窝下也都有树枝伸出。树枝的顶端，幼嫩的树叶沙沙作响，树皮上覆盖着非常小的字。潘多拉的金发挂在几根树枝之间，就像蜘蛛网一样。

估计她得在那里一直坐到太阳升起了，独自一个人坐在树冠里，直到小树重新变成一个姑娘，害羞、安静而勇敢。

57

芙莉亚就像在梦中一样，漂浮在五彩天空下的五彩海洋中。这里没有天地之分，上与下交混在一片红色、绿色和蓝色之中。她周围一缕缕相互交织的彩色条纹轻轻地拂过她的身体。

她并没有感到痛，四周的一切都摸不着抓不住，就像是飘在空中，在彩虹的中央。彩虹的各种颜色漫了出来，边飘边改变着形状，千姿百态的一片片颜色，像色块，也像纱，让人眼花缭乱的图案。

也许她死了。但又不像，因为她还能动。她的手顺着外套往下去摸自己的心灵书，鸟喙书发现她在动，就从衣服口袋里伸出脖子来，在她的手指上温柔地啄了啄。

“你醒了！”它松了一口气。

“这是什么？”

“很漂亮，对吧？”

她没想到鸟喙书会喜欢这种文艺的东西：“咱们怎么还活着？”

“老实说，我很怀疑这一点。”

“你没有看到别的人吗？老男爵夫人？那些死去的人？”她差点儿说“凯特”，但是随后又模模糊糊地记起，凯特已经安全了。

一团血红色像慢镜头中的浪花一样从她们身边翻滚着经过，随后又散落成了晃动的绿色。芙莉亚扭过头，看见自己身下有一股靛蓝，仿佛弯弯曲曲的大河般流过。一股热气拂过她的脖子和后脑勺，她觉得自己就像是在被搜查一样，她的思想被洞穿，目的被研究。这股靛蓝像是要在她的身体里寻找什么。

她不明白周围发生的这一切。“想法”是什么？这些颜色的背后不知道隐藏着什么，给人的感觉是混乱与无形，但它并没有让自己感到痛苦。

她突然想到了所有那些都不确定是为了什么就丧了命的人。为了摆脱亚当学院？亚当学院实际上已经在自我毁灭了，一个已经无法运转的纸牌屋，里面全是相互敌视的派系。老男爵夫人和阿提库斯·阿博加斯特将所有的竞争对手都清除掉了，也为此付出了高昂的代价。现在取代他们会是谁呢？毫无疑问，一定已经有其他人在等着填补三大家族垮台后留下的空缺了。

她的脑海中出现了自己的父亲，还有宝琳和韦克福。她想起了帕克和艾瑞尔，特别是苏梅贝拉。菲尼安或许也已经死了，她只能希望吉姆能活下来。

这些都是为了什么？圣堂已经不复存在，但是他们因此得到了什么吗，达到了什么目的吗？

突然，那股靛蓝躁动起来，它移动的速度快了起来，与其他颜色撞在一起，朝四面八方飞溅出去。靛蓝中掀起了巨大的浪，鸟喙书一下子缩回了芙莉亚的口袋里。她开始旋转，在翻滚的色彩河流中滴溜溜地转着。一片混乱中出现了一条条平行的颜色，环形的黄色、红色和蓝色，中间夹着青色、洋红，还有反复出现的靛蓝。芙莉亚随着一个喇叭状的巨大旋涡转着圈，一开始还在最上面，随后就越来越快地滑向中心。她觉得自己似乎要被离心力压扁、撕碎了。

最后，这个旋涡把她从喇叭口抛进了一片空荡荡的金色中。她的上面是色彩掀起的狂风暴雨，闪着五彩的光芒，像热油一般翻滚着。旋涡尖尖的底端飞速地旋转着缩了回去。芙莉亚仰面掉进了一个未知的深渊中。

她说不清自己的慌乱持续了多久，渐渐地，她冷静了下来，这也是有鸟喙书安慰的缘故。她发现自己在隐页世界中，不断有山一样的色彩从四面八方涌过来，像暴风雨的前奏一般不断地从放射出炽烈光芒的深渊中庄严地穿过，用自己庞大的身躯遮住深渊中金色的光芒。这些色彩在她的下面，上面，左边，右边，有些很近，有一些又很远，被一股股烟一样的斑斓连接在一起，像血管一样在一片空荡荡中展开。在它们后面，能模糊地看见金网上美丽的褶皱。一些网已经破了，它们是被“想法”弄破的。

芙莉亚竭力想让自己清醒起来。她很快就发现自己没有力气打开穿越门，鸟喙书在跟她说些什么，但她听不懂鸟喙书要说的是什么，她觉得自己无法思考，连眼睛都快睁不开了。

就这样，她不断地坠落，被一股看不见的流动的力带着朝一边翻滚，等她听见鸟喙书的警告时已经来不及了，她的脊背撞在了一张网上，网上的褶皱轻盈地兜住了她，她就像被蜘蛛网黏住的昆虫一样挂在网眼里动弹不得。她虚弱得无法直起身子，昏昏沉沉的，无法清楚地思考。

她用眼角看到了一些黑点，一些黑影从一个网眼爬到另一个网眼，像猴子一样敏捷。

就在她要合上眼睛，金色变成黑色之前，墨妖已经到跟前了。好多脸朝她伸过来，其中一个墨妖拿走了到处乱啄的鸟喙书，交给别人。她正要反抗，就已经被一个墨妖掐住了喉咙。

一声厉喝，那只手松开了她的脖子，那些脸缩了回去。后面是翻涌的色彩的暴风雨。

一个高个子男人飘进了她的视野中，他打开外套，敞开的胸膛中射出书页之心的光芒，照亮了他的脸，像火光一样勾勒出他那些奇形怪状的同行者的轮廓。

尾声

Nachspiel

58

“我想她了，”阅读灯说，“我怀念那些为她照明的漫长夜晚，我甚至怀念她喜欢看的那些傻乎乎的强盗小说。”

“她经常看着看着就睡着了，在睡梦里接着看，”阅读椅说，“然后她就坐在那里，睁着眼睛，只有在翻书的时候才动一动。”

阅读灯点了点自己的金属灯罩：“等到早晨，她就连路都走不动了，因为坐得太久，胳膊和腿都僵硬了。”

“我是一把非常舒适的椅子！”

“但是很硬。”阅读灯用灯罩敲了敲阅读椅绷得紧紧的真皮表面。

“你的光太暗，把她的眼睛都看坏了！”

“你瞎说！”

阅读椅的坐垫挤出一个满意的褶皱：“这是她自己说的！”

“那她说的时候我去哪里了？”

皮普来拉架了。“嗨！”他猛地一下坐在阅读椅上，把椅子挤得咯吱一声，又啪地拍了一下阅读灯的灯罩。“够了，”皮普蜷起腿，用胳膊抱住，然后把下巴放在膝盖上，“咱们还有别的事要操心呢，不是吗？”

阅读灯羞愧地低下面：“没错。”

“可怜的芙莉亚。”阅读椅说。

“她没死！”皮普急忙说，他自己都注意到说得太急了。“你们连想都不应该这样想！”

“我们没有，”阅读灯也有些过于着急地反驳道，“真的没有！”

“我们根本就没往那边想。”阅读椅说。

接着，他们三个都沉默了，皮普表情沉重地看向那张占满了一面墙的橡木大床。他们现在是在芙莉亚的卧室里，这里有高大的窗户、绿松石颜色的墙纸、吱嘎作响的家具，这些家具比阅读灯和阅读椅的年代还要久远得多。敞开的壁炉里，炉火噼啪作响。四天来，凯特一直看着，没让这火灭过。

菲尼安躺在芙莉亚那张笨重的橡木大床上，身上盖着白色的被子。他的眼睛闭着，呼吸平稳。凯特又搬了一把椅子过来，她从回来之后就几乎没离开过这里，直到昨天夜里，她连睡觉都是在那把椅子上完成的。但是昨天晚上，那个新来的顿坎·蒙特来了，平常他基本上都待在伊西丝身边，她睡在隔两间的那个房间里。顿坎温柔而坚决地把凯特拽到了她自己的床上。他说，菲尼安的身体正在恢复，但是还得等上几天才能从伊西丝给他疗伤的那些书巫力的副作用中恢复过来。

阅读椅告诉皮普，凯特早上五点就回来了，又守在了菲尼安的床边。“她不相信我们能照顾好菲尼安，”阅读灯不高兴地嘟囔道，“我们可是绝对没有睡着的。”

伊西丝回来之后就一直在进行恢复睡眠。刚一穿越回费园，她就瘫倒了，从那之后一直没有醒来。

凯特告诉了皮普在罗马发生的事。是顿坎一次次穿越，把他们带回这里的。虽然皮普觉得顿坎的样子很凶，但是他们所有人都要感谢顿坎。顿坎不仅把凯特和那个黑发的少年书妖带回了费园，他还做了另外一件事：菲尼安在断断续续醒过来的时候，用微弱的声音向他描述了自己最后离开苏梅贝拉的地方。之后，顿坎在书窖里打开了一个通向书城的穿越门，将苏梅贝拉的尸体也运了回来。

书妖们将她和她的心灵书一起安葬在了费尔菲克斯家的墓园中，挨着桑德兰、韦克福、宝琳和皮普的父母。守着菲尼安的凯特也参加了苏梅贝拉的葬礼。之前大家曾经考虑过是不是要把苏梅贝拉送回她父母那里，但是苏梅贝拉自己肯定会希望将长眠之地选在这里，留在一起参加抵抗运动的朋友们身边。

葬礼之后，皮普独自留在墓园里。他走过一个个坟墓，跟他失去的那些人说话，跟他的父亲、韦克福、宝琳，然后是勇敢的桑德兰说话，是他牺牲了自己的性命救了皮普。

跟苏梅贝拉说了最后一次保重之后，皮普突然发现自己正在想，不知道这些坟墓中芙莉亚会喜欢哪一个。没有人知道圣堂覆灭后她怎么样了，也没有人说出大家都在想的话：她很有可能已经死了，永远不可能再回来了。这个想法非常可怕，但是其中还蕴含着一丝残存的希望。但是为她挑选坟墓的想法非常突然地钻进了皮普的脑子里。他跪倒在地，在其他人回来之后，第一次痛哭出声。

最后是裴申思找到了他，提醒他曾经答应帮自己办的那件事。这天晚上，他们一起给莫莉写了一封信，但是跟他们几天前想一起写的那封信不一样。裴申思在信中向莫莉告别，并且很确定莫莉不会想念他，因为在他们的那本书中，另外一个裴申思正在为南方军以及保护莫莉而战。裴申思让皮普帮他解释说，自己在多年之后又重新坠入了爱河，现在是跟过去告别的时候了。

那个自称是大名鼎鼎的吉姆 · 霍金斯的少年书妖得到的是传

统方式的医治，即便伊西丝没有陷入昏迷，估计也没有力气再用书巫力给他疗伤了。现在，他的肩膀上包着厚厚的绷带，整日在屋子里走来走去，总想帮忙做点事，他们不得不使劲拦着他，让他休息。皮普很喜欢他，特别是在吉姆给他讲了自己与海盗头子还有其他那些海盗在伊斯班袅拉岛上的历险故事之后。

壁炉里的木柴噼啪作响，将皮普从沉思中惊醒。凯特也从正在看的小说上抬起了眼睛。她以前不爱看书，但是自从开始没日没夜地守着菲尼安，她就开始读书了。皮普不知道她是因为喜欢才看，还是要努力不让自己因为对菲尼安的担心和为芙莉亚伤心而失去理智。

炉火中飞出了一些火星，随后又继续安静地燃烧。“不断晃动的都不是好光源，”阅读灯骂道，“再愚蠢的蜡烛都知道这一点！”

他们之所以把菲尼安安置在芙莉亚的房间里，是因为离床不远的地方就有一架子书：长长的一排排都是芙莉亚最爱看的书，陈旧、泛黄，已经被看得破破烂烂的了，下面有几本七芒星的书。凯特和皮普并没有放弃希望，假如芙莉亚还活着，要去找穿越用的书的话，那么她很有可能会选择这个书架上的那些书。

这样的话，她就不用回到一间空荡荡、冷冰冰的房间里，而是回到朋友和弟弟身边，回到这个壁炉里有火噼啪作响的地方。

59

圣堂覆灭后的第六天，菲尼安突然清醒了。他用双手紧紧抓着被子，眼睛看着并不在这个房间里的什么东西。随后，他看见了凯特，脸上露出了一个微笑，这个微笑让他显得比之前更加憔悴了。

凯特丢下手里的书，猛地跳到床上，跨在菲尼安身上跪了下来。她捧起菲尼安的脸，吻得他连气都喘不过来了。

“你回来了。”她把嘴唇从菲尼安的嘴唇上挪开时小声说。菲尼安之前短暂地清醒过几次，但就像发高烧的人一样，神志并不清楚，只断断续续地讲了苏梅贝拉是如何死的。

“我想……吃草莓。”他说。

“草莓？”

“我梦见草莓了。”

“咱们肯定能找到几个，哪怕只是温奇科姆商店里那种冷冻的。”

菲尼安缓缓地摇摇头，好像自己也感到难以置信，他在这个时刻心心念念的竟然是这个。慢慢的，隔在他的梦和现实之间的幕布拉开了，他的笑容更明确了，眼睛也亮了起来。

“你好吗？”他问。

“我们毁掉了圣堂。”

菲尼安看着她，神情很奇怪，不像是以前的那个菲尼安。他的样子倒是不会让人感到担心，但是跟以前不一样了。随后，他闭了一小会儿眼睛。

“确切地说，”凯特说，“是‘想法’毁掉了圣堂，我们只是毁掉了保护圣堂的那本书。”

“我们？”他又睁开了眼睛。

“所有在那里的人，芙莉亚、伊西丝、那个书妖吉姆，还有顿坎·蒙特。你会见到他的。”

“出了什么事？”

她犹豫了一下，因为她知道真相会让他陷入忧虑。但他当然有权知道所发生的一切，所以凯特告诉了他。

最后，凯特说：“芙莉亚救了我，但是她自己没能出来。”她的眼睛里又涌出了泪水，但是她现在已经很会把泪水忍回去了。过去几天里，她学会了如何隐藏自己的悲伤，甚至是在菲尼安面前，虽然他们之前是单独在一起的，而且他还没有醒过来。她不想菲尼安在醒来时第一眼看到的是自己哭肿了的脸。

“皮普有什么反应？”

“比任何人预料到的都要好，他是个勇敢的孩子。”凯特看着房间角落里那把空荡荡的阅读椅，还有阅读灯。皮普之前已经去睡觉了，他走后，这两个书巫制品就没有再说过话。

“只要她还活着，那我们就能找到她。”菲尼安用沙哑的声音说。

“顿坎说，到目前为止，被‘想法’吞掉的东西还没有再出现过的。它们让一个个庇护所和庇护所里面的居民集体消失，没有人知道这些‘想法’是什么，从什么地方来的。”

图书在版编目 (CIP) 数据

隐页书城 / (德) 凯・迈尔著；赖雅静，顾牧译．
—桂林：广西师范大学出版社，2019.11

ISBN 978-7-5598-2162-1

Ⅰ．①隐… Ⅱ．①德… ②赖… ③顾… Ⅲ．①长篇小说－德国－现代
Ⅳ．① I516.45

中国版本图书馆 CIP 数据核字 (2019) 第 197917 号

广西师范大学出版社出版发行
广西桂林市五里店路 9 号　邮政编码：541004
网址：www.bbtpress.com

出 版 人：张艺兵
责任编辑：雷　韵
特约编辑：冯　婧
装帧设计：高　熹
内文制作：陈基胜

全国新华书店经销
发行热线：010-64284815
山东鸿君杰文化发展有限公司

开本：1230mm × 880mm　1/32
印张：41　字数：992 千字
2019 年 11 月第 1 版　2019 年 11 月第 1 次印刷
定价：165.00 元

菲尼亚举起一只手，摸摸凯特的脸颊。他的手指尖比之前几天温暖。

“还有，是伊西丝救了你的命。”

“你是想说，我怀疑她是很愚蠢的。”

“她为你做的那些事……她救你的时候自己也差点儿没命。”

菲尼安转开眼睛，看上去非常沮丧。停了一小会儿，他说：“所有这一切我都不想要了。”

“你都不想要什么了？”

“这场斗争，还有这场斗争带给我自己的变化——看谁都是敌人，甚至包括朋友在内。”

“你想放弃？在学院很可能遭遇惨败的时候？现在学院归谁领导都不清楚，幕后操纵的人肯定手忙脚乱的，学院比以往任何时候都脆弱。”

“但是情况并不会变好，”他说，“不管是对我们，还是对书妖而言。总会有人接过指挥权，然后开始缉捕我们，并且比之前更加残酷。他们不会允许类似的事情再次发生。”

“目前他们还有很多事情急需处理，而且还要对付‘想法’，再说也没人知道永夜庇护所里的情况，咱们想躲过他们的搜查比以往容易。”

“听起来，你才应该是领导游吟兄弟的那个人，或者至少是游吟兄弟残存下来的那部分。”她能感觉得出来，他这话至少有一部分是认真的。突然，他的神情变得凝重：“艾瑞尔被杀的事呢？是谁派那个七芒星的书妖来偷造物书的？”

凯特凑近他的脸：“你现在明白为什么不能在这个时候把一切都丢下了吗？”

“你现在说话的样子就像是……”

“你？”

“像刚瓦，以前在温室里的时候，还有他大谈特谈这场斗争为什么重要、为什么要屡败屡战的时候就是这样的。”

“你自己不久前也还是这样的。”

“我也可能错了。”

“不，”她反驳说，“我现在终于明白为什么你是对的。必须有人继续战斗，我们必须要那样做。”

“圣堂已经被毁掉了，阿博加斯特也死了，但我们也失去了芙莉亚和苏梅贝拉，还有艾瑞尔。”他一时间痛苦得说不下去，过了一会儿，他才又继续说，“这看起来像是一场胜利，实际上并不是。”

凯特摇摇头，看着他的眼睛：“这感觉像是才刚刚开始。”

60

早饭后，吉姆坐在大门口的台阶上。门前的空地上，居利斯和卡修庇欧斯在劝说两个正带着行李往车道的入口那里走的书妖。又是两个想去外面的世界碰碰运气的，为了这个，他们得先走八英里，到最近的长途汽车站去。

其中那个男书妖拎着一个巨大的有皮带环的箱子，箱子上贴着坐远洋轮船时留下的非常古老的标签，这是他从阁楼上找到的。皮普带吉姆看过放东西的阁楼，那是皮普最喜欢的地方之一，吉姆也很理解这是因为什么。真正的冒险会要人的命，钻进阁楼上那些布满灰尘的家具和箱子中间进行想象中的冒险则不会让皮普感到绝望。在过去半年中，他失去了五个对自己来说无比重要的人，虽然他在这种事上比大部分成年人表现得都要好，但这却是费园里的很多书妖都躲着他的原因：皮普的悲伤让他们想起了自己失去的一切，想起了所有那些被他们留在书里的人们。

吉姆不会这样。他跟皮普成了好朋友，尽量将他从失去姐姐的悲伤中带出来。他跟裴申思一起。裴申思寸步不离地跟着皮普，只有跟娜桑德拉去花园里散步的时候才离开。裴申思有的时候还会陪着娜桑德拉去山谷里，他很感激吉姆能够在这种时候替他照顾皮普。

今天已经是吉姆第三次陪皮普去德莱克鲁斯特小姐那里了。两天前，吉姆有些不好意思地问德莱克鲁斯特小姐自己能不能跟着听课。他自己因为泡在本葆将军客店里，还有去金银岛，所以没好好上过学。尽管老男爵夫人给他讲过文学和书巫世界的事，但还有很多东西是他不知道的。皮普很高兴自己不用再一个人上课，而德莱克鲁斯特小姐也很高兴在讲各种文理知识时能多一个学生。

上午在德莱克鲁斯特小姐的农庄里上课，下午还要做作业，这种忙碌有一个好处：不光是皮普，甚至吉姆也不再总是想着芙莉亚。虽然吉姆只见过芙莉亚一面，也没跟她说过话，但是他们同时在心里想到了要去攻击阿博加斯特，就在那个时候，发生了一些吉姆无法用语言描述的事，至今依然能感觉得到。从那以后，他眼前经常出现芙莉亚的身影，看见她脸上的果决、乱蓬蓬的金发、敞开的夹克、短裙下破破烂烂的长筒袜。不管是在本葆将军客店，还是在伊斯班袅拉岛，他都没见过这么漂亮的女孩。在西摩尔家的时候，他只见过一个女孩，那就是蕾切尔，而这个人他永远都不想再见到。

所以他不愿意相信芙莉亚已经死了，在他们刚认识的时候就死掉了。如今他住在芙莉亚的房子里，周围都是芙莉亚的朋友。因为是新来的，所以他似乎比其他人更能够在这里感觉到她的存在，因为其他人早已习以为常了。每天，他都走着芙莉亚曾经走过的楼梯，坐在她曾经坐过的桌子旁，他也开始读七芒星的书，就连在下着倾盆大雨的时候，他也会跑到花园后面的那个罗马废墟里，就因为皮普告诉他芙莉亚经常待在那里。虽然心里有个声音在表示反对，但他还是觉得跟芙莉亚比之前熟悉了。这让他很混乱，同时也让他更加害怕再也见不到芙莉亚。

这天早晨，他在费园大门前的台阶上等皮普，门前的空地上突然乱了起来。车道上传来摩托车的轰轰声，居利斯和卡修庇欧斯中断了跟那两个书妖的谈话。这时，一辆旧摩托车从石子路上开了过来，从他们身边疾驰而过，停在台阶前。发动机熄火，随即传来手刹的刺耳声音。

吉姆已经认出了正在从摩托车上跳下来的那个穿着夏威夷风格花衬衫的老人。在过去六天里，塞雷斯蒂安已经来看过伊西丝两次了，每次都一副忧心忡忡、满腹心事的样子。但是今天，他的脸通红，裤子上有一片咖啡留下的污渍，衬衫扣子都扣错了，估计在从伦敦开到这里的两个小时里，他的情绪都很激动。他右手握着一张卷在一起的报纸，从吉姆身边跑过去，进了房子。

“你也来，孩子，”他扭头对后面喊道，“这件事跟你也有关系！”

在大厅的中央，通向二楼的大楼梯下面，放着一张橡木桌子。有时，那里会坐几个住在这里的书妖，他们在那里下棋、打牌。但是现在还太早，所有的人都在屋子里或者花园里干活，住在这么大的一栋房子里，每天都得不停地擦洗、修补。塞雷斯蒂安把报纸扔在桌子上，用双手把它捋平。

因为肩膀上绑着绷带，所以吉姆还是不敢行动太快，这一来，卡修庇欧斯和居利斯几乎跟他同时走进了房间。

“你们听说了吗？”塞雷斯蒂安问。

“听说什么？”有人从二楼栏杆处问道。大家都抬头向上看，看到的是菲尼安，他双手支在栏杆上，身边是凯特。

吉姆冲他点点头，这是他们在圣堂里遇见后第一次再见面。菲尼安虚弱地微笑了一下表示回答。

塞雷斯蒂安用拳头敲着报纸的头条。吉姆看到那是《书城日报》。这个报纸在庇护所之外的一些小店里也能找得到，主要是在伦敦卖。

“我看到消息就马上到这里来了，”塞雷斯蒂安气喘吁吁的，听上去就像是跑过来的一样，“这些混蛋们的速度比我预计的更快。”

菲尼安疾步下楼，凯特紧跟在他旁边，为的是在必要的时候扶他一下。菲尼安下床后，估计她已经放弃让菲尼安保持理智的想法了。

塞雷斯蒂安的手依然按在报纸上，五指大张，直到所有人都围到桌子边，他才把手拿了下来。

“你们怎么看？”他大声问道，然后骂了几句，他骂的话，就算是伊斯班袅拉岛那些杀人不眨眼的强盗们听了也会吓一跳。

报纸上用粗体印着学院的新面孔几个大字，下面是一张很大的照片，就像是政客们开完峰会之后的那种集体照。六七个西装革履的男人在一个书架前排成一排，大多数看上去都很严肃，派头十足。

在他们前面站着一个浅色头发的年轻女人，表情既傲慢又冷酷。她比那些穿西装的男人们矮一头，却占据了照片中的主要位置，那些男人的眼神都像是在不由自主地看着她的脸，其中一个男人还居高临下地将手放在了她的肩膀上。

居利斯轻蔑地哼了一声：“看来他们找到新的傀儡了，三大家族最后的幸存者。”

“蕾切尔。”吉姆小声说着，将搭在桌子边上的手握成了拳头。

菲尼安看着那张照片：“其他人呢？”

“一些官僚，”塞雷斯蒂安说，“如果说他们就是在背后操纵老男爵夫人的人，我不会觉得奇怪。他们不过是用一个西摩尔替代了另外一个。”

卡修庇欧斯若有所思地捋着自己的山羊胡子，没有说话，而吉姆则竭力克制着因为生气而颤抖的身体。

最让人惊奇的反应来自凯特。她退后两步，几乎难以站稳，就好像被谁打了个耳光一样。

菲尼安关切地转过身："你还好吗？"

她沉默良久，这时其他人都在看着她。随后，她走过来，就像看自己的敌人一样看着那张照片。

"把手搭在她肩膀上的那个人，"她说，"是我的父亲。"

61

第二天夜里，伊西丝醒了，她的脸色灰白，眼神黯淡。她说自己觉得很疼，就好像全身的骨头都着火了。

顿坎很不情愿地把阿布索隆的书给她看了几行，之后，伊西丝第一次拒绝将书交还给顿坎。顿坎硬把书从她手里抢了下来。过了一会儿，伊西丝才冷静下来，不再威胁顿坎，这时，顿坎意识到以后会比他想象中的更艰难。

不过借助书的力量，伊西丝重新恢复了意识。

第二天早晨，伊西丝向皮普保证说自己会找到芙莉亚，不管需要多长时间，也不管要去什么地方。凯特想跟她一起去，但是伊西丝拒绝了。她说要自己一个人去，直到顿坎威胁说要把那本该死的阿布索隆书扔进壁炉里，她才妥协，允许顿坎跟自己一起去。

顿坎很清楚，作为七芒星书妖，伊西丝的巫力比他强大许多倍，但她心中还残存着一些理智，而且顿坎也不打算放弃她。

他们在书窖里打开了一扇穿越门，离开了费园。在开始全力寻找芙莉亚之前，他们还有另外一件事要去做，这是皮普请他们帮的一个忙。

很快，伊西丝和顿坎就穿过了书页之间那个金色的虚空。他们要找的那个地方离那些大庇护所很远，也离肆虐的“想法”很远。

没多久，他们就看见下面出现了一条大河，河水闪着水银般的光芒。这条河蜿蜒地穿过书页之间的虚空，从远处看过去就像是一个闪闪发亮的螺旋形的侧面，有好几公里宽，两边都看不到头。四周的黄光照在流动的河面上，碎成了一个个的光点。

无名河，它幻化出各种名字，从无数本书中穿过，是隐页世界里最让人惊叹的存在。只有少数几个人敢靠近这条河，因为盯着它看得太久的人，都会被它卷走。

伊西丝和顿坎直立着在螺旋形的内部飘着，下面离他们不到一人高的地方就是奔腾的银色河水，河水划出巨大的弧线，消失在远方。跟在书里不一样，这条河在这个地方没有发出任何声音，虽然河水和河里的旋涡上都有银色的泡沫，在带着巨大的力量相互碰撞。寂静和失重的感觉让眼之所见更不真实。

他们都知道这有多危险，所以两人都避免往河面上看的时间过长。顿坎已经感到了旋涡的力量，这个旋涡正在轻轻地拽他的腿。

伊西丝从斗篷下拿出漂流瓶，把信卷成一个卷儿，用绳子扎好，放在漂流瓶里，瓶口塞着，用红色的蜡密封。皮普在纸卷的两面用稚气的字分别写上了莫莉和裴申思寄。

顿坎又看了一眼那封信，笑了：“我们会不会是在浪费宝贵的时间？”

伊西丝摇摇头：“如果是为了皮普，那就不是。”

“有没有哪个人的愿望是你能够不去理会的？”

伊西丝轻轻地哼了一声，但是她又偷偷笑了一下，这让她一时间看上去仿佛又恢复了健康。她默默地把瓶子扔进了下面的河里，瓶子立刻就被河水吞没了。瓶口红色的密封蜡在明亮的水花中起起伏伏，然后就消失不见了。顿坎迅速地移开目光，因为脚下那个旋涡的力量越来越强。

他用一只手按着外套内袋里的那本阿布索隆书，突然想把书扔进河里去，但是他也知道，那样做的话，他也会失去伊西丝。他现在还不想去考虑他们可能会面对的事。收回手的时候，他意识到自己是在自欺欺人，他可能会后悔这个决定。

“谢谢。”伊西丝说。

“谢我没有勇气丢掉这个可怕的东西？”

“谢谢你没有听我的，还是跟着来了。等到我情况更糟糕的时候，我也许不会再这样说，所以我现在要告诉你我想说的：我很高兴你在这里，很高兴你在我身边。”

他们飘在咆哮的无名河上空。顿坎久久地看着她，心情复杂地将她的话印刻在了脑子里。

他们的手碰在一起，随后，他们打开了一扇穿越门，开始寻找芙莉亚。

62

芙莉亚用了很长时间才醒过来。有的时候，她试着睁开眼睛，但是眼皮沉重得像铅一样。她觉得自己并没有在睡觉，但这应该是一种半睡眠的状态，并且她会不断地重新回到深度的无意识状态中。有时，她清醒到足以弄明白周围的情况，但又会觉得这种清醒的状态也是她的梦境，她感觉就是这样的，虽然没有奇形怪状的脸，没有折磨她的东西。但这就像是一个冰冷的黑色噩梦。

偶尔，她也会看到颜色，就像几百个彩虹一样，五彩斑斓。等她想抓住这些颜色时，它们就又都乱糟糟地交缠在了一起，变成了一缕缕的，各种螺旋、各种形状，化身为幽灵的记忆。她就在这些色彩中间，被它们吞噬，触摸，探查，接着又被浸泡在色彩里，再被像果核一样吐出来。

有人在叫她的名字，但就算是这样，她还是觉得很难摆脱意识的模糊不清。她就像是在深夜里从海底浮出，在一片黑暗中，看不到正在靠近的水面，就像是突然穿过了一片玻璃，却发现玻璃那边依然是黑暗和冰冷，没有星星，像浸了水的天鹅绒，沉甸甸地压在眼睛上。

不知过了几小时，还是几天，黑暗中出现了一张脸，就像月光中的一丝雾气。芙莉亚昏昏沉沉的，看不清那人是男是女。那张脸棱角分明的，薄薄的嘴唇突然张开，短头发很不齐整。那双眼睛用锐利的眼神打量着芙莉亚，左边那只充血了。

“芙莉亚。”一个沙哑的女人声音说。

这个陌生人穿着一件质地粗糙的毛衣，毛衣下面是她健硕的肩膀和上臂，芙莉亚从来没见过这样的一个女人，身材这样粗壮，线条这样硬朗。她大概有四五十岁：不管她经历过什么，这些经历都让她看起来异常苍老。只有那双眼睛还显得非常年轻，黑色瞳孔四周的虹膜是金色的，就像隐页世界里的那片虚空一样。

“我在哪里？”

“不是什么安全的地方。”

“您是怎么知道我的名字的？”

“我听说过你，你和你的家人，你家的房子，还有那里面的收藏。”

芙莉亚坐起身，同时努力想挪得离这个女人远一点。她躺在一张咯吱作响的行军床上，床架已经生锈了，这里唯一的亮光来自床边一盏暗淡的灯。灯光照得不远，落在灰色的岩壁上。灯旁边有好几本书，书页已经皱了。这里有一股潮湿地下室的味道，几乎跟霉鳐的味道一样难闻。只有在那个女人走动的时候，才会飘过一阵好闻的书香。

“我的心灵书在哪里？”

“我在这里，”鸟喙书在她腰旁边的位置痛苦地说，“我很好，多谢你问起。”

芙莉亚掀开被子，看见鸟喙书躺在污渍斑斑的床垫上。鸟喙书把书脊紧紧地贴在芙莉亚身上，长脖子缩回去了一半。

“它不想离开你，”女人说，“放到你旁边的桌子上都不愿意。”女人指指灯下的一摞书，“上一次我被书啄了手已经是很久很久以前的事了。”

“我有足够的理由！”鸟喙书说，“别以为我愿意那么干，那根手指脏死了！”

“这里的卫生条件不好，我们已经尽力了。”

“这里很潮湿，”鸟喙书还在诉苦，“对我娇嫩的纸张来说简直就是毒药！”

从什么地方传来了呼啸的风声。

“这是哪里？”芙莉亚问。

“沦丧之地，”女人回答说，“你在永夜庇护所里，是我手底下的一个人带你回来的。”

芙莉亚本来应该感到害怕，但是她听到这些的时候非常平静，也许是她在经历过那么多事之后变迟钝了。她的记忆一点点地回来了，想起了圣堂里发生的一切，像一团混乱色彩的“想法”，向虚空中的坠落。然后，她又想起找到自己的那群墨妖。最后是那个打开胸膛，分离了胸口的书页之心的男人。随后，她就失去了意识。

“那是个七芒星书妖。”她说。

“他是我的人。”

“您是菲德拉·赫库兰尼亚吗？书巫世界的始祖？”

女人微笑着，一点没有开玩笑的意思：“我真希望我不是。”

“您跟我想象中的不一样。”芙莉亚说。

“我想象中的你也不一样。以为你年龄会更大一些。”

与菲德拉·赫库兰尼亚早就相识的念头如此荒唐，让她一开始竟然没有觉得惊讶。她依然觉得这一切都是梦的逻辑，她自己无法左右，更无法理解。只是周围的环境，那种肮脏和潮湿，甚至这个女人让她觉得真实得可怕。

“您想要我做什么？”

“你能够帮助我，我们这里所有的人。”

“我？”芙莉亚把目光从那双金色的眼睛上挪开。“我不觉得我……”

“不，我觉得你可以。”菲德拉说。她曾经是个传说，一个从来没有真正存在过的人，现在却真的存在了。而且她也不应该向一个十六岁的小姑娘求助啊。

假如那可以算作求助的话。

芙莉亚看看半掩着的门：“我想起来走走。”

“也是时候该起来了。”鸟喙书叹了口气。

菲德拉从一张小凳上站起来，朝后退了一步，好让芙莉亚把腿放到床边来。直到这时，芙莉亚才发现自己身上穿了一条迷彩裤，还有一件灰色的套头毛衣。两件衣服看上去都破破烂烂的，而且也太大了。

菲德拉注意到了她的眼神：“这不是个穿裙子和连裤袜的地方。这些衣服曾经是一个书巫的。”

死人的衣服，芙莉亚想到这里打了个寒战，这个人应该是在永夜庇护所之战中死去的。

芙莉亚的皮夹克还在，就放在角落里的地上。她拍拍夹克上的土，套在身上。衣服下面是她的靴子，套上靴子后，她摇摇晃晃地站在这个非常狭窄的房间中央：“我在这里躺了多久？”

“在其他地方的话应该是好几天，但这里永远是黑夜。你的身体很虚弱。”

“我受伤了？”

“不是那种我能够治疗的伤，你的脑子……很乱。”

“说了一些胡话，”鸟喙书嘎嘎地说，“说到了一个岛，还有岛上的宝藏，还说到了那个男孩，那个霍金斯。”

她的腿一软，但还是站住了。一直到膝盖习惯了她的重量，她才跟着菲德拉走到了外面的通道上，刚走了两步，她的小腿就开始麻麻地痒，她觉得应该是身体在恢复。

那是一条短短的走廊，没有分岔。石头地面像经历过地震一样布满裂痕。在一个地方，裂缝的边向上抬升，形成了一个台阶。菲德拉打开走廊尽头一扇生锈的铁门。一阵刺骨的风带着灰尘的味道吹了进来。远处隐隐传来一种难以描述的闷响。

“来吧。”菲德拉说，既不是女神也不是传说，只是一个在沦丧之地历经沧桑而不屈服的女人。

芙莉亚跟着她走到外面。这个堡垒的门嵌在一座山的侧面上，周围的岩石上全是大大小小的裂缝。天空的颜色像烧焦的肉，黑色上面有一条条的褐色。

“我们在所有灯塔的另一边，”菲德拉说，但她并没有解释这是什么意思，“但是这个地方在不断地移动，山脉在灰烬之上像冰块一样整体移动着。永夜庇护所的这个部分以前在其他地方，靠近连通门的地方。”

在她们面前，已经凝固的岩浆形成了一堵矮墙。菲德拉爬上去，朝芙莉亚伸出一只手。芙莉亚犹豫了一下后，拉住了她的手。

在另一边，山坡直直地向下，大约一百五十米远的山脚下是一个宽阔的山谷，大到能够装下整个牛津。石头戈壁上有无数的火点，它们散落在像口大锅一样的岩石地面上，一直延伸到对面的山坡那里。

“这些全都是墨妖？”

“它们曾经都是书妖，”菲德拉说，“随着这个地方的改变，下面的那些男男女女们也都变了样子。”

成百上千的帐篷中间是点点的篝火，这些帐篷恐怕也是打仗时缴获的战利品，跟芙莉亚身上的衣服一样。

她无法把目光从这支部队上挪开，像被催眠了一样盯着下面的山谷："是您派他来的，对吗？那个要偷造物书第十一卷的七芒星书妖。"

菲德拉没有回答，芙莉亚朝旁边看去，发现她已经又从墙上下去了，正在朝一个人走去，这个人是跟着她们从堡垒中出来的。

芙莉亚又朝山谷转过头去，被眼前的火山岩戈壁搞得很恍惚。她慢慢地在一块棱角尖锐的石头上坐了下来，蜷起膝盖，用双手抱住。

她身后传来了咯吱咯吱的脚步声，随后，有个人坐在了她的身边，一根长棍子被靠放在石头上。

"塞弗林。"她小声地说，眼睛并没有看他。

七芒星把一只手放在她的手上，他们就这样默默地坐在那里，看着点点火光勾画出的图案。

为了人与书的相遇

DIE SEITEN DER WELT 3

KAI MEYER

隐页书城 家族之书

BLUTBUCH

[德] 凯·迈尔——————著　顾牧——————译

广西师范大学出版社
·桂林·

目录

第一部分　传送船

Die Portalschiffe

1

空荡荡的大厅里充溢着书籍的灵魂。书香早已散去，书中的故事历经岁月，却依然在光秃秃的墙之间静静地回荡。

大英博物馆的阅览室里，一秒钟前还是一片死寂，下一秒钟，盘踞在圆形大厅上方的走廊里突然出现了一对男女。他们的眼中掠过炽烈的金色光芒，仿佛是夕阳照耀下的闪光。

伊西丝用一只手抓住金属栏杆。“因为这里太高了。”她边说，边努力控制住颤抖的双腿。她不想让同伴发觉自己已经精疲力竭了。

顿坎从栏杆边向下望着。他当然知道伊西丝是在说谎，但他不是很会掩饰自己对伊西丝的担心。以前，他们两个对欺骗和掩饰都非常在行，但如今，只要两人的目光碰在一起，以前那些本事就都没用了，对方的神情在他们眼里就像白纸黑字一样清楚。

走廊架设在三层楼高的位置，以前，阅览室的书架一直向上延伸到了这个位置，但国家图书馆从博物馆搬去伦敦另外一个城区后，阅览室就空了。内院里的穹顶大厅一度被博物馆用作展览室，但是现在，这里的门都锁着，灯也黑着。

穹顶下有一圈大窗户，灯光从深夜的院子透过这些窗户照进屋里，昏黄的光还来不及照到地面就已经消失了。巨大的圆形大厅里黑洞洞的，假如有人躲在对面的话，隔着这么远的距离根本看不见。

“只有我们两个。”顿坎又跟伊西丝想到了一块。

“我知道。”虽然这里到处是书巫力的干扰，但伊西丝还没有虚弱到察觉不出有没有人的地步。阅览室里的书多年前就已经被运走了，这里还会有书巫力的原因有很多，最主要的原因就藏在地板深处，在建造者修建的秘密地穴中。

伊西丝和顿坎穿越到这里来时用的那本书已经消失在了空气中，跟这本书对应的那本与其他那些同样用途的书在很久之前就被运到了这里，并秘密地藏进了阅览室的墙里。现在，那本书应该也已经消失了。只有为数不多的几个人知道这些藏在墙里的书，基本都是亚当学院的密探。

圣堂的崩塌刚刚过去几天，现在的书巫世界一片混乱。目前负责管理的是一个所谓的临时委员会，这个委员会一边要巩固自己的地位，一边还要确立蕾切尔·西摩尔作为新代言人在学院中的地位，忙得不亦乐乎。

此外还有来自“想法”的威胁，这些来自隐页世界金色深渊中的东西正在自下而上，一个接一个地毁掉庇护所。它们现在距离书城和乌尼卡这样的浅层庇护所还比较远，但是关于深层庇护所里的慌乱和逃难，大家都已经有所耳闻了。没人知道该如何阻止这些“想法”继续向上蔓延。

顿坎双手撑在栏杆上，看着眼前的一片黑暗。他们所在的是两条走廊中位置更高的那一个：“我有些担心，假如阿提库斯真的来过这里的话，那他肯定有非来不可的理由。那就意味着，这里应该有机关，保护设施、书巫屏障之类的。”

阿提库斯 · 阿博加斯特是他们在勒卡雷中学时的老师，统管所有的学院密探，是抵抗运动的死敌，后来在圣堂被顿坎杀掉了。直到昨天，伊西丝才终于联系上勒卡雷中学的一个线人，从线人那里，她听说阿提库斯一直到几周前都还在调查书巫们以前跟“想法”有过什么接触，并且顺着某条线索找到了大英博物馆阅览室下的秘密藏书洞。

顿坎的眼睛四处搜寻着，伊西丝也在寻找有没有危险存在。这也可能是线人布下的陷阱，不能完全排除这种可能。根据以往的经验，在权力更迭的时候最先被放弃的总是忠诚，这一点他们都很清楚。那些本就对三大家族不屑一顾的人，现在可能已经转而效忠新的委员会了。没有人知道蕾切尔 · 西摩尔将来会扮演一个什么样的角色，也没有人知道她会不会因为年轻貌美而引起新掌权者特别的兴趣。

伊西丝从侧面盯着顿坎看了一会儿。他长发及肩，一脸浓密的络腮短胡。伊西丝觉得他的脸颊似乎比几天前凹陷得更深了，她想起自己跟顿坎这几天几乎没有停下来吃过东西，心里很不安。自从阿布索隆书瘾像阴影一样盘踞在她的思想中，她就没有什么饥饿感了。看到顿坎这样全心全意地满足自己的需求，她感到心里一阵刺痛。她很想伸手摸摸他的脸颊，但又害怕这样会引起他的误解，她不希望顿坎认为自己是为了拿回阿布索隆书才这样做的，哪怕只是想想他可能将那种行为理解为极度的绝望，就已经让她感到无比羞耻了，所以干脆彻底避免做出类似的举动。

他们这天夜里来到伦敦，是为了更深入地了解来自地底深处的那个神秘威胁。圣堂崩塌的时候，“想法”吞掉了芙莉亚。芙莉亚 · 萨拉曼德拉 · 费尔菲克斯，罗森克罗兹家族最后一个书巫，这个十六岁的女孩已经失踪好几天了。或许她已经死了。

或许只是伊西丝不愿意承认而已。她要不惜一切代价找到芙莉亚，至少要搞清楚她究竟是死是活。留给伊西丝的时间已经不多了，四周，最多五周，阿布索隆书瘾就会要了她的命，她现在已经能感觉到书瘾在如何啃噬自己的力量，毒害自己的意识了。有些时候，她已经无法清晰地思考，满脑子只剩下一个念头，那就是打开阿布索隆书看。

即便是在意识清醒的时候，她也发现自己已经很难自控了，她会不断向替自己保管那本书的顿坎投去贪婪的目光，有几次差点就要动手硬抢了，就好像芙莉亚、抵抗运动和她自己对顿坎的感情从来没有存在过一样。

“我们得尽快结束这里的事情，”伊西丝说，“越快离开这里越好。”

顿坎点点头：“那就动手吧。”

他们悄悄地离开走廊，顺着一条狭窄的楼梯下到穹顶大厅里。来自世界各地的学者都曾在这里研读过大英图书馆里的藏书，卡尔·马克思就是在这里的一张阅读台旁写下了《资本论》，不过那张阅读台早已被移走了。白天，大厅的穹顶就像装点着金色图案和蓝灰色块的艺术品，将斑斓的色彩投射在乳白色的地面上；晚上，这个穹顶看上去又像是笼罩在黑色中的蜘蛛网，一层层地叠落在一起，一个面目模糊的幽灵。

来到阅览室的东边，伊西丝把双手放在墙上，她能感觉到过去一百五十年中这里曾经陈列过的书籍，一排排地摆在书架上，连在一起能延伸出好几公里。她感到一丝悲哀，时代变了，这栋建筑失去了它的藏书，像每一个被遗弃的图书馆那样，依然散发着哀伤的气息。虽然已经过去了几十年，但那气息依然像陈年灰烬的味道一样，渗透在房屋的横梁和灰浆中，久久不散。这里依然回响着书中字句的余音，他们刚到这里的时候就听到了。

伊西丝合上眼睛，将意念集中在那个将会在圆形大厅中不断回旋的由词语和句子组成的无形旋涡上。她全神贯注，直到用意念看到那些字母，然后像寻找指纹一样，在其中寻找阿提库斯留下的书巫术痕迹。这样做很费力，不过她在那些字母上找到了不少这种痕迹。她再次确认自己没有漏掉什么，然后用乱糟糟的字母中有用的那些拼出了一个口令。等她终于看清这个口令时，发觉后面的墙开始发生了变化。一块一人见方的墙颤动着打开，露出了后面的秘密通道。

她示意顿坎跟着自己，这时她发现，之前的一切顿坎完全没有看到。她如今已经能够非常自如地使用作为七芒星书妖所具备的书巫力了，熟练到她经常会忘记顿坎虽然是个非常有天赋的书巫，但书巫力与自己的根本不能同日而语。

“你是怎么做到的？”顿坎目瞪口呆地看着墙上的那个开口。不管是旋转的字母旋涡，还是那个口令，他都没有看到。

“你担心的那个机关被我关掉了。”她努力压制着眩晕的感觉。

“就这么简单？”

“嗯，要说简单……”她虚弱地笑了笑。

顿坎的惊讶中还有一丝担忧，而且不仅如此：“假如没有关……会发生什么？”

“也许通道还是能打开，但我们走不了太远，”她指指黑洞洞的开口，“修这个通道的人思虑缜密，把口令告诉阿提库斯的那个人肯定遭了不少罪。”她发觉顿坎并没有看着自己的眼睛，而是看着自己的嘴。她下意识地用左手的手背抹了一下上嘴唇，看到手背上有血。

“你经常流鼻血吗？”顿坎担心地问。

“连鼻涕都没流过。”

这血也许预示着她的元气正在迅速耗尽，虽然消失的不是书巫力，但她的身体早晚会撑不住的。她不知道这种现象出现后离死亡还有多远，也许顿坎知道答案，但她不想再跟他讨论阿布索隆书的问题了。

“给我书。”她说，随后又轻轻地补了个请字。

顿坎看看手表，摇了摇头：“五个小时之后。”

他难道不明白，这世上有些事情发生的间隔会越来越短吗？“我现在就需要！”

“要不了多久，你满脑子想的就只剩这个了，上瘾就是这个意思。”他很警惕的样子，像是随时准备迎接攻击。出于好心，他想尽量掩饰自己的警惕，实际上根本没有必要。伊西丝的眼睛死盯着顿坎的口袋，那本深蓝色麻布封皮的书就放在里面。她的心跳开始加速，书就在那里，近在眼前，她要做的只是伸手掏出来，打开，阅读亚历山德雷·阿布索隆百年前写下的那些字句。这样的书一共只有三本，其中两本已经找不到了，顿坎的这本是她唯一的机会。

“给我！”她再次要求道，脑子里模模糊糊地冒出一个念头，想在墙上砸碎他的脑袋，然后再把所有的时间都用在看那本书上。她想坐在地上，吞掉阿布索隆的每一句话，天亮的时候，她就能看完整本书，然后，她要从头开始再看一遍。

“伊西丝！”

不是顿坎，是一个女孩的声音。

“芙莉亚？”伊西丝猛地转过身，看到芙莉亚就站在跟前。她中等个头，金色的长发垂在黑色的皮夹克上，下面穿着一条灰色短裙，短裙下露出已经被挂得破破烂烂的酒红色长袜，脚上穿着一双笨重的黑鞋。她平常并不是这样的打扮，但出现在圣堂的混战中时，她就是现在这副模样。

“伊西丝。”芙莉亚又叫了她一声，并朝她伸出一只手。她的身体轮廓在颤动，皮肤笼罩在一层光芒中。

伊西丝又朝顿坎转过身去，发现他已经将心灵书打开了一条一指宽的缝隙，那条缝隙中有光透出。伊西丝知道他干了什么。

“你真以为凭这个就能……”她没把话说完，因为她意识到顿坎已经达到了目的。他制造出了芙莉亚的幻象，将伊西丝的心思从阿布索隆书上引开了几秒钟，对刚开始上瘾的人来说，这样就够了。伊西丝依然能感觉到那种诱惑，但她自己的意志力已经足够强大，能够应付得了，至少短时间内是可以的。

顿坎合上心灵书，书页之心的光熄灭了。伊西丝回头看看，芙莉亚的幻象不见了。

“我很抱歉。”他说。

“不，该抱歉的是我。”伊西丝躲开顿坎的目光，随即又坚定地扬起下巴，看着他的眼睛，同时朝他走过去一步，终于还是小心翼翼地伸手摸了摸他的面颊。或许顿坎会认为这是她为了抢书要的花招，她的微笑只是伪装。

不过她知道自己是认真的。“假如没有你……”她开口说道，但是说不下去了。

“我不会让它把你抓走的。”顿坎小声地说。他说起阿布索隆书的样子，就好像那是一只野兽，只要这只野兽过于靠近伊西丝，他就打算扑上去。顿坎温柔地把自己的手盖在伊西丝的手上，他的手指很温暖，而伊西丝的手指是冰凉的。

“我们去把要做的事做完。”伊西丝说。很久之前，他们相爱又分手，但就算那样，他们也没有杀掉对方，现在，他们同样能从这里全身而退。

顿坎的目光从伊西丝看向墙上那个开口，紧抿双唇点了点头，浓黑的眉毛因为担忧拧在一起。随后，他弯下腰，吻了吻伊西丝的额头。伊西丝上一次被人这样亲吻，已经是很久以前的事了，这种感觉陌生到竟然把她吓了一跳，罩着黑色兜帽的她一阵战栗，因为想到了他们不可避免会面对的那些事。她胸膛里的书页之心并不会像普通心脏那样跳动，假如她现在打开身体里的那本书，那么从书里射出的光一定能够照亮整个阅览室，不过这样做并不明智，博物馆紧锁的大门外面可能会有巡逻的保安。

她还没顾上说什么，顿坎已经冲她微微一笑，朝墙上的开口走去。他的心灵书是一本已经被读得破破烂烂的邦德系列小说，书脊也已经破了。他已经打开了心灵书，并用指尖分离了一个书页之心，一片微弱的银色光芒驱散了秘密通道里的黑暗，里面的台阶逐渐显露出来。

一只泛黄的折纸鸟跌跌撞撞地朝他们爬过来，它的身体残缺不全，费力地爬到最上面一级台阶的边缘后，身体一滑，朝后跌倒。

撞在地面上时，化成了一撮灰烬。

2

夜，无边无际，风中有股灰烬的味道。黑色的云层不时被闪电划破，露出后面沸腾的红褐色，就像有人猛地拉开了炼钢炉的门，但并没有灼热的空气喷下来。虽然云层另一边露出的不是天空，而是熊熊烈焰，但这里依然寒冷刺骨。

芙莉亚顺着火山岩向高处爬去，她非常疲惫，四肢酸痛。她穿着臃肿的迷彩裤，还有一件过于宽大的灰色套头毛衣，这些是别人在她到永夜庇护所之后给她穿上的。这些衣服跟她在菲德拉的洞穴里看到的其他很多东西一样，也是从战场上收集来的。衣服上散发着一股裹尸带的霉味。

每走几步，她就要停下来看看七芒星是不是还跟在身后。七芒星的拐杖在布满裂隙和空洞的岩石上几乎找不到支撑的地方。七芒星坚持说自己不需要帮助，芙莉亚不清楚他只是想拒绝自己的帮助，还是因为独处的时间太长了。不仅仅是在永夜庇护所里，之前在安吉洛桑托庄园，他就曾经遗世独居了一个半世纪之久。

狂风呼呼地吹打在七芒星黑色的风衣上，将束成马尾的花白头发从领口中吹了出来，从肩头抛向身前，跟白色的胡须纠缠在一起。七芒星咒骂了起来。

“你现在能告诉我，我们为什么要来这里了吗？”芙莉亚大声问道，尽力让自己的声音盖过呼啸的风声和天边隆隆的雷声。她之前以为那是一场巨大的风暴，其实并不是，现在她明白了：“想法”已经来到了永夜庇护所，正在啃噬庇护所的边缘，很快，它们就会吞噬掉有几千个墨妖扎营的那个山谷。

“你马上就能看见了，”七芒星回答说，“必须让你了解所有的事。完整的真相。”

真相，她不认为七芒星关心的是所谓真相，即便是，那也不过是他自己的真相而已，他心里认定的那些，或者说，他想让芙莉亚相信的那些。芙莉亚在七芒星满是皱纹的脸上寻找自己见过的那个男孩的影子：塞弗林·罗森克罗兹，芙莉亚最后一个健在的先祖。这个人曾经创作了无数的作品，通过书写创造了书巫世界。在将近两百年后的今天，他只剩下那双眼睛还像是年轻人的，似乎能够捕捉到芙莉亚的所有心思。

七芒星坚持让芙莉亚跟他一起爬到这座山上来，虽然这样爬山对他来说显然非常吃力。或许是因为她欠七芒星这个人情，也或许是因为他欠她一个真相，或者至少是对这里所发生的一切的一个解释。

他们默默地顺着坑洼不平的山坡向上爬，跨过裂隙，膝盖和手腕撞在火山岩上。路上，他们惊起了一只干瘦的兔子，这里这种兔子特别多，它们瘦骨嶙峋，体形奇特，永夜庇护所也让它们变了模样，科茨沃尔德那些农夫如果见了这些兔子，也会吓得拎起他们的猎枪落荒而逃。

芙莉亚被带到这里之后，已经尝试了好几次，想要打开一扇通向其他庇护所的穿越门，但都徒劳无果。亚当学院的书巫们撤走的时候，封死了永夜庇护所，而芙莉亚的巫力还没有强到能够破除他们设下的书巫屏障。

“你不信任我，”七芒星在她身后说，“不过这也不怪你。现在我们两个都困在这里，而且也没有什么人可以依靠。我跟你，芙莉亚，我们得共同面对困境了。”

他说话的语气不再像是那个从过去给她写来一封封浪漫信笺的小塞弗林·罗森克罗兹，塞弗林已经变成了七芒星。书巫世界的创造者试图逃离自己创造的世界，但是现在，他的这个幻想破灭了，他苦涩地认识到，自己是逃不走的。他的作品曾经是他追求自由的方式，现在反倒成了他的囚牢。

在离山顶几步远的地方，芙莉亚停下脚步，又朝七芒星转过身去。“困境？”她伸手指着在天边沸腾翻滚的那团黑色。“你把那个称作‘困境’？”

“你是所有人中最不需要害怕‘想法’的人，”他说，“它们既然放过了你一次，下次依然会这样做。”

“关于它们，你都知道些什么？你怎么这么肯定？”

七芒星耸耸肩：“我已经老到不会再去质疑事实了。‘想法’吞掉了你，又把你吐了出来，这个证明难道还不够吗？”

“那我可真是幸运啊！”芙莉亚不喜欢自己讥讽的语气。她指指沟壑纵横的荒野。“假如我在圣堂崩塌的时候也一起完蛋了的话，那我去的地方绝对不会比这里更糟。”

七芒星叹了口气，走到她跟前：“你会烟消云散，会彻底不复存在，没有天堂，没有地狱，连没有都没有，只是结束。曾经的那个我们消失时，我们曾经有过的思想也会跟着一起消失，所以我们根本没有可能去思考这种状态，因为这种状态已经超出了我们能够想象的范围。”

想到七芒星所说的这种彻彻底底的消失，芙莉亚有些害怕，但是她不愿意在七芒星面前表现出来："以前跟你谈话要有趣得多。"

"以前的我心中还存有希望。"

"唉，塞弗林。"芙莉亚定定地看了他一会儿，然后摇摇头，继续向上走。突然，一片像碎煤块一样的东西噼里啪啦地朝她落了下来，但随即就又停止了。这种情况在这片被诅咒的地方很常见，芙莉亚觉得跟永夜庇护所的实际情况比起来，把这里叫作沦丧之地都已经是过分美化了。

不过她至少不会跟墨妖和那些兔子一样变得奇形怪状的，因为等不到那个时候，这里所有的一切就都会被"想法"毁掉了。

她不断想到自己的弟弟皮普，还有费园里的其他住户，那个自称是吉姆·霍金斯的书妖，罗伯特·路易斯·史蒂文森的小说《金银岛》中的主人公，那是她最喜欢看的书之一。她以前曾经听说过女读者爱上小说主人公的事，但总是觉得这样的行为很傻，很不成熟，但是现在，她突然发现自己会用很多时间去细细比较小说里的吉姆跟她在圣堂中碰到的那个。书里的吉姆她非常熟悉，那本书她读过不下二十遍，而那个有血有肉的男孩她却并不了解，因为他们只简短地说过几句话。不过，芙莉亚越来越觉得自己已经认出了那个男孩，虽然一开始她并没有意识到。她记得男孩的勇敢和果决，也记得男孩容易轻信他人的弱点，而被他相信的人只是为了一己私利在利用他。在小说中，他听信了海盗头子约翰·西尔弗的花言巧语，从书中掉落出来后，又被老西摩尔男爵夫人虚伪的善意蒙蔽。

芙莉亚觉得自己虽然并不认识吉姆，却很了解他，就好像她现在心甘情愿跟着七芒星在荒野中穿行的举动一样，虽然心里很清楚，但这个对手的轻言细语还是让她难以拒绝。

他们终于来到了山顶，芙莉亚转过身，朝七芒星伸出一只手，想帮他跨过最后一道裂隙。这样的裂隙是永夜庇护所大小碎块的交接处，这些碎块就像一块块拼图，相互碰撞，却永远也拼不到一起。

“别担心，”见芙莉亚对这些裂缝心存畏惧，七芒星说，“永夜庇护所的这个地方是相对安全的。”

“我听说这个地方在不断的运动中。”

“其他的地方都是，除了这里。”

芙莉亚从七芒星身侧看向他们来的这个山谷。宽阔的谷底里，墨妖的营帐一直蔓延到了四周的山坡上，帐篷和歪歪斜斜的棚屋汇成了一片海洋，几乎有一座中型城市那么大。无数的火光在呼扇呼扇的篷布和奇形怪状的房屋之间闪烁，这些房屋是用战争里遗留下来的各种东西修建的。

芙莉亚遇见“想法”并昏倒后，在菲德拉栖身的洞穴中苏醒了过来。这个洞穴在一面山坡的正中间，就像一座堡垒，洞穴的墙壁上布满裂缝，地面坑洼不平。战争过去不过四十年，但这里的一切都显得非常古老，周围的环境加快了破败的速度，不管是生物，还是石头和各种物品，无一例外。

“你还没有去过下面的营地，对吧？”七芒星问。他肯定已经知道答案，因为芙莉亚来到这里后就几乎没有离开过他的视线。

芙莉亚摇摇头：“菲德拉不同意。”

“我以为你会因为别人不同意才更要去看看。”

“也许我应该去看看，如果有时间的话。”

七芒星摆摆手：“我们有更重要的事要去做。”

她之前还以为七芒星非让她来山顶上，是想让她从高处看一看墨妖们的营地，看看他们的生活有多么凄惨。山谷里的火光只零零星星地照亮了广阔谷底的一些地方，永夜庇护所无穷无尽的黑暗就像一块破破烂烂的黑色被子，盖在这个到处都是帐篷的城市上。下面的一切看上去就像一堆堆涌来挤去的蚂蚁，有节奏的鼓点从很多地方传来，墨妖们在不断地举行各种怪异的仪式，践行着一些让人费解的习俗。

七芒星挡住了芙莉亚看向山谷的视线。“转身。”

芙莉亚迟疑地按他说的做了，从坡顶看向下面的一个洼地。一开始，她在黑暗中只能看到一些轮廓，但看不出是什么，随后，闪电再次划破黑夜，断断续续的刺眼白光照亮了一幅她绝对没有想到的场面。

山的另一边躺着一艘浆轮汽船的残骸，至少一眼看上去是这样。

随后她才发现，下面的这艘船比《汤姆·索亚历险记》里面出现过的任何一艘船都要大许多倍，虽然在闪电倏忽而过的亮光中很难看清这艘船的真实大小，但她确信这个残骸的长度至少有好几百米，赶得上现代的远洋轮船了。

“这里以前有水域吗？”芙莉亚问。

“只有在下过雷阵雨或者雨季的时候会有积水，但是连小溪都没有，更别说河流了。”

“但是这个大家伙得有海才能运行啊，至少是个很大的湖。”

“对普通的船来说是这样的，而且还得是一开始就为这个地方建造的船。”

“这船是从其他庇护所来的？到这里是……掉下来的？”

七芒星点点头：“我们走近一点。”

“难道这就是菲德拉的解决方案？”芙莉亚站在原地没动。“她不会真的想用这堆破烂把墨妖们从这里带走吧？”

“不是，但这堆破烂里有一些东西能帮他们维持在这里相对平静的生活，至少在‘想法’出现之前。”

在离他们还有相当一段距离的地方，一串小小的火光顺着山坡的走向，悬在残船上空大约一百米的地方。亮光中有一些影子在晃动，还有一些影子一动不动地坐在明暗交界的地方。菲德拉在这里安排了一小队墨妖作为守卫。

“别担心，”七芒星说，“他们会让我们过去的。”

两人又在迷宫一样的裂隙和突出的岩石间费力地走了一会儿，这才来到那排岗哨前。七芒星走在前面，虽然路很难走，但芙莉亚发现他身体一直保持着笔挺，仿佛手里的木棍是权力的象征，而不是一支拐杖。

火光倒映在墨妖们的脸上，加深了那些奇形怪状的脸上的阴影。他们的皮肤上覆盖着蓝黑色的斑点和图案，墨妖这个称呼就是由此而来的。芙莉亚和七芒星走进一团篝火的光线中，这团用于照亮的篝火旁边站着三个墨妖，年龄不超过三十岁。他们是在永夜庇护所里出生的一代，他们的先祖曾经是书妖，被亚当学院送到了这里，短短几年，沦丧之地的恶劣环境就改变了他们的模样，很多书妖还丧失了清晰的意识。他们的后代们开始慢慢接受自己的命运，在永夜庇护所里建立起原始的部族文明。

这三个墨妖显然已经接到了命令，让他们听从七芒星的指示。几周前，七芒星被菲德拉的探子找到后带到了这里，在这段时间里，他的地位有了惊人的提高：从被放逐的必死之人变成了女神的顾问。毕竟他自己曾经也是一个这样的神的角色，是整个书巫世界的缔造者。

芙莉亚跟着七芒星从墨妖身边走过时，能感受到那些墨妖眼中的好奇。其中一个墨妖说了点什么，听上去像是古英语。他们说话的腔调很奇怪，应该是因为他们的喉咙和气管都发生了改变。

芙莉亚和七芒星靠近大船的残骸时，守卫们没有跟过来。闪电的光又一次将破破烂烂的大船从黑暗中撕扯出来，但一闪而过的亮光还是只能让他们看个大概。挂在船侧的巨大桨轮已经残破不堪，从近处看，跟普通汽船的桨轮没什么相似之处，上面没有木头或金属的轮辐，只有像蘑菇背面的菌褶一样的扇叶。破破烂烂的扇叶在风中发出沙沙的声音。

“这是纸做的？”芙莉亚觉得难以置信，她抬头看着那个巨大的桨轮。

“当然不是普通的纸，不过确实是纸。”七芒星说。“这些桨轮还能转动的时候，转起来就像一本巨大的手翻动画书，那些扇叶上全是字母，船加速的时候，两个桨轮里会出现活动的画面和一些符号。”

芙莉亚停下脚步，七芒星朝她转过身，他背后的残骸又一次被一连串蓝莹莹的闪电照亮了。现在，轮船巨大的轮廓仿佛占据了半个天空。

“这是个什么东西？”芙莉亚问道。

七芒星笑笑，看起来很理解她的好奇。“这是你的祖父卡苏斯·费尔菲克斯建造的两艘传送船中的一艘，”他走到一边，做出邀请的手势，像是正在迎接贵宾的船长，“欢迎来到玛丽花号。”

3

伊西丝和顿坎来到石头台阶的底端，这里有一条走廊，弯出大大的弧度，向右边延伸过去。伊西丝在一个黑色旋钮上拧了好几下，旋钮发出一阵咯吱声和咔咔声，这才动了起来。光秃秃的灯泡挂在天花板上，能亮的只剩不到一半。电线挂在棕色的砖墙上，绝缘层已经开裂，单是开头的几米里，就已经有好几个地方能看到裸露在外的电线闪烁着微光了。

“至少还有电，”顿坎说，“小心头，别碰到灯泡。”

伊西丝指指那些晃晃悠悠的灯泡：“觉不觉得眼熟？”

“费园的书窖？”

伊西丝点点头：“同样的设计风格。”

“费尔菲克斯？”顿坎吃惊地问。“我以为他们过去那些年里一直藏在科茨沃尔德。”

“只是后来这几代人。一开始他们觉得自己安全了，以为没人会将费尔菲克斯这个名字和罗森克罗兹家族的幸存者联系在一起。芙莉亚的先祖离开德国的时候，名字还叫作尤里乌斯·罗森克罗兹，很多年后，他在这里参与了阅览室建造，当时他已经改名叫尤里安·费尔菲克斯了。负责工程的那些人全都是‘黑猫’组织的成员，领头的就是大英图书馆的书籍管理员安东尼奥·帕尼齐和设计师悉尼·斯米尔克，当然，还有尤里安·费尔菲克斯。”

“你是说抵抗组织‘黑猫’？”

“是的，一开始他们不过是些绯红厅和亚当学院的批评者，口才好而已，而且那个时候，三大家族还没有开始用武力对付一切反对的声音。十九世纪中期，这个圆形阅览室就是在这几个黑猫组织成员的主持下建造的。这个阅览室在大英博物馆院子的正中央，当时没人想得到还有人在地下建造了其他建筑。在最初的几十年中，连学院都不知道这里的存在。所有的一切都是在五六十年后才为人所知的，当时，黑猫组织也已经完成了新老交替。尤里安是组织成员，后来他的儿子奥古斯特，还有孙子卡苏斯也加入了组织。他们都没有进行游吟兄弟那样的武装抵抗，就连学院也并没有把这些人当作恐怖分子。这些人既没有炸过什么，也没有警察因为他们丧过命。他们不过是些坚持己见并质疑学院政策的人。”

伊西丝迈步走在前面。昨天，她很不情愿地把紧身胸衣换成了一件黑色的天鹅绒紧身外套，外面套着她那件深色带风帽的斗篷。现在要打开胸腔里的那本书，她只需拉开拉链就行，不用再费事地一个个去解挂钩。伊西丝很不喜欢改变自己的习惯，但她明白，他们的生死很有可能就取决于解开紧身胸衣用掉的那几秒钟。

“后来学院变得越来越铁腕，关于黑猫组织成员的消息也就越来越少了，”伊西丝说，“活跃的人寥寥无几，而且也就是搞搞辩论，像个俱乐部似的，其他成员全都销声匿迹，费尔菲克斯家族成员也渐渐淡出了大家的视野，到二十世纪中期卡苏斯那一代的时候，他们就已经完全销声匿迹了。”

这条通道继续向右拐，弧度越来越小，显然，通道被设计成了一个长长的螺旋形，最后的终点就在圆形阅读室的正下方。

两只折纸鸟爬过石头地面，费力地躲开两边的墙。尽管地底下的灰尘很多，足够它们吃的，但它们纸做的身体还是变成了棕色，一碰就碎的样子。

“既然黑猫组织对学院构不成威胁，”顿坎问，“那大仲马公园的事怎么解释？你当时也在场的。”

伊西丝不太愿意回想大仲马公园庇护所里的那些事，转而支持抵抗组织之后就更不愿意想了。她迟疑了一下，没有马上回答。

“那是新一代的黑猫，”伊西丝终于开口说道，“其中几个人的确是创始者的后代，但绝大多数成员都是一些年轻的极端分子，他们只是用了黑猫的名字而已。他们很愚蠢，不知道把讨论放在隐蔽的地方进行，不但在大仲马公园的墙上贴满了各种海报，还用涂料把宣传口号喷在了学院的建筑物上。他们跟警察发生过几次冲突，而且，这恐怕也是他们最严重的错误，他们公开出书表达不满。三大家族没有忍多久，就派了阿提库斯去大仲马公园，让他解决那里的混乱。”

“而阿提库斯则派了你去。”

伊西丝又沉默了一会儿：“他们毫无还手之力，逃了几个人，而大多数……我们解决了问题，行动很成功。”话出口她才意识到，自己不知不觉地又用了学院宣传时常用的表达方式，有一些东西已经深深烙刻在了她的身体和血液中，虽然已经过去了半年，但她依然没能彻底摆脱。想要真正摆脱，恐怕用半生的时间也是不够的。

螺旋形的走廊不断回旋，弯越来越小，他们正在靠近地下室的中心。那里亮着的灯已经不到一半了，可能都不到三分之一，伊西丝看到了尘土上的脚印，留下脚印的人在这条路上打了一个来回。阿提库斯几个星期前曾来过这里，或许他是几十年来第一个来到这里的人，他踩死了一些折纸鸟，可能是因为这些鸟太过虚弱，已经不能站起来了。阿提库斯一直很喜欢这些缠人的小东西，可能是看着它们这么痛苦，他于心不忍。

“尤里乌斯·罗森克罗兹是七芒星的侄子，对吧？”顿坎问。

“是的，他是1835年出生的，罗森克罗兹家族从莱茵河畔那座庄园被迫出逃的时候，他正好一岁。母亲把还在襁褓中的他带到了英国，他是在科茨沃尔德长大的。年轻的时候，他就醉心于各种神奇的书巫制品的制造，他的儿子奥古斯特和孙子卡苏斯后来又继承了他的工作。”

顿坎轻轻地叹了口气：“那个多嘴多舌的阅读灯，还有那把会说话的阅读椅……”

“卡苏斯的作品，”伊西丝微笑着打断了他的话，“他似乎很喜欢研究奇特的玩具，而他的祖父关注的则是其他东西。”伊西丝朝前面看去，“这个藏书窖应该是尤里安的主意。”

他们来到了螺旋形走廊的尽头，面前出现了一个直径不超过五米的圆形房间。房间正中摆着一张沉重的橡木桌，旁边放了一把蒙着深色皮面的高背椅，四周靠墙的地方全是书架，上面塞满了书。

阿提库斯没有费事把他拿出来的书放回原处。桌上一共有六本厚重的古书。这给他们省了不少事。

顿坎穿过书架，目光在皮质书脊上逡巡时，伊西丝走到了桌边。桌上，阿提库斯最后看过的那本书已经又被他合上了，还有另外五本书被摞成了一摞放在旁边。

顿坎在书架上空出一块的那个地方站定，这六本书显然就是从那里取出来的。他若有所思地把一只手放在书架隔板上的那个空里，看着旁边那些书上的金字。

“每一本上都是费尔菲克斯家族一个成员的名字，”他说，“都是女人，艾玛 · 费尔菲克斯、安东尼娅 · 费尔菲克斯、玛蒂尔达 · 费尔菲克斯，每个人一本，”他朝左迈了一步，“从这里开始才出现其他的姓。”

“男人们的书都在桌子上。”伊西丝看着那些书的书脊，最上面的两本写的是尤里安·费尔菲克斯和奥古斯特·费尔菲克斯，下面的三个名字她没见过，她猜是些叔伯或者表兄弟：雷金纳德、瓦尔特和贝恩哈德·费尔菲克斯。她拿起单放的那本书，翻转过来，看着上面的字。

卡苏斯·费尔菲克斯。芙莉亚的祖父。

“这么说是真的。”顿坎小声说。

伊西丝在椅子上坐下，椅子的皮坐垫硬邦邦的，像石头一样，表面凹凸不平，两个扶手上积了厚厚的一层土。阿提库斯看书的时候应该是向前弯着腰，胳膊肘支在桌子上，伊西丝也用了这个姿势。

顿坎走过来，在她身边站定，以防万一，他打开了自己的心灵书：“你确定这里没有其他的机关？”

“确定？不，不过我希望他们把所有的注意力都放在了上面的大厅里，但是这要等打开书之后才知道。”她把手放在书的真皮封面上。

“还有，”顿坎说，“假如守夜的警卫……”

“他们看不见入口，没人能看见那个入口，除非用口令。”

顿坎大大地松了一口气。伊西丝见他在这个地方感到如此不安，觉得很吃惊。顿坎在阿提库斯手下做了很多年学院密探，退出后，他又在波多贝罗那个破碎的庇护所里靠走私和贩卖瘾书为生，他肯定见过比这个藏书窖更让人害怕的地方，毕竟他们在这里看到的不过是一些死去的书巫而已。

“你不是怕鬼吧？”她问道，笑容里带着疲惫。

顿坎皱起眉头。“他们是吗，鬼？”

“你还有更贴切的词吗？或者叫灵魂？”

“叫他们什么不重要，我只希望尽快离开这里，我们都不知道后面有没有人跟踪。”

“好，那就开始吧。”说着，她打开了那本写着卡苏斯·费尔菲克斯的书。

一声叹息围着房间旋转，仿佛书架上所有的书在一个接一个地深深叹息。

顿坎警觉地猛转过身，在自己的心灵书里分离了一个书页之心。

“等等！”她说。“不要着急。”

“我又不是第一次干。”他生气地顶了一句。

伊西丝觉得很抱歉，但现在有比道歉更重要的事，她又转头去看那本打开的书。书的第一页是空白的，后面所有的书页应该也都是空白的。似乎有一阵风吹进了书页之中，非常非常轻柔，书页的边缘开始颤动，就像有一根看不见的大拇指从上面拂过似的。

“卡苏斯？”她小声问。“卡苏斯·费尔菲克斯？”

就在这时，她又流鼻血了。她赶紧从桌边直起身子，鼻血险些滴在打开的书上。她不知道滴在书上会有什么后果，但肯定不会是什么好事。

她骂了一句，仰起头，觉得有热热的液体流进喉咙里。她不打算等鼻血止住，所以就用一个袖子堵住了鼻子。

你是谁？书的第一页上出现了这样的字，用的是非常古雅的印刷体。

“我叫伊西丝·霓莫霓思，我的同伴叫顿坎·蒙特。”

没有回答。这时她才意识到自己得翻页。翻过一页后，她看见下面一页上写着：

你为什么要来这里叫醒我们？

墙上的一排排书又发出叹息。

“我是你的孙女芙莉亚·萨拉曼德拉·费尔菲克斯的朋友。”她赶紧翻到下一页。

你说芙莉亚？

“是。”

是谁给这孩子起了这么个名字？

“您的儿子，提贝流斯·费尔菲克斯。”

提贝流斯喜欢狄更斯，下面一页上写道，他会给自己的女儿起名叫艾斯黛拉或者奥诺莉亚。

“或者小杜丽，”顿坎边说，边把用拳头抵在桌子上，“看样子她的运气不错。”

伊西丝又用袖子擦了擦鼻子：“这么说，你们真的做到了，继续活在这些书里面？”

这看上去像是活着吗？她翻了一页，看见泛黄的纸上写着这样的话。我们借助书巫术，让自己依附在这些书页上，为的是争取时间，争取足够的时间，好让我们的后代能找到将我们转移到新的躯体里的方法。这就像是重新印刷一样，我们家族里的人从来都是互相帮助的。

伊西丝没有告诉卡苏斯，一切这方面的努力都随着他的死去而结束了。他的儿子提贝流斯宁肯把时间花在写《汉萨德的睡眠指引》这种书上，也不去思考怎么让自己的祖先复活。他不是个很顾家的人。芙莉亚曾经这样说过。

“所有的故事说到底不都是家的故事吗？”伊西丝问，她希望能这样跟他聊起来，“我们出生的家庭，和我们要建立的那些新的家庭。”

家庭是用鲜血写成的书，越是到结尾，对开端的记忆就越模糊。前面那些页会被后面书页的分量压住，但是每一本这种用鲜血写成的书都必须包括所有的书页，以及上面的所有缺陷，这样才能完整。

“我确信早晚有一天会有一个费尔菲克斯家族的人找到方法将你们放出来的，”伊西丝违心地说，“但是现在急需帮助的是芙莉亚。”

她是个好孩子吗？

“哦当然，我们这里的所有人都为她感到自豪，她将会成为一个伟大的书巫。”她顿了一下，因为想到芙莉亚有可能根本就不在人世了。

她有兄弟姐妹吗？

“有个弟弟，叫皮普。”

这听上去才像提贝流斯起的名字，跟《远大前程》里面的那个小子同名。

顿坎突然跑到了门边，并将一根手指竖着放在嘴唇上，仔细地听着。伊西丝担心地看看他，做出“怎么了”几个字的口型。

顿坎又静静地站了一会儿，然后打了个手势，示意她加快速度。

“我们……”她开口说，但随即又改口，“……芙莉亚需要一些信息。很可能几个星期之前有别人来过，想从你们这里知道同样的事，从你、卡苏斯，还有你的亲戚们口中。”她在心里又补充上一句：我很想知道为什么阿提库斯偏偏认为费尔菲克斯家的人会给他的那些问题提供答案。

阿博加斯特，下面一页上写着，他的名字。

“对，他已经死了。”

伊西丝翻到下一页，上面没有字，直到再下一页，她才看到了一个字：

好。

“顿坎杀了他，在芙莉亚的帮助下。”

这个小家伙是个真正的费尔菲克斯。

“但她现在失踪了。”伊西丝又看了看顿坎，他依然非常担心的样子。她没有时间仔细解释圣堂如何崩塌，还有那些针对学院的抵抗运动了，于是就直入主题。“芙莉亚在隐页世界里失踪了，一种被我们称为‘想法’的东西吞噬了她，我们不知道她是否还活着。”

想法……书上写着，我认识一个人，他曾经用这个词来称呼我们在外面的隐页世界里碰到的一种东西。

伊西丝几乎想轻松地舒口气。看来卡苏斯·费尔菲克斯以前就曾经碰到过“想法”，说不定他还是第一个碰到这种东西的书巫，所以阿提库斯才找到了他。

“你是在哪里碰到它们的？”伊西丝问道，并翻到了下一页。

在隐页世界里，离浅层庇护所很远的地方，在我的传送船上，布朗什·德·卡扎利斯号。

她看了看顿坎，顿坎一脸疑惑地看着她。他站在门边，从那里看不到卡苏斯的回答。

“今天，绝大多数人都认为传送船只是个传说而已。”她冲着书说，然后又翻了一页。

它们是我最杰出的作品！真的已经过去了这么久吗？那是两艘姐妹船，几乎一模一样。布朗什和玛丽花。在两艘船里我一直更喜欢布朗什，玛丽花有一些小瑕疵，这些瑕疵后来在我们建造布朗什的时候得到了改进，所以这艘船更坚固。

伊西丝模模糊糊地记得这两艘船的故事，但她并不知道卡苏斯·费尔菲克斯曾经参与过它们的设计，不过这倒也符合逻辑。这两艘船虽让人惊为天物，但实际上，它们跟卡苏斯发明的其他神奇物品一样，不过是些没有用处的玩具。隐页世界中的那片金色的虚空一直都是影响穿越的不确定因素，书巫们穿越的时候会从那里经过，不过多数只是停留几秒钟而已。建造传送船的初衷就是改变这种情况。玛丽花和布朗什的名字分别来自欧仁·苏的《巴黎的秘密》和左拉的《马赛的秘密》两部小说中的女主人公。这两艘船能够让书巫们毫不费力地穿过隐页世界。它们是飞行的图书馆，充满了书巫力，这使得它们自己就能够充当穿越门，在庇护所之间穿行，并在虚空世界停留任意长的时间。大家给这两艘船规划了很多用途，从科学考察到给书巫们当游轮。船的建造者本来是打算造一整个舰队的，但在永夜庇护所的战斗期间，学院制止了继续造船的计划，并且下令没收那两艘样船。建造者赶在警察来之前设法将布朗什号转移到了安全的地方，藏在了一个秘密的地方，玛丽花号则被用来向永夜庇护所运送部队。据说船后来在那里失踪了，有可能是坠毁了。

伊西丝曾经听养父塞雷斯蒂安讲过玛丽花号的故事，虽然他自己从来没到船上去过，但他说曾经在沦丧之地黑漆漆的天空中见过这艘船，那是玛丽花号最后一次出航，为的是向敌人的后方运送书巫。但是不管是船上的人还是这艘船都再也没有出现过。“那船看上去壮观极了，”塞雷斯蒂安说起来就滔滔不绝，“我们在永夜庇护待了那么长时间，就看见过那么一样美丽的东西。当时大家都希望自己也能够到那艘船上去，很久之后，有传言说玛丽花号偏离了航向，在远离所有战场的地方摔成了碎片，在最边上那些灯塔的另一边。”

伊西丝又看了一遍面前书上的字：玛丽花有一些小瑕疵，这些瑕疵后来在我们建造布朗什的时候得到了改进。这艘船是因为这个才在永夜庇护所里失踪的吗？

“伊西丝，”顿坎压低声音说，“我觉得上面有人。”

伊西丝仔细地听了听，但是除了外面螺旋形通道里的风声之外什么也没有听见，顿坎的听力一定非常好。她又转头看向那本书。

“你说你见过‘想法’，具体是怎么回事？你是怎么逃出来的？”

玛丽花号正行驶在最深层的庇护所里，那是一片平常没事不会有人想去的虚空世界，我们就是在那里遇到它们的，或者说是它们遇到了我们。各种色彩，一片片的，像彩色的云，我驾驶着玛丽花号，试着躲开它们，但它们的速度比我们快得多，突然就到处都是了。我们根本逃不掉。

这一页剩下的地方空着。

“然后呢？”伊西丝问，急急地翻到下一页。

它们从四面八方拥过来，美得不可思议，那是一件由色彩构成的让人目眩神迷的艺术品，是任何人也想象不出来的。然后，它们就吞掉了我们。

顿坎用手比画着示意：“我们真的得走了。”

他和伊西丝身边带着穿越书，要想离开这个地方，几秒钟就够了，不过在此之前她要先把一切了解清楚。

“你逃出来了，”伊西丝说，“那就是说，你的孙女也有希望。”

它们撤退了，我们在各种色彩中间停留了一小会儿，我还从来没有见过比那更美丽的东西，然后就结束了，玛丽花号从云层中突围出来，我们周围又变成了金色的虚空世界。我们不知道自己刚才看到的是什么，以为那只是一种自然现象，一种只存在于隐页世界中的雾。我们中的几个人几乎因此精神失常，事情过去了好几个月，还有些人闭上眼睛的时候看到的不是黑暗，而是那团混沌的色彩。其中一个人自杀了，还有一个人倾毕生之力去寻找那东西，不惜一切代价，就想再看一次。他的名字叫约瑟夫·沃斯卡尼安。

这一页满了，伊西丝翻到下一页。

沃斯卡尼安想找到其他见过那东西的人，还展开了研究，我不知道他都有什么发现，不过应该就是他将那些色彩称作“想法”的。我后来只见过他一次，之后没多久，他就失踪了。有些人说他被学院带走了，为的是堵住他的嘴。但是我认为他是转入地下了。我们都曾是黑猫的成员，约瑟夫·沃斯卡尼安非常反感三大家族，他应该是在“想法”身上看到了什么能够给他希望的东西，一种好的力量。

“它们现在已经毁掉了一连串的庇护所，还有那里成千上万的人，”伊西丝愤愤地说，“这件事有什么好的？”

我是说沃斯卡尼安在它们身上看到了好的力量，也许它们就像是龙卷风或者洪水一样好，或者说一样坏。

顿坎回到桌子跟前：“你现在必须结束了。”

但有一件事很奇怪。卡苏斯写道。

“上面的大厅里有人，”顿坎坚持道，“我很确定。”

“警卫？”

“我想应该更糟糕，我可以去看看。”

伊西丝摇摇头：“我们可以从下面这里穿越离开，我只是还想……”她的话没说完，因为面前的书就像被幽灵的手翻动一样，自己翻到了下一页。

那样不行，上面写着，书窖里有书巫术保护，进来和出去都不能穿越。

伊西丝骂了一句，顿坎也看到了这句话，他的脸色变得很严肃：“我去看看，你把这里的事做完。”

伊西丝还没来得及阻止，他就已经快步跑开了。虽然他尽量放轻了脚步，但伊西丝还是能听到从外面螺旋形通道里传来的脚步声，这个地方有非常奇特的回声效果。

“沃斯卡尼安还活着吗？”伊西丝问。

他比我年龄小一点。现在是什么年代了？

伊西丝告诉了他，然后翻到下一页去看。

那他应该早就超过九十岁了。也许你运气好，也许运气不好，前提是你得能找到他。

螺旋通道里传来奇怪的哨声，尖锐的哨声拉得长长的。伊西丝听过这种哨声，她觉得毛骨悚然。

她又转头看向那本书："我不能把你带走，对吧？"

到了外面你只能看到空白的纸，是这个地方让我们能够继续活在书里。

"我担心的就是这点。"

伊西丝知道黑猫组织最初那些成员的下落，这是个机会，假如能借此找到一个比自己更了解"想法"的人，那就值得一试："你知道玛丽花号后来的下落吗？"

那个阿博加斯特说它不见了。

"那这就是在你死后发生的了？"

是的，但是如果你愿意听另外一种推测的话：黑猫组织把它带到了阿博加斯特这种人找不到的地方，也许它就被藏在字里行间。

"你刚才写了一句……"她把书往回翻，却发现之前的那些字全都不见了，那些书页干净得就像从来没有字在上面出现过。"你说觉得有件事很奇怪。"

尖锐的哨声又响起，几乎刺痛了她的耳朵，现在她知道跟过来的是谁了。

"那句话是什么意思？"她从椅子上跳了起来。

一滴血滴落在桌子上，离书的边缘不到一指宽，她的嘴里有一股铁锈味。

你得走了，卡苏斯写道，你很虚弱，这个地方让你变得更虚弱了。

“你那句话是什么意思？”她不肯放弃。“藏在字里行间。”

第二阵哨声与第一阵交织在一起。

他们有好几个人，伊西丝心想，他们总是这样行动，顿坎自己根本应付不了，她得去帮忙。

她已经打算合上书了，但随后还是又翻了一页。

芙莉亚。下一页上写着，只有这一个词。

“什么……”

哨声又起，比前两次更加尖锐。

伊西丝合上书，拉开紧身外套的拉链，跑了起来。

4

“船上那些人后来怎样了？”芙莉亚问。她跟着七芒星，沿着玛丽花号的残躯向前走。灰色的火山岩上方，灰烬翻卷飞舞，如果呼吸太深，空气就会像沙子一样刮擦着她的肺。

“这个你应该去问菲德拉，”老人说，“我没看到。”

“他们把那些人全杀了，对吗？”

“当时在打仗，而且战争从未结束，对于菲德拉和墨妖来说。”

天上又开始落下煤渣一样的东西，至少在芙莉亚看来像煤渣，坚硬的黑色小颗粒，像小飞虫一样钻进七芒星的白头发里。关于永夜庇护所，她听别人说过比这更恐怖的事，所以看到像冰雹一样落下的黑色东西，她什么也没有说。

“在那边，”七芒星指指前方，“看到船身上那条裂缝了吗？我们可以从那里钻进去。”

锯齿状的裂缝在他们上方很高的地方，勉强能容一人通过，裂缝的下边缘离地七八米高，一条软梯从那里垂了下来。

“你上得去吗？”芙莉亚问道，用手擦掉眼睛里的黑色污垢。

“我是上了年纪，但还没有瘫痪。”

她总是得不断提醒自己，这个白发苍苍的老人并非善类，他是那个想让所有的书都变成空白的人，就是他曾经对自己说：总有一天会有另一个人想完成最后一本空白书的，而那个人很可能就是你。

她原本可以问七芒星这话是什么意思，她真是受够了各种隐晦的影射和暗示。这艘破船不一样，它是看得见摸得着的，里面还隐藏着一个小小的希望。来这里的路上，七芒星向她解释了她的祖父卡苏斯为什么要设计玛丽花号，还有那艘姐妹船布朗什号。如果这两艘船果真能够在庇护所间自由穿越的话，那么眼前这个大家伙或许就是他们离开这里的机会。

七芒星举起拐杖，像扔标枪一样将它准准地扔进了那条裂缝中。随后，他抓住绳梯，开始向上爬。直到这时，芙莉亚才看到绳梯每隔几根横木就会在玛丽花号的船身上固定一下。

七芒星没用多长时间就爬到了，他钻进那条裂缝，脸很快又出现在黑乎乎的开口那里。芙莉亚也爬到了绳梯的顶端，她推开七芒星朝她伸出的手，钻进玛丽花号。潮湿纸张与发霉木头的气味扑面而来。

好几个小时了，她第一次把鸟喙书从裤腿上的口袋里抽出来。鸟喙书竟然能沉默这么久，对它来说实在是少见，现在它也毫不隐晦地表现出自己更喜欢待在裤兜里，不喜欢现在来的这个地方。

“这里的潮湿会要了我的命，”鸟喙骂道，它没有眼睛，灵活的长脖子像蛇一样从书的封皮正中伸出来，“还到处脏兮兮的，灰尘在不停地往我的书页中间钻。”

七芒星笑了：“我第一次写到心灵书的时候，并没有想到它们会说话，而且还有这么多抱怨。”

鸟喙书一副要打架的样子，把黄色的鸟喙朝七芒星伸过去：

“看样子出问题的不仅仅是这一点，不是吗？”

“傻子总是能说出最让人痛心的真相。”

“我可不是你那些强盗小说里的人物，老头，”鸟喙书怒气冲冲，“不是你写的那些只有一种性格的肤浅家伙，我有很多层，很多面，非常……”

“别说话了。”芙莉亚打断了它，用左手打开书，右手扶起一张书页。她只稍稍集中精神，就分离了一个书页之心。书页从中间分开，射出白色的光，照亮了船舱内部，书页上的字发出炽烈的浅蓝色光芒。芙莉亚想着自己要做的事，同时无声地念出那些神秘的字句。

书中瞬间升起一个光球，比男人的拳头大不了多少。光球向上飘动，悬在芙莉亚头顶上一掌宽的地方。只要不合上书，这个闪烁的光球就会一直跟着她。

他们所在的地方空间非常大，从前这里大概是个豪华的大厅，就像以前那种豪华轮船里的大厅。坠落、船上的战斗，加上永夜庇护所恶劣的天气，让这里的家具和护墙板、门窗统统开裂了，潮湿的灰尘又在这一切之上覆上了一层黑色的硬壳，从外面看去，已经很难分辨出那些破破烂烂的东西曾经是椅子还是桌子。

“这里怎么还会有东西留下？”芙莉亚冲七芒星的方向问道。“墨妖不是应该早就把一切都拿走用掉了吗？”她在营地的边上看到过，这里的居民把什么都拿来用，在一个几乎没有任何树木的地方，所有能够找到的东西都被用来盖窝棚了。玛丽花号的残骸里竟然还留有旧家具的残骸，默默地腐烂，芙莉亚觉得这很不可思议。

“墨妖们不被允许进入船里，”七芒星说，“菲德拉认为，她要让墨妖接受的那种信仰需要一个神秘的所在，一个圣地。”

芙莉亚用难以置信的表情看着他。在光球的照耀下，他的脸上虽然很多脏污，但依然难掩苍白。“一个圣地？”

“菲德拉在很久之前就已经看出来了：要把这么多……”他稍稍犹豫了一下，“……这么多人凝聚在一起，单靠理智或者希望是不行的，必须让他们有一个信仰。菲德拉给了这些墨妖一个能够仰视的东西，一种更高的秩序——一种高于一切的力量。”

“菲德拉让人把自己当成神来信奉？”这句话听起来并没有错，毕竟有那么多作者都曾经在神话或者传说里将她描述成书巫世界的始祖。

七芒星摇了摇头：“不是，假如外面那些人是书巫的话，那她可以这样做，但墨妖的祖先是从书里面掉落出来的书妖，所以菲德拉就将他们的信仰集中在了一本书上。这本书高于其他所有的书，这本书中之书讲的不仅仅是那些书妖的故事，而且是我们所有人的，甚至包括我们两个，芙莉亚，我们两个也只是那本书里的人物而已。菲德拉把这本书叫作《无名书》。”

“全是瞎扯。”

“也许是。”

芙莉亚打量着他：“你不会真的相信这种说法吧？”

“是我通过写造物书创造了菲德拉和书巫世界，如果说我自己也只是一本书里的人物，是某个人想象出来的，这也没什么奇怪的，不是吗？也许整个宇宙都不过是一座图书馆中的图书馆，每本书都是另外一本书的一部分，每个人都来自某个作者的想象，而这个作者自己又是另外一个作者想象出来的。”

这种想法让芙莉亚感到头晕：“尽管如此，还是应该有一个作为源头的作者，那个写了第一本书的人。”

“《无名书》也许只比我们高一级，也许高好几百级，理论上讲，这种推想可以无限地进行下去。一本书里的书里的书……”他似乎还想再说什么，但最后只是耸耸肩，摆了摆手。“我把你带到这里来不是要给你解释菲德拉的宇宙观的。我们继续走吧。”

芙莉亚的好奇心被勾起来了，但她决定先不继续追问，四处看看再说。这个大厅的所有墙壁上都镶着书架，已经快要腐烂了。既然这艘船是用书巫力驱动的，芙莉亚推测那些书架中以前应该摆满了书。她走到大厅的另一边，想仔细看看空书架底部的那堆烂泥。

跟她之前担心的一样，那都是些腐烂的纸。她那颗书巫的心疾速跳动着，感到一阵恶心。这么多被毁掉的书，大多数书只剩下灰黑色的一摊烂泥。

芙莉亚让心灵书把脖子夹到打开的书页之间，这样她就能把心灵书放回裤兜里，同时防止书合上。鸟喙书不满地抱怨着，但还是照办了。她蹲下的时候，光球也跟着降低了。

她开始徒手在那堆东西里面挖，很快就挖到了下面还有些像书的那一层，再往下挖的时候，她摸到了坚硬的书皮。她抽出了好几个封皮，发现那是一些皮面的书，里面的书页已经起皱，黏在一起，虽然损坏了，但还能读。上面那层纸糊和灰烬形成的硬壳保护了它们，所以书没有散架，书页也没受到多少伤害。

“你就别费力去读那些书了。”七芒星在她背后说。

她分开几页厚厚的书页，分的时候有几页破了，她还得更小心才行。她把书摊开，好让光线照到那些污渍斑斑的书页上。书的粘胶咔嚓嚓地响着，随时要断的样子。这里曾经很潮湿，不过潮气早已散去。芙莉亚皱着眉头，试着读了几行，但是一个字也不懂。第二本，第三本书也不例外。“这是什么语言？”

“什么语言也不是，我说过了，你根本就不用读这些书，看不出什么来的。”

她裤腿上的口袋里，夹在书页之间的鸟喙书含含混混地嘟囔了些什么，听上去像是警告。它是个无可救药的悲观主义者。

芙莉亚又翻了一页，想碰碰运气，但她看到的依然是一堆天书，大小写字母胡乱地排在一起，字的中间还穿插着逗号和句号。

鸟喙书在她大腿那里不断发出咕噜咕噜的声音，它在芙莉亚的思想里翻拣着她看见的东西，似乎在那堆乱糟糟的字母中发现了什么。

“古书热。”七芒星说。

“什么意思？”保险起见，芙莉亚把书放回了地上。

鸟喙从她的裤兜里伸出头来，光球熄灭了，他们一下子又被黑暗笼罩了，只有远处闪电的光从玛丽花号的缝隙里透进来，微弱的光一闪一闪的。

“古书热！”鸟喙书尖声大叫起来。“我的老天爷啊！马上从这里出去，救我！”

芙莉亚跳了起来，因为她觉察到鸟喙书是认真的。跳起来的时候，她撞到了身后紧挨着她站着的七芒星。

“别害怕，”七芒星说，“早就没有传染性了，瘟疫的爆发已经是差不多四十年前的事了。”

“瘟……瘟疫？”

“你可以把它想象成一种病毒。最后一批亚当学院的书巫在离开永夜庇护所的时候，想要找个办法不让沦丧之地留下任何一本完好的书，他们想彻底毁掉这个地方的书巫力场。为此放出了古书热病毒，这种病毒在非常短的时间内就感染了绝大多数的书，包括被遗忘在战场上的那些阵亡者的心灵书，还有玛丽花号残骸里的藏书。古书热能把书里的字母和标点符号搅得乱七八糟，只要短短几个小时，被感染的书就没法再阅读了。”

芙莉亚听到这个，感觉更不舒服了：“我从来没有听说过这种病毒。”这听上去就像是把书残忍地变成空白的开始阶段，她不知道是不是七芒星自己想出了这种古书热，并把它写进了造物书里。

“学院对此只字不提，是不是让你觉得很意外？”七芒星问。“三大家族不惜一切代价，阻止这种人为破坏成千上万本书的行为被人知道。最痛苦的是那些释放古书热病毒的书巫，他们因此失去了自己的书巫力，有些人还失去了理智。有人自杀了，有人死得不明不白，可能是学院的密探要阻止他们将撤退时收到的那些命令传出去。古书热肆虐了很多年，永夜庇护所里的书无一幸免。”

鸟喙书小声地哀叹道：“我真是什么事都躲不过，不管是多么大的风险，什么样的侮辱……”

“你的内容不过是摆摆样子罢了。”芙莉亚说。

“你怎么说话呢！”鸟喙书破口大骂起来，“是写着波灵顿伯爵八世：埃布尔·亨布尔·欧克斯布里奇的生平与时代这样让人自豪的标题，还是叫……”它嘟囔了一串听不懂的词，“这可是有天壤之别的。”

“别担心，我的小朋友，”七芒星说，“没有人会动你那个响亮的标题。”

“那就太好了！”

“我保证。”

芙莉亚轻轻地摸了摸鸟喙光滑的弧线：“我们现在需要光亮。”

“做这个我没问题，困在这个……这个瘟疫窝里，这个到处是病毒的泥坑，暴露在空气里四处弥漫的各种东西之下，你最好还是问问你这个新交的好朋友，他是不是还留着什么会威胁到你这本被愚弄的心灵书的惊喜！”

芙莉亚轻抚鸟喙书的封皮表示安慰，然后对七芒星说：“还有什么是我们需要知道的吗？”

“还有一些，”七芒星承认道，“但没有东西会把你这本敏感的小书里的字和标点弄乱。”

“小书！”鸟喙书勃然大怒。

“权威著作，”七芒星纠正自己不敬的表达，“一本真正包含知识与智慧的百科。”

鸟喙书朝芙莉亚伸长脖子：“这是讽刺！我听得出来！他在嘲笑我！你可以把他变了，变成个臭烘烘的东西，就像凯特那样的。”

“凯特这几个月一直都有洗漱的。”

“像以前的凯特！”

芙莉亚叹了口气，打开鸟喙书，分离了一个书页之心。鸟喙书嘟嘟囔囔地妥协了，又从分离开的书页间放出了一个光球。

“谢谢。”芙莉亚说。

“小书！”鸟喙书说。

“对不起。”七芒星说。

5

伊西丝跑到地下室通向阅览室的台阶前，但顿坎不在那里，入口大大地敞开着，好几个哨声混合在一起，从上面传下来，刺得她耳朵生疼。

一开始的几级台阶她还是跑着上去的，随后就放慢了脚步。她估计自己的对手并不知道那个秘密口令，否则早就跟到地下来了，也就是说，他们实际上是看不到那扇敞开的门的，只要她不迈出通向阅览室的门槛，他们同样也看不见她。

走到离楼梯顶端还剩几级台阶的时候，她感觉到了：有什么东西正在钻进她的思想，连拉带推地，就像有许多只手在抓她，想把她拽到外面的穹顶大厅里去，穿过那道门的欲望像毒药一样在她身体里扩散开。她现在明白顿坎为什么没有等她，而是自己跑去迎战了。这些哨声像催眠术一样让命令钻进她的意识里，没有哪个书巫能够抵挡这样的力量，普通人就更不可能了。

但伊西丝既不是书巫，也不是普通人，而是一个七芒星书妖，同时又是她自己的心灵书。她一边用尽全力地抵制着那些对自己耳语的声音，一边打开胸腔，沿着一条垂直的疤痕，她的胸膛从中间一分为二，向两侧打开，皮肤和骨头变成了书的封皮，露出中间哗啦啦扇动的书页。一阵并非来自真实世界的风翻动着书页，分离书页之心的时候，一道白色的光从她的胸膛里射出，穿过门槛，照进了阅览室里。

她果断地一步迈出楼梯井，来到巴洛克风格的穹顶之下。虽然有一股难以抗拒的力让她几乎要盲目地出手了，但她还是克制住了自己，先看了看周围的情况。她或许能够将整座大厅都夷为平地，但她不想伤到顿坎，同时，她的身体里还有一个邪恶的声音在小声说着诸如顿坎没有什么用，只有她自己才最重要之类的话，还说现在已经是时候了，应该把阿布索隆书夺回来，将全部的精力都放在那本书上。

顿坎站在圆形大厅的中央，双手死死地抓着自己打开的心灵书。流动的书巫力在他的身体旁边一跳一跳地延伸出去，汇成了三条线，像车轮的辐条一样延伸到大厅四面的墙上。伊西丝顺着那些线看过去，在线端上方的走廊里，她看见了三个身高与人相仿的驼背生物，它们分散在环行走廊上，中间隔着相等的距离，毛茸茸的长爪子里都握着一本打开的书。

它们虽然都用双腿站立，但从长相来看显然不是人类。它们长着啮齿类动物的长脸，前面的牙齿龇在外面，漆黑的眼睛之间有深深的皱纹，看上去一脸狡诈。它们的脸上盖着灰色的毛，红润的鼻子下面伸出长长的胡须。

伊西丝听说过书耗子，但是从来没见过：这些具有书巫天赋的书妖丝毫不受人类各种禁忌的约束。这三只书耗子虽然出身不同，但还是走到了一起，将它们聚在一起的是残忍的天性与狡猾的商人本质。这三只耗子靠暗杀和抓捕通缉犯的赏金生活，它们一定是马杜克派来的，书城的地下之王并没有原谅伊西丝、芙莉亚和其他几个人，这些人毁掉了他大部分的珍贵藏品，那些五花八门的书妖标本，还有放着无价的书巫文物的藏品柜。

这三只书耗子来自不同的书，所以打扮也非常不一样。其中一只穿着黑色的礼服，戴着礼帽，像个十九世纪的绅士；另一只穿着深绿色的大斗篷，风帽扣在头上；第三只几乎全裸，它似乎非常为自己古怪的体型感到骄傲，一半是动物，一半是人，四肢上覆盖着蓬乱的灰黑色皮毛。

三只书耗子里面最危险的似乎是那只披斗篷的，从它那里流向顿坎的书巫力发出的光最强，比另外两只的宽了一倍。它的小眼睛被遮在风帽下面，闪烁着红色的光，虽然注意力已经转向了伊西丝，但它并没有放开顿坎。

三只书耗子一起发出尖锐的哨声，它们用这种哨声瓦解猎物的意志力，将他们从藏身处引诱出来。有传言说，这是它们从一个捕鼠人那里学到的，那个人后来被它们撕成了碎片。

"顿坎！"伊西丝从大厅这头冲他喊道。"你得反抗！"

顿坎被他身体周围的光束缚住了，光绳似乎收得更紧了，并且开始跳动，应该是遭到了新的抵抗。伊西丝看见顿坎的嘴唇在动，他正在念书页之心上的字，打开的心灵书在他手中震动着。

伊西丝发出一股力，一下子就将披着斗篷的书耗子甩到了墙上，墙皮开裂，一条树枝状的裂纹仿佛黑色的闪电，顺着穹顶向上延伸。那只耗子的哨声变成了痛呼，随后又变成了愤怒的吼声，它向前一扑，跨过栏杆，跳到了阅览室的地面上。这样一来，它躲过了足以让它粉身碎骨的第二股冲击力，并随即做出了反击。

一道白色的烈焰朝伊西丝飞了过去，她往旁边一闪，火焰也随即改变了方向。一股炽热包围了她，但是没能穿透她在最后关头裹在自己身体外面的那层保护。炽烈的白光让她一下子什么也看不到了，她明白这才是攻击的真正目的。等她几秒钟后又能看见东西时，另外两只书耗子已经不在走廊上了，它们正在从不同的方向朝她扑来。

顿坎跪倒在地，他还是击退了那些巫力流，让这些力跟自己的身体脱离开，光带碎成了白色的碎片。

顿坎站了起来，他很虚弱，也因此更加愤怒。伊西丝这时一人要对付三个对手，她飞快地放出一股股冲击力，让那些耗子无法靠近。这时，又有闪着亮光的东西雨点般地向她落下，一会儿滚烫，一会儿冰冷，到后来，她自己也分不清楚冷热了。她的皮肤滚烫，嘴唇开裂，双手感觉就像有针扎进了指甲下面。她每击退一个进攻者，另外两个就会加强自己的攻击。

到了这时，阿布索隆书瘾对她力量的损耗才显露出来。伊西丝尖叫一声，跪倒在地。这些书耗子一定是马杜克精挑细选出来的，为了让它们给自己服务，马杜克肯定花了大价钱。它们的书巫力强得惊人，这样的书耗子在书妖里应该不多见，它们既有天赋，又如动物般冷血，因而战斗力惊人。马杜克的书妖藏品中一直没有这种书妖的标本，应该是因为他还没有找到征服它们的方法。他干脆付钱给这些书妖，让它们去对付自己的敌人。

“伊西丝！”顿坎在书巫力释放时发出的巨响中奋力喊道。“我们得离开这里！”

两只书耗子朝伊西丝走去，另一只则瞄准了顿坎。这时，伊西丝突然产生了一个想法：就是因为顿坎不让她看阿布索隆书，她才变得如此悲惨。她很虚弱，没有阿布索隆的字句，她不堪一击，她的整个身体都在渴望那本书，大脑建议她先杀掉顿坎，从他那里拿走书，远走高飞。顿坎才是她真正的敌人。

顿坎又在喊她的名字，从非常遥远的地方，伊西丝模模糊糊地看见他用一团青绿色的火围住了那只书耗子。是那只没有穿衣服的书耗子，三只里面动物特征最明显的，火苗使它的皮毛上腾起了黑色的烟。

戴礼帽的那只书耗子挡住了伊西丝的视线，同时发射出一股巨大的冲击力。她摇摇头，甩开了阿布索隆书的耳语声，将书耗子的攻击力弹回，同时放出了一团细小的字母雾，让这团字母雾像马蜂一样包裹住她的两个对手，她则利用这几秒钟的间隙聚集起力量，从地上飘了起来。她仿佛失重一般，一直向上飘到了第一层走廊的位置，然后像发射连珠炮一样，朝裹在字母雾中的书耗子发出一连串的冲击力。书耗子发出一声哀号，虽然勉强，但应该抵挡住了这次攻击，否则伊西丝肯定已经让它粉身碎骨了。而现在，它只是倒在地上，被盖在宽大的斗篷下面，对着伊西丝发出愤怒的嗞嗞声。

那只戴着礼帽的书耗子差点被打中，它朝后跳了一步，随后也腾空而起。伊西丝朝穹顶的方向越飘越高，经过了第二层走廊，还有围成一圈的尖顶窗户。打斗的声音肯定在阅览室外面都能听得见，保安随时会出现，他们将会成为第一批死在这些书耗子手下的人。伊西丝看看大门，分离了一个书页之心，让一团浅蓝色的火沿着门扇边缘燃起，这样应该能够把值夜的人拖住一会儿。

顿坎和那只皮毛着火的书耗子正在不断地用冲击力和火球攻击对方，空气中充满了一串串长长的发着炽烈光芒的字母，那是被两人的书巫能量释放出来的。伊西丝躲开了一下攻击，这时，穹顶上的一扇玻璃窗碎了，碎玻璃像下雨一样纷纷落下，上面倒映着红彤彤的字母。

跟着伊西丝朝穹顶飞去的那只书耗子被一股向下的力打中，撞在了墙上，礼帽也撞掉了。灰尘扑簌簌地落下，伊西丝没有给它喘息的机会，一下子打中了它的胸口。那只书耗子发出了最后一声哀号，然后就静静地挂在了墙上，像一只被钉在那里的蝴蝶标本。它的胳膊和腿软绵绵地耷拉下来，耗子脸上什么表情都没有了。

下面那只披着斗篷的书耗子愤怒地大叫起来，伊西丝利用这个机会又发出了最后一下攻击，戴礼帽的书耗子随即贴在墙上燃烧了起来，最后只剩下一些灰烬，慢慢地飘落到了地上。

伊西丝躲开了从下面来的又一次攻击，却被紧接着的第二下打中了。她在空中失去了平衡，勉强转了半个身，重重地撞在了上一层走廊的栏杆上。她用双手抓住栏杆，跳进了栏杆里面。落在走廊上的时候，她的双膝重重着地，样子非常狼狈。看到书耗子衣袂飘飘地出现在她面前，她马上跳了起来。两人的目光狠狠地纠缠在一起，一串串的字母在他们之间上下跳动。随后，伊西丝的愤怒化成了一团炽烈的火球，从她胸腔中的书页里飞出，箭一般朝书耗子射去。书耗子试图用心灵书抵挡，它差一点就成功了，但随后，它的绿色斗篷就起了火。它大叫一声，兜帽里面随即也蹿出了雪白的火苗，让它彻底闭了嘴。

伊西丝浑身瘫软地靠在栏杆上，胸腔里的书就像一个旋涡，吸走了她所有的力气，就连朝下看一看都觉得费力。她看到光和字母在大厅中央组成了一幅恐怖的景象，不论是顿坎，还是那只书耗子，她都看不清楚，只能看见裹在炽烈光芒中的两个黑色的身影。

我得帮他，伊西丝心想。这时，她猛然又想到了顿坎口袋里的那本阿布索隆书，她对他的感情随即被另外一种东西挤跑了。那是一种贪婪的欲望，强烈到让她无力抵抗。她不能看着顿坎出事，不能让他像自己那两个对手一样被烧死，因为那样的话，那本书也会跟他一起被付之一炬。她大叫一声，从栏杆上一跃而出。

落到地面上的时候，她面前出现了一堵由闪电组成的颤动的墙，这是由书巫能量构成的。这只书耗子一定看见了自己同伴的下场，但它不想放弃。或许是因为报复心，或许是因为愚蠢，也或许是因为冥顽不化的傲慢。傲慢到看见伊西丝穿过火光来帮顿坎，却依然不打算跳到安全的地方去，虽然只需要一步。伊西丝能感觉到顿坎口袋中的那本书，阿布索隆书在呼唤她。

书耗子朝四面八方发射着冲击力，比她在其他任何对手那里见过的速度都要快。它的动物外表让人忘记了书耗子并非浪得虚名：它肯定读过成千上万本书。伊西丝的脑海中突然出现了另外一幅画面，她仿佛看见这只耗子坐在阅读灯下，也许是在书城的某个地方，四周满满的都是书。它深深地弯着腰，看着一本摊开的书，爪子划过一行行的字，漆黑的眼睛一个字也不放过。这种生物或许很冷血，但它同样也是非常爱看书的书巫。

伊西丝一下子就杀死了这只书耗子，驼背的书耗子身体缩成一团，就像一团被捏在拇指与食指间的纸一样。

闪烁的电光消失了，字母的颜色开始变淡。伊西丝的目光找到顿坎，看见他弯着腰，双手支在膝盖上，浑身颤抖。

“把书给我。”伊西丝说。

顿坎的脸几乎完全被垂在面前的乱糟糟的头发盖住了。伊西丝很庆幸自己不用看着顿坎的眼睛。

“给我，不然我就自己拿了。”

6

他们离开已经成为废墟的大厅，借着光球的亮光穿过一条走廊，芙莉亚看见了越来越多的空书架，地上已经腐朽的书籍，还有一些疑似折纸鸟残骸的东西。玛丽花号上的书巫力场已经被彻底破坏，尽管如此，这里还是留下了一种类似微弱回音的东西。芙莉亚不确定这是自己的想象，还是在船的残骸深处真的还有什么生命存在。

在接下来的几分钟里，他们沉默地穿过一个又一个房间，走上滑溜溜的楼梯，穿过看不到尽头的走廊。这时，芙莉亚终于想起来自己曾经在什么时候有过类似的感觉：那是在莱茵河边的家族老宅，如今那里是西摩尔家族的城堡。辨认出芙莉亚的身份后，城堡的墙壁都活了过来，它想把家族祖先的书巫能量投射到她身上，好帮着她一起对付西摩尔家的威特和蕾切尔，不过结果并不尽如人意。

“这艘船还没有死。”芙莉亚说。

“我也曾希望是这样。”

“你感觉不到吗？”

“我早就不是书巫了，而且估计是船感受到了你的存在。你的祖父卡苏斯是这艘船的建造者之一，所以如果有费尔菲克斯家族的人到船里来，它应该是能够辨认出来的，或者罗森克罗兹，就像大家听到的那个名字。”

“菲德拉没有试着唤醒它吗？她可是书巫世界的始祖，如果说谁有能力做到这一点，那非她莫属。”

“菲德拉！”七芒星轻蔑地哼了一声。“她连一点点书巫力都没有。”

芙莉亚停下脚步：“什么？”

“接着走，我全都讲给你听。”

他们走上了又一段积满污垢的台阶，芙莉亚头顶的光球将她的影子投射在台阶上，像是一张折了很多棱角出来的剪纸，旁边墙上的霉斑在光球的照耀下闪烁着微光。

“菲德拉并不是你以为的那样。”七芒星说。他们这时已经走到了楼梯最上端，拐进了一条短短的走廊。“没错，她是个不同寻常的人物，这一点毋庸置疑，她将成千上万的墨妖组织起来打了一场仗，直到今天，书巫世界都还在谈论那场战争。她争取到了几个能力特别强的书巫的支持，此外还有几个我的书妖，虽然这些书妖里只剩下一个还跟着她，但是……”七芒星稍稍停顿，以加强话里的语气，“……她自己不是书巫，更不是什么书巫世界的始祖。”

“我以为她……”

“她是菲德拉·赫库兰尼亚没错……”七芒星打断了她，这句话让芙莉亚更加感到不解，“……但她又不是。把你说糊涂了，我很抱歉。你知道的，她是个书妖，但唯一一本能掉落出真正的菲德拉的是造物书的第一卷，我在那卷书里写下了菲德拉的传说。

而外面的那个菲德拉是从上千本关于她的传说的书，或者书巫们写的关于她的那些论文里面来的。也就是说，她不过是个复制品，不是原件。就是因为这个，她没有书巫天赋，这就像是用黏土捏了把枪，虽然惟妙惟肖，但是打不死人。”

他们来到一扇斜斜地挂在合页上的门旁边，门里曾经是玛丽花号的指挥舱。这里曾经三面都是窗，围成一个半圆形，但是现在，窗户只剩下空荡荡的窗框，夜风不断将黑色的絮状物吹进船里。

“她是一个很威严的女性，而且很有权势，但她并不是真正的菲德拉，她只是一个转述，某个学者写了一本关于这个传说的书，她只是这个学者的解读而已。”

芙莉亚想确认自己的理解没有错：“就是说，书妖只有从第一次提到他们的那本书里掉落出来，才会具有所有原本会有的特点？就像艾瑞尔，他是从莎士比亚的《暴风雨》里掉落出来的，而不是研究莎士比亚戏剧的那些学术论文里。对吗？”

“完全正确。这个世界比你想象的要更复杂一些，对吧？”

芙莉亚缓缓地点点头，思考着这一点意味着什么。菲德拉是一个普通人，虽然她是一个伟大的军队统帅，但并不是书巫世界的始祖。目前看来，这一点对芙莉亚并没有什么影响，但她会记住这一点，特别是在她下一次和菲德拉面对面的时候。

“你可不要因此轻视她，”七芒星说，“在永夜庇护所里，菲德拉拥有所有你能想得到的权力，那支墨妖军队对她言听计从，而且她还有那个书妖的帮助。这个书妖你得特别当心，你已经见过他了，就是他在隐页世界里找到你并把你带到这里来的，他是菲德拉的左膀右臂。”

芙莉亚只模模糊糊地记得那个七芒星书妖的样子，她是在金色的网上遇见他和跟着他的几个墨妖的。黑色长袍下一个瘦削的身影，在她眼前将胸膛打开变成一本书。这是芙莉亚碰到的第二个七芒星书妖，就像伊西丝一样，他也是一本人形的书。

“他的名字叫门塔纳，”七芒星说，“恐怕是我书里塑造得不太成功的一个人物，但是……”

“门塔纳？”芙莉亚打断了他的话。“门塔纳公爵？《凡塔思帝寇》里的那个坏蛋？”

七芒星点点头。“我知道，就是那个没什么脑子，只会用手捻自己大胡子的坏人，”他遗憾地耸耸肩，“《凡塔思帝寇》是我早期的作品，当时我还不太会写书。”

“你知道那是我最喜欢的书！”芙莉亚脱口而出。这本书之后才是史蒂文森的《金银岛》和其他几本母亲给她读过的小说。后来芙莉亚自己又看过这些书，但是哪一本也没有《凡塔思帝寇》看的遍数多。这件事她在很久之前曾经告诉过那个年轻时的塞弗林·罗森克罗兹。那个塞弗林，现在变成了站在自己身边的这个一脸苦相的老人。

“门塔纳公爵。”她摇着头轻声说。三兄弟中最年长的那个，他们在米兰夺取了凡塔思帝寇情人的王位。在魅姬和玛塔·安提夸还没有搅乱芙莉亚的生活之前，他曾是芙莉亚最为痛恨的一个人，这个古老强盗小说里的虚构人物是她的眼中钉，她一遍又一遍地读这本小说的时候，曾经无数次希望他死去。

而现在，这个人竟然可能是她的救命恩人。

“你要当心他，”七芒星说，“他就像菲德拉的影子，就算你看不见他，他也多半就在菲德拉的身边。”

“他在生活中也像在书里一样那么坏吗？”芙莉亚知道自己的问题听上去很荒唐，这就像是在问一个扮演了特别恶毒角色的演员是什么性格一样，只不过，书妖在书中并不是在扮演自己，他们就是这些角色。

“他的性格比较复杂，”七芒星说，“不过这并不是多了不起的创造。在小说里，他只追求财富和权力，但是在永夜庇护所……嗯，他代表着某种原则和信念。而且他对《无名书》里的教义深信不疑。”

七芒星说这些话的时候，芙莉亚的目光在房间里四处游荡，直到这时她才发现玛丽花号的驾驶舰桥上既没有舵，也没有拉杆和开关，只有一个安放在高台上的座位，对着正前方的窗户，如同王座一般。她觉得这把椅子跟自己在费园里的那张阅读椅有点像，再走近一些后，她发现这真的是一把类似的椅子留下的残骸，风和恶劣天气已经破坏了椅子的皮面和软垫，露出了刻在下面的架子上的一些非常小的字，几百行这样的字母盖满了木头架子，其中几个地方已经被剥蚀，但大部分的字用放大镜的话还是能够看清楚的。

“玛丽花号的船长就坐在这上面，靠连接自己和船的书巫力独自操纵这艘船，”七芒星解释说，“你坐上去试试看。”

芙莉亚犹犹豫豫地爬上那把残破的椅子，椅子还能坐，但是边缘和生锈的弹簧硌着她的身体，刚坐了一下，她就觉得浑身疼。

“集中精神。”七芒星说。

“集中不了，这上面没法坐人。”

她从上面下来的时候，七芒星轻轻叹了口气。她的确感觉到了什么，跟之前一样的那种东西，但她不想让七芒星知道。

他们一同穿过一个双扇门的门框，门扇早就脱落了。他们面前是玛丽花号的上层甲板，狂风呼啸，被吹得堆积在一起的污泥埋到了脚踝，到处都是石子和风化的巨石，那是被永夜庇护所里肆虐的龙卷风掀起又扔到这里来的。

芙莉亚跟着七芒星来到锈迹斑斑的船舷边，一起看着外面的荒野，荒野上的岗哨，还有岗哨之外的地方。山顶另一边，墨妖营地的火光将橘红色的光线投射在疾驰的云层上。

“你在造物书里提到过传送船吗？”芙莉亚提高了声音，好让自己的声音盖过呼啸的风声。她的心灵书已经又把鸟喙和长脖子深深地缩回了她的裤兜里。

“没有，”七芒星回答说，“很多都不是我安排的，也不是我愿意的，所有的一切都在越来越快地独立发展……”他似乎在仔细斟酌接下来该说的话，“……特别是在出现了一个同样能够对过去和未来产生影响的人之后。”

“菲德拉已经在这里四十年了……”

“不是菲德拉，我说的是你，芙莉亚。”

她本该感到意外，也许还会感到恐惧，或者得意，但她什么感觉都没有。她只是呆呆地继续看着无边的黑夜，同时发现七芒星正从侧面看着自己。

“你读过造物书，对不对？”他说。

“只看过前两卷和第十一卷。艾瑞尔被菲德拉的人杀死之前，看到了第七卷。除了你，没有人知道其他几卷里面写的是什么。”

“菲德拉的命令不是杀死艾瑞尔，或者杀死其他任何人，那个书妖只是要去偷第十一卷，仅此而已。”

“为什么非要第十一卷？”

“那里面预言了书妖的出现，这个没有经过深思熟虑的预言我只是提了一下而已，但是没想到它继续独立发展起来了。那本来不过是个不断出现在脑海中的想法，写作的人有时候会把这样的想法写下来，写的时候并没有意识到它会让人一直难以忘怀。如果我当初知道这几句话会引起什么样的后果……我并不知道自己究竟在做什么。”

“你应该是个很仔细的人啊。”

“我在很长一段时间里都没有把这个当回事，一开始的设计、书巫世界的法则，所有这些都不过是游戏而已，是一个不知道该写些什么的人用来打发时间的，直到我写下的内容越来越多地变成了现实，我才意识到自己应该谨慎，我发觉自己的责任太过重大，所以我才在最后一卷，也就是第二十四卷里写了一个会从未来的书巫世界给我写信的人，让她成为让我想到这一切的那个人。”

“如果我所在的那个书巫世界之前并不存在，那我也没法告诉你关于它的事。”

“假如你没有告诉我，那我就不可能在十九世纪创造出这个世界。这是个古老的时间悖论。想得越久，它就越像黑洞，将其他一切都吞噬，首当其冲的就是逻辑。但故事就跟现实一样，有的时候它们会有转折，但这些转折还不足以改变故事的核心。这个故事的核心就是出现在故事里的人，还有这些人的感受，以及所作所为。”

“书里是怎么写我的？”芙莉亚问。

“书里说还有一个人有力量使这个世界发生转变，那是一个女孩，芙莉亚 · 萨拉曼德拉 · 罗森克罗兹，1999 年出生，只有她和我有能力改写造物书，从而改变整个书巫世界的结构。”

如果是在平时，他说的话芙莉亚一个字都不会相信，但是她想到了自己是如何通过改变过去而改变了伊西丝的，想到了由她引发的那些出人意料的、波及整个书巫世界的后果。为了救伊西丝的命，她从未来将伊西丝变成了一个七芒星书妖，从此书妖同时也能是书巫了。她无意之间在书巫和书妖的力量之间制造了平衡，现在还没有人知道这种改变会造成什么样长远的结果。

“我恨你给了我这么大的权力。”芙莉亚淡淡地说。

“我这样做，是因为你曾经对我来说非常重要，”七芒星回答说，“是你让一切开始，是你给我写信，告诉我未来世界的一切，是你握着我的手，告诉我应该做什么，我是为了你才创造了这个世界的，芙莉亚，为的是让你有朝一日能够真实地存在。我不能承受你只是一个梦的想法，一个我自己虚构的人物，我想让你成为真的，一个有血有肉的女孩，变成我十七岁时曾经爱上的那个女孩。”

这种话让她如何回答？她的手紧紧抓着锈迹斑斑的船舷，开始数起外面营地上的火光。她不愿意去想七芒星的这番话，更不愿意去想七芒星推到自己身上的这些责任。

“我连自己的弟弟都照顾不好，”沉默良久之后，她说，“我第一次要为伊西丝负责的时候，就把整个书巫世界搅了个天翻地覆。不管你的目的是什么，你都找错人了。我绝对不会改写造物书，一个字也不会。”

“你是唯一能做到这点的人，我在很久之前就失去了书巫力，就算我想，也已经改变不了什么了。但你可以。”

你曾经试图那样做，芙莉亚心想，是我阻止了你。这样做难道不正是将本想推掉的责任又揽在了自己头上吗？

“我恨那些讲述预言的故事，”她说，“还有讲述那个将要拯救世界的女孩的故事。”

“谁告诉你是要拯救？”七芒星问。

7

“这就是你那句话的意思吗？”芙莉亚问，从船舷边退开好几步。“你说我有一天会想自己写完最后一本空白书，你说这话的时候，是不是觉得能够说服我用你的眼睛去看世界？认为它活该被毁灭？”

七芒星慢慢地朝她转过身来，闪电在他身后撕开夜空，给云层留下鲜红的伤口。山谷那边的天际处，“想法”翻滚着，那是一片在黑暗中翻卷着的黑暗，是芙莉亚在隐页世界中碰到过的那些混杂在一起的色彩的先遣军。

“并不是盲目地摧毁，”七芒星说，“而是更新，是改变，是要创造一个更好的世界。以前我在写小说的时候，曾经删掉整个章节重写，为的是让故事变得更好，你也可以这样做，芙莉亚，只不过这是你自己的故事，是所有书巫的故事。只要改写造物书里的内容，你就能改变过去，同时也改变现在和未来。芙莉亚，你有这个力量，能改正我所有的错误和愚蠢，让这个世界变得更好。谁会拒绝这样的机会呢？”

“我，”芙莉亚说，“我连想都不愿意想。”

“就因为你朋友伊西丝的改变造成的后果吗？这些后果有什么不好的？你让那些受压迫的书妖有了成为书巫的可能性，让他们能够奋起反抗，你让这个世界朝着各种力量的均衡迈进了一大步。这难道不是你们反抗的目的吗？平等。这个改变对于书妖来说，意义远大于你那些朋友搞的袭击和破坏。”

“你真的不明白吗？”芙莉亚在狂风呼啸的甲板上定定地看着七芒星。“这些都不是有意为之，事情也有可能完全是另外一种走向，产生严重得多的后果。这个风险太大了。”

“因为你不知道自己正在做的是什么，但是造物书可以让你仔细斟酌，你能看见一切都被白纸黑字地摆在面前。你可以把这个世界想象成一座钟，你可以精准地替换掉其中任何一个细小的齿轮，让指针不再走错。”

“但我并不想要这样的权力啊！”

“事情的关键并不是你愿不愿意，这不是娱乐，而是责任。你是唯一能够承担起这个责任的人。当年我就没有找到其他能够托付这件事的人，直到今天也还是这样。现在看来，我的选择没有错。你已经有经验了，不会再轻率地对待这件事。”

“菲德拉也这样想的吗？我到这里后，就只见过她一次。”

“是她为你创造了看到这些书的机会，而且是在‘想法’就快要吞噬掉掉这里的一切的时候，”七芒星看着一个地方，暗无星辰的黑在那里黑得更加深沉，“我们最多还有几天的时间。”

芙莉亚紧盯着他：“但是她的想法跟你不一样，对吧？否则你就不用把我带到这里来，还跟我说这些了。”

七芒星微笑着点点头：“她自己会决定什么时候把她的计划告诉你。已经确定的是，你将会得到改写造物书的机会。她希望在永夜庇护所进行，所以她想把第十一卷拿过来。不过现在事情变复杂了。”

“但是那样的话，我得先回费园去。”回家！她突然激动地想到。只有她知道这些书现在藏在什么地方，它们被深藏在迷宫一样的书窖里。这一次，菲德拉不可能派别的人去了。摆脱这里的一切的可能性突然变大了。

“我知道你在想什么，”七芒星说，“但是就算你躲得开菲德拉，你能忍心丢下山谷里的这些男女老幼不管吗？”

“墨妖！”她脱口而出，“他们杀死了那么多书巫，我不可能……”

“他们是在自卫，因为学院先对他们动手了。就算抛开这点，事情也已经过去几十年了，你的父亲曾经在这里打过仗，他死的时候多大年纪？六十？这里没有谁能活到那样的年纪。运气好的或许能活到四十岁，大多数年纪轻轻就会死去。你在营地里根本找不到曾经亲身参与过那场战争的墨妖。”

“你和菲德拉，你们都要求我改写造物书，但是你们要求的东西不一样。她觉得我能够把第十一卷里关于书妖的故事改到根本不会再有墨妖出现，而你要求的更多。”

“我曾经有很多时间来仔细思考自己犯过的错误，这些错误不仅跟书妖有关，也关系到整个书巫世界，从绯红厅、亚当学院到庇护所，还有其他所有由此衍生出来的东西。我有一个改变世界的计划，芙莉亚，我们两个联手就能实现这个计划。我曾经在永夜庇护所里漫无目的地游荡了很久，把一切都想得很清楚。我们两个可以把乌托邦式的幻想变成现实，为所有爱书的人创造一个毫无瑕疵的世界。”

“你已经尝试过一次了。”

他点点头：“我那时还年轻，满心狂热，但是缺少智慧。我那时对这种事还没有经验，加上我还想把已经存在的变得更好，我的家族，还有其他四大家族，绯红厅，把它们变成书巫世界的一部分是个愚蠢的错误。”

“所以你现在想把所有不符合你理想的东西统统删掉？你不是要改善，而是想让一切从未发生！这样就能在原来的那个地方写上其他的内容，而这些内容，你自己也不知道会不会有一天同样朝着错误的方向发展。错误跟疾病一样，它们会毫无先兆地出现在之前健康的地方，你创造的世界总会被生活在其中的那些被创造出来的东西所影响。你不可能预见并阻止每一个错误的发生。”

“我从发生过的事情里面得到了教训，我们可以让战争从未发生，包括所有引起战争的东西。”

“就是这样吗？你不仅仅是想改善书妖的状况，就像菲德拉那样，你想要的是让他们全体消失？”她摇着头，看着七芒星。“那样的话，你比学院也好不到哪里去，塞弗林，说到底，你们都是要彻底消灭书妖和墨妖。”

“通过战争消灭他们和改掉将他们带到这里来的那个错误，这是有区别的，”七芒星愤怒地反驳说，“他们并不是自愿从书里掉落出来的！我们可以让他们根本不会被硬生生地从自己的故事里剥离出来。我并不认为这个主意有什么不好。你真的认为他们中没有人希望从未到这个世界上来过吗？”

她想到了吉姆，很想去问问他是怎么想的。跟书妖一起生活了好几个月，她还是没法知道他们心里的想法。当然，没有人愿意被关在管制区里受压迫，但是费园的书妖中不是也有很多更喜欢现在而不是之前在书里的生活吗？艾瑞尔在莎士比亚的《暴风雨》中是个囚徒，是魔法师普洛斯彼罗的奴隶。在书巫世界中，他至少还有可能主宰自己的命运，他死的时候是自由之身。艾瑞尔绝对不会赞同七芒星的这些观点。

芙莉亚攥起拳头：“我会是一个不知道钟表如何运行的钟表师，谁会把表交给这样一个人修理？”

“我可以给你建议。”

“你想要的是一个傀儡，就像蕾切尔是亚当学院的傀儡一样。”

七芒星使劲摇头：“不是这样的，我想的……”

但是芙莉亚已经不再听他讲话了，她抽出鸟喙书，分离了一个书页之心，然后从容地朝船舷上的一个缺口走去。这个地方的栏杆就像是被一张巨大的嘴咬掉了一块。

“不要！”七芒星对她喊道。

她曾经有好几次见过伊西丝和苏梅贝拉使用飘移术，有一回她还被飘在空中的魅姬追着在书城的房顶上跑，不过她自己还没有学会。苏梅贝拉在一次训练的时候说这是因为她放不开，她在做这件事的时候太过冷静了。

也许她缺少的就是一点激情和许多的怒气。没有时间实验，如果不成功，她会直接在岩石上摔得粉身碎骨，但那样的话，她的其他问题也就都解决了。

“不要，芙莉亚……”

她没有理会七芒星，边走边念出了书页之心中的字句。

七芒星想挡住她的去路，但他的速度太慢了，她猛跨一步，赶在他前面来到了已经损坏的船舷边。七芒星伸手去拉她的时候，她已经合上了眼睛，一步跨出了船舷。

“我真是什么事都碰上了。”鸟喙书说着丧气话。

她的脚下不再是甲板，而是无底的深渊。在漫长的一瞬间，她感觉就像是从三米板上一跃而下，她的身体已经准备好迎接撞击，胃被挤向了上方。

随后，她的平衡感稳定了下来，对虚空的恐惧突然消失，她直直地立在空中，有些摇晃，还不像自己希望中的那么稳定，但是已经飘在了空中。刚才还让她内脏抽紧的坠落感被愉快的兴奋一扫而空。

“芙莉亚！”七芒星又喊道，但是芙莉亚没有理会他。她高高地飘在火山岩上方，努力克制自己不要胡乱挥舞胳膊。同时，她又往下降了一些，速度非常慢，仿佛重力还没有完全放开她。无论如何，第一步算是成功了，成功让她一时间几乎忘记了七芒星说的那些关于世界的新开始和她自己在其中的作用的话。

大概过了半分钟，她才落到地面上，轻盈地着地。她深深地喘了口气，心里既轻松又满意，直到这时，她才抬头去看玛丽花号，这个巨大的残骸在她背后就像一座高耸的山，借着闪电的光，她看到了上方船舷边的七芒星，那个孤独的身影正在朝下看着自己。就算七芒星现在朝她喊话，他的话也会被风卷走。

她急急地跑起来，穿过碎石地，朝那一串营火跑去，守卫放她过去了。她奋力向山顶上爬去，守卫已经被岩石隔开，但她似乎仍然能感觉到这些守卫的眼睛盯在自己的脊背上。一直到山丘的最高处，她才停下来，俯看着铺开在自己面前的光的海洋。山谷里传来狂野的鼓声，因为没有白天和黑夜的区别，所以营地里也从来没有寂静的时候。

芙莉亚没有走他们来的时候走的那条路，而是斜斜地朝右边拐了过去，远远地绕开了菲德拉在半山腰上的洞穴，一路朝下面的墨妖营地边缘跑去。

“你要做什么？”鸟喙书怯怯地问道。

“我要去找他们。”

“啊，什么？”

“我只听说过他们曾经是书妖，被学院关在永夜庇护所里，在这里变了模样，除此之外，我对他们一无所知。”

“还听说过他们吃人？”

“是的，这个我也听过。”

“也许还吃书！”

“那谁知道。”

“那你还要去找他们？”

“如果我相信了别人说的那些关于鸟喙书的话，那你现在就不会是我的心灵书了。”

“说的好像你有得选一样！”鸟喙书顶了她一句。“我们两个的命运是连在一起的，就像鲁滨孙和星期五，罗宾汉和玛莉安，像……”

“如果我真能拯救他们，那就得先仔细地看看他们。”

“你也许能够远距离拯救他们，”鸟喙书说，“或者救一点点，或者根本不是救他们，而是救我们自己。”

“我正在这样做。”

“我们两个会变成烤串！你被串根长签子，我被串根短签子，然后架在一堆冒着烟的篝火上！”

“相信我。”

“相信！究竟是谁让我们落到今天这个地步的？”芙莉亚很庆幸自己的心灵书没有手，否则估计会有一根手指从她的裤兜里伸出来以示警告。“又是谁深思熟虑提醒你小心？是谁的建议一次次地被置之不理？这不光让我觉得伤心，还会直接导致我被人吃掉。”

“他们会想：这么小一本书根本吃不饱，还不如放掉它。”

“然后把那个多嘴的女孩烤了，放点迷迭香和……”

“嘘，”她从岩石中间穿出来，“马上到了。”

“我都能闻到他们的味儿了。”

一股动物的臭气扑面而来，让芙莉亚想起了科茨沃尔德那些农场里的牲口棚，或者泔水桶、下水道、臭烘烘的橡胶靴。

“签子！”鸟喙书哀鸣道。“还有火！”

她深深地吸了口气，然后又吐出这口气，放松肩膀，走完了通向墨妖营地的最后几米。

她刚好碰上十五子的母亲正在死去。

8

之前从远处，除了火光，芙莉亚别的什么也看不见，营地就像是黑暗中一片由亮点汇成的海洋。现在，她的面前逐渐出现了一个模糊、破碎的轮廓，从山谷的一端一直延伸到另一端，那是一片杂乱无章的住房，墨妖们把能找到的东西都用来搭建住处了。粗粗砍凿出的石块搭成围墙，那些住房看上去更像是牲口棚。因为缺少木材，所以房子上面基本都没有屋顶，只在石墙上搭了一些篷布。

有些地方能看到旧汽车的零件，这些车应该是在战争刚开始时通过传送门运到这里来的：车门，发动机盖，后备厢盖，甚至还有轮毂和车窗碎玻璃。在一个地方，芙莉亚还看到了类似坦克履带的东西，嵌在一段围墙的顶端，做成垛口的样子。永夜庇护所里的武器显然不仅限于书巫术，亚当学院的警察也来过。芙莉亚对那场战争知道得太少，所以无法对它有具体的想象。

这些用岩石、破烂儿和在风中呼啦啦扇动的塑料组成的东西遍布谷底，几乎连成了一个整体，但看上去更像是一个被踩扁的马蜂窝而不是人的住处。

这里所有的住所都只有一层，它们无边无际地散开来，比费园的书窖还像迷宫。芙莉亚在没有勾过缝的围墙和被缝在一起的兔子皮中间找到一个缝隙钻了进去，进去后才发现，这里所有的道路上方也都覆盖着篷布。一些坑、破铁皮做的盆和旧汽油桶里燃着明火，这些地方的顶棚上会留一个洞，但这些洞不足以让所有的烟都散去，走道里依然弥漫着呛人的烟，让她喉咙感到刺痛。

"这就开始了，"鸟喙书说，"他们会把我们活烤了。"芙莉亚没有把书从裤兜里掏出来，因为她不知道墨妖们看到她会是什么反应。

在敞开的通道后，她看见了一些有兽皮兽毛的房子，几乎都空着。她偶尔能在黑暗中看见一些人的轮廓，但不确定他们是不是看见了自己。

芙莉亚感到自己被一种怪异的从容控制了，就好像这里无处不在的烟正在对她的情绪产生影响。也许菲德拉让人在这里燃烧的是有镇静作用的东西，好让她这些野蛮的臣民更加顺从。

有人从一个开口朝她走过来，并朝她伸出了一只手。这个男人瘦骨嶙峋，身上到处都是蓝黑色的斑点。他的眼睛分得很开，比普通人的眼睛要小得多，牙却显得非常大，就好像他的脸上只剩下了这些牙似的。

那个人朝芙莉亚喊了些什么，但是她听不懂。墨妖之间都是用一些怪异的声音沟通的，这让她想起了德语和法语里那些已经被人遗忘的强盗黑话，一些过去的小说里会用到这些黑话，七芒星在《凡塔思帝寇》里就用了很多。

芙莉亚加快了脚步，那个男人没有拦她。很快，其他墨妖也注意到了她，越来越多的脸从暗处伸出来，有一次，三个墨妖拦住了她的去路，她差点儿就要打开自己的心灵书了，但这些墨妖后来很不情愿地让到了一边，就好像受到了谁的警告似的。难道是菲德拉预见到了她的好奇，已经通知了自己的臣民？

“熏了，煎了，然后吃了，”鸟喙书小声嘀咕着，“我可不该落到这样的下场！”

大部分墨妖都穿着跟芙莉亚一样破破烂烂的衣服，那是从战场上找来的战利品，衣服都加了好几层芯，上面打满了补丁。

在一段通道的另一端，芙莉亚看见顶棚空洞下的一堆火，火边围着各种年龄段的墨妖，至少有二十来个，他们正在啃穿在签子上的兔子肉，还有一些墨妖伴着鼓声的节奏哼唱着。看到那些牙齿间一丝丝坚硬的肉，芙莉亚紧张起来。她听见鸟喙书在自己大腿的位置破口大骂，不过没有注意听它骂的是什么。

她一路上又躲开了另外两个这样的火堆，好避开那些墨妖，最后来到了一个类似院子的地方。这个地方的正中间有一堆灰烬，从上方的开口能看到夜空，这里不久之前应该还燃着一堆篝火，从四周兽皮和碎石组成的墙后传来轻轻的说话声，间或能听到哨声。这哨声她之前已经听到过很多次，也许是跟踪她的墨妖用来发信号的。

虽然她知道鸟喙书的警告是有道理的，但她无法拒绝这个地方和这里的居民对她的吸引力。她早就应该掉头往回走了，所看到的一切不是早已足够让她有个大致的印象了吗？尽管如此，她还是在不断地朝这个大迷宫的深处走，早就分不清东南西北了。

“你迷路了，”鸟喙书感应到了她心里的想法，“毫无疑问。”

“指南针可比你没完没了的抱怨有用。”

“指南针，亲爱的，什么用都没有，因为这个可怕的地方根本就没有东南西北。”

这点她当然知道：“就你聪明！”

“就你笨！”

芙莉亚生气地把鸟喙书从裤兜里掏出来，黄色的鸟喙朝她伸过来。

“这样是不会有好结果的。”鸟喙书哇哇叫着。

“你大喊大叫的，把半个营地的人都惊动了！”

“书城的管制区跟这里比起来简直就是天堂！”

“那我倒想知道，既然那个地方让你那么舒服，你干吗不留在杰瑞迈亚那里！”

“我是一本很受欢迎和尊敬的鸟喙书，让人心生恐惧的老兵……”

“关键是你是这世界上溜得最快的鸟喙书，在你结束最后一场战斗逃跑的时候！”

“聪明的书知道伺机而动。”

“然后就被凯特用几张圣像给引到了陷阱里！”

“我当时快饿死了！而且圣像非常好吃。”

“你是个永远吃不饱的贪吃鬼！”

“我们倒要看看这里贪吃的……”

有人清了清嗓子，芙莉亚和鸟喙书都住了嘴。

“抱歉，”一个高大的人影用流利的英语说，“你们能小点声音吗？这里有人正在死去。”

“不是我！”鸟喙闪电般地缩进了书的封皮中。

芙莉亚手里拿着鸟喙书，以便在紧急情况下能够分离书页之心，但是她暂时没有打开书。她眯起眼睛，看着黑乎乎的通道。

“十五子的母亲，”那个声音说，“她快死了。”

芙莉亚犹豫了一下，朝那个年轻的墨妖走了过去。这个墨妖剃着光头，营地里所有的孩子和少年人都是这样的光头，可能是为了防止生虱子或者其他虫子。他赤裸着上身，身上覆盖着蓝黑色的斑点，还有一些浅色的横条纹，可能是画上去的，也可能是文身，灯光太微弱了，芙莉亚看不清楚。这个墨妖光着脚，穿着一条破破烂烂的长及膝盖的裤子。

“不好意思，”她说，“我们无意冒犯。”

这个墨妖的年龄应该比芙莉亚小，虽然单凭看一下就想确定墨妖的年龄几乎是不可能的。永夜庇护所艰苦的生活条件使得小孩的脸也跟成年人的一样沧桑。

那个墨妖没有再说什么，转身消失在黑暗中。

“快跑。”鸟喙书小声说。

芙莉亚跟上了那个男孩。

“你在干什么？”

芙莉亚走进了一个用石头搭成的、类似因纽特人圆顶屋的房子里。过了一会儿，她的眼睛才适应了房子里的黑暗，她看见对面一个开口里透进的微弱光芒，男孩就走进了那里，她刚好看见他的身影在那里一闪而过。

“你闻到了吗？”鸟喙书低声说。“有一股煎人肉的味道！”

“完全没有。”芙莉亚小声回答。她走进房屋之间一条盖着篷布的通道里，一块篷布在她头顶被风吹得哗啦啦地响，一个宽大的开口中传来好几个人的低声哼唱。芙莉亚鼓足勇气，循着那声音找了过去。

最近的那个房子比之前的石头圆顶屋大，但是房顶上只盖了兔子皮，看样子是花了很长时间才缝起来的。这个房顶或许能抵挡天上落下来的灰烬，但肯定挡不了水。

房子中间的一块灰色兽皮上躺着一个一动不动的短发女人，这块兽皮是唯一能让这里显得比较舒适的东西。女人旁边放着一个钢盔，里面点着火。

女人的周围盘腿坐着七个孩子，他们两臂交叉放在胸前，闭着眼睛。芙莉亚跟的那个男孩在这一圈人中唯一一个空出的地方坐下，也摆出跟他们一样的姿势。坐下之前，他看了芙莉亚一眼，但是她看不懂他的眼神。

这一圈人里年龄最大的那个已经几乎成年了，他放下手臂，从地上拿起一本书，打开后用墨妖的语言轻声念了起来。其他人停止了低声的吟诵，他们显然是在用这样的方式跟自己的母亲告别。芙莉亚咬着自己的下嘴唇，感觉糟透了，觉得自己就像一个闯进哀悼仪式的游客。她慢慢地退回到通道上，尽量不打扰这些人，正想转身时，那个年龄最大的孩子突然停止了吟诵。

“等等。”他说。

她不想照办，但最终还是走了回去，犹豫了一下之后，她蹲下来，好让那些男孩和女孩不用仰视自己。

看到书的封皮，她发觉年龄最大的那个孩子把书拿反了，他不过是在装出一副在念书的样子而已。芙莉亚还发现了一些东西：八个孩子赤裸的上身都覆盖着一行行白色的字，并不是她之前以为的横纹。

“你是个书巫，”拿书的男孩说，她之前跟着来的那个年龄小一些的男孩一直紧盯着她，他的姐妹们也死死地盯着她，“我们接到神谕说你要来。”

神谕。就好像她是圣人或者救世主。

“我叫芙莉亚。”她说。

“老三。”年龄最大的那个孩子说。他指指另一个男孩。“老八。”

鸟喙书紧张地咬了她的手掌一口，不过她只是觉得手被轻轻啄了一下。

“十五子的母亲。”一个女孩说着，指了指那个一动不动的女人。她的孩子里面少了七个，过了一会儿芙莉亚才反应过来，这七个孩子应该是死了。这个地方儿童的死亡率应该是非常高的。

“我很抱歉，”芙莉亚说，“我们打扰了你们，我们不想……我不想这样的。”

“书巫。”老三说。

“是的。”她说的时候，感觉肚子里很不舒服，脉搏狂跳。

“你能带她走吗？”老三问。

她努力克制着想要跳起来跑掉的冲动，沉默了一会儿，没有回答。

年龄最大的那个男孩脸色一沉。“你能带她走吗？”他又问了一遍。

这些墨妖在她身上看到了某种能力，从他们假装能够读书这件事上，她很快就明白这些孩子的想法。他们认为书巫术能够让他们的母亲在去往彼岸世界的过程中变得容易一些，或许在他们眼中，书巫非常懂得如何杀人。她感到不寒而栗。

“过来。”其中一个女孩说着，往旁边挪了挪，好让芙莉亚也能坐到他们的圈子里来。

芙莉亚不再考虑会有什么后果，她凭着直觉，盘腿在那个被空出来的地方坐下，将鸟喙书放在怀里。

借着火光，她发现那些孩子身上的一行行字母并没有什么含义，这应该是从玛丽花号上某本被病毒感染的书里复制下来的，也许就是老三手里拿的那本书。

老三觉察到芙莉亚的眼睛盯着那本书，赶紧把书藏在一旁：“这是我们的。”

“我没有要拿走的意思。”

“你也根本拿不走！”一个或许跟她年纪相仿的女孩说，“我们人多，你只有一个人。这是我们的书！”

老三呵斥他的妹妹，女孩则对他嗤了一声作为回答。

“这本书是从船的残骸里拿来的吗？”芙莉亚问。

那些孩子狐疑地互相看看。

“没事，我不会告诉别人的。”

芙莉亚把一只手放在心灵书上，鸟喙已经深深地缩回封皮里去了，一声不吭。

女人的胸口不规律地起伏着，喉咙里偶尔发出一声叹息。年纪最大的女孩朝她弯下腰，用一块湿布在她的嘴唇上轻轻点着。

“她能听懂我说话吗？”芙莉亚冲老三说，“是她教会你们说我们的语言的吗？”

那个墨妖点点头：“还有十八子的母亲，十五子母亲的母亲。”

她能感到鸟喙书的恐惧，而这正是她需要一点信心的时候。别丢下我不管！她心想。

芙莉亚把鸟喙书从中间打开，那个拿着书的男孩就像是她的镜像一样，模仿着她的动作，他的眼睛非常专注地盯着她的手，以免漏掉任何细节。

芙莉亚紧张得几乎无法呼吸，她这时终于明白了自己现在要做的是什么。假如面前的这个女人已经死了，那么她还能比较容易地在这些孩子面前装装样子，但她现在意识到，这些孩子指望她做的不仅仅是说几句临终安抚的话而已。

她要做的是杀掉十五子的母亲，也许死在书巫手下被认为是让墨妖进入他们那个天堂的保证，他们的阿斯加德，或者他们信仰中的什么神圣所在，战争的遗迹。

“带她走。”老八说。其他几个孩子开始整齐地重复道：“带她走！带她走！”

女人脸上全是艰辛生活留下的痕迹，双颊深陷，布满皱纹，上面还有大大小小的疤痕。她身上虽然盖了一条破被子，但依然能看出她的身体有多么瘦削，光着的双脚看上去就像骷髅的脚一样，胳膊上仿佛只有骨头和筋。墨妖身上那种混合着蓝色的漆黑在她身上已经褪成了灰色。她的眼睛上结满了痂，皲裂的嘴唇就像开裂的糖衣。芙莉亚曾经看见过父亲如何死于枪伤，但当时的他是个健康强壮的六十岁男人。而这个女人应该还不到四十岁，看起来却比提贝流斯·费尔菲克斯死去时苍老得多。

“带她走！”

没有人在意她的疑虑，这些孩子的眼睛里只看得见他们垂死的母亲，而这个人不应该再继续受折磨。

“做吧！”老八说。

芙莉亚分离了一个书页之心，老三也学着她的样子。他把一页书夹在双手之间，让书页在打开的书上方直立。芙莉亚的那页书分成了两半，从中间射出光线，照亮了四周那些干瘦的脸。而墨妖的那张书页什么动静也没有，尽管如此，他还是装作在完成这个书巫术的样子。

“带她走，”用水润湿母亲嘴唇的那个女孩说，“求你！现在就做。”

芙莉亚念出书页之心里那些神秘字句的时候，鸟喙书一言不发。芙莉亚的嘴唇静静地蠕动着。

十五子的母亲正在死去，而芙莉亚恐怕永远也无法知道为什么会这样。这里的人也许得了某种在外面和其他庇护所早已绝迹的疾病，或者她得了肺炎，也许是癌症，不过也有可能只是感冒。

芙莉亚合上双眼，但仍然能看见发光的字映在眼皮里面。她将意念集中在女人的胸口，在一片比沦丧之地永恒的黑夜还要浓重的黑暗中，她感应到了那颗虚弱的心脏，这颗心脏缓慢而不规律地跳动着。

求你，她的脑海中回响着那个女孩的声音，比其他人齐声重复的声音还要大，现在就做。

这比她想象中容易多了。她想了想希望发生的事，并且想了想这样做是正确的，女人的心脏就像只蜷成一团的小猫一样慢慢睡去了，它静静地躺在黑暗中，不再跳动。

粗重的喘息声停止，在场的人一片寂静。芙莉亚觉得自己也像是跟着她走了，来到了一个安静祥和的地方。她就像是被那个女人牵着手，带到了一个比这里好得多的地方。没有伤痛，没有责任。

“谢谢，”一只手轻轻地放在她的肩上，她睁开眼睛，发现是那个在圈子里给她让出空位子的女孩，“谢谢你这样做。”

“她去那边了，”老三说完，又用墨妖的语言重复了一遍，发音听上去很像，但是又不一样，“圣书玛利亚将她从黑夜中带去了永恒的白昼。”大家又开始了那种奇特的吟诵，芙莉亚越听，越能体会出其中强烈的韵律感。

她犹豫着要不要看看一圈人中间的那个女人，但后来还是看了过去。女人看上去并没有比之前更安详，她的脸因为生活在这片黑暗中而变得过于沧桑，因为失去过那么多的孩子，因为养育和拉扯剩下的孩子所付出的辛劳。但是她教会了这些孩子说英语，这是他们祖先的语言。这些祖先从书中掉落出来之后，被放逐到了这个地狱般的地方。

从黑夜带去白昼，老三是这样说的。

原来对墨妖来说，这就是他们的彼岸：永夜庇护所之外的那个明亮的世界，是生活在黑暗中的他们期许的光明。

泪水顺着芙莉亚的脸颊流下，与沦丧之地的灰尘混合在一起。她慢慢地站起身。之前将她带到这里来的老八跳起来，其他几个年纪比老八大的孩子也看着芙莉亚。老三的脸扭曲了，芙莉亚发现他在笑，虽然他脸上的表情看上去不太像是笑容，他露出了太多棕色的烂牙。

手里拿着湿布的女孩也站了起来。她和老八把芙莉亚夹在中间。

“我是二姐，”她说，“你把十五子的母亲带去了白昼，现在我们也要带你去想去的地方。”

9

二姐和老八带着芙莉亚来到营地边上。芙莉亚说接下来的路要自己一个人走，但他们依然跟在她身后，隔开一段距离，跟着她一起往岩石斜坡上爬。

快到坡顶的那一段非常陡。很快，他们就来到了菲德拉堡垒入口前的那堵石墙前。爬过石墙后，她的面前出现了一小块平台，平台后面有一扇铁门，从那里就可以进入山体。铁门锈迹斑斑，嵌在岩石里，几乎看不出来。

四个墨妖从岩石间的凹陷里钻了出来，他们都穿着污渍斑斑的迷彩裤，上面是灰色的套头毛衣。这些墨妖的头跟营地里的那些孩子一样也剃光了，额头扁平，小眼睛分得很开。

到目前为止，芙莉亚的行动都没有受到守卫的任何阻拦，但是这一次，一个墨妖拦住了她。“停下！”他的发音还没有老八的一半标准。

“怎么了？”

“菲德拉不想被打扰。”这个墨妖直呼其名，没有用敬称。芙莉亚直到现在也搞不明白他们究竟是怎么看菲德拉的，是一个女暴君还是墨妖们的救世主。

“但她找我有事。”芙莉亚反驳说。这也许是个谎言，也许不是。

“滚！”那个墨妖命令道。

又走过来一个墨妖，其余两个还留在后面：“走开！”

在永夜庇护所，似乎所有人都在要求她做些什么。七芒星希望芙莉亚能执行他那个疯狂的计划。菲德拉也有事想让她做。就在刚才，芙莉亚不得不结束了一个陌生女人的生命，而且是在她自己没有其他选择的情况下。现在，这些墨妖站在那里，对她的态度就像是对一个愚蠢的小孩。

芙莉亚的怒气终于爆发了出来。她朝后退了三步，将脚后跟紧紧地抵在石墙上，随后打开了心灵书。本来她也可以用其他的方法，温和一点的，但她现在不想那么做。芙莉亚分离了一个书页之心，连珠炮一般朝那些守卫抛出四股冲击力。

这一切发生得非常快，那些人根本来不及搞明白是怎么回事，上一秒钟他们还挡在她面前，下一秒钟已经像布娃娃一样朝一边飞了出去。她并不想伤害他们，至少不想让他们伤得太重，不过她也没有兴趣跟这些墨妖多做纠缠。她感到了一股很微弱的书巫反冲力，这种反冲力以前曾让她手忙脚乱，但如今就像挠痒痒一样。

她的内心深处响起警告，这太简单了，有可能是个陷阱。

老八和二姐在她身后欢呼起来。他们在石墙后面，这时，他们朝芙莉亚挥了挥手，随后就消失在石墙之后。芙莉亚听见了他们下山时踩在石子上发出的声音。

那四个墨妖呻吟着躺在几米远的地方，芙莉亚打开铁门，钻进山体里。她的面前是一条短短的通道，通道上还有六扇门，每侧三扇。其中一扇门里有微弱的光透出。

她不知道自己在永夜庇护所里醒来之后已经过了多久，应该是有好几天了。她在这个洞穴堡垒的一个小房间里睡过三次觉，那是一个潮湿的房间，里面放着四张吱呀作响的双层床。当时只有她一个人，她可以随便挑睡哪张床。睡下后，她尽量不去理会床垫上的霉味。

这个堡垒不大，里面只有六个房间，是很多年前在岩壁上凿出来的。芙莉亚只见过菲德拉一次，当时她告诉芙莉亚，这个山谷和周围的山以前离传送门很近，那个传送门是通向永夜庇护所的唯一一个常设通道。学院的军队在撤退后毁掉了传送门，随着时间的推移，这片地方离传送门也就越来越远了。高山像天空的云一样在沦丧之地四处移动，无底的深渊会毫无征兆地出现，巨大的峡谷会在几个小时内合拢。

靠里的一个房间中有低低的说话声。芙莉亚认出了菲德拉的声音，七芒星也已经从船上回来了。她没有意识到自己竟然在营地里待了那么长时间。

芙莉亚把心灵书握得更紧，走到敞开的房门前。这个房间的一半都被一张桌子占据了，桌子上铺着巨大的纸卷，纸上画满了复杂的图案和形状，手写的一行行数字和笔记，让人眼花缭乱的大片箭头和地理绘图标志。

桌边站着菲德拉·赫库兰尼亚、七芒星，还有一个穿长大衣的男人，背对着芙莉亚。芙莉亚在门口站住的时候，男人慢慢地转过身来，也许他早已感到了她的书巫力场。这个人应该就是门塔纳公爵，但他看上去跟她读《凡塔思帝寇》时在自己房间的书巫墙纸上看见过的那个不一样。

芙莉亚觉得这个人应该还不到四十岁，比书里写的年轻。芙莉亚不知道他有没有戴书巫面具，否则他这个模样根本没法解释。难道说七芒星书妖能强大到把自己变年轻？她越想越觉得这很有可能。

门塔纳的身形巨大，黑发垂在肩头，脸刮得很干净，这在这个地方并不容易做到。他几乎就是意大利贵族的完美化身，浅蓝色的眼睛闪闪发光，跟深色的眉毛形成了鲜明的对比，下巴棱角鲜明，颧骨突出。

“芙莉亚，”菲德拉说，“你来了太好了。”

“守卫不让我进来。”

“守卫？”菲德拉的眼神变得冷峻，她看看七芒星，然后又看看公爵。

门塔纳撇嘴一笑：“是我下的命令，我觉得应该试探一下这个年轻的新朋友能力有多强，怒气有多大。”

他一副居高临下的样子，让芙莉亚很容易将他和《凡塔思帝寇》里面那个恶棍联系在一起。她第一次碰见这个人是在隐页世界里，当时他身边跟着几个墨妖。也就是说，他跟伊西丝一样，有能力在沦丧之地和其他庇护所之间打开穿越门。战争结束后，学院巫力最强的一些书巫将永夜庇护所封闭了，即便是七芒星书妖，要想在这堵封闭的墙上打开针眼那么大的一个洞也要耗费巨大的力气。伊西丝打开穿越门之后，接连休眠了好几天。显然，门塔纳恢复得更快，但是芙莉亚怀疑他除了能打开几个穿越门之外还能再做到什么。即便是他也救不了几个墨妖，如果他能让通道打开的时间长一些，也许能救走几十个，但是绝对不可能救走所有墨妖。

不过他至少能随时将菲德拉带到安全的地方去。那菲德拉为什么还在这里？难道她对这些墨妖的不离不弃已经让她置自己的安危于不顾了吗？

这个具有传奇色彩的书巫世界始祖，有着各种各样的传说，而她现在跟这里的大多数人一样，也穿着破旧的军装：已经脱线的灰色毛衣，满是污渍和补丁的迷彩裤。她的头发是火山岩的颜色，左眼充血，不过双眼的眸子都围着一圈金色的光芒，这是芙莉亚在别人身上从来没有见过的。如果七芒星说的是事实，这个书妖并不是真正的菲德拉，只是一个有血有肉的转述而已，那她代表的就是那个只为自己信念而活的女人。眼前这个菲德拉已经在永夜庇护所里住了四十多年了，从她身上能看到在这里度过的所有岁月。她的身体结实健壮，只有从眼神中才能看出她的忧心忡忡。

菲德拉似乎知道自己的臣民活下去的机会有多小，而她会抓住任何一根救命稻草。不用谁说什么，芙莉亚就已经知道这根救命稻草是谁了。

“现在我们已经弄清楚了，你的书巫力已经强到可以吓退几个饿得半死的墨妖。”菲德拉不悦地看着公爵。“那么能说正事了，你就是为这个来的，不是吗？”

七芒星肯定跟她说了芙莉亚很着急，这是他试图加快事情进展的方法吗？芙莉亚知道七芒星有几个计划，但究竟是什么让他这么肯定她不会把他的计划告诉菲德拉？

“你们想让我做什么？”

芙莉亚正要回答，目光突然落到了一个无框的镜子上，这面镜子就镶在门边的墙上。镜子下面有一个小洗脸池，水龙头锈迹斑斑的。那面镜子上有一条裂纹，镜面上还有好几块棕色的斑痕。尽管如此，她还是像被催眠了一样朝那面镜子走过去，仔细地看着自己的脸。

“怎么了？”七芒星问。

“我上一次照镜子的时候就有些……不一样，”她努力想找个合适的词，“全都是字母，我的脸变成了一堆堆的字母，我的身体……所有一切都变成了挤成一堆的字母。”

她听见菲德拉在自己身后猛吸了一口气。“这么说你也看到了？”

芙莉亚小心翼翼地将手指尖放在镜子上。她的样子糟透了，又脏又虚弱，但镜子里的毫无疑问是她自己，不是拥来挤去的字母，而是苍白的皮肤，金色的头发，金色头发下那双眼睛中凌厉的眼神把她自己都吓了一跳。她不一样了，她不知道这种改变是在遇见“想法”之前就发生的，还是在永夜庇护所的这几天里。菲德拉也注意到她的眼神了吗？难道就是因为这个，她才坚持把希望寄托在芙莉亚身上，认为她能够帮助墨妖？那么七芒星在她的眼睛里又看到了什么，为什么会认为她能够成为毁灭和重建书巫世界的帮凶？

这么说你也看到了。芙莉亚猛地从镜中的自己身上抬起眼睛，朝其他人转过身去。

“现在看不到了，这说明什么？”

菲德拉和门塔纳交换了一个眼神，公爵从桌边朝芙莉亚走过来，握住她的肩膀：“让我看看你的眼睛。”

芙莉亚愤怒地盯着他的眼睛，因为生气，所以顾不上去仔细看他的眼睛里有什么。几秒钟之后，他就放开了芙莉亚。“是真的，”他说着，回到了菲德拉身边，“她已经领悟。”

芙莉亚想起在费园时，那个垂死的七芒星书妖也是这样看着她，并且小声地说了“镜子”这个词，就好像在她眼睛里看到了什么东西，这让她成为了某个团体的一员。

“是《无名书》，”菲德拉说，“你已经得到了谕示，知道自己只是由词句组成的，存在于一本高于我们所有人的书中，我们所有人都存在于这本书中。”

“但是……”

“已经领悟了的人有的时候能够认出彼此。”

“你们两个是七芒星创造出来的，”她对菲德拉和门塔纳说，同时朝老人的方向点了点头，“这还不够吗？”

公爵皱起鼻子。“不够，如果他也只是这本书里的一个人物，”他几乎有些得意地补充说，“像我们一样的虚构人物。”

也许他就是得这样想，才不至于每次看见七芒星的时候都觉得是在面见自己的造物主。

“你知道的太少，所以才不相信，”菲德拉的语气中透着对她的理解，“你怎么会相信呢？不过这事等等再说，现在还是先说说看我们能做些什么事情来阻止毁灭的发生。七芒星应该都告诉你了吧？”

“我想是的。”

“‘想法’已经开始吞噬永夜庇护所了，最多几天，它们就会到达这个山谷。没有人知道下面的山谷里生活着多少人，也许四千，也许五千，也许更多。门塔纳是我们最后一个七芒星书妖了，在‘想法’到达这里之前，他也许能打开两三个足够稳定的穿越门，每次能送走几个女人和孩子。只是，恐怕我们还得留着他的力气去做其他的事情。”她拉起门塔纳的手，这并不是温情的表现，而像是要结下盟约。芙莉亚觉得不安，她把注意力放回菲德拉眼眸中那两个金色的光环上。“这个决定对我来说并不容易，但是不同于拯救少数几个人，我们现在试着要做的是另外一件事，这需要你的帮助，芙莉亚。”

菲德拉放开门塔纳的手，他慢慢地把手收回到了她够不到的地方。

“我以为还有时间，”菲德拉继续说，“那是在‘想法’到达永夜庇护所之前。不久前，我派人去你家偷那本造物书，第十一卷，七芒星说这是决定书妖命运的一卷。我们没法改变里面的内容，但我要知道里面究竟写了些什么。”

七芒星低着头：“过了这么久，恐怕我也帮不上太大的忙了。

已经一百多年了，这些书我都没有再打开过，早就不记得里面的细节了。”

芙莉亚不知道他说的是不是实话，他会不会只是在假装记不清了，好弄到一本甚至更多本造物书？不过话说回来，过了这么久，的确也没有人能够记住一部二十四卷的作品里的每一个细节。

“我在第十一卷里第一次提到了书妖，”七芒星说，“只有几页，几个随手写进去的想法而已，并没有展开。我怎么会想得到，到最后书巫世界的命运偏偏就是由这几个句子决定的。”

也许是为了说服芙莉亚，他的语气格外夸张。他倒是一直都喜欢煽情，不管是在写的小说里，还是在现实生活中，不过芙莉亚觉得这次他说的确实是他心里想的。

“假如我从来没有提到过书妖，假如他们从来就没有从自己的书里掉出来，那学院也就没有必要清理他们，永夜庇护所根本就不会存在，也就不会有战争。”

“你不要把所有责任都揽到自己头上。”芙莉亚说。

“世界会带着生活在其中的一切一起发展变化，”菲德拉说，“就算没有那场战争，那也会有另外一场，这种事谁能说得准。”

七芒星气恼地摇着头：“我做的事欠缺考虑，几句话而已，说在将来的某个时候，书中的人物会从他们的书里掉落出来，写这些的时候，我根本没有考虑会有什么后果。我本应该订立一些规则、法律、规约，但我就那么放下了。最大的讽刺是，我本来只需听一听那些批评我的人说了什么——他们当时就已经在指责说我的小说内容太跳跃，里面有太多的话题，我在小说里塞进去了太多的想法。假如我在写造物书的时候能够注意到这一点，那么很多问题根本就不会出现。”

“本该，”门塔纳公爵轻蔑地说，“假如，如果，这些词都是软弱的表现。我们应该去做些什么，而不是在这里为过去犯下的错误唉声叹气。”

芙莉亚转头看着菲德拉：“你派来的那个七芒星书妖杀死了我的朋友。”

菲德拉正想说话，门塔纳却抢在了她的前面。“你那个朋友不应该阻止我们的人，不然也就不会有人受到伤害了，他们会都活着，你的朋友，还有我们的朋友。”

“他是来偷东西的！”芙莉亚尖锐地反驳说，“他……”

“这件事已经无法改变了，”菲德拉打断了他们，“不过话说回来，如果他跟你们商量，你们会把书给他吗？”

“这不是杀人的理由！”

“当然不是，”菲德拉说，“我也只能请你原谅。我知道这样说可能不合适，不过以后我们会做得更好，下次我们不会派一个陌生人去了。”

芙莉亚瞪着她。看来菲德拉真的打算派她回家去改写造物书，让她将书妖变成书巫世界的平等居民。七芒星也希望她能够改写那些书，只不过他希望的改变更大，而且要瞒着菲德拉。

他利用了我们所有的人，芙莉亚心想，他不诚实，对我们所有人都是。

*我不知道这是不是在共同创作，芙莉亚，*他曾经这样写过，*但是至少我们在共同写一本书。*现在，他想让这句话变成现实，他要跟芙莉亚一起改写造物书。菲德拉的计划对他来说不过是让芙莉亚拿到这些书的方法。他并不打算拯救书妖，他想让书妖从故事中彻底消失。不管是菲德拉、门塔纳，还是山谷里的那些墨妖，都将不复存在。

芙莉亚当然很想回家，但是她要想办法在找到回去的路的同时，还不让他们得到那些书：“如果你们想送我回费园，那我就回去，但是只有我自己。”

七芒星点点头表示赞同，但是菲德拉不同意："门塔纳跟你一起去。"

那个公爵冲芙莉亚比画了个脱帽致敬的动作。

"假如他一起去，那会有更多的人流血，"芙莉亚说，"他伤过好几百条性命，他那些故事我能倒背如流，而且我知道他只要有机会就会对我下黑手，他会把我们所有人都交给学院，只要能从中捞取一点好处。他就是这样的人，所以我肯定不会带他接近反抗组织的核心。"

"你说的是争夺米兰皇位的那件事吗？"门塔纳问。"那已经是很久以前的事了。"

"凡塔思帝寇·凡塔思提切灵带着他的人跟您血战到底，他们这样做是有充分理由的。"将一本小说中的情景当作真实发生过的事来讲，这听起来挺荒唐的，但眼前这位门塔纳公爵又的确是那本小说中的人物，而且所有的那些坏事就是他做的。

"假如我真是那样一个大坏蛋，"他说，"那我就会强迫你告诉我书放在什么地方了。那样的话，我就可以自己到你家里去取书。"

"那谁来改写呢？"芙莉亚问，"我肯定不会写！"

"别吵了！"菲德拉粗鲁地打断他们，"你们一起去，门塔纳是这里唯一一个能从永夜庇护所向外打开穿越门的人，而且他还能看着你，芙莉亚，省得你突然想到要跟朋友们待在一起，把我们抛诸脑后。"

芙莉亚想反驳，但菲德拉不容她说什么。菲德拉的声音现在听上去既尖锐又强硬。

"你们一起穿越，"她又说了一遍，"然后芙莉亚马上去完成必要的改写，最好是在那里就改，如果没法在那里改，那就把书带回这里来改写。"

"假如我这么做了，"芙莉亚说，"之后会怎么样？"

“我会把书监管起来。”

“同时被监管起来的还有我？没有我，你要那些书也没有用。时间久了，你会想到越来越多可以修改的地方，好让世界完全按照你的构想运行。或者你会强迫我将你也写进去，好让你自己就能修改它们？”她猛地冒出个念头，觉得这说不定是最好的解决办法，因为能一下子将所有的责任都从她的肩头卸掉。只是，她真的希望其他人有这样随心所欲改写世界的权力吗？一个像菲德拉这样难以捉摸的人，或者更糟糕的，像门塔纳这样的人？

芙莉亚脸色严肃地看着公爵，想知道如果只有他们两个和造物书在一起会发生什么。也许并不是只有菲德拉和七芒星有自己的计划。

七芒星朝她点点头，想让她快点答应。假如门塔纳带着她找到了书，而她又按照七芒星的想法做了，那么菲德拉和这个公爵就不会存在了。

“如果我要改写造物书，”她说，“如果我要改写规则，同时改写过去，那会产生我们谁都无法预计的后果。”

“这个险必须冒，”菲德拉说，“而且你事后依然可以继续修订细节、改正错误，或者让一些事情从未发生过，如果有必要的话。”

“这太荒唐了！如果要我改写书妖的历史，那被抹消的就不仅仅是故事而已，还有可能包括外面那些墨妖！他们都是被流放到这里的书妖的后代，如果流放从来就没有发生过，那营地里的这些墨妖也就根本没有出生过。”

“不是作为墨妖出生而已，”菲德拉说，“不是作为他们如今的这个样子出生。只要你不出错，他们依然会出生，不过是在其他地方，而且完全健康。”

“这些你都没法提前知道！不过是你一厢情愿的希望而已。”

七芒星清清嗓子：“这个险我们恐怕还是要冒的。”

芙莉亚真想冲他大喊，让他闭嘴，否则就告诉菲德拉他真正要让自己做的事：让所有的书妖消失。但这样一来，只会让事情变得更复杂。在七芒星这里，她心里还比较有底，她真正的问题不是七芒星，甚至也不是菲德拉，而是门塔纳公爵，她不光要把自己的性命交到这个人手里，还有书巫世界所有居民的。而且偏偏是这样一个人。

“我得考虑一下。”她说。

“考虑？”菲德拉瞪着她，就好像芙莉亚说的是要先去度几周假一样。

“别再讨论了！”公爵说，“我们有计划，那就执行这个计划。”

菲德拉金色的眼睛仔细地打量着芙莉亚：“我以为你是很理智的。”

“我没有说不改写那些书，”芙莉亚说，“但是我需要时间，给我一两个小时。”

“求你，芙莉亚。”七芒星开口说。

“没有想的时间！”门塔纳说，他不习惯别人的反对，更何况提出反对的是一个十六岁的女孩。“我们两个去！我跟你一起！”

菲德拉也开口想说些什么，但就在这时，芙莉亚猛地转身冲出了房间。她沿着走廊跑向敞开的堡垒大门时，听见门塔纳在自己身后咒骂。

“抓住她，”菲德拉说，“把她带回来！”

10

芙莉亚没有往山上跑，虽然这是去玛丽花号最近的路，但是守在篝火旁边的墨妖的数量太多了。所以她选择跳过石墙，朝山坡下滑去，一路带起了一片灰雾。

她只顾着小心别在黑暗中摔断腿，顾不上看后面跟着的人。门塔纳紧紧跟着她，她能感觉到他的书巫力场，但也许灰雾能帮她遮掩行踪。公爵虽然看到了芙莉亚跑的方向，但是肯定没有看到隐身在一团混沌与黑暗中的她。

芙莉亚跑到了山脚下，差点一个趔趄从岩壁边缘翻出去，不过她还是勉强站住了。这里离迷宫一样的墨妖营地已经不远了，无数火堆在她面前的黑暗中冒着黑烟，那股熟悉的臭味随风飘来。

她听见自己身后呼啦啦的声音和沙沙声。

门塔纳不是跑着来追她的。脚下的地变平坦之后，芙莉亚终于敢抬头了，她看见夜空中红棕色伤口前面的公爵身影，衣袂飘飘。公爵直直地立在空中，在离地很远的高处。

“他很快就能抓到我们了！”鸟喙书哀号道。

“啊，你还在呢？”

“我在那里面有什么可说的，啊？”鸟喙书生气了，“那些人一个比一个疯狂。”

“菲德拉有没有疯我不确定。”芙莉亚的话说得断断续续的，被灰尘呛得直咳嗽。尽管如此，她还是又拼命往前跑去。沙沙声越来越近，现在几乎就在她头顶上了。

虽然很黑，但她还是看到了自己第一次进入营地时走的那个小通道。兔子皮做成的帘子在夜风中扇动着，盖在巷子上的篷布呼啦啦地响着。如果能跑到那里的话，门塔纳从空中就看不到她了。

“芙莉亚！”门塔纳喊道，“站住！”

十米，她考虑了一下要不要用飘移术，但是门塔纳要比自己熟练一千倍，而且，她又能朝哪里飞呢？能飞多远？在船上那次，她也就在空中停留了几秒钟而已。不，她还是留在地面上最安全，留在墨妖们中间。

“再快点！”鸟喙书哑着嗓子说，它把柔软的长脖子从芙莉亚的裤兜里伸了出来，芙莉亚每跑一步，那脖子都像弹簧一样颤动一下。

芙莉亚能感到对手的书巫力场从上面朝她压下来。她猛地转过身，从心灵书中朝他发射出一股冲击力。

门塔纳是七芒星书妖，他的力量强过芙莉亚好多倍，但他没有料到芙莉亚会这样胆大妄为。他被打得朝后飞出去一段，转了好几个圈。

“你会激怒他的。”鸟喙书说。

芙莉亚离盖着篷布的巷子还有五米远，这时，那条裂缝中突然露出了一个浅色的身影，那人在朝她招手，周围太黑，她看不清那人的脸，但是她认出了那人的声音。

“这边！”老八在黑暗中挥舞着胳膊。

还有三步。

面前的岩石地面突然爆裂，被来自上空的一股冲击力打碎了，芙莉亚的视线被一堵灰墙挡住，根本看不见眼前的坑有多宽多深。如果现在耽搁了，门塔纳就会抓到她，于是她心一横，一步跨进了那片黑暗中。

公爵又在喊她的名字，但她辨别不出声音是从哪个方向来的，似乎来自四面八方。芙莉亚屏住呼吸，跳进灰雾中，希望能落到坑那边的地面上。这一刻似乎长得没有尽头，她失去了方向感，确信自己已经开始坠落，正在掉进门塔纳在岩石上炸开的那个洞里。

感到脚下又踩到了地面，她长出了一口气，同时被一股惯性朝前甩了出去。要不是有人用胳膊接住了她，她肯定就摔倒了。那双胳膊像树枝一样枯干、坚硬。

门塔纳的声音再次响起，这一次就在她的脑袋里，同时，她的鸟喙书疼得大叫了一声。

老八扶住芙莉亚，尽管他的个子比芙莉亚矮，而且极度营养不良。“来！”

他们钻进帘子之间的裂缝里，刚跑了几步，老八就把芙莉亚朝右边拉了过去，然后又朝左穿过一个帘子。这里一片漆黑，她的脸被潮湿的布和毛皮打到了好几次，而且至少两次撞到了人身上。她把命运完全交到老八手里，任由他带着自己走。后来她发现并不是只有老八一个人，还有个女孩的声音，她猜是二姐。估计他们两个一直在营地边缘转悠。

附近有鸡叫的声音，随后她又听到了山羊的叫声。这么看来，墨妖们还养着家禽家畜，估计是四十年前作为永夜庇护所的书巫提供的食品而被运送到这里来的那些家禽家畜的后代。芙莉亚被两姐弟带着在狭窄的巷子、通道和小门间穿行，她的眼睛慢慢适应了黑暗。

“公爵还在附近。”鸟喙书喊道，它呻吟了一声，因为芙莉亚撞到了什么地方。

“我知道。”芙莉亚能感觉到他的存在，但她不相信公爵是跑着来追他们的。他也许正飘在营地上方，并试着在篷布下寻找芙莉亚的书巫力场。

他们又穿过了一个芙莉亚第一次来的时候见过的那种石头圆顶屋。“等等！不要带我去其他人那里！”

二姐和老八停了下来。男孩摇摇头：“这里有很多藏身的地方，地下也有，有裂缝，还有洞窟。”

芙莉亚不想为了躲开门塔纳而藏到哪个潮湿的洞穴里去，他们消耗的是所有人的时间。“想法”正在吞掉一座座山，势不可当地逼近山谷。

“那本书……”她喘着粗气说，“你们哥哥的那本书……是从船上找来的。圣书玛利亚……你们指的是那艘船，对吗？”

圣书玛利亚将她从黑夜带去了永恒的白昼，老三是这样说的。

“你们是从那里把书拿出来的吗？”芙莉亚问。

两姐弟互相看看。

“我知道，没有人能踏上那艘船……但是你们去过，对吗？你们知道去那里的路！”

老八仔细地打量着她，然后把头朝上一仰。圆形的石头房顶一阵摇晃，有什么东西砸在了房顶上。

“哦，见鬼！”芙莉亚又感觉到了门塔纳的力场，他的书巫力从一层层摞在一起的石头间的缝隙里穿透进来。

他们三个跑过一个开口，来到一段带顶棚的通道上，在他们身后，圆顶的上半部分塌了，石头在营地的篷布下四处乱飞。

“这个跟她不一样！”二姐说。她说的应该是跟菲德拉不一样。“这个是坏人！”

也许真的是门塔纳干的，或者说他认为在现在的情况下，他做的事是正确的。但这并不能改变芙莉亚对他的强烈反感。换个人的话，芙莉亚也许会用书巫术让他走错路，但是门塔纳的书巫力太强了，只要她一用书巫力，门塔纳马上就能找到她的位置。

她听见了门塔纳的怒吼，他似乎发现芙莉亚又从自己手下溜走了。姐弟俩拉着她，迅速地左拐右拐，从一条岔路到另一条岔路，如果他现在下来追她，那将会是个错误的选择，而她将第一次占据上风。

她一直跟着姐弟俩，早就辨不清东南西北了，老八在她前面，二姐跟在他们后面。碰上墨妖的时候，芙莉亚能瞥见黑暗中那些扭曲变形的脸上模糊的表情。没有人试图阻拦他们。

“芙莉亚！”

她能感觉到门塔纳的怒气，如果还找不到她，他恐怕会把半个营地都拆掉。

“那里！”老八指着地上的一个开口说。在芙莉亚看来，那不过是黑暗中的一片深色，如果是她自己走的这条路，估计就掉进去了。

二姐踢了一脚放在洞口边的一堆东西上的一根绳梯，绳梯噼里啪啦地垂进洞里。

“我不想藏起来。”芙莉亚摇着头说。

“我知道，”老八说，“你想到书那里去。”

二姐灵活地从岩石边缘爬到了绳梯上，又抬头看了他们一眼，像个长着小黑眼睛的羸弱幽灵。

“我们带你去。”她说。

老八抓起芙莉亚的手，使劲握了一下。“我们带你去船那里。”

11

吉姆·霍金斯躺在费园里自己的床上，在梦中，他听见走廊上有声音，那是一种有节奏的空洞敲击，正慢慢地沿着走廊走过来。

他太熟悉这个声音了，他曾经有好几周不得不忍受这个声音，不管白天黑夜，特别是在夜里，伊斯班袅拉号的甲板上就会响起这种敲击声。声音有时会停止几分钟，甚至几个小时，但随后就又会带着拖沓的节奏在甲板上来回移动。

这是只剩一条腿的人用木腿走路的声音。

吉姆辗转反侧，睡得满头大汗，装着木腿的人一瘸一拐从走廊上走过来，在房门口停下，随后是几分钟的寂静，就像当时在甲板上，独腿的人皱眉看着夜里的海洋时一样。

接着又是一阵很响的敲击声，这次不是从木地板上传来的，而是拳头砸在门上的声音。

“孩子！”门外有一个声音在喊，“孩子！”

吉姆像每天晚上一样猛地醒了过来。

月光从拉开的窗帘之间照进来。吉姆从来不拉窗帘，这样房间里就不会有全黑的角落，房门口也不会是黑的。在半梦半醒之间，他觉得那个人会突然从黑暗中冒出来，就像从雾中钻出来一样。吉姆觉得自己只要一睁眼，就会看到装着木腿的人站在床前，抓住他，然后用恐怖的声音叫“孩子！”，那声音低沉沙哑，里面包含了他们所有的故事，那是一个关于背叛和双重背叛的故事，一个在伊斯班袅拉号和金银岛上烟雾弥漫的丛林中的死亡故事。

吉姆在床上坐起来，睡意蒙眬的眼睛在房间里四处看，确定没有其他人在。他和独角海盗头子朗·约翰·西尔弗先是伙伴，后来成了死对头，到最后又似乎两者都是。但是西尔弗根本不知道吉姆从书中掉了出来，依然还在英国海岸边的下等酒吧和广阔热带海洋上的一个荒岛之间行凶作恶。

除非他也变成了书妖，那现在就有可能在外面的某个地方，也许正在寻找那个破坏了他计划的男孩。

从被老西摩尔男爵夫人收留到现在已经有三年了，而最终，吉姆也还是背叛了老男爵夫人，因为他别无选择。直到跟费园中的抵抗组织生活在一起，他才真正感到了自由。他尽自己的全力帮忙，照顾小皮普，同时焦急地等待伊西丝和顿坎的消息，他们正在寻找芙莉亚。他可以选择离开还是留下，全由他自己做主，没有人要求他什么。

要不是每天夜里都能听到木腿的敲击声就更好了。那穿过走廊然后停在他房门口的沉闷、坚硬的节奏。

孩子！

虽然心里很清楚，但他还是要用眼睛确认朗·约翰·西尔弗不在这里。他猛地把腿甩到床边，又坐了一会儿，揉了揉眼睛。白天他很少会想起西尔弗和过去的事，但一到夜里，回忆就像烟一样从木地板的接缝中钻了出来，朝他弯下腰来。即便是醒来之后，也要再过一会儿，那烟才会消退。

他猛地站起身，穿上放在床边的牛仔裤。有一天夜里，他躲在伊斯班袅拉号甲板上的一个装苹果的酒桶里，偷听到了西尔弗可怕的计划。酒桶里的味道直到今天还和当时的恐惧紧紧联系在一起。直到现在，他慢慢地走向门边的时候，鼻子里依然能闻到一股苹果的味道，甜得快要发酵的味道，让他反胃。

门上的敲击声没有再响起，现在他彻底醒了，梦也变成了回忆。尽管如此，他伸手去握黄铜门把手的时候还是很犹豫。他终于握住了把手，按了下去，那把手似乎比平常更加冰冷。他拉开门，寒冷扑面而来。

外面没有人。

再往右边一点的地方，一盏带流苏灯罩的落地灯昏黄的灯光下，一个人从睡梦中猛地跳起。这个人异常高大，肩膀宽阔，有点小肚子。裴申思像往常一样穿着打补丁的南方军士兵军装，挂着两把手枪的腰带搭在椅子扶手上。大多数的夜晚他都是在这张椅子上度过的，他在这栋房子里有自己的房间，但是他几乎没在那里睡过。芙莉亚交代了一项任务给他，让他保护自己的弟弟皮普。没有任何事情能够阻止他完成这项任务，芙莉亚失踪后更是如此。假如吉姆能够说服他给自己放几个小时的假，他就会去费园花园或者附近的小山上找那个名叫娜桑德拉的卡利斯特。

“什么……”南方军士兵边说边从椅子上跳了起来。

裴申思是从一本蹩脚的爱情小说里掉出来的，虽然已经过去了很多年，但他总是不分白天黑夜地在自己打满补丁的军装里揣着一本。这位曾经参加过南北战争的士兵留着长长的头发，以前是金色的鬈发，如今掺杂了一缕缕的白发，发型也跟他整个人一样，有点走样。

他的模样虽然有些落魄，但吉姆觉得不会有人比他更忠诚了。“是我，没事，我只是睡不着了。”

裴申思深深地舒了口气，出于习惯又四下望了望，这才坐回椅子里："又做梦了？"

他说话的时候也压低了声音，周围的房间里，费园的其他住户还在睡，或者努力地想入睡。他们中的一些人在为芙莉亚担心，另一些认为她已经死了的人在为她伤心。所有人的头上都还悬着另外一个阴影，那就是学院的攻击。

"你了解，对吧？"吉姆小声说。

裴申思点点头。"已经好些了，但是永远不可能完全不做梦，我摆脱不了那场战争，虽然已经过了很多年，"他拍拍挂着枪的腰带，"以前我还握着枪睡过，然后被自己吵醒了，因为我在像个疯子一样四处放枪，幸好周围没有人，不过也很危险了。"

芙莉亚的房间也在二楼的这条走廊上，现在皮普睡在里面，此外还有凯特和菲尼安的房间。他们的隔壁是伊西丝的房间，自从她跟顿坎去了庇护所之后，那个房间就一直空着。

吉姆考虑了一下要不要跟裴申思一起待上几分钟，但最后，他还是决定再去试着睡一会儿。正想跟南方军士兵道别时，芙莉亚的门里突然传来了一声低喊。

"皮普！"裴申思从椅子上弹了起来，枪突然就到了手里，吉姆都没有看清他的动作，他拔枪的速度太快了。

"皮普？"裴申思连门都没敲，直接就撞开了房门，他跌跌撞撞地冲进房里，身后紧跟着吉姆。

房门对面的角落里，会说话的阅读灯亮起，吱呀呀地把灯罩朝门的方向拧过去，晃花了他们的眼睛。听到裴申思的骂声，它又迅速地把灯罩对准了芙莉亚那张有顶盖的床。灯旁边那张陈旧的阅读椅上的皮子发出咯吱咯吱的声音，在嘟囔着些什么。它们都是神奇的书巫制品，是芙莉亚的祖父卡苏斯·费尔菲克斯多年前做的。

已经失去了所有家人的小男孩直直地坐在床上，头发汗津津地沾在额头上。皮普十一岁了，但是显得很小。能看得出他吓坏了。

“我做……梦了。”他上气不接下气地说。

裴申思放下枪。“梦见芙莉亚了？”

皮普摇摇头：“梦见折纸鸟……几百万只，像蝗虫一样朝山谷扑过来，看见什么吃什么，树上和灌木丛上都是书页，折纸鸟一片也没剩下，全吃光了。”

“不可能的，”南方军士兵严肃地说，“折纸鸟只吃灰尘。”

皮普抬起一根眉毛：“所以才只是个梦啊，裴申思。”

阅读灯和阅读椅交头接耳。

“我可以给你读故事，”裴申思说，“睡前故事。”

“我十一岁了。”

“那又怎么样？我有的时候还给娜桑德拉读故事呢，在她晚上变成树之前。”

皮普几乎要同意了，但随后还是摇了摇头。

“反正我也睡不着，”吉姆说，“如果你愿意，我就留在这里，我们可以聊一会儿。”他又微笑着补充，“裴申思会保护我们的。”

“那当然。”南方军士兵咧嘴笑了。他这个样子看上去几乎跟在《激情烈焰》的封皮上一样年轻。

“好。”皮普说着，盘起腿，把被子搭在膝盖上。从圣堂回来之后，菲尼安曾经在这张床上疗过伤，但是状况好起来之后，他就搬到了凯特的房间里。因为所有人都希望芙莉亚重新出现，也许就是借助房间里的某本书穿越回来，所以大家不想让这间房子空着。皮普为此从三楼搬到了二楼，而且这样还有一个好处，就是能离大家近一些。

裴申思离开了房间，吉姆拖了一把椅子到床前。鼻子里的苹果味终于消失了。

阅读椅在角落里咕咕哝哝地放松了自己的椅子垫，阅读灯的灯罩伏得更低，直到房间的其他地方都被笼罩在一片惬意的昏暗之中。

“能给我讲讲伊斯班袅拉号吗？”皮普问，裴申思从外面带上了房门。

吉姆笑了：“已经讲过上百次了。”

“这本书芙莉亚能倒背如流。”

“如果一个故事突然成了大家的故事，估计就是这样。”

“怪你，是你自己写下这个故事的，反正书里是这样写的。”

是真的，虽然《金银岛》这本书是罗伯特·路易斯·史蒂文森写的，但是书里说这个故事是上了年纪后的吉姆·霍金斯讲的，说是他亲手写下了自己的冒险故事。

“我有个更好的主意，”他说，“我知道一个关于海伊镇的故事，那个书镇后来变成了书城，我是听老男爵夫人讲的，如果能把这个故事讲给你听，那我在西摩尔家的那三年也算有点用处。”

皮普靠在大枕头上，在被子下面伸展双腿。“好啊。”

吉姆把椅子摆正，换上了老男爵夫人讲故事时那种抑扬顿挫的语气：“很多年前，当时还没有书城，海伊镇也还不是庇护所，而是威尔士的一个小村子，但那是个非常特别的村子，因为那是最早的一个书镇，整个村子里几乎不卖其他东西。所有的房子里、所有的街角，到处都是卖书的地方，橱窗、小摊、旧推车，还有流动的小贩。这里的居民以前都是普通的农夫和手艺人，突然靠出售文学作品赚了很多钱。这些作品有好有坏，慢慢地，他们开始觉得有书是件好事，就连那些除了电话本和电动刨床说明书之外没有看过其他书的人也这么觉得。他们开始用书装点自己的窗台、花盆、客厅里的壁炉台、周日的餐桌还有墓地。所有人整天谈论的都是书，所以很快，海伊镇几乎所有的地方都堆起了一摞摞书，可能只除了教堂里的洗礼盆，还有酒吧里的吧台。就算是这种地方，我也不太清楚是否真的没有书。

“当时那个地方除了书和卖书的人就几乎没有什么别的了。再就是英国的天气，大雨、小雨和冰雹，居民们并不在意，他们害怕的是风，海伊镇会定期刮一种非常奇特的风。

“风来的时候既没有云，也没有其他征兆，只有猫会叫得比平常凄惨些。随即风就会扫过镇子的大街小巷，真的是扫过，但它扫走的既不是书页，也不是灰尘或石子，它只对字母感兴趣。

它会掀开四处堆放着的书的书皮，将上面的字活生生地撕下来，卷起车站里那些敞开的报纸上的字母，为那些粗体的标题而疯狂。这风刮过墓地，刮下墓碑上的人名，扫空周边的指路牌，让来游玩的人在高大的树篱间迷失方向。就连送牛奶的人都走错了路，等他终于找到地方的时候，牛奶瓶上的标签已经跟牛奶一样白了。

“风的停止就像它的开始一样突然，书被扫成一片空白，只剩下几个孤零零的字母在街道上踉踉跄跄，这是风在路上掉下来或者吐出来的。比如英国这个词，它就不喜欢，因为它毕竟是威尔士的风，出于某种原因，它经常会留下理发馆这个词，有时还有连续性这个词。

“就这样过了很多年，居民们逐渐习惯了这种风，就像习惯了岳母或者扫烟囱的人来一样，他们不再探究风的起因和来源。事实上，这个已经没有人问的问题是有答案的，就在村子边上的一座塔里。

“那座塔上住着一个女孩，尽管从那上面看向海伊镇和周围山丘的视野非常好，天气好的时候甚至还能看到南边威尔士的首府加的夫，但女孩并不愿意住在那上面。她就像童话中的长发公主一样，很小的时候就被关在了塔里，而且知道自己可能永远也没法到地面上去。除了没有自由，她还缺少一样东西：她没有书，一本也没有。所以她连长发公主的童话故事都不知道。

“人们给她的解释是因为她的书巫天赋难以控制，这样太危险了。这种书巫力她当时已经用得非常好了，不过她并不打算为自己的被囚禁而报复。人们决定无论如何不能让她的心灵书找到她，这本心灵书应该就在下面海伊镇的某个地方。那些房子、街道和花盆中的成千上万本书里，有一本是属于她的。于是她就一直等，一直等，她完全没有觉得不开心，因为她有一个同伴。

一开始，风为她带来的是整章整节的书，破烂的书脊和老化的粘书胶都被风揉碎了，随后，灵巧的风带来了四处飞舞的书页，将它们统统吹到塔上来。女孩读完了每一页书，大多数的书都读了一遍又一遍。

“但是所有的这些故事都既没有开头，也没有结尾，等人们在女孩这里找到书页并带走的时候，她早就背熟了，所以她并不在意失去的那些章节，但是当人们阻断风，让她从此只能透过厚厚的绿色玻璃看向外面的太阳时，她感到很伤心。

“她很快感到了无聊，于是就让人给自己带来空白的纸，在上面画了起来。由于书巫并不能给自己写心灵书，所以人们就满足了她的这个愿望。她画了很多页，然后又要了更多的纸，那些画的确非常漂亮，虽然她对外面的世界一无所知，她画的内容也像风给她带来的故事一样不完整。

她总是把这些画的背面空着。

等到风再去扫荡海伊镇的街道时，就不再动那些书了，它只是从纸上、木头上和石头上带走字母，并把这些字母像雨一样洒在塔楼的窗玻璃上。字母从玻璃上滑下，顺着小裂缝和接口钻进房间里，被关在房间里的女孩收集起这些字母，小心翼翼地将它们放在自己那些画空白的背面，就像对鱼缸里的鱼一样精心呵护，给它们时间，让它们变成词，变成句，变成故事。后来，很多年之后，终于变成了她的心灵书。”

吉姆的声音越来越小，这个故事本来还可以继续讲下去，但皮普看上去已经很困了。

皮普困意渐浓的时候，吉姆欣赏着房间里的书巫墙纸。他之前并不知道这个墙纸只要听到故事就会有变化，现在墙纸上出现了海伊镇、舞动的字母，甚至还有塔和被关起来的女孩。这些画面在墙上若隐若现，就像快被遗忘的记忆，模糊而破碎，或许是因为吉姆不是书巫，但画面还是能够清楚地辨认出来的。

皮普嘟囔着那些人怎么知道被关起来的女孩是个书巫，他们到底为什么要把她关起来之类的话，不过他已经开始迷糊了，所以吉姆只是回答说：“没有人知道，因为这是个非常古老的故事。”随后，他从椅子上站起来，把皮普身上的被子向上拉到他的下巴下面，看着男孩睡着了。

吉姆小声地请求阅读椅允许自己坐在它上面。“我很荣幸。”阅读椅小声说。阅读灯也充满敬意地嘟囔着：“吉姆 · 霍金斯！真是没想到！”

吉姆舒服地坐下，让阅读灯熄掉灯光，虽然四周黑了下来，他却依然觉得能看见墙纸上那个被囚禁在高塔中的女孩，金色的头发，美丽异常。吉姆觉得她长得就像芙莉亚一样。

第二部分　造物者之死

—— Schöpfertod

12

在牛津庄严的建筑物上方，早晨的太阳将夜间蜗居在大学楼顶的烟囱、山墙和塔楼间的雾气一一赶走。

在这座古老的大学里，中世纪风格的建筑物外墙上有许多哥特式的尖拱窗和垛口。建筑物中间的小广场上摆了几十个书摊，这是个书市，定期在这里举行，是城里最受欢迎的市场之一，也是收藏书的人淘宝的地方。

整个英国南部的大学生、老师、古董商都挤在这些书摊之间狭窄的通道里，那些最珍贵的书前人头攒动，挤都挤不过去，书则被放在厚厚的玻璃罩下面，就像珠宝行里的宝石首饰一样。要把哪本书从玻璃牢房里释放出来的时候，卖书的人也都会戴上白手套。

那些卖现代文学作品的书摊前也有很多人，他们或是围在桌子前，或是互相推挤着走过夹在书架之间的通道。这些墙一般的书架是几个书商摆起来的，他们还准备了雨篷，不过天气预报说是晴天，还会刮清凉的东北风。

凯特不知道母亲将秘密会面的地方选在这里是不是个好主意。她站在离一个拱门不远的地方，这个拱门通向牛津城里最繁华的街道。假如这里有陷阱的话，那她只需穿过马路，就能钻进斜对面那条不起眼的小巷。裴申思的车在那里等着，他会选择最快的路线带她出城。据凯特对他的了解，他现在应该正捧着一份超大的鱼和薯条大嚼。

牛津往西几英里就是科茨沃尔德，那里有蜿蜒的乡间公路和山谷，跟房子一样高的树篱，半被遮蔽的车道后破败的庄园。只要能到那里，就不难甩掉讨厌的追踪者了，至少对于有经验的司机来说是可以的，但裴申思……至少，他还是很努力的。他是跟伊西丝的养父塞雷斯蒂安学的开车，但是塞雷斯蒂安自己开得也不怎么样。就算是扛得住裴申思那让人提心吊胆的驾驶风格，还有一个最大的风险，那就是他没有驾照：如果碰上警察检查，那他们就全完了。假如警察想起来要仔细检查费园，并要求跟房主提贝流斯·费尔菲克斯谈话，甚至要求去看花园里那些新的坟冢，那要不了多久，正式的调查报告就会通过非正式的途径传到亚当学院的手里。

凯特看看手表，这是一块巨大的男表，是有一次替人去书城管制区里偷东西的酬劳。还有几分钟的时间，她跟母亲约的是九点钟。

她又偷偷往菲尼安那边看了看，他站在二十米开外比较靠边缘的一个书摊前，装作对那里的书感兴趣的样子。他穿了一身很体面的黑色西装，里面是白衬衫，打着领带，黑头发刚刚剪过，脸上的胡楂也刮干净了，脚上的黑皮鞋锃亮。他这一身打扮在这里很和谐，看上去就像是个要去参加重要考试的大学生。牛津一直保持着这样的传统，有这类活动的时候大家都会穿得非常正式。只有盯着他的眼睛仔细看，才能看到那里面的沧桑，那是学校生活不会留下的痕迹。

虽然穿着西装，但他看上去还是挺不错的，凯特心想，跟平常的样子不太一样，几乎让她感到陌生，但总体来说确实不错。

凯特还是一如既往地穿着她的黑色皮夹克，不过没有穿横条纹的紧身裤，虽然很不情愿，她还是穿了一条芙莉亚的牛仔裤。

“凯特琳娜？”

她猛地转过身，眼睛习惯性地扫过那个黑发女人，先观察了一下四周，看不出有人跟着来，不过这里的书摊中间有这么多人，也不能完全排除那种可能。

“我是一个人来的，”艾薇拉·玛尔什说，“你呢？”

“我也是。”凯特没说实话，她强迫自己不要朝菲尼安那边看。他对她放心不下，坚持要跟着一起来。

凯特和母亲拥抱在一起，一开始有些犹豫，之后稍稍热情了些。两个人都觉得这样有些奇怪，于是又各自退开一步，动作显得有些仓促。

她们两个人的相似之处一眼就能看得出来，一样高的个子，一样的黑头发，几乎一样的五官。只是艾薇拉·玛尔什在过去几年里添了皱纹，但并不仅仅是因为岁月。她胖了一些，脸也圆了，自从上次在伦敦见过之后，凯特第一次想到一个问题：不知道母亲是不是酒喝得太多了。

“你怎么样，妈妈？”她问。“我是说，你的真实情况？”

“你是说我在伦敦找人修好被毁掉的客厅之后吗？”

“我是说，现在爸爸已经推倒了三大家族。我看见他和蕾切尔的照片了，他看上去就像是终于找到了合适的女儿。”

母亲的身体一抖，凯特为自己说的话感到后悔，不是因为那话说得不对，而是因为她看见了母亲就算没有她的尖刻也依然备受折磨的样子。

“他早就计划好了，不是吗？”凯特问。

“当然，那本来就是他的主意，老男爵夫人非常乐意被他利用，也许她直到最后都以为自己是占据上风的那一方，她可能以为乔纳森会帮助自己登上那个觊觎已久的位子，以为那样一来，乔纳森就不敢再跟她作对了。假如你们没有杀掉老男爵夫人的话，也许他真的会遵守自己的诺言。”

“他应该感谢我们，现在他手里的不是那个头脑僵化的老太太，而是蕾切尔，她可是个完美的傀儡。”

凯特不喜欢母亲看着自己的眼神。“这话跟他说的简直一模一样，你身上像他的地方比你自己想象中的多。”

“我知道他是怎么想的，要知道这个，也不用像爱因斯坦一样聪明。”

“三大家族的委员会很久之前就已经跟外部世界脱节了，”她的母亲说，“坎多斯、西摩尔和罗恩穆特家族忙着搞阴谋诡计，早就对书巫世界的命运置之不理了，推翻他们是对的。”

“你知道这会出现在抵抗运动的传单上，对吗？”

一时间，母亲的脸上几乎充满了恐惧，但她很快就克制住了自己。“你父亲要做的是拯救书巫世界，而不是损害它。”

凯特摇摇头：“他要的是权力，他在过去几年里已经悄悄地坐到了一个能在第一时间攫取统治权的位子上。天哪，他可是个政客！你真以为他做这一切是为了书巫世界？或者是为了那些他想要统治的人？”

母亲把眼睛转开了几秒钟，但是等到她们重新对视的时候，母亲表情中的不确定就已经一丝都不剩了：“你父亲是个伟大的人，凯特，一个有远见的人，有责任感，他所肩负的重担是你根本不知道的。”

“你见过他对自己的所作所为表示过怀疑吗？”

“从来没有。”

“你觉得这样是对的？”

“如果他自己都不相信的话，又怎么能够要求其他人相信呢？”

她们一直站在破败的建筑物前，离从拱门涌进书市的人流几米远的地方。凯特装作漫不经心的样子四处看了看，菲尼安换了一个书摊，看上去很紧张的样子，这次会面似乎让他越来越不安了。

“说实话，我一点都不了解爸爸。”凯特说。到这时，母亲才想到要看看她在看什么。“我不知道他是怎么变成现在这个样子的。他到底是为了什么要从政？而且坚持做这个？没有人喜欢政客，爸爸很清楚这点，尽管如此，他还是继续在做。真的是出于信念吗？还是因为他不能收手？”

“你说的没错，他要的确实是权力，”艾薇拉·玛尔什说，“但如果只是拥有权力，这点并不吸引他，他要的是能够利用权力，以实现正确的目标。”

“什么样的目标？”

“我已经跟你说过了：他要保全书巫世界。‘想法’从很久之前就已经开始活动了，这件事你知道吗？三大家族都知道，但是他们什么也没有做。”

“不，他们做了，”凯特反驳道，“他们将责任推给书妖，这样做很简单，不是吗？让那些人做替罪羊，反正这些人也很茫然无措，因为被扔到了一个将他们视为异类的世界里。三大家族肯定觉得这是个绝妙的主意。”

“但书妖就是些有血有肉的‘想法’啊！有人想到了就把他们写下来，他们在自己的书里待得好好的，就应该待在那里啊！”

“这些书的作者有的自己就是书巫，这些书妖是他们创造的，是你们的‘想法’！会出现书妖，是你们这些书巫的责任。所以你们现在要惩罚他们？这不就像是猫在追着自己的尾巴咬？”

“就算是你爸爸也不可能让发生过的事情不存在，但他能阻止事情变得更糟，让事情朝好的方向发展，为了书巫世界，为了我们所有人。”

“你就会重复他的话！”凯特的话已经说得非常重了，当年她还在家的时候，就对这种大话空话非常反感了。“让事情朝好的方向发展？就靠蕾切尔那样的人？”

“他会让人封住传送门。”

“‘想法’从隐页世界中来，它们不需要传送门，早晚有一天，它们会抵达每一个庇护所，不管是深的还是浅的。”

“这正是他所担心的，”母亲的声音听上去比之前还要冷静，她的声音里没有愤怒，但也不再狂热，“他想在书巫力苏醒的地方将它们重新聚集起来，在外面的世界，伦敦、罗马、牛津这里，或者其他地方。”

“他想放弃庇护所？所有的？”

“这是我们唯一的机会。”

“包括乌尼卡和书城？”

母亲点点头：“准备工作已经全面开始了。他们先要关掉各个庇护所之间的传送门，然后是所有通向这里的通道，最后，他们会试着建一堵隔离墙，就像当年封住永夜庇护所的墙一样。这堵墙能让绝大多数的书巫也没法打开穿越门。”

“这等于是判了书妖们死刑！不能及时从传送门撤出的人都会跟着那些庇护所一起毁灭。”

“警察们已经得到命令，不会让他们靠近传送门，谁知道这些书妖身上会不会带着‘想法’或者类似‘想法’的种子之类的东西？在书妖们出现之前可是没有袭击庇护所的‘想法’的，也许它们只是要来带走自己招来的那些东西。”

“招来的？”凯特难以置信地盯着自己的母亲。

“你父亲担心‘想法’会是他们的秘密武器之类的东西，是用来报复我们的。”

“同时也干掉自己？这是什么脑残武器？”

“也许是失控了，也许就是因为这个，它们发展的速度才会越来越快。”

“爸爸就是用这种荒唐的想法说服了委员会？蕾切尔呢，她也相信吗？”

“蕾切尔的全副心思都放在恨你和你的朋友们上了，你们杀了她哥哥，甚至可能还有她的小妹妹。”

“别说得好像西摩尔家的人都是纯洁的天使一样！”

“潘多拉·西摩尔才十一岁！”她母亲眼神中的悲愤显得很真诚。“你们杀死的是一个孩子，凯特琳娜。一个十一岁的小姑娘！怎么会有人做这种事？”

“想过庇护所里被父亲判了死刑的那些十一岁的小书妖吗？”

“那不是一回事！你把两件事混为一谈，就因为符合你自己的想法。”

凯特真想抓住母亲的肩膀，使劲摇到她恢复理智为止。她心里甚至没有愤怒，只有绝望而已。她已经对自己的父亲不抱希望了，但母亲并不是个坏人。她大半辈子都对乔纳森·玛尔什言听计从，如今估计也没有能力抵抗丈夫对自己的影响。凯特还不想放弃她，她要尝试各种方法，好让母亲从这个关于诅咒、秘密武器和谎言的噩梦中醒来。

“你得离开爸爸，”她说，“这样对你不好，妈妈，他是……”

“我的一切，”艾薇拉·玛尔什截断了她的话，“我的孩子跑掉后，身边就只有他了。”

“我一直觉得自己让你们非常失望，没有书巫天赋，在乌尼卡的寄宿学校里也不是个好学生，你们想要的是蕾切尔·西摩尔那样的女儿，一个真正的书巫，长得漂亮，而且……”

“我从来没有希望过要一个跟你不一样的女儿，从来没有过。”

“那你真是在用一种奇特的方式告诉我这一点。”

“见鬼，凯特，”她竟然叫了她的昵称，这是头一次，“你当时才十三岁！人在那个年纪，对事情的理解会有偏差。”

凯特的脸上闪过一丝微笑：“那你应该庆幸没有看到青春期的我。”

母亲朝她走了一步，抓起她的手。“我能接受所有的争吵，杂乱的房间，全是汗的衣服。你走之后，我没有一天不在希望我们只是个普普通通的家庭，我多么想做一个开车送女儿去学骑马的母亲，或者晚上去女儿的朋友那里接她回家的母亲。我不知道去过多少次楼上你的房间，想象我进去的时候你在那里，想象你对我大喊大叫，因为我没有敲门。所有这些……我都特别怀念，你知道吗？”她想笑笑，但看上去却无比悲伤。“但是屋子里除了寂静，什么都没有。你不在，你父亲也几乎不在家里待着。我多么希望你能在我的身边，为了这个，我愿意放弃其他的一切。”

她们久久地对视着，凯特发现母亲的手异常冰冷、干燥。小时候，她就很喜欢母亲的抚摸。

“跟我走吧，妈妈，”凯特轻声说，“别回他那里了。”

猛然间，她真的觉得这是有可能的，也许母亲为了待在那个人身边而罩在身上的坚硬外壳会有裂痕，也许还有希望。

“跟你走？”母亲的眼神中突然多了些什么，那是种刚才还没有的紧张。“跟你去哪儿？”

她的话听起来，就跟过去几分钟里说过的所有话一样，仿佛是从一个已经不再相信自己的人嘴里说出来的。

“去哪儿，凯特琳娜？”

凯特感到了一阵书巫控制力，就像旋涡一样，将她朝母亲那里拉。“哦，不要，”她小声说，“不要这样……”

“我们要去什么地方，凯特琳娜？”

她从眼角看见菲尼安丢下手中的书，跑了起来。

“你们藏身的地方在哪里？告诉我！”

凯特的意志就像芙莉亚墙纸上那些模糊的画面一样，就像某种想象的影子，她几乎已经想不起自己做决定是什么样的。

“你们的藏身之处在哪里？”

“我们……”她开口说，随即又停了下来。

菲尼安跑了过来。市场边缘的一些男人停下脚步，在她们身边围成了一个半圆。这些人手里都拿着书，打开的书。

“你们是……”凯特说。

六个书页之心放射出刺眼的白色光芒。

13

突然，控制力消失了，对凯特思想的束缚就像断了的绳子。

“凯特！”菲尼安喊道。

她的母亲猛地转身，朝书页之心发出的光看去。“不是我要这样的！”她对女儿说，“这个不是！”

凯特踉踉跄跄地将脊背抵在墙上，摸了摸自己的脸。脸上好像有什么东西，就像在黑暗的地下室里沾上了蜘蛛网一样。

“我不知道他们跟着我，”母亲结结巴巴地说，“我只是想……我以为，如果能知道那个地方，就能说服你……”

“你想威胁我？”凯特脱口而出，精神还是有些恍惚。“假如我不跟你走，你就告发我们？这就是你的计划？”

“不是。是。不是你说的这样。我根本没有什么计划，我只是想……”

就在这个时候，菲尼安跑到了她们旁边，从背后抓住凯特的母亲，拉着她转过身，像盾牌一样挡在凯特和自己身前。凯特知道菲尼安带着武器，但他没有掏出来。这里不是杀人像家常便饭一样的书城管制区，而是名校和著名图书馆所在地，是久负盛名的牛津。

分离了书页之心的六个男人里，有一个举起了胳膊。书中的光芒消失了。几个来逛书市的人鼓起了掌，他们可能以为这是在表演杂耍。

但是紧接着，他们看到了菲尼安脸上果决的表情，一个女人尖叫起来，有人在喊警察。

那几个书巫的领头人尽力装出一副沉着冷静的样子。“请大家继续走，”他喊道，眼睛一直盯着菲尼安和凯特，“警察就在这里，请按照我们的指示，往后退。”

同时，大批警察就像是从地底下冒出来的一样，出现在书摊之间，好像一直在等某个信号。他们一言不发地在逛书市的人和六个书巫之间排成一排，奇怪的是，他们背对着那些看热闹的人，眼睛盯着凯特、菲尼安和艾薇拉·玛尔什。凯特虽然精神委顿，但她很确定这些人刚才还不在这个小广场上。

“这是幻象，”她的母亲忧心忡忡地说，“书巫幻影。”

人群马上做出了反应，一些男男女女朝拱门拥去，刚好跟那些想要进入小广场的人撞到了一起，警告声和咒骂声响起，很快就变成了一片难以控制的混乱。在此之前人群还没有表现出恐慌，或许是因为大家没有看到武器，但慌乱的情绪瞬间暴涨，不知什么地方响起了孩子的哭声。

“你们是不可能从他们眼皮底下逃走的。”凯特的母亲说。她并没有从菲尼安手中挣脱的意思，毫不反抗地跟着他们沿着建筑物的外墙向后退。

那些书巫离他们还有六七米远，但他们之间的距离在不断地缩短。他们身后的那排警察却纹丝不动，这些穿警服的人面无表情，如果仔细看看，就能发现他们只有不断重复出现的三四张脸。

人群中似乎并没有谁注意到这一点，因为大多数人朝拱门那里挤的时候都跟这排警察保持着距离。

菲尼安、凯特还有凯特的母亲离广场这端唯一的出口越来越远，再走几米就会来到一段石头台阶前，这段台阶沿着一栋楼的侧面向上，通向二层一个狭窄的有垛口的通道。

六个书巫合上了心灵书，看上去就像是再普通不过的中年男人，跟市场上那些教师和古董商没什么两样。领头的那个深色皮肤的长了一张严肃又和气的脸。他的双鬓斑白，手指修长。

"那是个密探，"凯特的母亲朝那个人扬了扬下巴，"我以前在乌尼卡见过他。"

"这些人都是密探，"菲尼安说，"玛尔什夫人，您不会干蠢事的，对吧？"

"妈妈，"凯特说，"给你介绍一下我的男朋友？菲尼安——妈妈，妈妈——菲尼安。"

"很荣幸。"菲尼安说，依然紧紧握着凯特母亲的胳膊，慢慢地推着她在自己前面走。

"看起来人不错。"艾薇拉·玛尔什一脸恼怒地说。凯特没想到自己的妈妈还会说反话。

书巫头领又举起了一只手。那排警察身后，许多来逛书市的人停了下来，或是放慢了脚步，想看看发生了什么事。还有一些人在继续朝出口那里挤。当然，小广场上也有与此事无关的书巫，凯特不知道如果真刀真枪地打起来，他们会站在哪一边，说不定他们会选择帮忙对付被通缉的恐怖分子。

"等等！"领头的人说，"我们现在都应该保持理智。"

"让我跟他们谈谈。"凯特的母亲说。

他们已经走到了巨大的石头栏杆下方，很快就到台阶下面了。

"这里发生的一切都是您的功劳，"菲尼安顶了一句，"请问有什么要谈的？”

“我不知道他们跟着我，你们一定要相信我！”

“爸爸又骗了你。”想控制凯特意念的事也是个骗局，不过她现在还顾不上为这件事生气。如果能从这里安全脱身的话，那就有足够的时间来说那件事。

“站住！”深色皮肤的那个密探说。“你们没有……”

他的最后几个字被两声枪响盖住了。

小广场上的不安瞬间变成了恐慌，人群朝大门的方向拥去，后面又挤过来几十个人，好几个人在推搡中撞到了穿制服的警察身上，他们踉跄着穿过了那排警察，幻象开始消失，惊讶的呼喊变成了尖叫，有人摔倒了，后面的人又摔在了这些人身上。

那个领头的人边骂边找开枪的人，他在楼梯顶端的走廊上看到了这个人。凯特随着他的目光看了过去，同时将母亲推上了楼梯。

裴申思站在上面的垛口后面，就像一场三流西部牛仔秀的演员，稀疏的金发和南方军军装褴褛的衣襟随风飘动，他伸展着双臂，手抬到两把枪里的子弹刚好不会射到小广场对面窗户的高度。这时，他又开枪了，并且非常多此一举地“呦嚯嚯嚯”地喊着，显然，他觉得让整个小广场陷入混乱这件事非常有趣。

一股冲击力砸在他身前的垛口上，沙色的石块四处飞溅，到处都是尘土。在一片混乱中，那个领头的人喊道：“别在这里，你这个笨蛋！”制止了他继续破坏的行为。凯特从灰雾中看到那些密探朝台阶这里跑来。

身前的石头碎裂时，裴申思朝后退了一步，现在，他又“呦嚯嚯嚯”地喊着朝前跳了过去，瞄准，斜斜地冲着下方开火。也许他是想朝那些人的脚前开枪，凯特觉得他是不会轻易放弃的。这个书妖的脑子或许转得不快，但他下手并不慢，而且几乎百发百中。

“让他不要再开枪了！”凯特的母亲在台阶上喊道。“如果这些人出了什么事，他们会杀了你们的！”

“我们是抵抗组织的，妈妈，你以为如果他们把我们带到了乌尼卡，交给爸爸和蕾切尔，他们会怎么处置我们？”

他们来到垛口后的走廊上，裴申思站在一堆瓦砾和灰尘中等着他们。他咧嘴笑着，嘴几乎从一边的耳朵咧到了另一边的耳朵，他的翻领上有一块油渍。

“‘在车上等’这句话有什么难理解的？”菲尼安生气地问，但裴申思似乎并没有因此而生气。

“我觉得你们可能会需要我。”从他的笑容里能看出来，他对自己非常满意。裴申思很愿意预见到一些能够用少量武力解决的问题。

凯特回头看了一眼，发现少了一个书巫。冲上台阶的是五个书巫，领头的那个在下面，正对着那些书巫喊着什么，但是小广场上的嘈杂声震耳欲聋，就算是面对面都听不清对方在说什么。

“这边！”裴申思大喊道，同时抓起目瞪口呆的凯特母亲，把她像一袋土豆一样扔在肩膀上。凯特的母亲喊了起来，他们跑起来的时候，凯特建议自己的母亲最好还是不要再乱踢乱打，裴申思这个人喜怒无常，要是激怒了他，那可谁都管不住。这些话半真半假，不过凯特的母亲果然不说话了。

“前面那里，穿过那扇门！”南方军士兵喊道。“我就是从那里来的。”

密探们还没来得及借助心灵书的力量拦住他们，裴申思就已经疾步穿过了一扇尖拱门，钻进了一栋楼里。凯特和菲尼安跟在后面。他们来到了一个走廊里，这里有高大的门，那些听见外面的嘈杂声后从屋里走出来的老师和学生在看见他们后，让到了边上。

凯特把手伸到皮夹克的暗袋里，掏出了一个隐喻气球，他们之前在提贝流斯·费尔菲克斯的书房里找到了一些这种东西。凯特等所有的密探都进了房子之后，便边跑边把这个球朝后扔去。书巫们知道消解这种气体毒害的方法，但是那些学生和他们的老师却立即开始高声朗诵即兴创作的诗歌或是夸夸其谈，各种丑恶的比喻一个接着一个。他们丢掉手里的东西，抓住自己的胸口就说了起来。这些人挡住了密探们的路，甚至还想拉住这些人，好让他们听自己朗诵。逃跑的人跟他们的距离拉开得越来越大。

“她怎么办？”菲尼安边跑边指指艾薇拉·玛尔什。

“让你未来的岳母跟我们住在一起，同意吗？”

菲尼安差点把自己绊一跤。

“她可以洗衣服，给孩子们换尿布。”凯特说。

她的母亲抬起头：“孩子们？”

从又一群学生中间跑过的时候，凯特再次朝后面扔出一个隐喻气球，他们这时来到了一个通向一楼的宽大的石头楼梯前。四周的墙上，学校的创始人们从金色的相框里不悦地看着他们，就像是要给这些捣乱的家伙每人一个大大的不及格。

跑下楼梯的时候，凯特看见密探们已经又追上来了。

“站住！”领头的人站在楼上的栏杆边命令道。裴申思果然停下了脚步，他叉开双腿站着，瞄准那些密探们头顶的一个铸铁枝形吊灯开了枪。事情当然不会那么简单，这个大家伙不可能一下子就把他们所有人都结果了，不过吊灯发出的噼啪碎裂声倒是让密探们愣了一下，吊灯掉在地上的时候，三个密探被拦在了后面，只有两个从台阶上冲了下来。

凯特很确定这几个人身上也是带着枪的，伊西丝做密探的时候，身上总是带着两把枪，虽然她有书巫力。不过这几个人似乎不敢在这个地方开枪，在庇护所之外他们没有特权，即便是亚当学院，要想掩盖在牛津市中心发生的枪战也不是那么容易的。

裴申思显然没有这种担忧，因为得用一只手抓着凯特的母亲，所以他只掏了一把枪出来，就像个在玩玩具枪的小孩一样，拿着枪到处乱指，虽然他并没有对着人开枪，但也足以在房子的一楼引起群体性恐慌了。凯特又朝人群中扔了几个隐喻气球，希望这样能阻止最坏的情况发生。

“屏住呼吸！”她喊道，他们这时正在从烟雾中穿过。

“裴申思！”菲尼安喊道。“别打了！几分钟后就会有特遣队到这里来了！”

“那我就打得他们满地找牙！”

“不要！”凯特说。“不可以，停下！”

裴申思噘着嘴让步了，他把枪插回去，沿着主通道朝出口的方向跑去。看样子这里的学生和老师都躲到隔壁的房间去了，所以直到冲下大门前的台阶，他们四个都没再碰到什么人。

“把我放在这里！”艾薇拉·玛尔什说。

凯特回头看了看房子里面，她看见那两个密探还在房子里面很远的地方，就冲裴申思点了点头。裴申思将凯特的母亲放下来，她开双腿坐在地上，显然对过去几分钟里发生的事情感到很难以置信。

“如果是我，就以最快的速度用穿越门离开这里。”凯特建议道，然后继续跑开了。她这时还没有什么想法，不过她意识到自己以后会感到愤怒或痛苦，假如还有机会那样做的话，因为这时远处已经传来了警笛声。

凯特将最后三个隐喻气球扔到学校前面的人群中，如果运气好，这能掩盖掉他们的痕迹。只要这些人还沉浸在华丽的辞藻和花哨的隐喻中，就不太能注意到逃跑的人是往什么方向跑的。

“他们又追上来了！”菲尼安回头看了一眼喊道。

凯特也看见他们了，先是台阶上的那两个密探，过了一会儿，另外三个也出现了。其中一个在凯特母亲身边停下，想跟她说些什么，但她已经打开了心灵书，消失在一道紫色的光柱中。凯特看到了她最后望过来的眼神，并没有指责，只有悲伤。

裴申思抓住凯特的胳膊，将她拉进一条狭窄的岔道中，那辆红色的福特就停在这条巷子里。凯特估计留给他们上车和开走的时间顶多有半分钟。主街上，警笛的声音越来越近，她不敢想在大学里开枪的事会惊动多少警察，如果路上已经安起了路障，他们就完蛋了。

“用得着书巫的时候，他们从来都不在。”跳上副驾驶座的时候，菲尼安骂道。凯特平平地趴在后座上，裴申思发动了车子，奇迹般地一下子就把车从停靠的地方开了出来。

她抬起头，看见那些密探就在车后几米的地方。裴申思踩油门的时候，正好有一股冲击力从后面打到了福特车上，无意间倒把车朝前猛推了一下。车的后挡风玻璃上出现了蜘蛛网一样的裂纹，有东西噼啪一声掉在了石头路面上，可能是保险杠。随后，他们逃出了密探能够得着的范围。

汽车箭一般地从巷子里穿过，朝一条宽一些的马路冲过去，裴申思更多地是靠运气而不是靠技术冲进了那里的车流中。

“慢一点！”凯特在后座上喊。“现在可别引起别人的注意，也许除了那些密探，没有人看到我们坐的是哪辆车。”也许他们已经被大学里的监控摄像头拍下来了，但是巷子里没有人，停车的时候他们是仔细看过的。

“我差点儿以为你真的想把她带走。”菲尼安说。他没有回头。

“这个人不能相信，”凯特透过碎裂的后挡风玻璃观察着追踪的人，“我想，连她自己都不知道自己想干什么。”

裴申思把车往西边拐过去，穿过一条多车道的马路，朝城市边缘开去。

“我喜欢她的香水味。”他说着，踩下了油门。

14

“打开收音机。”凯特说。

他们已经开出牛津十五英里了，早已换到了一条普通公路上，正在沿着蜿蜒的道路驶过科茨沃尔德东部的丘陵地带。费园在西边，靠近温奇科姆，如果走这样的公路，他们得用很长时间才能回去。

菲尼安按下收音机的按钮，但里面全是音乐，并没有中断节目的紧急通知，提醒大家小心一辆红色福特和几个武装歹徒什么的。

“我知道你们在想什么，”裴申思说，“你们在想，我不应该在那个地方乱开枪。”

菲尼安阴沉着脸看着前方：“我这样想了，没错。”

凯特朝前趴在两个前座中间。“没有裴申思的话，我们就被他们抓住了，”她对菲尼安说，“我们肯定逃不出来的。”

“见面这件事本身就是个错误。”

她生气了，生菲尼安的气，生自己的气，不过主要还是因为她觉得现在就应该生气，不管是因为什么人，什么事。怒气可以阻止她去回忆母亲那最后一瞥，也免得她去想自己的家人是多么地不可救药。

如果菲尼安看看她的话，就会知道眼下最好的办法是换一个话题，但他看的是前方，夹在秋天的树篱和碎石子砌成的墙之间的小路，菲尼安说：“我理解你为什么想跟她聊聊，但这个时机真的不太好。”

“那么请问什么时候是好的时机呢？”

两天前，凯特和他还有塞雷斯蒂安一起开车去了趟伦敦，他们在凯特小时候住的那栋房子前观察了几个小时，看到工人们进进出出，正在往里面抬玻璃和建筑材料，但是并没有看见凯特的父母。她父亲正忙着在乌尼卡巩固自己的权力，帮蕾切尔确立学院新代言人的地位，不在很正常，但是母亲也不在，这让凯特很惊讶。母亲肯定是跟去乌尼卡了，让工人们在这里修理一片狼藉的客厅。

最后凯特干脆闯了进去，告诉工人们自己是玛尔什夫妇的女儿，所以她在整栋房子里四处转悠的时候，他们也没有在意。凯特惊讶地发现自己以前的卧室几乎还保持着离开时的样子，就连那些旧海报也都还挂在墙上。

但是有一点不一样了，以前凯特的房间里没有书，这是固执的她发现自己永远也不可能拥有书巫力之后的反应。她从小就不喜欢看书，后来因为在寄宿学校的经历，加上跟父母之间的不愉快，就更是一本书也不愿意要了。

但是现在，床头柜上放了三本小说，就像是跟架子上的其他东西一样，都是她离开后就一直放在那里的，不过凯特一眼就看出这是有人特意留在那里给她的，而且这个人一定不是她的父亲。床头柜上盖着一层薄薄的灰尘，但是书皮上却干干净净的，这几本书被放在那里的时间不长。

在书的下面，她发现了母亲手写的留言，请她跟自己在牛津的书市上见一面。母亲说自己无法接受她们之间的关系就这样以破坏和可怕的西摩尔兄妹的登场而结束。

菲尼安提醒她这可能是个陷阱，就连裴申思也不赞成她去，但凯特还是坚持要去赴约。她相信自己的母亲并不知道那六个密探会出现，跟她自己一样被蒙在鼓里。也许是她父亲看到了凯特房间里的那个留言，也可能是他从凯特离开乌尼卡到普通人世界之后就一直在跟踪她，这些都不重要了，事情没有按计划进行，凯特不得不承认这次会面非但没有带来任何好处，反而差点让她失去一切。

单车道的乡间公路左右两侧是高大的树篱，偶尔出现空隙的时候，凯特能够看见狂风刮过山丘的顶部，上面有牛羊在吃草。对于这些牛羊来说，气温很快就会变得过低，雨过大，牧人会把它们赶回山谷中的圈棚里。有时，福特车还会穿过几个寂静的小村庄，在过去一百年中，这里似乎没有什么变化，只是红色的电话亭里挂的多半已经不是电话机，而常常是急救用的除颤仪。

他们离开最后一座村庄不到两英里后，道路就开始变得颠簸不平，地上的坑比之前更多，驶过柏油路上高高的凸起时，他们的车被高高地颠起了好几次。

“好吧，”三个人沉默了一阵之后，凯特说道，“我承认，这或许不是个好主意。”

她从后视镜中看到菲尼安笑了：“没错，但换作我们，估计也会那么做。”

“你只是这样说说而已。”

“我知道他是什么意思，”裴申思说，“如果你喜欢一个人，那就会做蠢事，我们都有过这样的经历，我打仗的时候……”

“谢啦！”凯特朝前趴过去，在裴申思的脸上亲了一下。自从裴申思跟娜桑德拉形影不离之后，他的脸就总是刮得干干净净的，还每天都洗头发。虽然经历了牛津那场混战，他的头发上依然散发着青苹果洗发水的味道，这是皮普专门去温奇科姆给他买的。

裴申思的脸上放着光采，开着车翻过一座山丘，开始下山。在他们前面大约半英里的地方，公路钻进了一条短短的隧道。覆盖着繁茂植被的铁路路堤将田野一分为二，一群鸟腾空而起。

“我们必须从那里走吗？”菲尼安问。

裴申思轻轻地踩了一脚刹车：“你看见什么了吗？”

“只是感觉而已。”

凯特眯起眼睛。这条隧道不到三十米长，假如里面有人的话，他们开近的时候就应该能看到人影。而且路堤上面似乎也没有人。假如灌木丛是在斜坡上，那就能提供非常多的藏身之处，不过他们刚才驶过的那些长长的灌木丛和小树林里也一样能埋伏人。

“那里有点不对劲，”菲尼安说，“我说不出来具体是什么，但是有些地方不对劲。”

裴申思将车放慢到几乎是步行的速度，用左手抽出一把枪，递给目瞪口呆的凯特：“给，拿着。”

这是凯特第一次拿裴申思的枪，她没想到会这么沉。枪把上镶的象牙已经磨旧了。“这个得先扳击锤，对吧？”她以前在电影里看到过，但还从来没有自己试过。刀她用得很好，这是在管制区里生活造就的本领，但是她一直对枪敬而远之。

裴申思点点头：“扳倒，射击，扳倒，射击。简单得很，真的。”

菲尼安从外套里掏出一把自动手枪，这是他们在芙莉亚父亲留下的东西里找到的：“要不你用这个？”

凯特摇摇头，把枪放在身边的座位上，枪口冲着车门，觉得胃里一阵抽搐。

车在马路的一个凸起上颠了一下，凯特的头差点儿撞到车顶。

周围并没有像他们担心的那样响起枪声，却有另外一种响声，把他们三个人都吓了一跳。现在凯特明白菲尼安说的是什么了，她之前就听到这个声音了，还以为是从减震器或者轮胎上发出来的。不过现在这声音听上去更像是来自有生命的东西。

“你刚才轧到什么东西了吗？”这是她脑子里冒出的第一个念头，虽然她自己心里很清楚答案。

裴申思刹住车，停在空荡荡的公路上。路堤在他们前面大约五十米的地方，隧道里和路堤顶上的铁轨上都没有人。

菲尼安叹了口气：“那肯定是在车底下。”

“什么也没轧到，”裴申思说，“连兔子都没有。”

凯特抓住门把手：“全都下车。不过要小心脚下。”车底下有东西，裴申思又没有轧到什么，那么这个东西只可能是从一开始就在那里的，也许现在还在。

“你们觉得那东西一直在下面？”裴申思的嗓音有些嘶哑。“从牛津开始？”

菲尼安咒骂了一声：“那他们估计知道我们在哪里了。”

凯特依然没有打开门，现在她明白了：“你是说……车底下有复读兽？”

“有这个可能。”菲尼安说。

“那是什么东西？”裴申思问。

凯特只听说过复读兽，据说这种东西来自某个深层庇护所，但这种说法并不确切。有些人说是学院养殖的，有些人说是大自然阴差阳错的不幸产物。

“复读兽擅长偷听，”她对裴申思说，“它们能记住每一句话，虽然还没有聪明到能够明白话里的意思，但是它们会转述。”

裴申思皱起眉头，盯着汽车的地板。“就像鹦鹉？”

“差不多，”凯特说，“复读兽能记住长达几个小时的谈话，它们以话语为食，而且会通过反刍把这些话语重新吐出来，用一种单调刻板的声调。所以它们才叫这个名字。”

“它们长着长长的异常尖利的爪子，”菲尼安用阴沉的语调说，“这样它们就能扒在任何地方。”

凯特想象着剑一般锋利的爪子如何从车底下伸出，刺中自己的脚腕。

“明白了，”裴申思淡定地说，“那我们就打穿底盘，把它打死。”他说着就已经从枪套里拔出了另一把枪，将击锤向后一扳，瞄准了双脚之间的地板。

“不，不要！”凯特抓住他的肩膀。“那下面全都是管子和线！一个不小心，我们要么很快就没有汽油了，要么就是要没有电了。”

“或者直接被炸上天。”菲尼安说。

“老天爷！”裴申思叹口气。“真复杂，这个。”

菲尼安摇摇头，猛地推开自己旁边的车门，身子一扭，双手抓住车顶边缘，飞速地爬了上去。

“小心！”凯特说着，推开了左后方的车门。她先是把枪放到车顶上，然后也像菲尼安那样爬上了车顶，脚没有沾地。

他们蹲在车顶上，环视四周。车前面和后面的公路都是空的，左右两边是窄窄的斜坡，斜坡后面，茂密的灌木丛有房子那么高。如果这个复读兽对他们发起攻击的话，那么灌木丛那里也有足够的地方供他们躲避。他们的车在地面凸起处腾起时听到的声音应该就是那东西发出的痛呼。

凯特又看了一眼车后方狭窄的公路，坑坑洼洼的公路上没有血渍或者其他类似的东西。凯特对复读兽的身体构造一无所知，但突然间有些担心子弹会不会根本伤不到它们。

“是不是说，书巫可以……”凯特想找个合适的词，“……测定它们的方位？”

菲尼安点点头。“但我不知道能够覆盖多远的距离，我想他们都会多带一个，因为复读兽之间能够互相感应，就像传心术，不过更原始一些。”他耸耸肩，就像是要再强调一下这些都是自己听说的。

“那我们最好还是快一点。”

菲尼安冲着她苦笑了一下。“从后备厢那边下，一到地上，马上朝车底下开枪。不过别瞄太高，不然可能会打中油箱或者裴申思，或者其他什么东西。”

咣的一声，裴申思大叫起来。

“怎么了？”凯特喊道。

又是咣的一声，紧接着车底传出巨大的骚动，汽车被震得直摇晃。

“快啊！”裴申思喊道。“这家伙知道了，它用爪子抓透了底盘，刚才差点儿抓住我的脚！”

凯特把枪握得更紧了，然后跟菲尼安一起从车顶全力一跃，落在了离车后有一段距离的公路上。他们猛转过身，凯特看到车下有一个东西的影子，四肢尖利，一半像爬行动物，一半像人，随即她就开了枪。

她开一枪的工夫，菲尼安已经按了三下扳机，车下面那个东西怒吼起来，动作变得很急。一阵窸窸窣窣的声音，听上去就像一大群昆虫一样，它松开爪子落在地上，从车底朝侧面窜了出去。凯特扳了一下击锤，菲尼安又开了一枪。那东西发出刺耳的尖叫声，冲上小斜坡，带着一股巨力撞进灌木丛中。他们听见它在那里窸窸窣窣，连说带骂。

“扳倒，射击。扳倒，射击。”枝条间传来一个嘎嘎的、不像人声的声音，“复读兽擅长偷听。打开收音机。”

菲尼安对着灌木丛开火，凯特也是，但那东西在树丛间迅速地逃开了。它逃远之后，嘈杂声和说话声也变小了。

凯特的脸摸上去凉冰冰的，估计已经跟死尸一样苍白了，她感到一阵反胃。

裴申思从车里钻出来，趴在车顶上瞄准，但是没有开枪，因为他也看不见复读兽在哪里。

“你们打中了吗？”

“不知道，”凯特说，“也许菲尼安打中了。”

菲尼安的眼睛在灌木丛上方搜寻：“可能打中了，但是似乎没能把它怎么样。”

“我去抓它！”裴申思宣布，并沿着公路往回跑了一段，找到树篱上的一条缝隙。“在这里等着我！”

“裴申思，不要！”凯特喊道，但是裴申思已经钻进了灌木丛中，消失不见了。

凯特和菲尼安不知所措地站在车后面，车子现在挡在只有一个车道的公路上，他们都没有开过车，这里也没有足够的地方让他们把车推到一边去。假如这时再来一辆车，他们恐怕就得回答一些自己不怎么愿意回答的问题了。

“他没必要去追那东西，”菲尼安生气地说，“我们路上并没有说到费园在什么地方，不是吗？”

“我觉得没说过，”凯特耸耸肩，“但你也知道他是个什么样的人。”

很远的地方传来两声枪响，裴申思的个子这么大，跑得倒真够快的。

菲尼安还是一脸的不高兴：“我真是受够了这场斗争，但它就是没完没了。”

凯特摸摸他的手，以前她总觉得菲尼安在迫不及待地要跟学院动手，但是苏梅贝拉的死改变了他的态度。他之前就曾见过朋友死去，刚瓦·欧连德、艾瑞尔，还有其他很多人，但是没有哪个朋友的死像苏梅贝拉的那样给他带来了如此大的改变。虽然理智告诉他不是这样，但他还是把苏梅贝拉的死归结为自己的责任。直到昨天夜里，他才向凯特承认，自己不能承受凯特陷入类似的境地。凯特向菲尼安保证说，不用他保护自己，毕竟她之前在管制区生活了三年，那时没有菲尼安，她也挺过来了。不过他们也都清楚一点：苏梅贝拉的书巫力到最后一点用都没有，菲尼安是眼睁睁地看着她是怎么死去的。

而凯特不一样，她对抵抗运动一直都很抗拒，但在圣堂事件之后，她非常渴望能跟学院打一仗，自从她父亲跟蕾切尔成为了对方的领导，这个愿望就更加强烈了。

现在她要对付的不再是没有面孔的三大家族或者学院的委员会，而是两个让她鄙视的人。她正回答着菲尼安的话，山丘上方又传来一声炸雷般的枪声，比之前的枪声离得更远。

"继续下去的话，他会一路追着这个畜生到牛津去。"菲尼安说。

"我们得想办法把车从路上挪开。"凯特不高兴地看着那辆福特。

她走到敞着的车门前，幸好裴申思没有拔掉车钥匙。她正在琢磨着要不要试着发动一下车子，菲尼安突然喊道："凯特！那边！"

山后一百多米的地方露出了一个车顶，一辆深绿色的越野车不疾不徐地朝这边开过来了。

"也可能是个农夫。"凯特说。费园附近的山谷里有很多这样的车在草地田间跑着，车里坐的多半是穿着橡胶靴和风雨衣、一脸不高兴的男人。

第四声枪响非常远，听上去简直像是从英吉利海峡对岸传来的。

"好吧，"菲尼安说，"我们暂时指望不上裴申思了。"

凯特很不情愿地把裴申思的枪别在腰带后面，盖在外套下面，但是这把枪太大了，很碍事，这样别着枪她根本没法跑。还有一个办法是把枪留在车里，或者藏在灌木丛中，但这两个方法现在看来都不是上策。

“快走。”菲尼安推着凯特从福特旁边往前走，手里还拿着那把小手枪，半掩在外套下面。他穿着那身黑色的西装，看上去就像是黑社会电影里的杀手一样。

“车怎么办？”凯特还细心地把车钥匙拔了下来。

“如果那是个农夫，肯定会觉得很吃惊，然后乱骂一通。这没关系。如果不是农夫的话，车就能挡他一下。”

他们一起沿着公路跑向隧道。从车到隧道的五十多米距离里，灌木丛中再无任何空隙。也许他们能爬到上面的铁轨那里，这样至少车是上不去的。

他们还没走到三分之二的路程，后面就传来了震耳欲聋的巨响。

凯特边跑边回头看，第一眼看上去就像是越野车全速撞上了福特车，随后她才看见副驾驶座上那个深色皮肤的男人，他的手伸在窗户外面，手里举着一本书。他用一股冲击力打中了福特车，把它像玩具车一样朝前甩出了至少十五米。车被打得坑坑洼洼的，斜斜地卡在了灌木丛中。

“凯特！跑！”

凯特看见越野车停在车的残骸旁边，五个男人从车里钻出来，就是在大学里追他们的那五个密探。

“他们肯定还有一只复读兽。”菲尼安喊道。

五个人跑起来的时候，车里果然钻出了这么一个东西。估计它一直蜷缩在后座上。它爬上车顶，坐在那里，爪子弯曲，扒住车的边缘。从远处看，它有狗那么大，混合了蝎子和乌龟的外形特点，长着一个光秃秃的人头。

“继续走！”菲尼安拉住凯特的手，她用另外一只手拔出了枪。

这一次，领头的人没有在后面对他们喊话，没有警告，也没有要求他们站住。

再过十米就到隧道了。

凯特和菲尼安心念相通，他们想在隧道前面一点朝左拐，然后上斜坡。趴在坡顶上的话，至少能把自己隐蔽起来。

快要跑到灌木丛时，突然有一股看不见的力撕开了斜坡，刚好就在他们之前想上坡的地方。石头、青草和泥土块朝他们飞过来，在空中扬起一片尘土。

凯特折身想往隧道里跑，但是一股冲击力随即而来，紧贴着他们的头飞过去，打在了隧道的顶上，气浪将他们掀翻，瓦砾和脏东西雨点一般落在他们面前的马路上。隧道口的亮光完全被遮蔽在尘土中，五个密探从后面围了过来。

凯特跳起来，把枪对准追兵，这时她看见只有两个人打开了心灵书，另外三个人手里拿着银光闪闪的自动手枪，枪口火光亮起，子弹在马路上打出了好几个坑。

"停，"领头的人说，并用手指了指凯特和菲尼安的枪，"放下枪，不需要有人受伤。"

凯特在管制区的那几年里，曾经不止一次地在逃脱警察和士兵的追捕时被迫使用武器。不过她也清楚，要对付这些学院的密探，自己一丁点儿的机会都没有。这些人在勒卡雷中学接受过训练，说不定还是阿提库斯·阿博加斯特亲自调教过的。

她看了菲尼安一眼，跟她一样，菲尼安也放下了枪。她自己的身体好像完全不听使唤，自顾自地对密探们的恐吓做出了反应。

两秒钟之后，她明白自己已经失去了自由的意志。领头的那个密探不费吹灰之力就制服了她。现在，他走得越来越近了。

她脑中还闪过了一个念头，觉得裴申思应该听到声音了，肯定正在往回赶。但是他估计需要很长时间才回得来，这样也好，因为如果裴申思攻击了这些人的话，他们会杀死他的。凯特希望复读兽把他引得远远的，希望这样能救他的命。

菲尼安！她在心里叫。她本想大声叫他，却叫不出来。她的目光变得模糊了，尽管如此，她还是在菲尼安的眼中看到了深深的忧虑，这让她很难受。菲尼安在担心她，比他们认识之后这些年中的任何一次都更担心。

她的耳中响起说话声，那是领头的人在下命令。有人抓住她的胳膊，将她从菲尼安身边拉开，她的枪已经不见了，不过她本来也不知道该怎么用这把枪。她把手朝菲尼安伸过去，但是距离太远了，菲尼安的手也没能够着她。

她的身体四周有紫色的光点拔地而起，先是在她的视野边缘舞动了一阵，然后又到了她的眼前，到处都是紫色的光，然后是金色的光，最后是刺眼的白色，就像阳光下的白雪，就像一个被过强的光线照射着的大理石噩梦。

15

蕾切尔很怀念书。

乌尼卡庇护所曾经是书巫学校的所在地，亚当学院由此而得名。不过如今，这里的大多数建筑物都被各种管理机构占据了，她根本不想记住它们的名字，还有各种办事机关，行政气息浓厚的管理机构，里面的那些人就算有梦想，也全都是升官发财。

这些地方曾经都是学校，在乌尼卡那些著名的寄宿学校里，有书巫天赋又热爱此道的年轻人会发现书的魔力。如今，这些学校已经所剩无几，而且它们也不能再称自己为学院了，因为现在只剩下了一个学院，唯一的一个，而且这个学院还不教知识，只是统治而已。

蕾切尔曾经以为，假如她和威特能够进入委员会，能够坐在圣堂的琥珀圆桌边，那么他们就会成为这个统治机构的一部分，是真正的、有血有肉的统治者。但是自从威特被杀，圣堂覆灭，她也不得不认清一个现实，曾经的三大家族委员会不过是个闹剧，是由一些虚荣的人组成的只会围着自己转的宇宙。他们的决定被听取后，会被掺进水分，被歪曲，被书巫世界真正的统治者按照自己的意愿去执行。那是一群像蚂蚁一样聚集在一起的部长、大使、官员和主管，他们仔细地在圣堂命令的字里行间寻找，直到找到自己想要的东西为止，然后再凭个人喜好去执行。

总而言之，书巫世界真正的统治权力在乌尼卡，而蕾切尔发现，这里缺少很多东西，特别是书。

那些白色走廊和大厅里的人可全都是书巫啊，他们怎么能够忍受这么久没有文学的日子？难道他们一边听着戴着套袖的仆从们乏味的禀报，一边在办公桌下面偷偷看书？或者他们只有在夜里躺在床上的时候才看书，而且最喜欢看的还是法律文书？他们还记得夜以继日地沉浸在小说中，探寻陌生世界和思想的那种美妙的感觉吗？

蕾切尔满心希望着成为统治者，是因为她对这件事有个错误的想象。她并不幼稚，不管是现在这个十九岁的她，还是小时候的她，她期待的并不是戴上皇冠，披上红色鼬皮斗篷，脚下围着一群宫廷小丑，而是希望能够做点事情，能够有所改变，带来些新气象。

但事与愿违，她现在不过是被统治一切的白色大理石政权挟持的人质，被困在看不到头的柱廊和巨大的楼梯织成的网中，是乔纳森·玛尔什的囚徒。

“您介不介意我问一个关于凯特的问题？”相对这个问题的答案，她更想看到的是玛尔什对这个问题的反应。她认识这个人还没几天，而他在其中绝大多数的时间里都没有什么情绪上的变化。他目标明确，效率很高，精神总是高度集中，而且从来没有表露过个人的感情。蕾切尔没有跟这种人打过交道，让她害怕的也恰恰是这一点。

“你是亚当学院的首脑，”他说，非常巧妙地没有让自己的语气中流露出任何挖苦的痕迹，“没有人能够禁止你提问题。”

他们说话的时候，正悠闲地走在长长的走廊上，脚下是坚硬的大理石地面，脚步声在白色的墙壁间回荡。

“我并不想知道您会不会禁止我提这个问题，”她说，“而是您介不介意。”想要对付这个人，她说话得更机智才行。事实上，她在这个人旁边时，总是觉得自己异常渺小，这种感觉她从未有过。

“还没听到问题，我怎么知道介不介意呢？”

蕾切尔边走边朝他看了一眼。这是个高个子的黑发男人，身材瘦削，满面沧桑，下巴被一个深深的凹陷一分为二。他穿着一件灰色的西装，左胸口上别着装饰性的口袋巾，西装里面穿着一件白衬衫，戴着袖扣。衣服上的每一条褶都熨烫得完美无瑕，鞋子闪闪发亮。

“您是委员会的主席，也是乌尼卡地位最高的人，而您的女儿是个被通缉的恐怖分子，她想要推翻您所拥护的一切。”

“这并不是一个问题。”

“现在问题来了：您对凯特有什么想法？”

他的自制力无懈可击，与蕾切尔的父亲有着天壤之别，她的父亲只会发酒疯。

“我从来没有叫过她凯特，”他说着，无动于衷地看着走廊，“总是叫她凯特琳娜。”

说完，他又沉默了一会儿。蕾切尔耐心地等着他继续说。两个政府职员从一扇黑漆大门里走出来，又钻进了走廊对面的另一扇门中。

“我不是经常想到她，只会想到她如今所持的立场。她为了救书妖，拿自己的性命去搏，她没有看到它们并不是人，不过是钻进某个作家脑子里的一些闪念而已。死一个书妖，跟撕一页纸一样。他们就是这样的，只是一些写在纸上的名字。”

蕾切尔想到了詹姆士，那个给她祖母读书的男孩。他是书妖，但她还挺喜欢他的，也许他在圣堂崩塌的时候也死掉了。

“闪念会被忘记，”玛尔什说，“如果我们关掉通向庇护所的穿越门，让那些书妖自生自灭，那要不了多久，我们就不会再记得他们了。几个我们认识的或许会模糊地留在记忆里，就像多年前看过的小说中的人物。但是剩下的那些……只是一些别人的虚构而已，是其他人的想法，没有人需要这些，因为我们自己也有足够多的想法。”

他走路的样子就跟他说话的风格一样：目标明确，从容不迫，但也不容别人阻拦自己的脚步。蕾切尔加快了速度，好跟上他的步伐。

“如果这个世界上的某个地方爆发了灾难，”他继续说，“在离我们很远的地方，那我们也许会说‘真可怕’，但几分钟之后，我们的脑子就又会开始想快到时间的停车计时器或者我们的午餐了。因为那至少关乎真正的人，像你我这样的人。那些书妖算什么？不过是别人的想象罢了，在下一本书里，我们会看到新的想象，书还没有看完，我们就已经忘记之前看到的那些了。”

“这个逻辑倒是简单。”

“你不用因为自己能理解这个逻辑而觉得良心不安，不要骗自己，蕾切尔，这个道理你越想就越是能理解，因为这是事实。我跟这里的其他人一样热爱书，但是我知道书里的很多东西都是凭空捏造的。是一些转瞬即逝的闪念。”

“是想法，”蕾切尔说，“而想法在外面的隐页世界里似乎并不是转瞬即逝的。”

“那就又多了一个摆脱书妖的理由，说不定他们都是一丘之貉。”

“凯特看不出来吗？”

“我认为，她是根本不想看出来。她已经深深地陷在那些疯狂的理念中，所以看不见事实真相。”他深深地吸了一口气，这是他第一次表露出内心的情感变化。

“您还是没有回答我的问题。”

“我对她有什么想法？只有同情而已。”

“虽然她是您的女儿？”

“所谓血缘关系的意义，只是人们一厢情愿的想法。家庭就像是一种我们被迫接受的联盟关系。这一点你应该最明白。联盟会出现，也会解体。”

蕾切尔跟她的哥哥、妹妹一起谋杀了自己的父亲，看到他死去的时候，她唯一的感觉是松了一口气。再也没有带着哭腔的长篇大论和指责，没有蔑视，没有伪装出来的团结。她明白玛尔什的意思。

“自己去找盟友难道不是更有意义？”他微微一笑问道。她并没有错误地把这个当作示好的信号，这只是一步棋，为的是确保她的合作。有的时候，他比自己以为的更容易被看透。

不容蕾切尔说话，他用右手指着她右手边的一个大理石拱门。在一条侧廊的顶端有一个黑色的双扇门：“我们马上就到了，我想带你去看个东西。”

他加快了脚步，领先两步走到前面。还没等蕾切尔跟上去，他就已经打开了门。然后，他让蕾切尔先进去，来到了一个有巨大石头栏杆的阳台上。他们现在是在二楼，往下能看到一个四方形的院子。太阳高高地悬在空中，但阳光却照不到地面上。不过因为白色的大理石，下面还是很亮。

一块凸出的平台上站着四个人，两男两女，所有人都穿着白色的一次性罩衫，上面污渍斑驳。他们的脖子上套着绳套，绳子挂在头顶的一根横梁上。

除了这些囚犯之外，院子里还有好几个警察，穿着黑红两色的制服，此外还有一个穿白大褂的女人，估计是负责审问这四个人的。她靠在墙上，抽着一支烟，但是看到蕾切尔和玛尔什走到阳台上，她赶紧把烟灭掉了。

“这四个是书妖，”玛尔什说，“我们没法影响他们的意志。警察们是在伦敦抓到他们的，当时他们正在试图通过去往书城的桥，显然是在外面的世界里混得没有预想中的好。我们认为他们是从死书林里逃出来的那帮人中的。”

蕾切尔目不转睛地盯着那四个人：“哪帮人？”

“你应该听说过书城温室里的那场爆炸吧，大概半年了，当时，通向死书林的传送门被炸毁了，那是一个深层庇护所，里面……嗯，这个不重要了。总之，传送门又过了几个星期才被重新打开，在此之前，我们用穿越术往那边送过一些密探，但都没成功。直到我们从新的传送门送过去了整整一队人，他们才在死书林的深处找到了一个营地的废墟。我们认为游吟兄弟之前就住在那里，几十个书妖，可能还有几个人类，甚至还有书巫。凯特和另外那个女孩跟他们在一起，估计还有那个叛徒伊西丝·霓莫霓思和其他几个人。”

“伊西丝·霓莫霓思杀了我哥哥，跟那个男人一起。”现在她已经知道了那个人叫顿坎·蒙特，曾经也是学院的密探。显然，这个人已经躲藏起来好几年了。

玛尔什悠闲地点点头，眼睛一直盯着绞刑台上的那些囚犯：“游吟兄弟藏在英格兰的某个地方，下面这四个人应该是跟他们在一起待过一段时间的。我想，这样子聚集在一起的一群人，一旦感受到压力，就会从周边开始松动。有些书妖估计也在想，既然现在外面的世界已经对他们敞开了，为什么还要继续躲着。他们没想到的是，这个世界比他们书里的那个要复杂一些。这更证明了书妖不是人。他们并不了解这个世界有多大，因为他们只知道那个被当作背景的世界，那是一个被小说清晰地划定了界限的小环境，根本应付不了外面的现实世界。”

他很喜欢夸夸其谈，蕾切尔心想，所有的政客都一样。如果不打断他的话，说不定他待会儿就要开始分发彩色的小纸旗了。

“我带你来，是想让你下达死刑命令。”他说。

她尽力不表现出软弱的样子。玛尔什是在利用她，利用她的名字和脸。如果她现在看上去像个吓坏了的孩子，那么玛尔什以后就再也不会把她当回事了。

蕾切尔朝前走了半步，伏在栏杆上，就像要仔细看看下面的样子。她起了一身鸡皮疙瘩，很庆幸自己的紧身黑裙是长袖的。

套在绞索里的那几名男女抬头看着她，她能清楚地看到他们的脸，浮肿的眼睛，皴裂的嘴唇。穿白大褂的女人和她的手下做了不少工作。

那些囚犯的嘴并没有被堵住，但是他们戴着脚镣，双手被绑在身后，也许已经有人告诉他们她是谁了，尽管如此，还是没有人向她乞怜或者喊冤。所有人都默默地抬头盯着她。

蕾切尔叹了口气，再次转身看向玛尔什：“您确定我们已经从他们身上知道了所有想知道的事情吗？”

“所有能知道的事。这四个并不是普通的书妖，他们长年跟着游吟兄弟搞恐怖袭击，他们或许离开了，但并不会背叛那些人。天知道他们在书里是些什么角色，让他们如此，嗯，如此坚定。”

蕾切尔继续把注意力放在这件事上，为的是不去想自己被要求做的那件事。这四个人曾经可能是各种角色，从中世纪的骑士到密探，或者就是普通的饭店服务员、马路清洁工。他们在自己书里的经历完全有可能比在乌尼卡审讯室里的更加糟糕。

“时间到了。”他说。

也许，她下令执行死刑，对这几个人来说是好事。她脑子里想到的真的是人这个字，而且也确实是这样认为的。看到眼前的景象，她不能不这样想。

“等等，”她尽力把话说得很干脆，“有判决书吗？有法律效力的法庭决议？”

她对法律的了解并不比做饭多，这两件事在西摩尔家都有专人负责，不过她的这个问题听上去确实挺合理的。

玛尔什撇撇嘴：“我冒昧地以委员会的名义宣布现在是紧急状态，也就是以你的名义，蕾切尔，这是为了所有书巫的利益，为了维护准备关闭传送门的这段时间内的安全。只要还是紧急状态，那么学院的首脑就可以全权负责，我们不需要判决书，只要你一句话。”

他坦然地承认这么重大的决定是背着她做出的，这是一种侮辱，他显然在等着她毫无反抗地忍受这种侮辱。

她想到了最后一个办法：“也就是说，您自己不能下达死刑的命令，如果没有亚当学院首脑的直接指令？”

“至少不能不经过你，蕾切尔。如果你直接站在我旁边的话，看上去会怎么样？他们会把这个当成你软弱的表现。而这点，孩子，是很不好的。”

她很厌恶玛尔什那种居高临下的语气。他的表情冷冷的，仿佛他本人对这场死刑根本没有兴趣。

当然没有，因为这里的重点并不是这些书妖，他是在利用这件事测试蕾切尔的底线。他想看看蕾切尔有多大能力。蕾切尔是三大家族的最后一名成员，是他名正言顺地掌权所需的一张名牌。他必须确认自己在牵动绳子的时候，吊在上面的木偶会跟着动。假如蕾切尔不这样做的话，那她就是多余的了，也许他会试着丢掉这个旧家族的代表，直接自己上台。

*整件事就是一场闹剧！*她真想冲着玛尔什的脸这样喊。而玛

尔什也知道这点。他知道她已经怒火中烧，知道她虽然谋杀了自己的父亲，但并不想为了配合别人的试探就杀死四个无辜的人。

蕾切尔又朝院子里看去，穿白大褂的女人的身体晃来晃去，因为紧张或者无聊。那些警察面无表情，其中一个站在台子边一个简陋的控制台旁，上面只有一个圆形的按钮。想到就算是自动售票机都比这个杀人机器的构造复杂，感觉很荒唐。

“还有吗？”她小声问。

“我们的人一直在找游吟兄弟，但是到目前为止只抓到了这四个。”

“我是说，更多的死刑。”

“在传送门关闭前不会有了。之后我们会撤到外面的世界里去，那样，情况会有很多变化，学院将会更多地转入地下活动，重点有所不同，会变得像之前的绯红厅时代一样，不会再有乌尼卡这样的统治中心，而是一个维护书巫世界利益的秘密组织。”

你的利益，蕾切尔心想，不过她的心思已经不在玛尔什的话上了。那个穿白大褂的女人似乎已经等不及要再点上一根烟了。

“等待我们的将是激动人心的时代，蕾切尔，”玛尔什指着院子里，“但是在此之前，得先把这件事做完。”

她不想再看那几个囚犯，但这四个人始终紧紧地盯着她，所以她不得不看。那些书妖的眼睛就像磁石一样，不由分说地将她的目光吸引了过去。

也许他们从被捕的那一刻起就知道自己将要面对的是什么了，而这将是他们的解脱，比起被审讯。

“抬起你的胳膊。”玛尔什说。

她没有动。

“这很简单。”玛尔什的手温柔地握住她的小臂，稍稍朝上推起一点。玛尔什的触摸让她感到恶心。

“我不需要帮助。”她说。

玛尔什收回了手，但是他的眼睛在说：那就证明给我看。

蕾切尔举起了右臂，抬到下面的人刚好能从栏杆上方看到的地方，这是玛尔什刚才没有碰过的那条胳膊。

其中一名囚犯闭上了眼睛。

“你现在就是亚当学院，”玛尔什说，“世界将会仰视你，而且或许不仅仅是书巫世界。”

她的手微微颤抖着，她不想让玛尔什看出来，就把手指收回来，握成了拳头。

“你觉得这件事不容易，这点很好，”玛尔什说，“你不是个暴君，你只是在做必须要做的事情而已。”

让她做这件事不公平。

她呼出一口气，放下了胳膊。

绞刑台上的活门哐的一声打开，绞索抽紧，四个囚犯掉了下去。

蕾切尔空洞地盯着他们那边，看了一分钟，也许两分钟。

“我想走了。”她说。

回到房间后她才发现，自己的手依然握着拳。

16

“花球城，”顿坎的眼神阴沉沉的，“对我们这样的人来说，可不是什么好地方。”

穿越门飞卷的光点早已消失，但是伊西丝闭上眼睛的时候，这些光依然在她的视网膜上跳动。每眨一下眼睛，她的脑海中都会燃起一片紫色的烟火。

他们费了好些力气，才将注意力集中在周围的环境上。花球城，这是四个艺术庇护所中最大的一个，这里有让人眼花缭乱的画室、画廊、剧场影院，还有咖啡馆和低级赌场。二十世纪初，庇护所的建造者们曾经把这里设计成了巴黎蒙马特高地那样梦一般浪漫的地方。

花球城是唯一一个获得学院批准，跟管制区之间的通道畅通无阻的地方。当然，学院批准的时候也是很不情愿的。在这座城市里，人类和书妖混居，这里有画家、作家、诗人、音乐家、演员和剧作家，所有居民都只为艺术而生。

但是在山坡上高低起伏的街巷里追寻精神自由是有代价的：

花球城里到处都是学院的密探，像顿坎和伊西丝这种背叛学院的人最好是躲开这里。

“如果约瑟夫·沃斯卡尼安真的是唯一一个能告诉我们‘想法’具体是怎么回事的人，那就别无选择，”伊西丝说，“如在在这里都找不到他，那就没有地方能找到了。”

她的声音听上去疲惫不堪，连她自己都觉察到了。顿坎从旁边投来犹疑的眼神，也证实了她早就意识到的事：她撑不了多久了。

最明显的一点是，自从上次看过阿布索隆书，她的鼻血就越流越严重。和顿坎离开伦敦之前，她第一次看了一整页，现在要把心思从再看一眼书的欲望上转移到其他事情上去让她感到很费力。亚历山德雷·阿布索隆没有写下一个能让人看得懂的词，全是一些字母和音节的堆积，她认为只有看的时间足够长，把整本书从头看到尾，才能看出其中的奥秘，理解书中早已为她准备好的内容。伊西丝坚信这一点，即使是现在也一样，尽管上一次看书带来的亢奋感已经在逐渐消失了。

顿坎突然抓住她的胳膊，把她拉进两栋破旧房屋之间的一个缝隙里，随后就有两个警察走了过去，不过并没有看到他们。如果不是顿坎拉她，估计她就要跟这两个人撞个满怀了。这个开头可不怎么好，因为半个城里都张贴着缉捕他们两个的布告。

“你还能看清楚吗？”顿坎不悦地问。

“一清二楚，”伊西丝撒了个谎，“看东西不是问题，问题是……”她越来越觉得要把一句话说完很困难，因为她经常忘了要说什么。这是阿布索隆书瘾带来的又一个后果。

“你的精神不集中，”顿坎说，他尖锐语气中的担心多于指责，“你没法集中注意力，要是再不打起精神，你会让我们两个陷入危险的。”

伊西丝点点头，却发现自己的眼睛又看向了他的胸口。阿布索隆书就在那里，在他外套的内袋中。在伦敦满足了一下自己的书瘾之后，她很不情愿地把书还给了顿坎，但是他们都知道，这不过是个时间问题，最后她会不惜一切地把书拿回来。到目前为止，顿坎还能够对她的怒气和威胁置之不理，在神志特别清醒的时候，她也会问自己凭什么获得顿坎如此宽容的对待，在神志尤其清醒的时候，她还会知道答案。但是随着书瘾的发作，她的怀疑也会回来，怀疑顿坎，怀疑她自己，怀疑这一切的意义。

多年前，伊西丝在大仲马公园镇压了黑猫组织的起义之后，少数幸存的黑猫成员逃到了花球城，痕迹消失在这些狭窄的街巷和院子里。黑猫组织虽然不再以从前的那种形式存在，但是很多黑猫成员以前在大仲马公园的时候就是画家、雕塑家或者诗人，他们或许离开了革命活动，但不会离开他们的艺术。

大多数幸存者如今应该还在这里，伊西丝坚信这一点，顿坎也同意她的想法。其中一个理由就是那个他们已经跟了十分钟，在迷宫一样的拱门、台阶、巷子和歪歪斜斜的小过道里钻来钻去的金发女孩。年轻女孩穿了一件几乎长及脚面的风衣，肩膀特别宽。也许是为了不让人一眼就看出她穿的是一件过大的男式风衣，她还在细细的腰上系了一条带子。

她的长发用一块手帕扎成马尾，一只手里拎着一双银色高跟鞋。穿上这双高跟鞋的话，估计在坑洼不平的路上走不了多远。她的脚上穿的是一双满是灰尘的便鞋，跟她穿在风衣下面的演出服很不相配。

尼琪 · 达 · 瓦勒，本名妮可 · 布隆斯维克，在六七家中流的剧院里做舞者，此外还给画室当模特赚些外快。她喜欢跟那些搞超现实主义和表现主义的、印象派和写实派的在一起，简单来说，就是能想到的各种“主义”和“派”，靠着让这些人照着自己画画或者捏塑像赚钱。

“她的酒量比骡子还大。”顿坎这样说过。伊西丝根本没问顿坎是怎么知道骡子的酒量有多大的，不过她猜应该很大。这么说的话，这个身材娇小的尼琪·达·瓦勒应该能把半个花球城的人都喝趴下。

顿坎和尼琪曾经是恋人关系，那是在伊西丝跟他分手很久之后，当时他还没有在破碎的庇护所波多贝罗靠贩卖瘾书不光彩地发家。他先是在花球城尝试了同样的生意模式，后来他发现，这里的艺术家们虽然会对某些毒品感兴趣，但是他们不打算用阿布索隆书，他们说阿布索隆书会破坏创造力。他们喜欢看的是萨特、加缪和凯鲁亚克，上瘾的东西仅限于大麻和苦艾酒。

“她是个书妖。”伊西丝说。这时她终于能清楚地看到尼琪的脸。这是一张非常美丽的脸，却有种平淡和随意，似乎她的作者只是写下了美丽这个词，就再没有多花什么工夫了。

“是不是书妖在这个地方没有什么意义，”顿坎说，“花球城实际上正是你们想要的那种地方，在这里，书巫和书妖之间确实存在某种类似平等的东西。”

“而且到处都是密探和警察，”伊西丝说，“你还要跟着她走多久？”

“你看见她之前在海滩买什么了吗？”

“没有，”承认这一点让她有些痛苦，“武器？”

“一个毛绒玩具。”

“哦。”

顿坎紧紧地抿着嘴，点了点头，然后他们继续沿着巷子疾步往前走。他们很快来到了一个小广场，这里的地面被某个马路画家绘满了五彩斑斓的复杂图案。在这种艺术家庇护所，这样的东西原本没什么稀奇，但伊西丝的目光还是在上面停留了好几秒钟，无法挪开。她觉得那些颜色似乎在动，就像暴风雨前的乌云那样，懒洋洋地相互缠绕着。

“你看见了吗？”她小声对顿坎说。

顿坎不情愿地看了看：“这是视觉假象，一种伎俩而已，画得不错。”

“这个我以前就见过。”

“抽象画。”顿坎不在意地耸耸肩。

“凯特说，‘想法’看上去就像彩色的云，五颜六色地缠绕翻卷着，就是这样。”

“也可能是碰巧。”

“那也很奇怪。”

又有警察走过来，伊西丝心想，不知道还有多少便衣密探混在这里的人群中，或许绝大多数早就因为穿越门即将关闭从这里撤走了。

伊西丝本可以用书巫术给自己易容，但是又担心自己精神太涣散，无法让假面稳定，一张不断闪动的脸估计比现在这张被通缉的脸更容易引起别人的注意。

尼琪拐进了一条窄巷，走了不到二十米后，停在一栋窄窄的楼前面。伊西丝和顿坎远远地站住，看着舞娘被让了进去。不到两分钟，她就从屋里出来了，手里推着一个婴儿车，横穿过巷子。走过三栋房子之后，她打开了一扇门，顿坎和伊西丝趁她还没关上门，也挤了进去。

“什么……”她手里突然多了一支防身电棒，正要用时，她认出了顿坎。

“哦，见鬼！是你！”她稍稍停了一下，更加坚决地用电棒去电顿坎。

“行了。”顿坎说着，抓住她的胳膊，毫不费力地躲过了她手里的电棒。但顿坎没看见她左手里还有一支，尼琪毫不犹豫地戳在了他的身上。

顿坎大叫一声，踉踉跄跄地退后，跪倒在狭窄的走廊里，挡住了伊西丝的路。偏偏这时，孩子也哭了起来。

“你看见了吗？”尼琪情绪激动地指着婴儿车。“都是你干的！”

伊西丝真希望她指的是那孩子的哭闹，而且这两人的关系已经久远到不可能造出这样一个孩子了。

舞娘弯下腰，从婴儿车里抱出在襁褓里踢腾的孩子。

伊西丝指指她手里的电棒：“您应该先把那东西放下，真的，对这个小男孩不好，小女孩，不管男女都不好。”天哪，她痛恨哭闹的孩子。

尼琪恶狠狠地看看她，把电棒丢在一个架子上，抱着孩子走向走廊深处：“她叫莉叶。我不知道您是谁，不过请您带着这个混蛋一起滚出去。”

顿坎发出一声叹息，摇摇晃晃地站起身，一只手捂在腰侧：“这个混蛋曾经可是你一生的挚爱。”

“前生。”

顿坎没那么小气，这一点伊西丝知道。他们在波多贝罗重逢的时候，伊西丝自己就曾在他的脑袋上砸碎了一个木头盒子，但顿坎也不过是威胁了两句，说要用枪打死她。他不是那种睚眦必报的人。

尼琪抱着莉叶走进了走廊尽头的一个房间，伊西丝听见她在那里摆弄锅碗的声音。伊西丝和顿坎互相看看，从婴儿车的旁边挤了过去，走进狭窄的厨房。

“你现在有自己的房子了，”顿坎说，“门边上写着你的名字。”

房间里井井有条，比伊西丝想象中的要整齐得多，她似乎开始有点喜欢尼琪了。伊西丝希望这个舞娘不要对他们隐瞒关于黑猫组织的事情，因为她非常不想拧断这个年轻母亲的手指，或者胳膊。

“我能赚钱，”尼琪说，“而且我有一个女儿。我也不能把她放在后台或者破破烂烂的画室里养大，更不能在你当初住过的那种破房子里。”

顿坎看上去很委屈的样子：“我当初那是刚开始创业！”

“您应该看一看他在波多贝罗的那座豪宅！”伊西丝对尼琪说。

“您的鼻子……”尼琪说，“……在流血。”她扯下一张厨房用纸递给伊西丝，然后一手抱着莉叶，一手把烧水的锅放在火上，准备给孩子热点吃的。

伊西丝把纸按在鼻孔上：“谢谢。”

“我是不想有谁的血沾在地板上，那是莉叶玩的地方。你们走吧。”

听尼琪的语气，似乎知道这两个人不太可能会照她说的做。顿坎依然捂着腰，不过他恢复得已经比大多数人都快了。他们在勒卡雷接受的不仅仅是与书有关的训练，这一点尼琪也许知道，不过估计她根本就不在意。

“听着，”他说，“我就直说了。我们来这里，是因为需要你的帮助。”

“我的帮助。”尼琪转过身，用一只手扶着女儿的头靠在自己的肩膀上。莉叶已经不哭了，这让伊西丝大松了一口气。能让她无法忍受的事情并不多，不过婴儿绝对是其中之一。“你们会需要我的什么帮助？”

“约瑟夫·沃斯卡尼安这个名字你听说过吗？”顿坎问。

“从来没听过。”

“回答得太快了吧，”伊西丝说，“你再好好想想。”她改说“你”，好让问话听上去不那么生硬。

“这个名字不常见。”尼琪边说边继续在炉灶边忙活。莉叶从尼琪的肩头呆呆地看着伊西丝，小婴儿长着大大的蓝眼睛和浅金色的鬈发。

“约瑟夫·沃斯卡尼安，”顿坎又说了一遍，“你确定不认识？”

这一次，尼琪似乎真的仔细思考了：“不认识。”

她在撒谎，伊西丝心想，做得不算拙劣，但也不是很能让人信服，骗不过曾经做过密探的他们。伊西丝和顿坎对视了一眼，她看得出，顿坎也是这样想的。

伊西丝决定把这件事交给顿坎，她退回到了走廊上。这里还有一扇门，一条狭窄的木头楼梯通向楼上。整栋房子宽不到四米，所以走廊旁的房间只有窄窄一条，里面除了一些孩子的东西只放了一个画架。窗户下面竖着放了一些用过的画布。看来尼琪自己也画画，也许是在别人的画室里待久了的必然结果。

第一张画看上去，就像是把所有的颜料都挤在了上面，然后搅和了一下。伊西丝听见顿坎和尼琪在厨房里说话。她朝那些画弯下腰去，一幅幅地仔细观察。彩色的云，彩色的涡流，彩色的回旋，一片混合在一起的五彩斑斓，其中偶尔有一条条的深蓝色或紫色，就像把所有的画连接在一起的血管。

厨房里又传来了孩子的哭声，尼琪抚慰着孩子。顿坎又问起沃斯卡尼安，这一次语气强硬了一些。

伊西丝数了数，一共十四幅画，画的全都是这种混杂在一起的色彩。也许里面故意安排了什么图案，不过她看不出来。

“你凭什么认为我知道这个人的事？”尼琪在厨房里说。

“因为你认识这里的每一个人，”顿坎回答，“跟我就别装了。”

画架上的那幅画被一块布盖着。伊西丝掀起布，朝里面看去。

“情况是会变的，”尼琪说，“所有的一切都在不断地变化。”

还是色彩组成的旋涡，比其他画上更明显地呈现出螺旋形。画面正中是一个人大张着胳膊和腿，正在朝旋涡中间坠落，这个人看上去就是一些线条，不是画上去的，而是厚厚的色彩上的划痕。

“很快就会有更多的变化，”尼琪继续说道，“这种混乱已经无法阻止了。”

伊西丝丢掉那块布，又去看其他那些画。她这次看得更仔细，这回，她在那些画上也找到了这种划痕组成的小人，他们大张着四肢，朝着色彩的旋涡坠落下去。

“混乱？”顿坎问。

伊西丝飞快地从走廊跑向厨房，右手放在枪上。

“她说的混乱就是‘想法’，”伊西丝走进厨房，“她什么都知道。”

17

晚上，蕾切尔在乌尼卡的套房门铃响起，一段乐曲飘进大理石的房间里。这里的一切都非常高雅、有品位，就连门铃声也悦耳动听。乌尼卡的传统就是典雅、高贵、书卷气，这是覆盖在这里真实发生的一切之上的完美伪装，很容易迷惑人。

直到人们看到后院里林立的绞刑架，还有房屋侧面那些刑讯室时为止。

蕾切尔站在顶楼的平台上，看着政府豪华的白色建筑顶上的落日。天空中是颤动的黄色和红色，从这个距离，她还能看到残留下来的那些学校和寄宿学校的山墙。其中一个就是她曾经就读的那所，这让她想起了凯特，还有凯特的命运。

门铃声再次响起，虽然还是同样的曲调，但听上去似乎有些不耐烦了。蕾切尔不需要用对讲机，就知道外面站的是谁。

“是我。”乔纳森 · 玛尔什说。还能是谁。在这个地方，除了他，蕾切尔谁也不认识。在帮助蕾切尔熟悉学院新代言人职责这件事上，委员会的其他成员都推举他来主要负责。

“好了，快出来吧，”看蕾切尔没有马上开门，他说道，“我要带你去看样东西，我保证，你会感兴趣的。”

蕾切尔闭了一下眼睛，压制着内心的反感，来到走廊上，站到他身边。负责看守蕾切尔套房的守卫呆呆地看着前方。蕾切尔和玛尔什从他身边经过，顺着走廊走下去。

玛尔什把蕾切尔带到了政府大楼的另外一边，但并没有告诉她这是要去什么地方。

“要做更多的决定？”她尖刻地问。

“不是，不用担心，不是那种事。”

他们穿过一扇橡木做成的侧门，走出房子，穿过宽阔的内院。院子正中有一个刷成白色的圆塔，塔上没有窗户，所以蕾切尔也无法判断塔的高度，可能有七层楼高，也可能有八层楼高，这座塔明显要比四周那些政府大楼的侧翼要高。

“监狱？”

“只是外面看起来像监狱，”玛尔什回答说，“但它并不是。”

蕾切尔本以为塔的入口在另一侧，但她想错了，这个塔唯一的门开在最高一层，他们得先坐一个玻璃电梯上去。玛尔什朝她伸出手，蕾切尔由着他将自己从电梯中拉出，穿过一个刮着穿堂风的平台，来到那扇门前。玛尔什用一把沉甸甸的古老钥匙打开了门，他们走了进去。

门里的一条木板小桥下是黑洞洞的深渊，蕾切尔看不见深渊里有什么，她不安地想到，这座塔里应该没有其他的楼层隔板，如果玛尔什决定将她从小桥的栏杆上推下去的话，她就会从八层楼的高度一落到底。

离开套房的时候，她背上了自己的包，走路的时候，包就在她的腰上蹭来蹭去，她能感觉到放在包里的心灵书，这让她稍稍安心了一些，但跟着玛尔什走过木板小桥的时候，她还是无法控制自己的恐高。“这是什么？”

“几秒钟之后你就会看到了。”

他们来到塔中间的另一个平台上，那里还有一部玻璃电梯。玛尔什按下一个按钮，透明的电梯门悄无声息地打开，黑暗中的扩音器里传来轻轻的钢琴声，是肖邦的《降E大调夜曲》。蕾切尔熟悉这个曲调，她自己的钢琴弹得也还不错。

“请吧。”玛尔什让她先进电梯，自己跟在后面。他们现在是在一根玻璃管的最高点，显然这根管子就是塔的轴心。

电梯慢慢地动了起来，黑暗像慵懒的雾气一样渐渐散开，露出一个四壁金色的圆形竖井。

玛尔什仿佛看出了她的问题：“是的，这些是真金。我们希望能让它尽量逼真。”

随着周围越来越亮，她逐渐看清四周的井壁上罩着一层网状的图案，这时她明白了：他们是在一个模拟隐页世界的地方。

墙上的图案并不是非常逼真，那些网太过精致了，但它们的用途却是毫无疑问的，为了创造一种符合标准的装饰。一时间，蕾切尔觉得自己就像到了游乐场：*欢迎来到狂野西部！请您见证古罗马的奇迹！坐电梯穿越隐页世界！*

电梯已经移动起来，速度慢得让她感觉不到，电梯以平均每分钟几米的速度向下方滑去。

周围的灯多了起来，现在，蕾切尔看到了自己四周飘荡在金色光芒中的那些东西，有一些圆形的片状物，直径差不多有半米，还有一些球状和形状不规则的碎块。仔细看过去时，她在其中一些上面发现了非常小的建筑物。最靠上的那个片状物上覆盖着雪白的小盒子和小方块。

“这就是乌尼卡，”玛尔什说，“或者至少是目前有过的最好的乌尼卡模型。”他撇了撇嘴，“确切地说，应该也是第一个模型。”

不远的地方飘着一个球，比水球大不了多少，上面全是由微型的房屋和街道组成的图案。

“书城。”玛尔什说，“那些看似没有边界的庇护所，其实都是有边界的，只不过不会马上看得到，这些庇护所被做成了球形，那边稍微靠下一点的，是斯卡拉和帕诺拉米卡。”

电梯朝下降落的过程中，他们经过了许多这样的球、片和形状不规则的块。每一个都代表着书巫世界里的一个庇护所。

“真的是所有的都在这里了吗？”蕾切尔轻声问道，在他面前掩饰自己的惊讶是非常幼稚的做法，她没有想到居然会有这样一个地方存在。

“不是，”玛尔什答道，“只有那些做过地理测量的。”

“《地平线地图集》？”她听说过这本书，虽然自己从来没有见过。

玛尔什摇摇头：“一个名叫维克多·达马斯卡努斯的人，有史以来最有天赋的庇护所绘图师，他在很多年的时间里，给我们提供了必要的信息。这个人不久前死了。”

他们到这时还没有走完四分之一的距离，玻璃电梯四周的金光中，不断出现新的、位置更深的庇护所，就像一个巨大的太阳系模型里的星球。

“您为什么要带我来看这个？”

“因为得亲眼看过才能真正领略其中的美。我曾经希望能带卡特琳娜来这里，这么说可能有点太情绪化了。”

就算玛尔什真有这样的想法，蕾切尔也绝对不可能替代他女儿的角色。但是这个地方的确很迷人，她已经完全被这里迷住了。

“如果放弃乌尼卡，那我们要想办法把这里的一切都挪到外面的世界里去，”玛尔什说，他们两个都在盯着从旁边经过的那些庇护所看，“要做到这点很难，而且有可能失败，但还是值得一试的。

书巫术既然能够强大到将海伊镇从威尔士挪到书城，也应该能往回挪，将庇护所的一些部分挪到外面去。”

蕾切尔的脑海中浮现出了一个挤满了书巫的大教堂，有成百上千人，所有的书巫都捧着打开的心灵书，制造出一片光的海洋，同时集合力量，将一个个世界连根拔起。

“以前有人尝试过吗？”

“这种尝试没有过，也许会失败，所以我希望你能看看这个地方，以防我们失去它。”

“不是只要关闭传送门吗？”蕾切尔说。“关闭之后，也应该能够开启通向这里的穿越门吧。”

玛尔什摇摇头：“隐页世界将会被永久封存，就像当年的永夜庇护所。在传送门关闭后，会有一堵防护墙被启动，这样就再也没有人能离开庇护所了，外面的人也进不去。我们得防止一些有书巫能力的书妖进入普通人的世界，我们认为这些书妖会像传播瘟疫一样把‘想法’带过去。”

纯粹是猜测，蕾切尔心想，不过是一些毫无根据的恐惧而已。

“能够完成这件事的书巫在哪里？”蕾切尔问。“在乌尼卡？”

“很多书巫已经返回了外面的世界，还有几个在这里，现在的问题是，他们还什么都做不了，有一些东西在阻碍着他们。”

“什么东西？”

“马上，你先看完，然后我再接着给你讲。”

电梯继续下降，穿过一群群的片和球，蕾切尔第一次真切地感受到书巫世界的广阔。数量如此众多的庇护所让她充满了敬畏，就像看到清澈的星空一样。她打了一个寒战。

“咱们要丢下这些地方？连接的通道被截断后，它们会怎么样？”稍稍犹豫了一下之后，她又补充道。“我们会怎么样？”

“数量太多了，”玛尔什遗憾地说，“已经没法控制了，学院的力量无法触及那些偏远的地方，没有学院的指引，这些庇护所会陷入混乱。游吟兄弟不是唯一跟我们作对的组织，还有很多其他的力量，我们会越来越难控制他们。”

“听上去您好像很高兴放弃庇护所？”

玛尔什把一只手放在玻璃上，就像要用拳头碾碎玻璃外面的那些世界。“放弃这些带给我的痛苦远比你能够想象到的要强烈，不过我们应该做的是想想自己以前是什么样的，是什么让我们变得强大的。绯红厅曾经是一个秘密组织，是一股隐秘的力量，却对政治、经济和整个民族产生了影响。后来，绯红厅变成了亚当学院，这带来了无与伦比的繁荣。在这之前就已经有庇护所存在了，但是从那时起，人们才开始不断缔造新的庇护所，如果建得不好，就再建一个好的。我们的祖先当时完全不顾及数量的多少。不过，只要这些庇护所还年轻、温顺，那管理起来就不用费多少力气。是永夜庇护所之战停止了这种扩张。扩张的后果是很严重的，学院从那之后就变得很谨慎。尽管如此，我们也已经变得非常臃肿、自恋，这很快就会让我们开始自相残杀以满足自己的胃口了。一个解决办法是采取极端的瘦身措施，目前看来，命运已经给了我们这样做的最完美的理由。”

“‘想法’的扩散。”蕾切尔小声说。

玛尔什按下电梯控制面板上的一个按钮，玻璃电梯外的光变了，在他们脚下，炽烈的金色光芒消失了，取而代之的是深井里昏暗的红色。刚才还照着下面那些庇护所模型的光熄灭了，只有电梯上面的地方还跟刚才一样。不过，他们应该会随时离开金色的区域，向下降落进塔内那个血红色的部分。

“所有现在是红色的地方，”玛尔什说，“都已经被‘想法’吞噬了，它们正在继续向上，大概已经有三分之一的深层庇护所成为了它们的牺牲品。”

电梯朝那片红色落下去，金色留在他们的头顶，突然间，玛尔什脸上的颜色也变得像那种吓人用的弹跳小鬼的似的。蕾切尔赶紧转过身去，看着四周的庇护所。只有少数几个庇护所上有人居住的痕迹，所有庇护所都被笼罩在了黑暗中。

已经失去了这么多，蕾切尔心想。

红色的光闪烁着，变成紫色，蓝色，他们就像是正在穿越一条条的色彩。电梯终于到达了塔的底部，这里空荡荡的，看不清边界。在他们右边齐眼睛的高度上飘着一个奇形怪状的东西，不像其他那些模型有着固定的外壳，而是抖动着，不断变化着，不断凸起一些尖角，然后又消失，碎块一个个地分裂，随后又融合进表面的其他地方。之后，这一堆像堆积在一起的泥土块一样的东西又开始了自转。

“你知道这是什么吗？”玛尔什问。红色的光朝他们漫过来，挤走了紫色，他的脸就像是被浸在了鲜血中。

“永夜庇护所。”蕾切尔说。

他满意地点点头。“当然，现实中的那片虚空是没有最深处这个底的，至少我们不知道有。它并不止于永夜庇护所，但永夜庇护所对于我们来说，是一个非常适合用来结束这场隐页世界之旅的地方。”

蕾切尔的理智告诉她，她不过是在一个没有窗户的塔的底层，她还在乌尼卡那座大理石宫殿的院子里，但是密闭的环境让她感到很难受。她想到玛尔什可能会把自己留在塔底，囚禁在一片虚空的最底端，眼前挂着这一片就像活着的肿瘤的东西。

她终于想起自己应该扮演的角色。“我已经看够了。”她努力克制着自已。

玛尔什微笑着按下一个按钮，玻璃电梯又开始朝上飘去，将臃肿丑陋的永夜庇护所留在了深渊里。他们离开了“想法”的领地，重新升入了塔上层那片纯粹的金色中。

蕾切尔的心跳恢复了正常，呼吸变得顺畅，也能清晰地思考了。但是，看到“想法”已经如此逼近给她带来的恐惧还依然在。

“您刚才说，现在有一个问题，让我们的书巫不能够合拢外面那个世界和庇护所之间的防护墙，因为有东西在阻碍他们这样做。您指的是什么？”

“那是一种机械装置，我这样说，是因为这个词最合适，虽然那东西是用书巫术做成的，跟机械没什么关系。”

蕾切尔等着他继续说，她真想闭上眼睛，好体会这些金色的光芒是如何穿透自己的眼皮的。这是她每次穿越虚空世界时最享受的事。

玛尔什继续说：“绯红厅的创始者们已经预见到了会有一场灾难，让人们不得不放弃庇护所，为了让人们不要那么轻易地就放弃，他们搞了一种……就叫它保险装置吧。这个保险装置就在一切开始的地方，在绯红厅里。”

“在我们家？西摩尔庄园里？”

玛尔什缓缓地点了点头：“当然，我们早就派了书巫过去，但是他们碰到了一些意料之外的麻烦。”

“什么麻烦？”

“那座城堡……不让他们进去。”

电梯来到了平台上，停了下来。“那个房子？”

“是的，它是活的，它会说话。”玛尔什第一次露出了不悦的表情。下午看绞刑时他面无表情，但这件事却让他不舒服。可能是因为他自己也不理解这是怎么回事。

“我们需要你的帮助，蕾切尔。”

“我能做些什么？”

它是活的，它会说话。她突然开始怀疑玛尔什的头脑是否还

清醒。但是她又想起了那个跟凯特一起在城堡图书馆里与她和威特动手的陌生女孩。女孩当时突然开始说胡话，就像是在跟某个只有她能听得到的人说话。

玛尔什的表情放松了下来，脸上又变得跟之前一样毫无表情："那个城堡，你的城堡，它说，现在只有一个人能够进到它里面，只有它真正的女主人才可以。"

18

“这是个陷阱。”伊西丝小声说。

“当然，”顿坎回答道，他把声音压得低低的，几乎要听不清楚了，“但你是七芒星书妖，你能带咱们离开这里。我完全信任你。”

“你给了尼琪足以调动半支军队的时间，”伊西丝低声对他说，“我们还不如直接去对付那些警察。”

“尼琪并没有替警察工作。”

“为什么不干脆威胁你那个可爱的小舞娘说要打断她的腿，这样她就会把一切都告诉我们。”

顿坎轻轻叹了口气：“首先，你看错了尼琪，假如你真的以为她会害怕威胁的话。其次，虽然她当年把我赶了出去，还摔了东西，但依然是很喜欢我的。第三，还得考虑那个小家伙。”

小家伙，没错，莉叶还真是个问题，伊西丝也这样认为。

尼琪走在他们前面，顺着带台阶的巷子往上爬，她用一个袋子装着那个孩子。不知道这个袋子究竟叫什么，反正就是那种把孩子装在里面之后，还能让孩子去烦其他人的东西。

他们快要爬到山丘顶端的时候，巷口突然出现了一个小广场。广场对面，台阶在房屋之间继续向上延伸了一段。他们几乎没碰到人，但风声却从山丘脚下送来了嘈杂的人声。

尼琪走到广场侧面一个窄长的石盆前，一股粗粗的水流从安在房屋墙上的铸铁水龙头里流出。

“也许她是想把孩子淹死。”伊西丝非常理解地说。

尼琪四下看看，除了他们两个之外没有看到其他人。她把手伸进那股水流中，小心地在水龙头里面摸索着，从管子里揪出了一根细链子的末端。她使劲拉了一下，又把链子放了回去，捧起一点水，在莉叶的额头上沾了沾。

广场对面，一堆破败楼房中的一个狭窄的简易房上，一扇门吱呀呀地打开了。没有人从里面出来，露出的那条缝黑洞洞的。

舞娘朝他们点点头。

“你带路。”顿坎说。

尼琪露出轻蔑的眼神，带头走进那个简易房里。伊西丝把手伸到斗篷下面，将紧身外套上的拉锁向下拉开四分之三，好在紧急情况下快速做出反应。

走进屋里时，一股霉味扑面而来。门里只有一条凿出来的楼梯，通往地下。

“进来，把门关上。”尼琪回头喊道。伊西丝锁上那扇沉甸甸的门，然后跟在尼琪和顿坎的后面钻进地下。一路上还有两道门，上面挂着沉甸甸的锁，钥匙拴成一串挂在尼琪身上。莉叶的小嘴里嘟哝着些听不懂的话，“爸爸”是伊西丝唯一听懂了的词，也许小家伙认出了这是什么地方。

最后，他们走进了一个类似穹顶大厅的房间里，弯曲的墙壁上有几十个黑乎乎的洞，就像蜂巢一样，那些洞似乎是空的。用来照明的是几个灯泡，电线被盘成圈随便地挂在墙上。

从某个地方传来一个男人的声音："请把你们的心灵书交给尼琪！"

尼琪将装莉叶的袋子放在其中一个比较靠下的洞里，那个孩子不吭声了。尼琪朝顿坎走过去，后者摇着头举起了手。

"如果你们想了解约瑟夫·沃斯卡尼安的事，那就要听话，"尼琪的声音听上去丝毫没有威胁的意思，"或者原路返回，没有人会阻止你们。"

"你们不会就这样放我们走的，"顿坎说，"现在我们知道你们的藏身处了。"

那个不知从何处传来的声音轻轻地笑起来："花球城会陷落，学院会放弃庇护所，封住传送门。半个小时前，我们在乌尼卡的联络员已经确认了。这样的藏身处我们已经用不了多久了。"

这么说，黑猫要离开花球城了，伊西丝心里闪过这样的念头。

"几天来，一直有要关闭庇护所的传言，让大家很紧张，"尼琪说，"整队整队的书巫一夜间消失无踪，一部分警察和士兵也撤走了。"她心不在焉地微笑着。从来到这个庇护所之后，伊西丝第一次感到一种真正的不安。"花球城里到处都人心惶惶，一些人还在观望，而另一些人已经在拥向传送门了。传送门在山下，你们大概已经听到嘈杂声了。"

顿坎不悦地看着她："是你们散布的消息吗？为了给警察和士兵找点事做？"

"交出你们的心灵书，就会听到答案。"刚才那个声音命令道。

他们在蓄谋制造混乱，伊西丝心想，我们撞了个正着。

尼琪没有理会顿坎的猜测，于是顿坎又问："为什么？"

"先把心灵书给我。"

顿坎审视着她，然后，他做了一件出乎伊西丝意料的事：他抽出那本破旧的平装书递给了尼琪。"我相信你，别让我失望。"

尼琪有点紧张地微笑着，随后，她走到伊西丝面前："劳驾。"

“我没有。”

“瞎说，你可是书巫。”

伊西丝打开斗篷的拉链，斗篷掉落在地上。随后，她举起胳膊：“搜搜看。”

一时间，尼琪似乎有点疑惑。

“照她说的做。”黑窟窿里的那个声音说。

伊西丝朝顿坎看过去的时候，他用眼神示意可以。尼琪并没有看见，她直接站在伊西丝面前，迟疑地开始在她身上搜。很显然，不管是紧身外套，还是裁剪得十分修身的黑裤子，里面都不可能有足够的地方藏下一本书。尼琪皱着眉退后了两步：“没错，没有书。”

“斗篷。”那个声音说。

伊西丝做了一个“请便”的手势。

尼琪弯下腰，眼睛依然紧盯着伊西丝。她捡起斗篷，上下拍了一遍，从一个内兜里摸出了一个跟网球差不多大的银球。她把球对着光，寻找机关，或者小裂纹，但是什么也没有找到。尼琪冲房间里大声说：“没有书，只有一个金属球。”

“拿走。”

伊西丝耸耸肩：“我无所谓。”

“你的心灵书在哪里？”那个声音问。

“烧了。”她能感觉到周围有好几个书巫，假如其中有哪个能窥探到她的感觉，或许能看出她没有说谎，不过她怀疑有没有人能做到这一点。毕竟这话也不全是假的。她以前的心灵书在跟魅姬动手的时候被毁了。作为七芒星的书妖，她成了自己的心灵书，每过一天，她都会淡忘更多以前的事。

小房间的某个地方传来了铁门的吱呀声，有脚步声朝这边走来。其中一个洞窟变成了通道，原来那里的一块砖墙是伪装，现在，那部分墙被朝房间里推过来，露出的开口里面走出好几个人，其中几个捧着心灵书，其余的拿着枪。他们中没有一个的年龄大到有可能是约瑟夫·沃斯卡尼安。

最后，一共出来了十六个人，有男有女，他们在伊西丝和顿坎周围站成了一个半圆形。尼琪回到莉叶那里，将顿坎的心灵书和那个银色的球放在洞里袋子的旁边。伊西丝能够感觉到顿坎的心绪烦乱，虽然他表面上并没有显露出来。

一个男人从那群人中走出来。他两鬓的金发已经斑白，身材修长，胡子拉碴，看上去很疲倦的样子，但他浅蓝色的眼睛里却燃烧着一团火，让伊西丝感到担心。她能看出这个人的思想很极端。

"你们在找约瑟夫·沃斯卡尼安，"那个人说，"为什么？"

"我们知道他看到过'想法'，"伊西丝决定直入主题，"他曾经在布朗什·德·卡扎利斯号上待过，跟卡苏斯·费尔菲克斯还有黑猫的其他成员一起。'想法'放走了他们，后来他就开始用所有的时间研究'想法'的秘密，"看到对方的眼神，她觉得应该说得慷慨激昂一点，"一个小女孩，卡苏斯的孙女，不久前被'想法'吞掉了。我们想找到她。"

"如果你们已经知道了这么多，"那个男人说，"那还找约瑟夫·沃斯卡尼安干什么呢？"

"他从'想法'中逃出来了，我想知道卡苏斯的孙女是不是也能逃出来。"

"逃，"男人似乎在掂量这个词，"能够跟'想法'合而为一是一种荣耀。约瑟夫不是逃出来的，他是被'想法'拒绝了。"

伊西丝觉察到顿坎的怒火。"你是？"他问那个男人。

"凯勒布·沃斯卡尼安，约瑟夫是我祖父。"

"那么说他已经死了？"伊西丝问。

“已经死了十几年了。我认识你，你是伊西丝 · 霓莫霓思，你曾经在大仲马公园镇压过黑猫组织，杀死了我们很多朋友。”

“既然你知道我是谁，那估计你也知道学院在通缉我吧。”

“当然，不只是学院，还有人提供了一大笔赏金，悬赏捉拿你和你的那些三个抵抗组织的朋友。”

“你们只不过是没有时间去马杜克那里领赏金，对不对？”

“我们不是罪犯，也许在学院的眼里是那样，但是我们不跟马杜克那样的人同流合污。而且我真的是想不出来有什么理由要帮他的忙，不过，我也想不出什么理由不马上干掉你。”

“凯勒布，你知道我的，你已经听说了我改变了阵营的事，这些还不足以让你放弃做傻事吗？”

有人在拉枪栓，好几本心灵书中亮起了炽烈的书页之心。凯勒布举起一只手。“等等！”

“好，”伊西丝说，那些书页之心又熄灭了，“这样做很明智。”

要是万不得已，她胸膛中的那本书能够自行撑开剩下的那一段拉链。这些人里会有一半还来不及看清是怎么回事就死掉，另外一半也活不了太久。

“凯勒布，”一个女书巫说着，指指顿坎，“他身上还带着一本书。”

凯勒布朝尼琪投去一个责备的眼神，然后转向伊西丝：“是你的心灵书吗？你把书给他了？”

“别碰那本书！”说话的不是她，而是她对阿布索隆书强烈的渴望，在过去几个小时里，她一直在竭力克制那种渴望。

书页之心又亮起，这次是所有的书页之心一起。伊西丝从眼角里看到了九个书巫，凯勒布应该是第十个，其他那些拿枪的人应该对她构不成威胁，前提是，她能够先把这些人放倒。

“尼琪，”凯勒布招手让尼琪过去，“收了他的书。”

顿坎的声音听上去冷冰冰的：“你让她来？你女儿的母亲？”

凯勒布没有理会他的谴责，对尼琪说：“不要害怕，他不会把你怎么样的。”

尼琪犹犹豫豫地朝顿坎走过去，刚才她身上的那股自信一到凯勒布身边就消失殆尽了。伊西丝知道这种首领：这些人会夺走手下人的能量、骄傲和个人意志，只留下一具顺从的皮囊。不管他是用什么方法让尼琪变得这么听话的，都足以燃起顿坎的怒火。

“不要这样做。”他用低低的声音威胁凯勒布。

伊西丝对阿布索隆书的欲望越来越强烈，想到这些陌生人可能会夺走那本书，她的喉头抽紧了。

尼琪伸出手。“把书给我吧。”她温柔地对顿坎说。

看来是不行了，伊西丝心想，她努力保持着克制。

“拜托。”尼琪又说。

“你们想要答案，”凯勒布说，“我可以给你们答案，但是你们不能有武器。”

他并不知道伊西丝的武器是什么，否则就不敢开口去要那本阿布索隆书了。

顿坎斜眼看了伊西丝一眼，他的眼中除了对凯勒布的怒气之外，还有一丝绝望。

“凯勒布是个好人，”尼琪说，“他会带领我们进入无政府的大自由。”

顿坎怒气冲冲地从她身侧盯着黑猫的头领。

“我祖父差点儿就参透真相了。”凯勒布说。这边的伊西丝正被羡慕、妒忌和贪婪混合而成的毒药撕扯，她已经几乎无法控制自己。“‘想法’并不坏，”凯勒布继续说道，“它们不是破坏者，而是一个美丽新生的开始。”

“一个美丽新生！”他的追随者们齐声重复道，尼琪的嘴唇也在无声地翕动。

顿坎一脸不以为然："真的吗？"

"把书给我。"尼琪又请求道。

伊西丝看到顿坎把手伸进外套中，慢慢地抽出了阿布索隆书。现在，所有的人都能看到那本书了，伊西丝确定这里的每个人都感受到了书的力量，都想要那本书，跟她自己一样。

"谢谢。"尼琪微笑着说，从顿坎手中接过了书。

就在这一刻，伊西丝动了杀机。

19

尼琪被一股巨大的力向后抛去，她撞在墙上时发出的声音让其他所有的声音都安静了下来。

“不要！”顿坎和凯勒布一起喊道。

伊西丝的胸腔已经打开，射出书页之心的光芒，照在凯勒布和他的追随者身上。她看见阿布索隆书躺在几步远的地上，就想朝书扑过去，但就在这时，那些拿枪的人开火了。求生的直觉占据了上风，支配着伊西丝的力量，将子弹在快接近她身体的地方拦住，这样一来她就够不着书了。穹顶屋里一片混乱。

好几个书巫分离了书页之心，朝伊西丝和顿坎发出一股股的冲击力。刺眼的光在墙上跳动，晃花了所有人的眼。这个地方根本容不下这么多人同时动手，书巫们被自己人的攻击误伤，倒在地上。伊西丝躲过了两次攻击，但是在第三次的时候被打中了。那股力被大批动手的人改变了方向，到她跟前时已经被卸去了许多力道。伊西丝踉跄着朝后退，随即便开始了反击。

那些男男女女手中的枪响起，窄小的房间里立刻充满了尖叫声和硝烟的味道。伊西丝朝对手的行列中抛过去一连串的冲击力，同时放倒了好几个书巫。他们被抛到墙上和小洞窟的边缘上，落到地上后，一些人在呻吟，一些人则一动不动。

对阿布索隆书的渴望让伊西丝无法集中精神，她又被打中了一下，这一次，她被向后甩出去很远，重重地撞在墙上。一时间，她的眼前只能看见白色的火光，所有在穹顶屋里放射着光的书页之心似乎都融为了一体，她看不见顿坎了，凯勒布也不见了。又是两下冲击力，这次是打在了她的防护力场上，她将这两下冲击力弹回了发射的人那里，一个男人和一个女人尖叫着跪倒在地。伊西丝再次分离书页之心，这一次，好几本心灵书都燃烧了起来。她终于有了足够的时间，能够跳起来，朝阿布索隆书跑过去。

书不见了，凯勒布、尼琪和那孩子也都不见了，只剩下银色的金属球还躺在那里。伊西丝顺手把球塞回了兜里。

顿坎就站在凯勒布和其他人刚才进入穹顶屋的那个通道口旁边。他额头上的一个伤口在淌血，脸因为疼痛和愤怒而扭曲。他已经捡起了自己的心灵书，书的封皮被撕破了。尽管如此，他还是马上又分离了一个书页之心。

“哪里……”伊西丝刚开口，顿坎发射出的冲击力就朝她飞了过来，紧贴着她身边飞过，像导弹一样在两个紧跟在伊西丝身后的书巫中间炸开。

“阿布索隆书！”伊西丝跑到顿坎身边时喊道，“被他拿走了？”

顿坎抓住伊西丝的胳膊，把胸膛还打开着的伊西丝拉进了那个通道口。白色的光从穹顶屋跟着他们钻进了狭窄的通道里。

“尼琪受伤了。”顿坎边跑边说。

“那本……”

“你差点儿要了她的命！”

“你不能把书给她！”

“见鬼，我会要回来的，只要……”

他们身后的喊声变大了，几个黑猫的成员跟着他们。伊西丝挣脱开顿坎的手，猛地转身，朝他们发出山呼海啸一般的书巫力。这是结成一束的狠辣而美丽的幻象，后面跟着一股坚硬的墙一般的压力。这股力将岩壁打得纷纷碎裂，还没飞到穹顶屋里，就已经击塌了通道口。

灰尘腾起，朝伊西丝和顿坎扑来，他们感到呼吸困难，踉踉跄跄地摸索着前行，跑进另外一个房间里，一边咳嗽一边奔向对面，那里有一个通向地下的旋转楼梯。地下传来了说话声和孩子的哭声。

“他们在那里！”伊西丝已经把脚放在了最上面一级台阶上，但又被顿坎拽了回来。

“不许动尼琪一根头发！”

“我对她压根没兴趣，他们中有人拿着阿布索隆书并且……”

“我们不是为了那本书来的，而是为了芙莉亚！”

“凯勒布对于‘想法’的了解比我们多。我会问出有没有搭救芙莉亚的方法的。如果他有办法，那他会告诉我的。”不过她最想要的还是那本该死的书，这是她的权利，她需要那本书。

“别动尼琪，”顿坎用重重的语气又说一遍，“想想那个孩子。”

“只要凯勒布把书给我，尼琪可以带着孩子愿意去哪里就去哪里。”说着，伊西丝顺着楼梯跑了下去。

楼梯的台阶是金属的，在她的靴子下发出叮叮当当的声音。她一步跨过好几个台阶，单手撑着飞身越过拐弯。失去那本书让她无比焦虑，连疼痛都感觉不到。她身上有些瘀伤，也许还有更重的伤，但她的身体释放出了足够支撑整整一队士兵冲锋陷阵的肾上腺素。顿坎默默地跟在她后面。

孩子的哭声越来越大，台阶盘旋着不断向下，也许有二十米，也许有二百米，伊西丝无法判断。难道这下面的某个地方是这个庇护所的底吗？就像波多贝罗庇护所的背面那样的地方？以前她经常会问自己这个问题，但是现在她的精神太过涣散，也就只能闪一闪这样的念头而已。

台阶的尽头又是一条通道，这里的墙壁上没有洞窟，墙看上去不像是由岩石组成的，更像是纸。

“卡苏斯说的就是这个吗？”顿坎说出了自己的想法。“他们把布朗什号藏在了字里行间——他说过类似的话。”

伊西丝只能大概想出所谓字里行间是什么意思。庇护所的缔造者们先写下大量的描述，随后，这些话语才变成现实，一个新的庇护所就此产生。这些文字后来是不是也成了庇护所的一部分，就像是它的基因密码一样？

通道在他们前面豁然大开，露出了一个巨大的大厅，比大教堂的内部空间还要大好多倍。不论是浅色的天花板上，还是地板上，都能看到模模糊糊的黑色轮廓，那是一些被淹没在灰暗中的几何图形。透过纸质表面闪着微光的，也有可能是胡乱交织在一起的房梁和拐角，不过就算是伊西丝，也已经清楚地看到了真实情况。

那是字母，巨大的字，不仅仅是在地板和天花板上，还包括大厅四面的墙壁上。很多字看上去扭曲变形，就像写在皱巴巴的纸上一样。一些地方还有尖角凸出，那是字母上方和下方尖锐的衬线。

“这是……”顿坎开口说道，但他的话没有说完。

“凯勒布！”伊西丝对着大厅里喊。“站住！”

但是只有顿坎站住了，他跟伊西丝看到了同样的东西，只是伊西丝已经完全被自己的欲望所左右，所以并没有意识到自己眼前展现出了怎样的奇观。

布朗什号静静地停在大厅中央，四周的地面上凸出了一些黑乎乎的形状，就像是被冰封在海洋表面上的残骸。传送船的外观酷似浆轮汽船，漆着明亮的白色，就仿佛有人将密西西比舰队最引以为傲的一切从它熟悉的环境里拿了出来，放大了几十倍摆在这里。

“凯勒布！”伊西丝又喊道。

凯勒布拎着那个装孩子的袋子。不知道是因为有所顾忌，还是良心不安，伊西丝忍住了没有从远处攻击他。尼琪一瘸一拐地跟在凯勒布后面一点的地方，对于一个受伤像她那么重的人来说，她走路的速度算是非常快的了。她是个母亲，不想失去自己的孩子，而且看样子，凯勒布也不打算放弃莉叶。

伊西丝加快了速度，同时躲闪着地面上凸出的字母尖。尼琪回头朝她看过来，脸因为慌乱而扭曲着。

顿坎也重新跑了起来，伊西丝听见他的喊声，听见他跟了上来。凯勒布领先他们较多，但是因为拎着孩子，所以他的速度没有他们两人快。现在顿坎和伊西丝也看到了，凯勒布手里还拿着一个小小的方形的东西。阿布索隆书，为了这本书，伊西丝不会放过他。他们之间距离最多还有三十多米。现在，尼琪也在喊他的名字，但他并没有理会。

布朗什号的船身四周围着高高的木头架子，一道楼梯穿过木架子，通向船的甲板。凯勒布来到台阶前，开始向上爬。尼琪随后到达那里。伊西丝已经准备要用冲击力将那个架子打得粉碎了，但那样一来，书也会被埋在一堆木头下面。

空气突然开始轻轻地震动，就像是一颗巨大的心脏在跳动，伊西丝强烈地感觉到了什么。

顿坎出现在她身边。

“你感觉到了吗？”他上气不接下气地问。

“那艘船醒了。”伊西丝喘着粗气说。把布朗什号说得像是有生命的一样，似乎是最恰当的。“它已经准备好了。”

他们快到台阶那里了。凯勒布已经爬了三分之二，离船舷不远了。冲上最后几级台阶的时候，装莉叶的那个包挂在包带上晃晃悠悠的，看起来十分危险的样子。这时，书从他手里滑脱了，他急忙把书捡起，这时，书恰好翻开，他很自然地看了一眼书上的字，还在往上跑的时候，他已经看完了前面几行。

他就像是被撞了一下似的，全身一颤，脚步踉跄，但又不想停止阅读，他的眼睛根本离不开那本书，一边继续往上爬，一边读了起来。

伊西丝发出一声怒吼，顿坎和她几步跑到台阶跟前，现在，凯勒布已经被掩在了横梁和台阶后面，看不见了。莉叶在上面的某个地方哭，尼琪绝望地喊着孩子的名字。突然传来扑通一声，尼琪尖叫起来，随后，他们听见了一种类似扭打的声音。

顿坎三步并作两步地顺着台阶往上跑，伊西丝紧跟着他。他们本来可以用飘移术沿着木架子飞上去，但那要求全神贯注，而两人现在都无法集中精神。伊西丝心里想的全是那本书，顿坎则因为担心尼琪而心神大乱。

上面再次传来扑通声和尖叫声，整个木架都颤抖起来，也许是尼琪想从凯勒布手里抢过那本书，但估计现在的凯勒布宁肯把自己的情人从船上扔下去也不会放弃阿布索隆书。

他们还没跑到一半，突然传来一阵骚动和咯吱声，木架子又颤抖起来，而且这次是一直在抖。伊西丝顺着顿坎的目光向船身看去，似乎整艘船都在震动，布朗什号已经准备好，就要离开花球城了。

他们继续朝上跑，现在，整个架子都在他们脚下晃动起来，他们在台阶上被甩得左摇右晃，只能靠抓住栏杆稳住身体，但栏杆也开始从固定的地方脱落。顿坎差点儿掉下去，幸亏伊西丝从旁边跑过的时候抓住了他，把他拉到了安全的地方。现在，伊西丝跑在前面，尽量不去理会船的颤抖，他们离台阶的上端越来越近。

顿坎抓住栏杆停了一下，冒险朝下面看去，这时，颤动着准备起航的布朗什号四周架子上的木梁已经开始脱落了。顿坎跟着伊西丝继续往上，他在地面上并没有看到任何东西，尼琪、凯勒布和那个孩子应该都已经在船上了。

四周的响声震耳欲聋，骇人的爆裂声从不同方向传来。到最后几步的时候，伊西丝感觉他们就像是在什么有生命的东西上跑一样，这东西正在他们的脚下苏醒，用于固定的绳索纷纷断裂，许多根木梁带着巨响砸在地面上，他们脚下的木架四分五裂。

伊西丝和顿坎大叫一声，跑过最后几级台阶，来到了摇摇晃晃的平台上，然后从那里跃过一条宽大的缝，跳到了布朗什号的甲板上。

“他们在哪里？”顿坎四下张望。有节奏的跳动声已经变得非常强烈，甚至遮住了书巫术的痕迹。

伊西丝试着感应阿布索隆书，但是根本感觉不到，失去这本书的愤怒和绝望让她疯狂，必要的话她会搜遍每一个角落。

“在那里！”听见顿坎的话，她猛地转过身。

他们在主甲板侧面的一个通道上，有一排排宽大的窗户，大多数是完好的，只有少数几个上面有裂痕。这些窗户叠起来有两层楼高，上面又是甲板，舰楼应该就在那里的某个地方。

再往前一点的地方就是开阔的甲板，甲板的前端是尖尖的船头。尼琪和凯勒布面对面地站在那里，尼琪摇摇晃晃的，凯勒布手里拿着阿布索隆书，尼琪拿着装孩子的袋子，孩子正在袋子里面哭。显然，这本书现在对于凯勒布来说已经比他的女儿更重要了。他的目光盯在翻开的书上，狼吞虎咽地看着阿布索隆书中神秘的内容。

伊西丝受不了看到他拿着那本书，她大叫一声，朝他跑过去。

尼琪猛地转身，将袋子藏在身后，就像是要豁出命来保护孩子不被伊西丝伤害一样。

顿坎也跑了起来，伊西丝看见他边跑边在心灵书中分离了一个书页之心。但随即，伊西丝的注意力就又被凯勒布吸引了过去，这个男人夺走了本来只属于她一个人的东西。

凯勒布从书上抬起头，目光迷离，双颊通红。让伊西丝无比渴望的那些书页中，有一页直立了起来，书页从中间分开，一道青黑色的光从下面照亮了凯勒布的脸。他召唤出了阿布索隆书中的书巫力，就算是伊西丝都没敢这么做过。

尼琪退到了一旁的船舷边，顿坎紧跟在伊西丝后面，伊西丝听见他在跟尼琪说话，语气里有安慰，也有绝望。

传送船的内部传来了轰隆隆的声音，即将失去理智的伊西丝脑中闪过了一些问题。这船上有没有开船的人？还是说它只要感应到主人在跟前，就会自动行驶？如果她杀了凯勒布会发生什么？顿坎和她能控制得了这艘船吗？还是说布朗什号会自动行驶？

但几秒钟之后，她就已经对这些问题的答案失去了兴趣。“站住！”凯勒布冲她喊道，但是伊西丝根本不打算停下来。她的胸腔大大地敞开，从书页之间射出的光晃得她的对手睁不开眼睛。

不到五米了。

阿布索隆书的书页之心，她的阿布索隆书，竟然朝着她喷出了一股火舌，火舌就像毒气一样疯狂地燃烧着。伊西丝边大叫着边去抵挡那火舌，就连尼琪和莉叶也喊了起来，虽然隔着一段距离，但她们也感觉到了热浪。

凯勒布的嘴唇翕动，念着阿布索隆书页之心里那些神秘的字句。伊西丝嫉妒得几乎发狂，这是她的字句，她的书，阿布索隆为她一个人写的书。

船的四周，纸做的大厅开始消失，这个隐藏在字里行间的秘密所在开始褪去颜色。

他们周围亮起了隐页世界的金色，这一秒，布朗什号还在花球城的腹里，下一秒，它就已经飘在隐页世界中了。

"得有人去控制船！"尼琪已经看出凯勒布做不了这件事了。"舰楼在上面！"

船身猛地一抬，甲板发出吱吱呀呀的声音，所有人都失去了重心，摔得东倒西歪。伊西丝被金光晃得一时间什么也看不见，但是很快，周围开始出现模模糊糊的影子，影子又变成了轮廓，开始变得立体。

无人驾驶的布朗什号的船身开始渐渐向右侧倾斜，倒了下去。伊西丝听见了尼琪的喊声，顿坎在喊她的名字，就连凯勒布都暂时从阿布索隆书字句的旋涡中逃脱了出来。

栏杆外面，混沌一片的"想法"就像一片油彩汇成的海洋，伊西丝明白了，这并不是偶然。

凯勒布会带我们进入无政府的大自由。

这时，有一样东西顺着甲板从伊西丝身边滑过，朝船舷的方向滑去。伊西丝下意识地伸出手，指尖碰到一根带子，但没有抓住。

布朗什号缓缓地朝着"想法"驶过去，船身继续向一侧倾斜，装着莉叶的袋子朝深渊里坠落下去。

20

黄昏降临在莱茵河畔的城堡。

蕾切尔和乔纳森·玛尔什站在广场上，两边站着十二个学院密探，后面是高大的树木，面前是西摩尔家族的庄园。

蕾切尔对面前的景象烂熟于心，她熟悉这里的每一个屋脊，每一堵山墙，知道亮着灯的那些窗户后面是哪些房间。她是西摩尔家唯一还活着的人，她在这里出生，在这里长大，这座城堡属于她，她有权利进入。

风送来只言片语，围着古老的围墙打转。有时，一些音节和不完整的句子会重叠在一起，就像许多人纷乱朗诵的诗句，随后又能听到清晰的内容，会有清楚的句子传来。

走开。

我不希望你们在这里。

我是城堡，但不是你们的城堡。

蕾切尔没听过说这些话的这个声音，她还是没法相信说话的就是眼前的这些墙。

“这是不是障眼法？”蕾切尔问的时候，眼睛一直紧紧盯着高大的房子。“是不是抵抗组织或者其他什么人用书巫术搞的把戏？”

“不是障眼法，”玛尔什说，“也不是把戏。”

“我们已经仔细地搜过了周边。”领头的密探说。他的轮廓不太清晰，相貌非常不起眼，让人很容易把他当成书妖。跟伊西丝·霓莫霓思显眼的外形完全不一样，不过这可能正是他的优势所在。

“您说的仔细搜过，意思是……”

“这里除了我们，没有其他书巫。”那个男人打断了蕾切尔的话，依然是平淡的语气，但蕾切尔还是听出来了，她插的这句话很愚蠢，所有人都能看出她有多么稚嫩。

她得学会管理，在跟下属打交道的时候更聪明一些，不要露出自己的弱点，不让别人找到能够攻击自己的地方。在乔纳森·玛尔什或者他的那些手下面前更要如此。

蕾切尔慢慢地从人群中走出，朝城堡的方向走去。

“您确定要让她过去？”那个密探转身问玛尔什，他用低低的却能够清晰听到的声音补充说，“我们已经损失三个人了。”

蕾切尔的第一反应是停下脚步，但她克制住了自己，继续向前走，看上去非常平静。她来到铸铁和橡木做成的双扇大门前。

“我是蕾切尔·西摩尔，”她说，“这栋城堡是我先祖的财产。”对着一栋房子说话让她觉得自己很愚蠢，但她还是继续说了下去，“除了我，你不属于任何人。”

玛尔什和密探们都一言不发。下面的莱茵河谷里传来了运输驳船的汽笛声，除此之外就只有风声。

风声和城堡的说话声。

骗子，围墙低声说，那声音听上去就像秋天树下的落叶发出的沙沙声，你不是我的主人，你的先祖曾经在这里住过，但建造

我的并不是他们。

“那是谁？”

城堡没有回答。

“是谁建造的你？”蕾切尔加重语气又问了一句，尽管她已经知道答案了。

罗森克罗兹家族。

“罗森克罗兹家族已经不存在了。”她已经来到了大门前的石阶前。

“小心！”领头的那个密探喊道，“还没有人能再往前一步。”

玛尔什拦住了他，示意他闭嘴，但蕾切尔还是对那个人表达了感激。她回头冲那个密探微笑了一下，并且特意没有理会玛尔什。那群人站在她身后二十多步远的地方。她之前没有觉察到自己已经离这些人这么远了。

“罗森克罗兹家族很久以前就已经不存在了，”她回过头冲着那扇门说，“在一百五十多年前。”

城堡没有吭声。

“难道不是？”

*我认出你了，*那个声音说，现在，蕾切尔觉得这个声音仿佛只是在脑海中响起，*我知道你所有的秘密，蕾切尔·西摩尔。你的每一个弱点。我观察过你，感觉得到你的感觉，你对自己父亲的憎恨，跟哥哥的亲密，对小潘多拉的爱。*

她现在不想去想威特和潘多拉，对他们两个的思念让她太过痛苦。一开始听到妹妹的死讯，她以为是谣言，是游吟兄弟故意通过书城的中间人放到她这里来的消息。通常在没有任何证据的情况下，她是不会相信这种消息的，但那次不一样。就在事情发生的当天夜里，她大汗淋漓地从噩梦中醒来，就好像有人无法坐视她对此事一无所知一样，她梦见潘多拉死了。抵抗组织残忍地杀害了她十一岁的妹妹。

“让我进去！”她命令城堡道，“我是在你的围墙里长大的，有权利留在这里。”

没有回答。于是她从兜里掏出钥匙，果决地走上最后一级台阶，将手放在了门把手上。她听见那些男人在自己背后紧张地窃窃私语。

她深吸一口气，将钥匙插进锁孔里。那感觉就像是被电流击中了似的，她尖叫一声，踉踉跄跄地退后，差一点儿从台阶上跌下去。有那么一瞬间，她觉得自己的身体就像着了火。

*你不是我的主人。*城堡冷冰冰地说。

“我是继承了你的人，见鬼！”蕾切尔大吼着。弯着腰，双手支在膝盖上，现在她已经不在乎别人是不是能听得到了。

但不是罗森克罗兹。

“没有罗森克罗兹了！”

胡说八道。

蕾切尔直起身子，这让她觉得很费劲，不过她不愿意承认。身体的灼烧感已经消失了，但她头晕得厉害：“已经没有人叫这个名字了。”

有可能，但这并不重要。罗森克罗兹家族的血缘册还没有彻底合上。

蕾切尔想起了几天前的事，当时那两个闯进城堡来的女孩突然袭击了她和威特。蕾切尔再次走上台阶，在最后一级上停下。“那个女孩，”她说，“那个跟凯特一起来的金发女孩……”

我用不着向你解释，蕾切尔·西摩尔。你不是我的主人。

蕾切尔恨不得炸掉这个可恶的房子，至少这一点没有人能够表示反对，因为她很快就会合法地继承这栋房子。她倒是很想知道等到破拆球砸向墙面、挖掘机沿着蛇纹岩开上来的时候，房子会说些什么。

“蕾切尔，”玛尔什在她背后说，“没用的。”

她没有理会玛尔什：“我会让你变得只剩下一堆砖头瓦砾。”

你可别这么自信。

“想较量一下吗？”

我比你的力气大，我是座城堡。

她的钥匙还插在门上，垂在下面的钥匙串晃来晃去。她也可以试着从一楼的窗户进去，或者陈旧的用人入口，或者通向露台的那些门，但估计那里的情况跟这里没什么两样。

“你不过是栋房子，墙面潮湿，房顶漏水，你的储藏室里住着蜘蛛，烟囱里住着蝙蝠。”

你住在里面的时候可是挺愉快的呢，那样野心勃勃，那样忧伤。

“我从来没有……”

我看见过你哭，不止一次。我每时每刻都在你身边，蕾切尔，我听见了你从小跟你哥哥和妹妹说过的每一句话。你母亲离开的时候我也在，当时你几乎崩溃了。

“是我父亲把她赶出去的！”

她是自愿走的，她无法再忍受自己的丈夫，痛恨自己的孩子。她一去就杳无音信，你就没有觉得奇怪吗？

“说谎！”

不，这都是真的，我还可以告诉你更多的事情。我都不用伤害你的身体，就能把你打得落荒而逃。我可以把你那个堕落的家族里的所有事情都讲给你听。你还厚颜无耻地想要跟罗森克罗兹家族的人相提并论？可笑！而且可悲！

“我会烧掉你，如果你不……”她的话没能说完，因为她的神经又一次被电流击中了。

这一次她有了防备，虽然疼，但并没有失态。

“她是罗森克罗兹家的人，对吗？”蕾切尔毫无退缩之意，她喜欢听站在空地上的那些男人迷惑的交头接耳声。“跟凯特在一起的那个女孩，那是个活的罗森克罗兹。你认为她才是你合法的主人？你觉得她会有多在意一个多嘴多舌地泄露她秘密的城堡？”

我没有出卖任何人。

“我觉得你有。”她发觉城堡开始紧张起来，那个看不见的壁垒开始躁动。看来她说对了，罗森克罗兹家族的后代还活着，他们开始对抗那些杀死了他们祖先的人。这是个很有趣的转折点。她不知道玛尔什和他那些走狗对此会作何感想。

我没有出卖过谁，城堡重复道，我只对建造我的人效忠，效忠于他们或者他们的子孙后代。我只是为了正义，永远只是为了正义。

蕾切尔笑了。“现在我知道她是谁了！很快所有人都会知道！”她向后退了一步，同时猛地掏出自己的心灵书，分离了一个书页之心。她的祖母在死前不久看到了蕾切尔的天赋有多高。蕾切尔也发觉她看出了这一点，心里很是享受那短暂的一刻。虽然她永远也不可能拥有夏洛特·西摩尔那样的书巫力，但她依然是这个家族过去八十年来出现过的最强大的书巫。

蕾切尔愤怒地朝城堡大门甩出一道冲击力，不过她在发射之前，就已经知道这没有什么用了。她利用反冲力拔地而起，嗖地笔直飞到空中，心烦意乱的城堡还在抵御她的进攻时，她已经炸开了二楼的一扇窗户。她突破乱了阵脚的壁垒，从纷飞的碎玻璃中穿过，冲进房间里。整个过程中，她只是感到一阵麻痒。壁垒在她身后大声地合上，但已经迟了。蕾切尔落在了一个大厅里的地毯上，这个大厅已经好多年没有人用过了。她做好随时迎接袭击的准备，心灵书的光将她笼罩在一层耀眼的白光中。

没有人攻击她，城堡的注意力全放在对外的那道壁垒上，因为这时密探们又重新鼓起勇气，开始用书巫力攻击城堡。蕾切尔不认为这些人能够得手，因为她自己都因为轻敌失败过一次。这栋房子有喜怒哀乐，甚至还会表示自豪，会被人抓住弱点，会因为心绪不宁而力量不稳。这一点，蕾切尔看出来了，但那些密探依然只是把它看作一堆可以强攻的石头和木头。

蕾切尔打起精神穿过房间。她在走廊和台阶上依然没有碰到阻拦，很快就来到了门厅处。门在密探们的攻击下猛烈地颤动着，但并没有受损。

*你骗了我。*城堡用很多声音一起说道。墙上油画里的人的嘴唇全都动了起来，男爵和男爵夫人们、公爵和贵妇们用目光追随着蕾切尔，看着她从大门旁走开，跑向门厅对面的一个双扇黑漆大门。

绯红厅的门开了一条缝，蕾切尔钻进门里，看着这个圆形的房间。不久前曾有人来过这里，木地板上累积的厚厚尘土上留着清晰的脚印。凯特，蕾切尔心想，还有那个小罗森克罗兹。蕾切尔和威特在图书馆里找到她们之前，她们肯定在城堡里四处乱转过。

绯红厅的直径有三十米，弧形的墙面上贴着深红色的天鹅绒，大厅中央那张巨大的圆桌旁摆着三把椅子，表面上也裹着天鹅绒。天花板上悬着一盏巨大的琥珀枝形吊灯，房间四周的墙上也挂着灯。蕾切尔打开这些灯，走下门边的四级台阶，来到大厅里。这里有一股陈旧的木头和布料的味道。

房间里的圆桌足以坐下十个人，但是只有三把椅子。这是十九世纪时，三大家族的族长坐过的椅子。自从委员会搬到圣堂，这个房间就废弃了，*绯红厅*这个名字则成为了一种象征，几乎被赋予了神话般的色彩。事实上，所谓的绯红厅不过是一个没有窗户的房间，陈旧、腐朽，就像亚当学院的组织架构一样。

或许乔纳森·玛尔什自认为是革新者，但事实上他不过是在重蹈历史的覆辙：封闭庇护所，将书巫世界搬到外面的普通人世界里，这是向三大家族绯红厅时期的倒退。玛尔什梦想的是曾经的美好时代，因为据说那个时代比现在的好。蕾切尔觉得自己依然能够闻到香烟和雪利酒的味道，能够听到那些老男人们沉重的呼吸声。过去的这些她都不想要，她最不希望看见的就是玛尔什作为首脑坐在这张圆桌旁。

这是她的城堡，她继承的遗产，虽然这栋房子并不认可这点。但她是三大家族的最后一个代表，是绯红厅的女主人，是决定书巫世界命运的人。

门厅那里还在继续传来砸门的闷响，蕾切尔绕着圆桌转过去，走上了对面的四级台阶。墙上的红色天鹅绒里隐藏着一扇不起眼的门，蕾切尔从来没有打开过那扇门，但她预感到玛尔什说的机关应该就藏在那后面。

她把手放在天鹅绒上，闭上眼睛。

不要这样做，城堡说，虽然你有权利这样，也有可能没权利，但不管怎样，这都是个错误。

“我知道，”她说，“但我至少得看一眼。”

她推了一下那面墙，听到陈旧的弹簧发出咯吱咯吱的声音。门开了一指宽的缝，随即朝相反的方向弹开。蕾切尔让到一边，让门打开，她的嘴唇干燥，因为好奇而呆呆地站在那里。

门后露出一个小壁龛，地板上放着一个深红色的软垫，上面放着一本皮面镶金边的书。壁龛里面有一面一人高的镜子，镜子里的蕾切尔看上去比她自己感觉到的更加疲惫，大厅里的灰尘让她也变得灰扑扑的，脸颊上的一个伤口还在淌血。这个伤应该是她从窗户里飞进来的时候留下的。她看上去疲惫不堪，如果玛尔什找到了突进城堡的办法，也许会强迫她同意放弃庇护所。

但是现在还没到那个程度，她很强壮，虽然看上去不是那样。她不由自主地又想起了威特，他曾经许诺给她在委员会里留一个位子。如今，委员会不复存在，而她则是亚当学院的代表，至少对外是这样宣称的。

蕾切尔看着镜子里的自己，目光慢慢地往上移动，最后盯住了自己的脸。

她的右眼里流出了一滴泪水。

她朝前弯下腰，更深地往壁龛里钻进去，仔细地看着。

那是一滴由字母组成的眼泪。

21

蕾切尔还在怀疑自己的精神是不是出了问题时，这些字母已经流到了她的嘴角。先是一个 B，然后是一个 G，一个 L，一个 M，一个 Z。

还不仅仅是眼泪，镜中的她已经完全分解成了由细小字母组成的云雾，这团云雾迅速地重新组合成她的身体。她大叫一声，踉踉跄跄地退后，但依然能够看到镜中的自己，就像一团挤在一起的昆虫，乱哄哄地忙着要组成女孩的形状。

她还注意到了一件事：镜中那个她的身后已经不再是深红色的天鹅绒墙面，而是一个白色的房间，里面的光线明亮，比绯红厅小很多。光线透过倾斜的玻璃屋顶照进那个房间，房间的墙上挂着画，有彩色的，也有黑白的。

她迟疑地回头看看，后面一切如常：深红色的大厅，琥珀枝形吊灯。

“你好，蕾切尔，”一个声音说，声音是从镜中那个她身后的白色房间里传出来的，“进来。”

蕾切尔吓得连退三步，回到绯红厅里。

“不要害怕，”一个男人的声音在镜子里说，“如果我想干掉你，你早就不在这里了。”

她在自己的心灵书中分离了一个书页之心，没有再继续向后退。镜子里的她也做着同样的动作，现在她已经几乎分辨不出那些组成镜像的细小字母了。绯红厅里的尘土味似乎轻了一些，从门厅那里传来的闷响也变小了，就好像现实世界正远离她，尽管她就身处于这个世界之中。

“您是谁？”她问。

“进来，咱们聊聊。”

“进去——进镜子里？”

“或者说走出你的世界，来到我的世界，也许这样说更容易理解。其实怎么说不重要，我在这里，你在那里，如果你要跟我说话，就得到我这里来。”

说话的不知道是个什么人，躲在镜中那个她的身后。保险起见，她又朝绯红厅内看了一圈，并没有其他人。

“为什么不是您到我这里来？”

“确切地说，我已经朝你迈出一大步了，因为我跟你说话了。这是你的故事，跟我本来是没有关系的。”

她又慢慢地朝壁龛走过去，看见镜中的那个自己也走了过来。她下意识地朝旁边一弯腰，就好像这样能看到镜中那个自己的身后。但是镜中的蕾切尔也做了同样的动作，挡住了她的视线。

“机关在哪里？”她问。

“根本就不存在这个东西，”那个男人说，“下面的那本书也不过是个装饰而已。假如你刚才动了那本书，我也可以给你造点动静出来，但这个故事里的问题不可能全靠搞本特殊的书来解决。”镜子里的声音听起来就像是有人把杯子放在了桌子上。“如果你真的想达到什么目的的话，就得凑合着跟我合作，我虽然不能保证帮到你，但是目前，我是你唯一的机会。”

她不是很明白这个人在说什么，但她很想知道他是谁，好奇心甚至让她忘记了害怕。“您一直在这里吗？在这面镜子里？”

“说来话长，我希望咱们两个能够面对面地坐着说。”

“镜子里的我为什么变成了字母？”她现在已经又站在壁龛前面，能清楚地看见那一团字母。

“不光是镜子里的你，”他说，“还有你自己。只不过接受镜中的事实要更容易一些，因为镜子为我们提供了质疑自己所处现实的可能性。你不觉得镜子里的人看起来经常跟自己感觉中的不一样吗？”

“我非得理解这个吗？”

“会有点帮助。我也只能建议你过来，咱们聊聊，我可以向你解释一些事情，不是所有的，但是有几件事我是能解释的。”

绯红厅的红色变淡了，圆桌下的影子失去了立体感，她的世界就像是在阳光下挂了太长时间的彩色印刷品，仿佛所有的东西都被蒙上了一层白色的雾。

她伸出手，用指尖碰碰镜中的自己，摸到了冰凉的玻璃。

“你得有足够的勇气才行，一步跨过来，”那个声音说，“就像爱丽丝，有的时候，你会觉得那些小说里的镜子其实有一半都是门，不是吗？”

她就像要潜水一样深吸了一口气，随后一步跨过那本书，径直朝镜中的自己滑了过去。她看见自己的脸靠过来，消失。她的面前出现了一个明亮的房间，她走进了镜中的那个世界。

“你好。”那个男人说。

他坐在一张棕色的皮椅子里，正在把双脚从另外一张皮椅上拿下来。这两张椅子在房间的斜对角面对面放着，旁边有一张正方形的桌子，上面散乱地放着书和各种杂物，有电话机、笔、记号笔、活页本，还有半杯咖啡。咖啡杯上印着一个魔鬼的图案，魔鬼正在看一本打开的书。

男人指指对面的椅子。“坐吧。”这个男人似乎很高大，但是因为他一直坐着，所以这只是蕾切尔的猜测而已。男人穿着牛仔裤和一件深色的衬衫，剃着光头。她觉得这个男人看上去很疲惫，也许是因为他盯着怀里的那个笔记本电脑看了太久。他合上电脑，将它放在一边，用脚把对面的椅子踢开了一点。

“请吧。”他说着，指指那把椅子。

蕾切尔迟疑地在他对面坐下，她不知道自己身上之前发生了什么事，眼前的一切不可能是现实，但是单靠明白这一点又不足以让她从这场梦中醒来。也许是城堡在捣鬼，神不知鬼不觉地对她下了手。也许她已经昏过去了，这些只是她的幻觉。

透过倾斜的玻璃房顶能够看见蓝色的天空，阳光照在白色的墙上。蕾切尔眯起眼睛，从昏暗的绯红厅来到这里，一切都显得太过明亮了。

“咱们就不要再拐弯抹角了，”男人说，“还是直接说吧。你在这里看到的一切，不论对于你，还是你的故事来说都没有什么意义。你只会到这里来一次，以后不会再来。”

“您为什么那么肯定？”

“相信我，我就是知道。”

“我到这里来做什么？”

“你找到了来我这里的路，如果不让你进来的话，那挺没礼貌的，或者说让你到这边来，其实怎么说并不重要，”他朝前俯下身，椅子随之发出咯吱的响声，“根本没有什么玛尔什以为的那种神奇机关，多年前第一次描述绯红厅的那个人觉得，给这个故事留一扇后门应该是个不错的主意。一条直接的线索，通向……

嗯，我这里。如果能捏造一个可以决定庇护所命运的机关，事情会容易一些。玛尔什就是这样想的。一个机关，一些需要解决的用书巫术设置的障碍，然后事情就可以解决了。但是七芒星……”他停下来，皱起眉头，“稍等，你知道书巫世界是七芒星创造的吗？我当然可以列举资料证实，但如果是你告诉我的话，这样更方便。”

她狐疑地看着那个男人，类似这样的梦她还从来没有做过。“七芒星？塞弗林 · 罗森克罗兹？他写过小说，而且据我所知，写得并不是特别好。”

男人摆摆手：“没错，不过你只要接受这件事，知道书巫世界是他一手创造的就行。你不是非得相信我的话，不过如果你相信的话，事情会简单一些。”

蕾切尔点点头，因为她发觉用常理去理解这个男人的举动是行不通的。

“好，”男人继续说，“七芒星创造了书巫世界，绯红厅，最初的一些庇护所，甚至包括菲德拉 · 赫库兰尼亚和所有从古代到十九世纪中期在书巫世界中发生过的事情……等一下，你先听着，之后如果有时间的话，你可以提问题……七芒星并不蠢，他很早就开始担心会失去对自己用笔创造的这些东西的掌控。他已经预见到有一天事情会失控，他认为绯红厅有可能会被某个人推翻，会有人对庇护所动手脚。所以他在这些之外还创造了一个被玛尔什当作机关的东西，这也是你来这里的原因：一个能够保护庇护所不受书巫影响的方法。”

“什么意思？”

“他创造了直接来找我的可能性，不管是谁，只要想操纵庇护所和外面普通世界之间的连接，都得先向我证明这样做的必要性。”

“为什么是您？”

“因为我——至少从理论上来说——有能力决定拯救庇护所还是毁掉它。”

蕾切尔看着男人，要说这是个自大狂的话，他的样子看上去又太过正常，甚至有些无趣。也许他只存在于自己的想象中，蕾切尔不安地想，自己会设想出这样一个人，是不是说明自己有什么问题。

“您究竟是谁？”她又问了一遍。这一次，男人似乎看出她并不满足于这种咬文嚼字的表达方式。他轻轻地叹了口气。

“七芒星创造了书巫世界，你的整个世界都是他创造的，蕾切尔……而我，怎么说呢，是我创造了七芒星，创造了他和他所做过的所有事。”

蕾切尔大张着嘴巴瞪着他，差一点就想要嘲笑他，但不知为什么，她一点声音也发不出来。

“我知道这在你听来是什么感觉，”男人说，“用个比喻也许能帮助你理解——这就像一本书中之书。七芒星用写书的方式创造了书巫世界，我同样是通过写关于他的小说的方式，创造了七芒星。谁知道呢，说不定有人正在写一本关于我的书，并且用这种方式创造我，这个过程可以无限延续下去。”他的微笑并没有让他的话显得更加可信，但他看上去对自己的话深信不疑。“你知道俄罗斯套娃吧，这种木头娃娃被一层层打开后，肚子里总能找到一个比之前那个小一些的娃娃。现在你坐在这里听我说话，道理是一样的：你跳出了构成自己生活的那个娃娃，发现外面还有一个娃娃，很有可能这个娃娃的外面还有第三个，第四个，”他朝后靠在咯吱作响的椅子靠背上，胳膊肘支在椅子扶手上，双手交叉放在下巴下面，“你也可以想象这是一个洋葱，而你正从洋葱的最里面往外看：每一层的外面都包裹着另外一层，一本书包裹着另外一本，如此反复。”

单就他的这番话，蕾切尔就有成百上千个问题，不过她只想知道一件事："您想告诉我，我并不是真实存在的？只是一个虚构人物？就像一个书妖？"

"哦，不是，你当然是真实存在的，就像七芒星和许多其他人一样，你的祖母会跟着圣堂一起毁灭，是因为我写下了这样的内容，你的父亲被你谋杀这件事也一样，所有这一切都是真实的，毫无疑问。不过只有在你们的书里才是真实的。"

"在我们存在的这本书里，七芒星创造了书巫世界，就是因为他写了一本关于书巫世界的书……"

"确切地说是二十四本书。"男人打断了她的话。

"好吧，就是因为他写下了二十四本与此相关的书。而描写所有这一切的那本书，又真实地存在于另外一个地方？"

"是的，就在我这里。不过就像我说的，我并不确定我自己、这个房间和这本书会不会也只是虚构出来的，只是存在于一本，咱们就这么说吧，一本更大的书里。"

她大概能够想象出男人说的是什么意思，就像她大概能够想象出黑洞、暗物质和宇宙尽头一样，能想象，但并不理解："也就是说，那些'想法'实际就是您的'想法'？"

"不，并不是我的，否则它们会更清晰。它们是这个故事中不正常的部分，并不是一开始的计划里就有的，而是自己繁衍、扩张出来的。有人在故事里将它们放了出来，将来可能还会继续这样做，以此来操控过去。"男人耸耸肩。"这件事非常复杂，你不用全都搞明白。"

她沉默了一会儿，试着理解这些，随后她问："如果我要做玛尔什让我做的事，那就得先说服您把这件事写下来？这就是我要在绯红厅里找到的那个秘密吗？"

"是的，但是如果你以为书巫术能帮你做到这一点，那我只能让你失望了。书巫术在我这里没有用，至少不是以你习惯的那种方式起作用。”

“不用担心，玛尔什想干什么我根本不关心。”

男人龇牙笑了，似乎很高兴的样子。

“我不想让他封锁庇护所，将它们跟外面的世界隔离开，”蕾切尔继续说，“我会告诉他我无能为力，因为城堡不让我靠近那个机关。您觉得这样做可以吗？”

“当然。”

“我还有两个问题。您能回答我吗？”

“说吧。”

“我的妹妹，还有我哥哥……他们真的死了吗？我是说，如果他们的死亡只是您写下的，那么这件事也只是虚构的，不是吗？”

男人若有所思地看着她，然后摇了摇头：“对于那些在故事里读到了他们死去的那个部分的人来说，他们已经死了，但是对于那些还没有读到那个地方的人来说，他们还活着。只要有人从头再读这个故事，他们就会继续存在。”

她真想问问这个男人，他自己是不是也一样，只不过是书中的一个人物，在靠外一点的那层洋葱皮上，但是她说了只有两个问题，现在已经问了一个，而她还有一个问题需要答案，最重要的一个问题。

“为什么是我？”她问道，“为什么是我看到了字母，看到所有的一切都是由字母组成的？您为什么要跟我说话？”

“其他人也会看到字母，偶尔，这和他们自己的观念有关系，再有就是他们需要敏感地意识到一切事物背后的那个真相。但是到目前为止我只跟你谈过这件事，而且我也不打算跟其他什么人说这些。”

“为什么呢？”

“你来找我了，其他人没有来，而且我不反感你，”他又笑了起来，“抱歉，这个回答听上去有些简单，但是我喜欢像你这样的人物。可能有很多人觉得你很坏，那是因为他们总是想把事情简单化。”

“觉得我很坏？”这个说法让她很意外，因为她自己还从来没有这样想过。她只是做了必须要做的事情，因为那样做是正确的。

“不，你不坏，蕾切尔，你妹妹是个邪恶的小家伙，但是你……不，你肯定不算坏。”

说着他又拿起那个笔记本电脑，掀开上盖，在键盘上敲了起来。敲的时候，他又抬起头，从显示屏上方看了她一眼。

“还有件事，一个建议。”

蕾切尔点点头，仔细听着他的话。其中一些话听起来很神秘，但另一些话她能听得懂。

他讲完了，并且说：“保重，蕾切尔。”

她张开嘴想回答，甚至看见自己伸出了手，但是男人已经又写了起来，他将蕾切尔从这个梦里写回了现实中。蕾切尔先是穿过一片深红色，随即又穿过耀眼的金色，她从远处听见了镜子的玻璃破碎的声音，睁开眼睛之后，她发现自己正坐在城堡的台阶上，背对着大门。

玛尔什和密探们正在朝她跑来，一时间，她竟产生了错觉，以为他们是在担心自己，但随后就发现让他们脸色阴沉的另有原因。

“我没有做到，”她说，“这座城堡太……”

玛尔什打断了她的话：“出事了，蕾切尔！咱们得马上回乌尼卡！”

那个梦还跟随着她，在她的回忆中占据了许多位置，挥之不去。“出什么事了？”

“我们抓到他们了，”玛尔什说，“凯特琳娜和那个男孩。”

22

布朗什号的舰楼前，仿佛一片混合色彩的“想法”正在翻滚。

装着小莉叶的那个包沿着倾斜的甲板滑向船舷，尼琪发出绝望的叫声，顿坎勉强撑住，让自己和尼琪不滑下去。

伊西丝从刚才起头脑就不清楚，她所有的注意力都放在凯勒布·沃斯卡尼安和阿布索隆书上，到现在还能感觉到凯勒布的攻击造成的灼热。但是看到凯勒布找到了抓手的地方，阿布索隆书已经脱离了危险，她便猛跨了一步，脊背重重地撞在船舷上，用脚将那个包勾了回来。

“抓紧！”顿坎推了尼琪一把，将她推到了甲板的前部。尼琪在那里抓住了舰楼楼梯的扶手。她看上去似乎是想马上松手去追莉叶，但随即她就发现顿坎已经过去了。

眼见女儿就要掉进深渊，凯勒布也喊了起来。他本来可以很轻易地再朝伊西丝发射一股冲击力，把她从船舷上打飞出去，但是那样会累及莉叶的性命。

“顿坎！”伊西丝一边喊着顿坎的名字，一边用一股轻柔的冲击力将那个包向上推给他。顿坎抓住包带，跑回尼琪身边，赶在布朗什号彻底倾覆之前来到尼琪身边，把包塞给她。

“顿坎！”伊西丝的脊背依然抵着船舷。“快去上面的舰楼，看看你能不能控制这个家伙。”

顿坎似乎并不情愿丢下她和凯勒布待在一起，但他还是点了点头。总得有人稳住这艘传送船。

“你也来！”他对尼琪说。

舞娘把啼哭的孩子连袋子一起搂在胸前：“别管这艘船了！开一个穿越门，快走！”

“不！”

“走，顿坎，这是我的事，跟你没关系。”尼琪看着倾斜的甲板下方，目光从下面的深渊里看到了像一堵颤颤巍巍的墙一样的“想法”。“前面那个……就是我和他想去的地方。无秩序就是自由，而自由是我们在亚当学院的统治下从来没有拥有过的东西。‘想法’就是我们全部的梦想，你看啊，它们多漂亮！”

伊西丝看了凯勒布一眼，后者已经艰难地顺着倾斜的甲板爬到了对面的船舷那里，他用左臂勾住船舷，慢慢朝伊西丝转过身来。

如果不是站不稳，顿坎估计会抓住尼琪的肩膀，把她硬带到舰楼上面去。

“凯勒布说得对，”尼琪说，“这么美丽的东西不可能是邪恶的，它们里面会产生伟大的事物，一切从头开始，我们也会从头开始，在无秩序中复活。”

“顿坎，”伊西丝对他喊道，“她没救了！你快去舰楼！”

“咱们可以用穿越门离开这里！”

“不行，”伊西丝说，“咱们需要这艘船，它曾经钻进过‘想法’里面，而且毫发无损地出来了，或许可以……”

凯勒布尖声笑起来：“你们真的这么愚蠢吗？你们以为当年是

这艘船让他们全身而退的？”

“他说的是事实，”尼琪喊道，“那件事跟布朗什号没关系。”

凯勒布继续向左，朝船尾的方向挪去。他很快就会带着阿布索隆书一起消失在船凸出的那个部分之后。

“卡苏斯·费尔菲克斯是个疯子，”尼琪痛苦地看看凯勒布，又看看自己的女儿，“所以‘想法’拒绝了他。疯狂是一种病态的无秩序，跟‘想法’那种纯粹的创造力不同。”

“卡苏斯没有疯！”伊西丝反驳道。尼琪和凯勒布显然已经失去了理智，他们认为主动掉进“想法”中能够让他们过上更美好的生活。凯勒布自己愿意怎么样无所谓，但是他不能带走阿布索隆书，不，绝对不行。

“凯勒布的祖父经常说起那件事，”尼琪说，“甲板上所有的人都听见了那个声音，无秩序的声音，它叫了卡苏斯的名字，然后用拉丁语说了疯狂这个词。”

顿坎的脸因为痛苦而扭曲。他不愿意承认尼琪已经无药可救了：“莉叶怎么办？你总不能让她去冒这样的险！”

尼琪的脸上闪过一丝不确定，转开了头。顿坎还没来得及阻止，她就已经一步一滑地朝上面的船舷跑了过去，凯勒布还在那里继续往船尾的方向挪。顿坎跟在尼琪后面。这时，船突然打起转来，带着吱呀声、叮咣声自转着，慢慢又恢复了水平的位置。尼琪失去了重心，她抓住船舷，装着莉叶的包掉了。顿坎眼疾手快地抓住了包，紧紧地抱在胸前。

布朗什号开始朝翻卷的彩色云雾驶去，他们正在直奔“想法”而去。

“舰楼，顿坎！”伊西丝喊道。她飞身而起，用飘移术飞过甲板，从顿坎身边经过，直接朝凯勒布飞了过去。“救救这艘可恶的船！还有那个孩子，如果非救不可的话！”

顿坎不可能用穿越门把他们所有人都带到安全的地方去，唯一的办法就是去控制这艘船。他朝尼琪看了最后一眼，抱着莉叶朝舰楼冲了上去，瞬间就消失在伊西丝的视野中。

伊西丝从目瞪口呆的尼琪身边飘过，跟着凯勒布绕过凸出的船舱。从布朗什号恢复水平位置，悬在一片虚空的金光中后，凯勒布就离开了伊西丝的视野，这时，他已经跑出去了一大截。

凯勒布看见伊西丝跟上来，就又从阿布索隆书的书页之心中朝她甩过去一道冲击力，等看到尼琪出现在拐角处时，他一脸不情愿地熄灭了火焰。

伊西丝朝凯勒布扑过去，惯性将他们两个朝前甩出，向着船尾的方向飞了差不多一百米。尼琪在他们身后喊了起来，伊西丝听见甲板上传来了她急促的脚步声。凯勒布根本不打算放弃那本书，他猛地朝前挥出右臂，一拳打在伊西丝敞开的胸腔里。

伊西丝几乎被疼痛撕裂，她的眼前跳动着字母，鲜血从鼻孔流过嘴唇，嘴里满是血腥味。凯勒布的手像鸟爪一样紧紧抓住她胸腔里的一页书，把那页书揉成一团，使劲撕扯。她用尽全力去打凯勒布的脸，这完全是她身体里人的那一半做出的本能反应。她身体里书的那一半一开始被打了个措手不及，但是一旦开始还手，那就是全力的反击。

凯勒布被一股巨大的力从伊西斯身边推开，飞过船尾的那片空地，重重地撞在船舷上，然后蜷成一团躺在甲板上，似乎已经没气了。尼琪踉踉跄跄地跑过去，在他身边跪倒。

两人的身后固定着布朗什号的三艘救生艇，看上去跟真正的救生艇一样，显然是为了使船看着更真实，因为不管怎样，传送船也是要横穿隐页世界的。这些救生艇上看不到驱动装置，也许得靠乘船的人用书巫术推动。

伊西丝走向凯勒布和尼琪，她看不出黑猫的头领是不是还活着。尼琪在流泪。走到一半的时候，伊西丝捡起了阿布索隆书，手里握着这本书的感觉非常好，这才是这本书该待的地方，她想马上就打开看看。

布朗什号的船身一阵晃动，随后是震耳欲聋的嚓嚓声。尼琪将凯勒布抱得更紧，伊西丝则放下书，猛地转了个身。

船改变了航向，正在慢慢地向右舷方向转，那里虽然也有翻滚的“想法”，但他们已经不再朝向色彩旋涡的中心了。

伊西丝又转过头去看船尾那里，这时，尼琪正在将凯勒布拖到其中一条救生艇上。伊西丝克制住自己想要将全部精力放在阿布索隆书上的欲望，朝两个人奔过去。

“别过来！”尼琪朝她喊道。

“莉叶怎么办？”她手里的那本书似乎在跳跃、抽动，书正在向她表达自己的不耐烦，它想要敞开书页，想要被阅读。这些不认识的人跟她有什么关系，还有那个孩子？

尼琪在情急之下做出了一个决定。伊西丝不认为她还有什么理智，她会不惜一切代价实现凯勒布的梦想。

“她是你的女儿。”伊西丝急切地说，而尼琪正在忙着解救生艇。凯勒布动了动，努力想坐起来，他的目光扫过伊西丝和那本书，然后又去寻找“想法”。他的眼睛贪婪地紧盯着那幅壮丽的图景，看着那些旋涡、薄雾和美丽的形状。

伊西丝用颤抖的手把书向下压，那本书就像个氢气球一样，总想赶紧飘到她的眼前。

“‘想法’的声音，卡苏斯和其他人听到的那个，”伊西丝问，“真的存在吗？”

凯勒布看着她，神情里已经没有了恨意，他几乎像是在梦游一样，眼神仿佛穿过了她，落在了另外一个世界里。“如果我告诉你，你会放我们走吗？”

这不是指责或者提醒他们应该尽为人父母的义务的时候。“你们可以做自己认为正确的事。”

尼琪用力地推着钢制的操纵杆，她把全身的重量都压在杆上，那个杆终于动了。救生艇从布朗什号的船身上脱离开，悬在一根绳索上。

“我的祖父经常说起那个声音，”凯勒布说，“那个声音喊了费尔菲克斯的名字还有……”

“拉丁语中代表疯狂的那个词，”伊西丝打断了他，“那个词听上去是不是芙莉亚？”

“是的，所有人都听到了这两个词，不断地重复。费尔菲克斯。芙莉亚。费尔菲克斯。芙莉亚。”

伊西丝瞪着他，想看他是不是在说真话，还是只是说了自己想听的话。

“想法拒绝了卡苏斯，”她说，“但是它会欢迎我们的。”

卡苏斯穿越“想法”已经是几十年前的事了，那时候芙莉亚还根本没有出生。就算是有人在七芒星的书中看到过她的名字，把这个名字说成是“想法”说过的又有什么用呢？

尼琪看着伊西丝，她脸上的表情又从狂热变成了忧伤：“等到莉叶懂事了，请告诉她，我很抱歉，但是我们必须要这样做。”

伊西丝不情愿地点点头。她很确定，如果凯勒布不是太过虚弱，他是会带上这个小家伙的，但是他心里的优先次序现在已经发生了改变。如果说尼琪缺乏责任感，这也许对她并不公平，说不定将莉叶留给他们恰恰是尼琪最后的理智决定。

“她会得到很好的照顾。”伊西丝说，她并没有考虑如何实现这个诺言。想要带着阿布索隆书躲进角落里的愿望已经变得无比强烈。

尼琪解开缆绳，凯勒布则在自己的心灵书中分离出了一个颤颤巍巍的书页之心。这个书页之心的光微弱得就像行将熄灭的蜡烛，同时，救生艇离开布朗什号，掉转船头，穿过金色的虚空，向“想法”飘去。

尼琪最后又朝舰楼上看了一眼，她知道莉叶在那里，被顿坎保护着。尼琪失声痛哭，伊西丝还从来没有见过一个人内心中有如此强烈的矛盾挣扎。

救生艇加速，它已经成了艳丽的“想法”前的一个小黑点。这时，伊西丝盘腿在甲板上坐下，打开阿布索隆书，埋头看起阿布索隆写的那些字句。

她终于又能够呼吸，又有了感觉。那些没有实际含义的音节在她眼前舞动，她幸福地笑了。

她只在船身又一次强烈抖动的时候抬过一次头，船舷外的景象已经改变：“想法”消失了，取而代之的是无边无际的金色，布朗什号出现在了一个新的地方，一定是顿坎找到了启动传送船的方法，将船开到了另外一个地方，那是隐页世界中一个偏僻的角落，顿坎可能认为他们在这里暂时是安全的。

在很远的地方，虚空世界边缘的那张巨大的网里，挂着一个残破不全的轮廓。它的下边缘正一丝丝地滴落着一种油状物，滴落后又随着看不见的水流漂走。就像是在发高烧时做的梦里一样，伊西丝迷迷糊糊地认出了他们要去的那个地方。顿坎正在将他们带向他自己最熟悉的地方。

波多贝罗，那个到处都是瘾君子的破碎庇护所。

23

“你父亲想第一个跟你谈，”蕾切尔夜里走进凯特的牢房时说，“但是我没有同意。当着委员会成员的面，他也只能让步。”蕾切尔四下里看看，似乎在找有没有麦克风或者摄像头之类的东西。凯特早就查看过了，什么也没有发现，不过她估计应该会有用书巫术监视他们的方法。

“我想，他刚才应该很后悔之前公开宣布了我是亚当学院的主席。”蕾切尔微笑着继续说道。

“我要去找菲尼安。”凯特说。

“他很好，就在旁边的一个牢房里。”

凯特直挺挺地躺在床上，双手交叉垫在脑袋下面，看着天花板。她一直到现在都还没有看过蕾切尔一眼，她已经猜到蕾切尔会来，她才不会放过这种耀武扬威的机会。不过父亲竟然会允许蕾切尔先来，这点凯特倒是真的没有想到。蕾切尔显然迅速学会了如何在自己的新位置上操控那些最有权势的男人。

凯特和她曾经在乌尼卡的同一家寄宿学校里，不过很快大家就发现凯特根本没有书巫天赋。从家里逃出去后，凯特在书城里藏了三年半，那段时间里，她完全没想起过蕾切尔·西摩尔。如果有来生，她们也许能成为朋友，或者至少不是敌人。

“我要见菲尼安。”

“你以为固执在这里能行得通？你们搞了几十次恐怖袭击，所有的庇护所里都挂着捉拿你们的通缉令。你以为他们会因为你的固执就给你提供客房服务和柔软的浴袍吗？”

“你们会处死我们两个。”凯特得出结论。她说这话的时候并没有为自己担心。她为这样的处境做了好几个月的心理准备，现在事情真的发生了，倒显得非常顺理成章。“你跟我父亲，你们两个找的就是对方这样的人，不是吗？”

“他恨不得马上就摆脱我，他希望我能配得上他花的那些心思，但是现在他开始怀疑让我作为三大家族唯一的幸存者出现是不是个正确的决定。也许，就算没有这样一个来自三大家族的领袖，庇护所的人一样会接受委员会，反正现在大部分居民的心思都放在其他的地方。”

不，凯特心想，蕾切尔并不明白。她父亲做的是对的，不管他因为“想法”的蔓延而做出的决定的后果有多么严重，给它加些甜味，总归是比较容易让人下咽的。蕾切尔就是那一点装饰用的糖：年轻，漂亮，高贵。在古老的社会秩序中，出身和血统都有用，跟亚当学院比起来，就连白金汉宫都算是非常开明了。

“让我见见菲尼安，见完之后，我愿意听你高谈阔论，时间长到你自己都会后悔。”

蕾切尔走过来，站在离床一步远的地方。“并不是我要把你变成我的敌人的，凯特，而是你自己。你们当着我的面杀了我哥哥，不管你的那些朋友对潘多拉做了什么，他们都得为此付出代价。”

娜桑德拉杀掉潘多拉的时候，凯特并不在场，但是根据她听到的版本，这个小恶魔死有余辜。再过十年，潘多拉·西摩尔的邪恶可能会远胜她的姐姐蕾切尔。

“你自己不是也说吗，”凯特说，“你看见了威特是怎么死的，那是一场公平的决斗，不是谋杀。如果伊西丝和顿坎给了你们机会，你们同样会杀死他们两个。”

“他们闯进了我家！”

“那是现在已经是你一个人的家了，蕾切尔？你对改变适应得还挺快的嘛。西摩尔家族的继承人，混蛋学院的继承人。”她到这时才转过头看着蕾切尔。“不过，按照现在的情况，你很快就什么也继承不了了，因为‘想法’什么也不会给你留下。”

蕾切尔愤怒地盯着她看了几秒钟。她的额头上粘着几缕汗津津的金发，整个人看上去都很疲惫。突然，蕾切尔抽出了自己的心灵书，打开书，分离了一个书页之心。凯特以为她要用书巫术对自己动手了，没想到，蕾切尔只是把打开的书放在了牢房门口，然后又走回她的身边。

“几分钟之内不会有人听到我们在说什么，也不会打扰我们。”她说。书页之心的光在她身后顺着门框爬上去，形成了一个长方形的发光的框。“你父亲想要封闭所有的传送门，他想把庇护所和外界隔离开，让它们自生自灭。”

“那些人他打算疏散到哪里去？”

“不会疏散的，正相反，他计划着尽可能阻止有人在此之前从庇护所逃离。”

凯特坐起来：“我不相信他能做到这一点。”

“他能，如果按照他的想法来，现在传送门应该已经被封闭了，外部世界和庇护所之间的通道将会被永久性地破坏掉，”蕾切尔又朝前走了一步，来到床跟前，压低声音说，“唯一能够阻止他这样做的人就是我。”

“他真的认为‘想法’会通过传送门跑到外面去？到外面的普通人世界里？”

“是的，说不定他的想法还是对的，尽管如此，如果要为此牺牲那么多人的话，那他的方法就不正确。”蕾切尔垂了一下眼帘。“我跟威特曾经计划着要取代我父亲在委员会里的位置，我们并不是为了能够摆架子，穿漂亮衣服。我是真的想能够改变什么，也许跟你们抵抗组织的人想要的不一样，但是总比你父亲和他那个委员会暗中策划的事要强。我并不想成为你和你那些朋友心里想的那种邪恶女王，一个你们要憎恨和对付的人，我想要做出一些决定，一些好的决定，而现在，我才刚刚开始。”

“刚才你还说要为威特和潘多拉报仇。”

“我要的是公平！这样有错吗？”

“你妹妹是个虚伪的虐待狂，我亲眼见过她对城堡里的鸟喙书做了什么。她骗取了我们的信任，想把我们全都害死。不管她后来的下场如何，那都是公平的！”

蕾切尔脸上闪过了一丝犹疑，但她很快又用愤怒的表情掩盖过去了。凯特心想，不知道蕾切尔的这种自负是不是一种伪装。

“你想要我做什么？”凯特问，“你为什么来这里，还那样做？”——她指指发着光的门缝——“还跟我说这些话？”

“因为我希望在你父亲跟你谈之前，让你知道一些事。我不知道他会对你采取什么样的态度，是会威胁你，还是扮演忧心忡忡的父亲。但是你必须清楚，他在利用我们所有的人，只是为了能够在外面的普通人世界里建立一个新的学院。他想恢复绯红厅时代的模式，由一群有权力的男人暗地里操纵世界。三大家族攫取权力的时候，这曾经是他们最初的计划。但是后来出现了很多新的庇护所，书里还掉落出了很多书妖，再后来，单是控制已经变得乱七八糟的书巫世界就已经耗费了学院的太多精力。但这并不是你父亲想要的，他对庇护所从来就没有什么兴趣，他要的是外面真实世界中的权力，在白宫和华盛顿，在柏林，在克里姆林宫或者其他地方。'想法'带来的威胁对他来说来得刚好，它们给了他一个放弃庇护所的完美借口，让一切回到原点。在此之前，他需要我做他的傀儡，但是一旦处理完了庇护所，他也就用不着我了。在那之后，委员会将成为新的绯红厅，书巫术将变成一个地下小群体的武器。到那时，就不再是书的问题，也不再是文学和阅读的问题，而是控制和权力的问题了。"

凯特没有想到自己的父亲竟然有这么大的野心。抵抗组织为之奋斗的一切，书妖的自由和平等，庇护所的自决权，所有这些突然都失去了意义。书巫们将会回到普通人的世界里，而书妖们将会随庇护所一起灭亡。如果蕾切尔说的都是实话，那么她父亲正在策划的无异于一次种族灭绝。或许他并没有亲自下达枪决命令，但却决定将书妖像祭品一样献给"想法"。

"你总不会是出于恻隐之心才告诉我这些的吧？"

"不。"蕾切尔看着门那边，门框四周依然闪烁着书页之心的光。随后，她从兜里掏出一把小手枪，这把枪还没有她的手掌大。她小心翼翼地弯下腰，将枪塞进薄薄的床垫下面："外面的警察是普通人，不是书巫。别人会认为是抵抗组织混进了警察里，不会有人知道这把枪是怎么到牢房里来的。"

凯特没有转头，只是用眼睛看着蕾切尔的一举一动。再次面对蕾切尔时，凯特脸上一丝表情也没有："你真的希望我杀掉自己的父亲？我跟你可不一样。"

"是我们三个人一起做的——威特，潘多拉，还有我。我们都觉得如果想要有所改变，这是唯一的办法。所有那些关于家庭的荒谬言辞，什么血浓于水，全是胡说……如果碰到的事超越了个人的范畴，那么这些就都没有意义了。你是抵抗组织的成员，应该最清楚这一点。”

凯特厌恶地握起拳头，狠狠地抵在大腿两侧的床垫上："你真的以为我会任你摆布？现在是我父亲挡了你的路，你以为我会蠢到听信你的一派胡言？”

蕾切尔摇摇头。“他会来找你，跟你谈话。你可以问问他庇护所的事，关闭了传送门之后会怎么样。我想，他会告诉你事实，承认一切。然后你可以再考虑一下，这些人是否值得为你那见鬼的骄傲去死。”她的语气很平静，但是每一句话都像一记重重的耳光打向凯特。“委员会听你父亲的，如果他死了，那我就可以利用我的出身，到目前为止，西摩尔这个姓还有些用处。我可以把其他人争取过来。”

凯特推开蕾切尔，她愤怒地大叫一声跳起来，抓住蕾切尔的喉咙，将她抵在墙上，大约两三秒钟的时间里，她看上去似乎真的有可能得手，但随后，她就感觉到自己的意志仿佛融化了一般，蕾切尔掌握了主动。

“放开我，”蕾切尔小声说，“然后乖乖地坐到床上去。”

凯特按照她的命令做了。

蕾切尔揉揉脖子，跟在她后面，但是站在了离她两步远的地方。“这样就好，”她说，“谢谢。”

对意念的控制突然消失了，凯特又能够清晰地思考了，只是有些轻微的头疼。“你……”

“停！”蕾切尔打断了她，但是这一次，她没有控制凯特的意念。“别再胡闹了！你根本不是我的对手，你要清楚这一点。如果我用书巫术强迫你杀掉自己的父亲，你根本不可能反抗。我会让你认为这是个绝妙的主意，还能让你一直保持着这样的想法，直到整件事结束。”

她说的也许是实话，也许不是。凯特铁青着脸，一言不发地看着她。

“但是我不想那样做，”蕾切尔继续说道，“我要为自己父亲的死负责，现在，你也应该承担起你的责任。是让他一直做亚当学院的掌权者，宣布所有那些书妖还有相当一部分书巫的死亡，还是由你利用这个机会阻止他做这些事？决定权在你。”她漫不经心地抚平上衣。“随便你怎么想我都无所谓，但是你的父亲必须死。这个你自己也清楚。”

凯特没有说话。她能感觉到泡沫床垫下面那个小小的凸起。她想到了过去几天里跟菲尼安的所有谈话。他说自己已经厌倦了争斗，但凯特觉得一切才刚刚开始。在报纸上看到父亲和蕾切尔站在一起的照片时，她心里曾产生过一个想法，一直被她压在心里。现在，给她机会将所有气话和威胁付诸实施的人，偏偏就是蕾切尔。

“我看出来了，凯特，”蕾切尔说，“你把整个心思都放在抵抗运动上了。你很清楚什么叫不得不做的决定。”她转身要走。在捡起心灵书，合上书页之心之前，蕾切尔又一次回过身来。“如果你真的对其他所有的事都无所谓的话，那就问问你父亲，他准备怎么处置菲尼安。”

24

十几只折纸鸟正在紧张地绕着布朗什号的舰楼飞，就像暴风雨来临之前的燕子。伊西丝走进舰楼的时候，莉叶正在她的袋子里小声地咯咯笑着。顿坎从大玻璃窗前一个高高的座位上站起来。布满灰尘的玻璃上有一道裂纹。伊西丝既没有看到操纵台，也没有看到舵，只有满墙的书。

船头前方的远处，波多贝罗挂在虚空世界边缘的金色大网上。遍布这个庇护所碎块的棚屋和摇摇欲坠的木板房就像乌龟身上凹凸不平的皮肤。

“你到底是怎么做到的？”伊西丝脱口问道。她用一只手握着已经合上的阿布索隆书，觉得自己情绪激昂，充满力量，疲惫已经一扫而空。

“集中意念，”顿坎说，“要做的实际上并不多。”他疲惫地朝伊西丝转过身来。

看到伊西丝时，他的脸一下失去了血色，他张开嘴，大概是想要大叫，却在最后关头克制住了自己。然后，他朝伊西丝冲过来，匆忙地从莉叶身上跨过，双手握住了她的肩膀。最后从他嘴里发出的只是一句无声的咒骂。

“怎么啦？”伊西丝粗鲁地对顿坎说。“我好得很！”

顿坎将她的身子猛地扳转，并且非常明智地没有试着去抢那本阿布索隆书。他推着她走了几步，来到一扇玻璃门前，这扇门的背后是一条黑暗的通道。他用一只手擦去玻璃上的灰尘：“看看你自己！”

伊西丝本来可以甩掉顿坎，她的力气足够大，但是看阿布索隆书让她极度兴奋，现在看到顿坎慌乱的样子，她甚至有些高兴。她摇摇头，照顿坎说的做了。

她在玻璃上看到的自己并不是很清楚，不过也许看不清楚更好。她几乎认不出玻璃里面正盯着她看的那个人。那个人的下半张脸上到处都是鼻血，眼睛里的眼白也消失了。最大的变化是她的皮肤，布满皱纹的皮肤让她看上去就像是七十岁的人。要不是非常清楚地知道阿布索隆书是在给她力量，而不是反过来的，那她很可能会以为是这本书从她脸上吸走了生命力。她面容憔悴，表情看上去很陌生。

“我……很好。”她小声说着，慢慢地朝那个女人伸出手去，那个女人肯定是个站在玻璃后面的人，因为这根本不可能是她自己。她的手指触到了玻璃，那双手就像是木乃伊的手。

“真的，”她又小声强调，“我没事。”

顿坎拉着她转过身，她依然没有反抗，因为她觉得这里现在有两个相互矛盾的现实：一个是她被激起的感觉，一个是她真实的模样。“阿布索隆书就是会让人变成这样，”顿坎说，“我以前见过。”

伊西丝眯起了眼睛，因为她感觉到黏稠的泪水正在从眼睛里涌出，她的视野一时间变成了红色，大脑的深处突然冒出了一个问题：那些“想法”从何处来？

“必须停止！”顿坎说。这时她意识到，自己将脑子里的想法大声地说了出来。“就在这里，现在，马上停止！”

“你说的就好像我是个病人，但我比以往任何时候都更强壮！”

伊西丝看得出，至少第二句话顿坎是不怀疑的。也许这正是他没有试着从自己这里把书抢走的唯一原因。他不来抢书这点很好，她可不想在顿坎和阿布索隆书之间做取舍。

莉叶开始小声哭泣，但伊西丝过了一会儿才发觉。她甩掉顿坎的手，绕过他，走到放在地上的那个包跟前。

“别碰她！”顿坎喝道，“如果让她看见你这个样子……”

孩子瞪着大大的绿眼睛看着伊西丝，突然一下子就不吭声了。她的小脸轻轻抽动着，就好像不知道是该哭还是该笑。随后，小女孩好奇地朝伊西丝伸出一只手。

“把书给我。”顿坎在她背后说。

“不。”伊西丝着迷地看着莉叶的脸，那张脸跟她自己的正好相反，那么稚嫩，新鲜，双颊丰满。“咱们该拿她怎么办？你不会真的想把她带到波多贝罗去吧。”

顿坎没有回答：“你得丢开那本书！”

“书是我的！阿布索隆已经牢牢地占据了我的心，”她把一只手放在胸口和藏在那里面的书页之心上，“他的字句留在了我的书页上，他的话……”

伊西丝的后脑被重重地打了一下，她朝前扑倒在莉叶身上。她的上身压在莉叶身上的时候，莉叶哭了起来。但她只模模糊糊地听见莉叶的哭声，因为她的耳朵里突然响起了自己嗡嗡的心跳声。蒙在眼前的红色变得更深了，她的意识从边缘开始一点点消失。她觉得有人从后面抓住了自己的肩膀，将自己从莉叶身上拉开，翻了过来。仰面躺着的时候，她模模糊糊地认出了顿坎，顿坎将她翻成仰面朝上，手中拿着一根长长的电线。她想反抗，但她能感觉到顿坎将电线缠在了自己的手腕上，想把她捆在什么东西上。

“你这个……笨蛋。”她用沙哑的声音说，但是并不确定这些话是不是从自己的嘴里说出来的。

随后，她发觉阿布索隆书已经不在自己手里了，顿坎把书扔到了舰楼的另外一边，她根本够不到的地方。失去书让她备受打击，就像是把长年累月的悲伤浓缩在了一个瞬间中。她大叫一声，挣脱开来。

顿坎是个天赋极高的书巫，跟伊西丝一起在勒卡雷中学读书的时候，他曾经是最好的学生之一。但是面对一个七芒星书妖所爆发出的力量，他根本没有还手之力。伊西丝将他横甩过房间，听见他重重地撞在了什么地方，但她并没有去看，她现在的全副心思都在阿布索隆书上。她挣扎着站起来，朝书跑过去，这时，从侧面来的一股冲击力打中了她，将她抛到了通向走廊的那扇玻璃门上。玻璃碎了，但是还没等碎玻璃片落在地上，伊西丝就已经站了起来。她的眼睛在寻找顿坎，他正拿着敞开的心灵书，摇摇晃晃地站在那里，就像是站在惊涛骇浪中一样，他正无声地念着书页之心里那些神秘的文字。

“停下！”伊西丝冲他喊道。她觉得顿坎念的那些话正在汇聚成型，几秒钟后就会向她扑过来。伊西丝拉开紧身外套的拉锁，打开胸腔，这时，他们之间的空气仿佛凝固了一般。书页在伊西丝的胸膛中焦躁地呼啦啦扇动，其中一页变硬，从中间一分为二，发出一道光，朝顿坎射了过去。顿坎不得已回手抵挡，虽然在最后关头挡住了伊西丝的攻击，但还是被打得一个趔趄。

伊西丝又朝阿布索隆书跑去，还没等跑到跟前，她就觉得已经把书拿在手里了，对书的记忆还是那样鲜活。也许她得杀掉顿坎，才能真正地摆脱他。现在伊西丝的心里只有那本书，所以毫无防备地被第二下攻击打中了。

一本书变成了十本，一百本，地面上突然间仿佛铺满了阿布索隆书，尽管她还能感觉到那一本的存在，但是她不知道这么多书里面究竟哪一本才是。顿坎制造的幻觉并不只是视觉假象，而是实实在在的，她一开始拿起的那几本书既有重量也有书的样子，但她依然马上就觉察到它们都不是阿布索隆书。地上的书还在增加，在第一层上又摞起了一层。她无法自控，用双手在这些书里四处乱刨。

“顿坎！”她气得大叫起来。顿坎叉着双腿站在大玻璃窗前，他用幻象制造出来的假书正越堆越高。“停下！”

莉叶的哭声越来越大，她已经哭得上气不接下气了。

现在，书已经摞到了膝盖的位置，伊西丝知道自己得阻止顿坎，不能让他继续下去。顿坎的致命之处在于，他不想对伊西丝下杀手。伊西丝想在还击的时候将所有的注意力都集中在顿坎身上，但是要做到这一点很不容易，那些幻象分散了她的注意力，最终，她还是将书页之心的力量凝聚在一起，形成了一个看不见的拳头。他突然被一股无形的力拍在了窗玻璃上，他的脊背后面出现了“之”字形的裂纹，不过，直到顿坎掉在地上，玻璃才碎。他重重地砸在地上，窗玻璃则朝外飞去，碎玻璃像冰雹一样纷纷落在布朗什号的船头上。

伊西丝又看了一眼，确定顿坎不动了，这才转过身。幻象依然在，这正是她之前担心的，不过用不了多久，她就能从所有的这些书中找到真的那一本。

因为她正趴在地上，漫无目的地在一堆真皮书中乱翻，而且莉叶还在哭，所以等到她发现传送船还在行驶的时候，差一点就来不及了。伊西丝从眼角看到窗户前面的一个黑点越来越大，她跳起来猛地转身，发现那个黑点就是波多贝罗。无人驾驶的布朗什号正朝这个庇护所的碎片疾驰而去。

花了几秒钟，伊西丝才非常不情愿地决定暂时停止寻找阿布索隆书，因为如果布朗什号撞上了波多贝罗，那她就会永远失去这本书了。

她不知道顿坎是怎么操纵这艘船的，但是不管顿坎和船之间的连接是什么，这个连接应该是一直存在的，直到顿坎昏过去，或者是他的死亡，这个联系才会中断，伊西丝混乱的心里闪过这样的念头。

她匆匆地跑到唯一的那个座位前，这把椅子像宝座一样，高耸在舰楼的大玻璃窗前。沉重的椅子放在两级台阶之上的一个台子上，用木头、钢铁和真皮制成，被巨大的螺丝固定在地板上，表面覆盖着非常小的字母。伊西丝在椅子上坐下，看着波多贝罗越来越近。她感到一丝慌乱，小家伙的哭喊声让她根本无法清晰地思考。

顿坎是怎么知道应该如何做的？难道操纵这艘船就那么简单，只要能够集中精神，保持平静，谁都能够做到？但在现在的情况下，这两点她都做不到。

“顿坎！”

伊西丝能看到顿坎躺在已经破碎的窗户下面的栏杆前，现在她看到了，顿坎头上的一个伤口在流血。她下意识地抹了一下脸，发现鼻血流得更厉害了。红色的血从她的下巴上滴落在胸腔里打开的书页上，她感到一丝抵触，也许这就是她不能清晰思考、外面的金色似乎染成了红色、波多贝罗不断靠近的原因。

她忧心忡忡地回头往房间里看去，幻象正在逐渐消失，那些假书变成了透明的，她终于看到了那本真的。她不由自主地在椅子上挣扎起来，伴着婴儿的哭喊声，她踉踉跄跄地朝那本书走过去。

她就快要走到书那里了，这时船的深处突然传来一声号哭。不可能是风，因为穿越隐页世界的时候是没有风的，就算是破碎的窗户里也没有一丝风吹进来。也许是船自己发出的声音，那就意味着，船正在呼唤一个能够操纵它的人。

离书还有两步远的时候，她回头看了一眼，顿坎正在费力地爬上布朗什号的驾驶座。波多贝罗已经占据了视野范围的四分之三，已经能够看到破破烂烂的棚屋上连成一片、仿佛海洋般的屋顶，架在这个破碎的庇护所大小裂缝之上的所有桥梁，曲折狭窄的巷子。估计下面的人也看见这艘船了，假如他们能够克服书瘾，从那些仿制的阿布索隆书上，那些真阿布索隆书的仿制品的仿制品上抬起眼睛的话。

“抓紧！”顿坎用沙哑的声音喊道，这时又有一些类似理智的东西回到了伊西丝的意识中。虽然阿布索隆书对她有着巨大的吸引力，但她还是转过身子，跑回了莉叶那里。

顿坎又重复了一遍他的提醒，这时伊西丝还在往莉叶那里跑。她一个鱼跃，跳过剩下的距离，想扑到莉叶身上保护她。

但她已经到不了那里了，布朗什号一阵剧烈的震动，顿坎大叫起来，莉叶叫的声音更大，她最后的感觉是自己被可怕的离心力从窗户的破洞中甩了出去。

25

老八和二姐热情地与芙莉亚拥抱道别，然后，他们迅速地钻回了三个人刚才钻出的那个石头缝。

芙莉亚朝他们的背影看了一小会儿，便在永夜庇护所漆黑的天空中寻找起了追兵的身影。在营地里，要不是这两个墨妖帮忙，她差点儿就要被门塔纳公爵抓住了。两姐弟信守诺言，带着她一路钻石缝，钻火山岩上的洞，来到了玛丽花号的残骸前。

芙莉亚松了一口气，不管是地下还是天上都没有门塔纳的影子。也许她真的甩掉了这个人。

不过公爵并不笨，这一点她从《凡塔思帝寇》里就已经看到了，而且他还是个七芒星书妖，力量是她的好几倍。如果想在他出现之前到船里去，她就得抓紧了。

虽然情况紧急，但她还是用了半分钟时间，把四周仔细地看了一遍。她面前的火山岩上是巨船的残骸，船左右两边的天际，能看到嶙峋山峰上凸出的岩石尖。闪电不时划破无尽的黑夜。

芙莉亚听七芒星和菲德拉说过，这艘坠毁的传送船似乎对周边有种保护作用：刺骨的风和乱石雨都远远地绕开了它。

所有这些都让她更加坚信，玛丽花号并没有完全毁坏。跟七芒星到船里去的时候，她有种类似于进入莱茵河畔祖宅时的感觉，觉得似乎有生命存在。她现在回来，就是想看看是不是能利用一下玛丽花号的这一点点生命。

这是没有办法的办法，但总比菲德拉和其他人让她去做的那些事强。他们想让她跟公爵一起穿越到费园，把造物书带回永夜庇护所，再在菲德拉的监视下修改，也可能是七芒星或者门塔纳的监视下。菲德拉是一切都只为书妖们着想，七芒星是希望能够给书巫世界带来颠覆性的改变，而门塔纳想要的是什么，估计只有他自己知道。

守卫点起的篝火密密地连成一串，围绕在残骸四周。这些火光在芙莉亚身后很远的地方，二姐和老八之前带着她从警戒线的下面钻过来了，墨妖们就是从这条地下的路到玛丽花号上拿书回去，从而在他们的仪式上装出使用书巫术的样子的。

芙莉亚猫下身子往前走，这里离船不远，一百步或者一百五十步的距离，她相信没有人能在这一片黑暗中看到自己。她还是打算走之前跟七芒星上船时爬过的那条软梯，或者她也可以试一下飘移术，但是那样一来，书页之心的光就会暴露她的行踪。

她很快来到了软梯前，它被牢牢地固定在甲板的缝隙中，她顺着软梯向上爬进漆黑一团的船舱里。

“嗨，”塞在她大腿处窄小裤兜里的心灵书开腔说，“我可以说话了吗？”芙莉亚禁止它在路上开口，因为鸟喙书有一个坏毛病，它总是在不合时宜的时候开口。“我可不习惯被这样对待。”鸟喙书愤愤地补充道。

“不，你习惯的。”

“那也是在我认识你之后！”

"咱们认识之前，你还在一群乱喊乱叫的傻子面前跟其他鸟喙书拼得你死我活。跟那个比起来，现在这些事就像在休息日散步似的，不是吗？"

"说得好像你在休息日散过步一样！"

"我在简·奥斯丁的书里读到过，读上去并不是很惊险。"

心灵书把鸟喙从裤兜里伸出来，清了清嗓子。"惊险是勇敢者生活中真正的佳酿，"它傲娇地说，"它能让装订变松，书胶变活，书页变软。"

芙莉亚把鸟喙书抽出来，它正要斗志昂扬地把脖子伸长时，芙莉亚已经打开了书，于是它头朝下在空中荡了几下，就像一条骂骂咧咧的长筒袜。"安静！"芙莉亚打断了它。

"这就是所谓文明的斗争吗？还不是谁的拳头大谁说了算。"

芙莉亚从书页之心中释放出一个光球，让它悬在自己的头顶上。心灵书得一直敞开着，还让它很恼火，气呼呼地缩起脖子，只留一个嘴巴尖在书皮外面。

芙莉亚穿行过肮脏的走廊和霉烂的大厅。在一堆烂泥里，她发现了脚印，大部分的脚印很窄，而且也不深，显然，到这里来的多半都是年轻的墨妖，也许，从残船里取书对这些小墨妖来说，就是证明勇气的测试。

芙莉亚一开始计划的是爬到上面的舰楼那里去，然后坐在驾驶座上，看看会发生什么。但是进船之后，她发现在船的下层，那种生命的迹象似乎更加明显。假如玛丽花号真有类似心脏的东西，那也很可能是在船的中心，在迷宫一般的走廊、舱房和洞穴中央。

跟七芒星来这里的时候，她只是模模糊糊地感觉这艘船里的某个地方还有生命，现在，她觉得自己真的感觉到了轻微的砰砰声，比人的心跳迟缓，她就像是感应书巫力场一样察觉到了这个。

她不知道自己在玛丽花号里乱走了多久，她一直跟着那个心跳声，假如某条走廊上的心跳声变弱了，她就转过头，假如在某条走廊里，她能更强烈地感觉到自己不是一个人，那就立刻不假思索地走下去。

“你已经不知道自己走到哪里了，”鸟喙书说，“在船的什么位置，前面还是后面……咱们迷路啦，会在这个讨厌的地方发馊变酸。我还以为永夜庇护所里不会有更糟糕的地方了，哪里想得到：芙莉亚·萨拉曼德拉·费尔菲克斯正在头也不回地让我们在这条路上越走越远……”

“你就会唠唠叨叨地抱怨，就不能做点正事吗？”

“你去给我找一群傻子来，我负责让他们大喊大叫！”

芙莉亚叹了口气：“好吧，对不起，我不该那么说。”

“的确很无礼，没错！”

“随你怎么说吧，我无礼，我道歉。你满意啦？”

鸟喙书又嘟囔了一会儿，然后伸长脖子绕过打开的书沿：“还有，这里有一扇传送门，如果你想知道的话。”

“所以才叫传送船，对吧？”

“不，我的意思是说，一个还能用的传送门，感觉是这样的。”

芙莉亚停下脚步：“真的吗？你能感觉到？”

“如果不是太过担心有人跟踪过来的话，你也能感觉到。”

“你怎么不早说？”

“我没觉得有人想听我的建议。”

她克制着自己掐住那根干巴巴的脖子的冲动：“在哪里？”

“方向是对的，但是我觉得咱们还得再往下一层。”

如果鸟喙书说的是对的，那么这艘船就不仅仅是一个能够穿行在隐页世界中、从一个庇护所穿越到另一个庇护所的移动传送门，船上还隐藏了至少一个传送门，也许是给船上的乘客或船员的类似紧急出口的装置，以便在有危险的时候，不用船上人的书巫力也能完成疏散。

“我也是这样想的。”鸟喙书又在芙莉亚的思想里四处偷听了。她已经没心思抗议了，因为她觉得鸟喙书不是故意的，很有可能她已经跟自己的心灵书合而为一了。

她顺着楼梯往下走，这个楼梯跟甲板上的其他许多楼梯一样，两侧都放着高大的书架。这里的书同样没有逃过霉菌和潮气的侵蚀，但它们不像楼上的书毁坏得那么严重。一些书皮上甚至还能看得出字迹，不过也已经被古书热感染了，变成了乱糟糟的看不懂的音节。

越往下走，霉味越重。路上，芙莉亚曾经听到了咔嚓一声，但是当她将光柱对准走廊的时候，却发现通道上面空空荡荡的。她不知道这个到处都是潮湿纸张的地方有没有霉鳐，一想到会有大群的霉鳐飞过黑暗的走廊，她的身体都变得僵硬了。她压低声音，将光唤回，把脚步放得极轻。

心跳声变强了，声音并没有变大，但是速度加快了。

“这是个好现象吗？”鸟喙书小声说。

芙莉亚不知道该怎么回答。像这种固定的传送门，本身就比任何一个书巫制造出来的穿越门的能量强大许多，但她不知道这样一个门有没有强到能够破开亚当学院封在永夜庇护所之外的那层屏障。

坐了一会儿，她来到了一个六边形的房间里，她把光球升高，发现自己的头顶上没有天花板，这个房间实际上是一个天井，穿过玛丽花号的层层船舱，一直通向上面。天井的中间有一个旋梯，旋梯的每一层都有一个宽宽的搭板，连接着旋梯和在四周围成一圈的栏杆。天井的直径大约有十米。

她刚才进来的那扇门占了整整一面墙，其他的四面墙上是门拱和柱子，看上去就像圣堂的入口。每个门拱里面都有一个半圆形的壁龛，深不过四步。

“不是一个，”她纠正自己的心灵书，“而是五个传送门！”

“但是这个房间里的能量绝对支撑不了那么多门，”鸟喙书说，“就算支撑得了，也可能只有一个门是好的。”

现在，芙莉亚已经能够清楚地感受到在天井里颤颤巍巍地飞来飞去的书巫力了，这里的心跳声也比其他任何地方都强，但似乎并不是从传送门发出的。从表面上看不出哪一扇门还能用，她只好挨个儿检查一遍，希望其中能有一扇有足够的力量，把自己送到另一个地方，但是什么地方就不是她能够决定的了。

传送门的目的地是不能改的，就像书城罗马桥的另一端永远是伦敦的天鹅巷，圣堂的传送门总是通向罗马的明乔河广场，这五个传送门应该也都是固定地通往一个终点。倒是不太可能直接穿越到永夜庇护所的另外一个角落里，假如这真的是紧急出口的话，那么门后很有可能是提供医疗救助的地方，或者提供继续去往其他地方的可能性。

芙莉亚用书页之心制造出的那团光照亮了房间正中那个宽阔的旋梯，楼梯的一级级台阶中间是空的，光从那里穿过，在墙上留下了一条条的黑影。这些黑影在高处变形，最终和天井上方的黑暗融为一体。

她捧着打开的心灵书，正打算登上第一级台阶，这时，鸟喙书突然碰碰她的手：“芙莉亚！台阶上！”

一个人影绕过旋梯中心的那根圆柱走出来，这个男孩比芙莉亚矮，身材瘦削，浅金色的头发，穿着牛仔裤和蓝色的套头毛衣。

“皮普？”芙莉亚叫着弟弟的名字，同时迟疑地朝他走过去。

“等等！”她的心灵书喊道，见她没有马上停下的意思，便用鸟喙啄了一下她的手掌。

芙莉亚疼得大喊一声，停在离最下面一级台阶还有三步远的地方，丢开了书。鸟喙书挂在她的胳膊上，嘴里叽里咕噜地说着什么，但是因为要叼着芙莉亚的袖子，所以听不太清楚。

皮普站在第四级台阶上，一只手搭着栏杆，眼睛看着芙莉亚。他羞怯地笑着，不过他只有在要捣鬼时才会这样笑。

“皮普？”她问，这时已经又拿稳了心灵书，她没有注意到疼痛的消褪，眼里只看得到那个男孩。“你在这里干什么？”

“发了霉的蛤蟆菌啊！”鸟喙书哀叹道，“真是的，去给刺猬挤奶都好过给你当心灵书！”

“什么……”

“那不是皮普！”

她感到忽冷忽热的，那当然不是皮普，他不可能在永夜庇护所里，那只是……他突然出现在那里，就像是从自己的记忆中走出来的，看上去实在是太真实了。

她朝后退了一步，又退了两步。男孩站着没动，只是看着她微笑。她不由自主地想起了莱茵河畔的城堡，当时城堡先是变成她父亲的样子跟她说话，然后又变成她的先祖约翰·墨丘利·罗森克罗兹，最后变成了年轻时的塞弗林。

“你是船吗？”她问。

那个假皮普没有回答。芙莉亚瞪着他，努力不把他看成自己的弟弟。

鸟喙书清了清嗓子：“我认为玛丽花号刚刚苏醒，它不太可能把你脑子里的画面抽出来用，而且……”它不吭声了，因为皮普开始慢慢地走下楼梯。

“芙莉亚。”他说。只叫了她的名字，那是皮普的声音，但语调有点不对劲，也许只是细微的差别，也许是因为皮普从来没有用这样魅惑的语气叫过她的名字。

“咱们快走！”鸟喙书小声说。“马上！”

从哪个传送门走呢？她希望自己的心灵书能够听懂这个问题。

“不知道，”鸟喙书耳语道，“我怎么会知道？”

这样一来，她就得在五个里面选一个，而且这五个门还是分散在旋梯周围的。

皮普来到最下面一级台阶上，随后又停了下来。

如果说这里还有一扇可以用的传送门，那有一件事是说不通的，因为如果是那样，菲德拉也来过这里，应该早就发现这件事了，就像……

“门塔纳。”她对那个跟自己弟弟一模一样的人说。

“我觉得这样更容易让你冷静地跟我谈谈。”假皮普说。

现在，她只看了一眼这个人的眼睛，就已经不寒而栗了。那是皮普的眼睛，或者说，是她记忆中皮普的眼睛。记忆从来就不是完美无缺的，所以在她看来，这双眼睛的真实程度就相当于一座栩栩如生的陶瓷雕像的眼睛。一样的冰冷。

在刚才的一两分钟里，她基本没有再去关注那个心跳声。她的脚后跟能感觉到那种跳动，这个六边形房间的地板仿佛也在跟着一起震动。

“你让这艘船起了反应，”假皮普说，“这里有什么东西在苏醒，就像一个慢慢启动的马达。”

芙莉亚努力想要看到面具后公爵的脸，但是不太容易做到，她太想念自己的弟弟了，而门塔纳抓住了她这个软肋。他一定钻进了她的思想中，而且说不定还在堡垒里时就已经得手了。

他知道她为什么要来这里吗？

“你自以为了解我，只是因为看过七芒星写过的那本愚蠢的书，”他说，“你以为我就是个彻头彻尾的恶棍，满脑子想的都是权力和金钱，还有追杀自己的对头。”皮普的嘴一撇，露出轻蔑的冷笑。“我告诉你，我对米兰的王位从来就没有什么兴趣。”

“因为米兰已经没有王位了。”

他笑了。“我承认，这也是个原因。”皮普仿佛正在她的眼前长高，但模样却依然如故，他的身体开始变长，身体比例也开始发生变化。“但你也得承认，给全世界盖上我自己的印章，这件事的吸引力要大得多。”

“您想跟我一起去取造物书，然后让我按照您的想法修改它们。”

“非常诱人的想法，但是我已经向菲德拉宣誓效忠了，也就是说，我会把你和第十一卷带回来给她。”

鸟喙书伸出蛇一般的长脖子：“那至少还能剩下二十三卷。”

现在，皮普的个子已经超过了芙莉亚，而且还在继续长高。他的脸还是小孩的样子，但身体已经像溢出模具的面团一样，完全改变了比例。他的衣服开始变黑，就像衣角被浸在了墨汁里，现在，墨汁正在顺着织物的纹理向上蔓延。直到最后，他的脸才开始变化，面容开始变得成熟，逐渐变成了成年的皮普。然后，脸的轮廓也变了，头发颜色开始变深，阴翳钻进了他的眼睛，深棕色盖住了皮普浅蓝色的眼珠。

“这一点也不难，”门塔纳公爵说，“你应该找机会试试。”

但是芙莉亚已经开始动手了。卸掉书巫易容面具的时候，门塔纳的注意力稍稍分散了一下，芙莉亚趁机分离了一个书页之心，随后是第三个。苏梅贝拉教过她应该怎么操作，不过她用起来还是感到困难。

随后，她从地面上升了起来，并不是飘起，而是像火箭一样射向上方，刚才门塔纳还站在她的眼前，转瞬间，她就已经到了离门塔纳三层船舱的上空，在天井的上部，她围着旋梯绕了半个圈。

分离书页之心的光芒，将她的位置暴露给了对手。现在的关键问题是，等到她俯冲过三层船舱的距离冲进传送门的时候，门塔纳的速度有没有快到能够抓住她。

选对传送门的几率是五分之一，这还不包括没有任何一扇传送门能用的情况，那样的话，她肯定会在门拱后面的壁龛里撞得粉身碎骨。

门塔纳发出一声愤怒的大吼，从天井的底部射出明亮的光。芙莉亚看不见他，旋梯正好挡在他们中间，但是很显然，他已经打开了胸腔，露出了里面的书，并且分离了一个书页之心。不能让他有机会直接跟自己交手。

光开始向上升。

“建议？”她问。

“左边第二个。”鸟喙书说。

“为什么是这个？”

“猜的。”

的确，这些门看起来都一样，她还在等待某种信号，突如其来的发现，但就算她现在能保持平静，也没有什么迹象能让她辨认出是这五个传送门中的哪一个在发出她感觉到的那种力量。天井中，墙被挤在狭小的空间里，改变了书巫力的形状，像回声一样在四面八方回荡。

门塔纳的光靠近了，已经漫过了第二层的搭板。直觉告诉芙莉亚应该提升高度，要么从某个出口逃进船腹，要么逃到外面。

但她待在原地没动，身上的肌肉绷紧了，她还不习惯飘移术。要是在这样的高度抽起筋来，结果会很严重：疼痛会转移她的注意力，她会像块石头一样掉下去。

“芙莉亚，你这是要干什么？”门塔纳喊道，“你虽然有天赋，但是力量还没有强到可以跟我作对。”

她又围着旋梯，朝左边飘过去了一点，这样就不用看着门塔纳已经展开成书的胸膛了。她不想看到门塔纳书页之心发出的炽烈光芒，担心那样使自己完全失去信心。

“这个天井贯穿所有楼层，”门塔纳的声音带着低沉的回音传上来，就像是在烟囱里说话一样，“如果你继续往上飘的话，就到顶层甲板了，你真以为到了外面，能比在里面更容易逃出我的手掌心？”

她看过《凡塔思帝寇》，熟悉他这种威胁的语气，那种得意扬扬的流氓腔，包括他的说法，也是三流恶棍的那种：你真以为能逃出我的手掌心？已经读过成百上千次的话，成百上千次地想过，主人公当然能够逃脱。那她怎么就不行？

“不管你跑到什么地方，芙莉亚，我都会找到你。”

如果菲德拉的《无名书》真的存在，那么这本书作者的水平也并不比七芒星高。还是说一个创作出了更糟糕的作者的作者，自然就成为了更好一点的那个作者？

“你就不能回头再思考这种事吗？”鸟喙书抱怨道。

她慢慢地绕过旋梯。

“玩什么捉迷藏啊？”门塔纳根本不用刻意提高声音，天井里的回音效果就让他听起来像是在芙莉亚的耳边说话。

“右边第二个。”鸟喙书小声说。

“你刚才说的是左边！”

“有区别吗？”

她朝下面看看，门塔纳的光晃着她的眼睛，她只能勉强看见那些传送门，天井的底已经被笼罩在了黑暗之中。

“左边？”她小声对心灵书说。

“右边。”

“如果我撞得全身骨折，你可别抱怨。”

“我的书脊也是会断的！”鸟喙书生气了。“虽然我被装订得很结实，但也不是橡胶做的！”

“那就右边了？”

鸟喙书犹豫了一下。“或者左边？”它有些心虚。

“第二个？”

鸟喙心虚地缩回了书皮里。“你来决定！”

门塔纳现在已经跟她差不多高了。书页之心的光透过旋梯的台阶，晃得她睁不开眼。她只能模模糊糊地看见光后面的门塔纳。“芙莉亚·萨拉曼德拉·费尔菲克斯，”他说，“芙莉亚·萨拉曼德拉·费尔菲克斯，你真的像你名字的含义那样，是个复仇女神吗？还是你会聪明地选择投降？”

“绝不！”芙莉亚喊道，几乎像是在喊战斗口号，配得上英勇的船长凡塔思帝寇·凡他思提切灵。一时间，她仿佛变成了那个十二岁的小女孩，缩在会说话的阅读椅里，埋头看着自己最喜欢的书，大胆的强盗和阴险的坏蛋在四周的书巫墙纸上时隐时现。

“左边第二个。”她小声说。

“或者右边。”鸟喙书嘟囔道。

她同时分离了三个书页之心，迅速地向下降落，穿过门塔纳的光，绕着旋梯转了四分之一圈。左边第二扇传送门看上去跟其他的门一样毫无特色，但她已经选中了它，并且希望这扇门是可以用的，她甚至向《无名书》的作者祈求，希望这个选择是正确的。

她选错了。

*最右边！*就在快要撞上壁龛的墙时，她的意识中突然响起了一个声音。*走最右边的传送门！*

那个声音微弱、嘶哑，却和莱茵河城堡的声音有着相似之处。船和城堡，两个都是芙莉亚的先祖一手建造的，都带有书巫力，都能够发觉是否有罗森克罗兹家族的人陷入了危险。

时间并没有停滞，但她却觉得已经停滞了。

门塔纳的光从上面降落下来，差点儿就要追上她了，这时却突然慢了下来。与此同时，她改变了自己坠落的方向，紧贴着旋梯，斜斜地朝右边飞过去，一直飞到了最后一个传送门前。

她的书页之心照亮了门拱，从外面看不出什么区别，但她似乎感觉到了什么，就像被微弱电流穿过似的麻痒。

"就是这个，"鸟喙书说，"右边，我说的就是这个。"

芙莉亚几乎贴着地面，从两根柱子中间飞了过去，飞快地冲向壁龛的后壁。她看见光从门拱上方照下来，感到了追踪者的愤怒。

"中了！"鸟喙书欢呼道。"忧伤的世界啊，我们逃脱你啦！"

芙莉亚觉得它高兴得有点太早了。弧形的墙现在就在她的面前，门塔纳在狂吼着她的名字。

你吵醒我了，船的声音在她的脑海中说，你把我从小憩中惊醒了。

"你能拦住他吗？"

一小会儿，也许行。

柱子从他们两个左右两边掠过，没有撞击，壁龛变成了一堵流动的金色的墙，芙莉亚一头钻了进去，一开始，她什么也看不见，随后，她辨认出了金色的烟云，烟云被打散，又露出了一片黑暗。

突然，她的脚踩到了地面，她在奔跑，一个踉跄，差点儿跌倒，要不是鸟喙书咬住了她的毛衣，就也要掉了。她眼前的烟雾中出现了一个旋梯，酷似刚才那个穿过天井向上的旋梯。

又回来了！她脑中惊慌地闪过这个念头，我们又回到玛丽花号的甲板上了！

但是随后，黑暗也散开了，她明白了，这黑暗是她带过来的，是那艘船用来拦住门塔纳的屏障的碎片。黑色的烟雾散去，芙莉亚扑倒在地，从地板上滑过。金属台阶离她越来越近，她用胳膊挡住了脸。

等到终于停下来不再滑动，她睁开眼睛，发现自己和台阶之间只剩下不到一掌的距离。四周的墙上有五个拱门，还有一扇敞开的门，跟玛丽花号上那个六边形的房间一模一样。唯一的区别是从头顶射在她身上的金光，在她头顶上方五六层高的地方，有一个玻璃穹顶。

“你知道咱们在什么地方，对吧？”鸟喙书嘎嘎地说着，吐出从芙莉亚的毛衣上咬下来的毛絮。

芙莉亚恍惚地点了点头，虽然她只是大概猜到，他们现在在另外一艘传送船上，正在隐页世界里的某个地方。

他们在布朗什号上。

第三部分　想法

Die Ideen

26

芙莉亚穿过一个双扇门，走出船舱，来到最上层的甲板上。虚空世界的金光似乎比之前的任何时候都要强，她眯起了眼睛。直到这时，她才意识到自己的眼睛已经适应了永夜庇护所无边的黑暗。

她的腿还有些发软，向前走到船舷边，双手支在栏杆上，眯起眼睛看看四周。

布朗什号一动不动地悬在放射着炽烈光芒的深渊上方，芙莉亚看到了不远处那些有褶皱的网，这些网的上下边都跟金色的光融为了一体。船头前方那个褶子里挂着一块棱角分明的陆地，就像是岩石组成的彗星，陆地的下面挂着丝丝缕缕鲸油般的东西。不断有小碎块掉落，在虚空中飘走。布满裂纹的上表面看上去倒还坚固，仔细看去，上面似乎还有建筑物，密密麻麻的一片屋顶覆盖在破碎的陆地上。

芙莉亚从来没有听说过这样一个地方，不过这应该也不重要，因为布朗什号悬在离那块陆地一英里远的地方一动不动。这样正好，她完全没有兴趣到这个阴森森的地方去。

在船里穿行的时候，她一个人也没有碰到。布朗什号里的过道和大厅状况比玛丽花号的要好得多。虽然布满灰尘，而且有些乱，但是毕竟没有经历过永夜庇护所里长达几十年的可怕天气。摆在大厅、过道和楼梯间里的书架几乎要被书挤爆了，这些书中只有少数几本损伤比较严重，其余的不过是书脊松脱或者书皮泛黄而已。她强忍着不要停下脚步去翻看那些书，不过最终还是没忍住。她看到了被混放在一起的小说、专业类书籍、地图册和黑白影集，所有的书都是二十世纪上半叶出版的。

简单地说，布朗什号的状态非常好，这里充满了书巫力场，而且总体看来是能用的。

芙莉亚不断地停下脚步，仔细聆听有没有脚步声或说话声，但布朗什号的船舱里一片寂静，到处都冷冷清清的，说不定这是一艘幽灵船，不过就算是这样，芙莉亚也无所谓。在隐页世界中，她又能开启穿越门，返回自己的家了。事实上，如果不是好奇心驱使她先仔细看看这艘船，她早就那样做了。

“你至少可以感到一点点高兴，”鸟喙书说，“你不是真的想把那些臭烘烘的、丑陋粗鲁的墨妖……”

他们听到了孩子的哭声。

鸟喙像剪刀一样啪地合上了。

哭声是从下面传来的，芙莉亚从栏杆上弯腰朝下面看去。上层的甲板是这艘多层轮船的顶部，从这里她能很容易地看到宽阔的主甲板，在往下两层的地方绕着船一圈。芙莉亚在侧面的主甲板上没看到什么，于是朝船头方向跑过去，从前方的船舷往下看。她现在的位置应该是舰楼的最高处。

在她下面七八米的地方，一片海洋般的玻璃碎片在舱板上闪闪发亮。再往前的地上躺着一个人，另外一个人在这个人的上方弯着腰，背对着芙莉亚。她看不到这两个人的脸，但她从上面这里就已经感受到了他们强大的书巫力。躺着的那个人身下铺展着一个黑色的斗篷或者外套，双腿弯曲，两条胳膊长长地伸出，被捆在头顶的船舷上。弯腰蹲在旁边的那个人肩膀很宽，显然是个男人。他留着垂到肩上的蓬乱长发，似乎正在翻看放在另一个人胸口里的一本大书。

离这两个人一臂远的地方放着一个长条包，孩子的哭声就是从那个包里传出来的。

“是不是……”芙莉亚几乎说不出话来，停了一下才喊道，“顿坎？是你们吗？”

他没有转身，显然正在忙着什么。另外的那个人只可能是伊西丝，她正一动不动地躺在顿坎面前。顿坎正在用伊西丝打开的胸腔做些什么，或者是在她的胸腔里做些什么。就算是门塔纳跟过来制造出的幻象，也不会比眼前的这一幕更让她害怕。

“顿坎，见鬼，出什么事了？”

“下来帮我！”他头也没回地说。

芙莉亚把心灵书插进大腿侧边的口袋里，从台阶上冲到了下面的主甲板上。她飞快地跑到了顿坎和伊西丝的附近，但是在最后几步时，她放慢了速度。玻璃碎片在她的脚下嚓嚓作响，她小心翼翼地从两人身边绕过去，眼睛扫过正在包里啼哭的那个孩子，然后又把目光转向自己的朋友。

伊西丝的样子很吓人，面容消瘦，脸色发灰。她闭着眼睛，胸腔大大地敞开着，顿坎跪在她旁边，正焦急地在她的书页中翻看，就像一个正在疯狂寻找隐秘信息的档案员。他深色的头发耷拉在脸上，眼睛扫过皮质纸张上的一行行字。

芙莉亚一下想到了那个假皮普，但眼前的这一切不一样。看到弟弟的时候，她马上就觉察出有不对劲的地方，而这两个人看上去却十分真实。她没怎么跟顿坎接触过，但伊西丝的书巫力场，就算是在几十个人里，她也能辨认得出。

“她怎么啦？”芙莉亚用沙哑的声音说。由于伊西丝的胸腔打开着，所以她看不出来伊西丝是不是还在呼吸。

“她昏过去了，但我不知道她还会昏迷多久。”

顿坎翻到下一页：“我得在她醒来前把这上面的事弄清楚。”

“她受伤了？”伊西丝毫无生气的脸上有血迹。

“几个口子，还有瘀伤，不严重。”

芙莉亚在他对面蹲下：“那这是……”

顿坎愤怒地猛抬起头，看了一眼：“别光问这些愚蠢的问题，帮忙！如果她意识到了我在做什么，就会把书合上，所以你得想办法让书敞着！”

甲板上，伊西丝胸口那本敞开的书静静地摊在她的身体上，她的身体里没有肋骨，没有肌肉，只有两个平展的皮质长方形。芙莉亚从侧面没法够到书的两边，只能从伊西丝的头顶跨过去，伸开双臂，将朋友放在自己的双膝之间，这样她就能把双手压在书上。她还从来没有在伊西丝身体里的书敞开着的时候碰过她。这种感觉很奇怪，几乎有点过于亲密了。如果她把眼睛闭上，也许还能告诉自己，她现在捧着的是一本真正的书，是那种只有古老的图书馆里才能找到的沉重的古书，但是现在，因为要低头看着伊西丝，并且知道这是她身体的一部分，所以事情又不一样了。她依然没搞明白顿坎到底要做什么。

顿坎急匆匆地浏览着那些书页。书上的字非常小，从芙莉亚的角度看过去，字是倒着的，所以她没法读。

“你在找什么？”

“阿布索隆，”顿坎继续浏览着，“她说阿布索隆已经刻进了她的心里，如果是这样的话，那也许能清除掉。”他翻了一页，又是一页。

“清除？”

“她不会乐意，但是如果我不做点什么，她就活不了多久了。”

“你想从她的身体里把书页撕掉？”

他指着放在自己膝盖旁边舱板上的一把弹簧刀：“就像是外科手术，如果这样说你更容易接受的话。就像是要从她的身体里取出一颗子弹。”

“子弹并不是她身体里的一部分！”

“你现在能不能闭嘴？”

她不知道应不应该帮顿坎做这件疯狂的事。对于阿布索隆书和这本书带来的书瘾，她所知不多，但也足以让她意识到现在的情况有多严峻，顿坎的表情也已经表露无遗了。

“你确定能行？”

“不确定，”他又翻了一页，突然，他的脸上一亮，“就在这里！”

芙莉亚看到那一页上的一部分文字换了一个字体，估计跟阿布索隆书的字体一样。如果要仔细追问这件事是怎么发生的，估计更让人糊涂，所以她干脆就没有问。

顿坎费力地把目光从那几行字上挪开，不过几秒钟的时间，那些字似乎已经在魅惑他了。他捉住那一页，然后继续翻，在下一页上，他也发现了，之后就没有再找到什么了。“只有两页，”顿坎边往回翻边说，“她能挺得住。”

“这么说你对七芒星书妖很了解了？”

顿坎没有回答。他把那两页纸叠在一起，用左手将它们立起来，右手拿起刀，弹出刀刃。

刀切进那两页薄膜似的书页中时，鸟喙书发出了一声类似垂死之人的喘息。伊西丝的头抽动了一下，眼皮开始颤动。

“抓紧！”顿坎命令道。

刀往那两页书里切得更深，芙莉亚转开了脸，胃里在翻江倒海。

伊西丝的喉头发出了一声重重的叹息。

“一定不能让她打开穿越门！”顿坎用嘶哑的声音说。“尤其不能在我结束之前！”

芙莉亚不知道自己能做什么，她的点头完全是出于条件反射。那本有生命的书开始在她的手底下颤抖、跳动，其他那些书页也皱了起来。

芙莉亚不情愿地看看那把刀，刀刃已经分开了三分之二的书页，一团光像鬼火一样在刀四周舞动，顺着顿坎的胳膊往上爬，顿坎的脸疼得变了形。孩子在后面啼哭，但是芙莉亚已经不太能听得到了。

伊西丝的头猛地一抬，左边的眼角出现了一个紫色的小闪光，就像一滴会发光的眼泪。

“她要走了！”芙莉亚喊道。

顿坎还在坚持。那团光已经到了他脖子的位置，变成一个发光的环箍在他的脖子上。“马上……”他用嘶哑的声音呻吟着说。

伊西丝还没有醒过来，但是她身体的一部分已经开始反抗了，几张书页想立起来分离书页之心，但是芙莉亚眼疾手快地将它们按了下去。她双手按在那本打开的书上。

就在这时，刀割完了，光弱了下去，顿坎喘着粗气将那两页纸从书中取出，把刀扔在甲板上。他的牙齿紧紧地咬在一起，咯咯直响。他的脸跟伊西丝的一样，已经扭曲了。

那个紫色的小闪光又钻回了伊西丝的眼角里，她全身抽搐着，双腿想要挣脱束缚，胳膊在芙莉亚的膝盖之间抽动，干裂的双唇张开了一条缝。

芙莉亚灵机一动，将手插在书的封皮下面，想要把书合上。一开始似乎没法做到，书颤动得太厉害了，她朋友的身体也朝上弓起，但是后来，书终于还是合上了。书的边缘在芙莉亚的手指下开始融合，皮肤和肋骨又变成了一个女人的上半身。

伊西丝猛地睁开眼睛，大叫起来。

27

等到伊西丝能说话了，顿坎也摇摇晃晃地直起身子的时候，芙莉亚问："这是谁？"

她已经把孩子从包里掏了出来，换过了尿布。她在孩子脚的那头发现了装在袋子里的尿布和婴儿的食物。她很惊讶地发现自己做这些事的时候竟然非常熟练。皮普比她小五岁，她模糊地记得宝琳在换尿布和喂奶的时候，自己是怎么给她帮忙的。她已经很多年没有想起过这些事了。最让她吃惊的是，尽管船上仅有的水是铁锈色的，而且从水龙头里流出来的那一点水勉强只够她洗个手，但是她并没有觉得恶心。

她现在已经成功地逃出了永夜庇护所，甩掉了《凡塔思帝寇》里面的那个坏蛋，开始给一个连名字都不知道的小孩换尿布了。

"莉叶。"顿坎说，他显然松了一大口气，因为自己不用再照顾那个小家伙了。他看上去非常疲惫，芙莉亚不知道他刚才离死亡有多近。

不过至少伊西丝的状况迅速好转了。虽然她的胸腔还在急速地一起一伏，速度还不均匀，就好像那里面正在发生什么跟人体解剖学无关的事，但是她已经在试着坐起来了，脸上也又有了血色，深陷的面颊开始变得丰满。估计要恢复成之前的样子还需要很长时间，但至少她的眼睛里已经有了活力。看见芙莉亚在忙着照顾孩子的时候，她吃惊地挑起了眉毛。

“我……没有想到……你还会干这个。”她说道。

“我也没有想到你能活下来，”芙莉亚回答说，“还有他。”她朝顿坎的方向点点头示意。

顿坎抬起一只手想摆一摆，但这个动作似乎也很费力。他直立着身体靠在船舷上，芙莉亚希望他不会朝后翻过去，假如他突然没有了力气的话。

她自己则盘腿坐在地板上，把莉叶抱在怀里轻轻地摇晃着，心里想着自己究竟为什么要跑到这个地方来：“现在我知道她的名字了，但还是不知道她是谁。”

“一个朋友的孩子，”顿坎说，“咱们得想个办法。”

伊西丝揉着胸口的那条疤。“咱们可以把她带回……费园。也许那些女人中有人能照顾她。”

“她的母亲呢？”芙莉亚问。

“消失在‘想法’里了。”顿坎表情僵硬地回答道。

伊西丝挣扎着想站起来，却又瘫倒了，但她不想示弱。顿坎想帮她，但他自己都虚弱得站不起来。“不，”伊西丝说，“我自己可以。”她又试了两次，终于站到了顿坎的面前。“把书给我。”她说。

顿坎的脸色变得更加苍白，他摇了摇头。芙莉亚一下子也有些担心会前功尽弃，但是伊西丝吻了一下顿坎的嘴唇，俯在他耳边轻声说了些什么。芙莉亚从伊西丝的肩膀上方看着顿坎的脸，但是什么也看不出来。随后，顿坎抽出了阿布索隆书，交给了伊西丝。

“相信我。”她说着，小心翼翼地接过书。

她盯着那本蓝色的书看了几眼，往旁边退开一步，停了一下，然后用尽全力将它扔向了金色的虚空世界。书打开了，书页呼啦啦地扇动，也许是想要努力地拴住一个最后能够拯救自己的人，但是它已经飞得太远了，书上的字都已经看不清了。随后，这本书就消失在了芙莉亚的视野中，伊西丝和顿坎看着飞走的书，手拉着手。

过了一会儿，他们才又朝芙莉亚转过身，两人的脸上都露出了模模糊糊的微笑。芙莉亚温柔地把孩子放回包里，满意地看着孩子睡着了。随后，她站起来，深深地吸了一口气，将圣堂毁灭后自己的经历讲给了朋友们听。她尽量说得简洁，但就算是这样，也用了一刻钟才讲完，其间被两个朋友打断了几次。

顿坎还想继续追问，但芙莉亚摇摇头说：“现在轮到你们了。”

就这样，她听到了黑猫组织和她祖父卡苏斯的故事，布朗什号如何穿过“想法”，还有那个船上的所有人都说在自己的大脑中听到了芙莉亚名字的故事。虽然这事听起来有些让人害怕，不过这再次证明了芙莉亚和“想法”之间存在着某种联系，不管她自己愿不愿意。芙莉亚·费尔菲克斯这个名字在她出生之前就已经存在了，这应该是有原因的。

她建议尽快打开一扇回家的穿越门，但是在此之前，她得把布朗什号送到一个没有人能找到的地方。

伊西丝从斗篷底下掏出那个银色的球，她的手还在抖：“咱们有守卫，他能替咱们看着船。”

“福纳克斯？”芙莉亚怀疑地撇撇嘴。“他之前试图守卫的两样东西，好像都守得都不怎么成功。”

顿坎看样子也不太赞成。他看了一眼那块破碎的庇护所，说道：“波多贝罗可能会有人想要仔细看看布朗什号，而你竟然想把船交给福纳克斯？且不说他可能会先把我们和整条船都烧着，而不是帮你这个忙。”

“你在花球城救了我们，”伊西丝说，“但是你并不是故意要把我们带到这里来的，对吧？”

“不是，”顿坎承认，“也许这里是船在我大脑中最先找到的合适的地方。我不知道会一直落到波多贝罗，但我知道怎么才能落到那里去。”

“我们两个都连站都站不住了，如果芙莉亚能把我们从这里带到尽量远的地方去，那我就跟福纳克斯谈谈。”

芙莉亚瞪着伊西丝：“我？”

顿坎也摇了摇头：“是我把布朗什号带到这里来的，我也能把它……”

“好让咱们直接落到某个庇护所里，”伊西丝打断了他的话，“或者落到那些网里？或者你记忆中的某个更加糟糕的地方？我猜这样的地方还是有几个的。”

顿坎紧紧地抿着嘴唇，耸耸肩。

“好吧，”芙莉亚叹口气说，“需要我做什么？”

几分钟之后，他们来到了舰楼里。芙莉亚拎着装莉叶的包，伊西丝和顿坎相互搀扶着。走在半路上的时候，芙莉亚的身体深处又感觉到了一下跳动，那是这艘巨大而又神奇的书巫船的心跳。这跳动比玛丽花号上的更有力，更规律。

芙莉亚把莉叶放在宝座般的驾驶座旁边时，莉叶咕哝了几声，又继续睡了。除了几个小细节，这里的一切看上去都跟那艘姐妹船上的一样。

两个筋疲力尽的前密探跟着芙莉亚，假如伊西丝能够完全恢复力气，她就能加快顿坎恢复的速度，就像她当时在罗马医治菲尼安时那样，但是现在看起来，她依然在努力让自己站稳。

芙莉亚迟疑地走上台阶坐下。

欢迎，费尔菲克斯女士。她的大脑中响起一个声音。

“你们听到了吗？”芙莉亚问他们两个。

伊西丝摇摇头，顿坎也表示没有听到。

他驾驶过我，但我没有跟他说话。那个声音说。这个声音跟玛丽花号上的那个声音几乎一样。他不姓费尔菲克斯。

“是我祖父建造的你。”芙莉亚说。

他和另外几个人。在很长一段时间里，只有约瑟夫·沃斯卡尼安会到我这里来。他是个好人，跟他的孙子凯勒布不一样。但是我很高兴有费尔菲克斯家的人上船来了。你是从玛丽花号上的一个传送门里过来的。

“是的。那艘船的状况不太好。”

那个可怜的家伙有缺陷，从一开始就是。就是因为看到了它的缺点，所以我得到了改进。

“我要怎么样才能驾驶你？”

只要想着一个地方，我就会带你去。必须是一个你知道的地方，或者我知道的。咱们两个中得有一个曾经到过那个地方。

“重要的是，咱们得先离开这里，离开这个……”她用询问的眼神看着顿坎。

“波多贝罗。”顿坎不高兴地说。

芙莉亚点点头：“离开波多贝罗，随便去一个‘想法’还没有到的地方。我们得离开你一阵子，但是我们会回来的。”

我知道这种地方。“想法”还没有蔓延到所有地方，就算是几个深层庇护所，它们也只能空手而归。

芙莉亚使劲地想，参加抵抗运动的那段时间里，她曾经去过几个庇护所，但是其中的大部分都不能去，因为那里的人太多，而另外一些庇护所已经在“想法”中沦陷了。

“好。”她大声说着，并将自己的决定告诉了船。

伊西丝鼓励地冲她点点头，顿坎依然有些不高兴的样子。也许只是因为他自己的身体太虚弱了。

就是这样。船在芙莉亚的大脑中说，一阵巨响随之而来，听上去就像是有一个大拇指捋过了上万张书页。突然，芙莉亚的鼻子里充满了书的味道，她明白了，这就是用传送门移动和把自己变成传送门的一部分的区别。船上几十万本书的书巫能量都被聚集在了一起，芙莉亚在用书和穿越门完成穿越的时候曾经有过那种身体被分解的感觉，但这种感觉的产生和消失的都只是一闪而过。已经损坏的窗户前面的那片金色亮了起来，随后又变得微弱，取而代之的是一片阴云密布的天空。

她先是屏住了呼吸，现在又慢慢地重新开始呼吸。书的味道已经变淡了。他们来的这个地方，并不是某个庇护所中稳固的地面，而是在地平面以下一英里，在某个湖的正中，或者某座城市的房屋之间。

咱们到了，船说，你想要来的地方。

芙莉亚双膝颤抖着从座位上站起来，她现在站的地方足够高，能够透过窗户看到舰楼外面那片无边无际的地方。绿色的树顶仿佛一片海洋，一直延伸到天边，那是枞树、杉树，还有巨大的阔叶树组成的柔和山丘。一些阔叶树在离地很远的高处张开巨大的树冠。就像是一张地毯，目光所及都密密麻麻的。

“这是……”伊西丝没有说完自己的问题。

“死书林。”芙莉亚说。

咱们在树顶之上半英里的地方，船解释说，这里没办法降落，我得先找到一个足够大的林间空地。

“咱们不用降落，”芙莉亚说着，走下那几级台阶，来到大窗户跟前，“我们可以用穿越门回家去。但是我们会回来的。你能在这里等我们吗？”

船没有回答。

“布朗什？”

“也许你应该再坐回去听听它的声音。”顿坎建议说。

芙莉亚并不这样觉得，但她还是回到了座位上。

“布朗什？”她又问道。她能感觉到船的存在，也能听到远远传来的心跳声，但是布朗什号似乎突然将注意力放在了其他地方。

又过了一会儿，才重新响起了轻轻的说话声。

芙莉亚。

“怎么了？”

这里不是只有你们。有人从紧急传送门上船来了。

28

我试试阻止他，但是坚持不了很长时间。船说话的声音听上去既遗憾，又激动。显然，在花球城的字里行间无所事事地待了那么久之后，它对惊险刺激并不反感。

“门塔纳来了，”芙莉亚高声对另外两个人说，“他应该是跟着我从玛丽花号上过来的。”

“你肯定是他？”顿坎问。

伊西丝抢在芙莉亚前面说：“这个人肯定是个七芒星书妖，我能感觉到他，在船舱深处。他正在对付……”

一阵强烈的震动让舱板抖动了起来。舰楼窗户上掉下来的碎玻璃也跳动了起来。伊西丝摇摇晃晃的，幸好抓住了驾驶座才没有倒，芙莉亚的双手紧紧握着椅子扶手。

对付我。船说。

“尽量消耗他的力量。”芙莉亚说。

我尽力。

“咱们不能就这样走掉，把他一个人留在船上，”顿坎说，“否则他很可能会用这艘船干些什么。”

这件事我也有发言权。布朗什号在芙莉亚的大脑中说。

传送船又震动起来，伊西丝的表情很痛苦。“他的力量强极了。”

莉叶就像坐在秋千上一样发出咯咯的笑声，她似乎很喜欢这种疯狂的震动。芙莉亚的心灵书则正好相反：鸟喙深深地缩在她的口袋里，一声不吭。

“好吧，”顿坎说，“咱们不能逃走，但是也打不赢他，现在这样的状态没机会……天，我真不想承认这一点。”

“他在跟踪我，”芙莉亚说，“他知道造物书藏在费园的某个地方，而且他知道去那里的方法。不过他需要我去改写那些书。”

“他曾经去过那里吗？”顿坎问道。“去过费园？”

“我想没有，否则他就可以直接用穿越门过去了。”

顿坎点点头。

“也就是说，”芙莉亚若有所思地说，“门塔纳可能会通过穿越门去任何一个他已经去过的地方，也许会是伦敦，谁知道呢，从那里，他就得用跟其他人一样的方式去科茨沃尔德了，也许他会强迫某个人开车带他去，不管用什么方式，都需要一段时间。”她微微笑了一下，“就算是这样，他依然不知道造物书藏在什么地方。”

顿坎沉思地看着她：“还有谁知道？”

“没有了，只有我。”

伊西丝深深地吸了口气：“那你就躲到安全的地方去，我们拦住他。你用穿越门回费园，通知其他人门塔纳要来的消息。”

芙莉亚摇摇头：“你们需要我的帮助。”

顿坎对伊西丝说话的样子就像是在牙疼一样：“很可惜，她说的也许是对的。”

七芒星书妖伊西丝勃然大怒："胡说！我还是能够把他……"

"你什么也不能！"芙莉亚打断了她。"你连站都站不稳，更别说对付门塔纳了。你看上去糟糕极了，顿坎也好不了多少。不过如果咱们三人联手，也许能行。"

四人，船说，这时，又一阵晃动穿过它的舱板，声音听起来已经近得多了，公爵和他们之间的距离似乎每一分钟都在缩小。

"你在跟他干什么？"芙莉亚问船。

你的祖父是一个很有远见的人，他在这里设计了某种安全装置，一些书巫屏障和陷阱。门塔纳能对付这个，但是他很着急，所以干得不仔细，而且很粗鲁。他在毁掉我。

芙莉亚从驾驶座上跳了起来，她跑到被毁掉的窗户跟前，看着下面一望无际的森林。"他最好不要知道咱们在哪个庇护所。"

顿坎发出一声叹息："明白了，咱们得在他上来之前拦住他。"

芙莉亚再次看出顿坎和伊西丝想要站直是多么困难。假如门塔纳的力量没有被损耗，那他就能轻松地将这两个人打飞，然后制服芙莉亚。伊西丝说得有道理，掩护芙莉亚逃跑才是最理智的选择。不管是芙莉亚，还是造物书，都不能落到门塔纳的手里。但这两个人是芙莉亚的朋友，她不能丢下他们。

一股焦煳味从过道里飘到舰楼上。

情况不妙。船说。

"是他干的？"

我担心是一个屏障有点……失控了。

顿坎和伊西丝已经开始朝门边走了，芙莉亚正想跟上去，这时，她看到了包里的孩子："她怎么办？"

"她在上面这里是最安全的。"伊西丝回答说。

"如果船着火了就不安全了，那样可能没有时间来这里接她。"

芙莉亚心里感到不安，因为她说起布朗什号的时候，就好像这只是一艘普通的船。对不起，她在心里补充说，但是没有听到回答。

迟疑了一下之后，她拎起装孩子的包。莉叶从自己的小窝里朝上看着芙莉亚，笑容灿烂。

他们离开舰楼，循着那股焦煳味钻进船的腹部，很快，那股味道就扑面而来，芙莉亚想到了过道和大厅里的那成千上万本的书，又想到火，她感到一阵恶心。

“你能应付吗？”她问。

“什么？”伊西丝说。

“不是你，我问的是布朗什号。”

还是没有回答，可能船正忙着对付门塔纳，顾不上，或者火比估计中蔓延得更快。

下了两道台阶之后，烟更浓了，浓烟刺激着他们的眼睛和喉咙，让人呼吸困难。

“布朗什！”芙莉亚又试着叫船。“他现在在哪里？”

没有回答。

“布朗什，见鬼！”

她的大脑深处终于传来了船的声音，十分遥远，就像一个已经半被遗忘的灵感：*他正在往外走，随时可能会到主甲板。*

芙莉亚把这话告诉了另外两个人，他们已经没法再阻止门塔纳看到那片森林了。假如他对这个庇护所熟悉的话，或许就会得出正确的结论。

“火怎么办？”芙莉亚问，她绝望地试着不让莉叶被烟呛到。

我能让火熄灭，船说，*但是这样的话，我就顾不上去对付那个入侵者了。*芙莉亚想象着布朗什号如何使劲呼出一口气，将走廊里所有的氧气都抽走，他们现在没有其他办法，只能跟着公爵到甲板上去。

不久后，他们跑到了外面，身后跟着一缕烟。

“他在前面！”顿坎说。

门塔纳被浓烟呛得还没有缓过来，他们看到他的时候，他的双手抓着船舷，喘着粗气。从树顶吹来的风让他长长的外套鼓起。

他大概已经感觉到他们就在跟前了，于是突然转过身来。布朗什号对他的消耗比芙莉亚希望中的更厉害，他有些站立不稳，脸也扭曲了，粗重的呼吸声隔着老远都能听到。

他的目光从芙莉亚身上扫过，然后看到了伊西丝和顿坎。伊西丝已经打开了身体里的书，公爵的胸腔里随即也射出了书页之心的光，那光亮得刺眼，让人几乎看不到光后面的公爵。

“走！”顿坎粗鲁地对芙莉亚说，“把孩子带到安全的地方！”

“走！”伊西丝也说，“现在！”

“我们拦住他，一直到他没法再追上你。”顿坎补充道。像门塔纳这种巫力强大的书巫只要速度够快，就能找到穿越门是通往什么地方的。也许他们两个真的能够拖住门塔纳，但是芙莉亚担心那样的话，他们要付出的代价也会非常大。

她想说些什么，想再次表示反对，但同时她也发觉有什么东西正在从那团光里朝她飞过来，不是冲击力那么简单，她感到了手里那个袋子的分量。如果还想救莉叶的话，就没有时间再犹豫了。她下意识地在船舱的墙上打开了一扇穿越门，那是一个闪着明亮光芒的正方形，一秒钟前还不在那里，从这个庇护所通向其他庇护所。

我会想办法帮你们。也许咱们可以……

门塔纳发出一声愤怒的吼叫，因为他意识到了芙莉亚想要做什么。船的声音戛然而止。

“快！”顿坎喊道，他在自己的心灵书中分离了一个书页之心，并用空着的那只手将芙莉亚推向了穿越门。

“不！”门塔纳喊道，他发射出了一个什么东西，芙莉亚只能感觉到那东西在靠近，但根本看不清。伊西丝拼尽最后一丝力气朝那东西扑了过去。

莉叶哭了起来，芙莉亚带着她从那个穿越门走进了一片黑暗之中。

29

早晨，凯特的父亲脸色铁青地走进牢房。他一言不发地在身后锁上门，双手交叉抱在胸前，站在门口。他穿着一身昂贵的灰色西装，就像大银行集团的董事长一样，打着一条酒红色的领带，脚上穿着一双产自意大利的手工皮鞋。

凯特想到了蕾切尔告诉自己的父亲的那些计划，现在，她清清楚楚地看到了：她的父亲更适合生活在外面的普通人世界里，生活在世界权力的中心，而不是一个只为对文学的热爱而存在的地方。以前，她经常看到爸爸在家读书，但他读的都是金融、政治和经济类的书，从来都不读那些文辞优美的或者消遣类的。他用来滋养自己思想的是统计数字、各种理论和主义，根本没有所谓对艺术、故事和虚构的喜爱。

凯特自己从来都不是很喜欢看书，不过她明白是什么在驱使像芙莉亚这样的人，或者书城的那些书商们喜欢看书。但她的父亲对她来说，始终像是个陌生人一样难以理解。

“你好吗？”他问，他们两个已经默默地盯着对方的眼睛看了许久。

“你有没有告诉妈妈我在这里？”听到门口的说话声时，她从床上跳了起来，现在，她就站在蕾切尔藏枪的那个地方前面。

“是的，她想见你，但是我觉得现在不是时候，”他稍稍停了一下，然后补充说，“发生了那么多事，她现在的状况不是很好。”他当然知道凯特和母亲在牛津见面的事。根据他自己这个政府的法律，他的妻子已经因此犯下了严重的谋反罪。

“你没有对她……”

他的脸上罩上了一层阴影：“我绝对不会动她一根手指头，她是我的妻子。”

也许他把这件事隐瞒下来了，就像他隐瞒自己这个女儿的存在一样，因为这个女儿没有书巫天赋，可能会影响他荣升公使。

“别怪她，”凯特说，“妈妈是想说服我放弃。”

“你跑到书城里去之后，她因为担心病了整整三年。但是这也比不上你跟那些叛乱分子混在一起对她的伤害。”

凯特知道，她也因此很感动，尽管如此，她还是很尖刻地说：“我敢肯定你也特别担心我。”

“假如你暗示的是我的事业，那你知道我会怎么回答：一切都始终在我的掌控中。虽然如此，是的，凯特琳娜，我为你担心，以前是，现在依然如此。”

“你现在打算把我怎么样？”她问，“打算怎么对付我和菲尼安？”

“这不是我的决定，是委员会的。”

“你真的以为我会相信你不能对此产生任何影响？”

他没有理会凯特的话：“还有那个蕾切尔，她很烦人，但是有用。我不能不把她考虑在内。”

“你会找到甩掉她的方法的，就像甩掉我们每一个让你讨厌的人。”

“再说一次，凯特琳娜，我是你的父亲，不是你的敌人。或许我们对书巫世界的未来有着不同的设想，但是……”

“我根本就不关心书巫世界，我在意的是那些人。不管这些人是从外面的普通人世界里来到庇护所的，还是从什么书里面。”她在床沿上坐下，一只手支在床垫边上。枪近在咫尺，一伸手就能拿到。如果速度够快，她也许能够来个突然袭击，让他来不及对自己的思想施加影响并阻止自己。问题只是：她想那样做吗？几天前，她第一次看见父亲和蕾切尔的照片时，她确信自己下得去手，但是现在，她不确定了。

他紧盯着凯特，就像要看透她的内心。“在你这个年纪，人还是满怀着伟大的想法和理念的，以为只要意愿够强烈，就能够改变世界。我不会因此而指责你。我像你这么大的时候也一样，因为我对世界的了解不过就是从书里读到的那一点。”

假如真的是这样，那他就应该知道，我也一样这种话恰恰是她不想听的，更何况是从像他这样的人嘴里说出来。

“你真的想要封闭庇护所吗？”凯特问。

他看着凯特，没有说话。

“大家都在说这事，”凯特补充道，“你不会以为能瞒得住吧？”

“恐怕不行，”不过他的眼神中带着疑问，虽然没有说出来，他在想凯特是怎么知道的，“我一直在关注传送门那里的变化，但是那里的混乱才刚刚开始，你在这里面是怎么得到消息的。”

“你又小瞧我们了，爸爸，抵抗组织在乌尼卡一样有自己的拥护者，你应该不会对此感到吃惊吧。”

他眼神中的思索和怀疑又持续了一会儿，然后，他摆了摆手：“那些庇护所已经没救了。‘想法’在隐页世界中肆意蔓延，在弄清它们的来历和目的之前，我们只能试着把它们隔离。”

“或者隔离自己，到外面的普通人世界里去。”

“庇护所一直都只是个玩具而已，是前人做的蠢事。一开始那些庇护所就是一群书巫无聊之下当作业余爱好搞出来的，就像那些古老宅邸的花园、珍品陈列室，都是打发时间而已，没有人想让这些地方形成一个独立的不受控制的世界。如果书巫世界想要生存下去，那就得依靠自己曾经的强项，放弃所有那些毫无用处的幻象。”

“听你这么说，会让人觉得‘想法’就是你放到庇护所里去的。”

“它们不是凭空产生的，这是事实，但是我既不知道它们是从哪里来的，也不知道它们要做什么。也许它们就是一种席卷世界的病毒而已，想要弄明白其中究竟是根本不可能的。”

“你们试过吗？去弄清楚它们的来源？”

“好几十年了，十几支探险队都下落不明，没完没了的调查研究，各种科学论证，天知道还有什么。除了一次大家都知道的意外，没有人能够进到‘想法’里面然后再出来。人总得承认自己的失败，我们是不可能打赢‘想法’的，而且这根本都不能算作一场战争，因为我们毫无还手之力。它们就像一种不治之症，我们没有别的办法，只能切掉身体上那些被感染的部分，希望这样能够阻止它们。”

“那些人呢？”

“你是说那些书妖吧。”

“他们，还有所有那些不能及时从隔离屏障里撤离的人。”

“总得有人牺牲，这样的牺牲之前就有，不过这应该是最后一次，至少这一点我们是可以保证的。”

凯特对父亲的鄙视越来越强烈了，她的手顺着床垫的边缘摸索着，理智告诉她，她的一枪也许能拯救成千上万的人。如果他死了，并且蕾切尔信守诺言，那他的计划也许能够被终止，或者至少有可能疏散大量的书妖。尽管如此，这还是不足以驱使她杀死自己的父亲。她不关心父亲和他那些计划，讨厌他的冷血，但是在仔细倾听自己的内心时，她并没有在那里找到憎恨。厌恶、愤怒、敌意，没错，但是能够促使人产生消灭另外一个人的那种冲动，她并没能找到。这个人是她的父亲，现在她也发觉它们还是有区别的。

她把手从床垫上拿开，放在自己的大腿上。“你还没有回答我的问题：你打算把我和菲尼安怎么样？”

她仔细观察着所有的细节，他脸上最细微的表情变化，特别是他没有做的那些事：他没有朝自己走过来，没有碰她，一点同情都没有显露出来。

“对于委员会来说，这件事很清楚，”他说，“恐怖主义行为的惩罚是死刑，我确信你们在对圣堂发起攻击的时候，是知道这一点的。”

“你明知道是阿博加斯特杀死了三大家族的成员！”凯特愤怒地喊道，“是你自己给他下的这个命令！”

“阿提库斯·阿博加斯特是那种会听命于人的人吗？说心里话，对于西摩尔家族和罗恩穆特家族的死，包括让人无法忍受的坎多斯家族，我并没有感到遗憾，但圣堂是一个非常宝贵的象征，当然我不确定毁掉圣堂是不是更有价值。毫无疑问，这个灾难性的事件让乌尼卡的很多温和派都闭上了嘴。”

“是我毁掉了《卡斯托迪斯法典》，是我将圣堂的保护墙向‘想法’打开的。如果你想要惩罚谁的话，那就处决我吧。你会想到办法把你女儿的死做成示范并以此来稳固你的权力的。”

“是的，”他毫不犹豫地说，“我很有可能做到这一点。”这时，他走了过来，在她左边的床沿上坐了下来。凯特的右手又朝床垫边缘摸了过去，慢慢地插进床垫下。为了引开他的注意力，她微微朝前弯下腰，用脸对着父亲。

“但是，”他继续说道，“我不会允许别人碰你一根汗毛，凯特琳娜，你妈妈不会原谅我的。我也不会原谅我自己。”

凯特很不情愿地压制着心中冒起的一丝希望。父亲这是要操控她，这一点她很清楚，她不会让父亲得逞的。“如果你真的对我还有感情，那就放了菲尼安。”

“这个男孩是个恐怖分子，我们知道他直接参与了游吟兄弟，跟那两个莎士比亚书妖一起。”

他不知道帕克和艾瑞尔都死了，凯特心想。但是这一点现在帮不了她。“那两个人是我的朋友。”

“他们用假意的许诺当诱饵，迷惑了你，”他反驳说，“这就是我们要告诉大家的，你是他们的牺牲品，不是他们的朋友。”

“不，”凯特说，“我是不会撒谎的。”

“这个谎言能救你的命！”

“也能救菲尼安的命吗？”

父亲摇了摇头：“处决他的事已经确定了。”

凯特的指尖在床垫下碰到了枪的金属柄。她慢慢地用大拇指和食指把枪往外拽，同时紧紧地盯着父亲的眼睛。她惊异于自己竟然能够如此冷血，连汗都没出。

“是谁来下执行判决的命令？”她问道。“是你吗？”

他似乎犹豫了一下，随后说：“判决明天执行，现在已经没有人能够阻止了。”

“但总得有人站在那里下达执行的命令吧。”

又是让人难以觉察的一顿：“这个得让蕾切尔来做，她已经有经验了。”

凯特的手握住了枪的把手，用非常慢的速度把它从床垫下拉出来，半压在自己的大腿下面。

“蕾切尔已经下过死刑命令了？”她问。

“这是她的职责，她现在是学院的首脑。”

“也就是说，菲尼安死的时候，她会在场？她将是那个下达最后命令的人？”

“是的。”

从她嘴里说出来的话像铅一样沉重：“你们打算怎么做？你们要怎么杀掉他？”

他的声音几乎变得很温柔，这是第一次，她模模糊糊地想起自己小时候，他曾经这样跟自己说过话，那时候的他似乎是另外一个人，不过也可能只是她自己的感受不同了而已。

“死刑会在绞刑架上完成。”

她的食指放在了扳机上。

“他们会希望你到时候也在，凯特琳娜，如果蕾切尔想要赦免你，那委员会会要求你去看死刑执行。”

我宁肯先打死自己，她心想。

她深深吸了一口气，直接看着父亲：“你在读我的思想吗？”

“什么？”

“你明白我的意思，爸爸，你刚才是在读我的思想吗？”

“你知道我不会那么做。”

“不是用书巫术，我是说，就像一个父亲有时候会明白自己的女儿在想什么一样。”

他狐疑地看着凯特的眼睛：“你为什么这么问？”

“因为你知道我绝对不可能干看着什么也不做，眼睁睁地看着我在这个世界上最重要的那个人被杀死。你也知道我不会撒谎，否认他们是我的朋友，如果有人问我，我会实话实说，包括你曾经建议如何救我一命。一个亲手毁了圣堂，还有圣堂里的一切的恐怖分子。我会告诉委员会里你的那些朋友我所知道的关于你的一切，也许在那之前，我还能想起很多事情。这些事不足以推翻你，但会让人开始怀疑你，在你背后议论纷纷。妈妈会从心底里恨死你，因为我会被处决，爸爸，这一点丝毫不用怀疑。”

他的目光紧紧地盯着凯特的眼睛，一时间，他们似乎真的被连接在了一起，无法分开，就像父亲和女儿应该的那样。

“这些事绝大部分我都可以毫不费力地阻止，”他终于说道，“如果我不同意，你不会看到任何一个能让你对他说出这一切的人。”

枪在她的手里变热了，摸上去几乎就像是她自己身体的一个部分。她只要开枪就行，会很快。

“但是命令，”他接着说，“杀死你和菲尼安的命令仍然不会是我下的。蕾切尔会下达死刑命令，因为我是你的父亲，不能做这件事，不管你说什么做什么，你们都不会是被我杀掉的，而是蕾切尔。”

她的下巴仿佛麻木了一般，感到说话越来越困难：“她能赦免菲尼安吗？”

“她为什么要有这样的想法？”

“能吗？”

“她现在代表着学院，她可以做很多连自己都还没有意识到的事情。”

她小心地放开枪，把腿压在枪上，将空着的手放进怀里。“我能再跟她谈谈吗？”

“恐怕我不能允许。”

“不能允许？”

“不能。”

他慢慢地站起身，没有碰她，而凯特几乎要感激他没有碰自己了。她会无法忍受他的手。他靠得离自己那么近已经让她很难受了。父亲朝门口走去的时候，她看着父亲的背影。

也许他的腰有点佝偻，也许他看上去有些衰老，也许，只是也许，他刚刚意识到自己会面临伤害，不管是什么形式的。

“我希望，我们永远都不要再见了，爸爸。”她说着，从背后将子弹射进了他的心脏。

30

“其实有两个你？”农牧之神卡修庇欧斯问，他正在跟吉姆·霍金斯往费园里运送新鲜食物，“这可真有些棘手。”

一个书妖开着小货车，他们定期用这辆车从温奇科姆往山谷里运储备。车停在房前的空地上，两个人正在把东西从卸货的地方搬到台阶上的门厅里。卡修庇欧斯搬的是那些比较重的箱子，吉姆用一只手拎着比较轻的袋子。他的枪伤恢复得很好，但是左臂还不能太用力。衬衫下面的肩膀上依然捆着绷带。

“《金银岛》是罗伯特·路易斯·史蒂文森写的，”吉姆说，“但是他在书里说，是吉姆·霍金斯老了之后自己讲了这些故事，这样一来，书里就有两个吉姆：一个是跟着海盗在海上游荡的那个少年，也就是我，另一个是写下自己冒险故事的那个白发老人。如果从书里掉出来的不仅仅是我，那个老吉姆也出现在了我们面前，会怎么样？”

卡修庇欧斯把一个装着瓶装牛奶的箱子叮叮咣咣地放在门厅里，他浅棕色的皮毛乱蓬蓬的，两个蹄子上沾着一些干泥巴，因为他更喜欢待在户外，而不是这栋大房子的大厅和走廊里。卡修庇欧斯是一个年轻的羊人，性情冲动，这几天，他把自己的山羊胡编成了两个小辫子。他告诉吉姆说那个漂亮的女书妖喜欢这个，这个女书妖在他粉刷费园外墙的时候曾经对他表示过好感。不过吉姆想的不一样，他觉得卡修庇欧斯如果动了这念头，是不是首先应该考虑给自己穿条裤子。

“依我看来，你们是两个相互独立的书妖，”搬下一趟的时候，卡修庇欧斯说，“你跟那个老吉姆。”

“但依然是存在于两个身体里的同一个人，你听说过这种情况吗？”

“第一人称的叙述者碰到了被他叙述的那个自己？”卡修庇欧斯咩咩地笑了起来。“不，我还没有碰到过，不过管制区里人那么多，我能想象到这样的情况存在。”

“想想会碰到自己，还挺奇怪的。”

“或许会很刺激。”

“你难道想知道自己七十岁的样子吗？”

羊人又笑了起来：“一个农牧之神完全能活到三百岁，我怀疑自己七十岁的时候和现在的差别不会很大，嗯，可能会被咱们在地窖里找到的那些好酒撑出肚腩。羊角可能会更长，不过应该也就这些啦。”

“三百岁！”

羊人的眼睛冒出了红光，就好像那里面燃起了一团火。“而我已经明确表示过了，在此之前我要多制造混乱，喝光酒桶里的葡萄酒，让那些年轻迷人的女士们睡不着觉。”他咩咩的笑声感染了吉姆，他也不由自主地跟着笑了起来，尽管他本来并不想笑。跟卡修庇欧斯聊天让他暂时忘却了对芙莉亚的担忧，还有对凯特和菲尼安的担心。

他们两个被捕后，费园里对是否应该放弃这个藏身之处展开了激烈的争论，有些人主张应该一起去寻找新的藏身之处，有些人想要解散这群人，让大家四散开来，愿意待在这里观望的人每小时都在减少。假如那些失踪的人再不马上出现，要阻止这些书妖就很困难了。他们先是失去了自己的首领帕克和艾瑞尔，现在又失去了芙莉亚、凯特和菲尼安，伊西丝和顿坎也生死不明。

书城的前市长科尼利厄斯·居利斯这段时间里一直在尽己所能维持秩序。他组织日常生活，提出建议，给大家安慰。他跟伊西丝的父亲塞雷斯蒂安相处得非常好，跟皮普也是，也并不避讳自己在书城里给学院当傀儡的那段日子。虽然一些书妖还是对他将信将疑，但即便是那些主张离开费园的人里面，也有许多人被居利斯的威严和丰富的经验征服了。

吉姆更担心的是裴申思。他几乎要因为自责而崩溃了，皮普不断地安慰他，这个小男孩真的是所有人中最神奇的一个，他用以克服失去家人的痛苦的那种力量，就算是成年人也自愧不如。吉姆曾经试图让裴申思明白，就算是一个像他这样的南方军士兵，在面对学院密探的时候也没有胜算。没有人指责他，但是他自己却不这样看，他恨不能单枪匹马地杀到乌尼卡去解救凯特和菲尼安。娜桑德拉不睡觉的时候就一直跟他在一起，但就算是她，也没法改变他的想法，他始终认为还有办法拯救自己的朋友。

吉姆把一个袋子放在门厅的地毯上，卡修庇欧斯把一个箱子放在旁边。“就这些了，”羊人说，“是时候喝一杯好酒了。你要跟我一起到酒窖里去吗？”

“不了，谢谢。”

“讨厌又无趣的人！”

“我跟海盗们一起漂泊了好几个月，他们除了喝酒还是喝酒，结果我落到了什么地方呢？”

他们又来到了外面。

“你完全有可能流落到比西摩尔庄园或者这座城堡更差的地方。”

“我说的不是费园，”吉姆说，“但是我们正在经历一场不可能胜利的战争，这场战争会牺牲非常多的人。这里的……”他指指刚刚粉刷过外墙的大宅子和荒草丛生的花园，“……可能看上去很不错，但事实上它已经失败了，抵抗运动被打败了，而现在到了大声说出这句话的时候了。”

“有可能，”羊人耸耸肩说，“但是待在这个有充足藏酒的地方，也比待在你那个丑陋的岛上强，身边是不友好的同伴，屁股上沾着沙子。”

“我能不能再告诉你件事。”吉姆打断了他。

“当然了，我的朋友，”卡修庇欧斯用两条山羊腿跳下台阶，指着花园的方向，“咱们休息一下吧，省得有人突然想起房顶要重新铺，或者冷库要除冰之类的。”

他们走上通向费园后面的路，从远处看见裴申思和娜桑德拉正坐在花园南边的罗马墙废墟里，皮普跟他们坐在一起。

吉姆和卡修庇欧斯朝三个人挥挥手，然后转身朝另外一个方向走去，来到了破败的小教堂和费尔菲克斯家的墓地附近。羊人有个奇怪的习惯，他喜欢在别人前面倒退着走，但从来也没有摔倒过。一开始，吉姆觉得这很奇怪，但他现在已经习惯了羊人的怪癖。

“我从书里掉出来的时候，”吉姆说，“刚好到了无法知道究竟谁才是自己真正的朋友和伙伴的地方。”

羊人一言不发地用炽烈的眼神打量着他。

“我的意思是说，我其实知道约翰·西尔弗想要偷走宝藏，并且他会为此不择手段，但他也很能让人相信他，他有一种粗鲁的友好。我有段时间以为只要自己支持西尔弗，就能救出同伴，至少在心里这样想过。”

卡修庇欧斯从来没看过《金银岛》，估计他根本没有看过任何一本书，除非有人为此许诺给他一大桶酒，但他马上就听懂了吉姆的意思：“你对敌人示好，说要帮助他，为的是让岛上的恶行结束，对吗？”

“对。”

“我看不出这件事有什么不好的。”

“而我觉得自己差一点儿就成了叛徒，”他看到羊人想反驳，就抢在他前面说，“我曾经对西尔弗还有他那群坏蛋抱有好感，后来到了书城，我看完了那本书，在书里，这个阶段很快就结束了，吉姆回到自己的朋友身边，西尔弗被打败了，皆大欢喜。但是我几乎每天都在想，假如我留在故事里，没有变成自己的影子，事情会怎样。”

“书里的那个吉姆不是影子，他也是吉姆·霍金斯，跟你一样。”

“尽管如此，我还是不知道假如我没有从书里掉出来的话，一切会怎样结束。也许我天生就是个叛徒，不管自己乐不乐意。我在西摩尔家忍受了三年，尽管我知道他们不是……不是些好人。你明白吗？我站在他们那一边，因为这对我来说，是避免到管制区里去最好的办法。”

“你没有替他们干过坏事，不是吗？”

“没有，我只是给老男爵夫人念书的人，但也许这就足够了。”

卡修庇欧斯停住脚步，龇牙笑道：“我的好朋友，对我来说这不过是些非常正常的自我怀疑而已，我们每一个人都会有这样的时候。你做了在你的处境下正确的事，你告诉过我，老男爵夫人教给了你很多东西，我觉得这是好事。你没有伤害过任何人，也没有出卖任何人，不论是在书里，还是在外面。你所想的无非是，假如你留在书里会怎么样。会怎么样白纸黑字地写着呢，你能看得到，因为吉姆·霍金斯从来就没有离开过那本小说，最后他也为战胜海盗做出了自己的贡献。事情就是这样的，不是吗？”

这些都没错，但吉姆还是无法抑制住自己心中的一点点怀疑。假如因为自己做出了错误的决定，而让这里的人受到了伤害，那他绝对不会原谅自己。在别人眼中，他或许坚定自信，但实际上他的内心非常混乱。他想念那个只见过几分钟的女孩，在噩梦中，他看到女孩回来了，却因为自己的一个错误而陷入了危险。人会爱上一个根本不在场的人吗？一个人虽然在这里生活了十六年，但现在却在另一个地方，也可能已经不在人世了，那么还有可能在这里感受到这个人的存在吗？

也许卡修庇欧斯说的是对的，他绝对不会是个叛徒，但是他毫无疑问已经疯了，因为一个不认识的女孩而疯狂，因为对她的担心而疯狂。

羊人继续倒退着走。他火红色的眼睛紧紧地盯着吉姆。“我想，你其实放不下的是其他一些事。”

“你能看出来？”

“我是农牧之神，对欲望这种事很清楚。”

“这不是欲望！”

“随便你怎么叫吧。你想的是曾经失去的东西，而且不知道怎么会这样。就因为没有简单的解决办法，你才会不断地去想其他一些事，例如当叛徒，或者那个‘有两个我’之类的事。你在寻找一个能很好地解释自己为什么不愉快的理由，但就是不愿意承认芙莉亚就是那个理由。”

吉姆皱起眉头。

“别这样看着我，”卡修庇欧斯的眼睛里闪烁着狡黠的光，“这里的人都知道，每一个人都能看得出你怎么了，只有你自己不愿意承认。”

“真有这么明显吗？”

“就是。我来告诉你有什么办法：喝上几杯美酒，就能把你的脑袋扶起！”

吉姆大大地喘了一口气：“农牧之神看事情显然更透彻。”

“这是因为我们有闪亮的眼睛。”

“真的？”

“不是，我瞎说的，为了让你嫉妒我。”卡修庇欧斯大笑着拍了拍他没有受伤的那个肩膀：“来吧，朋友，让咱们去面对生活真正的意义吧，它恰好就在几步远的地方，在这栋豪华房子的地窖里等着咱们。”

从某种意义上看，他说的是事实，因为就在他们走进房子里时，费园的地下传来了金属的巨响声。地下的铁门上响起了三下巨大的撞击声，每一个住在这里的人都知道这是什么意思：有人在书窖里，因为不管是霉鳐还是折纸鸟，都不可能举得起靠在门边上的那个锤子，一定是某个书巫通过穿越门回到了这里。

吉姆和卡修庇欧斯冲下通往地下室的台阶时，门口的守卫正在打开铁门。铰链咯吱作响，惊起了两只折纸鸟，它们扑棱棱地飞出来，门槛的那边，一片地毯一样的字母上下跳跃：是YZ，它们正在兴高采烈地迎接自己的老朋友。

芙莉亚站在门口，手里拎着一个大包，包里传出婴儿的啼哭声。她浑身脏兮兮的，头发凌乱，看上去筋疲力尽的样子。吉姆一直跑到她面前才停下来。

芙莉亚挑起一边的眉毛，她的眼睛似乎亮了一下，就像羊人的眼睛一样。

“给，”她说着，急匆匆地把包塞进他的手里，“把孩子送到安全的地方。我得马上回去找他们！”

吉姆朝包里面扫了一眼，然后把包递给了目瞪口呆的农牧之神。“等等！”他隔着门槛抓住了芙莉亚的胳膊。“我不能就这么让你走了。”

“伊西丝和顿坎需要我的帮助！”

他不假思索地走进书窖：“我陪你去。”

31

芙莉亚惊讶地盯着他，身上涌过一阵暖流。她没有时间多想，现在伊西丝和顿坎正在布朗什号上为了救她的命而战斗。但是她觉得这个吉姆有种特别的亲切感，就像当初在圣堂中那个不真实的瞬间一样。当时他们的目光碰在一起，并且同时决定要扑向阿提库斯·阿博加斯特。阿博加斯特不得不在两个人中间选择一个攻击，他打中了吉姆的左肩。

芙莉亚和吉姆当初做出这样的决定时并没有商量过，但两人之间有着某种默契，在某个瞬间，他们不需要语言能明白对方要做什么。两个人都做好了牺牲自己的准备，芙莉亚是为了自己的朋友，吉姆则是为了一群根本不认识的人。

就算是没有再见到他，芙莉亚也不会忘记他。但是现在，她的惊讶和感激突然一下子全都回来了，圣堂中的那场战斗仿佛刚刚过去了几分钟而已。

“会很危险。”芙莉亚说，吉姆挨着她站在书架中间，离门槛只有半步。

他笑了："所以我才要一起去。"

理智告诉她，将吉姆带进一场书巫之间的战斗是不负责任的行为，他受了伤，而且手无寸铁。但是她看出了吉姆的坚决，而且她也的确希望他能在自己身边。

书窖外，羊人越来越绝望地哄着莉叶，他不断地用毛茸茸的怪脸做出可笑的表情。他还不如直接去捏孩子的脸。

"你能不能把她送到那些有孩子的女人那里去？"芙莉亚隔着门槛问他。"让她们中的谁来照顾这个孩子。"

崩溃的羊人点点头，转身往台阶那里走的时候，嗒嗒地跺了跺蹄子。一个守卫跟在他后面，跟他说了一个女书妖的名字。

芙莉亚拉起吉姆的手。或者是吉姆拉起了她的手？打开回布朗什号的穿越门时，她转头朝身后喊道："她叫莉叶！好好照顾她！"

羊人咧嘴笑了："他叫吉姆。把他好好地带回来！"

吉姆想说些什么，但是身体已经开始分解了，书架之间狭窄的空间变成了隐页世界中的虚空。他们随着一股盘旋的紫光掉进了一片金色的海洋中，看见巨大的网从眼前飘过，然后是月亮一般大的诡异字母交叠在一起的画面，它们互相交融，不断分解又重新组合。

这一次，芙莉亚觉得自己好像只停留了几秒钟，随后就踩到了地面。吉姆扑通一声落在她旁边，但是等到她的眼前又变清晰之后，她看见吉姆直直地站在那里，似乎既没有因为穿越而感到迷惑，也没有被刚才的种种感觉弄得反应迟钝。

"咱们这是在哪儿？"他只问了这一句。

他们又回到了布朗什号上，在主甲板侧面的位置，芙莉亚确信这就是自己离开时那两个前密探和公爵所在的地方。

但是哪里也看不到他们三个。

从这里，她可以顺着突出在甲板之上的舱房一直看到船头和船尾，能看到整条船的这一边。到处都看不到人影。她焦急地跑到船舷边，向下看去，希望下面那里还有更深一层的甲板，还有另外一条通道，希望自己不过是走错了楼层。

但是她只看到了船身的一部分，然后就是远处烟一般的绿色，那是死书林的树顶。

“芙莉亚，”吉姆又问道，“这是什么船？”

“稍等，马上！”她朝上层的甲板看去，但是那里也是鸦雀无声。她唯一能感觉到的书巫力场来自这艘传送船，那两个七芒星书妖和顿坎的痕迹一点也找不到。

吉姆闻了闻空气中的味道：“这里着火了吗？”

“我都会告诉你，但是现在……”

他们已经不在这里了。布朗什号的声音在她的大脑里说。

“什么？他们去哪里了？”

我不知道，门塔纳攻击了他们两个，伊西丝还了手，然后那个入侵者就消失了，他们两个也跟着走了。你刚离开，他们就也离开了。

吉姆朝芙莉亚走过来：“你在跟谁说话？”

她轻轻叹了口气：“跟这艘船。我可以……听见船在我大脑里说话。这艘船的名字是布朗什·德·卡扎利斯。”

但是吉姆似乎并不满意这样的回答，当然这也不能怪他，但是芙莉亚现在没有耐心解释，她又接着对布朗什号说话：“你知道他们可能去哪里了吗？他们说过什么没有？任何的暗示？”

一切都发生得太快了，他们必须马上跟上去，以免丢掉他的踪迹。

“但是他们已经那么虚弱了！”

是的，但不光是你的两个朋友很虚弱。我可以这么说，是因为我把你们这个对手的力气也消耗了不少，他费了很大力气才逃过我里面的那些陷阱。这应该也是他选择开穿越门逃跑的原因，但是我觉得那两个人的速度也很快，不管他去的是什么地方，都能跟得上。

“有没有办法找到他们？”

没有，我很抱歉。

沉默了很久的心灵书这时说话了。鸟喙从裤子口袋里伸出来，先四下里探查一番，然后说：“是真的，芙莉亚，没有任何回声，咱们回来晚了。”

她一拳砸在船舷上，骂了一句。

吉姆只听得到芙莉亚说的话，但是似乎也弄明白了。伊西丝和顿坎离开了，而且他们没有办法跟上去。芙莉亚用几句话告诉了他这艘船的事。

“老男爵夫人曾经提到过传送船，”他听完后说，“我想，她年轻的时候曾经登上过其中的一艘。”

芙莉亚并没有觉得惊讶。传送船在学院的圈子里并不是什么秘密，依老男爵夫人的年龄，她也完全有可能亲眼看见过布朗什号或者玛丽花号，或者两艘都见过。

你的朋友伊西丝留下了一样东西，船说，我想，她希望你能回来找到这东西。

布朗什号的船头稍稍仰了一下，一个之前被放在前面某个阴影里的拳头大小的银球蹦蹦跳跳地从甲板上朝芙莉亚滚了过来。她弯下腰，捡起了那个球。船又恢复了水平的状态。

这个银球的表面上全是划痕和凹痕，这是用力的痕迹。伊西丝用书巫力把一个半圆形的金属碗捏成了一个球。那是在罗马，明乔河广场旁边的那栋房子里。

“你知道这是什么？”吉姆问。

“福纳克斯。”芙莉亚小声说。

“亚历山大之焰！”鸟喙书用沙哑的声音说。“一个纯粹是火的非常讨厌的家伙，它最喜欢吹嘘自己亲手烧掉亚历山大图书馆的事。如果允许我提议的话，我会马上把这个家伙扔到船外面去，让它远远地离开这艘船和船上的书，当然还有我自己那娇弱的书页。”

芙莉亚把球举到眼前，慢慢地在昏暗的日光中转动那个球，在阴云密布的天空下，金属球看上去灰扑扑的。

“伊西丝想让福纳克斯守护布朗什号。”她小声说，这更像是自言自语，而不是说给吉姆或者鸟喙书听。

“什么！”鸟喙书愤怒地叫了起来。“她糊涂了吧，经历过那么多事情之后，脑子不清楚了吧。用一团火来守卫用木头和纸造的船，真能想得出来！”

“福纳克斯已经不能再烧书了，这是它自己说的，烧了亚历山大图书馆之后，它就没法再破坏纸了。”

“但是木头呢！”鸟喙书反驳说。“且不说一艘烧着的船如果掉进了森林里，把整个庇护所点着会怎么样！”

你的这个朋友是个胆小鬼，船说，但是在这件事上它或许是对的。

而吉姆只是问道：“你能把它放出来吗？”

“我的墨汁都焦了！”鸟喙书大吼道。“就没有人听听我在说什么吗？”

“油墨，”芙莉亚说，“不是墨汁。”

“这只是个比喻！”

我把下层甲板上的火熄灭了，没让它造成很大的损害，船说，但是我不确定一个纯粹由火组成的东西适不适合成为我的乘客，更不要说给我当守卫了。

芙莉亚摇了摇那个球："我能想象得到，如果把它从这个球里放出来，它会感激我们。"

金属球里果然传来了一阵嘟囔声，然后是一阵仿佛从很远的地方传来的喋喋不休的说话声。她用疑问的眼神看向吉姆。

"别看我，"他小心翼翼地笑着说，"鸟喙书说得并不是完全没有道理。"

"哈！"鸟喙书喊道。"这个人的脑子很清楚，不像这里的某些人。"

"但是，"吉姆又说，"我觉得应该由你来做决定，你是书巫。"

"等等！"鸟喙书鼓起自己风琴一般的脖子，直到跟芙莉亚的胳膊差不多粗。"我也是由纯粹的书巫术造出来的，假如这也是标准的话，那么……"

"我理解你，"芙莉亚说，"但是伊西丝认为咱们可以相信福纳克斯。"其实她自己也怀疑伊西丝的计划是否可行，但是她没有说。"如果不知道门塔纳在什么地方，那我就得尽快返回费园，咱们不能不给布朗什号留个守卫就走。"

"它看上去挺会照顾自己的样子。"鸟喙书说。

"你到底打算用它做什么？"吉姆问。

"等回去了我就都告诉你，现在我要马上带着它走，不能让造物书落到门塔纳的手里。"

"是你自己把书藏起来的，"鸟喙书说，"它们是安全的。"随后，它明白了芙莉亚的打算，"停，等等……你想坐着这艘船回永夜庇护所？把那些丑陋的墨妖都带到船上，然后把他们带到外面去？"它愤怒地伸直了脖子，然后又摇晃了一下，就像被人打了一样，"我的书胶就算之前没有碎，现在也要碎了！"

"我要把他们带到一个安全的地方去，这是有区别的。"

"抗议！"鸟喙书大吼道。

吉姆看上去很惊讶，但是并没有觉得不可思议。单单这一点已经非常了不起了。随后他说道："墨妖也是书妖，或者说曾经是书妖，他们跟管制区里的那些人一样有权享受和平。"

听了这话，芙莉亚真想拥抱他一下。自从决定实施自己的计划之后，她就一直在跟自己心里的怀疑做斗争。听见有人赞同自己的意见，没有支支吾吾，这让她感觉很好。

"谢谢，"她诚恳地说，"这也是老男爵夫人告诉你的吗？"

"这个，还有其他一些事情。能跟她说话的人没有几个。"

这个福纳克斯真的不能再烧书了吗？船问道。

"是的，我想，伊西丝就是因为这一点，才确信它非常适合做你的守卫的。它的本质看来并不坏，只是有些自负。"

"谁也不喜欢大嘴巴！"鸟喙书喊道。

芙莉亚和吉姆皱起眉头看着它。

"我不是！"鸟喙书生气地大声说。

"你得帮我，"芙莉亚说着，把那个球放在闪闪发亮的鸟喙前，"你会帮我吗？"

"我有选择的余地吗，像我这种没有任何权利的奴隶？"

"如果一起的话，也许能行，我和你一起。"

"你就用这些奉承话糊弄我吧，等咱们一起熊熊燃烧着从天上掉下去的时候，你就会想起我说过的话了。'真见鬼，'你会这样对自己说，'这个破鸟喙书还真是个头脑清楚的聪明家伙……'"

金属球里面传来清嗓子的声音。"我一直在听，"那个声音说，闷闷的声音听上去就像是腹语，"如果你们有人想听的话：我接受所有的条件。"

32

后来，吉姆把她从书窖里抱到了外面，虽然肩膀上有伤，但他还是坚持要这样做。

“可……以的，”芙莉亚用沙哑的声音说，“真的……我很好。”

放出了福纳克斯之后再穿越，她精疲力竭，站都站不住。她已经很久没有感觉到反冲力了，这种神秘的书巫反作用力一般都是新手才能感觉得到，但是她现在突然感觉自己在鸟喙书的帮助下释放出的所有能量都作用在了她自己的身上，在永夜庇护所里度过的那些日子削弱了她的力量，碰到门塔纳公爵之后又消耗了更多的力量，现在是时候承认这一点了。将亚历山大之焰放出来几乎用尽了她的力气，尽管如此，她还是大胆地完成了回费园的穿越。他们能够毫发无伤地回到费园简直是个小小的奇迹，不过她不会跟吉姆说这些事。但她觉得就算不说吉姆也知道。

吉姆拒绝把她放下来，她心里也因此暗暗庆幸。吉姆将她一路抱到一楼，还没走到最上面的几级台阶，皮普和裴申思就已经迎面冲了过来。

与大家的重逢淹没在乱糟糟的说话声和笑容中，在这一切中心的是皮普闪闪发亮的眼睛。尽管她听不清皮普在说什么，但她能听到皮普的声音，她把这个声音当作参照点牢牢抓住，否则各种交织的情绪会让她难以承受。她不想承认自己现在需要安静，哪怕只有几个小时，不过裴申思已经殷勤地抱起了她，不由分说地把她抱到了楼上她自己的房间里。

假如她还有些力气，或者意识稍微清楚一点，那她可能会表示反对，但是现在，她只能感觉到自己的脸是如何蹭到裴申思胸前的制服上的，等到再醒来的时候，她已经躺在自己的床上了。除了皮普，其他人都退出去了。皮普坐在她的阅读椅上，阅读灯的金属灯罩在离她的脸很近的地方，连灯泡里的灯丝都能看到。

"我觉得她醒了。"阅读灯格格地说道。

"我睁着眼睛呢，福尔摩斯。"芙莉亚说。

灯罩咯吱吱地退开了一点："你也有可能是死了，死人有的时候就睁着眼睛。"

"嘿，"阅读椅瓮声瓮气地说，"她当然没有死！"

"我又没有说她……"阅读灯开口说，却被皮普打断了，皮普一把将阅读灯推到一边，坐在了床沿上。芙莉亚坐起来的时候，皮普抱住了她。她也非常激动地抱住了皮普。

"真高兴你回来了。"皮普贴在她耳边说。

"我也是。你好吗？"

皮普放开芙莉亚，咧嘴笑了。"我只是无聊得要死，其他所有人都在冒险。"话一出口，他就意识到了自己在说什么。他的表情变得严肃，躲开了芙莉亚的目光。

"怎么了？"芙莉亚问。

"我不是这个意思。"

"没什么……"

“不，”皮普打断了她，“这样说很不好，很愚蠢，因为凯特和菲尼安。”

没有什么别的事情能像他说这话时的声调那样，让她猛地清醒过来：“他们两个怎么了？”

皮普告诉了她，两分钟后，芙莉亚就已经从床上起来了。她换上干净衣服，把鸟喙书装进口袋里。正想离开房间的时候，突然听到有人敲门，裴申思和吉姆走了进来，后面跟着居利斯。这个臃肿的大胖子留着络腮胡，穿了一件黑色的燕尾服，天知道他是从哪个箱子里翻出这件衣服的。他从书城市长的位子上退下来已经有好几个月了，但是依然不改对正装的喜爱。

“你们有凯特和菲尼安的消息吗？”几个人还没来得及说话，芙莉亚就急急地问道，“任何消息，他们被带到哪里去了？现在情况怎么样？”

“估计是在乌尼卡。”居利斯说。然后，他给芙莉亚讲了圣堂毁灭后所发生的一切，包括蕾切尔如何被任命为学院的新首领，委员会如何在凯特父亲的领导下掌权。“我想，他不会直接把自己的女儿扔进监狱，之前一定会跟她谈谈。但是就我们对凯特的了解，她会表现得非常固执，这一切都需要时间。也许他们两个还在乌尼卡豪华的政府大楼里接受审讯。”

凯特和菲尼安被捕，伊西丝和顿坎失踪，就算是在永夜庇护所的时候，芙莉亚都没有现在这种被事情淹没的感觉。

“我给他们讲了传送船的事，”吉姆说，“还有你打算用布朗什号做的事。”

她不知道该说什么，因为她现在满脑子都是失去了凯特和菲尼安的事，顾不上想其他的。

皮普摸摸她的手：“凯特会希望你继续，就像你自己已经想好的那样。”

“菲尼安更是。”居利斯补充说。

“这个玛尔什会不会下令处死自己的女儿？”吉姆问。

芙莉亚轻蔑地哼了一声：“我在伦敦见过他，见过他是怎么摆布凯特甚至她的母亲的……我不知道他会做出什么事，但不排除他做这种事的可能。”

“我认识乔纳森·玛尔什，”居利斯说，“并没有熟悉到能够知道他的想法，但我还是觉得他更像个谋略家，一个彻头彻尾的政客，并不像是那种会把自己的孩子送上绞刑架的人。”

“就算他不会处死凯特，”芙莉亚说，“也一定会处死菲尼安。”

所有人都陷入了沉思，直到吉姆再次打破沉默：“你们或许会认为我太过冷漠，我当然也不像你们这样对他们两个那么熟悉——但是像这样发呆是没有用的。芙莉亚，你有自己的计划，而且计划还不错：保护造物书，拯救永夜庇护所里的墨妖——这些事咱们或许还是能够做到的。凯特和菲尼安的事就……”他垂下了目光，“我不知道咱们能为他们做些什么。我很不想成为说出所有人心里都在想的那句话的人。”

裴申思抓住他的肩膀想反驳，但是芙莉亚拦住了他：“好了，裴申思，吉姆说的是对的。我和居利斯是这里仅有的两个书巫，我们根本不可能有机会及时找到他们两个，并把他们救出来。至少在乌尼卡是不可能的。”

南方军士兵怒视着她：“你打算放弃他们？”

“当然不想！”她愤怒地说道，心里几乎感到有些高兴，因为裴申思给了她一个途径将怒气发泄出来。“但是眼下能够做的只有一件事：阻止门塔纳拿到造物书。假如伊西丝和顿坎拦不住他，那么他很快就会出现在这里，然后他就会要求我们交出造物书——和我。为了达到这个目的，他会不择手段的，这一点我可以向你们保证。”

“为什么是你？”皮普脸色苍白地问道。

芙莉亚告诉大家，菲德拉、门塔纳和七芒星出于完全不同的目的都想让她修改造物书。七芒星在造物书的最后一卷里写了她的名字，使她成为了唯一能够左右书巫世界规则的人。而她之前对过去进行的一丁点儿修改，就造成了伊西丝的改变，这样的事，她绝对不会再做第二次，不管是为了什么。

“如果这个门塔纳跟伊西丝一样是七芒星书妖，”居利斯说，“那我们两个根本拦不住他。”

“咱们得有武器。”吉姆也说。看到有人能够冷静地、实事求是地看待这件事，她很高兴。

“什么样的武器能够拦得住七芒星书妖？”裴申思问，“他能把咱们全都捏扁。”

“布朗什号上有一些陷阱，至少能够消耗他的力量，”芙莉亚说，“我没有看见这些陷阱，但是如果能找到方法设置类似的陷阱，随便什么障碍……”

居利斯用拇指和食指捻着自己长满胡子的下巴：“传送船是你祖父设计的，对吧？卡苏斯·费尔菲克斯？”

“他跟其他几个人一起，没错。”

“我们有没有可能在这栋房子里找到船的建造图纸？一些能够让我们看到这些陷阱的秘密的东西？”

芙莉亚稍稍想了想，摇了摇头：“我不知道应该从哪里开始找起，我想，爸爸的书房应该也是他爸爸的书房，那里有几十摞纸和书已经很多年没有人动过了，但是在这么短的时间里，我们怎么……”

一声类似机器打嗝的声音打断了她的话，古老的阅读椅发出了一声叹息，因为所有人的目光都投在了它身边那盏阅读灯的身上。阅读灯的铁灯罩抖了一下，刚才那个声音又重复了一遍。

“怎么啦？”芙莉亚问。

“嗯。”阅读灯说。

阅读椅的坐垫咯吱作响，就像因为害臊想要缩起来一样。

“如果我……嗯，我们两个能够参加这场讨论，可能会有点用，或许。”

“如果我们知道这件事有多么重要的话，”阅读椅不情愿地说，“我们早就说了。”

“赶紧说吧！”芙莉亚催促道。现在，所有人都紧盯着这两个神奇的书巫制品，估计这时不只有芙莉亚灵光闪现。“祖父！”她小声说，“我们都没见过他——除了你们两个！”

阅读灯点了点灯罩：“他设计制造了我们两个，而且不止我们两个。”

“在一个会说话的灯和一艘会飞的桨轮汽船中间，应该还有些其他东西，这个跨度太大了。”

“比如说一把会说话的椅子。”阅读椅提醒道，但是没有人注意到它说的话。

“还有很多我们这样的东西，”阅读灯很不情愿地说道，“很多这样的书巫制品，各种各种的……很多失败，很多实验，有些成功了，有些没有，但是卡苏斯几乎把所有东西都保留了下来，在他的，嗯……在他的作坊里。”

“他的作坊？”芙莉亚脱口问道。

“在哪里？”皮普问。

芙莉亚谴责地看着阅读灯：“你们为什么不早说？”

“因为我们……好吧，因为我们希望自已是独一无二的。”

“就是独一无二的，”阅读椅嘟囔道，“其他那些都是些没用的东西，全都是破烂货，早就生锈腐烂了。”

吉姆跟这些家具的关系不像芙莉亚那样亲密，他朝它们两个走过去，用一根食指威胁似地戳了戳椅子的靠背。

“这个作坊，”他问道，“在哪里？”

“吉姆，”芙莉亚说，“它们是咱们这边的。”

吉姆深深地吸了一口气，将手从椅子上拿开了。“哪里？”

阅读灯羞愧地看着自己的三条腿。“在阁楼上，”它用破锣似的声音说，“在那扇密室的门后。”

33

卡苏斯作坊的入口既不是隐藏的裱糊门，也没有什么隐藏的安全措施，几十年来，那扇门前都堆满了旧家具，还有装着沉重窗帘的大盒子，一拎就破的发霉袋子。

他们把路清理开之后，那扇高大的双扇门出现在眼前，钥匙就插在门上。芙莉亚握住钥匙拧动的时候，上面的蜘蛛网沙沙作响。

吉姆像抓死鹅一样，捏着阅读灯的脖子拎着它。虽然百般抗议，但阅读椅还是被留在了芙莉亚的房间里。“如果可以的话，我希望能够自己站着，”阅读灯说，它古老的插头在地板上磕磕碰碰的，“被这样搬动真是太失体统了。”

芙莉亚没有看见吉姆是否满足了它的这个愿望，因为她已经推开了通向祖父作坊的大门。他们现在在房子北侧的顶端，皮普和她从来没有注意到阁楼的里面比外面的长度要短，因为屋里塞满了家具和箱子，没发现也不奇怪。尽管如此，看到双扇门里竟然还有一个这么大的不为人知的空间时，她还是惊讶地吹了一声口哨。

阁楼倾斜的屋顶搭出了一个尖，被纵横交错的房梁连接在一起。房梁上挂着各种落满灰尘的工具，一眼看上去，就像是一个没有外壳的奇特挂钟。桌子上，柜子前，架子里，还有箱子、盒子上面，到处都是一些奇特的物件，里面有各种各样的灯，几个落地钟，至少两把还没有装面的金属椅架，此外还有很多机械装置，应该是还没有完工的各种仪器的架子。有一些看上去似乎就要完工了，有一些刚刚有些雏形。

“看上去就像是所有的东西都是被临时丢下的。”吉姆说。

“肯定是我祖父死去的时候。”芙莉亚的父亲提起过卡苏斯那些神奇的书巫制品，他的工作似乎一直被看作是一些古怪的想法，但这里的一切看起来却更像是某人投入了毕生精力的事业。

阅读灯清了清破锣嗓子，吉姆终于把它放在了地板上。“不是因为他的死，”阅读灯说，“他一直到最后都在尝试让物品获得生命，只不过他那个时候已经对灯、椅子和钟表不感兴趣了。”

“传送船。”居利斯小声说道。

裴申思惊讶地从一个仪器看向另一个，仔细看着那些复杂的装置。很多东西的表面上都覆盖着字母，他用指尖捅了一个钟摆一下，钟摆发出了“嗒”的一声，齿轮和皮带之间立刻腾起了一片尘土，一个金属般的声音开始嗒嗒地倒数：“十七……十六……十一……八……”

“让它停下来！”芙莉亚喊道。

裴申思按住钟摆，但是等到他松开手以后，那个钟摆就像被鬼手推着一样又动了起来：“七……五……二十三……十九……四十八……”

阅读灯气愤地抬起灯罩：“这个蠢家伙连数数都不会。”

“九……六……四……三……”

吉姆双手推开高大的南方军士兵，捉住了那个钟摆。

“二……”那个声音最后说道，然后就停住了。

阁楼里一片寂静，所有人都在紧张地等着。

最后，芙莉亚转头问阅读灯：“等它数到零的时候，会发生什么？”

“什么也不会发生，你的祖父没有造过炸弹，如果你想问的是这个的话，”金属灯罩又朝那个没有生气的仪器转过头去，“至少我知道的没有。”

裴申思举起一把旧椅子拆开，就好像它是纸糊的一样，然后他用双手握住椅子靠背。“我们干脆大胆一点。”大家还没来得及阻止他，他就已经把那片木头砸向了那些没有外壳的机械装置。弹簧、齿轮和螺丝飞得到处都是，吉姆在最后关头躲开了，手里像拿着一根断树枝一样举着那个钟摆。

裴申思砸了三下，被一层腾起的灰尘包裹住，之后，他满意地看着自己的杰作。

“一……”废墟里又传来一个嘶哑的声音，伴随着一阵嗡嗡声，裴申思正想再打，那个声音已经停止了，不管本来会发生什么，现在都不会再发生了。

“这个粗鲁的混蛋！”阅读灯愤怒地说。

“差点儿就出事了。”吉姆丢掉了那个钟摆。

皮普朝芙莉亚弯下腰，小声说：“裴申思有的时候做事确实欠缺考虑。”

“别再碰什么东西了，”她对裴申思说，“好吗？”

巨人心虚地咕哝了一声。

“我想，它数到零的时候会活过来，”阅读灯说，“也许这样对它来说更好，谁会愿意在复活的时候连个外壳都没有？”

芙莉亚和吉姆交换了一个眼神，这时，四面八方突然传来了嗒嗒声、咔嚓声、沙沙声，几十年来，那些生锈的关节第一次舒展身体，齿轮间的一团团尘土还有蜘蛛网纷纷碎裂，古老的驱动装置就像刚醒来的睡美人。后来，又传来了已经变硬的皮带断裂的声音，生锈的金属螺簧飞出，断断续续的数数声从不同的方向传来，全都是在倒数，有些是从一百开始，有些是从十，还有几个是从某个随意的数字开始的。

“哦不，”阅读灯说，“它们全都稀里糊涂的，会不停地胡说八道。”

裴申思不知所措地拿着那块破椅背站在那里，看看这个人，又看看那个人："是我干的吗？"

“有可能。”吉姆阴沉着脸说。

裴申思吸了一口气，正想为自己辩护，这时，周围的那些机器突然渐渐地安静了下来，终于，最后的几个声音也停止了，一个停在九，一个停在六，最后一个坚持到了二。

稍稍犹豫了一下之后，阅读灯抬起灯罩："我说什么来着？全是破烂货。并不比没上油的自鸣钟强多少，没有灵魂的发动机，缺少……"

“好了，”芙莉亚说，“你还是告诉我们这些东西为什么会被突然丢下不管吧。”

阅读灯轻轻地咳嗽了一声，然后说："因为你祖父在那件事上突然找到了突破。他丢下这里的一切，跑去找之前定期通信联系的那些老伙计们。他们在一起设计一样东西，每个人负责整体中的一个部分，卡苏斯找到他那个问题的解决办法之后，就丢下了这里的这些，去了伦敦。他的作坊被锁了起来，我和那把椅子跟他房间里的其他很多东西被一起搬进了阁楼里。”

“也许他们马上就开始建造玛丽花号和布朗什号了。”芙莉亚边揉着自己的脖子边思考着，她在想这里的东西对他们会有什么用处。

“那边，”吉姆说，“书桌！”

他的黑色鬈发已经被灰尘弄成了灰色的，跟芙莉亚的头发一样，也黏满了蜘蛛网，但他的眼睛里有一簇光，照亮了周围肮脏的房间。芙莉亚几乎已经忘记一个人充满干劲的时候是什么样子的了。

吉姆注意到芙莉亚正在看自己，他冲芙莉亚露出一个鼓励的微笑。往书桌边走的时候，他停了一下，朝芙莉亚伸出手："我们一起看。"

她也不太明白自己为什么会伸出手去握住了他的手。短暂的几秒钟里，她忘记了这是吉姆·霍金斯的手，这双手曾经摸过弗林特船长那张传奇的地图，还有金银岛上的沙子。裴申思冲皮普挤了挤眼睛，阅读灯则吱吱嘎嘎的，也许是想起了它的灯光照在史蒂文森小说里那些被翻烂了的书页上时的情景。

书桌被淹没在泛黄的纸张下面，裴申思和居利斯脚步咚咚地跟在芙莉亚后面，再后面是皮普。

"我也应该看看，"阅读灯抗议道，"先是强行把我拖到这个……这个墓地里来，然后又不管我了，藐视我，遗忘我……"阅读灯不停地唠叨着，直到皮普跑回去拿起它，把它带到其他人面前。

书桌上的大部分图纸都被卷成了纸卷堆在一起，芙莉亚认为卡苏斯应该已经把最重要的那些带走了，其中肯定包括对建造传送船有突破意义的那些图纸。尽管如此，她还是拂掉了一个纸卷上的灰尘，在地板上展开了它。

就算不是工程师，也能够看出那上面画的是一艘船的横截面，巨大的浆轮汽船就像是一个被打开的洋娃娃的家，船的轮廓里画满了大小舱房和通道，精细之极。

"我在密西西比河上见过这种汽船，"裴申思说，"有一些烧着了，当时，不过这艘要大得多。"

吉姆也很吃惊："这两艘船真有那么大？"

芙莉亚点点头："用布朗什号的话，咱们或许能将很多墨妖从永夜庇护所里带出来。"有的时候，老八和二姐的脸会从她的脑海中闪过，她没有忘记他们两个为自己做过的事。

"一件事一件事地来，"居利斯说，"先找到能帮咱们抵挡门塔纳公爵的东西，最好是类似这种被你祖父和其他人装到船上的机械装置，对吧？"

裴申思的食指紧紧地按在图纸上，宽大的甲床都变成了红色。"武器总是有用的，我也这样认为……但是就算有了图纸，我们也不会做，又有什么用？可能我不是最聪明的那个，但我也能看得出来，我们在上面这里除了破烂，什么也找不到。"

"我并不认为布朗什号是靠什么咱们可以仿造的东西来抵御入侵的，"芙莉亚冷静地说，"这里用的是书巫力，而不是什么……我不知道怎么说，自动的机关。布朗什号之所以有防御能力，是因为它是有生命的。它能跟我说话，而且会对入侵的人做出反应。我想，这才是我祖父为建造那艘船所做的事——他找到了一个方法，不仅能让东西动起来，而且还让它们有自已的意识。"

居利斯看了看她，又看了看阅读灯："你父亲总是说，卡苏斯把时间都浪费在一些没有用的事情上了，这可能是错怪他了。"

"非常感谢。"阅读灯说。

"爸爸把我们跟外界隔离了开来，我还以为费尔菲克斯家族一向都是如此，因为害怕亚当学院。显然是想错了。祖父不一样，他的祖先恐怕也不一样。"

想到这个家族的人并不是一直都是像她和皮普这样与世隔绝地生活在山谷里，她很激动。卡苏斯是黑猫的成员，他还跟其他书巫一起建造了传送船。所有的一切都源于塞弗林和他的父亲约翰·墨丘利·罗森克罗兹，绯红厅的缔造者。在他们之后还有两代人，对于这两代人，芙莉亚几乎一无所知：塞弗林的侄子尤里乌斯·罗森克罗兹，他在伦敦长大时用的名字是尤里安·费尔菲克斯，还有这个人的后代奥古斯特·费尔菲克斯，也就是卡苏斯的父亲。

后来应该又发生了些什么事情，促使芙莉亚的父亲提贝流斯几乎切断了费园和外界的一切联系。也许是卡苏斯走得太远，他冒险造船的工作让学院看出了费尔菲克斯这个名字背后的真相。

皮普仔细地看着芙莉亚。"凯特说你能听见德国那个城堡的声音，也许以前，其他的罗森克罗兹也能听到，如果有人把这件事告诉了祖父，那就足以促使他开始自己的研究。"

所有人都看着皮普。

"当然！"芙莉亚抱住他。"就是这样！卡苏斯应该知道这一点，他做实验的目的是看看是只有那栋房子会说话，还是其他东西也可以，比如灯，还有椅子。做到了这一点之后，他又找到了把自己的发现用在那两艘船上的方法。这样看来，布朗什号能跟我说话，我也能跟它说话，这真的要感谢他。"

"非常好，"居利斯说，"但这还是不能帮我们对付门塔纳，假如他来这里的话。费园没有生命，对吧？这栋房子不能帮助我们赶走他。"

芙莉亚的兴奋被一扫而空："也有可能是因为这里已经几十年没有过书巫力了，爸爸很少在房子里使用书巫力，他觉得这样会让学院发现我们的踪迹。"现在她知道事情没有那么简单了，否则他们早就被人找到了。"就算费园真的曾经有过生命，估计现在也已经死了。如今，它给人的感觉就像是一个腐朽老旧的大盒子，"芙莉亚看着阅读灯，"或者还有什么你们一直隐瞒着没有说的事？"

"没有了，"阅读灯心虚地回答说，"真的没有了，我保证。"

吉姆放开了图纸的两端，纸又卷在一起，腾起了一阵灰雾。他拿起十多个纸卷放在皮普的怀里："给，拿着，我拿剩下的。至少应该看看你们的祖父都做了些什么。”

裴申思非常殷勤地从皮普怀里接过那些纸卷，用两个胳膊捧着，然后对吉姆说：“尽管给我，我来拿。”

吉姆把剩下的纸卷都摞在了裴申思胳膊上，直到南方军士兵几乎看不到眼前的路，被裹在了一片灰尘中。他表情痛苦地对付着发痒的鼻子，抱着纸卷摇摇晃晃地朝门口走去。他刚一走出去，就打了一个震得隔墙直颤的喷嚏，然后是纸卷噼里啪啦落地的声音，还有几声气呼呼的咒骂声。

皮普叹了口气：“我去帮帮他。”

芙莉亚和吉姆看着他的背影，居利斯则着迷地在屋里四处打量着。“提贝流斯真的是小看了他的父亲。”他无比赞叹地小声说道。

“但是这对我们没有用，”芙莉亚说，“也不会帮我们把凯特和菲尼安带回来。”

鸟喙捅了捅她的手表示鼓励：“凯特曾经是个臭烘烘的抓鸟喙书的人，但是……嗯，她变了。她现在肯定正在想尽一切办法保住他们两个的性命。”

“她应该在牢房里，能做什么？”

鸟喙书放低了声音：“她很聪明，会想到办法对付那个可怕的蕾切尔·西摩尔的，谁知道，说不定还能对付她自己的爸爸。”

34

父亲被子弹的力量甩起，撞在牢房门上的时候，凯特坐在床沿上没有动，伸直胳膊举着枪。

她在等着各种感情的爆发，犯罪感、恐惧、后悔，但所有这些感觉都没有出现。她的思想就像是一个水泡，从大洋的深处浮起，穿过黑暗和寒冷。她差一点儿就放走了他，但他连自己唯一的愿望也拒绝了：她想再见一次蕾切尔，乞求她赦免菲尼安。之前他还否认过自己对死刑判决负有责任，但是在这一刻，他在实际上接过了这个责任，至少有那么几秒钟的时间，菲尼安的生死是捏在他手里的。

而他说“不”。

不管她曾经对父亲有过什么样的感情，现在都已经感觉不到了。按下扳机的时候，她并不愤怒，甚至没有悲伤。只是充满了无可改变的果决。

父亲甚至都不愿意考虑一下拯救菲尼安。现在，他脸朝下趴在地上，是一个穿着灰色西装的陌生人，脊背上有一个硬币大小的窟窿。门上只有一片血迹，一道细细的红色从那里流了下来，比书签带宽不了多少。子弹打穿了他的身体，在铁门上砸出了一个坑，混进了牢房门上长年累月被其他犯人弄出的那些坑里。

凯特还看到了一些其他的细节：他死去时，右手的手指似乎摆出了一个神秘的符号。左边的裤腿滑了上去，露出了几厘米宽的一截小腿肚，后脑的头发稀疏，这个是她以前从来没有注意过的。一根鞋带上的结开了。

后来，她意识到并没有人拉响警报，枪声应该从很远的地方就能听到，她的牢房门口就有警察，附近肯定也还有其他人。也许是因为她耳朵里的嗡嗡声，这是在狭小房间里开枪导致的，耳鸣让她听不到其他的声音。走廊上没有说话声，没有警笛，没有守卫急促的脚步声。只有寂静。父亲的大脑里现在应该也是这样的，非常安静。

然后，她看见自己的胳膊垂了下去，把枪扔到了牢房的另一边，她明白，开枪不再是她自己的决定。

门猛地打开了，铁门框里站着的是蕾切尔，心灵书半打开着，她用自己的意志命令凯特站起身，走到外面的走廊上来。凯特得从父亲的尸体上跨过去，但这并不困难，他再也不能构成什么障碍。

蕾切尔在她的身后关上门，收回了对她的控制，被催眠的感觉慢慢消失。

“我不确定你能不能做到。”蕾切尔说。四下里都看不到警察。

“菲尼安在哪里？”

蕾切尔似乎在用眼神揣磨着她：“你的脑子里真是只有他。你的父亲……”

“我照你说的做了！我现在不想听人说教。”

“当然。那是你的决定，我不过是让你扔掉了枪，省得我出现的时候你会做傻事。”

“我知道。”这是事实。如果她决定不开枪的话，也许蕾切尔会左右她的意志，不过这些已经无从得知了。我是自愿杀掉他的，她在大脑中不断重复着这句话，就像念经一样。总有一天，这句话会比在现在更加重要，到那时，如果她想完全搞明白今天发生的事情，或许会产生类似负罪感的东西。

凯特又问：“菲尼安在哪里？”

“你到了接头的地方之后，我会安排他去找你。等着他，时间不会很长。”

“什么接头的地方？”

“一个从乌尼卡通向伦敦和其他几座城市的紧急传送门，大楼里有六个这样的传送门。你以为一个政府会不给自己留逃跑的密道吗？建造学院的人不是傻子，相信我，他们仔细研究了历史上的每一次革命和政变，”蕾切尔的嘴角挂上了一抹微笑，“我想办法在半个小时前撤走了其中一个传送门的警察，现在有足够的时间让你们离开。”

“听上去你似乎为我们冒了很大的风险。”

“说到底，决定这些事的都不是我们自己，你明白吗？”

至于她这话是什么意思，凯特不想多想。“为什么我不能跟你一起去牢房带走菲尼安？”

蕾切尔使劲摇了摇头：“不能让人看见我们在一起。让我用自己的方式解决这件事，我会遵守咱们的约定的。”

“我为什么要相信你？”

“你有选择吗？我确实除掉了牢房门口的两个警察，但不会一直没有人注意到这件事。现在不是讨论的时候，照我说的做，你就能平安地离开这里。”

“你把他们怎么样了？”

“这个重要吗？反正看上去就是这两个人中有一个是叛徒，是他把枪给了你。会有人发现他已经被抵抗组织拉拢了，”蕾切尔耸耸肩，“相信我，对于这两个人来说，死了比活着更好。”

凯特深深地吸了一口气：“那就带我穿越到那个传送门去吧，我在那里等着你们。”

蕾切尔摇摇头：“不能穿越，恐怕你得走着去了。”

“我不可能穿过这座城堡，还不让人看见！肯定会有人看到我，然后……”

“是的，”蕾切尔打断了她的话，“这就是我的计划。两个恐怖分子被警察中的叛徒放了出来，在逃跑的时候打死了乔纳森·玛尔什，然后穿过城堡逃走。会有一些人看到这两个人。最后，他们两个跑到了一个紧急传送门前，侥幸逃脱，”她的微笑中透着狡黠，“你不明白吗？必须得有人看到你们，否则就会有人想到你们得到了某个书巫的帮助。”

她把路线告诉凯特，提醒她小心，并祝她好运。

“等等，”凯特要走的时候，蕾切尔说，“还有最后一件事。”

“还有什么事？”

“我想让你帮我带个消息给芙莉亚。”

35

听见牢房门上传来“哐啷”一声，菲尼安猛地抬起头。门朝外打开了一条一指宽的缝隙，似乎有人在外面的地上放了一样东西，随后就又是寂静。

他从床上站起来，慢慢朝门口走去。他一走路就疼，就连呼吸都会感到疼痛。他们折磨他，用书巫术和其他的方法，但是据他自己能够回忆起来的，他一个字也没有交代，不论是游吟兄弟的藏身地，还是抵抗组织接下来的计划。被苏梅贝拉训练了三个月之后，他已经能够非常熟练地抵御书巫对自己意念的控制了。他在书城时被芙莉亚控制过一次，那是个教训，当时他就发誓不会再让这样的事情发生。在马杜克城堡里当卧底的那几个月里，这些训练曾经不止一次地救过他的命。

门外的走廊上没有再传来什么声音。他知道那里日日夜夜都有警察把守，隔着铁门他都能听到这些人的脚步声和说话声。但是现在没有任何声音。

他小心翼翼地推了一下门。他当然也想到了这有可能是在引诱他逃跑，但是这种引诱没有什么意义，他已经落在了这些人的手里，他们可以随意摆布自己。他不认为这些人会因为某个恐怖分子无故丧命而担上任何罪责，不管这个人是怎么死的，所以也没有理由搞这样的骗局。

外面的走廊上空无一人。墙是白色的，高高的穹顶上装饰着石膏图案。这里并不是监狱，而是政府宫殿里的一个侧翼。当然，这里只有少量的几个牢房，里面临时关押着一些被选出来的犯人。如果凯特还在这里的话，那应该就在附近。这又让他燃起了希望，但是希望随即又被一个念头笼罩上了一层阴影：这一切也有可能是一个跟他开的邪恶玩笑，先唤起他的希望，然后再彻底打碎。

门外放着一把小手枪，不是裴申思用的那种老式手枪，这把枪比他的手掌大不了多少。他捡起枪，检查了一下有没有子弹。弹夹里有五颗子弹，其中一个弹仓是空的。

他的牢房在走廊的后部，右边的走廊尽头是一扇玻璃门，通向一个宽大的阳台。阳台扶手外面能看到乌尼卡那些白色大理石的圆屋顶和屋顶平台。

他手里握着枪，转身沿走廊朝左边跑去，经过了一个个敞开的门。门后的牢房是空的，只有一个牢房里躺着两个一动不动的警察。有人为他扫清了逃跑的道路，他很想知道是谁，为什么。

他小心翼翼地看了看拐角那边，那里的通道上也没有人。继续往下跑的时候，他发现这边的门都紧紧地闭着——除了一扇，开着一条缝。

菲尼安小心地朝里面看看，随时准备开枪。一道血顺着门的内侧向下流，这时正好流到了地板上，菲尼安向外拉开门的时候，血在地上留下了一条红色的痕迹。

一个穿灰色西装的男人趴在地上，背上有一处枪伤。这个人不是看守，这让菲尼安很惊讶。因为看不见这个人的脸，于是他就用脚把他翻了过来。

凯特父亲毫无生气的眼睛盯着他。菲尼安蹲下来，摸了摸他的脖子。他其实不用确认这个人是不是已经没有脉搏了，但是他发现这个人的皮肤还没有变凉。在自己的牢房里时，菲尼安听到了一声枪响，声音似乎是从很远的地方传过来的。他当时没有多想，人被隔离的时候，一开始有任何声音都会被惊得一跳，但到后来就会越来越迟钝。现在菲尼安明白了，乔纳森·玛尔什是几分钟前才被打死的。假如这里是凯特的牢房，那么很有可能是她杀死了自己的父亲。显然，还没有人发现这具尸体，难道凯特已经成功逃脱了？就在刚才？再见到她的希望现在比任何顾虑都强烈。他一定要找到凯特。

他正想锁上门，走廊下面一点的地方突然出现了两个警察，他们没有发出任何警告就开了火。菲尼安用铁门做掩护，回了两枪，听见了一声尖叫，然后就在铁门的掩护下朝来的方向跑了回去。

他身后是呼叫援兵的喊声，菲尼安拐了个弯，沿着走廊朝那个双扇玻璃门跑去。门上的玻璃嵌在优美的青春艺术风格的木框里。还没等菲尼安跑到门口，那些玻璃就爆裂开来，碎玻璃像下雨一样落在地上。跟在他后面的那个守卫开了两枪，两颗子弹都擦着他飞了过去。

菲尼安这时已经跑到了自己牢房的门口，他一把拉开门，在门的掩护下猛地转身，朝跟在后面的警察开了一枪。警察被打得飞起，朝后摔了下去。拐角那边传来了更多警察的声音，警报响起，他们应该是发现了玛尔什的尸体。

并不是所有的警察都是书巫，但菲尼安可以肯定，人数比较多的一队警察里至少会有一两个是。他知道怎么跟人交火，但是对上书巫术，他毫无办法。

菲尼安急匆匆地从碎玻璃门里跳到了外面，半圆形的阳台外面围着一圈白色大理石栏杆，离地有四层楼高。

“你好，菲尼安。”蕾切尔·西摩尔在外面等着他。她蜷着腿坐在阳台尽头的扶手上，栏杆在这里伸进了楼的外墙。她金色的头发被罩在风帽里，双手上放着摊开的心灵书，一个分离开的书页之心照亮了她的脸。从走廊那边过来的人是看不到她的。

菲尼安用枪瞄准了她。

“这么做可不聪明，”她微笑着直起身子，在阳台扶手上站了起来，“我可是你离开这里的车票。”

菲尼安看看她，又看了看碎玻璃门，他看见远处的警察拐过了拐角。警察开火的时候，他朝蕾切尔那边跨了一大步，躲开了子弹。他仰头看着蕾切尔，她叉开双腿高高地站在阳台扶手上，一袭黑衣，发丝在风帽的边上舞动。这幅画面让他想起了那些童话里的美丽魔法师，戴着完美面具的女巫。

“你有大约二十秒的时间做出决定，是死在外面这里呢，还是选择相信我。”

“凯特在哪里？”

“几乎已经安全了，不过她在等你，恐怕不会丢下你自己逃跑。”

“这么说是你放了她？”

“那些人”——她指了指警察脚步声越来越响的那个地方——“会认为是你，你手里有枪，乔纳森·玛尔什就是死在这把枪下的。抱歉，但凶手是谁必须非常明确。”

还有十秒钟，最多。

“你想干什么？”他问。

“我并不打算用飘移术带着你飞过半个乌尼卡，但是如果咱们一起跳下去的话，我可以减慢掉落的速度，”她点头示意菲尼安靠近，“过来，抓紧我，牢牢抓住，否则不会成功的。”她看见菲尼安想说什么，就截断了他的话头，“我现在要走了，不能让那些人在这里看见我。你要么跟我走，要么留下来被他们打死。估计凯特也会再次被抓。”

即便没有这样的威胁，菲尼安也知道没有别的出路。假如蕾切尔要把他扔到下面去，或者在下面把他交出去的话，那就完了。但是留下来也是死路一条。

他收起枪，爬到石头栏杆上蕾切尔的旁边。他只是犹豫了一下，便用两条胳膊从后面紧紧抱住了蕾切尔。蕾切尔显得非常娇弱，并不像一个统领着所有他厌恶的东西的人。

“抓紧。”她转头对身后小声说，然后就带着他从扶手边上跳了下去。

刚开始的两米，他们全速向下坠落，随后猛地一震，蕾切尔便稳住了速度，变成了快速的下降，菲尼安的重量把她向下坠，但是她转了两三圈，中和了他重量的同时，朝阳台下面飘了过去，直到上面的人再也看不到他们。菲尼安并不信任她，但还是把自己的性命交在了她的手里，幸好供他考虑的时间并不多。

很快，他们就扑通一声掉在了地上，他们在阳台下面两层的地方，这是城堡二楼的一个平台。

“等等，”蕾切尔说着，抢先从一扇敞开的门跑进了楼里，“稍等一下，得先让他们看到你。”

他拔出枪，想把她推开，但这时楼上已经传来了呼喊声，随后就有一枪打在了他脚边的大理石地面上。

“好，够了，来吧！”蕾切尔让开了路，在前面跑了起来。

“我也可以一枪打死你。”他喘着气说。

“我应该能够挡开子弹，而且你不会那么做的，因为只有我能告诉你凯特在什么地方等着你。”

他们来到了两条走廊的交界处，蕾切尔停了下来：“直着朝前，然后右拐，你会在那里进入一个大厅，穿过大厅，再穿过一扇白色的窄门，就能看到凯特了，假如她能到那里的话。”

“假如她能到的话？”他轻蔑地哼了一声，正想跑，突然又被她抓住肩膀拉住了。

“那个大厅是这条路上最危险的地方，他们也许已经到了那里，你还有多少子弹？”

“两发。”

“那你要跑得非常快！”

“你呢？”

她的手里突然多了一本穿越用的书。“我走了，不用告别，咱们恐怕不会成为朋友，菲尼安，但我还是要祝愿你在接下来的几分钟里好运。”说完，她的身影就在他眼前变淡，消失了。

菲尼安嘟哝着咒骂了一句，然后拔腿就跑。

他很快就跑到了蕾切尔提醒他小心的那个大厅，这里的房顶下面有巨大的大理石柱子，柱子上面有着细细的蓝色纹路。白色的门在房间对面的位置，差不多三十米的距离。门敞开了一条缝，也许刚才的确有人从那里钻了过去。他真希望那个人就是凯特。

长方形的大厅窄端左边的地方有一个高高的拱门，后面是一个巨大的楼梯，通向楼上。上面传来了脚步声，无数双踩在大理石地面上的靴子。

菲尼安跑了起来，跑到大厅中间的时候，警察从拱门里涌了出来。

36

凯特听见枪声，跑回到白色的门前，她之前刚从这扇门里跑出来。通向伦敦的紧急传送门是一扇不起眼的铁门，门后涌动着一层乳白色的雾，就在她的身后。

通向大厅的过道是迷宫一般的用人走廊中的一条，没有任何装饰的走廊是那些官员和来这座宫殿里的访客绝对到不了的地方。凯特看到传送门的时候，门虚掩着，蕾切尔信守诺言，给她准备好了逃跑的道路。

外面的大厅里子弹乱飞，拉开那扇白色的木门时，她看到了躲在一根大理石柱子后面的菲尼安，离她不到十米远。子弹砰砰地打在大理石上。

“快跑！”他的声音几乎被淹没在了雷鸣般的枪声中。“你自己走，凯特！”

“绝不！”她的目光落到了那把手枪上。“你是从哪里拿到这把枪的？”

“蕾切尔那里。”

“那他们会认为是你杀掉了我父亲。”

“我知道，但是现在也没什么区别了。”

大厅的另外一边涌来了一队警察，他们用枪林弹雨将菲尼安困在了柱子后面。

菲尼安和凯特中间至少还有三根柱子，可以在他跑去她那边的时候提供掩护，或者是凯特到他这边来的路上。

快跑！他用眼神示意。

没有你我不走！凯特也对他示意道。

他从柱子后面迈出一步，扣动了扳机。就一枪，但是打中了。穿着黑红相间制服的警察们立刻散开，跑到柱子和楼梯的拱门那里寻找掩护。

“嗨！”凯特对他们喊道。立刻有子弹打在了门的周围和门框里。凯特已经退后，但她看到了菲尼安是如何利用这个机会飞快地跑到下一根柱子那里的。子弹在他身后的大理石上打出了一个个的坑。

她还想再引开那些警察的注意力，但菲尼安摇了摇头。离用人通道的门口还有六米。

“快走！”他又喊道。“快！”

枪声突然停了。菲尼安朝前一扑，到了下一根柱子后面，这时，他背后那根大理石柱的墩子突然被一股强大的冲击力打中，一片灰尘和碎片腾起，警察们开始用书巫术了，用不了几秒钟，他们就能毁掉那些被菲尼安当作掩护的柱子。

离凯特只剩不到四步的距离。

又有子弹打在他们两个中间，菲尼安示意凯特赶紧走。

凯特摇摇头，然后在一片巨大的声响中喊道：“停！不要开枪了！……我的名字是凯特琳娜·玛尔什，我是乔纳森·玛尔什的女儿！我投降！”

有人下了命令，周围安静下来，准备打出的冲击力也中止了。

“不要！”菲尼安说。

凯特没有看他，继续喊道：“是我打死了我的父亲！都是我一个人干的！”

她举起双手，穿过白色的门走进大厅。走廊尽头的传送门在她身后，伦敦突然变得遥不可及。

空气中还弥漫着从被毁掉的柱子上腾起的尘土，但是凯特能够模模糊糊地看见那群警察。他们比她想象中离得更近，人数很多，大约有二三十个穿着黑红相间制服、全副武装的男人。

菲尼安从柱子后面站了起来。

凯特想小声告诉他，让他隐蔽起来，这时，她的注意力突然被一阵急促的动作和声音引开了。有人从那群警察中挤了出来。她一眼就认出了这个人是谁。

“妈妈！”

一个干瘦的警察想拦住她，她母亲推开了他的手。“拜托，”她说，“请让我到她那里去。”

那人很不情愿地让开了。他看上去就像是个长着鹰钩鼻子的知识分子，被人硬塞进了这身制服里。他用一只手拿着自己的心灵书，显然，他就是那个向菲尼安发出冲击力的人：“这个男孩有武器。”

“当然。”

“我不能让他威胁到您，我得解决他。”

“他不会威胁到我的。”

“我们不能……”

“求您，”她说，“我刚刚失去了丈夫，而且恐怕还会失去自己的女儿。您以为我会只担心自己的安危吗？”

警察稍稍犹豫了一下之后，点了点头，然后命令其他人不要动。但是他的目光依然冰冷，有些不耐烦。

凯特和那些警察之间的距离大概有二十步远，她的母亲独自朝她走了过来。她的心狂跳着，几乎能感到脖子上的动脉正在猛烈地跳动。

接着，她也开始朝母亲走过去，她这样做并不是为了缩短两人之间的距离，事实上，她会不顾一切地避免这样的见面。她这样做只是为了将警察的注意力从菲尼安身上引开。她暗暗希望菲尼安能够利用这个机会冲进那扇门，跑到传送门跟前，逃到伦敦去。但是她自己心里也很清楚他会怎么做。

“妈妈。”她又说道，这时，她们已经是在面对面地站着了。她说不出对不起这样的话，即便是现在这样看着母亲的眼睛，还是做不到。

她在母亲的眼里看到了悲伤，却没有看到愤怒。

“你就是不明白，对吗？”艾薇拉·玛尔什说，“或许你父亲是对的，他的计划虽然残忍，却是正确的。现在唯一能够拯救书巫世界的办法就是彻底的隔离。”

“别说了，妈妈，我现在不想跟你吵架，我对发生的一切都很抱歉。”

她的母亲突然做了一件出乎她意料的事：她从凯特身边走过，继续往前，一直走到躲在柱子后面的菲尼安附近。

“是你把这一切灌进她脑子里去的，”她平静地对菲尼安说，“我的女儿变成这样，都是你的错。如果你还想为她做件好事的话，那现在就把她交给我。”

母亲的话像风一样吹进了凯特的耳朵，这些话比守卫的子弹更能引起她的警觉。菲尼安没有回答。

“不，妈妈，”凯特说，“不是菲尼安的错，这一切都是我自己的决定。”

那个拿着心灵书的干瘦警察朝前走了两步："玛尔什夫人！恐怕我得请您回到我们这里了。"

艾薇拉·玛尔什没有理会他。凯特的心中闪过一丝担心，害怕母亲会利用靠近菲尼安的机会操控他的意志，强迫他做些什么。但是随后，她看见了母亲的脸，明白了这样的担心是没必要的。而菲尼安早已明白她想要干什么了。

也许连警察都意识到了。

凯特背后的警察们开始做出反应。

"玛尔什夫人，"那个男人又冲这边喊道，"我想，现在不是伤心的时候，您可以以后再跟您的女儿说话，不管您想说什么。"

"您也许是对的。"她回答说。但她接着用非常小的声音对着凯特的方向说："我现在就把你从这里弄走。"

"什么？"这时她明白了，"不！没有菲尼安，我不走！"

菲尼安举起双手从柱子后面走了出来，他的右手依然拿着那把枪。弹夹里还有几发子弹？一发？两发？还是一发都没有？

凯特发觉母亲正在自己的意识里探索，于是用尽了全力去抵御。她猛地转过身，看见守卫们越来越近。"我哪里也不去！"

她的背后传来脚步声。从她旁边走过的时候，菲尼安用指尖碰了碰她的手。这是她经历过的最刻骨铭心的触碰，虽然菲尼安马上就走了过去，但她依然能感觉得到，就好像他的一部分一直在握着她的手，紧紧地，就像当初在书城的罗马桥上时一样。

母亲从后面捉住了她的肩膀。

凯特喊着菲尼安的名字。

守卫们把枪对准了他。

"哦，不！不要！"

凯特的母亲用惊人的力量拉住了她。"他要救你，"母亲贴在她的耳边说，"没有他的话，那个书巫就会找到咱们的踪迹。"

菲尼安边跑边瞄准开枪。他的子弹——最后一发？——打中了那个鹰钩鼻警察的脑门。他被向后甩出，撞在背后那些人的身上，心灵书也掉了。

不到一秒钟之后，十几支枪同时开火，凯特看见菲尼安被打中了，胸口，脖子，肚子，她看见他倒下。那轻轻一碰是他的道别，但是要很久以后她才会明白这一点。她将会对自己说，爱情故事不应该有这样的结局，不会是这样的一瞬间，而且如此轻描淡写。但是之后她就会发现，爱情故事就是这样的，而且绝大多数都是，非常出人意料，非常突然，有些还非常残忍。

她感到一阵麻痒，眼前亮起了紫色的光。

“不！”她喊道，“不！不！不！”

她想挣脱，想跑回菲尼安身边，不管那些警察，也不管未来会如何，因为这些都已经没有意义了，全都无所谓了。

菲尼安躺在地上，离被打死的那个书巫不远，没有生气的眼睛看着凯特，眼里的光已经永远地熄灭了。

然后，她就被光点包围了，金色的光像喷发的岩浆，母亲拉着她穿过了庇护所的边缘，离开了乌尼卡，闪电般地穿过隐页世界，去往了很远很远的安全之地。

37

“凯特？”

没有回答，电话里只有轻轻的呼吸声。

“凯特？你在哪里？”

芙莉亚把手机紧紧地贴在耳朵上，这是费园和外界唯一的联系方式。正午时分，大厨房里远远地传来了碗盘和锅的乒乓声。芙莉亚拿着手机站在门厅里，吉姆和裴申思忧心忡忡地看着她。

是皮普接的电话，他马上就喊来了芙莉亚。“我想是凯特，”他说，“她在哭。”

裴申思小声地对吉姆说了些什么，吉姆点了点头，然后，南方军士兵就从大门跑了出去。

“他去取车，”吉姆说，“以防万一，如果事情紧急的话。”

芙莉亚点了点头。“凯特？”她又问道，“说点什么啊。”

又是寂静，然后是呼吸声，然后是类似马路上汽车的声音。也许是在外面的电话亭里。

“他们杀了他，”是凯特的声音，但是芙莉亚简直希望那不是她，“他们打死了菲尼安。”

芙莉亚的嘴突然变得非常干，就像吃了灰一样。不知过了多长时间，她一个字也说不出来。

“菲尼安死了。”凯特说，听上去并不是想哭的样子，而是平淡的，几乎是冷冰冰的。

芙莉亚深深地吸了一口气。“你在哪里？”她不忍心问发生了什么。

“牛津，”凯特说，“我在牛津。”

芙莉亚用嘴唇朝吉姆摆出这个词。吉姆点头示意自己明白了。

“具体的地方呢？我们来接你。”

又是久久的呼吸声和从后面传来的沉闷的车流声，然后她听到了类似轻轻敲玻璃的声音。

“有人跟你在一起？”芙莉亚问。

“我妈妈。”凯特没有说*我的母亲*，这有点不寻常，她一开始根本不提自己的父母，后来说起的时候也显得很生疏的样子。“是她把我带到这里来的。她……她还在这里。”

“你们具体在牛津的什么地方？”

沉默，至少有半分钟。

“伍德斯托克路，快到圣吉尔斯教堂的地方。这里……斜对面是一个酒吧。”她说了酒吧的名字。

“待在那里，”芙莉亚说，“不要离开。我们来找你，马上！”

裴申思在台阶前一个急刹车，屋前空地上的石子被车轮压得咔嚓直响。吉姆从敞开的大门里冲着他打手势，然后，他跟着芙莉亚跑下台阶，扯开车门，跳上后座。

“牛津，”吉姆对裴申思说，“快！”

“凯特？”芙莉亚在副驾驶座上问道，“你还在听吗？”

又是沉默和呼吸声，然后：“他死了，芙莉亚。他们杀了他。这一次，他们永远地夺走了他。”

38

他们看到了艾薇拉·玛尔什，她一动不动地站在红色的电话亭旁边，然后，他们看到了电话亭里面那个悲惨地缩成一团的人。凯特蜷着双膝，头放在膝盖上，眼睛看着电话亭的后壁。地上的她黑黑的、窄窄的，简直就像是她母亲的影子。

还没等裴申思把车在路边停稳，芙莉亚就已经跳下了车。吉姆跟在她后面，然后裴申思也下来了。他站在敞开的车门旁，很小心地不让补丁连缀的制服敞开，免得露出里面的枪。芙莉亚注意到他在颤抖，虽然他在竭力掩饰。

“出什么事了？”朝凯特的母亲跑过去时芙莉亚问道。

“她不出来。”

“之前呢？”

艾薇拉·玛尔什看上去比她们上次在伦敦见面的时候老了二十岁。她黑色的头发乱蓬蓬的，眼睛下面有黑眼圈，像是哭过。她用左手拿着自己的心灵书，一根手指插在书页之间。她显得很紧张，虽然表情很僵硬。

“凯特开枪打死了她的父亲，”她说，“那个男孩牺牲了自己，好让她能够逃跑。”

芙莉亚轻轻地打开电话亭的门，在凯特身边蹲下。“我们来了。”她非常小心地拉起朋友的手，紧紧握住。凯特没有反抗，她的手指凉冰冰的。

吉姆转头问艾薇拉·玛尔什：“是您把她带到这里的？”

凯特的母亲默默地点点头。

因为对凯特的担心占据了她全部的注意力，所以芙莉亚过了很久才意识到凯特母亲这些干巴巴的话后面隐藏着怎样的悲剧。她的女儿杀死了她的丈夫，她自己帮助凯特逃跑。这两个简单的事实后面包含着多么矛盾的情绪。

“他死了，”凯特缓缓地朝芙莉亚转过脸来，“菲尼安……全身都是伤，胸口，脖子。他们所有人一起开枪。那么多子弹。他的眼睛……他已经不在里面了，不在了，他的身体躺在地上，但是菲尼安已经走了。”凯特闭了一下眼睛，眼泪夺眶而出，“我是那么爱他。”

芙莉亚的喉头发紧，她想说些什么，但是又找不到合适的话。她失去自己生命中最重要的那几个人的时候，没有人在旁边听她倾诉，所以她决定待在凯特身边，不是为了说什么，而是为了倾听。不管凯特想说多少次，说多久。

吉姆问凯特的母亲：“您现在有什么打算？”

“她能不能跟你们待在一起？”艾薇拉·玛尔什问。

“当然。”

“我知道，我不能一起去，我也根本不想知道你们藏在什么地方。我要回乌尼卡去，我的丈夫……我得去料理他的事，他的后事。”

凯特看了她一眼，然后马上又垂下了目光。

“这样可以吗？”芙莉亚回头问道，“您带走了凯特，现在还回得去吗？”

“我可以说，当时所有人一起朝那个男孩开火，我是为了保护她不被乱枪伤到。我本想马上把她带回去，但是她要了个花招逃掉了。”

吉姆露出怀疑的表情：“他们会相信这样的话吗？”

“会有个说话有用的人帮我说话的，蕾切尔·西摩尔会庆幸凯特没有被抓到。”

“蕾切尔？”芙莉亚小声冲凯特的方向说。

她的朋友勉强点了一下头。“是她把我从牢房里放出来的。还有菲尼安。她……”凯特停下来，抬头看看母亲，问道：“你是从哪里知道的？”

“你父亲很清楚蕾切尔对他来说是个威胁，只是没有想到蕾切尔会这么快就下手。我警告过他，但是他从来就没有听过我说的话。听说他被打死的消息，我马上就想到，这事的背后主使只可能是蕾切尔。”

凯特接下来说的话让芙莉亚非常惊讶，“蕾切尔会让庇护所之间的传送门保持畅通。她可能有很多错误的想法，但这一件事她是对的。”

艾薇拉·玛尔什耸了耸肩，似乎已经对这些事失去了兴趣。失去了丈夫，并且失去了女儿，已经足够她消化的了。“我甚至无法憎恨蕾切尔，就像对乔纳森一样，尽管天知道他给了我多少憎恨他的理由。我会回到他身边去，这是我欠他的。然后……我们都会有那一天的，不是吗？等到‘想法’向上蔓延得足够高时，会发生的那些事……”她朝凯特弯下腰，摸了摸她黑色的短发，“咱们都有力量继续坚持下去，你跟你的朋友们待在这里，我……看情况吧。”她在凯特的脑袋上吻了一下。“保重。我真希望能留在你身边，不过恐怕你并不这样想。”

凯特没有说话，甚至没有抬头看她一眼。

艾薇拉·玛尔什直起身子，非常慢，就好像有什么东西在往下压着她的肩头。然后，她朝芙莉亚点了点头，沿着人行道朝市中心的方向走去。她没有力气马上再打开一扇穿越门，但是用不了多久，她就能回到乌尼卡了。

芙莉亚挨着凯特蹲在电话亭的门槛上，她揽过凯特，跟她一起哭泣。没有人说话，吉姆拉着电话亭敞开的门，芙莉亚抬头看了他一眼，觉得他似乎正在考虑是不是应该摸摸她，表示一下安慰。不过，可能他最后还是觉得这种时候应该让她跟凯特单独待在一起。芙莉亚为此很感激。

后来，他们把凯特带到了车上，裴申思为他们拉着车门，满脸忧伤。如果不是吉姆悄悄地对他摇了摇头，估计他还会行军礼。

他们随后就出发了，依然一言不发。车驶过郊区里一排排有小花园的房子，低矮的围墙，门口的车道上停着的中档轿车。他们顶着灰色的乌云朝乡下开去，穿过蒙蒙细雨，开回科茨沃尔德的家。

39

一连串冲击力滚过石头地面，撼动了连接伦敦和书城的古老罗马桥的桥基，挂着游吟兄弟通缉令的信息窗碎裂，石头栏杆也摇晃起来。

被封锁的桥上没有行人，只有一队警察跟在三个书巫的后面。这三个书巫是从书城方向过来的，要横穿泰晤士河。这座城市里到处都是别处已经看不见的书店，城市正在逐渐消失在雾气中，三个书巫眼前的烟雾中显现出了伦敦现代化的高楼大厦。也有警察正在从英国那边的城楼上向他们冲过来。这些人之所以迟迟没有开火，是因为他们害怕打到对面的伙伴，伊西丝、顿坎和门塔纳要感谢他们心里的这点顾忌。

“咱们快走。”顿坎喊道。

但是伊西丝的眼睛里只能看到门塔纳公爵，后者在他们前面大约二十码的地方。往桥对面冲去的时候，他的大衣在空中飞舞。

门塔纳选择这个地方，是为了在穿越了好几个庇护所之后，能够逃到普通人的世界中去。他显然是出于策略的考虑，才会刚好落在书城和英国首都的交界处，靠近东侧悬索支柱的地方，因为他希望能够趁乱甩掉那两个尾随的人。他在书城的城楼那里差一点儿就成功了，那里现在群情激奋，一片混乱，因为桥被封锁了。花球城和其他地方也是类似的局面：学院想要关闭传送门，这引起了居民们的反抗。

门塔纳朝从伦敦方向朝他们冲过来的警察又发出一股冲击力，在那些警察中炸出了一个缺口，尸体横飞，一个穿制服的书巫反手回击，但公爵毫不费力地就把他也打飞了。虽然布朗什号消耗了他的力量，但是作为七芒星书妖，对付普通的书巫还是不在话下的。

“顿坎！”伊西丝喊道。“从背后掩护我！”

顿坎闻声，立即向跟在伊西丝后面的人发出了一个幻象。这些人的眼前出现了一个深渊，就像是桥的一部分突然崩塌了一样。他们肯定能看出这是个花招，但依然顿了一下。

这时，伊西丝朝正在逃跑的公爵发出一股宽宽的冲击力，这股力将桥两边的煤气灯像芦苇秆一样打弯了，泄漏出来的煤气着起火来，灯柱上燃起一人多高的火焰。这股冲击力扫过地面，又打碎了更多信息窗，带着巨大的破坏力朝门塔纳滚去。

门塔纳感觉到了危险的临近，他在紧急关头拔地而起，猛地一晃，然后摇摇摆摆地在空中稳住了自己。冲击力逐渐变弱，但还是打倒了几个从对面冲过来的警察。门塔纳在桥的上方旋过身子，胸腔里射出可怕的白光。伊西丝刚刚支起一道无形的防御屏障，一片火雨就朝她和顿坎砸了下来，好几个煤气灯的柱子爆炸了，一片火光冲天而起。

门塔纳得意扬扬地从剩下的警察头顶飞了过去，又落回地面。他把距离拉得更开了，而且他落下的地方已经离开了燃烧的大火，而伊西丝和顿坎则在热气的包围下呼吸困难。

等到他们终于从火中跑出，门塔纳已经冲过了他们前面西边的那个城楼。他穿过泰晤士河上的大道，钻进了夹在高大水泥和玻璃外墙之间狭窄的天鹅巷。

“咱们要跟丢了！”

伊西丝在城楼的另一边打了个趔趄，差点儿摔倒，顿坎扶住了她。他们身后的那座桥熊熊燃烧着，但如果不是书巫，从河的这边是看不见这些的。沿着河边散步的行人只能看见一个男人和一个女人突然冒了出来，然后钻进了天鹅巷。

门塔纳已经快要跑到巷子的尽头了，从那里出去就是一条车水马龙的宽阔大街。到了那里，书巫之间的打斗一定会引起众人的注意。只靠制造幻象是拦不住七芒星书妖的，而火和空气组成的冲击力会触发旁边写字楼里的警报，而且还有摄像头在监视着伦敦每一片公共场所。

门塔纳逃过了拐角，顿坎上气不接下气地骂了一声，伊西丝则把全部的注意力都放在了路上，放在了她自己的腿和酸痛的肌肉上。她都不敢想象，如果能在这时候满足自己睡一觉的愿望，会是多么美好的一件事。

来到天鹅巷的尽头时，已经看不见对手的影子了，汽车在宽阔的马路上疾驰，人行道上的行人步履匆匆，门塔纳公爵不见踪影。

“他用了穿越门吗？”顿坎的声音听上去就像是恨不能砸碎什么东西，最好是门塔纳的脑袋，或者砸个汽车挡风玻璃也行。

伊西丝在周围寻找书巫的痕迹，如果有穿越门，她能觉察到，她觉得不太可能，要在这么拥挤的地方摆脱追踪不用费太大力气。

顿坎气喘吁吁地站住，他的脸上留着烟熏的痕迹，额头就像晒伤了一样红彤彤的。在一扇窗子上看了一眼自己的模样之后，伊西丝证实了自己的担心：尽管她已经摆脱了阿布索隆书瘾，但看上去依然像是个刚从戒毒所里出来的人。

“好吧，”顿坎说，“他接下来会做什么？”

“他从来没有去过费园，所以也不可能打开通向那里的穿越门。但是也许他知道这个地方在哪里，或者至少知道能从哪里了解到费园的事。杀死艾瑞尔的凶手如果留下了什么消息也并不奇怪。也许那个人在伦敦有落脚的地方，里面有图或者笔记之类的。”

“或者一本穿越用的书。”

“你是说，他有可能将一本书放在这里，然后把另外一本藏在了费园里的某个地方，以防他还要再回去？”

“是我们的话就会这样做，不是吗？”

“那这个家伙为什么要徒步穿过花园逃跑？”伊西丝问。

“也许是因为跟艾瑞尔交手消耗了他太多体力。假如门塔纳知道能在伦敦的什么地方找到对应的穿越书，那他很快就会出现在费园里，也许会非常快，很有可能他一开始就计划要这么做，穿过庇护所逃跑就是为了甩开我们。”

伊西丝顺着车流的方向朝马路看去：“那我们就去那里抓他。”

40

裴申思把车停在了车道外紧闭的大门前，吉姆迅速地从副驾驶座位上跳下来，打开了沉重的铸铁大门，让车开进去。

芙莉亚坐在裴申思后面的座位上，凯特蜷着双膝缩在她旁边，头靠在她脖子的位置。她用胳膊搂着凯特的肩膀，一路上都没有拿开自己的胳膊。凯特的抽泣声渐渐停止，她一言不发，几乎是冷漠地盯着前座的椅背，就算是这样，芙莉亚也没有拿开胳膊。

车还没有开到一半，芙莉亚的书巫直觉就示警了。一阵麻痒穿过她的身体，在她的胃里剧烈跳动起来。

“这里还有其他的书巫。”她说。

吉姆回头用询问的目光看了她一眼，凯特的右手握成了拳头，但她也只有这一点反应而已。

“伊西丝和顿坎？”吉姆问。

“有可能，但如果只是他们两个，我不会在这么远的地方就有感觉。”那阵麻痒变成了一股灼热，让她叫了出来。

她放在大腿侧兜里的心灵书动了，鸟喙书蛇一般的长脖子哀鸣着从凯特的脸旁边伸过，伸向空中："有人在这里释放出了大量的书巫力。"

凯特默默地坐起身，芙莉亚把书从兜里掏了出来。汽车开过最后一个拐弯，树和灌木丛中间露出了房前的空地，那里挤着很多书妖。

"真见鬼！"裴申思说，"几乎全在这里了。"

"但是他们没有逃，"芙莉亚说，"说明情况还不是太糟。"

"或者他们自己也不清楚发生了什么。"吉姆说。

裴申思停在离大家很近的地方，车上的人都下来了。凯特一言不发地从书妖中间挤过去，直到她和费园之间再也没有其他人。她默默地看着房子，隔着不到五十米的距离。

芙莉亚正想过去，却发现居利斯和皮普已经跑了过来。

"出了什么事？"她问。

皮普情绪激动地指着房子，居利斯正要开口说话，费园里面突然传出轰隆隆的声音，然后是一声炸雷。书妖们继续往后退，只有凯特直挺挺地站在那里，瞪着面前的四层楼。

"声音是从地下传来的，"居利斯说，"从书窖门前，大家都不知道是怎么回事，不过有很多灰尘，声音很大。我们就先把大家撤到外面来了。"

"卡修庇欧斯跑回去查看情况了，"皮普焦急地说，声音都变了，"他到现在都还没有回来。"

随后，裴申思把大手搭在他的肩膀上。"现在我回来了，我会保护你们的，"这个南方军士兵说，"娜桑德拉在哪里？"

"跟萨姆沙在一起。"居利斯朝着树丛指了指。娜桑德拉蹲在不远处，房前空地的边缘，没跟其他人在一起，抚摸着那只多愁善感的大甲虫的壳。这只巨大的黑色虫子正在用六条腿轻盈地站着，没有像平常那样痛苦无比地仰面躺着。

"我们一开始还以为得把它抬出来，"居利斯接着说道，"但是娜桑德拉突然走进它的房间，把手放在它的身上。过了一会儿，它就跑了起来，比我们中的谁跑得都快，只有娜桑德拉跟得上它。"

娜桑德拉雾一般的白色皮肤上有很多弯弯曲曲、若隐若现的字母，她就像是一个由字和丝绒般的纸组成的幽灵。她微笑时，嘴角会一直咧到耳朵根。接着，她抬起一根手指，在一个想象中的帽檐上点了点，这是她跟裴申思学的。南方军士兵尴尬地笑着，冲她点了点头。

凯特朝其他人转过身，用冰冷的声音问道："里面是学院的人吗？"

"我觉得不是，"芙莉亚说，"否则警察早就上来了。"

"那么就是那个门塔纳？"吉姆问。

裴申思抽出了自己的两把枪："我进去，不能留那头公羊一个人，不管在那里的是什么东西，或者什么人。"

"我也去。"芙莉亚说。

"绝对不行，"吉姆反对道，"门塔纳不仅仅想要造物书，就像你说的，他还想要你。"

"我已经跟他交过手了。"这是对实际情况大而化之的解释。

"我保护你，"裴申思说，"咱们一起把那个家伙撕烂。"过了这么多年，他似乎还没有完全从葛底斯堡的战壕里走出来。

"不管你们想干什么，"吉姆说，"我都要陪着你们。"

"你不是书巫，"芙莉亚不同意，"对付门塔纳你根本……"

"芙莉亚！"皮普指着房前空地的另一边。

他们大家都没有注意到凯特已经走过了半个广场，芙莉亚轻轻骂了一句。

"菲尼安在哪里？"皮普问。

但是芙莉亚已经跑了起来，裴申思和吉姆跟在后面。树底下的娜桑德拉从萨姆沙的脊背上抬起一只手，怯怯地冲他们摆手，祝他们好运。

在大门前的台阶上，他们追上了凯特。芙莉亚知道她没法阻止凯特，但她还是说："那里面的并不是朝菲尼安开枪的人。"

"我虽然很伤心，但并不愚蠢，"凯特尖锐地回答说，但她随后就放缓了语气，"对不起，我得做点什么，否则我会疯掉的。"

芙莉亚不知道这种盲目的行动算不算是一种疯狂，但另一方面，她又非常理解自己的朋友。反正也没有时间讨论了，就这样，他们四个人一起走进了费园。芙莉亚走在前面，她的心灵书把鸟喙朝前伸出，看上去就像维京海盗船上的龙头。

他们从门厅拐进通向地下室楼梯的走道上时，裴申思挤到了最前面。空气中翻滚着一团团的尘土，他们只能看见几米远的地方，呼吸也越来越困难。

通向地下室楼梯的过道的墙上被炸出了一个圆圆的洞，就像是被破拆球从外面砸穿的。地上到处都是砖头、瓦砾、灰尘和墙纸的碎片。芙莉亚全身都能感受到爆炸释放出的书巫力留下的余热，鸟喙书也颤抖起来。

"这个时候不管冒出来的是谁，我都得打飞他，对不对？"裴申思问。

"不对。"吉姆说。

"给我一把枪。"凯特说。

"不好。"

裴申思还没反应过来，凯特已经从他旁边跑过，钻进了墙上的那个大洞里。裴申思呆呆地看着自己空荡荡的左手："她是怎么做到的？"

"她现在特别想杀人，"鸟喙书大声骂道，"彻头彻尾的坏蛋，也不等等看，一起制订个计划，想想办法……嗨！"

芙莉亚从裴申思旁边跳过去，朝台阶跑去。

南方军士兵目瞪口呆，这时，吉姆也从他旁边挤了过去。“金银岛上没有女孩，”他叹了口气，说，“我现在慢慢明白这是为什么了。”

芙莉亚发现台阶也跟周围的过道一样被损坏了，上面全都是瓦砾，让人无处下脚。芙莉亚不假思索地打开心灵书，分离了一个书页之心，贴着瓦砾朝下飘去。为了不被落下，吉姆边骂边大胆地顺着斜坡朝下跳了几步，异常灵巧地保持着平衡没有摔倒。在这方面，他一点不比凯特逊色；在骂人方面，他也同样很有天赋。这是他在本葆将军客店的吧台前学会的。

三人几乎同时来到了地下室门口。毁掉了台阶的那些冲击力同样也把书窖门口的那个房间变成了一片瓦砾。这里曾发生过一场战斗，伊西丝和芙莉亚对战玛塔·安提夸。但当时，这里的房间并没有受到太大的损害，现在这里则一片狼藉。

门塔纳公爵应该跟玛塔·安提夸一样，也发现了书窖里蕴藏着那么丰富的书巫力，也许他还能想到造物书就被藏在那里，但他大概没有料到这里的铁门会那么坚固。

很多年前，这扇门曾经在一次攻击中，从内向外凸出成了弧形，门塔纳的攻击让铁门又朝相反的方向凹了回去，但就算是他的力量，也没能让门从门框中脱出。

此后，公爵显然想要炸碎入口两边的墙，这里的墙已经被完全毁掉了。但是门塔纳还没来得及做什么，就被伊西丝和顿坎拦住了。他们的交手时间应该很短，但非常激烈，现在，三个书巫全都精疲力竭地躺在废墟中，都受了伤，被释放出的书巫力彻底打倒了。守在这里的人应该是及时逃脱了，至少芙莉亚没有看到他们。卡修庇欧斯一动不动地躺在一堆瓦砾上，皮毛上全是土，一只角的尖断了，他闭着眼睛。

吉姆不顾危险地冲上前去，弯下腰去摸他的脉搏。“他还活着！”吉姆想抱起他，但是裴申思已经跌跌撞撞地跑了过来，摇晃着站住，将他推到了一边，然后轻轻地把胳膊插在了昏迷的羊人身体下面。

“把他带到其他人那里去，”芙莉亚说，“我们自己可以。”

裴申思把自己的另外一把枪交给吉姆，然后又最后看了一眼公爵，便朝上面走去。

门塔纳的脊椎骨断了，否则他绝对不可能以那样的姿势躺在瓦砾堆上。他的一只手弯曲得很奇怪，破碎的书页耷拉在胸腔外面，只有脸还是完好的。他应该非常痛苦，但尽管如此，他还是在用锐利的眼神紧盯着芙莉亚。

“也许这……就是我们书妖跟你们的不同，”他用沙哑的声音小声说，“我们不可能永远是……被写下来时……的那个样子。”他的目光似乎开始变得涣散，但随即又变得清楚起来，“反抗是……没有用的。”

也许只要给他充足的时间，他就能给自己疗伤，但是眼下的他看上去很无助。芙莉亚跨过地上的一条裂缝，来到伊西丝旁边。她只呻吟了一下，就再也发不出声音了，但是她示意芙莉亚自己的伤并没有那么重。

“顿坎呢？”芙莉亚忧心忡忡地朝躺在几米之外的那个书巫走过去。

他的脸上和衣服上全是血，眼神黯淡，但他还活着。“这里怎么就不是……酒窖呢？”他呻吟着说，“我急需……喝一点……”

她正想回答，突然听见吉姆在背后喊道：“凯特，不要！”

紧接着就是一声枪响，已经是一片废墟的地下室再次震动起来。灰尘从天花板上的砖缝里扑簌簌地落下。芙莉亚的耳朵里响起了尖锐的哨声，她茫然地转过身。

凯特站在门塔纳公爵旁边，枪依然对着他的头。门塔纳的胸膛里，直立起的书页缓缓地朝两边落了下去。书页之间闪起一点微光，随即就熄灭了，书页之心死了，门塔纳的书巫力场也开始消散。

芙莉亚和吉姆走到凯特身边时，她没有抬头。

“他想攻击咱们。”凯特小声说。

有可能，芙莉亚心想，她迷迷糊糊地看着这个七芒星书妖脑门上的枪伤，他太虚弱了，没办法躲开子弹。

反抗是没有用的，他刚才这样说。

芙莉亚温柔地拿走凯特手中的枪，递给吉姆。然后她用一条胳膊搂住自己最好的朋友，带着她穿过尘雾，朝地上走去。

41

两个书妖抬着伊西丝，还没等回到地面，她就已经失去了意识。现在她躺在自己的床上，用深度睡眠来恢复身体，估计短时间之内不会再醒过来了。还要等上几天，她才能恢复力气，在此之前，其他人只能靠自己了。顿坎留在她身边，他自己也几乎连站都站不住了。凯特则躲在她和菲尼安的房间里不出来，谁都不想见。

芙莉亚想起自己在书城的一个院子里第一次见到菲尼安的情形，他们共同经历过的一幕幕从脑海中闪过。她不想去揣测凯特心里现在的感觉，因为她自己也同样因为菲尼安而无比哀伤。门塔纳的尸体被人从地下室里抬出来的时候，她突然又感觉到了失去菲尼安的伤痛。后来她独自去了地下室，像梦游的人一样在一团团灰色的哀伤中穿行。

她独自在那片废墟中站了很久，鼻子里充斥着灰浆的味道，眼睛看着变形的铁门。她和菲尼安经常意见不一致，两个人同样固执。她以前经常因为这点生气，但是现在，她意识到了自己是多么怀念跟他吵架的日子。

如果说艾瑞尔曾是抵抗组织的心脏，那么菲尼安就是拳头。他无数次铤而走险，完成危险的任务。有时，他粗鲁、顽固，但同时又有种特别的、与众不同的细心，这也是凯特爱上他的原因之一。他们之间的感情很复杂，他们会争吵，一连好几天互相不说话，但每个人都清楚他们多么相爱。以前，芙莉亚从来没有想过会有一种感情能够经受住这样的吵吵闹闹，但这两个人却恰恰因为这种吵闹而难舍难分。

大概有一个小时，芙莉亚什么也没干，只是呆呆地盯着通向图书馆的那扇门。然后，她终于做出了决定，虽然她心里知道这个决定是错误的，不应该屈服于自己的绝望，但她没有办法。这样做是为了菲尼安，为了凯特。

她从瓦砾堆上跨过去，从兜里拿出那把古老的钥匙，手指剧烈地颤抖着把它插进了锁孔。

“不要这样做。”鸟喙书非常平静地说，声音并不像平常那么刺耳。它比其他任何一个人都更清楚芙莉亚的心里在想什么。尽管如此，它还是不认为她的决定是正确的。“相信我，这是个错误，随便换成别的什么时候，你的看法都会跟我的一样。”

她一言不发地把心灵书从大腿侧兜里掏出来，放在门边的一堆砖头上。

“等等！”心灵书急得大喊。“你不能把我丢在这里！我们两个可是一体的！”

芙莉亚打开通向图书馆的门，打开灯，房顶上光秃秃的灯泡照着狭窄通道两边书架上塞得满满的书。

“芙莉亚！”心灵书哀求道，“回来吧！”

“我至少得试一下。”

“但是……求你啦，这是个错误！你并不知道……”

“也许是的，”她打断了心灵书的话，走进通道里，“但是如果不把所有可能都试一试，我永远不会原谅自己。”

说着，她关上了门，周围立刻安静下来。

那种感觉就像是把身体的一部分留在了外面，虽然被笼罩在悲伤之中，但怀疑却依然能穿透出来，她问自己还清醒吗，现在就连书香也不能让她高兴起来。她伸手拿起放在门边上的那个曾经属于韦克福的大手电，然后慢慢地往里走，越走越快。她找到了正确的路，像梦游一样穿过迷宫般的书窖，顺着一条条狭窄的通道，穿过一个个低矮的房间，让人迷惑的岔路口，在这些路口上经常有不止两条通道交叉。

她的周围是一片书的海洋，词语和纸张组成的世界。她永远也不可能摆脱这个地方的影响，不过这个事实也有让人觉得安慰的一面：她的生活中有一些不可能被改变的恒定的东西。有时，她觉得似乎从第一次走进这个书窖起，自己就再也没有离开过，多年之后，依然在别人的探险故事和思想组成的迷宫中跌跌撞撞。

最后，她来到了那个放造物书的狭窄通道，全部的二十四卷书都整整齐齐地排列在这里，唯一让它们显得与周围的书格格不入的，是它们的书脊都是一样的棕色，上面没有标题，只标着拉丁数字。

直到现在，她才发觉自己这一路上竟然连一只折纸鸟也没碰到。这些爱紧张的小东西估计是被门外的打斗声吓到了，全都藏到了书窖的深处。

她左手拿着手电筒，右手拂过那些书。这些书是一切的开始，它们包含了整个书巫世界，直到七芒星放弃写作的那一刻。所有的规律，所有的法则，最早的那些庇护所，等等，书巫历史可以在这里一直回溯到最初的时刻。塞弗林·罗森克罗兹把这些还有很多其他的内容都写进了书里。不久前，芙莉亚还不明白，为什么同样的一个人会突然想要不顾一切地改写自己创造的世界，现在，她开始慢慢理解他了：因为七芒星看过了太多的苦难，而现在她的身体里也装着沉甸甸的哀伤，光亮照不到的那些地方的黑暗，还比不上她心里黑暗的一半那么压抑。

几个月前，艾瑞尔开始读造物书，并分类记录书的内容，当时他还曾请芙莉亚帮过忙。那些书都是手写的，塞弗林的字密密麻麻的，很难辨认。但读完两卷之后，芙莉亚就停止了，因为回忆起跟塞弗林通信的事让她非常痛苦。直到今天，她依然记得那两卷书里写的是什么：在第一卷里，塞弗林确定了书巫的核心能力；在另外一本书里，他设计了庇护所。他当时就已经设计了一个名叫乌尼卡的地方，那个地方有教授书籍法术的书巫学校和大学。此外，他还决定，如果有一天书巫世界变得太大，大到罗森克罗兹城堡的绯红厅已经无法掌控，那么乌尼卡将会成为政府的所在地。之所以选择乌尼卡，是因为他认为学术环境里会产生最好、最纯粹的书巫力，这种力量能够为产生智慧、公正的政府提供良好的条件。

七芒星的预言果然很有预见性，虽然原因并不一样：不久后绯红厅就被暴力推翻，剩下的三个家族宣告了亚当学院的成立。乌尼卡到那时为止一直都是个代表知识和研究的地方，现在却成了新政权的所在地。决定或许是在圣堂的琥珀圆桌旁做出的，却是在乌尼卡宫殿般的政府大楼里得以实施的，所有的反对意见都被发给警察的命令消灭了。

乌尼卡挑起了永夜庇护所的战争。

乌尼卡是游吟兄弟的死敌。

乌尼卡杀死了菲尼安。

芙莉亚从书架上抽出第二卷，翻了一会儿，才找到她要找的那几页。这里面的描述跟七芒星的其他描述一样，非常简单。七芒星写小说的时候不喜欢在细节上浪费笔墨，他认为读者可以凭自己的想象补全那些画面。在设计书巫世界的规则时，他的处理方式也是一样的，这是个错误，后来他自己也发现了，因为恰好就是在那些留白的地方，学院的想法像肿瘤一样扎下了根。

七芒星只用了四页来描述后来使他的世界覆灭的那个庇护所。他只简短地写到了书巫寄宿学校和其他那些学校，有豪华柱子的白色大理石宫殿，了不起的大学里的教授都是最好的学者。芙莉亚没有上过这些学校，她认为七芒星的想法从根本上就错了：对书的热爱，对文学的喜好并不能通过学习拥有。七芒星，那个喜欢写风格浮夸的冒险小说的作家，应该最清楚这一点。

她全神贯注地继续翻看，直到这一章的最后几段才提到了乌尼卡的未来：那里将会成为政府的所在地，聚集着书巫世界里最有头脑的那些人。

在永夜庇护所里，七芒星曾经告诉过芙莉亚，他在造物书的最后一卷里写下了她的名字。只有她能比七芒星做得更好。*只要改写造物书里的内容，你就能改变过去，同时也改变现在和未来。芙莉亚，你有这个力量，能改正我所有的错误和愚蠢，让这个世界变得更好。*

她没有办法改写菲尼安的命运，因为他根本没有在造物书中出现过。但是在他死去这件事上，有一处是她可以施加影响的——那就是乌尼卡。

她用颤抖的手指从裤兜里抽出一根钢笔，那是她父亲最喜欢的笔，他写《汉萨德的睡眠指引》时用的就是这支笔。

她慢慢地拔下金属笔帽，在手背上画了一条曲线，确定这支笔能用。然后，她翻回到这一章的开头。七芒星在写这些书的时候曾大量修改过，画掉了一些词句，然后在两行字之间写上新的句子。

她找到乌尼卡第一次出现的地方，把笔放在上面，打算画掉那个名字。

在手电筒的灯光下，她发现书架上有什么东西在动，一长串字母从那里排着队走过来，就像一队蚂蚁，或者书脊下方那条扭来扭去的黑带子。

最前面的一些字母组成了一个问题，跟平常一样，还是没有标点：

你确定要这样做

YZ 是从散落的书里掉出来的一群字母，在过去几百年里，这个书窖里积攒了很多腐烂的书。

“你不要管这件事。”芙莉亚说着，把笔尖放在了纸上。

我知道那两卷书里写着什么

跟大多数的书一样它们碰到自己的同类时也很啰唆

YZ 在她前面的书架上写道。它今天出奇地话多。

“还有呢？”

你想要做的事很危险

“我知道自己在做什么。”

我很怀疑这一点

“我已经下定决心了。乌尼卡杀掉了我的一个朋友，所以我现在要杀掉乌尼卡。”

这话说得很尖锐，实际上她并不想杀死任何人，她只是想让乌尼卡从来不存在。如果乌尼卡根本就不存在，那么菲尼安也就不会在那里死去了。

你忘记上一次修改过去造成的后果了吗

“我真不应该告诉你们。”

这么说你还记得

“至少我救了伊西丝的命，不是吗？”

但是她为此付出了怎样的代价啊

“总比死了强。”菲尼安的死带给她的哀伤让她坚信这句话。

当初你只是修改了一个非常小的地方如今你是想彻底改变这个世界的结构

眼泪顺着她的脸颊流下。YZ 在她眼前变得模糊，不过她宁愿看不清楚。

“菲尼安的生命要比那几个愚蠢的游戏规则珍贵得多！规则可以改写，可以创造一个新的事实。为了他和凯特，我情愿自己做的不止这些。”

她不情愿地眨掉了眼睛里的泪水，好看清字母的回答。

我怀疑除了这件事你是否真有能力做什么更大更有影响的事

“这么说，我的名字真的在第二十四卷里？”

书架上乱了一下，也许是在有意拖延时间。然后 YZ 写道：

对

“好。”

说着，她转过身，将光照向走廊的对面，然后把那卷书靠在那里的一排书脊上，在她胸口的高度。这边没有警告她的字母，她只能听见那群字母在背后发出紧张的嚓嚓声。

她用钢笔尖在乌尼卡这个名字上画了一条水平的线。

世界并没有毁灭，没有响起古代城镇的号角声，没有来自神庙的歌声，就连灯光都没有晃动一下。

在她背后，YZ 激动得沙沙地落在地上，它们拥过走廊，来到另外一边。细小的字母像蚂蚱一样沿着一层层书架隔板向上跳。

芙莉亚在整页纸上斜着画了一条线。

下一页上也是。

她用眼角看到 YZ 又组成了一些话。她别开脸，不看它们，也不理会它们的自作聪明。

她接着用钢笔画掉一个个句子，画的时候，她并不是很注意每一句话在哪里结束。最后的几段她没有动，只是画掉了其中乌尼卡的名字，然后在上面写下罗马明乔河广场。她在每一个提到乌尼卡将成为政府所在地的地方都做了同样的改动。最后，她开始在被整段画掉的字行之间写进关于书巫学校的新故事，就像七芒星自己一样言简意赅。在几分钟之内，她就把明乔河广场那里的豪华建筑写成了世界上最好的书巫学校，后来又被扩建成了新的政府所在地。

事情太简单了。

假如七芒星说的是对的，那么乌尼卡从这一刻起就不复存在了。在外面的隐页世界中，整整一个庇护所消失在空气中，就好像它从来没有存在过一样。因为它就是从来都没有存在过。刚才还留在那里的人，将会从来没有踏进过那里一步。

YZ 上蹿下跳着，不断组成新的句子，但是芙莉亚现在不想看，她不想知道自己可能正在犯下一个错误。她只想救菲尼安的命，而这是她能够想到的唯一的方法。也许她能成功，也许不能，等回到房子里就知道了。

她浑身颤抖着合上了书，将书塞回原来的地方。她做了七芒星、菲德拉和门塔纳要求她做的事，但是是用自己的方式，而且是自愿的，出于她认为合理的理由。

走之前，她从书架上抽出第二十四卷，带着这本书和手电筒穿过迷宫一般的过道，回到大门口，回到她的心灵书那里，走进新的世界里。

42

只是，这个世界依然如故。

捡起鸟喙书插进裤子口袋里的时候，它还是一如既往地爱抱怨；图书馆外面的房间还是像之前一样一片狼藉；在上面的房子里，她碰到的还是之前那些书妖。至少这件事让她感到非常安慰，她真想拥抱他们每一个人。

她上气不接下气地冲进门厅里，顺着巨大的楼梯跑上一楼，跑过酒红色的走廊，敲响了凯特的房门。房间里什么动静也没有。

“凯特，是我。这件事很重要。”

沉默。

“我进来了。”

她压下门把手，发现门没有锁，她松了一口气。房间里的窗帘拉住了一半，但是光线依然足以让她看到凯特并没有在睡觉。凯特躺在床上，抬头看着天花板。她似乎已经完全没有了生气，像个停尸在那里的死人。这让芙莉亚大惊失色，她不得不马上抓住门把手，稳住自己。

这时，凯特朝她转过脸来："我想一个人待着。"

芙莉亚松了一口气："谢天谢地。我还以为……呃，没事。"

"以为我割开了自己的动脉，因为菲尼安死了？因为不管他现在在什么地方，我都要跟他在一起？"

每一句话都像刀子一般扎在心里，虽然芙莉亚之前已经做好了失望的准备。她的努力失败了，现在必须接受这个现实。如果仔细想想，她的计划本来就很可笑，她只是在一本旧书里画掉了几个字，又写进去了几个而已。用这种方式是不能让人起死回生的。

凯特错误地理解了她表情里的含义。她慢慢地坐起身："对不起，我不想这样对你，呃，这样对你不公平，这并不是你的错。"她的眼睛已经哭红了，看上去就好像暴瘦了十公斤。

如果换成别的日子，芙莉亚会直接走进去，但是今天她问了一句："我能进去吗？"

"进来，把门关上。"

芙莉亚照做了，她走到床前，正想在床边坐下，凯特已经朝旁边挪了一点，拍拍自己身边，说："这里。"

芙莉亚脱掉鞋爬上床，在凯特旁边盘腿坐下："如果我能做点什么的话，如果你想说说菲尼安，或者其他什么……我在你身边。"

"我知道，"凯特摇摇头，"但是我现在不想说他的事。"

"那我来给你讲讲，这件事跟他也有关系。"

凯特揉了揉眼睛，芙莉亚发现她出人意料地冷静。凯特总是很冲动，对自己的感情也从来毫不掩饰，不管是爱情的忧伤还是冲天的怒火，芙莉亚都见过，她的情绪常常会猛烈地爆发。以前的那个凯特在愤怒或者伤心的时候，会把周围的东西砸个稀巴烂。像现在这样静静地躺在床上盯着天花板发呆，是芙莉亚没有见过的。也许正是因为这样，才更让人担心。

"想到他永远不会再回来了，这……"凯特停了一下，然后才继续说道，“最可怕的是，我把他留在了那里，我应该带上他的，不管用什么办法。”

“那样的话，你也会被他们打死的。”

“但是现在，他躺在那里，他们会把他……他们会把他埋了，或者烧了，或者……或者……”凯特又哭了，不过是无声地哭，她低着头。

芙莉亚把造物书的第二十四卷放在一边，俯身抱住了凯特。凯特在她的肩膀上哭上几个小时也没关系，但是连一分钟都不到，凯特就坐了起来，用被子的一个角擦干了眼泪。她从枕头底下抽出一张皱巴巴的纸巾，擤了擤鼻子。

“对不起。”她最后说。

“别再说对不起了。”

“我现在对所有的事情都感到很抱歉，我没能救得了他，我活着，而他没有，”她攥起拳头，一拳捶在被子上，“我不应该把他留下。”

“也许你母亲能做点什么。”

“她还有别的事要忙，她得回答别人的质疑，还有我父亲那件事……她也有要料理的后事，”凯特摇着头看着窗户，然后突然转过身，“你刚才说有事要告诉我。不好意思。”

“你又来了，又道歉。”

“说吧，这样能帮我分散注意力。”

芙莉亚心想，也许不该现在就说这件事，凯特也许会觉得她把菲尼安的死看得无足轻重，所以做出了一副能把他变回来的样子。就算她会这样想，芙莉亚也不会怪她。

“告诉她！”鸟喙书也催她，把细细的长脖子伸了出来。

芙莉亚摇摇头：“不是时候。”

“我现在很需要，”凯特说，“随便什么，让我想点别的事，哪怕只有几分钟。”

芙莉亚鼓起勇气，把一切都告诉了她。说完之后，她觉得应该为自己辩护几句。“真的，我知道这样的做法很幼稚，但我得做点什么……我特别的不知所措，”她现在的感觉依然是这样，事实上，“不知所措”这个词根本不足以描述她的感受，“事情就是一错再错。”

凯特久久地看着她，假如她没有认真听，芙莉亚也能理解，她刚刚失去了自己生命中最重要的人，在这个时候抱怨书巫术没有成功，确实显得非常不合时宜。

但是凯特非常严肃地说：“我这辈子还从来没有听说过一个叫乌尼卡的地方，芙莉亚。”她紧紧地抿了一下嘴唇，然后才强迫自己说出了下面一句话，“我和菲尼安被带到了罗马，在明乔河广场的一栋房子里，他们杀死了他。”

足足有半分钟之久，芙莉亚一个字也说不出来。然后，就像黏稠的油从嘴里一点点滴下似的，她非常缓慢地问道：“其他庇护所呢？书城？花球城或者远景？死书林怎么样了？”

“能怎么样？”凯特问道，“它们都在外面的某个地方。我们是在书城里认识的，我跟你，我跟菲尼安也一样。”

鸟喙书捅了捅芙莉亚：“这是什么意思，这个乌尼卡？你确定自己不是吸了太多书上的霉菌吗？我听说这种霉菌有时候能让人……”

“你们……说的是真的吗？你们真的从来没有听说过乌尼卡？你也从来没有去过那里？”

凯特摇摇头。

“那你在寄宿学校的那段日子呢？你跟蕾切尔第一次见面的时候，你还是个孩子的时候。”

“你是什么意思？我们是一起上过寄宿学校没错，但是是在罗马，可珀德区的一栋老房子里。那个街区围着……”

“明乔河广场。”

“没错。”

芙莉亚的脑子里思绪混乱，她很难抓住其中的某一个。最让她感到吃惊的是：她改变了伊西丝的过去，使书妖同时也能够是书巫的时候，所有知道这件事的人还都保持了一段时间对之前版本的过去的回忆，知道之前是不一样的，他们彼此讲述这件事，好留住自己的记忆。实际上，过去虽然慢慢地褪去了颜色，但从来没有完全地从大家的脑海中消失。但是从第二本造物书中勾掉乌尼卡的效果似乎要明显许多。跟伊西丝的过去不一样，对乌尼卡的回忆显然完全消失了。

“等等，”芙莉亚的声音剧烈颤抖着，“学院的密探们把你们带去了罗马？你母亲现在也是要回到那里？不是去乌尼卡？”

凯特的嘴抿成了一条线，她默默地点了点头。看上去被搞糊涂了。

芙莉亚看了看凯特，又看了看鸟喙书：“你们刚才觉得我疯了？”

“好吧，”鸟喙书说，“其实早就有这样的迹象了。”

凯特啪地拍了一下鸟喙。“别说了，”然后她又看着芙莉亚说，“不，我并不认为你疯了。”

“七芒星说，我有能力改写造物书，因为他在第二十四卷中是这样规定的。只有他跟我两个人可以改变他创造出来的这个世界，因为我……嗯，因为他……”

“因为他年轻的时候曾经爱上过你，”凯特说，“而你才是那个让他想到这一切的人。”

“呵呵，”鸟喙书咯咯地叫道，“他的缪斯！”

“闭上你的鸟嘴！”芙莉亚和凯特同时呵斥道。

鸟喙书骂了句脏话，然后生起闷气来。

"但显然是有界限的，"芙莉亚说着，想到了她最初的想法，"我不能够起死回生，菲尼安不行，谁也不行。也许我能改写这个世界，但改变不了这个世界里每个人的生……或者死，因为他们不是被七芒星创造出来的。他能够创造书巫术，还有一些地方，书巫世界里的地方，但是创造不了里面居住的人。就算是他，也做不到这一点，或者……好吧，或者我。"

凯特咬着大拇指的指甲，不解地看着她。

"YZ 之前就知道，"芙莉亚拿起第二十四卷，"这里面的某个地方应该写着我的名字，还有我能够做的事。"

"七芒星在很久之前就已经失去了自己的书巫力，他不再是个书巫了，也就是说，你是唯一能够改写这些书的人，对吗？"

芙莉亚重重地呼出一口气，打开了那本书："让我们看看。"

凯特犹豫了一下，然后紧紧地挨着芙莉亚，好跟她一起看那本书。她们看了快一个小时，浏览着塞弗林手写的内容，寻找着芙莉亚的名字。

"在那里！"凯特喊道，"那里写的就是芙莉亚，对不对？"她不太会看这种古老的字体，但是她的食指现在指的那个词，毫无疑问就是。她们找到了那个地方。

芙莉亚马上开始阅读整张纸上的内容，然后翻到下一页，再下一页。每读一段，她都感到更难受，胸口生疼，因为心跳得太剧烈。

最后，她合上书，把一根手指插在书页之间。

"怎么样？"凯特问，"里面写了什么？"

"是啊，快说说！"鸟喙书催促道。

芙莉亚觉得自己必须马上找个可以依靠的地方。她挪到床头，一下子把脊背靠了上去。

"我早就应该知道。"她小声说。

“什么？”凯特追问道。

芙莉亚的脑子里一团混乱，这些对她来说实在难以承受，菲尼安的死，乌尼卡毫无意义的结束，再加上这个。她猛地抬起手，把造物书横穿过房间扔到了对面的墙上。

鸟喙书很大声地哼了一下，但是什么也没有说，凯特也只是盯着芙莉亚。

“这些从来就跟爱情无关，”她小声说，“跟感激更是不沾边。”

凯特握住她的手。“怎么了？”她温柔地问道，虽然更需要安慰的是她，而不是芙莉亚。

“全都是谎言。”

“但那上面写的确实是你的名字啊！”

“是的，没错，他在里面写上了我的名字，赋予我改变书巫世界的权力。但这一切……就是个陷阱，凯特！塞弗林给我设下了一个陷阱，当初写这本书的时候就是。”*在我出生一百五十多年之前。*她差点儿补充上这一句，不过这个事实现在已经无关紧要了。

“什么样的陷阱？”

“书上写着，我可以改变，随便我想怎么改，就用我自己的想法来改。”

凯特不解地看着她：“然后呢？”

“你不明白吗？他写的是‘用她自己的想法’。”芙莉亚苦笑起来。

“我不明白……”

“我们之前以为把所有的书变成空白书是他在万不得已时毁灭书巫世界的大计划，但是，他显然还有一个B计划，以防第一个计划失败。他当时对我说，最后一本空白书也许会由我来书写——他的话并不是字面上那个意思！并不是真的写一本空白书，却会有相同的效果。他非常肯定他能够让我把他的计划执行到底，毁灭这个世界。”*或者重新创造*，她在心里补充道。

凯特依然一脸迷茫地看着她，不过眼神中已开始流露出恐慌。

“用她自己的想法，”芙莉亚又重复了一遍造物书中的这句话，然后，她闭上了眼睛，“全都写在里面。一旦开始改写造物书，我就会开始影响它，而这就是YZ想要提醒我的。我做的就是塞弗林想让我做的事，他设计好了一切，包括最小的细节。他推测到了将来会发生某件事，促使我去改变他的世界，而且他也确定了之后将要发生的事：我的想法就像瘟疫一样袭击了造物书，然后是整个书巫世界，横穿各个时代。所以，这件事才会在过去就已经开始，从我祖父还在世的时候，或者更早。就像乌尼卡并不是今天才停止存在的一样，我把它从书里画掉之后，它根本就没有存在过。我不但改变了现在，而且改变了整个过去。”

“用你的……”凯特开口说道，但她没有说出最后的那个词。现在她终于明白了，她的样子简直就像是菲尼安又死了一次。

“那些‘想法’，”芙莉亚用重重的语气说，“在外面抹去了一切，为新的东西腾出地方的——是我的‘想法’。”

凯特一句话也说不出来。就连鸟喙书都不知道该说些什么了。

“所以圣堂毁灭时，它们虽然吞掉了我，但又把我放了，”芙莉亚说，“所以它们才放走了我的祖父和布朗什号。他当时听到了我的名字，现在我知道那是为什么了。‘想法’在他身上辨认出了我的痕迹，它们知道，如果没有他，我就不可能出生，所以它们必须放他走，后来又放我走，因为我得改写造物书，才能让‘想法’产生。从后往前，改变过去，就像七芒星设计的那样。”

“这些，”凯特说，“听上去太不可思议了。”

“你不相信我。”

“不，我全都信，这听上去就像是七芒星这种人会有的计划。”

芙莉亚的脸变得就像花岗岩一般。“现在正在隐页世界里发生的一切，全都是我的错，所有那些已经被毁掉的庇护所，所有那些人……很快就要轮到永夜庇护所的墨妖，早晚也会轮到书城，也许甚至会到我们所在的这个普通人的世界……或许你父亲说的是对的，他……”她还没有说完就停了下来，但是凯特知道她想说的是什么。

“不，”凯特反驳说，“我父亲说得不对，不是你的错，因为这些你都不可能知道。你只是想……想救回菲尼安。真正的罪人是七芒星，他利用了你。”

“我应该听 YZ 的话，”她沮丧地看着自己的心灵书，“还有你的话。”

鸟喙书弯下脖子，在她身上蹭蹭，表示安慰。“我也没有想到会是这样。”

“这也太不公平了。”她小声说道，心里又想到了所有那些人。

凯特抱住了她。过了一会儿，她小声说：“还有件事，我一直忘记告诉你了。”

芙莉亚的神情麻木，她现在什么也不想听，不想听到更多的灾难。

“蕾切尔，”凯特说，“她让我给你带了个口信。”

43

芙莉亚用穿越术来到莱茵河边的城堡时，发现这里一切如故。房间里依然是几天前她跟威特和蕾切尔动过手之后的一片狼藉，高大的书架破裂翻倒，上千本书散落在地板上。窗户外面的蓝天下是陡峭的河谷两岸上的葡萄园和岩壁。

她穿越用的那本书的对应本，在她的脚下消散在空气中。第一次来到这座城堡时，她查看过有哪些可以用来穿越的书。如果费园里也有这些书，她就能够回去了。这一次，她反向使用了这些书，从费园穿越到了莱茵河畔的城堡。

"有人吗？"

她打开鸟喙书，离开图书馆来到走廊里。这里依然躺着伊西丝打飞威特·西摩尔时他撞掉的那扇门。他当场就死了。

"有人吗？"她又喊了一声。

芙莉亚·罗森克罗兹，她的大脑中响起一个声音，*你回来了*。城堡的声音听起来跟她记忆中的不太一样，不自信，几乎有些迷惑。

"当然，你是我家的城堡。"

而你是我的合法继承人，我的主人。

“蕾切尔·西摩尔来过，对吗？”

我不想放她进来，但是她耍了个花招。其他所有的书巫都被我拦在了门外，但是她进来了。

“他们家的人在这里生活了很长时间，蕾切尔是在你的某个房间里出生的，这也不足以让她有权利走进来吗？”

西摩尔家只是在使用我，但从来都不是我的主人。这是有天壤之别的。

“她现在在吗？现在？”

不在，我的围墙里只有你一个人。

她的心灵书清清嗓子，提醒他们注意自己。“但你并不是一个人。”它说。芙莉亚摸了摸鸟喙光滑的弧形表面，直到它温柔地啄啄自己的手指。

芙莉亚走进门口的大厅。巨大的房门关着，但是大厅另一边绯红厅的门却敞开着。琥珀枝形吊灯和墙上的壁灯都亮着，将宽敞的房子笼罩在红色和金色中。芙莉亚顿了一下，然后走了进去。

“蕾切尔会到这里来，”她对着空荡荡的大厅说，“我希望你不要阻止她，我们约好了。”

“我可不可以再说一次，”鸟喙书小声说道，“我觉得这样做蠢极了，这一听就是个陷阱。”

“有可能，但我觉得不是。”就算是又能怎么样，她在心里补充说。

“我听到了，”鸟喙书说，“你现在可不能认输。”

“在我做了那么多事之后？也许这样对大家都好。”

“胡说！你跟七芒星的事还没完呢，你必须从这里全身而退，这样至少还能救那些墨妖。你是想救他们的，不是吗？”

是的，当然。也许她正在犯下又一个错误，因为她在浪费时间。但这里的事情是她必须要做的。

蕾切尔让凯特告诉芙莉亚，她想跟芙莉亚在莱茵河城堡见一面，只有她们两个，时间由芙莉亚定。蕾切尔给了凯特一只折纸鸟，凯特可以把这只折纸鸟从穿越门放给书城的一个中间人，一旦那个人确认折纸鸟已经回来，蕾切尔就会马上动身。

芙莉亚走近圆桌的时候，发现大厅另一边的台阶上方，木制护墙板上有一扇门敞开着，里面有一个狭窄的壁龛。她好奇地走了过去。

那个壁龛比一个衣柜大不了多少，根本不能算作一个房间。壁龛里面挂着一个沉重的金色镜框，镜框上的镜子碎片仿佛犬牙一般，还有些镜子碎片散落在镜框下面红色垫子上的一本书上。芙莉亚从叮当作响的碎玻璃下面抽出那本书，放在地上，用一只手翻看着，另外一只手中还一直举着鸟喙书。

所有的书页都是空的，这本书连标题都没有。

"不过是个蒙人的摆设，"蕾切尔在她背后说，"里面从来就没有写过什么。"

芙莉亚合上那本没用的书，转过身子。她的动作很慢，简直是悠闲的，她不想显示出对蕾切尔出现的吃惊。

亚当学院的新首领一言不发地走进绯红厅，站在大圆桌的另外一边。她穿着一条黑色蕾丝连衣裙，裙长不过膝，下面是深色的丝袜，外面套了一件裁剪合体的大衣，一双系带靴子。

"我是一个人来的，"她说，"按照约定。"

"你想干什么？"

蕾切尔跟芙莉亚一样有着金色的头发，但是没有芙莉亚的头发那么长，比芙莉亚高半个头。她已经十九岁了，比芙莉亚大三岁。很容易就能看出为什么乔纳森·玛尔什会认为她能够成为亚当学院最理想的门面：蕾切尔·西摩尔是个美人坯子，她在过去的几天里失去了所有的家人，而自己也在其中起了一定作用，但她的风采丝毫未减。不管她的脑子里现在在想什么，她都把自己的想法藏在了冷冰冰的仪态中，其中还混杂着一丝傲慢。

“我们两个现在都是家族里唯一的幸存者了，”蕾切尔说，“我觉得如果我们再动手的话，是件挺愚蠢的事。”

芙莉亚不想纠正她的说法，告诉她自己还有弟弟，但是她刚一这样想，就发现了自己犯的错误。

蕾切尔笑了：“或许我错了，还有其他的罗森克罗兹，我自己也有兄弟姐妹。”

鸟喙书在芙莉亚的手中打开自己，分离了一个书页之心。一股暖流顺着芙莉亚的胳膊向上疾驰，然后铺展开，形成了一堵看不见的墙。鸟喙是要保护她不被对方的书巫力探察内心，但芙莉亚不认为蕾切尔能够看到自己的想法。也许她只是看到了自己的表情，并得出了正确的结论。她得再小心一点。

“你告诉凯特说想跟我谈谈。”芙莉亚看着挂在她们中间圆桌上方的枝形吊灯，众多琥珀中映照出了几十个自己。她的其他感觉也被加强了，仿佛每一种感官都通了电。“你说想结束学院和游吟兄弟之间的斗争，是要和解吗？”

蕾切尔没有理会她的问题，问道：“你知道凯特做了什么吗？”

“你让她开枪打死了自己的父亲。”

“说到底，还是她自己下的决心，我只是说可以帮助她逃跑，她和那个男孩。”

“你的人打死了菲尼安。”她说出这句话的同时也感受到了这句话，应该是因为她现在变得对周边的感受非常敏感，仿佛她的注意力自动地提高了很多倍。

*你可以吗？*她在心里问鸟喙书。

*我尽力。*鸟喙无声地回答说。

"我对他的死感到很难过，"蕾切尔说，"本来的计划不是这样的。在那之前不久，我还在逃跑的时候救过他的命，但是最后一段路，我得让他自己走。他知道时间不多，也知道会有什么危险。"

芙莉亚的心里有很多想说的话，但她现在不想谈菲尼安的事。她很不情愿地发觉自己并没有办法把菲尼安的死归结到蕾切尔·西摩尔头上。在现在的情况下，她真是希望自己能够把整个世界简单地划分成好与坏两个部分，虽然参加抵抗运动已经半年了，她依然做不到这一点。蕾切尔是敌人的代表，但是她对学院的种种恶行却没有多少责任，就像芙莉亚自己跟游吟兄弟的那些袭击行为没有关系一样。就算是凯特，也不会说菲尼安的死是蕾切尔的错。

"你究竟想要做什么？"芙莉亚问。

"跟你谈谈，谈判，如果你希望用这个词的话。"

"我不是抵抗组织的领导人，我不能代表其他人说话，凯特应该告诉过你这一点。"

"嗯，是的，但我想谈的是其他事。我想平息咱们两个家族——西摩尔和罗森克罗兹家族之间的争端，这跟学院和抵抗运动的关系不大，"她绕过圆桌，慢慢地朝芙莉亚走过来，"我有充分的理由解决掉乔纳森·玛尔什。一直以来，他感兴趣的只有我的出身，他要利用这一点，让其他人接受他的计划。像他这样在罗马说了算的人并不多，绝大多数人的心里都对几大家族抱有深深的敬意，正是这种臣服的愿望才使得这些人在这么多年里，始终允许圣堂里那几个榆木脑袋为整个书巫世界做决定。我和威特有个计划，我们想进入委员会，给圣堂注入新鲜血液，如果这样说你能接受的话。但是现在委员会已经不复存在了，随之消失的估计还有几大家族的权力，我的权力。"

蕾切尔在距离芙莉亚一两米的地方停了下来，她手里也拿着心灵书，但书是合着的。

“我想改变很多事情，芙莉亚，我否决了玛尔什放弃庇护所的计划，我们可能会失去更多的庇护所，但是到最后一定会有办法阻止‘想法’继续向上蔓延。就算到了最后，一切还是会毁灭，那也应该顺其自然。但是我不会躲在明乔河广场，像鸵鸟一样把头埋在沙子里。”

“你阻止不了。”芙莉亚说，自从她知道了“想法”的真相，就一直在竭力避免自己的脑海中形成这样一个想法：*只有我可以*。

“看看吧，不过在此之前，我希望我们能够和解，我和你，西摩尔家族和罗森克罗兹家族。”

“上一次见面的时候，你还发誓要报复我和我的朋友们。”

“我一直在为威特的事伤心，他是我哥哥，我很爱他。但如果是跟他一起，我永远不可能做到他死后我所做到的这些事。他很聪明，但是脾气暴躁。他当不了多久学院的领导，而且还会连累到我。只有在没有他的情况下，我才可能完成我们两个一起开始的那件事，”她的眼神冰冷得让芙莉亚心中一凛，不过那并不是冷酷，而是非常冷静、精确的逻辑，“我的心让我想惩罚那些对威特的死负有责任的人，但是理智告诉我，我其实更应该感谢他们。直到现在，我才做到了我跟他计划的那些事。”

芙莉亚看着蕾切尔，仔细观察着她脸上的每一个变化。她的第一反应是走掉，因为这场矛盾比她们两个的年龄大得多，事情也复杂得多。但有一点蕾切尔说得没错：也许改变的力量就握在她们手中。蕾切尔能够在学院里发挥自己的影响力，而芙莉亚，她能够产生的影响也会显露出来的。一步一步来，但是速度要快。不过她愿意放弃的远远不只是跟蕾切尔·西摩尔之间的较量。

“如果我们真的决定结束家族之间的争端，会怎么样？”芙莉亚问，“如果我们让一切从头开始，不再理会祖先们曾经对彼此做过什么。你是想让我跟你一起去罗马吗？”

“当然不是。”蕾切尔笑了。“我这样做并不是为了把权力分给谁，你肯定不会对我要做的所有事情都表示赞同，但是我想会部分赞同，这是一种妥协，但是并不算糟糕。”

“你想让我公开宣布自己是罗森克罗兹家族的最后一个成员，而我们两个同意和解？”

“这样会有用的，能够巩固我的地位。”

“政治上的首场胜利，你想要的就是这个，对吗？”

“大家会看到这么做的重要性，是的，而我会为此给你提供交换。我从来就不反对书妖，我祖母就有过一个给她念书的书妖，那个书妖我还挺喜欢的。他跟她一起死在圣堂里了。”

芙莉亚默默地点点头，这一次，她很小心地没有在脸上流露出任何表情，她成功了，蕾切尔没有再说什么。

“我会打开管制区，这样做会比较费力，但我确定自己能做得到。那些书妖将会在庇护所里得到跟书巫一样的权利，我向你保证。”

“前提是，那些庇护所在几周之后还存在。”

“嗯，我想，这件事的决定权在你的手中，你可以阻止事情的发生。”她的笑里带着一丝狡黠，同时朝那面破碎的镜子瞥了一眼。“有人请我相信你。”

“谁？”

“这不重要。你只需要去做必须要做的事，等你的任务完成了，我们所有人都活了下来，然后咱们两个家族就宣布和解。我向你保证，抵抗运动不会再有继续战斗下去的理由。”

“我希望那些杀死菲尼安的人得到惩罚。”

“那不过是些普通警察，他们要执行玛尔什和他的委员会下达的命令。”

“那就收回委员会的权力。”

“我一直在说的就是这个。”

“再由你取而代之？一个执掌一切权力的人？一个女王？”

蕾切尔耸耸肩：“咱们会想出一个名目的。”

芙莉亚明白了，这的确是妥协，而且没错，这种妥协不太糟，但也不怎么好。时间会证明书巫世界的新政府会不会是个不一样的政府，或者一个更好的政府。

蕾切尔朝芙莉亚伸出手：“去做你应该做的事吧，然后回来找我，咱们一起向世界证明两个家族间的不和已经结束。”

“你先打开管制区。”

蕾切尔点点头：“我保证。”

“你知道我可能在自己打算做的那件事里丧命吗？”

“我听说过，”她的脸上带着斯芬克斯般神秘的微笑，“但是我们两个的身份让我们不能够对机会视而不见，不是吗？抓住救命的稻草，总比什么都没做强。”

芙莉亚久久地看着她的眼睛，然后握住了她的手。蕾切尔的手指又细又长，并不像她的思想那样冰冷，摸上去很舒服。芙莉亚不知道这是不是她对自己施展的诱惑的一部分，还是说她的手指上真的有人的温暖。

蕾切尔再次微笑，芙莉亚没法不佩服她，她不喜欢蕾切尔，却很佩服她现在想要做的事。这比玛尔什和委员会敢做的任何事情都更加大胆。

“我得走了，”蕾切尔说着，从大衣里掏出一本穿越用的书，并退后一步，“但是我非常希望我们能够再次见面，芙莉亚，祝你要做的事情能做成功。”

说完，她就消失了，留下芙莉亚一个人站在绯红厅的大圆桌旁。

“这……很奇怪。”鸟喙书说。

芙莉亚心不在焉地点点头，然后慢慢地走上台阶，来到那面破镜子前。她敲了敲镜子的木头背板，然后问城堡：“是蕾切尔把这面镜子弄碎的吗？”

回答来得很突然。它是自己碎的，上次蕾切尔来的时候。镜子碎之前，她从镜子里穿了过去，在里面待了几分钟，就像走进了一扇门。

“穿过镜子？就这样？”

是的，不过我在这里还见过更奇怪的事。

芙莉亚又把手掌放在木板上：“它后面是什么？”

就是墙而已，半米厚，那边是有厨房的那个侧翼。

芙莉亚蹲下来，捡起一大片碎玻璃，仔细看着，一瞬间，她仿佛看见自己的脸变成了一片由小黑点组成的雾。也许是字母，就像当初在她自己的房间里那样，但那景象只是一闪而过，镜子里的她随即恢复了往常的样子。

她几乎有些匆忙地将那片碎镜子扔回其他碎片上。那个碎片又碎成了好几块。

“走吧，”她对鸟喙书说，“咱们还有很长的路要走。”

44

永夜庇护所的天空突然亮起，像火山岩浆一样，仿佛燃烧的血管，在贫瘠的大地上涌流。远处的巨型山峰上传来隆隆雷声，天空每隔几秒就会被闪电划破。

墨妖营地所在的那个山谷是巨大岩块的一部分，这些岩石是在沦丧之地遭遇最严重毁灭之后幸存下来的。菲德拉·赫库兰尼亚当时正是出于这个原因，才选中了这个地方，作为受她保护的那些墨妖生活的地方。不过就连她都没有想到，最大的危险其实并不是永夜庇护所或者敌人的憎恨。

沦丧之地遭遇过的最可怕灾难一开始是以黑云的形式出现的，仿佛黑夜自己组织了军队，要将所有的生命碾碎。一些地方被这些涌动的黑色撕开口子，形成了旋涡眼，在这种地方，不断逼近的那个东西才会露出自己的本来面目。一片混合在一起的色彩在黑墙的另一边涌动，从刺目的黄色到深红色，胡乱地搅在一起，就好像某个画师正在用松节油将画布上永夜庇护所的全景图搅成一片混乱的油彩。

这个威胁出现在天际已经有一段时间了，但是只有菲德拉·赫库兰尼亚和她的几个亲信知道事情的严重性。那些生活在棚屋和帐篷城市里的墨妖们认为自己看到的只是大自然上演的又一出可怕的戏剧，而这样的戏剧每天都在上演。他们已经完成了自己奇特的仪式，请求永夜之国的精灵们眷顾，也献出了祭品，还给胆战心惊的孩子们讲过了守护女神的无所不能。

但是，就在那个陌生的女孩出现并消失之后，短短几个小时里，情况就变得严峻起来。墙一般的黑云和能将人的肉从骨头上剔下来的致命金刚砂风暴一起逼近。对帮助的诉求越来越强烈，大家请求书巫始祖给出智慧的建议，希望她能有一个决定，直到最后，大家开始要求唯一的那条出路：逃跑。恐惧变成了恐慌，就像不时炸开附近山峰的火山喷发一样，已经失去了控制。

现在，营地的一部分已经空了，一片狼藉，一幕《出埃及记》开始上演。大批的墨妖从迷宫一般的城市中涌出，朝山坡上涌去。人流从通向赫库兰尼亚堡垒的门前经过，一路蜿蜒向上，向搁浅在山后的那个圣地进发。守卫们的营火被踩成了灰烬，逃难的墨妖用沙哑的声音反复吟咏着同样的字句，像歌颂天使的身体一样歌颂将要来临的灾难，并祈求宽恕。他们身后，翻卷的色彩顶着黑云跟了上来，很快就要到达山谷的出口。

越来越多的墨妖聚集在山丘上和山后的低洼处，这里能够看到船的残骸。先是几百人，然后是几千人，墨妖越聚越多。他们呼喊、祈求，向他们的神祇和《无名书》舞蹈以示崇敬。等到奇迹终于发生，头顶的天空被撕开了一道口子，墨妖们非常惊讶，情绪激动起来。

一个比亚当学院所有封印都强大的东西穿破了永夜庇护所周围的黑墙，从隐页世界中降落在沦丧之地无边的黑暗中。一个巨大、光滑的船身缓缓下降，跟下面那个残骸很像，就像是被人用绳索吊着，从天空的那一边缓缓放下。地上的墨妖朝四周散开，给这个从天而降的神物让出地方。他们嘴里一直没有停止歌唱，山丘上的舞蹈更加疯狂。

菲德拉·赫库兰尼亚从人群中挤过来，后面蹒跚地跟着她最后一个亲信，那个拄着拐杖的陌生人。老人在岩石地面上走得非常费力，情绪亢奋的人们对他的态度很傲慢，因为他们是靠着自己的力量从漆黑的天空中求来救兵的，而不是他，也不是菲德拉。

现在，他们两个站在山丘顶上，周围是跳舞的墨妖、惊恐的家庭，了不起的猎人们哭泣着跪倒在地。他们两个站在那里，抬头看着岩石上方那个巨大的拯救者，一艘跟下面的残骸一模一样的船，正缓缓降落在残骸的旁边。

随着船的降落，人群安静下来，跳舞的人也停止了舞蹈，只有雷声依然在远处隆隆作响。在山的另一边，山谷的尽头，已经开始有房屋被“想法”吞噬。

45

芙莉亚坐在布朗什号的舰楼里，从破损的全景窗向外看着陷入混乱的永夜庇护所。从这里，她只能看到挡在墨妖营地前的那片山丘的一部分，这已经足够让她估计出有多少人逃到了这里，比想象中的多，远远超出了布朗什号的承载范围。眼前的景象证实了她的担心，让她感到非常痛苦：她永远也不可能救走所有人。

伊西丝躺在费园里人事不省，只有顿坎跟她一起驾驶着传送船过来，吉姆和凯特也想来，但芙莉亚告诉他们，她要把船上的所有空间都腾出来留给墨妖，每一公斤的重量都要计算。告别的时候，吉姆拥抱了她，这一次，他没有试图阻拦她。现在他已经非常了解芙莉亚了，知道她是绝对不会放弃返回永夜庇护所的计划的，不管自己说什么。

“下面的地方够不够降落用？”芙莉亚从驾驶座上问。

不需要，船回答说，我会停在离岩石几米高的地方，这些墨妖可以从搭板上船。

布朗什的语气显得有些不高兴，它似乎并不认为这是个可行的方案。芙莉亚不怪它，因为她自己也怀疑到底行不行，但她竭力不去理会自己的怀疑。

“好。”她跳起来，准备往主甲板上走。

“等等！”顿坎在舰楼的出口那里拦住了她。为了救伊西丝，他的消耗很大，黑色的长发显得比平常更加蓬乱，眼窝深陷。“你自己下去可真不是什么好主意。”

“咱们两个总得有一个人留下来，如果有必要，你还能开船。”

“上一次我差点儿撞上波多贝罗。”

芙莉亚冲他笑了笑：“那这次就做得更好一些，把注意力集中在目的地上，剩下的事就交给布朗什号。不过要等到尽可能多的人上了船以后。”

“如果我不小心想到了其他什么地方怎么办？比如全景城里我最喜欢的那家酒吧？”

“那么那个地方就会突然变得非常拥挤。”

现在，他的笑容中几乎带着一丝绝望。他似乎还想说些什么，但最后只是摆了摆手，点头祝她好运。

我马上就要降落到足够的高度了，可以放下搭板了。布朗什号说。

“等我下去之后。”

芙莉亚决定从外面的楼梯下去。她跑到甲板上，从船舷上往下看了一眼，这一眼让她不寒而栗。墨妖们退出了一箭距离，在布朗什号四周围成了一个半圆形。人群充满敬畏地保持着寂静，只能听到风暴的怒吼声。刺骨的风打在甲板上，仿佛一堵黑墙和彩色旋涡一般在远方翻滚的“想法”悄无声息，这让它们的逼近显得更加恐怖。

船继续朝地面降落，芙莉亚鼓起勇气，走下通往下一层甲板的楼梯。跟一般的桨轮汽船不同，传送船没有龙骨，船底像鞋底一样扁平，左右舷的两个桨轮也没有凸出在矮矮的船身之外，两个桨轮上纸做的脆弱桨叶纯粹只有装饰作用，这艘船绝对不可能下水，它只是用来在隐页世界中飘浮航行的。

等到搭板放下，墨妖们就会从四面八方拥上船来，芙莉亚知道，到了那个时候，她就不可能再让这些人听自己说话了。她必须在之前做这件事，趁着第一个人还没有上船，他们对布朗什号还有敬畏之心。

她来到了下层甲板上，飞快地沿着右舷那边的甲板，跑到船的中间位置，然后在那里的船舷边停下脚步，打开鸟喙书说："咱们得变出个能引人注意的火来，好让他们都能抬头看我。"

"交给我吧。"她左边有一个声音噼噼啪啪地说。

福纳克斯，亚历山大之焰，像一个正在燃烧的干瘦的人一样从甲板上飘了过来。它信守了诺言，在芙莉亚离开的时候，守护着传送船，像一簇巨大的烛火一般坐在布朗什号的烟囱上，等着芙莉亚归来。

鸟喙书轻声嘟囔了几句不需要人帮忙，更不需要一个烧书的家伙帮忙之类的话，还说自己也能制造出非常棒的火的幻象。但是芙莉亚朝福纳克斯点了点头，于是福纳克斯马上从船舷跳到了岩石上，在那里身形暴涨。

"自我膨胀，这个它最擅长。"鸟喙书骂道。

福纳克斯变成了一根比船还要高的火柱，但它只发出了轻微的热量。一时间，玛丽花号四周的洼地，还有飘浮在空中的布朗什号，都被笼罩在了跳动的火光之下。随后，火柱又缩了回去，轻飘飘地跳回甲板上，在芙莉亚身后形成一堵火墙，这一下，所有人的目光都集中在了芙莉亚身上。

"这个我也行。"鸟喙书小声抱怨着，紧张地扭着自己的长脖子。它害怕福纳克斯，尽管福纳克斯的火焰已经再也不能伤害任何一本书了。

“当然。”芙莉亚说。她一直在找菲德拉和七芒星，这两个人应该就在下面的某个地方，她不知道他们会对自己的出现做出什么反应。

看了福纳克斯的火焰，她的眼睛又过了一会儿才重新适应了沦丧之地的黑暗。看到漫山遍野的墨妖，她的心中又是一惊。她估计不出来墨妖的具体数字，目测应该有几千人之多。也许这时，所有的墨妖都已经离开了营地，拥到了这里。绝大多数的时间里，他们看上去就是黑压压的一片，但是偶尔亮起的闪电，还是会猛地将他们从黑暗中扯出。墨妖们扭曲的外形已经不再让芙莉亚感到害怕了，让她害怕的是他们的数量。

她很担心，其中很多墨妖都听不懂她的语言，不会明白她想要说的话。尽管如此，她还是深吸一口气，大声喊道：

“这艘船是来接你们去安全的地方的！”

她站在上风口，风将她的话带上了山坡，人群中响起一阵交头接耳的声音，其中至少有几个人听明白了她的话，并且把这些话翻译给了周围的人。在黑暗中的某个地方应该站着老八和他的兄弟姐妹们，希望他们离得够近，能够在船被挤满之前上来。

“我们不是你们的敌人，我们会把你们带到一个不只有黑夜的地方，那里有光，有温暖，有给大家的食物，在那里，你们不用再害怕风暴，并且远离那些摧毁你们城市的东西！”

暂时远离，她在自己的心里修正道，但这个暂时有多久，她也不清楚。

就好像要增加她的疑虑似的，船轻声对她说：人太多了，我不可能把他们都带走。

“我知道。”她小声说。

在一片风起云涌中，面对着下面的人山人海，她的声音显得非常微弱，尽管如此，她还是准备继续说下去。正在这时，有人喊道："芙莉亚！"

她从船舷上往下看去，一个孤独的身影站在潮湿的灰色岩石上。芙莉亚之前没有看到菲德拉，虽然她应该是穿过墨妖和船之间的那片空地过来的，也许是因为这个女人已经变成了跟这片忧伤的土地一样的灰色。

"他们知道自己应该做什么，"菲德拉抬头对芙莉亚喊道，"你小看他们了，放下搭板，他们会上船去的。"

"七芒星在哪里？"

从高处看去，这个曾经将亚当学院的军队从永夜庇护所赶出去的女人显得很小，很不起眼。她站在芙莉亚下面大约十米的岩石上，看上去就像是出了什么事似的，走路弯着腰，像背着一座山一样。她又抬头看了芙莉亚一会儿，然后转过身，指了指山丘上。

七芒星孤零零地站在那里，拄着拐杖，外套翻飞，白发在风中狂舞。芙莉亚能够借着倏忽而过的闪电认出他，是因为墨妖们都跟他保持着距离。即便在这些被驱逐的人中，塞弗林·罗森克罗兹也是被排除在外的一个，他在被流放的日子里恐怕没有哪一刻比现在这样更痛苦。

"他全都告诉我了，"菲德拉说，"现在我知道他做了什么了。"

而他从一开始就知道我会做什么，芙莉亚愤怒地想。"尽管如此，你还是留着他的性命？"

菲德拉的回答被淹没在了几千个墨妖交头接耳的声音中。这时，布朗什号放下了搭板，芙莉亚身后的福纳克斯缩成了一股细细的小火苗，像个辉光球一样顺着甲板的角撑向上蹿去，很快就消失在了视野中。芙莉亚觉得它应该是又钻进烟囱里躲起来了。

"呸，"鸟喙书讥讽道，"真是个胆小鬼！"

芙莉亚没时间反驳它，她的注意力已经被人群吸引了过去。下面那里发生了一件非常奇特的事。

人群并没有像芙莉亚想象中的那样，乱哄哄地朝船上拥。前面的几排墨妖向两边分开，腾开地方，露出一条窄窄的通道。从人群中走出的是墨妖的孩子们，他们安静而胆怯，却带着这个野性民族特有的骄傲与果决。他们排成长长的一列朝搭板走去。很多孩子边走边环顾四周，看着那些为了他们而留下的人，但是没有哪个孩子迟疑或者停下脚步。

很快，最前面的孩子们就已经来到了搭板前，他们走上斜坡，在下层的甲板上分散开，接着是上层的甲板，有些孩子靠近了芙莉亚，但是跟她保持了几步的距离。

很多少年手里抱着母亲塞在他们怀里的婴儿，但是几乎没有哪个孩子在哭，只有几个比较大的孩子在小声说话，大多数孩子都在默默地看着山丘上。这群人只乱过一次，因为一个男孩从人群中挤过，他是唯一一个走到船舷边，来到芙莉亚面前的。老八能在这么多人里找到自己，并没有让芙莉亚感到吃惊。跟在老八后面出现的是二姐。女孩朝芙莉亚露出一个扭曲的笑容，既忧伤又释然的样子。

“你回来了，”老八对芙莉亚说，“我们就知道你会回来的。”

看来他们比我清楚，芙莉亚心想，她笑了笑，又看向山丘上的那些墨妖。墙一般的黑云撕开了一个大大的口子，山丘那边露出了“想法”疯狂翻滚的色彩。

“先是年龄最小的，”老八说，“然后是年龄大一点的，只要还有地方。”

菲德拉依然站在布朗什号下面，眼睛盯着芙莉亚，对她来说，芙莉亚显然不再只是一个拿着鸟喙书的女孩。

接下来一批走向传送船的是年轻人，有一些或许已经有了孩子，他们的孩子正在船上等他们。

快没地方了。布朗什号在芙莉亚的大脑中说。

“我知道。”她沮丧地小声说。

老八看了她一眼，似乎对芙莉亚能听到自己听不到的声音这件事一点也不感到吃惊。

随着上船来的墨妖越来越多，围在芙莉亚四周的半圆形也越来越小，传送船的舱房里也已经挤满了人，外面台阶上的孩子们紧紧地靠在一起，好给大人们腾出地方来。很多人的脸上挂着恐惧和悲伤，有些人在哭，但是所有的一切都非常平静，没有任何争吵，简直像是个奇迹。

太多了。布朗什号又说。

“不是还有地方吗！”芙莉亚反驳说。

但是船已经太重了。

“还有多少人能上船？”

二十多个，最多三十多。

她估计现在上船来的已经是些中年人了，因为他们的脸扭曲变形，所以没法判断得很准确。山丘上还有好几百人，两代墨妖，他们自愿让自己的后代先走。

停！船说。

芙莉亚在船舷上抬起一只手，但是随即又放下了那只手：“我做不到，我不能丢下他们。”

鸟喙书体贴地靠在她的手指上。

随着一阵咯吱声，船的搭板开始抬起，非常慢，但很坚决。有些还在搭板上的人有足够的时间上船，但有些人只能朝后退，摔倒在地。

对不起。布朗什号说。

菲德拉已经走了，过了一会儿，芙莉亚才在远处的墨妖中看到她的身影。菲德拉慢慢地从岩石上朝留下的墨妖走过去。

七芒星之前站的那块地方是空的，斑斓的色彩在岩石顶峰那边翻滚，芙莉亚奇形怪状的“想法”正在吞噬那个山谷。

“我必须这么做，”她在风中小声说道，“希望顿坎能够理解。”她看见鸟喙书冲她点点头，她碰了碰老八的手，然后从船舷上一跃而下。

顿坎不会高兴的。她听见船说，然后这个声音就消散在了她的大脑中。

她并不是直接飘向地面的，而是先朝下坠了差不多十米，在最后关头，才止住了下落的速度。她轻轻地落在岩石上，鸟喙书打开的一条缝里透出书页之心的光。

芙莉亚朝正在她背后慢慢升起的布朗什号相反的方向跑了起来。地上的碎石让她几乎无法奔跑，于是她在跑了几步之后，就分离了一个书页之心，集中起全身的力气，从地上一跃而起。她已经筋疲力尽了，但还是飘起来了几掌宽的高度。现在，山坡上已经有墨妖发现了她，他们相互间用芙莉亚听不懂的粗糙语言喊着什么，并让开了一条宽宽的通道。芙莉亚觉得自己脸色苍白地从这些墨妖中间飘过的时候，就像是一个鬼魂。

这时，菲德拉来到了山丘顶端，七芒星之前已经消失在了山丘的背后。在那里，黑云越来越快地分散开，露出越来越鲜艳的一缕缕色彩，在高空中飞舞、滚动、翻卷，就像有人烧开了一锅色彩。

“菲德拉！”

她们中间还有差不多五十米的距离，菲德拉应该能听到她的喊声，但是她没有转身，而是消失在了山丘之后。

没有上船的那几百个墨妖一群群地站在山坡上，看着布朗什号。传送船已经消散了，空气在颤动，随后露出远方的山脉，还有密密麻麻的树枝形状的闪电。

芙莉亚来到坡顶的时候，已经完全没有力气了。她跌跌撞撞地落在地上，努力保持着平衡，然后继续朝前跑。她的背后是那些留下的墨妖，前面是通向山谷的斜坡。营地已经被吞掉了大约三分之二，“想法”铺天盖地地伸展开来，从山谷的一边一直延伸到另外一边。几分钟后，它们就将完全吞掉剩下的部分。

芙莉亚没找到菲德拉，却看到了七芒星，他正在头也不回地朝着那团混合在一起的色彩走去，拄着拐杖，裹着长长的外套，这是芙莉亚的父亲以前从战场上带回来的。

“塞弗林！”从岩石上一步一滑地朝下走的时候，芙莉亚喊道。

他没有回头。

芙莉亚已经来到了通向菲德拉堡垒的那个狭窄平台上，一跃跳过围墙。几天前，她就是在这里第一次看到营地的。她继续跌跌撞撞地朝山谷下走去。

“塞弗林！”

她一直这么叫他，在安吉洛桑托庄园重逢后也是如此。只有在心里想起的时候，他对芙莉亚来说才是七芒星，那个创造了她整个世界的作家，先是这个世界的产生，现在是它即将面临的毁灭。芙莉亚还是不能够完全理解他，尽管他已经尽力让芙莉亚理解自己的动机了。但这种事情总是一个秘密连着一个秘密，总会不断产生新的谎言。他们之间隔着两百年的鸿沟时，彼此的距离也要比现在近。

尽管如此，她还是继续往前跑着，现在，她已经是在直直地冲着占据了整个视野的“想法”跑去了。色彩斑斓的闪光在岩石上跳动，七芒星似乎也在迅速地改变着颜色，越来越跟想法融为一体。他离这些色彩的最前沿最多还有二十步的距离。

“塞弗林！”芙莉亚最后一次喊道。

他停了下来，犹豫了一下才转过身，芙莉亚停下脚步，这时她离塞弗林已经不到十步远了。他们隔着这段距离，看着彼此的眼睛，翻滚的色彩开始朝他伸过来，将他背后的一切都变成了幻象一般。他以为自己胜利了吗？以为被“想法”毁灭是创造新世界势不可当的第一步？

“这是最好的结局。”他说。

芙莉亚看着他，不知道是恨他，还是尚存一丝好感，因为对那个她曾经非常喜欢的少年的记忆。她的思绪就像“想法”一样混乱。

“我想，我能阻止它们，”芙莉亚说，“不是在这里，不是现在，但是我会试一试的。”

七芒星丢开拐杖，依靠自己的力量站着，比之前的那些日子里更挺直，也更有力。

“我做了所有要做的事，”他说，“尽我所能。”

“你从来都不会告诉我所有的真相。”

“我别无选择，这里的一切必须结束，然后才能重新开始，”他慢慢地张开手臂，“这里已经不再需要我了，我终于可以走了。”

“不，塞弗林！不要！”

“我太了解自己的想法了，现在，我非常想看看你的想法。”

被回旋的色彩吞没时，他脸上的笑容也没有消失，他在芙莉亚的眼前消失，变成了一堆色彩中的一个旋涡，与“想法”融为一体。

芙莉亚停了一下，然后才转身，顺着原路朝回跑去。她爬上碎石堆，跑到那个平台上，速度超过了身后那堵彩色的墙。

菲德拉·赫库兰尼亚站在堡垒的门口。

“快来！”芙莉亚对她喊道。

书巫世界的始祖——或者说是她的化身——摇了摇头：“我就

待在自己该待的地方。”

“山后那些人不是你的子民吗？”

“照顾他们的任务现在交给你了。”

“我不想这样。”

“你以为我是在请求吗？”菲德拉从她身边看向山谷，色彩的反光在她坚毅的脸上跳跃，就算她脸上有什么表情，也已经被淹没在了旋涡般的彩色光芒中。

“你想就这么放弃了？”芙莉亚问。

“如果你把他们带到了安全的地方，那我的战争就已经结束了。对你们外面的人来说，这场战争早在四十年前就已经结束了，现在，它对我来说也终于到头了。”

芙莉亚回头看着身后，山谷已经不见了，“想法”的前端已经开始吞噬山坡。她琢磨了一下要不要用书巫术逼这个女人至少试一试。

菲德拉已经退回到了自己的洞窟里。站在门槛那里的时候，她又回了一下面：“没有谁会像我这样，拥有那么多描写自己的书，你真的以为我是唯一一个从书里掉落出来的吗？我没有书巫力，所以我知道自己是谁：我不是真正的菲德拉，只是她众多演绎中的一种。如果有一天你碰到了另外一个菲德拉会怎么样？一个拥有书巫力的？”

说着，她离开芙莉亚，走进堡垒，静静地关上了门。

芙莉亚沉默地看着那扇铁门，她的时间不多了。她心情沉重地爬完剩下的路，来到山顶，看到剩下的那些墨妖已经开始向玛丽花号靠拢。他们从容不迫地朝船走去，前面的人已经来到了船身前。

“咱们得加快速度。”鸟喙书喊道。

芙莉亚打开鸟喙书，他们一起挣扎着分离了一个书页之心，芙莉亚的身体被笼罩在光线中。鸟喙书轻轻地呻吟了一声，然后，她的脚再次离开地面，顺着残破的船身向上，速度快到仿佛是被永夜庇护所卷着灰尘的狂风吹上去的。

她从那些墨妖的头顶飘过，刚飞过船舷，就已经瘫倒在地。她抓着坑坑洼洼的栏杆爬起，大喊道："快上船！所有人，马上！"

没等这些墨妖按照自己的要求去做，她就已经将自己从栏杆边推开，跌跌撞撞地穿过了一扇门，走进船里。鸟喙书为她点亮了微弱的光，她走过一排排塞满已经解体的书籍的书架，从已经腐烂了一半的台阶朝上面跑去，穿过霉迹斑斑的过道，最后来到了舰楼。

从破碎的玻璃窗中，她看到"想法"已经延伸到了山丘和船身中间的位置，她吓了一跳，曾经是卫兵营火的地方，现在翻滚着五颜六色的旋涡和色带，跳动着的靛蓝像河流一般从中间穿过。

"他们得从绳梯上来，"鸟喙书说，"这么短的时间里，所有人都到船上来是绝对不可能的。"

芙莉亚奋力爬上已经破破烂烂的驾驶座。

"玛丽花。"她说着，眼睛朝前看去。窗户的右前方已经被"想法"占领了，左边是沦丧之地无边的黑夜，中间的分界线垂直向下，就像是一本打开的书中间的那条缝。

"玛丽花，能听见我说话吗？"

外面的下层甲板上传来脚步声，第一批墨妖已经上船了。

"玛丽花！我的名字是芙莉亚·萨拉曼德拉·费尔菲克斯。我们曾经对话过，我唤醒了你。"

我认出你了。她大脑中响起了一个微弱的声音，很不清楚，声音嘶哑。

芙莉亚浑身冒汗，她的胳膊和腿越来越热，就好像正在从船的五脏六腑中吸走一种热。

“你能不能放下搭板？”

搭板。那声音听起来就像是从某个遥远的地方传来的回声。

窗外的那一块夜空正在越变越小，混乱的色彩占据了越来越多的地方。“想法”离船身应该已经没有多远了，不过要想看清楚的话，她就得离开驾驶座。

“我跟建造你的人同姓费尔菲克斯，你要服从我的命令！”

搭板，船又说道，有些已经变形腐烂了。

“打开所有还能用的！”

船身外响起咯吱咯吱的声音，随后传来了墨妖的喊声，还有踩在木板上的无数脚步声。

“等所有人都上了船，咱们就离开这个地方。”

离开……永夜庇护所？

“咱们得快，比你从前的任何时候都要快。”

我很虚弱，而且我很累。

“我也一样。但是布朗什号已经做到了！”

沉默，然后：那个布朗什号？它来这里了？来到我这片黑暗中了？

“是的。现在它已经去了一个地方，咱们会在那里见到它，如果你能用最快的速度把我们从这里带走的话！”

又是沉默，然后，船的深处似乎有某个巨大的风箱开始动了起来。芙莉亚第一次到这里来的时候曾经听到的那个心跳声变得更加有力，也更有节奏了。

“想法”已经占据了四分之三的天空，在外面铺展开一片色彩的海洋，彩虹色的舌头似乎已经要舔到玛丽花号的窗户了。

芙莉亚用尽全力想着自己要去的地方，在心中设想出一片被风吹乱的树冠。布朗什号已经在那里了，她想象着这艘船如何飘在那片遥远的天空下，甲板上站满了墨妖，这些墨妖瞪着眼睛看着下面那片陌生的绿色土地。

“玛丽花？”她小声说。“准备好。”

船屏住了呼吸。或者是她自己？

森林已经从她的想象中迎面飞来，就像一张打开的地毯，越来越清晰，那些树木几乎触手可及。

“快！”她大吼道。

准备好了，玛丽花号重复道，还是想说走不了了？

“咱们做不到的。”鸟喙书说。

一片刺眼的光亮，从夜到昼的转变太过突然，刺痛了她的眼睛。还没等看到，她就已经感觉到了。

玛丽花号开始坠落。

46

鸟喙书扯着脖子喊了起来，它的细脖子像根纸带一样颤动着。

从四面八方都传来了刺耳的咯吱声，玛丽花号也在喊，芙莉亚的脑海中闪过那些正在从一个地狱被扔向另一个地狱的墨妖们。

“玛丽花！”

咱们出现的地方太高了，我控制不住这个高度。

“咱们会摔碎在地上！”

我不行……

然后突然静了下来。

“玛丽花？”

刺耳的尖叫声突然又响起，芙莉亚用尽全力紧紧抓住驾驶座的把手。离心力几乎要将她甩到舰楼的天花板上，不过她心里想的全都是那些墨妖，希望大家在绝望中都能抓住些什么，希望不会有人从船上掉下去。

船和她之间的联系比她想象中的更加紧密：她能够切身感受

到玛丽花号的用力，就好像那个要在最后关头止住船下坠的是她自己。那感觉，就仿佛她的四肢都要从关节处脱落开了，每一条肌肉都在疼，连牙齿都觉得疼。

随后，玛丽花号的船身一震，震动之猛烈，让芙莉亚以为已经撞到了地上。现在，她从窗户里看到的不仅是灰色的夜空，还有团团雾气之中巨大的树冠。外面的一切还是越来越近，但船已经摇摇晃晃地保持了水平，虽然还在下落，但速度减慢了。重达几吨的船身砸进密林中时，树枝断裂，船身剧烈地摇晃，斜斜地落在了一片折断的树枝和树冠上。

船撞向树上的时候，芙莉亚朝前弹射出去，趴在了驾驶座和窗户中间的地方。她听见了外面的喊声，闷闷的，很不真实，她的头就好像被压在了枕头底下。她迷迷糊糊地感觉到了玛丽花号这时的感受，疼痛像燃烧的铁树枝一样插进了她的身体。

虽然如此，船并没有碎，既然船禁住了这一摔，说不定那些墨妖也可以。

“你做到了。”芙莉亚脱口而出。

船没有回答。疼痛的感觉消失得如此突然，让她几乎像疼痛袭来时一样惊恐。

“玛丽花？”她直起身子，被各种陌生感觉发出的回声弄得头昏脑涨。“你能听到我说话吗？”

船身里的脉搏声，那种有生命存在的感觉消失了，不再有规律的心跳，她的大脑中也没有另外一个生命存在的痕迹了。

“它再也不会回答你了，”鸟喙书小声说，“这是玛丽花号的最后一次航行。”

外面的甲板上，慌乱的叫喊声渐渐停歇，脚步声响起，轻松的呼喊声越来越大，有人在哭。

芙莉亚把手掌平放在甲板上，跟玛丽花号告别。这是非常简单的道谢，她现在不能允许自己悲伤，因为还有事要做，她要把全部的力气都留给这件事。

芙莉亚站起身的时候，双膝直抖，她把双手撑在窗户上，看着外面。窗框里还嵌着一些碎玻璃，但是这些碎玻璃的边缘已经被永夜庇护所的风暴磨圆了边，摸上去就像弹子一样。

从这个位置，她只能看见船头的甲板和一部分侧面的甲板。墨妖们一脸迷茫地坐在地上，相互依靠着。一些墨妖受了伤，不过她并没有看见重伤员，她不知道有没有少了谁，或者少了多少。

得有人去照顾这些墨妖，告诉他们这里已经不是沦丧之地了。墨妖擅长攀爬，这一点芙莉亚在隐页世界亲眼看到过。他们在那里就像挂在金色网上的人猿一样。他们是很有经验的猎手，习惯生活在野外。在死书林里，他们能够找到开始新生活所需要的一切。

她头昏脑涨地看着附近的参天大树，这时，一个巨大的阴影笼罩在了玛丽花号上。一个东西从天空中移动过来，遮住了日光。那是布朗什号黑乎乎的船底。

顿坎做到了，上面的某个地方站着二姐和她的兄弟姐妹们，跟他们在一起的是所有年轻的墨妖。这些墨妖没有对战争的回忆，这片森林对他们来说就是天堂。

现在他们面临的唯一威胁来自芙莉亚自己，来自她想做的那件事。她真希望自己的计划不会对这里的一切有什么影响，风险很高，但是她现在不能想，去想各种可能性只能让她更加怀疑自己，而她对自己的怀疑已经够多的了。要想阻止“想法”，她只有一个机会。

发现头顶的布朗什号之后，甲板上的墨妖们唱起了他们神圣的歌谣。传送船从玛丽花号坠落地旁边那些没有受损的树顶飘过，降落在旁边一点的地面上。布朗什号应该是发现了一片能够安全降落的林间空地。

芙莉亚听见外面的台阶上传来脚步声，墨妖们朝她跑了过来。她从窗边转过僵直的身体，双手拿着鸟喙书。

“我们能行吗？”她问，声音中的疲惫把自己都吓了一跳。

鸟喙书伸直了脖子：“我没法说服你放弃，不是吗？”

她疲惫地摇了摇头，鸟喙书无可奈何地叹了口气。

最前面的墨妖刚刚到达舰楼，芙莉亚就已经打开了一扇穿越门，消失在闪闪发光的紫色中。

47

她在黑暗中醒来，不确定自己是昏过去了，还是在到达的时候累得睡着了，说起来虽然没太大区别，但她还是更情愿接受是睡着了，她觉得昏倒这事就像是三流探险小说里的俗套情节。

“你偏偏选在这个时候想这种事，我是不是应该觉得无法理解？”紧靠在她太阳穴旁边的鸟喙书说，见她没有马上回答，鸟喙书狠狠地啄了一下她的耳朵。

她一下子跳了起来：“光！”

鸟喙书大声地翻开，一个书页之心亮起，里面升起一个非常小的光球，颤抖的光照亮的距离还不到两米。

“没法更远了？”芙莉亚问。

“你最好还是先让自己的眼睛适应一下。”

“没眼睛的人还会说这种话。”

“其他感官非常敏锐，所以眼睛就像书上的霉味一样多余的人就会这么说。”

芙莉亚一手捧着打开的书，另一只手扶着书架站了起来。她所在的这条狭窄过道两侧似乎只有书脊，只有天花板是粗糙的岩石表面，一个螺口灯泡晃晃悠悠地挂在黑色的电线上。这里是书窖的主要通道，*她的*书窖。就算有上千种书的味道，她也能从中辨认出这一种。

用穿越术去跟蕾切尔见面之前，她又把第二十四卷造物书送回了那条侧面的通道里，跟其他那些卷放在一起。跑过走廊的时候，她有些摇晃。她来到了最近的一个通道交叉口。穿越门本来应该把她直接带到造物书那里的，不过以她现在的状态，能来到书的附近就已经很满足了。如果在不该分神的时候稍一分神，她就有可能被甩到书城或者其他地方去。在那种情况下，她还有没有力气再打开一扇穿越门都是个问题。

一只折纸鸟在她前面蹦蹦跳跳地钻进黑暗。这只鸟的样子像一只白色的兔子，要是在平常，她会被逗笑，但是现在唯一能让她感到高兴的就是自己不用走太远的路。她的身体很快就要罢工了，两条小腿软绵绵的就像棉花做的，膝盖抖得就像杨树叶。走到地方的时候，她轻轻地喊了出来。

“这是耍赖！”

鸟喙书扭曲着脖子，想从打开的封皮下面往外看。

“不，见鬼！”她一拳打在书架隔板上。“这根本就是耍赖！”

书架的那一层是空的，曾经放着造物书的那个地方，现在留着一个大大的空位，二十四卷，一本也没有留下。

菲德拉，她慌乱中想到，也许是七芒星，或者是被他们留在书窖门前的门塔纳还活着。

但是，门塔纳是头部中弹而死的，七芒星是在她眼前消失在“想法”中的，菲德拉自己一个人回到了堡垒里，然后整个山丘就被吞没了。

她恼火地查看四周，脚步蹒跚地跑到通道的尽头，然后又折返回来。

“不，不，不！”

毫无疑问，就是这个地方，那个空的位置是对的，造物书不见了。

鸟喙书嘀咕了些什么，想要安慰她，但她根本没听进去，而是靠着一股突然生出的力量跑回了主要通道，然后从那些晃晃悠悠的灯泡下跑到门口。

铁门打开了一条缝，芙莉亚上次下来的时候没锁门，因为门外到处都是砖头瓦砾，铁门被碎石块卡住了。她当时觉得没关系，跟“想法”比起来，折纸鸟，甚至霉鳐的入侵带来的威胁都不值一提。

她手脚并用地爬上乱石堆，在跟门塔纳的战斗之后，台阶就只剩下了这些。她喘着粗气跌跌撞撞地跑上一楼，朝两边的走廊看去，只有深色的护墙板、布满裂纹的油画，一个人也看不见。

她转向右边，就像走在黏稠的糖浆上一样，费力地穿过走廊，镶在金框里的那些人用同情的目光看着她。她的腿就像要断了一样，鸟喙书提醒说，她已经扛不了多久了。但是它错了，身体里的肾上腺素让她还能站着，如果不是这样的话，她就只能爬着去查看发生了什么事了。

皮普！她在心里喊道，但是嘴上却喊不出他的名字，也许这是她求生的直觉最后一次起作用，为的是防着附近有敌人。应该是偷造物书的那个人把这里变得空无一人的。

“芙莉亚？”一声大叫。“老天呀，芙莉亚！”

她前面的通道尽头是费园高大宽敞的门厅。看到眼前的景象时，她差点儿跪倒在地，那感觉，就像突然有人抽走了所有的氧气，然后又一下子把空气重新吹进了她的身体里。她一个踉跄，但还是站住了。

他们都在。

凯特和吉姆，裴申思和胆小的娜桑德拉，居利斯的表情极其严肃，农牧之神卡修庇欧斯拄着拐杖，只少了伊西丝，她应该还在楼上睡觉。她的父亲也为此赶来了，塞雷斯蒂安穿着他那刺眼的花衬衫。

站在大家中间的是皮普，这时他从人群中冲了出来，扶住了她，这个瘦弱的小家伙出人意料地像成年人一样有力。吉姆想帮他，但是皮普摇了摇头，自己搀着芙莉亚。就连裴申思都被他拒绝了。

大家都围在大厅正中的那张大橡木桌四周，书妖们也都在，他们挤在弧形的大楼梯上或者二楼的扶手后，还有些站在门口，有几个跟凯特在一起，还有几个站在桌边。这些人让开后，芙莉亚看到造物书摆在那里，四摞书，不起眼的棕色书脊。

之前有人在大厅另一边的壁炉里升起了火，大大的壁炉里，火苗舔着烟囱。

“你们……还没有烧，对吧？”芙莉亚说话的声音细弱，就好像那并不是从声带发出的，而是从她的牙齿后面。

皮普摇摇头：“还没有。是 YZ 告诉我们这些书放的位置的。我们一起到下面去，凯特、吉姆、裴申思，还有我，我们把这些书搬了上来，每人一摞。”

凯特不由分说地从皮普手里接过芙莉亚，扶着她走完最后几步，然后吉姆也来帮忙，三个人一起扶着她在一把空椅子上坐下。其他人都没有坐，所有人都站着，这更让她觉得猛地闯进来这件事有了种仪式感。

“现在是书城，”凯特说，“塞雷斯蒂安带来的消息，‘想法’已经在外围城区里出现了，正在蔓延。我们得做些什么，而且速度要快。”

“情况很不好。”塞雷斯蒂安补充说。

“我们商量了对策。”自己那座城市的覆灭显然让居利斯非常担心。

直到现在，芙莉亚才注意到自己身后并不是一片寂静，所有人都七嘴八舌的，大家因为她回来表示的激动远远超过了她的想象。她觉得自己仿佛还在另外一个世界里，正在穿过自己内心中的一片真空，像那些老电影里登月的宇航员一样轻飘飘的。她周围的一切仿佛都发生在别处，在隔着玻璃的遥远的地方。

凯特抱住坐在椅子上的她，然后是吉姆，如果不是居利斯插进来喊“安静，请安静！”的话，估计接下来裴申思就要把她按在自己的胸膛上挤扁了。

“把第二十四卷给我，”芙莉亚小声说，她觉得自己的声音只够说几个字的，“还有……笔。”

没有人动，于是她就自己把右边的那一摞书拉过来，取下了最上面的那一本。就是这本，这些书放在那里的顺序跟在书架上时一样。

她指着一支金色的钢笔，这支笔插在居利斯肥大礼服胸前的口袋里。“拜托。”

凯特肯定是跟大家说了“想法”来自芙莉亚的事，因为这时，所有人突然一起劝说起她来。居利斯没有说话，慢慢地抽出了笔，他比其他任何一个人都更明白这件事关系重大。他在基督山的监狱里待了好几个月，都没有供出抵抗组织，他知道一个人的命运跟一群人的比起来孰轻孰重。

皮普也静静地站在那里，一句话也没有说。芙莉亚不忍心看他的眼睛，因为她知道自己现在要做的这件事对他来说，可能意味着再次失去亲人，假如他还能记得自己的话，如果不记得更好。她带着忧伤的微笑扫了皮普一眼，发现他看上去很勇敢，比她自己勇敢得多。

钢笔从桌子上朝她滚过来，凯特想抢，但是芙莉亚已经拿到了手，摘下了笔帽。

她冲满腹怒火的好朋友点点头，然后是吉姆，他是这个大厅里的所有人中芙莉亚最了解的一个，尽管他们没怎么在一起待过。但她还是个孩子的时候，就在读《金银岛》的时候爱上了他，爱上了一个书里的人物。现在，他活生生地站在自己面前，但她却不清楚自己的感觉是什么样的。她很想重新认识这个人，从头开始，就像结识一个陌生人。那样的话，她就会第一次从这个人的嘴里听说他在伊斯帕尼奥拉岛上的旅程，他也会从自己这里听说穿越庇护所的那些历险。她真希望能有那样的机会。

她打开书，翻到那个地方，这个地方她一反常态地折了个角。她的名字就在那里的一小段不起眼的文字里，几个句子，赋予了她无上的权力，现在，她要面临的是最大的挑战。

“只是……试试。”她说。把钢笔尖放在第一个字上时，她的手在抖。

“你不知道会发生什么，”凯特小声说，“会消失的是只有‘想法’，还是你自己，或者……你根本不知道。”

“如果我把自己从书中画去，也许就能让‘想法’也跟着消失，就像乌尼卡一样。”她不知道自己是从哪里来的力气，还能说出这么完整的句子，她的手抖得厉害，她开始担心自己的力气不够完成这件事。“之后，那就不再是我的‘想法’，也不是其他任何一个人的，如果上面没有写谁的名字的话，它们就不复存在，希望如此。”

“你呢？”凯特对她喊道。“你到底会怎么样？你也会不复存在吗？”

芙莉亚想笑，但是笑不出来。“我们会知道的，不是吗？也许什么事都不会发生，或者不会发生什么跟书巫世界有关的事。也许所有的猫都会突然变成粉色，而你们却认为很正常。”她的视线变得模糊，要么现在就做，要么再也做不了了，“咱们看看会发生什么。”

金笔滑到了一边，她已经握不住笔了。她又放好笔，但是看不到是不是要找的那一行。

“有些事会变得不一样，”她小声说道，笔又滑开了，“也许是很多改变，也许只有几个。你们中的很多人可能会在多年后才发现，或者永远也感觉不到。”她一点也猜不到后果，但这是唯一的办法。“对不起，我不能让死去的人重生，但是我可以阻止更多的人死去。”

一只小手握住了芙莉亚的手，她朝侧面看去时，看到了皮普含泪的微笑。然后，他把芙莉亚拿着钢笔的手放回纸上，推着那只手向右画过那行字。

皮普很勇敢，坚强地支撑着他们两个，将芙莉亚的名字从造物书上画掉了。

尾声

Nachspiel

48

娜桑德拉变成了一棵树，守护在菲尼安的墓前，这已经是第七个夜晚了。

就算是白天她变成女孩模样的时候，也经常坐在费园小小的墓园里，看着雨滴在自己乳白色带着字母的皮肤上跌碎。就连裴申思都不知道她在想些什么，但看上去，她只有待在外面才会高兴，不管外面是什么样的天气。在秋天的夜里，长满青苔的石头下躺着的那些逝者感觉寂寞的时候，她就会在坟墓之间扎根，变成一棵纤细的、长着白杨树皮的小树，伸开枝叶保护他们。

凯特也经常到这里来，不管是白天还是黑夜，但她很小心地不让自己变成那种只沉浸在自己哀伤中的人。她尽量跟大家待在一起，在庄园里四处找事做。有一次，她跟塞雷斯蒂安一起到伦敦去了一天，但是在那里，她很想念菲尼安的墓地，发现自己还需要很长一段时间才能出远门。

雨越来越密，但凯特并不在意，因为她最喜欢在晚上或者半夜坐在墓地里，所以看不见那雨，只能感觉到而已。雨让她感到舒服，让她发觉除了伤痛和愤怒，她还有其他的感觉。娜桑德拉就在身边，这对她来说也有好处，这棵沉默而又美丽的树总是静静地听她讲菲尼安的事。从在书城初见，到争吵，欢笑，在房顶上共同度过的那些时光，长长的交谈，还有两个人在一起一言不发的美好，他们就那样俯视着自己所在的城市，看着管制区的街巷，海伊堡，山丘上的玻璃屋。

菲尼安的墓离花园里的小教堂不远，站在他的墓碑后面时，能够看到费园的背面，那些亮着灯的窗户，窗户里，留下的书妖们过着自己的新生活。这一个星期，没有书妖再离开，住户的数字固定在六十左右，两个月前离开的四个书妖满心悔恨地回到了费园。书妖们在查德威克农场的地里干活，到了晚上，他们筋疲力尽，但是很满足。只要每个人都干了自己的活，老查德威克就什么也不问。他对一些奇怪的地方视而不见，比如长错了地方的毛发，颜色少见的眼睛，尖得不正常的耳朵，不过这主要还是因为他的眼神不好，并不是因为他宽容大度。

几个月后，费园里即将迎来第一批出生的婴儿。现在，很多人都把宠爱给了小莉叶。莉叶的养母得特别小心，才能不让孩子从早到晚都被大家溺爱着。她已经不止一次地叹息道，所有这些，恐怕都得等到有别的孩子出生才会有所改观，上帝保佑，希望那一天尽快到来。

卡修庇欧斯似乎很乐意在这方面做一点贡献。他不断追求那个跟他一起刷墙的漂亮女书妖，虽然拄着拐，但也已经迈出了一大步。凯特越来越经常地看见他们两个在一起，虽然看见别的情侣让她的心里很痛，但她还是为羊人和他的新女朋友感到高兴。

她跟大家待上几个小时后，总会躲到菲尼安的墓旁去。太阳落山后，一般就没有人到这里来了，所以当她听到踩在湿漉漉草地上的脚步声时，不免吃了一惊。

“可以吗？”伊西丝问。她穿着一袭黑衣，钻到了娜桑德拉的树枝下。在黑暗中，她就像是没有身体，只有脸飘在空中。

凯特点点头。她蜷着双膝，缩在一张长椅上，这是裴申思从墓地的另外一边搬过来的。有时，他会在白天跟娜桑德拉坐在这里，但到了晚上，这张长椅就归凯特一个人所有了。她放下双腿，指指身边的空位子。“不过，是湿的。”她说。

伊西丝耸耸肩，坐了下来，看着那个墓。墓前的那块石碑上本来有已经上百年的碑文，是她用书巫术去掉了那些字。现在，那上面写着菲尼安的名字和生卒年月，没有任何装饰，应该是菲尼安会喜欢的样子。下面刻着一行他曾经对凯特说过的话：

那感觉就像是已经胜利了。

几天前，凯特接到了一个来自牛津的电话，从圣吉尔斯教堂附近的一个电话亭打来的，是她的母亲。电话亭前会停着一辆车，母亲说，她会在后备厢里看到一个箱子，里面是骨灰盒。她马上动身赶去，凯特的母亲已经离开了，但是车就像电话里说的那样停在那里，里面有那个箱子和骨灰盒。有人打开查看有没有定位仪，凯特没有看。返回的时候，她把骨灰盒抱在怀里，接下来的一整天，她也一直抱着，然后才终于决定将菲尼安下葬。

几天后的这个晚上，她从侧面看着伊西丝，虽然只有远处窗户里的那一点光，但凯特还是发觉伊西丝的脸已经变得丰满起来，状况看着好些了。阿布索隆书瘾消耗了她很多元气，恐怕还消耗了她的寿命，但是她正在恢复。恢复性的休眠起作用了，还有她现在交给她自己和顿坎的那个任务。

“皮普说你又去死书林的墨妖那里了。”

伊西丝虚弱地微笑着点点头：“我觉得他们远比我们想象中需要的帮助要少，营地的建设进展顺利。他们利用了玛丽花号的残骸，还有其他能够找到的一切，他们的手很巧。我和顿坎之前还在考虑把他们带到游吟兄弟大树根里的营地那里去，不过我觉得这个办法并不好，到那里去，得从森林里穿行好多里地，没有布朗什号，只靠步行的话，需要至少一个星期。而且学院知道那个地方。也许他们已经不在意了，但是咱们还是不应该太相信自己的运气。”

她的目光转到菲尼安的墓上。

“他会喜欢这个主意的，把墨妖安置在死书林里，”凯特说，“他那么喜欢那个地方。”她想起菲尼安把自己带到那里去的那个夜晚，那是他们两个成为情侣很久之前的事了。当时，她意识到自己已经爱上了菲尼安，但是没敢说出口。他们浪费了很多时间，又兜了一年的圈子都没有迈出关键的一步。没想到最后还是走到了一起，不过这应该也是不可避免的。凯特不相信宿命，在爱情这件事上就更不信了，不过她从来就没有考虑过其他人，经过死书林中的那一夜后就再没考虑过。那天，菲尼安第一次带凯特看了卡利斯特。

雨轻轻地打在娜桑德拉的树叶上，她的枝条摆动，仿佛很清楚凯特心里正在想什么。

“我有件事求你。”伊西丝说。

“说吧。”

“是皮普，他还从来没有去过书城，很想去那里一趟。裴申思会陪着他，但我不知道他一个人行不行，如果……”

“路上碰到麻烦？”

“是的，裴申思不太会处理，人一多就更不行了。”

凯特笑了：“你想到了牛津？”

“我想到了几乎每一件让他乱开枪的事，他那个样子就好像还在密西西比，要保护他的莫莉，”她看了娜桑德拉一眼，耸了耸肩，“对不起，不过他就是这么个人。”

“你想让我一起去？

“没有人比你更熟悉书城了，让人看见他们跟我在一起也不好。”

凯特想了一下，然后点点头：“他要去哪里干什么？”

“很奇怪吧？我跟他说过，他还太小，但是他很固执。”

“对书城来说年龄太小？我去那里的时候才十三岁，而且还是一个人。”

“我不是这个意思，”伊西丝将被雨水浸湿的头发撸向脑后，“他说，他能感觉到已经是时候了，他说，他的心灵书正在书城里等着他。”

49

裴申思、皮普和凯特穿过古老的罗马桥时，桥上还有一股煳味。石栏上很多地方都被熏黑了，煤气灯少了很多，有些地方的墙已经被工人修补过，只能大概看出一个星期前在这座桥上燃起的火有多大。

警察把守着伦敦那一侧的城楼，但他们也只是草草地看了一眼三个人的书签。桥上有几个没有在门塔纳逃跑时被毁坏的信息窗里挂着学院的告示，上面喜气洋洋地宣布，几大书巫家族之间的斗争在一百五十年后终于停止了。但是没有人驻足去看那些小字。

来到书城以后，三个人被一些游行的人拦住了，一些书巫和书妖举着牌子抗议学院的管理。几个警察盯着他们，但是并没有阻止。

来到迷宫一样的街巷前时，凯特和裴申思让皮普在前面走。木桁架结构的房屋上层加盖了很多临时建筑，里面的人群熙熙攘攘，几乎没有哪栋楼里没有书店或者古董店。敞开的门和窗户里飘出书香，皮普越来越激动，他加快了脚步，就好像真的是在靠嗅觉辨别方向。裴申思嘟囔了几句“该吃酥皮馅饼了”和“饼干也行”之类的话。

他们不时从要求更多决策权的海报前经过，一些橱窗里的黑板上写着对书城市政府决策的批评，路上还有一个半人马跟他们搭话，他在散发传单，不过旁边的两个警察并没有理会他。凯特拿了一张传单，发现上面是蕾切尔·西摩尔的漫画像，她皱着眉，拿着一本字典，正在费力地看一本厚厚的小说，那本小说对她的细胳膊来说显然是太沉重了。凯特从眼角看到那两个警察也在边看一张纸条边呵呵笑，年轻一点的那个把纸条折起来，塞进黑大衣的兜里，然后两个人继续慢悠悠地走了。

“再也没有通缉令了，”裴申思说，“一张都没有。”

他说到的事凯特在过桥的时候就已经注意到了，游吟兄弟的通缉令不见了，只有几面墙上能看到残存的纸头，上面留着不完整的字。

蕾切尔在作为学院代言人露面的时候看上去很高兴的样子，她许诺会有改变，而且一开始也做到了。大家私下里说，那些以前显赫的人物心里很不满，但是没有人敢对这个受人爱戴的新统治者公开表示反对，就连街上的抗议也显得心不在焉。估计要过上一段时间，开发管制区和赋予书妖平等权利这些事才能深及社会的各个阶层。到那时，蕾切尔会在庇护所里确立起自己的声望，稳固住自己的位子。

皮普对这些都没有兴趣，能在巷子里乱转，惊讶地看着书店里塞得满满当当的书架，充满敬仰地翻看那些古老的探险小说，这让他很满足。裴申思站在书店的门口，期盼着能去吃个酥皮馅饼，而凯特则紧张地走来走去，勘查着周围的环境，但她没有发现任何能够引起她怀疑的东西，这让她很吃惊。

假如蕾切尔信守诺言，不再用武力对付那些抗议的人和批评者，那么就不会只有书城里有变化。其他庇护所也传来消息说，突如其来的自由已经开始开花结果，现在还不是所有人都相信这些新的改变，但已经开始有人热情满满地利用起了这些变化。很多人要求让科尼利厄斯·居利斯重新担任书城市长，凯特猜测他或早或晚会结束流亡，回到书城，假如能够正式被授予这个职位的话。蕾切尔不会浪费机会，她会巩固学院这个全新的好形象。但是这一切美丽表象背后是什么样的，恐怕要在几个月，甚至几年之后才会显现出来。

不管怎样，费园的住户们大多数赞同暂时放下武器。凯特天性多疑，表示反对，不过，她还是接受了多数人的意见，同时也愿意改变自己的观点。她不知道菲尼安会做出什么样的决定。以前，除非最后一个警察放下武器，离开豪华的政府大楼，否则他是不会放弃的，但是后来，他自己也在想是否要放弃武力抵抗。

皮普在巷子里穿来穿去，这让裴申思感到很绝望。凯特心中不时闪过皮普没有书巫天赋时的回忆，但就像无法抓住的幻象一样，只是一些模糊的画面。

有时，她会问自己，这个世界的改变是否比他们知道的更深刻。不过，看见皮普又能够高兴起来，并且找到让他自己高兴的事，她已经很满足了。她宁肯亲手给裴申思烤酥皮馅饼，也不想破坏皮普的兴致。

他们这天并没有马上进管制区，但也从以前的大门前经过了。这里已经没有了检查哨，带刺的铁丝网也撤走了，人们已经开始拆除栅栏，有些地方几乎已经看不出曾经那条分界线的痕迹了。

凯特在一堵墙上看到了许多通缉令，但上面不再是艾瑞尔和帕克，谢天谢地，也没有菲尼安，而是一张非常英俊的男人面孔，留着长长的金发，两个耳朵上都戴了好多耳环。

“这是谁？”从旁边走过的时候皮普问道。

“马杜克。”凯特说。

“就是你们去偷圣堂地图的那个人？”

“是的。”

她发现不远处有两个人正在忙着一张张撕掉通缉令，一个警察想阻止他们，却被好几张钱堵住了嘴。

“有些东西永远也不会变。”凯特嘟囔着。

“更不可能在一个星期内改变，”裴申思说，“要改变，时间也太短了。”

事实上，凯特很担心马杜克对书城地下势力的影响会越来越大，管制区的栅栏当初不仅是在限制书妖们的自由，也包括像他这样的黑社会老大。但是现在，书城已经向马杜克敞开了。

“这是蕾切尔该操心的事。”她说着，加快了脚步。

皮普看看裴申思：“事实上，她恨不得把这个马杜克送上绞刑架。”

南方军士兵咧嘴笑了：“我从来没有见过这样的人，不管想什么都挂在脸上。”

凯特正想说还有些从来什么也不想的人，这时，皮普突然转进了一个巷子，朝管制区边界相反的方向走去。

“皮普？”凯特赶上来，裴申思也冲了过来。“出了什么事？”

“就在那里，”男孩说，他又走了几步之后停了下来，“前面那家店。”

在这个地方，窄窄的木桁架房屋似乎比书城其他地方的更朝巷子这边倾斜下来。这里的书店一家挨着一家，其中几家店的老板站在外面，边聊天边等客人上门。几个人正在从书摊前慢慢走过。

皮普指着一家不起眼的旧书店。书店的橱窗里，棕色的、纸张脆弱的书摆在比较新的书旁边，皱成波浪形的照片封面上印着拳头大小的字，其中几个贴着已经撕不下来的标签，最中间有一块牌子，上面用很大的字写着：这里的每一本书都带着最好的烟草香味。如果您不喜欢，请移步别家。

走进店里的时候，门上的一个小铃铛响了。这个店的售货区有两层楼高，上层的书架要爬到长长的梯子上才能够得着。其中一个梯子上站着一个头发花白的女人。她鼻尖上架了一副圆框眼镜，正在埋头看着放在最上面的一本金棕色的书。她的嘴角叼着一个烟斗，里面冒出浓浓的烟，烟雾弯弯曲曲的，就像一个被吞掉了一半的S。

皮普站在大门口，伸开胳膊指着她手里的那本书。他想说什么，但是女人已经从嘴里拿出了烟斗，露出温和的微笑，抢在他前面说："你来啦。它已经在等你了。"

凯特和裴申思互相看了一眼。

女书商慢慢地从梯子上爬下来，身体被裹在从烟斗里冒出来的一小团烟雾中。"老天爷啊，"她说，"我的膝盖和脊背。看书的话，人永远不嫌老，但是爬梯子就不一样了。总有一天这事会变得像爬奥林匹斯山一样困难，哪怕只是从书架上抽出一本书。"

皮普两脚不安地动来动去，但是他保持了礼貌，没有冲上去。

"您好。"凯特说。

裴申思用手点了点一个看不见的帽檐。

"哦，"书商看上去非常不拘小节，"您长得可真漂亮。"说完，她又深深地吸了一口烟。

"这种话他常听。"皮普说，他的眼睛一直盯在女人手中的那本书上。凯特非常确定自己听到那本合着的书中传来了书页的沙沙声。

"这一点也不符合事实。"裴申思的脸通红。

女书商穿着一件五颜六色的花衬衫，一条灰色的裙子。凯特认为她也是个书巫。

"给，"女人说着把书递给皮普，"它对你日思夜想的。"

“我也是。”

凯特只经历过一次心灵书找到自己书巫的事，而且她当时还不确定是不是真的，因为芙莉亚的鸟喙书是个卑劣的大嘴巴，并不是像这样一本泛黄的体面的书。

“能打开看看吗？”皮普问道。

女人笑着用嘴里的烟斗敲敲书皮。“当然。”

他看了一下写在衬页上的标题，然后看了几句话。一分钟后，他抬起头。“是的，”他说，“这就是我的心灵书。”

“当然啦。”那个女人说。

裴申思在军装口袋里到处翻钱。

“不用，”女书商说，“只要能见证一本心灵书如何找到自己的书巫。心灵书是不收钱的。”

南方军士兵点点头，心里估计又在想着酥皮馅饼。

“你的样子看上去，跟通常被心灵书找到的人相比可是有点小，”抽烟斗的女人说，“你几岁了，孩子？”

“十一岁。”

裴申思笑了：“对他的年龄来说，个子确实有点矮。”

“好吧，”那个女人说着，喷出一个烟圈，“而您可真是个漂亮的巨人。”

“正是这样，夫人。”

皮普把打开的书放在一摞齐腰高的书上，这些书已经遮住了商店的柜台。只有一些充满异域风情的烟嘴从后面露了出来。皮普将一页书夹在手掌中间，闭了一下眼睛，然后张开了手。那张纸保持直立，随即从中间一分为二，露出里面放射着炽烈光芒的书页之心。

皮普笑得越来越开心，凯特还从来没见过他这么高兴。

书上方的亮光里出现了一个透明的物体，一个长条形的东西，上面有烟囱，两边各有一个浆轮，浆轮正在慢悠悠地转动。

裴申思目瞪口呆：“你还会干这个？”

皮普自豪地点点头。

飘在空中的浆轮汽船上有两个小小的人影在动，他们比那本打开的书里的字母大不了多少。

“芙莉亚，”皮普说，“和吉姆，”他那么高兴，连凯特都被感染了，“在隐页世界中的某个地方。”

50

有时，无处不在的金色就像是真正的财富，像火一样跳动的珍宝，只有被允许才能看得到。这些金子藏在一层神秘的面纱之后，它们既是天，也是地，像朝阳下的琥珀一般焕发着光彩，似乎能够放射出热量，让芙莉亚看到，而不是感觉到。

在隐页世界的金光中，她经历了起起落落，感受到了喜悦与恐惧，但从来没有像这几天在布朗什号上这样惬意，身边只有吉姆·霍金斯和一本鸟喙书。鸟喙书被她的幸福感染，甚至忘记了妒忌。

隐页世界中永远没有黑夜，金光无处不在。所以她只有累的时候才睡觉，其余时间就都在传送船的甲板上逛来逛去，或者坐在咯吱作响的陈旧躺椅上聊天。他们在这里了解彼此，这里只有他们，费园中可能已经过去了几天，或者几个星期。

吉姆告诉她伊斯班袅拉的故事，还有船上那些杀人犯和好人的故事，不过他也常常讲起一些她不知道的事：他在英国海边的本葆将军度过的童年，在那里来来往往的老水手和小水手经常用他们在远海和充满凶险的海港经历过的那些冒险故事充当豪饮的酒资。吉姆知道他们的几十个故事：一千零一艘船上的恶棍，辽阔的南太平洋，加勒比海的小岛。

芙莉亚喜欢听他讲，吉姆是个天生的讲故事的人，因为罗伯特·路易斯·史蒂文森把他写成了这个样子。虽然她的吉姆从书里掉落出来的时候还是个少年，但她并不奇怪那个老年的他会在小说里拿起笔，写下自己的经历。

吉姆向她承认，自己在夜里听到一条腿的人走路的声音，假腿走在舱板上的声音。有时，她在吉姆的怀抱里睡着，但是之后，她又得把吉姆从他的噩梦中唤醒。然后，他的眼中会闪动着曾经的恐惧，直到他弄明白自己在什么地方，依偎在身边的又是谁。

一次，在他睡着的时候，芙莉亚和鸟喙书试着用书巫治疗术，把书巫力像有保护作用的被子一样盖在吉姆身上。这次，他梦见老海盗的脚步声渐渐远去，后面的时间里，他睡得非常安稳，直到鸟喙书因为无聊嘎嘎地叫了起来，要求他再讲个新故事。

后来，在隐页世界永恒的金色白昼中，她和吉姆一起坐在布朗什号的船头上，看着远处那些巨大的网，网上那些奇妙的褶皱和网眼的形状。他们曾经在那里看到过一群野性十足的墨妖在网上攀援而过，现在，他们又发现了一些，三十多个蓝黑色皮肤的人，让人生畏的身体装饰。

"如果到树林里和其他那些墨妖会合，他们会过得好一些。"吉姆说。

"没法把他们带过去，"芙莉亚摇着头说，"他们绝对不会自愿上船。"

他们看着墨妖，直到这些墨妖再次跟横竖交织的网融为一体。也许他们是要去打猎，也许是要返回营地。芙莉亚和吉姆从远处看到了一个这样的地方，像虫茧一样挂在网上一个深深的褶皱里，用各种碎砖瓦砾做成，离那个被“想法”绕过的深层庇护所不远。

吉姆不记得“想法”了，就像费园里其他的那些人。芙莉亚是唯一知道庇护所为什么会消失的人，知道书城外围地区为什么会被神秘地破坏，就如同只有她记得乌尼卡一样。她曾经告诉过吉姆，还有凯特、皮普和居利斯，但是她能看出让这几个人理解这样的事实有多么困难。

并不是所有的一切都被忘记了，他们还记得七芒星和菲德拉，还有很多其他的事，但只要一说起发生这些事的原因，他们的眼睛就像是被蒙上了一层纱。墨妖被送去了死书林，因为永夜庇护所面临毁灭，但是除了芙莉亚之外，没有人记得那场灾难的细节。几个庇护所消失了，但是为什么，这一点也没法解释。圣堂遭了老西摩尔男爵夫人的暗算，那是她政变失败的代价。

对造物书最后一卷的修改让芙莉亚重新成为了一个普通的书巫，她对七芒星制定的法律不再有影响力，但是她也并没有消失在空气中。从书中画掉了自己的名字之后，她拯救了其他地方的庇护所和那里的居民，但是这些在费园的门厅里一点也感觉不到。直到后来，她发现皮普有了书巫力场，这是她察觉到的第一个改变，但肯定不是最后一个。

应该还有其他的影响，跟以前相比大大小小的改变，随着时间的推移，其中一些改变会显现出来。为了救伊西丝，她并非自愿地把几百个书妖变成了书巫。她当时引起了怎样的雪崩式的改变啊。表面之下在发生什么，在金色的网的另一边，或者《无名书》的字里行间？她担心书巫地图上会出现新的空白，会有人去研究，不管是否出于自愿。也许这个人就是她自己，等她和吉姆回到费园之后。不是明天，不是后天，但是总有一天，她会想念皮普，还有凯特和其他人。然后她就会知道，是时候该回家了。

布朗什号的船舱里装满了书，芙莉亚仔细地把所有角落都检查了一遍。她抽出很多书翻看，这里看一页，那里读一章，在脑海中，她用书堆起了一个巴别塔那样高的书塔，用所有她将来一定要看一看的小说。

跟可怜的玛丽花号不一样，布朗什号上的所有书都完好无损，书香充满了镶着护墙板的大厅和昏暗的走廊，直到她无法不觉得他们两个真的是在书的里面。芙莉亚回想起之前，觉得在经历了这么多事情后，应该已经来到了最后一章，但她的心告诉她，她的故事才刚刚开始。她才十六岁，正在热恋，而所有隐藏在书页之间的世界都向她敞开了。

一次，她在船舱深处找到了一些特别的东西，在一个犄角旮旯的大厅里，离紧急传送门不远的地方。她马上叫来了正在船上厨房做饭的吉姆，他们从费园里带来了很多储备。吉姆是个好厨师，这个本葆将军客店女招待的儿子。

芙莉亚激动地把一本书递给他看，然后又是一本，最后摞了整整一摞，每一本上都写着《金银岛》，各种不同语言的版本，书架上还有这本书的更多版本，来自各个国家。有些有护封，有些没有，很多里面都有插图，色彩鲜艳，或者写着粗犷的字。吉姆着迷地看着那些插图，上面画的是他自己和书中的其他人物。

“多奇怪，这竟然是我自己。”他说。他们用了好几个小时来翻阅这些版本，比较书的外观和气味。

芙莉亚已经记不太清楚自己以前反复读这本书的时候，是怎样想象吉姆的了，现在出现的不是书巫墙纸上的影像，而是有血有肉的一个人，感觉完全不一样，有种说不出的美好。

最后，他们把最美的那些版本运到了上层甲板上，然后靠在船舷上，吉姆念出了开头的几句话：

“乡绅屈利劳尼先生、李甫西大夫和其他几位绅士要我把有关藏宝岛的全部详情从头至尾毫无保留地写下来。不过，该岛的位置还不便公开，只因那里还有未启的宝藏。”*

这个故事这样开始，于是另外一个随之结束。

布朗什号悠闲地飘在虚空世界中的河流上时，芙莉亚看着吉姆，心想：如果这个结尾只是开始，那不会有比它更让我喜欢的结尾了。

---

* 该译文引用自荣如德译本的《金银岛》，上海译文出版社 2012 年版。

图书在版编目 (CIP) 数据

隐页书城 / （德）凯·迈尔著；赖雅静，顾牧译．
—桂林：广西师范大学出版社，2019.11

ISBN 978-7-5598-2162-1

Ⅰ．①隐… Ⅱ．①德… ②赖… ③顾… Ⅲ．①长篇小说－德国－现代
Ⅳ．① I516.45

中国版本图书馆 CIP 数据核字 (2019) 第 197917 号

广西师范大学出版社出版发行
广西桂林市五里店路 9 号　邮政编码：541004
网址：www.bbtpress.com

出 版 人：张艺兵
责任编辑：雷　韵
特约编辑：冯　婧
装帧设计：高　熹
内文制作：陈基胜

全国新华书店经销
发行热线：010-64284815
山东鸿君杰文化发展有限公司

开本：1230mm × 880mm　1/32
印张：41　字数：992 千字
2019 年 11 月第 1 版　2019 年 11 月第 1 次印刷
定价：165.00 元

如发现印装质量问题，影响阅读，请与出版社发行部门联系调换。